JENNIFER CRUSIE / BOB MAYER

Liebe und andere Zufälle
Heiße Liebe zum Dessert

Liebe und andere Zufälle

Minervas Vorliebe für kalorienreiche Mahlzeiten machen sie nicht gerade zu einem Männertraum. Was aber noch lange nicht heißt, dass man sich jeden Unfug mit ihr erlauben kann: Als Min durch Zufall mitbekommt, dass der charmante Frauenheld Calvin Morrisey um 10.000 Dollar wettet sie ins Bett zu kriegen, sinnt Min auf Rache. Sie will Calvin mit seinen eigenen Waffen schlagen. Einen Monat lang wird sie mit ihm ausgehen und ihn in Sicherheit wiegen, nur um ihm dann im letzten Moment den Laufpass zu geben. Aber das Schicksal hat andere Pläne. Schon bei der ersten Verabredung in einem italienischen Restaurant weiß Min: Cal ist genau »der eine«. Und Calvin muss sich eingestehen, dass er zum ersten Mal in seinem Leben wahrhaft verliebt ist.

Heiße Liebe zum Dessert

Als die Küchenkolumnistin Agnes beim Kuchenbacken von einem Hundeentführer gestört wird, macht sie kurzen Prozess und brät dem unliebsamen Gast eins mit ihrer Teflonpfanne über. Dieser erwacht zwar nach einem kurzen K.o., stürzt jedoch – und stirbt. Eine Leiche in ihrer Küche ist das Letzte, was Agnes gebrauchen kann. Doch Gott sei Dank naht Shane, der von ihrem Onkel geschickt wurde, um ihr zu helfen. Bald haben die beiden alle Hände voll zu tun mit Gangstern, Flamingos, Körperverletzungen, Schwiegermüttern und vor allem mit sich selbst …

Autoren

Jennifer Crusie unterrichtet kreatives Schreiben an der Ohio State University und lebt in Columbus, Ohio. In den USA schon lange eine »New York Times«-Bestsellerautorin, hat sie seit »Die Gerüchteköchin« mit jedem weiteren ihrer Romane auch in Deutschland Leser und Kritiker gleichermaßen begeistert.Mehr Informationen unter www.jennycrusie.com.

Bob Mayer ist ein erfolgreicher amerikanischer Bestsellerautor. Er hat bereits über 32 Romane veröffentlicht. Mehr über die beiden Autoren unter www.crusiemayer.com

Von Jennifer Crusie außerdem bei Goldmann lieferbar:

Die Naschkatzen. Roman (44896) · Verliebt in eine Diebin. Roman (45247) · Die Gerüchteköchin. Roman (45671) · Liebe und andere Zufälle. Roman (45837) Liebe auf den zweiten Kuss (45829) · Einfach bezaubernd! Roman (46772) · Der Frühjahrsputz. Roman (55451) · Die Naschkatzen/Verliebt in eine Diebin. Zwei Romane in einem Band (46447)

Zusammen mit Bob Mayer

Klappe, Liebling! Roman (46328)

Jennifer Crusie
Bob Mayer

Liebe und andere Zufälle

Heiße Liebe zum Dessert

Zwei Romane
in einem Band

GOLDMANN

Die Originalausgabe von »Liebe und andere Zufälle« erschien 2004 unter dem Titel »Bet Me« bei St. Martin's Press New York.

Die Originalausgabe von »Heiße Liebe zum Dessert« erschien 2007 unter dem Titel »Agnes and the Hitman« bei St. Martin's Press New York.

FSC
Mix
Produktgruppe aus vorbildlich bewirtschafteten Wäldern und anderen kontrollierten Herkünften

Zert.-Nr. SGS-COC-1940
www.fsc.org
© 1996 Forest Stewardship Council

Verlagsgruppe Random HouseFSC-DEU-0100
Das für dieses Buch verwendete FSC-zertifizierte Papier
Holmen Book Cream liefert Holmen Paper, Hallstavik, Schweden.

Einmalige Sonderausgabe
Taschenbuchausgabe August 2009

Dieses Werk wurde im Auftrag von
Jane Rotrosen Agency LLC vermittelt durch die
Literarische Agentur Thomas Schlück GmbH,
30827 Garbsen.
Umschlaggestaltung: Uno Werbeagentur München
Umschlagmotiv: Getty Images, Harrison Eastwood
Druck und Einband: GGP Media GmbH, Pößneck
Printed in Germany
ISBN 978-3-442-13456-4

www.goldmann-verlag.de

Liebe und andere Zufälle

Deutsch
von Eva Kornbichler

Für

Monica Pradhan McLean

weil sie von unbezahlbarem Wert ist,
was sie auch weiß,
und weil jedes Buch, das sie schreibt,
ein Juwel ist.

Frauen können jegliche Neigung
zum Glücksspiel befriedigen,
indem sie heiraten.

Gloria Steinem

1

Es war einmal vor langer Zeit, dachte Minerva Dobbs, als sie inmitten einer von Lärm erfüllten Yuppie-Bar stand, *da war die Welt noch voller brauchbarer Männer*. Sie blickte in das Gesicht des gut aussehenden Mannes, den sie als ihren Begleiter für die Hochzeit ihrer Schwester vorgesehen hatte, und kam zu dem Schluss: *Diese Zeiten sind vorüber*.

»Unsere Beziehung bringt mir nichts«, erklärte David.

Ich könnte ihm dieses Cocktail-Rührstäbchen ins Herz stoßen, dachte Min. Sie würde es natürlich nicht tun. Das Stäbchen war aus Plastik und bei weitem nicht stabil und spitz genug. Außerdem tat man so etwas im südlichen Ohio nicht. Eine abgesägte Schrotflinte, das wäre das Mittel der Wahl.

»Und wir wissen auch beide, warum nicht«, fuhr David fort.

Wahrscheinlich war ihm nicht einmal klar, wie dämlich er sich anhörte; er hielt sich wahrscheinlich für sehr überlegen und erwachsen. *Ich weiß wenigstens, dass ich vor Wut koche*, dachte Min. Sie ließ zu, dass der Zorn sich in ihr ausbreitete, bis ihr von oben bis unten warm wurde; das war mehr, als David je bei ihr bewirkt hatte.

Irgendwo an der großen, rouletteschüsselförmigen Bar läutete jemand eine Glocke. Noch ein Minuspunkt für David: Er gab ihr in einer Bar mit anzüglichem Namen den Laufpass, im The Long Shot – »Blattschuss«. Der Name allein hätte sie abschrecken müssen.

»Tut mir Leid, Min«, meinte David, was offensichtlich gelogen war.

Min verschränkte die Arme vor der Brust, um ihm keine Ohrfeige zu verpassen. »Ist es, weil ich heute Nacht nicht mit zu dir kommen will? Es ist doch Mittwoch, ich muss morgen arbeiten und du auch. Außerdem habe ich meinen Drink selbst bezahlt.«

»Das ist es nicht.« David blickte edel und verletzt zugleich drein, wie es nur die groß gewachsenen, dunkelhaarigen und selbstgerechten Männer schaffen. »Du bemühst dich überhaupt nicht darum, dass unsere Beziehung funktioniert, das heißt ...«

... das heißt, wir sind jetzt seit zwei Monaten liiert, und ich will immer noch nicht mit dir schlafen. Min wandte sich ab und blickte sich in der angeregt schwatzenden Menge um. *Wenn ich jetzt ein Gift hätte, das keine Spuren hinterlässt, könnte ich es in seinen Drink kippen, und keiner von diesen Hampelmännern würde es bemerken.*

»... und ich finde, wenn unsere Beziehung Zukunft haben soll, müsstest du auch etwas dazu beitragen«, schloss David.

Oh, das finde ich nicht, dachte Min und wusste, dass der Punkt an David ging. Trotzdem war das Nichtstattfinden von Sex keine Entschuldigung dafür, sie drei Wochen vor einem Ereignis sitzen zu lassen, bei dem sie ein Brautjungfernkleid tragen musste, das sie wie eine fette, hirnlose Schäferin aussehen ließ. »Natürlich hat unsere Beziehung Zukunft, David«, erwiderte sie und versuchte, ihre Wut zu zügeln. »Wir haben doch *einiges* vor. Diana heiratet in drei Wochen, und du bist zur Hochzeit eingeladen; und zum Familienessen am Vorabend; und zum *Herrenpolterabend*. Willst du wirklich die *Stripper-Nummer* verpassen, David?«

»Ist das alles, was ich dir bedeute?« Davids Stimme schraubte sich in die Höhe. »Ein Begleiter für die Hochzeit deiner Schwester?«

»Natürlich nicht«, beschwichtigte Min. »Genauso wie ich sicher bin, dass ich mehr für dich bin als eine fürs Bett.«

David öffnete den Mund und schloss ihn wieder. »Na ja, natürlich. Denke bitte nicht, dass es wegen dir ist. Du bist intelligent und erfolgreich, du bist eine vernünftige Frau ...«

Min lauschte und wusste, dass *Du bist schön, du bist schlank* nicht kommen würde. Wenn er doch nur einen Herzanfall bekäme. Zwar ereigneten sich nur vier Prozent aller Herzanfälle bei Männern unter vierzig, aber es wäre doch immerhin möglich. Und wenn er tot wäre, könnte nicht einmal ihre Mutter von ihr erwarten, ihn zur Hochzeit mitzubringen.

»... und du würdest eine wunderbare Mutter abgeben«, endete David.

»Danke«, erwiderte Min. »Wie unromantisch.«

»Ich dachte, das mit uns würde irgendwohin führen, Min«, schob David nach.

»Na klar«, meinte Min und sah sich in der protzigen Bar um. »Hierher zum Beispiel.«

Mit einem Seufzer nahm David ihre Hand. »Ich wünsche dir alles Gute, Min. Lass uns in Kontakt bleiben.«

Min zog ihre Hand zurück. »Du hast doch keine Schmerzen im linken Arm, oder?«

»Nein«, antwortete David stirnrunzelnd.

»Schade«, versetzte Min und kehrte zu ihren Freundinnen zurück, die sie über den Raum hinweg beobachtet hatten.

»Er wirkt noch verkrampfter als sonst«, fand Liza und wirkte noch größer und heißblütiger als sonst. Lässig lehnte sie an der Musikbox, und ihr Haar flammte im Lampenlicht auf.

David hätte Liza sicher nicht so schäbig abgefertigt. Er hätte es nicht gewagt, denn sie hätte ihn entmannt. *Ich muss mehr wie Liza werden*, dachte Min und begann, die Lieder der Musikbox zu durchstöbern.

»Bist du böse auf ihn?«, fragte Bonnie von der anderen Seite her, und ihr blond umrahmtes Gesicht blickte besorgt zu

Min empor. David hätte auch Bonnie nicht verlassen. Niemand war gemein zu der süßen, kleinen Bonnie.

»Ja. Er hat mir den Laufpass gegeben.« Min hielt in ihrer Suche inne. Wunder über Wunder: Die Musikbox bot tatsächlich einen Elvis-Song an. Im Nu erschien die Bar viel freundlicher. Min schob ein paar Münzen in den Schlitz und hämmerte auf die Tasten für »Hound Dog«. Wirklich schade, dass Elvis nie ein Lied mit dem Titel »Idiot« aufgenommen hatte.

»Ich wusste doch, dass ich ihn nicht mag«, bemerkte Bonnie.

Min ging zu der Roulette-Bartheke hinüber und lächelte der schlanken Barkeeperin, die wie ein Croupier gekleidet war, schwach zu. Sie hatte wunderschönes langes, weiches, glattes, braunes Haar, und Min dachte bei sich, *Das ist noch ein Grund, warum ich nie mit David schlafen könnte*. Ihr eigenes Haar kräuselte sich immer ungebärdig, wenn sie es offen trug, und er war der Typ, dem das auffallen würde.

»Cola-Rum bitte«, bestellte sie.

Vielleicht war das der Grund, warum Liza und Bonnie mit Männern nie Probleme hatten: phantastisches Haar. Min blickte zu Liza zurück, die schlank wie ein Rennpferd in purpurrotem Leder mit halb geöffnetem Reißverschluss dastand und in unverhüllter Verachtung über David den Kopf schüttelte. Na gut, es lag nicht nur am Haar. Wenn es ihr gelänge, sich in Lizas Kleid zu zwängen, würde sie wie Hempels schlampige Tochter wirken. »*Diät*-Cola«, ergänzte sie ihre Bestellung.

»Er war nicht der Richtige«, erklärte Bonnie in Höhe von Mins Schulterblatt und hielt die Hände in ihre zierlichen Hüften gestemmt.

»Und Diät-Rum«, bat Min die Barkeeperin, die ihr zulächelte und dann verschwand, um den Drink zu besorgen.

Liza runzelte die Stirn. »Warum hast du dich überhaupt mit ihm eingelassen?«

»Weil ich dachte, dass er vielleicht der Richtige wäre«, erwiderte Min entnervt. »Er war intelligent und erfolgreich und zuerst auch sehr nett. Schien mir ein guter Fang zu sein. Und dann wurde er plötzlich hochnäsig.«

Bonnie tätschelte Min den Arm. »Gut, dass er Schluss mit dir gemacht hat, denn jetzt bist du frei, wenn der Richtige kommt, dein Märchenprinz.«

»Na klar«, versetzte Min. »Sicher war er schon auf dem Weg zu mir, aber dann wurde er von einem Lastwagen überrollt.«

»Von wegen«, widersprach Bonnie und lächelte wie eine Fee aus dem Märchen. »Wenn es euch bestimmt ist, dann kommt er auch. Egal, was auch immer schief geht, er wird kommen, und ihr lebt dann glücklich und zufrieden bis ans Ende eurer Tage.«

»Was soll das?«, fragte Liza und blickte sie ungläubig an. »Barbies Märchenstunde?«

»Lieb von dir, Bonnie«, erwiderte Min. »Aber was mich angeht, ist der letzte gute Mann gestorben, als Elvis von uns ging.«

»Vielleicht sollten wir noch einmal überdenken, ob Bon unsere Börsenmaklerin bleiben soll«, bemerkte Liza zu Min. »Möglicherweise besitzen wir inzwischen bereits ein riesiges Aktienpaket im Land der Feen.«

Min trommelte mit den Fingern auf die Bar, um ein wenig Spannung abzulassen. »Ich hätte es wissen sollen, dass das mit David ein Fehler war, als ich es nicht über mich bringen konnte, mit ihm zu schlafen. Bei unserem dritten Rendezvous sagte er zu dem Ober, der die Karte brachte, ›Nein danke, wir sind auf Diät‹, aber das ist er natürlich nicht, weil er kein Gramm Fett am Körper hat, und da dachte ich: ›Vor dir ziehe ich meine Kleider nicht aus‹, und ich bezahlte dann meine Hälfte der Rechnung und verdrückte mich früh. Und wann immer er danach einen Annäherungsversuch startete, musste ich an den Ober denken und machte sozusagen alle Schotten dicht.«

»Er war nicht der Richtige«, wiederholte Bonnie voller Überzeugung.

»*Meinst* du?«, fragte Min, und Bonnie blickte verletzt drein. Min schloss die Augen. »Entschuldige. Entschuldige. Tut mir *wirklich* Leid. Aber jetzt ist einfach nicht der richtige Augenblick für solches Zeug, Bon, weißt du? Ich bin wütend, und ich will irgendjemanden massakrieren, und nicht den Horizont nach dem nächsten Mistkerl absuchen, der meinen Weg kreuzt.«

»Sicher«, erwiderte Bonnie. »Ich verstehe.«

Liza betrachtete Min kopfschüttelnd. »Hör mal, du hast dir doch nichts aus David gemacht, also hast du gar nichts verloren, außer einen Begleiter für Di's Hochzeit. Und ich bin dafür, dass wir diese Hochzeit einfach vergessen. Das wird doch die reinste Katastrophe, selbst wenn man davon absieht, dass sie den Freund ihrer besten Freundin heiratet.«

»Den Exfreund ihrer besten Freundin. Und ich *kann* die Hochzeit nicht einfach vergessen. Schließlich bin ich die Brautjungfer.« Min knirschte mit den Zähnen. »Das wird die Hölle. Nicht nur, dass ich keinen Begleiter habe, was meine Mutter mir schon immer vorausgesagt hat, nein, sie ist auch noch ganz verrückt nach David.«

»Das *wissen* wir«, erwiderte Bonnie.

»Sie erzählt jedem von David«, fuhr Min fort und sah das ehrgeizige, kleine Gesicht ihrer Mutter in Gedanken vor sich. »Dass ich mit David liiert war, war das Einzige, was ihr je an mir gefallen hat, seit ich im ersten Semester die Grippe hatte und zehn Pfund abnahm. Und jetzt habe ich keinen David mehr.« Mit einem »Danke« nahm sie ihren Diät-Drink von der Barkeeperin entgegen und gab ihr reichlich Trinkgeld. Barkeeper, die einen in Zeiten wie diesen so prompt mit Drinks versorgten, wurden in dieser Welt viel zu wenig gewürdigt. »Meistens ist es mir ja egal, was meine Mutter von mir hält, weil ich ihr aus dem Weg gehe, aber jetzt bei der Hochzeit? Katastrophe.«

»Dann findest du eben einen anderen Begleiter«, tröstete Bonnie.

»Nein, findet sie nicht«, widersprach Liza.

»Oh, *vielen* Dank«, versetzte Min und wandte sich von der überkandidelten Bar ab. Das Roulette-Muster machte sie schwindelig. Vielleicht kam das aber auch von ihrer Wut.

»Na ja, du bist selbst daran schuld«, gab Liza zurück. »Wenn du endlich aufhören würdest, bei jedem Mann, den du kennen lernst, die statistische Wahrscheinlichkeit der Chance auszurechnen, die eine Beziehung hätte, und stattdessen einfach mit jemandem ausgehen würdest, der dir gefällt, dann würde es dir vielleicht hin und wieder auch mal Spaß machen.«

»Dann wäre ich nur noch ein Häufchen an Minderwertigkeitskomplexen«, entgegnete Min. »Ist doch nichts falsch daran, sich vernünftig zu überlegen, mit wem man sich liiert. Auf die Weise bin ich an David geraten.« Zu spät erkannte sie, dass das kein gutes Argument war, und kippte einen Teil ihres Drinks, um Entgegnungen abzuwehren.

Aber Liza hörte gar nicht zu. »Wir müssen einen Kerl für dich finden.« Sie begann, sich mit Röntgenaugen in der Bar umzusehen, was nur angemessen war, denn sie selbst war von fast allen in der Bar bereits mit Röntgenaugen gemustert worden. »Der nicht. Der nicht. Der auch nicht. Nein. Nein. Diese Typen würden alle nur versuchen, dir eine Lebensversicherung aufzuschwatzen.« Dann straffte sie sich plötzlich. »Halloo. Da haben wir einen Kandidaten.«

Bonnie folgte ihren Blicken. »Wo denn? Wer denn?«

»Der Dunkelhaarige in dem marineblauen Anzug. Da oben in der Mitte auf der Empore neben der Tür.«

»In der Mitte?« Min blinzelte zur Empore neben dem Eingang hinüber. Sie war groß genug für mehrere Pseudopokertische, und an einem davon saßen vier Männer mit einer rot gekleideten Brünetten. Einer der vier war David, der seine

Blicke jetzt überlegen über das gusseiserne, mit Spielwürfeln verzierte Geländer hinweg schweifen ließ. Die Empore erhob sich nur etwa einen Meter fünfzig über den übrigen Raum, doch David gelang es, den Eindruck zu erwecken, als blickte er von einem Balkon auf die Menge herab. Es kostete ihn wahrscheinlich äußerste Selbstbeherrschung, nicht gnädig zu winken wie Queen Elizabeth. »Das ist David«, stieß Min hervor und wandte sich ab. »Und irgendeine Brünette. Herrje, er hat sich schon wieder eine andere geangelt.« *Hau ab*, befahl sie der Brünetten lautlos.

»Vergiss doch die Brünette«, mahnte Liza. »Sieh dir lieber den Kerl in der Mitte an. Warte, gleich dreht er sich wieder um. Er scheint David nicht besonders interessant zu finden.«

Min spähte wieder zum Eingang. Der im marineblauen Anzug war größer als David, und sein Haar war dunkler und voller, aber ansonsten wirkte er von hinten ziemlich genau wie David Nr. 2. »Die Nummer kenn ich schon«, meinte Min, und da drehte er sich um.

Dunkle Augen, ausgeprägte Wangenknochen, ein klassisch-männliches Kinn, breite Schultern, insgesamt eine klassisch-gute Figur, und vollkommen gelassen, wie er den Raum musterte und David dabei ignorierte, der neben ihm zu schrumpfen schien.

Min hielt den Atem an, als jede einzelne Zelle ihres Körpers erwachte und ihr zuflüsterte: *Den will ich*.

Dann wandte sie sich ab, bevor irgendjemand sie mit vor Bewunderung offen stehendem Mund ertappte. Nein, *den* wollte sie nicht, das behauptete nur ihre DNS, die nach einem erstklassigen Spermaspender Ausschau hielt. Wahrscheinlich verschlang jede Frau mit funktionstüchtigen Eierstöcken ihn mit den Augen und dachte: *Den will ich*. Nun ja, die Biologie bestimmte schließlich nicht alles. Sie wagte nicht, daran zu denken, welchen Schaden ein so schöner Mann bei einer Frau wie ihr anrichten konnte. Stattdessen ertränkte sie den Gedanken in einem weiteren großen Schluck und kommentierte: »Hübscher Kerl.«

»Nein«, widersprach Liza. »Das ist es ja gerade. Er ist nicht *hübsch*. David ist hübsch. Der andere sieht wie ein erwachsener Mann aus.«

»Na gut, er strotzt vor Testosteron«, lenkte Min ein.

»Nein, das ist der Kerl rechts neben ihm«, entgegnete Liza. »Der mit dem Kopf wie ein Bulle. Ich wette, der quatscht ständig über Sport und schlägt allen auf die Schulter. Der im marineblauen Anzug wirkt zivilisiert, aber stark. Sag's ihr, Bonnie.«

»Lieber nicht«, wehrte Bonnie ab, und ihr Elfengesicht blickte grimmig. »Den kenne ich.«

»Im biblischen Sinne?«, fragte Liza.

»Nein. Er war mal mit meiner Kusine Wendy liiert. Aber …«

»Na, dann halali.«

»… der ist ein Herzensbrecher«, fuhr Bonnie fort. »Nach dem, was Wendy sagte, macht er jede, mit der er zusammen ist, ein paar Monate lang ganz verrückt nach ihm, und dann lässt er sie sitzen und sucht sich eine andere. Und das immer aus heiterem Himmel.«

»So ein gemeines Biest«, erwiderte Liza lächelnd. »Weißt du, es ist nicht verboten, dass ein Mann eine Frau verlässt.«

»Na ja, erst macht er sie verliebt, und dann lässt er sie sitzen«, beharrte Bonnie. »Wenn das nicht gemein ist.«

»Wie David«, stimmte Min zu und sah ihr instinktives Misstrauen gegen den marineblauen Anzug bestätigt.

Liza stieß ein Schnauben aus. »Herrje, wie dein über alles geliebter David.«

»Ich hab's zumindest *versucht*«, schnappte Min zurück.

Liza schüttelte den Kopf. »Na gut, das ist alles völlig unwichtig. Du brauchst eigentlich nur einen Begleiter für die Hochzeit. Wenn das Biest ein paar Monate braucht, bis er dich sitzen lässt, dann hast du doch, was du willst. Also gehst du jetzt einfach dort rüber …«

»Nein.« Min drehte allen den Rücken zu und konzentrierte sich auf die Schwarz-Weiß-Poster über der Bar: Paul Newman am Billardtisch in *The Hustler*, Marlon Brando beim Würfeln in *Guys and Dolls*, W. C. Fields, über seinen Spielkarten brütend, in *My Little Chickadee*. Und wo waren all die Spielerinnen? Als wäre nicht allein schon die Tatsache, eine Frau zu sein, ein großes Risiko. Achtundzwanzig Prozent aller weiblichen Mordopfer wurden von ihren Ehegatten oder Liebhabern getötet.

Was, wenn man es recht betrachtete, wahrscheinlich der Grund dafür war, dass es keine weiblichen Spieler gab. Mit Männern zusammenzuleben war Glücksspiel genug. Sie kämpfte gegen den Drang, sich umzudrehen und das Biest dort auf der Empore nochmals zu betrachten. Das Klügste, was sie tun konnte, war wohl, sich auf keinen Mann mehr einzulassen und sich lieber eine Katze anzuschaffen.

»Du weißt doch, dass sie nicht hingeht, um ihn anzusprechen«, meinte Bonnie zu Liza. »Statistisch gesehen ist die Wahrscheinlichkeit eines positiven Verlaufs zu gering.«

»Scheiß drauf.« Liza legte den Arm um Min und rüttelte sie, bis ihre Cola schäumte. »Stell dir doch nur deine Mutter vor, wenn du den zur Hochzeit mitbringst. Vielleicht würde sie dir sogar erlauben, Kohlenhydrate zu essen.« Sie sah Bonnie an. »Wie heißt er?«

»Calvin Morrisey«, antwortete Bonnie. »Wendy schmökerte schon in Brautmodenheften, als er sie verließ. Übte bereits auf Schmierpapier den Schriftzug ›Wendy Sue Morrisey‹.«

Liza blickte schockiert drein. »Na, wahrscheinlich hat er sie deswegen sitzen lassen.«

»Calvin Morrisey.« Wider besseres Wissen wandte sich Min wieder um und betrachtete ihn erneut.

»Na los, geh jetzt da rüber«, befahl Liza und stupste Min

mit einem langen, roten Fingernagel an. »Sag zu David, du hoffst, dass sein Hautausschlag bald wieder abheilt. Dann stellst du dich dem Biest vor. Lächle, und verliere kein Wort über Statistiken.«

»So was Idiotisches«, wehrte Min ab. »Schließlich bin ich dreiunddreißig. Ich bin erwachsen. Ist doch mir egal, ob ich bei der Hochzeit meiner Schwester einen Begleiter habe oder nicht. Da stehe ich doch drüber.« Sie dachte an das Gesicht, das ihre Mutter machen würde, wenn sie hörte, dass David Vergangenheit war. *Nein, tu ich nicht.*

»Nein, tust du nicht«, widersprach Liza. »Du traust dich nur nicht, da jetzt rüberzugehen.«

»Ich glaube, das könnte funktionieren«, meinte Bonnie stirnrunzelnd. »Und nach der Hochzeit kannst du ihn dann sitzen lassen, damit er einmal selbst fühlt, wie das ist.«

»Na klar doch.« Liza verdrehte die Augen. »Tu es für Wendy und all die anderen Mädchen.«

Jetzt sprach er mit David und wandte ihnen dabei sein Profil zu. *Dieses Gesicht sollte man auf Münzen prägen*, dachte Min. So schön, wie er war, würde er sich wahrscheinlich nie mit molligen Frauen abgeben. Zumindest nicht ohne Spott; und sie hatte heute Abend schon genug Spott über sich ergehen lassen müssen.

»Nein«, versetzte Min und wandte sich wieder zur Bar um. Eine Katze war eigentlich eine gute Idee.

»Hör mal, Stats«, sagte Liza ärgerlich. »Ich weiß ja, dass du konservativ denkst, aber in letzter Zeit versteinerst du immer mehr. Das mit David muss ja wohl wie eine Beziehung mit einem Betonklotz gewesen sein. Und dann deine Wohnung. Selbst deine Einrichtung stagniert.«

»Mein Mobiliar stammt von meiner Großmutter«, erwiderte Min steif.

»Genau. Dein Hintern hockt schon seit deiner Geburt darauf. Du brauchst mal einen Wechsel. Und wenn du diesen

Wechsel nicht selbst hinkriegst, dann *muss ich dir eben dabei helfen.*«

Min gefror das Blut in den Adern. »*Nein.*«

»Drohe ihr nicht«, ermahnte Bonnie Liza. »Sie wird sich schon noch ändern und sich weiterentwickeln. Nicht wahr, Min?«

Min blickte wieder zur Empore hinüber, und plötzlich erschien es ihr fast als eine gute Idee, dort hinüberzugehen. Sie könnte unter dem hässlichen gusseisernen Geländer stehen bleiben und ein wenig lauschen, und wenn sich Calvin Morrisey dann auch nur ein kleines bisschen nett anhörte – ha, wie wahrscheinlich war das wohl? – dann könnte sie hinaufgehen und irgendetwas Zuckersüßes zu David sagen und ins Gespräch kommen, und dann würde Liza nicht die Möbelpacker schicken, um ihre Wohnung auszuräumen, während sie im Büro wäre.

»Treibe mich nicht zum Äußersten«, warnte Liza.

An der Bar herumzustehen und zu jammern half ihr schließlich auch nicht weiter. Und vorgewarnt, wie sie war, konnte er auch nicht viel Schaden anrichten. Min nahm die Schultern zurück und holte tief Luft. »Auf in den Kampf, Torero.«

»Und sage für den Rest des Abends nicht ein einziges Mal das Wort ›Prozent‹, hörst du?«, ermahnte Liza. Während Min ihre grau karierte Kostümjacke glatt strich und heimlich betete, dass ihr rechtzeitig ein guter Spruch als Einstieg einfiele, damit sie sich nicht unsterblich blamierte. Andernfalls würde sie das Biest anspucken, David über das Geländer stoßen und sofort losgehen, um sich eine Katze zu besorgen.

»Na, das ist doch wenigstens ein Plan«, sagte sie zu sich selbst und machte sich auf den Weg.

Oben auf der Empore überlegte Cal Morrisey sich ernsthaft, David Fisk über das Geländer zu stoßen. *Ich hätte schnell ver-*

schwinden sollen, als ich ihn kommen sah, dachte er. Daran hatte Tony Schuld.

»Schau mal, diese Rothaarige hat tolle Beine«, hatte er gesagt. »Siehst du sie? Dort an der Bar, in dem purpurnen Ding mit Reißverschluss? Meinst du, die steht auf Footballspieler?«

»Du hast doch seit fünfzehn Jahren nicht mehr Football gespielt«, hatte Cal erwidert, dabei genüsslich an seinem Drink genippt und sich in seiner alkoholseligen Friedfertigkeit auch kaum stören lassen, als irgendjemand mit schlechtem Geschmack den Song »Hound Dog« spielen ließ. Seiner Meinung nach hatte die Bar nur zwei Nachteile, nämlich die idiotische Einrichtung und die Tatsache, dass die Musikbox Elvis Presley anbot.

»Na gut, das ist schon eine Weile her, aber das weiß sie ja nicht.« Tony blickte wieder zu der Rothaarigen hinüber. »Ich setze zehn Eier darauf, dass sie mit mir zusammen hier rausgeht. Ich mach's mit meinem Chaostheorie-Spruch.«

»Ohne mich«, erwiderte Cal. »Obwohl der einfach grauenhaft ist. Das würde meine Chancen erhöhen.« Er spähte über den Raum hinweg zur Rouletteschüssel-Bar hinüber. Die Rothaarige war ein Prachtstück, was bedeutete, dass sie Tonys Typ war. Neben ihr stand eine kecke, kleine Blondine, ganz die Traumfrau ihres Freundes Roger. Shanna hinter der Bar winkte ihm, ohne zu lächeln, und Cal nickte ihr zu und fragte sich, was geschehen war.

Tony legte seinen Arm um Cals Schultern. »Hilf mir ein bisschen, sie hat Freundinnen bei sich. Geh du rüber und sprich die Mollige in dem karierten Kostüm an, und Roger kann die kleine Blondine übernehmen. Ich würde dir ja die kleine Blondine gönnen, aber du kennst doch Roger und seine Vorliebe für winzige Frauen.«

Neben Cals Ellbogen schrak Roger hoch. »Was? Welche kleine Blondine?« Er spähte zur Bar hinüber. »Oh. Ooh!«

»Kostüm?« Cal blickte wieder zur Bar.

»Die da in Grau.« Tony machte eine Kopfbewegung in ihre Richtung. »Zwischen dem Rotkopf und der Miniblondine. Man sieht sie nicht gleich, weil die Rothaarige einen irgendwie blendet. Ich wette mit dir ...«

»Ah.« Mit zusammengekniffenen Augen erspähte Cal zwischen der Rothaarigen und der Blondine eine mittelgroße Frau in einem langweiligen, steifen, grau karierten Kostüm, die ihr braunes Haar zu einem Knoten hochgesteckt hatte. Auf ihrem runden Gesicht lag ein grimmiger Ausdruck. »Auf keinen Fall«, entschied er und nahm einen weiteren Schluck.

Tony schlug ihm aufmunternd auf den Rücken, so dass er sich verschluckte. »Na komm schon, genieße doch das Leben ein bisschen. Erzähl mir nicht, dass du immer noch Cynthie nachtrauerst.«

»Ich habe Cynthie nie nachgetrauert«, entgegnete Cal und blickte prüfend über die Menge. »Halte ein bisschen Ausschau nach ihr, ja? Sie hat dieses rote Ding an, das sie immer trägt, wenn sie etwas Bestimmtes will.«

»Das kann sie von mir kriegen«, erwiderte Tony.

»Phantastisch«, meinte Cal inbrünstig. »Ich würde sogar mit diesem Kostüm da anbändeln, wenn du Cyn heiratest.«

Tony verschluckte sich an seinem Drink. »Heiraten?«

»Tja«, erwiderte Cal. »Sie will heiraten. Ich war auch wie vor den Kopf geschlagen.« Einen Augenblick lang dachte er an Cynthie, ein echter Schatz mit einem Rückgrat aus Stahl. »Keine Ahnung, wie sie darauf kam, dass es so mit uns stünde.«

»Da ist sie ja.« Roger blickte über Cals Schulter hinweg und warnte: »Sie kommt gerade die Stufen herauf.«

Cal sprang auf und versuchte, sich an Tony vorbei zur Tür zu drängen. »Lass mich durch.«

Tony aber blieb gelassen sitzen. »Du kannst dich jetzt nicht dünn machen. Ich will die Rothaarige.«

»Dann hole sie dir doch«, erwiderte Cal und versuchte, sich an ihm vorbeizuquetschen.

»Cynthie hat David im Schlepptau«, informierte Roger ihn mitleidig.

»Cal!«, krächzte Davids Stimme über Cals Schulter. »Genau dich haben wir gesucht.« Er klang, als kochte er vor Wut, aber als Cal sich umwandte, lächelte David.

Das gibt Ärger, dachte Cal und lächelte ebenso künstlich zurück. »David, Cynthie. Nett, euch hier zu treffen.«

»Hallo, Cal.« Cynthie lächelte zu ihm auf, und auf ihrem herzförmigen Gesicht lag ein unheilvoll lieblicher Ausdruck. »Wie geht's dir?«

»Sehr gut. Könnte nicht besser sein. Dir anscheinend auch. Siehst toll aus.« Cal blickte an ihr vorbei David an und dachte beschwörend: *Bitte, nimm sie*. »Sie sind zu beneiden, David.«

»Ach ja?«

»Na, weil Sie mit Cynthie ausgehen«, erklärte Cal und legte so viel Aufmunterung in seine Stimme, wie er konnte.

Cynthie ergriff Davids Arm. »Ach, wir haben uns gerade zufällig getroffen.« Sie wandte Cal die Schulter zu und blickte strahlend zu David empor. »Aber ich freue mich wirklich, ihn wieder zu sehen.« Ihr Blick glitt zurück zu Cals Gesicht, und er lächelte wieder an ihrem Ohr vorbei und bemühte sich aufs Äußerste, keinerlei Eifersucht auszustrahlen.

David blickte in ihr schönes Gesicht hinab und blinzelte, und Cal empfand vage Mitleid mit ihm. Aus der Nähe wirkte Cynthie entzückend; ebenso aus der Ferne und überhaupt aus jedem Blickwinkel, weswegen er ihr schließlich in allem zugestimmt hatte. Cals Augen wanderten zu ihrem perfekt straffen, zierlichen Körper in ihrem perfekt eng anliegenden roten Kleid. Dann riss er seinen Blick los, wich einen Schritt zurück und rief sich ins Gedächtnis, wie friedlich das Leben ohne sie war. Abstand, das war der Trick. Vielleicht auch ein Kruzifix und ein Kranz Knoblauch.

»Ja, natürlich«, erwiderte David. »Vielleicht können wir ja

irgendwo zusammen zu Abend essen.« Er warf Cal einen triumphierenden Blick zu.

»Na, dann lasst euch von uns nicht aufhalten.« Cal wich einen weiteren Schritt zurück und stieß ans Geländer.

Cynthie ließ Davids Arm los, und ihr strahlendes Lächeln verblasste. »Ich mach mich nur noch schnell frisch, bevor wir gehen.« Tony und David blickten ihr nach, als ihr vollkommener Hintern sich schwungvoll entfernte, während Rogers Blick weiter wie verzaubert auf die feenhafte kleine Blondine geheftet war und Cal sich einen herzhaften Schluck aus seinem Glas genehmigte und wünschte, er wäre woanders. Irgendwo anders. Beim Abendessen zum Beispiel. Er könnte bei Emilio's vorbeigehen und dort in der Küche essen. In Emilios Küche gab es keine Frauen.

»Also, David«, begann Tony. »Hat Ihnen unser Seminar denn weitergeholfen?«

»Es war phantastisch«, antwortete David. »Ich hätte nicht gedacht, dass irgendjemand diesen Trotteln das neue Programm beibringen könnte, aber tatsächlich sind jetzt alle in der Firma auf Zack. Wir haben sogar ...«

Er erzählte und erzählte, und Cal nickte dazu und dachte bei sich, dass einer der Gründe, warum er David nicht mochte, dessen Hang dazu war, seine Angestellten immer als Trottel zu bezeichnen. Immerhin, David bezahlte die Honorare pünktlich und würdigte durchaus ihre Dienste; es gab schlimmere Kunden. Und wenn David jetzt auch noch Cynthie übernahm, war Cal bereit, regelrecht freundliche Gefühle für ihn zu hegen.

David beendete seine Ausführungen, worüber auch immer, und blickte zur Treppe hin. »Wegen Cynthie. Ich dachte, dass Sie mit ihr ...«

»Nein.« Cal schüttelte energisch den Kopf. »Sie hat mich schon vor Monaten verlassen.«

»Ist das nicht normalerweise bei Ihnen anders herum?«

David zog eine Augenbraue hoch und sah damit ausgesprochen dämlich aus. Und trotzdem gab es Frauen, die sich mit ihm abgaben. Das Leben war voller Mysterien. Genau wie die Frauen.

»Sind Sie nicht der Knabe, der alle um den Finger wickeln kann?«, beharrte David.

»Nein«, entgegnete Cal.

»Er verliert langsam den Biss«, mischte Tony sich ein. »Ich habe eine leichte Beute für ihn gefunden, aber er will nicht.«

»Welche denn?«, fragte David.

»Die in dem grau karierten Kostüm an der Bar.« Tony machte eine Geste mit seinem Drink, David blickte zur Bar hinüber und wandte sich dann ungerührt wieder Cal zu.

»Vielleicht verlieren Sie *wirklich* langsam den Biss«, meinte er mit einem Lächeln. »Die sollte nicht so schwer herumzukriegen sein. Schließlich ist sie keine Cynthie.«

»Cynthie ist schon in Ordnung«, erwiderte Cal vorsichtig.

David beugte sich vor. »Es heißt doch, dass zu Ihnen keine Nein sagt, oder?«

»Was?«, fragte Cal ungläubig.

»Aber ich möchte darauf wetten, dass Sie *die* nicht kriegen«, fuhr David fort. »Ich setze einen Hunderter, dass Sie die nicht weich kriegen.«

Cal wich auf seinem Stuhl zurück. »*Was*?«

David lachte, aber es lag eine gewisse Schärfe in seiner Stimme, als er weitersprach. »Ist doch nur eine Wette, Cal. Ihr Jungs liebt doch das Risiko. Ich habe miterlebt, wie Sie auf praktisch alles bereits Wetten abgeschlossen haben. Und das ist noch nicht mal eine hohe Wette. Vielleicht sollten wir auf zweihundert gehen.«

In diesem Augenblick dachte Cal daran, David mit einem heilsamen Stoß über das Geländer zu befördern. Tony wandte David den Rücken zu und bedeutete Cal stumm: *Lass ihm seinen Willen*, und Cal seufzte. Es musste doch etwas geben, das er als Wetteinsatz verlangen konnte, womit er David zu einem Rückzug zwingen konnte. »Dieser Baseball in Ihrem Büro«, begann er. »Der in der Vitrine.«

»Mein Pete-Rose-Baseball?« Davids Stimme schraubte sich um eine Oktave höher.

»Genau der. Den will ich, wenn ich gewinne.« Cal kippte den Rest seines Drinks und sah sich nach einer Bedienung um.

David schüttelte den Kopf. »Nicht drin. Den hat mein Dad 1975 für mich gefangen. Aber es imponiert mir, wie Sie in die Vollen gehen.« Er beugte sich noch weiter vor. »Ich sag Ihnen was. Das letzte Auffrischungsseminar, das Sie bei uns geleitet haben, kostete mich zehn Riesen. Ich setze zehntausend in bar gegen ein Gratisseminar …«

Cal zwang sich zu einem Lächeln. »David, ich habe doch nur Spaß gemacht …«

»Aber für zehn müssen Sie sie schon ins Bett kriegen. Ich will nicht unfair sein. Ich gebe Ihnen einen Monat Zeit, um sie aus ihrem grau Karierten rauszulocken.«

»Kinderspiel«, warf Tony ein.

Cal schoss Tony einen Blick zu. »David, solche Wetten sind nicht meine Art.«

»Aber *meine*«, entgegnete David und runzelte finster seine Brauen, und Cal dachte: *Herrgott, der will das wirklich mit aller Gewalt, und wir brauchen seine Aufträge*.

Okay, ganz offensichtlich hatte der Alkohol Davids Gehirn vernebelt. Wenn er wieder bei Sinnen war, würde er vor der Zehntausend-Dollar-Wette ganz sicher zurückschrecken, denn das war gegen alle Vernunft, und bei Geld war David nie unvernünftig. Er musste ihn also nur hinhalten, bis David nüchtern wurde, und dann so tun, als sei das Ganze nie geschehen. Er warf einen verstohlenen Blick zur Bar hinüber und sah zu seiner Freude, dass das graue Kostüm verschwunden war.

Cal wandte sich David wieder zu und sagte: »Na ja, ich würde es ja tun, David, aber sie ist fort.« *Und ich danke dir aus tiefster Seele, du grau Karierte, dass du gegangen bist*, dachte er und hob sein neues Glas an die Lippen.

Endlich konnte er sich entspannen.

Min hatte sich durch den Raum geschlängelt und war dabei mit sich übereingekommen, dass sie nicht entscheiden konnte, was schlimmer war: diesen Kerl anzusprechen oder ohne Begleitung bei Di's Hochzeit aufzukreuzen. Bei der Empore angelangt, suchte sie sich ihren Weg unten am Geländer entlang und schnappte hie und da Gesprächsfetzen auf, bis sie plötzlich Davids Stimme über sich hörte: »Aber für zehn müssen Sie sie schon ins Bett kriegen.«

Was? dachte Min. Es war ziemlich laut dort oben in der Nähe der Tür, vielleicht hatte sie ihn falsch verstanden.

»Ich will nicht unfair sein«, fuhr David da fort. »Ich gebe Ihnen einen Monat Zeit, um sie aus ihrem grau Karierten rauszulocken.«

Min blickte auf ihr grau kariertes Kostüm hinab.

»Kinderspiel«, hörte sie eine andere Stimme antworten, und dachte *Du Mistkerl. Die Welt ist doch voller sexbesessener Arschlöcher*. Und zwang sich, weiterzugehen, anstatt über das Geländer zu klettern und beide zu erwürgen.

Schnaubend vor Wut eilte sie zu Liza und Bonnie zurück. Sie wusste genau, was David vorhatte. Er nahm an, dass sie mit keinem Mann ins Bett ging, denn schließlich hatte sie *ihn* abgewiesen. Sie hatte ihn davor gewarnt, vorschnelle Erwartungen zu hegen, aber er hatte sie gegen ihren Rat immer wieder eingeladen, mit ihm auszugehen.

Weil er dachte, ich wäre eine sichere Sache, erkannte sie. Weil er sie sich genau angesehen hatte und dachte: *Übergewichtige, kluge Frau, die mich nie betrügen wird und mir im Gegenteil dankbar ist, wenn ich mit ihr schlafe*. »Der Mistkerl«, sagte sie laut. Eigentlich sollte sie mit Calvin Morrisey ins Bett gehen, nur um es David heimzuzahlen. Aber dann hätte sie keine Möglichkeit, es Calvin Morrisey heimzuzahlen. Herrgott, war sie dumm. Fett und dumm, das passte wirklich wie die Faust aufs Auge.

»Was ist los?«, fragte Liza, als Min wieder zur Bar zurückkehrte. »Hast du ihn angesprochen?«

»Nein. Wenn ihr ausgetrunken habt, will ich hier weg.« Min drehte sich wieder zur Empore um und blickte zu ihnen hinüber, gerade als auch sie zu ihr hinüberspähten.

David blickte hochzufrieden drein, während Calvin Morrisey sich an seinen Drink klammerte und aussah, als wäre er gerade dem Teufel begegnet.

»Da ist sie ja«, krähte David. »Ich wusste doch, dass sie wiederkommen würde. Na los, schnappen Sie sie sich, Meister.«

»M-m, David«, begann Cal und verwünschte das grau karierte Kostüm in die tiefste Hölle.

»Gewettet ist gewettet.«

Cal setzte sein leeres Glas auf dem Geländer ab und überlegte rasch. Das karierte Kostüm sah nicht besonders glücklich aus, es bestand also eine Chance, dass sie die Gelegenheit ergreifen würde, die Bar zu verlassen, wenn er sie zum Abendessen einlud. »Hören Sie, David, Sex steht hier nicht zur Debatte. Ich bin zwar kein Unschuldsknabe, aber ich bin auch kein Schwein. Wenn Sie zehn Eier dagegensetzen wollen, dass ich sie zum Abendessen abschleppe, na gut, von mir aus. Aber mehr ist nicht drin.«

David schüttelte den Kopf. »Quatsch. Na klar setze ich auch zehn Eier gegen das Abschleppen, aber die zehn Riesen gelten immer noch. Wenn Sie *verlieren …* « –, er lächelte Cal an und zog das »verlieren« in die Länge – »dann halten Sie ein Gratisseminar bei uns ab.«

»David, ich kann diese Wette gar nicht annehmen«, entgegnete Cal und änderte seine Taktik. »Schließlich habe ich zwei Partner, die …«

»Ich bin einverstanden«, erklärte Tony. »Cal verliert nie.«

Cal starrte ihn an. »Tja, aber *Roger* ist nicht einverstanden.«

»He, Roger, bist du dabei?«, rief Tony, und Roger antwortete: »Klar«, ohne den Blick von der Blondine an der Bar zu wenden.

»*Roger*«, mahnte Cal.

»Sie ist das süßeste kleine Ding, das ich je gesehen habe«, stellte Roger fest.

»Roger, du hast gerade darauf gewettet, dass ich eine Frau ins Bett kriege«, erklärte Cal mit großer Geduld. »Sage David jetzt bitte, dass du nicht bereit bist, ein Zehntausend-Dollar-Seminar auf Sex zu verwetten.«

»Was?«, erwiderte Roger und riss endlich den Blick von der Blondine los.

»Ich sagte ...«, begann Cal erneut.

»Warum solltest du denn auf so was wetten?«, fragte Roger.

»Darum geht's nicht«, erklärte Tony. »Worum es geht, ist: schafft er's?«

»Na sicher«, erwiderte Roger. »Aber ...«

»Dann gilt die Wette«, stellte David fest.

»Nein, sie gilt nicht«, widersprach Cal.

»Sie glauben selbst nicht, dass Sie es schaffen«, stichelte David. »Damit verlieren Sie die Wette.«

»Es geht nicht um mich«, entgegnete Cal, und im nächsten Augenblick tauchte Cynthie wieder neben ihm auf und legte eine Hand auf seinen Arm. Sie beugte sich zu ihm, und er fühlte, wie ihm warm wurde.

»Da drüben wartet sie auf Sie«, drängte David mit Härte in der Stimme.

»Sie?« Cynthies Blick verlor das Strahlende. »Hast du ein Rendezvous?«

Zum Teufel, dachte Cal.

»Cal?«, stieß David nach.

»Cal?«, fragte Cynthie.

»Ich *liebe* so was«, erklärte Tony.

»Was denn?«, fragte Roger.

Cal seufzte. Nun hieß es: das Kostüm oder Cynthie, der Felsbrocken oder das weiche Kissen, das geheiratet werden wollte. Er löste ihre Hand von seinem Arm. »Ja, ich habe ein Rendezvous. Entschuldige mich.«

Er drängte sich an Cynthie und David vorbei und machte sich auf den Weg zur Bar, wobei er allen beiden das Schlimmste wünschte, das ihm einfiel, nämlich dass aus ihnen ein Paar wurde.

Min beobachtete, wie Cal Morrisey die Stufen hinabging. Dieses Biest. Er dachte, er könnte sie innerhalb eines Monats herumkriegen. Er dachte, sie sei so frustriert, dass sie einfach ...

Beim nächsten Gedanken hielt sie inne und richtete sich gerade auf.

»Sagst du uns jetzt endlich, was los ist?«, forderte Liza.

»Ein Monat«, murmelte Min.

Sie sah, wie er sich einen Weg durch die Menge suchte und die auffordernden Blicke ignorierte, die ihm einige Frauen zuwarfen.

Er kam, um sie anzusprechen und abzuschleppen.

Mal angenommen, sie ließ sich darauf ein.

Mal angenommen, sie ließ ihn in den nächsten drei Wochen schwitzen, indem sie sich spröde gab, und nahm ihn dann mit zu Di's Hochzeit. Er würde sie nicht sitzen lassen, denn er hatte nur einen Monat Zeit, seine verdammte Wette zu gewinnen. Sie brauchte also nichts weiter zu tun, als ihn drei Wochen lang im Ungewissen zu lassen, ihn dann zur Hochzeit ihrer Schwester zu schleppen und ihm anschließend den erhobenen Mittelfinger zu zeigen.

Min lehnte sich bequem gegen die Bar und prüfte den Plan von allen Seiten. Das Biest hatte es mehr als verdient, drei Wochen lang gefoltert zu werden. Und in diesen drei Wochen würde sie sich in Ruhe überlegen, wie sie auch David bestrafen konnte. Und ihre Mutter würde allen Hochzeitsgästen ein Prachtexemplar als ihren Begleiter vorstellen können. Das war doch ein Plan, und soweit sie es beurteilen konnte, war es sogar ein guter Plan.

Die Barkeeperin näherte sich, und Min orderte: »Diät-Cola und Rum. Einen doppelten, bitte.«

»Das ist dein dritter«, kommentierte Liza. »Und vierter. Allein die Kohlensäure wird dich zum Überkochen bringen. Was hast du vor?«

»War er gemein zu dir?«, fragte Bonnie. »Was ist denn passiert?«

»Ich habe nicht mit ihm gesprochen.« Min scheuchte die beiden mit wedelnder Hand fort. »Trollt euch ein paar Meter weiter, ja? Ich werde hier gleich angemacht, und ihr verderbt mir meine Show.«

»Irgendetwas haben wir verpasst«, bemerkte Liza zu Bonnie.

»Nun geh schon«, entgegnete Bonnie und schob Liza zu einem anderen Platz an der Bar.

Min wandte sich der Barkeeperin zu, als diese ihren Drink brachte, so dass sie hochschrak, als das Biest sie von der Seite ansprach und sie unvermittelt die volle Wucht seiner attraktiven Erscheinung zu spüren bekam: die glutvollen dunklen Augen, die perfekt geformten Wangenknochen, und Lippen, nach deren Berührung sich jede Frau nur sehnen konnte. Ihr Herz klopfte ihr bis in den Hals, und sie schluckte schwer, um es wieder an seinen normalen Platz zu befördern.

»Ich habe da ein Problem«, begann er, und seine Stimme war tief und weich, warm genug, um zu bezaubern, und voll genug, um den Blutkreislauf zum Erliegen zu bringen.

Zartbitterschokolade, dachte Min, blickte ihn ausdruckslos an und zwang sich, tief und ruhig zu atmen. »Ein Problem?«

»Na ja, normalerweise würde ich Sie ansprechen mit: ›Darf ich Sie zu einem Drink einladen?‹, aber Sie haben schon einen.«

Er lächelte sie an, und das Testosteron strahlte ihm aus allen Knopflöchern seines teuren Anzugs.

»Tja, das ist wirklich ein Problem.« Sie begann, sich abzuwenden.

»Deswegen habe ich mir gedacht«, fuhr er mit noch weicherer Stimme fort und beugte sich näher zu ihr, so dass ihr Herz wieder anfing zu klopfen, »ich könnte Sie doch irgendwo anders hin zum Abendessen einladen.«

Je näher er kam, umso besser sah er aus. Er war der Gebrauchtwagenhändler unter den Verführern, befand Min und versuchte, ihre innere Distanz wiederzugewinnen. Gegenüber Gebrauchtwagenhändlern hatte man keine Chance, denn sie verkauften ihr Leben lang Autos, während man selber nur einige wenige im Leben kaufte. Statistisch gesehen hatte man schon den Kürzeren gezogen, bevor die Halme auch nur gerupft waren. Sie konnte nur vermuten, wie viele Frauen dieser Kerl in seinem Leben schon zur Strecke gebracht hatte. Alles in ihr sträubte sich.

Sein Lächeln war verschwunden, während er auf ihre Antwort wartete, und er wirkte jetzt verletzlich, nachdem er all seinen Mut zusammengenommen hatte, um sie einzuladen. Er spielte diese Verletzlichkeit hervorragend. *Vergiss nicht*, erinnerte sie sich selbst, *dieser Mistkerl tut das für zehn Eier*. Das heißt, eigentlich versuchte er, *sie* für zehn Eier abzuschleppen. So ein Geizkragen. Plötzlich fiel es ihr nicht mehr schwer, normal zu atmen.

»Zum Abendessen?«, wiederholte sie.

»Ja.« Er beugte sich noch näher zu ihr. »Irgendwo, wo es ruhiger ist und wir uns unterhalten können. Sie sehen aus wie jemand, der etwas zu sagen hat, und ich würde es gern hören.«

Min lächelte ihn an. »Das ist ja ein schrecklicher Aufreißerspruch. Funktioniert der normalerweise?«

Er erstarrte einen Augenblick, dann wechselte sein ernsthafter Gesichtsausdruck zu einem jungenhaften Grinsen: »Na ja, bis jetzt schon.«

»Das muss an Ihrer Stimme liegen«, versetzte Min. »Die spielen Sie wunderbar aus.«

»Vielen Dank.« Er richtete sich auf. »Fangen wir doch noch mal von vorn an.« Er streckte seine Hand aus. »Ich bin Calvin Morrisey, aber meine Freunde nennen mich Cal.«

»Min Dobbs.« Sie schüttelte ihm die Hand und ließ sie wieder los, bevor sie in der ihren warm werden konnte. »Und meine Freundinnen würden mich eine dämliche Kuh nennen, wenn ich diese Bar mit einem vollkommen Fremden verlasse.«

»Warten Sie.« Er zog seine Börse und holte einen Zwanziger hervor. »Der ist fürs Taxi. Wenn ich aufdringlich werde, rufen Sie sich ein Taxi.«

Liza würde den Zwanziger nehmen und den Kerl dann zum Teufel schicken. Aber da war ihr Plan, und Liza brauchte keinen Begleiter für eine Hochzeit. Was sonst würde Liza tun? Min pflückte den Zwanziger aus seinen Fingern und erklärte: »Wenn Sie aufdringlich werden, breche ich Ihnen das Nasenbein.« Sie faltete den Zwanziger, öffnete die zwei obersten Knöpfe ihrer Bluse und steckte den Schein in das V ihres dezenten Baumwoll-BHs, so dass nur noch ein grüner Rand zu sehen war. Das war ein unleugbarer Vorteil ihrer Über-Pfunde: Sie hatte einiges an Oberweite zu bieten.

Sie sah auf und ertappte ihn, wie er in ihren Ausschnitt blickte. Sie erwartete irgendeinen Kommentar, aber er lächelte lediglich und meinte: »Das ist nur fair. Kommen Sie, lassen Sie uns gehen«, und sie nahm sich vor, nicht auf seinen schön geformten Mund zu starren, schließlich versteckte sich darin eine gespaltene Zunge.

»Versprechen Sie mir zuerst, keine lahmen Sprüche mehr loszulassen«, verlangte sie und beobachtete, wie sich seine Wangenmuskeln anspannten.

»Was immer Sie wünschen«, erwiderte er.

Min schüttelte den Kopf. »Schon wieder so ein Spruch. Ich nehme an, Sie können nicht anders. Na ja, ein Essen umsonst, warum nicht.« Sie nahm ihre Tasche von der Theke. »Gehen wir.«

Sie marschierte los, bevor er noch etwas sagen konnte, und er folgte ihr, vorbei an einer verblüfften Liza und einer entzückten Bonnie, quer durch den Raum und zum Absatz vor dem Eingang. Das Letzte, was sie sah, bevor sie die Bar verließen, war Davids wutverzerrtes Gesicht.

Der Abend entwickelte sich *bedeutend* besser, als sie erwartet hatte.

2

Liza blickte stirnrunzelnd auf die Eingangstür. Da war etwas Ungutes im Gange. Als Calvin Morrisey dann noch einmal hereinkam und einen Augenblick lang mit David sprach, machte das die Sache nicht besser.

»Glaubst du, das war der Alkohol?«, fragte Bonnie.

Lizas Gedanken überstürzten sich. »Ich weiß nicht, was das war, aber es gefällt mir nicht. Warum hatte er es auf sie abgesehen?«

Bonnie runzelte die Brauen. »Das sieht dir gar nicht ähnlich, eifersüchtig zu sein.«

»Ich bin nicht eifersüchtig.« Liza wandte sich mit finsterer Miene Bonnie zu. »Denk doch mal nach. Min sendet keine Signale aus, und er hat noch nie mit ihr gesprochen, also kann er gar nicht wissen, wie prima sie ist. Und sie steht da in den Klamotten einer verklemmten Schreckschraube. Er aber marschiert durch die ganze Bar und pickt sich ausgerechnet sie heraus …«

»So was gibt's doch«, entgegnete Bonnie.

»... unmittelbar, nachdem er sich mit David unterhalten hat«, schloss Liza und machte eine Geste mit dem Kopf hinüber zur Empore, wo sich David nun mit hochrotem Kopf intensiv einer Brünetten widmete.

»Oh«, machte Bonnie betroffen. »Oh nein.«

»Da gibt's nur eines, was wir tun können.« Liza straffte die Schultern. »Wir müssen herausfinden, was Calvin, das Biest, vorhat.«

»Aber wie ...«

Liza nickte zur Empore hinüber. »Er war mit diesen beiden Jungs hier. Welchen willst du übernehmen, den großen, dämlich aussehenden Blonden oder den Bullenkopf?«

Bonnie folgte Lizas Blick und seufzte. »Den Blonden, der scheint harmlos zu sein. Der Bullenkopf sieht aus, als hätte er zehn Hände, und dazu habe ich heute nicht den Nerv.«

»Ich schon.« Liza stellte ihren Drink auf dem Tresen ab und lehnte sich zurück. Der Bullenkopf blickte sie unverwandt an. »So eine niedrige Stirn habe ich das letzte Mal im Biologieunterricht gesehen, als man uns die Dias über die Entwicklung zum Menschenaffen zeigte.« Sie erwiderte seinen Blick volle fünf Sekunden lang, ohne auch nur mit einer Wimper zu zucken. Dann wandte sie sich wieder zur Bar um. »Zwei Minuten.«

»Ach, bei den vielen Menschen hier, Liz«, entgegnete Bonnie, »gib ihm drei.«

David hatte beobachtet, wie Cal die Eingangstür für Min öffnete, und fühlte eine Woge von Eifersucht und Wut in sich aufsteigen. Nicht nur, dass er Cal am liebsten einen Tritt gegeben hätte. Er empfand immer den Wunsch, Cal einen Tritt zu geben. Dieser Kerl kam nie ins Schwitzen, machte nie einen Fehler im Geschäftsleben, verlor nie eine Wette und holte sich bei keiner Frau einen Korb. *Dein Therapeut hat dich davor ge-*

warnt, sagte er sich selbst, aber er wusste, dass es diesmal nicht nur an seinem Bedürfnis lag, bei allem der Beste sein zu wollen. Diesmal hatte die Eifersucht noch einen extra Haken.

Diesmal hatte Cal sich Min geschnappt. Ausgerechnet Min, die zu den brauchbaren, soliden Frauen zählte, mal abgesehen von dieser eigensinnigen Art, die er ihr sicher hätte abgewöhnen können. Sie wäre todsicher zu ihm zurückgekommen. Jetzt aber …

Er wurde starr, als Cal noch einmal hereinkam und ihn zu sich winkte.

»Wir gehen zusammen essen«, erklärte Cal und streckte fordernd die Hand aus. »Zehn Eier.«

Er klang wütend, so dass David sich etwas besser fühlte, als er seine Börse herausnahm und Cal den Zehner aushändigte.

»Schlauer Schachzug, mir nicht zu verraten, dass sie Männer hasst«, stellte Cal fest.

Dann war er fort, und David kehrte ans Geländer der Empore zurück und bemerkte: »Ich glaube, ich habe gerade einen Fehler gemacht.«

»Sie auch?«, sprach Cynthie traurig in ihr Martini-Glas.

David spähte zur Eingangstür. »Dann waren es also nicht Sie, die mit Cal Schluss gemacht hat?«

»Nein.« Auch Cynthie starrte die Eingangstür an. »Ich dachte, es sei Zeit, dass wir heiraten, und deswegen sagte ich: ›Jetzt oder nie‹.« Schmallippig lächelte sie zu David auf. »Und er antwortete: ›Tut mir Leid‹.« Sie holte tief Atem, und David versuchte, sich nicht davon ablenken zu lassen, dass sie unter ihrem eng anliegenden roten Kleid keinen BH trug.

»Das ist schäbig«, kommentierte David und lehnte sich gegen das Geländer, um nicht in ihren Ausschnitt zu blicken. Denn das wäre schäbig, etwas, das Cal Morrisey tun würde. »Cal muss ein Trottel sein.«

»Danke.« Cynthie wandte sich um, um erneut die Bar zu beobachten, als Tony vom Nachbartisch aufstand und, gefolgt von Roger, die Stufen hinabschritt. Ihr Haar bewegte sich bei der Kopfbewegung wie im Fernsehen, ein dunkler, seidiger Wasserfall, der ihre Schultern streichelte. »Ich wüsste zu gern, wie Cal dieser Frau begegnet ist. Ich hätte schwören können, dass er mit niemandem verabredet war.«

David überlegte, ob er ihr erzählen sollte, dass Cal Min wegen einer Wette angesprochen hatte, entschied sich aber dagegen. Die Wette ließ ihn nicht gerade im besten Licht erscheinen. Eigentlich wusste er gar nicht, warum um Himmels willen er das überhaupt getan hatte. Es war, als hätte eine böse innere Stimme ihm etwas eingeflüstert. Nein, Cal war schuld, ja, Cal, und das Ganze war eine Katastrophe, wenn Min jemals herausfand, dass er diese Wette vorgeschlagen hatte ...

»Kennen Sie sie?«, fragte Cynthie.

»Sie ist meine Exfreundin.«

»Ach.« Cynthie stellte ihr Glas ab. »Na, ich hoffe, Cal tut es Leid, dass er mit ihr angebändelt hat. Ich hoffe, er merkt, was er verloren hat, wenn er sie erst mal bei sich zu Hause hat.«

»Die gehen nicht zu ihm nach Hause«, entgegnete David. »Sie wird nicht mitkommen.« Cynthie wartete, und er setzte hinzu: »Sie mag keinen Sex.«

Cynthie lächelte.

David zuckte die Schultern. »Zumindest hat sie in den zwei Monaten, die wir liiert waren, nicht gewollt. Also habe ich Schluss gemacht.«

Cynthie schüttelte noch immer lächelnd den Kopf. »Sie haben der Beziehung nicht genügend Zeit gelassen. Was für einen Beruf hat sie denn?«

Bei dieser Kritik wurde David steif. »Sie ist Versicherungsstatistikerin. Und es wundert mich wirklich, dass *zwei* Monate ...«

»David,« erwiderte Cynthie, »wenn Sie gleich zu Anfang Sex haben wollten, dann hätten Sie sich eine Stripperin angeln sollen. Wenn sie Statistikerin ist, dann ist sie ein vorsichtiger Mensch. In diesem Beruf lernt man, Risiken zu minimieren, und in Ihrem Fall hatte sie Recht.«

David spürte eine plötzliche Abneigung gegen Cynthie. »Wieso hatte sie Recht?«

»Sie haben sie wegen Sex verlassen.« Cynthie beugte sich vor, und David tat, als blicke er nicht auf ihre Brüste unter dem Stoff. »David, das ist *mein* Spezialgebiet. Wenn Sie sie liebten, hätten Sie ihr kein Ultimatum wegen des Sex gestellt.«

»Was sind Sie denn von Beruf?«, fragte David kalt.

»Ich bin Psychologin«, antwortete Cynthie und hob ihr Glas, und David erinnerte sich an den Tratsch, den er gehört hatte.

»Sie sind dieser Beziehungsguru«, stellte er fest und erwärmte sich wieder ein wenig für sie. Sie war praktisch eine Berühmtheit. »Sie waren im Fernsehen.«

»Ich trete manchmal als Gast auf«, nickte Cynthie. »Meine Untersuchungen über Beziehungen sind allgemein auf großen Zuspruch gestoßen. Und ich habe daraus gelernt, dass man wegen Sex kein Ultimatum stellt.«

»Sie haben Cal auch eins gestellt.«

»Nicht wegen Sex«, widersprach Cynthie. »Ich würde ihm nie den Sex verweigern. Außerdem war das kein Ultimatum, sondern Strategie. Wir waren bereits neun Monate liiert, hatten die Phase der Verliebtheit hinter uns und befanden uns in der Phase der Bindung, und ich wusste, dass er nur einen kleinen physiologischen Wink brauchte, damit er sich über seine wahren Gefühle klar würde.«

»Kommt mir ziemlich unsinnig vor«, bemerkte David.

Cynthie lächelte ihn ohne Wärme im Blick an. »Meine Studien haben gezeigt, dass der Prozess bis zur reifen Liebesbeziehung in vier Phasen vor sich geht.« Sie hielt einen Finger empor. »Wenn Sie eine Frau kennen lernen, suchen Sie unbewusst nach Anhaltspunkten, ob sie die Art Frau ist, mit der Sie überhaupt zusammen sein sollten. Das ist die Grundakzeptanz.« Dann hielt sie den zweiten Finger empor. »Wenn die Frau diesen Grundakzeptanz-Test besteht, versuchen Sie, sie kennen zu lernen und herauszufinden, ob sie zu Ihnen passt. Wenn ja, dann fühlen Sie sich zu ihr hingezogen. Das ist die Anziehung.« Sie hielt den dritten Finger empor. »Wenn nun im Laufe des Kennenlernens die Anziehung durch Glück oder Schmerz oder durch beides verstärkt wird, dann verlieben Sie sich. Und ...« – sie hielt den vierten Finger in die Höhe – »... wenn es Ihnen gelingt, in der Phase der Verliebtheit eine feste Bindung zu entwickeln, dann erreichen Sie die Phase der dauerhaften, bedingungslosen Liebe.«

»Das kommt mir alles ein wenig klinisch vor«, meinte David und heuchelte Interesse. Schließlich war sie praktisch eine prominente Persönlichkeit.

»Deswegen ist es aber nicht falsch«, entgegnete Cynthie. »Nehmen Sie zum Beispiel die Grundakzeptanz. Ihr Unterbewusstsein prüft alle Frauen und sucht sich diejenigen aus, die Ihrer Grundakzeptanz des Frauentyps entsprechen, zu dem Sie sich hingezogen fühlen.«

»Ich hoffe doch, dass ich nicht so engstirnig bin«, verwahrte sich David.

»Deswegen bin ich auch überrascht, dass Cal sich Ihre Min ausgesucht hat.« Cynthie nippte an ihrem Drink. »Denn bei ihm hängt die Grundakzeptanz unter anderem davon ab, dass die Frauen schön sind.«

»Ich habe Cal schon immer für oberflächlich gehalten«, erwiderte David und dachte bei sich: *Er hat sie nur wegen einer Wette abgeschleppt, der Mistkerl.*

»Er ist ganz und gar nicht oberflächlich«, widersprach Cynthie. »Nachdem sie die Grundakzeptanz abgehakt haben, werden sie jetzt unbewusst die gegenseitige Attraktivität prüfen. Wenn sie zum Beispiel draußen im Gleichtakt gehen, wäre das ein starker psychologischer Faktor dafür, dass sie zueinander passen.« Sie runzelte die Stirn. »Ich wünschte, wir könnten sie beim Essen beobachten.«

»Was sollten wir denn da sehen?«, fragte David und nahm seinen Drink wieder auf. »Ob sie im Gleichtakt essen?«

»Nein«, entgegnete Cynthie. »Ob sich ihre Bewegungen spiegeln, ob sie zum Beispiel beide gleichzeitig ein Bein über das andere schlagen. Ob sie positiv reagiert, wenn er sie berührt. Ob sie koitale Blicke tauschen.«

David verschluckte sich an seinem Drink.

»Das sind Blicke, die ein paar Sekunden zu lange andauern«, erklärte Cynthie. »Ein eindeutiges sexuelles Signal. Alle Spezies praktizieren das.«

David nickte verstehend und nahm sich vor, in Zukunft nicht mehr zu starren.

»Wenn ihre Unterhaltung einen Rhythmus ohne lange Pausen annimmt, dann verstärkt das die Attraktivität. Oder wenn sie in der Beziehung so weit kommen, dass sie Spitznamen verwenden.«

»Min hasst Spitznamen«, erwiderte David und erinnerte sich an ein katastrophales »Schnuckelputz«-Erlebnis.

»Oder wenn sie den gleichen Geschmack haben, was Musik oder Filme betrifft. Wenn sie kleine Geheimnisse oder Insiderwitze entwickeln. Wenn ihnen die gleichen Dinge etwas bedeuten. Arbeitet Min selbstständig?«

»Nein«, antwortete David. »Sie arbeitet für die Alliance-Versicherung. Ihr Vater ist dort Vizepräsident.«

Über Cynthies schönes Gesicht breitete sich ein Lächeln. »Hervorragend. Cal ist eine Spielernatur, und er bewundert Menschen, die etwas riskieren. Deswegen hat er sich auch geweigert, in das Geschäft seines Vaters einzutreten, und stattdessen lieber eine eigene Firma gegründet. Eine, die nach der Pfeife ihres Vaters tanzt, imponiert ihm garantiert nicht besonders. Sie wird ihm langweilig vorkommen.«

»Sehr gut«, meinte David. *Der oberflächliche Mistkerl.*

Cynthie nickte über ihr Glas hinweg. »Außerdem kommt es auch auf ihr Verhalten an. Wenn jemand Sie gern hat und gern mit Ihnen zusammen ist, wirkt er dadurch attraktiv.« Einen Augenblick lang blickte sie wehmütig drein. »Und Ihre Min wird natürlich über seine Gesellschaft entzückt sein.«

»Nein, wird sie nicht«, widersprach David. »Im Augenblick ist sie wütend auf alle Männer, weil ich ihr den Laufpass gegeben habe. Und sie hat Haare auf den Zähnen.«

Cynthies Miene hellte sich auf. »Das heißt, für Cal kommt dann zu seinem eigenen Urteil, wonach sie viel zu konservativ ist, noch ihre schlechte Laune hinzu. Das hört sich sehr gut an, David. Und lässt sie sich von ihm zum Abendessen einladen?«

David schüttelte den Kopf. »Min besteht immer darauf, dass jeder selbst für sich bezahlt. Sie ist eine sehr faire Frau.«

»Jede Spezies verfügt über eine ›Einladung zum Essen‹ als Bestandteil des Balzrituals«, erklärte Cynthie. »Wenn eine Frau nicht zulässt, dass Sie für das Abendessen bezahlen, weist sie Ihre Versuche zurück, ihr den Hof zu machen. Sie empfindet das vielleicht als fair oder hält sich für eine Feministin, aber tief drinnen weiß sie, dass sie Sie damit von der Liste ihrer Bewerber streicht.«

»Sie wird sich nicht von ihm einladen lassen«, beteuerte David nochmals, während er insgeheim seine Einstellung in diesem Punkt revidierte. Wenn Min zu ihm zurückkehrte, würde *er* künftig bezahlen.

»Also werden sie sich darüber streiten, wer zahlt. Fabelhaft.« Sie lehnte sich zurück, und ihr Gesicht entspannte sich zum ersten Mal an diesem Abend. »Nach allem, was Sie mir erzählt haben, bedauert Cal es schon jetzt, dass er sie eingeladen hat.«

»Das ist gut«, meinte David, den der Gedanke aufheiterte.

Cynthie lächelte vage. »Wollten Sie eigentlich wirklich mit

mir zum Abendessen gehen, oder haben Sie mich nur eingeladen, um Cal wütend zu machen?«

Abendessen. Wenn er Cynthie zum Abendessen ausführte, würden Tony und Roger Cal erzählen, dass sich zwischen ihm und Cynthie etwas anbahnte. Das geschähe Cal recht. Er, David, könnte die heißblütige Brünette abschleppen, die dem legendären Calvin Morrisey den Laufpass gegeben hatte. Er hätte die Nase vorn.

David stellte sein Glas ab. »Ich habe Sie gefragt, weil ich gern mit Ihnen zu Abend essen würde.«

Cynthie lächelte, und benommen dachte er, was für ein Dummkopf Cal war, diese Frau aus den Fingern zu lassen.

»Und Sie können mir noch mehr über Min erzählen«, bat Cynthie.

»Natürlich«, erwiderte David.

Alles über Min. Aber nichts über die Wette.

Min wartete draußen auf dem Trottoir, während das Biest noch einmal in der Bar verschwand, um zu holen, was immer er dort vergessen hatte – vielleicht seine Moralvorstellungen. In der kühlen Luft des Juniabends wurde ihr Kopf etwas klarer, und ihre Wut ebbte ein wenig ab. Die Bar lag in einer ihrer Lieblingsstraßen, in der sich neben einem kleinen Theater verrückte kleine Läden und Restaurants drängten. Ein sanfter Lufthauch ließ das Laub der dünnen Bäume rauschen, die die Straße säumten und sich in ihren Metallkäfigen zu wachsen bemühten. Min betrachtete die Bäume und dachte *Ich weiß genau, wie ihr euch fühlt*. Nun ja, das Dünnsein kannte sie nicht, dafür aber das Gefangensein.

Denn sie steckte in der Falle, da gab es keinen Zweifel. Sie steckte in der Falle und würde ohne Begleiter in einem idiotischen Brautjungfernkleid zur Hochzeit ihrer Schwester erscheinen und die Klagen ihrer Mutter darüber ertragen müssen. Denn um ehrlich zu sein, es würde ihr wohl kaum gelingen, jemanden wie Cal Morrisey drei Wochen lang an der Nase herumzuführen. Es war ein dummer, unüberlegter Einfall gewesen, den Alkohol und Wut ihr eingegeben hatten. Einen Augenblick lang wünschte sie, daheim zu sein in ihrer Dachwohnung und sich auf das alte, kürbisfarbene Sofa ihrer Großmutter gekuschelt das *Moody-Blue*-Album von Elvis anzuhören. Vielleicht war sie einfach nicht der Typ für solche Beziehungsspielchen. Vielleicht sollte sie einfach ihren gut gepolsterten Genen nachgeben und eine freundliche Tante für den unvermeidlichen Nachwuchs ihrer Schwester Diana werden. Sie wollte ja gar nicht unbedingt selbst Kinder. Und wozu sonst waren Männer schon gut? Na ja, für Sex natürlich, aber welche Verrenkungen sie deswegen veranstalteten! Also wirklich …

Hinter ihr klingelte ein Handy, und sie zuckte erschrocken zusammen. Als sie sich umdrehte, sah sie, dass Calvin Morrisey wieder da war und aus einer Tasche ein Handy zog, das mit mehr Brimborium ausgestattet war, als irgendein vernünftiger Mensch brauchte. Es bestätigte sie in ihrer Entscheidung: Sie würde den Teufel tun und drei lange Wochen mit einem seelenlosen Yuppie verbringen, nur um einen Begleiter zu Dianas Hochzeit zu haben. Sie würde ihren Anteil an dem Abendessen bezahlen und dann ›auf Nimmerwiedersehen‹ sagen. Das war ein guter Plan.

Mit verschränkten Armen erwartete sie, dass er versuchen würde, sie mit einem Geschäftsgespräch zu beeindrucken, aber er schaltete das Handy nur ab.

Min hob die Augenbrauen. »Und wenn es wichtig ist?«

»Der einzige Mensch, mit dem ich jetzt sprechen möchte, steht vor mir«, erwiderte er und schenkte ihr sein Strahlemann-Lächeln.

»Ach um Himmels willen«, stieß Min hervor. »Könnten Sie das nicht auch abstellen?«

»Wie bitte?«, fragte er, und sein Lächeln erlosch.

»Diese pausenlosen dummen Sprüche.« Min setzte sich wieder in Bewegung. »Ich gehe doch schon mit Ihnen zum Essen. Sie können sich also entspannen.«

»Ich bin immer entspannt.« Mit zwei Schritten war er an ihrer Seite. »Wohin gehen wir?«

Min stoppte so plötzlich, dass er noch einen Schritt tat, bevor auch er bremste.

»Das neue Restaurant, über das jetzt alle sprechen, liegt in dieser Richtung. ›Bei Serafino‹. Ein Bekannter behauptet, der Küchenchef würde mit seinen Gerichten etwas Besonderes aussagen.« Sie dachte an David und blickte Cal an. Zwei von der gleichen Sorte. »Ich dachte, das entspricht vielleicht Ihrem Stil. Hatten Sie etwas anderes im Sinn?«

»Ja.« Mit einem Finger an ihrer Schulter drehte er sie sanft um. Min bewegte abwehrend die Schultern. »Mein Restaurant liegt in der anderen Richtung«, erklärte er. »Gehen Sie nie in ein Restaurant, dessen Küchenchef versucht, mit Lebensmitteln zu sprechen. Oder wollen Sie unbedingt ins Sera …«

»Nein, Gott bewahre.« Min setzte sich wieder in Bewegung. »Ich möchte sehen, welchen Geschmack Sie in puncto Restaurants haben. Wahrscheinlich ähnlich wie bei Handys: sehr *trendig*.«

»Mir gefallen einfach kleine Apparate«, erklärte er und schloss wieder zu ihr auf. »Aber ich glaube nicht, dass das etwas über mein wahres Ich aussagt.«

»Ich wollte schon immer mal eine Studie über Handys und Persönlichkeit durchführen«, schwindelte Min, als sie am Gryphon-Theater vorbeischritten. »Alle diese modischen Designs und unterschiedlichen Ausstattungen, und dann gibt es noch Leute, die sich weigern, überhaupt eines bei sich zu haben. Man sollte annehmen …«

»Ihres ist sicher schwarz«, entgegnete er. »Nüchtern und praktisch. Vorsicht, Scherben.« Er streckte die Hand aus, um sie am Arm zu fassen und um eine zerbrochene Bierflasche herumzusteuern, aber sie wich ihr selbst aus und drehte sich dabei von ihm weg.

Er senkte den Blick auf ihre Füße und blieb stehen, wohl um Besorgtheit vorzuspiegeln, und so blieb auch sie stehen. »Was ist?«

»Hübsche Schuhe«, bemerkte er. Sie blickte ebenfalls hinab auf ihre matt glänzenden, an den Zehen offenen, hochhackigen Schuhe mit den weichen, schwarzen Schleifchen.

»Danke«, antwortete sie und war überrascht, dass er es bemerkt hatte.

»Bitte sehr.« Er steckte die Hände in die Taschen und setzte sich zügig wieder in Bewegung.

»Aber Sie haben falsch geraten.« Min machte große Schritte, um ihn einzuholen. »Mein Handy ist nicht schwarz. Es ist grün mit weißen Gänseblümchen.«

»Nein, ist es nicht«, widersprach er und marschierte voran, ohne auch nur so zu tun, als würde er sich ihrem Tempo anpassen. Sie setzte sich in Trab, bis sie sich wieder auf einer Höhe mit ihm befand. »Es ist schwarz oder silbern und hat nur ein Minimum an Funktionen, und das ist schade, denn man weiß nie, in welche Situationen man geraten kann, Situationen, in denen man sich vielleicht mit Spielchen die Zeit vertreiben muss.«

Als sie zu ihm aufblickte, sah er so gut aus, dass sie erneut abrupt stehen blieb, um ihn aus dem Rhythmus zu bringen. Ihre einzige Chance war, ihn aus dem Gleichgewicht zu bringen und ihm nicht ins Gesicht zu blicken, vor allem, da er mit ihrem schwarzen Handy so unverschämt Recht hatte. »Entschuldigung«, entgegnete sie steif und verschränkte die Arme wieder über der Brust. »Ich weiß doch wohl, wie mein Handy aussieht. Es hat Gänseblümchen drauf. Und ich weiß auch, dass ich ein Kostüm trage, aber das bedeutet nicht, dass ich langweilig bin. Darunter trage ich rote Reizwäsche.«

»Nein, tun Sie nicht.« Er hatte die Hände noch immer in den Taschen vergraben und sah groß und breitschultrig und teuflisch männlich aus.

»Na, mit dieser Einstellung werden Sie's nie rausfinden«, erklärte Min und setzte sich wieder in Bewegung, bis sie merkte, dass er ihr nicht folgte. Sie wandte sich um und sah, dass er ihr nachblickte. »Na, Abendessen?«

Er schlenderte zu ihr, während sie auf ihn wartete, und als er sie erreicht hatte, beugte er sich zu ihr hinab und sagte: »Ich wette zehn Dollar, dass auf Ihrem Handy keine Gänseblümchen sind.«

»Ich wette nie«, entgegnete Min und versuchte, keinen Schritt zurückzuweichen.

»Das Doppelte oder nichts, dass Sie nur einen einfachen weißen BH tragen.«

»Wenn Sie mich für so langweilig halten, was wollen Sie dann mit mir?«

»Ich habe den BH gesehen, als Sie den Zwanziger hineinsteckten. Außerdem haben Sie einen konservativen Geschmack, deswegen sind auf Ihrem Handy auf gar keinen Fall Gänseblümchen. Das einzige Aufreizende an Ihnen sind Ihre Schuhe.«

Autsch. Min blickte ihn finster an. »He ...«

»Und was ich will«, fuhr er fort, ganz offensichtlich am Ende seiner Geduld, »ist, mit Ihnen in ein ganz besonderes Restaurant zu gehen, das direkt da vorne liegt. Wenn wir also vorübergehend Waffenstillstand schließen könnten, bis wir dort sind ...«

Min marschierte los.

»Keine Wette?«, fragte er hinter ihr her.

»Keine Wette.« Min beschleunigte ihren Schritt, aber er holte sie mühelos ein. *Lange Beine*, dachte sie und gab sich dann selbst einen Fußtritt, weil sie einen Gedanken an einen seiner Körperteile verschwendete. Oder daran, dass er ihre phantastischen Schuhe bemerkt hatte. Was einfach *typisch* für diesen Typ von Mann war. *Denk an die Wette*, ermahnte sie sich selbst. *Er ist ein Biest und eine Spielernatur.*

Das Biest und die Spielernatur blieb vor einem schwach erleuchteten Frontfenster mit samtroten Kaffeehausvorhängen stehen. Darüber stand in goldenen Lettern EMILIO'S.

»Dies ist das Restaurant?« Min war überrascht, dass er nicht etwas Grelleres ausgesucht hatte.

»Tja.« Er streckte die Hand nach dem Türgriff aus.

»Warten Sie.« Min betrachtete mit zusammengekniffenen Augen die Karte an der Tür. »Sie schließen an Wochentagen um zehn Uhr. Das ist nicht mehr lange hin. Vielleicht sollten wir ...«

»Ich bin Emilios Lieblingsgast«, stellte er fest und öffnete die Tür. »Wenigstens, bis er Sie zu Gesicht bekommt.«

»Schon wieder ein dummer Spruch?« Min klang ungehalten.

»Nein«, antwortete er betont geduldig. »Wenn Sie während des ganzen Abendessens weiter so auf mir herumhacken, bekommen Sie von Emilio einen Nachtisch gratis.«

»Ich dachte, Sie seien sein Lieblingsgast«, entgegnete Min.

»Bin ich auch«, bestätigte er. »Deswegen macht ihm die Show aber sicher trotzdem Spaß. Kommen Sie jetzt oder nicht?«

»Na klar«, erklärte Min und marschierte an ihm vorbei durch die Tür.

Nach Lizas Armbanduhr waren eine und eine halbe Minute vergangen, als der Bullenkopf ihr auf die Schulter tippte. »Entschuldigen Sie«, sprach er sie an, »aber ich glaube, Sie haben mich angestarrt.«

Liza blinzelte ihn an. »Das war Ungläubigkeit. Ich konnte nicht glauben, dass Sie so langsam sind.«

»Langsam?« Er blickte beleidigt drein. »Niemand hätte

schneller durch all diese Leute pflügen können. Dabei hatte ich noch nicht mal mein Martinshorn dabei.«

Liza schüttelte den Kopf. »Sie haben mich schon vor mehr als einer Stunde erspäht. Was haben Sie die ganze Zeit getan? Sich hingesetzt und darüber nachgedacht?«

Er rollte seine Augen himmelwärts. »Man hat mir gesagt, dass Rothaarige schwierig sind«, erwiderte er und lehnte sich seitlich an die Bar. »Ich heiße Tony. Und Sie schulden mir was.«

Also gut, packen wir's an, dachte Liza und lehnte sich, ihm zugewandt, ebenfalls an die Bar. »Ich schulde Ihnen was?«

»Ja.« Er grinste sie an. »Wegen der Chaostheorie.«

»Chaostheorie«, wiederholte Liza und schüttelte verständnislos den Kopf.

Er rückte näher. »Die Chaostheorie besagt, dass komplexe dynamische Systeme durch Störungen in ihrer Umgebung instabil werden und dann durch eine fremde Anziehungskraft auf eine neue Bahn gelenkt werden.«

Liza blickte ihn ungläubig an. »Und das ist Ihr Aufreißerspruch?«

»Ich bin ein komplexes dynamisches System«, stellte Tony fest.

»So komplex auch wieder nicht«, entgegnete Liza.

»Und ich war stabil, bis Sie in meiner Umgebung eine Störung verursacht haben.«

»So stabil auch wieder nicht«, entgegnete Liza.

Tony grinste. »Und da Sie die fremdeste Anziehungskraft in diesem Raum sind, bin ich auf meiner neuen Bahn direkt zu Ihnen gelenkt worden.«

»So direkt auch wieder nicht«, entgegnete Liza und drehte sich mit dem Rücken zur Bar, so dass sie ihm die Schulter zuwandte. »Da müssen Sie mir schon was Besseres erzählen, sonst suche ich mir einen anderen zum Amüsieren.«

Aus den Augenwinkeln entdeckte sie den anderen Burschen, den Blonden, der aussah, als hätte er nur Stroh im Kopf. Er beugte sich gerade zu Bonnie hinunter und fragte sie: »Ist sie immer so?« Liza musterte ihn genauer. Groß, stark, langweilig.

»Na ja, Ihr Freund ist auch nicht gerade ein Charmebolzen«, erwiderte Bonnie und schenkte ihm ein gekonnt aufregendes Lächeln.

Er strahlte sie an. »Ich auch nicht. Ich hoffe, das stört Sie nicht?«

Ach herrje, dachte Liza und wechselte einen Blick mit Tony-dem-Bullenkopf.

»Er meint es ernst«, erklärte Tony. »Roger hat keinen Aufreißspruch.«

»Im Vergleich zu der katastrophalen Chaostheorie ist das ein Pluspunkt«, fand Liza.

»Armes Schätzchen«, erwiderte Bonnie und legte ihre Hand beruhigend auf Rogers Arm. »Natürlich stört mich das nicht. Ich heiße übrigens Bonnie.«

Roger blickte sie aufrichtig bewundernd an. »Ich heiße Roger, und Sie sind die schönste Frau, die ich in meinem ganzen Leben gesehen habe.«

Bonnies Lächeln wurde strahlender, und sie rückte näher.

»Was aber nicht heißt, dass er sich nicht auf Frauen versteht«, fuhr Tony in nachdenklichem Ton fort.

»Langsam wird mir klar, worin seine Anziehungskraft liegt«, meinte Liza und drehte sich wieder Tony zu. »Und wo liegt Ihre?«

»Ich bin toll im Bett«, antwortete Tony.

»Natürlich«, versetzte Liza. »Ein hoffnungsloser Fall. Aber Sie dürfen mich zu einem Drink einladen und mir alles über sich erzählen. Und über Ihre Freunde.«

»Was immer Sie wünschen«, erwiderte Tony und winkte der gelockten Barkeeperin. Als sie sich näherte, rief er: »He, Shanna, spielst du schon auf meiner Straßenseite?«

Die Barkeeperin schüttelte den Kopf. »Nein, aber wenn ich's tue, erfährst du es als Letzter.«

»Hauptsache, ich stehe irgendwo auf deiner Liste«, grinste Tony. »Shanna, das hier ist Liza. Wir brauchen eine neue Runde.«

»Sie kennen ihn?«, wandte sich Liza an Shanna.

»Er treibt sich mit meinem Wohnungsnachbarn herum«, erwiderte Shanna. »Tja, ich muss ihn in Kauf nehmen, wegen Cal.«

»Cal?«, echote Liza und dachte *Verdammt, ich hätte nur die Barkeeperin fragen müssen, anstatt mir diesen Macho anzulachen. Na ja, ich nehme sie mir später vor.*

»Sie brauchen gar nichts über Cal zu wissen«, sagte Tony. »Er taugt nichts. Die Frauen sollten sich von ihm fern halten.«

Shanna rollte die Augen und entfernte sich.

»Das ist ja interessant«, erwiderte Liza und lächelte ihn an. »Erzählen Sie mir alles über Cal und warum er nichts taugt.«

»Ich hab gelogen. Er ist ein toller Kerl«, entgegnete Tony. »Wir kennen uns seit der Schule ...«

»Ach, Sie sind zusammen zur Schule gegangen?«, fragte Liza verblüfft.

»Ja, wir kennen uns seit der Grundschule«, antwortete Tony. »Obwohl ich nicht verstehe, was Sie daran interessiert ...«

»Ich möchte einfach alles über Sie erfahren, Süßer«, raunte Liza. »Ich finde Sie soo faszinierend.«

Tony nickte, als sei das völlig einleuchtend. »Also, geboren wurde ich ...«

»Über Sie und *Ihre Freunde*«, betonte Liza. »Also, das heißt über Sie, Roger und *Cal* ...«

Tony begann zu erzählen, als Liza hinter sich Bonnie sagen hörte: »Wissen Sie, Sie würden meiner Mama gefallen«, und Roger antworten: »Ich würde Ihre Mutter schrecklich gern kennen lernen.«

Liza machte eine Kopfbewegung zu Roger hin. »Sagt er das zu jeder Frau?«

»Was?«, schreckte Tony aus seiner Geschichte über sich selbst als Footballstar zu Schulzeiten auf.

»Ach, egal«, winkte Liza ab. »Übergehen wir den Rest bis zur Pubertät. Sie und Roger und *Cal* …«

Cal beobachtete genüsslich, wie sich Fassungslosigkeit auf Mins Gesicht ausbreitete, als sie ihren ersten Blick auf die verrückte Pracht seines Lieblingslokals warf, Emilios Reich mit den schmiedeeisernen Lüstern und darauf sitzenden bernsteingelben, flammenzüngelnden Lampen, den alten Schwarzweißfotos an den Wänden, den quadratischen Tischen mit rot-weiß karierten Decken, den Kerzen in geleerten Chianti-Korbflaschen, den handgeschriebenen Speisekarten und dem zusammengewürfelten Silberbesteck. Er erwartete, sie amüsiert lächeln zu sehen, und bemerkte dann, dass sie das nicht konnte, weil ihr Mund vor Staunen weit offen stand. Nun ja, das hatte sie verdient dafür, dass sie eine solche Nervensä …

»Das ist ja *phantastisch*«, rief sie aus und begann zu lachen. »Mein Gott, wie hat jemand wie Sie nur ein solches Lokal ausfindig gemacht?«

»Was soll das heißen, jemand wie ich?«, fragte Cal.

Sie ging zu einer der Wände hinüber, um sich Emilios Familienfotos der letzten achtzig Jahre zu betrachten. »Woher haben die nur all dieses Zeug?«, fragte sie lächelnd. Ihre weichen Lippen öffneten sich, und ihre dunklen Augen strahlten. Da erschien Emilio selbst hinter Cal.

»Ah, Mr. Morrisey«, sagte Emilio, und Cal wandte sich um und blickte seinem alten Zimmergenossen in die Augen. »Welche Ehre, Sie bei uns begrüßen zu dürfen.«

»Emilio«, erwiderte Cal, »das ist Min Dobbs.« Er wandte sich wieder Min zu. »Emilio bäckt das beste Brot in der Stadt.«

»Ich bin sicher, dass Sie alles am besten machen, Emilio«, sagte Min und gab ihm die Hand. Sie warf ihm unter ihren Wimpern hervor einen Blick zu und lächelte ihn spitzbübisch an.

Emilio reagierte entzückt, und Cal dachte, *He, warum habe ich das noch nicht zu sehen bekommen?*

Emilio nahm ihre Hand in seine. »Für Sie wird mein Brot reine Poesie sein. Ich werde Ihnen mein Brot als Huldigung an Ihre Schönheit bringen, eine Ode an Ihr liebliches Lächeln.« Er küsste ihr den Handrücken, und Min strahlte ihn an und überließ ihm ihre Hand.

»Emilio, Min ist *meine* Dame«, protestierte Cal. »Genug der Küsserei.«

Min warf ihm kopfschüttelnd einen Blick ohne jeglichen Hauch eines strahlenden Lächelns zu. »Ich bin niemandes Dame. Wir können uns ja noch nicht einmal leiden.« Sie wandte sich wieder Emilio zu und bat lächelnd: »Bitte, Emilio, getrennte Rechnungen.«

»Keine getrennten Rechnungen, Emilio«, widersprach Cal, zu verärgert, um höflich zu bleiben. »Aber ein *Tisch* wäre nicht schlecht.«

»Für Sie alles«, sagte Emilio betont zu Min und küsste ihr erneut die Hand.

Unglaublich, dachte Cal und trat Emilio gegen den Fußknöchel, als Min sich abwandte, um sich nochmals im Restaurant umzusehen. Herrgott, der Kerl war verheiratet.

»Hier entlang«, bat Emilio und unterdrückte ein Stöhnen. Er führte sie zu seinem besten Tisch am Fenster, half Min in einen der geschwungenen Kaffeehausstühle und schlängelte sich dann an Cal vorbei, wobei er ihm zuzischte: »Ich habe die Kellner schon vor einer halben Stunde nach Hause geschickt, du Mistkerl.«

»Bitte sehr, gern geschehen«, erwiderte Cal laut und nickte ihm zu.

Emilio gab auf und verschwand in der Küche, und Cal beobachtete Min, die den Raum interessiert in allen Einzelheiten betrachtete.

»Das ist ja wie ein italienisches Restaurant aus dem Kino«, bemerkte sie zu Cal. »Haargenau. Ich liebe es. Und ich liebe Emilio.«

»Das habe ich gemerkt«, erwiderte er. »Von allen Frauen, mit denen ich hier war, sind Sie die erste, die sich schon von ihm küssen lässt, bevor wir auch nur Platz genommen haben.«

»Na ja, er bringt mir etwas zu essen.« Sie entfaltete ihre Serviette. »Das ist immer ein gutes Zeichen bei einem Mann.« Sie breitete die Serviette auf ihrem Schoß aus, dann schwand ihr Lächeln und sie wirkte wieder angespannt. »Nur ...«

Cal wappnete sich vor ihrem nächsten Schlag.

Sie beugte sich vor. »Ich darf leider kein Brot und keine Teigwaren essen, aber ich möchte seine Gefühle nicht verletzen. Könnten Sie etwas anderes bestellen?«

»Sicher«, erwiderte Cal überrascht. »Salat. Chicken Marsala, da sind keine Teigwaren dabei.«

»Danke.« Min lächelte ihn an. »Ich möchte ihm nicht den Abend verderben.«

»Im Gegenteil, Sie haben ihm gerade den Abend gerettet«, entgegnete Cal. Er betrachtete ihre Lippen, die voll und weich waren, und ihr Gesicht, das mit ihrem dankbaren Lächeln die grimmige Miene einer Gefängnisaufseherin verlor und warmherzige Freundlichkeit offenbarte. Das spitzbübische Funkeln jedoch, das in ihren Augen lag, als sie mit Emilio schäkerte, war fort, und das war wirklich schade.

Emilio brachte Brot an den Tisch, und Min beugte sich vor, um einen Blick darauf zu werfen. »Oh, wie gut das riecht. Sehr gut, dass ich nichts zu Mittag gegessen habe.«

»Es schmeckt wirklich gut«, bestätigte Cal. »Emilio, als Vorspeise nehmen wir den Salat des Hauses, und dann Chicken Marsala.«

»Exzellente Wahl, Mr. Morrisey«, lobte Emilio, und Cal wusste, dass er das sagte, weil das alles ohne großen Aufwand zuzubereiten war. »Und einen netten Roten dazu?«

»Sehr gut«, stimmte Cal zu und wusste, dass sie bekommen würden, was in der Küche noch an bereits geöffneten Weinen herumstand.

»Und für mich gekühltes Wasser«, seufzte Min. Ihr Blick ruhte noch immer auf dem Brot.

Als Emilio fort war, bemerkte Cal: »Das Brot ist ganz ausgezeichnet. Er bäckt es selbst.«

»Kohlenhydrate«, konstatierte Min und runzelte wieder finster die Augenbrauen. Cal hatte in den neun Monaten mit Cynthie genügend über Kohlenhydrate gehört, um sich jeden Kommentar zu sparen.

»Tja«, meinte er nur und nahm sich eines der kleinen Brote. »Und womit verdienen Sie sich Ihre Brötchen?« Er brach das Brot entzwei, und ein wunderbarer, warmer Duft stieg ihm in die Nase.

»Ich bin Versicherungsstatistikerin«, antwortete Min, und die Schärfe war in ihre Stimme zurückgekehrt.

Ein Statistikzombie. Er saß in seinem Lieblingslokal an einem Tisch mit einer übellaunigen, risikoscheuen Versicherungsstatistikerin auf Diät. Das war ein neuer Negativrekord, selbst für ihn.

»Wie ... interessant«, erwiderte er, aber sie ließ das Brot nicht aus den Augen und hörte ihn gar nicht. Er hielt ihr die Hälfte des kleinen Brotlaibs entgegen. »Essen Sie.«

»Ich *darf* nicht«, seufzte sie. »Ich muss in drei Wochen in ein grässliches Kleid hineinpassen.«

»Ein einziges Stück Brot kann doch nicht viel ausmachen.« Er hielt ihr das Brot unter die Nase, wohl wissend, dass der Duft von Emilios Brot schon härtere Atkins-Anhänger in die Knie gezwungen hatte.

»Niemals.« Sie schloss die Augen und presste die Lippen

zusammen, was zwecklos war, da nicht der Anblick, sondern der Duft des frischen Brotes sie überwältigen würde.

»Dies ist vielleicht Ihre einzige Chance, jemals Emilios Brot zu kosten«, lockte er, und sie holte tief Luft.

»Ach, zum Teufel.« Sie öffnete die Augen und nahm ihm das Brot aus der Hand. »Sie sind wirklich ein Biest.«

»Wer, ich?«, entgegnete Cal und beobachtete, wie sie ein Stück Brot abbrach und hineinbiss.

»Oh«, hauchte sie und kaute dann mit geschlossenen Augen. Seligkeit breitete sich auf ihrem Gesicht aus.

So solltest du mich ansehen, dachte er und fühlte eine Berührung an seiner Schulter. Als er aufblickte, entdeckte er Emilio, der mit einer halb vollen Flasche Wein neben ihm stand und Min anstarrte. Er nickte Cal zu und murmelte: »Behalt sie.«

Min öffnete die Augen und sprach: »Emilio, Sie sind ein Genie.«

»Das Vergnügen ist ganz auf meiner Seite«, erwiderte Emilio.

Cal nahm ihm die Weinflasche ab. »Vielen Dank, Emilio«, sagte er mit Nachdruck, und Emilio schüttelte den Kopf und ging wieder in die Küche, um die Salate zu holen.

Nachdem er sie gebracht hatte und wieder verschwunden war, fuhr Cal fort: »Also Sie sind Statistikerin.«

Vorwurfsvoll blickte sie ihn an. »Also bitte. Es ist Ihnen doch ganz egal, was ich tue. Machen Sie mal einen Abend Pause vom Süßholzraspeln.«

»He«, rief er empört und nahm ein weiteres Stück Brot. »Ich mache so etwas nicht jeden Abend. Es ist schon eine ganze Weile her, seit ich eine Frau zum Essen eingeladen habe.«

Min blickte, immer noch kauend, auf ihre Armbanduhr. Sie schluckte hinunter und sagte: »Es ist jetzt genau achtundzwanzig Minuten her.«

»Abgesehen von Ihnen natürlich. Mit meiner letzten Beziehung war es vor einigen Monaten aus, und seitdem habe ich die

Ruhe und den Frieden genossen.« Sie verdrehte ihre Augen himmelwärts, und er setzte hinzu: »Und kaum will ich wieder anfangen, mit jemand auszugehen, gerate ich natürlich an eine, die mich hasst. Warum sind Sie eigentlich so feindselig, hm?«

»Feindselig? Wieso feindselig?« Min stieß mit ihrer Gabel in den Salat und kostete. »Oh mein *Gott*, ist das gut.«

Während sie selig kaute, beobachtete Cal sie und überlegte, was er falsch machte. Eigentlich müsste sie sich zu ihm *hingezogen* fühlen. Er hatte doch Charme, verdammt noch mal. »Und an was im Leben sind Sie interessiert, mal abgesehen von phantastischen Schuhen?«

»Ach bitte«, erwiderte Min, nachdem sie hinuntergeschluckt hatte. »*Sie* sind mit Erzählen dran. Ich weiß, warum ich nur Sie ausgesucht habe. Jetzt verraten Sie mir, warum Sie ausgerechnet mich herausgepickt haben.«

Seine Hand mit dem Glas hielt auf halbem Wege zum Mund inne. »Sie haben mich gesucht?«

Min schüttelte den Kopf. »Ich habe Sie mir *aus*gesucht. Hab Sie auf der Empore gesehen. Na ja, meine Freundin Liza hat Sie zuerst bemerkt, aber sie hat Sie mir überlassen.«

»Sehr zuvorkommend von ihr«, bemerkte Cal. »Also haben Sie mich bereits erwartet, als ich an der Theke auftauchte?«

»So ziemlich.« Min schob ihm den Brotkorb zu. »Nehmen Sie das zu sich, sonst mache ich mich noch zum Narren.«

Er zog den Brotkorb näher zu sich. »Warum haben Sie es mir dann so schwer gemacht?«

Min schnaubte. »Das nennen Sie schwer gemacht? Die Frauen scheinen Ihnen ja nicht viel Kummer zu bereiten.«

»Wenigstens nicht in den ersten fünf Minuten«, versetzte Cal. »Das heben sie sich für die Zukunft auf.«

»Tja, aber für uns gibt es keine Zukunft«, entgegnete sie und warf einen sehnsüchtigen Blick auf das Brot. »Ich musste also ein bisschen vorarbeiten.«

Cal schob ihr den Brotkorb wieder zu. »Und warum gibt es

für uns keine Zukunft?«, fragte er, obwohl er bereits dreißig Sekunden, nachdem er sie in der Bar angesprochen hatte, zu dem gleichen Schluss gekommen war.

»Weil ich kein Interesse an Sex habe.« Min brach sich ein weiteres Stück Brot ab und biss hinein, und Cal betrachtete sie, während sich erneut Glückseligkeit auf ihrem Gesicht ausbreitete.

Das ist gelogen, dachte Cal.

»Und das bedeutet, dass Sie kein Interesse an mir haben«, fuhr Min fort, als sie zu Ende gekaut hatte.

»He«, machte er beleidigt. »Wie kommen Sie darauf, dass ich nur an Sex interessiert bin?«

»Weil Sie ein Kerl sind.« Sie griff wieder nach dem Brot. »Die Statistiken beweisen, dass Männer vor allem an drei Dingen interessiert sind: berufliche Karriere, Sport und Sex.«

Cal legte seine Gabel hin. »Na, wenn das nicht sexistisch ist.«

Min leckte sich einen Krümel von der Lippe, und sein Zorn verrauchte. Sie war sehr hübsch anzusehen, wenn sie nicht gerade böse dreinblickte: zarte, cremeweiße Haut, weit auseinander stehende, dunkle Augen, ein nettes, kleines Näschen und volle, weiche, rosige Lippen ...

»Ja, ich weiß«, erwiderte sie. »Aber es stimmt doch, oder?«

»Was?« Cal bemühte sich, den Faden nicht zu verlieren. »Ach, Sport und Sex? Nicht im Geringsten. Schließlich leben wir im einundzwanzigsten Jahrhundert. Wir haben auch gelernt, sensibel zu sein.«

»Ach wirklich?«

»Na sicher«, entgegnete Cal. »Sonst würde uns ja keine mehr flachlegen.«

Sie verdrehte die Augen, und er nahm die Flasche auf und schenkte ihr Wein ein.

»Ich darf nichts mehr trinken«, wehrte sie ab. »Ich habe schon zu viel intus.«

Er schob ihr das gefüllte Glas wieder hin. »Ich kümmere mich darum, dass Sie sicher nach Hause kommen.«

»Und wer kümmert sich darum, dass ich vor Ihnen sicher bin?«, gab sie zurück, und er stellte abrupt die Flasche ab.

»Also, *das* war unter die Gürtellinie«, erklärte er in schärferem Ton, als er beabsichtigt hatte.

Ihre Blicke begegneten sich, und er dachte *Ach, verdammt, fängt das schon wieder an*. Da nickte sie plötzlich und meinte: »Sie haben Recht. Sie haben nichts getan, um das zu verdienen. Ich entschuldige mich.« Nachdenklich runzelte sie die Stirn. »Eigentlich muss ich mich für alles entschuldigen. Wissen Sie, mein Freund hat mir eine halbe Stunde, bevor Sie mich ansprachen, den Laufpass gegeben ...«

»Ahaa«, erwiderte Cal.

»... und ich war vor Wut vollkommen außer mir. Und dann wurde mir plötzlich klar, dass ich nicht mal sicher bin, ob ich ihn überhaupt noch *mag*, und dass ich in Wirklichkeit auf mich selbst wütend war, weil ich bei der ganzen Sache so dumm bin.«

»Sie sind nicht dumm«, widersprach Cal. »Fehler zu machen, ist nicht dumm, sondern die Möglichkeit, dazuzulernen.«

Verwirrt blinzelte sie ihn an. »Danke. Na, jedenfalls ist dieser verkorkste Abend nicht Ihre Schuld. Ich meine, Sie haben Ihre Fehler, aber Sie sollten nicht für *seine* Fehler bezahlen. Es tut mir Leid.«

»Schon gut«, erwiderte er, ebenfalls verwirrt. *Welche Fehler?* »Trinken Sie lieber Ihren Wein. Er ist gut.«

Sie hob ihr Glas an die Lippen und nippte. »Sie haben Recht. Der ist ausgezeichnet.«

»Gut. Wir müssen öfter zum Essen herkommen«, stellte er fest und gab sich dann selbst einen Tritt, weil sie nie wieder zusammen irgendwohin gehen würden.

»Schon wieder ein blöder Spruch«, kommentierte Min ohne Schärfe. »Wir gehen nie wieder zusammen irgendwohin, und das wissen Sie ganz genau. Was ist das nur mit Ihnen? Kaum erblicken Sie eine Frau, da werden Sie schon zum Wolf?«

Cal wich in seinem Stuhl zurück. »Okay, war das auch wegen Ihres Exfreunds? Ich bin ja eigentlich nicht paranoid, aber Sie sind definitiv darauf aus, mich fertig zu machen.«

»Seien Sie nicht so ein Jammerlappen«, gab Min zurück und brach sich wieder ein Stück Brot ab. »Sie haben ein großartiges Gesicht und einen Körper, bei dem Frauen weiche Knie bekommen. Was gibt's da noch herumzujammern?«

Cal grinste. »Bekamen Sie bei mir auch weiche Knie?«

Min biss in ihr Brot und kaute. »Ja, bis Sie anfingen zu jammern«, nickte sie, nachdem sie hinuntergeschluckt hatte. »Jetzt weiß ich Bescheid, und der Zauber ist dahin.«

Cal beobachtete, wie sie sich über ihre volle Oberlippe leckte, und zwei Monate Enthaltsamkeit plus langjährige Gewohnheit bestimmten seine Reaktion. »Geben Sie mir eine Chance«, bat er. »Ich wette, ich kann den Zauber wieder zum Leben erwecken.«

Ihre Zungenspitze verharrte auf ihrer Lippe, ihr Blick begegnete dem seinen einen langen, dunklen, aufregenden Moment lang, und diesmal lag das Funkeln in ihren Augen. Alle Geräusche um ihn herum verstummten, und jeder Nerv in seinem Körper erwachte und schrie: *Die will ich.*

Dann verschwand ihre Zungenspitze, und er schüttelte den Kopf, um ihn wieder klar zu bekommen, und dachte: *Nicht in einer Million Jahren.*

»Ich wette nie«, erwiderte Min. »Statistisch gesehen ist Glücksspiel eine schlechte Einkommensquelle.«

»Es ist gar keine Einkommensquelle«, widersprach Cal. »Es ist ein Lebensstil.«

»Gibt es zwei Menschen, die noch weniger zusammenpassen als wir?«, fragte Min.

»Ich glaube kaum«, antwortete Cal. Dann sah er, dass ihr Blick an ihm vorbeiging und sie den Atem anhielt.

Cal wandte sich um und erblickte Emilio, der mit einer riesigen Platte Chicken Marsala herbeikam – knusprig braune Hühnerfilets und riesige geschmorte Pilze in glänzender, dunkler Weinsauce.

»*Oh du lieber Gott*«, ächzte Min.

Emilio strahlte sie an, während er servierte. »Es ist wirklich ein Vergnügen, jemanden zu bedienen, der gutes Essen zu schätzen weiß. Kosten Sie.«

Min schnitt sich ein Stückchen Hühnerfleisch ab und schob es in den Mund. Sie schien wie elektrisiert, dann kaute sie mit geschlossenen Augen, und ihr Gesicht errötete ekstatisch. Als sie hinuntergeschluckt hatte, blickte sie mit glänzenden Augen zu Emilio auf. »Das schmeckt einfach *paradiesisch*«, hauchte sie, und Cal dachte: Hier bin ich, *mich* sollst du so ansehen.

»Kosten Sie die Pilze«, bat Emilio glücklich.

»Hau ab«, sagte Cal zu ihm, aber Emilio blieb, bis Min in einen der riesigen Pilze gebissen und ihm in leidenschaftlicher Begeisterung erklärt hatte, dass er ein Genie sei.

»Halten Sie es mir wenigstens zugute, dass ich Sie hierher gebracht habe?«, fragte Cal, als Emilio verschwunden war.

»Natürlich«, antwortete Min. »Sie sind ein Genie, was Restaurants betrifft. Und jetzt seien Sie bitte still und lassen Sie mich dieses Essen genießen.«

Mit einem Seufzer gab Cal seine Versuche, ein Gespräch in Gang zu bringen, während des Essens auf. Zum Abschluss drohte noch ein Streit, da Min auf getrennten Rechnungen bestehen wollte, aber Cal beendete ihn brüsk: »Ich habe Sie eingeladen, also zahle ich. Kein Wort mehr, Frau.« Einen Augenblick lang schien es, als wollte sie widersprechen, dann aber nickte sie und erwiderte: »Vielen Dank. Ihnen verdanke ich ein himmlisches Abendessen und ein neues Lieblingsrestaurant.« Und zum ersten Mal an diesem Abend fühlte er sich von ihr gewürdigt.

Als sie gingen, gab Min Emilio einen Kuss auf die Wange. »Ihr Brot ist das beste, das ich je gegessen habe, Emilio, und das Hühnchen war ein Kunstwerk.« Sie küsste ihn auf die andere Wange.

»He«, protestierte Cal. »Ich bin auch noch da. Schließlich habe ich das Hühnchen *bestellt und bezahlt*.«

»Betteln Sie mich nicht an«, wies Min ihn zurecht und marschierte durch die Tür hinaus.

»Morrisey, mir scheint, du hast endlich die Richtige gefunden«, bemerkte Emilio.

»Weit gefehlt«, versetzte Cal und war froh, dass sie einen Augenblick lang außer Hörweite war. »Das war unsere erste und letzte Verabredung.«

»Von wegen«, widersprach Emilio. »Ich habe gesehen, wie ihr euch angesehen habt.«

»Das war nichts als Widerwillen und Angst«, erklärte Cal und öffnete die Tür.

»Mein Gott, bist du blöd«, entgegnete Emilio, doch Cal beachtete ihn nicht weiter und trat in die Dunkelheit hinaus zu Min.

3

»Die Phase der Verliebtheit ist bei einer Liebesbeziehung die Phase, die am meisten Spaß macht«, erklärte Cynthie, als sie David im Serafino gegenübersaß und der Ober ihnen ihre teuren Rinderfilets serviert hatte.

David lächelte sie an und dachte bei sich: *Ich wette, Min quasselt Cal nicht mit Psychologie voll.* Weiß Gott, was Min gerade mit Cal tat. Was es auch war, er musste unbedingt einen Weg finden, dem ein Ende zu setzen.

»Die Verliebtheit bewirkt, dass im Gehirn Adrenalin ausgeschüttet wird«, fuhr Cynthie fort. »Das Herz rast, man wird atemlos und schwindlig und kann nicht mehr klar denken. Das verbinden die meisten Menschen mit Verliebtsein, und jeder macht es durch.« Auf ihrem Gesicht lag ein bezauberndes, in Erinnerungen versunkenes Lächeln. »Unsere Verliebtheitsphase war wunderschön. Wir waren wie versessen aufeinander.«

»Hmm.« David hob sein geeistes Margarita-Glas. »Erklären Sie mir noch einmal, wie es mit den beiden endet.«

»Na ja«, antwortete Cynthie, »mittlerweile dürfte Cal erkannt haben, dass es nur noch um Schadensbegrenzung geht. Das heißt, er bringt sie noch bis zu ihrem Auto, weil er zum Gentleman erzogen wurde, dann schüttelt er ihr die Hand und sagt: ›Ich wünsche Ihnen noch ein schönes Leben‹, und das war's dann.«

»Und was ist, wenn er sie anziehend findet?«

»Ich habe Ihnen doch schon gesagt, dass das unmöglich ist«, entgegnete Cynthie, aber ihr Lächeln verblasste. »Aber wenn es so wäre, was aber unmöglich ist, dann würde er sich wieder mit ihr verabreden und nach weiteren Anhaltspunkten suchen, ob sie die Art Frau ist, in die er sich verlieben sollte. Zum Beispiel, ob sie seiner Familie und seinen Freunden gefällt. Aber Rogers Typ ist sie nicht, denn der mag nur kichernde, kleine Blondinen, und Tony hat sie wahrscheinlich nicht einmal bemerkt, denn der steht auf langbeinige Klassefrauen mit üppigen Busen. Seine Freunde haben ihn also nicht gedrängt, sie anzusprechen.«

»Schwer zu sagen, wieso er das getan hat.« David versuchte, unschuldig zu klingen.

»Und sie wird auf keinen Fall seine Familie kennen lernen; falls aber doch, dann würde seine Mutter sie verabscheuen, denn die hat gegen jede etwas. Also wäre das auch kein positiver Anhaltspunkt, denn Cal hat das Bedürfnis nach Anerkennung seitens seiner Familie.«

»Sie behaupten also, dass sie allein deswegen schon kein Interesse aneinander haben?«, fragte David. »Einfach weil die Familie und die Freunde sie nicht akzeptieren?«

»Außer, wenn sie ihre eigene Familie nicht mag oder gegen sie rebellieren will – dann würde diese Ablehnung sie in seine Arme treiben. Aber das scheint mir nicht der Fall zu sein.«

»Nein«, erwiderte David und dachte an die zwei Abendessen mit Mins Eltern in den vergangenen zwei Monaten. »Sie stehen sich sehr nahe.«

»Dann sind Freunde und Familie ein sehr bestimmender Faktor«, erklärte Cynthie. »Deswegen war ich neun Monate lang nett zu Tony. Aber da besteht keine Gefahr, David. Cal ist mit *mir* in der Phase der Bindung und der dauerhaften Liebe, und deswegen kann er sich nicht zu Min hingezogen fühlen.«

»Dauerhafte Liebe. Das wäre dann die, äh, vierte Phase«, meinte David und versuchte zu zeigen, dass er aufgepasst hatte.

»Genau«, erwiderte Cynthie. »Verliebtheit ist nicht von Dauer, denn sie ist bedingt, und Bedingungen ändern sich. Wenn es aber echte Liebe ist, dann wird daraus dauerhafte, bedingungslose Liebe, und das Gehirn schüttet andere chemische Substanzen aus, nämlich Endorphine, die dafür sorgen, dass man sich geborgen und zufrieden fühlt, wenn man mit dem geliebten Menschen zusammen ist« – sie machte einen tiefen Atemzug –, »und elend, wenn er nicht da ist, denn dann produziert das Gehirn diese Endorphine nicht.«

»Aha«, machte David und verstand. »Also leiden Sie gerade an Endorphinmangel.«

»Vorübergehend«, versetzte Cynthie mit erhobenem Kinn. »Er kommt zu mir zurück. Er leidet jetzt an Sexentzug, und das bedeutet Schmerz, was ein psychologischer Reiz ist, seine Bindung zu mir zu verstärken.«

»Schmerz«, wiederholte David und dachte, dass alles, was Cal Schmerzen bereitete, gut war.

Cynthie nickte. »Um von der Verliebtheit in die Phase der festen Bindung zu gelangen, muss Cal, wenn er mit Min zusammen ist, Glück oder Schmerz empfinden. Das Glücksgefühl könnte durch ein sehr gutes Gespräch oder durch phantastischen Sex ausgelöst werden, der Schmerz könnte Eifersucht, Frustration, Angst oder sonst irgendein Stressfaktor sein. Der Reiz durch Schmerz ist der Grund, warum es so viele Kriegsromanzen gibt. Und Büroliebschaften.«

»Stimmt«, meinte David und dachte an eine Affäre mit einer Praktikantin in den Anfangszeiten seiner Laufbahn.

»Aber ich glaube nicht, dass das heute Abend passiert. Er wird sich eher gelangweilt fühlen. Ich muss sagen, es beruhigt mich doch sehr zu hören, dass Ihre Min langweilig und frigide ist.«

»Ich habe nicht gesagt, dass sie langweilig und frigide ist«, entgegnete David. »Ich würde mich nicht mit einer langweiligen und frigiden Ziege abgeben.«

»Dann hätten Sie bei der Stange bleiben sollen«, erwiderte Cynthie. »Die Phase der Verliebtheit kann von sechs Monaten bis drei Jahre dauern, und Sie können nicht wissen, ob Sie die Richtige gefunden haben, solange Sie diese Phase nicht vollständig durchlebt haben. Sie haben schon nach zwei Monaten aufgegeben, also können Sie die Phase der festen Bindung noch gar nicht erreicht haben, und Min auch nicht.« Cynthie zuckte mit den Schultern. »Das war ein Fehler.«

»Sechs Monate bis *drei Jahre*?«, rief David aus. »Und Sie haben Cal schon nach neun Monaten vor die Wahl gestellt?« Er zuckte mit den Schultern. »Das war ein Fehler.«

Cynthie legte ihre Gabel ab. »Das war kein Fehler. Ich kenne Cal, ich habe sogar schon Artikel über ihn geschrieben, und ich weiß, dass er in der Phase der festen Bindung ist, dass wir es beide sind.«

David hörte entgeistert auf zu essen. »Sie haben über Ihren Lover geschrieben?«

»Nun ja, ich habe nicht seinen wirklichen Namen verwendet, und ich habe nicht erwähnt, dass er *mein* Lover ist.«

»Ist das nicht unethisch?«

»Nein.« Cynthie schob ihren Teller von sich, das meiste darauf noch unberührt. »Genauso haben wir uns kennen gelernt. Ich erfuhr durch mehrere meiner Patientinnen von ihm, denn er hatte einen gewissen Ruf.«

»Ich weiß«, erwiderte David und dachte mit Groll an Cal, den Wunschtraum aller Frauen. »Vollkommen unverdient.«

»Machen Sie Witze?«, versetzte Cynthie. »Ich habe ihn *studiert*, und trotzdem hat er mich erobert.« Ihre Mundwinkel hoben sich. »Die Natur hat ihm dieses Gesicht und diesen Körper geschenkt, und von seinen Eltern hat er als Kind nur bedingte Liebe erhalten. Das heißt, er wurde darauf trainiert, anderen zu gefallen, um Anerkennung zu bekommen. Und die Menschen, denen er am meisten gefallen will, sind Frauen, die nur zu erfreut über seine Aufmerksamkeit sind, weil er so gut aussieht. Sein gutes Aussehen garantiert ihm also die Grundakzeptanz, und sein Charme garantiert ihm die Anziehung. Er ist eines der besten Beispiele für Anpassungsfähigkeit, die ich je erlebt habe. Die Abhandlungen, die ich über ihn geschrieben habe, sind auf *großes* Interesse gestoßen.«

David versuchte, sich Cal als Kind vorzustellen, das sich um Zuneigung bemühte. Ihm gelang aber lediglich das Bild eines hübschen, dunkelhaarigen kleinen Jungen in kurzen Hosen, der auf einer Schaukel saß und kleine Mädchen selbstsicher anlächelte. »Wusste er, dass Sie über ihn schrieben?«

»Nein«, antwortete Cynthie. »Und er weiß es immer noch nicht, wird es auch nie erfahren. Ich habe diese Arbeit längst abgeschlossen. Jetzt schreibe ich an einem Buch, für das ich schon einen Vertrag habe. Es ist so gut wie fertig.« Sie lächelte, ein katzenhaftes, zufriedenes Lächeln. »Wissen Sie, ich bin keine dieser dummen Frauen, die vor sich hin jammern: ›Aber ich dachte, er liebt mich.‹ Nein, ich habe den wissenschaftlichen Beweis, dass er mich liebt. Und er wird bald zu mir zurückkommen, sofern Ihre Min ihn nicht ablenkt.«

»Also dann«, begann David und beugte sich vor, »wenn wir auf Nummer sicher gehen wollen, dass sie nicht in die – was war es doch gleich? – Phase der Anziehung geraten, was sollen wir tun?«

Cynthie riss die Augen auf. »Tun?« Sie stellte ihr Weinglas ab und dachte darüber nach. »Nun ja, ich nehme an, wir könnten mit ihren besten Freunden und den Familien sprechen, sozusagen die Brunnen vergiften. Und wir könnten ihnen auf verschiedene Weise Glück verheißen, um all dem entgegenzuwirken, was sich zwischen ihnen abspielt. Aber das wäre nicht … David, wir müssen gar nichts tun. Cal liebt mich.«

»Natürlich«, erwiderte David und lehnte sich zurück. *Ich werde mich mit der Familie in Verbindung setzen.*

Cynthie lächelte ihn an. »Ich habe keine Lust, noch länger über die beiden zu sprechen«, meinte sie. »Was ist mit Ihnen? Was tun Sie beruflich?«

Es wurde auch Zeit, dass wir mal auf mich zu sprechen kommen, dachte David. Er antwortete: »Ich bin in der Software-Entwicklung tätig«, und sah, wie ihr Blick glasig wurde.

Draußen vor Emilio's atmete Min tief die sommerliche Abendluft ein und dachte: *Ich bin glücklich.* Offensichtlich war gutes Essen ein Gegenmittel gegen Wut und Demütigung. Gut zu wissen.

Dann erschien Cal und brach den Bann mit der Frage »Wo steht Ihr Auto?«

»Kein Auto«, antwortete Min. »Ich gehe zu Fuß nach Hause.« Sie streckte die Hand aus. »Also vielen Dank für den wundervollen Abend. Na ja, Sie wissen schon. Auf Wiedersehen.«

»Nein«, wehrte Cal ab und ignorierte ihre Hand. »In welcher Richtung wohnen Sie?«

»Hören Sie«, erwiderte Min ärgerlich. »Ich kann allein …«

»Allein abends durch die Stadt? Nein, das können Sie nicht. Dazu wurde ich zu gut erzogen. Ich begleite Sie nach Hause, und keine Widerworte bitte. Also, in welcher Richtung gehen wir?«

Min überlegte, ob sie ihm widersprechen sollte, aber es schien nicht der Mühe wert. Schon wenige Stunden mit Cal Morrisey hatten sie gelehrt, dass er seinen Willen für gewöhnlich durchsetzte. »Also gut. Vielen Dank. Wir müssen in diese Richtung.«

Sie begann, die Straße hinunterzugehen, und lauschte dem sanften Rauschen in den Bäumen und den gedämpften Verkehrsgeräuschen. Cal ging neben ihr, und das Geräusch seiner Schritte ergab im Gleichtakt mit dem Klicken ihrer hohen Absätze einen netten, rhythmischen Klang.

»Und was tun Sie beruflich?«, fragte sie.

»Ich leite mit zwei Partnern zusammen ein Business-Seminar-Unternehmen.«

»Sie sind Ausbilder?« Min war überrascht.

»Ja«, erwiderte er. »Und Sie sind Versicherungsstatistikerin. Ich habe ziemlich viel Hochachtung vor Ihrem Beruf. Sie tun es für Geld, und ich tue es zum Spaß.«

»Was denn?«

»Einschätzen, ob man bei einer Sache auf den Erfolg setzen kann oder nicht.« Er blickte auf sie hinab. »Sie sind ebenfalls eine Spielernatur. Sie tun es mit den Millionen einer Versicherungsgesellschaft, und ich tue es mit Zehndollarscheinen.«

»Ja. Aber ich verliere kein eigenes Geld«, entgegnete Min.

»Ich auch nicht«, versetzte Cal.

»Also gewinnen Sie jede Wette?«, erkundigte sich Min mit ungläubiger Stimme.

»So ziemlich«, erwiderte Cal.

»Was für ein Teufelskerl«, meinte sie ironisch. »Haben Sie deswegen eine eigene Firma aufgezogen? Damit Sie selbst das Risiko bestimmen können?«

»Nein, ich wollte einfach nicht für jemand anderen arbeiten«, antwortete Cal. »Da blieb mir gar nichts anderes übrig.«

»Dort muss ich abbiegen«, zeigte Min und verlangsamte ihre Schritte, als sie sich einer Straßenecke näherten.

»Hören Sie, ich kann …«

»Gehen Sie weiter«, befahl Cal, und Min gehorchte.

»Und wie heißt Ihre Firma?«

»Morrisey, Packard, Capa.«

»Und Packard und Capa, das waren die beiden neben Ihnen in der Bar«, stellte Min fest. »Der große Blonde und der Bullen… äh der kräftige Typ.«

»Klar.« Cal grinste. »Bullen…?«

»Eine meiner Freundinnen meinte, er hätte einen Bullenkopf«, erklärte Min verlegen. »Sollte ein Kompliment sein.«

»Na klar«, meinte Cal. »Sicher die Rothaarige, was?«

»Sie haben sie bemerkt?«, fragte Min und empfand einen Stich.

»Nein, der Bullenkopf hat sie bemerkt«, antwortete Cal.

»Sagen Sie ihm nicht, dass sie das gesagt hat«, bat Min. »Sie würde nicht wollen, dass er verletzt ist.«

»Um Tony zu Boden zu schicken, ist schon etwas mehr nötig«, meinte Cal, »aber ich werde nichts davon sagen.«

»Danke.«

Je weiter sie sich von den belebten Straßen entfernten, um so dunkler wurde es um sie her, und Min war ganz froh, nicht allein zu sein. »Und warum heuern die Leute Sie als Ausbilder an? Ich meine, gerade Sie und nicht jemand anderen?«

»Weil wir unsere Trainingsprogramme individuell gestalten«, antwortete Cal. »Bei jeder der üblichen Fortbildungsmaßnahmen bleibt ein bestimmter Prozentsatz von Teilnehmern übrig, die das Ausbildungsziel nicht erreichen. Wir aber garantieren hundert Prozent Erfolg, und wir bleiben so lange dran, bis das erreicht ist.«

»Das hört sich wie ein Werbespruch an.«

»Aber es ist auch die Wahrheit.«

»Und wie schaffen Sie das?«, fragte Min. »Mit Ihrem Charme?«

»Was haben Sie denn gegen Charme?«, fragte Cal.

»Dass er so selten ehrlich ist«, erwiderte Min.

Cal seufzte. »Die Menschen verschließen sich meistens aus Angst. Als Erstes analysieren wir die Teilnehmer, um herauszufinden, wer vor was Angst hat und wie er damit umgeht. Manche sind regelrecht starr vor Angst, die kommen zu Roger. Roger ist ein sehr netter Mensch. Er kann jeden so weit beruhigen, dass er etwas lernt.«

»Hört sich unheimlich an«, meinte Min und versuchte, sich Roger als einen dieser schleimigen Selbsthilfegurus vorzustellen.

»Sie sind wirklich eine misstrauische Frau«, befand Cal. »Dann gibt es Menschen, die verstecken ihre Angst hinter schlauen Sprüchen und unterbrechen ständig den Unterricht. Die übernimmt Tony. Er versteht es, mit ihnen herumzuwitzeln, bis alle entspannt sind.«

»Und welche übernehmen Sie?«, fragte Min.

»Ich übernehme die zornigen«, antwortete Cal. »Die wütend auf sich sind, weil sie Angst haben.«

»Und die lassen Sie mit Ihrem Charme die Angst vergessen«, setzte Min fort.

»Nun ja, ich würde es zwar nicht so ausdrücken, aber man könnte es wohl auch so interpretieren.«

Die zornigen. Sie gingen eine Weile schweigend nebeneinander her, und ihre Schritte erklangen im Gleichtakt.

Min blickte zu ihm auf. »Dann muss Ihnen das heute Abend mit mir ja ganz vertraut gewesen sein.«

»Von wegen«, entgegnete Cal. »Sie sind nicht wütend, weil

Sie Angst haben. Ich glaube nicht, dass es überhaupt vieles gibt, wovor Sie Angst haben. Nein, Sie sind wütend, weil jemand sich Ihnen gegenüber lausig verhalten hat. Dagegen hilft Ihnen aller Charme der Welt nicht, solange Sie den tieferen Grund nicht geklärt haben.«

»Und trotzdem versuchen Sie es immer noch«, bemerkte Min.

»Nein, tue ich nicht«, widersprach Cal. »Als Sie mir sagten, dass man Ihnen den Laufpass gegeben hat, habe ich es aufgegeben.«

Min überlegte sich das. »Tja, ich glaube, das haben Sie wirklich.«

»Und tut es Ihnen jetzt nicht Leid, dass Sie den ganzen Abend über so bärbeißig waren?«, fragte Cal.

»Nein«, erwiderte Min. »Denn davor haben Sie mich mit Ihrem Charme bombardiert, und das bedeutet, dass Sie etwas von mir wollten, Gott weiß, was ...« – *Sex, darauf würde ich ausnahmsweise meinen Kopf verwetten, du Mistkerl* –, »... und dafür hatten Sie ein bisschen Ärger verdient.«

Nach einigen Schritten gab Cal zu: »Okay, das scheint mir fair.«

Min lächelte in der Dunkelheit vor sich hin und dachte *Aha, er hat doch einen ehrlichen Knochen im Leib. Schade, dass es nur einer ist.* Sie setzten ihren Weg schweigend fort, bis sie die Treppe erreicht hatten, die zu ihrer Behausung führte. »Hier sind wir. Ich danke Ihnen vielmals ...«

»Wo?«, fragte Cal und blickte sich um. »Ich sehe kein Haus.«

»Da oben«, erwiderte Min und deutete auf den Hügel. »Hier fangen die Stufen an. Also können wir jetzt ...«

Cal spähte den Hügel hinauf in die Dunkelheit. »Herrje, gute Frau, das ist ja der reinste Mount Everest. Wie viele Stufen sind es?«

»Zweiunddreißig«, antwortete Min, »und im Haus noch

mal sechsundzwanzig bis zu meiner Dachwohnung.« Sie streckte die Hand aus. »Also sagen wir uns hier auf Wiedersehen. Vielen Dank für die Begleitung. Und alles Gute für die Zukunft.«

Anstatt sie zu beachten, blickte er wieder den Hügel hinauf. »Von wegen. Ich lasse Sie in der Dunkelheit nicht alleine da hochsteigen.«

»Das macht mir nichts«, meinte Min. »Achtundsiebzig Prozent der Frauen, die überfallen werden, werden von Männern aus ihrem Bekanntenkreis überfallen.«

»Geht das schon wieder gegen mich?«, erkundigte sich Cal.

»Nein. Ich kenne keine Männer, die zweiunddreißig Stufen hochsteigen würden, um mich zu überfallen, also bin ich in Sicherheit. Sie können ruhigen Gewissens nach Hause gehen.«

»Nein«, entgegnete er geduldig. »Kann ich nicht. Na los, gehen Sie schon, ich bleibe hinter Ihnen.«

Hinter ihr? Zweiunddreißig Stufen lang würde er ihren Hintern vor der Nase haben? »Nein, das tun Sie nicht.«

»Hören Sie, es ist spät, und ich bin müde. Könnten wir nicht einfach …«

»Eher friert die Hölle zu, als dass Sie diese Stufen hinter mir hinaufgehen. Wenn Sie unbedingt mitkommen wollen, dann gehen Sie voran.«

»Warum das?«, fragte er vollkommen verwirrt.

»Sie glotzen mir nicht den ganzen Weg bis da oben auf mein Hinterteil.«

Er schüttelte den Kopf. »Also wissen Sie, Dobbs, Sie sehen ja ganz vernünftig aus, aber kaum machen Sie den Mund auf …«

»Los, gehen Sie die Stufen rauf, oder verschwinden Sie nach Hause«, beharrte Min.

Cal seufzte und machte den ersten Schritt. »Warten Sie mal. Jetzt glotzen Sie mir den ganzen Weg bis da oben auf mein Hinterteil.«

»Ja, aber Sie haben wahrscheinlich einen knackigen Hintern«, erwiderte Min. »Das hat eine ganz andere Dynamik.«

»Dabei kann ich Ihren nicht mal erkennen«, meinte Cal empört. »Dazu ist es zu dunkel, und Ihre Jacke ist zu lang.«

»Vorangehen oder nach Hause«, meinte Min beharrlich, also setzte sich Cal in Bewegung, die Stufen hinauf.

Als sie am Ende der Treppe angekommen waren, zögerte er, und sie sah das alte Haus aus Stein und Stuck mit seinen Augen – düster und schäbig und überwuchert von Kletterrosen, die so alt waren, dass sie sich in ein Dornengestrüpp verwandelt hatten. »Es ist ein schönes Haus«, meinte sie verteidigend.

»Bei Tageslicht sicher«, stimmte er höflich zu.

»Genau.« Min schob sich an ihm vorbei die Steinstufen zur Haustür hinauf. Sie schloss auf. »Na also, sehen Sie? Jetzt können Sie nach Hause gehen.«

»Das ist nicht Ihre Tür«, entgegnete er. »Sie sagten, es sind noch mal sechsundzwanzig Stufen bis zu Ihrer Wohnung.«

»Na schön, dann begleiten Sie mich eben noch bis unters Dach.« Sie winkte ihn an sich vorbei in die quadratische Eingangshalle. In seiner Gegenwart wirkte die ausgeblichene blaue Tapete und die langweilige Holzverkleidung aus Eiche plötzlich schäbig anstatt gemütlich, und das verwirrte sie. »Da hinauf«, wies sie ihn an und deutete auf die enge Treppe, die an der Rückwand nach oben führte und noch enger wirkte, als Cal breitschultrig an ihrem Fuße stand. Er erstieg zwei Treppenfluchten bis zu einem engen Treppenabsatz, und sie folgte ihm dichtauf.

Er hatte wirklich einen großartigen Hintern.

Und das ist auch alles, was nett an ihm ist, ermahnte sich Min. *Sei vernünftig und verliere nicht deinen Kopf. Du wirst ihn nie wiedersehen.*

»Na ja, wenigstens wissen Sie, dass, wer immer Sie zwei Mal nach Hause begleitet hat, es ernst mit Ihnen meint«, bemerkte er, als er oben ankam.

Dabei wandte er sich zu ihr um, und Min, die zwei Stufen unter ihm war, den Blick fest auf seinen Hintern geheftet, stieß mit dem Gesicht direkt gegen seinen Ellbogen, der sie hart über einem Auge traf. Aus dem Gleichgewicht gebracht, taumelte sie rückwärts, bekam gerade noch das Geländer mit beiden Händen zu fassen und ließ sich auf eine Stufe sinken.

»Herrje«, rief er. »Das tut mir Leid.« Er beugte sich über sie, aber sie wehrte ihn ab.

»Nein, nein«, entgegnete sie. »Selbst schuld. Bin Ihnen zu dicht gefolgt.« *Autsch*, dachte sie und betastete vorsichtig ihr schmerzendes Augenlid. *Das hast du davon, wenn du oberflächlich wirst und versuchst, das Biest objektiv zu betrachten.*

»Lassen Sie mich sehen«, bat er und versuchte, in ihre Augen zu blicken. Sanft legte er eine Hand an ihre Wange und hob ihr Kinn an.

»Nein.« Sie fegte seine Hand beiseite, als sie ein Prickeln auf ihrer Haut fühlte. »Alles in Ordnung mit mir. Abgesehen davon, dass ich zu den achtundsiebzig Prozent Frauen gehöre, die von Männern aus ihrem Bekannten...«

»Ach, haben Sie Erbarmen mit mir«, stöhnte er und richtete sich auf. »Sind Sie wirklich in Ordnung?«

»Ja.« Sie erhob sich wieder und umrundete ihn, um ihre Wohnungstür aufzuschließen. »Sie können jetzt gehen.«

»Na gut.« Er nahm ihre Hand und drückte sie kurz. »Nett, Sie kennen gelernt zu haben, Dobbs. Tut mir Leid wegen Ihres Auges. Ich wünsche Ihnen noch ein schönes Leben.«

»Aber sicher«, versetzte Min. »Ich entsage den Männern und lege mir eine Katze zu.« Sie schlüpfte hinein und schlug ihm die Tür vor der Nase zu, bevor er noch etwas erwidern konnte. *Ich wünsche Ihnen noch ein schönes Leben. Über wen will er sich damit lustig machen*?

Neben der Tür stand die chinesische Lampe ihrer Großmutter, und als sie sie einschaltete, erstrahlte ihr schäbiges, aber gemütliches Wohnzimmer in sanftem Licht. Die Anzeigelampe an ihrem Anrufbeantworter blinkte, also ging sie hinüber und drückte auf den Knopf. Dann lauschte sie und rieb sich dabei die Schläfe.

»Min«, ertönte die Stimme ihrer Schwester. »Ich wollte nur sichergehen, dass du die Anprobe morgen nicht vergisst. Ich freu mich auf dich.« Diana hörte sich etwas jammervoll an, was nicht ihre Art war, und Min spulte zurück und hörte sich die Nachricht noch einmal an. Irgendetwas stimmte da nicht.

»Die Dobbs-Mädchen haben kein Glück«, sprach sie vor sich hin und dachte an Calvin Morrisey. Sie ging hinüber zu dem abgenutzten Kaminsims und blickte über die dort aufgereihten Schneekugeln hinweg in den fleckigen Spiegel, der einst in der Diele ihrer Großmutter gehangen hatte. Ein unscheinbares rundliches Gesicht und unscheinbares braunes Haar, das hatte Cal Morrisey den ganzen Abend über vor Augen gehabt. Und jetzt auch noch ein blaues Auge. Seufzend nahm sie die Schneekugel in die Hand, die Bonnie ihr zu Weihnachten geschenkt hatte: Aschenputtel und ihr Prinz auf den Stufen ihres blauen Schlosses, und Tauben flogen über ihnen dahin. Cal Morrisey würde sich gut auf diesen Stufen machen. Sie hingegen würde man zum Dienstboteneingang verweisen. »Bin einfach keine Märchengestalt«, murmelte sie und setzte die Schneekugel wieder ab. Dann ging sie hinüber, schaltete ihre Stereoanlage ein und drückte auf die Vorwärtstaste, bis Elvis begann, »The Devil in Disguise« zu singen.

»Und vergiss gefälligst nicht, dass Calvin Morrisey genau das ist, Dobbs«, ermahnte sie sich selbst laut. »Ein Teufel im Engelsgewand.« Dann ging sie ins Badezimmer, um sich Arnika auf die beginnende Schwellung zu streichen und ein heißes Bad zu nehmen, um die Erinnerung an diesen Abend fortzuwaschen. Zumindest den Teil mit David. Danach hatte es ein paar Momente gegeben, die nicht gar so übel gewesen waren.

Aber sie würde Calvin Morrisey auf gar keinen Fall wieder sehen.

Als Cal am nächsten Morgen zur Arbeit kam, schien die Sonne durch die großen Fensterscheiben des Studiobüros, Kaffeeduft erfüllte den Raum, Roger winkte ihm von seinem Schreibtisch beim Fenster zu, und aus dem CD-Gerät erklang Elvis Costellos Song »The Angels Wanna Wear My Red Shoes«. Cal ließ eine Arbeitsmappe auf die mattierte Glasplatte seines Schreibtischs fallen, holte sich eine Tasse Kaffee und zog seinen Designerstuhl unter dem Tisch hervor, bereit, sein Bestes zu tun, um die Welt für verzweifelte Seminarteilnehmer etwas erträglicher zu machen.

Tony kam zur Tür herein und schlug ihm auf die Schulter. »Nett gelaufen, gestern. Sag mir, dass du gewonnen hast.«

»Wovon redest du?«, fragte Cal.

»Von der Wette mit David«, erwiderte Tony. »Die über das grau karierte Kostüm. Sag mir, dass du gewonnen hast.«

»Na sicher.« Cal ließ sich in seinen Schreibtischstuhl fallen. »Du hast doch gesehen, dass sie mit mir fortgegangen ist.«

»Stimmt, stimmt. Ich hätte es wissen müssen. Sagst du es David, oder soll ich?«

»Was denn?« Cal schaltete seinen Mac ein und drückte eine Taste, um seine E-Mails abzufragen.

»Na, dass du mit dem Kostüm geschlafen hast.«

»Was?«, rief Cal, während er mit schmalen Augen auf den Bildschirm starrte und Elvis ihm im Hintergrund Schützenhilfe leistete. »Das habe ich natürlich nicht.«

»Ach«, meinte Tony und nickte. »Na, du hast ja noch einen Monat Zeit.«

»Tony«, erwiderte Cal, während die Liste eingegangener E-Mails auf dem Bildschirm erschien, »keine Ahnung, wovon du sprichst, aber du verschwendest eindeutig meine Zeit.«

»Du hast gegen David gewettet, dass du das Kostüm innerhalb eines Monats ins Bett kriegst«, erklärte Tony mit großer Geduld. »Und ich könnte das Geld auch gut gebrauchen, also wenn du …«

»Nein«, widersprach Cal, »diese Wette habe ich nicht abgeschlossen.«

»David glaubt aber, dass sie gilt«, meinte Tony.

»Nein, glaubt er nicht«, wehrte sich Cal. »Sobald er wieder nüchtern ist, glaubt er nicht mehr, dass er zehntausend Dollar dagegengesetzt hat, dass ich eine vollkommen Fremde ins Bett kriege. Könnten wir jetzt mal an die Arbeit gehen? Da winkt dir ebenfalls Geld. Die bezahlen uns für dieses Zeug.«

Er schob die Arbeitsmappe über den Tisch Tony zu, der sie aufnahm und flüchtig durchblätterte. »Kinderspiel«, meinte er und machte sich auf den Weg zu seinem Schreibtisch. »Ach, nur zu deiner Information, Cynthie ist gestern Abend gemeinsam mit David verschwunden.«

»Ich wünsche ihnen viel Glück.« Cal wandte sich wieder seinen E-Mails zu.

»Macht dir das nichts aus?«, fragte Tony.

»Warum lässt du mich heute Morgen eigentlich nicht in Ruhe?«, fragte Cal mit Schärfe in der Stimme.

»Ich möchte nur sicher sein, dass du nicht zu ihr zurückgehst«, erklärte Tony. »Meine Zukunft steht da auf dem Spiel.«

»Wieso denn das?«, fragte Cal.

»Na ja, erst heiratest du«, begann Tony und hockte sich auf die Ecke von Cals Schreibtisch. »Du bist ja bei allem der Erste. Und danach heiratet Roger, und ihr zieht beide in irgendeinen Vorort. Und Roger heiratet sicher eine, die genauso zugeknöpft ist wie er, und das heißt, dass ich dann bei dir leben muss, und weil Cynthie mich nie leiden konnte, wäre es schwierig, ihr das schmackhaft zu machen.«

»Mir genauso«, versetzte Cal. »Los, runter von meinem Tisch.«

»Ich würde natürlich nicht mit euch *zusammen*leben, nicht im gleichen Haus«, wehrte Tony ab. »Ich stelle mir ein nettes, kleines Apartment über der Garage vor. Das wäre doch günstig für dich. Du könntest rüberkommen und Football ansehen und dich besaufen und musst nicht mehr Auto fahren. Und ich könnte babysitten, wenn du mit deiner Frau ausgehen willst.«

»Erstens«, hub Cal an, »werde ich nicht heiraten, also vergiss das mit der Frau. Zweitens, wenn ich so blöd wäre, zu heiraten, würde ich keine Kinder bekommen. Und drittens, wenn ich so blöd wäre, zu heiraten und Kinder zu bekommen, würde eher die Hölle einfrieren, als dass ich dich babysitten lasse.«

»Na ja, bis dahin wären wir viel reifer geworden«, sinnierte Tony. »Ich würde mich selbst im Moment auch nicht babysitten lassen.«

»Ich heirate als Erster«, ließ sich da Roger vernehmen.

Beide wandten sich zu ihm um, und er lächelte ihnen zu, ein blonder, sanftmütiger Riese, der friedfertig im Sonnenlicht saß, das durch die großen Studiofensterscheiben schien.

»Ich werde Bonnie heiraten«, stellte Roger fest.

Cal blickte ihn mit gerunzelter Stirn an. »Wer ist Bonnie?«

»Die Miniblondine, die er gestern Abend kennen gelernt hat«, erklärte Tony angewidert.

»Ihr Name ist Bonnie.« Die Eiseskälte in Rogers Stimme ließ Cal und Tony zusammenzucken.

»Er meint es ernst«, sagte Cal zu Tony. »Was ist passiert?«

»Die Rothaarige wollte mich«, erzählte Tony. »Also bin ich zu ihr rübergegangen. Und Roger kam mit und sprach die Mini... sprach Bonnie an. Und irgendwann seit diesem Zeitpunkt hat er seinen Verstand verloren.« Er betrachtete Roger kopfschüttelnd. »Du kennst diese Frau nicht einmal seit zwölf Stunden. Dabei hast du ein ganzes Jahr gebraucht, um dich für eine Couch zu entscheiden. Und jetzt meinst du im Ernst ...«

»Ja«, antwortete Roger. »Sie ist die Richtige.«

»Möglicherweise ist sie das«, sagte Cal und dachte bei sich: *Den Teufel ist sie das.* »Aber du hast ihr das noch nicht gesagt, oder?«

»Nein«, erwiderte Roger. »Ich glaube, das wäre zu früh.«

»Du *glaubst*?«, wiederholte Tony. »Herrgott.«

»Ich werde sie heiraten«, beharrte Roger. »Also hört auf zu meckern und gewöhnt euch daran. Sie ist einfach vollkommen.«

»Keine Frau ist vollkommen«, widersprach Tony. »Deswegen sind wir ja stets auf der Suche. Triffst du sie heute Abend?«

»Nein«, erwiderte Roger. »Sie haben an den Donnerstagen immer so etwas, wo sie sich abends zu Hause treffen. Bonnie nannte es ihren ›Wenn-Abend‹.«

»Sie?«, fragte Tony.

Roger nickte. »Bonnie, Liza und Min.«

»Wer ist Min?«, fragte Tony verblüfft.

»Die, mit der ich nicht ins Bett gehe«, erklärte Cal. Wenn Bonnie Min auch nur im Entferntesten ähnelte, dann standen Roger schwere Zeiten bevor.

»Triffst du Bonnie am Freitag?«, fragte Tony, ohne sich aus dem Konzept bringen zu lassen.

Roger nickte wieder. »Sie sagte, sie gehen ins »Long Shot«. Es ist zwar nicht ihre übliche Kneipe, aber sie wollte da nach mir Ausschau halten. Und sie kommt auch zum Spiel am Samstag. Und vielleicht gehen wir Samstagabend zusammen essen.«

»Sie kommt, um zuzusehen, wie du ein Baseballspiel für Kinder betreust?«, fragte Cal. »Dann muss sie dich sehr lieben.«

»Noch nicht«, erwiderte Roger. »Aber das kommt noch.«

»Freitag«, meinte Tony nachdenklich. »Das ist gut. Da kann ich mir Liza angeln, und Cal kann bei dem Kostüm nachhaken.«

»Nein«, wehrte Cal ab.

Roger blickte mitfühlend drein. »Was ist denn passiert?«

Cal ging zu seinem Computer zurück. »Sie ist eine konservative, risikoscheue Statistikerin, die mir den ganzen Abend über die Zähne gezeigt hat. Dann habe ich sie nach Hause gebracht, bin achtundfünfzig Stufen bis zu ihrer Wohnung hinaufgestiegen, um sicher zu sein, dass sie nicht abgemurkst wird, und habe ihr dabei den Ellbogen ins Auge gerammt. Es war das schlimmste Date meines Lebens, und bei ihr rangiert es wahrscheinlich unter den letzten fünf.«

»Du hast sie mit dem Ellbogen gerammt?«, rief Tony aus.

»Aus Versehen«, erwiderte Cal. »Ich würde ihr ja Blumen schicken, um mich zu entschuldigen, aber sie hat was gegen Charme. Schluss, aus und Ende. Vergiss es.«

»Also gibst du bei der Nächsten auf«, resümierte Tony kopfschüttelnd.

Cal blickte ärgerlich auf. »Ach, dann erzähle du mir doch mal von deinen intensiven und dauerhaften Beziehungen.«

»Na ja, das ist was anderes«, gab Tony zu. »Ich bin eben oberflächlich.«

»Bonnie hat die Parterrewohnung in dem gleichen Haus«, bemerkte da Roger, als hätte er nichts gehört. »Ich musste also nur die ersten zweiunddreißig Stufen hinaufsteigen. Und dann war sie so besorgt um mich, dass sie mich noch auf einen Kaffee hineinbat. An die Stufen kann ich mich gewöhnen.«

»Heißt das, dass Liza dort im ersten Stock wohnt?«, fragte Tony.

»Nein, Liza wohnt drüben in Pennington«, antwortete Roger. »Sie zieht jedes Jahr um, meistens dann, wenn sie den Job wechselt. Bonnie sagt, dass Liza Veränderungen liebt.«

Cal blickte Tony an. »Hast du sie nicht nach Hause gebracht?«

»Sie hat sich davongemacht, als ich mal pinkeln war«, erwiderte Tony. »Ich glaube, sie macht auf schwer zu erobern.«

»Hört sich nach Min an«, meinte Cal und wandte sich wieder seinem Computer zu. »Nur dass Min, glaube ich, nicht nur so tut.«

»Bonnie und ich haben Liza nach Hause gebracht«, erklärte Roger. »Das war nett. Dadurch konnte ich länger mit Bonnie zusammen sein.«

»Herrgott, Junge, reiß dich zusammen«, stöhnte Tony.

Cal drehte sich wieder Roger zu. »Meinst du es wirklich ernst?«

»Ja.«

Cal erkannte die Entschlossenheit in seinem Gesicht. »Na, dann herzlichen Glückwunsch«, erklärte er und nahm sich vor, Bonnie zu überprüfen. »Lass dir aber einen Monat Zeit mit dem Heiratsantrag, sonst erschreckst du sie noch.«

»Das dachte ich mir auch«, stimmte Roger zu.

»Ihr seid beide Idioten«, stellte Tony fest.

»Und wir verlieren alle unseren Job, wenn wir jetzt nicht an die Arbeit gehen«, entgegnete Cal. »Fang du mit dem Auffrischungskurs für Batchelder an.«

»Bonnie sagt, dass Min prima ist«, meinte Roger. »Sie sah nett aus.«

»Min ist nicht nett«, widersprach Cal. »Min ist auf die ganze Welt wütend und lässt es jeden fühlen, der ihr in die Quere kommt. Was den Batchelder-Auffrisch…«

»Bist du sicher, dass David weiß, dass es keine Wette gibt?«, fragte Tony.

»Absolut«, erwiderte Cal. »Die Frau treffe ich nie wieder. Jetzt zu dem *Batchelder-Auffrischungskurs …*«

Am gleichen Nachmittag um halb fünf Uhr betrat Min den in elfenbeinfarbener Moiré-Seide gehaltenen Anproberaum des besten Brautausstatters der Stadt. Sie wusste, dass sie sich verspätet hatte, aber es war ihr egal. Wahrscheinlich war ihre Mutter so sehr damit beschäftigt, Diana und die Schneiderin zu traktieren, dass sie …

»Du kommst zu spät«, ertönte Nanette Dobbs Stimme. »Wir waren für vier Uhr verabredet.«

»Ich habe schließlich einen Beruf.« Min überquerte den dicken, goldfarbenen Teppich, wobei sie einen Bogen um das dunkelhaarige Nervenbündel machte, das ihr einst das Leben geschenkt hatte, und warf ihre Kostümjacke auf einen elfenbeinfarben bezogenen Stuhl. »Das bedeutet, dass meine Zeit in erster Linie der Versicherungsgesellschaft gehört. Wenn du willst, dass ich pünktlich komme, dann mache einen Zeitpunkt nach Büroschluss aus.«

»Lächerlich«, versetzte Nanette. »Dein Kleid hängt im nächsten Umkleideraum. Die Schneiderin ist gerade mit Diana und den anderen Mädels beschäftigt. Gib mir deine Bluse, sonst wirfst du sie nur wieder auf den Boden.« Sie streckte befehlend eine wohl manikürte Hand aus, und Min schlüpfte seufzend aus ihrer Bluse.

»Ach, *Min*«, stieß ihre Mutter in ihrem gewohnten vorwurfsvollen Ton aus. »Wo hast du nur diesen BH her?«

Min blickte auf ihre Unterwäsche hinab. Schlichte Baumwolle, aber vollkommen respektabel. »Keine Ahnung. Wieso?«

»Weiße Baumwolle«, stöhnte Nanette. »Also wirklich, Min, reine Baumwolle, das ist wie reine Vanille ...«

»Ich mag reine Vanille.«

»... das ist nicht im Geringsten aufregend.«

Min blinzelte. »Ich komme direkt aus dem Büro. Da ist nichts im Geringsten aufregend.«

»Ich spreche von Männern«, erklärte Nanette. »Du bist jetzt dreiunddreißig, hast deine Blütejahre bald hinter dir und trägst auch noch weiße Baumwolle.«

»Ich komme direkt aus dem *Büro*«, wiederholte Min, die allmählich ihre Geduld verlor.

»Das ist völlig egal.« Ihre Mutter schüttelte die Bluse aus, betrachtete prüfend das Etikett und wirkte bei der Erkenntnis, dass es Seide war, ein wenig versöhnt. »Wenn du weiße Baumwollunterwäsche trägst, dann fühlst du dich auch wie weiße Baumwolle, und du benimmst dich wie weiße Baumwolle, und mit weißer Baumwolle kriegst du keinen Mann. Du solltest immer Spitzenunterwäsche tragen.«

»Du wärst eine hervorragende Kupplerin«, versetzte Min und eilte dem Umkleideraum zu.

»*Minerva*«, donnerte ihre Mutter.

»Na ja, tut mir Leid.« Min drehte sich um. »Aber ehrlich, Mutter, dieses Thema wird allmählich langweilig. Ich weiß nicht, ob ich überhaupt heiraten will, und du meckerst an meiner Unterwäsche herum, dass sie kein guter Köder wäre. Kannst du nicht ...«

Nanette hob ihr Kinn und wirkte dadurch noch stählerner. »Mit der Einstellung verlierst du garantiert auch noch David.«

Min holte tief Atem. »Wegen David ...«

»Was?« Der Körper ihrer Mutter versteifte sich in ihrem Dana-Buchman-Modellkleid der Größe 36. »Was ist mit David?«

Min lächelte betont fröhlich. »Wir haben Schluss gemacht.«

»Oh, *Min*«, heulte Nanette auf und presste Mins Bluse an ihren Busen, ein Bild der Verzweiflung inmitten kostspieligen gold- und elfenbeinfarbenen Dekors.

»Er war nicht der Richtige für mich, Mutter«, erklärte Min. »Das ist eine Tatsache. Was muss ich tun, damit du seinen Namen nie mehr erwähnst?«

»Spitzenunterwäsche tragen.«

»Und damit habe ich dich nicht mehr im Nacken sitzen?«

»Wenigstens eine Zeit lang.«

Min grinste sie an und wandte sich wieder dem Umkleideraum zu. »Mit dir hat man's weiß Gott nicht leicht.«

»Tja, mit dir auch nicht, meine Liebe«, erwiderte Nanette und musterte ihre Älteste kritisch. »Weißt du, ich bin wirklich stolz auf dich. Was hast du da über deinem Auge? Einen Klecks Make-up?«

»Ach, um Himmels willen.« Min schloss die Tür hinter sich. Sie öffnete den Reißverschluss ihres Rockes, ließ ihn auf den goldenen Teppich fallen und betrachtete sich selbst in dem goldgerahmten Spiegel. »So schlecht siehst du gar nicht aus«, sagte sie zu sich selbst, nicht vollkommen überzeugt. »Du musst einfach einen Mann finden, der vor Gesundheit strotzende Frauen mag.«

Sie nahm den langen, lavendelfarbenen Rock von dem goldenen Bügel, stieg vorsichtig hinein, um die gebügelte Chiffonkrause an der Rückseite nicht zu zerreißen, und zog den Bauch ein, um die Knöpfe zu schließen. Dann fuhr sie in die lavendelfarbene Chiffonbluse und schloss die vielen kleinen Knöpfe, wobei sich der Stoff über ihrer Brust spannte und ihr weißer BH in dem weit geschnittenen Ausschnitt zum Vorschein kam. Sie schüttelte die Ärmel aus, so dass der Chiffon in weiten, doppelten Rüschen über ihre Hände fiel. Damit würde sie beim Hochzeitsempfang sicherlich das Büfett abräumen. Außerdem bauschte sich die Bluse über ihren Hüften in weiteren Rüschen. »Ja, ja«, meinte sie. »Als ob ich an den Hüften noch mehr Polster brauchte.«

Schließlich hob sie das Korsett auf, ein zierliches Etwas aus blauer und lavendelfarbener Moiré-Seide, das mit lavendelfarbenen Bändern zusammengebunden wurde. Als Diana den Stoff sechs Monate zuvor ausgewählt hatte, hatte er Min so sehr gefallen, dass sie sich von der Näherin eine Tagesdecke für ihr Bett daraus hatte nähen lassen. Jetzt betrachtete sie das winzige Korsett und dachte: *Ich werde wohl meine Tagesdecke stattdessen tragen müssen. In das hier passe ich nie hinein.* Sie holte tief Luft und schnürte sich das Korsett um. Es presste ihre Brüste in schwindelnde Höhen empor, und noch immer klaffte ein Spalt von fast fünf Zentimetern. *Die bösen Kohlenhydrate.* Mit Groll dachte sie an Cal Morrisey und Emilios Brot. Dann bemühte sie sich, die zusätzliche Schicht Make-up etwas zu verstreichen, ohne dass der blaue Fleck sichtbar wurde, und ging schließlich in den Anproberaum hinüber, um sich ihrer Mutter zu zeigen.

Dort aber fand sie Diana, die auf dem Podest vor dem riesigen, goldgerahmten Spiegel stand, flankiert von ihren beiden entzückenden Brautjungfern, den jungen Frauen, die Liza *Schnief* und *Schlimmer* nannte. Aus Dianas tragbarem CD-Spieler drang Musik von den Dixie Chicks.

»*Run, run run*«, meinte Min zu Diana. »Wie unpassend.«

»Hmmm?«, machte Diana und starrte weiter in den Spiegel. »Nein, *Runaway Bride*.«

»Ach, richtig«, erwiderte Min und erinnerte sich, dass Diana für ihre Hochzeit Musik aus Filmen mit Julia Roberts gewählt hatte. Na ja, wenigstens hatte sie sich was dabei gedacht.

»Ich fand diesen Film toll«, erklärte Susie. Sie wirkte sehr blond, verbittert, elend und irgendwie schniefend in ihrem grünen Chiffonkorsett; die Verliererin bei der Verteilung der Brautjungfernkleider.

»Ich fand ihn einfach lächerlich«, befand die dunkelhaarige Karen alias *Schlimmer* und wirkte hochnäsig und überlegen in ihrem blauen Chiffonkorsett.

Min wedelte mit der Hand zu *Schlimmer* hin. »Hau mal ab da, damit ich meine Schwester sehen kann.«

Schlimmer rückte zur Seite, und Min konnte ihren ersten Blick auf Diana werfen. »Wow.«

Diana wirkte in elfenbeinfarbenem Chiffon und Satin wie eine Märchenprinzessin. Ihr dunkles Haar fiel aus einem kunstvoll nachlässig geschlungenen Knoten in perlenbesetzten Korkenzieherlocken herab und rahmte ihr schmales, blasses Gesicht ein, und ihr schlanker Hals hob sich graziös aus dem weiten Ausschnitt ihres Oberteils. Von der Rückenlinie ihres Dekolletees ergoss sich eine Kaskade von Chiffonrüschen über ihr ebenfalls perlenbesetztes, elfenbeinfarbenes Korsett, das ihre schlanke Taille betonte; weitere Rüschen fielen über ihre Handgelenke und bauschten sich unter ihrem Leibchen hervor, teilten sich und enthüllten einen engen Rock, dessen Seitennaht bis hinab auf den Boden mit Rüschen verziert war. Ein gefältelter Saum reichte bis auf die Spitzen ihrer satinbezogenen, hochhackigen Schuhe. Sie drehte sich auf dem Podest, um in den Spiegel zu blicken, und Min sah, dass am Ende ihrer Wirbelsäule der Chiffon nochmals bauschig gerafft war und in noch mehr Rüschen und Falten überging, bis die Rückseite des Kleides ein Eigenleben zu entwickeln schien und bei jeder Bewegung zitterte und bebte.

»Wie findest du's?«, fragte Diana mit ausdruckslosem Gesicht.

Ich finde, du siehst aus wie eine sexbesessene Heroinprinzessin, dachte Min. Laut aber sagte sie: »Ich finde, du siehst wunderschön aus«, denn auch das war die Wahrheit.

»Du siehst phantastisch aus«, erklärte *Schlimmer* und strich Di's Rock glatt, wo er kein Glattstreichen nötig hatte.

»M-hmm«, machte *Schnief* zustimmend. Min dachte, dass sie eigentlich Mitleid für sie empfinden sollte; schließlich konnte es nicht leicht für sie sein zuzusehen, wie ihre beste Freundin ihren Exfreund heiratete, ganz besonders, wenn man dabei in dieses höllische Grün gesteckt wurde. Aber *Schnief* war dermaßen rückgratlos, dass es schwer fiel, Mitgefühl mit ihr zu haben.

»Für eine Hochzeit am Vormittag wäre es nicht das Richtige«, meinte Diana und berührte die Bänder an ihrem Busen. »Und für abends auch nicht. Aber wir heiraten in der Abenddämmerung, und das ist ein magischer Augenblick, da ist alles wie verwandelt.«

»Und du bist auch wie verwandelt«, erwiderte Min, die in Dianas Stimme die gleiche Spannung fühlte wie am Abend zuvor auf ihrem Anrufbeantworter. »Ist mit dir alles in Ordnung?«

Diana wandte sich wieder dem Spiegel zu. »Du würdest lieber tot umfallen, als so was zu tragen, nicht wahr?«

»Wenn ich aussähe wie du, dann vielleicht schon.«

Schlimmer musterte Min von Kopf bis Fuß und besonders genüsslich das kurz vor dem Platzen stehende Korsett und den hervorspitzenden weißen BH. »Es ist nicht Mins Stil.«

»Meinst du wirklich?«, versetzte Min. »Ich wollte das Korsett eigentlich ins Büro anziehen, wenn der ganze Zauber hier vorüber ist. Könnte ich meine Schwester mal für eine Minute allein sprechen, ja?«

Schlimmer hob die Augenbrauen, aber *Schnief* verdrückte sich erleichtert in den angrenzenden Raum, und als Min die Arme vor der Brust verschränkte und *Schlimmer* beharrlich anstarrte, gab diese nach und verschwand ebenfalls.

»Was ist los?«, wandte Min sich fragend an Diana, während die Dixie Chicks ihr Lied beendeten und Martina McBride mit ihrem unmöglichen Heuler »I love You« begann.

»Nichts«, entgegnete Diana und betrachtete sich im Spiegel. »Na ja, die Torte. Wir haben Probleme mit der Hochzeitstorte, aber alles andere läuft perfekt.«

»Ist etwas mit Greg?«, fragte Min und dachte bei sich: *Ich würde einen solchen Schlappschwanz nicht heiraten wollen, egal wie hübsch und reich er ist.* Sollte sie jemals heiraten, dann jemanden mit Biss; jemand, der witzig und schlau und interessant war …

»Mit Greg ist alles in Ordnung«, erklärte Diana und bauschte die Rüschen an ihren Hüften, die sie irgendwie noch schlanker erscheinen ließen.

»Aha, na gut«, erwiderte Min. »Und was ist mit der Torte?«

»Die Torte …« – Diana musste sich räuspern –, »… die Torte wurde nicht rechtzeitig bestellt.«

»Ich dachte, Greg kennt da einen tollen Konditor«, wunderte sich Min.

»Ja«, antwortete Diana, »aber er … hat es vergessen, und jetzt ist es zu spät. Also muss ich einen anderen Konditor suchen.«

»Der in nur drei Wochen eine gigantische Hochzeitstorte zustande bringt?«

»Es war nicht Gregs Schuld«, erwiderte Diana. »So sind eben Männer. Völlig unzuverlässig bei solchen Dingen. Es war mein Fehler, dass ich mich nicht mehr darum gekümmert habe.«

»Nicht alle Männer sind unzuverlässig«, entgegnete Min. »Ich habe gestern Abend ein richtiges Biest kennen gelernt, aber er hätte sich zweifellos um diese Torte gekümmert.«

»Na, Greg ist kein Biest«, gab Diana zurück. »Und mir ist ein guter Mann, der einen Kuchen vergisst, lieber als ein Biest, das daran denkt.«

»Ein Punkt für dich«, gab Min zu. »Hör zu, ich besorge dir eine Torte. Das ist das Mindeste, was ich tun kann, nachdem ich ein solcher Reinfall bin.«

Diana vergaß ihre Rüschen und wandte sich um. »Was ist denn? Du bist kein Reinfall. Was ist los?«

»Ich bin David los, und ich bin zu fett für dieses Korsett da«, antwortete Min und hielt die Bänder in die Höhe.

»Du bist nicht fett«, widersprach Diana und kletterte vom Podest. »Vielleicht haben sie die falsche Größe geschickt. Lass mich mal sehen.«

Min löste das Korsett und reichte es Diana, die es mit fachkundiger Hand hin- und herwendete.

»Was war denn mit David?«, fragte Diana, während sie stirnrunzelnd das Etikett betrachtete.

»Ich wollte nicht mit ihm schlafen, also hat er Schluss mit mir gemacht.«

»Was für ein Arschloch.« Diana blickte verwundert auf. »Also, das ist Größe achtunddreißig, das müsste eigentlich passen.«

»In welchem Universum?«, versetzte Min wütend. »Ich hatte nicht mal bei meiner Geburt Größe achtunddreißig. Wer hat das Ding bestellt?«

»Ich«, erwiderte Nanette hinter ihrem Rücken. »Ich dachte, du wolltest bis zur Hochzeit deiner Schwester abnehmen. Du bist doch noch auf Diät, oder?«

»Ja«, antwortete Min bissig und wandte sich zu ihrer Mutter um. »Aber lass uns das realistisch sehen. Du hast eine Bluse gekauft, die mir passt.« Sie blickte an sich hinunter, wo die kleinen Knöpfe stramm in Linie standen. »Na ja, so in etwa. Warum besorgst du mir nicht …«

»Du hattest ein ganzes Jahr Zeit«, unterbrach ihre Mutter sie und presste einen Haufen Spitzenunterwäsche an sich. »Ich dachte, das Korsett könnte dich in Form bringen, falls du noch immer ein paar Pfund zu viel hast. Aber du hättest wirklich reichlich Zeit gehabt, um abzunehmen.«

Min holte tief Atem, und prompt sprang der Knopf an ihrem Rock davon. »Sieh mal, Mutter, ich werde nie schlank sein. Ich bin Norwegerin. Wenn du eine dünne Tochter wolltest, dann hättest du nicht einen Mann heiraten sollen, dessen weibliche Vorfahren die Kühe von der Weide nach Hause getragen haben.«

»Du bist nur zur Hälfte Norwegerin«, widersprach Nanette, »und das ist überhaupt keine Entschuldigung, denn es gibt einen Haufen schlanke nordische Schönheiten. Du isst einfach nur, um gegen mich zu rebellieren.«

»Mutter. Es hat nicht immer alles nur mit dir zu tun«, schnappte Min und hielt ihren Rock mit den Händen zusammen. »*Manchmal sind es einfach die Gene.*«

»Bitte nicht diesen Ton, meine Liebe«, entgegnete ihre Mutter und drehte sich zu Diana um, die das Korsett in die Höhe hielt. »Wir müssen es einfach enger schnüren.«

»Gute Idee«, versetzte Min. »Wenn ich dann neben dem Altar in Ohnmacht falle, kannst du alle darauf hinweisen, wie schlank und nordisch ich bin.«

»Minerva, das ist die *Hochzeit* deiner *Schwester*«, betonte Nanette. »Da kannst du wohl einmal ein kleines Opfer bringen.«

»Schon gut, schon gut«, beschwichtigte Diana und winkte ab. »Wir haben Zeit genug, um eines in Mins Größe anfertigen zu lassen. Kein Problem.«

»Oh, gut.« Min kletterte auf das Podest, um sich in dem großen Spiegel zu betrachten. Sie sah aus wie ein pausbäckiges Stubenmädchen, das im Gasthaus am Fuße des Schlosses arbeitete und sich die von der Prinzessin abgelegten Kleider aus der Mülltonne holte. »Das steht mir einfach überhaupt nicht.«

»Die Farbe steht dir großartig, Min«, erklärte Diana sanft, nachdem sie hinter Min auf das Podest geklettert war. Min lehnte sich zurück, so dass ihre Schultern sich berührten.

»Und du wirst eine hinreißende Braut sein«, erwiderte Min. »Die Leute werden bei deinem Anblick nach Luft schnappen.«

»Bei deinem auch«, meinte Diana und drückte Mins Schulter.

Klar, wenn mein Korsett explodiert und mein Busen den Pfarrer zu Boden wirft.

»Was ist mit deinem Auge passiert?«, flüsterte Diana Min zu, leise genug, dass Nanette es nicht hören konnte.

»Das hat mir gestern Abend das Biest verpasst«, flüsterte Min zurück, und als Diana steif wurde, fügte sie hinzu: »Ich bin gegen seinen Ellbogen gestoßen. Er konnte nichts dafür.«

»Das ist der falsche BH für dieses Kleid«, sagte Nanette hinter ihnen.

»Du bist nicht zufällig meine Stiefmutter, oder?«, gab Min zurück. »Das würde nämlich einiges erklären.«

»Hier, mein Schatz«, sagte Nanette und reichte ihr fünf Spitzen-BHs in verschiedenen Farben. Geh in den Umkleideraum und zieh einen davon an. Und dann gib mir dieses Baumwollding, damit ich's verbrennen kann.«

»Was für ein Baumwollding?«, fragte Diana.

»Ich trage einen einfachen, weißen BH«, erklärte ihr Min, während sie vom Podest stieg, die Hände voller Spitze.

Diana riss die Augen auf und meinte in affektiertem Ton: »Na, dann ist dir das Fegefeuer gewiss.«

»*Diana*«, stieß Nanette aus.

»Ich weiß«, erwiderte Min, während sie dem Umkleideraum zueilte. »Und dort finde ich auch die besten Männer.«

»*Minerva*«, ächzte Nanette. »Wo willst du hin?«

»Es ist Donnerstag«, antwortete Min über die Schulter. »Ich treffe mich mit Liza und Bonnie zum Abendessen, und ich habe keine Lust, noch länger über meine Unterwäsche zu reden.«

In der Tür zum Umkleideraum drehte sie sich noch einmal um. »Bestelle ein größeres Korsett … *viel größer, Mutter* … und wenn es geliefert ist, probiere ich es an.«

»Keine Kohlenhydrate«, rief ihre Mutter hinter ihr her, als sie im Umkleideraum verschwand. »*Und keine Butter*.«

»Ich wusste doch, dass du mich meinen wirklichen Eltern gestohlen hast«, rief Min zurück. »Die hätten mir Butter gegönnt.« Dann schloss sie die Tür hinter sich, bevor Nanette ihr auch Zucker verbieten konnte.

4

Als Calvin Morrisey aus dem Büro nach Hause kam, knipste er das weiße Deckenlicht an, schleuderte seine Schuhe von den Füßen und ging in die weiße Kochnische hinter der weißen Frühstückstheke, um sich einen Glenlivet zu genehmigen. Während er noch die Flasche in der Hand hielt, dröhnte plötzlich aus dem Nachbarapartment Elvis Costellos »She« durch die Wände.

»Oh Gott«, stöhnte Cal und drückte sich das kalte Glas an die Stirn. Anscheinend war Shannas stürmische Romanze in die Brüche gegangen. Er kippte den Drink hinunter und ging dann, um an ihre Tür zu klopfen.

Als Shanna öffnete, war ihr hübsches Gesicht unter dem

wilden Wust ihres weichen Haars tränennass. »Hi, Cal«, schniefte sie. »Komm rein.«

Er folgte ihr in die Technicolor-Version seines eigenen Apartments und zuckte unwillkürlich zusammen, dann hatte sie Elvis zu normaler Lautstärke zurückgedreht. »Erzähl mir alles«, forderte er sie auf.

»Es war schrecklich«, begann sie und ging zu ihrem hellroten Bücherregal hinüber, wo sie die Statuette einer Tiki-Gottheit beiseite rückte, um an die Flasche Glenlivet zu gelangen, die sie für Cal zur Verfügung hielt.

»Ich habe gerade schon einen gekippt«, wehrte er ab.

»Ich dachte, diesmal wäre es die Richtige.« Shanna rückte die Puppe wieder an ihren Platz und nahm Kurs auf ihre riesige, alte Couch, über die sie eine purpurne indianische Tagesdecke gebreitet hatte. »Ich dachte wirklich, es sei für immer.«

»Du glaubst doch jedes Mal, dass es für immer sei.« Cal setzte sich neben sie und legte den Arm um ihre Schultern. »Wer war es denn diesmal? Ich bin nicht mehr auf dem Laufenden.«

»Megan«, antwortete Shanna, und ihr Gesicht verzog sich wieder zum Weinen.

»Ach ja.« Cal legte seine Füße auf die alte Truhe, die als Couchtisch diente. »Megan, die Zicke. Weißt du, vielleicht solltest du versuchen, dir für deine Verabredungen Leute auszusuchen, mit denen du einfach Spaß haben kannst. Oder mal eine Pause einlegen. Das mache ich gerade ...«

»Mit Megan hat es Spaß gemacht«, wandte Shanna ein.

»Megan ist eine humorlose Nervensäge«, widersprach Cal. »Ich kann einfach nicht verstehen, warum du immer auf Frauen reinfällst, die dir Schuldgefühle einreden. Bei denen ergreife ich sofort die Flucht.«

Shanna blickte tränennass und vorwurfsvoll zu ihm auf. »Du ergreifst bei allen die Flucht.«

»Hier geht's jetzt nicht um mich«, entgegnete Cal. Elvis endete mit einem letzten bombastischen »She!« und begann dann von neuem. Offensichtlich hatte Shanna auf Endlosschleife geschaltet. »Du musst dir mal ein anderes Aus-und-vorbei-Lied zulegen.«

»Aber ich liebe dieses Lied«, wandte Shanna ein.

»Ich habe es auch mal geliebt«, erwiderte Cal. »Aber das ist etliche Monate her, bevor du mir jedes Mal, wenn wieder eine deiner katastrophalen Beziehungen zu Ende geht, die Ohren damit zugedröhnt hast. Du machst Elvis Costello kaputt.«

»Keiner kann Elvis Costello kaputtmachen«, wehrte sich Shanna. »Elvis ist einfach göttlich.«

»Hat Megan nicht Elvis gehasst?«, fragte Cal.

»Nein, das war Anne«, erwiderte Shanna. »Aber Megan war auch nicht gerade sein Fan.«

»Aha, da haben wir's«, rief Cal aus. »Spiele bei der ersten Verabredung doch einfach Elvis, und wenn sie ihn nicht mag, dann mach gleich Schluss, bevor du dich gefühlsmäßig engagierst.«

»Machst du das so?« Shanna ließ ihren Kopf an seine Schulter sinken. »Schaffst du's damit, all diese Frauen so problemlos abzuhaken?«

»Hier geht's nicht um mich«, wiederholte Cal. »Es geht um dich. Hör auf damit, dich mit Frauen einzulassen, die du für ›passend‹ hältst. Verbringe deine Zeit lieber mit solchen, mit denen zusammen zu sein dir Spaß macht.«

»Gibt's denn solche?«, fragte Shanna.

»Anfangs macht's mit allen Spaß«, erwiderte Cal. Dann fiel ihm Min ein. »Na ja, mit Ausnahme der Frau, mit der ich gestern Abend zum Essen war. Die war von Anfang an eine Nervensäge.«

»Natürlich hast du gestern Abend wieder eine Frau aufgegabelt.« Shanna drehte den Kopf, um ihn anzusehen. »Man könnte dich in eine Herrenumkleidekabine einsperren, und du würdest trotzdem mit einer Frau herauskommen. Wie machst du das nur?«

Cal grinste sie an. »Das ist mein naturgegebener Charme.« Er konnte fast sehen, wie die Statistikerin bei diesen Worten ihre Augen verdrehen würde.

Shanna wandte den Kopf wieder ab. »Und das Traurige ist, dass es stimmt. Ich habe keinen naturgegebenen Charme.«

»Doch, hast du«, widersprach Cal. »Du benützt ihn nur nicht.«

Shanna wandte ihm wieder ihren Blick zu. »Wirklich?«

»Wenn du dich nicht gerade abmühst, Eindruck bei irgendeiner hochnäsigen Zicke zu schinden, bist du toll«, erklärte Cal. »Du bist witzig und klug, und es macht Spaß, mit dir zusammen zu sein.«

»Wirklich?«

»Schließlich bin ich öfter mit dir zusammen, oder?«

»Na ja, sicher, aber du bist eben einfach nett.«

»Ich bin nicht nett«, widersprach Cal. »Ich bin verdammt egoistisch. Und du hast vollkommen klar gemacht, dass du nie mit mir ins Bett gehen wirst, also verbringe ich wohl deswegen Zeit mit dir, weil es Spaß macht, oder? Abgesehen von diesen tränenreichen Elvis-Abenden.«

»Stimmt«, meinte Shanna, und ihr Gesicht hellte sich ein wenig auf.

»Meine Ansprüche in puncto Spaß sind sehr hoch«, fuhr Cal fort. »Also musst du wohl wirklich toll sein. Aber du lässt dich mit den größten Zicken ein, die ich kenne.«

»Ach, und die Frauen, mit denen du dich einlässt, sind alle herzallerliebst.« Shanna erhob sich und machte ein paar Schritte von ihm weg.

»Hier geht's nicht um mich«, wiederholte Cal erneut. »Der Grund, warum du immer wieder Schiffbruch erleidest, ist dein mangelndes Selbstvertrauen, und du suchst dir immer wieder Frauen aus, die genau das an dir mögen.«

»Ich weiß.« Shanna hockte sich auf den roten Barhocker neben ihrer Frühstückstheke, schob den gelben Vorhang zur Seite, mit dem sie die Öffnung verhängt hatte, und angelte sich ein großes Schraubglas mit Keksen.

»Dann solltest du dir mal eine aussuchen, mit der du dich wohl fühlst.«

Shanna öffnete das Schraubglas und nahm sich ein Zimtplätzchen heraus. »Ich weiß.«

»Wie oft haben wir dieses Thema jetzt schon besprochen?«

»Tausend Mal.« Wild biss Shanna in das Plätzchen.

»Und jedes Mal missbrauchst du wieder Elvis. Das war mal ein gutes Lied, und du hast es in Grund und Boden genudelt. Früher oder später wirst du dafür bezahlen müssen.«

»Ich weiß«, murmelte Shanna undeutlich.

»Such dir etwas mit Biss aus«, schlug Cal vor. »Es muss doch auch kämpferische Aus-und-vorbei-Lieder geben.«

»Mir hat ›I will survive‹ immer ganz gut gefallen«, erwiderte Shanna etwas heiterer.

»Oh Gott.« Cal erhob sich hastig. Hinter ihm begann Elvis abermals mit ›She‹. »Hab Erbarmen mit ihm, ja?«

Shanna ging zum Bücherregal hinüber und schaltete Elvis aus. »Beim Kennenlernen sind sie nie gemein, weißt du.«

»Erinnerst du dich noch an deine erste Verabredung mit Megan?«, fragte Cal. »Als du uns in der Eingangshalle miteinander bekannt gemacht hast?« Shanna nickte. »Sie entschuldigte sich für deine Kleidung. Ich hätte ihr am liebsten eine geklebt, aber sie sah aus, als würde sie nur darauf warten.«

»Sie stellte eben hohe Ansprüche.«

»Sie war eine gemeine Ziege, die jeden bevormundete«, widersprach Cal. »Du hättest schon nach diesem ersten Mal das Weite suchen sollen.«

»Hast du das gestern Abend auch getan?«, fragte Shanna.

»Ja, zum Teufel«, antwortete Cal.

»Na ja, ich kann das nicht«, erklärte Shanna und wandte sich wieder ihrem Keksglas zu. »Ich bin eben nicht wie du. Ich möchte immer fair sein.«

Cal seufzte. »Na gut. Und warum hat sie dich verlassen?«

Shannas Gesicht verzog sich wieder. »Sie hat gesagt, ich hätte zu viel von einem Fußabstreifer.«

»Na, sie muss es ja wissen, schließlich hat sie ihre Füße oft genug an dir abgewischt«, erwiderte Cal. Shanna brach in Tränen aus, und er ging zu ihr und nahm sie in die Arme. »Werde doch endlich mal wütend auf sie, Shan. Sie ist wahrhaftig kein netter Mensch.«

»Aber ich habe sie geliebt!«, heulte Shanna an seiner Brust und spuckte feuchte Kekskrumen über sein Hemd.

»Nein, hast du nicht«, widersprach Cal und umfasste sie enger. »Du wolltest sie lieben. Das ist was anderes. Du kanntest sie doch erst ein paar Wochen.«

»Das kann aus heiterem Himmel passieren.« Shanna blickte zu seinem Gesicht auf. »Du weißt es einfach.«

»Nein«, entgegnete Cal. »Das geht nicht so einfach, dass du jemanden erblickst, dabei in deinem Kopf ›She‹ von Elvis Costello hörst und dich auf der Stelle verliebst. Dazu braucht es Zeit.«

»Als hättest du eine Ahnung davon.« Shanna befreite sich und griff nach ihrem Keksglas. »Warst du jemals lange genug mit einer zusammen, um dich in sie zu verlieben?«

»He«, beschwerte Cal sich.

»Das ist keine Antwort«, erwiderte Shanna und zog sich mit den Keksen auf ihre Couch zurück. »Lässt du sie deswegen immer so schnell sitzen? Ich dagegen *versuche* es wenigstens.«

»Es geht hier nicht um mich«, erinnerte Cal.

»Ich weiß, ich weiß«, winkte Shanna ab und fischte ein weiteres Zimtplätzchen heraus. »Gott, was für einen Schlamassel ich immer anrichte. Willst du 'n Keks?«

»Nein«, erwiderte Cal. »Komm, nimm dich zusammen und versuche, wieder auf die Beine zu kommen. Wenn du morgen Mittag bei uns vorbeischaust, lade ich dich zum Mittagessen ein, bevor du zur Arbeit musst.«

»Das wäre schön«, meinte Shanna. »Du bist ein lieber Kerl, Cal. Manchmal wünschte ich mir, du wärst eine Frau ...«

»Danke«, erwiderte Cal zweifelnd.

»... aber dann erinnere ich mich daran, dass du Bindungsängste hast, und dann bin ich froh, dass du keine Frau bist. Ich habe schon genug Probleme.«

»Das ist wahr.« Cal legte die Hand auf die Türklinke. »Kann ich dich jetzt alleine lassen?«

»Klar«, erwiderte Shanna. »Lade mich morgen in irgendein teures Restaurant ein.«

»Ich gehe mit dir zu Emilio's«, entgegnete Cal. »Er braucht Kunden, und dir schmeckt sein Pesto.«

Während Cal sich bemühte, Shanna zu trösten, machte Min einen Abstecher zu Emilio's, um Salat und Brot zu besorgen.

»Ah, die entzückende Min!«, rief er aus, als sie ihn unten in seiner Küche aufspürte.

»Liebster Emilio«, antwortete Min. »Ich brauche Salat und Brot für drei Personen jetzt sofort und eine verdammte Hochzeitstorte für zweihundert am Sonntag in drei Wochen.«

»Oh.« Emilio lehnte sich gegen die Arbeitsfläche. »Meine Großmutter macht Hochzeitstorten. Sie schmecken einfach ...« – er schloss die Augen – »... himmlisch. Locker und leicht wie eine Feder.« Er öffnete die Augen wieder. »Aber es sind gute, altmodische Kuchen, ohne Marzipanvögel oder Zuckerglasur.«

»Könnte sie für uns einen Kuchen machen und ihn mit Blüten dekorieren?«, fragte Min. »Ich kann ein paar echte Perlen beschaffen. Vielleicht sind die Leute beeindruckt, wenn der Kuchen mit echten Dingen geschmückt ist, anstatt mit Zuckerimitationen.«

»Ich weiß nicht«, meinte Emilio. »Aber wirklich wichtig ist doch, wie er schmeckt, und er schmeckt garantiert ...«

»Emilio, das ist sehr lieb«, unterbrach Min ihn, die sich Nanettes Reaktion darauf vorstellte. »Aber leider ist es in diesem Fall am wichtigsten, wie er aussieht.«

»Wie wäre es damit«, lenkte Emilio ein. »Ich frage sie, ob sie den Kuchen machen will. Wenn sie Ja sagt, kann sie ihn schlicht und einfach mit Zuckerguss überziehen, und Sie können dann selbst Blüten und Perlen darauf arrangieren.«

»Ich«, meinte Min zweifelnd. »Na ja, ich nicht, aber Bonnie kann das, sie hat sehr viel Geschmack. Also einverstanden. Fragen Sie bitte Ihre Großmutter.«

Emilio hob den Telefonhörer ab. »Wird Cal Sie zu der Hochzeit begleiten?«

»Cal sehe ich nie mehr wieder«, antwortete Min.

»Gott, seid ihr beide dumm«, kommentierte Emilio, während er auf die Nummerntasten tippte. Nach einem Augenblick hellte sich sein Gesicht auf. »Nonna?«, begann er und ließ dann einen italienischen Wortschwall los. Das Einzige, das Min verstand, war »Cal«. Es beunruhigte sie, aber als Emilio auflegte, lächelte er.

»Alles in Ordnung«, erklärte er. »Ich habe ihr gesagt, Sie seien Cals Freundin. Sie liebt Cal.«

»Das tun alle Frauen.« Min gab ihm einen Kuss auf die Wange. »Sie sind mein Retter.«

»Hier ist Ihr Essen«, erwiderte Emilio und packte Brot und Salat für drei für sie ein. Damit ging sie nach Hause und stieg die zweiunddreißig Stufen zu Bonnies Wohnung im Parterre hinauf.

»Aha«, empfing Liza sie an der Wohnungstür. »Willst du vielleicht mal erklären, was gestern Abend los war?«

»Darf ich erst mal reinkommen?«, entgegnete Min und schlüpfte an Liza vorbei in Bonnies helle, warme Wohnung.

Bonnie hatte den Esstisch mit ihrem Royal-Doulton-Tennyson-Porzellan gedeckt, und in der Mitte prangte eine Vase mit Supermarkt-Rosen. Es sah so hübsch aus, dass Min dachte: *Na gut, so schön sieht meine Wohnung nie aus, aber ich könnte meinen Tisch schöner decken, und ich könnte gelegentlich etwas kochen. Ich könnte die Küchenutensilien meiner Großmutter aus dem Keller holen.* Es wäre nett, ein wenig in der Küche zu werkeln, wie ihre Großmutter es getan hatte. Vielleicht sogar Plätzchen zu backen.

Die sie nicht essen durfte.

Min seufzte und stellte die Styroporbehälter auf Bonnies Tisch.

»Was ist das?«, frage Bonnie und deutete auf die Behälter.

»Der beste Salat, den ihr je gegessen habt, und noch besseres Brot«, antwortete Min, und Bonnie ging, um Salatschüsselchen zu holen.

»Brot?«, wiederholte Liza. »Du willst wirklich Brot essen?«

»Nein«, erwiderte Min. »Ich habe gestern Abend Brot gegessen und heute dafür bezahlt. Ihr werdet das Brot essen, und ich werde mir eine Ersatzbefriedigung suchen.«

Liza schnitt eine Grimasse und zog sich einen von Bonnies großen Esszimmerstühlen hervor. »Zum Beispiel Nachtisch. Stats, du …«

»Was hast du denn mitgebracht?«, fragte Min und fürchtete die Antwort.

»Himbeer-Schoko-Eis am Stiel.« Liza ließ sich auf den Stuhl fallen.

»Zur Hölle mit dir«, versetzte Min und zog ihren Stuhl hervor. »Warum kannst du nicht einfach mal Obst mitbringen?«

»Weil Obst kein Nachtisch ist«, erwiderte Liza. »Und jetzt erzähle uns, warum du gestern Abend mit Calvin Morrisey zusammen fortgegangen bist.«

Min schob das Brot zu Liza hinüber. »David hat mit ihm um zehn Mäuse gewettet, dass er mich nicht binnen eines Monats ins Bett kriegt.« Sie betrachtete genüsslich, wie beide erstarrten, Bonnie mit einer Platte mit Hühnchen und Gemüse in der Hand und Liza, die gerade das Brot anbrach.

»Du nimmst mich auf den Arm.« In Lizas Miene braute sich gefährlicher Zorn zusammen.

»Ich ließ mich von ihm einladen, weil ich den Plan hatte, mir einen Begleiter für die Hochzeit zu angeln, aber dann wurde mir klar, dass ich diesen schmierigen Charme keine drei Wochen lang aushalten könnte. Also konzentrierte ich mich auf ein hervorragendes Abendessen und verabschiedete mich dann.«

Bonnies Gesicht verzog sich kummervoll. »Ach, Süße, das ist ja schrecklich.«

»Nein«, entgegnete Min. »Lasst uns Cal Morrisey einfach vergessen und endlich essen. Ich möchte über Diana sprechen. Sie ist irgendwie nicht glücklich.«

»*Schnief* und *Schlimmer*.« Liza warf Min einen Blick zu, der besagte, dass das Thema Cal Morrisey noch nicht vom Tisch war. »Die können doch jedem die Laune verderben.«

Min schloss die Augen. »Nenn sie nicht so. Ich hätte Susie heute Nachmittag bei der Anprobe um ein Haar *Schnief* genannt. Sie sah aus, als würde sie jeden Augenblick anfangen zu flennen.«

»Na ja, das ist verständlich«, meinte Bonnie mitleidig. Sie platzierte die Platte mitten auf dem Tisch und setzte sich ebenfalls.

Liza ließ das Brot in eine Schüssel fallen. »Vielleicht hätte Di *Schnief* nicht bitten sollen, Brautjungfer zu spielen. Das ist ja fast schon grausam.«

»Aber es wäre noch schlimmer, wenn sie sie *nicht* gefragt hätte«, meinte Bonnie. »Ist sie deswegen traurig, Min?«

»Ich glaube, es hat mit Greg zu tun«, antwortete Min und begann, sich ihrem Salat zu widmen. »Aber sie will es nicht zugeben. Er hat vergessen, die Hochzeitstorte zu bestellen.«

»Uff«, machte Liza. »Der Mann sträubt sich gegen seine eigene Hochzeit. Ich wette, dass deine Mutter und Diana ihn in die ganze Sache hineinmanövriert haben.«

»Aber er hat den Heiratsantrag von sich aus gemacht«, widersprach Bonnie.

»Ich glaube, er wollte eine längere Verlobungszeit«, meinte Min. »Aber er hat zugestimmt, als sie das Datum festsetzten. Er hätte ja auch ›Nein‹ sagen können. Schließlich ist er der Sprache mächtig.«

»Zu Nanette und Diana?«, versetzte Liza und begann, ihren Salat zu essen. »Wohl kaum. Eher tut *Schlimmer* eine gute Tat, als dass Greg Rückgrat entwickelt. Und jetzt erzähle von Cal Morrisey und dieser verdammten Wette. Wir wollen *alles* hören.«

Eine halbe Stunde später war der Salat gegessen, die Reste des Huhns im Kühlschrank verstaut, und Bonnie wickelte sich ein Schokoeis aus der Papierhülle, während Min mit ihrer Geschichte des vergangenen Abends zum Ende kam.

»Wenigstens hat er dich nach Hause begleitet«, meinte Bonnie. »Das war doch nett.« Es klang zweifelnd.

»Ja. Und dann stieß er mich gegen den Kopf, sagte ›Ich wünsche Ihnen noch ein schönes Leben‹ und verschwand«, resümierte Min. »Ich mochte ihn nicht, ihr Mädels mögt ihn auch nicht, und er mochte mich nicht. Ich finde, damit ist die Sache erledigt.«

»Und ich glaube, diese ganze Auf-Nimmerwiedersehen-Geschichte ist ein Trick«, mümmelte Liza, den Mund voller Schokoeis. »Ich glaube, er will dich in Sicherheit wiegen, und dann schlägt er zu. Wenn du nicht aufpasst, lockt er dich mit seinem Charme ins Bett und bricht dir dann das Herz.«

Min betrachtete sie mit einem verärgerten Stirnrunzeln. »Für wie naiv hältst du mich eigentlich? Ich weiß über die Wette Bescheid. Außerdem habe ich einen neuen Plan.«

»Ah, gut«, erwiderte Liza. »Meistens hast du zu wenig Pläne.«

Min überging das. »Gestern, als ich Elvis' ›Love Me Tender‹ angehört habe, kam mir der Gedanke, dass er jetzt siebenundzwanzig Jahre alt wäre, wenn er wiedergeboren worden wäre, und ich nichts gegen jüngere Männer habe. Statistisch gesehen sind die Ehen, in denen die Frau acht Jahre älter ist als der Mann, die besten Ehen. Also habe ich beschlossen, darauf zu warten, dass Elvis mich findet.«

»Du wärst aber nur sechs Jahre älter«, wandte Bonnie ein.

»Ja, aber dafür wäre es Elvis, also würde ich mir besondere Mühe geben«, erwiderte Min.

»Und warum gerade Elvis?«, fragte Liza.

»Weil er in seinen Liedern immer die Wahrheit sagt. Elvis ist der einzige Mensch in meinem Leben, dem ich vertrauen kann.«

»Also, damit ich das recht verstehe«, begann Liza und wedelte mit ihrem halb gegessenen Schokoeis. »Bonnie wartet auf ihren Märchenprinzen, mit dem ihr Leben dann perfekt ist, und du sparst dich für die Reinkarnation eines Kerls auf, dessen Lieblingsspeise gebackene Bananen-Sandwichs waren.«

»Jawoll«, erwiderte Min, und Liza schüttelte den Kopf.

»Ich habe meinen Prinzen vielleicht gefunden«, sagte Bonnie. »Roger ist wirklich in Ordnung.«

»Roger?«, fragte Min und versuchte, Liza nicht dabei zuzusehen, wie sie an ihrem Schokoeis leckte.

»Wir haben uns gestern Abend die Freunde des Biests geangelt«, murmelte Liza hinter ihrem Eisriegel hervor. »Bonnie bekam den mit dem aufrechten Gang.«

»Roger ist ein richtiger Schatz«, erklärte Bonnie. »Ich glaube, ich sage meine Samstagsverabredung ab und gehe stattdessen mit Roger aus. Mal sehen, wie es sich am Freitagabend mit ihm entwickelt.«

»Er hat dich eingeladen?«, fragte Min und war erleichtert, dass sich das Gespräch von Cal abwandte. »Erzähl!«

»Er hat sie für den Rest ihres Lebens für alle Abende um eine Verabredung gebeten«, erklärte Liza. »Total verknallt in sie.«

»Das finde ich nett.« Min pickte das letzte Salatblatt aus ihrer Schüssel, um ihren Zuckermangel zu kompensieren. »Also ist er ein ernsthafter Kandidat, Bon?«

»Vielleicht.« Bonnie brachte fast ein Stirnrunzeln zustande. »Ich glaube, wenn ich erst ein paar Wochen lang mit ihm zusammen bin und es gut geht, dann nehme ich ihn mit nach Hause zu Mama, damit sie ihn unter die Lupe nimmt.«

Min hob die Augenbrauen. »Glaubst du, dass er nach zwei Wochen schon bereit ist, durch drei Bundesstaaten zu reisen, um deine Mutter kennen zu lernen?«

»Er würde die Anden überqueren, um ihr einen Zahnstocher zu besorgen«, schaltete Liza sich ein. »Ziemlich bombastisch.«

»Nein, gar nicht.« Bonnie blickte sie über ihr Eis hinweg tadelnd an. »Er ist süß. Und er hält Cal für einen großartigen Kerl, was mich sehr verunsichert.«

»Also hat Bonnie das große Los gezogen«, wandte sich Min an Liza und überging die Bemerkung über Cal. »Und wen hast du aufgegabelt?«

»Den Dorftrottel«, seufzte Liza. »Er hält Cal auch für einen super Typ. Die sind wie die drei Musketiere, nur nicht so lustig.«

»Die drei Musketiere sind nicht lustig«, wehrte Bonnie ab.

»Nur zu wahr«, seufzte Min. »Und triffst du dich noch mal mit dem Idioten?«

»Ja.« Liza saugte die letzten Reste Eis von ihrem Stiel. »Ich bin überzeugt, dass dein Biest wieder auftaucht, und mein Idiot quasselt hemmungslos, wenn ich ihm Fragen stelle. Außerdem wohnt die Barkeeperin im Apartment neben dem Biest, also muss ich sie näher kennen lernen.«

»Na, meinetwegen brauchst du keine Fragen zu stellen«, winkte Min ab. »Ich habe nichts mehr mit Calvin Morrisey zu tun.«

»Morgen Abend schon«, warnte Bonnie. »Er kommt mit Roger und Tony ins ›Long Shot‹.«

Min schüttelte den Kopf. »Dann bleibe ich zu Hause.«

»Nein«, rief Bonnie betroffen. »Wir müssen nicht dorthin gehen. Dann gehen wir eben woanders hin, damit du mitkommen kannst.«

»Und du triffst deinen Roger nicht?« Min überlegte kurz. »Nein. Nicht mal ich bin so selbstsüchtig, wahre Liebe zu sabotieren. Ich komme mit. Ich möchte mir Roger sowieso einmal aus der Nähe betrachten.«

»Bist du sicher, dass Cal diese Wette abgeschlossen hat?«, fragte Bonnie.

»Ich stand praktisch daneben«, antwortete Min. »Ich hab's genau gehört. Mit meinen eigenen Ohren. Er sagte ›Kinderspiel‹.« Das nagte mehr an ihr als alles andere.

»Roger hält nämlich große Stücke auf ihn«, erklärte Bonnie. »Er hat mir alles über ihn erzählt, na ja, über sie alle drei. Irgendwie traurig. Sie lernten sich in der Grundschule im Förderunterricht kennen. Roger sagt, dass er ein langsamer Denker war, Tony sich nicht für die Schule interessierte, und Cal Legastheniker war, und so hielt man sie alle für dumm.«

»Cal ist Legastheniker?«, rief Min überrascht aus.

»Tony *ist* dumm«, entgegnete Liza gleichzeitig.

»Nein«, widersprach Bonnie mit dem betont geduldigen Ton in der Stimme, der bedeutete: Pass auf, was du sagst. »Tony ist nicht dumm. Wenn ihm etwas wichtig ist, ist er sehr schlau. Und Roger ist auch nicht dumm. Er ist einfach sehr gründlich und lässt sich nicht hetzen. Er ist wie mein Onkel Julian.«

»Oh Gott«, sprach Liza zur Decke hinauf. »Er gehört praktisch schon zur Familie. Ich wette um was du willst, dass Roger Bons ›Wenn‹ dieser Woche ist.«

»Ich wette nicht«, entgegnete Min. »Bonnie? Was ist dein ›Wenn‹?«

Bonnie streckte ihr Kinn vor. »Wenn Roger wirklich so ein Schatz ist, wie ich glaube, dann heirate ich ihn.«

»Ach du liebe Zeit«, stöhnte Liza.

»Lass sie in Ruhe«, wehrte Min Liza ab. »Sie kriegt jedes ›Wenn‹, das sie will. Und wie lautet deines?«

Liza richtete sich auf. »Wenn mein Job nicht endlich interessanter wird, höre ich nächste Woche auf.«

»Hol den Kalender«, bemerkte Min zu Bonnie.

»Ich brauche keinen«, meinte Bonnie. »Sie hat im August den letzten gekündigt, weil sie meinte, niemand sollte bei dieser Hitzewelle arbeiten.«

»Zehn Monate«, rechnete Min. »Das ist nicht gut. Ihre Durchhaltephasen werden kürzer.«

»Es ist ein ›Wenn‹«, hielt Liza Min vor. »Ich behalte einfach meine Möglichkeiten im Auge. Vielleicht macht es mir auch Spaß, wieder als Bedienung zu arbeiten, wenn sich die richtige Stelle ergibt. Und was ist dein ›Wenn‹?«

Min dachte an Cal Morrisey, und ihr Kopf begann zu pochen. »Wenn ich auf die Reinkarnation von Elvis stoße, dann bin ich wieder bereit, mich auf Verabredungen einzulassen. Bis dahin mache ich eine Pause von der zwischengeschlechtlichen Kontaktaufnahme. Es ist einfach zu frustrierend.«

»Ich bin hier anscheinend die einzige vernünftige Frau im Raum«, stellte Liza fest.

»Vernünftig sein wird allgemein überbewertet«, versetzte Min und verschwand in ihre Wohnung, um ein Aspirin zu schlucken.

Am nächsten Abend saß Cal wieder im ›Long Shot‹, diesmal so weit wie möglich von der Empore entfernt, um einen sicheren Fluchtweg zu haben. Drei Meter von ihm entfernt stand Roger und blickte Bonnie an, als sei sie der Mittelpunkt des Universums. Bonnie blickte Roger an, als sei er ein sehr netter Mann, den sie noch nicht sehr gut kannte. Cal schüttelte den Kopf. Roger bei einer Verabredung zu beobachten war, als beobachte man ein Kleinkind mitten im Verkehrsgewühl.

Tony setzte sich neben Cal und schob ihm einen Scotch hin.

»Ich finde, du solltest zum Angriff übergehen«, meinte er und nickte zur Bar hinüber.

»Was?« Cal blickte an Bonnie vorbei und sah eine große, schlanke Rothaarige. Tonys Liza. Im nächsten Augenblick bewegte sie sich, und Cal sah Min hinter ihr stehen, angetan mit einem locker sitzenden, roten Sweatshirt. Es hatte eine Art Kapuze, die ihr über den Rücken hinabhing. Roger packte sie spielerisch mit zwei Fingerspitzen und sagte etwas, das Min zum Lächeln brachte. »Na großartig.« Jetzt würde er einen weiteren Abend lang Min und ihre Beschimpfungen ertragen müssen.

»Sieht dir gar nicht ähnlich, nur zu glotzen und nichts zu unternehmen«, bemerkte Tony. »Diesmal verlierst du.«

»Ich habe Roger und Bonnie beobachtet«, entgegnete Cal.

»Ach so.« Tony blickte zu Roger hinüber und zuckte die Achseln. »Tja, da geht er hin. Na ja, jeder von uns muss mal dran glauben.«

»Ah ja. Du bist wirklich niemand, auf dessen Rückendeckung ich angewiesen sein möchte«, stellte Cal fest.

»Also, was hast du jetzt vor?«, fragte Tony, blickte an ihm vorbei und straffte sich. »Was zum Teufel! Wo wollen die denn hin?«

Cal wandte sich wieder um und sah, dass die vier einen Pokertisch ansteuerten. »Nicht hierher jedenfalls«, antwortete er erleichtert. Anscheinend hatte Min der gemeinsame Abend ebenso wenig behagt wie ihm. Was ihre eigene Schuld war, denn man konnte es ihr einfach nicht recht machen. Er hatte es weiß Gott versucht. Nun ja, abgesehen davon, dass er sie zum Schluss fast k.o. geschlagen hatte.

Sie setzte sich neben Liza, und er beobachtete, wie sie sich zurücklehnte und ihre schwarz gekleideten Beine ausstreckte. Sie hatte recht ansehnliche Beine, gut gerundete, kräftige Waden, wie überhaupt alles an Min kräftig war.

»In fünf Minuten ist sie hier«, prophezeite Tony.

»Zehn Eier, dass sie nicht kommt«, hielt Cal dagegen und wandte sich wieder seinem Glenlivet zu.

»Topp«, nahm Tony an. »Sie ist scharf auf mich.«

»Auf dich?«, fragte Cal erschrocken. »Ach, du meinst Liza.« Er warf einen Blick auf die Rothaarige, die mit Min lachte und durch nichts zu erkennen gab, ob sie Tonys Anwesenheit zur Kenntnis genommen hatte. »Von wegen. Die kommt auch nicht.«

»Ach, hast du von Pummelchen gesprochen?«, erkundigte sich Tony.

»Nenn sie nicht so«, entgegnete Cal. »Sie heißt Min. Und abgesehen von ihrer Wut auf Männer ist sie okay.« Er beobachtete sie, wie sie sich in ihrem Stuhl zur Seite neigte und etwas zu Bonnie sagte. »Und sie ist nicht pummelig. Sie ist einfach eine in jeder Hinsicht rundliche Frau.«

»Nettes Fahrgestell«, gab Tony zu in dem Versuch, fair zu sein. »Also hast du gekniffen, hm?«

»Nein«, entgegnete Cal und wandte sich wieder ab. »Ich habe sie zum Essen eingeladen, und sie kam mit. Dann habe ich sie nach Hause begleitet und mich verabschiedet. Ich habe nicht gekniffen.«

»Endlich mal eine Frau, die du nicht rumkriegen kannst«, stellte Tony mit tiefer Befriedigung in der Stimme fest. »Irgendwie deprimierend. Als wenn eine Ära zu Ende geht ...«

»Ich hab's gar nicht *versucht*«, erklärte Cal.

»... aber irgendwie auch gut zu wissen, dass auch du nur mit einem Bein nach dem anderen in deine Hose steigst, so wie wir alle.«

»Den Spruch hab ich nie kapiert«, erwiderte Cal. »Wie sonst sollte man denn in eine Hose steigen?«

Tony beugte sich vor. »Zehn Eier, dass du Min nicht dazu bringst, morgen Abend mit dir auszugehen.«

»Ich will morgen Abend gar nicht mit ihr ausgehen«, wehrte Cal ab.

»Geh ins Kino mit ihr«, schlug Tony vor, »dann brauchst du dich nicht mit ihr zu unterhalten.«

»Tony ...«

Cal spähte über die Schulter zu Min hinüber. Wenn man von dem Lachen absah, wirkte sie nicht entspannter als während ihres gemeinsamen Abends. Und sie ignorierte ihn. Er schüttelte den Kopf. »Sie würde nicht mitkommen. Ich wette nicht.«

»Kaum zu glauben«, stellte Tony fest. »Du kneifst.«

»Tony, sie hasst mich. Ihr ist gerade eine Beziehung in die Brüche gegangen.«

»Na, da hast du's doch. Sie hat eine Enttäuschung erlebt«, erwiderte Tony. »Das gibt dir doch eine Chance. Du könntest sie sicher ins Bett kriegen.«

»Ich will sie gar nicht im Bett haben«, entgegnete Cal. »Wahrscheinlich erschlägt sie den nächsten Kerl, der mit ihr ins Bett will, mit der Spitzhacke, um mit dem anderen abzurechnen, der sie sitzen gelassen hat. Glaub mir, das ist keine Frau, bei der du gefahrlos die Augen schließen kannst.«

»Quatsch«, versetzte Tony. »Ich mach's dir leicht. Zehn Eier, dass du's nicht schaffst, sie zum Mittagessen einzuladen.«

Cal blickte wieder zu Min hinüber. Womit könnte er sie zu einem Mittagessen überreden? Sie lehnte sich jetzt in ihrem Stuhl zurück und lächelte Roger abschätzend an. Beschützerinstinkt gegenüber ihrer Freundin. Aber bei Roger konnte sie beruhigt sein. Wenn Bonnie ihn wirklich bekam, konnte sie sich glücklich schätzen.

Natürlich konnte Min das nicht wissen.

»Na, bist du dabei?«, fragte Tony.

Wenn er also da hinüberging und ...

»Gerade ist Cynthie gekommen«, bemerkte Tony.

»*Verdammt.*« Cal setzte sich auf, blickte aber nicht zur Tür hin. »Sie hasst diese Bar. Wieso ...«

»Sie ist hinter dir her«, stellte Tony fest. »Scheint wirklich wild entschlossen zu heiraten. Sie kommt schon in unsere Richtung.«

»Na gut.« Cal erhob sich. »Komm mit.«

»Wohin?«, fragte Tony und blieb sitzen.

»Dort hinüber. Dann kannst du deine Rothaarige anbaggern, und ich kann mich mit Min zum Mittagessen verabreden und vor Cyn in Deckung gehen. Die Wette gilt.«

»Damit hast du zehn Eier verloren, mein Freund«, meinte Tony fast kichernd. »Ich sah Mins Gesicht, als du reinkamst, und sie hat sich keineswegs gefreut, dich zu sehen.« Er erhob sich ebenfalls. »Ich kann's gar nicht glauben, dass du dich darauf einlässt. Du hast ihr eine aufs Auge gegeben, du Trottel, und glaubst, dass sie mit dir noch mal irgendwohin geht?«

»Erst die zehn Eier«, forderte Cal mit ausgestreckter Hand.

»Erst musst du dich mit ihr verabreden«, entgegnete Tony. »Was du nicht schaffst.«

»Nein, das ist dafür, dass die Rothaarige nicht binnen fünf Minuten zu dir gekommen ist«, versetzte Cal, und Tony seufzte und holte seine Brieftasche hervor.

Min ignorierte Cal und ließ ihren Blick prüfend auf Roger ruhen, als Liza den Stuhl rechts neben ihr hervorzog und sich setzte.

»Also«, begann Liza und schob ihr eine Diät-Cola mit Rum zu. »Was gibt's Neues über Di?«

»Ich habe sie heute angerufen«, antwortete Min und nahm ihren Drink auf. »Hab sie gefragt, ob mit *Schnief* ...« – sie schloss die Augen. »... mit *Susie* alles in Ordnung sei, und sie meinte, ja, dass Susie sich mit einem sehr netten Typen trifft und ihr die Hochzeit nichts ausmacht. Und *Schlimmer*... und *Karen* hat auch mit Susie gesprochen und Diana beruhigt, dass es Susie nichts ausmacht.«

»Macht sie sich eigentlich gern was vor?«, fragte Liza, als jemand den Stuhl zu Mins Linken hervorzog.

»Wer? *Schnief*, *Schlimmer* oder Diana?«, fragte Min zurück.

»Alle drei«, meinte Liza.

»Ich schätze mal, *Schnief* nimmt sich zusammen, *Schlimmer* ist der unsensible Klotz, der sie immer ist, und Diana kriegt das nicht mit«, antwortete Min und drehte sich zur Seite, um zu sehen, wer sich da neben sie gesetzt hatte. »Ach«, stieß sie hervor, als sie Cal mit zwei Gläsern neben sich entdeckte. Er sah ebenso attraktiv aus wie zwei Abende zuvor, und ihre DNS spielte erneut verrückt.

»Hallo, Rotkäppchen«, sagte er und zupfte spielerisch an ihrer Sweatshirtkapuze.

Liza stieß ein Schnauben aus und wandte sich zu Bonnie um, die an ihrer anderen Seite saß.

»Wirklich originell«, erwiderte Min. »Sie glauben wohl, Sie sind der Erste heute, der mir mit diesem Witz auf die Nerven geht. Ich sollte diesen Pullover in den Müll werfen.«

»Beißzange«, erwiderte Cal. »Ein *Déjà vu* auch für mich. Wie geht's dem Kopf?«

»Der Schmerz kommt und geht«, antwortete Min. »Und dann sind da diese Stimmen.«

»Gut. Jetzt haben Sie jemanden, an dem Sie's auslassen können. Wer sind eigentlich *Schnief*, *Schlimmer* und Diana, und wie kommen sie zu solch grauenhaften Namen?«

»Das wollen Sie gar nicht wissen.« Min hob ihr Glas an die Lippen. »Was wollen Sie?«

»Lassen Sie mich mal raten«, versetzte Cal mit vor Verachtung triefender Stimme. Das ist Rum und Diät-Cola. Das Frühstück für Leute, die Diät halten.«

»Müssten Sie nicht eigentlich dringend weg?«

»Nein, Buffy. Das Schicksal hat mich hierher gesandt, damit ich Ihnen beibringe, wie man mit Würde trinkt.« Er entzog ihr ihren Drink und schob eines seiner Gläser vor sie hin. »Glenlivet. Trinken Sie's mit Bedacht.«

Min blickte ihn finster an. »Ist das Ihre Vorstellung von Charme?«

»Nein«, versetzte Cal. »Ich verschwende keinen Charme an Sie. Ich versuche Ihnen zu helfen, erwachsen zu werden. Echte Frauen versauen keinen guten Alkohol mit Diät-Cola.«

»Und eins aufs andere Auge«, erwiderte Min. »Lassen Sie nur nicht locker.«

»Versuchen Sie's«, empfahl Cal. »Nur mal nippen. Wenn's Ihnen nicht schmeckt, kriegen Sie Ihr Gesöff zurück.«

Min zuckte die Schultern. »Na gut.« Sie hob das Glas, nahm einen Schluck und begann nach Luft zu schnappen, als der Scotch ihre Kehle hinabbrannte.

»Ich sagte, *nippen*, Dobbs«, tadelte Cal sie, während sie hustete. »Sie sollen es kosten, nicht damit gurgeln.«

»Danke vielmals«, brachte Min heraus, als sie wieder Luft bekam. »Sie können jetzt gehen.«

»Nein, kann ich nicht.« Er beugte sich näher zu ihr, und Min begann es in ihrem Sweater zu warm zu werden. »Ich habe Ihnen einen Handel vorzuschlagen.«

Min hob das Glas erneut und nippte vorsichtig. So schmeckte es tatsächlich.

Cal beugte sich noch näher zu ihr, bis er ihr praktisch ins Ohr flüsterte. »Ich möchte einiges über Bonnie erfahren.«

Min sah ihn verwirrt blinzelnd an. »Bonnie? Ich dachte, Roger will was von Bonnie?«

»Eben. Deswegen möchte ich über sie Bescheid wissen. Roger ist ...« – Cal blickte sich vorsichtig um – »... nicht sehr geschickt mit Frauen. Ich möchte wissen, ob Ihre Freundin in Ordnung ist.«

»Tja«, machte Min und war bereit, Bonnie ein untadeliges Führungszeugnis auszustellen.

»Nicht hier«, wehrte Cal ab, noch immer flüsternd. »Das kriegen die doch mit. Treffen wir uns morgen zum Mittagessen. Kennen Sie den Cherry Hill Park?«

»Ich hab davon gehört«, antwortete Min. »Aber ich habe nicht das geeignete Bankkonto, um mich dort herumzutreiben.«

»An der Nordseite gibt es einen Picknickbereich«, erklärte Cal. »Ich treffe Sie dann morgen Mittag dort am ersten Tisch.«

»Warum nur habe ich das Gefühl, wir sollten ein Codewort ausmachen?«, fragte Min und zog sich schließlich von ihm zurück. »Ich sage ›angeberischer‹, und Sie sagen ›Snob‹.«

»Wollen Sie etwas über Roger erfahren oder nicht?«

Min blickte sich nach Bonnie um. Wenn man sie nicht kannte, konnte man meinen, sie sei nicht interessiert, aber Min kannte sie gut und wusste, dass Bonnie lichterloh brannte. »Ja.«

»Gut«, stellte Cal fest. »Lassen Sie mich Ihre Schuhe sehen.«

»Was?«, machte Min, und Cal warf einen Blick unter den Tisch. Sie streckte einen Fuß aus und zeigte ihm die hochhackigen, die Zehen und Fersen freilassenden Pantöffelchen, die über dem Spann mit schwarzen Lederriemen geschnürt waren, ein starker Kontrast zu ihrer weißen Haut und den hellrot lackierten Fußnägeln. »Liza nennt sie ›Zehen in Fesseln‹«, kommentierte sie hilfsbereit.

»Wirklich?« Cal saß einen langen Augenblick regungslos und betrachtete ihre Füße. »Tja, das hat mir den Abend gerettet. Also dann bis morgen um zwölf.« Er schob seinen Stuhl zurück und ging, wobei er seinen Scotch und ihre Diät-Cola mit Rum mit sich nahm.

»Also, zum Schluss habe ich nichts mehr verstanden«, ließ Liza sich vernehmen, die sich wieder zu Min herüberbeugte. »Was wollte er von dir?«

»Morgen Mittag mit mir essen«, antwortete Min und war sich nicht sicher, was sie davon hielt. Nur, wenn er ihr noch einmal ins Ohr flüsterte, würde sie ihm eine knallen müssen, das wusste sie.

»Wo denn?«

»Cherry Hill Park.«

»Jesses«, stieß Liza hervor. »Treffpunkt der Reichen und Schönen. Um welche Zeit?«

»Um zwölf.«

Liza nickte. Dann holte sie Luft und rief laut: »Tony.«

Min sah sich suchend nach ihm um und erblickte ihn an der Roulette-Bar, wie er gerade Cal einen Zehndollarschein übergab. »Das *glaube* ich einfach nicht«, rief sie aus, starr vor Wut. Dieser Dreckskerl hatte sich wegen einer Wette mit ihr verabredet, und sie war auf ihn hereingefallen.

Tony blickte auf, und Liza winkte ihn mit dem Finger zu sich. Er kam heran und erklärte: »Sie sollten wissen, dass ich nicht so einer bin, mit dem Sie das machen können.«

»Sie und ich, wir essen morgen Mittag zusammen im Cherry Hill Park«, entgegnete Liza.

»Na gut«, willigte Tony ein. »Aber nur, weil ich vormittags dort sowieso ein Softballspiel betreuen muss.«

»Gut«, nickte Liza. »Jetzt können Sie wieder verschwinden.«

Tony betrachtete sie kopfschüttelnd und kehrte zu Cal an den Tresen zurück.

»Na ja, wenigstens pariert er«, meinte Min.

»Lass dir ja nicht einfallen, beim Mittagessen zu irgendetwas Ja zu sagen«, warnte Liza.

»Das ist ein *Mittagessen*«, betonte Min. »Am helllichten Tage. In einem öffentlichen Park.«

»Du sagtest, du wolltest dich nie mehr mit ihm treffen, und trotzdem hat er dich für ein Mittagessen rumgekriegt.«

»Dafür hatte ich einen guten Grund«, meinte Min und warf einen erbitterten Blick zur Bar. Cal saß noch immer dort, aber jetzt war auch die Brünette von neulich wieder da, in einem tief ausgeschnittenen, blauen Spaghettiträgertop, und schmiegte sich fast an ihn. Natürlich. Das Biest. »Mach dir um mich keine Sorgen, ja? Ich weiß, was der für einer ist.« Wieder warf sie einen Blick zur Bar hinüber, wo Cal scheinbar von dem Spaghettiträgertop abrückte. *Spielt auch noch den schwer zu Erobernden, der Mistkerl.*

»Ach ja? Na gut. Aber ich passe trotzdem auf dich auf«, erklärte Liza, »und solltest du in Rückenlage kommen, dann verliert Klein-Calvin einen Körperteil.«

»Junge, Junge, du kannst ihn wirklich nicht leiden, was?«, meinte Min.

»Ich glaube, er hat mit Tony gewettet, dass ihm diese Verabredung zum Mittagessen gelingt«, erklärte Liza.

»Ja, das glaube ich auch«, stimmte Min zu.

»Versuche, ihm morgen irgendetwas Grässliches anzutun«, flehte Liza.

»Bin schon dabei, mir was auszudenken«, erwiderte Min.

Nach einem weiteren unerträglichen Samstagvormittag, den er damit zugebracht hatte, vierzehn widerstrebende Achtjährige zu einem Baseballspiel zu zwingen, war Cal nicht in der Stimmung, es mit Min aufzunehmen. Trotzdem holte er seine Kühltasche aus dem Auto, besorgte bei einem Hot-Dog-Stand den Hauptgang für ihr Picknick und marschierte dann zu dem Tisch, den er ihr beschrieben hatte. Sie war noch nicht da. Er breitete eine alte Decke über den massiven Teakholztisch – Cherry Hill knauserte nicht bei den öffentlichen Einrichtungen –, stellte den Picknickkorb darauf, hockte sich auf den Tisch und war fast erleichtert, versetzt worden zu sein. Es war ein wunderschöner Tag. Die Bäume warfen mit ihrem breiten Blätterdach angenehme Schatten, die Kinder waren fort, und niemand hackte auf ihm herum.

Dann entdeckte er zwischen den Bäumen Min, die den sich windenden, kiesbestreuten Pfad herankam. Sie trug wieder ihren lockeren, roten Kapuzensweater und dazu diesmal einen weiten, rot-schwarz karierten Rock, der bei jedem Luftstoß flatterte. Das Haar hatte sie wie immer zu einem Knoten auf ihrem Kopf geschlungen, aber sie kam mit weit ausgreifenden und lockeren Schritten auf ihn zu, und die Sonne zauberte goldene Lichter in ihr Haar. Als sie näher kam, lächelte sie ihn an, und plötzlich erschien es ihm angenehmer, doch nicht versetzt worden zu sein. Als er ihr die Hand entgegenstreckte, um ihr auf den Tisch zu helfen, zögerte sie erst und ergriff sie dann, und ihre Finger fühlten sich angenehm, kräftig und warm an, während sie sich neben ihm auf den Tisch hievte.

»Hi«, begrüßte sie ihn, und er grinste sie an.

»Hi«, erwiderte er. »Danke, dass Sie gekommen sind.«

»Danke für die Einladung.« Min ließ ihre Handtasche auf die Bank vor dem Tisch fallen. »Her mit den zehn Eiern.«

Cal blinzelte verwirrt. »Was?«

Min lächelte ihn sonnig an. »Eigentlich hatte ich vor, Ihnen heute die Hölle zu heiß zu machen, aber es ist ein so schöner Tag, und ich möchte ihn lieber einfach genießen. Sie haben mit Tony zehn Mäuse gewettet, dass Sie mich zum Mittagessen herumkriegen.«

»Nein, habe ich nicht«, entgegnete Cal.

Mins Lächeln erlosch.

»Tony hat zehn Mäuse gewettet, dass ich Sie nicht zum Mittagessen herumkriege.«

Min verdrehte die Augen. »Vollkommen egal. Geben Sie mir die zehn Eier, oder ich lasse Sie hier eiskalt sitzen, und Sie müssen Tony seinen Zehner zurückgeben und noch einen Zehner drauf, weil Sie verloren haben.«

»Aber ich hatte schon gewonnen, als Sie Ja sagten«, entgegnete Cal und betrachtete sie mit erwachendem Interesse.

»Versuchen Sie mal, Tony das zu erklären«, versetzte Min.

»In Ordnung«, gab Cal nach. »Wie wär's, wenn wir teilen?«

Min streckte die Hand fordernd aus und wedelte mit den Fingern. »Zehn Mäuse, Charmebolzen.«

Cal seufzte, zog seine Brieftasche hervor und verbiss sich mühsam ein Grinsen. Sie nahm den Geldschein entgegen, hob ihre Handtasche auf, stopfte das Geld hinein und zog dann einen Zwanzigdollarschein hervor und reichte ihn Cal.

»Was soll das?«, fragte er.

»Das sind die Zwanzig, die Sie mir Mittwochabend fürs Taxi gegeben haben«, erklärte Min. »Ich habe vergessen, sie Ihnen zurückzugeben.«

»Also bin ich jetzt mit zehn im Plus«, stellte Cal fest.

»Nein, jetzt sind wir gleichauf. Das waren ja Ihre Zwanzig. Die durfte ich nicht behalten, weil Sie nicht frech geworden sind.«

Cal blickte zur Sonne auf. »Der Tag ist noch jung.«

»Ich glaube kaum, dass Sie sich auf einem Picknicktisch an mich heranmachen«, entgegnete Min. »Eigentlich finde ich, dass Sie sich überhaupt nicht an mich ranmachen, also stecken Sie das schon ein, und erzählen Sie mir alles über Roger.«

»Ich freue mich auch, Sie wiederzusehen«, erwiderte er, und ihr Lächeln vertiefte sich.

»Entschuldigung, ich hatte Ihre Vorliebe für Small Talk ganz vergessen. Und wie ist es Ihnen in den vierzehn Stunden seit unserem letzten Zusammentreffen ergangen, abzüglich der acht Stunden Schlaf?«

»Danke, gut. Und Ihnen?«

»Hervorragend. Wie lange müssen wir das treiben, bis wir auf Roger und Bonnie zu sprechen kommen können?«

»Sie sind wirklich eine pragmatisch denkende Frau«, meinte Cal, als Min ihre Beine seitlich anzog, um es sich bequemer zu machen. Dabei erhaschte Cal einen Blick auf ihre Schuhe, ein Paar lächerlicher Sandalen, die fast ausschließlich aus Bändern und einer einzelnen hellroten Blüte über dem Spann bestanden. »Abgesehen von Ihren Schuhen.«

»Machen Sie sich nicht über meine Schuhe lustig.« Min wackelte mit den nagellackroten Zehen unter der Blüte. »Ich liebe diese Schuhe. Liza hat sie mir zu Weihnachten geschenkt.« Sie löste die Bänder, zog die Sandalen aus, stellte sie hinter sich auf den Tisch und streichelte die beiden Blüten, bevor sie sich wieder nach vorn umwandte.

»Ich kann verstehen, warum Sie sie lieben«, meinte Cal, abgelenkt vom Anblick ihrer Zehen. Dann zog sie ihren Rock darüber, und er setzte hinzu: »Sie sind sehr Elvis-mäßig.«

»Sie hob die Brauen. »*Sie* sind ein Elvis-Fan?«

»Er ist der Beste von allen«, antwortete Cal. »Sie etwa auch?«

»Absolut.« Min blickte etwas erstaunt drein und meinte dann: »Na ja, es macht irgendwie Sinn. Sie sind schließlich ›The Devil in Disguise‹, der Teufel im Engelsgewand.«

»Was?«, rief Cal aus, und dann traf ihn die Erkenntnis wie ein Schlag. »Elvis *Presley*?«

»Natürlich, Elvis Presley«, erwiderte Min. »Welchen anderen ... *ach*. ›The Angels want to wear my red Shoes‹. Elvis Costello.« Sie zuckte die Achseln. »Der ist auch gut.«

Cal schüttelte ungläubig den Kopf. »Ja, allerdings.«

»Gut, dass dies kein richtiges Date ist«, meinte Min fröhlich. »Sonst würde jetzt ein ganz schrecklich peinliches Schweigen herrschen, weil wir uns beide von dem Schlag erholen müssten.«

Cal grinste sie an. »Hat es in Ihrem Leben schon jemals peinliches Schweigen gegeben, Dobbs?«

»Nicht oft«, gab Min zu. »Bei Ihnen?«

»Nein.« Cal warf das Päckchen mit den Hot Dogs auf die Decke. »Gut. Also Roger und Bonnie. Hier, genehmigen Sie sich dabei schon mal einen Hot Dog.«

»Einen Hot Dog?«, stieß Min im selben Tonfall hervor, als hätte sie ›Kokain?‹ gesagt. »Das ist alles andere als gut für Sie.«

»Es sind Proteine«, entgegnete Cal ärgerlich. »Die können Sie ruhig essen. Lassen Sie einfach das Brot weg.«

»Fett«, widersprach Min.

»Ich dachte, Fett ist okay für Leute, die auf Kohlenhydrate verzichten«, wandte Cal ein und erinnerte sich an Cynthie, wie sie einen buttertriefenden Shrimp verspeiste.

»Stimmt, aber ich halte mich an die fettlose Atkins-Diät«, antwortete Min.

Cal sah sie ungläubig an. »Und was bleibt da noch übrig, das Sie essen dürfen?«

»Nicht mehr viel«, gab Min zu und betrachtete die Hot Dogs voller Verlangen.

»Es sind echte Bratwürste«, lockte Cal.

»Verflucht noch mal«, erwiderte Min.

»Es ist Samstag«, fuhr Cal fort. »Gönnen Sie sich doch auch mal etwas.«

»Das haben Sie schon am Mittwoch bei Emilio's gesagt. In dieser Woche habe ich bereits gesündigt.«

»Samstag ist aber der erste Tag der nächsten Woche. Zeit für die nächste Sünde.«

Min kaute auf ihrer Lippe, und eine Brise ließ das Blätterdach über ihnen rauschen, hob den Rand ihres Rockes und wehte ihn näher zu ihm.

»Ich habe Ihnen zum Ausgleich Diät-Cola mitgebracht«, erklärte er und öffnete die Kühltasche. »Außerdem langweilt mich dieses Thema.«

»Stimmt. Tut mir Leid.« Sie nahm die Cola-Dose, die er ihr entgegenhielt, und öffnete sie mit einem Zischen. »Tut mir wirklich Leid. Es gibt nichts Langweiligeres, als über Essen zu sprechen.«

»Nein«, widersprach Cal. »Über Essen zu sprechen ist okay. Langweilig ist es, darüber zu sprechen, was man nicht isst.« Er nahm eines der in Wachspapier eingewickelten Brötchen und reichte es ihr. »Hier, essen Sie.«

Min betrachtete den Hot Dog, seufzte und wickelte ihn aus. »Sie sind wirklich ein Biest.«

»Weil ich Sie füttere?«, erwiderte Cal. »Wie kann das

schlecht sein? Wir sind Amerikaner, wir sollten gut essen. Das ist die amerikanische Lebensart.«

»Hot Dogs stehen für die amerikanische Lebensart?«, fragte Min und hielt dann inne. »Na ja, wahrscheinlich tun sie das. Genauso wie Baseball und Apfelkuchen.«

»Baseball können Sie kriegen«, bot Cal an und biss in seinen Hot Dog.

Min blickte aus schmalen Augen sein Trikothemd an. »Ist das nicht ein Baseballhemd?«

»Ja«, erwiderte Cal. »Als Buße für meine Sünden bringe ich samstagvormittags Kindern bei, auf Baseballfeldern herumzurennen. Eines Tages wird Ihr Ehegatte das Gleiche tun, und Sie werden auf der Tribüne sitzen und kleine Rabauken anfeuern. Das ist der Preis, den man für die Freiheit bezahlt.«

»Ich habe nicht vor, Kinder zu kriegen«, erwiderte Min und biss in ihren Hot Dog.

»Nein?«, fragte Cal nach, dann lenkte ihn der Ausdruck reiner Glückseligkeit auf ihrem Gesicht ab, als sie kaute. Die Hot Dogs waren gut, aber so gut auch wieder nicht.

Sie schluckte und seufzte dann. »Einfach herrlich. Mein Dad hat sich mit uns früher immer heimlich zu den Hot Dogs verdrückt, wenn irgendwo in der Nähe ein Jahrmarkt veranstaltet wurde. Meine Mutter hätte ihn umgebracht, wenn sie es gewusst hätte. Können Sie sich vorstellen, wie lange ich schon nicht mehr solche Würste gegessen habe? Einfach himmlisch.«

»Es sieht auch himmlisch aus«, erwiderte er, und dann beugte sie sich vor, um wieder abzubeißen, und hielt dabei das Sandwich über das Wachspapier, um alles aufzufangen, was an Sauce heraustropfte, und ließ ihn dabei tief in den V-Ausschnitt ihres lockeren roten Kapuzensweaters blicken, wo er eine Menge üppiges, wohlgeformtes Fleisch in knapper, roter Spitze sah. *Tony würde einen Herzanfall bekommen*, dachte er und merkte dann, dass auch sein Puls sich beschleunigt hatte.

Wieder ließ eine leichte Brise ihren Rock gegen seine Hand flattern, mit der er sich auf dem Tisch abstützte, und es kitzelte ihn weich und sanft.

»Na also«, sagte er und nahm seine Hand fort. »Und warum lehnen Sie die amerikanische Lebensart für sich ab?«

Sie kaute mit geschlossenen Augen, und wieder blickte er in ihren Ausschnitt und hegte gefährliche Gedanken. Dann schluckte sie hinunter und antwortete: »Muss ich Kinder gebären, um eine gute Amerikanerin zu sein? Nein. In diesem Land werden jedes Jahr mehr als vier Millionen Babys geboren. Die amerikanische Lebensart ist gesichert. Wenn Sie wollen, können Sie ja mehr produzieren und meinen Anteil abdecken.«

»Ich?« Cal richtete sich auf, fort von der verführerischen Ablenkung. »Ich will keine Kinder. Ich wundere mich nur, dass Sie auch keine wollen. Sie wären eine phantastische Mom.«

»Warum?« Mins Hand mit dem Sandwich verharrte auf halbem Wege zu ihrem Mund.

Weil sie von oben bis unten weich und sanft wirkte. Weil sie aussah, als würde sie einmal die Art Mutter werden, für die er alles getan hätte. »Weil Sie so gemütlich wirken.«

»Oh Gott, *natürlich*«, erwiderte Min und starrte ihn an. »Das ist *haargenau* das Kompliment, nach dem sich jede Frau sehnt.«

Sie beugte sich wieder vor, um in ihr Sandwich zu beißen, und hypnotisiert betrachtete er, wie sich ihre Brüste gegen die Spitze pressten.

»Es ist eine sehr sexy Form von ›gemütlich‹, wenn es das besser macht«, erklärte er.

»Nur eine Spur besser«, versetzte sie und folgte seinem Blick. »Sie schauen mir in den Ausschnitt.«

»Na, wenn Sie sich so vorbeugen. All die rote Spitze direkt vor meinen Augen.«

»Spitze ist gut, was?«, fragte Min.

»Und wie.«

»Schon wieder hat meine Mutter Recht«, stellte Min fest und biss erneut in ihren Hot Dog.

Cal nahm seinen Hot Dog in die Hand. »Was hat denn Ihre Mutter damit zu tun?«

»Sie hat immer mit allem etwas zu tun.« Min schluckte hinunter und runzelte die Stirn. »Also, wenn Sie keine Kinder mögen, wie kommt es dann, dass Sie welche betreuen?«

»Ich habe nicht gesagt, dass ich Kinder nicht mag«, entgegnete Cal und versuchte, an etwas anderes als Mins rote Spitze zu denken. »Ich sagte, ich will keine Kinder kriegen. Das ist nicht dasselbe.«

»Ein Punkt für Sie. Und trotzdem frage ich: Warum trainieren Sie Kinder?«

»Ich wurde zwangsverpflichtet«, antwortete Cal. »Wir beide. Harry hasst Baseball genauso wie ich den Trainerjob hasse.«

»Und wer ist Harry?«

»Mein Neffe.«

»Warum verdrücken Sie sich denn dann nicht beide?«

»Tja, es hat sich herausgestellt, dass da, abgesehen von Harry, noch mehr Kinder in der Mannschaft sind«, erwiderte Cal. »Wer hätte das gedacht?«

»Na, so was. Also sind Sie jeden Samstagvormittag hier draußen?« Min schüttelte den Kopf. »Da ist aber jemand gut im Zwangsverpflichten.«

»Ein wahrer Meister hat mich in der Mangel.« Er nahm sich ein Gürkchen und biss hinein. »Aber so schlimm ist es auch wieder nicht. Roger und Tony machen das meiste. Denen gefällt das.«

»Roger«, echote Min. »Ah ja, Roger. »Ich hätte ein paar Fragen, was Roger betrifft.«

»Und was Tony betrifft, nicht?«, fragte Cal.

»Tony hat sich mit Liza eingelassen«, erwiderte Min. »Wenn Tony sich als Ratte entpuppt, macht Liza mit ihm kurzen Prozess.«

»Tony geht nicht leicht zu Boden«, meinte Cal, »aber ich weiß, was Sie meinen. Bonnie ist also anders.«

»Bonnie ist kein Ellbogenmensch«, erklärte Min. »Sie ist gewitzt, und sie ist hart im Nehmen, aber sie hat da eine Schwachstelle, denn sie glaubt an das Märchen, dass irgendwo in der Welt der eine richtige Mann für sie existiert. Und sie glaubt, Ihr Freund Roger sei dieser Märchenprinz, ohne viel von ihm zu wissen. Also erzählen Sie mir etwas über Roger.«

»Roger ist der anständigste Kerl, den ich kenne«, antwortete Cal. »Und er ist verrückt nach Bonnie. Wenn sie ihn sitzen lässt, ist er am Ende. Also erzählen sie mir etwas über Bonnie.«

Min beugte sich zur Seite, als sie nach ihrer Cola-Dose griff, und Cal beobachtete jede ihrer Bewegungen, die sanft gebogene Linie ihres Nackens, als der Sweater ihr zur Schulter verrutschte, die Entspanntheit ihres harmonisch rundlichen Körpers, als sie sich zurücklehnte und ihn anlächelte, die kräftigen Waden, als ihr karierter Rock wieder ein wenig flatterte. »Bonnie«, begann sie und brachte ihn wieder auf ihr Thema zurück, »war anderthalb Jahre auf der Suche nach einer Couch. Eine gute Couch ist genauso wichtig wie ein gutes Bett, finde ich, aber anderthalb Jahre sind eine lange Zeit für eine Couch.«

»Ja«, sagte Cal und versuchte, an Roger zu denken statt an Kurven. »Aber ...«

»Dann, eines Abends, als wir auf dem Weg ins Kino waren, blieb sie plötzlich vor einem Schaufenster mit Möbeln stehen und sagte: ›Wartet eine Minute‹, ging hinein und kaufte innerhalb von fünf Minuten eine furchtbar teure Couch.« Min beugte sich wieder vor, und Cal blickte wieder in ihren Ausschnitt und dachte: Tu das nicht, sonst kriege ich einen Blutstau im Gehirn. »Sie brauchte zwei verschiedene Kreditkarten, um es zu bezahlen«, fuhr Min fort, »und stotterte den Betrag zwei Jahre lang ab. Aber es ist eine großartige Couch, und sie hat es nie bereut; und als sie sie wieder aufpolstern ließ, sagte der Möbelpolsterer, dass diese Couch ein Leben lang halten würde.«

»Toll«, nickte Cal, die Augen unablässig auf ihren Ausschnitt geheftet. Sie atmete leicht, gerade genug, dass sich ihre Brust sanft hob und senkte …

»*Haallo*«, rief sie und ließ ihn hochschrecken. »Nicht, dass ich mich nicht geschmeichelt fühle, aber ich wollte gerade auf etwas Wichtiges hinaus. Nämlich dass Roger Bonnies neue Couch ist. Sie war sich immer sicher, dass eines Tages ihr Prinz erscheinen würde, und auf der Suche nach ihm hat sie viele unter die Lupe genommen. Jetzt ist sie sich nach einem Blick auf Roger sicher, dass sie ihn praktisch auf der Stelle kaufen würde. Also, wenn er kein anständiger Kerl ist, dann will ich das wissen, damit ich's ihr schnell beibringen kann. Sagen Sie mir, dass er kein gemeiner Mistkerl ist.«

Cal nahm sich zusammen und antwortete: »Roger hat auch ein Jahr gebraucht, um sich für eine Couch zu entscheiden.«

»Was für eine Art Couch?«, fragte Min.

»So in der Art Schnarchnase mit Schilddrüsenproblem«, erwiderte Cal. »Ich glaube, sie ist braun.«

Min nickte. »Bonnie hat eine Art nachgebauter Afrika-Mission-Ruhebank mit Polstern, die mit einem blassgrünen William-Morris-Druck bezogen sind.«

»Ich glaube, unter Afrika und Mission kann ich mir etwas vorstellen«, erwiderte Cal. »Aber der Rest klingt für mich wie Chinesisch.«

»Rogers Couch ist Vergangenheit«, erklärte Min. »Ob ihm das etwas ausmacht?«

»Sie könnte sie vor seinen Augen zu Brennholz verarbeiten, und er würde nicht mit der Wimper zucken«, antwortete Cal.

»Würde er auch gut für sie sorgen?«, fragte Min. »Wahrscheinlich braucht sie es nicht, aber man weiß ja nie …«

»Er würde sich ihr notfalls zu Füßen werfen. Bei Roger brauchen Sie sich wirklich keine Sorgen zu machen. Er ist der beste Mensch, den ich kenne. Wenn ich eine Schwester hätte, würde ich sie Roger jederzeit anvertrauen. Aber wegen Bonnie mache ich mir Sorgen. Sie hat diesen bestimmten Blick, der normalerweise bedeutet, dass sie die Leute gern herumkommandiert. Und so klein wie sie ist, hat sie vielleicht einen Napoleon-Komplex und ...«

»Überhaupt nicht«, wehrte Min ab. »Sie ist schwer in Ordnung. Roger kann von Glück sagen.« Sie steckte das letzte Stück ihres Hot Dogs in den Mund und leckte sich einen Klecks Ketchup vom Daumen. Cal verlor den Faden seiner Gedanken. »Also heißt das, wir müssen uns keine Sorgen um sie machen«, erklärte sie, nachdem sie ihre Hände an einer Serviette abgewischt hatte.

»Genau«, stimmte Cal zu. »Wie wär's mit einem Nachtisch?«

»Ich esse keinen Nachtisch«, entgegnete Min.

»Wirklich? Wer hätte das gedacht.«

»Ach, verdammt«, meinte Min. »Ich habe Ihnen doch von diesem Brautjungfernkleid erzählt ...«

Cal holte eine Wachspapiertüte aus der Kühltasche. »Donuts«, erklärte er, aber bevor er noch ein Wort sagen konnte, erklang eine allzu vertraute, piepsende Stimme hinter ihm. »Darf ich einen haben?«

Cal seufzte, und als er sich umwandte, erblickte er seinen dünnen, dunkelhaarigen, schmutzigen Neffen, der am Ende des Picknicktischs stand. »Solltest du nicht schon längst zu Hause sein?«

»Sie haben mich wieder vergessen«, antwortete Harry mit leiser Tragik in der Stimme. Die Tatsache, dass er eine Brille trug und klein für sein Alter war, half ihm noch dabei. Er spähte an Cal vorbei. »Hallo«, sagte er vorsichtig zu Min.

»Min, das ist mein Neffe Harry Morrisey«, erklärte Cal

und hielt seinen Blick auf Harry gerichtet. »Er hätte schon längst abgeholt werden sollen. Harry, das ist Min Dobbs.«

»Hi, Harry«, begrüßte Min ihn fröhlich. »Du kannst ruhig alle Donuts hier haben.«

Harry strahlte.

»Nein, kannst du nicht.« Cal nahm sein Handy aus der Tasche. »Du würdest dich nur wieder übergeben.«

»Vielleicht diesmal nicht.« Harry rückte näher an die Donuttüte.

»Du erinnerst dich doch noch an die Katastrophe mit dem Schokokuchen, oder?«, fragte Cal, während er die Nummer seiner Schwägerin eintippte.

»Kann er nicht wenigstens *einen* kriegen?« Min lächelte Harry an, als dieser näher kam, und ihre Miene war sanft und freundlich. Cal und Harry blickten sie beide einen Augenblick verwirrt blinzelnd an, so bezaubernd wirkte sie.

Während Cal dann in den Hörer lauschte, betrachtete Harry Mins gemusterten Rock und stupste mit einem Finger dagegen.

»Harry«, ermahnte ihn Cal, und Min nahm eine ihrer Sandalen.

»Hier«, sagte sie zu Harry, und er stupste gegen die Blüte.

»Das sind ja *Schuhe*«, rief Harry aus, als habe er etwas ganz Besonderes entdeckt.

»Klar«, erwiderte Min und neigte ihren Kopf.

Harry stupste wieder gegen die Blüte. »Die ist nicht echt.«

»Nein«, meinte Min. »Die ist nur so zum Spaß da.«

Harry nickte, als sei das ein neuer Gedanke für ihn, und Cal erkannte, dass es das wahrscheinlich auch war. In Harrys Welt gab es keine verrückten Blumen über Zehen mit rot lackierten Nägeln.

Min griff in die Tüte und reichte ihm einen Donut.

»Danke, Min«, sagte Harry artig, noch immer in der Rolle des verlassenen Waisenkinds.

»Kaufen Sie ihm das nicht ab«, sagte Cal warnend zu Min.

»Tu ich nicht.« Min grinste Harry an. »Du siehst nicht aus, als ging's dir zu schlecht, Kleiner.«

»Ich musste Baseball spielen«, beschwerte Harry sich bitter. »Sind das Hot Dogs?«

»Nein«, wehrte Cal ab. »Du weißt, dass du keine fetten Würste essen darfst. Geh da hinüber zu der Bank und iss deinen Donut.«

»Er kann ihn doch auch hier essen«, entgegnete Min und legte ihren Arm schützend um Harrys Schultern, der sich, nicht dumm, sofort gegen ihre Hüfte lehnte.

Ich wette, das fühlt sich schön weich an, dachte Cal und erkannte, dass er nahe daran war, auf seinen achtjährigen Neffen eifersüchtig zu sein. »Harry«, mahnte er warnend, aber da meldete sich seine Schwägerin. »Bink? Du hast vergessen, deinen Sohn abzuholen.«

»Reynolds holt ihn ab«, erwiderte Bink mit ihrer perfekt modulierten Stimme. »Er ist an der Reihe.«

»Aber er ist nicht gekommen«, erklärte Cal.

Bink seufzte. »Armer Harry. Ich bin gleich da. Danke, Cal.«

»Für dich tu ich doch alles, mein Schatz.« Cal schaltete das Handy aus und warf Harry einen Blick zu. »Deine Mutter kommt gleich. Sieh es von der guten Seite: Du kriegst einen Donut und deine Mutter, anstatt keinen Donut und deinen Vater.«

»Zwei Donuts«, bettelte Harry.

»Harry, du Frechdachs«, schimpfte Cal. »Du darfst keine zwei Donuts auf einmal essen. Jetzt geh weg. Das hier ist ein Rendezvous. In sieben Jahren wirst du verstehen, was das ist.«

»Das ist kein Rendezvous«, widersprach Min. »Er kann ruhig bleiben.«

Harry nickte ihr traurig zu. »Schon gut.«

»Hör bloß auf damit, Harrison«, befahl Cal, der wusste, dass Harry versuchte, so viel wie möglich aus der Situation herauszuholen. »Sei froh, dass du einen Donut hast. Also geh dort zu der Bank hinüber und iss ihn.«

»Na gut.« Untröstlich schlich Harry mit dem Donut fest in seiner schmutzigen kleinen Hand über die Rasenfläche wie angewiesen hinüber zur Parkbank.

»Ein süßer, kleiner Wicht«, meinte Min und lachte leise. »Wer ist Bink?«

»Meine Schwägerin«, antwortete Cal, während er Harry beobachtete, der in seinen Augen noch immer dünn, schmutzig und schmollend wirkte. »Ich sehe nichts Süßes an ihm. Aber er ist kein übler kleiner Kerl.«

»Bink«, wiederholte Min, noch immer verständnislos.

»Kurzform von Elizabeth«, erklärte Cal. »Elizabeth Margaret Remington-Pastor Morrisey.«

»Aha«, nickte Min, »Bink.«

Cal nahm sich einen Donut. »Sie sind dran, Dobbs.«

Min wich zurück. »Oh nein. Nein, nein, nein.«

Er beugte sich vor und wedelte damit unter ihrer Nase herum. »Na los, noch eine klitzekleine Sünde.«

»Ich hasse Sie«, erwiderte Min, und ihr Blick folgte dem Donut. »Sie sind ein gemeines Biest und ein böser Verführer.«

Cal hob eine Augenbraue. »Und das alles wegen eines Donuts? Na los. Einer wird Sie nicht umbringen.«

»Ich esse keinen Donut«, wehrte sich Min und zwang sich, den Blick abzuwenden. »Sind Sie verrückt? In jedem einzelnen sind zwölf Gramm Fett drin. Und ich habe nur noch drei Wochen Zeit, um zwanzig Pfund abzunehmen. Lassen Sie mich in Ruhe.«

»Aber das hier ist nicht einfach nur ein Donut«, wandte Cal ein und zog ihn vor Mins Augen auseinander, so dass die Schokoladenglasur wie Eis brach und der weiche Teig zerriss. »Das hier ist einer mit Krispy-Creme-Füllung und Schokoladenüberzug. Der Kaviar unter den Donuts, der Dom Perignon unter den Donuts, der Rolls Royce unter den Donuts.«

Min leckte sich die Lippen. »Ich hatte keine Ahnung, dass Sie ein Kuchenfreak sind«, befand sie und versuchte, noch weiter zurückzuweichen, doch der Wind ließ ihren Rock wieder zu Cal hinwehen, und der klemmte ihn mit einem Knie fest.

Er brach ein bissengroßes Stück von der einen Gebäckhälfte ab. »Kosten Sie«, lockte er, beugte sich noch weiter vor und hielt ihr das Stück unter die Nase. »Na los.«

»Nein.« Min presste die Lippen zusammen, kniff auch noch ihre Augen zu und verzog dabei ihr ganzes Gesicht.

»Ach, wie erwachsen.« Er streckte die andere Hand aus und hielt ihr die Nase zu, und als sie ihren Mund öffnete, um zu protestieren, stopfte er das Stück Donut hinein.

»Oh Gott«, murmelte sie. Ihr Gesicht entspannte sich, als der lockere Kuchenteig in ihrem Mund schmolz. Ein Lächeln breitete sich über ihrem Gesicht aus.

Auch Cal entspannte sich und dachte: *Diese Frau zu füttern ist, als würde man sie betrunken machen.*

Dann schluckte sie den Bissen hinunter und öffnete die Augen, und er hielt ihr ein weiteres Stück vor die Nase, um diesen seligen Ausdruck noch einmal zu sehen zu bekommen. »Komm, Dobbs.«

»Nein«, wehrte sich Min und wich zurück. »Nein, nein, nein.«

»Sie sagen das ja reichlich oft«, stellte Cal fest. »Aber Ihre Augen sagen, dass Sie es haben wollen.«

»Was ich essen will und was ich essen darf, sind zwei verschiedene Dinge.« Min lehnte sich noch weiter zurück, bis sich der Rock straffte, aber ihre Augen saugten sich an dem Donut fest. »Weg damit.«

»Na gut.« Cal setzte sich wieder zurück und biss hinein, während sie ihn beobachtete. Der Zuckerstoß lenkte ihn für einen Augenblick ab, aber dann sah er, wie Min sich auf die Lippen biss, wie ihre starken, weißen Zähne sich in die weiche

Haut gruben. Sein Herz klopfte rascher, und sie betrachtete ihn kopfschüttelnd.

»*Mistkerl*«, sagte sie gefühlvoll.

Als er wieder in den Donut biss, stieß sie hervor: »Was genug ist, ist genug. Ich verschwinde hier«, und beugte sich vor, um ihren Rock unter seinem Bein hervorzuziehen. »Würden Sie vielleicht von meinem ...«, hatte sie kaum begonnen, da stopfte er ihr ein weiteres Stück Donut in den Mund und beobachtete, wie sich ihre Lippen um die Süßigkeit schlossen. Der Ausdruck von Glückseligkeit ließ ihr Gesicht erstrahlen – die weichen, gewölbten Lippen, auf denen ein wenig von der Glasur glitzerte –, und als sie das letzte Krümelchen Schokolade von den Lippen leckte, hörte Cal das Blut in seinen Ohren rauschen. Aus dem Rauschen wurde ein Flüstern – *DIE ist es* – und er atmete tief durch, und bevor sie die Augen wieder öffnen konnte, beugte er sich vor und küsste sie, schmeckte Schokolade und die Wärme ihres Mundes, und sie erstarrte einen Augenblick und erwiderte dann seinen Kuss, süß und intensiv, und alle Gedanken verschwammen. Er überließ sich vollkommen ihrem Geschmack, ihrem Duft, ihrer Wärme, und versank schier in ihr. Als sie sich schließlich zurückzog, kippte er fast in ihren Schoß.

Sie saß vor ihm, und ihr roter Sweater hob und senkte sich unter ihren raschen Atemzügen. Ihre dunklen Augen blitzten, und ihre üppigen Lippen öffneten sich, und dann sprach sie.

»*Mehr*«, hauchte sie, und er blickte ihr in die Augen und neigte sich zu ihr.

5

Cals Augen glänzten wie schwarze Schokolade, und als er sich wieder zu ihr lehnte, wurde Min plötzlich von Panik erfasst. Abwehrend legte sie eine Hand auf seine Brust und bat: »Nein, warte«, und er blickte hinab und erwiderte: »Richtig«, und hob einen weiteren Bissen Donut in die Höhe. Als sie den Mund öffnete, um »Nein« zu sagen, schob er ihr das Stückchen hinein. In der Wärme schmolz die Glasur dahin, und mit geschlossenen Augen spürte sie genießerisch dem Geschmack nach, der sich in ihrem Mund ausbreitete. Und als sie die Augen öffnete, war er da.

Er beugte sich zu ihr und küsste sie sanft, und seine Lippen passten so perfekt auf die ihren, dass sie erzitterte. Sie kostete die Hitze in ihm, leckte Schokolade von seinen Lippen und fühlte seine Zunge an ihrer, heiß und überwältigend, und als er den Kuss abbrach, war sie außer Atem und schwindelig, und es verlangte sie nach mehr. Er hielt mit seinen Augen ihren Blick gefangen und wirkte ebenso verklärt, wie sie sich fühlte, doch ließ sie sich nicht täuschen, denn sie kannte ja seine Absichten.

Es war ihr egal.

»Mehr«, forderte sie, und er griff nach den Donuts, aber sie sagte: »Nein, *von dir*«, und packte ihn am Hemd und zog ihn näher zu sich. Diesmal küsste er sie heftig, eine Hand an ihrem Hinterkopf, und sie ließ sich mitreißen. Ihr war, als explodiere ein Funkenregen hinter ihren Augenlidern. Sie fühlte seine Hand an ihrer Hüfte unter ihren Sweater gleiten, und ihr Blut wallte, und das Rauschen in ihrem Kopf schrie: *DEN will ich*.

Plötzlich taumelte er unsanft gegen sie.

»Autsch!«, rief sie, und er blickte sich um, noch immer beide Arme um sie geschlungen.

»Was *zur Hölle* soll das?«, rief Cal aus.

»Ich fragte, was Sie da tun?«, ließ Liza sich vernehmen und schwang eine lederne Handtasche in die Höhe.

»*Wonach sieht es denn aus, zum Henker?*«

»Ich habe mir auf die Lippe gebissen«, stöhnte Min und betastete ihren Mund mit einem Finger.

Cal wandte sich ihr wieder zu und zog ihren Finger zur Seite, und sein erhitztes, besorgtes Gesicht war ihr so nahe, dass sie sich mit klopfendem Herzen vorbeugte, und er tat das Gleiche, die Augen wieder halb geschlossen, und sie dachte, *oh Gott, ja*. Dann zerrte Liza Min am Arm fast vom Tisch.

»Los, *runter* da, Stats«, befahl Liza, als Min den Kopf in ihre Richtung drehte.

»*Tony*«, zischte Cal durch zusammengebissene Zähne.

»Tut mir Leid, Junge«, erwiderte Tony. »Aber sie ist nicht zu bremsen.«

»Wir waren gerade beim Nachtisch.« Min rutschte so weit von ihm fort, wie sie konnte, während Cal noch immer auf ihrem Rock saß. *Ich weiß ja, dass das blöd war*, dachte sie und versuchte, ihn nicht anzusehen, *aber ich will's noch mal.*

»Nachtisch?« Liza warf einen Blick auf den Tisch. »Du isst *Donuts*?«

»Äh«, machte Min, und das Schuldgefühl ließ ihren Kopf wieder klarer werden.

»Was sind Sie?« Cal starrte Liza wütend an. »Die Kalorienpolizei? Hauen Sie ab.«

»Nein«, entgegnete Liza. »Ich finde, sie sollte so viele Donuts essen, wie sie will. Ich will nur nicht, dass *Sie* sie ihr verfüttern.«

»Und warum nicht?«, fragte Cal wild.

»Weil Sie der berüchtigte Herzensbrecher-Morrisey sind, und sie ist meine beste Freundin.« Wieder zog Liza an Mins Arm. »Na komm schon. Bonnie wartet.«

»*Was* bin ich?«

Min versuchte, noch weiter fortzurücken, aber ihr Rock

war noch immer unter Cal festgeklemmt. *Wogegen ich gar nichts habe.*

»Bonnie sitzt da drüben auf einer Bank und unterhält sich mit Roger«, warf Tony ein. »Sie macht sich anscheinend weniger Sorgen.«

»Könnte sich gar nicht weniger Sorgen machen«, versetzte Liza. »Aber sie sollte.« Sie starrte Min an. »Wir haben das alles besprochen. Komm runter von diesem Tisch.«

Richtig, dachte Min. *Ich will aber nicht.*

Sie blickte Cal an, der im strahlenden Sonnenlicht und mit zornigem Gesicht sogar noch großartiger aussah als sonst, doch als die Nebel in ihrem Gehirn sich lichteten, erinnerte sie sich wieder, warum sie nicht hier sein sollte. »Könnte ich bitte meinen Rock zurückbekommen?«, bat sie zittrig, und er beugte sich so weit zur Seite, dass sie den Stoff unter ihm hervorziehen konnte. »Vielen Dank. Für das Mittagessen. Es war wunderbar.«

»Bleib hier«, bat er, und sie blickte ihm in die Augen und dachte: *Oh ja.*

»*Nein*«, befahl Liza und zerrte Min vom Tisch, dass sie auf das Gras taumelte.

»Das soll sie selbst entscheiden«, verlangte Cal.

»Ach ja?« Liza machte einen Schritt auf ihn zu. »Kennen Sie sie etwa so gut? Machen Sie sich etwa etwas aus ihr? Würden Sie sie etwa für immer lieben?«

»*Liza*«, rief Min vorwurfsvoll und zerrte an ihrem Arm.

»Ich habe sie doch erst vor drei Tagen kennen gelernt«, erwiderte Cal.

»Was soll das dann, sie so zu küssen?« Liza wandte ihm den Rücken zu. »Komm mit, Min.«

»Vielen Dank für das Mittagessen«, wiederholte Min, als Liza ihren Griff verstärkte. Sie griff hinter sich nach ihren Sandalen auf dem Tisch und erwischte die Bänder. Dann zog Liza sie mit sich durch die Bäume davon.

Als sie verschwunden waren, wandte sich Cal zu Tony um und erklärte: »Ich bin mir noch nicht sicher, ob ich dich umbringen lassen soll oder ob ich's lieber selbst tue.«

»Nicht mich. Liza«, entgegnete Tony. »Aber sie hat wirklich mehrere Male Mins Namen gerufen und dich in die Seite gestoßen, bevor sie dir ihre Tasche über den Schädel gezogen hat.« Sein Blick wanderte zum Tisch. »Hey, Hot Dogs.« Er setzte sich auf den Tisch und griff nach einem der Päckchen.

»Diese Frau ist doch geisteskrank«, stieß Cal hervor und rieb sich seinen Hinterkopf. Jetzt, da Min fort war, schwand langsam die Hitze in ihm, aber er fühlte sich dadurch nicht besser. »Das war ein tätlicher Angriff.«

»Sie ist geisteskrank?«, versetzte Tony. »Und was ist mit dir?«

»War doch gar keine große Sache.« *Noch zehn Minuten, und wir hätten uns splitternackt ausgezogen.* Das *wäre 'ne Sache gewesen.*

»Erzähl das mal Harry«, antwortete Tony. »Das war jetzt schon mehr, als er eigentlich darüber wissen sollte, was Onkel Cal in seiner Freizeit treibt.«

»Harry?«, echote Cal und warf einen Blick hinüber, wo Harry gesessen hatte. Er war noch immer dort, aber jetzt saß eine dünne Blondine neben ihm. Bink. Cal schloss die Augen, und die Erinnerung an Mins Leidenschaft verflüchtigte sich. »Sag mir nicht, dass Bink uns auch zugesehen hat.«

»Weiß ich nicht. Als wir kamen, war sie noch nicht da. Vielleicht hat sie nur das dramatische Ende mitgekriegt. Worauf sitze ich eigentlich, zum Teufel?« Er zog einen Schuh mit einer roten Blüte unter der Decke hervor.

»Mins Sandale«, antwortete Cal und sah im Geiste Mins Zehen fröhlich winken. »Gib sie Liza, wenn du die Chance hast. Stopfe sie ihr in den Rachen, wenn's geht.«

»Klar. Als wenn ich darauf scharf wäre«, entgegnete Tony und warf die Sandale in die Kühltasche.

Cal holte sie wieder hervor, bevor das Eis die Blume durchweichen konnte, und versuchte, Min aus seinen Gedanken zu verscheuchen. »So wie's aussieht, ist Bonnie in Ordnung, also brauchen wir uns um Roger keine Sorgen zu machen.« Er wendete Mins Sandale in seiner Hand hin und her. Ein lächerliches Ding mit kleinen Absätzen, die sich wahrscheinlich in den Boden bohrten, wenn sie über Gras ging, und mit dieser verrückten Blüte, die sich sicherlich auflöste, wenn sie sie bei Regen trug. Auch das heizte ihn an.

»Von wegen«, widersprach Tony mit vollem Mund. »Roger will heiraten.«

»Das ist doch keine Katastrophe«, befand Cal und versuchte sich vorzustellen, warum ein so praktisch veranlagter Mensch wie Min solche Schuhe trug. Aber anscheinend hatte Min durchaus einen etwas verrückten Hang zum Unpraktischen, sonst hätte sie ihn wohl kaum auf einem Picknicktisch außer Rand und Band gebracht. Der Gedanke daran überwältigte ihn einen Augenblick so sehr, dass er nichts um sich herum wahrnahm. »Was?«, fragte er.

»Ich sagte, ja genau, deswegen rennst du auch wie ein Reh vor Cynthie davon«, wiederholte Tony.

»Na ja, für mich ist das Heiraten nichts, aber für Roger vielleicht schon«, antwortete Cal und ließ die Sandale auf den Tisch fallen. »Er war nie groß auf Abenteuer aus.«

»Stimmt«, gab Tony zu. »Und wenn Bonnie eine nette Frau ist, ziehe ich vielleicht ins Apartment über der Garage der beiden.«

»Noch eine gute Nachricht«, nickte Cal, mit den Gedanken bereits bei Min, wie sie üppig und heiß in seinen Armen … *Nein*. Er brauchte nicht noch mehr Feindseligkeit in seinem Leben. Wenn er phantastischen Sex haben wollte, konnte er immer noch zu Cynthie zurückgehen. Sie würde wenigstens nie auf ihm herumhacken. Er versuchte, sich Cynthie in Erinnerung zu rufen, um die Erinnerung an Min auszulöschen, aber sie erschien ihm grau und farblos neben Mins üppigem, hinreißendem, das Blut in Wallung bringendem, mit den Zehen winkendem Technicolor.

»Was?«, meinte Tony.

»Sind da noch Hot Dogs übrig?«, fragte Cal. »Die du noch nicht plattgesessen hast?«

Tony fand eines unter einer Falte der Tischdecke und reichte es ihm, und Cal wickelte es aus und biss hinein, entschlossen, sich auf eine Empfindung zu konzentrieren, die nichts mit Min zu tun hatte. Dann sah er wieder ihr Gesicht vor sich, als sie die Wurst gekostet hatte, und dann, als sich ihr Körper an seinen gepresst hatte, ihre heißen, feuchten Lippen …

Zur Hölle, dachte er.

»Was willst du also jetzt Harry erzählen?«, fragte Tony.

»Worüber?«

»Darüber, was du mit Min auf dem Picknicktisch getrieben hast«, erwiderte Tony. »Ihr beide wart ganz schön in Fahrt.«

»Ich werde ihm sagen, dass ich es ihm erkläre, wenn er älter ist«, antwortete Cal und dachte: *Wir waren wirklich in Fahrt. Und jetzt hat's uns erwischt.* »Viel älter«, setzte er hinzu und ging zur Kühltasche, um sich ein Bier zu holen.

»So, und *warum* mussten wir so schnell fort?«, fragte Bonnie, als sie in Lizas Cabrio saßen und Min auf den Rücksitz verbannt war.

»Weil Min Zungengymnastik mit einem Donut-Schieber getrieben hat.« Liza warf einen Blick über ihre Schulter auf Min, die Sünderin, und schüttelte den Kopf.

Bonnie drehte sich in ihrem Sitz nach hinten. »Hast du wirklich Donuts gegessen?«

»Ja«, gab Min zu und versuchte immer noch, die letzten Nebel zu verscheuchen. »Einfach toll.«

Bonnie nickte, als Liza den Wagen startete. »Hat er gut geküsst?«

»Ja«, antwortete Min. »Ziemlich gut. Sehr gut. Spitzenklasse. Überirdisch. Hat mich aus dem Schlaf geküsst. Und dazu noch die Donuts, die waren *himmlisch*.« Sie musste wieder an Cal denken, an die Hitze und das drängende Verlangen, und als Liza begann, die kurvige Zufahrt zur Straße hinunterzufahren, legte Min sich auf dem Rücksitz flach, bevor das restliche Schwindelgefühl in ihr sie umwarf. Ein gutes Gefühl, so dazuliegen, nur schade, dass sie allein war.

»Hast du deinen Verstand verloren?«, fragte Liza nach hinten.

»Nur eine oder zwei Minuten lang«, antwortete Min vom Rücksitz aus und betrachtete die Baumkronen, die über ihnen vorbeirauschten. »Hat mir irgendwie gefallen.« *Und wie.*

»Weißt du«, meinte Bonnie jetzt zu Liza, »es könnte sein, dass er es ehrlich meint. Er sah wirklich sehr glücklich aus. Das hat sogar Roger gesagt.«

»Ach, na wenn *Roger* das sagt«, erwiderte Liza beißend.

»Mach dich nicht über Roger lustig«, warnte Bonnie mit Schärfe in der Stimme.

»Okay«, seufzte Min und setzte sich wieder auf, als die Welt um sie her sich nicht mehr drehte. »Ich bin wieder in Ordnung. Mehr oder weniger.« Sie hob ihre Sandale auf, um die Bänder zu entwirren.

»Und wie war's mit Tony?«

»Ganz nett«, erwiderte Liza. »Hör auf, vom Thema abzulenken. Was hast du jetzt mit Cal vor?«

»Ihn nicht mehr wiederzusehen«, antwortete Min und suchte nach ihrer zweiten Sandale. »Ach, verdammt. Ich habe einen Schuh dort gelassen. Wir müssen noch mal umdrehen.«

»Nein«, lehnte Liza ab und fuhr weiter.

»Aber das sind meine Lieblingsschuhe«, protestierte Min und versuchte, ernsthaft zu klingen.

»Alle deine Schuhe sind deine Lieblingsschuhe«, erwiderte Liza. »Wir fahren nicht mehr dorthin zurück.«

»Ist mit dir wirklich alles in Ordnung, Liebes?«, fragte Bonnie nach hinten.

»Alles bestens«, antwortete Min und nickte wild. »Cal hat mir alles über Roger erzählt. Meinen Segen hast du.«

»Wenn man Calvin dem Biest glauben will«, meinte Liza.

»Ich hab schon meine Methoden, das rauszukriegen«, entgegnete Min. »Ich weiß, wie man mit ihm umgehen muss.«

»Ah ja, ich habe gesehen, wie du mit ihm umgegangen bist«, versetzte Liza. »Du bist schwach geworden.«

»Ach, verdammt noch mal«, rief Min aus, und das Schuldbewusstsein machte sie ärgerlich. »Ich habe die Wette schließlich mit angehört. Ich weiß, auf was er aus ist, und ich werde mich nicht mehr mit ihm treffen. Vor allem, nachdem du ihn angeschrieen und beschimpft hast.« Sie dachte daran, wie Cal sich an sie gepresst hatte, wie muskulös sein Brustkorb unter ihrer Hand gewesen war, wie heiß sein Mund auf ihrem, und wie gut sich seine Hand auf ihrer Brust angefühlt hatte. »Aber ich habe herausgefunden, wie er all die Frauen erobert«, fuhr sie strahlend fort. »Nämlich nicht nur mit Charme.«

»Vielleicht solltest du ihn doch wieder treffen«, meinte Bonnie nachdenklich. »Ich finde, manchmal muss man einfach an etwas glauben.«

Das wäre schön, dachte Min.

»Bonnie«, rief Liza aus. »Willst du wirklich, dass der gleiche Kerl, der deiner Kusine das Herz gebrochen hat und mit David diese Wette abgeschlossen hat, Min demütigt?«

Das wäre schlecht, dachte Min.

»Nein«, erwiderte Bonnie zweifelnd.

»Dann bitte kein Gesülze mehr darüber, Kröten Glauben zu schenken«, verlangte Liza.

»Verwandeln sie sich nicht in Prinzen, wenn man sie küsst?«, fragte Bonnie.

»Das sind Frösche«, widersprach Liza. »Eine völlig andere Spezies.«

»Richtig«, sprach Min in dem Versuch, sich Cal aus dem Kopf zu schlagen. »Kröte, nicht Frosch. Biest. Das absolute Biest.« Dann seufzte sie und bemerkte: »Aber seine Donuts waren köstlich«, und legte sich auf den Rücksitz, um wieder zur Vernunft zu kommen.

David wollte sich gerade zu einem gemütlichen Sonntagnachmittag auf der Couch vor dem Fernseher niederlassen, als das Telefon klingelte. Als er abhob, meldete sich Cynthies Stimme.

»Cal und Min waren heute im Park«, sagte sie. »Er hat sie geküsst. Das ist Freude, ein physiologischer Reiz, der bewirken könnte, dass sie ...«

»*Warten* Sie«, wehrte David ab und holte tief Atem. Daran war diese verdammte Wette schuld. Cal würde alles tun, um diese Wette zu gewinnen.

»Er hat sie mit Donuts gefüttert«, fuhr Cynthie fort. »Er hat sie zu einem Picknick eingeladen und ...«

»Min hat Donuts gegessen?« David erstarrte bei diesem Gedanken. »Min isst nie Donuts. Min isst überhaupt keine Kohlenhydrate. Jedenfalls mit mir zusammen hat sie nie Kohlenhydrate gegessen.«

»Und nach jedem Stück hat er sie geküsst.«

»Der verdammte Dreckskerl«, stieß David bösartig hervor. »Was sollen wir tun?«

»Wir müssen ihre Reizauslöser betätigen, um attraktiv für sie zu sein, ihnen Glücksgefühle bereiten, ihnen in Erinnerung rufen, warum sie eigentlich *uns* wollten«, erklärte Cynthie. »Laden Sie Min für morgen Mittag zum Essen ein. Sorgen Sie dafür, dass alles perfekt ist. Sorgen Sie dafür, dass sie das Gefühl hat, etwas Besonderes für Sie zu sein und geliebt zu werden, erzeugen Sie bei ihr Glücksgefühle. *Holen Sie sie sich zurück.*«

»Ich weiß nicht recht«, zögerte David, der sich an Mins Gesichtsausdruck erinnerte, als er ihr den Laufpass gegeben hatte. Eigentlich sollte doch sie auf Knien zu ihm gekrochen kommen, nicht er zu ihr.

»Ich werde mit Cal zu Mittag essen«, erklärte Cynthie, als habe er nichts gesagt. »Ich wollte mich zurückhalten, weil ich dachte, er käme von selbst zurück, aber dafür ist jetzt keine Zeit mehr. Ich habe ihn noch vor dem Nachtisch im Bett, und das sollte der Geschichte ein Ende setzen.«

»Min ist wütend auf mich«, gab David zu bedenken. »Ich glaube, es ist noch zu früh für eine Einladung zum Mittagessen.«

»Ach, wie draufgängerisch.« Es herrschte eine lange Stille, dann fragte Cynthie: »Ihre Familie. Sagten Sie nicht, dass sie das Bedürfnis hat, dass die Familie ihre Verehrer akzeptiert?«

»Ja«, bestätigte David. »Ihre Mutter schwärmte für mich.«

»Na also«, meinte Cynthie. »Rufen Sie ihre Mutter an und erzählen Sie ihr die Wahrheit über Cal und die Frauen.«

»Nein«, lehnte David ab und erinnerte sich an Nanettes Desinteresse an allem, das nicht mit Kalorien oder Mode zu tun hatte. »Lieber den Verlobten ihrer Schwester. Greg. Den rufe ich heute Abend an.«

»Was soll denn der nützen?«

»Er wird es sofort Diana erzählen«, erklärte David, »denn er trifft sie jeden Abend. Und sie wohnt noch bei ihren Eltern, das heißt, sie erzählt es ihrer Mutter und ihrem Vater. Und der Vater hat einen ausgeprägten Beschützerinstinkt.«

»Das ist gut«, stimmte Cynthie zu.

»Er hat sie mit Donuts gefüttert?«, fragte David nochmals und krümmte sich innerlich bei dem Gedanken.

»Stückchen für Stückchen«, bestätigte Cynthie.

Der Bastard. Das tat er nur wegen dieser verdammten Wette. Nach all dem großartigen Gerede darüber, kein Unschuldsknabe zu sein, aber auch kein Schwein, beabsichtigte er, Min mit Donuts zu verführen und dann seine zehntausend Eier abzuholen. Und wieder gewinnt der große Calvin Morrisey.

Nicht, wenn ich es verhindern kann.

»David?«, fragte Cynthie.

»Verlassen Sie sich auf mich«, antwortete David grimmig. »Min hat gerade ihren letzten Donut verdrückt.«

Am Montag kam Roger als Letzter ins Büro. *Bonnie*, dachte Cal, und das ließ ihn sofort an Min denken, was einfach lächerlich war.

»Was soll denn das?«, fragte Tony. »Sonst laufe doch immer ich als Letzter hier ein. Das ist doch schon Tradition.«

»Bonnie.« Roger ließ sich gähnend an seinem Schreibtisch nieder. »Wir haben gestern Abend noch ziemlich lange miteinander geredet.«

»Geredet«, echote Tony und hockte sich auf die Kante des Arbeitstisches. »Das wenigste, was du hättest tun können, wäre, sie flachzulegen.«

Roger musterte ihn aus schmalen Augen.

»Na gut, jetzt wo wir alle hier sind …«, begann Cal.

»Ich werde Bonnie heiraten«, teilte Roger Tony mit. »Und so spricht man nicht über die Frau, die man heiratet.«

»Tut mir Leid«, entschuldigte sich Tony. »Ich werde nie heiraten, deswegen kann ich das nicht wissen.«

»… sollten wir das Winston-Seminar planen …«

»Du wirst es wissen, wenn du die richtige Frau gefunden hast«, erklärte Roger.

»So was gibt's nicht«, entgegnete Tony.

»… und die *Unterlagen zusammenstellen*«, stellte Cal mit erhobener Stimme fest.

»Ihr Kuss ist vollkommen«, fuhr Roger fort und blickte dabei aus dem Fenster, wahrscheinlich in der vermuteten Richtung gen Bonnie. »Hast du jemals einen solchen Kuss erlebt, wenn einfach alles stimmt und du das Gefühl hast, du explodierst?«

»Nein«, erwiderte Tony und blickte angewidert drein.

»Ja«, sagte Cal, und wieder sah er Min in all ihrer erregenden Pracht vor sich. Beide wandten sich um, um ihn anzublicken, und er fuhr fort: »Können wir uns jetzt mal an die Arbeit machen? Sonst holen wir nämlich in einer Minute die Bierflaschen raus und sprechen über unsere Erlebnisse, und dann hören wir nie mehr damit auf.«

»Ich kümmere mich um die Rechnungen«, erwiderte Roger und ging zu seinem Schreibtisch.

Cal lehnte sich in seinem Schreibtischstuhl zurück, öffnete eine Computerdatei und dachte dabei an Min. Er hatte nicht die Absicht gehabt, sie zu küssen, und dann hatte er sich auf sie gestürzt wie ein Verrückter. Sie war auch keine große Hilfe gewesen. Sie hätte ihm links und rechts eine knallen sollen, aber stattdessen schmolz sie dahin und verlangte nach mehr ...

Das Telefon klingelte, und Tony hob ab. »Morrisey, Packard, Capa«, sagte er auf und verdrehte dann die Augen zu Cal hin. »Hallo, Cynthie.«

Cal schüttelte abwehrend den Kopf.

»Er ist nicht hier«, gab Tony Auskunft. »Ich glaube, er ist den ganzen Vormittag unterwegs.« Er blickte Cal mit gerunzelter Stirn an, und der lehnte sich seufzend in seinem Stuhl zurück und richtete den Blick an die Decke.

»Mittagessen?«, wiederholte Tony. »Tut mir Leid, er hat schon eine Verabredung zum Mittagessen. Bei Emilio's. Mit seiner neuen Flamme.«

Cal richtete sich so hastig auf, dass seine Fersen auf den Boden krachten. *Nein*, grimassierte er stumm und machte eine Handbewegung, als wolle er sich mit einem Finger die Kehle durchschneiden.

»Du brauchst dir also keine Sorgen zu machen, dass er deinetwegen an Depressionen leidet«, fuhr Tony fort. »Er sitzt schon wieder im Sattel.«

Cal sprang auf, die Augen voller Wut, und Tony sagte schnell: »Ich muss Schluss machen«, und legte auf.

»*Bist du verrückt geworden*?«, blaffte Cal.

»Hey, damit habe ich sie dir vom Hals geschafft, oder?«, erwiderte Tony. »Ich habe dir nur einen Gefallen getan.« Er zog eine Grimasse. »Glaube ich zumindest. Das kam wie ein Geistesblitz über mich.« Er blickte Roger an. »War das etwa ein schlechter Schachzug?«

»Ich bin nicht sicher«, erwiderte Roger. »Vielleicht solltest du dich in Zukunft von Geistesblitzen fern halten.«

»Ich will Min gar nicht wiedersehen«, brummte Cal und stellte sich ein Wiedersehen mit Min vor.

»Na und? Das braucht Cynthie ja nicht zu wissen«, versetzte Tony.

»Nein, jetzt muss ich Min zu Emilio's einladen, weil Cynthie das garantiert überprüft«, erklärte Cal.

»Ich kapier nicht warum«, sagte Roger. »Wenn Cynthie fragt, kannst du ja sagen, ihr seid woandershin gegangen.«

»Ich lüge aber nicht gern.« Cal setzte sich wieder und versuchte, sich über das Ganze zu ärgern. Er hob den Hörer ab, wählte die Nummer ihrer Firma und ließ sich durchstellen, doch ihr Apparat war besetzt, und der Anrufbeantworter war keine Lösung. Man konnte sich nicht per Anrufbeantworter zu einem Mittagessen verabreden.

Er legte auf und bemerkte, dass Roger und Tony ihn beobachteten. »Was ist?«

»Nichts«, erwiderte Roger.

»Nichts«, erwiderte Tony.

»Dann ist's ja gut«, meinte Cal und wandte sich von ihnen ab und seinem Bildschirm zu.

Als das Telefon klingelte, dachte Min: *Cal*, und schalt sich dann selbst. Das Biest schien die Macht zu besitzen, Frauen den Verstand zu trüben, denn warum sonst musste sie schon an einem Montagmorgen um 9 Uhr mitten in einem Bericht an ihn denken.

»Minerva Dobbs«, meldete sie sich und tippte mit ihrem roten Stift auf die Mattglasscheibe ihres Schreibtischs.

»Was ist mit diesem Mann, mit dem du dich da triffst?«, erklang die Stimme ihrer Mutter.

»Ach, um Himmels willen.« Ärgerlich lehnte Min sich in ihrem Designer-Schreibtischsessel zurück.

»Greg sagt, er habe einen schrecklichen Ruf, was Frauen betrifft«, erklärte Nanette. »Greg sagt, er benützt sie und verlässt sie dann. Greg sagt ...«

»Mutter, es ist mir egal, was Greg sagt«, unterbrach Min diesen Anfall von Panik. »Und ich treffe mich nicht mit ihm. Wir waren einmal zum Abendessen aus und hatten ein Picknick im Park, und das ist alles.« Sie schrieb Cals Namen in Druckbuchstaben auf das Deckblatt ihres Berichts und strich ihn dann mit fettem Rot einmal durch. Aus und vorbei.

»Greg sagt ...«

»Mutter.«

»... er sei ein Herzensbrecher. Er macht sich Sorgen um dich.«

Min wollte gerade sagen *Also, wirklich*, klappte aber den Mund wieder zu. Greg machte sich vermutlich Sorgen um sie. Greg machte sich um alles Sorgen.

Aber wieso machte Greg sich Sorgen um sie?

»Woher weiß Greg eigentlich überhaupt etwas von ihm?«, fragte Min und schrieb dabei »Greg« in roten Druckbuchstaben und strich ihn zweimal fett durch. Dann schrieb sie darunter »Schleimer« und darunter »Denunziant«.

»*Ich* mache mir Sorgen um dich«, betonte ihre Mutter. »Ich weiß, dass du versuchst, tapfer zu sein, nachdem du David verloren hast, aber es geht mir gegen den Strich. Ich kann es nicht ertragen, wenn dich jemand verletzt.«

Min fühlte einen Klumpen in der Kehle. »Wer bist du, und was hast du mit meiner Mutter gemacht?«

»Ich will einfach nicht, dass du traurig bist«, fuhr Nanette fort, und Min glaubte, in ihrer Stimme ein Zittern zu hören. »Ich wünsche mir, dass du einen anständigen Mann heiratest, der weiß, was für ein wundervoller Mensch du bist, und der dich nicht wegen deines Übergewichts verlässt.«

Min schüttelte den Kopf. »Beinahe hättest du mich eingewickelt.« Sie schrieb »Mutter« in Druckbuchstaben, malte ein Herz ringsherum, und während Nanette weitersprach, strich sie es viermal fett durch.

»Eine Ehe ist kein Kinderspiel, Min«, erklärte Nanette. »Sie können einen aus tausend Gründen betrügen und verlassen, deswegen musst du dir dauernd viel Mühe geben. Du musst immer gut aussehen, denn Männer sind sehr visuell ausgerichtet. Wenn sie etwas Besseres vor die Augen kriegen ...«

»Mom?«, unterbrach Min, »ich glaube nicht ...«

»Und wie sehr du dich auch immer anstrengst, es wird immer eine geben, die jünger und besser ist«, fuhr Nanette mit bebender Stimme fort. »Selbst für Diana, einfach für jede. Da darfst du von Anfang an kein Handicap mit dir herumschleppen, denn ...«

»Was ist denn los?«, fragte Min. »Betrügt Greg Diana?«

»Nein«, antwortete ihre Mutter erschrocken. »Natürlich nicht.«

Min versuchte sich vorzustellen, dass Greg Diana betrog, aber das war lächerlich. Greg hatte nicht die Courage für einen Seitensprung. Außerdem liebte er Diana.

»Warum hast du das gefragt?«, fragte ihre Mutter. »So eine schreckliche Vorstellung.«

»Du hast angefangen, vom Betrügen zu sprechen«, erwiderte Min. Also, wenn nicht Greg, wer dann? *Dad*? Min wies den Gedanken von sich. Ihr Vater war nur an drei Dingen im Leben interessiert: die Versicherung, Statistiken und Golf. »Das Einzige, weswegen Dad dich verlassen würde, wäre ein perfekter Vierer-Schläger, also ist's das auch nicht. Was ist denn jetzt wirklich los?«

»Ich will nur, dass du verheiratet und glücklich bist, und dieser Kevin ist nicht …«

»Calvin«, verbesserte Min.

»Bring ihn am Samstagabend zum Essen mit«, meinte Nanette. »Und ziehe etwas Schwarzes an, das macht dich schlanker.«

»Ich treffe mich nicht mehr mit ihm, Mutter«, entgegnete Min. »Also glaube ich auch nicht, dass er meine Eltern kennen lernen will.«

»Sei bitte vorsichtig«, ermahnte ihre Mutter sie. »Ich weiß gar nicht, wie du immer an solche Männer gerätst.«

»Er hat mir in den Ausschnitt geguckt und meinen roten Spitzen-BH gesehen«, erwiderte Min. »Also bist du schuld daran.«

Sie brauchte noch einige Minuten, um Nanette zu beruhigen, dann legte sie auf und wandte sich wieder ihrem Bericht zu. Nach fünf Minuten klingelte das Telefon erneut. »Na großartig«, murmelte sie und hob ab, gewappnet für eine weitere Auseinandersetzung mit ihrer Mutter. »Minerva Dobbs«.

»Min, hier ist Di«, erklang die Stimme ihrer Schwester.

»Hallo, Schatz«, erwiderte Min. »Wenn du anrufst, weil Greg über meine Picknickverabredung lamentiert, dann beruhige dich. Es ist aus und vorbei, und ich sehe ihn nie mehr wieder.« Sie zog noch einen fetten Strich durch Gregs Namen. Wenn es nach ihr ginge, konnte man Gregs Namen gar nicht oft genug durchstreichen.

»Greg sagt, dass David sagt, dass er schrecklich sei«, stellte Diana fest.

Min richtete sich ein wenig auf. »David hat das gesagt, ja?« Dieser miese Strolch spielte bei seinen Wetten nicht einmal fair. Sie schrieb »David« in riesigen Druckbuchstaben und stach mit ihrem Stift hindurch.

»Er wollte, dass Greg mir nicht sagt, dass er es ihm verraten hat«, fuhr Diana fort.

»Ah ja«, erwiderte Min trocken.

»Es hört sich einfach nicht nach deinem Plan an«, meinte Di.

Min hörte auf zu stochern. »Mein Plan? Was für ein Plan?«

»Du hast doch immer einen Plan«, erwiderte Di. »Genau wie ich. Ich habe meine Hochzeit und meine Ehe wirklich gründlich geplant, und Greg passt dazu absolut perfekt. Für mich ist er der perfekte Ehemann, und wir werden ein perfektes Leben führen.«

»Na klar«, erwiderte Min und zog einen weiteren Strich durch Gregs Namen.

»Also bin ich mir sicher, dass du auch einen Plan hast, und dieser Wolf ...«

»Biest«, verbesserte Min.

»... Frosch, was auch immer, kann nicht in deinen Plan passen.«

»Er ist kein Frosch«, entgegnete Min. »Ich habe ihn geküsst, und er hat sich nicht in einen Prinzen verwandelt.« *Er hat sich in ein göttliches Wesen verwandelt. Nein, hat er nicht.* »Hör mal, ich werde mich nie mehr mit ihm treffen, also könnt ihr euch alle wieder abregen.«

»Sehr gut«, erwiderte Di. »Ich erzähle Mom, dass du wie immer vernünftig bist, dann sorgt sie sich nicht mehr.«

»Ah ja«, versetzte Min. »Wie immer vernünftig. Hat irgendjemand Dad etwas davon erzählt?«

»Mom vielleicht«, meinte Diana.

»Ach, verdammt, Di, warum hast du sie nicht gebremst?« Eine Schreckensvision ihres Vaters mit seinem übertriebenen Beschützerinstinkt erhob sich vor ihr wie ein riesiger, blonder Bär. »Du weißt doch, wie er ist.«

»Ich weiß«, stimmte Di zu. »Ich bin mir immer noch nicht sicher, ob er Greg mag.«

Bist du dir denn sicher, ob du Greg magst?, wollte Min fragen, aber es war zwecklos, denn Diana würde darauf beharren, dass es die wahre Liebe bis in den Tod sei. »Nun gut. Übrigens eine gute Nachricht: Ich habe eine Torte für dich …«

»Ach wirklich?« Di wurde lebhafter. »Danke, Min …«

»… aber sie wird nicht dekoriert sein, deswegen werden Bonnie und ich das übernehmen mit Moms Perlen und vielen frischen Blüten.« Min begann, eine Hochzeitstorte zu zeichnen.

»Du willst meine Torte dekorieren?«, sagte Di ausdruckslos.

»Die Leute werden begeistert sein, wie großartig sie schmeckt«, rief Min und malte eine Taube auf die Tortenspitze.

»Schmeckt?«, echote Di. »Und wie großartig wird sie aussehen?«

»Machst du Witze? Mit frischen Blüten und echten Perlen? Das wird eine Sensation.«

Min tupfte ein paar Perlen auf.

»Was wird Mom dazu sagen?«

»Warum fragen wir sie nicht einfach am Hochzeitstag?«, fragte Min mit betont fröhlich gehaltener Stimme zurück.

»Na gut«, gab Di nach und atmete tief durch. »Ich bin dir wirklich sehr dankbar. Und ich freue mich auch, dass sie gut schmeckt. Wegen der Kuchenschachteln und so weiter.«

»Kuchenschachteln?«, fragte Min.

»Die kleinen Schachteln mit Torte, die wir den Gästen als Geschenk mitgeben«, erklärte Diana. »Zur Erinnerung.«

»Kuchenschachteln«, wiederholte Min und begann, kleine Quadrate zu zeichnen. »Zweihundert, wette ich.«

»*Hast du keine Kuchenschachteln besorgt?*«

»Doch«, entgegnete Min und zeichnete rascher. »Ich habe Kuchenschachteln. Beruhigst du dich endlich? Du klingst, als wären deine Nerven kurz vor dem Zerreißen. Was ist los?«

»Mir geht's *bestens*«, erwiderte Diana allzu bestimmt.

»Kein Ärger mit *Schnief* und *Schlimmer*?«, fragte Min und stöhnte dann auf. »Ich meine, mit Susie und Karen?«

Diana lachte. »Ich kann's gar nicht glauben, dass du sie so nennst.«

»Tut mir Leid«, entschuldigte sich Min. »Weißt du …«

»Min, wir wissen es. Karen hat schon damals in der Schule gehört, wie Liza sie so nannte. Sie nennt Bonnie und Liza *Zucker* und *Pfeffer*.«

Min lachte wider Willen.

»Bitte sage es ihnen nicht«, bat Diana. »Ich verrate nicht, dass du Susie und Karen *Schnief* und *Schlimmer* nennst, wenn du nicht verrätst, dass wir Bonnie und Liza *Zucker* und *Pfeffer* nennen.«

»Abgemacht«, stimmte Min zu. »Meine Güte, was sind wir für grässliche Weiber.«

»Nicht wir«, entgegnete Diana fröhlich, »dieser Quatsch kommt von unseren Freundinnen. Wir dagegen sind die netten Dobbs-Mädels.«

»Na, das hängt davon ab, wen du fragst«, erwiderte Min und dachte an Cal. Sie nahm sich vor, in Zukunft netter zu ihm zu sein. Aber sie würde ihn ja gar nicht wieder sehen, also war das überflüssig. Und außerdem war es definitiv schief gegangen, als sie im Park nett zu ihm war. »Ich war wirklich ziemlich bissig in den letzten Tagen …« Ihre Stimme versiegte, als sie ihren Vater entdeckte, der wie ein ängstlicher Wikinger durch die offene Tür spähte. »Hi, Daddy.«

»Oh nein«, stöhnte Diana.

»Wir sprechen später weiter«, sagte Min zu Diana und legte den Hörer auf. »Und was bringt dich in unsere Etage herunter?«, wandte sie sich an ihren Vater. »Zu dünne Luft in der vierzigsten?«

»Es ist wegen dieses Mannes, mit dem du dich triffst«, begann George Dobbs und funkelte seine Tochter an, während er ihr Büro betrat.

»Versuch's lieber gar nicht erst«, wehrte Min ab. »Ich weiß, du verspeist Juniorchefs zum Frühstück, aber mit mir funktioniert das nicht. Ich treffe mich nicht mehr mit Cal, aber wenn ich es noch täte, wäre das ganz allein meine Sache. Na komm schon, Dad.« Sie lächelte ihn an, aber sein Gesicht blieb besorgt. »In unserem Land heiraten pro Jahr eine halbe Million Menschen. Warum also nicht auch ich?«

»Die Ehe ist nicht für jeden das Richtige, Min«, erklärte er.

»Daddy?«, stieß Min verblüfft hervor.

»Dieser Mann ist kein guter Mensch«, fuhr George fort.

»Jetzt warte mal einen Augenblick«, unterbrach ihn Min. »Du kennst ihn doch gar nicht. Er war beide Male, als wir ausgingen, ein vollkommener Gentleman …« *Na ja, im Park hatte er Helfer.* »… und da wir uns entschlossen haben, uns nicht mehr zu treffen, ist es so ziemlich gar kein Problem.«

»Gut.« Ihres Vaters Gesicht hellte sich auf. »Gut für dich. Wirklich klug. Warum ein Risiko mit einem Mann eingehen, der keine guten Sicherheiten bietet?«

»Ich will ihm keine Versicherung verkaufen, Dad«, entgegnete Min.

»Ich weiß, Min«, erwiderte er. »Aber es ist das gleiche Prinzip. Du bist keine Spielernatur. Dafür bist du viel zu vernünftig.«

Er lächelte ihr zu, tätschelte ihre Hand und verschwand, und Min hockte an ihrem Schreibtisch und fühlte sich wie eine langweilige, altmodische Jungfer. Keine Spielernatur. Immer vernünftig. Die Erinnerung an den Kuss im Park überkam sie, wie Cals Lippen heiß auf den ihren lagen, seine Hand über ihren Körper glitt, und sie fühlte erneut die Hitze ihren ganzen Körper durchdringen. Das war nicht vernünftig, war kein Plan gewesen. Und jetzt würde sie ihn nie wieder sehen.

Sie senkte den Blick auf ihren Bericht und bemerkte, dass sie ihn durchlöchert hatte. Wie ein Norman Bates der statistischen Analyse.

»Na großartig«, murmelte sie und versuchte, die Seiten auseinander zu pflücken. Das oberste Blatt zerriss, als ihr Telefon klingelte, und sie hob den Hörer ab und knurrte: »Minerva Dobbs«, bereit, diesmal den Anrufer zu durchlöchern.

»Guten Morgen, Minerva«, ertönte Cals Stimme, und aus Mins Lungen entwich alle Luft. »Wie kommst du nur zu so einem teuflischen Namen?«

Atme. Tief atmen. Sehr tief atmen.

»Na«, stieß sie hervor, »wenn das kein guter Witz ist. Ausgerechnet ein Typ namens Calvin bedauert mich wegen meines Namens.« *Berührt mich doch gar nicht, dass er anruft. Lässt mich kalt wie Eis.* Ihr Herz klopfte so stark, dass sie überzeugt war, er müsste es durch das Telefon hören.

»Ich wurde nach meinem reichen Onkel Robert benannt«, erklärte Cal, »was sich als vollkommen umsonst herausstellte, weil er sein ganzes Vermögen einer Wohltätigkeitsorganisation vermacht hatte. Und was ist deine Entschuldigung?«

»Meine Mutter wollte eine Göttin«, antwortete Min schwach.

»Na, die hat sie bekommen«, meinte Cal. »Ich nehme alles zurück, es ist der perfekte Name für dich.«

»Und die Mutter meines Vaters hieß Minnie«, fuhr Min fort und bemühte sich, beiläufig zu klingen. »Es war sozusagen ein Kompromiss. Und warum heißt du nicht Robert?«

»Ich habe seinen letzten Vornamen bekommen«, erklärte Cal. »Zum Glück. Ich könnte mir mich nicht als Bob vorstellen.«

»Bob Morrisey.« Min lehnte sich in ihren Sessel zurück und versuchte, überlegen zu wirken. »Dieser komische Knilch in der Versandabteilung.«

»Der Versicherungsagent Ihres Vertrauens«, säuselte Cal.

»Der Gebrauchtwagenhändler, dem Sie nicht trauen können«, versetzte Min.

»Calvin Morrisey dagegen ist der alte Bock, der die Firma im Jahre 1864 gegründet hat«, fuhr Cal fort. »Oder, in diesem Fall, der Typ, der deinen Schuh hat.«

»Meinen Schuh?«

»Rote Bänder, stylischer Absatz, riesige, knallige Blüte.«

»Mein *Schuh*.« Min richtete sich begeistert auf. »Ich hätte nicht gedacht, dass ich den noch mal wieder sehe.«

»Na ja, das wirst du auch nicht, außer du isst mit mir zu Mittag«, versetzte Cal. »Ich habe ihn als Geisel in meiner Gewalt. In diesem Augenblick habe ich ein Schießeisen auf seinen Absatz gerichtet.«

»Ich esse mittags nur eine Kleinigkeit an meinem Schreibtisch«, begann Min und dachte sofort: *Ach, um Himmels willen, geht's noch zickiger*?

»Emilio versucht es gerade mit einem Mittagstisch. Er braucht dich. Und ich brauche dich auch.«

»Ich kann nicht«, entgegnete Min, während jede Faser ihres Körpers schrie: *Ja, ja, alles, was du willst*. Gott sei Dank konnten ihre Fasern nicht sprechen.

»Du kannst Emilio nicht so im Stich lassen«, beschwor Cal sie. »Er liebt dich. Und es gibt Chicken Marsala. Na los, leb doch mal ein wenig. Ein ganz klein wenig.«

Ein ganz klein wenig. Sogar Cal wusste, dass sie eine vernünftige, verplante Niete mit Glücksspielaversion war. »Ja«, stieß Min hervor, und ihr Herz begann wieder, wild zu pochen. »Ich würde schrecklich gern meinen Schuh wieder zurückhaben und Chicken Marsala zu Mittag essen.«

»Denk daran, du musst mit mir essen«, warnte Cal. »Du siehst diesen Schuh erst wieder, wenn du etwas isst.«

»Das kann ich ertragen«, antwortete Min und fühlte eine überwältigende Erleichterung. Dann legte sie auf und betrachtete ihren Bericht.

Sie hatte Herzen darauf gemalt. Dutzende winzig kleiner Herzen.

»Ach du meine Güte«, seufzte Min, und ihr Kopf sank auf die Tischplatte.

Als Min das Emilio's betrat, fragte ein dunkelhaariger Teenager sie an der Tür: »Wollen Sie zu Cal?«, und als sie nickte, fuhr er fort: »Er sitzt dort an Ihrem Tisch«, und machte mit dem Kopf eine Geste in den Speiseraum hinein.

»Habe ich denn einen Tisch?«, fragte Min, aber dann erblickte sie Cal an dem Tisch beim Fenster, an dem sie bei ihrem ersten Mal gesessen hatten, und für einen Moment blieb ihr der Atem weg. *Ich vergesse immer wieder, wie schön er ist*, dachte sie und beobachtete ihn, wie er entspannt dasaß, die dunklen Augen durchs Fenster auf die Straße gerichtet, sein perfektes Profil ihr zugewandt. Seine Finger trommelten auf dem Tisch, und seine Hände wirkten kraftvoll. Min erinnerte sich, wie gut sie sich auf ihrer Haut angefühlt hatten, und dachte: *Verschwinde, so schnell du kannst*. Da erblickte er sie, stand auf und lächelte, und seine Augen strahlten dabei, als freue er sich, sie zu sehen. Sie erwiderte das Lächeln und ging auf ihn zu. *Charmebolzen*, dachte sie und verlangsamte ihre Schritte, aber er hatte bereits einen Stuhl für sie hervorgezogen.

»Danke, dass du gekommen bist«, sagte er, und sie ließ sich auf den Stuhl gleiten und dachte: *Auf irgendetwas ist er aus, pass bloß auf*. Dann bemerkte sie, dass er zu Boden blickte, und fragte mit einem nervösen Krächzen: »Was ist?«

»Deine Schuhe«, antwortete er. »Was für welche trägst du heute?«

»Das klingt wie ein obszöner Telefonanruf«, erwiderte sie mit bemüht ruhiger Stimme, streckte dann aber einen Fuß aus, damit er ihre blauen Krokodilhaut-Slipper sehen konnte, deren offene Zehenpartie ihre passend blau lackierten Zehennägel enthüllte.

Er schüttelte den Kopf. »Da habe ich schon was Besseres an dir gesehen. Aber die Zehennägel sind hübsch.«

»Das sind Schuhe fürs Büro«, entgegnete sie ärgerlich, und ihre Nerven beruhigten sich. »Außerdem hast du noch den einen roten Schuh, also konnte ich die nicht anziehen. Kann ich ihn jetzt wieder zurückhaben?«

»Erst nach dem Essen«, lehnte er ab und ließ sich ihr gegenüber nieder. »Das ist mein einziges Druckmittel.«

»Hast du diesen Schuhfetisch schon lange?«, fragte sie, als er ihr den Brotkorb reichte.

»Erst, seit ich dich kenne«, antwortete er. »Da hat sich mir plötzlich eine ganz neue Welt aufgetan.«

»Freut mich, dass ich solchen Eindruck gemacht habe«, bemerkte sie und erkannte dann erschreckt, dass das der Wahrheit entsprach. Die Erkenntnis brachte ihre Nerven wieder zum Flattern. *Er ist mir völlig egal.* Sie schob ihm den Brotkorb wieder zu und war entschlossen, wenigstens im Fleische, wenn auch nicht im Geiste tugendhaft zu bleiben. »Wer ist denn dieser Racker an der Tür? Dem würden ein paar Lektionen von dir nicht schaden.«

»Emilios Neffe.« Cal nahm ein Stück Brot und brach es durch. »Seine Manieren brauchen noch etwas Schliff.«

»Hat Emilio denn niemand anderen, um die Gäste zu empfangen?« Min nahm ihre Serviette auf, um ihre Hände vom Brot fern zu halten. »Der Kleine ist doch wohl kaum gut fürs Geschäft.«

»Brian ist derjenige in der Familie mit den besten Umgangsformen«, erwiderte Cal. »Seine Brüder arbeiten unten in der Küche, wo sie niemandem etwas antun können. Zum Glück können sie kochen. Ich habe schon bestellt: Salat, Chicken Marsala und keine Pasta.«

»Sehr gut«, nickte Min. »Ich bin nämlich schon am Verhungern. Wusstest du, dass vierzig Prozent aller Pasta, die verkauft wird, Spaghetti sind?« *Ojemineh*, dachte sie und versuchte, ihren Statistikwahn niederzuringen, während sie ihn anlächelte. »Ich finde, das beweist einen großen Mangel an Phantas...«

In diesem Augenblick knallte Brian einen Salat vor ihr auf den Tisch und einen zweiten vor Cal. »Eure Gockel sind in

’ner Viertelstunde so weit«, teilte er Cal mit. »Wollt ihr Wein dazu?«

»Ja, bitte«, antwortete Cal. »Ich dachte, du arbeitest an deinen Manieren.«

»Bei euch nicht«, brummte Brian. »Also, es gibt Huhn, aber du nimmst trotzdem Rotwein, richtig?«

»Richtig«, erwiderte Cal. »Jetzt frag mich, welche Art Rotwein.«

»Egal. Was immer Emilio ins Glas kippt«, gab Brian zur Antwort und ging davon.

»Was für ein Goldjunge«, grinste Min. »Aber jetzt genug geplaudert. Gib mir die zehn Eier.«

»Zehn Eier?« Cal blickte zuerst wunderbar verständnislos drein und schüttelte dann den Kopf. »Es gibt keine Wette. Hör auf, mir das Kleingeld aus der Tasche zu ziehen.«

»Du hast mich ohne Wette eingeladen?«, wunderte sich Min.

»Kein einziger Silberling wird hier die Hände wechseln«, versicherte Cal, »außer natürlich, dass ich die Rechnung zahle.«

»Von mir aus können wir getrennt zahlen«, bot Min an.

»Nein, können wir nicht.«

»Warum nicht? Ich kann’s mir leisten. Außerdem ist das kein Date. Warum …«

»Ich hab dich eingeladen, also zahle ich«, erklärte Cal, und sein Gesicht begann wieder, diesen unnachgiebigen Ausdruck anzunehmen, vor dem sie kapitulierte.

»Das heißt, wenn ich dich einlade, dann bezahle ich«, hakte Min nach.

»Nein, dann zahle ich auch«, widersprach Cal. »So, und jetzt erzähle mir endlich, wer Diana, *Schnief* und *Schlimmer* sind.«

»Hast du mich deswegen zum Mittagessen eingeladen?«, fragte Min mit so viel Staunen in der Stimme, wie sie vermochte.

»Nein.« Cal verbarg sein Gesicht in seinen Händen. »Könnten wir uns nicht ein einziges Mal wie ganz normale Leute unterhalten? Freundlich lächeln, harmlos plaudern, so tun, als ob du mich nicht hasst?«

»Ich hasse dich doch nicht«, stieß Min schockiert hervor. »Ich mag dich. Ich meine, du hast natürlich deine Fehler ...«

»*Welche* Fehler?«, schnappte Cal. »Natürlich habe ich Fehler, aber dir gegenüber habe ich mich tadellos benommen. Außer, dass ich dir ins Auge geboxt habe und mich auf dem Picknicktisch auf dich gestürzt habe. Und wie ist heute das werte Befinden?«

»Danke, es geht mir gut«, erwiderte Min zuckersüß. »Ich habe eine neue Seite aufgeschlagen. Ich gehe nämlich jetzt Risiken ein. Wie zum Beispiel, mit einem Wolf zusammen zu Mittag essen.«

»Ich bin ein Wolf?«

»Also biiitte«, machte Min. »Du hast mich am Freitag mit ›Hallo, Rotkäppchen‹ angesprochen. Wer sagt das denn wohl? Der Froschkönig?«

Emilio erschien mit dem Rotwein, bevor Cal eine Antwort geben konnte, und Min strahlte ihn an, dankbar für die Unterbrechung. »Liebster Emilio, ich habe vergessen, die Kuchenschachteln zu erwähnen. Zweihundert Kuchenschachteln.«

»Sind schon dabei«, erwiderte Emilio. »Nonna meinte, Sie würden sie sicher brauchen. Sie hat Zehn-Quadratzentimeter-Schachteln für Neun-Quadratzentimeter-Tortenstücke bestellt.«

»Ich kriege tatsächlich diese Schachteln«, nickte Min erleichtert. »Wunderbar, himmlisch. Ihre Großmutter ist ein Engel, und Sie sind mein großer Held. Und natürlich ein genialer Koch.«

»Und Sie sind mein liebster Gast.« Emilio küsste sie auf die Wange und verschwand wieder in Richtung Küche.

»Ich *liebe* ihn«, erklärte sie Cal.

»Hab ich bemerkt«, versetzte Cal. »Hast dich heimlich hinter meinem Rücken mit ihm getroffen, was?«

»Ja«, gestand Min. »Wir haben uns über Kuchen unterhalten.«

»Wow«, rief Cal aus. »Für dich sind das ja regelrecht schmutzige Gedanken.«

»Sehr witzig.« Min rammte die Gabel in ihren Salat und knabberte an dem knackigen Grün. Emilios Salatsauce war würzig und leicht, ganz allein sie schon ein Wunder. »Oh Gott, ich *liebe* Emilio. Dieser Salat schmeckt fabelhaft. Und das sage ich normalerweise nicht von Salat.«

»Erzähl mir von dem Kuchen«, bat Cal und machte sich über seinen eigenen Salat her.

»Meine Schwester Diana heiratet in drei Wochen«, erklärte Min und war froh, bei einem unverfänglichen Thema gelandet zu sein. »Ihr Verlobter sagte, er kennt da einen tollen Konditor, und er würde die Hochzeitstorte als eine Überraschung bestellen. Und dann hat sich als Überraschung herausgestellt, dass er die Torte vergessen hat.«

»Aber die Hochzeit findet trotzdem statt?«, fragte Cal.

»Ja. Meine Schwester meint, es sei ihr Fehler, weil sie ihn nicht daran erinnert hat.«

»Deine Schwester scheint nicht zu sein wie du«, stellte Cal fest.

»Meine Schwester ist haargenau das Gegenteil von mir«, meinte Min. »Sie ist ein Schatz.«

Cal runzelte die Stirn. »Und was bist du dann?«

»Ich?« Min hielt überrascht im Kauen inne. »Ich bin ganz in Ordnung.«

Cal schüttelte den Kopf, aber da erschien Emilio mit einer dampfenden Platte mit Chicken Marsala. Nachdem er und Min sich aufs Neue ihrer grenzenlosen Hochachtung versichert hatten, verschwand er wieder, und Cal häufte Hühnchen und Pilze auf beide Teller. »Und was haben *Schnief* und *Schlimmer* mit dieser Tortengeschichte zu tun?«

»Gar nichts«, antwortete Min. »Sie sind nur die Brautjungfern meiner Schwester. Aber verrate *niemandem*, dass ich sie so genannt habe.« Sie aß den ersten Bissen Hühnchen, schwelgte in Genuss und leckte dann einen Tropfen Sauce von ihrer Unterlippe. »Glaubst du …«

»Lass das sein«, bat Cal mit ausdrucksloser Stimme.

»Was denn?« Min blinzelte verwirrt. »Fragen stellen?«

»Nein, über deine Lippe zu lecken. Was wolltest du fragen?«

»Wieso denn? Sind das schlechte Manieren?« In Mins Stimme schwang ein gefährlicher Unterton mit.

»Nein«, entgegnete Cal. »Es lenkt mich ab. Du hast einen wunderbaren Mund. Ich weiß es, denn ich spreche aus Erfahrung. Was wolltest du mich vorhin fragen?«

Min begegnete seinem Blick, und er erwiderte den ihren, ohne zu blinzeln. *Oh*, dachte sie und versuchte, sich daran zu erinnern, worüber sie gerade gesprochen hatten, aber es fiel ihr schwer, denn alles, woran sie denken konnte, war der Kuss und wie gut er sich angefühlt hatte und wie feurig seine Augen sie jetzt anblickten und wie sehr sie …

»Alles in Ordnung mit euch?«, fragte Brian.

»Was?« Cal schrak hoch.

»Stimmt was nicht mit dem Gockel?« Brian blickte sie stirnrunzelnd an. »Ihr guckt so komisch.«

»Nein, nein«, wehrte Min ab und nahm ihre Gabel wieder in die Hand. »Das Hühnchen schmeckt wunderbar.«

»Na gut«, meinte Brian. »Braucht ihr noch irgendwas?«

»Vielleicht einen Kellner mit besserem Benimm?«, schlug Cal vor.

»Klar doch. Als ob ich den auf euch verschwende«, brummte Brian und wanderte davon.

»Na ja, jedenfalls«, fing Min an und rang um ihre Fassung,

»als Diana mir von der Kuchenkatastrophe erzählte, wandte ich mich in der Stunde der Verzweiflung an Emilio, und der rief seine Großmutter an. Also ist er mein großer Held.«

»Warte erst, bis du von der Torte gegessen hast«, erwiderte Cal. »Sie macht sie nur für Hochzeiten, und sie schmecken wie nicht von dieser Welt.«

»Wann hast du denn ihre Hochzeitstorte probiert?«, fragte Min.

»Bei Emilios Hochzeit«, antwortete Cal. »Bei der Hochzeit meines Bruders. Bei den Hochzeiten von allen aus meinem Bekanntenkreis. Nur Tony, Roger und ich sind noch übrig, es waren also schon eine Menge Hochzeiten. Und jetzt sitzt auch Roger bereits in den Startlöchern.«

»Nun ja, wenigstens hast du dann noch Tony, und er hat dich«, meinte Min aufgekratzt. »Du hast also einen Bruder. Jünger oder älter.«

»Älter. Reynolds.«

Min ließ die Gabel sinken. »Reynolds? Reynolds Morrisey?«

»Jawohl«, bestätigte Cal. »Ehegatte von Bink, Vater von Harry.«

»Gibt's da nicht ein bekanntes Anwaltsbüro namens Reynolds Morrisey?«

»Ja«, bestätigte Cal. »Mein Vater, sein Partner John Reynolds und mein Bruder.« Es klang nicht sehr begeistert.

»Gemütlich«, meinte Min. »Und wie geht's Harry?«

»Trägt einen dauerhaften Schaden davon, weil er uns auf dem Picknicktisch beobachtet hat.«

Min zuckte zusammen. »Wirklich?«

»Schwer zu sagen. Ich habe ihn seitdem nicht getroffen. Wahrscheinlich schickt Bink ihn inzwischen zur Therapie. Und wie siehst du das mit Bonnie und Roger?«

»Die verloben sich, noch bevor der Herbst anbricht«, vermutete Min, und für den Rest der Mahlzeit sprachen sie über

Bonnie und Roger und andere unverfängliche Themen. Nach dem Essen, als Cal die Rechnung beglichen hatte, meinte er: »Also ist ein Mittagessen mit mir riskant. Bedeutet das, dass du für unser letztes Mal eine Ausrede brauchst?«

»Nein.« Min lächelte und versuchte, gleichgültig zu wirken. »Ich habe die Theorie entwickelt, dass es gar nicht geschehen ist, wenn wir nicht darüber sprechen. Obwohl seltsamerweise eine Menge Leute darüber Bescheid weiß. Greg zum Beispiel. Greg hat über uns geschwatzt, und jetzt will meine Mutter, dass du zum Abendessen kommst.« Cal wirkte verblüfft, und sie fuhr fort: »Ich erklärte ihr, dass du für mich ein vollkommen Fremder bist, und dass deswegen das Abendessen wohl kaum in Frage kommt.« Dann platzte sie plötzlich unerwartet heraus: »Und was war das am Samstag?«

»Na ja.« Cal holte tief Atem. »Das war wohl unsere Körperchemie. Und es war einfach phänomenal. Ich würde das wirklich sehr gern wiederholen, vor allem nackt und in der Horizontalen, aber …«

Mins Puls beschleunigte sich, aber sie ohrfeigte sich in Gedanken selbst dafür, dass sie seiner und ihrer verräterischen Phantasie Tür und Tor geöffnet hatte.

»Was?«, fragte er.

»Ich erinnere mich gerade daran, warum man Kerle nie bitten sollte, die Wahrheit zu sagen«, erwiderte sie. »Weil sie es nämlich manchmal wirklich tun.«

»Tja, die Sache ist die, dass Liza Recht hatte«, meinte Cal. »Ich hätte dich nicht so küssen dürfen, weil ich nichts derart Ernsthaftes will. Ich habe gerade eine Beziehung hinter mir, die viel enger war, als ich gedacht hatte, und …«

Min runzelte die Stirn. »Wie konnte sie denn enger sein, als du dachtest?«

»Ich dachte, wir hätten einfach viel Spaß zusammen«, erklärte Cal. »Aber es stellte sich heraus, dass sie an Heiraten dachte. Wir trennten uns im Guten, ohne Groll …«

Min musterte ihn erstaunt. »Ohne Groll? Obwohl sie heiraten wollte und du nicht?«

»Sie sagte, wenn ich nicht bereit sei, mich zu binden, dann würde sie sich von mir trennen müssen«, erklärte Cal. »Es war schmerzlich, aber Ende gut, alles gut.«

»Und du bist angeblich der Zauberer, der Frauen so gut versteht. Von wegen Ende gut, alles gut. Entweder sie hasst dich, oder sie glaubt, dass du zu ihr zurückkommst.«

Cal schüttelte den Kopf. »Nein, Cynthie denkt da sehr pragmatisch. Sie weiß, dass es vorbei ist. Und mit uns beiden ist es genauso, denn es war zwar toll, aber wir wollen beide nichts Ernsthafteres voneinander.«

»Richtig«, stimmte Min zu und verstand vollkommen, wenngleich es sie nicht glücklich machte. »Es wäre etwas anderes, wenn wir irgendwie zueinander passen würden. Ich hätte nichts gegen eine Bindung, vor allem wenn sie so viel Spaß macht, aber es wäre das Allerletzte, mich in jemand zu verlieben, nur weil er so göttlich küsst, obwohl ich weiß, dass er nicht gut für mich ist. Außerdem warte ich auf die Reinkarnation von Elvis, und die bist du nicht. Aber …«

Sie hielt inne, denn auf Cals Gesicht spiegelte sich ein seltsamer Ausdruck.

»Hm«, machte sie. »Das mit Elvis war nur Spaß.«

»Ich bin nicht gut für dich«, wiederholte er, »aber ich küsse göttlich?«

Min dachte darüber nach. »So ziemlich. Wieso? Hattest du einen anderen Eindruck?«

Cal öffnete den Mund, um etwas zu sagen, hielt es aber dann mit einem Achselzucken zurück. »Wohl nicht. Ich glaube nicht, dass du schlecht für mich wärst, aber ich kann das Streiten nicht ertragen. Du lässt einem nie Ruhe.«

»Das ist wahr«, gab Min zu. »Aber du forderst es heraus. Du bist wirklich ein böser Wolf.«

»Ein Wolf im Ruhestand«, versetzte Cal. »Alles, was ich

noch will, ist ein bisschen Friede. Ich brauche einfach mal eine Ruhepause.«

»Genau das habe ich auch vor«, erklärte Min. »Ich mache Pause von all dem Flirten und den Dates.«

»Bis Elvis auftaucht«, ergänzte Cal.

»Genau. Soweit ich das sehe, hat dieser Plan keinen Haken.«

»Kein Sex«, gab Cal zu bedenken.

»Das kann ich ertragen«, erwiderte Min.

»Tja, im Verzichten auf Spaß bist du ganz groß.«

»He«, rief Min beleidigt aus. »Jetzt haben wir uns so gut verstanden, und plötzlich hackst du wieder auf mir herum.«

»Tut mir Leid«, entschuldigte sich Cal.

Sie erhoben sich, Min gab Emilio einen Abschiedskuss, und sie traten auf die Straße hinaus.

»Es ist jetzt helllichter Tag, und mein Büro ist nur sechs Häuserblocks entfernt«, stellte Min fest. »Du musst mich also nicht begleiten.«

»Na gut.« Cal streckte ihr seine Hand entgegen. »Wahrscheinlich sehen wir uns bei Rogers und Bonnies Hochzeit wieder. Falls nicht, wünsche ich dir noch ein schönes Leben.«

Min schüttelte ihm die Hand und ließ sie dann fallen. »Ebenfalls. Viel Glück für die Zukunft.«

Sie wandte sich ab, um zu gehen, da rief er: »Einen Augenblick«, und ihr Herz bebte. Als sie sich wieder zu ihm umdrehte, hielt er ihren Schuh in der Hand, und die roten Bänder flatterten in der leichten Brise.

»Ach ja, richtig«, sagte sie und griff danach. »Danke.«

Er hielt den Schuh noch einen Moment lang fest und blickte ihr in die Augen, dann schüttelte er den Kopf, antwortete: »Bitte sehr«, und ließ den Schuh los. Sie entfernte sich die Straße hinunter, ohne zurückzublicken, ein angenehmes Sättigungsgefühl im Bauch, doch nicht annähernd so glücklich, wie sie hätte sein sollen.

Charmebolzen, dachte sie und verbannte ihn aus ihren Gedanken.

Dienstagmittag betrachtete Min den Salat auf ihrem Schreibtisch und dachte: *Das Leben muss doch mehr zu bieten haben als das*. Es war alles Cals Schuld. Er hatte ihr mitten am Tag ein richtiges Essen verschafft, und sie war davon wie verzaubert. Bevor sie Cal kannte, hatte sie nie über Essen nachgedacht, außer dass es etwas war, das sie nicht haben durfte. Schon bevor sie wegen des Brautjungfernkleides ihre Diät begann, hatte es in ihrem Leben keine Butter gegeben. *Das Leben sollte mir doch Butter bieten können*, dachte sie, und dann wurde ihr bewusst, wie verrückt das war.

Aber es könnte ihr Chicken Marsala bieten.

Min schob ihren Salat beiseite, klinkte sich ins Internet ein und gab als Suchbegriff ›Chicken Marsala‹ ein, denn eine Suche nach ›Cal Morrisey‹ wäre ihrem verdammten Plan nicht zuträglich gewesen.

»Sehr beliebtes Gericht«, murmelte sie, als sie 48 300 Treffer bekam. Selbst wenn sie davon ausging, dass 48 000 davon weit danebenlagen, bildete der Rest noch immer eine riesige Rezeptsammlung. Da gab es eines mit Artischocken, abartig. Ein anderes mit Limonensaft, das konnte es nicht sein, dann eines mit Pfefferschoten, eines mit Zwiebeln. Erstaunlich, wie viele Methoden sich die Leute einfallen ließen, um ein einfaches Rezept zu verfälschen. Sie druckte sich zwei davon aus, die sich vernünftig anhörten, und wollte sich schon ausloggen, da gab sie einem Impuls nach und googelte stattdessen nach dem Suchbegriff ›Legasthenie‹. Als sie eine Stunde später das Internet verließ, empfand sie großen Respekt vor der Leistung, die Calvin Morrisey vollbracht hatte.

Auf dem Weg nach Hause machte sie einen Abstecher zum Lebensmittelladen. Die Tatsache, ein Abendessen zu planen, mit einem Rezept in der Hand, versetzte sie aus irgendeinem

Grund in eine viel weniger angespannte Stimmung angesichts all der Lebensmittel. Natürlich würde sie das Rezept abwandeln müssen. Das Hühnchen sollte in Mehl paniert werden, was zusätzliche Kalorien bedeutete, noch dazu Kohlenhydrate. Weg mit der Panade. Salz und Pfeffer hatte sie zu Hause, und Petersilie hatte keine Kalorien, also nahm sie ein Bündel mit. Hühnerbrustfilets ohne Haut waren ihr vertraut, das ging also klar, aber Butter und Olivenöl? »Wäre doch gelacht«, murmelte sie und packte eine Sprühdose Olivenöl ein. Pilze bestanden fast nur aus Wasser, also durfte sie die auch verwenden, und dann fehlte nur noch der Marsala, den sie in der Abteilung für Kochweine fand. Entschlossen ließ sie die Brotabteilung links liegen und brachte, von Triumphgefühlen erfüllt, die Kasse hinter sich. Zuhause schlüpfte sie in ihren bequemen Sweater, warf den CD-Spieler an und sang aus voller Kehle mit Elvis mit, als sie begann, in der Küche zu hantieren.

Eine Stunde später begann Elvis von neuem mit dem ersten Lied, und Min starrte auf die Katastrophe in ihrer einzigen Pfanne und fragte sich vergeblich, was sie falsch gemacht hatte. Sie hatte das Hühnchenfleisch in der Teflonpfanne angebraten und dann alle anderen Anweisungen befolgt, aber es sah seltsam aus und schmeckte höllisch. Einen Augenblick lang klopfte sie gedankenverloren mit dem Pfannenheber auf die Herdkante und überlegte. *Na gut, ich bin eben keine Köchin. Aber trotzdem habe ich ein gutes Essen verdient.* Sie ließ den Pfannenheber fallen und ging zum Telefon.

»Emilio?«, begann sie, als er sich meldete. »Liefern Sie auch aus?«

Das Parker-Seminar erwies sich als die größte Katastrophe, die Morrisey, Packard, Capa je erlebt hatten, und das lag in erster Linie daran, dass die zuständige Sekretärin ihnen ständig geänderte Informationen zukommen ließ. »Ich faxe Ihnen noch schnell ein paar Informationen rüber«, kündigte sie telefonisch an. »Quetschen Sie's einfach noch irgendwie rein.«

»Diese verdammte Ziege gehört in den Kochtopf«, tobte Tony, nachdem sie Dienstag zehn Minuten vor fünf Uhr angerufen hatte. »Ich bin heute Abend mit Liza verabredet.«

»Ich bleibe hier und kümmere mich um das Fax«, erbot sich Roger. »Bonnie versteht das schon.«

»Du gehst nach Hause, ich bleibe«, bestimmte Cal. »Ich habe keine Verabredung, und ich bin auch zu müde, um noch etwas zu unternehmen.«

Tony und Roger verschwanden, beide in Vorfreude auf eine warmherzige Frau, und Cal las das Fax durch und stellte das Seminarpaket ein weiteres Mal um, wobei er versuchte, Dankbarkeit dafür zu empfinden, dass niemand ihn erwartete, dass keine Frau Ansprüche an seine Zeit und seine Aufmerksamkeit stellte. Um sieben Uhr schaltete er erleichtert seinen Computer ab und stellte fest, dass ihm der Magen knurrte.

Es schien eine gute Idee, zu Emilio zu gehen.

»Sag nichts«, empfing ihn Emilio, als er durch die Schwingtür die Küche betrat. »Chicken Marsala.«

»Von Chicken Marsala habe ich für eine Weile genug«, entgegnete Cal. Da klingelte das Telefon. Emilio drehte sich nach dem Apparat um, und Cal fuhr fort: »Irgendetwas Einfaches. Tomaten mit Basilikum auf Spaghetti ...« Nein. Vierzig Prozent aller verkauften Pasta waren Spaghetti. Keine Phantasie. »Nein, lieber Fettuccine ...«

Er hielt inne, als Emilio beschwörend seine Hand hob und »Bei Emilio's« in den Hörer sprach. Emilio lauschte, warf dann über die Schulter hinweg einen Blick auf Cal und antwortete: »Normalerweise liefern wir nicht aus, aber für einen ganz besonderen Gast machen wir eine Ausnahme. Chicken Marsala, ja? Nein, nein, überhaupt kein Problem. Sie können dem Lieferjungen ja ein gutes Trinkgeld geben.«

Er legte auf und lächelte Cal an. »Das war Min. Sie möchte Chicken Marsala. Du könntest es ihr nach Hause liefern.«

»Was?«, meinte Cal verdutzt.

»Du weißt, wo sie wohnt. Liegt wahrscheinlich sowieso auf deinem Weg.«

»Es liegt nicht auf meinem Weg. Es liegt auf niemandes Weg, ausgenommen Gottes Wege. Sie wohnt verdammte achtundfünfzig steile Stufen hoch. Wie kommst du darauf, dass ich das tue?«

Emilio zuckte die Schultern. »Ich weiß nicht. Sie hat angerufen, du bist gerade hier, ihr zwei passt toll zusammen, und ich fand es eine gute Idee. Habt ihr euch gestritten?«

»Nein, wir haben uns nicht gestritten«, entgegnete Cal. »Wir treffen uns nicht mehr, weil ich der Falsche für sie bin, und sie auf Elvis wartet. Ruf sie noch mal an und erkläre ihr, dass der Lieferjunge gestorben ist.«

»Dann kriegt sie kein Abendessen«, gab Emilio zu bedenken. »Und du kennst doch Min. Sie gehört zu den Frauen, die etwas zu essen brauchen.«

Cal dachte an Mins Gesichtsausdruck, wenn sie Chicken Marsala aß. Er war fast so umwerfend wie ihr Gesichtsausdruck, wenn sie Donuts aß. Und der war nicht ganz so umwerfend wie ihr Gesichtsausdruck, als er sie küsste, das war …

Wieder zuckte Emilio die Schultern. »Na schön. Dann muss Brian es ihr eben bringen.«

»Nein«, widersprach Cal, »ich bringe es ihr. Beeile dich, ja? Ich sterbe vor Hunger.«

6

Eine Dreiviertelstunde später stieg Cal die Stufen zu Mins Haus hinauf, als plötzlich etwas Kleines, Orangefarbenes an ihm vorbeiflitzte und ihn beinahe zum Straucheln gebracht hätte. Vorsichtig setzte er seinen Weg fort, aber als er sich vor der Haustür umblickte, war da nichts. Er klingelte, und Bonnie erschien an der Tür.

»Hallo«, sagte er. »Min hat den Heimservice bestellt.« Er hob den Karton in die Höhe und kam sich sehr dumm vor, ein Gefühl, das er hasste.

»Und Sie liefern es aus?«, erkundigte sich Bonnie und trat zur Seite.

»Na ja, ein bisschen Taschengeld nebenher kann man immer gebrauchen«, gab Cal zur Antwort und steuerte die Treppe an, wobei er ihren Blick auf sich fühlte. Als er auf dem obersten Absatz ankam, hörte er durch Mins Wohnungstür Elvis Presley, der »Heartbreak Hotel« sang. Er seufzte.

Min blickte überrascht drein, als sie auf sein Klopfen hin die Tür öffnete, und auch er war ziemlich überrascht, denn soweit er erkennen konnte, trug sie nichts als ein überlanges, verwaschenes, blaues Sweatshirt und dicke alte Socken. Ihr Haar hing in zerzausten Wellen auf ihre Schultern herab, und sie trug keinerlei Make-up, so dass die einzige Farbe in ihrem Gesicht der langsam verblassende gelbe Fleck auf ihrem Auge war, wo sein Ellbogen sie getroffen hatte.

»Zum Teufel!«, rief sie aus. »Wie bist du hier hereingekommen?«

»Begrüßt du so jeden Lieferanten?«, gab Cal zurück, den Blick auf die gut geformten, kräftigen Beine gerichtet, die ihm bereits an jenem Freitagabend in der Bar aufgefallen waren.

»Nein, so begrüße ich Bonnie«, erwiderte Min. »Hör auf zu glotzen. Ich habe da drunter Shorts an.« Sie lüpfte einen

Zipfel ihres riesigen Sweatshirts, und er erspähte eine ausgebeulte, karierte Strandhose, die kaum weniger hässlich war als ihr Hemd und ihre Socken. »Und *wieso* bist du hergekommen?«

In diesem Augenblick flitzte etwas Kleines, Orangefarbenes an ihrer beider Beine vorbei und in die Wohnung hinein.

»Was war denn *das*?«, fragte Min erschreckt, und Cal trat ein und ließ die Tür offen stehen.

»Ich weiß nicht.« Cal stellte Emilios Karton auf einem uralten, gusseisernen Nähmaschinentisch ab, neben dem sich eine Couch befand, die wie ein mottenzerfressener, ausgestopfter Kürbis wirkte. »Es ist auf den Stufen draußen an mir vorbeigerannt ...«

»Oh *Gott*«, stöhnte Min, und Cal drehte sich schnell um. Da hockte das räudigste Vieh, das er je gesehen hatte, auf der hinteren Ecke der Couch und starrte sie finster an – mit einem Auge, denn das linke Auge war geschlossen. Es war über und über braun und orangefarben gefleckt, so dass es insgesamt gut zur Couch passte.

»Was zum Kuckuck *ist* das?«, fragte Min nochmals.

»Ich glaube, es ist eine Katze«, antwortete Cal.

»Was für eine Sorte denn?«, erkundigte sich Min mit schreckerfüllter Faszination in der Stimme.

»Keine gute Sorte«, versetzte Cal. »Obwohl du ja gesagt hast, dass du eine möchtest.«

»Nein, habe ich nicht«, widersprach Min.

»Als ich dich vergangene Woche nach Hause begleitet habe«, beharrte Cal, »sagtest du, du wolltest dir eine Katze zulegen.«

»Das war ein *Scherz*«, entgegnete Min und behielt die Katze wachsam im Auge. »Das sagt jede Frau über dreißig, die von den Männern die Nase voll hat. ›Ich hab endgültig genug von den Kerlen. Lieber lege ich mir eine Katze zu.‹ Ein *Klischee*.«

»Tja weißt du«, meinte Cal und beobachtete ebenfalls die Katze, »du musst mich eben vorwarnen, wenn du einen Code verwendest.«

Die Katze hockte reglos da, daher ließ Cal seine Blicke durch die Wohnung schweifen. Sie schien den gesamten Dachboden einzunehmen, mit verrückten schiefen Winkeln und Mansardenfenstern, und sie war mit alten Möbelstücken eingerichtet, die aber allesamt keine wertvollen Antiquitäten darstellten. Stirnrunzelnd dachte er: *Das passt eigentlich nicht zu ihr.*

Min betrachtete die Katze verblüfft mit schief gelegtem Kopf. »Warum ist das eine Auge geschlossen?«

»Ich vermute, das eine Auge fehlt«, meinte Cal.

»Das Leben ist hart, Katze, was?«, seufzte Min. »Ich habe Hühnerfleisch übrig. Ich wollte das Huhn in Marsala zubereiten und hab's verdorben. Vielleicht ist die Katze hungrig genug, um's zu fressen.«

»Wenn du sie fütterst, bleibt sie für immer bei dir«, warnte Cal. »Kschscht, du Vieh, die Tür ist offen. Hau ab.«

Die Katze rollte sich auf der Rückenlehne der Couch zusammen und fixierte ihn hochmütig.

»Sie sieht aus wie die Grinsekatze aus ›Alice im Wunderland‹«, meinte Min. »Als könnte sie Stück für Stück verschwinden.«

»Und mit dem einen Auge hat sie schon angefangen«, ergänzte Cal. »Min, dieses räudige Biest hat wahrscheinlich jede Krankheit, die eine Katze haben kann.«

»Aber ich kann sie doch wenigstens füttern«, erwiderte Min und ging, um etwas Hühnerfleisch zu holen.

»Na, zumindest passt sie zur Couch.« Cal schloss die Tür, nahm Emilios Karton vom Nähtisch und stellte ihn auf einen alten, runden Eichentisch hinter der Couch. Die Katze tat, als beachte sie ihn nicht, verfolgte aber jede seiner Bewegungen aus den Augenwinkeln.

Min brachte ein paar Hühnchenstücke auf einem Papierhandtuch herbei, legte sie der Katze vor die Nase und trat zurück.

Das Tier beschnupperte das Fleisch und sah dann Min an. »Ich weiß«, sagte Min entschuldigend. »Es riecht schrecklich. Du musst es nicht essen.«

Die Katze hob die Nase und knabberte dann an dem nächstgelegenen Stück.

»Wirklich eine tapfere Katze«, sagte Min zu Cal und ging dann zum Kaminsims, um ihre Geldbörse zu holen. »Lass mich das gelieferte Essen bezahlen.«

»Nein«, entgegnete Cal und sah sich weiter um. Das Mobiliar wirkte gemütlich und bequem, aber nichts davon war interessant oder schön, nichts, das Min entsprach, so als sei es die Wohnung eines anderen Menschen. »Wohnst du hier möbliert?«

»Nein«, erwiderte Min und suchte in ihrer Börse. »Wie viel schulde ich dir?«

»Nichts.« Auf dem Kaminsims entdeckte er Schneekugeln sowie eine kitschige, alte Uhr, und er ging hinüber, betrachtete sie näher und bemerkte: »Diese Einrichtung hast doch nicht du dir ausgesucht.«

»Nein, sie stammt von meiner Großmutter«, antwortete Min. »Sieh mal, du sollst nicht für mein Abendessen bezahlen. Du hast mir schon einen großen Gefallen getan, indem du es mir gebracht hast, also …«

»Sammelst du diese Dinger?«, unterbrach Cal sie und hob eine Schneekugel mit Hänsel und Gretel in die Höhe.

»Cal«, mahnte Min.

»Dieses Essen reicht für eine ganze Kompanie«, erklärte er. »Wenn du Gesellschaft möchtest, bleibe ich und esse die Hälfte. Wenn du das nicht möchtest, nehme ich die Hälfte mit zu mir. Allerdings ist mir nicht wohl dabei, dich mit diesem Monster da allein zu lassen.« Cal stellte Hänsel und Gretel zurück und betrachtete die nächste. Max und Moritz. »Woher hast du die alle?«

»Von Freunden«, antwortete Min. »Verwandten. Flohmärkten.« Sie überlegte. »Du kannst bleiben.« Dann betrachtete sie die Katze, die das Hühnerfleisch hinuntergeschlungen hatte und sich jetzt anschickte, einen Verdauungsschlaf zu halten. »Bei dir bin ich mir nicht so sicher«, fuhr sie fort, und das Tier erwiderte ihren Blick würdevoll mit einem Auge. »War vorhin nicht das andere Auge geschlossen?«, wandte sich Min verwirrt Cal zu. »Das linke?«

»Ich erinnere mich nicht mehr«, erwiderte Cal. »Würde mich aber nicht überraschen. Eine sehr trickreiche Katze. Komisch, weißt du, dieses Mobiliar ist nicht dein Stil, diese Uhr da ist nicht dein Stil, und du scheinst mir auch nicht der Schneekugel-Typ zu sein.«

»Ich weiß, dass das alles nicht mein Stil ist«, stimmte Min zu und blickte sich um. »Aber es sind gute Möbel, und warum sollte ich da neue kaufen. Außerdem erinnert mich das alles an meine Großmutter. Und die Schneekugeln, das hat sich ganz zufällig ergeben.« Sie wandte sich ihm wieder zu. »Lass mich wenigstens die Hälfte bezahlen.«

»Nein.« Cal hob ein schweres Stück auf, in dem Susie und Strolch vor der schmuckvollen Fassade eines italienischen Restaurants saßen. »Wie zufällig?«

»Meine Grandma Min besaß eine Schneekugel mit Mickey und Minnie Mouse. Sie tanzten, und Minnie trug ein langes, rosarotes Kleid, und Mickey blickte sie an.« Mins Stimme wurde weich, während sie erzählte. »Mein Grandpa schenkte es ihr zu einem ihrer Hochzeitstage, aber ich liebte diese Kugel so sehr, dass sie sie mir zu meinem zwölften Geburtstag schenkte.«

Cal nahm den Kaminsims in näheren Augenschein. Christine und das Phantom der Oper. Dornröschen und der Prinz. Jessica und Roger Rabbit. Aschenputtel und ihr Prinz vor einem Schloss, mit Tauben, die über ihnen schwebten. Sogar Donald und Daisy Duck waren da, nicht aber Mickey und Minnie. »Wo sind sie denn?«

»Ich habe sie verloren«, seufzte Min. »Bei einem meiner Umzüge, als ich auf dem College war. Du weißt doch, wie das ist. Man zieht jedes Jahr um, und immer verschwindet irgendetwas. Ich war sehr traurig, und deswegen schenkten mir alle möglichen Leute zum Trost Schneekugeln zum Geburtstag und zu Weihnachten. Ich versuchte, ihnen klar zu machen, dass ich keine mehr wollte, weißt du, ›Vielen Dank, aber das ist doch nicht nötig‹, aber da hatte die Geschichte schon ein Eigenleben entwickelt.« Sie blickte auf den Kaminsims und seufzte. »Ich habe Kisten voll davon im Keller. Diese hier sind nur meine Lieblingskugeln. Sammle bloß nie irgendetwas. Du kriegst es dann von allen Seiten aufs Auge gedrückt.«

Cal betrachtete sich die ganze Sammlung nochmals. Am Ende der Reihe stand eine große, dunkle Kugel mit Figuren, die wie Monster aussahen. »Was ist denn das?«, fragte er und nahm sie in die Hand.

»Käpt'n Hook und Kater Carlo«, antwortete Min. »Liza und Bonnie haben mir vor zwei Jahren beide eine Kugel zu Weihnachten geschenkt.«

»Na, diese hier hast du von Liza«, meinte Cal und stellte sie zurück an ihren Platz.

»Woher weißt du, dass sie nicht von Bonnie ist?«, fragte Min.

»Weil die nicht zu Bonnie passt.« Er deutete auf die Aschenputtel-Kugel. »Die da hast du von Bonnie.«

»Stimmt«, erwiderte Min. »Aber ich verstehe immer noch nicht …«

»Bonnie glaubt an Märchen«, erklärte Cal. »Liza dagegen ist Realistin. Sie hat einen Blick für böse Buben. Außerdem hätte Bonnie das Wichtigste nicht übersehen. Sie hat dir ein Paar geschenkt.«

»Ein Paar von was?«, fragte Min.

»Ein Paar«, antwortete Cal. »Zweisamkeit. Schau, das hier sind alles Paare: Dornröschen und der Prinz, Susie und Strolch, Schneewittchen und ihr Prinz ..., außer Lizas Kugel sind es alles Paare.«

»Na, ich würde Max und Moritz nicht gerade ein Paar nennen«, entgegnete Min und betrachtete sie zweifelnd. »Und Tom und Jerry. Ich weiß zwar, dass es da Gerüchte gibt, aber ...«

»Ach, komm schon, Minnie«, spottete Cal. »Du selbst hast mit einem Paar angefangen.«

»Nenn mich nicht Minnie.« Mins Augen blitzten.

»Du darfst mich auch Mickey rufen«, meinte Cal grinsend und wünschte sich noch einmal dieses Augenblitzen.

»Ich rufe dir ein Taxi, wenn du mich weiter ärgerst«, drohte Min. »Können wir jetzt endlich essen?«

Cal gab nach und ging zum Tisch hinüber, um Emilios Schachtel auszupacken, wobei er einen Bogen um die Katze machte, für den Fall, dass sie die Absicht hatte, ihn anzufallen. »Dieser Kerl hat dir ja wirklich eine schwere Schlagseite versetzt.«

»Welcher Kerl?«

»Der, der an dem Abend mit dir Schluss gemacht hat, als ich dich ansprach. Du hast ihn wohl sehr geliebt.«

»Ach, der.« Min blinzelte verwirrt. »Den? Nein. Gar nicht.«

Gut, dachte Cal, auch wenn es nicht von Bedeutung war. »Hast du Teller?«

Sie verschwand in einem Alkoven, den man eher für einen Schrank halten konnte als für eine Küche.

»Bringe auch Weingläser mit«, rief Cal ihr nach und öffnete die Schachtel mit dem Brot.

»Was?«, fragte Min und beugte sich aus dem Alkoven.

»Gläser«, wiederholte Cal. »Für den Wein.«

Min kam mit zwei Weingläsern aus dem Alkoven und deckte den Tisch, während Cal die Weinflasche entkorkte, Wein einschenkte und dabei versuchte, nicht auf ihren Ausschnitt zu starren. Zum Glück war sie so unattraktiv gekleidet. Bei ihrem roten Sweater hätte er Probleme gehabt, sich zusammenzunehmen. Dann öffnete Min die Schachtel mit dem Salat und versuchte, ihn mit einem Suppenlöffel auf die Teller umzufüllen. »Verdammt«, knurrte sie, als sie etwas von der Salatsauce auf den Tisch verschüttete.

»Du bist es nicht gewöhnt zu kochen, oder, Minerva?«, fragte Cal.

»Nein. Du etwa?«, fragte Min zurück.

»Na sicher.« Er nahm ihr den Löffel aus der Hand. »Ich habe in einem Restaurant gejobbt, als ich auf dem College war. Dafür musst du einen größeren Löffel nehmen, Minnie. Mit dem hier isst man nur.«

»Oder ich könnte dir damit eine hinter die Löffel geben«, versetzte Min.

Kopfschüttelnd ging er um sie herum in die Küchennische, um nach einem größeren Löffel zu suchen, und stieß dabei auf eine Pfanne mit etwas Abstoßendem darin.

»Was ist denn das?«, rief er aus.

»Geht dich nichts an«, blaffte Min, die ihm folgte, um die Papierservietten zu holen. Als er sie mit erhobenen Augenbrauen ansah, antwortete sie: »Ich dachte, ich könnte es selbst zubereiten. Nach Rezept. Aber es hat nicht funktioniert …«

Da dämmerte es ihm. »Ist das etwa Chicken Marsala?«

»Nein«, entgegnete Min. »Das ist eine Katastrophe, deswegen habe ich ja Emilio angerufen.«

»Wie hast du es denn gemacht?«, fragte Cal.

»Warum willst du das wissen? Um neunmalkluge Kommentare abzugeben?«

»Willst du jetzt wissen, wie man Chicken Marsala zubereitet, ja oder nein?«, fragte er erneut. Sie war wirklich eine ziemliche Nervensäge.

Finster blickte sie zu ihm auf. »Ja.«

»Also, was hast du als Erstes getan?«, fragte er.

»Die Pfanne mit Olivenöl ausgesprüht«, antwortete Min.

»Gesprüht?«, fragte Cal entsetzt. »Nein. Man muss ein paar Esslöffel voll hineingießen.«

»Zu viel Fett«, wehrte Min ab.

»Aber es ist gutes Fett«, entgegnete Cal. »Olivenöl ist gut für deinen Stoffwechsel.«

»Aber nicht für meine Linie«, versetzte Min.

»Du musst es aber hineinschütten, Minnie«, beharrte Cal. »Es ist wichtig für das Aroma.«

»Na gut«, sagte Min mit meuterischem Unterton. »Dann habe ich das Fleisch angebräunt.«

»Nicht so schnell«, kommentierte Cal. »Erst musst du es klopfen. Wenn du keinen Klopfer hast, dann pack die Hühnerbrüste in eine Plastiktüte und klopfe sie mit einer Dose dünn. Dann wendest du sie in Mehl mit frisch gemahlenem schwarzem Pfeffer und Salz.«

»Soll das ein Witz sein?«, empörte sich Min. »Mehl, das sind pure Kalorien.«

»Und es verschließt das Fleisch«, erklärte Cal, »damit es nicht ...« – mit einer Gabel spießte er eines der steinharten Stücke in der Pfanne auf und hielt es in die Höhe – »... ausdörrt. Und was hast du dann gemacht?«

Min verschränkte die Arme. »Als es braun war, habe ich die Pilze dazu gekippt und den Wein darüber gegossen und es reduzieren lassen.«

»Keine Butter?«

»Butter?«, stieß Min hervor. »Bist du verrückt?«

»Nein«, versetzte Cal und ließ das Stück wieder in die Pfanne fallen. »Aber jeder, der Chicken Marsala ohne Olivenöl, Butter und Mehl zubereitet, ist verrückt. Wenn du Grillhuhn haben willst, warum grillst du es dann nicht?« Er tauchte einen Finger in die Sauce und kostete. Es schmeckte so scheußlich, dass er keuchen musste, und Min rannte und brachte ihm ein Glas Wasser.

»Ich weiß auch nicht, warum die Sauce nichts wurde«, meinte sie.

»Welchen Marsala hast du benutzt?«, fragte Cal, als er wieder sprechen konnte, woraufhin sie ihm die Flasche Kochwein reichte. »Nein, nein, nein«, rief er und nahm sich dann zusammen, als sie zurückschreckte. »Pass auf, Süße, wenn du eine Weinsauce zubereitest, dann musst du den Wein einkochen und das Ganze eindicken lassen. Und dazu brauchst du guten Wein, sonst schmeckt es wie ...« – er blickte auf die Pfanne hinab – »... das da. Ein Wunder, dass die Katze das überlebt hat.«

»Autsch«, machte Min. »Könntest du mir das aufschreiben?«

»Nein«, antwortete Cal, und dann hörten sie ein Krachen aus einem anderen Zimmer. Cal blickte sich um. »Deine Katze ist fort, Minnie. Hast du irgendwo ein Fenster offen stehen?«

»Im Schlafzimmer habe ich so eine billige Gleitblende«, erwiderte Min und verschwand durch eine Tür neben dem Kamin, um nachzusehen. »Ha, das ist gut«, rief sie, und Cal folgte ihr in den angrenzenden Raum.

Die Gleitblende war vom Mansardenfenster verschwunden, und kühle Abendluft strömte herein. Cal ging hinüber und blickte aus dem Fenster. Die Blende war zur Hälfte über das Dach hinuntergerutscht, während die Katze auf einem Baumast saß, der die Schindeln berührte, und sich die Pfote putzte. Ihr linkes Auge war geschlossen.

»Sie wechselt wirklich vom linken aufs rechte Auge«, stellte Cal fest und zog den Kopf wieder zurück. »Vielleicht bewahrt sie damit ...« Seine Stimme versiegte, als er sich in Mins Schlafzimmer genauer umsah.

Den größten Teil füllte das kunstvollst gearbeitete Messingbett aus, das er je gesehen hatte. Ein riesiges Ungetüm, bedeckt mit einer lavendelblau schimmernden Satintagesdecke und lavendelblauen Satinkissen, die sich am Kopfende türmten, wo ein Kopfteil aus gebogenen, sich verzweigenden, in Rosetten und Kreuzblumen endenden Messingteilen seinen Blick verwirrte, bis ihm schwindelig wurde. »Wie schaffst du es, nicht aus diesem Bett zu fallen?«

»Ich halte mich einfach fest und versuche, das Kopfteil nicht anzusehen«, erwiderte Min. »Aber ich liebe es. Ich hab's mir erst vor einem Monat gekauft, auch wenn es absolut unpraktisch ist …«

Cal hatte aufgehört, ihr weiter zuzuhören, als sie sagte: »Ich halte mich einfach fest«, und stellte sich vor, wie sie auf der weichen, blauen Satindecke lag, ihre weichen Locken mit den goldenen Lichtern darin über die Kissen ausgebreitet, ihre weichen Lippen geöffnet, während sie ihn anlächelte, ihre weichen Hände, die sich an das Kopfteil klammerten, ihr weicher Körper …

»Cal?«, rief Min.

»Hier drin riecht es gut«, bemerkte Cal und versuchte, sich an einem Gedanken festzuhalten, der nichts mit ›weich‹ zu tun hatte. Beziehungsweise mit ›hart‹.

»Lavendelkissen«, erklärte Min. »Meine Großmutter hat immer Lavendel in ihre Kissenbezüge gesteckt. Oder vielleicht sind es die Zimtkerzen.«

Cal räusperte sich. »Na ja, jedenfalls … hübsch. Es ist das Erste in dieser Wohnung, das zu dir passt.« Der Gedanke, sie auf diese blaue Decke zu stupsen, lag so nahe, dass er hastig sagte: »Wir sollten jetzt endlich essen. Komm.«

»Gut«, stimmte Min zu und setzte sich in Bewegung.

»Soll ich das Fenster schließen?«, fragte Cal.

»Wie soll denn dann die Katze wieder hereinkommen?«, wandte Min ein.

»Stimmt«, gab Cal zu und dachte: *Herrje, jetzt hab ich ihr eine verwilderte Katze aufgehalst*, und folgte ihr.

Als sie Emilios Salat aßen, bemerkte Min: »Chicken Marsala ist also weder freundlich zur Linie noch smart fürs Herz.«

»Smart fürs Herz?«, echote Cal und hob sein Weinglas. »Heißt das, gut für die Seele? Das ist es nämlich wirklich. Ich hab dir doch gesagt, Olivenöl ist gut für dich. Und ein bisschen Butter und Mehl bringt dich nicht um.«

»Erzähl das mal meiner Mutter.« Min kostete wieder von ihrem Salat. »Das ist einfach köstlich. Weißt du, die Lektion lautet, dass ich einfach nicht kochen soll.«

»Wieso?«, fragte Cal. »Das war doch dein allererster Versuch. Jeder macht Fehler.« Er nahm die Schachtel mit dem Hauptgericht und richtete es auf den beiden Tellern an, ohne etwas zu verschütten.

»Nur du nicht«, entgegnete Min, die ihn beobachtete. »Du machst *alles* perfekt.«

»Okay.« Cal setzte die Schachtel ab. »Du wurdest gerade sitzen gelassen, ich hab's kapiert. Aber der Kerl war dir ziemlich egal, also warum bist du immer noch so sauer und lässt es an mir aus?«

Min schnitt in ihr Hühnerfleisch. »Er war so was wie der letzte Strohhalm.« Sie schob sich den Bissen in den Mund und kaute, und der glückselige Ausdruck breitete sich wieder auf ihrem Gesicht aus.

»Du solltest keine Diät machen«, stellte Cal fest und begann ebenfalls zu essen. »Also, was hat er getan, worüber du nicht hinwegkommst?«

»Na ja.« Min stach heftiger auf einen Pilz ein, als er es verdiente. »Es ging um mein Gewicht.«

»Er hat dein Gewicht kritisiert?« Cal schüttelte den Kopf. »Der Kerl hat doch den Verstand einer Erbse.«

»Er hat es nicht direkt kritisiert«, entgegnete Min. »Er hat nur vorgeschlagen, ich sollte abnehmen. Und dann hat er mich verlassen, weil ich nicht mit ihm schlafen wollte.«

»Er hat verlangt, du solltest abnehmen, und dann wollte er

mit dir ins Bett?«, fragte Cal. »Ich nehme es zurück. Jede Erbse hat mehr Verstand als dieser Knallkopf.«

»Ja, aber in einem hat er Recht«, erwiderte Min. »Ich meine, mein Gewicht.« Sie blickte ihn trotzig an. »Stimmt's?«

»Darauf kann ich gar nicht antworten, ohne wieder deine ganze Wut auf mich zu lenken«, antwortete Cal. »Aber spar dir die lieber für den Versager auf, der dich sitzen gelassen hat. Ich bin der Gute.«

Min spießte einen weiteren Pilz auf und sagte dann: »Also gut, ich gebe dir hiermit einen Freifahrtschein. Egal, was du sagst, ich verspreche, nicht wütend zu werden.«

Cal blickte in ihre grimmige Miene und lachte. »Wie willst du denn das schaffen?«

Min nickte. »Also gut, ich werde wütend, aber ich bleibe fair. Die Sache ist die: Du bist der einzige Mann, dem ich vertraue, dass er mir die Wahrheit sagt.«

»Du vertraust mir?« Cal war überrascht und geschmeichelt. »Ich dachte, ich sei ein Biest.«

»Bist du auch«, versetzte Min. »Aber du sagst mir hin und wieder die Wahrheit. Meistens sogar.«

Cal hörte auf zu essen. »Immer. Ich habe dich noch nie angelogen.«

»Klar«, meinte Min wegwerfend. »Also, was soll ich wegen meines Gewichts tun?«

Cal legte seine Gabel weg. »Also gut. Die reine Wahrheit. Du wirst nie schlank werden. Du bist einfach eine rundlich gebaute Frau. Du hast breite Hüften und einen runden Bauch und volle Brüste. Du bist ...«

»Stämmig und gesund«, ergänzte Min bitter.

»Üppig«, verbesserte Cal und betrachtete das sanfte Heben und Senken ihrer Brüste unter ihrem Sweatshirt.

»Vollschlank«, schnarrte Min.

»Prächtig«, schwärmte Cal in Erinnerung an ihre sanften Kurven unter seiner Hand.

»Ein Wonnebrocken«, brummte Min.

»Weich und rund und warm, und ich bring mich gerade selbst in Fahrt«, erklärte Cal und fühlte sich leicht schwindelig. »Trägst du irgendetwas unter diesem Sweatshirt?«

»Natürlich«, erwiderte Min erschrocken.

»Oh«, seufzte Cal und verabschiedete sich von seiner Phantasievorstellung. »Okay. Wir sollten das Essen nicht kalt werden lassen. Worüber haben wir gerade gesprochen?«

»Mein Gewicht?«, meinte Min.

»Genau.« Cal ergriff seine Gabel. »Der Grund, warum du kein Gewicht verlieren kannst, ist, dass du einfach nicht dafür gebaut bist, und wenn du mit irgendeiner dummen Diät doch abnehmen solltest, wäre das wie diese Hühnerkatastrophe, die du angerichtet hast. Zu manchem gehört einfach Butter. Zum Beispiel zu dir.«

»Das heißt, ich bin zum Dicksein verdammt.«

»Ein anderes Problem ist, dass du nicht *zuhörst*. Du willst sexy sein, na dann sei doch sexy. Du hast Vorzüge, die dünne Frauen nie haben können, und du solltest dich darüber freuen und dich entsprechend kleiden. Oder wenigstens so kleiden, dass andere ihre Freude daran haben können. In diesem Kostüm, das du in der Bar anhattest, als ich dich ansprach, sahst du aus wie eine Gefängniswärterin.« Er erinnerte sich, wie er ihr in den Ausschnitt ihres roten Sweaters geblickt hatte, und setzte hinzu: »Aber deine Unterwäsche ist gut.«

»Es gibt keine Kleidung, die an mir gut aussieht«, stellte Min fest.

»Natürlich gibt's die«, widersprach Cal und arbeitete sich weiter durch sein Abendessen. »Obwohl du zu den Frauen gehörst, die nackt besser aussehen als bekleidet.« Er verbot seiner Phantasie, sich das genauer vorzustellen. »Nehme ich an. Komm, iss. Hunger macht dich nörglerisch.«

»Ich sehe nackt besser aus?«, echote Min und nahm ihre Gabel wieder auf. »Nein. Hör mal …«

»Du hast gefragt, und ich habe geantwortet«, schnitt Cal ihr das Wort ab. »Aber du willst es einfach nicht hören. Die Wahrheit ist, dass die meisten Männer lieber mit dir ins Bett gehen würden als mit einem dürren Kleiderständer, denn du fühlst dich viel besser an, aber die meisten Frauen glauben das einfach nicht. Ihr wollt dauernd für euch selbst schlank sein.«

Min verdrehte die Augen. »Also war ich die ganzen Jahre über sexy? Und warum hat das niemand bemerkt?«

»Weil du dich kleidest, als würdest du deinen Körper hassen«, erklärte Cal. »Sexy, das ist eine Sache im Kopf, und du fühlst dich nicht sexy, also siehst du auch nicht sexy aus.«

»Woher weißt du dann, dass ich es bin?«, fragte Min zornig.

»Weil ich dir in den Ausschnitt geguckt habe«, antwortete Cal. »Und weil ich dich geküsst habe, und ich muss sagen, dein Mund fühlt sich phantastisch an. Jetzt *iss etwas.*«

Min blickte einen Augenblick auf ihr Abendessen und grub dann ihre Gabel hinein. »Herrgott, schmeckt das gut«, seufzte sie nach ein paar Minuten.

»Es gibt nichts Besseres als gutes Essen«, erklärte Cal. »Na ja, außer …«

»Es muss doch einen Weg geben, das Essen fettreduziert zuzubereiten«, warf Min ein.

Cal schüttelte den Kopf. »Gut zu wissen, dass ich an die leere Wand geredet habe. Hast du irgendetwas von dem, was ich sagte, gehört?«

»Klar«, erwiderte Min. »Ich sah also aus wie eine Gefängniswärterin, als du mich ansprachst, ja?«

»Nein«, entgegnete Cal. »Deine Schuhe waren toll. Was Schuhe angeht, gönnst du dir endlich mal was.« *Und was für nette Zehen.*

»Also bist du nur wegen meiner Schuhe quer durch die Bar auf mich losgesteuert, obwohl ich wie eine Gefängniswärterin aussah?«

Die Frage hatte etwas für sich, deswegen versuchte er, sich

zu erinnern, warum er sie angesprochen hatte. Die Wette. Er krümmte sich innerlich. Diese dämliche Abendessen-Wette mit David. »Ach, zum Teufel.«

»Es war eine Wette, nicht wahr?« Min klang angewidert.

Cal zog seine Geldbörse hervor und legte einen Zehner auf den Tisch. »Da hast du's, gehört alles dir. Darf ich zu Ende essen, bevor du mich hinauswirfst?«

»Klar«, antwortete Min. »Weißt du, du nimmst es ganz gut hin, dass du diese Wette verlierst.«

»Ich habe nicht verloren«, widersprach Cal und spießte einen Pilz auf. »Ich verliere nie.«

»Du hast für die Wette schon kassiert?«, fragte Min wutentbrannt.

Cal blickte sie mit gerunzelter Stirn an. »Du bist mit mir aus der Bar verschwunden. Also habe ich gewonnen.«

»Und alle *nehmen einfach an ...*«

»Nehmen was an?«, fragte Cal verärgert. »Jemand hat zehn Eier gewettet, dass es mir nicht gelingt, dich zum Essen einzuladen. Aber du bist mit mir gegangen. Also habe ich die zehn Eier gewonnen. Da hast du sie. Können wir jetzt das Thema wechseln?«

»Also ist die Wette erledigt?«, fragte Min mit ungläubiger Stimme.

»Ja«, antwortete Cal entnervt. »Also gut, es war nicht gerade die vornehme Art, eine Beziehung anzufangen, aber wir haben ja keine Beziehung: Du wartest auf Elvis, und beide haben wir uns vorgenommen, uns von der Dating-Szene fern zu halten. Und außerdem füttere ich dich. Zum wiederholten Mal. Wieso bist du jetzt noch wütend?«

»Wegen gar nichts«, erwiderte Min ausdruckslos und widmete sich wieder ihrem Hühnchen.

»Irgendetwas ist mir da entgangen, oder?«, fragte Cal.

»Jawoll«, machte Min. »Halt die Klappe und iss.«

Cal bot an, Min beim Abwaschen zu helfen, aber sie drängte ihn zum Abschied, denn sie hatte genug von ihm wegen der Wette, und sie war wütend auf sich selbst, weil es sie nicht kalt ließ. Sie verstaute die Reste von Emilios Essen im Kühlschrank und warf die Ergebnisse ihrer eigenen Kochkunst angewidert in den Mülleimer. Dann zog sie sich in ihr Schlafzimmer zurück und kroch unter die Satindecke. Cal hatte gesagt, das Bett sei das Einzige, das ihr entsprach. In einer Wohnung voll wertloser, alter Möbel hatte er das einzige schöne, prunkvolle und sexy Stück herausgepickt und erklärt: ›Das bist du.‹ Der Mistkerl.

Die Katze landete mit einem Sprung auf dem Bett und schlich langsam heran. »Hey«, murmelte Min, als sie sich an ihrer Seite niederließ. Sie streichelte sie und fühlte den mageren, kleinen Körper unter dem Fell, und die Katze öffnete beide Augen. Sie hatten unterschiedliche Farben, wobei das eine ebenso gefleckt war wie das Fell. »Patchwork-Katze«, stellte Min fest, und das Tier schmiegte sich an sie und wirkte unglaublich beruhigend. Min schaltete ihre kleine Stereoanlage neben dem Bett ein und lauschte Elvis, der darüber sang, wie lausig das Leben war, seit sein Baby ihn verlassen hatte. Die Katze stellte die Ohren auf, entspannte sich aber nach etwa einer Strophe wieder auf der Decke. »Ziehst auch ins Heartbreak Hotel ein, was?«, murmelte Min und kraulte die Katze hinter den Ohren. Das Tier presste seinen Kopf mit Nachdruck gegen ihre Hand, und Min betrachtete das kleine Gesicht, das einen ekstatischen Ausdruck annahm, beide Augen geschlossen, und fühlte plötzlich eine Welle der Zuneigung zu dem kleinen Wesen. Es begann zu schnurren, und das Geräusch war tröstlicher, als sie je für möglich gehalten hätte. »Es wäre nicht vernünftig, dich hier zu behalten«, erzählte sie der Katze, und diese öffnete langsam ihre Augen und schloss sie dann wieder, und Min streichelte sie immer weiter, wobei sich der kleine Körper noch näher an sie schmiegte und zusammenrollte, warm und friedlich und Trost spendend. Kein Wunder, dass all die allein stehenden Frauen Katzen hielten. Die waren sicherlich angenehmer als charmante, lügnerische, zwanghafte Spielernaturen, die göttlich küssen konnten und Hände hatten wie … – »Oh, I'm so lonely, Baby«, sang Elvis, und Min beugte sich hinüber und drückte auf den Schalter, um zum nächsten Lied zu springen. Wieder spitzte die Katze die Ohren, doch sie schien ›Don't Be Cruel‹ ebenso gern zu hören wie ›Heartbreak Hotel‹ und rollte sich an Mins Bauch wieder zusammen, warm wie eine Wärmflasche. »Du kannst hier bleiben«, erklärte Min ihr. In gemeinschaftlichem Schweigen lagen sie da und hörten Elvis zu, bis sie beide einschliefen.

»Da wartet eine richtig scharfe Braut in Ihrem Büro auf Sie«, empfing Davids Assistent ihn, als er Mittwochmorgen die Büroräume betrat. »Entzückend.«

Min, dachte David, erkannte aber dann enttäuscht, dass das nicht sein konnte. Niemand würde Min als scharfe Braut beschreiben.

Als er seine Tür öffnete, sah er Cynthie, phänomenal in einem roten Kostüm, vor seinem Schreibtisch sitzen.

»Da sind Sie ja«, sagte sie und erhob sich.

»Das ist ein tolles Kostüm«, rief er aus, schloss die Tür hinter sich und ging um sie herum, tief beeindruckt davon, wie raffiniert der Stoff ihren straffen, kleinen Po umspielte.

»David«, begann Cynthie, »vergessen Sie das Kostüm. Warum trifft sich Cal immer noch mit der Frau, die Sie lieben?«

»Sie treffen sich?« David verlor das Interesse an Cynthies Kostüm und ließ sich hinter seinem Schreibtisch nieder.

»Montag war er mit ihr zum Mittagessen, deswegen konnte er nicht mit mir gehen. Gestern Abend hat er ihr das Abendessen nach Hause gebracht.« Cynthie beugte sich vor, und ihr liebliches kleines Gesicht war angespannt. »Ich dachte, Sie wollten mit Greg sprechen. Warum sind die beiden dann immer noch zusammen?«

»Ich habe mit Greg gesprochen.« David schob ein paar Papiere umher, während er fieberhaft nachdachte. »Ich weiß nicht, warum es nicht funktioniert hat. Vielleicht hat es Cal mit ihr gefallen.« *Vielleicht will er zehntausend Dollar gewinnen.*

»Aber kein Sex«, rief Cynthie beschwörend.

»Nein«, stimmte David zu und betete, dass Min noch immer frigide war. »Sie gehen sicher nicht miteinander ins Bett.«

»Ich glaube, Sie haben Recht.« Cynthie begann, hin und her zu marschieren. »Sie hört sich nicht wie eine Frau an, die so schnell dazu bereit ist, und er würde sie nicht drängen. Da hat er einen sicheren Instinkt.«

»Na, da gratuliere ich ihm aber«, grollte David. »Wollten Sie sonst noch etwas?«

Cynthie beugte sich über den Schreibtisch. »Ich will, dass Sie Min anrufen. Laden Sie sie zum Mittagessen ein, laden Sie sie zum Abendessen ein, seien Sie großzügig, und *holen Sie sie sich zurück.*«

David ließ seinen Blick in den Ausschnitt ihrer Kostümjacke schweifen und begutachtete die Hügellandschaft. »Sie machen das absichtlich, nicht wahr?«

Cynthie holte tief Luft, ihre Wangenmuskeln waren hart vor Anspannung. »David, ich bin eine Beziehungsexpertin, die gerade den Mann verliert, den sie liebt. Das betrifft mich nicht nur privat, sondern auch beruflich, es betrifft mein *ganzes Leben.* Ich habe gerade ein Buch geschrieben, das vielleicht ein Bestseller wird, und der Verleger möchte unser Hochzeitsbild auf dem Buchumschlag haben. Alles hängt davon ab, und ich werde nicht tatenlos zusehen, wie alles den Bach hinunter geht, nur weil *Sie zu rückgratlos sind, um sich Ihre Freundin zurückzuholen.*« Sie beugte sich noch weiter vor. »Ich werde erst gehen, wenn Sie mir versprechen, dass Sie sich mit ihr zum Mittagessen verabreden und mir verraten, wer ihre besten Freundinnen sind. Zwei habe ich am Freitag in der Bar gesehen. Eine kleine Blondine und eine große Rothaarige. Sind das gute Freundinnen von ihr?«

Ein Hauch ihres Parfums umwehte ihn schwach, ein Duft, der ihn schwindlig machte. »Welches Parfum benutzen Sie?«, fragte er und versuchte, die Ohrfeige des ›rückgratlos‹ zu ignorieren.

»Das ist eine spezielle Mischung, die exklusiv für mich hergestellt wird«, erklärte Cynthie etwas ruhiger. »Eine Mischung der Düfte, die die männliche Libido am stärksten anregen. Ich habe es extra für Sie aufgelegt, David. Also, wer ist ihre beste Freundin?«

David schüttelte den Kopf, um wieder klar denken zu können, und rollte mit seinem Sessel ein Stück von ihr fort. »Was für Zeug ist denn da drin?«

»Lavendel und Kürbiskuchen.« Cynthie richtete sich auf. »Ich muss wissen, wer ihre beste Freundin ist. Ich werde Ihnen helfen, David. Sie wollen doch Ihre Statistikerin zurückhaben, oder?«

Schlank und rank stand sie in ihrem engen, roten Krepp-Kostüm vor ihm und duftete nach Zimt und Lavendel, und er brauchte eine volle Minute, bis er sich erinnerte, wen sie mit der Statistikerin meinte.

»Dabei kann ich Sie *nicht mal leiden*«, stellte er fest. »Warum macht mich das trotzdem so sehr an?«

Sie verdrehte die Augen. »Weil Sie ein Mann sind. Also wer ist ihre Freundin?«

»Wozu wollen Sie denn das wissen?«

Cynthie atmete durch die zusammengebissenen Zähne aus. »Das hab ich Ihnen doch alles schon erzählt. Attraktivität. Wenn ich ihrer besten Freundin klar machen kann, dass Cal ein gestörtes Verhältnis zu Frauen hat, dann macht sich die Freundin Sorgen und erzählt Min, dass sie nichts von ihm hält. Und das bewirkt, dass es nicht zur Phase der Verliebtheit kommt. Alles streng wissenschaftlich, David. Es wird niemand in einer dunklen Gasse abgestochen.«

»Okay«, erwiderte David und fixierte noch immer ihre Brüste. »Tragen Sie unter dieser Jacke irgendetwas?«

»Wenn ich's Ihnen zeige, sagen Sie mir dann den Namen?«, fragte Cynthie.

»Ja«, versprach David und wusste, dass er verachtenswert und schwach war.

Cynthie knöpfte ihre Jacke auf und öffnete sie. Ihr roter Seiden-BH hatte denselben Farbton wie das Futter ihrer Kostümjacke, und ihre Cup-B-Brüste waren perfekt gerundet, hoch und fest und, soweit er sehen konnte, echt.

»Oh mein Gott«, keuchte David, wie erstarrt in seinem Sessel.

»Verdammt richtig«, versetzte Cynthie und knöpfte ihre Jacke wieder zu. »Jetzt den Namen.«

»Die Rothaarige«, begann David, »ist Liza Tyler. Sie hält sowieso alle Männer für Schweine.«

»Damit hat sie Recht«, erwiderte Cynthie. »Rufen Sie Min wegen des Mittagessens an.«

Dann ging sie, und David saß reglos, das Bild ihrer perfekten Brüste noch immer auf seiner Netzhaut, und versuchte sich einzureden, dass er das Richtige getan hatte, weil irgendjemand Cal Morrisey stoppen musste. Und Min vor ihm retten, das natürlich auch.

»Wirklich heiß«, tönte sein Assistent von der Tür her. Er schnüffelte. »Hui. Ist das ihr Parfum?«

»Ja«, erwiderte David und nahm den Telefonhörer ab. »Ein Höllenelixier. Lassen Sie sie bloß nie mehr in mein Büro.«

Gegen acht Uhr an diesem Abend saß Liza mit Tony und Roger im ›Long Shot‹ und wartete darauf, dass Bonnie und Min von der Toilette zurückkamen, da machte Tony plötzlich »Äh-hm« und wandte sich schnell ab.

»Was denn?«, Roger folgte seinem Blick. »Uff.« Dann zuckte er mit den Schultern. »Sie steht genau da drüben.«

»Wer sie?«, fragte Liza und blinzelte durch den dämmrigen Raum. Eine schlanke, teuer aussehende Brünette lehnte gelangweilt an der Bar, während ihr Nachbar einen Annäherungsversuch wagte. »Exfreundin?«

»Von wegen«, entgegnete Tony, als Bonnie von der Toilette zurückkam. »Ich habe keine Dates mit Verrückten. Na ja, jedenfalls vor dir nicht.«

»Hast du Dates mit Verrückten?«, fragte Bonnie interessiert Roger, während sie sich setzte.

»Nein, nein, Cal vielleicht, aber ich nicht«, wehrte Roger ab und fiel fast vom Stuhl. »Ich hab fast nie Dates.«

»Schon gut, Baby.« Bonnie tätschelte sein Knie. »Du darfst ruhig Dates haben.«

»Ich will aber keine Dates«, erklärte Roger, und Tony verdrehte die Augen.

»Also ist das Cals Exfreundin.« Liza war schon auf den Füßen. »Bin gleich wieder zurück.«

»Warte einen Augenblick«, rief Tony hastig und packte sie am Arm. »Wieso kümmerst du dich um Cals Liebesleben?«

»Weil er sich mit meiner besten Freundin trifft«, erwiderte Liza bemüht unschuldig. »Ich bin nur neugierig.«

»Das mit den keine Dates«, fuhr Roger zu Bonnie gewandt fort, »damit habe ich gemeint, keine Dates außer mit dir.«

»Ich erwarte wirklich beim dritten Treffen noch keine Monogamie«, beruhigte ihn Bonnie.

»Okay«, erwiderte Roger, »aber trotzdem ist es so.«

»Muss ich dich anketten?«, fragte Tony Liza. Dann überlegte er sich das einen Augenblick und schüttelte den Kopf. »Vergiss die Ketten. Halte dich einfach von Cynthie fern, die hat nichts als Psychologie im Kopf. Wahrscheinlich, weil sie Psychologin ist, aber trotzdem, sie beschwatzt einen mit ziemlich verkorkstem Quatsch.«

»Hat dich analysiert, was?«, meinte Liza und warf einen Blick zur Bar hinüber.

»Das keine Dates mit anderen gilt natürlich nur für mich«, fuhr Roger fort. »Du musst dich nicht mit mir treffen. Außer du willst es.«

Tony schüttelte den Kopf. »Sie hat diese verrückte Vier-Phasen-zur-Liebe-Theorie, mit der sie glaubt, alle Beziehungen erklären zu können.«

»Ach«, machte Liza verblüfft.

»Das ist natürlich idiotisch, denn bei Beziehungen gilt nur die Chaostheorie«, fuhr Tony fort und zerrte sie auf ihren Stuhl zurück.

»Was?«, fragte Liza und versuchte, ihren Arm zu befreien.

»Menschliche Beziehungen sind genauso wenig wie das Wetter vorhersehbar«, erklärte Tony und hielt sie fest, und Liza gab dem Zug nach und setzte sich. »Zum Beispiel Min und Cal. Cal ist ein komplexes dynamisches System, das versucht, Stabilität zu erreichen, indem er keine Dates hat.«

»Er hat keine Dates?«, erwiderte Liza verwundert.

»Nein«, antwortete Tony. »Unglaublich, was? Schon allein das macht ihn instabil. Dem Mann tut das Alleinsein nicht gut. Dann trifft er Min, eine Störung in seiner Umwelt. Wegen dieser Störung fängt er an umherzuirren, um die Stabilität wieder zu finden, aber er ist in ihrem Anziehungsbereich gefangen und schwirrt ziellos in diesem Bereich umher, völlig unvorhersehbar, aber trotzdem von ihr gefangen, denn sie ist die fremde Anziehungskraft.«

»Ahaa«, machte Liza. »Und wozu soll das alles gut sein?«

Tony beugte sich näher zu ihr. »Cynthie glaubt, Beziehungen laufen nach einem Muster ab und man könnte sie vorhersagen. Aber wie soll man das können? Die Menschen sind komplex, die Störungen in ihrem Leben sind komplex, und die Anziehungskräfte in ihrem Leben sind komplex. Verliebte Menschen verhalten sich rein nach der Chaostheorie.«

»Ah ja.« Liza klang verwirrt.

»Und deswegen ist Cynthie verrückt«, fuhr Tony fort und ließ Lizas Arm los. »Sie glaubt, Liebe könne analysiert und erklärt werden. Aber das funktioniert nicht.«

Liza lehnte sich zurück und machte sich zum ersten Mal Gedanken über Tony. Irgendwie wirkte er gar nicht mehr dumm, und das lag nicht an dieser verrückten Chaostheorie, was immer das auch sein mochte. Es lag daran, dass er plötzlich Interesse zeigte. Ja, wenn ihn etwas interessierte, wurde er klug.

»Hmm?«, machte Tony.

»Warst du je richtig verliebt?«, fragte Liza.

»Nein«, antwortete Tony. »Und ich glaube auch nicht, dass das je passiert.« Er grinste Liza an. »Das würde zu viele komplexe Störungen in meiner Umwelt verursachen.«

Liza runzelte die Stirn. »Und warum magst du Cynthie nicht?«

»Sie hat versucht, Cal festzunageln. Sie hat ihn analysiert und dachte, sie kennt ihn. Aber das hat er nicht verdient. Er sollte mit einer zusammen sein, die bereit ist, das Chaos zu akzeptieren. Keine Vorschriften, keine Bedingungen, keine Theorien, keine Netze und doppelten Böden. So wie Bonnie mit Roger.«

Liza blickte zu Bonnie hinüber, die mit Roger über etwas lachte. »Du hast Recht. Das haben wir alle verdient.«

»Gut«, erwiderte Tony. »Also, dann brauchst du nicht mit Cynthie zu sprechen.«

Roger machte eine Bemerkung, und Tony drehte sich zu ihm um, um zu antworten. Liza stand auf und ging hinüber zu Cynthie.

Als Liza sich auf einen Hocker gleiten ließ und sagte: »Hi, ich bin Liza«, blickte Cynthie auf und verschluckte sich fast.

»Hi«, erwiderte sie überrascht. »Ich bin Cynthie. Kennen wir uns?«

»Nein«, entgegnete Liza. »Aber Ihr Exfreund trifft sich mit einer Freundin von mir. Erzählen Sie mir über Calvin Morrisey alles, was Sie wissen.«

Fünfzehn Minuten später lehnte sich Liza zurück und dachte: *Verdammt, von wegen Chaostheorie, Calvin Morrisey hat doch ein Verhaltensmuster.* »Ich wusste es doch«, stellte sie fest. »Ich wusste, dass er ihr das Herz brechen wird. Wie oft hat er das schon getan?«

Cynthie zuckte die Schultern. »Nachdem wir Schluss gemacht hatten, war ich auf einer Party und kam dort mit einer Frau ins Gespräch, die auch mit ihm zusammen gewesen war. Dann kam noch eine dazu. Schließlich waren wir zu viert, und immer die gleiche Geschichte. Ein paar Monate lang ist alles eitel Sonnenschein, man glaubt, das ist der Richtige, und plötzlich bekommt man einen Kuss auf die Wange, er sagt ›Ich wünsche dir noch ein schönes Leben‹, und fort ist er.«

»Machen Sie Witze?«, meinte Liza. »Hat ihn denn noch niemand mit einem Nudelholz niedergebügelt?«

»Wie denn«, erwiderte Cynthie. »Was soll man denn sagen? ›Du bist jetzt zwei Monate mit mir gegangen, wie kannst du mich einfach verlassen?‹ Würde schön blöd klingen.« Sie nippte an ihrem Drink. »Und er tut es auch nicht aus Bösartigkeit«, setzte sie hinzu, dem Klang ihrer Stimme nach zum tausendsten Mal.

»Wissen Sie, das ist mir egal«, entgegnete Liza. »Ich will einfach nicht, dass er Min wehtut.«

»Vielleicht ist es ihnen ja gar nicht so ernst«, sagte Cynthie. »Haben sie irgendwelche Gemeinsamkeiten?«

»Nicht dass ich wüsste«, antwortete Liza.

»Sind sie entspannt zusammen?«

»Nein«, erwiderte Liza. »Meistens streiten sie sich.«

»Haben sie kleine Geheimnisse miteinander? Insiderwitze?«

Liza schüttelte den Kopf. »So gut kennen sie sich nicht.«

Cynthie fuhr mit einer Fingerspitze um den Rand ihres Glases. »Mögen Sie ihn? Ich meine, haben Sie Min gesagt, dass Sie ihn nicht leiden können?«

»Verdammt, ja«, erwiderte Liza. »Bonnie und ich, wir beide haben sie gewarnt.«

»Hmmm.« Cynthie lächte Liza zu. »Hat er schon einen Kosenamen für sie?«

»Einen Kosenamen?« Liza versuchte, sich zu erinnern. »Manchmal spricht er sie mit ihrem Familiennamen an. Aber nie mit so was wie ›Schätzchen‹ oder ›Zuckerschnäuzchen‹.«

»Und sie?«, fragte Cynthie weiter. »Hat sie einen Kosenamen für ihn?«

»Das Biest«, erwiderte Liza. »Aber das halte ich eigentlich nicht für zärtlich.«

Cynthie lachte. »Warum geht sie dann mit ihm?«

»Ich weiß nicht, ob sie das tut«, antwortete Liza. »Aber ich glaube, das kommt noch. Ich habe das Gefühl, sie ist dabei, sich gegen ihren Willen in ihn zu verlieben.«

Cynthie hörte auf zu lachen.

»Und das macht mir Sorgen«, fuhr Liza fort. »Sie ist ein wundervoller Mensch und hat es nicht verdient, dass jemand mit ihr spielt. Können Sie mir ein paar Tipps geben, wie er normalerweise vorgeht?«

Cynthie richtete sich auf und nickte. »Sicher. Hat er ihr schon etwas geschenkt?«

»Er kennt sie doch erst seit einer Woche«, entgegnete Liza. »Ich glaube nicht ...« Sie hielt inne, als Cynthie den Kopf schüttelte.

»Wenn er überhaupt etwas von ihr will, dann wird er ihr etwas schenken. Er findet heraus, was sie sich am meisten wünscht, und das schenkt er ihr dann. Es ist ein Zwang für ihn, ein Verhaltensmuster, das er wegen seiner Mutter hat.«

»Wegen seiner Mutter?«, fragte Liza verwundert.

»Sie hat ihm keine bedingungslose Mutterliebe geschenkt«,

erklärte Cynthie. »Er kennt nur an Bedingungen geknüpfte Liebe. Deswegen verhält er sich bei jeder Frau, die er kennen lernt, nach dem Muster, dass er versucht, ihre Liebe zu gewinnen. Und wenn er sie hat, löst sich dieses Verhaltensmuster auf, denn sie ist kein Ersatz für seine Mutter, und dann macht er Schluss und versucht, eine andere in sich verliebt zu machen.«

»Hat er einen Ödipus-Komplex?«, fragte Liza erschreckt.

»Nein«, erwiderte Cynthie. »Sie hat ihn nur mit diesem Verhaltensmuster geprägt. Er liebt sie nicht.«

»Das bedeutet, je mehr Min ihn abweist ...«, meinte Liza.

»... um so mehr ist er hinter ihr her«, ergänzte Cynthie und zeigte keine Spur von Amüsiertheit. »Er kann nicht anders. Er ist sich dessen nicht einmal bewusst. Sammelt sie irgendetwas?«

»Schneekugeln«, antwortete Liza, und als Cynthie sich bemühte, keine Verachtung zu zeigen, fuhr sie fort: »Nicht ihre Schuld. Es ist eine Familiensache, die außer Kontrolle geriet.«

»Dann wird er ihr eine Schneekugel schenken«, erklärte Cynthie. »Und zwar die beste überhaupt, die, die ihr noch fehlt oder die sie immer wollte und vielleicht noch nicht mal wusste, dass sie sie wollte, bis er sie ihr schenkt. Und wenn Sie sie nicht rechtzeitig retten, dann dauert es nicht mehr lange, bis sie nur noch heult.«

»Eine Schneekugel«, wiederholte Liza und warf einen Blick zu ihrem Tisch, wo Cal, der länger im Büro geblieben war, sich der Gruppe angeschlossen hatte.

»Er ist kein schlechter Mensch«, betonte Cynthie nochmals. »Er würde nie jemandem absichtlich wehtun. Er hat einfach nur ...«

»Diese pathologische Störung wegen seiner Mutter, dass er Frauen demütigt«, ergänzte Liza. »Ich glaube, so lautete auch Norman Bates' Geschichte.«

»Er würde ihr *nie* körperlich wehtun«, entgegnete Cynthie schockiert.

»Tja, und er wird ihr auch nicht emotional wehtun«, versetzte Liza. »Vielen Dank, dass Sie mir das alles erzählt haben.«

»War mir ein Vergnügen«, erwiderte Cynthie. *Ein Vergnügen?*, dachte Liza und blickte so verdutzt drein, dass Cynthie hinzufügte: »Zu helfen. Ihnen zu helfen. Ihrer Freundin.« Sie senkte ihren Blick auf ihr Glas. »Ich möchte nicht, dass er ihr wehtut.«

»Ich auch nicht«, schloss Liza und eilte zurück zu den anderen.

Als sie den Tisch erreichte, sagte Tony gerade zu Min: »Das glaube ich einfach nicht.«

»Glauben Sie es nur«, erwiderte Min. »Es gibt Methoden, das herauszufinden.«

»Was herauszufinden?«, fragte Liza, die sich neben Tony niederließ, aber dabei Cal im Blick behielt.

»Frühzeitig herauszufinden, ob ein Kerl es wert ist, dass man sich mit ihm trifft«, antwortete Min. Wir haben über die alten Partnertests aus dem College gesprochen.«

»Tests«, wiederholte Cal, legte den Kopf in den Nacken und schloss die Augen. »*Ich hasse Tests.*«

»Was denn zum Beispiel?«, fragte Tony Liza.

Sie zuckte die Achseln. »Zum Beispiel, ihn zu einem Videofilm einladen.«

»Das ist doch gut«, bemerkte Tony. »Videos sind okay.«

»Und dann zeigen Sie ihm *Say Anything*«, fuhr Bonnie fort.

»Rührseliger Girlie-Film«, kommentierte Tony.

»Du bist schon durchgefallen, bevor der Test anfängt«, stellte Liza fest.

Bonnie fuhr fort: »Und dann wartet man ab, bis die Szene kommt, in der John Cusack die Glasscherben vor Ione Shyes Füßen zur Seite fegt.«

Liza beobachtete, wie Cal Min zugrinste und Min ihm mit einem Kopfschütteln antwortete. *Geheimnisse*, dachte sie und richtete sich in ihrem Stuhl auf.

»Und was dann?«, fragte Tony.

»Und wenn Sie dann sagen« – Bonnie ließ ihre Stimme um eine Oktave absinken – »›*Zum Teufel, sie hat doch Schuhe an, oder?*‹, dann sind Sie raus.«

»Na ja, hatte sie ja auch«, meinte Tony ärgerlich.

»Aber sie waren an den Zehen offen«, ließ Roger sich vernehmen.

»Dafür, dass du das bemerkt hast, kriegst du Extrapunkte«, versicherte ihm Bonnie.

»Na toll«, stellte Tony fest. »Der Kerl mit dem Fußfetisch kriegt Extrapunkte.«

»Also, Minnie«, wandte sich Cal an Min. »Wenn der Kerl das sagt, was passiert dann?«

Minnie?, dachte Liza und erwartete, dass Min ihn abkanzelte.

»Ich habe plötzlich eine ansteckende Krankheit«, antwortete Min und versuchte, ein Lächeln zu unterdrücken.

»Welche Krankheit?«, fragte Cal und grinste sie an.

Verdammt, dachte Liza.

»Dass mir schwindlig wird«, versetzte Min und grinste zurück.

»Und in deinem Fall kotze ich dir auf die Schuhe«, sagte Liza harsch zu Tony, denn sie musste irgendjemanden anschreien.

»Und was passiert mit mir?«, fragte Roger Bonnie.

»Lauter wunderschöne Dinge«, antwortete Bonnie und schlang ihren Arm unter den seinen.

»Ich hasse dich«, sagte Tony zu Roger. »Immer schmeißt du mich aus der Kurve.«

Min lachte, und Cal betrachtete sie dabei, und Liza dachte *Oh nein*. Er wirkte wie ein Mann, der ein Ziel hat, und sie wusste, welches. *Wenn ich dich mit einer Schneekugel erwische, Junge*, dachte sie, *dann ergeht's dir schlecht*.

Cal warf ihr einen Blick zu und erstarrte. »Was ist?«, fragte er.

»Nichts«, antwortete Liza und lächelte ihn strahlend an. »Überhaupt nichts.«

»Wer ist denn heute Abend die Glückliche?«, fragte Shanna, als Cal zur Bar kam, um die Gläser wieder auffüllen zu lassen.

»Gar keine«, erwiderte Cal. »Ich mach Pause. Und wie geht's Elvis? Singt er immer noch ›She‹ in der Endlosschleife?«

»Lass Elvis in Ruhe. Wenn er eine Frau wäre, würde ich ihn heiraten.« Sie reckte den Hals, um an Cal vorbeizusehen. »Ich sehe da die Rüpelbrüder und zwei Frauen. Lass mich raten. Die große, magere rothaarige ist deine.«

»Nein«, winkte Cal ab. »Eine neue Runde für die andern und Scotch für mich.«

Wieder blickte Shanna an ihm vorbei. »Dann bist du mit der kleinen Blondine in Blau hier? Kommt mir etwas hohl vor.«

»Das täuscht«, erwiderte Cal. »Aber sie ist es auch nicht. Sie gehört zu Roger.«

»Wo ist dann ...«, begann Shanna.

»Hi«, sagte da Min hinter ihm, und er wandte sich lächelnd zu ihr um. »Ich verstehe vollkommen dein Bedürfnis, mit der Barkeeperin zu flirten, aber Tony hat mich geschickt, weil er dringend einen Drink braucht.«

Shanna lehnte sich über den Tresen und streckte Min ihre Hand entgegen. »Hi, ich bin Shanna, Cals Wohnungsnachbarin.«

Min blickte überrascht drein, schüttelte aber die angebotene Hand. »Ich bin Min.« Sie zögerte, lehnte sich dann ebenfalls über den Tresen. »Darf ich Sie etwas Persönliches fragen?«

»Aber bitte, nur zu«, erwiderte Shanna und blickte ihr tief in die Augen.

»Lasst euch nur nicht stören«, bemerkte Cal, der sich nicht sicher war, ob er sich darüber ärgern oder amüsieren sollte, dass Shanna vor seinen Augen mit Min flirtete.

»Sie haben so wunderschönes Haar«, begann Min und ignorierte ihn. »Wie machen Sie das, dass es nicht kraus wird?«

»Ich benütze kein Shampoo«, antwortete Shanna. »Einfach mit Wasser spülen und Pflegebalsam verwenden. Dann wird es nie mehr kraus.«

»Wirklich wahr?«, staunte Min. »Das versuche ich auch. Ich habe es so satt, mein Haar immer aufzustecken, dass ich alles versuchen würde.«

»Na, dann kommen Sie wieder her, wenn Sie es offen tragen«, bat Shanna. »Das möchte ich sehen.«

Ich auch, dachte Cal.

»Das tue ich«, versicherte Min. »Vielen Dank.« Sie wandte sich wieder Cal zu. »Brauchst du Hilfe mit all den Drinks?«

»Ja«, erwiderte Cal, bevor Shanna »Nein« sagen und ihm ein Tablett reichen konnte.

»Dann komme ich gleich zurück«, sagte Min und ging hinüber zur Musikbox.

Cal lehnte sich an die Bar und sah ihr nach. »Na komm, mach uns die Drinks, Baby.«

»Sag mir, dass sie bi ist«, bat Shanna, die ebenfalls Min nachsah. »Meine Güte, was sie mit diesem Mund alles tun könnte.«

»Was ich alles mit diesem Mund tun könnte«, erwiderte Cal. *Was ich alles mit diesem Mund getan habe*. Ihm wurde wieder leicht schwindelig. Nun ja, es war warm in der Bar.

»Okay, ich hole die Drinks«, erklärte Shanna und ging, während Cal weiter Min an der Musikbox beobachtete. Er konzentrierte sich auf ihre wundervolle Nackenlinie, als sie die Liedtitel las. Sie sah zum Anbeißen aus, und das setzte in ihm weitere Gedanken in Gang, an denen wohl nichts auszusetzen war, wie er sich selbst sagte, solange er nichts davon *tat*.

Als Shanna mit sechs Gläsern und Bechern auf einem Tablett wiederkam, fragte sie: »Und wie lange geht ihr schon miteinander?«

»Ich habe sie vor einer Woche kennen gelernt, aber wir …«

»Erst.« Shanna nickte. »Dann bleibt ihr noch ein Monat, oder vielleicht zwei, bis du weiterziehst. Erzähle ihr was Nettes über mich, damit ich eine leichtere Startposition habe.«

»Wieso?«, fragte Cal.

»Na, wenn du ihr noch ein schönes Leben wünschst, wird sie Trost brauchen. Und der Trost bin ich. Schläfst du schon mit ihr?«

»Ich gehe noch nicht mal mit ihr«, versetzte Cal und sah, dass Min ein paar Münzen in den Schlitz warf und auf mehrere Tasten drückte. »Gib mir meinen Scotch. Ich fürchte, wir kriegen jetzt Elvis Presley zu hören, da habe ich ihn nötig.«

»Ihr seid nicht zusammen, so so? Na, gut für mich.« Shanna schob ihm sein Glas zu.

Cal schüttelte den Kopf. »Nein. Sie spielt nicht in deiner Mannschaft. Und du leidest noch immer an Liebeskummer, schon vergessen?«

»Ich fühle mich bereits viel besser«, erklärte Shanna, als »*The Devil in Disguise*« aus den Boxen zu dröhnen begann. »Woher weißt du, dass sie nicht in meiner Mannschaft spielt?«

»Ich habe sie geküsst. Sie spielt in meiner Mannschaft. Wenn auch nicht mit mir.«

»Nicht mit dir, hm?« Shanna zog zwei Fünfer aus ihrer Tasche und knallte sie auf den Tresen. »Zehn Eier, dass du es nicht schaffst, sie hier und jetzt zu küssen.«

»Ich meine es ernst.« Cal lachte bei dem Gedanken daran, was Min ihm antun würde, wenn er es versuchte. »Und ich wette nicht darauf.«

Shanna sah ihn mit schief gelegtem Kopf an. »Also dann zehn Eier, dass du es *schaffst*, sie genau hier zu küssen.«

»Ich hab's dir doch schon erklärt«, entgegnete Cal. »Du musst dir die Erfolgschancen überlegen und dich dann für die Seite mit der höheren Wahrscheinlichkeit entscheiden. Nicht einfach eine Münze werfen.«

Shanna tippte mit dem Finger auf die zwei Fünfer. »Zehn Eier für mich, wenn du's schaffst.«

»Was ist mit dir los?«, fragte Cal. »Wann bist du zum Voyeur geworden?«

»Ich bin nur ...«, begann Shanna.

»Hey«, rief Min hinter Cals Rücken, und beide schreckten hoch. »Ich dachte, du wettest nicht mehr auf mich.«

Cal blickte in ihr wütendes Gesicht hinab. Ihre üppige Unterlippe war leicht vorgeschoben, nicht gerade ein Schmollmund, aber reizvoll genug, um ihn daran zu erinnern, warum er sich von ihr fern halten wollte. »Das habe ich nie gesagt. Außerdem, wie kommst du darauf, dass ich ...«

»Ihr starrt mich beide an, und da liegen Scheinchen herum«, stellte Min fest. »Das hatten wir doch schon mal.« Ihre Augen blitzten sehr dunkel und sehr feurig, und sein Atem begann, schneller zu gehen.

»Er hat nicht gewettet«, erklärte Shanna. »Ich war es. Er wollte sogar ...«

Cal holte einen Zehner aus seiner Tasche und knallte ihn auf die zwei Fünfer. »Topp«, rief er und neigte sich zu Min hinab.

7

»Oh ja, natürlich, er ist unschuldig«, säuselte Min und hielt dann die Luft an, als Cal sich ihr noch näher zuneigte und ihr dabei Zeit ließ, zurückzuweichen.

Ihre Augen wurden groß, und ihre Lippen öffneten sich, sie brachte nur ein »Ääh« hervor, dann küsste er sie sanft, wollte jede Sekunde davon in Erinnerung behalten, wie sie sich anfühlte und schmeckte, weich und süß, und er fühlte, wie sie den Atem anhielt und dann seinen Kuss erwiderte und ihm alles gab, und die Stimme in seinem Kopf schrie: *DIE IST ES*, und er vergaß, was er sich vorgenommen hatte, und nahm ihr Gesicht in seine Hände und verlor sich in ihr.

Als er den Kuss beendete, waren ihre Augen halb geschlossen und ihre Wangen hochrot. »Hast du gewonnen?«, fragte sie atemlos, und er antwortete »Ja« und küsste sie wieder, leidenschaftlicher diesmal, und fühlte, wie ihre Hand sein Hemd packte. Da traf ihn etwas hart am Hinterkopf, so dass er gegen Min stieß. Sie schreckte mit einem »Aua, autsch« zurück.

»*Verflucht*«, knurrte er, fuhr herum und starrte in Lizas Gesicht. »*Hören Sie endlich auf damit.*«

»Nur wenn Sie endlich damit aufhören«, versetzte Liza.

»Nein, wirklich«, wehrte Min etwas benommen ab. »Das war schon in Ordnung. Nur eine Wette.«

»Quatsch«, entgegnete Liza.

»Hören Sie«, meinte Cal und rang nach Luft. »Min kann selbst auf sich aufpassen.«

Liza trat einen Schritt auf ihn zu. »Ach ja? Sagen Sie bloß, Sie kennen sie. Sagen Sie bloß, es liegt Ihnen etwas an ihr. Sagen Sie bloß, Sie lieben sie für immer und ewig.«

»Was *haben Sie* eigentlich?«, schnappte Cal wütend zurück. »Ich habe Min nur geküsst. So was kommt öfter vor.«

Shanna nahm sich die Geldscheine vom Tresen und erklärte: »Und was mich betrifft, bin ich sehr froh, dass du's getan hast. Vielen Dank.«

Min wandte sich Cal zu. »Ich dachte, du hättest gewonnen.« Ihre Augen glühten, und ihr Atem ging ebenfalls schnell.

»Habe ich auch«, versetzte Cal. »Ich habe nur die Wette verloren.«

»Komm schon, Stats«, mahnte Liza und zog Min am Arm.

»Okay«, sagte Min und schüttelte ihren Kopf, als wollte sie die Benommenheit abschütteln. »Hat das jemand mitgekriegt?«

»Die ganze Kneipe hat Nummern hochgehalten«, erklärte Liza. »Es war wie bei der Olympiade.«

»Und wie haben wir abgeschnitten?«, fragte Cal, der allmählich wieder zur Besinnung kam, kühl.

»Der russische Richter meinte, ihr müsstet noch üben«, versetzte Liza. »Aus der Ecke kamen Pfiffe.«

»Tja, die Russen sind harte Burschen«, erwiderte Cal. »Könnten Sie sie jetzt bitte wieder loslassen?«

»Lieber nicht«, entgegnete Liza und packte Mins Arm fester.

»Ich sollte wieder zum Tisch zurück«, meinte Min zu Cal. »Du weißt ja. Der Plan.«

»Welcher Plan?«, fragte Cal.

»Keine Dates. Eine Pause machen. Weißt du noch? Wir alle beide?«

»Richtig«, gab Cal zu und dachte: *Wieso habe ich das nur für eine gute Idee gehalten?* »Der Plan. Warten auf Elvis. Toll.« Er hob seinen Scotch. »Auf den Plan.«

»Klar. Also, ich wünsch dir noch ein schönes Leben.« Min nahm das Tablett mit den Drinks auf und folgte Liza zum Tisch zurück.

»Also, die große Rothaarige hasst dich«, stellte Shanna fest.

»Liza«, erklärte Cal. »Dabei hab ich der Frau nie etwas getan.«

»Ich glaube, es ist eher wegen dem, was du mit ihrer Freundin tun willst«, erwiderte Shanna. »Trotzdem kommt mir das etwas übertrieben vor. Gibt's da etwas, das du mir nicht erzählt hast?«

»Was denn zum Beispiel?«, fragte Cal zurück. »Diesmal bin ich vollkommen unschuldig.« *Nein, bin ich nicht.*

»Nein bist du nicht«, widersprach Shanna. »Ich habe schließlich diesen Kuss gesehen. Und du hast Recht. Sie spielt in deiner Mannschaft.«

»Damit ist's aus«, erwiderte Cal und befühlte seinen Hinterkopf. »Wir haben uns auf einen Plan geeinigt. Keine Dates.« Er gestikulierte mit seinem Glas. »Ich trinke nur noch aus, dann verschwinde ich nach Hause. Ich brauche ein Aspirin.«

»Das wird nicht reichen«, grinste Shanna. »Versuch's mit einer kalten Dusche.«

»Schön, dass du deinen Sinn für Humor offensichtlich wiedergefunden hast«, knurrte Cal und verschwand nach Hause in der Hoffnung, Ruhe und Schmerzmittel zu finden.

In dieser Woche begann Min, Anrufe nur noch über ihren Anrufbeantworter entgegenzunehmen, um sich vor David zu retten, der plötzlich große Sehnsucht nach ihr zu entwickeln schien. Cal brauchte sie sich nicht vom Hals zu halten, denn er blieb ärgerlicherweise stumm. Es war wirklich frustrierend, die Anrufe von jemandem zu ignorieren, der gar nicht die Höflichkeit hatte, überhaupt anzurufen. Sogar das Wenn-Abendessen wurde zum Ärgernis, als Liza von ihrem Gespräch mit Cals Exfreundin berichtete.

»Cynthie sagt, er sei ein toller Kerl«, erzählte Liza. »Er hat nur eine Art pathologische Störung, deretwegen er Frauen immer in sich verliebt machen muss und sie dann verlässt. Weil er als Kind immer nur bedingte Liebe bekommen hat. Und danach sehnt er sich jetzt verzweifelt.«

Min runzelte die Stirn. »Mir kommt er nicht verzweifelt vor.«

Bonnie schüttelte den Kopf. »Mir auch nicht. Aber die Ex scheint mir ein bisschen übergeschnappt.«

»Na ja, sie ist Psychologin«, erklärte Liza. »Ihr wisst ja, wie die sind. Aber es würde erklären, warum sein Weg mit gebrochenen Herzen gepflastert ist und er trotzdem so ist, wie wir ihn kennen. Ich traue ihm nicht, aber ich glaube nicht, dass er grausam ist. Er lässt die Frauen sicher nicht einfach sitzen, weil es ihm Spaß macht.« Sie warf Min einen Blick zu. »Cynthie sagt, eines seiner Verhaltensmuster sei es herauszufinden, was du brauchst oder dir wünschst, und es dir zu schenken.

Ich habe ihr von deinen Schneekugeln erzählt, und sie meinte, du solltest darauf gefasst sein.«

»Er hat mir eine Katze beschert«, erzählte Min, und Liza legte ihre Gabel nieder.

»Eine Katze?«, wunderte sich Liza. »Dann scheint ihn sein Instinkt im Stich zu lassen. Es hätte eine Schneekugel sein müssen. Wo ist denn diese Katze?«

»Im Schlafzimmer«, antwortete Min, und Liza erhob sich und ging nachsehen. Als sie zurückkam, meinte sie: »Das ist ja ein wahres Höllentier. Was hat er sich nur dabei gedacht?«

Min zuckte die Schultern und wollte nicht darüber diskutieren. »Er brachte mir mein bestelltes Essen von Emilio's, und sie kam mit ihm herein. Und dann entdeckte er die Schneekugeln.«

»Und?«, fragte Liza gespannt.

»Und er sagte, ich sammle Paare«, fuhr Min fort. »Was mir nie aufgefallen war. Aber er hat Recht.«

Liza wollte widersprechen, stand dann aber auf und ging zum Kaminsims hinüber. »Ich will verdammt sein«, kommentierte sie einen Augenblick später. »Es sind alles Paare, nur die von mir nicht, es sei denn, Käpt'n Hook hat ein klammheimliches Verhältnis mit dem bösen Kater Carlo. Aber wie konnte mir das entgehen?«

»Eine bessere Frage wäre, wie hat Cal das so schnell bemerkt?«, entgegnete Bonnie.

Min wiegte den Kopf. »Ich glaube, er ist einfach sehr, sehr, *sehr* aufmerksam gegenüber anderen Menschen. Einfühlsam.« Sie zögerte und wandte sich dann an Bonnie. »Nachdem du sagtest, dass er Legastheniker sei, habe ich im Internet recherchiert. Legastheniker haben alle möglichen Probleme und ...«

»Bloß kein Mitleid mit ihm«, warnte Liza.

»Von wegen«, versetzte Min. »Machst du Witze? Sieh ihn dir doch an, er ist alles andere als bemitleidenswert. Allerdings hat er es sich schwer erarbeiten müssen. Aber egal. Jedenfalls scheinen Legastheniker oft sehr einfühlsam zu sein. Und das ist Cal. Er achtet ständig auf die anderen Menschen, bemüht sich immer, sie zu verstehen. Ich glaube, er weiß nicht allzu viel über sich selbst, aber er will immer sichergehen, dass er die Menschen in seinem Umfeld kennt. Mich kennt er ganz gut.«

Liza stellte die Schneekugel grob auf ihrem Platz ab und kehrte zum Tisch zurück. »Nein, tut er nicht. Er versucht nur …«

»Ach was«, unterbrach Min sie ärgerlich. »Wir haben über mein Gewicht gesprochen. Er meinte, ich kleide mich, als würde ich meinen Körper hassen.«

»Ein Punkt für ihn«, gab Liza zu. »Ich meine, er ist zwar ein Biest, aber damit hat er Recht. Was hat er denn genau gesagt?«

Min schob ihren Teller zur Seite. »Vieles. Aber im Wesentlichen lief es darauf hinaus, dass mein Körper sexy sei und dass ich mich so kleiden sollte, dass ich stolz darauf sein könnte.«

»Und dann wollte er mit dir ins Bett«, vermutete Liza.

»Nein, dann meinte er, wir sollten endlich essen«, widersprach Min. »Ach ja, er hat mir auch gesagt, was ich mit dem Chicken Marsala falsch gemacht hatte, also werde ich es noch einmal versuchen.«

»Er hat dir etwas zu essen gebracht, hat deine Schneekugeln kapiert, hat dir Kochen beigebracht, hat dir gesagt, dein Körper sei sexy, und dann ist er gegangen, ohne einen Annäherungsversuch zu machen?«, fragte Bonnie.

Min nickte.

Bonnie blickte Liza an. »Er ist *wirklich* ein Biest.«

»Nein, das ist es, was Cynthie gemeint hat«, entgegnete Liza. »Er erfüllt ihr jeden Wunsch, bis sie sich in ihn verliebt hat, und *dann lässt er sie sitzen*.«

Min biss sich auf die Lippen. »Hör mal, ich werde mich nicht in ihn verlieben, obwohl ich schwöre, dass ich jedes Mal, wenn er mich küsst, Stimmen höre und Sternchen sehe. Aber da ist immer noch diese Wette. Ich hab ihn danach gefragt, und er hat mich angelogen, also ist die Sache erledigt. Wirklich.«

»Aha«, machte Liza, eindeutig nicht überzeugt.

Min war es ebenso wenig, deswegen beschloss sie am Freitagnachmittag im Büro sehr vernünftig, an diesem Abend nicht ins »Long Shot« zu gehen, und rief stattdessen ihre Schwester an. »Ich möchte shoppen gehen.«

»Shoppen?«, echote Di.

»Jemand hat mir gesagt, dass ich mich kleide, als würde ich meinen Körper hassen.«

»Stimmt«, bestätigte Di. »Und du willst dich ändern? *Gut.*«

»Nur ein bisschen«, erwiderte Min hastig. »Ich ...«

»Ich weiß, wo wir hingehen«, erklärte Diana. »Wir werden dich *umwandeln*!«

»Nein«, wehrte Min ab. »Vielleicht ein bisschen abmildern, aber nicht ...«

»Um fünf erwarte ich dich unten auf der Straße«, fiel Di ihr ins Wort. »Das wird ein Mordsspaß.«

»Na ja«, meinte Min, aber Di hatte bereits aufgelegt. »Hm, na ja, also gut.«

Sie legte auf und beschloss, sich wegen ihrer Umwandlung erst Sorgen zu machen, sobald sie in Dianas Klauen war, und wandte sich wieder der Arbeit zu. Als sie ihre Arbeitswoche abgeschlossen hatte und in die Jacke schlüpfte, um sich mit Di zu treffen, klingelte das Telefon. Als sie abhob, meldete sich eine Frauenstimme: »Mein Name ist Elizabeth Morrisey, und ich hätte gern eine gewisse Min Dobbs gesprochen, die meinen Sohn Harrison vor einer Woche im Cherry Hill Park kennen gelernt hat.«

»Bink?«, erwiderte Min erstaunt.

»Ja«, antwortete die Frauenstimme. »Ah, sehr gut. Es tut mir Leid, dass ich Sie im Büro stören muss, aber ich konnte

Ihre Privatnummer nicht finden. Einen Augenblick bitte.« Min hörte ein Kratzen und dann Harrys Stimme. »Min?«, rief er und atmete dann laut in den Hörer.

»Ja«, antwortete sie lächelnd. »Wie geht's dir, Harry?«

»Gut. Kommen Sie morgen in den Park?«

»Na ja, eigentlich wollte ich nicht ...«

»Weil, Sie könnten doch zu meinem Spiel kommen«, fuhr Harry fort und bewies eine Hartnäckigkeit, die sehr an seinen Onkel erinnerte. »Es fängt um zehn Uhr an. Morgens. Und wir könnten doch einen Donut essen.«

»Tja, also ...«, meinte Min hilflos.

Wieder schnaufte Harry ins Telefon. Er klang wie Darth Vader, nur weniger imposant.

»Na klar«, fuhr sie fort. »Warum eigentlich nicht? Ich besorge die Donuts ...«

»Meine Mom besorgt sie«, unterbrach Harry. »Ich habe ihr schon gesagt, welche Sorte.«

»Ah ja, gut«, schickte Min sich drein. »Vielen Dank für ...«

Harry ließ den Hörer fallen, und Min hörte Binks Stimme sagen: »Sag schön auf Wiedersehen, Harry«, und Harry nahm den Hörer wieder auf, sprach »auf Wiedersehen« hinein und ließ ihn wieder fallen.

»Hallo?«, meldete sich erneut Bink.

»Hallo«, antwortete Min und versuchte, sich das Lachen zu verbeißen.

»Wir arbeiten noch an unseren Telefonierkünsten«, erklärte Bink.

»Er hat's doch schon ganz gut gemacht«, erwiderte Min. »Abgesehen von dem Schnaufen.«

»Ich bin Ihnen sehr dankbar«, sagte Bink. »Harry hat die Woche über oft von Ihnen gesprochen.«

»Ach wirklich?« Min war überrascht.

»Und von Ihren Schuhen«, fuhr Bink fort.

»Er hat viel von seinem Onkel«, stellte Min fest.

»Hoffentlich«, erwiderte Bink. »Also dann morgen um zehn Uhr?«

»Morgen um zehn«, bestätigte Min und blieb, nachdem Bink aufgelegt hatte, noch eine Weile sitzen. Das war nicht Cals Idee gewesen. Wenn er sie dort hätte sehen wollen, hätte er angerufen. Wahrscheinlich wusste er nicht einmal etwas davon. Sie knöpfte ihre Jacke zu und überlegte, dass das morgen eine Überraschung für ihn würde. Es wäre gut, zur Abwechslung einmal *ihn* kalt zu erwischen. Sie hängte sich ihre Tasche um und verließ das Büro, um sich mit Diana zu treffen. Plötzlich sah sie ihrer »Umwandlung« erwartungsvoll entgegen.

Am Samstagmorgen sah Cal einem besonders hoffnungslosen Feldspieler namens Bentley zu, wie er versuchte, einen Ball zu werfen. Da legten sich unvermittelt zwei kühle Hände von hinten über seine Augen. Er roch Lavendel und Zimt und empfand plötzlich ein so starkes Glücksgefühl, dass er fast seufzte. »Das sieht dir gar nicht ähnlich, Minnie«, sagte er, drehte sich um und erblickte Cynthie, die ihre Hände zurückzog. Es war wie eine kalte Dusche. »Cyn?«

»Hi«, sagte Cynthie.

»Entschuldige.« Cal wich einen Schritt zurück. »Du hast das gleiche Parfum wie eine Freundin von mir. Nur dass sie gar kein Parfum benutzt, wenn ich's recht bedenke.« *Und sie kommt auch nicht zu diesen blödsinnigen Spielen*, dachte er und war wütend auf sich selbst wegen dieser dummen Verwechslung.

»Parfum«, stieß Cynthie hervor und wirkte wie erschlagen.

»Tja«, machte Cal und trat noch einen Schritt zurück. »Und wie geht's dir?« Ein Ball rollte vor seine Füße, und er bückte sich, um ihn aufzuheben. »Du solltest dich lieber wieder hinter dem Zaun in Sicherheit bringen. Diese Kinder haben keinerlei Kontrolle über den Ball.«

»Okay«, erwiderte Cynthie und schluckte. »Ich wollte nur ›Hi!‹ sagen.«

»Hi«, antwortete Cal. Eine Bewegung auf der Tribüne ließ ihn aufblicken. Er sah an Cynthie vorbei und entdeckte Harry, der zu den oberen Sitzreihen hinaufkletterte. »Wo zum Teufel will der …«, begann Cal, dann sah er in der obersten Reihe Min sitzen, mit offenen, kurz geschnittenen Locken, die in der Sonne glänzten. Sie trug eine hauchdünne, fließende, weiße Hemdbluse, und ihr Gesicht leuchtete auf, als sie Harry erblickte. Sie wirkte so engelhaft, dass ihm für einen Moment der Atem stockte. »Sie hat sich die Haare schneiden lassen«, seufzte er laut, und Cynthie brachte ein »Was?« hervor und folgte seinem Blick.

Cal nahm sich zusammen und nickte zur Tribüne hin. »Tu mir einen Gefallen und schicke Harry von da oben wieder runter, ja? Er soll sich mit dem Ball beschäftigen, nicht mit älteren Frauen flirten.«

»Also gut«, erwiderte Cynthie in diesem verbissenen Ton, der, wie Cal wusste, bedeutete: ›Ich bin sehr wütend, aber ich benehme mich trotzdem wie eine Erwachsene.‹

»Alles in Ordnung mit dir?«, fragte er sie.

»Einfach hervorragend«, stieß Cynthie noch verbissener hervor und ging zur Tribüne.

Was hat sie für ein Problem?, fragte sich Cal, vergaß sie sofort wieder und wandte seinen Blick zu Min zurück, die da im Sonnenlicht leuchtete, während Harry sich die Nase an seinem Hemdsärmel abwischte und sie anbetend ansah. *Ich habe kein Interesse an Minerva Dobbs*, sagte sich Cal. *Sie ist zu anstrengend. Nie friedlich. Ach ja, und sie hasst mich*. Da lächelte Min Harry zu, und Cal dachte, *Verdammt, wie hübsch sie ist*, und starrte sie weiter an.

Als Min den Park erreichte, wärmten sich die Kinder gerade auf, und sie erkannte Harry auf dem Spielfeld. Er wirkte kleiner als die anderen Jungen und wie üblich leicht schmuddelig, und sie empfand plötzlich Mitleid. Da erspähte er sie und schenkte ihr ein Morrisey-Lächeln, und sie dachte, *Ach, er wird es schon schaffen*, und erwiderte das Lächeln. Sie stieg bis zur obersten Sitzreihe der Tribüne und fühlte, wie der Wind ihre frisch geschnittenen Locken zauste und durch die flatternden Ärmel ihrer Organdybluse fuhr, als sie sich setzte. Sie versuchte, Harry zuzusehen, aber es fiel ihr schwer, denn da war Cal, und ihr Blick wanderte immer wieder zu ihm. *Das ist rein körperlich*, sagte sie sich selbst, aber das war nicht die Wahrheit. Sie liebte die Art, wie er mit den Kindern umging. Er hasste diesen Trainerjob, aber was er tat, tat er richtig. Typisch für Cal. *Ach, hör auf*, ermahnte sie sich. *Du kennst ihn doch gar nicht.*

Eine schlanke Brünette näherte sich Cal von hinten und legte ihm die Hände über die Augen, und Min dachte *Natürlich*, und ihr überschwängliches Glücksgefühl schwand. Es war egal, ob er gut mit Kindern umgehen konnte, denn sie wollte ja gar keine. Aber es war nicht egal, dass er Frauen gegenüber ein Biest war, deswegen …

Jemand ließ sich neben ihr nieder und sagte mit einer wunderschön modulierten Stimme »Hallo«. Min wandte sich um und erblickte eine feenhaft zarte, hellhaarige Frau, die sie schwach anlächelte. Sie hatte ein herzförmiges Gesicht und große graue Augen, ihr kurz geschnittenes platinblondes Haar betonte die zarte Kopfform, und sie wog nicht mehr als neunzig Pfund. »Ich bin Bink«, stellte sie sich vor.

»Ah ja«, erwiderte Min. »Hallo. Ich bin Min.«

»Es ist wirklich sehr lieb von Ihnen, wegen Harry zu kommen«, sagte Bink. »Ich danke Ihnen sehr.«

»Na ja, Harry ist ein lieber, kleiner Kerl«, erklärte Min, suchte ihn dabei mit den Blicken und sah, dass er das Feld verlassen hatte und die Tribüne zu ihnen hinaufgeklettert kam, was ihn irgendwie noch schutzloser wirken ließ.

»Den meisten fällt das gar nicht auf«, meinte Bink und betrachtete ihn liebevoll.

»Hallo, Min«, rief Harry, als er noch eine Reihe entfernt war. Er strahlte sie an, und sie lächelte zurück, sie konnte nicht anders.

»Hey, Harry«, begrüßte sie ihn. »Wie geht's?«

»Ich muss Baseball spielen«, erklärte Harry. »Aber ansonsten ganz gut.«

»Ach, bring es einfach hinter dich, und danach feiern wir mit einem Donut«, erwiderte Min.

»Cool«, kommentierte Harry und nickte heftig.

»Du siehst toll aus da unten auf dem Feld«, log Min.

»Danke«, erwiderte Harry und nickte noch immer.

»Du kannst sicher gut werfen«, vermutete Min.

»Eigentlich nicht«, gab Harry zu, aber es schien ihn nicht zu deprimieren.

Er schnüffelte und nickte noch immer vor sich hin, da sagte Bink: »Ich glaube, Onkel Cal möchte, dass du runtergehst, Harry.« Er wandte sich um und sah, dass Cal und die Brünette ihn beobachteten.

»Jaja«, gab er mit einem Seufzen zur Antwort.

»Denk einfach an den Donut«, ermunterte ihn Min.

»Cool«, sagte er noch einmal und strahlte sie an.

Min lächelte ihm zu.

»Ich muss gehen«, erklärte Harry und rührte keinen Fuß.

»Viel Glück«, wünschte ihm Min.

»Ja«, murmelte Harry und nickte weiter vor sich hin. Dann schwand sein Lächeln, und er begann, langsam die Tribüne wieder hinabzusteigen.

»Das war wirklich nett von Ihnen«, meinte Bink, und Min blickte sie überrascht an.

»Nein, gar nicht«, erwiderte sie. »Ich mag ihn gern.«

Bevor Bink antworten konnte, kam ein jäher Windstoß, und Min erwartete halb und halb, dass Bink einfach fortgeblasen würde. *Wie schön, dass sie genau neben mir sitzt*, dachte sie bitter. *Weil ich für mich alleine ja noch nicht trampelig genug gewirkt habe*. Dann schalt sie sich selbst. Bink entpuppte sich vielleicht als nette Frau, jedenfalls war sie freundlich. Und Cal hatte ihr gesagt, sie solle ihren Körper nicht hassen. *Na gut*, dachte sie. *Dann bin ich eben eine von diesen mächtigen Cremetorten, die man anfassen möchte, weil sie so schön sind, und sie ist das teure Geschenkpapier, in das ich eingewickelt bin.*

»Ist alles in Ordnung?«, fragte Bink.

»Ja«, antwortete Min. »Warum?«

»Sie haben so finster dreingeblickt«, meinte Bink.

»Ich muss noch an meinen Metaphern arbeiten«, erklärte Min. »Harry spielt also Baseball.«

»Ja, leider«, antwortete Bink, und Min dachte: *Also gehört sie nicht zu denjenigen, die Cal und Harry zwangsverpflichtet haben. Ich frage mich …*

»Hi!«, sagte jemand fröhlich auf Mins anderer Seite, und als sie sich umwandte, erblickte sie die Brünette, die mit Cal geflirtet hatte. Sie hatte ein herzförmiges Gesicht und große, graue Augen, und ihr dichtes, dunkles Haar glänzte seidig.

Wer erschlägt mich mit einem nassen Handtuch, dachte Min, als sich dieses Muster an Vollkommenheit neben ihr niederließ. *Eingekesselt zwischen den Schlanken und Reichen.*

»Wie *geht's* dir, Bink?«, fragte die Frau, und Bink lächelte sie schwach an – anscheinend tat Bink alles schwach – und antwortete: »Hallo, Cynthie.«

Cynthie. Mit neuem Entsetzen wandte sich Min wieder der Brünetten zu. Cals Exfreundin – die, wie Min jetzt bemerkte, ein schwarzes Trägertop trug, das für ein Kinder-Baseballspiel nicht gerade angemessen war. Aber Cynthie trug es mit vollkommener Selbstverständlichkeit, wahrscheinlich weil ihr Busen so perfekt geformt war, wie ihn sich Männer nicht besser wünschen konnten. *Kneif mich*, dachte Min und blickte hinunter auf das Feld zu Cal, der mit einem seltsamen Ausdruck auf dem Gesicht zu den drei Frauen hinaufstarrte. Er erkannte wohl gerade mit Entsetzen, dass er eine Frau geküsst hatte, die niemals Größe 38 tragen würde. Das schmerzte mehr, als es eigentlich sollte.

»Da ist Cal«, rief Bink aus.

»Was hat er denn?«, fragte Min. »Abgesehen davon, dass er das alles hier hasst.«

»Er hasst das hier überhaupt nicht«, widersprach Cynthie. »Er stimmte mir zu, dass es für Harry phantastisch wäre.«

»Ach«, machte Min. »Das war Ihre Idee?«

»Ja«, erwiderte Cynthie lächelnd.

Min wandte sich an Bink. »Cynthie hat Harry zum Baseball gebracht?«

»Ja«, bestätigte Bink. »Cynthie hat es mit Harrys Großmutter besprochen, und sie waren sich einig, dass es gut für ihn wäre. Harrys Großmutter kann sehr bestimmend sein.«

»Ach ja«, meinte Min und wandte sich wieder dem Feld zu, wo der Ball taumelnd ins linke Feld geschlagen und dort von einem Jungen aus Harrys Mannschaft verfehlt wurde. Cal bekam nichts davon mit, denn er starrte noch immer zu ihnen auf die Tribüne herauf.

Da begann Cal, sich dem Feld zuzudrehen, als ein Kind im Außenfeld den Ball aufhob und ihn verzweifelt und mit einer für einen Achtjährigen unglaublichen Kraft warf. Der Ball traf Cal am Hinterkopf und brachte ihn aus dem Gleichgewicht, so dass er auf die Knie sank und dann vollends zu Boden ging.

»*Nein*«, stieß Min hervor, sprang auf und stürzte die Tribüne hinunter und um den Zaun herum. »Cal?«, rief sie und ließ sich neben ihm auf die Knie fallen, während er versuchte, sich aufzusetzen. »Cal?«

Er blickte glasig drein, also starrte sie ihm in die Augen, um festzustellen, ob die Pupillen unterschiedlich groß waren. Sie waren es nicht. Seine Augen besaßen die gleiche leidenschaftliche, dunkle Tiefe wie immer. Sofort fühlte sie sich wieder in ihren Bann gezogen und schnappte nach Luft, als hinter ihr die Musik anschwoll und Elvis Costello sich mit »She« das Herz aus dem Leibe sang. Die Stimme in ihrem Kopf schrie *DER IST ES*.

Dann hörte sie Tonys Stimme, die sagte: »Schalt das verdammte Ding aus«, und als sie aufblickte, sah sie zwei Mädchen mit einem Kofferradio hinter dem Zaun und Cynthie, die herankam und sich an Cals anderer Seite niederkniete.

»Entschuldigung«, sagte das eine Mädchen, und die andere fragte: »Ist er tot?«

»Fort mit euch«, befahl Min, und sie gingen und nahmen die Musik mit sich fort.

»Cal, bist du in Ordnung?«, fragte Cynthie. Min blickte wieder zu ihm hinab und sah, dass er sie noch immer anstarrte.

»Cal?«, wiederholte sie.

Der kleine Mörder vom Außenfeld kam herbeigerannt. »Haben Sie das gesehen, Mr. Capa? Ich hab ihn *wirklich* geworfen.«

»Ja, das hast du, Bentley«, antwortete Tony und blickte zu Cal hinunter. »Alles in Ordnung, Sportsfreund?«

»Ich wusste, dass ich es schaffe«, fuhr Bentley fort. »Ich hab gesehen, wie Wyman an die dritte Base rankam, und irgendwie *wusste* ich, dass ich's schaffe, und dann hab ich die Gurke *wirklich geworfen*. Mann.«

»Cal, sag doch etwas«, rief Cynthie mit Panik in der Stimme.

»Junge, Junge, ich hab die Gurke *wirklich geworfen*«, wiederholte Bentley.

»Klar«, erwiderte Tony. »Nur schade, dass du die dritte Base um Meilen verfehlt hast und stattdessen Mr. Morrisey abgeschossen hast.« Er kauerte sich neben Cal nieder. »Cal, sag was, oder Min bringt dich sofort ins Krankenhaus.«

»Hast du auch die Musik gehört?«, fragte Cal und starrte noch immer in Mins Augen.

»Mann, ich hab die Gurke *echt geworfen*«, erklärte Bentley.

Tony reichte Min seine Wagenschlüssel. »Fahren Sie ihn. Die Cherry-Hill-Notaufnahme ist eine Meile die Straße runter.«

»Ich kenne den Weg«, erklärte Cynthie und war schon auf den Beinen. »Ich habe ein Auto hier.«

Min half Cal auf die Beine und bemühte sich, ihn zu stützen, als er schwankte. Tony packte ihn auf der anderen Seite.

»Ich fahre ihn«, wiederholte Cynthie. »Mein Auto steht …«

»Nein«, stöhnte Cal und richtete sich auf. »Wenn ich kotzen muss, dann in Tonys altem Kasten.«

»Beeilen Sie sich«, riet Tony Min und half ihnen beiden in den Wagen.

Cal lag auf einem Untersuchungstisch in der Notaufnahme und versuchte, sich daran zu erinnern, was geschehen war. Er hatte Min angestarrt, beobachtet, wie der Wind mit ihrer Bluse und ihren Locken spielte, und er hatte sich selbst erklärt, dass sie eine Nervensäge sei und er nichts mit ihr zu tun haben wollte, und dann war aus dem Nichts der Ball gekommen und …

»Cal?« Min beugte sich über ihn. Das Oberlicht ließ ihr Haar glänzen, und sie sah wieder wie ein wahrer Engel aus.

»Hi«, murmelte er.

»Der Arzt sagt, dass du wieder in Ordnung kommst«, erklärte sie und versuchte, aufmunternd zu klingen. »Ich habe ein Medikament für dich.« Sie hielt eine gelbe Plastikflasche mit Tabletten in die Höhe. »Gegen Schmerzen. Falls du Kopfschmerzen kriegst. Hast du Kopfschmerzen?«

Sein Kopf fühlte sich an wie in einem Schraubstock. »Ja.«

Sie öffnete die Flasche und ließ zwei Tabletten in ihre

Handfläche fallen. »Hier«, sagte sie und gab sie ihm. »Ich hole dir Wasser.«

Cal wollte ihr sagen, dass er schon eine Kopfschmerztablette genommen hatte, aber da sie anscheinend nichts half, konnten zwei weitere Tabletten nicht schaden.

»Du hast mir *Angst* gemacht«, bemerkte sie, als sie mit einem Glas Wasser zurückkehrte. »Der Ball hat dich am Kopf getroffen. Auf diese Weise kommen immer wieder Leute zu Tode. Ich weiß nicht, wie viele pro Jahr. Hab keine Zeit gehabt, es nachzulesen.«

Cal rappelte sich auf, um die Tabletten zu schlucken. »Bentley«, stöhnte er bitter.

»Ich bin sicher, dass es ihm Leid tut«, versicherte Min. »Jedenfalls sobald er sich erst beruhigt hat, *wie* kräftig er den Ball geworfen hat.«

»Der kleine Teufel«, meinte Cal ohne Groll. »War da wirklich Musik? Ich hätte schwören können, ich hörte ...«

»... Elvis Costello mit ›She‹.« Min nickte. »Stimmt. Kinder hatten ein Radio dabei, und da lief es. Eigentlich komisch. Man hört es sonst nicht oft. Meine Schwester will es für ihre Hochzeit verwenden.« Sie schien vor sich hin zu schwatzen, was so wenig typisch für Min war, dass Cal diesen Eindruck seiner allgemeinen Betäubtheit zuschrieb. »Ich habe Bink auf ihrem Handy angerufen und ihr gesagt, dass du so weit in Ordnung bist und ich dich nach Hause bringe.«

»Mag deine Schwester Elvis Costello?«, fragte Cal.

»Nein«, antwortete Min. »Meine Schwester mag die Musik aus den Julia-Roberts-Filmen.«

»Aha«, machte Cal und konzentrierte sich wieder auf Min. »Du hast dein Haar schneiden lassen.«

»Diana hat mich zu ihrem Haarstylisten mitgenommen«, erklärte Min. »Damit es zu meinen neuen Kleidern passt. Ich habe nur getan, was du mir gesagt hast.«

»Ich habe nicht gesagt, du sollst dir die Haare schneiden

lassen.« Sein Blick fiel auf ihre Hemdbluse, und durch das hauchfeine Gewebe konnte er das ebenfalls hauchdünne Mieder sehen. Er fiel beinahe vom Tisch.

»Nur ruhig«, keuchte Min atemlos, als sie sich bemühte, ihn zu halten, und er blickte in den Ausschnitt ihrer Bluse und erspähte rosafarbene Spitze unter dem Mieder.

»Rosa«, sagte er.

»Gott sei Dank, es geht dir wieder besser«, meinte Min erleichtert. »Na komm. Ich bringe dich nach Hause.«

»Okay«, sagte Cal. »Dein Haar gefällt mir.«

Eine halbe Stunde später parkte Min vor Cals Zuhause, nachdem sie das Beste aus seinen verwirrenden Richtungsangaben gemacht hatte. »Na komm«, meinte sie aufmunternd und öffnete die Wagentür für ihn.

»Ich kann alleine da raufgehen«, erklärte Cal und schwankte ein wenig, als er aus dem Wagen stieg. »Bring ruhig den Wagen …«

»Du gehst da nicht alleine hinauf.« Min zog sich seinen Arm über die Schulter. Es war ein gutes Gefühl, wenn auch schwer. »Dazu wurde ich von meiner Mutter zu gut erzogen.«

»Na gut, aber dann gehst du voran, damit du nicht auf meinen Hintern glotzen kannst.«

»Da ist der Lift, du Charmebolzen«, erwiderte Min und gab der Tür einen Tritt, um sie hinter ihnen zu schließen. »Na komm, beweg dich.«

»Warte einen Augenblick.« Sie hielt inne, damit er sein Gleichgewicht wieder fand, aber er legte nur seine Hand auf ihre Locken und betastete sie. »Hübsche Locken.«

»Genau«, meinte Min beruhigend und schaffte ihn nach oben bis zu einem leicht schäbigen Apartment, das aussah wie eine typische Studentenbude. Sie steuerte ihn durch einen mit modernen dänischen Möbeln eingerichteten Wohnraum, bei dessen Anblick jeder Däne zusammengezuckt wäre, in ein sogar noch kahleres, hässlicheres Schlafzimmer. »Wie fühlst du dich?«, fragte sie, während sie ihn zu seinem schnörkellosen Bett führte.

»Besser«, antwortete er erschöpft. »Das Mittel wirkt, und ich muss nicht mehr am Spielfeldrand herumstehen.«

»Na also«, meinte sie. »Alles hat auch sein Gutes.« Sie hievte ihn mit der Schulter zum Bett, und er ließ sich darauf niedersinken.

»Du gehst viel mehr ran, als ich dachte.« Er fiel auf die Kissen zurück, aber seine Füße hingen noch seitlich aus dem Bett.

»Und du bist viel schwerer, als ich dachte«, erwiderte Min und dachte, dass das wohl daran lag, dass er sich so leichtfüßig bewegte, wenn er bei vollem Bewusstsein war. Nur halb bei Bewusstsein bewegte er sich wie ein Sack Kartoffeln. Sie zog ihm die Turnschuhe aus, und ihr Herz tat einen Sprung. »Du trägst Größe elf-D.«

»Ja«, murmelte Cal schläfrig. »Sag mir, dass das beweist, dass ich ein Biest bin. Du hast mich heute den ganzen Tag noch nicht zurechtgestutzt.«

»Elvis trug auch Größe elf-D«, erklärte Min, und Cal murmelte: »Hat der ein Glück.«

Sie nahm seine Füße und warf sie auf das Bett. Dann erkannte sie, dass er zu nahe an der Kante lag; wenn er sich im Schlaf herumwälzte, würde er mit dem Kopf gegen den schäbigen Nachttisch schlagen. Sie bemühte sich, ihn mehr in die Mitte des Bettes zu schieben.

»Was machst du da?«, fragte er, schon halb im Schlaf, als sie versuchte, ihn durch Schaukeln zu bewegen.

»Versuchen, dich vor dem Rausfallen zu bewahren«, zischte sie durch die Zähne, während sie ein Knie auf das Bett stellte und erneut gegen ihn drückte. »Komm, roll dich herum, ja?«

Er rollte sich, gerade als sie wieder schob, und brachte sie beide aus dem Gleichgewicht. Sie griff nach ihm, um Halt zu finden, und er zog sie zu sich herab.

»In etwa acht Stunden bin ich wohl wieder wach«, gähnte er in ihr Haar. »Bleib hier.«

»Na gut«, brummelte sie gegen seine Brust. »Dann fall doch auf den Boden, hol dir eine Gehirnerschütterung. Als ob mir das nicht egal ist.« Er antwortete nicht, und so schob sie aufs Neue, aber er lag da wie ein Berg. Sie hielt inne und betrachtete die Lage. Es war etwas sehr Beschützendes an der Art, wie er sie festhielt. Umsichtig.

Er begann zu schnarchen.

Instinktiv.

»Okay«, murmelte sie und schlängelte sich hin und her, bis sie einen Fuß auf den Boden bekam. Wieder schob sie, bis er in die Mitte des Bettes und auf den Rücken rollte, wobei sein Schnarchen aufhörte. Dann erhob sie sich und blickte auf ihn herab, wie er da ausgebreitet auf der hässlichen, primitiven Bettstatt in einem öden, billigen Schlafzimmer lag. Und einfach göttlich aussah.

»Es ist so *unfair*«, beschwerte sie sich laut. »Könntest du nicht wenigstens sabbern oder so etwas?«

Er begann wieder zu schnarchen.

»Danke.« Sie öffnete den Schrank und fand eine zusammengelegte Wolldecke in einem Fach über einer Reihe geschmackvoller, teurer Anzüge. »Du bist wirklich seltsam«, erklärte sie ihm, während sie die Decke über ihn breitete. »Diese Wohnung passt überhaupt nicht zu dir.«

Er atmete tiefer, und sie betrachtete seine schön geschwungenen, kräftigen Wangen- und Kieferknochen, seine Wimpern, die im Schlaf lange Schatten auf seine Wangen warfen, und sie dachte: *Ich könnte dich lieben.*

Dann richtete sie sich auf und zwang sich in die Wirklichkeit zurück. Jede Frau in der Stadt dachte das, wenn sie ihn ansah, also war sie nicht ... *Ach, zum Teufel damit*, dachte sie. Sie rückte seine Schuhe zur Seite, damit er nicht darüber stolperte, stellte ihm ein Glas Wasser auf den Nachttisch, legte die

Tabletten daneben und zog ihm die Decke bis zum Hals, damit er nicht auskühlte. Dann fiel ihr nichts mehr ein, was sie noch für ihn tun konnte, und so tätschelte sie ihm die Schulter und ging.

Am Montag hob David den Telefonhörer ab und hörte Cynthie sagen: »Ich habe mit Cal gesprochen. Er findet, sie riecht nach Lavendel. Er bemerkte, dass sie ihr Haar geschnitten hat. Sein Neffe liebt sie. Und im Park tauschten sie einen koitalen Blick!«

»Ist das nicht illegal?«

»Hören Sie auf, *Witze* zu reißen, David. Das ist *nicht mehr lustig*. Wir könnten sie *wirklich verlieren*.« Er hörte, wie sie tief Atem holte. »Das Beste, was Sie jetzt tun können, ist, Sie zum Mittagessen auszuführen. Rufen Sie Glücksgefühle bei ihr hervor. Haben Sie sie überhaupt schon angerufen?«

»Sie ruft mich nicht zurück«, antwortete David und versuchte, seinen Ärger nicht durchklingen zu lassen.

»Was fühlen Sie dabei?«, fragte Cynthie. »Ärger?«

»Ein bisschen«, gab David zu. »Aber …«

»Und Sie sind auch verärgert, dass sie Sie nie das Abendessen hat bezahlen lassen. Sie hat Ihre sexuellen Annäherungsversuche zurückgewiesen, so wie sie jetzt Ihre Telefonanrufe zurückweist. Deswegen …«

»Das ist doch lächerlich«, stieß David hervor, jetzt mehr als verärgert.

»Ihr Problem ist, dass Sie verärgert sind, und das fühlt sie. Deswegen müssen Sie das überwinden. *Sofort*.«

»Ich bin nicht verärgert, verdammt noch mal«, bellte David.

»Laden Sie sie zum Mittagessen ein, und bestehen Sie darauf, die Rechnung allein zu bezahlen. Sie fühlen sich dann viel besser, und Ihr Ärger verschwindet. Min wird Sie als potentiellen Gefährten sehen, und Sie können Ihren Vorstoß machen.«

»Das ist doch alles Quatsch«, murrte David.

»Ist mir doch egal«, rief Cynthie. »Tun Sie's einfach. Sonst landet sie am Ende noch bei Cal.«

Cal. Cal würde die verdammte Wette gewinnen. Immer gewann er, dieser Mistkerl. »Ich rufe sie an«, versprach David. »Wir werden zusammen zu Mittag essen, und ich tue mein Bestes.«

»Verderben Sie's nicht, David«, drohte Cynthie. »Mein Leben hängt davon ab. Meine Karriere hängt davon ab. *Ich brauche das Hochzeitsfoto auf meinem Buchumschlag.*«

»Wissen Sie ...«, begann David, aber Cynthie hatte schon aufgelegt. »Einfach toll«, sagte er vor sich hin und wählte dann Mins Nummer.

Min saß an ihrem Schreibtisch und versuchte, vernünftig zu sein, da klingelte das Telefon. *Cal*, schoss es ihr durch den Kopf, dann schalt sie sich selbst. Sie hatten einen guten, vernünftigen Plan gefasst, um sich beide davor zu schützen, wieder verletzt zu werden. Sie waren vernunftbegabte, rationale Menschen, also rief er sicherlich nicht an. Wieder klingelte das Telefon, und sie hob ab, meldete sich mit »Minerva Dobbs« und erwartete, dass Cal sagte: »Hi Minnie, wie geht's der Katze?«

»Min«, erklang Davids Stimme. »Bitte iss mit mir zu Mittag. Wir müssen miteinander sprechen.«

»Nein, müssen wir nicht«, entgegnete Min und bemühte sich sehr, nicht enttäuscht zu sein. »Aber ich muss etwas essen. Getrennte Rechnungen.«

»Nein, *ich* bezahle«, widersprach David. »Ich meine, ich möchte dich gern einladen.«

»Na gut, von mir aus«, erwiderte Min erstaunt.

»Dann treffen wir uns um zwölf bei Serafino?«

»Ist das dieses Restaurant, wo der Küchenchef versucht, mit seinen Gerichten etwas Besonderes auszusagen?«

»Es ist die heißeste Adresse in der Stadt«, erklärte David.

»Na, dann sollte es besser was taugen«, versetzte Min, legte auf und verbuchte das Ganze als ein weiteres Puzzlestückchen ihres seit kurzem so verrückt gewordenen Lebens.

Als sie das Restaurant betrat, wartete David schon auf sie. Bei ihrem Anblick erhob er sich und lächelte ihr entgegen, dann starrte er sie an. Min blickte an sich herab und erkannte, dass sein Blick an dem blauen Gazeoberteil hing, das sie unter ihrer grau karierten Kostümjacke trug.

»Du siehst großartig aus«, stieß er hervor.

»Ich arbeite daran«, erwiderte Min und setzte sich an den gedeckten Tisch. »Und ich bin am Verhungern. Was gibt es hier Gutes?« Sie blickte sich in dem in Silber und Blau gehaltenen Raum um. »Ich meine, abgesehen von der Einrichtung.«

»Ich habe schon bestellt«, erwiderte David. »Ich wollte nicht, dass du warten musst.«

»Wie aufmerksam von dir.« Min rief den Ober und änderte ihre Bestellung in Salat und Chicken Marsala. Eine gute Gelegenheit, Emilios Konkurrenten zu testen.

»Ich glaube, ich habe einen Fehler gemacht«, sagte David, nachdem der Ober eine Schale gekühlte Kastaniencremesuppe mit Brunnenkresse vor ihn hingestellt hatte.

»Das glaube ich auch«, stimmte Min zu und betrachtete den hübsch garnierten Schleim in seiner Schale. »Diese Suppe schmeckt bestimmt grauenhaft. Aber draußen ist ein Hot-Dog-Stand. Vielleicht sollten wir ...«

»Ich meine nicht die Suppe.« David atmete tief durch und lächelte. »Min, ich möchte dich wiederhaben.«

Min hörte auf, künstlerisch arrangierte Blüten aus ihrem Salat zu fischen. »Was?«

»Ich war vorschnell«, erklärte er, und während er weitersprach, dämmerte Min der Gedanke: *Die Wette. Diese verdammte Wette. Du fürchtest, dass du die Wette verlierst.*

Sie lehnte sich zurück und überlegte sich die Situation,

während David dahinschwatzte. Aus irgendeinem Grund fürchtete David, sie könnte mit Cal schlafen. Woher hatte er das? Der Gedanke, dass Cal vielleicht ihm gegenüber geprahlt hatte, machte sie einen Augenblick lang krank, aber dann kehrte ihr gesunder Menschenverstand zurück. Cal war kein Prahler. Außerdem war er auch kein Dummkopf, und nur ein Idiot würde seinem Wettgegner verraten, dass dieser am Verlieren war. Und überhaupt, Cal würde das nicht tun.

»Hörst du mir überhaupt zu?«, fragte David.

»Nein«, antwortete Min. »Wie kommst du nur auf eine solche Idee?«

»Das habe ich dir gerade erklärt ...«

»Nein«, widersprach Min, »du hast mir von dir erzählt. Du warst vorschnell, du warst gedankenlos, du warst dumm ...«

»Ich habe nicht dumm gesagt«, wehrte David empört ab.

»Und wo komme ich bei alldem vor?«, fragte Min.

»In meinem Leben, hoffe ich«, antwortete David, und es klang so aufrichtig, dass Min verblüfft war. »Zu Anfang bin ich mit dir ausgegangen, weil ich dachte, dass du eine gute Ehefrau sein würdest, und das glaube ich immer noch. Aber ich habe gar nicht mitgekriegt, wie ...« – Er nahm ihre Hand, und Min ließ es zu, weil sie neugierig war, was als Nächstes kam – »... wie *süß* du bist.«

»Nein, bin ich nicht«, entgegnete Min und versuchte, ihre Hand zurückzuziehen.

»Und wie ...« – er blickte auf ihre Gazebluse – »... *sexy* du bist. Du hast dich verändert.«

Min riss ihre Hand aus seiner. »David, das ist die späte Reue des Käufers. Oder vielmehr das Gegenteil davon. Wenn du mich wieder zurückbekämst, würdest du mich aufs Neue sitzen lassen. Komm, verabrede dich mit einer dieser schlanken Frauen, die du so gerne ansiehst.«

David wollte etwas sagen, hielt aber inne, als der Ober sein Kalbsfilet à la irgendwas und Mins Chicken Marsala brachte.

Min schnitt einen Bissen ab und kostete. »Schinkenspeck. Und *Tomaten*. Welcher Idiot tut denn Schinkenspeck und Tomaten zu Chicken Marsala?«

»Min ...«

»Man sieht sogar die Schinkenstücke in der Sauce. Emilio würde das wieder ausspucken.«

»Du nimmst mich nicht ernst«, klagte David.

»Ich weiß«, erwiderte Min und legte ihre Gabel nieder. »Aber ehrlich, was haben die sich nur dabei *gedacht*?«

»Was ich dir sagen will«, beharrte David, »ist, dass ich glaube, wir sollten wieder zusammen sein.«

»Nein, stimmt nicht«, widersprach Min. »Du schiebst nur Panik, weil ich mich mit jemand anderem treffe. Koste deine Suppe.«

»Nein, ich schiebe keine ...«

»Die Suppe«, mahnte Min.

David nahm einen Löffel voll und verzog das Gesicht. »Zum Teufel.«

»Ich hab's dir ja gesagt.« Min schob ihren Teller beiseite. »Geh nie in ein Restaurant, dessen Küchenchef versucht, mit Lebensmitteln zu sprechen. Am Ende bezahlst du nur für sein Ego. Genau wie bei Verabredungen.« Sie nahm ihre Tasche. »Tut mir Leid, David, aber wir haben keine gemeinsame Zukunft. Wir kommen ja noch nicht mal heil durch dieses Mittagessen, obwohl ich dir dankbar bin, dass du es bezahlst. Vielen Dank.«

»Wo willst du hin?«, fragte David zornig, als sie sich erhob.

»Mir einen Hot Dog kaufen«, antwortete Min. »Ich glaube, der Stand da draußen hat echte Bratwürste.«

Dienstagabend gegen sechs Uhr rief Emilio bei Cal an. »Min hat wieder den Lieferservice bestellt«, erzählte er. »Bringst du ihr das Essen?«

»Ja«, antwortete Cal automatisch, dann erinnerte er sich,

dass sie sich nicht mehr treffen wollten. »Nein.« Was natürlich nicht bedeutete, dass sie nicht Freunde sein konnten. »Doch.« Aber das war ein großer Selbstbetrug. »Nein.«

»Ahaa«, machte Emilio. »Ist das jetzt ein ›Nein‹?«

Andererseits musste er etwas essen. Und er sollte sich auch bei ihr dafür bedanken, dass sie sich am Samstag um ihn gekümmert hatte. Und er wollte sie wieder sehen. »Nein«, erwiderte Cal. »Das ist ein ›Ja‹. Ich bringe es ihr.«

8

Min öffnete ihre Tür und stand wieder in diesem ausgeleierten alten Sweatshirt da, ohne Make-up und mit Locken, die sich wild nach allen Seiten sträubten. Sie sah einfach wunderbar aus. »Hi«, sagte sie überrascht und grinste dann. »Emilio hat dich schon wieder eingespannt, was?«

»Er sagte, du seist am Verhungern«, antwortete Cal und erwiderte das Grinsen gegen seinen Willen. »Du hast mich ins Krankenhaus gebracht. Du hast ein Glas Wasser neben mein Bett gestellt. Ich bin dir etwas schuldig.«

»Lahme Ausrede«, meinte sie, machte aber einen einladenden Schritt zurück. Er trat ein und freute sich, als er die hässliche Katze entdeckte, die ihn von der Rückenlehne des hässlichen Sofas aus einäugig anstarrte.

»Ich kann kaum glauben, dass du die Katze immer noch bei dir hast«, bemerkte Cal und packte den Karton auf dem Tisch aus. »Wie hast du sie denn genannt?«

»Und ich kann kaum glauben, dass du mir diesen Kater gebracht hast.« Min eilte in ihre Kochnische. »Und ich habe ihm noch gar keinen Namen gegeben. Wir überlegen noch, ob wir uns wirklich aneinander binden wollen. Er kommt allerdings jeden Abend nach Hause und schläft bei mir.«

»Schlauer Kater«, kommentierte Cal.

»Ich dachte erst, ich mache eine Wohnungskatze aus ihm, weil Katzen länger leben, wenn sie drinnen gehalten werden, aber da er ein Kerl ist, nehme ich an, dass er es hassen würde, angebunden zu sein.«

»Kommt darauf an, wo du ihn anbindest«, erwiderte Cal und dachte an ihr Messingbett.

Min trug Teller zum Tisch hinüber. »Weißt du, wenn du mir eine Schneekugel geschenkt hättest, könnte ich das verstehen, aber einen Kater?«

»Du hast doch gesagt, dass du keine Schneekugel willst.«

»Stimmt«, gab Min zu. »Na ja, die Kugel meiner Großmutter mit Mickey und Minnie hätte ich schon gern wieder, und wenn du mir die wiedergeben könntest, würde ich dich auf immer und ewig lieben. Aber wenn du mir noch eine Katze schenkst, überlege ich mir die Sache mit dem Marsala-Hühnchen noch mal.«

»Apropos«, warf Cal ein, »was ist denn dieses Mal schief gegangen?«

Min stöhnte und ging zu ihrer Kochnische zurück, Cal folgte ihr und fühlte sich fast wie zu Hause. »Sieht doch gar nicht schlecht aus«, meinte er, als er ihr aktuellstes Werk begutachtete. »Nur nicht wie Chicken Marsala.«

»Ich wollte mir das Olivenöl und die Butter ersparen«, erklärte Min und hob sofort abwehrend die Hand. »Ich weiß, ich weiß, ich tu's auch nie wieder. Ich habe stattdessen Hühnerbrühe genommen. Es riecht gut, aber es sieht nicht so aus, wie es sollte.«

»Womöglich, weil Olivenöl und Hühnerbrühe nicht das Gleiche sind«, erwiderte Cal. »Aber das ist nicht schlimm. Dicke einfach die Brühe mit einer Mehlschwitze ein, und nimm es als Sauce für Fettuccine.«

»Mehlschwitze«, echote Min.

»Mehl in geschmolzener Butter verrührt«, erklärte Cal.

»Ich nehme an, es besteht nicht die geringste Chance, dass du Butter im Haus hast?«

»Vielleicht hat Bonnie welche«, meinte Min hoffnungsvoll. »Und ich habe auch keine Fettuccine und kein Mehl. Ich werde mir das alles von ihr borgen.«

»Hast du denn einen großen Kochtopf und einen Seiher?«, fragte Cal und blickte sich in der Kochnische um. *Sie braucht unbedingt eine bessere Wohnung.*

»Im Keller«, antwortete Min.

»Wie praktisch. Wo ist der Deckel?«

»Deckel?«, wunderte sich Min.

»Na, irgendwas, um den Kater daran zu hindern, sich über diese Pfanne herzumachen, wenn wir in den Keller gehen.«

»Wir gehen in den Keller?«

»Willst du kochen lernen oder nicht, Minnie?«, fragte er mit mehr Zuneigung in der Stimme, als er beabsichtigt hatte.

Min blinzelte verwirrt. »Ja, ja, will ich.«

»Dann brauchst du Töpfe und Pfannen«, schloss Cal.

Sie gingen in den Keller, und Cal steuerte auf gut Glück auf eine der unbeschrifteten Kisten zu und öffnete sie mit seinem Taschenmesser. Min wickelte das oberste Stück darin aus: der grüne Seiher ihrer Großmutter. »Genau die richtige Kiste«, erklärte sie und ließ den Seiher wieder hineinfallen. »Auf den ersten Versuch. Du bist ein Genie.«

»Na klar.« Cal grinste sie an und hob die Kiste auf. »Na los, Minnie, und vergiss nicht, unterwegs Butter, Mehl und Pasta zu besorgen.«

Min beizubringen, wie man eine Mehlschwitze machte, schien harmlos. Aber die Kochnische war eng, und Min stand dicht neben ihm, ihr Haar duftete nach Lavendel, und alles an ihr war appetitlich rundlich. Und nebenan stand das Messingbett mit der Satinüberdecke. Deswegen zog Cal sich zurück, nachdem er ihr die Grundprinzipien gezeigt hatte, um die Kiste weiter auszupacken.

Der Kater saß darin. »Raus«, befahl Cal, doch der Kater blickte ihn nur mit dem anderen Auge an. Cal setzte den Kater auf den Boden, und das Tier rieb sich sofort schnurrend an Cals Bein. »Ein richtiger Schmusekater«, rief Cal Min zu.

»Ich weiß. Ich liebe dieses verflixte Vieh«, antwortete Min. »Jeden Abend rollt er sich neben mir zusammen und begleitet Elvis mit Schnurren. Und er ist schlau. Er hat schon gelernt, mit der Pfote auf die Wiedergabetaste zu drücken, so dass er Elvis auch ohne mich hören kann.«

Cal zog das erste Päckchen hervor und wickelte einen dicken, rechteckigen Glasbehälter aus, der aussah, als hätte er eine ganz bestimmte Funktion.

»Was ist denn das?«

Min kam und sah. »Das ist ein Gefäß zum Eierschlagen. Dazu gehört noch ein Metalldeckel mit dem Quirl daran.«

Cal wühlte in der Kiste, bis er ihn fand. Der Deckel saß fest auf dem Gefäß, so dass der Quirl hineinragte und die Kurbel nach oben stand. »Wirklich nett«, kommentierte er und holte das nächste Paket heraus, das sich als mehrere ineinander ruhende Rührschüsseln aus dickem, weißem Porzellan mit blauem Rand herausstellte.

»Oh«, rief Min, »an *die* erinnere ich mich noch gut. Meine Grandma hat in der großen immer Plätzchenteig gerührt. Früher, als ich noch Plätzchen gegessen habe.«

»Ja, die guten alten Zeiten.« Cal nahm das nächste Päckchen heraus. Es war schwer und rund, und beim Auswickeln dämmerte ihm, was das war. Als er das letzte Papier entfernt hatte, war er nicht mehr überrascht, die Schneekugel mit Mickey Mouse und Minnie Mouse vor sich zu sehen. Schockiert blickte er sie an.

»Wie lange muss man das jetzt köcheln lassen?«, fragte Min. »Ich meine, bis die Mehlschwitze richtig ist? Cal?« Sie sah nach ihm. »Was ist denn passiert?«

Er hielt die Schneekugel in die Höhe, und Min erstarrte.

Sie lag schwer in seiner Hand, schwerer als eine Schneekugel normalerweise war. Er drehte sie und entdeckte den Schlüssel an der Unterseite. »Eine Spieluhr?«, fragte er, und Min nickte. »Was spielt sie?«

»›It Had to Be You‹«, antwortete Min schwach.

»Natürlich.« Cal betrachtete Mickey und Minnie, die für immer in der Schneekugel gefangen waren. *Wenn du mir die Schneekugel meiner Großmutter wiedergeben könntest, würde ich dich auf immer und ewig lieben.*

»Ich habe fünfzehn Jahre lang danach gesucht«, sagte Min tonlos. »Und du findest sie sofort. Wie machst du das?«

»Das liegt doch nicht an mir.« Cal stellte die Kugel ab.

»Hast du etwa einen Pakt mit dem Teufel geschlossen?«

»Was?«

»Du weißt schon, irgendein Handel mit dem Teufel, damit alles, was du tust, einfach perfekt ist, so dass dir keine Frau widerstehen kann; nur dass du vergessen hast, ihm zu sagen, es solle nur bei Frauen wirken, die du willst; und jetzt sitzen wir in diesem Teufelskreis fest.«

Cal atmete tief durch. »Also, mal abgesehen davon, dass du glaubst, der Teufel existiert und schließt irgendeinen Handel ab, finde ich es ein starkes Stück, dass du glaubst, ich hätte was mit ihm zu tun.«

»Ha, von wegen, du bist praktisch sein Cousin«, gab Min zurück. »Du bist groß, ein dunkler Typ, du siehst gut aus, bist charmant, du trägst Anzüge, du schwitzt nie, und du tauchst ständig ausgerechnet mit dem auf, was ich gerade brauche. Diese Schneekugel war *fünfzehn Jahre lang* verschollen. Ich hab immer mehr das Gefühl, wenn ich Ja zu dir sage, lande ich direkt in der Hölle.«

Cal nickte. *Warum bin ich bloß wieder hergekommen?* »Okay. Weißt du, ich habe keinen Hunger mehr. Ich glaube, ich gehe lieber.«

»Das wäre vielleicht nicht schlecht«, stimmte Min zu und starrte weiter die Schneekugel an.

Er nahm seine Jacke und strebte der Tür zu, hielt dann in der offenen Wohnungstür noch einmal inne. »Ich wünsche dir ...«, begann er und brach dann ab.

»...noch ein schönes Leben?«, beendete Min, die noch immer die Schneekugel anstarrte.

Er schüttelte den Kopf. »Irgendwie hat das seinen Witz verloren«, meinte er und verschwand im Treppenhaus.

Als er fort war, ging Min zu der Schneekugel und zog sie auf. Sie begann, die ersten Töne von ›It Had to Be You‹ zu klimpern, und Min blickte hinein und versuchte, ihre Fassung wiederzugewinnen. Die Glaskuppel war schwer und perfekt geformt und saß fest auf dem schwarzen Art-Deco-Sockel. Drinnen wirbelten silbrige Glitzerflocken und winzige silbrige Sterne umher, während Minnie strahlend glücklich heraussah und Mickey Minnie anstrahlte.

Vielleicht habe ich das so sehr geliebt, dachte Min. *Dass sie so glücklich war und er sie für wundervoll hielt.* Und außerdem das wirbelnde rosarote Kleid, das Minnie trug, und die dazu passenden schicken rosaroten Schuhe. Nun ja, so elegant waren die Schuhe gar nicht. Min stieß noch einmal mit dem Finger gegen die Kugel, und der Glitzerstaub und die Sterne wirbelten von neuem hoch, während das Lied langsam ausklang und verstummte.

Das liegt doch nicht an mir, hatte Cal gesagt, aber es lag sehr wohl an ihm. Sie hatte vor sich hin gelebt, vollkommen glücklich, und dann war er in der Bar erschienen und hatte ihr Leben durchgeschüttelt, und plötzlich war alles voller Glitzern und Sternen. Und jedes Mal, wenn sich die Dinge wieder beruhigten, wenn sie ihr Leben wieder in normale Bahnen lenkte, kam er zurück und schüttelte ...

Etwas Pelziges strich um ihre Beine, und sie schrak auf. Der

Kater miaute sie an, und sie nahm ihn hoch und versuchte, logisch zu denken. Natürlich lag es nicht an ihm. Es geschahen eben einfach Zufälle. So war das Leben. Solange nichts Schlimmeres passierte …

»Wir halten uns einfach fern von ihm«, erklärte sie dem Kater. »Wir gehen nur noch ins ›Long Shot‹, wenn er nicht dort ist; alles geht vorüber, und wir leben wieder normal. Kein verdammter Glitzer mehr.«

Der Kater blickte sie nun mit dem anderen Auge an, und Min wurde sich bewusst, dass es wohl auch nicht sehr normal war, in der Wir-Form mit einem Tier zu sprechen. »Hühnchen?«, fragte sie den Kater, indem sie es aufgab, logisch zu denken, und machte sich über ihr Abendessen her.

Mittwochabend saß Liza an der Bar und versuchte, Shanna heranzuwinken, da tauchte Cynthie neben ihr auf, setzte sich und lächelte sie an. »Hi. Wo ist Ihre Freundin?«

»Sie sagte, sie müsste bei ihrer Katze zu Hause bleiben«, antwortete Liza. »Aber ich glaube, sie geht Cal aus dem Weg.«

»Das ist klug«, meinte Cynthie. »Die beste Methode, ihm zu widerstehen, ist, sich fern von ihm zu halten.« Sie blickte sich in der Bar um. »Sehen sie ihn irgendwo?«

»Nein«, erwiderte Liza. »Tony sagt, er arbeitet noch. Warum?«

»Weil er, wenn sie nicht hier ist, eigentlich Sie bearbeiten müsste.«

»Mich?«, rief Liza erschrocken. »Wenn sie nicht da ist, versucht er, mich anzumachen?«

»Nein«, entgegnete Cynthie. »Es ist für eine gute Beziehung wichtig, dass ihre Freundinnen und ihre Familie ihn mögen. Ich wundere mich, dass er bis jetzt noch nicht versucht hat, Sie einzuwickeln.«

»Er ist nicht dumm«, erwiderte Liza. »Und wir sind uns nicht besonders grün.«

»Na ja, jedenfalls ist es richtig von Ihrer Freundin, ihm aus dem Weg zu gehen«, meinte Cynthie. »Dann kann er ihr nicht wehtun.«

»Aber Ihnen hat er wehgetan, nicht?«, fragte Liza.

Cynthie hob das Kinn. »Ich ...«

Liza wartete.

»Ja«, gab Cynthie zu. »Er hat mir wehgetan.«

»Elende Ratte«, stieß Liza hervor.

»Nein, das ist er nicht«, widersprach Cynthie. »Nur ...«

»...dass er wegen der lieben Mammi die Anerkennung aller Frauen braucht«, setzte Liza fort. »Wissen Sie, mit dem, was Sie alles über ihn wissen, könnten Sie ein Buch schreiben.«

Cynthie nippte an ihrem Drink.

»Ah«, machte Liza, »Sie schreiben ein Buch.«

»Ja«, antwortete Cynthie, »aber nicht über ... na ja, nicht *nur* über ...«

»Junge, Junge«, meinte Liza, »also haben Sie mit ihm einen Lover und ein Studienobjekt verloren. Ich verstehe das nicht. Sie sind doch Expertin für dieses Beziehungszeug, und trotzdem konnte er Ihnen wehtun?«

Cynthie biss sich auf die Lippe. »Was man rein logisch weiß, hilft einem nicht unbedingt, wenn man emotional engagiert ist.«

Der Schmerz in ihrem Gesicht war echt, und Liza legte ihr eine Hand auf den Arm. »Tut mir Leid.«

»Ach, wissen Sie« – Cynthie streckte ihr Kinn vor –, »das ist kein Problem. Es gibt Leute, die haben viel schlimmere Probleme.«

»Das macht Ihres aber auch nicht leichter«, entgegnete Liza.

»Nein«, gab Cynthie zu. »Aber es hilft gegen Selbstmitleid.« Sie schob ihr Glas zur Seite. »Wenn ich Cal als bösen Buben dargestellt haben sollte ...«

»Haben Sie nicht«, wehrte Liza ab. »Eigentlich haben Sie ihn mehr durch eine rosa Brille gezeichnet.«

»Nein«, widersprach Cynthie. »Er ist ein guter ...«

»Ist mir egal. Ich will nur, dass er Min in Ruhe lässt.«

»Ich auch«, stimmte Cynthie zu.

Sie trank aus und verabschiedete sich, dann kam Shanna heran und fragte: »Noch mal das Gleiche?«

Liza lächelte. »Erzählen Sie mir was über Cal Morrisey.«

»Warum?«, fragte Shanna wachsam.

»Weil er meine beste Freundin küsst und ich erfahren habe, dass er Probleme hat, sich zu binden.«

Shanna zuckte die Schultern. »Er und die Hälfte der männlichen Bevölkerung.«

»Aber die Hälfte der männlichen Bevölkerung küsst Min nicht«, versetzte Liza. »Er meint es nicht ernst mit ihr, oder?«

Shanna biss sich auf die Lippen. »Er ist der beste Kerl, den ich kenne. Wenn ich in Schwierigkeiten wäre, würde ich Cal rufen, und er würde kommen und mir heraushelfen. Das weiß ich tief im Herzen.«

»Aber das ist keine Antwort auf meine Frage«, erwiderte Liza.

Shanna schwieg einen Augenblick, dann sagte sie: »Sagen Sie Ihrer Freundin, sie sollte keine Gefühle investieren. Er bleibt nicht bei ihr.«

»Danke«, erwiderte Liza.

»Aber er ist wirklich ein guter Kerl«, versicherte Shanna.

»Das höre ich andauernd«, entgegnete Liza und erhob sich. »Nur fällt es mir schwer, es zu glauben.«

Gegen sieben Uhr kam Cal zu dem Schluss, dass er, wenn er sich noch eine einzige Minute mit den Seminarunterlagen beschäftigte, wahrscheinlich mit dem Kopf gegen die Wand rennen würde, und sein Kopf hatte bereits genug abbekommen. Andererseits würde er, wenn er ins ›Long Shot‹ ging und Min über den Weg lief, nur wieder als Teufel bezeichnet. Oder, wenn sie einen guten Tag hatte, als Biest. Er erhob sich, dehnte und streckte sich, machte sich dann auf den Heimweg. Als er am Gryphon-Kino vorbeikam, zögerte er. Sie zeigten gerade mehrere Werke von John Carpenter, und im Schaufenster wurde *Big Trouble in Little China* angekündigt.

Kurt Russell schlägt die Bösewichter, dachte er. *Das habe ich seit meiner Kindheit nicht mehr gesehen.* Er ging hinein und kaufte sich eine Karte. Besser, als den ganzen Abend allein zu verbringen und ständig zu versuchen, nicht über ... irgendjemanden nachzudenken.

Als er den Zuschauerraum betrat, lief gerade eine Vorschau für eine Elvis-Presley-Serie, und er musste an Min denken. *Vergiss sie*, befahl er sich selbst und suchte sich ein paar Sitzreihen tiefer einen Platz aus, der von anderen leeren Sitzen umgeben war. Doch als der Film begann und Kurt begann, den üblichen Unsinn zu reden, kam noch eine fünfköpfige Familie herein und bat ihn, weiterzurutschen. Die Person neben ihm war still, und so machte er es sich bequem und konzentrierte sich auf den Film, und zum ersten Mal seit dem vergangenen Abend fühlte er Friede in seiner Seele.

Als schließlich die Lichter wieder angingen, erhob er sich gleichzeitig mit der Frau zu seiner Rechten. Sie war mittelgroß, hatte kurzes, goldbraunes, lockiges Haar, wandte sich jetzt um, um ihre grau karierte Kostümjacke anzuziehen ...

Sie starrten sich gegenseitig einen endlosen, verblüfften Augenblick lang an, dann wandte sie sich ab und ging hinaus, und er folgte ihr. Draußen auf der Straße drehte sie sich um und sah ihn an.

»Wie groß war die Wahrscheinlichkeit?«, fragte Cal.

»Ich weiß nicht mal, wie man die Wahrscheinlichkeit berechnen sollte«, erwiderte Min und setzte sich in Marsch, und er fiel neben ihr in Gleichschritt, denn sie sollte nicht alleine durch die dunkle Stadt nach Hause gehen.

Zufall, sagte Cal sich. *Passiert dauernd. Nichts Besonderes. Das heißt gar nichts.*

Als sie ihr Haus erreichten, marschierte sie die Stufen hinauf, ohne darüber zu streiten, wer zuerst gehen sollte, und er war zu sehr verblüfft, um an ihr Hinterteil zu denken. Vor ihrer Wohnungstür sagte Min nur: »Danke für die Begleitung«, und er erwiderte: »Gern geschehen.« Einen endlosen Augenblick lang sahen sie sich an, und Cal blieb die Luft weg, er verlor sich in ihren Augen und dachte nur: *Oh Gott*, nein, *nicht mit dir*. Dann schüttelte sie den Kopf, betrat ihre Wohnung und schloss die Tür. Cal drehte sich um und ging die achtundfünfzig Stufen zur Straße hinunter, und er war sich nicht sicher, ob er erleichtert war oder nicht.

Er blieb stehen und blickte zu dem Mansardenfenster hinauf, hinter dem ihr Schlafzimmer lag. Dort saß der Kater, vor dem Licht nur als Silhouette zu erkennen, und wahrscheinlich blickte er wieder nur mit einem Auge in die Dunkelheit. Er stellte sich vor, wie Min sich auf der Satindecke niederließ, sich in die gehäkelten, nach Lavendel duftenden Kissen zurücksinken ließ, wie ihre goldgesprenkelten Locken auf dem blauen Satin lagen, und in Gedanken lag er neben ihr, zog sie zu sich, fühlte ihre Arme, die ihn umschlangen, ihre warme Rundlichkeit an seinem Körper, weich und nachgiebig, er stellte sich vor, wie er ihren üppigen Mund nahm, ihre schwellende Brust unter seiner Hand und ihre ausladenden Hüften an seiner fühlte, stellte sich vor, wie er in all diese Weichheit vorstieß, in ihrer heißen Feuchte erzitterte, sie bei jeder seiner Bewegungen stöhnen und seufzen hörte, und es wurde ihm bewusst, dass er sie mehr begehrte, als er je irgendetwas oder irgendjemanden begehrt hatte.

In ihrem Schlafzimmer verlöschte das Licht und brach den Bann, und er schloss seine Augen vor der Dunkelheit und dem unbarmherzigen Schock der Realität. Dann wandte er sich um und wanderte zurück zur Hauptstraße, zu Licht und Lärm und Sicherheit.

Als Liza am Donnerstag zu ihrem Wenn-Abendessen an Mins Wohnungstür läutete, öffnete Bonnie vorsichtig die Tür. Liza hob fragend eine Augenbraue, aber Bonnie schüttelte nur den Kopf und trat zurück, um sie einzulassen.

»Hi«, begrüßte Min sie etwas gedämpft, und Liza dachte: *Diese elende Ratte Cal.*

»Was hat er dir angetan?«

»Nichts«, erwiderte Min. »Setz dich. Ich habe eine riesige Schüssel Maissalat vorbereitet und sterbe vor Hunger. Lass uns gleich essen.«

Liza wandte sich der Couch zu und sah ein einäugiges Tier, das sie anblickte. »Du hast die Katze ja immer noch.«

»Ich liebe diesen Kater«, entgegnete Min. »Er ist immer für mich da. Stupst mich mit der Pfote an, wenn ich deprimiert bin, hält mich nachts warm, und er hat eine wunderschöne Stimme. Ich habe beschlossen, dass er die Wiedergeburt von Elvis ist.«

»Das lange Warten ist vorüber«, kommentierte Liza. *Er hat ihr etwas geschenkt, von dem sie nicht einmal ahnte, dass sie es brauchte. Der Mistkerl.*

Nach zehn Minuten Salat mit Brot und gezwungener Unterhaltung über den Kater hatte Liza genug. »Ich habe mich gestern Abend mit Cynthie unterhalten. Sie meinte, Cal würde versuchen …«

»Ich mag ihn«, unterbrach Bonnie.

Liza lehnte sich abrupt in ihrem Stuhl zurück. »Was?«

»Ich mag ihn«, wiederholte Bonnie.

»Das ist aber kein Grund, Min zu ermutigen …«

»Spielt keine Rolle«, erklärte Min, und beide wandten sich ihr zu. »Ich versuche ständig, von ihm loszukommen, aber es klappt nicht. Erinnert ihr euch an die Schneekugel, die mir verloren ging? Er hat sie gefunden. Er kam Dienstagabend vorbei, ging in den Keller und suchte sich genau die Kiste heraus, in der sie ganz unten verpackt war.«

»Blinder Zufall«, meinte Liza.

»Und gestern Abend ging ich allein ins Kino«, fuhr Min fort. »Und als die Lichter wieder angingen, ratet, wer neben mir saß!«

»Also *das ist* unheimlich«, erwiderte Liza. »Er verfolgt dich.«

»Nein«, widersprach Min. »Ich hob die Zeitung auf, und die Seite mit dem Kinoprogramm fiel heraus, und da sah ich, dass im Gryphon-Kino *Big Trouble in Little China* lief. Und da dachte ich ›Oh gut, Kurt Russell schlägt die Bösewichter‹, und ging ganz spontan hin. Ich hab niemandem ein Wort gesagt, nicht mal dem *Kater*. Aber *er* war dort. Als ob er hexen könnte.«

»Als ob er der Teufel persönlich wäre«, versetzte Liza.

»Als ob er dein Märchenprinz ist«, erklärte Bonnie.

Liza und Min blickten sie an.

»Im Märchen«, fuhr Bonnie fort, »muss er Prüfungen bestehen, um dich zu bekommen. Und die Schneekugel war eine.«

»Bonnie, Süße, lass uns lieber unser Wenn-Spiel spielen«, schlug Min vor, aus ihrer Betäubung erwacht. »Wenn ich vernünftig wäre, würde mir das alles nicht einen solchen Horror einjagen. Also werde ich jetzt vernünftig und lasse mich nicht mehr verrückt machen. Liza? Was ist dein Wenn?«

»Wenn ich herausfinden sollte, dass Cal dich verfolgt, dann zerreiße ich ihn in der Luft«, erklärte Liza. »Bonnie?«

»Wenn ihr beiden noch ein bisschen mehr verblödet, muss ich mir andere Freundinnen suchen«, grollte Bonnie, zu Min gewandt. »Cal ist dabei, dich zu erobern. Wie im Märchen. Du hast gesagt, sein Kuss hätte dich aufgeweckt.«

»Ich habe gesagt, sein Kuss hätte mich schwer angemacht«, entgegnete Min. »Das ist was anderes.« Sie beugte sich ein wenig vor. »Ich finde es ja okay, diese Märchengeschichten als eine Art Metapher zu verwenden, Bon, aber das hier ist die Realität. Da gibt's keine Prinzen, keine bösen Stiefmütter und keine vergifteten Äpfel.«

»Und kein Happy End, wenn du so denkst«, versetzte Bonnie. »Da ist die wahre Liebe, die dir dauernd auf die Füße trampelt, um deine Aufmerksamkeit zu erringen, und du weist sie zurück, weil du nicht daran glauben willst. Das Wunder ist zum Greifen nahe, direkt *vor deiner Nase …*«

»Augenblick mal«, rief Liza in dem verzweifelten Versuch, eine Katastrophe abzuwehren.

»Und du bist noch *schlimmer*«, wandte Bonnie sich ihr zu. »Min glaubt nicht an die Liebe für sich selbst, aber du glaubst nicht an die Liebe für egal wen. Du bist ein Liebes-Nihilist.«

»Ein Liebes-Nihilist.« Liza dachte darüber nach. »Das gefällt mir irgendwie.«

»Na, mir nicht«, warf Min ein. »Ich glaube an die Liebe. Glaube ich. Aber ich glaube nicht an Märchen.«

»Und ich habe mein ganzes Leben lang gewusst, dass früher oder später mein Prinz kommen würde«, antwortete Bonnie. »Wie oft hast du mir schon gesagt, dass im Berufsleben jeder mal einen Glücksfall erlebt, aber dass nicht jeder dafür bereit ist und ihn erkennt? Na ja, das Gleiche gilt für die Liebe. Ich habe mein ganzes Leben lang über meine Ehe nachgedacht und sie geplant, weil ich genau weiß, dass das die wichtigste Entscheidung in meinem Leben wird, und jetzt ist Roger hier, und ich bin bereit dazu. Ihr beide aber, ihr werdet diese Gelegenheit verpassen, wenn sie kommt, weil ihr nicht daran glauben wollt, denn ihr könntet ja eine Enttäuschung erleben, falls es nicht die wahre Liebe ist.«

Liza verdrehte die Augen. »Ach, *komm* schon …«

»Ihr geht von vornherein davon aus, dass ihr enttäuscht werdet. Ihr wärt enttäuscht, wenn ihr nicht enttäuscht werdet. Eure ganze Weltsicht beruht darauf, dass Männer euch enttäuschen.« Bonnie nahm ihren Teller auf. »Und das ist einfach feige. Besonders *du*«, grollte sie Min an. »Du hast Cal direkt vor der Nase, und er liebt dich so sehr, dass er nicht mehr gerade sehen kann, und das Schicksal sendet dir ein Signal nach dem anderen, dass sogar ich sie erkenne, aber nein, du klammerst dich an diese Wette wie an ein Rettungsseil. Du hast ihn nicht mal danach gefragt, oder?«

»Was würde er mir denn wohl antworten?«, gab Min zurück. »Na klar, aber ich bin dein Märchenprinz und liebe dich wirklich, und jetzt komm ins Bett?«

»Normalerweise bist du nicht so schwer von Begriff«, antwortete Bonnie. »Also kann es nur gottserbärmliche Angst sein. Was aber, wenn es doch die Wahrheit wäre? Wenn er dich wirklich so sehr liebt, dass es für immer hält? Was tust du dann?« Sie schüttelte den Kopf. »Du weißt es nicht. Du hast dich nie auf so etwas vorbereitet. Du hast an alles gedacht, was dir im Leben passieren könnte, aber daran nicht. Du bist wirklich hoffnungslos.« Sie trug ihren Teller in die Küche hinaus, kam zurück und schob ihren Stuhl unter den Tisch. »Wir sehen uns morgen im ›Long Shot‹. Ich treffe mich jetzt mit Roger, damit ich wieder weiß, warum ich glaube.«

»Bon, warte doch mal«, rief Min und erhob sich, aber Bonnie war schon an der Tür.

Als diese hinter ihr ins Schloss krachte, setzte Min sich Liza gegenüber wieder hin.

»Na ja, wenigstens sind wir noch bei Verstand«, stellte sie fest.

»Tja«, meinte Liza. »Und wie kommst du damit zurecht?«

»Nicht so besonders«, gab Min zu. »Hast du ein Dessert mitgebracht?«

»Kirsch-Schoko-Riegel«, antwortete Liza.

»Na, dann her damit«, bat Min. »Vernünftig sein kann ich auch noch morgen.«

Freitagabend wollte Cal es sich zur Abwechslung einmal zu Hause gemütlich machen gemäß der Theorie, dass ihm nichts Schlimmes passieren könnte, wenn er in seiner Wohnung blieb. Da hörte er »She« durch die Wand.

»Ach, um Himmels willen«, stieß er hervor und hielt dann inne, denn das sagte Min immer. »Nein«, ermahnte er sich selbst und ging dann zur Nachbartür, um sich bei Shanna abzulenken. »Hat man dich schon wieder sitzen lassen?«, fragte er, als sie die Tür öffnete.

»Nein«, erwiderte sie, ernst, aber nicht tränenverschmiert. »Ich versuche gerade, mein Leben in den Griff zu kriegen. Na, komm rein.«

»Dein Leben in den Griff zu kriegen?«, wunderte sich Cal und folgte ihr hinein.

»Ich hoffe stets, dass es mir vielleicht hilft, wenn ich diesem Lied zuhöre«, erklärte Shanna und holte die Flasche Glenlivet hervor.

»Wenn du deinem Leben einen Popsong zugrunde legen willst, hast du den Scotch nötiger als ich«, meinte Cal.

»Das ist es nicht.« Shanna schenkte seinen Drink ein. »Ich habe immer gedacht, dass eines Tages die richtige Frau kommen und ich es dann einfach wissen würde.«

»Na, dafür hast du so ziemlich den Gegenbeweis geliefert«, versetzte Cal und nahm sein Glas entgegen.

»Also dachte ich, wenn Elvis Costello bereits die Eigenschaften einer perfekten Frau aufgelistet hat, dann fange ich mal damit an und überlege mir, mit welcher Art von Mensch ich gern den Rest meines Lebens verbringen würde. Und wenn ich dann eine kennen lerne, die nicht der Liste entspricht ...«

»Na, das hört sich ja sehr systematisch an.« Cal ließ sich auf der Couch nieder und dachte, *das hört sich ja sehr nach Min an.*

»Aber die Sache ist die«, fuhr Shanna fort. »Elvis sagt nicht, dass sie perfekt sein soll. Also brauche ich vielleicht nur ein paar Schlüsselvorstellungen. Zum Beispiel dass sie gutherzig sein sollte.«

»Ja«, stimmte Cal zu und dachte an Min mit Harry.

»Und klug«, setzte Shanna fort. »Jemand, dem ich nicht alles erklären muss.«

»Vielleicht«, meinte Cal und dachte daran, wie er Min das Chicken Marsala beigebracht hatte. »Aber es ist kein Verbrechen, wenn man etwas nicht weiß. Ich würde lieber sagen: Jemand, der für neue Ideen offen ist und bereit ist zu lernen. Und von dem du auch etwas lernen kannst.«

»Ah, ja, das ist gut«, gab Shanna zu und ließ sich auf ihrer Couchtisch-Truhe nieder. »Und ich dachte, Sinn für Humor wäre auch wichtig.«

»Richtig«, stimmte Cal zu. »Wenn man nicht über Missgeschicke lachen kann, was soll's dann?« Er dachte daran, was Min bei ihrem Missverständnis über die beiden Elvis gesagt hatte: ›Gut, dass das kein Date ist‹, und …

»Und da ich oberflächlich bin, gehört für mich auch körperliche Attraktivität dazu«, erklärte Shanna.

»Für mich auch«, sagte Cal und versuchte, nicht an Min in ihrer aufregenden Pracht zu denken. »Und tolle Schuhe.«

»Was?«, fragte Shanna.

»Ach, nichts. Was sonst noch?«

»Das war's schon«, antwortete Shanna. »Ich wollte die Liste nicht zu lang machen. Freundlich, klug, witzig, attraktiv. Wie klingt das?«

»Verdammt gut, wenn du so eine findest«, versetzte Cal.

»Hast du das denn nicht?«, fragte Shanna. »Mit Min? Mir schien …«

»Wir sind kein Paar«, wehrte Cal ab. »Ich kenn sie kaum.«

»Ahaa«, machte Shanna. »Und wieso das? Sie ist hübsch und freundlich und klug, sie bringt dich zum Lächeln, und du bist vollkommen weg vom Fenster, wenn du sie küsst. Was hast du an ihr auszusetzen?«

»Na ja«, machte Cal und dachte nach. »Sie hackt dauernd auf mir rum.«

»Hasenfuß«, stichelte Shanna. »All die anderen hast du verlassen, weil sie nicht die Richtigen waren. Jetzt ist sie's, und du rennst davon.«

»Und das von einer Frau, die gerade eine Einkaufsliste in Sachen Liebe aufgestellt hat.« Cal erhob sich und gab ihr das Glas zurück. »Ich gehe wieder rüber. Viel Glück mit deiner Liste.«

Shanna gluckste, als er durch die Tür verschwand, doch er ignorierte sie und zog sich in seine Wohnung zurück. Dort wurde er sich bewusst, dass er noch nicht zu Abend gegessen hatte, aber er wollte nicht ausgehen, da er sonst unvermeidlich über Min stolpern würde.

»Kein Problem«, sagte er zu sich selbst und ging in die Küche. Da gab es noch Brot und Erdnussbutter und sonst nicht viel, also steckte er Brotscheiben in den Toaster und lehnte sich dann gegen den Kühlschrank und wartete darauf, dass das Brot heraussprang.

Als er sich müßig umblickte, fiel ihm zum ersten Mal auf, wie hässlich die Küche war. Und durch den Bogendurchgang hindurch sah er, dass das Wohnzimmer noch schlimmer aussah. Wenn er die Wohnung ein wenig aufmöbelte, vielleicht würde er dann öfter einmal zu Hause bleiben wollen. Allmählich wurde er sowieso zu alt dafür, immer nur in Bars herumzuhängen. Als das Telefon klingelte, griff er danach, froh um die Ablenkung.

»Calvin«, hörte er die Stimme seiner Mutter, aber sogar sie war noch besser als die Grabesstille.

»Mutter«, erwiderte er. »Wie geht's dir?« Die Toastscheiben sprangen heraus, also klemmte er sich den Hörer zwischen Schulter und Ohr und öffnete das Glas mit Erdnussbutter.

»Ich rufe wegen des Abendessens am Sonntag an«, sagte sie.

»Ich werde kommen, Mutter«, versicherte er und fuhr in Gedanken fort: *Ich komme doch jeden dritten Sonntag im Monat, Mutter*. Immer der gleiche Trott.

»Ich möchte, dass du unseren Gast abholst und mitbringst.«

»Gast?«, echote Cal, während er ein Streichmesser herausholte, um die Erdnussbutter zu verstreichen.

»Minerva Dobbs«, sagte seine Mutter.

»Was?« Cal ließ das Messer fallen.

»Ich habe sie angerufen, weil Harrison so oft von ihr erzählt hat, und ich dachte, es wäre nett für ihn, wenn sie einmal zu Besuch käme.«

Cal seufzte. »Was hat sie denn dazu gesagt?«

»Sie schien überrascht zu sein«, antwortete seine Mutter. »Aber als ich erklärte, dass Harrison sich sehr freuen würde, wenn sie käme …«

»…da sagte sie zu«, vollendete Cal und angelte nach dem Toast. »Nun ja, aber ich kann sie nicht mitbringen, weil ich sie nicht meh…« – seine Finger berührten das heiße Metall des Toasters, und er ließ den Hörer fallen. »Verdammt«, zischte er und steckte die verbrannten Fingerspitzen in den Mund.

»Calvin?«, rief seine Mutter aus dem Hörer.

Er hob ihn auf. »Entschuldige. Ich habe mich am Toaster verbrannt.« Cal drehte das kalte Wasser auf und hielt seine schmerzenden Finger darunter. »Na, jedenfalls sehe ich Minerva Dobbs nicht mehr.« Als er einen Schritt zurückmachte und auf etwas Hartes trat, rutschte sein Fuß aus und knallte gegen den Unterschrank. »Autsch.«

»Calvin?«, fragte seine Mutter.

»Ich bin auf ein Messer getreten.« Cal bückte sich, um das Erdnussbutter-Messer aufzuheben, und schlug sich den Kopf an der Arbeitsplatte an. »*Zum Teufel.*«

»Hast du dich geschnitten?«, fragte seine Mutter.

»Nein. Ich …« Er warf das Messer ins Spülbecken. »Ich rufe dich morgen an, Mutter.«

»Calvin?«, rief seine Mutter, aber er legte auf und machte eine kurze Bestandsaufnahme seiner Lage.

Anscheinend sabotierte er sich selbst. Er war schlecht gelaunt, er war müde, er war hungrig, und er war unachtsam. Er nahm das Telefon wieder auf und wählte die Nummer von Tonys Handy.

»Hallo?«, schrie Tony über den Lärm in der Bar hinweg.

»Ist Min bei euch?«, fragte Cal.

»Warte eine Minute«, rief Tony zurück und war eine Minute später ohne den Hintergrundlärm wieder am Apparat. »Tut mir Leid. Was wolltest du?«

»Ist Min bei euch? Ich möchte sicher sein, dass sie nicht gerade dort ist, wo ich hingehe.« Er runzelte die Stirn. »Sie macht mich vollkommen verrückt.«

»Verfolgt sie dich?«, fragte Tony ungläubig.

»Nein, sie will das auch gar nicht«, erwiderte Cal. »Es ist, als wären wir in einer Kiste zusammen gefangen. Wir versuchen dauernd, getrennte Wege zu gehen, und stoßen doch immer wieder aufeinander. Ihr geht nicht zu Emilio's, oder?«

»Chaostheorie«, stellte Tony fest. »Min ist die fremde Anziehungskraft.«

»Das ist wahr«, versetzte Cal. »Geht ihr heute zu Emilio's, oder kann ich hingehen und in der Küche essen?«

»Du kannst ruhig gehen«, antwortete Tony. »Aber im Ernst, diese Kiste, von der du sprichst, ist der Bereich deiner Anziehungskraft. Du und Min, ihr versucht, voreinander zu fliehen, aber du stößt ziellos gegen die Wände der Kiste, weil du instabil bist, und ohne Wiederholungen bewegst du dich trotzdem nach einem Muster.«

»Was für ein Glück«, knurrte Cal. »Halte Min einfach von Emilio's fern, ja? Ich sterbe vor Hunger.«

»Ich glaube, sie und Liza wollten irgendwohin gehen«, erwiderte Tony. »Sie sprechen schon den ganzen Abend über irgendeinen Job, den Liza nach Mins Ansicht unbedingt annehmen soll, und ich glaube, Min will mit ihr dorthin und ihr alles zeigen. Solange Emilio keine Stellenanzeige aufgegeben hat, sind sie nicht dort.«

»Das tut er nicht«, entgegnete Cal. »Er hat das Haus voller Neffen. Danke, Tony. Wir sehen uns dann morgen.«

Er legte auf, zog sich um, machte sich auf den Weg zu Emilio's und versuchte, Min aus seinen Gedanken zu verscheuchen. Es gelang ihm nicht, und so dachte er an die Chaostheorie, von der er nur eine vage Ahnung hatte. Der Schmetterlingseffekt, daran erinnerte er sich, das war die Überlegung, wonach der Flügelschlag eines Schmetterlings in Hongkong Auslöser für einen Hurrikan sein konnte, der zehn Jahre später in Florida auftrat, oder der einen Tornado zehn Jahre später in Texas verhindern konnte. Solche Auswirkungen waren einfach unvorhersehbar. Und genau das war Min. Sie hatte an jenem ersten Abend so harmlos gewirkt, aber dann hatte sie vor zwei Wochen mit den Flügeln geschlagen, und jetzt war sein Leben vollkommen durcheinander. Sie war, verdammt noch mal, in Wirklichkeit ein Schmetterling.

Er warf einen Blick die Straße hinunter bis zum Gryphon-Kino und erwartete beinahe, Min dort stehen zu sehen, denn heute begann die Reihe mit Elvis-Filmen. Aber nein. Und das schien auch logisch, denn nach der Chaostheorie wiederholten sich die Ereignisse nicht. Irgendwie erschien ihm die ganze Angelegenheit bei der Vorstellung, dass es sich um wissenschaftlich erfasste Vorgänge handelte, bedeutend weniger beängstigend. Er war nicht verrückt, er wurde nicht vom Schicksal verfolgt, er stand einfach nur am Rande des Chaos. Fast beruhigend.

Er bog in die Straße hinunter zu Emilio's ein und versuchte, sich daran zu erinnern, was ›am Rande des Chaos‹ bedeutete. Es hatte etwas damit zu tun, eine Münze zu werfen, und der ›Rand des Chaos‹ war der Augenblick, wenn sich die Münze in der Luft befand; der Punkt, an dem alles ein rein potenzielles System war, an dem sich der Weg entschied; oder auch etwas mit einem Sandhaufen, dem man nach und nach immer nur ein einziges Sandkorn hinzufügte, und der ›Rand des Chaos‹ war der Punkt, an dem das kritische Sandkorn landete und den Haufen zum Kippen brachte oder eine Lawine auslöste ... Cal ging langsamer, als ihm ein Assistent am College einfiel, der in einem ausgeleierten, blauen Sweater und mit wirren Haaren voller Ernsthaftigkeit vor ihnen gestanden und erklärt hatte, dass der Rand des Chaos eine Phase der Turbulenzen, des seelischen Chaos war, wenn es sich bei dem System um einen Menschen handelte; aber auch die Phase der größten Möglichkeiten, womöglich der Punkt, an dem das Leben begann. »Der Punkt«, hatte er doziert, »an dem das System wie eine Wasserkaskade in eine neue Ordnung stürzt, sich vom Sein zum Werden wandelt.«

Cal schüttelte diese Erinnerungen ab und öffnete die Tür zu Emilio's. Als er eintrat, hörte er Roger rufen: »Cal!« Er blieb wie erstarrt stehen und wusste, noch bevor er sich umdrehte, dass er dort Min sehen würde, die fremde Anziehungskraft, den wirkungsvollen Schmetterling, das Sandkorn des Schicksals. Er wandte sich um und sah sie mit allen anderen zusammen an einem Tisch sitzen, und sie wirkte wie ein erschrockener Cherub, ihre wunderschönen Lippen vor Überraschung offen, ihre dunklen Augen weit aufgerissen. Sein Atem ging schneller, er fühlte, wie sein Blut in Wallung geriet, wie sein gesamtes System verrückt spielte und ziellos in seiner Haut umherprallte, wie seine Zukunft unvorhersehbar wurde und alles von seinem nächsten Sprung in das Chaos abhing.

Min biss sich auf die Lippe und lächelte ihn entschuldigend an, und ohne weiter nachzudenken ging er durch den Raum auf sie zu und empfand fast Erleichterung, dass die Lawine sich in Bewegung setzte.

9

Cal zog sich von einem anderen Tisch einen Stuhl heran, und Min rutschte ein Stück zur Seite, um ihm Platz zu machen. Sie trug wieder ein weiches Hemd, diesmal eines mit lauter einzelnen, in unterschiedlichen Farben bedruckten Feldern, und sie wirkte hübsch und warmherzig und begehrenswerter, als er es für möglich gehalten hätte.

Über sie hinweg warf Tony ihm einen entschuldigenden Blick zu und zuckte die Schultern.

»Tony sagte, du wolltest heute Abend länger arbeiten«, stellte Min fest, als er sich setzte.

»Ich habe gelogen.«

Min rückte noch ein wenig zur Seite, er nahm schwach den Geruch von Lavendel wahr und fühlte, wie ihm leicht schwindelig wurde. »Na ja, wenigstens gibst du deine Unehrlichkeit ehrlich zu.«

»›Ich wurde dazu erzogen, charmant zu sein, nicht ernst‹«, zitierte Cal und entspannte sich, als sie ihn anlächelte.

»Du kennst ›Into the Woods‹?«, fragte Min. »Das ist mein Lieblings-Sondheim-Song.«

»Meiner auch.« Cal blickte sie konzentriert an. »Tony mag ›Sweeney Todd‹ am liebsten, und Rogers Lieblingssong ist ›Sunday in the Park with George‹, aber …«

»Du machst Witze«, stieß Min hervor, und ihre dunklen Augen funkelten ihn an. »Seid ihr etwa alle Sondheim-Fans?«

»Wir teilten uns am College ein Zimmer mit einem Theaterwissenschaftsstudenten.« *Oh Gott, du siehst so gut aus.*

»Da war noch ein Vierter mit euch im Zimmer?«, fragte Min und schloss dann in jäher Erkenntnis die Augen. »Natürlich. Emilio. Und in seinem Restaurant hast du während des College gejobbt.«

»Nein«, korrigierte Cal. »Im Restaurant seines Großvaters. Emilio hat erst vor zwei Jahren sein eigenes aufgemacht.«

»Aber es hat nicht wie der Blitz eingeschlagen.« Min nickte verstehend. »Deswegen habe ich Liza hergebracht. Ich habe den ganzen Abend gebraucht, um sie zu überreden, aber ich glaube, es gefällt ihr.«

»Gut«, sagte Cal, ohne zu verstehen. Egal, es war ein viel zu gutes Gefühl, wieder neben ihr zu sitzen, um jetzt spitzfindig zu werden.

»Liza bringt Dinge in Ordnung«, erklärte Min. »Sie macht Unternehmen ausfindig, die Hilfe brauchen, und dann ...hilft sie ihnen.«

»Also schaltet sie Anzeigen, dass sie Dinge in Ordnung bringen kann«, erwiderte Cal gleichgültig.

»Nein«, entgegnete Min. »Sie sucht sich ihre Kunden aus. Es gibt so viele Firmen, die einen Tritt in den Hintern brauchen, um wieder in die Gänge zu kommen, und Liza übernimmt den Job und gibt ihnen diesen Tritt. Ein Dauerjob langweilt sie. Sobald die Sache flutscht, geht sie. Aber in der Zeit, in der sie dort arbeitet, geschehen Wunder.« Sie grinste ihn an. »So ungefähr wie bei dir und den Frauen.«

»Hey«, protestierte Cal, aber dann sah er Emilio, der ihm von der Küchentür aus Zeichen machte. »Bin gleich wieder da.«

Emilio zerrte ihn durch die Tür nach hinten. »Da draußen sitzt eine Frau«, begann er, »die rothaarige von Tony. Sie hat gerade zu mir gesagt, dass sie hier vielleicht arbeiten will. Ist das eine Irre?«

»Nicht im Mindesten«, entgegnete Cal. »Tony kennt sie besser als ich, aber wenn du mich fragst, bin ich dafür, dass du sie einstellst. Es kann nicht schaden, und Min sagt, sie sei genial bei allem, was sie anpackt.«

»Was tut sie denn?«, erkundigte sich Emilio.

»Ich weiß es nicht genau«, antwortete Cal und blickte durch das Bullauge der Küchentür zu Min hin. »Ich verlasse mich einfach auf Min.«

»Min.« Emilio nickte. »Zu Min habe ich Vertrauen.«

»Ich auch«, erwiderte Cal und folgte Emilio zurück zum Tisch, gerade rechtzeitig, um Min sagen zu hören »Stellt euch vor, was ich herausgefunden habe: Diese Jungs hier sind alle Sondheim-Fans.«

»Was?«, rief Liza aus und drehte sich verblüfft zu Tony um.

»Was?«, gab Tony zurück. »Kann ich nicht mehrere Facetten haben?«

»Und zwar durch Emilio«, fuhr Min fort. »Und ich sage das jetzt, weil ich Emilios Stimme hören möchte.«

»Äh«, machte Emilio.

»Widerstand ist zwecklos«, meinte Cal und ließ sich wieder neben Min nieder. »Sie setzt ihren Willen fast immer durch.«

»Ich mag den Song ›Moments‹«, schlug Min Emilio lächelnd vor, »oder ›Into the Woods‹. Das ist peppig.«

»Ach wo«, machte Tony. »Lieber ›Sweeny Todd‹.« Er sang die erste Zeile von ›Sweeny Todd‹ in einem überraschend schönen Bass, und Roger fiel bei der nächsten Zeile mit ein, und sie sangen, bis Emilio nachgab und sie bei der Endzeile »the demon barber of Fleet...*Street*« unterstützte. Cal beobachtete währenddessen Mins lächelndes Gesicht und dachte *Küss mich*.

»Vielleicht nicht das beste Lied hier für das Restaurant«, bemerkte Cal, als Min aufgehört hatte zu klatschen, und Emilio verzog die Miene.

»Und du singst nicht?«, wandte Min sich an Cal.

»Nur in der Dusche«, erwiderte Cal und stellte sich Min in der Dusche vor.

»Quatsch mit Soße«, mischte Tony sich ein. »Er kann singen, er ist nur zu feige.«

»Aber du nicht«, meinte Liza, an Tony gewandt. »Du bist ja ein Multitalent. Wer hätte das gedacht?«

»Was kann er denn sonst noch?«, fragte Bonnie, und Tony grinste sie an.

»Er hat gewisse Fähigkeiten, über die wir später sprechen können«, antwortete Liza. »Diese Pasta ist hervorragend, Emilio. Eigentlich sollten Ihnen die Gäste jeden Abend die Bude einrennen.«

»Und das ist dein Job«, versetzte Min. »Bitte, rette Emilio. Ich liebe ihn.«

»Na klar«, erwiderte Liza. »Lasst mich erst mal die Küche inspizieren.«

Sie erhob sich, ging an Emilio vorbei und verschwand durch die Schwingtür.

»Ist sie …«, wandte er sich an Min.

»Sie ist die beste Kellnerin, die Sie je kriegen können«, erklärte Min. »Und sie wird Ihren Laden in Schwung bringen. Jetzt prüft sie erst mal die Küche. Wenn die die Prüfung besteht, dann haben Sie sie auf Ihrer Seite.«

Emilio verschwand, um seine Küche vor Liza zu beschützen, und Cal schenkte Wein in Mins Glas nach. »Trink«, befahl er. »Ich möchte dich zu etwas überreden, und dazu musst du etwas angesäuselt sein.«

»Irgendwie vermisse ich da den Charme«, bemerkte Min und hob ihr Glas. »Hör mal, ich habe über die Schneekugel und das Kino und das alles nachgedacht, und ich möchte mich dafür entschuldigen, dass ich dich einen Teufel genannt habe. Das waren alles reine Zufälle.«

»Ja«, erwiderte Cal. »Tony erklärt das mit der Chaostheorie.«

»Bonnie erklärt es mit der Märchentheorie«, entgegnete Min und nippte an ihrem Wein.

»Märchen?«, echote Cal verständnislos.

»Tja, weißt du, du bist der Märchenprinz, es ist alles Schicksal, und wir werden glücklich und zufrieden bis an unser Ende leben. Schon gut, ansonsten ist sie ganz vernünftig.« Min lächelte ihn an. »Ich glaube, solange wir uns an unseren Plan halten, ist alles in Ordnung.«

»Richtig«, erwiderte Cal. »Der Plan.« Er betrachtete ihre weichen, zu einem sanften Lächeln gebogenen Lippen und fühlte sich wieder schwindelig. *Küss mich*. »Ich glaube, wir sollten anfangen, miteinander zu gehen. Möchtest du ins Kino?«

Min blinzelte ihn verwirrt an und setzte ihr Glas ab. »Hast du irgendwas gehört von dem, was ich sagte?«

»Alles war nur Zufall, wir sollten uns an den Plan halten«, antwortete Cal. »Aber bei mir funktioniert das nicht.«

Min verschränkte ihre Arme. »Warum nicht?«

»Weil mich das Universum zum Krüppel macht, wenn wir nicht miteinander gehen.«

»*Was?*«

»Universum, Schicksal, Chaostheorie, Märchen, der Geist von Elvis, ich weiß nicht, was es ist, aber ich wehre mich nicht länger dagegen.« Cal beugte sich zu ihr und nahm erneut den schwachen Lavendelduft wahr, während Min ihn anblickte, als sei er verrückt geworden. »Du hasst mich, du bist sehr anspruchsvoll, du hast eine krankhafte Einstellung zum Essen, und deine beste Freundin wird mich eines Tages erschlagen, aber das ist mir egal. Ich lasse es darauf ankommen. Will deine Mutter mich immer noch bei einem Abendessen unter die Lupe nehmen? Dann komme ich.«

»Warum, wenn ich so schrecklich bin?«, fragte Min verärgert.

Er lächelte in ihr schönes Gesicht hinunter. »Weil du klug und freundlich und witzig bist und mein Neffe ganz verrückt nach dir ist, und weil du tolle Schuhe trägst und wie ein gefallener Engel aussiehst.« *Weil ich verrückt werde, wenn ich dich nicht bald in den Arm nehme.*

»Ahaa.« Min nickte. »Und deswegen willst du morgen zum Abend mit zu meinen Eltern kommen, damit meine Mutter erkennt, dass du ungefährlich bist?«

»Morgen?« Er nickte und versuchte, nicht erschrocken dreinzublicken. »Na gut. Wir wollen das schnell hinter uns bringen. Morgen Abend soll es sein. Und wegen heute Abend …«

»Die Sache mit unseren Dates? Nein, du musst nicht zum Abendessen kommen, damit meine Mutter sich über dich beruhigt. Aber wenn du einen Abend unter Freunden haben willst, könnten wir ins Kino gehen. Um zehn Uhr läuft *Blue Hawaii*.«

»*Blue Hawaii*«, wiederholte Cal. »Das ist kein Porno, oder?«

»Ein Film im Rahmen der Elvis-Woche«, erklärte Min. »Aber du musst ja nicht hingehen.«

Cal seufzte. »Doch, ich will. Und ich komme morgen auch mit zu deinen Eltern.«

»Aber warum? Ich verstehe das einfach nicht«, klagte Min, und er nahm ihre Hand und war glücklich, sie berühren zu können. »Komm mit, Minnie. Ich erklär's dir.«

Er zog sie von ihrem Stuhl hoch und durch das Restaurant zur Eingangstür, und als sie auf der Straße im Dunkeln standen, beugte er sich mit klopfendem Herzen zu ihr hinunter und küsste sie hemmungslos. Die jetzt schon vertraute Gefühlsaufwallung kam rasch und heiß wie immer, sogar noch heißer, weil er sich nicht dagegen wehrte, aber gleichzeitig empfand er auch Wohlbehagen: Sie fühlte sich unter seinen Händen und Lippen so gut und richtig an; und als sie ihre Arme um seinen Nacken schlang, küsste er sie noch heftiger, versank hilflos in ihr und gab sich seinen Empfindungen vorbehaltlos hin. Er fühlte, wie sich ihr üppiger Körper gegen ihn presste, ihre Lippen sich ihm öffneten, und es vergingen Jahre, in denen er das Paradies vor sich sah, und die Stimme in seinem Kopf schrie *DIE IST ES, DU IDIOT*. Dann traf ihn etwas hart auf den Arm und riss sie beide aus ihrem Kuss heraus.

»Was zum ...«, begann er, die Arme noch fest um Min geschlungen. Dann erblickte er Liza, die mit der Tasche in der Hand neben ihnen stand. »Wisst ihr, wenn Bonnie Recht hat, muss jeden Augenblick ein Kobold vorbeikommen und euch einen Tritt vors Schienbein versetzen.«

»*Liza*«, rief Min empört und trat ein wenig von Cal zurück.

Er empfand Kühle, wo sie gerade noch gewesen war, und drückte sie wieder an sich.

»Ich habe ihn nicht auf den Kopf geschlagen«, verteidigte sich Liza.

Cal blickte Min an. »Vergiss sie. Du willst wissen, warum? Also gut. Weil es einfach stärker ist als wir, und ich für meinen Teil mich nicht länger dagegen wehre.« Sie wollte etwas sagen, aber er fuhr fort: »Und du willst es auch.«

Liza sah ihn grollend an. »Ach ja, sag bloß, du kennst sie. Sag bloß …«

»Ja, ich kenne sie, obwohl noch nicht so gut, wie ich sie kennen möchte«, versetzte Cal, und hielt ihrem gestrengen Blick mühelos stand. »Und ja, sie bedeutet mir etwas. Sogar sehr viel. Und alles Übrige weiß ich nicht, aber ich finde es noch heraus. Einverstanden?«

Lizas Blick wurde nachdenklich. »Ja. Aber ich behalte dich im Auge.«

»Na also, okay«, erwiderte Cal und empfand ein allgemeines Gefühl der Erleichterung. Das mit dem Nur-gute-Freunde war nicht gut, aber auch kein Problem, denn er verstand es, Frauen zu umwerben. *Jetzt spielen wir mein Spiel*, dachte er und blickte voll Zuneigung zu Min hinunter.

»Sieh mich nicht so an«, bat Min und wandte sich Liza zu. »Wir gehen in den Zehn-Uhr-Film, nur als gute Freunde. Willst du mitkommen?«

»Ja«, erwiderte Liza und wandte sich Tony zu, der gerade aus dem Lokal kam. »Tony, wir gehen um zehn Uhr ins Kino.«

»In ›Blue Hawaii‹«, ergänzte Cal.

»Das ist kein Porno, oder?«, fragte Tony.

»Es ist Elvis«, antwortete Cal.

»Warum?«, fragte Tony.

»Weil es an der Zeit ist für meinen ersten Annäherungsversuch«, erwiderte Cal und blickte Min an.

»Hey«, rief Min.

»Ach so, zum Teufel, na dann«, schloss Tony, »lasst uns gehen.«

Samstagmorgen rief Min als Erstes bei ihrer Mutter an, um ihr mitzuteilen, dass Cal nun doch an diesem Abend zum Essen mitkommen würde.

»Na, dann sehen wir ja, was für ein Mensch er ist«, erklärte Nanette, und ihr Ton verhieß nichts Gutes für Cal.

»Du wirst ihn lieben«, erwiderte Min. »Er ist großartig und sehr erfolgreich.«

Nanette schnüffelte. »Wahrscheinlich einer der Kerle, die sich für eine Acht halten und dich für eine Vier. Aber alle Männer sind Windbeutel und Betrüger. Zieh etwas an, das dich schlanker macht.«

»Er ist eine Zehn, Mutter«, entgegnete Min. »Und ich bin nicht schlank.«

Danach erschien ihr Baseball fast wie eine Erleichterung, zumindest bis sie den Park erreichte.

»Du bleibst bei mir«, befahl sie Liza. »Bonnie wandert immer mit Roger davon, aber du bleibst mir auf den Fersen, damit du mir eine überbraten kannst, wenn ich anfangen sollte, mich wegen Cal zum Narren zu machen.«

»So viel Braten gibt's gar nicht«, versetzte Liza, aber sie folgte Min trotzdem zur Tribüne.

»*Min*«, schrie Harry, als er sie entdeckte, und sie blieb stehen und lächelte ihm entgegen, während er herangestürmt kam.

»Hey du«, begrüßte sie ihn, als er schlitternd vor ihr zum Stehen kam. »Wie läuft's denn?«

»Gut«, antwortete er und nickte. »Danke, dass du gekommen bist.« Dann blickte er hinab und rief aus: »Wow. Coole Schuhe.«

»Danke«, erwiderte Min, und Harry beugte sich hinunter,

um den blauen Kunststofffisch ihrer Sandalen, der ihre Zehen überdeckte, näher zu begutachten. »Weißt du, Harry, du hast viel von deinem Onkel.«

»Harrison, deine Instinkte sind in Ordnung«, erklang Cals Stimme hinter ihnen, und Min schrak hoch. »Frauen sind wichtiger als Baseball, aber du schiebst jetzt trotzdem deinen Hintern wieder ins Außenfeld.« Als Min sich zu ihm umwandte, grinste er sie an, und sein Gesicht wurde weich. Ihr Herz begann zu rasen. »Minnie, du hast ja Sommersprossen auf der Nase.«

»Ich weiß.« Sie rieb sich über den Nasenrücken und versuchte, die Zuneigung in seiner Stimme zu ignorieren. »Das liegt an diesen Samstagvormittagen. Ich gehe sonst nie in die Sonne, deswegen vergesse ich immer die Sonnencreme.«

»Ich finde sie nett«, erklärte Cal, und Min fühlte, wie ihr Herz einen Sprung machte.

»Ich auch«, mischte Harry sich von unten ein.

»Ich nicht«, entgegnete Min, um Fassung bemüht. »Aber ich kriege sie immer wieder, weil ich …«

Cal nahm seine Kappe ab und setzte sie ihr auf. »Problem gelöst.« Sein Grinsen wurde breiter. »Wirklich süß. Du darfst jederzeit in meiner Mannschaft mitspielen.«

»Mach keine Witze«, bat Min und schob die Kappe zurecht, so dass sie ihre Locken nicht zerdrückte. Die Kappe war noch warm von ihm, und sie ließ die Hand einen Augenblick darauf liegen, um es zu fühlen. *Du bist unmöglich*, sagte sie zu sich selbst.

»Harry!«, rief da jemand, und als sich Min umwandte, sah sie Cynthie in einem flatternden, rosafarbenen Kleid auf sie zukommen und Harry ein wunderschönes Lächeln schenken. »Wie geht's dir, Sportsfreund?«

Harry knurrte. »Hi.«

»Hi, Cynthie«, sagte Min und versuchte, sie nicht zu hassen. Dann wandte sie sich wieder Harry zu. »Wir gehen jetzt und suchen uns gute Plätze. Mach sie alle fertig, Junge.« Sie blickte an Cals Ohr vorbei und vermied den Blickkontakt. »Danke für die Kappe. Ich sehe sicher teuflisch damit aus.«

»Unsinn.« Cal tippte ihr an den Schild. »Du siehst damit aus wie eine Amazone. Shanna sollte dich so sehen.«

Min konnte nicht anders, sie lächelte ihn voller Wärme an. Dann schrie Tony: »Hey, wir spielen hier *Baseball*«, und Cal zog Harry mit sich auf das Spielfeld.

»Na, wie habe ich mich gehalten?«, fragte Min Liza.

»So gut, wie man unter diesen Umständen erwarten konnte«, antwortete Liza.

»Wobei gehalten?«, fragte Cynthie.

»Ich übe mich im Coolsein.«

»Ach«, erwiderte Cynthie. »Na, gut gemacht.«

Min folgte Liza und Cynthie zu den Sitzen, wo Bonnie bereits Platz genommen hatte, und sah dann zu, wie Harrys Mannschaft in den ersten drei Runden niedergemacht wurde. Sie bemühte sich, Cal nicht mit Blicken zu verfolgen. Als er zu ihr aufsah und bemerkte, dass sie ihn ansah, grinste er, und sie dachte *Ach, um Himmels willen, Minerva*, und wandte sich Liza zu, um sich abzulenken. »Man sollte meinen, Tony müsste bald der Schlag treffen«, bemerkte sie zu Liza.

»Nein«, entgegnete Liza. »Er möchte einfach nur, dass sie Spaß haben. Er schreit sie an, damit sie besser spielen, aber es ist ihm egal, ob sie gewinnen. Er sagt, all diese Spiele sind nur eine Übung für die Zukunft.«

»Wirklich?«, staunte Min. »Er ist vielschichtig.«

»Ungefähr dreilagig«, meinte Liza. »Ich hatte Unrecht damit, dass ich ihn für blöde hielt. Eigentlich ist er ziemlich hell im Kopf. Und ein netter Kerl.«

»Ist das alles?«, fragte Min.

»Ja«, antwortete Liza. »Das ist alles. Er ist nicht DERJENIGE WELCHER. Apropos, nette Baseballkappe, die du da hast,

Stats.« Sie tippte an den Schild. »Vielleicht spendiert er dir ja nach dem Spiel eine Limonade.«

Min schüttelte den Kopf. »Wir sind nur …«

»Das ist das Märchen«, erklärte Bonnie. »Er erobert dich.«

»Was?«, fragte Cynthie. »Märchen?«

»Ja«, antwortete Bonnie. »Min und Cal, das ist ein Märchen. Sie ist das Mädchen, das nicht das Leben führt, das es verdient, also besorgt ihm die Märchenfee einen Prinzen, um es zu retten.«

»Märchenfee?«, erkundigte sich Min.

»Liza«, erklärte Bonnie. »Sie hat Cal für dich ausgesucht.«

»*Einen Augenblick mal*«, protestierte Liza. »Ich übernehme *nicht* die Verantwortung für Calvin Morrisey.«

Min begann zu lachen. »Du hast ihn ausgesucht. Du hast mich hingeschickt, damit ich ihn kennen lerne. Also, *das* ist wirklich lustig.«

»Märchen«, sagte Cynthie, als sei sie nicht sicher, ob sie das ernst meinten.

Bonnie nickte. »Cal hat ihr die Kappe gegeben, weil das Teil seiner Prüfungen ist.«

»Nein, er gab ihr die Kappe, weil er sie umwirbt«, widersprach Cynthie mit Schärfe in der Stimme. »Das gehört zur Phase der Anziehung.«

»Phase der Anziehung«, echote Liza.

»Er fühlt sich nicht angezogen …«, begann Min.

»Es gibt vier Phasen bis zur reifen Liebe«, erklärte Cynthie. »Grundakzeptanz, Anziehung, Verliebtheit und dauerhafte Bindung.«

»Also wissen Sie, ich würde es nach der Art, wie er sie ansieht, Verliebtheit nennen«, stellte Liza fest.

»Wie bitte?«, fuhr Min ihre beste Freundin, die Verräterin an.

»Es ist ein Märchen«, beharrte Bonnie.

»Es ist Anziehung«, erklärte Cynthie steif.

»Es ist Liebe, eine ganz unvorhersehbare Reaktion«, trumpfte Liza auf. »Chaostheorie.«

»Hey«, rief Min, und alle sahen sie an. »Es war einfach eine freundliche Geste eines Freundes, weil ich keine Sommersprossen möchte. Nicht alles ist gleich eine Theorie.«

»Märchen sind keine Theorie«, wehrte Bonnie ab. »Und wenngleich du nicht glauben willst, dass es dir passiert – mir passiert es jedenfalls gerade.« Sie lächelte sie der Reihe nach an, zu glücklich, um noch zu streiten.

»Und was ist mit Roger?«, fragte Min, sehr bereit, das Thema zu wechseln.

»Er ist der Richtige«, antwortete Bonnie. »Er wird mir in ein paar Wochen einen Heiratsantrag machen, und ich werde Ja sagen. Ich habe meiner Mama schon gesagt, sie solle die Hochzeit für August planen.«

»Hat er Ihnen gesagt, dass er Ihnen einen Antrag machen will?«, fragte Cynthie, und als Bonnie sie überrascht anblickte, erklärte sie: »Ich schreibe gerade ein Buch über das Thema. Es geht mich natürlich nichts an, aber es interessiert mich.«

»Ach so«, erwiderte Bonnie. »Also, nein, er hat es mir nicht gesagt. Aber ich weiß es.«

Min versuchte dreinzublicken, als glaubte sie es, aber die Stille, die sich über ihnen ausbreitete, schien so von Zweifel getränkt, dass Bonnie sich umwandte und Rogers Namen rief. Als er herangetrottet kam, fragte sie ihn: »Schatz, hast du vor, mich zu fragen, ob ich dich heiraten will?«

»Ja«, antwortete er. »Ich wollte nichts überstürzen, deswegen dachte ich, ich warte unser Ein-Monats-Jubiläum ab. Es sind ja erst elf Tage.«

»Sehr vernünftig«, befand Bonnie. »Aber damit du es weißt, ich werde Ja sagen.«

Roger seufzte tief. »Na, das nimmt mir einen Stein vom Herzen.« Er beugte sich zu ihr, küsste sie und kehrte dann zum Spielfeld zurück.

»Das war entweder sehr süß oder sehr blöd«, kommentierte Liza.

»Es war süß«, erklärte Min und versuchte sich vorzustellen, wie Cal so etwas sagte. *Hör auf, an ihn zu denken.* »Und blöd.«

»Ich hab's euch ja gesagt«, meinte Bonnie. »Es ist ein Märchen. Ihr müsst daran glauben.«

»Positives Denken«, nickte Cynthie. »Ein gutes Beispiel. Könnte ich Sie vielleicht einmal interviewen? Für mein Buch. Ich finde das wirklich faszinierend. Sie haben die Phase der Verliebtheit ungewöhnlich schnell erreicht.«

»Sicher«, meinte Bonnie. »Aber es ist nicht Verliebtheit. Es ist wahre Liebe. Wie bei Cal und Min.«

»*Willst du wohl endlich damit aufhören*?«, fuhr Min sie an.

»Natürlich«, sagte Cynthie ohne Überzeugung zu Bonnie, und sie begannen, sich zu unterhalten.

Min holte tief Atem und drehte sich zu Liza um. »Cynthie scheint nett zu sein«, sagte sie ruhig und hoffte auf ein Gespräch, in dem Cal nicht vorkam.

»Das ist sie«, antwortete Liza. »Aber ich glaube, sie will Cal zurückhaben.«

Min gab es auf und starrte zum Spielfeld hinunter, wo Cal an der dritten Base mit einem Knirps sprach. Sein Gesicht war wieder ernst, und der Kleine nickte und hing an seinen Lippen. *Wirklich ein Schatz*, dachte sie, dann fiel ihr ein *Nein, ein Biest*, aber das funktionierte nicht mehr. Nun ja, eigentlich hatte es nie richtig funktioniert.

»Geht ihr heute Abend zusammen aus?«, fragte Liza.

»Ja, aber nur als Freunde«, antwortete Min. »Er tut mir den Gefallen, zum Essen bei meinen Eltern mitzukommen, damit meine Mutter endlich aufhört, sich Sorgen darüber zu machen, ob er ein gemeiner Verführer ist.«

Liza schüttelte zweifelnd den Kopf. »Ich glaube nicht, dass es deine Mutter beruhigt, Cal kennen zu lernen.«

»Warum nicht? Elvis mag ihn auch. Und Elvis' Instinkte sind in Ordnung.«

»Elvis?«, fragte Liza alarmiert.

»Der Kater. Ich habe ihn Elvis genannt«, erklärte Min.

Liza seufzte. »Gott sei Dank. Ich dachte, du wärst endgültig übergeschnappt.«

»Hey, ich bin nicht diejenige, die an Märchen glaubt«, empörte sich Min. »Oder an die Chaostheorie.«

»Oder an das Vier-Stufen-Programm zur Liebe«, setzte Liza hinzu und schwenkte ihren Kopf Richtung Cynthie, die gerade Bonnies Erklärung ihrer Märchentheorie in puncto Liebe lauschte.

»Genau«, stimmte Min zu. »Das ist alles Blödsinn. Da braucht man keine Theorie, man muss einfach praktisch denken, sich überlegen, was man von einem Mann will, und dann einen finden, der einem genau das gibt. Einen Plan machen und sich daran halten.« Ihr Blick wanderte zu Cal. »Und sich nicht ablenken lassen.«

Liza verdrehte ihre Augen. »Oder man könnte sich auch verdammt noch mal einfach verlieben.«

»Na klar«, erwiderte Min und wandte ihren Blick von Cal ab. »Genauso gut könnte es heißen, man könnte sich auch einfach vom Dach stürzen. Das tut nämlich auch erst weh, wenn man *landet*.«

Liza fuhr zurück. »Ich meinte doch nur …«

»*Nein*«, entgegnete Min laut genug, dass sich mehrere Leute zu ihr umblickten. »Das muss man vernünftig betrachten. Es geht nicht nur um idiotische Liebeslieder und süße Küsse, sondern das Ganze ist gefährlich. Es gibt Leute, die deswegen sterben. Leute, die *daran* sterben. Kriege werden deswegen vom Zaun gebrochen. *Ganze Imperien werden zum Einsturz gebracht*.«

»Äh, Min …«

»Es kann *dein ganzes Leben ruinieren*«, fuhr Min fort und

schloss die Augen, damit sie Cal nicht sah. »Und deswegen bleiben Cal und ich einfach nur gute Freunde, mehr nicht. Es wäre blöd, zu glauben, dass etwas Dauerhaftes daraus werden könnte. Masochistisch. Selbstmordgefährdet. Verrückt.«

»Aha«, machte Liza.

»Das ist mein Plan«, schloss Min, »und dabei bleibe ich.«

»Genau«, versetzte Liza.

Nach dem Spiel kam Harry auf die Tribüne und bettelte: »Onkel Cal sagt, wir könnten zusammen zu Mittag essen, wenn du mitkommst«, und Min erwiderte: »Na ja ...«, und dachte *Calvin, du neffenmissbrauchender Mistkerl.* Aber gut, ein Mittagessen würde sie nicht umbringen. Es war in Ordnung, mit einem Freund zum Mittagessen zu gehen. Und mit seinem Neffen, als einer Art Anstandsdame.

»Aha«, machte Liza, obwohl Min kein Wort gesagt hatte.

Auf ihren Wunsch hin gingen sie in ein Nostalgiediner, wo sie und Harry während des gesamten Essens Platten von Elvis laufen ließen, eine neue Erfahrung für Harry, der mit Chopin aufgewachsen war. Cal schien es nichts auszumachen. Als sie dann vor ihrem Haus abgesetzt wurde, sagte Harry: »Dann sehen wir uns morgen, Min«, und sie erwiderte: »Ja, das werden wir. Abendessen bei Oma.« Harry blickte etwas verwirrt drein, und Cal meinte: »Harrison, du kriegst fünfzig Eier von mir, wenn du deine Großmutter morgen so ansprichst.« – »Lieber nicht«, entgegnete Harry, und Min stieg aus mit dem bestimmten Gefühl, dass der morgige Abend ihr eine Menge Erklärungen über Calvon Morrisey liefern würde, vorausgesetzt, er überstand das Abendessen heute Abend bei ihren Eltern.

»Behalte die Kappe, Minnie«, wehrte Cal ab, als sie sie ihm durch das Fenster reichen wollte. »Du siehst gut damit aus. Ich hole dich dann um acht Uhr ab.« Dann fuhr er davon, und sie fühlte sich lächerlich glücklich, was kein gutes Zeichen schien.

»Du bist eine blöde Gans«, sagte sie zu sich selbst und ging ins Haus, um sich für das Abendessen bei ihrer Mutter vorzubereiten.

An diesem Abend kam Cal in einem alten Mercedes. Min saß bereits auf der untersten Stufe, als er ankam, und sie trug ein einfaches, schwarzes Kleid, das sie über ihre Knie gezogen hatte. Sie wirkte wie eine exzentrische Nonne.

»Was tust du hier unten?«, fragte er, nachdem er ausgestiegen war.

»Du musst heute noch meine Eltern ertragen«, erklärte sie und erhob sich. »Deswegen wollte ich dir nicht auch noch all diese Stufen zumuten.«

»Solange du da oben bist, machen mir die Stufen nichts aus.« Cal blickte auf ihre Füße hinab. Sie trug schlichte, schwarze Schuhe ohne Absatz, die keine Zehen zeigten.

»Warum diese scheußlichen Schuhe?«

»Die sind nicht scheußlich«, entgegnete Min. »Die sind klassisch. Wie dein Wagen. Der ist auch sehr schön, aber nicht das, was meiner Ansicht nach zu dir passt.«

»Examensgeschenk.« Cal öffnete ihr die Tür. »Schau nie einem geschenkten Auto ins Maul. Na hopp, Minnie, wir wollen doch nicht zu spät kommen.«

Als er hinter das Steuerrad glitt, fragte Min: »Für den College-Abschluss?«

»Was?«, fragte Cal zurück und ließ den Motor an.

»Der Wagen. Ein Geschenk zum College-Abschluss? Ich habe eine Aktentasche bekommen. Ich möchte das Ganze nur in der richtigen Perspektive sehen.«

»High School«, korrigierte Cal und fuhr an.

»High School«, wiederholte Min und nickte. »Was haben sie dir denn zum College-Abschluss geschenkt? Eine Jacht?«

»Eine Stelle in der Firma meines Vaters.«

»Aber …«

»Ich habe das Geschenk abgelehnt«, erklärte Cal. »Wie geht's Elvis?«

»Der ist absolut gesund«, berichtete Min mit Staunen in der Stimme. »Ich habe ihn zum Tierarzt gebracht, und der sagt, er sei in hervorragender Verfassung. Nur etwas seltsam.«

»Wie so vieles in meinem Leben in letzter Zeit«, versetzte Cal. »Apropos, gibt es irgendwas, das ich lieber vorher über deine Familie wissen sollte?«

»Du musst das nicht mitmachen«, antwortete Min.

»Minerva, ich habe mich dazu entschlossen. Bitte, mach mich fit für deine Eltern.«

»Da gibt's wirklich nichts Besonderes«, entgegnete Min. »Meine Mutter ist immer höflich, und mein Vater ist nicht sehr gesprächig, außer man trifft einen Nerv bei ihm. Triff lieber keinen Nerv.«

»Okay«, erwiderte Cal. »Könntest du mir eine Liste der Nerven liefern?«

»Versicherungsbetrug, jüngere Männer, die seine Stellung haben wollen, Musik nach 1970 und Sex mit seinen Töchtern.«

»Sex mit seinen Töchtern«, echote Cal.

Min nickte. »Mein Vater wird dich verdächtigen, dass du mich zu Orgien verführen willst.«

»Dein Vater nimmt also meinen Charakter unter die Lupe«, resümierte Cal. »Und deine Mutter?«

»Na ja, sie überprüft sicher, ob du als Schwiegersohn in Frage kommst. Normalerweise gibt's zum Nachtisch ein Quiz.«

»Schriftlich oder mündlich?«

»Mündlich.«

»Gut. Mit dem Mund bin ich gut.« Stille breitete sich aus, bis er sagte: »Ich habe es nicht so gemeint, wie es herauskam.«

Min starrte gerade vor sich hin. »Schon gut. Es wird kein Quiz geben. Meine Mutter hat im Moment andere Dinge im Kopf.«

»Hat sie sonst noch Schrullen, über die ich Bescheid wissen sollte?«

»Ja, aber die drehen sich nur um mich.«

Cal schüttelte den Kopf. »Ist mir egal. Her mit der Liste.«

»Dass ich Kohlenhydrate esse, weiße Baumwollunterwäsche trage, nicht abnehme, meinen Exfreund verloren habe, den sie liebte«, antwortete Min. »Ich glaube nicht, dass sie irgendetwas davon heute im Gespräch mit dir zur Sprache bringt.«

»Meine Mutter mag meine Exfreundin auch«, wunderte sich Cal. »Ich glaube, das ist nur Faulheit. Sie hat keine Lust, sich einen neuen Namen zu merken. Wer kommt heute denn sonst noch?«

»Meine Schwester Diana. Vor ihr hast du nichts zu befürchten. Sie ist im Augenblick etwas durch den Wind, weil sie in einer Woche heiratet, aber sie ist trotzdem schwer in Ordnung. Wenn es unerträglich wird, tust du am besten gar nichts und siehst einfach nur Di an. Sie ist wunderschön.«

»Gut zu wissen«, meinte Cal. »Mom, Dad, Diana, du und ich. Gemütlich.«

»Und Greg«, ergänzte Min und versuchte, nicht angeödet zu klingen. »Der Verlobte meiner Schwester.«

»Richtig. Greg mit dem schlechten Gedächtnis. Wie steht's mit ihm?«

»Irgendwas stimmt da nicht«, erwiderte Min. »Ich weiß nicht, was, aber er ist nicht richtig dabei. Die Sache ist die: Er ist kein übler Kerl, außer dass er *Schnief* sitzen gelassen hat, wozu er natürlich jedes Recht hatte. Und er betet Diana an, also verstehe ich nicht ganz, was da los ist.« Sie warf einen Blick auf Cal. »Mich würde interessieren, was du von ihm hältst.«

»Ich?«, fragte Cal erstaunt.

»Du kannst Menschen gut beurteilen«, befand Min, »ganz instinktiv. Instinkte doch bitte Greg für mich.«

»Na, groß ist die Chance nicht, dass ich während eines einzigen Abendessens herausfinde, was mit ihm nicht stimmt«, meinte Cal. Da klingelte Mins Handy.

Als sie es aus ihrer Tasche zog, sagte er: »Ein schlichtes, schwarzes Handy. Du hast mich damals am ersten Abend angelogen, Minnie.«

»Und du wusstest es«, entgegnete Min und meldete sich. »Hallo. Was?« Sie lauschte eine Minute, dann sprach sie: »Ach, um Himmels willen.« Wieder lauschte sie und sagte dann: »Di, es ist Samstagabend. Woher soll ich … warte einen Augenblick.« Sie wandte sich Cal zu. »Greg hat versprochen, den Wein für das Abendessen zu besorgen.«

»Darf ich raten?«, erwiderte Cal.

»Du hast nicht zufällig eine oder zwei Flaschen Wein in deiner Wohnung, hm?«

»Emilio«, sagte Cal nur und wendete den Wagen in die Richtung, aus der sie gekommen waren.

Min hob das Handy wieder an ihr Ohr. »Cal bringt das in Ordnung.« Es lag ein Hauch Stolz in ihrer Stimme, und Cal grinste. Sie schaltete das Handy aus und stellte fest: »Du bist ein Märchenprinz.«

»Danke«, erwiderte Cal. »Sag bitte etwas Zickiges zu mir, ja? Sonst bin ich verwirrt.«

Er hielt vor dem Restaurant, ging hinein und kam mit dem Wein wieder heraus. Min warf einen Blick auf die Etiketten. »Das ist teurer Wein, nicht?«

»Nicht wirklich«, versetzte Cal. »Ungefähr vierzig Eier pro Flasche.«

Min begann zu lachen. »Das geschieht Greg recht, dieser Dumpfbacke.«

Zehn Minuten später parkte Cal entsprechend Mins Anleitungen vor einem ziemlich großen, ziemlich modernen Haus. Min begann: »Weißt du, du kannst dich immer noch aus dem Staub machen. Setz mich nur ab, und ich sage …«

»Nein.« Cal öffnete seine Tür. »Bleib sitzen.«

»Sitzen?«, fragte Min und fummelte am Türgriff.

Cal kam um den Wagen herum und öffnete ihr die Tür. »Du kannst nicht einfach ohne meine Hilfe aus einem Auto hüpfen.« Er nahm ihre Hand, als sie versuchte auszusteigen, und zog sie auf die Füße. So stand sie enger bei ihm, als er beabsichtigt hatte, aber er hatte nicht das Geringste dagegen. »Wenn du ohne meine Hilfe aussteigst, wirke ich schwach und unmännlich«, erklärte er und betrachtete ihre Locken, die ein Windstoß zerzauste.

»Jaja, schwach und unmännlich«, wiederholte sie. »Ich wette, das kriegst du oft zu hören.« Sie ging um ihn herum, während er die Wagentür schloss, und sah, dass jemand hinter einem Fenstervorhang verschwand. »Na ja, das Gute daran ist, dass du bereits Pluspunkte bei meiner Mutter gesammelt hast. Sie hat dich durchs Fenster beobachtet.«

»Na fein«, erwiderte Cal und nahm ihren Arm. »Dann müssen wir also nur noch das Abendessen überstehen.«

Mins Vater kam ihnen in der Eingangshalle entgegen, ein schwerfälliger Riese mit vollem, blondem Haar und dichten, weißen Augenbrauen, der eigentlich freundlich und herzlich wirken sollte, stattdessen aber den leicht paranoiden Blick eines Hütehundes zeigte, dessen Schafe gegen ihn intrigierten.

»Dad, das ist Calvin Morrisey«, stellte Min vor. »Cal, mein Vater, George Dobbs.«

»Freue mich, Sie kennen zu lernen, Calvin.« Georges raue Stimme klang bestimmt, als verwahrte er sich gegen jeden Verdacht, dass er sich nicht freute, aber seine Augen signalisierten: *Was führst du im Schilde?*

»Ich freue mich ebenfalls, Sir«, log Cal, und Min klopfte ihm auf die Schulter, was ihm wohler tat, als er je gedacht hätte.

»Ihr seid spät dran«, wandte George sich an Min. »Wir haben bereits mit den Cocktails angefangen.«

»Es tut mir Leid, Sir«, entschuldigte Cal sich, aber Min erklärte fest: »Nein, kein Grund dafür. Es war meine Schuld, Dad, wir mussten noch einmal zurück.«

»Na ja, dann kommt mal rein«, meinte George. Min seufzte und ging ins Speisezimmer. Cal folgte ihr und fand sich Mins Drachen von Mutter gegenüber.

Das Haus wirkte wie ein Ausstellungsstück, eindeutig von einem Innenausstatter eingerichtet, und Mins Mutter, die da in ihrem perfekten Speisezimmer stand, passte dazu: beides Designerprodukte, die keinerlei Wärme ausstrahlten. Das Haus zeigte zumindest Farben, Mins Mutter war klein und dünn, dunkelhaarig, in Schwarz gekleidet und gepflegt bis in die letzte Haarspitze. Das absolute Gegenteil von Min. »Cal, darf ich dir meine Mutter Nanette vorstellen«, zwitscherte Min. »Mutter, das ist Calvin Morrisey.« Und Nanette Dobbs sprach »Willkommen, Calvin« mit einer Stimme, die einen Fisch schockgefrieren konnte.

»Habe ich etwas verbrochen?«, wisperte Cal in Mins Ohr, als Nanette sich George zuwandte.

»Du hast mich im Park auf dem Picknicktisch fast vernascht«, wisperte Min zurück.

»Woher wissen die das denn?«, fragte Cal.

»Greg hat uns verpfiffen«, antwortete Min. »Und er hat auch deine Schürzenjägervergangenheit erwähnt.«

»Und ich bringe ihm auch noch Wein mit«, stöhnte Cal.

»Und hier ist er«, versetzte Min. Mit erhobener Stimme sprach sie: »Greg! Darf ich dir Cal Morrisey vorstellen.«

Greg war jung und gestriegelt, eindeutiges Ergebnis der besten Schulen, im Fitnessstudio in Form und äußerlich auf Hochglanz gebracht. Er begegnete Cal lächelnd und erkannte dann, wem er da die Hand schüttelte. »Äh«, stotterte er.

Cal wartete auf mehr, aber es kam nichts. »Tja«, erwiderte er und neigte sich vor. »Der Wein ist in meinem Wagen auf dem Beifahrersitz.«

Greg stieß erleichtert die Luft aus. »Danke, Mann«, murmelte er und packte Cal dabei am Arm. »Bin gleich wieder hier«, erklärte er etwas zu laut. »Hab den Wein im Wagen vergessen.«

»Und hier ist meine Schwester Diana«, stellte Min weiter vor, und ihre Stimme wurde weich. Cal erblickte eine jüngere, freundlichere Ausgabe des Drachens. Diana war schlank, dunkelhaarig, allerliebst und eindeutig die Prinzessin in der Familie. Sie strahlte Min an und hieß Cal mit mehr Herzlichkeit willkommen als alle anderen im Raum zusammengenommen und erkundigte sich nach seiner Baseballmannschaft.

»Nettes Kind«, meinte er zu Min, als Diana sich nach dem Mondkalb umsah, das sie zu heiraten beabsichtigte.

»Kind?«, gab Min zurück.

»Sie ist nett«, erklärte Cal. »Aber sie ist nicht wie du.«

»Da bist du nicht der Erste, der das bemerkt«, erwiderte Min. »Hör mal, lass dich von meinen Eltern nicht unterkriegen. Sie sind nur …« Ihre Stimme verklang, während sie nach einer passenden Bezeichnung suchte.

»Schon gut«, beruhigte Cal sie, dann rief Nanette Min zu sich, und Greg erschien mit dem Wein.

Als Min einige Minuten später wieder erschien, waren ihre Locken mit Kämmen zum Hinterkopf hin festgesteckt, und die Gesellschaft ging zu Tisch.

»Was ist mit deinem Haar?«, flüsterte Cal ihr ins Ohr, als sie Platz genommen hatten.

»Es ist nicht vorteilhaft für mein rundes Gesicht, wenn es offen herumhängt«, flüsterte Min zurück. »Ich wüsste das doch.«

»Mir hat es aber gefallen«, entgegnete er, und Min meinte: »Mir auch«, und dann begann das Abendessen.

»Und was tun Sie so beruflich, Calvin?«, fragte George, als die Suppe mit Small Talk vorübergegangen war und der Hauptgang serviert war.

»Ausbildungsseminare«, erwiderte Cal und behielt Nanette im Auge, die ihn während der Suppe ständig angesehen hatte. Nicht direkt stirnrunzelnd, denn ihre Stirn blieb glatt, aber keineswegs freundlich.

»Also sind Sie Lehrer«, stellte George fest. »Ist damit Geld zu verdienen?«

»Dad«, mahnte Min.

»Durchaus«, antwortete Cal abgelenkt, da Min ihm heimlich über den Rücken streichelte. Er war ihr dankbar für die moralische Unterstützung, aber es fühlte sich zu gut an, um es vor den Augen ihres Vaters offen zu genießen.

»In welcher Firma arbeiten Sie?«, fragte George weiter.

»Morrisey, Packard, Capa.« Cal lächelte Mins Mutter an. »Dieses Rindfleisch ist vorzüglich, Mrs. Dobbs.«

»Vielen Dank.« Nanette Dobbs wirkte nicht besänftigt.

»Morrisey«, wiederholte George. »Also arbeiten Sie bei Ihrem alten Herrn. Da kriegt man immer einen Job, was?«

»Äh, nein«, entgegnete Cal. »Ich bin selbst der alte Herr. Es ist meine eigene Firma.«

Min hörte auf zu streicheln und starrte stattdessen ihren Vater an. »Ich frage mich, was die Statistiken über die Anzahl von Töchtern aussagen, die ihre Eltern noch besuchen kommen, nachdem ihre Gäste *von ihren Vätern so peinlich belästigt wurden*.«

»Haben Sie sie geerbt?«

»Ich habe sie selbst gegründet«, antwortete Cal.

»Ich nehme an, die Zahl ist *sehr gering*«, erklärte Min.

»Aber Ihr alter Herr hat Sie finanziert«, bohrte George nach.

»Nein, das hat er nicht«, entgegnete Cal. »Er wollte, dass ich in seine Firma einsteige, deswegen habe ich mir das Startkapital außerhalb der Familie besorgt.«

»Um Himmels willen, Dad, jetzt reicht es«, mahnte Min und nahm ihre Hand von Cals Rücken. »Lasst uns von etwas anderem sprechen. Ich habe seit neuestem einen Kater.«

»Also eine Neugründung«, meinte George beharrlich. »Dreiunddreißig Prozent aller Neugründungen machen in den ersten vier Jahren Bankrott.«

»Einen *Monster*-Kater«, erklärte Min.

»Vor zehn Jahren war es eine Neugründung«, korrigierte Cal. »Jetzt haben wir Oberwasser.«

»Er ärgert alle meine Freunde«, fuhr Min fort. »*Ich überlege, ob ich ihn nicht George nenne.*«

»*Minerva*«, sagte Nanette. »Nicht in diesem Ton.«

»Brot?«, fragte Min und hielt Cal den Brotkorb unter die Nase.

»Ja, danke.« Cal nahm sich eine Scheibe und reichte ihr den Korb zurück. Sie nahm sich auch ein Stück, und ihre Mutter sprach erneut.

»*Min.*«

»Ach ja, richtig«, erwiderte Min und legte das Stück zurück.

»Sie haben also ihre eigene Firma«, resümierte George, und seine Stimme troff vor Skepsis.

»Ja.« Cal blickte stirnrunzelnd zu Min. »Warum sollst du kein Brot essen?«

»Ich hab's dir doch erzählt, ich muss in dieses Kleid hineinpassen«, erklärte Min. »Schon gut. Im Juli kann ich wieder Brot essen.«

»Min ist nächstes Wochenende Dianas Brautjungfer«, verkündete Nanette. »Und wir wollen doch nicht, dass sie zu dick für das Kleid wird.«

»Ich bin jetzt schon zu dick für das Kleid«, entgegnete Min.

»Sie sollten auch kommen«, wandte sich Diana an Cal und beugte sich über den Tisch. Sie hatte weder Brot, noch Butter noch Rindfleisch angerührt, wie Cal bemerkte. Nur ihr Wasserglas wurde heftig in Anspruch genommen. »Ich meine, zur Hochzeit. Und zum Familienessen am Vorabend. Min braucht einen Begleiter.«

Bevor Cal antworten konnte, fragte George: »Wer zählt

denn zu Ihren Kunden?«, und Nanette fragte im gleichen Moment: »Wie lange gehen Sie mit Min schon aus?«, und Min zupfte an seinem Ärmel. Als er zu ihr hinabblickte, fragte sie ihn: »Hast du auch Familie?«

»Ja«, antwortete Cal und bemühte sich um einen unverbindlichen Ton.

»Sind sie auch alle so schrecklich?«, fragte Min weiter.

»Minerva«, stieß Nanette mit warnendem Unterton hervor.

»Nun ja, sie lassen mich Brot essen«, erwiderte Cal und behielt Nanette im Blick. »Abgesehen davon, ziemlich.«

»Wie bitte?«, fragte George.

»Hören Sie, es macht mir nichts, wenn Sie mich mit Fragen nach meinem Beruf löchern«, erklärte Cal. »Ihre Tochter hat mich zu Ihnen nach Hause mitgebracht, und das bedeutet ja etwas. Es macht mir auch nichts, wenn Ihre Gattin mich aus dem gleichen Grund über mein Privatleben ausfragt. Aber Min ist eine großartige Frau, und während des ganzen Abendessens haben Sie sie bis jetzt einfach ignoriert oder wegen eines idiotischen Kleides schikaniert. Nur zu Ihrer Information: Sie ist nicht zu dick für das Kleid, sondern das Kleid ist für sie zu klein. Sie ist perfekt gebaut.« Cal bestrich eine Scheibe Brot mit Butter und reichte sie Min. »Iss das.«

Min blinzelte ihn verwirrt an und nahm das Brot.

Cal blickte an ihr vorbei ihre Mutter an. »Ich war nie verheiratet, und ich war nie verlobt. Meine letzte Beziehung ging vor etwa zwei Monaten zu Ende. Und ich habe Ihre Tochter vor drei Wochen kennen gelernt.« Er wandte sich wieder Mins Vater zu. »Meine Firma schreibt schwarze Zahlen, und das schon seit längerer Zeit. Wenn Sie mich überprüfen wollen, kann ich Ihnen Referenzen nennen. Sollte es zwischen Min und mir je ernst werden, kann ich sehr wohl für sie sorgen.«

»Hey, ich kann selbst für mich sorgen«, protestierte Min, noch immer die Brotscheibe in der Hand.

»Ich weiß«, erwiderte Cal. »Aber dein Dad möchte wissen,

ob ich es kann. Iss.« Min biss in ihr Brot, und Cal blickte in die Runde. »Hat sonst noch jemand eine Frage?«

Diana hob eine Hand.

»Ja?«, ermunterte sie Cal.

»Sind Sie Mins Begleiter bei meiner Hochzeit?«

Min versuchte, den Bissen zu schlucken, den sie im Mund hatte.

»Sie hat mich nicht gefragt.« Wieder blickte Cal Min an. »Willst du mit mir zur Hochzeit deiner Schwester gehen?«

Min verschluckte sich an ihrem Bissen Brot, und er klopfte ihr den Rücken.

»Natürlich will sie mit Ihnen kommen«, mischte Nanette sich ein und lächelte zum ersten Mal. »Wir wären glücklich, Sie bei uns zu sehen. Auch zum Familienessen am Vorabend.«

»Gut«, Cal hatte das Gefühl, dass ein gewisser Fortschritt erreicht war, während Min nach Luft schnappte.

»Dieser Wein ist hervorragend«, sagte George zu ihm.

»Dank ... äh, dank Greg«, erwiderte Cal. »Kennt sich wohl mit Wein aus.«

»Ähm«, machte George und betrachtete Greg, der ihm schwächlich zulächelte.

»Du hast einen *Kater*?«, wandte sich jetzt Nanette an Min, und der Abend nahm seinen Fortgang, indem sie Min Vorträge über Katzenkrankheiten hielt, George wohlwollende Fragen über die Seminartätigkeiten stellte, Greg finster vor sich hin blickte, Diana lächelte und in Cals Kopf der Schmerz pochte. Er hatte schon schlimmere Abende erlebt, aber nicht viele.

Da blickte Min scheu lächelnd zu ihm auf und hauchte so leise »Tut mir Leid«, dass er es kaum verstand. Er erwiderte: »Weswegen? Mir geht's gut«, und fühlte sich sofort besser.

Nach dem Dessert, das nur von den Männern gegessen wurde, zog Min Diana mit sich in die Eingangshalle. »Bist du wahnsinnig?«, flüsterte sie. »Warum um Gottes willen hast du den Mann zu deiner Hochzeit gebeten?«

»Warum denn nicht?«, fragte Diana zurück. »Du brauchst doch einen Begleiter. Und er ist ein Schatz. Ich sehe da kein Problem.«

»Weil du nichts von uns weißt«, erwiderte Min.

»Na ja, wenigstens hast du jetzt einen Begleiter«, stellte Diana fest. »Ich finde es eine recht gute Idee.«

Min stach mit dem Finger auf sie ein. »Tu das nie mehr wieder. Nie mehr. *Nie mehr.*«

»Na gut«, gab Diana nach. »Aber ich muss sagen, du hast da einen wirklich heißen Typ an der Angel.«

Der wirklich heiße Typ erschien in der Eingangshalle, verabschiedete sich wohlerzogen von Mins Eltern, geleitete sie die Stufen hinab und half ihr in den Wagen, dann stieg er auf seiner Seite ein und beugte sich zu ihr hinüber.

»Die sind hässlich, Minnie«, erklärte er, zog ihr die Kämme aus dem Haar und warf sie durchs Fenster auf die Straße.

»Ja, ich weiß«, erwiderte sie und versuchte, sich nicht wie vom Märchenprinzen gerettet zu fühlen. »Danke.«

Am nächsten Tag kleidete Min sich sehr sorgfältig für das Abendessen bei den Morriseys an. Sie holte wieder ihr schlichtes, schwarzes Kleid hervor, polierte ihre schwarzen Treter und kämpfte damit, ihr Haar zu bändigen. Es war ihr keine Hilfe, dass Nanette anrief.

»Schatz, dein Calvin ist bezaubernd«, lobte Nanette.

»Danke, Mutter«, erwiderte Min und wappnete sich gegen alles, was da noch kommen mochte.

»Und Daddy hat seine finanzielle Lage überprüft, und er steht wirklich gut da«, fuhr Nanette fort.

»Er hat ihn an einem Samstagabend überprüft? Wie denn?«

»Du kennst doch deinen Vater«, rief Nanette, und ihr Ton besagte, dass sie sich wünschte, ihn nicht zu kennen. »Und dein Calvin scheint ja sehr von dir angetan zu sein. Wie süß von ihm, das mit dem Brot und der Butter. Du wirst so etwas natürlich nicht noch einmal essen, aber trotzdem …«

»Ein Mann, der dich füttert, ist eine gute Sache«, stimmte Min bei.

»Also verdirb das jetzt nicht wieder«, mahnte Nanette. »Ich war wirklich böse, als du David verloren hast, aber Ende gut, alles gut. Verliere nur Calvin nicht auch noch.«

»Mutter, ich will ihn gar nicht«, log Min.

»Natürlich willst du ihn«, widersprach Nanette. »Und ihr werdet so hübsche Kinder kriegen.«

»Die will ich auch nicht«, wehrte Min sich. »Sprechen wir von etwas anderem. Ich überlege, ob ich nicht meinen Job aufgebe und Köchin werde.«

»Mach dich nicht lächerlich, Schatz«, entgegnete Nanette. »Du inmitten von Lebensmitteln? Du würdest wie ein Ballon aufgehen.«

»Vielen Dank, Mutter, ich muss jetzt gehen.«

»Wohin denn?«

»Ich bin zum Abendessen bei Cals Eltern eingeladen.«

»Wie nett. Und wer sind Sie?«

»Jefferson und Lynne Morrisey. Ich weiß nicht …«

»*Du bist zum Abendessen bei Lynne Morrisey?*«

»Ja«, erklärte Min. »Denn sie hat meinen Begleiter zur Welt gebracht, sonst würde ich nicht hingehen.«

»Min«, hauchte ihre Mutter respektvoll. »Lynne Morrisey ist eine *große* Nummer in der Gesellschaft.«

»Tut mir Leid«, sagte Min und dachte sich, dass sie Nanette das Wort »groß« zum ersten Mal voll Anerkennung aussprechen hörte.

»Keine Kohlenhydrate, Schatz«, mahnte Nanette. »Und erzähl mir *alles*, wenn du wieder zu Hause bist.«

»Ach du lieber Gott«, stöhnte Min, legte auf und kehrte wieder zu ihrer widerspenstigen Frisur zurück.

Als Cal an ihrer Tür klopfte, betrachteten Elvis und sie gerade zweifelnd ein Haarband.

»Was hältst du von einem Haarband?«, fragte sie Cal, nachdem sie ihm die Tür geöffnet hatte.

»Herrje, bloß nicht«, meinte er und beugte sich hinunter, um den Kater zu kraulen, der ihm um die Beine schnurrte. Sieh dich nur an, du bist schon wieder in Trauer.«

»Versuche erst gar nicht, mir dieses Kleid auszureden«, warnte sie.

Sein Blick wanderte zu Boden. »Überlass mir wenigstens deine Füße. Wie wär's mit den Schuhen mit den schwarzen Riemchen, die du an unserem ersten Abend getragen hast?«

»Cal«, stieß sie hervor.

»Das ist wirklich nicht viel verlangt«, meinte er, lehnte sich in den Türrahmen und grinste sie an. »Na komm, zieh die anderen Schuhe an, Minnie, und dann stellen wir uns gemeinsam den Drachen.«

Gegen ihren Willen erwiderte sie das Lächeln. »Dieses Süßholzraspeln verfängt bei mir nicht«, erklärte sie ihm und verschwand, um die Schuhe zu wechseln.

10

Als sie im Wagen saßen, forderte Min: »Okay, gib mir die Fettnäpfchenliste für deine Eltern.«

»Es gibt keine«, erwiderte Cal. »Sie werden sehr höflich sein, aber nicht herzlich. Wir brauchen zu Hause den Weißwein nicht zu kühlen, weil das schon die Atmosphäre besorgt.«

»Na toll«, meinte Min. »Genau der richtige Zeitpunkt für Witze.«

Doch als sie im Heim seiner Eltern anlangten, erkannte sie, dass er nicht gewitzelt hatte. Das Haus war groß, einer jener

Landsitze, die Min immer wie Filmkulissen vorkamen. Das Hausmädchen, das ihnen die schwere Eingangstür öffnete, war höflich, die holzvertäfelte Eingangshalle war kühl, und als sie einen Raum betraten, den man, wie Min vermutete, wohl kaum mehr als Wohnzimmer bezeichnen konnte, begrüßten Cals Eltern sie geradezu eisig.

»Wir freuen uns sehr, Sie hier bei uns zu haben«, sagte Lynne Morrisey zu Min und nahm ihre Hand, wobei sie keineswegs erfreut wirkte; sie ließ überhaupt keine Gefühle erkennen, nur eine erstaunliche Schönheit – eine dunkle, teure Schönheit, ebenso wie ihr Gatte Jefferson und ihr Sohn Reynolds, der wohl der einzige Mann auf dem Planeten war, der Cal an männlicher Schönheit noch übertraf.

»*Min!*«, rief Harry in ihrem Rücken, und als sie sich umwandte, sah sie ihn, Bink hinter sich herziehend, den Raum betreten.

»Hey du«, begrüßte sie ihn und beugte sich zu ihm hinab. »Vielen Dank für die Einladung. Ich hatte schon *solchen Hunger.*«

Harry nickte und beugte sich dann vor und wisperte: »Deine Schuhe gefallen mir. Die Riemen sind schön.« Er grinste sie an.

»Vielen Dank«, wisperte Min zurück und warf einen verstohlenen Blick auf Cal. Sein Gesicht war ausdruckslos, und ihr wurde bewusst, dass er seit ihrer Ankunft noch kein Wort gesagt hatte. *Aah ja*, dachte sie. *Willkommen in der Hölle.*

Sie tat ihr Bestes, um sich an der höflichen, frostigen Konversation zu beteiligen, bis sie schließlich zu Tisch saßen und eine Reihe wunderschön angerichteter Teller aufgetragen waren. Da gab sie auf und konzentrierte sich auf das Essen.

»Und was machen Sie beruflich, Minerva?«, fragte Jefferson, als sie bei dem Hauptgang mit Filet und Rahmkartoffeln angelangt waren.

Min schluckte rasch und betete, dass ihr nichts zwischen

den Zähnen hängen geblieben war. »Ich bin Versicherungsstatistikerin.«

»Verstehe«, erwiderte er unbeeindruckt, aber auch nicht verächtlich. »Und bei welcher Versicherung?«

»Alliance Versicherungen«, antwortete Min und wandte sich wieder ihrem Rindfleisch zu. Die Speisen waren sowohl schön angerichtet als auch ausgezeichnet zubereitet, das musste sie den Morriseys lassen, aber ans Emilio's kamen sie dennoch nicht heran. Mit ein paar fröhlichen pittoresken Photos an den Wänden wie bei Emilio wäre das Raumklima lebendiger geworden. Nicht allerdings, dass sie jemals Menschlichkeit für sich in Anspruch nehmen würden. Sie warf einen Blick in die Runde. Irische Abstammung, hätte sie wetten mögen, und nicht nur auf Grund des Namens. Sie alle waren dunkelhaarig und schön auf diese strenge, tragische Art. Sie blickte auf ihren üppig angerichteten Teller. Die große Hungersnot hatten sie offensichtlich schon lange hinter sich gelassen.

»Dobbs«, sagte Cals Vater, und Min wurde bewusst, dass er eine Weile geschwiegen hatte. »George Dobbs ist dort der Vizepräsident.«

»Das ist mein Vater«, erklärte Min.

Jefferson Morrisey lächelte sie an. »Sie arbeiten also in der Firma Ihres Vaters.«

»Nun, er ist nicht der Eigentümer«, erwiderte Min und war sich gewiss, dass irgendwo in diesem Gespräch eine Tretmine lauerte. »Aber er war mir natürlich eine Hilfe dabei, diese Stelle zu bekommen.«

»Du hattest wohl kaum Hilfe nötig«, fügte Cal mit ausdrucksloser Stimme an. »Als Statistikerin musst du an die vierzig Angebote bekommen haben.«

»Ja, eine ganze Menge«, bestätigte Min und fragte sich, was zum Teufel da vor sich ging. »Aber nicht viele wirklich gute Angebote. Deswegen war mir mein Vater doch eine Hilfe.«

»Wirklich klug von Ihnen«, kommentierte Lynne Morrisey.

Min wandte sich ihr zu, begegnete ihren kalten, dunklen Augen und dachte: *Ich bin nicht scharf auf deine Billigung, Lady.*

»Ich meine, die Unterstützung Ihres Vaters anzunehmen«, fuhr Lynne fort. »Sehr klug.«

»Nun ja«, Min legte ihre Gabel nieder. »Sie war nicht an Bedingungen geknüpft, deswegen gab es keine Nachteile.«

Auf der anderen Seite des Tisches lächelte Reynolds und sah dadurch noch besser aus. *Dich mag ich auch nicht*, dachte Min. Bink saß reglos da, nicht verängstigt, sondern eher wachsam, und zwischen ihnen umklammerte Harry seine Gabel, pflügte sich durch seine Rahmkartoffeln und behielt alle vorsichtig im Auge.

»Aber dafür zweifellos viele Vorteile«, stellte Jefferson fest. »Ich bin sicher, Ihr Vater hat Ihnen auch bei Ihrer Karriere geholfen.«

»Sie hat es von selbst geschafft«, mischte Cal sich ein, noch immer mit ausdrucksloser Stimme. »Versicherungsgesellschaften sind schließlich nicht sentimental. Niemand wurde so oft befördert in ihrem Unternehmen, und niemand behauptet, das sei nur wegen ihres Vaters geschehen. Sie ist klug und arbeitet hart und ist sehr gut in ihrem Job.«

In seiner Stimme lag etwas schrecklich Trostloses, das Min wie eine Überreaktion auf die Spannung in diesem Gespräch vorkam, und sie legte unbemerkt eine Hand auf seinen Rücken. Selbst durch seinen Anzug hindurch fühlten sich seine Muskeln so hart an, als streiche sie über Beton. Sie fühlte, wie er sich bei der Berührung noch mehr versteifte, dann entspannten sich seine Schultern etwas.

»Natürlich, natürlich«, erwiderte Jefferson, aber er blickte dabei mit einem halben Lächeln seine Frau an. »Wir meinen einfach, dass es bewundernswert von ihr ist, in die Fußtapfen ihres Vaters zu treten.«

»Oh, mein Vater ist kein Statistiker«, entgegnete Min.

»Natürlich nicht, meine Liebe«, sagte Lynne mit einer gewissen Schärfe in der Stimme. »Wir finden es bewundernswert, dass Sie die richtige Wahl getroffen haben und im Geschäft Ihres Vaters geblieben sind.« An Min vorbei lächelte sie Cal an. »Findest du das nicht auch, Cal?«

»Ich finde, Min macht alles richtig«, erwiderte Cal. »Und dieses Filet ist ausgezeichnet.«

»Cal ist nicht ins Familiengeschäft eingetreten«, ließ Reynolds sich vernehmen und lächelte Min betont kumpelhaft an. Min dachte: *Und du bist dumm wie Bohnenstroh, dass ausgerechnet du das auch noch laut sagst.*

»Nun ja, warum um Himmels willen sollte er das auch?«, entgegnete sie spöttisch. Sie nahm ihre Hand von Cals Rücken und dachte: *Dieses Pack sehe ich nie mehr wieder, also zum Teufel mit ihnen.*

»Warum sollte er in das Familiengeschäft eintreten?«, echote Lynne und hob eine Augenbraue, was Min ärgerte, denn sie war sich ziemlich sicher, dass sie selbst das nicht konnte. »Nun, weil es sein Erbe ist.«

»Nein«, widersprach Min, und Binks Augen wurden noch größer. »Das wäre ganz unpassend für ihn. Er tut genau das, was er auch tun sollte.« Lächelnd wandte sie sich Cal zu und bemerkte, dass er zwischen Bink und Harry hindurch leer vor sich hin starrte. *Aha, vollkommen hinüber*, dachte sie und blickte Harry an. Er klammerte sich noch immer an seine Gabel, und sein Blick schweifte angstvoll über die Gesichter. Kein Wunder, dass der Kleine sich dauernd erbrechen musste.

Jefferson räusperte sich. »Unpassend für ihn, in eine hoch angesehene und gut eingeführte Rechtsanwaltsfirma einzutreten? Unsinn. Das ist Morrisey-Tradition.«

Min blinzelte verwirrt. »Sind Sie in das Geschäft Ihres Vaters eingetreten? Ich dachte, Sie und Ihr Partner hätten die Firma aufgebaut.«

Jenseits des Tisches brachte Bink das Unmögliche zustande und blickte mit ihrem kleinen Eulengesicht noch teilnahmsloser drein.

»Das stimmt«, erwiderte Reynolds indigniert. »Sie haben die Tradition begründet.«

»Hm, ich weiß nicht, ob man bei zwei Generationen schon von Tradition sprechen kann«, entgegnete Min scheinbar nachdenklich. Sie sah Harry an. »Möchtest du Rechtsanwalt werden, Harry?«

Harry blinzelte ihr zu. »Nein. Ich will Ichthyologe werden.«

Min erwiderte das Blinzeln. »Mit Fischen?«

»Ja.« Harry hob das Kinn und grinste.

»Wirklich gut«, meinte Min.

»Harrison ist noch ein Kind«, stellte Lynne fest. »Nächste Woche will er Feuerwehrmann werden.« Sie lächelte Harry fast herzlich an.

»Nein, nächste Woche will ich Ichthyologe werden«, widersprach Harry und wandte sich wieder seinen Kartoffeln zu.

Ich habe dich lieb, kleiner Mann, dachte Min.

»Harrison«, sprach Lynne, »möchtest du deinen Nachtisch nicht lieber in der Küche bei Sarah essen?«

»Okay.« Harry schob seinen Stuhl kratzend zurück. »Entschuldigt ihr mich?«

»Ja, mein Schatz«, antwortete Lynne, und Min beobachtete ihn, wie er aus dem Raum trottete, und dachte, *Harry, du Glücklicher*.

»Nun ja«, sagte Lynne und wandte sich mit ihrem reptilienhaften Lächeln wieder dem Tisch zu. »Es tut mir Leid, dass ich Sie unterbrochen habe, Minerva. Was wollten Sie gerade sagen?« Sie blickte Min an, als wollte sie sagen *Ich gebe dir eine Chance, alles demütig zurückzunehmen. Nutze sie*.

Min erwiderte das Lächeln. *Du kannst mich mal, Lady*. »Ich wollte gerade sagen, dass, wenn Sie die Situation nur ein wenig analysieren, Ihnen auch klar werden müsste, dass es praktisch unmöglich für Cal war, in die Firma einzutreten.«

Jefferson legte seine Gabel nieder.

Min hob ihr Weinglas. »Zunächst einmal ist er der jüngere Sohn. Meistens treten die älteren in die Fußstapfen des Vaters, da sie ihm gefallen wollen.« Sie lächelte Reynolds über den Tisch hinweg an. »Deswegen sind sie auch oft erfolgreich.« Sie nahm einen Schluck von dem ausgezeichneten Wein, während sie mit unterschiedlichen Kältegraden an Missbilligung angestarrt wurde. »Außerdem bekommen sie meistens den Löwenanteil der elterlichen Aufmerksamkeit und Anerkennung, so dass sich ihr Erfolg wie eine sich selbst erfüllende Prophezeiung einstellt. Die jüngeren Kinder dagegen lernen, dass sie sich mehr anstrengen müssen, um beachtet zu werden, und verweigern deswegen die Gefolgschaft.«

»Ich habe den Verdacht, Ihre Psychologie ist nicht gerade professionell«, entgegnete Jefferson mit einem Lächeln, in dem nicht die geringste Wärme lag.

»Nein, es ist mehr ein persönliches Talent«, versetzte Min. »Trotzdem ist es durch Überlieferung bewiesen. Bis zurück zu den Mythen und Legenden. Sogar in den Märchen zieht immer der jüngere Sohn in die Welt hinaus, um sein Glück zu machen.«

»Märchen«, kicherte Reynolds albern vor sich hin, während Bink mit ihrer Nachahmung einer erstarrten Eule fortfuhr.

Min wandte sich wieder an Jefferson. »Und denken Sie nur einmal über Cals Persönlichkeit nach. Seine Freunde sagen, dass er kaum je eine Wette verliert. Vorschnell geurteilt, könnte man ihn für eine Spielernatur halten, aber das ist er nicht. Wenn er ein Spieler wäre, würde er die Hälfte der Wetten verlieren. Er aber kalkuliert die Wahrscheinlichkeiten und geht das Risiko nur ein, wenn er weiß, dass es ihm etwas einbringt.« Wieder warf sie über den Tisch Reynolds einen Blick zu. »Als jüngerer Sohn würde er in der Familienfirma nie an die Spitze kommen. Zumindest ist das so unwahrscheinlich, dass er es wohl nie in Betracht gezogen hat, in die Firma einzutreten.«

»Er hätte Partner werden können«, wandte Jefferson ein, und jeder Anschein einer leichten Tischunterhaltung schwand.

»Dritter Partner, vielleicht, nach Ihnen und Reynolds«, erwiderte Min. »Außerdem ist da noch Ihr Partner und dessen Kinder. Nein, innerhalb der Familie wird er immer nur der Benjamin bleiben, deswegen musste er einfach hinaus. Und dann kommt ja noch seine Legasthenie dazu.«

Es lag eine so vollkommene Stille über dem Tisch, dass Min sich wunderte, dass sich kein Raureif bildete. Sie nahm ihre Gabel und ihr Messer wieder auf und schnitt einen Bissen von ihrem Filet ab. Am liebsten hätte sie um eine Styroporschachtel für ihren Essensrest gebeten und sich verabschiedet.

»Wir ziehen es vor, nicht über Cals Behinderung zu sprechen«, erklärte Lynne abweisend.

Min nahm sich Zeit mit ihrem Bissen, aber nachdem sie hinuntergeschluckt hatte, erwiderte sie: »Warum? Es ist Teil seiner selbst, und es hat ihn mit geformt, so wie er heute ist. Kein Grund, sich dessen zu schämen. Mehr als zehn Prozent der Bevölkerung leiden an Legasthenie, es ist also keine Seltenheit. Und es ist auch ein Grund, warum er seine eigene Firma aufgemacht hat. Zweiundneunzig Prozent aller Legastheniker gründen ein eigenes Geschäft, weil die üblichen Arbeitsbedingungen für ihre speziellen Bedürfnisse nicht günstig sind. Und üblicherweise sind sie sehr erfolgreich, weil es meistens intelligente, einfühlsame Menschen sind.« Sie hob ihr Glas. »Sie haben da einen klugen, fleißigen, erfolgreichen, gesunden Sohn, der noch dazu charmant und beliebt ist und extrem gut aussieht. Ich wundere mich wirklich, dass Sie sein Bild nicht in Ihrem Bekanntenkreis herumreichen und mit ihm prahlen.« Sie lächelte zu Cal auf und bemerkte, dass er sie mit reglosem Gesicht anblickte. »Ich würde mit ihm prahlen, wenn er meiner wäre und ich ein Bild von ihm hätte.«

»Wir sind natürlich sehr stolz auf Calvin«, erklärte Lynne steif.

»Gut, gut«, versetzte Min und wandte sich wieder ihrem Teller zu. »Er hat außerdem Recht, was das Filet betrifft. Es ist wirklich hervorragend.«

»Vielen Dank«, erwiderte Lynne, dann wandte sie sich an Reynolds und erkundigte sich nach der Arbeit. Eine Viertelstunde später wurde das Dessert serviert. Reynolds, Lynne und Jefferson unterhielten sich über die Firma; Cal blieb noch immer stumm; Bink hatte drei Stückchen Karotte gegessen und ihr Weinglas geleert; und Min hatte genug von allem.

Sie legte ihre Serviette neben ihren Teller und erklärte: »Wissen Sie, eigentlich hat mich ja Harry eingeladen, deswegen möchte ich ihm, wenn Sie mich entschuldigen wollen, noch ein bisschen Gesellschaft leisten.« Sie erhob sich und ging in die Eingangshalle hinaus, um die Küche zu suchen.

Als sie sie fand, aß Harry unter den wachsamen Augen der Frau, die ihnen das Abendessen serviert hatte, gerade die Reste seines Eisbechers.

»Hey, Fischmann«, rief sie. »Gibt's da vielleicht noch etwas für mich?«

Harry nickte der Frau zu. »Das ist sie, Sarah.«

»Ah«, machte Sarah und betrachtete Min von oben bis unten. »Was hätten Sie denn gern auf Ihrem Eis?«

»Schokolade«, antwortete Min und setzte sich Harry gegenüber an den Tisch. »Schokolade ist immer gut.«

Harry kratzte mit dem Löffel die Reste aus seiner Dessertschüssel, saß dann da und betrachtete Min schweigend, ebenso eulenhaft wie seine Mutter, bis Sarah ebenfalls eine Dessertschüssel mit Eis vor Min hinstellte. Mit sehr viel Eis.

»Vielen Dank«, sagte Min erschrocken. »Ich heiße übrigens Min.« Sie streckte der Frau ihre Hand entgegen.

»Sarah«, erwiderte die Frau und schüttelte ihr die Hand. »Essen Sie, bevor es schmilzt.«

Min nickte und nahm einen Löffel voll. Das Eis schmeckte himmlisch, sahnig und mild, und die Schokolade war köstlich leicht und bittersüß. Das musste sie Lynne Morrisey lassen: Sie setzte ihren Gästen ein ausgezeichnetes Essen vor.

Sarah lehnte sich mit der Hüfte gegen das Spülbecken. »Sie haben also der Schneekönigin widersprochen?«

Min überlegte, ob sie so tun sollte, als verstünde sie nicht, zuckte aber dann nur die Achseln. »Ich war nicht einer Meinung mit ihr.«

Sarah nickte. »Sie werden nicht wiederkommen.«

»Um Gottes willen, nein«, erwiderte Min.

Harry legte erschreckt seinen Löffel nieder. »Aber du kommst doch noch in den Park?«

»Natürlich«, versicherte ihm Min. »Obwohl ich nicht weiß, ob dein Onkel Cal noch mit mir spricht.«

»Er scheint mir ein netter Mensch zu sein«, meinte Sarah. »Sehr ruhig. Wir sehen nicht viel von ihm.«

»Kann ich mir vorstellen«, sagte Min, da betrat Cal die Küche. »Hallihallo«, rief sie und winkte ihm mit dem Löffel zu. »Anscheinend versteht deine Mom auch viel von Eiscreme.« Was, recht besehen, nicht weiter verwunderlich schien.

Cal nickte ausdruckslos. »Können wir fahren?«

Min warf einen Blick auf ihre Schüssel voll erstklassigem Zucker und Fett und seufzte. »Ja«, antwortete sie gehorsam und legte ihren Löffel weg. Wenn sie Cal wäre, würde sie auch schreiend von hier fortlaufen.

Cal verschwand in die Eingangshalle, und Harry bettelte: »Kann ich dein Eis haben?«

»Wird es dir denn wieder hochkommen?«, fragte Min zurück.

Harry schüttelte den Kopf. »Eiscreme nicht.«

Min schob ihm die Schüssel zu. »Na dann hau rein.« Sie erhob sich. »Hab mich gefreut, Sie kennen zu lernen, Sarah.«

»Ebenfalls«, erwiderte Sarah. »Alles Gute.«

Sie schloss sich Cal in der Halle an, und er öffnete ihr schweigend die Tür. Sie waren schon bei den Stufen angelangt, da erschien Bink in der Tür. »Na?«, fragte sie Cal.

Cal antwortete mit einem Kopfschütteln, und sie lächelte Min an und sagte: »Es war wirklich nett, Sie wieder zu sehen«, und es klang, als meinte sie es ernst. Dann schlüpfte sie wieder ins Haus, und Cal wandte sich ab und ging die Stufen hinunter. Min folgte ihm und war sich sicher, dass ihr eine Auseinandersetzung bevorstand.

Nun ja, sie bereute nichts. Sie rutschte auf den Beifahrersitz von Cals Wagen und machte es sich in dem Leder bequem. Na ja, das Auto würde sie vermissen. Und auch die gemeinsamen Essen, obwohl sie natürlich auch alleine zu Emilio's gehen konnte. Und …

Cal stieg ein, knallte die Tür zu und saß dann einen Augenblick reglos da. Min warf einen Blick auf sein starres Profil und dachte: *Und dich. Dich werde ich vermissen.*

»Was wollte Bink denn?«, fragte sie in dem Versuch, hinauszuzögern, was immer ihr bevorstand.

Cal wandte sich ihr zu, und als er sprach, lag so viel Anspannung in seiner Stimme, dass sie ihm fast brach. »Es tut mir so Leid.«

»Was?«, stieß Min verblüfft hervor.

»Meine Familie.« Er schloss die Augen und erklärte dann zornig: »Sonst benehmen sie sich Fremden gegenüber immer *anständig*.«

»Ich glaube, ich war nicht ganz ihr Typ«, erwiderte Min leichthin. »Und außerdem war ich unhöflich. Aber andererseits hat es etwas Gutes zu essen gegeben, und ich muss sie nie mehr sehen. Weißt du, was das für eine Eiscreme war? Die ist nämlich einfach phänomenal. Allerdings fürchte ich, auch nicht fettfrei.«

»Macht es dir denn nichts aus?«, wunderte sich Cal.

»Dass deine Mutter eine Hexe und dein Vater ein Mistkerl

und dein Bruder ein Volltrottel ist?«, erkundigte sich Min.

»Nein. Warum auch? Sie sind ja nicht meine Familie – die mir inzwischen schon fast teuflisch normal vorkommt, im Vergleich zu deiner. Aber was die Eiscreme angeht ...«

Er beugte sich zu ihr und küsste sie heftig, und sie legte eine Hand auf seine Wange und erwiderte den Kuss und geriet in den gleichen heißen, sternefunkelnden Rausch wie jedes Mal. Sie war glücklich, ihn berühren zu können, seine Hand in ihren Locken zu fühlen, *bei ihm zu sein*. Als er den Kuss beendete, verharrte sie noch und ließ ihn nicht los. »War das dafür, dass ich deine Mutter beleidigt habe?«, hauchte sie, leicht benebelt. »Ich kann nämlich noch viel mehr grässliche Sachen über sie sagen.«

Cal grinste, und sie entspannte sich, weil er wieder wie Cal aussah. »M-m, ich küsse dich einfach gern.«

»Ah, gut«, erwiderte Min und nahm sich zusammen. »Aber jetzt Schluss damit, das gehört nicht zu unserem Plan. Ich war nur erleichtert, weil ich dachte, du würdest mich nie mehr sehen wollen. Deine Familie will das garantiert nicht.«

Cal ließ den Motor an und fuhr los. »Ach, manche von ihnen schon.«

»Harry.« Min lehnte sich zurück und versuchte, an etwas anderes zu denken als daran, ihn zu küssen. »Das ist nur, weil ich ihm meine Eiscreme gegeben habe.«

Cal fuhr langsamer. »Er hat seine eigene und dann noch deine Portion bekommen?«

»Ja«, antwortete Min. »Er sagte, er würde sich bei Eis nicht übergeben.«

»Da hat er gelogen.« Cal hielt an. »Zucker in jeder Form verursacht ihm Übelkeit.«

»Müssen wir zurückfahren?«, fragte Min erschrocken.

»Um Himmels willen, nein.« Cal zog sein Handy hervor. Nachdem er Bink über das bevorstehende Erbrechen informiert hatte, setzte er den Wagen wieder in Gang.

»Na toll, ich hab ihr Kind vergiftet«, bemerkte Min. »Jetzt hasst sie mich ebenfalls.«

»Nein. Sie kennt Harry und seine Tricks. Sie hat dich gern.«

»So sah sie aber nicht aus.«

»Nein, sie hat dich wirklich gern«, bekräftigte Cal, während er auf die Straße fuhr. »Sie hat mir hunderttausend Dollar angeboten, damit ich dich heirate.«

»Was?« Min lachte. »Ich hätte nicht gedacht, dass sie Sinn für Humor hat.«

»Den hat sie, aber das war kein Scherz. Sie kann es sich leisten.« Cal beschleunigte den Wagen, als er die Straße seiner Eltern hinter sich ließ, und seufzte. »Gott sei Dank, dass wir da wieder raus sind.«

»Einen Augenblick«, sagte Min, ohne zu lachen. »Sie hat dir im Ernst angeboten …«

»Seit zehn Jahren ist sie jeden Sonntagabend dort zum Essen«, erklärte Cal. »Und heute hat sie es zum ersten Mal genossen. Wenn man bedenkt, dass meine Eltern in den Fünfzigern sind und dass sie es sicherlich noch etwa dreißig Jahre lang machen, dann hat sie noch mindestens tausendsechshundert elende Sonntagabende vor sich. Ihrer Schätzung nach. Rechne noch extra Abendessen in den Ferien dazu, dann schätzt sie, dass bei Hunderttausend auf jedes Abendessen etwa sechzig Dollar kommen, und das ist bei ihrer Finanzlage ein guter Handel.« Er dachte darüber nach. »Eigentlich wäre das auch bei meiner Finanzlage ein guter Handel, aber nichts in der Welt würde mich dazu bringen, jeden Sonntag dort zu erscheinen.«

»Du meine Güte«, murmelte Min.

»Und noch dazu singt Harry seit unserem gestrigen Mittagessen ständig ›Hunka hunka burning love‹«. Bink meinte, allein der Gesichtsausdruck meiner Eltern sei hundert Riesen wert.«

Cals Stimme klang jetzt nach einem Lächeln, und Min meinte: »Na ja, das ist wirklich ein Ohrwurm.«

»Nicht der einzige an diesem Nachmittag.« Sie fuhren eine Weile schweigend dahin, dann fragte er: »Woher wusstest du, dass ich Legastheniker bin?«

»Roger hat es Bonnie erzählt, und ich habe mich dann im Internet kundig gemacht. Und du wolltest mir das Rezept für Chicken Marsala nicht aufschreiben, als ich dich darum bat. Sonst schlägst du mir nie etwas ab, deswegen wusste ich, dass da für dich ein Haken dabei war.« Min wandte ihren Kopf auf der Kopfstütze, um ihn anzusehen. »Bist du böse deswegen?«

»Nein«, erwiderte Cal. »Ist das wahr, dass Legastheniker ihre eigenen Firmen aufmachen?«

»Ja«, antwortete Min. »Alles, was ich ihnen gesagt habe, ist wahr. Und woher wusstest du von meinen Beförderungen?«

»Bonnie hat es Roger erzählt«, antwortete Cal und bog auf einen Parkplatz vor einem Geschäft ein.

Min blinzelte zu der Ladenfront hin. Sie wirkte vornehm und teuer. »Bin gleich wieder zurück«, rief er und verschwand darin. Fünfzehn Minuten später kam er mit einer glänzenden, goldgeränderten Tragetüte zurück und warf sie ihr beim Einsteigen in den Schoß.

»Was?«, schreckte sie auf und fing sie. Sie war schwer, und als sie hineinblickte, erspähte sie weiße Kartons, die mit goldenen Etiketten versiegelt waren.

»Die Eiscreme, die meine Mutter kauft«, erklärte er, während er ausparkte. »Acht verschiedene Geschmacksrichtungen. Ich werde dir natürlich Blumen schicken, aber das hier hast du jetzt sofort verdient.«

»Oh.« Min packte die Tasche fester. Er war wirklich nicht böse auf sie. Die Erleichterung übermannte sie, und ihr wurde bewusst, wie sehr sie ihn in ihrem Leben nicht mehr missen wollte. Keine erfreuliche Erkenntnis.

»Alles in Ordnung?«, fragte Cal.

»Na ja, nicht ganz«, erwiderte sie und bemühte sich um einen verärgerten Ton. »Wo ist der Löffel?«

Ohne den Blick von der Straße zu nehmen, zog er einen Plastiklöffel aus seiner Anzugtasche und reichte ihn ihr.

»Ich bin total verrückt nach dir«, stellte Min fest.

»Gut«, meinte er. »Ich bin nämlich auch verrückt nach dir.«

»In aller Freundschaft natürlich«, setzte sie hastig hinzu.

»Richtig«, versetzte Cal kopfschüttelnd.

»Nur damit du dir keine falschen Vorstellungen machst«, sagte sie abschließend und öffnete den ersten Karton.

»Er nennt sie Minnie«, ertönte Cynthies Stimme, als David an diesem Abend den Hörer abnahm. »Und er hat ihr seine Baseballkappe geschenkt.«

»Tja, wenn er mit ihr Blutsbrüderschaft schließt, dann sagen Sie mir Bescheid«, entgegnete David. »Könnte ich vielleicht mal einen Sonntag lang meine Ruhe haben?«

»Ich weiß nicht, David«, erwiderte Cynthie in gefährlichem Ton. »Wollen Sie in Zukunft an irgendeinem davon mit Min zusammen sein?«

»Ja«, antwortete David. »Aber das Mittagessen gefiel ihr überhaupt nicht, und meine Anrufe beantwortet sie nicht. Hören Sie, Cal lässt doch seine Freundinnen immer nach ein paar Monaten sitzen. Mir scheint es am klügsten, wenn ich abwarte, bis er sie sitzen lässt, und dann tröste ich sie.«

»Und es ist Ihnen egal, wenn er sie in diesen Monaten dumm und dämlich vögelt?«, fragte Cynthie.

»Hey.« David setzte sich auf. »Das ist …«

»Sie haben keine Ahnung, was dieser Mann im Bett mit einer Frau alles anstellen kann«, fuhr Cynthie fort. »Was macht Sie so sicher, dass Sie es ihr überhaupt noch recht machen können, wenn sie erst mit ihm geschlafen hat?«

»Ich bin ganz gut im Bett«, erwiderte David wütend.

»Cal ist besser als gut«, gab Cynthie zurück. »An Ihrer Stelle würde ich nicht abwarten, bis sie herausfindet, wie viel besser.«

»Cynthie, das ist geschmacklos.«

»Na gut«, höhnte Cynthie, »dann lassen Sie ihn doch gewinnen.«

Ihre Stimme war wie ein Fingernagel, der über eine Schiefertafel kratzte. »Ums Gewinnen geht es nicht«, entgegnete David und dachte: *Der Bastard gewinnt wieder*.

Und er würde Min verlieren. Natürlich war das alles ihre Schuld. Sie war die Art Frau, die man einfach für selbstverständlich erachtete, und jetzt, da Cal Morrisey sie mit Aufmerksamkeiten überhäufte, um die Wette zu gewinnen, fühlte sie sich natürlich geschmeichelt. Er stellte sich vor, wie dankbar Min sein würde, wenn er zu ihr zurückkam und sie mit Aufmerksamkeit behandelte. Sie war ja eine so schlichte Seele. Deswegen hatte Cal es auch so leicht mit ihr. Was bedeutete, dass es seine Pflicht war, Cal zu stoppen. Und sie zu retten.

»David?«, rief Cynthie und schreckte ihn auf. »Sie wollen sie doch zurück, oder?«

»Ja«, antwortete David.

»Dann gehen Sie hinüber in ihre Wohnung und bezirzen Sie sie«, befahl Cynthie. »Sagen Sie ihr, wie wichtig sie Ihnen ist. Bringen Sie ihr ein Geschenk mit. Sie mag Schneekugeln, also schenken Sie ihr eine Schneekugel. Machen Sie ihr Freude, verdammt noch mal.«

»Schneekugel«, echote David und erinnerte sich, dass da einige bei Min auf dem Kaminsims gestanden hatten.

»Und wenn sie nicht nachgibt, vergessen Sie dort irgendetwas, damit Sie es am nächsten Tag holen und noch einen Versuch starten können«, empfahl Cynthie. »Ihre Krawatte oder sonst etwas.«

»Wieso sollte ich denn meine Krawatte abnehmen?«, fragte David.

Einen Augenblick herrschte Stille, dann zischte Cynthie: »*Tun Sie's einfach*, David. Ich habe jetzt keine Zeit, um Ihnen Nachhilfestunden in der Kunst des Verführens zu geben.«

»Na gut«, willigte David ein. »Ich gehe nach Büroschluss rüber. Ich werde sie überraschen. Ich werde mit ihr über Heirat reden.«

»*Reden?*«, schrie Cynthie empört. »Könnten Sie nicht einmal in Ihrem Leben mehr tun als reden?«

»Na, ich werde mich bei ihr nicht wie ein Tier aufführen«, wehrte David sich.

»Haben Sie's schon mal versucht?«, fragte Cynthie.

»Nein, natürlich nicht.«

»Woher wissen Sie dann, dass es nicht funktioniert?«

»Na ja«, überlegte David. »Ach, was soll's, zum Teufel. Ich werde sie einfach küssen. Sie küsst gut.«

»*Freut mich zu hören*«, knirschte Cynthie. »Bauen Sie diesmal ja keinen Mist, David.«

»Nein, nein«, versicherte David, aber sie hatte bereits aufgelegt. »Mein Gott, was für eine Hexe«, murmelte er in das Freizeichen und legte dann ebenfalls auf.

Montagvormittag rief Nanette bei Min im Büro an, um zu erfahren, wie das Abendessen bei den Morriseys verlaufen war. »Erzähle mir alles«, forderte sie.

»Mutter, ich muss arbeiten«, wehrte Min sie ab.

»Ja, aber dein Vater würde dich nie feuern«, versetzte Nanette. »*Dich* würde er nie verraten.«

»Mom?«, forschte Min.

»Was für ein Haus haben sie?«, fragte Nanette. »Hast du seiner Mutter gefallen?«

»Ein sehr schönes Haus«, antwortete Min. »Und seine Mutter konnte mich überhaupt nicht leiden.«

»Min, wenn sie deine Schwiegermutter wird …«

»Sie wird nicht meine Schwiegermutter.«

»…dann wirst du ihre Hilfe brauchen. Wenn ihr in die Krise kommt. Nicht, dass deine Großmutter mir auch nur im Geringsten geholfen hätte …«

»Wann hast du mit Daddy je Hilfe gebraucht?«, fragte Min.

»Na ja, *jetzt*«, erklärte Nanette gereizt.

»Na, jetzt ist sie tot«, protestierte Min. »Wie soll sie dir da helfen? Was ist denn los?«

Es herrschte eine lange Stille, dann erwiderte Nanette höchst dramatisch: »Er hat eine Affäre.«

»Ach was, hat er nicht«, widersprach Min. »Ehrlich, Mom, wann sollte er denn? Du weißt doch jede Minute des Tages, wo er gerade ist.«

»Beim Mittagessen«, sagte Nanette düster.

»Er geht mit Beverly zum Mittagessen«, erwiderte Min. »Und Beverly betet ihren Mann an und würde lieber beim Mittagessen nicht auch noch arbeiten. Er hat doch keine Affäre mit ihr.«

»Du bist wirklich naiv, Min«, versetzte Nanette.

»Und du bist paranoid, Mutter«, erklärte Min. »Was bringt dich nur auf den Gedanken, dass er dich betrügt?«

»Es ist nicht mehr wie früher. Wir sprechen überhaupt nicht mehr miteinander.«

»Du sprichst doch über nichts anderes als über Kleider und die Hochzeit und mein Übergewicht«, erwiderte Min. »Und das interessiert ihn nicht. Fang an, Golf zu spielen. Dann habt ihr immer etwas zu schwatzen.«

»Ich hätte es wissen sollen, dass du mich nicht verstehst«, jammerte Nanette. »Du hast ja auch deinen Calvin.«

»Ich habe keinen Calvin«, widersprach Min und wühlte in ihrer Schublade nach einer Büroklammer. »Ich bin nicht mit Calvin zusam… autsch!« Sie zog ihre Hand hervor und entdeckte eine Reißzwecke in ihrer Fingerspitze.

»Du hast nicht mal Zeit, an deine Mutter zu denken.«

»Ach, um Himmels willen«, stieß Min hervor. »Kümmere dich einfach wieder um die Hochzeit und mach keine Dummheiten, wie etwa Dad zu verlassen, weil da gar nichts vor sich geht. Gott ist mein Zeuge, der Mann ist unschuldig.«

»Die Töchter sind immer die Letzten, die es erfahren«, verkündete Nanette und legte auf.

»Quatsch«, murmelte Min, legte ebenfalls auf und tupfte ihre Fingerspitze mit einem Stück Schmierpapier ab.

Das Telephon klingelte fast sofort wieder, und als sie abhob, hörte sie Diana mit zittriger, dünner Stimme »Hi« sagen.

»Was ist passiert?«, fragte Min und verteilte noch mehr Blut auf dem Schmierpapier.

»Ich bin nur ... ein bisschen niedergeschlagen«, antwortete Diana. »Könnten wir irgendwas zusammen machen?«

»Auf alle Fälle«, versicherte Min. »Wie wär's mit heute Abend?«

»Da kann ich nicht«, erwiderte Di. »Ich muss zu Gregs Eltern zum Abendessen. Wie war's bei Cals Eltern?«

»Sehr schlimm«, antwortete Min. »Was ist mit morgen Abend?«

»Da kann ich auch nicht«, seufzte Di. »Susie und Karen geben eine Sex-Spielzeug-Party für mich.«

»Tut mir Leid, dass ich das verpasse«, log Min und versuchte, die Vorstellung von *Schlimmer* mit einem Vibrator in der Hand zu verdrängen.

»Wie wär's mit Mittwoch?«, fragte Diana. »Ich weiß, dass du mittwochs mit *Zucker* und *Pfeffer* ausgehst, aber vielleicht könnte ich mitkommen?«

»Ja«, Min verbiss sich das Lachen. »Besonders, wenn du mir versprichst, sie *Zucker* und *Pfeffer* zu nennen.«

»Liza würde mich *umbringen*«, erwiderte Diana, aber ihre Stimme klang schon etwas fröhlicher.

»Komm erst hierher«, schlug Min vor. »Und dann gehen wir aus, und du bleibst über Nacht bei mir. Ganz wie früher. Nur dass wir Kuchenschachteln falten müssen, weil sie noch flach sind, wie ich gerade gemerkt habe.«

»Okay«, stimmte Di zu. »Okay. Ich fühle mich schon besser. Das ist nur Lampenfieber vor der Hochzeit.«

»Genau«, erwiderte Min. »Hast du eigentlich kürzlich mit Mom gesprochen?«

»Na ja, sicher«, antwortete Diana. »Ich wohne ja im gleichen Haus wie sie.«

»Nein, ich meine ein *Gespräch*. Sie hat mich nämlich gerade angerufen, um mir zu erzählen, dass Dad sie betrügt.«

»Ach«, rief Diana erschrocken. »Nein, davon hat sie nichts gesagt.«

»Ah ja, gut«, meinte Min und versicherte Diana, dass ihr Vater nicht mit seiner Sekretärin schlief – »Das hieße ja, dass er das Mittagessen auslassen müsste, Di, und kannst du dir *das* vorstellen?« – und legte schließlich nach einem nochmaligen Versprechen, dass sie am Mittwoch ihren Spaß haben würden, auf.

Dann betrachtete sie ihr Telefon und wartete darauf, dass es nochmals klingelte. Sie hatte Cal gebeten, sie nicht anzurufen, weil sie den Montag für sich allein haben wollte, aber er war nicht besonders gut darin, Anweisungen zu befolgen, vielleicht also …

Um fünf Uhr abends war ihr klar geworden, dass der Mistkerl es gelernt hatte, Anweisungen zu befolgen. Als Min nach Hause kam, hörte sie, schon bevor sie die Tür öffnete, Elvis aus ihrer Stereoanlage dröhnen. Dann sah sie den Kater auf der Rückenlehne der Couch ausgebreitet liegen, die Ohren direkt vor dem Lautsprecher. »Hast du's wieder allein eingeschaltet, ja?«, begrüßte sie ihn und kraulte ihn zum Trost dafür, dass sie ihn den ganzen Tag allein gelassen hatte. Allerdings schien ihn das nicht sehr bekümmert zu haben. Dann kochte sie Spaghetti und machte es sich, wie geplant, mit dem Kater gemütlich, wobei sie mit einem Ohr für alle Fälle auf ein Klopfen an der Tür lauschte. Als es dann tatsächlich kam, empfand sie zu gleichen Teilen Ärger und Glück. Na gut, Cal war nicht gut darin, zuzuhören, und das war schlecht, aber trotzdem war sie froh, dass er gekommen war.

Als sie die Tür öffnete, stand David vor ihr. Von ihren Gefühlsaufwallungen blieb nur noch der Ärger übrig.

»Was willst du denn hier?«, fragte sie.

»Ich muss mit dir sprechen.« Er marschierte an ihr vorbei ins Wohnzimmer. Dann blieb er wie angewurzelt stehen und starrte auf die Couch. »Mein Gott, was ist denn das?«

»Das ist Elvis«, erklärte Min und schloss die Wohnungstür. »Mein Kater. Ich liebe ihn. Beleidige ihn, und du gehörst der Vergangenheit an.«

David ließ sich so weit wie möglich von Elvis entfernt auf der Couch nieder. »Ich habe über uns nachgedacht«, begann er und lockerte seine Krawatte.

»Es gibt kein ›Uns‹«, entgegnete Min. »Und es gab nie ein ›Uns‹. Das Beste, das du je für mich getan hast, war, mir den Laufpass zu geben. Wenn ich nicht immer noch wütend auf dich wäre, wäre ich dir dafür dankbar.«

»Ich weiß, ich weiß, das habe ich verdient.« David löste den Knoten seiner Krawatte und wirkte dadurch unangezogener, als Min ihn je zuvor gesehen hatte. »Das war das Blödeste, das ich je getan habe.« Er klopfte auf die Couch neben sich. »Komm her und hör mir zu.«

Min ging zur Couch und setzte sich. »Beeil dich damit«, mahnte sie. »Elvis und ich wollen uns einen schönen Abend machen.« Als er seinen Namen hörte, kroch Elvis auf der Rückenlehne näher heran und setzte sich neben sie. Er schnurrte sanft, und sie hob eine Hand und rieb ihn hinter den Ohren. »Nur ruhig, Tiger«, sagte sie zu ihm. »Er geht ja bald wieder.«

David beugte sich zu ihr und behielt dabei den Kater im Auge. »Ich möchte dich heiraten, Min.«

Elvis fuhr seine Krallen aus und versenkte sie in Davids Ärmel.

»Zur Hölle!«, brüllte David und fuhr zurück. »Wieso macht er denn das?«

»Elvis will nicht heiraten«, erklärte Min. »Ich glaube, Priscilla hat ihm das Herz gebrochen. Er hat sie immer geliebt, weißt du.«

»Das ist gar nicht witzig«, schimpfte David.

»Wer lacht denn hier?«

»Sieh mal, ich mein's ernst.« David holte aus seiner Manteltasche ein Päckchen hervor und reichte es ihr. »Hier, so ernst ist es mir.«

»Doch wohl kein Ring, oder?«, fragte Min entsetzt.

»Nein«, erwiderte David, und so wickelte sie es aus. In der Schachtel befand sich eine teure, große Schneekugel mit dem Eiffelturm darin.

»Der Eiffelturm?«, stieß Min ungläubig hervor. *Dieser Kerl kennt mich kein bisschen.*

»Dort verbringen wir die Flitterwochen«, verkündete David und rückte näher. »In Paris. Das wird ein wundervolles Leben für uns, Min. Ich habe auch nichts dagegen, wenn wir sofort eine Familie gründen. Wir können ...«

»Ich will keine Kinder«, unterbrach ihn Min und spähte in die Schneekugel hinein. »David, das ist nicht die Art, wie ich ...«

»Natürlich möchtest du Kinder«, erklärte David. »Du bist die geborene Mutter.«

Min stellte die Schneekugel auf dem Seitentischchen ab und blickte den Kater an. »Da gibt es zwei Männer, Elvis. Der eine nennt dich einen gefallenen Engel, der andere bezeichnet dich als geborene Mutter. Welchen würdest *du* wählen?«

»Na ja, du bist natürlich mehr als das«, räumte David ein. »Aber ...« Er hielt inne, als der Kater von der Rückenlehne sprang, an ihm vorbeistrich und dabei eine Spur rötlicher Katzenhaare auf seinem Ärmel hinterließ. »Dein Kater hat gerade auf meinen Anzugärmel gehaart.«

»Das ist nur fair«, versetzte Min. »Schließlich hat dein Anzug gerade teure Anzugappretur an ihm hinterlassen.«

»Min, ich weiß, dass du dich mit Cal Morrisey triffst«, fing David an.

»Ach wirklich?«, erwiderte Min und dachte: *Du elender Hurensohn, du versuchst noch immer, diese Wette zu gewinnen*. Das war eigentlich genug, um sie Cal direkt in die Arme zu treiben, nur um mit David abzurechnen. Dieser Gedanke war aufregender, als er hätte sein dürfen.

»Du solltest dich nicht mit Cal treffen«, fuhr David ernst fort. »Nie mehr.«

Der Kater sprang auf das Seitentischchen und stieß mit der Nase gegen die Schneekugel, bis sie rollte und auf dem steinernen Boden vor dem Kamin landete, wo sie zerschellte und sich eine Wasserpfütze ausbreitete.

»Elvis!« Min sprang vom Sofa auf, um ihn davonzuscheuchen. »Weg da. Da sind lauter Scherben.«

»Das hat er mit Absicht getan«, rief David wütend.

»Ja, David, der Kater hat eine Verschwörung gegen dich angezettelt.« Min angelte den Sockel und ein paar Glasteile aus der Pfütze und legte sie auf den Tisch. Dann holte sie den Abfalleimer und begann, die Glasscherben einzusammeln.

»Dieser Kater ...«, begann David.

»Ja?«, unterbrach ihn Min und hob die größte Scherbe auf.

»Egal«, erwiderte David. »Du weißt nicht, was Cal Morrisey vorhat.«

»Natürlich weiß ich das«, erwiderte Min und hob weiter Scherben auf. »Er versucht, mich ins Bett zu kriegen.«

»Ja«, bestätigte David, »aber das ist nicht alles.«

»Ich weiß.« Min betrachtete sich die Bescherung. »Gib mir diese Zeitschrift da auf dem Tisch, ja?«

David reichte ihr die Zeitschrift, und Min riß das stabile Deckblatt ab, während er fortfuhr: »Du hast keine Ahnung. Er ist zu allem fähig.«

»Den Eindruck hatte ich auch.« Min schob das Deckblatt unter die Glasscherben und verwendete den Rest der Zeitschrift wie einen Handfeger. Sie kippte die Scherben in den Abfalleimer und entdeckte dann noch ein größeres Stück Glas etwas abseits. »Hör mal, David, du brauchst dir keine Sorgen um mich zu machen. Ich bin nicht in Cal verl... *autsch*!« Sie zog ihre blutende Hand zurück. »Zum Teufel.« Sie hob das letzte Stück auf, warf es in den Eimer und ging dann in die Küche, um das Blut abzuwaschen.

»Hörst du mir zu?«, fragte David.

»Nein«, antwortete Min über dem Rauschen des Wassers. »Ich bin verletzt. Und ich will, dass du gehst. Ich will dich nicht heiraten.« Sie drehte das Wasser ab, umwickelte ihren Finger mit einem Papiertaschentuch und ging ins Wohnzimmer zurück, um David loszuwerden.

»Min«, begann David von neuem und stand auf. »Du nimmst mich nicht ernst.«

»Herrje, nein«, versetzte Min und öffnete die Wohnungstür. »Du bist ja ganz nett, David, na ja, eigentlich nicht. Jetzt geh ...«

»Nein, Min, ich bleibe«, beharrte er mit tiefer, ernster Stimme.

Dann packte er sie und küsste sie heftig.

11

David hielt Mins Kopf in seinen Händen fest, so dass sie nicht zurückweichen konnte. Da holte sie mit der Hand aus, um ihm eine Ohrfeige zu versetzen, aber bevor sie zuschlagen konnte, sprang er bereits schreiend zurück.

Zu seinen Füßen fauchte Elvis, der seine Krallen in Davids Schienbein geschlagen hatte.

Min wischte sich über den Mund, während David Elvis von seinem Bein abschüttelte. »Na, das ist wirklich ein *starkes Stück*. Wie schon gesagt, suche dir woanders eine Frau, die deinen Vorstellungen von einer Lebensgefährtin entspricht, und heirate sie. Ich habe hier nämlich einen Kampfkater, und ich werde gerade im Moment innerlich zur Furie, also rette lieber dein Leben, solange du noch kannst.«

»Es tut mir Leid«, stöhnte David. »Ich bin einfach so scharf auf dich.«

»Klar«, erwiderte Min. »Versuch das noch einmal, und ich kille dich. Und jetzt raus.«

»Versprich mir, dass du dich nie mehr mit Cal Morrisey triffst«, bat David; Elvis duckte sich auf der Rückenlehne der Couch und fauchte.

»Nein, David, ich verspreche dir überhaupt nichts.« Min deutete zur Tür. »Raus, oder ich zeige dich wegen Hausfriedensbruchs an.«

»Denk wenigstens darüber nach«, bettelte er.

»Nein«, entgegnete Min und stieß ihn zur Tür hinaus. Nachdem sie sie hinter ihm geschlossen hatte, sah sie Elvis an, der sich jetzt wieder auf der Rückenlehne ausgestreckt hatte, den Kopf ganz nah an seiner geliebten Stereoanlage. Er schlug mit der Pfote gegen das Gerät, bis er die Wiedergabetaste traf, und »Heartbreak Hotel« aus den Boxen dröhnte.

»Dreh es leiser«, forderte Min ihn auf und wurde sich dann erst bewusst, dass sie mit einem Tier sprach. Sie ging hinüber und drehte am Lautstärkeregler. »Wirklich schlau, Elvis.«

Elvis schlug wiederholt auf die Vorwärtstaste, bis »Love Me Tender« ertönte.

»Na ja, es gibt Schlimmeres«, meinte Min und betrachtete den sich räkelnden Kater. »Etwa wenn dir die Musik aus den Julia-Roberts-Filmen gefiele.«

Elvis' Schwanz begann, zur Musik zu zucken, und Min gab es auf und ging sich ein Pflaster holen.

Cal rief auch am Dienstag nicht an, und Min gratulierte sich am Abend, dass sie ihn endlich los war, und fühlte sich elend deswegen. Da klopfte es an der Wohnungstür. Sie rührte noch einmal das Hühnchen in Marsala um und ging dann zur Tür, wobei sie eine Dose Tränengas vom Tisch nahm. Nach zwei vollen Tagen ohne Telefonanruf hoffte sie gerade auf einen Überfall, damit sie etwas Spannung abbauen konnte. Aber als sie die Tür öffnete, lehnte Cal im Türrahmen, die übliche Schachtel von Emilio's in der Hand, samt einer kleineren Einkaufstüte, und er wirkte erschöpfter, als sie ihn je gesehen hatte. Sein Hemdkragen stand offen, und die Krawatte hing ihm lose um den Hals, die Ärmel waren aufgerollt, und er war zerknittert und schmutzig und der Typ mit dem größten Sexappeal, den sie je gesehen hatte. Ihr Herz machte Sprünge, einfach weil sie so froh war, dass er gekommen war.

Er sagte »Hi« und erblickte das Tränengas. »Du brauchst nur ›Nein‹ zu sagen«, erklärte er. Da öffnete sie die Tür weiter, und er kam herein und küsste sie auf die Stirn. Sie schmiegte sich an ihn, weil er so stark wirkte und weil sie so froh war, ihn wieder zu sehen, und dann streckte sie sich aus einem Impuls heraus und küsste ihn sanft, ein Hallo-wiegeht's-dir-Kuss, der jetzt genau das Richtige zu sein schien.

Als sie zurücktrat, blickte Cal erstaunt drein.

»Was ist?«, fragte sie. »Das war ein Kuss unter Freunden.«

Er schüttelte benommen den Kopf und schob die Tür hinter sich mit der Schulter ins Schloss. »Das war ...lieb. Hier.« Er reichte ihr die kleine Einkaufstüte. »Ich umwerbe dich. Du kriegst Geschenke.«

Min nahm die Tüte und fühlte sich verunsichert. »Schlecht, der Kuss? Hab ich's falsch gemacht?«

»Nein.« Er lächelte sie erschöpft an. »Du könntest es gar nicht falsch machen.« Sein Lächeln verblasste. »Aber es war das erste Mal.«

»Also wirklich«, protestierte Min. »Wir küssen uns doch schon seit Tagen.«

»Ich habe dich seit Tagen geküsst«, entgegnete Cal, ging mit

Emilios Schachtel zum Tisch und warf im Vorübergehen sein Jackett auf den Stuhl. »Das ist das erste Mal, dass du mich geküsst hast, Minnie. Was riecht hier so gut?«

»Chicken Marsala natürlich«, antwortete Min. »Ich glaube, jetzt hab ich den Dreh raus. Was meinst du, das ist das erste Mal? Ich …« Sie dachte darüber nach. Er hatte Recht. Immer hatte er sie geküsst.

»Mach dir keine Gedanken deswegen«, beruhigte er sie und wandte sich ihr wieder zu. »Also …«

Min ließ die Einkaufstüte fallen, reckte sich auf die Zehen und küsste ihn wieder, diesmal voller Leidenschaft. Ihr wurde schwindlig, und sie hielt sich an seinem Hemd fest. Da umfing er sie und erwiderte den Kuss, bis sie glühte und bebte.

»Das ist Nummer zwei«, meinte Cal atemlos. »Nicht etwa, dass ich nachzählen würde.«

»Es hätten mehr sein sollen«, stellte Min fest und versuchte, wieder zu Atem zu kommen. »Ich meine, wir meinen es ja nicht so, aber ich hätte dir nicht die ganze Arbeit alleine überlassen sollen.«

»Hat mir nichts ausgemacht«, erwiderte Cal und zog sie enger an sich. Sie wusste, dass sie sich zurückziehen sollte, aber sie wollte nicht, denn er fühlte sich verdammt zu gut an. »Aber so mag ich's auch sehr gern.«

»Ich wollte nur nicht, dass du auf falsche Gedanken kommst«, erklärte Min und legte ihre Stirn gegen seine Brust.

»Auf welche denn zum Beispiel?«

Sie fühlte, wie er wieder ihren Scheitel küsste, und lächelte. »Na ja, dass ich …ähm … mehr will.«

»Richtig«, stellte Cal fest. »Einfach Freunde. Klar. Komm, küss mich.«

Min grinste und hob ihren Kopf. »Das zählt nicht, wenn du es von mir verlangst.«

»Es zählt immer«, entgegnete er und küsste sie, und sie drängte ihm entgegen und verlor das Gefühl für die Zeit und für alles außer seiner Umarmung. Dann schnappte er nach Luft und keuchte: »Vielleicht komme ich doch auf falsche Gedanken.«

»Nein«, wehrte Min ab und wich zurück. »Tu das nicht. Vergiss das alles.« Sie hob ihr Tränengas hoch. »Ich bin bewaffnet.«

»Na gut«, gab er nach, ließ sie los und warf sich auf die Couch. »Elvis, alter Freund, wie geht's?« Er hob die Hand, um Elvis hinter den Ohren zu kraulen, und Min wollte in Erinnerung daran, was David passiert war, schon »Nein« rufen. Elvis aber senkte den Kopf, damit Cal besser an ihn herankam, und schnurrte wohlwollend. »Weißt du, das ist wirklich ein netter Bursche.«

»Ich weiß.« Min versuchte, ihr klopfendes Herz zu beruhigen, als Elvis sich ihm zu Füßen wälzte. »Ich weiß gar nicht, wie ich's ohne ihn ausgehalten habe.« Sie hob die Einkaufstüte auf und setzte sich neben Cal auf die Couch. »Also, ich habe schon davon gehört«, begann sie und öffnete die Tüte. »Du wirst mir etwas schenken, von dem ich nicht mal wusste, dass ich es brauche.«

»Was meinst du damit, du hast schon davon gehört?«, fragte Cal, aber Min zog gerade einen Schuhkarton hervor.

»Bei Schuhen habe ich einen sehr eigenen Geschmack«, meinte sie kopfschüttelnd. »Da ist das Risiko einer Katastrophe sehr hoch.«

»Ich lebe gern gefährlich«, grinste Cal.

Min öffnete die Schachtel. Darin lagen fersenfreie Pantöffelchen mit Absätzen, wie sie sie liebte, aber sie waren mit weißem Fell bedeckt. »Was zum Teufel?«, rief Min aus, doch als sie sie herausholte, erkannte sie die Bunny-Gesichter in dem Fell. »Du hast mir *Bunny-Slipper* mitgebracht?«, jauchzte Min und hielt sie empor. Die Bunny-Häschen sahen sie an, süß und ein bisschen dusselig. »*Bunny-Slipper mit offenem Zehenteil*? Die sind einfach *unglaublich*.«

»Ich weiß«, lächelte Cal und kraulte Elvis' Bauch. »Musik ist auch drin.«

»Lass mich raten«, meinte Min und griff nochmals in die Tüte. »Elvis Costello.« Sie zog eine CD hervor und las den Titel laut: »Elvis Presley, Die fünfzig schönsten Liebeslieder.« Sie sah Cal an. »Du hast mir Elvis *Presley* mitgebracht.«

»Das magst du doch«, erwiderte Cal. »Warum sollte ich dir etwas schenken, das ich mag?«

»Junge, Junge, im Schenken bist du wirklich gut«, erklärte Min und blickte wieder die Bunny-Häschen an. »Ich *liebe* diese Schuhe.«

»Jede Frau sollte Bunny-Slipper haben«, meinte Cal und hob einen davon auf. »Besonders Frauen mit Zehen wie deine.« Er packte ihren Fuß und streifte ihre Frotteesocke herunter, und Min wackelte mit ihren Zehen, deren Nägel diesmal rosa lackiert waren. »Wirklich heiße Zehen, Minnie«, stellte er fest und rieb mit dem Daumen über ihre Fußsohle.

»Und kitzlig«, warnte Min und versuchte, ihren Fuß zurückzuziehen, aber er schob schnell den Pantoffel darüber, und Min schloss die Augen und genoss mit einem Seufzen das angenehme Gefühl des Fells auf ihrer Haut. »Ach, wunderbar.« Sie blickte wieder auf ihren Fuß und wackelte mit ihren Zehen unter Bunnys Maul. »Die sind einfach perfekt.«

»Ich weiß«, erwiderte Cal und ließ ihren Fuß los.

Min streifte ihren anderen Socken ab und schlüpfte in den zweiten Bunny-Slipper. »Mit Geschenken bist du genial. Die CD spiele ich aber erst, wenn du wieder fort bist, damit du nicht leiden musst.«

»Ich mag Elvis«, erklärte Cal. Inzwischen war Elvis, der Kater, bis zur Armlehne gekrochen und stieß etwas von dem Tischchen neben der Couch.

»Hey.« Cal beugte sich vor, um es aufzufangen. »Vorsichtig, Kater, sonst …« Er verstummte, als er das Etwas in den Händen hielt. »Wie kommst du denn zum Eiffelturm?«

»Jemand hat mir gestern Abend eine Schneekugel mit dem Eiffelturm geschenkt«, antwortete Min und betrachtete noch immer ihre wackelnden Zehen. »Elvis hat sie zerbrochen.«

»Braves Tier.« Cal reichte ihr den Eiffelturm, sie ließ ihn in den Abfalleimer fallen und betrachtete dann wieder ihre Häschen. »Und wer war so dämlich, dir eine Schneekugel ohne Leute darin zu schenken? Greg?«

»Nein«, entgegnete Min fröhlich und sah Ärger voraus. »Weißt du, was? Ich glaube, diesmal ist mir das Hühnchen gelungen.« Sie stand auf. Die Slipper fühlten sich wunderbar an. »Sie passen *perfekt*.«

»Minerva«, stellte Cal fest, »du verschweigst mir etwas.«

»Vieles«, versetzte sie, und als sie in die Küche ging, lauschte sie auf das Geräusch, das ihre neuen Slipper auf dem Parkettboden machten. »Vielleicht ziehe ich die nie mehr aus.«

Hinter ihr ertönte »Love Me Tender«, und Cal rief von der Couch aus: »Kann dieser Kater etwa die Stereoanlage einschalten?«

»Er kennt die Wiedergabetaste«, rief sie zurück. »Und die Wiederholungstaste, leider. Gestern Abend habe ich vier Mal hintereinander »Love Me Tender« gehört, bis ich die CD herausgenommen habe.« Sie rührte das Hühnchen noch einmal um, kostete und dachte: *Ich glaube wirklich, das ist es*. Sie lächelte und kostete zur Sicherheit noch einmal, bevor sie rief: »Ich glaube, du solltest das hier mal probieren.«

»Gerne«, antwortete Cal direkt hinter ihr. »Aber sag mir zuerst, wem das gehört?«

Sie wandte sich um und sah, dass er Davids Krawatte hielt.

»Wo hast du denn die her?«, fragte sie.

»Elvis hat damit gespielt«, erwiderte Cal.

Sie nahm sie ihm aus der Hand und warf sie in den Küchenmüll. »Geht dich nichts an, wem die gehört.«

»Ich weiß.«

»Du kannst doch wohl nicht eifersüchtig sein«, meinte Min.

»Und trotzdem, sehr zu meinem eigenen Abscheu, bin ich's.« Cal verschränkte die Arme. »Also gut, ich habe kein Recht, danach zu fragen.«

»Das ist wahr«, stimmte Min zu.

»Also wer war es?«

Sie lehnte sich gegen den Ofen und erkannte, dass sie froh war über seine Eifersucht. *Du bist unverbesserlich*, schalt sie sich.

»Minnie«, mahnte Cal.

»Mein Exfreund. Er kam vorbei und machte mir einen Antrag.«

»Ach wirklich?«, entgegnete Cal ruhig, aber seine Kiefermuskeln spannten sich.

»Ja, wirklich«, antwortete Min amüsiert. Er schenkte mir diese Schneekugel, weil wir die Flitterwochen in Paris verbringen sollten.«

»Wie passend«, schnappte Cal.

»Eigentlich nicht«, erwiderte Min und richtete sich auf. »Ich will keine Flitterwochen in Paris.«

»Hast du ihm das gesagt?«

»Nein«, entgegnete Min, am Ende ihrer Geduld. »Ich sagte ihm, dass ich nicht heiraten wolle, und warf ihn raus.«

»Aha«, machte Cal.

»Und das war's«, schloss Min. »Fort ist er.«

»Nein, ist er nicht«, widersprach Cal.

»Ich schwöre dir ...«

»Er hat seine Krawatte hier gelassen, Min.«

»Na und?«

»Er hat sie hier gelassen, damit er deswegen wiederkommen kann.«

»Das ist doch ...« – Min dachte darüber nach – »...absolut möglich.«

»Gib mir das Ding«, bat Cal.

»Wozu denn?«, fragte Min entnervt.

»Damit ich sie diesem Hurensohn morgen mit einer Botschaft zurückschicken kann«, erklärte Cal. »Wer ist er denn?«

»Hast du komplett den Verstand verloren?«

Cal schloss die Augen. »Ja.«

»Na also«, meinte Min. »Selbsterkenntnis ist der erste Schritt zur Besserung.«

»Triff dich nicht mehr mit ihm.« Es war eine Bitte, keine Forderung.

»Tu ich auch nicht«, erklärte Min. »Ich mag ihn nicht mal.«

»Darf ich bitte diese Krawatte zurückschicken?«, bat Cal und streckte die Hand aus.

Min angelte sie wieder aus dem Müll. »Hier. Er heißt David Fisk. Er betreibt ein Soft…« Sie verstummte nach einem Blick in Cals Gesicht. »Was ist?«

»David Fisk ist dein Ex?«, fragte Cal, und Min fiel die Wette ein.

»Ja«, erwiderte sie. »Kennst du ihn?«

»Ja«, antwortete Cal. »Er ist …« Er hielt inne, und sie wartete. »Er ist ein Kunde von uns.«

»Aha«, machte Min und dachte: *Die Wette, er will mir nichts von der Wette erzählen. Verdammt noch mal.*

Cal knüllte die Krawatte zusammen. »Ich werde sie ihm zurückschicken. Und wie ist das Hühnchen geworden?«

»Ich finde, sehr gut«, erwiderte Min und fühlte sich deprimiert, als Elvis im Hintergrund von wahrer Liebe sang.

»Sieht großartig aus.« Cal nahm sich einen Löffel vom Abtropfbrett und nahm eine Probe von der Sauce. Er kostete, und Min wartete, denn sein Urteil war ihr wichtig. »Verdammt, das ist gut«, rief er aus und blickte sie überrascht an. »Ich finde sogar, besser als das von Emilio. Hast du etwas anders gemacht?«

»Ja«, erwiderte Min, »aber das ist mein Geheimnis. Du hast deine Geheimnisse, und ich habe meine.«

»Ich habe keine Geheimnisse«, behauptete Cal.

»Abendessen«, sagte Min nur und deckte den Tisch, während »Love Me Tender« wieder von vorn begann.

Sie unterhielten sich während des Essens und beim Abspülen, und Min genoss es gegen ihren Willen, versuchte, an die Wette zu denken, und vergaß sie immer wieder, weil es einfach schön war, mit ihm zusammen zu sein. Irgendwie war er in ihr Leben geschlüpft und ihr unter die Haut gegangen, und sie war glücklich darüber, obwohl sie wusste, dass es zu seinem Plan gehörte. *Ich habe keinen Plan*, dachte sie, und das tat so wohl, dass sie aufgab und ihn einfach anlächelte, und als er ging, küsste sie ihn ohne Vorbehalte zum Abschied. Er lehnte am Türrahmen und begann: »Minnie, wegen dieses ›Nur-gute-Freunde‹ …«, doch sie schob ihn sanft hinaus und schloss die Tür, um zu verhindern, dass er sagte: »Ich hasse das, bitte vergiss es und liebe mich.«

Denn das, sagte sie sich, als sie zu Elvis zurückkehrte, wäre gar nicht gut.

Mittwochabend gegen sieben Uhr saß David in Hemdsärmeln in seinem Büro und bemühte sich, zwei Lieferungen aufzuspüren, die verloren gegangen waren, und überlegte gleichzeitig, wie er an Min herankommen könnte, die ihm einst einen »Caesar«-Salat vorbeigebracht hatte. Da flog mit einem Knall seine Bürotür auf, und Cynthie stand vor ihm, wieder in einem maßgeschneiderten Kostüm, diesmal in Rosarot.

»Ach, gut, Sie sind's«, sagte er ausdruckslos.

»Sie treffen sich immer noch.« Cynthie betrat den Raum und schloss die Tür hinter sich. »Sie sollten doch einen Vorstoß machen.«

»Habe ich auch«, schnappte David. »Und sie hat Nein gesagt. Ich habe meine Krawatte dort gelassen, aber Cal hat sie mir zugeschickt, also war das auch Essig. Aber sie hat auch gesagt, dass sie nicht mit ihm schlafen will, deswegen glaube ich, wenn wir abwarten …«

»Ah ja? Dann passen Sie mal auf: Er hat sie seiner Mutter vorgestellt.«

David setzte sich auf, kalt lief es ihm über den Rücken. »Was?«

»Er hat sie nach Hause mitgenommen, um sie seiner Mutter vorzustellen«, wiederholte Cynthie. »Ich habe sieben Monate gebraucht, bis Cal mich zu seinen Eltern mitnahm. Sie hat das in *drei Wochen* geschafft. David, *ich verliere ihn.*«

»Zu seiner Mutter«, echote David und dachte: *Der Bastard. Der würde alles tun, um diese Wette zu gewinnen. »Scheiße.«* Er blickte erschrocken auf, weil er es laut gesagt hatte. »Tut mir Leid.«

»Nein«, entgegnete Cynthie und stellte sich vor ihn. »Es tut Ihnen nicht Leid. Sie sind *wütend.*«

»Ja, das bin ich.« David dachte an Cal Morrisey und wurde noch wütender. Jemand sollte Kerlen wie ihm Einhalt gebieten. Er erhob sich. »Und was soll ich jetzt tun?«

»Um sie kämpfen«, forderte Cynthie. »Sie ist Ihre Freundin. Erobern Sie sie zurück.«

»Ich hab's ja versucht«, wandte David leicht entmutigt ein. »Aber sie mag Cal.«

»Sie sind der *passivste* Hurensohn, den es gibt«, zischte Cynthie. »Kein Wunder, dass sie nie mit Ihnen geschlafen hat. Wahrscheinlich haben Sie das nie versucht.«

»Vielen Dank«, erwiderte David. »Hört sich toll an von einer, der nach neun Monaten der Fisch von der Angel gesprungen ist. Die aggressive Tour scheint sich auch für Sie nicht ausgezahlt zu haben, Süße. Vielleicht sind Sie diejenige, die nicht genug Dampf hat.«

»Hör mal, du Trottel«, keifte Cynthie. »Ich habe einen perfekten Körper, und ich bin *umwerfend* im Bett.«

»Ach? Das bezweifle ich.« David kam hinter seinem Schreibtisch hervor. »Und mach dir nicht die Mühe, deine Jacke wieder auszuziehen. Die Ware kenn ich schon.«

Cynthie starrte ihn an. »*Du Bastard!*«

»Zum Teufel, Cynthie, was erwartest du denn? Du kommst hier reingeschneit und beschimpfst mich, weil dein Ex meine Ex mit zu seiner Mutter nach Hause nimmt. Wenn du ihn stoppen willst, dann tu's selber. Knöpf deine Kostümjacke vor *ihm* auf.« David schöpfte Atem und schloss die Augen. »Sieh mal, ich bin müde, und mir ist elend zumute, und ich habe seit drei Monaten keinen Sex mehr gehabt. Nimm deinen perfekten Körper und geh zu dem Kerl zurück, mit dem du perfekten Sex hattest. Ich muss hier noch arbeiten.«

Als sie nicht antwortete, öffnete er die Augen. Sie blickte ihn stirnrunzelnd an.

»Sie schlafen nicht miteinander«, stellte Cynthie fest.

»Ich weiß«, erwiderte David. »Also hat keiner von uns Sex. Toll. Hau ab.«

»Das sieht man an der Art, wie sie sich zueinander verhalten«, fuhr sie fort, und er wartete ab.

»Ich war gerade im ›Long Shot‹. Min war mit Cal dort, und ich habe sie beobachtet. Sie haben es noch nicht getan. So etwas kann man erkennen, denn die Leute berühren sich anders, wenn sie miteinander Sex hatten. Sie sind entspannter, sie …« Cynthie kam einen Schritt näher. »Und sie haben es noch nicht getan. Wir können sie uns immer noch zurückholen. Ich kenne ein großartiges Aphrodisiakum.«

»Klar«, versetzte David. »Du knöpfst deine Jacke auf.«

»Nein«, sagte Cynthie, die jetzt so dicht vor ihm stand, dass sie ihn fast berührte. »Schmerz. Wenn Freude nichts bewirkt, versuch's mit Schmerz. Zum Beispiel Eifersucht. Das ist ein physiologischer Reiz, ein sehr starker. Sie gehen jetzt zu Emilio's, das habe ich gehört. Und wir gehen ebenfalls hin.«

David wich einen Schritt zurück und stieß gegen seinen Schreibtisch. »Cynthie, ich glaube nicht …«

»Aber zuerst«, fuhr Cynthie fort, »müssen wir Sex miteinander haben.«

David erstarrte.

»Bei mir sind es auch schon drei Monate«, erklärte Cynthie. »Also werden wir jetzt hier auf der Stelle phantastischen, athletischen, verschwitzten Sex haben, und dann gehen wir zu Emilio's zum Essen. Und Cal wird Bescheid wissen. Alle Menschen wirken anders, wenn sie gerade Sex miteinander hatten.«

David schluckte. »Na ja, vielen Dank, aber ich glaube nicht, dass das …«

Cynthie knöpfte ihre Kostümjacke auf und enthüllte einen glänzenden, rosafarbenen BH, so durchsichtig, dass er wahrscheinlich in einigen Bundesstaaten verboten war.

»… zu irgendetwas führt, außer dass wir uns blöd vorkommen …«

Sie ließ ihre Kostümjacke zu Boden fallen und öffnete den Reißverschluss ihres Rockes.

»… wenn der oberflächliche physische Reiz …«

Ihr Rock glitt an ihren bemerkenswerten Beinen herab, und David bot sich der Anblick des perfektesten Körpers, den er je in Fleisch und Blut gesehen hatte.

»… abklingt«, endete er lahm.

Sie ging auf ihn zu. »Du wirst mich nicht zurückweisen.«

»Wahrscheinlich nicht«, murmelte David und ließ sich von ihr zu Boden ziehen.

Es war seltsam, Diana dabeizuhaben, erkannte Min, als sie im ›Long Shot‹ saßen. Als träfen zwei Welten aufeinander. Di blickte sich mit großen Augen um, lächelte entzückt Shanna zu, lachte über alles, was Tony erzählte, betrachtete Cal voller Anerkennung und fragte nach Liza, als wollte sie die gesamte Mannschaft aus Mins Leben in Augenschein nehmen.

»Arbeitet«, erklärte Tony. »Sie wollte erst Emilios Abendschicht auf Vordermann bringen und sich dann die Mittagsschicht vorknöpfen. Ich habe sie nicht mehr gesehen, seit sie dort angefangen hat.«

»Wir sollten zu Emilio's gehen«, schlug Roger vor. »Dann würdest du Liza zu Gesicht kriegen.«

»Ich möchte nicht ...«, begann Tony, aber Min unterbrach ihn: »Das ist eine gute Idee, finde ich. Ich habe Hunger, und Di war noch nie dort.« Also wanderten sie die zwei Blocks zu Emilio's.

»Die Jungs sind große Klasse«, flüsterte Diana Min zu. »Ich wusste nicht, dass du eine so tolle Clique hast.«

»Na, ich weiß nichts von einer Clique«, erwiderte Min, aber dann erkannte sie, dass Diana Recht hatte und dass sie mit Tony genauso locker umging wie mit Cal und dass sie Roger längst als die Art zukünftigen Schwager akzeptiert hatte, zu dem ihn Bonnie bald machen würde.

Liza empfing sie an der Tür in einem kleinen Schwarzen, das nach einer Million Dollar aussah und sie wahrscheinlich in einem Trödelmarkt zehn Eier gekostet hatte. »Willkommen bei Emilio's«, sagte sie und zwinkerte Diana zu. »Du wirst begeistert sein.«

»Ich weiß nicht so recht«, murmelte Cal hinter Mins und Dianas Rücken. »Ich habe gehört, der Service sei ›pfeffrig‹.«

Di stieß Min mit dem Ellbogen an und flüsterte: »Du solltest es doch niemandem verraten.« Dann grinste Cal sie an, und sie musste lachen.

»Charmebolzen«, murmelte Min.

Brian tauchte in tadelloser Kleidung auf, als Liza sie zum Tisch am Fenster geleitete. »Hallo«, begrüßte er sie. »Ich bin Brian, und ich bediene Sie heute Abend.«

»*Brian?*«, stieß Cal hervor.

»Mr. Morrisey«, erwiderte Brian und starrte ihn an.

»Lass dich von den Kunden nicht einschüchtern, Brian«, mischte Liza sich ein und legte ihm eine Hand auf den Arm. »Vergiss nie, du bist ihnen haushoch überlegen.«

»Ja, Liza«, antwortete Brian und blickte sie anbetungsvoll an.

»Oh Gott«, murmelte Cal.

»Du hast meine Erlaubnis, zu Mr. Morrisey unhöflich zu sein«, teilte Liza Brian mit.

»Gut«, erwiderte Brian und gab Cal mit der Menükarte einen leichten Schlag auf den Hinterkopf, was Diana aufs Neue zum Lachen brachte.

»Wo sind wir denn hier gelandet?«, fragte sie und blickte sich um.

»Zu Hause«, antwortete Cal, und Min nickte und sah ihr Leben plötzlich mit Dianas Augen. Es war ein verdammt gutes Leben, nur hatte es sich unentwirrbar in Cals Leben verheddert. *Was soll ich nur tun, wenn er mich verlässt?* Der Gedanke, dass sie es so weit hatte kommen lassen, dass dies eine solche Gefahr für sie darstellte, erschreckte sie; sie blieb während des Abendessens größtenteils stumm, hörte zu, wie Diana mit allen schwatzte, und betrachtete Cal, der mit aufgerollten Hemdsärmeln und gelockerter Krawatte dasaß, sich vollkommen zu Hause fühlte und ihr immer wieder zulächelte. Er wirkte wie ein Fels, ganz anders als David mit seiner modischen Schlankheit oder Greg mit seiner offensichtlichen Fitnesscenterfigur. Cal war breitschultrig und kräftig und real und unendlich begehrenswert. *Ich wäre fähig, hier und jetzt Ja zu ihm zu sagen*, dachte sie und fühlte, wie die Wärme in ihr hochstieg; und obwohl sie wusste, dass sie das nie tun würde, gestattete sie sich einen Augenblick lang, der Phantasie nachzugeben, wie sie unter ihm zurücksank, sein Gewicht auf sich spürte, seine Hände heiß an ihrem Körper, ihre Arme um seinen kräftigen Körper geschlungen. Es war eine Vorstellung, bei der sie die Augen halb schloss und sich auf die Lippe biss, und als sie das Bild abschüttelte, sah sie, dass er sie beobachtete und nicht mehr lächelte.

»Komm her und erzähle mir, woran du denkst, Minerva«, murmelte er, sich ihr zuneigend.

»Lieber nicht, Calvin«, entgegnete sie.

»*Hal*-lo«, stieß Tony aus, und alle anderen folgten seinem Blick.

David und Cynthie waren hereingekommen und wirkten erhitzt. Brian geleitete sie wie ein Profi zu einem Tisch, und David hatte eine Hand an Cynthies Rücken, direkt über ihrem Hintern, als sie ihm folgten. Cynthie schien nichts dagegen zu haben.

»Warum tragen sie nicht einfach T-Shirts, auf denen geschrieben steht: ›Wir haben's getrieben‹?«, fragte Tony.

»Pschhhht«, machte Cal. »Zerstöre doch nicht diesen schönen Augenblick.«

Min blickte ihn an. »Macht es dir nichts aus?«

»Warum sollte es?«, fragte Cal zurück.

»Na ja, sie ...« Min erstarben die Worte auf den Lippen.

»...gehört der Vergangenheit an«, vollendete Cal.

»Na gut«, erwiderte Min und versuchte mit aller Kraft, nicht froh darüber zu sein.

»Und was ist mit David?«, fragte Cal.

»Ist nicht mal Vergangenheit«, erklärte Min. »Der Mann hat mir eine Eiffelturm-Schneekugel geschenkt, um Himmels willen.«

»Wir sollten ihnen eine gute Flasche Wein spendieren«, schlug Cal vor.

»Wozu denn?«, fragte Tony.

»Damit sie sich betrinken und wieder ins Bett verschwinden«, erwiderte Cal. Er ertappte Liza, wie sie ihn stirnrunzelnd betrachtete, und fragte: »Was ist jetzt wieder?«

»Nichts«, antwortete Liza. »Ich denke nur nach.«

»Na, dann denke über jemand anderen nach«, empfahl Cal. »Denke über Tony nach.«

»Tony habe ich durchschaut«, erwiderte Liza. »Aber du bist noch ein Geheimnis für mich.«

»Ich bin sehr wohl ein Geheimnis«, meinte Tony beleidigt.

»Willst du heute Nacht mit mir schlafen?«, fragte Liza.

»Ja«, antwortete Tony.

»Kein Geheimnis«, versetzte Liza und wandte sich wieder Cal zu. »Hast du irgendwelche Schwächen?«

»Min«, erwiderte Cal und lächelte Min an.

Liza schloss angewidert die Augen. »Ich überlege gerade, ob ich dich je erlebt habe, wenn du nicht auf der Hut warst.«

»Na ja, zum Beispiel als Bentley mich mit dem Ball am Kopf getroffen hat«, schlug er vor.

»Ja, ich weiß.« Liza richtete sich auf. »Singen. Du bist nicht schüchtern, aber du willst nicht singen. Warum das?«

»Miese Stimme«, erwiderte Cal.

Liza blickte Tony an. »Stimmt das?«

»Nein«, antwortete Tony. »Hör auf, ihm auf die Nerven zu gehen.«

»Du bist um deine Freunde besorgt, und ich um meine«, beschied Liza und wandte sich wieder Cal zu. »Also, warum?«

»Lampenfieber«, erklärte Cal. »Ich traue mich in der Öffentlichkeit nicht. Zu viele Hemmungen.«

»Du?« Liza lachte. »Darauf wäre ich nie gekommen.« Sie verschränkte die Arme. »Also, was ist nötig, damit du singst?«

»Ein Schießprügel an meiner Schläfe«, erwiderte Cal.

»*Liza*«, mahnte Min, die in Lizas Augen ein Funkeln entdeckte, das nichts Gutes verhieß. »Warum bestehst du so sehr darauf?«

»Hier ist mein Vorschlag«, murmelte Liza, die sich vorgebeugt hatte, nahe an Cals Ohr. »Du singst uns allen jetzt auf der Stelle etwas vor ...«

»Nein«, wehrte Cal ab.

»...und ich werde nie wieder irgendetwas sagen oder tun, um dich von Min fern zu halten.«

Cal saß eine Minute lang reglos da, dann fragte er Min: »Hält sie ihre Abmachungen ein?«

»Natürlich«, antwortete Min. »Was aber nicht bedeutet …«

Cal blickte zu Liza auf. »Was willst du hören?«

»Ach, ich überlasse dir die Wahl«, erwiderte Liza und richtete sich auf. »Das allein dürfte schon interessant sein.«

»Warum tust du das?«, fragte Min Liza zornig.

»Weil er es bis jetzt immer sehr leicht hatte«, antwortete Liza und beobachtete Cal. »Ich möchte sehen, ob er bereit ist, dir zuliebe ins Schwitzen zu kommen.«

»So leicht war das bisher nun auch wieder nicht«, bemerkte Cal.

»Du musst das nicht«, beschwor ihn Min. »Wirklich nicht.«

»Wieso?«, meinte er. »Männer singen schon seit Jahrhunderten für ihre Angebeteten. Das ist genauso üblich, wie ihnen Juwelen zu schenken.«

»Schenke mir ein hübsches Schlüsselkettchen«, bat Min.

Er stützte sich mit der Hand auf die Rückenlehne ihres Stuhls und beugte sich vor. »Pass auf, Minnie, denn das kriegst du von mir nur ein Mal zu hören.«

»Cal«, beschwor sie ihn, aber da begann er, »Love Me Tender« zu singen, zauberte dabei ein pomadiges Grinsen auf sein Gesicht, womit er das Kitschige noch übertrieb, und ließ seine Stimme in einer gar nicht üblen Elvis-Imitation tiefer klingen.

»Nicht Elvis«, stöhnte Tony, und Roger schüttelte den Kopf und lachte zur Decke hinauf. Min aber saß atemlos, denn Cals Stimme klang wunderschön, und nach der ersten Strophe verblasste sein Grinsen, und er begann, ernsthaft zu singen. Alle anderen Geräusche verebbten, und es gab nur noch sie beide. Er blickte ihr in die Augen und bat sie, ihn zu lieben, und ihr wurde schwindelig im Kopf, denn er meinte es ernst; was immer sonst zwischen ihnen geschah, diese Worte meinte er ernst. Auch wenn es nur dieser Augenblick war, dann war es in diesem Augenblick doch wahr: Er liebte sie, und das war besser als alles, was sie sich je erträumt hätte; sie fühlte, wie ihr das Herz schmerzte, wie es sich in ihrer Brust zusammenzog, weil sie ihn so sehr liebte, dass sie es kaum noch ertragen konnte. *Tu mir das nicht an*, dachte sie, während er sang. *Brich mir nicht das Herz, das habe ich nicht verdient, bitte tu mir das nicht an.* Und als er fehlerfrei mit »I love you, and I always will« geendet hatte, herrschte vollkommene Stille um sie her. *Oh Gott*, dachte Min, blickte ihm in die Augen und sah dort gleichermaßen Überraschung, Bedauern und Verwirrung, und sie dachte: *Das war nicht er selbst, das war dieses Namenlose, das uns verfolgt. Er hat es nicht so gemeint.*

Dann gab Diana ein »Wow« von sich, Liza erklärte: »Okay, ich bin tief beeindruckt«, und Min packte ihre Handtasche und verließ das Restaurant.

12

Min ließ die Restauranttür mit einem Knall hinter sich zufallen und eilte davon, blind in ihrem Drang zu flüchten. An der Ecke stolperte sie auf die Straße hinunter, eine Hupe blökte, und jemand riss sie zurück. Sie machte kehrt und stieß gegen Cal.

»Es tut mir Leid«, erklärte er und hielt sie fest. »Was immer ich getan habe …«

»Du wirst mir nur wehtun«, stieß sie atemlos hervor.

»Was?« Er blickte erschrocken drein. »Nein. Ich würde dir nie …«

»Du wirst mir das Herz brechen«, fuhr Min mit einem Schluchzen fort. »Ich weiß, dass ich dich lieben werde, und dann verlässt du mich, weil du das immer tust, so bist du eben, und ich werde nicht darüber wegkommen können, wenn ich meinen Gefühlen ganz freien Lauf lasse und dich liebe, weil ich weiß, dass das nie mehr aufhört, weil es so stark ist, es tut jetzt schon weh, wo ich mir nur ein bisschen erlaube …«

»Min, ich würde dir niemals wehtun«, beschwor Cal sie.

»Nicht absichtlich«, schluchzte Min. »Aber du hast ja das Recht, mich zu verlassen. Du hast mir nie versprochen, dass du bei mir bleibst. So ist es doch immer. Du bist so wunderbar, und du kennst dich mit Frauen aus, und sie lieben dich, und dann verlässt du sie. Das würde ich nicht aushalten. Bei David war das anders. Der ist ein Idiot und hat keine Ahnung von mir. Aber du, du kennst *mich, wie ich bin*.«

»Min, hör doch«, rief Cal und versuchte, sie in den Arm zu nehmen.

»*Nein*«, wehrte Min ab und entzog sich ihm. »In meinem ganzen Leben hat mich niemand so gut gekannt wie du. Mit niemandem habe ich mich je so wohl gefühlt wie mit dir. Du kennst mich, jede Faser von mir, und wenn du mich verlässt, dann verlässt du mein wirkliches Ich, das sonst niemand kennt, du weist dann mein wahres Ich zurück.«

»Und was macht dich so sicher, dass ich dich verlasse?«, fragte Cal mit Schärfe in der Stimme.

»Weil du es *immer so machst. Immer*. Willst du mir vielleicht versprechen, dass du für immer bei mir bleibst?«

»Ich kenne dich doch erst drei Wochen«, erwiderte Cal. »Das wäre ein bisschen impulsiv, oder?«

»Ja«, stieß Min hervor. »Und warum dann diese pausenlose Verehrertour? Die perfekten Schuhe, das perfekte Lied und …« Sie schüttelte hilflos ihren Kopf. »*Ich habe dich doch gebeten*, dass wir es als gute Freunde versuchen sollten, *ich habe dich gebeten …*«

»Du willst mehr als das«, entgegnete Cal ausdruckslos. »Das ist der blödeste Spruch, den du mir je vorgesetzt hast.«

»Sieh mal, ich bin einfach nicht so weit, ich bin nicht vorbereitet auf dich. Wenn du in der Nähe bist, bin ich vollkommen hilflos. Ich denke mir Pläne aus und meine es auch ernst, wirklich, aber dann küsse ich dich, weil ich so verrückt nach dir bin, und das wäre auch in Ordnung, wenn ich mich nicht in dich verlieben würde, aber so ist es nun mal, und du weißt es. Du weißt, dass du mich am Haken hast.« Sie verstummte, weil sie merkte, dass sie hysterisch wurde.

»Na gut«, sagte Cal durch zusammengebissene Zähne. »Vielleicht sollten wir ...«

»Ich will nach Hause«, unterbrach ihn Min.

»Na gut«, wiederholte er. »Lass mich ...«

»*Nein*«, lehnte Min ab. »Diana wird in einer Minute rauskommen. Sie kann mich begleiten. Wir begleiten uns gegenseitig.«

»Min«, flehte Cal.

»Ich war einfach nicht auf dieses Lied gefasst«, erklärte Min. »Und wie du es gesungen hast.«

»Ich auch nicht«, versetzte Cal grimmig.

»Ich weiß«, erwiderte Min. »Ich habe es in deinen Augen gesehen. Du hast es nicht wirklich ernst gemeint.«

»Natürlich habe ich es ernst gemeint«, widersprach Cal. Da kam Diana aus dem Restaurant. »Ich wusste nur nicht, dass ich es so ernst meinte, bis ich es gesungen habe. Dieser verfluchte Elvis mit seinen Liebesliedern.«

»Na, so ist das eben mit Elvis«, rief Min und verlor die Fassung. »Du machst dir einen Spaß daraus, verulkst alles, aber er hat nie gelogen, wenn er etwas sang, er hat es immer ernst gemeint. Er hielt nicht mit verdammten Geheimnissen hinter dem Berg ...«

»*Welche* Geheimnisse?«, fragte Cal.

»...und er hat niemandem etwas vorgelogen. Also, wenn du dich das nächste Mal über jemanden lustig machen willst, dann *lass Elvis aus dem Spiel.*«

Min wandte sich ab und begann, die Straße hinunterzumarschieren, wobei ihre Absätze wie ein Schlagzeug auf dem Pflaster trommelten.

»Alles, was ich wollte, war ein bisschen *Ruhe und Frieden*«, schrie Cal hinter ihr her. »Aber nein, ich musste an *dich* geraten!«

Diana rannte hinter Min her, um sie einzuholen. »Warum bist du so wütend?«, fragte sie, als sie neben ihr war. Sie blickte über die Schulter zu Cal zurück. »Das war das Romantischste, das ich je gehört habe.«

»Ich weiß«, erwiderte Min und beschleunigte ihren Schritt.

»Was ist denn *los*?«, fragte Diana.

Min blieb stehen. »Ich sag's dir, wenn du mir erzählst, was mit dir und Greg nicht stimmt.«

Diana biss sich auf die Lippe. »Du zuerst.«

»Vom ersten Abend an, als Cal mich ansprach?«, fragte Min.

Diana nickte.

»Er hat das alles getan, weil David um zehn Mäuse mit ihm gewettet hat, dass er mich nicht innerhalb eines Monats ins Bett kriegen würde«, erzählte Min.

»Nein, das ist nicht wahr«, widersprach Diana überzeugt. »So etwas würde er nie tun.«

»Ich habe sie belauscht, Di«, entgegnete Min. »Er hat es getan. Und ich weiß auch, dass da jetzt mehr zwischen uns ist, aber ich kenne ihn erst seit drei Wochen, und ich bin schon verloren, wenn er nur in der Nähe ist, und das ist mir ein zu gewagtes Spiel. Er … er verlässt die Frauen immer. Damit hatte Greg Recht. Ich will nicht so weit kommen, dass es mich umbringt, wenn er mich verlässt. Denn ich weiß, dass er mich verlassen wird.« Sie fühlte, wie ihr Tränen aufstiegen, und blinzelte sie fort. »Und da singt mir dieser Hurensohn ein solches Lied vor, dass ich … Er ist einfach zu …«

»Gefährlich«, schloss Diana. »Deswegen habe ich mir Greg ausgesucht. Weil ich wusste, dass er nie gefährlich sein würde.«

»Und was ist passiert?«, fragte Min.

»Ich glaube, er will nicht mehr heiraten«, antwortete Diana, und Min hörte das Schluchzen in ihrer Stimme. »Ich habe ihn gefragt, habe ihm angeboten, dass wir das Ganze verschieben, wenn er noch nicht bereit dazu ist, und er sagt immer nur, dass er es will. Aber ich glaube, er sagt das nur, weil er niemanden enttäuschen will, aber er ist …«

»Was treibt ihr hier?«, ertönte da Tonys Stimme aus dem Dunkel und ließ sie beide vor Schreck aufkreischen. »Wartet ihr hier darauf, dass euch einer abmurkst?«

»Und jetzt ist es endlich so weit?«, fragte Min zurück und versuchte, ihre Fassung wiederzugewinnen.

»Cal hat mich geschickt«, erklärte Tony. »Er will nicht, dass ihr allein nach Hause geht. Also habt ihr jetzt mich.«

»Du musst nicht, wenn du nicht willst«, entgegnete Min.

»Soll das ein Witz sein? Mit zwei heißen Hasen allein in der Dunkelheit?«, grinste Tony. »Wenn ich mir das erst richtig vorstelle, wird eine phänomenale Geschichte daraus.«

»Macht er Spaß?«, erkundigte Diana sich bei Min.

»Ich glaube nicht«, antwortete Min. »Könntest du dir mich mit etwa zwanzig Pfund weniger vorstellen?«

»Nein«, lehnte Tony ab. »Ich stelle dich mir ganz genauso vor, wie du bist, Baby. Erzähle Cal nichts davon, sonst schlägt er mir die Zähne ein.«

»Deinen Zähnen passiert nichts«, versicherte Min und setzte sich wieder in Marsch.

»Und, was tun wir in dieser Geschichte?«, wandte Diana sich an Tony, als sie sich Mins Schritt angepasst hatten.

»Na ja, zuerst sollten wir ein gutes Buch lesen, denn ich weiß, dass Klassefrauen wie ihr immer auf Jungs steht, die Bücher lesen«, fing Tony an.

Min hängte sich bei ihm ein. »Danke, dass du uns nach Hause begleitest.«

»Für dich tu ich alles, Kindchen«, erwiderte Tony und tätschelte ihr den Arm. Dann spann er seine Phantasiegeschichte weiter aus, und Min klammerte sich an ihn und versuchte, nicht an das zu denken, wovor sie floh.

Bei Emilio's blickte David Cynthie triumphierend an und stellte fest: »Das war unser Werk.«

»Nein«, entgegnete Cynthie mit bleichem Gesicht. »Das waren wir nicht.«

»Min war eifersüchtig«, fuhr David fort und fühlte sich so gut wie seit Wochen nicht mehr. »Und dann hat Cal sich mit diesem idiotischen Lied zum Narren gemacht und sie in Verlegenheit gebracht. Du hattest ganz Recht mit uns ...« Er wedelte mit der Hand und setzte in Gedanken fort: *...dass wir den besten Sex in der Geschichte der Menschheit hatten. Mein Gott, bin ich gut.*

»Ich wünschte, das wäre wahr«, meinte Cynthie, den Blick noch immer auf der Eingangstür.

»Du weißt doch, dass sie da draußen jetzt streiten«, argumentierte David. »Warum freust du dich nicht?«

»Es gibt in Beziehungen eine bestimmte Art von Streit, die eine ... Problembewältigung ist«, erklärte Cynthie tonlos. »Man streitet, dann versöhnt man sich und kommt sich dadurch noch näher. Dann streitet man wieder und versöhnt sich. Und jedes Mal findet man einen Kompromiss. Jedes Mal kommt man sich näher.«

»Streiten ist gut?«, wunderte sich David. »Das ist doch Unsinn.«

»Wann ist Sex am schönsten, David?«, fragte Cynthie. »Nach einer Versöhnung. Weil man sich eben zuvor noch näher gekommen ist. Wenn es die richtige Art von Streit ist. Wenn sie im Augenblick wirklich wütend auf ihn ist, dann solltest du jetzt schnell etwas unternehmen.«

»Ich rufe sie morgen an«, versprach David. »Jetzt ist sie zu wütend. Sie soll sich lieber erst ein bisschen beruhigen.«

Cynthie blickte wieder zur Eingangstür hin. »Na gut. Sei vorsichtig.«

»Hör auf«, bat David und legte seine Hand auf ihre. »Wir haben gewonnen.«

Cynthie schüttelte den Kopf. »Heute Abend hat niemand gewonnen.«

Später am Abend, nachdem Min und Diana zweihundert Kuchenschachteln gefaltet und sich dabei über die Hochzeit, nicht aber über Greg oder Cal unterhalten hatten, ging Diana zu Bett, und Min setzte sich auf die Couch, Elvis auf dem Schoß, und versuchte sich klar zu werden, wo sie den entscheidenden Fehler gemacht hatte. Wenn sie nur nicht Ja zu dem Picknick im Park gesagt hätte; wenn sie nur seinen Kuss nicht erwidert hätte; wenn er sie nicht geküsst hätte; wenn sie nur Harry nicht kennen gelernt hätte. Vor allem Harry. Und wenn sie nur anfangs nicht so superschlau gewesen wäre zu glauben, sie könnte Cal und David gegeneinander ausspielen. Vielleicht hätte sie so vernünftig sein sollen, sich in der Bar gar nicht erst an Cal heranzupirschen, dann hätte sie die verdammte Wette nicht mitbekommen. Es war schwierig zu entscheiden, wo genau sich ihr Leichtsinn in Verrücktheit verwandelt hatte, aber sie klammerte sich an den Gedanken, dass sie nur herausfinden müsste, wo sie in den Sumpf geraten war, dann würde sie verstehen, was mit ihr geschehen war, und sie könnte sich daraus befreien …

Es klopfte an der Tür, und als Min öffnete, stand Bonnie in ihrem Chenillekleid und mit einer Kanne in der Hand davor. »Ich habe Kakao gekocht«, sagte sie, und Min fühlte, wie ihr die Tränen kamen.

»Ach, meine Süße«, rief Bonnie, kam herein und legte Min einen Arm um die Schultern, wobei sie die Kanne mit Kakao in der anderen balancierte. »Komm, komm. Wir müssen einfach mal darüber reden.«

»Ich hielt mich ja für so schlau«, begann Min und kämpfte darum, ihre Stimme unter Kontrolle zu behalten. Zitternd holte sie Luft. »Ich dachte immer, ich hätte alles im Griff.«

»Und ich fand, du kriegst das wirklich gut hin«, erwiderte

Bonnie und stellte die Kanne mit Kakao auf den Nähmaschinentisch. Sie holte aus jeder Kleidertasche einen Becher hervor, und Min musste durch Tränen hindurch lachen.

»Wo ist denn Roger?«, fragte Min. »Ich will nicht …«

»Er ist unten und schläft«, antwortete Bonnie und hob die Kanne. »Er macht sich Sorgen um dich, aber wenn es mal gegen Mitternacht geht, klinkt er sich zuverlässig für gute acht Stunden aus.«

Min lachte wieder und schnüffelte. »Wenn ich genug Verstand gehabt hätte, hätte ich mir gleich am ersten Abend Roger unter den Nagel gerissen.«

»Roger würde dich zu Tode langweilen«, entgegnete Bonnie und reichte Min einen gefüllten Becher. »Und ich hätte Cal schon längst unter einen Bus geschubst.«

»Tatsächlich?« Min schnüffelte wieder.

»Also wirklich, dieses Supermanngehabe?« Bonnie schüttelte den Kopf. »Dem Mann steckt die Angst in den Knochen, und für so etwas habe ich keine Zeit. Ich möchte Kinder kriegen, nicht eines heiraten.«

»Er ist ein guter Kerl, Bon.« Min nippte an ihrem Kakao und begann, sich etwas besser zu fühlen.

»Ich weiß«, erwiderte Bonnie. »Und eines Tages wird er auch erwachsen und ein guter Mann werden. Jetzt aber hat er dir das Herz gebrochen, und deswegen bin ich wütend auf ihn.«

»Nein, hat er nicht«, widersprach Min. »Er hat versucht, mich nicht mehr zu treffen.«

»Von wegen.« Bonnie ließ sich mit ihrem eigenen Becher neben Min auf der Couch nieder. »Er hatte einen Haufen Möglichkeiten, dir aus dem Weg zu gehen, aber jedes Mal ist er wieder bei dir gelandet.«

»Nur, weil er mich nicht einwickeln konnte«, entgegnete Min. »Es war nicht …«

»Ach, hör auf, du bist doch kein Baby mehr«, meinte Bonnie vorwurfsvoll, und Min riss den Kopf hoch und erschreckte Elvis. »Also, hör auf dich selbst. Du fühlst dich elend, aber das ist nicht seine Schuld, und auch nicht deine. Nimm das mal zur Kenntnis.«

»*Bonnie*«, stieß Min hervor.

»Was willst du wirklich, Min?«, fragte Bonnie. »Wenn das Leben ein Märchen wäre, wenn es wirklich ein Happy End gäbe, was würdest du dir wünschen?«

»Ich würde Cal haben wollen«, antwortete Min und schämte sich bereits, während sie es aussprach. »Ich weiß, das ist …«

»Nein«, wehrte Bonnie ab und hob die Hand. »Und warum willst du ihn?«

»Ach, weil ich mit ihm so viel *Spaß* hatte«, antwortete Min, zwinkerte die Tränen fort und lächelte gleichzeitig, weil das so oberflächlich klang. »Es machte so viel Spaß mit ihm, Bonnie. Und mit ihm fühlte ich mich so wunderbar. Mit Cal zusammen war ich nie fett.«

»Du bist auch mit Liza und mir zusammen nie fett«, versetzte Bonnie.

»Ich weiß«, sagte Min. »Er war fast wie ihr, nur dass ich ihm nicht trauen konnte, und er hat mich wirklich angemacht.«

»Vielleicht deswegen«, vermutete Bonnie. »Weil du ihn nicht im Griff hattest.«

»Ja.« Min ließ ihren Kopf gegen die Rückenlehne fallen. »Er war so aufregend. Ich wusste nie, was als Nächstes kam. Und er auch nicht. Wir haben uns gegenseitig angestachelt. Was für Dummköpfe wir doch waren.«

»Ich würde das nicht unbedingt auf die Vergangenheit beschränken«, meinte Bonnie. »Also zurück zu dem Märchen. Erzähle mir deine Vision von ›Glücklich und zufrieden bis an ihr Ende‹.«

»Ich habe keine«, entgegnete Min. »Und deswegen werde ich auch nie eine erleben.«

»Meine«, begann Bonnie, »ist die, dass ich Roger heirate und wir vier Kinder kriegen. Wir leben in einem hübschen Haus in einem der Vororte, wo es gute Schulen gibt, aber keine mit Schuluniformen.«

»Vernünftig«, kommentierte Min und nippte an ihrem Kakao.

»Ich bin eine Hausfrau und Mutter, aber ich behalte ein paar Kunden, meine Lieblingskunden, und ich achte darauf, dass ich nicht den Anschluss verliere. Und so weiter und so fort. Und wenn die Kinder größer werden, nehme ich wieder mehr Kunden an, weil sie alle scharf auf meine Dienste sind.«

»Das ist doch kein Märchen«, wandte Min ein und stellte ihren Becher ab. »Das kann doch leicht so kommen.«

»Und unser Haus«, fuhr Bonnie fort, als hätte sie nichts gehört, »wird so gemütlich, dass alle gern zu uns nach Hause kommen, in den Ferien und wenn jemand Geburtstag hat, alle kommen zu uns. Und dann gibt es große Abendessen, und alle sitzen um einen Tisch, und wir sind eine große, selbst erwählte Familie. Und du und Liza und Cal und Tony werden Patentanten und Patenonkel für unsere Kinder, und bei jeder großen Veranstaltung in der Schule kommt ihr alle hin und feuert unsere Kinder an …«

»Ich komme bestimmt«, versicherte Min und versuchte, nicht zu weinen.

»…und keiner von uns wird je einsam sein, weil wir uns haben«, fuhr Bonnie fort. »Und meine Enkel werden dir gefallen, Min. Wir werden mit ihnen zum Schuhekaufen gehen.«

»Ach, Bonnie«, heulte Min los und drückte ihr Gesicht ins Sofakissen. Sie weinte laut, während Bonnie ihr über das Haar strich und ihren Kakao trank.

Als Min sich bis auf ein paar krampfhafte, zitternde Schluchzer wieder beruhigt hatte, meinte Bonnie ruhig: »Und jetzt du.«

»Ich *kann* nicht«, schluchzte Min.

»Natürlich kannst du«, versetzte Bonnie. »Es fängt mit Cal an, nicht?«

»Warum?« Min setzte sich auf und wischte sich mit dem Handrücken über ihr Gesicht. »Warum muss es immer mit irgendeinem Kerl anfangen?«

»Weil es ein Märchen ist«, erwiderte Bonnie. »Märchen fangen immer mit dem Prinzen an. Oder in Shannas Fall mit der Prinzessin. Auf alle Fälle fängt es mit einem großen Abenteuer an. Du sitzt ganz alleine in einem Schloss, das heißt in deinem Fall in einem Luftschloss, und da erscheint dieser Kerl, und plötzlich hast du deine ganze Zukunft klar vor Augen …«

»Und was ist, wenn es der falsche ist?«, fragte Min. »Mal angenommen, rein theoretisch, dass das Ganze mit einem Prinzen anfängt, wie unterscheidest du den Prinzen von …«

»…dem Biest?«, setzte Bonnie fort. »Schatz, sie sind doch alle Biester.«

»Roger nicht«, widersprach Min.

»Also wirklich«, versetzte Bonnie. »Der schnarcht da unten gerade wie ein Bär«, und brachte Min trotz Tränen zum Lachen. »Glaubst du wirklich, das mit Cal wäre ein Fehler?«

Min schluckte. »Na ja, logisch betrachtet …«

»Gib Acht, dass ich nicht meinen Kakao über dir ausschütte«, warnte Bonnie.

»Ich habe sonst nichts, an das ich mich halten kann«, erklärte Min. »Woher soll ich es also wissen?«

»Erzähle mir deinen Wunschtraum«, bat Bonnie. »Das bleibt ganz unter uns, niemand wird es je erfahren. Wenn du alles kriegen könntest, was du dir wünschst, ohne Erklärungen, ohne Logik, einfach nur, was du dir …«

»Das wäre Cal«, antwortete Min. »Ich weiß, dass das blöd …«

»Hör auf«, befahl Bonnie. »Herrgott, du kannst nicht mal träumen, ohne es gleich zu bewerten. Erzähle mir einfach dein Märchen.«

Min fühlte, wie ihr erneut die Tränen kamen, also hob sie Elvis auf ihren Schoß und streichelte ihn, um sich abzulenken. »Das ist Cal. Und dass er mich so sehr liebt, dass er es kaum aushält, genauso wie ich ihn liebe. Und, äh« – sie schluckte Tränen hinunter – »wir, äh, wir ziehen in ein tolles Haus, hier in der Stadt, vielleicht in dieser Straße hier, in einen von den alten Bungalows wie den, in dem meine Großmutter gelebt hat. Das würde mir gefallen. Mit einem Garten, in dem Elvis auf die Pirsch gehen kann. Und vielleicht mit einem Hund. Ich mag Hunde gern.«

Bonnie nickte, und Min schnüffelte wieder.

»Und ich arbeite weiter, weil ich meine Arbeit mag, und Cal auch, weil er seinen Job liebt.« Sie seufzte. »Und manchmal ruft er mich mitten am Tag an und sagt: ›Minnie, ich denke immerzu an dich, komm, treffen wir uns in zwanzig Minuten zu Hause‹, und das tun wir und lieben uns, und es ist wunderschön, so mitten am Tag …« Sie verstummte und schnüffelte, und Bonnie nickte.

»Und manchmal gehen wir zu Emilio's, wir alle treffen uns bei Emilio's, so wie wir uns jeden Mittwoch treffen, und wir lachen viel und erzählen uns gegenseitig alles Mögliche, und wenn Roger und du Kinder habt, stellt Emilio noch einen Tisch dazu, und er und seine Frau und die Kleinen essen mit, und Brian bedient uns, und manchmal kommen wir auch zu euch in euer Haus …«

Bonnie nickte lächelnd.

»… und die Männer sehen sich im Fernsehen ein Spiel an, mit viel Gebrüll und Gestöhne, und du und ich und Liza und Emilios Frau, wir sitzen draußen in der Küche und essen Schokolade und erzählen uns alles, was wir getan haben und was sie getan haben, und wir lachen uns kaputt …«

Min holte tief Atem und bemerkte, dass sie noch immer weinte.

»Und dann gehen Cal und ich nach Hause«, fuhr sie mit

fast brechender Stimme fort. »Nur wir beide, und wir müssen immer noch lachen und halten uns gegenseitig im Arm, und wir essen und wir lieben uns und sehen uns idiotische Filme an und ... sind einfach zusammen. Es geht uns gut, einfach weil wir zusammen sind.« Sie wischte sich über die Augen. »Mehr brauche ich gar nicht. Wir beide zusammen, wir unterhalten uns und kochen und lachen zusammen. So einfach.«

Sie holte noch einmal zitternd tief Atem und sah Bonnie an. »Das wäre doch leicht möglich, oder?«

»Ja«, antwortete Bonnie.

»Aber nur, wenn Cal so ist, wie ich denke«, fuhr Min fort.

Bonnie nickte.

»Also muss ich einfach darauf vertrauen, dass er der ist, für den ich ihn halte, und nicht der, für den er sich selbst hält«, schloss Min.

»Tja, das große Abenteuer«, erwiderte Bonnie.

»Hast du dich schon mal gefragt, was eigentlich nach dem ›und sie lebten glücklich und zufrieden bis an ihr Ende‹ kommt?«, fragte Min. »Nachdem die Hochzeit vorüber ist und die Gäste wieder nach Hause gegangen sind und sie alle Geschenke mit der goldenen Krone geöffnet haben? Damit hören die Geschichten immer auf. All die Prüfungen und das Umwerben und das Happy End. Danach hocken sie einfach in ihrem Schloss herum und polieren all die Toaster, die sie zur Hochzeit bekommen haben.«

»Das käme sehr auf den Prinzen an«, meinte Bonnie. »Ich kann mir David sehr wohl vorstellen, wie er eine Menge Toaster poliert.«

Min lachte wider Willen.

»Aber Tony zum Beispiel würde sie alle miteinander verdrahten und so einstellen, dass sie die Toasts in bestimmten Intervallen herauskatapultieren«, malte Bonnie aus, und Mins Gelächter verstärkte sich.

»Und Cal würde Wetten darauf abschließen«, fuhr Min

fort und lachte und weinte zugleich. »Aber erst, nachdem er Tony tausend Mal beim Toastschießen zugesehen hat und die Wahrscheinlichkeiten berechnet hat.«

»Und Roger würde mit Stöcken und gelbem Band eine Absperrung bauen, damit niemand von umherfliegendem Brot getroffen wird«, erklärte Bonnie voll Zuneigung.

»Und Liza würde sich überlegen, wie man das Ganze lukrativ machen kann«, lächelte Min. »Und du würdest darauf achten, dass Tony das Toastbrot günstig einkauft und den Profit gut anlegt.«

»Und du würdest das Ganze begutachten und das Risiko berechnen und uns darauf hinweisen, was wir vergessen haben«, erwiderte Bonnie.

»Weißt du, diese Toastergeschichte sollte man sich vielleicht einmal näher betrachten«, meinte Min. »Tony spinnt, aber seine Ideen sind genial.«

Bonnie nickte.

Min biss sich auf die Lippen und schluckte weitere Tränen hinunter. »Ich möchte, dass dieses Märchen wahr wird.«

»Na gut«, antwortete Bonnie. »Dann musst du jetzt nur noch herausfinden, wie.«

»Klar«, versetzte Min. »Das kann ich. Ich muss nur scharf nachdenken.« Sie sah Bonnie an. »Kippst du jetzt deinen Kakao über mich?«

»Nein«, entgegnete Bonnie. »Das einzige Irrationale, das du tun musst, ist daran zu glauben. Danach brauchst du Köpfchen.«

»Ah, gut«, versetzte Min. »Köpfchen habe ich. Ein bisschen glauben, gut, abgehakt. Jetzt kommt der Plan. Der ist noch in der Mache.«

Bonnie nickte zustimmend. »Kannst du jetzt schlafen?«

»M-hm«, nickte Min, und wieder kamen ihr die Tränen. »Warum kann ich eigentlich nicht aufhören zu weinen?«

»Wann hast du denn zum letzten Mal geweint?«

»Kann mich nicht mehr erinnern«, erwiderte Min.

»Und wann war dir zum letzten Mal etwas so wichtig, dass du hättest weinen können?«, fragte Bonnie.

»Daran kann ich mich auch nicht mehr erinnern«, erwiderte Min verblüfft.

»Also, dann musst du ja einiges nachholen«, stellte Bonnie fest und erhob sich. »Und ich muss hinunter und mit einem Bären schlafen.«

Min lächelte sie feucht an. »Erwarte nicht, dass ich dich wegen Roger bedauere.«

»Tu ich auch nicht«, versetzte Bonnie fröhlich. »Ich erwarte, dass du mich unendlich beneidest.«

»Das tue ich«, erwiderte Min, und ihre Gedanken wanderten zu dem Mann, den sie im Mondlicht wütend zurückgelassen hatte. »Aber ich wünsche mir Cal.«

Cal rief nicht an, und das war schon in Ordnung, sagte Min sich selbst, denn sie würde ihn beim Familien-Hochzeitsessen am Vorabend der Feier sehen, da er nicht abgesagt hatte. Und außerdem hatte sie sowieso keine Zeit, an ihn zu denken, weil es nur noch vier Tage bis zur Hochzeit waren und sie ein Dutzend Mal pro Tag von ihrer immer hektischer werdenden Schwester angerufen wurde. Und überhaupt, sie kam besser zurecht, wenn er sie nicht ablenkte.

Sie sehnte sich nach ihm.

Sonntag, sagte sie sich immer wieder, *Sonntag ist der ganze Trubel vorbei, Diana ist verheiratet, und ich kann mich dann um mein eigenes Leben kümmern.* Das Einzige, dessen sie sich nicht sicher war, war das ›Diana ist dann verheiratet‹, aber da Diana beharrlich daran festhielt, dass ihre Liebe ein Märchen sei, gab es nicht viel, das Min tun konnte, außer ihr die Hand zu halten, ihr zuzuhören und tröstende Geräusche von sich zu geben. Also munterte sie Diana auf, ging Donnerstagabend zu ihrem Wenn-Abendessen und brachte die Reste der handverpackten Eiscreme mit, die Cal ihr geschenkt hatte, beruhigte Liza, dass sie sich nicht dafür entschuldigen musste, Cal zum Singen veranlasst zu haben, da ihr Streit auf alle Fälle unvermeidlich gewesen war, und versuchte, sich eine Möglichkeit auszudenken, wie sie die Dinge wieder in Ordnung bringen konnte, ohne ihn selbst zu sehen oder mit ihm zu sprechen.

Samstagvormittag aber musste sie Harry zuliebe zum Baseballspiel kommen, also schlüpfte sie in ihre neuesten Sandalen – durchsichtige, hochhackige Kunststoffpantoffeln mit Kirschen über den Zehen – und erreichte den Park ein paar Minuten nach Spielbeginn. Sie ließ sich auf einem freien Sitz am Seitenrand der Tribüne nieder und versuchte, unbemerkt zu bleiben und gleichzeitig Harry zuzuwinken, aber Bink erspähte sie und winkte sie zu sich hinauf. Min lächelte ihr zu und entdeckte dann, dass der Mann neben ihr nicht irgendeiner der Väter war, sondern Reynolds. Auf Binks anderer Seite saß Cynthie und daneben weitere Eltern, was bedeutete, dass Min dazu verdammt war, neben Reynolds zu sitzen. I*rgendetwas muss ich verbrochen haben*, dachte sie, während sie hinaufstieg und ihren Platz einnahm. »Und wie steht's für uns?«, wandte sie sich an ihn.

»Diese Kinder können nicht spielen«, stellte Reynolds kopfschüttelnd fest. »Keine Disziplin.«

»Na ja, wissen Sie, sie sind ja erst *acht*«, entgegnete Min.

»Disziplin fängt in den Kinderschuhen an«, erklärte Reynolds und betrachtete sie vorwurfsvoll. *Da geht unsere Chance auf Verbrüderung dahin*, dachte Min.

Unten auf dem Spielfeld gelang es Bentley nicht, den Ball zu fangen, der zu Harry weiterrollte. Harry hob ihn auf und warf ihn in die ungefähre Richtung einer Baseposition, die er für passend erachtete.

»Oh Gott, Harry«, stöhnte Reynolds lautstark.

Min entdeckte Cal an einer Seitenlinie und fühlte, wie ihr

Magen einen Sprung machte. *Lächerlich*, ermahnte sie sich selbst und schluckte schwer. Cal streckte die Arme in Richtung Harry aus, als wollte er fragen *Was?*, und Harry zuckte nur die Schultern und kauerte sich wieder hin. Cal schüttelte den Kopf, aber Min erkannte daran, wie er seine Schultern hielt, dass er nicht böse war. Als er sich umwandte, lag ein Grinsen auf seinem Gesicht. Dann erblickte er Min, sein Grinsen verschwand und Min fühlte die Zurückweisung bis in ihre Gedärme.

Au weia, dachte sie und wandte den Blick ab und hinüber, wo Tony stand, einen Hot Dog aß und den Kopf schüttelte. Neben ihm saß Liza, das Kinn auf die Hand gestützt. Am Fuß der Tribüne schrieb Bonnie für Roger eine Art Merkliste, mit deren Hilfe er später mit den Kindern Spielzüge und Fehler besprechen konnte. *Die glücklichen Kleinen*, dachte Min und wünschte, sie wäre da unten bei Bonnie, oder bei Liza, oder noch besser in der Stadt zum Schuhekaufen. Überall, nur nicht hier, wo sie vor Augen hatte, was sie nicht bekommen konnte. Oder nicht den Mut hatte, sich darum zu bemühen. Das lief mehr oder weniger auf das Gleiche hinaus.

Während des ganzen Spiels brachte Reynolds lautstark seine Verachtung für die allgemeine Unfähigkeit der ganzen Mannschaft zum Ausdruck, machte sich unter den Eltern auf der Tribüne keine Freunde und weckte in Min, die ohnehin nervös war, den starken Wunsch, ihn zu ohrfeigen. Binks Gesicht wurde immer eulenhafter, und Min fragte sich, warum sie es noch bei ihm aushielt. *Ich hätte den Typ schon lange zum Teufel gejagt.*

Unten war Harry mit Schlagen an der Reihe. Er warf einen Blick zu ihnen hinauf, und Min winkte ihm lächelnd zu. Er stupste sein Schlagholz mehrmals auf den Boden und hob es dann in Bereitstellung über seine Schulter. Sein Gesicht war todernst. Dann kam der Ball, und Harry verfehlte ihn meilenweit.

»Na los, Harry«, schrie Reynolds. »Das kannst du doch besser. Gib dir mehr Mühe.«

Halt die Klappe, Reynolds, dachte Min.

Harrys Schultern sackten ein wenig herab, und Bink wurde noch regloser.

Harry verfehlte auch den nächsten Ball, und Reynolds schrie: »Konzentrier dich doch, Harrison! Wedele nicht so *blöd* in der Gegend herum. *Denk ein bisschen*«, und Min sah, wie Cal mit steinerner Miene zu seinem Bruder hinaufblickte.

Wie wär's wenn du selbst mal damit anfängst, Reynolds, dachte Min. Harry wurde steif und schlug einen Ball so schlecht, dass er nicht einmal über den Homeplate hinauskam, und Reynolds sprang auf und schrie: »Das war doch *dumm*, Harry, verdammt noch mal, kannst du denn gar nichts richtig machen?« Harry erstarrte mit eingezogenen Schultern, und Cal verließ das Spielfeld und kam direkt auf sie zu, Mordlust in seinen Augen.

»Nein, nein«, rief Min in Panik, als Cal die Tribüne hinaufstürmte. Sie stand auf, baute sich vor Reynolds auf und versetzte ihm mit der Faust einen Schlag gegen den Arm.

»Hey!«, brüllte Reynolds und fasste nach seinem Arm.

»Sie elende Imitation eines Vaters«, fuhr sie ihn leise an. »Wie *können* Sie Ihr Kind so demütigen.« Laut rief sie: »Harry ist alles andere als dumm, er ist ein schlauer, kleiner Kerl.« Dann zischte sie: »Sie aber sind der größte Schwachkopf, den ich in meinem Leben je gesehen habe.«

»Entschuldigung?«, schnappte Reynolds wutentbrannt zurück.

»Mich brauchen Sie nicht um Entschuldigung bitten, Sie elender Hohlkopf«, flüsterte Min und beugte sich noch näher, »sondern Ihren Sohn, den Sie gerade vor allen seinen Freunden gedemütigt haben. Und wenn Sie glauben, dass Sie damit vor irgendjemandem hier ein gutes Bild abgeliefert haben, dann haben Sie Ihren Verstand wirklich im Arsch.«

»Sie haben hier gar nichts zu sagen«, entgegnete Reynolds, aber er wirkte plötzlich besorgt und warf rasche Blicke auf die Eltern rings umher, die eindeutig grimmig dreinblickten. Er schüttelte seinen Kopf und versuchte, sich aufzuplustern. »Für wen, zum Teufel, halten Sie sich eigentlich?«

»Tja, zunächst mal ist sie die Frau, die gerade deinen Arsch gerettet hat«, ließ Cal sich hinter ihr vernehmen. »Ich hätte dich nämlich hochkant von der Tribüne geworfen, wenn sie sich mir nicht in den Weg gestellt hätte.«

»Du«, bellte Reynolds und blickte an Min vorbei. »Als ob du so etwas zustande brächtest. Du kannst ja nicht einmal die Kinder richtig trainieren ...«

»Ach, hören Sie doch auf«, unterbrach Min ihn. »Sie wissen ganz genau, dass Sie sich blamiert haben, und jetzt fällt Ihnen nichts Besseres ein, als Ihrem Bruder die Schuld zu geben?«

»Hören Sie mal«, begann Reynolds und hob einen Finger. »Sie werden hier nicht ...«

»Weißt du, Reynolds«, mischte Cal sich ein, »wenn du erst wieder zu Hause bist, wird dir klar werden, dass du deinem Kleinen gerade einen genauso brutalen K. o.-Schlag versetzt hast, wie wir ihn beide unser Leben lang immer wieder abbekommen haben. Tja, du bist zwar ein Schwachkopf, aber du bist kein gemeiner Schwachkopf, deswegen beschert dir das hoffentlich ein paar schöne Albträume über deine Qualitäten als Vater. Hier und jetzt aber legst du dich gerade mit einer Person an, die kein Pardon kennt. Ich an deiner Stelle würde einen Rückzieher machen, solange du noch kannst.«

»Wir gehen nach Hause«, sagte Bink.

»Ich sehe nicht ein, warum ...«, begann Reynolds. Da begegnete er Binks Blick. In ihren grauen Augen lag stählerne Kälte.

»Wir«, erklärte sie, »gehen jetzt nach Hause und besprechen das. Min, würden Sie und Cal sich darum kümmern, dass Harry gut nach Hause kommt?«

»Natürlich«, antwortete Cal, und Min nickte. Sie zitterte

jetzt, da der erste Adrenalinschub vorüber war, trat beiseite, zurück zu ihrem Platz und hatte das Gefühl, aggressiv und sehr unhöflich gewesen zu sein. Als sie sich umgedreht und wieder gesetzt hatte, marschierte Cal bereits die Tribüne hinunter, gefolgt von Reynolds und Bink.

Unten auf dem Spielfeld hatte Harry ihnen den Rücken zugekehrt, aber Tony sprach mit ihm, also war er wohl in Ordnung. Sicherlich erklärte Tony ihm, dass sein Vater ein Hanswurst war, aber Min fand, auch das sei in Ordnung.

Sie warf einen Blick hinüber zu Cynthie, die nachdenklich wirkte. »Hi«, begrüßte Min sie und holte tief Atem. »Na, wie gefällt Ihnen die Show?«

»Ich hätte das nicht zustande gebracht«, erwiderte Cynthie, »meinen Glückwunsch. Sie haben mehr Mut als ich.«

»Das war nicht Mut«, entgegnete Min. »Wahrscheinlich habe ich überreagiert.«

»Nein«, widersprach Cynthie. »Cal hat überreagiert, aber er konnte nicht anders. Reynolds hat die übliche Familienmasche abgezogen, und das macht Cal verrückt. Er kann es nicht ertragen, dumm genannt zu werden.«

»Haben sie das als Kinder oft hören müssen?«, fragte Min.

»Ich glaube, alle beide hatten eine viel lausigere Kindheit, als wir uns vorstellen können«, erwiderte Cynthie. »Das heißt natürlich nicht, dass man deswegen seinen Bruder vor den Augen seines Neffen niederschlagen soll.«

»Vielleicht hätte er das gar nicht getan«, meinte Min.

»Ich weiß nicht.« Cynthie wiegte den Kopf. »Aber jetzt sind Sie für die Familie der Bösewicht, nicht er. Also haben Sie ihm da einen Gefallen getan.«

»Ich war schon vorher der Bösewicht«, erwiderte Min. »Seine Eltern konnten mich nicht ausstehen.«

»Ich glaube nicht, dass sie überhaupt irgendjemanden gern mögen«, stellte Cynthie fest. »Sie sind sehr mit sich selbst beschäftigt. Nicht grausam. Es ist ihnen einfach egal.«

»Tja«, meinte Min. »Sie sind hier die Psychologin, nicht? Wie können wir also Harry helfen?«

»Cal kümmert sich um ihn«, antwortete Cynthie und wies mit dem Kopf zum Spielfeld hinunter, wo Harry und Cal zusammen im Unterstand saßen. Sie betrachtete Min mit schräg gelegtem Kopf. »Es war doppelt so schlimm, weil Sie auch hier waren, wissen Sie. Harry hält so große Stücke auf Sie, und dann vor Ihnen so in Verlegenheit gebracht zu werden …« Sie schüttelte den Kopf und seufzte. »Sie haben Recht. Reynolds ist ein Schwachkopf.«

»Ist das der wissenschaftliche Begriff?«, fragte Min.

»In Reynolds Fall, ja«, antwortete Cynthie.

Unten im Unterstand ließ sich Tony neben Liza nieder und bemerkte: »Weißt du, ich dachte immer, wenn ich jemals in eine Kneipenschlägerei verwickelt würde, hätte ich dich gern als Rückendeckung, aber ich glaube, Min hat dir, was das angeht, gerade den Rang abgelaufen.«

»Tja, ich würde ihr nicht in die Quere kommen«, stellte Liza fest. »Dieser Kerl ist ein absoluter Versager.«

»Ja«, stimmte Tony ihr zu und beobachtete dabei das Spielfeld. »Aber Harry schafft das schon. Cal und Bink und Min stehen auf seiner Seite. Auf *die* Mannschaft würde ich jederzeit setzen. Jesus Christus, sieh dir das an.« Laut rief er: »Hey, Soames, pass auf, wohin du den Ball wirfst.« Er schüttelte den Kopf, beobachtete aber Soames weiter, bereit, ihm zu helfen.

Typisch Tony, dachte Liza. Er benahm sich manchmal wie ein Klotz, aber wenn er gebraucht wurde, war er zur Stelle.

Sie würde ihn wirklich vermissen.

»Tony«, begann sie, während er in seinen Hot Dog biss, und wartete, bis er kaute, da es eine Theorie gab, wonach Essen jeden Schlag milderte. »Mit uns beiden wird es nichts.«

»Woran hast du denn das gemerkt?«, fragte Tony mit vollem Mund, den Blick weiter auf das Spielfeld gerichtet.

Liza stieß erleichtert die Luft aus. »Nicht, dass du etwa nicht ein großartiger Kerl wärst …«

»Ich weiß.« Tony schluckte hinunter und biss wieder in sein Sandwich. Auf dem Spielfeld verfehlte ein Kind den Ball, und Tony schloss die Augen. »*Jesus Christus*.«

»Wir haben uns einfach in dieser Dreiergeschichte verheddert«, erklärte Liza. Tony hörte auf zu kauen und sah sie fragend an. »Ich meine, wir drei und ihr drei. Du weißt schon.«

»Genau.« Tony begann wieder zu kauen und das Spielfeld zu beobachten.

»Mit Bonnie und Roger«, fuhr Liza fort, »das ist irgendwie unheimlich, aber Bonnie macht keine Fehler.«

Tony schluckte hinunter. »Roger auch nicht. Die kriegen das schon hin.«

Liza nickte. »Und Min und Cal … na ja, ich weiß nicht, aber er versucht nicht, schnell bei ihr zu landen, deswegen klinke ich mich da aus.«

»Gut.« Tony biss wieder von seinem Hot Dog ab und blickte aus zusammengekniffenen Augen auf das Spielfeld.

»Aber du und ich, das ist Quatsch«, endete Liza.

»Klar.« Tony schüttelte den Kopf. »Dieses Gör hat zwei linke Hände.«

»Ich bin froh, dass du das so locker nimmst«, sagte Liza verärgert.

Tony zuckte mit den Schultern. »Ich mag dich, aber du machst immer so viel Wirbel, du erzeugst Störungen, und ich hänge an meiner Stabilität.«

»Chaostheorie«, stellte Liza fest.

»Klar«, erwiderte Tony. »Gestörte Systeme entwickeln eine höhere Ordnung oder fallen auseinander. Wir sind auseinander gefallen. Außerdem hasst du Sport. Klarer Fall. Bin ja nicht blöd. Also, was soll's?«

»Warum hast *du* dann nicht Schluss gemacht?«, fragte Liza ärgerlich.

»Der Sex mit dir hat mir gefallen. Oh, verdammt.« Tony grollte zum Spielfeld hin, wo ein ungeschicktes Kind einen Bodenball verfehlt hatte. »Weißt du, manche Gören sollten wirklich nicht Baseball spielen.«

»Also, der Sex hat mir eigentlich auch gefallen«, gab Liza zu, nachdem sie darüber nachgedacht hatte.

»Jederzeit zu Diensten«, versetzte Tony. »Na, das ist mal ein Schlag.« Er hob das Kinn und rief: »Gut gemacht, Jessica!«

Jessica winkte ihm zu und vergaß ihn sofort wieder, kauerte sich hin und wartete auf den nächsten Spielzug.

Jessica ist kein Dummchen, dachte Liza. »Ich mag dich wirklich«, sagte sie zu Tony, und er blickte sie grinsend an.

»Ich mag dich auch, Baby«, antwortete er. »Wenn du je einen Kerl vermöbelt haben willst, sag mir Bescheid.«

»Danke«, erwiderte Liza gerührt. »Und wenn dir je eine Frau unterkommt, die Ohrfeigen verdient, ruf mich an.«

»Wirklich?« Tony richtete sich ein wenig auf. »Darf ich dann zusehen?«

»Und deswegen ist jetzt für uns Schluss mit dem Sex«, erklärte Liza. »Also, in Ordnung?«

»Ja«, antwortete Tony und schrie dann, zum Spielfeld gewandt: »Nein, nein, nein.«

Liza erhob sich und küsste ihn auf den Scheitel. »Sei nicht gemein zu den Kleinen«, ermahnte sie ihn, bevor sie ging. »Wenn sie einmal groß sind, gehören ihnen die Firmen, für die du arbeitest.«

Ein paar Minuten, bevor das Spiel endete, ging Min hinunter zum Zaun, wo Cal nicht weit weg am Unterstand lehnte. Sie stand etwa eine Minute lang da und wusste nicht, was sie tun sollte, dann räusperte sie sich.

»Das war gut, was du zu Reynolds gesagt hast«, rief sie und hakte ihre Finger ins Drahtgeflecht. »Wirklich gut.«

Cal blickte weiter aufs Spielfeld.

Sieh mich an, verdammt noch mal, dachte Min und suchte nach etwas, womit sie seine Aufmerksamkeit auf sich ziehen konnte. »Und ... wirklich geil«, log sie und schluckte schwer. »Hat mich sehr angemacht. Wenn nicht so viele Leute um uns herum wären, hätte ich dich schon in der Hütte da vernascht.«

Cal stand reglos, dann wandte er sich zu ihr um, sein Gesicht ausdruckslos wie Holz.

Uups, dachte sie.

»Gib mir fünf Minuten«, erwiderte er da. »Ich lasse den Platz räumen.«

Min ließ vor Erleichterung die Luft ab. »Du hast mir wirklich einen Schreck eingejagt.«

»Tut mir Leid.« Cal kam zu ihr herüber und lehnte sich gegen den Zaun, um mit ihr zu sprechen, und seine Finger schlangen sich durch den Maschendraht und berührten ihre. »Das vorhin hat böse Erinnerungen zurückgebracht.«

»An deinen Vater.« Min legte ihre Finger über seine, weil es sich so gut und richtig anfühlte, ihn zu berühren. »So viel habe ich verstanden. Ist Harry in Ordnung?«

»Nein«, antwortete Cal. »Aber er wird's überstehen.«

»Ich weiß nicht, ob das auf Reynolds auch zutrifft«, meinte Min. »Bink sah aus wie der Todesengel.«

»Sie wird ihm gehörig den Kopf waschen«, erwiderte Cal. »Aber das hilft Harry nicht viel.«

»Warum hat sie ihn überhaupt geheiratet?«, platzte Min heraus. »Tut mir Leid, aber ...«

»Er hat sie mit seinem Charme bezirzt.« Cal lächelte sie schwach an. »Er lernte sie am College kennen, warf einen Blick auf ihr Vermögen und wickelte sie nach allen Regeln der Kunst ein. Sie hatte keine Chance.«

Min stellte sich Bink am College vor, eine erschreckte, kleine Eule, die dem strahlenden, großartigen Reynolds begegnete. »Und warum bleibt sie bei ihm?«

»Weil er sie inzwischen liebt«, erklärte Cal. »Harrys Geburt hat ihn verändert. Zu seinem Vorteil.«

»Verdammt«, entfuhr es Min. »Wie war er denn vorher?«

»Ein charmanter Bastard.« Cals Miene war wieder grimmig, als er zu ihr hinunterblickte. »Wie alle Morriseys.«

»Du nicht«, widersprach Min.

»Ach, Schatz, manchmal schon«, erwiderte Cal traurig. »Mehr, als du dir denken kannst.«

»Ich habe das nie bei dir erlebt«, erwiderte Min.

»Weil ich bei dir kein Bastard war«, erklärte Cal. »Du hast mir das frühzeitig ausgetrieben.«

Min grinste. »Na ja, du hast es provoziert, Charmebolzen.«

»Danke, dass du heruntergekommen bist«, sagte er sanft. Da rief Tony nach ihm, und er kehrte zum Spielfeld zurück.

Min ging zu Bonnie und setzte sich neben sie, und erst als Bonnie die Arme ausstreckte und ihre Hände auf Mins legte, wurde ihr bewusst, dass sie zitterte.

»Und, wie stehen die Aktien?«, fragte Bonnie.

»Diese Märchensache«, erwiderte Min, »ist nichts für Kinder.«

Nach dem Spiel ging Min zum Parkplatz und fand Harry auf dem Rücksitz von Cals Wagen. Cal lehnte an der Beifahrertür und wartete auf sie. *Stürze dich nicht auf ihn*, ermahnte sie sich selbst. *Harry ist hier*.

»Und was jetzt?«, fragte sie.

»Wir fahren zum Mittagessen«, antwortete Cal und richtete sich auf. »Und wir werden viel Elvis hören, denn dank dir ist das jetzt Harrys Lieblingsmusik.« Er öffnete ihr die Wagentür.

»Harry hat eben einen guten Geschmack«, versetzte Min mit vorgerecktem Kinn. Sie glitt auf den Beifahrersitz und sagte: »Hey Fischmann, ich höre gerade, dass wir ins Diner zum Essen fahren. Und die ganze Zeit Elvis hören.«

Harry nickte.

»An deiner Stelle würde ich Junk-Food verlangen«, empfahl ihm Min. »Sag einfach, du möchtest eine Bratwurst. Sieh zu, dass du aus dem Alten jetzt rausholst, so viel du kannst.«

Harry blickte überrascht drein und nickte dann.

»Fertig, Harry?«, rief Cal, als er eingestiegen war.

Harry nickte ernst. »Kriege ich eine Bratwurst zum Mittagessen?«

»Was?«, rief Cal und drehte sich zu ihm um.

Harry blinzelte ihn jammervoll an.

»Minerva«, begann Cal und sah ihr direkt in die Augen. »Du bringst meinen Neffen auf dumme Gedanken.«

»Ich?« Min lächelte ihn unschuldig an. »Nein, nein. Aber schließlich vertilgen die Amerikaner zwanzig Milliarden Hot Dogs pro Jahr, und ich finde, Harry sollte wenigstens einen einzigen kriegen.«

»Genau«, bekräftigte Harry von hinten.

»Zwanzig Milliarden«, wiederholte Cal und begann zu lachen. Min entspannte sich ein wenig.

Als sie auf die Straße eingebogen waren, blickte Min über ihre Rückenlehne hinweg Harry an. »Und was gibt es Neues aus der Welt der Fische?«

»Trägst du die Fischschuhe?«, fragte Harry.

»Nein«, erwiderte Min. »Ich habe neue. Glaspantoffeln mit Kirschen über den Zehen.«

Cal warf einen Blick auf ihre Füße. »Die sind gut«, meinte er nach einer Weile. »Aber es sind keine Fische.«

Harry nickte.

»Dann erzähle mir mal was über Ichthyologie«, forderte Min ihn auf, und das tat Harry dann auch die nächsten zwei Stunden lang. Min versuchte, sich davon fasziniert zu zeigen, die meiste Zeit aber überlegte sie, wie sie Cal dazu bringen konnte, sie zu berühren. Irgendwo. Sie würde sich auch über ein Tätscheln ihres Kopfes freuen. Für den Anfang. Aber selbst mit der Ablenkung durch Cal wusste Min nach dem Mittagessen mehr über Fische, als sie je für möglich gehalten hatte.

»Könnte sein, dass ich nie mehr Meeresfrüchte esse«, bemerkte Cal, als er ihr die Wagentür öffnete.

»Ja, aber wenn mit Fischen irgendwie Geld zu verdienen ist, wird Harry dir im hohen Alter den Lebensunterhalt damit finanzieren«, erwiderte Min, versuchte zu ignorieren, wie nahe er ihr war, und stieg ein.

Als auch Cal im Wagen saß, fragte Min: »Und, Harry, wie steht's da hinten?«

»Kriege ich einen Donut?«, fragte Harry und blickte wieder jämmerlich drein.

»Harrison«, erwiderte Cal, »du treibst es zu weit.«

»Fahr uns zu Krispy Kreme«, verlangte Min, und Cal verdrehte die Augen und fuhr los.

Als sie ankamen, blickte Harry Min mit Eulenaugen an. »Darf ich zwei essen?«

»Harry«, mahnte Cal.

»Ja«, antwortete Min. »Heute darfst du zwei essen.«

»Das ist ein Fehler«, murmelte Cal, aber er ging mit ihnen hinein, und sie tranken Milch und aßen warme Donuts mit Schokoladenüberzug und sprachen über Fische, und Min musste an den Picknicktisch denken und versuchte, ihre Atmung unter Kontrolle zu halten. Nachdem Harry seinen zweiten Donut verputzt hatte, blickte er nicht mehr jämmerlich drein.

Als sie wieder zum Wagen zurückgingen, sagte Cal zu Min: »Setz du dich auf den Rücksitz.«

»Okay«, erwiderte Min, stieg ein und fragte sich, warum sie dorthin verbannt wurde. Vielleicht hatte Cal das Verlangen in ihren Augen gesehen und wollte sich schützen.

Harry war noch etwa fünf Minuten lang vergnügt wie ein Fink, dann wurde er allmählich grün im Gesicht.

»Ah ja«, machte Cal und hielt am Straßenrand.

Harry öffnete die Tür und gab zwei Donuts und einen Viertelliter Milch von sich.

»Ach Schatz«, rief Min bekümmert und schuldbewusst. »Das tut mir Leid.«

»Das war's wert«, beschwichtigte Harry und wischte sich den Mund. »Und die Bratwurst habe ich behalten.«

Cal reichte ihm eine Flasche Evian-Tafelwasser. »Spül deinen Mund aus. Zweimal.«

»Woher hast du denn das?«, fragte Min, während Harry spülte und ausspuckte.

»Hab ich gekauft, als ich die Donuts bezahlte«, antwortete Cal. »Schließlich passiert das nicht zum ersten Mal.«

Harry setzte sich im Sitz zurück. »Ziemliche Schweinerei da draußen. Soll ich's mit dem Rest Wasser wegwaschen?«

»Klar«, erwiderte Cal und begegnete im Rückspiegel Mins Blick. »Wir Morriseys spülen den Rinnstein immer mit Evian-Tafelwasser sauber.«

»Ihr habt wirklich Klasse, Leute«, erklärte Min.

Als sie in die Zufahrt von Harrys Zuhause einbogen, die ein genaues Abziehbild der Zufahrt bei Cals Eltern war, drehte sich Harry zu Cal um und sagte: »Vielen, vielen Dank.«

»Bitte, gern geschehen, Harry«, antwortete Cal.

Dann beugte Harry sich zwischen den Rückenlehnen hindurch und flüsterte: »Und vielen Dank für die Donuts.«

»War mir ein Vergnügen«, flüsterte Min zurück. Dann beugte sie sich noch weiter vor und flüsterte ihm ins Ohr: »Ich habe dich lieb, Harry.«

Er strahlte sie an und warf dann seinem Onkel einen Blick der Überlegenheit zu.

»Harrison, wenn du versuchst, mir meine Freundin auszuspannen, kriegst du Ärger«, erklärte Cal.

Harry grinste breit und stieg aus. »Bis dann«, rief er und knallte die Tür zu.

»Er ist noch ein bisschen jung für dich, findest du nicht?«, fragte Cal und begegnete ihrem Blick im Rückspiegel.

Min schluckte. »Ja, aber er ist ein Morrisey. Diesem Charme kann man nicht widerstehen.«

»Tja, ich fand es ganz besonders charmant, wie er in den Straßengraben gekotzt hat«, versetzte Cal. »Möchtest du wieder nach vorn zu mir umsteigen?«

»Irgendwie gefällt's mir hier hinten«, versetzte Min und hob die Nase. »Nach Hause, Morrisey.«

»Na los, Dobbs, hoch mit dem Hintern und hierher«, befahl Cal, und Min lachte und kletterte nach vorn.

Als sie wieder auf der Straße waren, fragte sie: »Meinst du, er ist okay?«

»Sicher«, erwiderte Cal. »Harry ist es gewöhnt, sich zu erbrechen.«

»Ich meine, das Spiel.«

»Ja«, antwortete Cal. »Er wird sich in den seltsamsten Momenten wieder daran erinnern, aber er wird damit zurechtkommen. Er hat ja Hilfe bekommen. Alle um ihn herum haben ihm gesagt, dass er schwer in Ordnung ist. Und Bink kümmert sich zu Hause darum. Nur ist es hart, wenn dir dein eigener Vater sagt, dass du dumm bist.«

»Allerdings«, stimmte Min zu und empfand abgrundtiefen Hass auf Jefferson Morrisey. »Und wie geht's dir?«

»Mir? Gut.«

»Gut«, seufzte Min. Sie fand, dass sie schon zu lange im eigenen Saft schmorte. Jetzt war sie mit ihm allein, jetzt war der Zeitpunkt für ein gezieltes Vorgehen gekommen. Am klügsten wäre es, ganz offen zu sein. Sie sollte ihm gleich sagen, dass sie über die Wette Bescheid wusste; sie sollten wie Erwachsene darüber sprechen, und vielleicht konnte sie sich ihm dann …

»Was ist?«, fragte Cal in die Stille hinein.

»Was?«, schreckte Min schuldbewusst hoch.

»Du bist so still«, erwiderte Cal. »Komm, spuck's aus.«

»Oh.« Vielleicht war ein Frontalangriff doch nicht das Richtige. »Na ja«, sagte sie. »Ich dachte gerade …«

»Ahaa«, machte Cal.

»… dass wir einiges zu, äh, klären haben. Glaube ich. Und ich würde das gern klären.«

»Klar«, erwiderte Cal, und es hörte sich an, als hätte er keine Ahnung, was sie meinte, aber bereit war mitzumachen.

»Weil, ich glaube … vielleicht … könnten wir … weißt du … einen Versuch machen«, stotterte sie. »Wenn wir uns aussprechen.«

Cals Hände verkrampften sich um das Steuerrad, aber er hielt den Blick weiter auf die Straße gerichtet. »Also gut.«

Du bist keine große Hilfe, dachte Min. »Wusstest du, dass achtundsiebzig Prozent aller Paare Geheimnisse voreinander haben?«

»Würde mich nicht überraschen«, erwiderte Cal.

Min nickte.

»Das hast du dir gerade ausgedacht, oder?«

»Ja«, gab Min zu. »Aber ich wette, ich liege damit ziemlich richtig. Gibt es da etwas, was du mir verschweigst? Etwas …«, sie zuckte die Schultern, »bevor wir uns kennen gelernt haben?«

Cal antwortete nicht, und als sie hinüberblickte, zeigte sein Gesicht diesen *Ach-verdammt*-Ausdruck. »Du weißt es schon, sonst würdest du nicht fragen.«

»Stimmt«, gab Min zu, und jeder Muskel ihres Körpers spannte sich an. *Warum musstest du auch fragen? Alle Leute, die behaupten ›Man muss nur darüber reden‹ sind Idioten.*

»Min, das ist schon Jahre her. Mein Leben war die reine Hölle, und sie war so wunderbar, und Reynolds behandelte sie wie Dreck …«

Was? Mins Magen hob sich.

Cal schüttelte den Kopf. »Sie ist ein guter Mensch. Hat mich schwer beeindruckt.«

»Oh«, machte Min. *Sage nächstes Mal gefälligst etwas präziser, welches Geständnis du hören willst, du Dummkopf.*

»Es ist nichts passiert, Min«, versicherte Cal und warf ihr einen kurzen Blick zu. »Bink betrügt niemanden, und ich würde zwar meinem Bruder am liebsten jedes Mal, wenn ich ihn sehe, eine reinhauen, aber *das* würde ich ihm nicht antun. Nein, wir haben nur miteinander geredet. Sehr oft.«

»Aha«, machte Min und versuchte, es freundlich und ermutigend klingen zu lassen.

»Es ist schon Jahre her«, wiederholte Cal. »Sie sagte, ich sei der einzige Mensch, der sich nicht um ihr Vermögen scherte. Du hast sie ja kennen gelernt und weißt, wie sie ist. Sie ist ein wundervoller Mensch.«

»M-hm«, stimmte Min zu. *Ich bringe mich jetzt gleich um.*

»Alles in Ordnung mit dir?«

Min wandte sich ihm zu und platzte heraus: »Hast du sie geliebt?«

Cal bremste den Wagen ab, und Min dachte: *Ach, verdammt noch mal, wann lerne ich endlich, nicht nach Dingen zu fragen, die ich gar nicht wissen will?*

Er hielt am Straßenrand an, schaltete die Zündung aus und wandte sich ihr zu. »Ja.«

»Aha.« Min nickte. »Na gut. Von jetzt an verweigere einfach die Antwort, wenn ich dich etwas frage, ja?«

»In Ordnung«, erwiderte er.

»Liebst du sie immer noch?«, fragte Min.

»Ja«, antwortete Cal.

»Du *hörst* mir nicht *zu*«, entgegnete Min.

»Min, es ist ganz anders. Auf diese Weise liebe ich sie schon lange nicht mehr. Ich glaube, wir haben beide gesehen, worauf wir zusteuerten, und diesen Albtraum wollten wir beide nicht, und Reynolds fing auch wieder an, Interesse an ihr zu zeigen, und ich ging mit anderen Frauen aus, und mit der Zeit hat es sich verloren.«

»Nicht ganz«, erwiderte Min. »Da gibt's eine besondere Symphatie zwischen euch. Mehr als familiäre Zuneigung.«

Cal nickte. »Ja, sie ist etwas Besonderes. Aber es ist keine ... romantische Liebe. Das hat schon lange aufgehört. Vor Jahren.«

»M-hm«, machte Min, noch immer bemüht, damit fertig zu werden.

Cal starrte durch die Seitenscheibe. »Cynthie«, begann er, und Min dachte: *Gib mir doch gleich den Rest.* »Sie hat das nie mitgekriegt. Dabei ist sie Psychologin, und wir waren neun Monate zusammen, aber sie hat nie erkannt, dass ich so viel für Bink empfand. Wie hast du das gemacht?«

»Ich habe eben einen scharfen Blick«, log Min.

Cal ließ sich tiefer in seinen Sitz sinken und starrte durch die Windschutzscheibe. Min beobachtete, wie sich sein muskulöser Körper entspannte, und sie begehrte ihn mehr, als sie für möglich gehalten hätte. »Weißt du was, Cyn hat Monate damit zugebracht, herauszufinden, warum ich ein Seriendater war.«

»Ein was?«, fragte Min in dem Versuch, einen Weg heraus aus ihrer Sehnsucht und ihrem Elend zu finden.

»So hat sie es genannt. Die Geschichte mit dem Zuschlagen und Wegrennen, die du mir immer vorwirfst. Sie kam zu dem Schluss, dass ich das wegen meiner Mutter täte; dass ich mich bei all den Frauen nach Liebe sehnte, und wenn ich sie bekommen hatte, dass ich sie dann verließ, um mir die Liebe der nächsten zu verdienen.«

»Diese Cynthie, immer eine passende Theorie auf Lager«, meinte Min, die ihre bitteren Gefühle an irgendjemandem auslassen musste. Cynthie kam da wie gerufen.

»Ich sehnte mich aber nicht nach meiner Mutter«, fuhr Cal fort. »Ich sehnte mich nach Bink.« Er wandte sich Min zu, und sie lächelte ihn an, damit er nicht erkannte, dass sie drauf und dran war, die Wagentür zu öffnen und sich in den Straßengraben zu übergeben. »Ich sehnte mich nach jemandem, mit dem ich reden konnte, eine Frau, die ich nicht hofieren und mit Charme betören musste, mit der es einfach schön war, zusammen zu sein.« Er schüttelte den Kopf. »Und das war mir einfach nicht klar. Bis jetzt.«

»Na, dann viel Glück dabei«, versetzte Min fröhlich.

»Hör mir zu, Minnie«, befahl er. »In dem Augenblick, als du dich zu mir auf den Picknicktisch gesetzt hast, war ich erledigt.«

Min hatte plötzlich das Gefühl, keine Luft mehr zu bekommen. Deswegen war ihr wohl so schwindlig.

»Ich brauchte eine Weile, bis mir das klar wurde«, sprach er weiter. »Ich hatte noch nie jemanden wie dich kennen gelernt. Klar, jemand wie dich gibt's nicht noch einmal.«

Vergiss das Atmen nicht, ermahnte sich Min.

»Als du auf der Straße vor Emilio's nichts mehr von mir wissen wolltest, da dachte ich erst *Zum Teufel mit dir*. Ungefähr fünf Minuten lang. Und dann wollte ich dich zurückhaben. Du bist die einzige Frau, die ich je wiederhaben wollte. Und seitdem versuche ich, mir etwas einfallen zu lassen, wie ich dich zurückkriege.«

Min sog tief Luft in ihre Lungen, bevor sie ohnmächtig werden konnte.

»Ich liebe dich«, erklärte Cal. »Ich weiß, dass das verrückt ist. Wir kennen uns erst seit ein paar Wochen, und wir brauchen mehr Zeit, das ist mir alles klar, aber trotzdem liebe ich dich, und das wird sich nicht ändern.«

Wieder holte Min tief Luft. Man brauchte Luft auch zum Sprechen.

»Um Gottes willen, Min, *sag doch was*«, flehte Cal.

»Ich liebe dich«, antwortete Min. »Ich habe dich fast von Anfang an geliebt.«

»Das genügt mir«, versetzte Cal und streckte die Arme nach ihr aus.

13

Min schlang die Arme um Cals Nacken und war so dankbar, seine Wärme wieder zu fühlen, dass sie ihn über den Schaltknüppel zog, um ihn noch näher an sich zu spüren.

»Autsch«, stieß Cal hervor.

»Entschuldige.« Min versuchte, lockerzulassen.

»Kein Problem«, beruhigte Cal sie und hielt sie fest. »Mein Gott, wie habe ich dich vermisst.« Er küsste sie, und die flimmernde Hitze überflutete sie, wie jedes Mal, nur dass sie sich diesmal nicht dagegen wehrte und sie bis in ihre Fußspitzen fühlte. Sie klammerte sich an ihn, voll Staunen, dass er sie wieder küsste, und sie unterbrach den Kuss, nur um ihn von neuem zu küssen, bis er tief Atem holen musste.

»Hör mal«, keuchte sie. »Mein Herz. Brich es mir nicht.«

»Genau. Du mir auch nicht.« Cal zog sie wieder an sich, und sie versank in ihm, verlor sich in ihm, trunken von dem Wissen, dass sie bei ihm sein durfte, bei ihm sein würde, und dass alles wunderschön würde. Sie fühlte, wie seine Hand unter ihr Hemd glitt und ihre Brust berührte, und sie erbebte und biss ihn zart in die Lippe, und seine Hand schloss sich fester um ihre Brust, und dann klingelte ihr Handy.

Cal gab sie schwer atmend frei, mit dunkel glühenden Augen, sie aber hielt ihn weiter fest.

»Lass es klingeln«, bat sie, um Atem ringend. »Das ist nur Diana, die ruft zehn Mal am Tag an. *Komm und liebe mich*.« Doch er schüttelte den Kopf.

»Geh lieber ran«, bekam er zwischen zwei Atemzügen heraus. »Wir müssen uns bremsen. Wir stehen hier direkt an einer öffentlichen Straße.«

»Ist mir doch egal«, stöhnte sie und streckte die Arme aus.

Er schaltete den Motor ein. »Zu dir, oder zu mir, Minnie, aber *nicht* hier im Wagen.«

»Egal, was immer näher liegt«, erwiderte Min, und während Cal anfuhr, hob sie ihr Handy ans Ohr, um das Klingeln zu beenden.

»*Min*«, erklang Dianas nervöse Stimme. »Ach *Min*, eine *Katastrophe*.«

»Okay«, erwiderte Min und versuchte, die Nebelschwaden aus ihrem Kopf zu verbannen. »Was ist los?

»Das Festessen heute Abend«, stöhnte Diana. »Greg wollte den Partyservice organisieren, weil er da besondere Beziehungen hat.«

»Oh.« Min blickte Cal an, der viel zu weit von ihr entfernt saß. »Greg sollte den Partyservice für das Festessen heute Abend organisieren. In vier Stunden.«

»Ich hasse Greg«, erklärte Cal mit Gefühl.

Diana hörte sich ebenso atemlos an, wie Min sich fühlte. »Mom wird ihn *ans Kreuz nageln*, und er ist jetzt schon ein *nervöses Wrack*. Und es soll doch *meine vollkommene Hochzeit* werden.«

»Okay«, erwiderte Min. »Lass mich nachdenken.« *Cal, nackt, in meinem Bett, in mir.* Nein, nicht der Gedanke.

»Was sollen wir bloß tun? Es ist *gar nichts* vorbereitet«, wimmerte Diana.

»Ich versuche ja nachzudenken.« Min und Cal blickten sich einen langen Moment in die Augen, bis der Wagen abdriftete und über den Straßenrand holperte und Cal ihn zurückriss.

»Wo findet dieses Abendessen statt?«, fragte er und behielt den Blick auf der Straße.

»In einer Pension in der Nähe der Kirche«, erklärte Min. »Unten am Fluss. Warum?«

»Für wie viele Personen?«, fragte er weiter.

»Vierzehn, glaube ich«, erwiderte Min und sprach wieder in ihr Handy: »Abendessen für vierzehn, ja?«

»*Ja*«, rief Diana zurück.

»Das schaffen wir«, meinte Cal. »Sag ihr, das geht in Ordnung.«

»Wir schaffen das?«, frage Min. »Wer sind *wir*?«

»Tony und Roger und ich haben im Restaurant gearbeitet, das weißt du doch. Wir holen uns alles, was wir brauchen von Emilio, du machst Chicken Marsala, und sie können servieren. Deine Eltern kennen Tony und Roger nicht, also werden sie sich nichts dabei denken. Das funktioniert.«

»Ich mache Chicken Marsala?«, fragte Min und dachte dann: *Ach, zum Teufel.* »Okay, also mache ich Chicken Marsala.« Sie hob den Hörer wieder. »Beruhige dich, wir bekommen das in den Griff. Deine Aufgabe ist es, Mom eine plausible Erklärung zu geben, warum Cal und ich etwas später kommen, und dafür zu sorgen, dass die Hintertür zur Küche offen ist. Um alles andere kümmern wir uns.«

»Oh, Gott sei Dank«, rief Diana. »Ich habe dich doch nicht gestört, oder?«

»Doch«, versetzte Min, »aber das ist schon okay. Wir haben noch zwei Stunden, bis wir anfangen müssen zu kochen. In zwei Stunden kann man vieles ...«

»*Nein, kannst du nicht*«, rief Diana. »Bist du *verrückt*? Du hast *in diesem Moment die letzte Anprobe*, und wir dachten, du wärst *schon unterwegs*. Wir sind bereits hier und *warten auf dich*. Du kannst doch nicht die *letzte Anprobe* verpassen. Mom würde dich *umbringen. Ich brauche dich dringend. Du kannst nicht ...*«

»Ach ja. Jetzt sofort«, echote Min. »Hatte ich vergessen.«

»Sag's mir nicht«, flehte Cal und bremste ab.

»Anprobe«, murmelte Min. »Ich habe jetzt sofort eine Anprobe. Ich muss ...«

»Kein Problem«, erwiderte Cal und atmete tief durch. »Ich setze dich bei der Anprobe ab, ich besorge alles für das Abendessen, dann kochen wir, dann gehen wir zu dem Abendessen, und *dann ...*«

»…muss ich die Nacht bei meiner Schwester verbringen«, fiel Min ihm ins Wort und schloss die Augen. »Ich hasse es, aber es ist die Nacht vor der Hochzeit, und ich habe ihr versprochen …«

»Na gut«, versetzte Cal. »Kein Problem.«

»*Für dich vielleicht nicht*«, entgegnete Min und dachte: *Nicht in diesem Ton, nicht in diesem Ton*. Sie holte tief Atem. »Ich will dich *jetzt*. Ich will …«

»*Herrgott*«, stöhnte Cal. »Ich versuche doch nur …«

»Min?«, krächzte Dianas Stimme aus dem Hörer.

»Ich komme«, antwortete ihr Min und schaltete das Handy ab.

»Wo ist die Anprobe?«, fragte Cal resigniert.

»Brautabteilung bei Finocharo«, antwortete Min bitter. »Warum konnte Greg nur nicht die Organisation der Kleider übernehmen?«

Cal brachte sie zu dem Modegeschäft, küsste sie mehrmals und fuhr dann davon, um sich um das Abendessen zu kümmern, und erst als er fort war, wurde ihr bewusst, dass er die Wette noch immer nicht erwähnt hatte.

Wir hatten keine Zeit, dachte sie. *Wenn das kein guter Grund ist. Ich habe ihm gar keine Chance dazu gegeben. Und auch wenn es keinen guten Grund gibt, ist mir das egal. Ich lasse mir von niemandem mehr in die Suppe spucken*.

Dann wandte sie sich um, um es mit ihrer Mutter und mit diesem verdammten Korsett aufzunehmen.

»Du kommst schon wieder zu spät«, nörgelte ihre Mutter, als sie eintrat.

»Hi, Mom«, erwiderte Min, bereit, ihrer Mutter die Haare auszureißen, sollte sie etwas wirklich Gemeines sagen.

»Iss das hier«, befahl Nanette und reichte ihr einen Apfel.

»Warum denn?«, wunderte sich Min.

»Weil Gott allein weiß, was uns dieser Partyservice auftischt, den Greg bestellt hat. Der Mann ist vollkommen unzuverlässig. Und weißt du, er hat ihnen auch nicht gesagt, dass sie keine Butter verwenden dürfen. Also iss dich schon mal satt.«

»Damit?« Min beäugte den Apfel und legte ihn kopfschüttelnd weg, um sich in das Leibchen zu zwängen. Eine halbe Stunde später verließ die Schneiderin Mins Kabine, und Min starrte sich im Spiegel an. Jede rosige Erregung war von ihr gewichen, und sie dachte: *Ich würde mir gern die Kehle durchschneiden, aber das hier soll nicht das Letzte sein, was ich sehe, bevor ich abtrete.*

Sie steckte wieder in dem blauen Rock, dessen Reißverschluss sich nur schließen ließ, wenn sie sekundenlang die Luft anhielt, in der lavendelfarbenen Chiffonbluse, die über der Brust noch immer spannte, und in dem neuen blauen Leibchen, das nur eng geschnürt werden konnte, wenn Min das Atmen aufgab, und dabei hatte die Schneiderin beim Schnüren die Kraft der Verzweiflung aufgewendet. Und auch jetzt, wo alles saß, durfte sie keinen normalen Atemzug wagen, denn sonst würde sie oben einfach herausplatzen.

Warum sollte Cal mit einer schlafen wollen, die so aussieht?

Als Min aus ihrer Ankleidekabine hervorkam, stellte Nanette fest: »Es passt immer noch nicht«, und ihr Ton verhieß nichts Gutes für ihre fette Tochter.

»Gott ist mein Zeuge, ich habe diese Diät eingehalten«, versicherte Min ihr deprimiert. »Meistens.«

»Du hattest ein ganzes Jahr Zeit«, erklärte ihre Mutter bitter. »Und jetzt ruinierst du Dianas schöne Hochzeit.«

»Ich hab eine Idee.« Min versuchte, das Leibchen hochzuziehen. »Ich könnte mir doch einfach einen Knöchel verstauchen, und Karen spielt die Brautjungfer. Dann habt ihr eine absolut schöne und dünne Hochzeitsfeier, und …«

»*Nein*«, widersprach Diana von der Tür aus, und sie wandten sich beide zu ihr um.

»Nicht diesen Ton, mein Liebes«, verbat sich Nanette.

Diana zeigte auf Min. »Du bist *meine Schwester*, und du wirst meine *Brautjungfer*, und du wirst *wunderschön* aussehen, denn diese Lavendelfarbe ist *genau deine Farbe*, und es wird alles *perfekt*.«

In ihren Augen lag die gleiche wilde Entschlossenheit wie bei Nanette, und so gab Min nach.

»Na ja, da können wir jetzt auch nichts mehr ändern.« Nanette erhob sich verärgert. »Du bist zu spät gekommen, und wir haben noch tausend Dinge zu erledigen. Das Abendessen beginnt bereits in drei Stunden, herrje. Du musst das Kleid für das Abendessen ohne uns anprobieren.«

»Kleid für das Abendessen?«, fragte Min. »Warum ...«

»Ich habe etwas für dich ausgesucht, das dich schlanker macht.« Nanette betrachtete kopfschüttelnd ihre älteste Tochter, die herbe Enttäuschung. »Achte darauf, dass der Saum die richtige Höhe hat. Wenn er dir nur bis zum Knie reicht, sehen deine Beine aus wie Zaunpfähle.«

»Vielen Dank, Mutter«, erwiderte Min, der nichts daran lag, sich deswegen zu streiten. Sie war es einfach müde.

Ihre Mutter hielt inne und begegnete ihrem Blick. »Ich weiß, du findest mich schrecklich. Aber ich kenne mich in der Welt aus, und die ist nicht nett zu dicken Menschen. Vor allem nicht zu dicken Frauen. Ich möchte, dass du glücklich und gut versorgt bist, einen guten Mann bekommst, und das wird nicht geschehen, wenn du nicht abnimmst.«

»Sie ist *nicht dick*«, erklärte Diana hinter ihr. »*Sie ist NICHT DICK*.«

»Nicht in diesem Ton«, entgegnete Nanette, und Diana starrte sie an.

»*Zum Teufel* mit dem Ton. Hör auf, ihr dauernd einzureden, sie sei *dick*.« Diana holte Luft und blickte ebenso erstaunt über sich selbst drein wie Nanette und Min. Etwas ruhiger setzte sie hinzu: »Lass sie in Ruhe.«

Nanette schüttelte den Kopf, beugte sich vor und packte Min an den Oberarmen. »Ich möchte doch nur, dass du glücklich wirst.« Dann hielt sie inne und drückte Mins Arm noch einmal. »Hast du wirklich Gewichte gehoben, wie ich es dir gesagt habe? Wenn nämlich deine Arme zu schwammig sind, wirken diese Chiffonärmel ...«

»Wir müssen jetzt gehen«, unterbrach Diana ihre Mutter und schob sie zur Tür. »Wir sind sowieso schon zu spät dran.« An der Tür drehte sie sich noch einmal um und rief: »Du siehst *großartig* aus«, und verschwand dann ebenfalls.

»Klar«, murmelte Min und drehte sich um, um sich im Spiegel zu betrachten. Die Chiffonbluse war nicht so übel, aber ihre Brüste quollen einfach obszön daraus hervor.

»Ach du lieber Gott«, seufzte sie und versuchte, sich hinzusetzen, aber der Rock war zu eng.

»Augenblickchen, Augenblickchen«, säuselte die Schneiderin und huschte um Min herum, um den Reißverschluss des Rockes zu öffnen, bevor er platzte.

»Ich hasse das«, grollte Min, während sie aus dem Rock stieg.

»Die Farbe steht Ihnen wunderbar«, erwiderte die Schneiderin, und Min blickte über die Schulter in den Spiegel und dachte: *Sie hat Recht. Für solche Dinge hat Diana ein sehr gutes Auge.* »Sie haben Glück, dass Sie nicht das Grüne tragen müssen«, schwatzte die Schneiderin weiter, während sie die Bänder des Leibchens löste. Min begann wieder zu atmen. »Wenn Sie zum Altar schreiten, werden die Farben wunderbar aussehen, Grün und Blau und Ihr Violett-Blau. Aber die kleine Blonde, die das Grüne tragen soll, ist sehr unglücklich darüber.«

Schnief, dachte Min. Tja, das hat man davon, wenn man mit dem Bräutigam ein Verhältnis hatte.

»So, ich bringe Ihnen jetzt das Abendkleid, das kriegen wir ganz schnell hin.«

»Klar«, erwiderte Min. Sie zog die Bluse aus und betrachtete sich im Spiegel. Vollschlanke Brüste, vollschlanke Hüften, vollschlanke Oberschenkel … Sie versuchte, sich daran zu erinnern, was Cal darüber gesagt hatte, aber die Stimme ihrer Mutter übertönte alles.

»Da haben wir es schon«, säuselte die zurückkehrende Schneiderin. »Wir ziehen Ihnen das rasch über den Kopf …«

Min betrachtete sich im Spiegel, während die Schneiderin die Reißverschlüsse schloss. Ihre Mutter hatte natürlich Schwarz gewählt, ein durchgehendes Kleid mit einem senkrechten weißen Einsatz auf der Vorderseite, mit dem sie einem Pinguin ähnelte. V-förmige Einsätze an der Hüfte sollten eine schmale Taille vortäuschen, ließen sie jedoch nur wie ein Pinguin aussehen, dessen Frackschleife zu tief hing.

»Das macht sehr schlank«, behauptete die Schneiderin.

»Genau«, versetzte Min und nahm den Apfel in die Hand. »Schlank.«

Hinter ihr ertönte Cals Stimme. »*Oh Gott*, ist dieses Kleid hässlich.« Sie wandte sich um und sah ihn in der Türfüllung lehnen, eine Flasche Wein und zwei Gläser in den Händen.

Mins Herz machte einen Sprung. »Oh, gut, du bist da.«

»Was dachtest du denn, Minnie?«, fragte Cal und kam näher, ihr in die Augen blickend. »Zieh den Fetzen aus. Das ist eine Beleidigung für deinen Körper.«

»Nur eine von vielen heute«, erwiderte Min. »Meine Mutter hat es ausgesucht. Sie hat einen ausgezeichneten Geschmack.«

»Finde ich nicht.« Cal stellte seine Mitbringsel auf einen niedrigen Tisch neben der Couch. »Ich könnte dir ein besseres Kleid aussuchen.«

»Einverstanden«, seufzte Min. »Du hast fünf Minuten Zeit. Ich esse inzwischen diesen Apfel, und dann säumen wir das Kleid so, dass meine Beine nicht wie Zaunpfähle aussehen. Hast du auch einen Korkenzieher dabei? Ich könnte jetzt einen Schluck Wein vertragen.«

Cal nahm ihr den Apfel aus der Hand. »Apfel und Wein? Lieber nicht.« Er warf den Apfel in den kleinen goldenen Abfallkorb neben dem Tisch und zog einen Korkenzieher aus der Tasche. »Deine Beine sind toll. Zieh dieses Kleid endlich aus. Da muss es doch irgendwo ein besseres geben.«

»Im Souterrain«, erklärte die Schneiderin eifrig und sah Cal an, als sei er das Großartigste, das ihr je vor Augen gekommen war.

Min betrachtete Cal ebenfalls und dachte wieder, wie wunderbar er war.

»Hi.« Cal lächelte die Schneiderin an. »Ich bin Cal.«

»Hi«, erwiderte sie, und ihr Lächeln wurde breiter. »Ich bin Janet.«

Ach, um Himmels willen, dachte Min.

»Janet, Sie sehen aus, als hätten Sie einen hervorragenden Geschmack«, säuselte Cal. »Ich bin sicher, Sie haben dieses Ding da nicht ausgesucht.«

»Nein, nein,« Janet wies den Gedanken weit von sich.

»Ich wette, Sie könnten das perfekte Kleid für sie aussuchen«, fuhr Cal fort und blickte ihr unverwandt in die Augen. »Vielleicht etwas in Hellrot.«

»Blau«, entgegnete Janet. »In Blau oder Violett sieht sie wundervoll aus.«

»Das stimmt. Bitte suchen Sie ein phantastisches blaues Kleid aus, und wir feiern dann mit einem Drink.«

Janet zögerte. »Mrs. Dobbs hat aber ausdrücklich ...«

»Ich kümmere mich um Mrs. Dobbs«, erwiderte Cal, »und Sie kümmern sich um das Kleid.«

Als Janet verschwunden war, schraubte Cal den Korkenzieher in den Korken und zog, und der Korken ploppte ohne Widerstand heraus. Cal schenkte ein Glas ein. »Hier. Du bist ziemlich angespannt.«

»Meine Mutter war hier«, antwortete Min, nahm das Glas und wünschte, er würde sie berühren. Nur dass sie zu fett war.

»Das erklärt, warum Janet wie ein Reh im Scheinwerferlicht aussah.« Cal blickte über die Schulter. »Sie ist nicht hier, und du hast mich eine Stunde lang nicht mehr geküsst, Minerva. Komm zu mir.«

Min kletterte von der Plattform und ging zu ihm. Sie liebte die Art, wie seine Arme sich um sie schlossen, und versuchte, nicht daran zu denken, wie fett sie sich unter seinen Händen anfühlen musste. Dann küsste er sie wild, und sie sank seufzend gegen ihn, dankbar dafür, dass sie ihn hatte, auch wenn sie nicht wusste, warum er sie haben wollte.

Die Wette.

Nein, niemals, das war es nicht. Sie glaubte an ihn.

»Was ist los?«, fragte er.

Min schüttelte abwehrend den Kopf. »Horroranprobe.«

»Lass mich raten«, erwiderte er. »Deine Mutter. Denk nicht mehr an sie. Denk an mich.«

Sie musste lächeln, und als er sie wieder küsste, diesmal sehr sanft, fühlte sie, wie die Anspannung in ihr langsam wich.

»Na also«, meinte er und streichelte ihren Rücken. »Jetzt trink deinen Wein. Ich werde dich betrunken machen, und dann treib ich's mit dir beim Festessen unter dem Tisch.«

»Ach, das wäre schön«, seufzte Min und nippte an dem Wein.

Nach einem halben Glas Wein und einigen weiteren Küssen fühlte Min sich schon viel besser. Janet kam mit einem Kleiderbügel zurück, an dem etwas Dunkelpurpurnes und Gewagtes hing.

»Wollen Sie mich auf den Arm nehmen?«, fragte Min. »Das soll für *mich* sein, ja?«

»Nein, das ist für mich«, erklärte Cal und musterte das, was an dem Kleiderbügel hing. »Ich begleite dich schließlich, und ich will nicht den ganzen Abend lang ein potthässliches Kleid vor Augen haben.«

»Geh raus«, befahl Min. »Ich ziehe mich nicht vor deinen

Augen aus.« *Noch nicht.* Sie dachte daran, wie Nanette ihren Oberarm befühlt hatte. *Vielleicht nie.*

»Na ja, ich gebe die Hoffnung nicht auf«, erwiderte Cal und nahm sein Weinglas mit hinaus.

Als er verschwunden war, fragte Janet: »*Das* ist Ihr Freund?«

»Ja«, antwortete Min, selbst überrascht.

»Mein Gott, was für ein *schöner Mann*«, seufzte Janet.

»Und ein netter Mann«, meinte Min. »Aber dieses Kleid …«

»Nein, das ist genau richtig«, entgegnete Janet, schüttelte das Kleid aus und hielt es in die Höhe. »Es gefällt Ihrem Freund. Kennt er sich mit Frauenkleidern aus?«

»Ich glaube, er hat schon viele ausgezogen«, antwortete Min und streifte das Pinguinkleid ab.

»Meins könnte er auch ausziehen«, versetzte Janet und erstarrte dann. »Entschuldigung. Ich wollte nicht …«

»Kein Problem«, erwiderte Min und reichte ihr den Pinguin. »Daran bin ich gewöhnt. Und wie zieht man das hier an?«

»Ziehen Sie es sich über den Kopf«, empfahl Janet und reichte ihr das purpurne Kleid. »Es hat ein in Falten gelegtes Hänger-Oberteil.«

»Na, ich weiß nicht.« Min hielt das Kleid in die Höhe.

»Probieren Sie's«, ermunterte Janet sie. »*Ihm* gefällt es.«

»Und er hat mir auch Wein mitgebracht«, erinnerte sich Min. »Wo ist mein Glas?« Sie kippte den Rest ihres Weines hinunter, zog dann mit einem Seufzen das Kleid über ihren Kopf und blickte in den Spiegel. Einiges an diesem Kleid war gut. Das Hänger-Oberteil machte sie tatsächlich schlanker, und die Art, wie es sich über ihrem Busen in Falten legte, wirkte direkt sexy, solange sie keinen Kopfstand machte. Und unter den lockeren Falten wirkten ihre Hüften üppig, anstatt wie ein Autobus. Aber trotzdem, diese Art Kleid war für schlanke Frauen gedacht …

»Der abgesetzte Saum ist genial«, kommentierte Janet. »Er hat Recht, Sie haben wirklich gute Beine. Sie sind eben einfach … kurvig.«

»Vielen Dank«, erwiderte Min. »Der Rest von mir ist auch kurvig.«

»Darin sehen Sie wirklich sexy aus«, erklärte Janet. »Ich werde ihn holen, damit er sich's ansehen kann.«

»Ich brauche noch etwas Wein«, sagte Min, aber die Schneiderin war schon auf der Jagd nach Cal verschwunden. Min schenkte sich ein zweites Glas ein und nippte daran, während sie in den Spiegel starrte. Das Kleid war ein bedeutender Fortschritt gegenüber der Pinguin-Wursthaut. Außerdem würde sich ihre Mutter ärgern, und das geschah ihr recht. Und noch besser, sie würde nichts sagen können, weil Min ihr erzählen konnte, dass es Cal gut gefiel. »Also, von mir aus«, murmelte Min, toastete ihrem Spiegelbild zu und kippte den gesamten Inhalt des Glases auf einmal hinunter. Die Alkoholwärme breitete sich in ihr aus und verschmolz angenehm mit der Wärme, die Cals Küsse hinterlassen hatten.

Sie beugte sich gerade über das Tischchen, um sich ein drittes Glas einzuschenken, als Cal wieder erschien.

»Wie ich höre, siehst du …«, begann er und hielt dann inne.

»Was?«, fragte Min und blickte auf.

»Ah«, stieß er aus, und sie folgte seinem Blick, der auf der tiefen Schlucht zwischen ihren Brüsten lag. Das meiste davon war sichtbar, denn das Oberteil ließ so noch tiefere Einblicke zu. »Du siehst gut aus«, erklärte Cal, und das Vibrieren in seiner Stimme zeigte deutlich, dass er das als Untertreibung des Jahres verstand.

»Es ist kein Kleid für Dicke«, erwiderte Min und wandte sich wieder dem Spiegel zu. »Es kaschiert nichts.«

»Haben wir das nicht schon längst besprochen?«, fragte Cal und stand plötzlich dicht hinter ihr.

»Ja, aber meine Mutter hat seitdem dazwischengeredet«,

entgegnete Min. »Und außerdem sagt mir dieser Spiegel, dass ich praktisch keine Taille habe.«

»Du hast eine Taille.« Cal legte seine Hände auf ihre Hüften. »Genau hier.« Seine Hände glitten über ihren Bauch, und sie erzitterte und beobachtete im Spiegel, wie er sie berührte. Mit Cals Händen auf ihrem Körper sah sie anders aus, viel besser, und als er sie rückwärts an seine Brust zog, entspannte sie sich und ließ ihren Kopf an seine Schulter sinken. »Sehr sexy, das Kleid«, flüsterte er ihr ins Ohr und küsste dann ihren Hals. Sie sog hastig den Atem ein. »Sehr sexy, die Frau«, flüsterte er und ließ seine Hand hinauf zu ihrem Ausschnitt gleiten, wobei seine Finger an der Kante des Seidenstoffes entlangfuhren und sie erbeben ließen. Wärme breitete sich in ihr aus, und sie hatte das Gefühl, davonzufließen.

»Ich muss aufhören, Wein zu trinken, wenn ich bei dir bin«, flüsterte sie ihm im Spiegel zu. »Ich fange schon an, all diesen Unsinn zu glauben, den du mir erzählst.«

Er grinste sie an, und sein Spiegelbild wärmte sie ebenso wie sein Körper an ihrem Rücken.

Sie biss sich auf die Lippe. »Es ist so schön, allein mit dir zu sein. Aber ich kann nicht, weil wir zu diesem Abendessen gehen müssen, weil wir dieses Abendessen selbst kochen müssen, und morgen muss ich zu dieser Hochzeit ein absolut lächerliches Kleid tragen, und da fühle ich mich wieder fett.«

»Nur, weil du nie zuhörst«, sprach Cal ihr ins Ohr. »Sieh dich doch an.«

»Tu ich ja«, versetzte sie, und er entgegnete: »Nicht wie ich dich ansehe.« Seine Hand fuhr an ihrer Seite empor, und er flüsterte: »Sieh nur diese wunderschöne Linie hier, wie schön gerundet du bist«, und während seine Stimme in ihrem Ohr sie schwindelig machte, fuhr seine Hand aufwärts und um ihre Brust herum.

Sie wandte ihm ihr Gesicht zu und rief: »Hey!«, und wollte mit ihrer Hand seine fortschieben, doch er schloss ihr den

Mund mit einem leidenschaftlichen Kuss und fing ihre Hand ein, um sie mit der offenen Handfläche auf ihre warme, schwere Brust zu drücken; und sie dachte: *Das fühlt sich so gut an*, und ließ sich von der Hitze überwältigen.

»Sieh nur, wie *schön* du bist«, flüsterte er an ihrem Hals, während seine Finger sich mit den ihren verschränkten.

»Kein Mann, der Blut in den Adern hat, könnte dich so sehen, ohne sich zu wünschen, dich zu berühren.« Er drehte ihre andere Hand, so dass sie mit der Handfläche auf ihrem Bauch lag, und bewegte sie aufwärts zu ihrer Brust. »Du bist ein Traum, Min. Du bist mein Traum.«

Er drückte ihre beiden Handflächen auf ihre Brüste, und sie fühlte die warme Rundlichkeit und erbebte unter seinen Händen, und sie glaubte ihm. Dann drehte sie sich in seinen Armen und küsste ihn mit aller Leidenschaft, derer sie fähig war, presste sich an ihn, um ihn noch näher zu fühlen, liebte die muskulöse Kraft seines Körpers an ihrem, die Art, wie ihr Körper seinem weich nachgab, seine Hände, die an ihrem Körper abwärts fuhren und sie noch stärker an ihn zogen. Sie wölbte ihm ihre Hüften entgegen, biss ihn zart in die Lippe und leckte sie dann, fühlte, wie er bebte, als sie flüsterte: »Ich will dich«, und hörte, wie sein Atem zitternd ging, als er ihren Hals küsste und dann zart daran knabberte.

»Uups«, machte da Janet hinter ihnen, und Min wich zurück, schwindelig und atemlos.

»Wir nehmen das Kleid«, sagte Cal, ohne sich umzusehen, mit rauer Stimme.

»Das ist wirklich ein sehr gefährliches Kleid«, stellte Min fest und versuchte, wieder zu Atem zu kommen.

»Genau deswegen nehmen wir es«, versetzte Cal und küsste sie noch einmal, bevor er sie freigab.

Als sie die Pension erreichten, fanden sie die Hintertür offen, wie versprochen. »Eine gute Küche«, erklärte Cal, nachdem sie alles aus dem Wagen hineingetragen hatten. »Hier kann man gut arbeiten.«

»Eine großartige Küche«, rief Min mit Neid in der Stimme. Sie wandte sich Cal zu und begann: »Ich finde …«, da küsste er sie, und sie lächelte unter seinem Mund und drängte sich näher an ihn. »Wofür war denn der?«

»Einfach nur so«, antwortete Cal und zog sie näher. Als ihr Handy klingelte, richtete er sich auf. »Was hat Greg jetzt wieder vergessen?«

Min drückte auf den Knopf. »Hi.«

»Wo bist du? Wir sind in der Pension. Mom macht Theater um mein Kleid«, zischte Diana in verzweifeltem Flüsterton. »Und sie möchte wissen, wo du bist.«

»Wir sind unten in der Küche und fangen jetzt an zu kochen«, antwortete Min, während Cal ihren Nacken küsste. Sie unterdrückte ein Kichern und empfahl: »Erzähle ihr irgendetwas.«

»Sie wird wütend auf dich sein«, entgegnete Di.

»Als ob das etwas Neues wäre«, versetzte Min. »Wenn sie erst mein Kleid sieht, wird sie sowieso wütend. Cal hat es ausgesucht. Ich sehe darin aus wie eine Hure.« Sie fühlte Cal in ihr Haar lachen.

»Wirklich? Welche Farbe hat es?«

»*Di …*«

»Schon gut, ich erzähle ihr was«, erwiderte Diana. »*Danke!*«

»Du siehst nicht aus wie eine Hure«, erklärte Cal, als Min das Handy ausgeschaltet hatte. »Du siehst aus wie ein Top-Callgirl.« Seine Hand fuhr hinunter zu ihrem Hintern. »Und ich habe genug Geld.«

»Versuche, dir das Kochen als Vorspiel vorzustellen«, empfahl Min, und Cal seufzte und begann, die Lebensmittel auszupacken.

Eine Viertelstunde später hatte Min vier große Pfannen mit

Olivenöl darin erhitzt, und Cal hatte sechzehn Hühnerbrüstchen flach wie Flundern geklopft und putzte gerade Pilze, als Diana den Kopf zur Tür hereinsteckte und rief: »Keine Butter. Und danke, danke, danke.«

»Übrigens, wo stecke ich denn gerade?«, fragte Min, während sie begann, die Hühnerbrüstchen mit Mehl zu bestäuben.

»Cals Auto hat eine Panne, und ihr seid irgendwo auf der 275«, erklärte Diana.

»Mein Wagen hat keine Panne«, protestierte Cal und ließ einen Pilz fallen. »Diesen Wagen pflege ich wie …«

»Danke, das tut's«, unterbrach ihn Min, und Diana verschwand wieder. »Ich weiß ja, aber könntest du deinen männlichen Stolz nicht für diesen Abend auf Eis legen?«

»Was kriege ich dafür?«, fragte Cal.

»Meine ewige Dankbarkeit«, antwortete Min, beugte sich über den Tisch und küsste ihn auf den Mund. Wie gut sein Mund auf ihren passte!

»Wie viel Dankbarkeit?«, fragte Cal und bewegte sich mit ihr mit, als sie sich zurückzog.

»Mehr, als ich in einer Nacht ausdrücken kann«, erwiderte Min. »Schneide ein paar von denen in Scheiben, ja? Die brauchen wir für den Salat.« Sie hob die erste Hühnerbrust über das heiße Öl und hielt dann inne.

»Ist was?«, fragte Cal.

»Nein«, entgegnete Min und legte das Huhn wieder beiseite. Sie wühlte in einer der Einkaufstaschen und zog ein Pfund Butter hervor. »Weißt du«, meinte sie, während sie die Folie öffnete, »man kann wirklich nicht *ganz ohne* Butter kochen.«

»Klar«, stimmte Cal ihr grinsend zu.

Min ließ eine großzügige Portion Butter in jede der Pfannen fallen und atmete dann den süßen Duft ein. Mit einem Lächeln legte sie die Hühnerbrüste hinein.

»Das kriegen die sowieso nicht mit«, bemerkte Cal.

»Ha, meine Mutter riecht Butter an mir noch drei Tage,

nachdem ich sie gegessen habe«, widersprach Min. »Sie merkt das sofort. Aber das ist mir egal. Putzt du als Nächstes den Romana-Salat, ja? Ich muss die Bohnen dämpfen.«

Eine halbe Stunde später erschienen Tony und Roger in weißem Hemd und schwarzer Fliege, Bonnie in ihrem Gefolge.

»Huch«, rief Min aus und versuchte, nicht über die Kellnerfliegen zu lachen.

»Ja, ja, jetzt kicherst du, aber später wirst du beeindruckt sein«, meinte Tony und füllte Sektgläser in einem Tempo, das sie nicht für möglich gehalten hätte, während Roger vierzehn Teller in einer Reihe auf den Tisch schleuderte, Himbeersauce in einem kunstvollen Muster auf sie spritzte und dann Salat darauf anrichtete, dass er aussah, als käme er aus dem Ritz.

»Ich bin schwer beeindruckt«, erklärte Min.

»Ich auch«, setzte Bonnie hinzu, die am Ende des Tisches saß und Lauchzwiebeln in dünne Streifen schnitt. Roger strahlte sie an, während Tony bereits die Gläser hinaustrug.

Als Tony zurückkam, berichtete er: »Sie stehen alle draußen in der Empfangshalle und machen höflich Konversation. Di sieht gelangweilt aus. Na ja, zumindest war sie es, bis sie mich in dieser Fliege sah.«

»Muss ja die Hölle sein«, rief Min über den dampfenden Topf mit den Bohnen hinweg. »Ich würde viel lieber hier bei euch Jungs bleiben. Von jetzt an kümmere ich mich bei den Abendesseneinladungen meiner Mutter lieber um die Gastronomie.«

»Nicht, wenn sie erst mal die Butter geschmeckt hat«, versetzte Cal und half Tony, die nächsten vierzehn Teller für das Entrée anzurichten.

Zehn Minuten später standen die Teller für das Hühnchen bereit. Die Hühnerbrüstchen sahen köstlich aus, wie sie in ihrer dunklen Weinsauce dampften: die grünen Bohnen waren mit den Zwiebelstreifen in kleine Bündelchen gebunden und mit Mandeln überstreut. Min sprach mit sich selbst.

»Salat, fertig«, murmelte sie. »Fleisch, Bohnen, fertig. Emilios Mais-Vorspeise, fertig zum Anrichten. Weißbrot, aus dem Ofen in die Körbe. Was habe ich vergessen? Oh verdammt. Das Dessert.«

»Ich habe das Dessert besorgt.« Cal holte aus der letzten Einkaufstasche zwei Schachteln, auf denen KRISPY KREME stand.

»*Donuts*«, stieß Min erschrocken hervor.

»Ich brauche eine Kuchenplatte«, erklärte Cal, und Bonnie stöberte im Küchenschrank, bis sie eine fand. Dann sahen alle zu, wie Cal einen Ring aus sieben Donuts mit Schokoladenglasur formte, mit einem in der Mitte, darauf einen Ring aus fünf Schokoladenkuchen-Donuts, darauf einen Ring aus drei Donuts mit Vanilleüberzug, und als Krönung ganz obenauf einen wunderschönen mit Schokoladenglasur. Die weiße Zuckergussglasur, die Bonnie zwischen die Schichten träufelte, verband alles zu einer Einheit.

Min lief das Wasser im Mund zusammen.

»Ich habe davon gelesen«, erzählte Bonnie und trat zurück. »In einer Gourmet-Zeitschrift. Das ist weit verbreitet.«

Cal hob eine Schachtel auf den Tisch, die er beiseite gestellt hatte, riss sie auf und schüttelte eine winzig kleine Braut mit Bräutigam unter einem Plastikbogen heraus. Es sah schrecklich kitschig aus, aber als er das Paar in den obersten Donut gesteckt hatte, war der Gesamteindruck liebenswert verrückt.

»Genau so einen Kuchen möchte ich auch zu meiner Hochzeit«, erklärte Min. »Meine Mutter kriegt dabei natürlich einen Herzinfarkt.«

Cal grinste sie an, und sie lachte und zog ihre Küchenschürze aus. »Du bist ein Genie, Calvin. Einen Augenblick, ich muss schnell in mein Kleid schlüpfen, dann kommt unser großer Auftritt.«

Sie zog sich um, so rasch sie konnte, und als sie zurückkam, hörte sie Tony zu Cal sagen: »Gut, wir haben alles fertig. Du kannst jetzt …« Er verstummte, als er Min erblickte. Roger wandte sich um und folgte seinem Blick und erstarrte ebenfalls, und Bonnie spähte hinter Rogers Schulter hervor.

»Oh Min«, rief sie aus. »Du siehst *hinreißend* aus.«

»Echt *scharf*.« Tony starrte sie bewundernd an, und Cal schlug ihm leicht auf den Hinterkopf. »Das wird man ja wohl noch sagen dürfen«, beschwerte sich Tony.

Cal überreichte Roger die Kuchenplatte. »Kommt ihr jetzt allein zurecht, Jungs?«

»Kinderspiel«, erwiderte Tony, und Min fuhr zusammen. »Was ist?«, fragte er.

»Nichts.« Min schüttelte den Kopf. Dann warf sie einen prüfenden Blick in den Spiegel neben der Tür, um sicher zu gehen, dass sie kein Mehl-Make-up trug. Die warmen Dämpfe der Küche hatten ihre Haut rosig gefärbt und ihr Haar leicht gekräuselt, und sie fand sich …«

»Du siehst wunderschön aus«, sagte Cal, und als sich Min umdrehte, sah sie Roger und Tony neben ihm stehen. Ihr wurde bewusst, dass sie noch vor einem Monat keinen der Jungs gekannt hatte, und nun hielten sie alle zusammen, um ihrer Schwester aus der Patsche zu helfen.

»Ich finde das einfach *großartig* von euch«, erklärte sie. »Das geht weit über alles hinaus, was man von Freunden erwarten dürfte.«

»Für dich tun wir doch alles, Baby«, erwiderte Tony. Er beugte sich zu ihr hinunter und küsste sie auf die Wange. Min errötete, und Cal warf ein: »Genug mit anderen Männern geflirtet, Minerva«, nahm ihre Hand und zog sie durch die Hintertür mit sich, während Roger ihr noch die Schulter tätschelte.

»Die Jungs sind wirklich einzigartig«, bemerkte sie zu Cal, während sie auf dem Kiesweg um das Gebäude herum zum Vordereingang marschierten.

»Ja«, erwiderte Cal. »Und jetzt auf zum Festessen mit deiner Familie.«

»Oh verdammt«, stöhnte Min.

Wenn sie sich später an dieses Abendessen erinnerte, fiel es Min schwer zu entscheiden, welches der absolute Tiefpunkt des Abends gewesen war.

Da war der Augenblick, als Nanette sie durch die Tür kommen sah und so überrumpelt vom Anblick des purpurnen Kleides war, dass sie mitten in ihrem »Ihr kommt viel zu spät …« verstummte und sie zornig anfunkelte, während Min sich auf einen Sturm gefasst machte.

Dann aber klopfte ihr Cal aufmunternd auf den Rücken, und Gregs Trauzeuge stieß ein »*Wow*« hervor und nickte ihr zu.

»Danke«, erwiderte Min.

»Ich hab's dir ja gesagt«, murmelte Cal ihr zu. »Halte dich bloß von ihm fern.«

Oder der Augenblick, als Min Greg erblickte, der sich einen Tag vor seiner Hochzeit einen Haarschnitt wie Caesar hatte verpassen lassen und damit dümmer als je zuvor aussah.

»Dass ich dich ja nie mit so etwas erwische«, flüsterte Min Cal zu, und Cal flüsterte zurück: »Glaub ich kaum.«

Oder der Augenblick, als Roger und Tony die Salate servierten und Di mit breitem Grinsen säuselte: »Mann, was für *süße* Kellner«, und Roger Greg beinahe seinen Salat auf den Schoß kippte.

»Passen Sie doch auf«, fuhr Greg ihn scharf an, und Dianas Lächeln erlosch.

»*Sehr* süß«, bekräftigte Min und warf Greg einen finsteren Blick zu, den dieser mit einem verwirrten Blinzeln beantwortete.

Oder der Augenblick, als Gregs Mutter meinte: »Dieses Hühnchen schmeckt köstlich. Welchen Partyservice hast du da bestellt?«, und alle Augen sich auf Greg richteten. Min ließ ihn ein paar Sekunden lang schmoren und sagte dann: »Emilio's, hieß er nicht so?«, womit sie ihm eine Rettungsleine zuwarf, die er so dankbar ergriff, dass er ihr fast Leid tat.

Kurz darauf hatte Nanette ausgerufen: »Da ist *Butter* drin.«

»Tja«, machte Min und aß weiter, während Cal ihr den Rücken tätschelte. Der absolute Tiefpunkt aber kam, als gegen Ende des Essens plötzlich Mins Handy klingelte. Sie blickte erschrocken zu Diana hinüber, die die Einzige war, die sie unter dieser Nummer anrief, doch dann fiel ihr das Trio in der Küche ein. »Bin gleich wieder zurück«, murmelte sie und schlüpfte nach draußen, um abzuheben. »Hallo?«

»Min«, ertönte Davids Stimme. »Ich habe schon den ganzen Tag versucht, dich zu erreichen.«

»Warum?«, fragte Min. »Ach, lass es. Ich will's gar nicht wissen. Wir sind gerade beim Familienfestessen, David. Auf Wiedersehn.«

»Es ist wegen Cal«, sagte David, und Min wurde still. »Mir liegt immer noch viel an dir, Min, und es gibt da etwas über Cal Morrisey, das du wissen solltest.«

»Ach wirklich«, erwiderte Min ausdruckslos.

»An dem Abend, als er dich ansprach«, begann David, »da hat er es nur getan, weil er gewettet hatte, dass er dich binnen eines Monats ins Bett kriegen könnte.«

»Ach wirklich«, erwiderte Min und dachte: *Was für ein Widerling du doch bist.*

»Die Wette läuft nächsten Mittwoch ab, Min«, fuhr David fort, und seine Stimme troff vor Ernst. »Und Cal Morrisey verliert nie. Er würde alles tun, um diese Wette zu gewinnen. Ich finde, du solltest das wissen. Ich möchte nicht, dass er dir wehtut.«

»Na so was, vielen Dank«, versetzte Min.

»Du hörst dich gar nicht wütend an«, meinte David verwundert.

»So sind eben die Männer«, erwiderte Min.

»Ich dachte, es würde dich schockieren«, stieß David hervor und wirkte selbst schockiert.

»David, ich wusste es schon«, erklärte Min. »Ich habe euch dabei belauscht. Und deswegen weiß ich auch, dass diese Wette nicht von Cal stammt, sondern von dir. Es war deine Idee, und damit bist du bei der ganzen Sache das Oberarschloch.«

»Nein«, rief David hastig, »nein, ich war nur wütend, weil wir uns getrennt hatten …«

»David, *du* hast mit *mir* Schluss gemacht«, betonte Min. »Worüber warst *du* denn wütend, verdammt noch mal?«

»…Ich habe diese Wette seitdem tausendmal bereut, aber Cal will sie nicht rückgängig machen.«

»Hast du ihn auch darum gebeten, ja?«, fragte Min und glaubte ihm nicht.

»Immer wieder«, versicherte David.

»David?«

»Ja?«

»Fahr zur Hölle«, sagte Min und schaltete das Handy aus.

Sie stand vor der Eingangstür und blickte auf den Fluss hinunter. Ein hübsches Bild. »Verdammt«, stieß sie hervor. Sie glaubte an Cal, wirklich, aber diese Wette …

Ich frage ihn nach der Hochzeit, sagte sie sich selbst. Wenn sie nicht mehr in diesem schrecklichen Korsett steckte, wenn sie alleine waren, wenn sie alles besprechen konnten, ohne dass Diana Hilfe suchend an ihrem Ärmel zerrte, dann würde sie ihn fragen. Morgen Abend, sagte sie sich und ging wieder hinein, gerade rechtzeitig, um den absoluten Höhepunkt des Abends mitzuerleben, nämlich Nanettes Gesicht, als sie die Krispy-Kreme-Torte erblickte.

»Hey«, sagte David, als Cynthie sich Sonntagnachmittag am Telefon meldete. »Ich habe gar nichts mehr von dir gehört. Was ist …«

»Es ist aus«, erwiderte Cynthie, und es klang, als weinte sie. »Sie sind in der Verliebtheits-Phase. Es können Jahre vergehen, bis er wieder zur Besinnung kommt. Wir haben verloren, David.«

»Nein, haben wir nicht«, widersprach David. »Ich verliere nicht.«

»Cal liebt sie. Er ist aufrichtig zu ihr. Wir können nichts …«

»Nein, ist er nicht«, widersprach David, der es satt hatte, von Cal zu hören. »Er ist hinter ihr her, um diese verdammte Wette zu gewinnen.«

»Was?«, stieß Cynthie hervor.

»Äh«, machte David und überlegte, wie er die Sache erklären konnte, ohne als mieses Schwein dazustehen.

»Erzähle«, forderte Cynthie ihn auf, und ihre Stimme klang, als dulde sie kein dummes Geschwätz.

»Damals an diesem ersten Abend«, begann David, »war ich stinkwütend. Und verletzt. Und …«

»David, das ist mir *vollkommen egal*«, unterbrach Cynthie ihn. »Erzähle mir von der Wette.«

»Ich habe mit Cal gewettet, dass er Min nicht innerhalb eines Monats ins Bett kriegen würde«, erzählte David.

»Eine solche Wette würde Cal nicht eingehen«, stellte Cynthie vollkommen überzeugt fest.

»Ach, weil er ja so edel ist.«

»Er hat dich mit irgendetwas abgelenkt.«

»Er hat gewettet, dass er sie zum Abendessen abschleppen kann.«

»Sie ist mit ihm ausgegangen, weil *du* eine Wette abgeschlossen hast?«, stieß Cynthie voller Wut hervor.

»Es war nicht meine Schuld«, entgegnete David.

»Jetzt ist es sowieso egal.« Aus Cynthies Stimme klang wieder das Elend. »Selbst wenn du ihr von der Wette erzählen würdest, würde sie bei Cal bleiben.«

»Sie wusste es schon«, erwiderte David voll Zorn. »Ich hab

sie gestern Abend angerufen und es ihr gesagt. Sie sagte, sie hätte uns dabei belauscht.«

Cynthie schwieg.

»Ich glaube, sie ist mit ihm zum Abendessen gegangen, um mich wütend zu machen«, fuhr David fort. »Er hörte sich später so an, als sei sie ziemlich barsch gewesen, also hat sie es auch ihm heimgezahlt.« Das Schweigen dauerte an, bis David fragte: »Cynthie?«

»Weiß er es?«, fragte Cynthie gepresst. »Weiß er, dass sie mit ihm ausging, um es ihm heimzuzahlen?«

»Ich glaube nicht«, erwiderte David. »Er hat mich nicht angerufen, um die Wette abzublasen, und wenn er erst mal weiß, dass sie es weiß, dann gilt sie nicht mehr.«

Weiteres Schweigen.

»Cynthie?«

»Weißt du, wo Cal jetzt ist?«, fragte Cynthie.

»Nein, aber er wird heute Abend bei Dianas Hochzeit sein«, antwortete David. »Was soll …«

»Ich weiß, wie wir sie auseinander bringen können«, versetzte Cynthie mit stahlharter Stimme.

»Wie denn?«, fragte David.

»Geh mit mir zu der Hochzeit. Wenn sie noch nicht mit ihm geschlafen hat, ist er bis zum Zerreißpunkt frustriert. Ich werde sie beobachten, und wenn ihn irgendetwas aufregt, wenn sie ihn wieder abweist, wenn ihnen irgendetwas in die Quere kommt …« Cynthie verstummte wieder, dann hörte er sie tief Luft holen. »Dann sage ich es dir, und du erzählst Cal, dass Min ihn die ganze Zeit zum Narren gehalten hat. Sage ihm, dass jeder ihn für einen Dummkopf hält.«

»Und das genügt, um sie auseinander zu bringen?«, wunderte sich David.

»Das genügt, um Cal jahrelang Albträume zu bescheren«, erwiderte Cynthie elend. »Es ist irrational, aber das war bei ihm schon immer ein Knackpunkt, seit seiner Kindheit. Wenn du auf diesen Knopf drückst, explodiert er. Und wenn er das vor ihrer Familie und ihren Freunden tut ...«

»Wow«, machte David, höchst beeindruckt von ihr.

»Wann findet die Hochzeit statt?«, fragte Cynthie.

»Um sieben«, antwortete David. »Diana wollte es in der Dämmerung haben. Irgendein Märchenquatsch.«

»Hol mich um sechs Uhr ab«, befahl Cynthie und legte auf.

Min hatte die Nacht bei Diana verbracht, die so nervös und unruhig war, dass sie immer noch an Kuchenschachteln bastelte, als Min aufgab und zu Bett ging, zu müde, um sich nach Cal zu sehnen. Am nächsten Tag aber war Diana ruhig, noch immer angespannt, aber nicht mehr nervös vor Energie.

»Ich hatte einfach nicht genug Schlaf«, erklärte sie Min.

Als sie zum Ankleideraum in der Kirche kamen, warteten dort bereits *Schnief*, *Schlimmer* und Nanette, und Min entwich Nanette und ihren Haarkämmen (»Min, du siehst schrecklich aus mit diesem Haar«), indem sie die Kuchenschachteln in die angrenzende Empfangshalle trug und dann im Toilettenraum der Kapelle verschwand, um sich umzuziehen. Sie würde sich nicht in dieses verdammte Ding kämpfen, während Nanette herzlose Kommentare abgab und *Schlimmer* feixte.

Irgendetwas war da faul, überlegte sie, während sie sich abmühte, das Leibchen um sich zu schlingen. Irgendetwas, abgesehen von ihrer geisteskranken Mutter und der idiotischen, Rotz und Wasser heulenden Brautjungfer in Grün, abgesehen von der Hochzeitstorte, die gerade von Bonnie mit Orchideen und Perlen geschmückt wurde, irgendetwas, das – sie war sich fast sicher – mit dem Bräutigam zusammenhing. *Ich muss mit Di sprechen*, durchfuhr es Min. Aber was sollte sie sagen? ›Du fühlst dich hundeelend, und dein Bräutigam ist ein Volltrottel, und ich finde, wir sollten den Kuchen aufessen und nach Hause gehen‹?

»Hol's der Teufel«, murmelte sie, verließ den Toilettenraum und ging zu ihrer Schwester zurück.

»Du bist spät dran«, mahnte *Schlimmer* und strich sich über ihren kunstvollen Haarknoten.

»Du kannst mich mal«, erwiderte Min und stellte sich neben Diana. »Hey, Baby, was hast du?«

»Nichts«, entgegnete Diana. »Ich bin nur ... froh, dass du hier bist.«

»Ja, in all meiner Pracht«, versetzte Min und hob die Arme, um ihr klaffendes Korsett zu zeigen.

»Das Leibchen sitzt nicht eng genug«, tadelte Nanette und drehte Min um sich selbst. »Also ehrlich, Min«, sie löste die Schleife an Mins Ausschnitt und begann, die Verschnürung von unten nach oben stramm zu ziehen.

»Ah«, entfuhr es Min, als ihre Lungen zusammengepresst wurden. »Mutter.« Sie hielt sich an der Rückenlehne von Dianas Stuhl im Gleichgewicht, während Nanette an den Bändern zerrte. »Ich muss doch ...bei der Zeremonie ... noch atmen ... können.«

Nanette gab den Bändern zum Abschluss noch einen letzten peinigenden Ruck und band sie dann zu einem Knoten, den jeder Seemann ehrfürchtig bestaunt hätte. Dann trat sie zurück und betrachtete ihr Werk.

»Tja, besser kriege ich's nicht hin«, meinte Nanette, und Min dachte: *Das beschreibt so ziemlich unsere gesamte Beziehung*. Sie wandte sich ab, eine Hand in die Seite gestützt, versuchte zu atmen und gleichzeitig Diana anzusehen.

»Di?«, fragte Min, und als Diana nicht antwortete, beugte Min sich unter Schmerzen vor, um ihrer Schwester ins Gesicht zu blicken.

Diana starrte in den Spiegel. Ihre Augen waren riesig und die Linie ihres schön geformten Kinns starr. Min vergaß, dass sie nicht atmen konnte.

»Di? Bist du in Ordnung?«

»Sicher«, antwortete Di schwach und wandte ihren Blick nicht vom Spiegel ab.

»Du siehst wunderschön aus«, sagte Min. An Di sah sogar das Korsett gut aus. »Wie ein Schwan«, setzte Min hinzu und hoffte auf ein Lächeln.

»Sie hat nur Lampenfieber«, meinte *Schnief* und befestigte ihren Kranz aus Efeu und weißen Orchideen auf ihrem glatten, blonden Haar. Sie sah elend aus.

Schlimmer zog Min zur Seite. »Geh und setz dir deinen Kranz gerade auf.« Ihr eigener Kranz aus Kornblüten und Orchideen saß perfekt ausgerichtet auf ihrem Kopf und von hinten durch ihren Haarknoten gestützt.

»Ach, *Min*«, ächzte Nanette. »Dein *Kranz*.«

Min nahm ihren Kranz aus Lavendel und Orchideen und knallte ihn sich auf den Kopf. Wenigstens roch er gut. Sie rammte einige Haarnadeln hinein, um ihm Halt zu geben, und beobachtete dabei ständig Diana im Spiegel.

Diana begegnete ihrem Blick und richtete sich auf. »Raus.«

»Okay«, erwiderte Min.

»Du nicht«, hielt Diana sie zurück. »Aber alle anderen.«

»Was?«, rief *Schlimmer* und verharrte mitten in der Bewegung, als sie nach Dianas Kranz greifen wollte.

»*Diana*«, sprach Nanette schockiert.

Min warf einen Blick auf Dianas starres Gesicht. »Schwesterngeheimnisse. Wir kommen in einer Minute zu euch raus.«

»*Hey*«, empörte sich *Schlimmer*. »Ich bin doch *Brautjungfer* …« Da sah sie Dianas Gesichtsausdruck und verstummte.

»Raus«, befahl Min und machte mit dem Daumen eine Bewegung zur Tür.

»Also ich gehe nicht«, beharrte Nanette. »Schließlich ist das die Hochzeit meiner Tochter.«

»Also kümmere dich auch darum«, versetzte Min. »Sollten die Sitzreihen nicht alle mit Blumen geschmückt sein?«

»Also ehrlich, Min«, begann Nanette und verschluckte

den Rest. »Natürlich sollten sie mit Blumen geschmückt sein.«

»Sieh lieber noch mal nach«, empfahl Min, und Nanette verschwand.

Schnief nahm ihr Orchideenbouquet auf, beugte sich vor und küsste Diana auf die Wange. »Du siehst wundervoll aus«, flüsterte sie. »Wie Größe 34!« Sie reichte *Schlimmer* ihr Bouquet und schob sie zur Tür.

Dann waren Min und Diana allein.

Min lehnte sich gegen den Tisch und versuchte, die Fingerspitzen unter den Rand des Leibchens zu schieben, um sich einen Millimeter mehr Luft zu verschaffen, die sie brauchte, um zu sprechen. »Also«, begann sie, »hör mir zu. Du sagst mir jetzt, was hier nicht stimmt, oder ich lasse diese Hochzeit platzen.«

»Ich möchte einen Krispy-Kreme-Donut«, brachte Diana hervor und unterdrückte mühsam ein Schluchzen.

»Ich besorge dir einen«, erwiderte Min verwirrt. »Ich gehe raus und …«

»Ich darf nicht«, wehrte Diana ab. »Zwölf Gramm Fett pro Donut.«

»Na ja, ja«, gab Min zu. »Aber ich finde, da das schließlich dein Hochzeitstag ist …«

»Alles ist perfekt«, behauptete Diana.

»Nicht mal annähernd«, versetzte Min. »Hör mal, wenn du aus diesem Theater aussteigen willst, hole ich Cals Wagenschlüssel, und wir beide fahren in meine Wohnung und trinken Champagner und essen einen Haufen Krispy Kremes.«

»Aussteigen?« Diana richtete sich auf. »Nein. Nein.«

»Okay«, gab Min nach. »Aber falls du deine Meinung ändern solltest: Das mit den Wagenschlüsseln und den Donuts habe ich ernst gemeint.«

»Ich werde meine Meinung nicht ändern«, entgegnete Diana. »Dies ist doch meine Märchenhochzeit.«

»Na, dann sollten wir gehen«, meinte Min und hoffte, dass die Unerbittlichkeit der Zeremonie in Dianas Kopf vielleicht etwas lostreten würde.

Diana erhob sich, und Min streckte erneut die Arme aus, um ihr das Leibchen zu zeigen. »Was hältst du davon?«

»Das war eine dumme Idee«, erwiderte Di mit schwankender Stimme. »Wozu brauchst du ein Korsett?«

»Damit ich eine Taille kriege?«, schlug Min vor.

»Du hast eine Taille«, entgegnete Di. »Sie ist nicht zierlich, aber sonst gibt es nichts daran auszusetzen.« Sie blickte Min in die Augen, atemberaubend schön und kalt wie Eis.

»Okay«, sagte Min und nahm ihre Hand. »Du *musst* mir sagen, was los ist.«

»Nichts ist los«, wehrte Di ab. »Alles ist perfekt.«

Schlimmer klopfte und steckte den Kopf zur Tür herein. »Bist du so weit?«, fragte sie, und sie hörte sich zaghafter an, als Min sie je erlebt hatte. »Wir sollen uns nämlich jetzt aufstellen.«

Di ignorierte sie, und Min antwortete: »Wir kommen sofort.«

Schlimmer öffnete die Tür weiter. »Du siehst wundervoll aus, Di.«

Di nahm ihr Bouquet auf.

»Der Kranz«, erinnerte Min, und Di beugte sich hinab zu dem Kranz aus weißen Orchideen und Rosen und knallte ihn sich auf den Kopf, dass der kurze Schleier schief zur Seite hing. »Oh. Na gut. Ich stecke ihn dir …«

Aber Diana marschierte bereits zur Tür.

»Ich bringe das in Ordnung«, versicherte *Schlimmer*, wobei sie Min ihren üblichen ›Du bist unmöglich‹-Blick zuwarf.

»Ich glaube kaum, dass du das kannst«, versetzte Min, nahm ebenfalls ihr Bouquet auf und folgte Diana.

14

Die untergehende Sonne überflutete das Vestibül, Dianas Gesicht aber wirkte bleich und kalt unter dem nun perfekt sitzenden Kranz und Schleier. George stand neben ihr, fühlte sich unbehaglich in seinem Anzug und warf ihr ängstliche Blicke zu. Mit einem Stirnrunzeln befragte er Min, und sie gab ein Schulterzucken zur Antwort. Er tat ihr Leid, aber sein Wohlbehagen stand bei ihr keineswegs an vorderster Stelle.

Schnief stand vor ihnen neben der Säule, und als dann die Hymne begann, strich sie ihren Rock nochmals zurecht, schnüffelte, zwang sich ein starres Lächeln auf und schritt in die Kapelle.

Schlimmer machte einen Schritt, zählte dann, bis sie an der Reihe war, warf Diana eine Kusshand zu, setzte ein breites Politikerlächeln auf und schritt ebenfalls in die Kapelle.

Min blickte zu Diana zurück. »Du bist meine Schwester. Ich halte zu dir, was immer auch geschieht. Wenn du hier aussteigen willst, *hole ich dich raus.*«

»Min?«, stieß ihr Vater erschreckt hervor, und Diana schüttelte den Kopf.

»Okay.« Min zählte den Takt der Musik, pflanzte sich ein Lächeln ins Gesicht und machte einen Schritt in die Kapelle.

Plötzlich griff etwas nach ihrem Rock und hielt sie mitten im Schritt zurück. Sie wandte den Kopf und sah Dianas Hand, die sich an ihre lavendelfarbenen Chiffonrüschen klammerte.

»Diana?«, fragte ihr Vater verblüfft.

Min machte kehrt. »Daddy, tritt in den Torbogen und lächle, damit alle wissen, dass alles in Ordnung ist.« Sie löste Dianas Hand aus ihren Rüschen und zog sie mit sich hinaus auf die Stufen des Kirchenportals, hinein in das verglühende Sonnenlicht. »Sprich.«

Dianas Bouquet zitterte in ihren Händen. »Greg hat mit meiner Brautjungfer geschlafen.«

»Mit *Susie*?«, fragte Min, weniger überrascht, als krank vor Entsetzen. »Ich wusste doch, dass sie ...«

»Schlimmer«, entgegnete Diana.

»Was konnte denn noch schlimmer sein?«, fragte Min, und dann fiel bei ihr der Groschen.

»Mit *Karen*?«

Diana nickte.

»Oh«, machte Min und überlegte mit wachsendem Zorn, was sie dazu sagen könnte. »Ach, meine Süße.« Sie legte einen Arm um Diana. »Sag mir, dass das passiert ist, bevor er dir einen Antrag gemacht hat, und nicht ...«

»Gestern Nacht«, flüsterte Diana, und Min holte tief Atem, Korsett hin oder her.

»*Dieser gottverdammte Hurensohn.*«

»Danke«, meinte Di und schnüffelte.

»Und diese *Schlampe*. Ich schwöre dir, ich reiße ihr *jedes gottverdammte Haar einzeln aus.*« Min drückte Diana noch fester an sich. »Ich nagle sie mit ihrem beschissenen Haarknoten an die Kirchentür, diese miese Ratte. Und Dad wird Greg auseinander nehmen. Danach sehnt er sich schon seit Monaten.«

Diana kämpfte ein Schluchzen zurück.

»Wir kümmern uns um dich«, fuhr Min fort. »Du bist nicht allein. Liza und Bonnie ...« Sie brach ab, denn sie erkannte, dass es im Augenblick nicht so günstig war, sich auf Freundinnen zu berufen. Wie würde sie sich wohl fühlen, wenn eine von ihren Freundinnen sie betröge, wenn Liza mit Cal schliefe? Das war unvorstellbar, es konnte nicht geschehen, sie würden nie ...

»Ich habe dich und Cal gestern Abend beobachtet«, brachte Diana mit Tränen in den Augen hervor. »Ihr habt so vollkommen zusammengepasst. Ihr wart einfach ihr selbst, wie ihr gelacht und geflüstert habt, ihr musstet nicht wie jemand anderer sein, oder dünn oder irgendetwas, und er liebt dich genau so, wie du bist. Ich wollte mit Greg sprechen. Ich wollte, dass er und ich genauso sind. Deswegen bin ich hinüber zu seiner Wohnung gefahren, als du eingeschlafen warst, und da waren sie im Schlafzimmer.« Ihr Gesicht verzog sich. »*Sie lagen noch nicht mal auf dem Bett.*«

Min legte auch den zweiten Arm um Diana und drückte sie fest an sich. »Und Karen wirft dir heute auch noch Kusshände zu. Diese verlogene Ratte.«

»Sie wissen nicht, dass ich sie gesehen habe«, murmelte Diana in Mins Schulter. »Ich habe mich gleich wieder verdrückt.«

»Das war sehr erwachsen von dir«, meinte Min zähneknirschend. »Ich hätte die Wände mit ihrem Herzblut bespritzt. Also gut. Ich gehe jetzt und blase die Hoch ...«

»Nein«, widersprach Dina und richtete sich rasch auf. Ihr perlenbesetztes Leibchen bebte bei jedem Wort. »Nein, nein, nein.«

»Wie bitte?«, fragte Min.

»Nein«, wiederholte Diana. »Ich bin bereit zu heiraten.«

»Also, ich bewundere ja, wie du dich in der Hand hast«, erklärte Min und versuchte, ruhig zu sprechen. »Aber ich finde, wenn du diesen Hurensohn auch noch *heiratest*, ist das ein bisschen *zu viel* des Erwachsenseins.«

»Ich muss doch«, erwiderte Diana atemlos. »Die ganze Hochzeitsplanung, die Geschenke. Bonnie hat sogar Perlen auf dem Kuchen arrangiert.«

»Kein Problem, ich esse den Kuchen«, versetzte Min. »Ich schicke alle Geschenke zurück. Und ich erwürge sogar den Bräutigam für dich.«

»Nein«, wehrte Diana ab. »Das war nicht ... Er wollte doch nicht ... Das war nur die Nervosität vor der Hochzeit. Wir kriegen das schon in Ordnung.«

»Di.« Min holte so tief Atem, wie sie konnte, und versuchte, ruhig zu sprechen. »Nervosität vor der Hochzeit, das bedeutet vielleicht, dass er beim Polterabend die Panik kriegt. *Aber nicht, dass er's mit deiner besten Freundin treibt.*«

Di schüttelte abwehrend den Kopf. »Nein, nein. Nicht jede findet einen Cal. Greg ist schon ganz in Ordnung. Er hat nur ... die Panik gekriegt. Ich will heiraten.« Sie schluckte. »Ich musste es nur jemandem sagen. Es tut gut, es jemandem zu sagen.«

»Oh.« Min fühlte sich hundeelend. »Also gut. Aber wenn du *irgendwann* deine Meinung änderst, mitten in der Zeremonie, mitten in deinen Flitterwochen, mitten in der *Geburt deines ersten Kindes*, dann bin ich zur Stelle und helfe dir da raus. Du brauchst nur ein Wort zu sagen, und wir sind *fort*, ja? Du bist *nicht allein*.« Sie versuchte, tiefer Atem zu holen, aber das Leibchen hielt eisern dagegen. »Bist du wirklich sicher? Ich könnte ganz einfach ...«

Diana nickte. »Ja. Ich musste es nur jemandem sagen. Ich bin schon wieder in Ordnung.«

»Na wunderbar«, versetzte Min. »Ich nicht.« Sie wartete noch einen Augenblick, ob Di es sich noch überlegte, aber sie ging an ihr vorbei ins Vestibül zurück, und Min blieb nichts anderes übrig, als ihr zu folgen.

Min lächelte ihrem Vater zu, der verstört dreinblickte, dann stellte sie sich im Mittelgang auf und schritt zum Altar hin voran, wobei sie aus den Augenwinkeln heraus bemerkte, dass David und Cynthie zusammen in einer Reihe saßen und angespannt wirkten, dass Bonnie und Liza in der dritten Reihe von vorn saßen und ihr ›Was-zum-Teufel-ist-los‹-Blicke zuwarfen, dass Cal in der zweiten Reihe saß und fasziniert ihren Ausschnitt anstarrte, und dass Greg der Bastard mit verärgerter Miene vorn stand. *Stirb, du betrügerisches, widerliches Schwein*, dachte sie, und das war so hoffnungslos unzulänglich, dass sie begann, sich andere Dinge auszudenken, ohne sich ihres finsteren Gesichtsausdrucks bewusst zu sein, bis sie bemerkte, dass Cal die Augen aufriss und Greg vor ihr zurückwich.

Sie bemühte sich, ihre Gesichtszüge zu glätten. Natürlich gab es da diese Stelle »...der möge sprechen oder für immer schweigen«, um eine Hochzeit abzubrechen. In diesem Augenblick könnte sie etwas sagen. Aber wenn sie das tat, ruinierte sie Dianas Hochzeit, und sie hatte das bestimmte Gefühl, als sei ihrer Schwester die Hochzeit wichtiger als die Ehe. Und selbst wenn nicht, so war es doch Dianas Entscheidung. Min würde nicht ihre Mutter spielen und über Dianas Leben für sie bestimmen.

Sie nahm ihren Platz vorn in der Kirche neben *Schlimmer* ein und überlegte, ob sie ihr das Bouquet ins Gesicht schlagen könnte und behaupten, sie sei ausgerutscht. Mehrmals.

Schlimmer seufzte und betrachtete Min kopfschüttelnd, wobei sie auf ihren eigenen Kranz deutete.

Du *Rabenaas*, dachte Min und schob ihren Kranz zurecht.

Da begann der Hochzeitsmarsch, und Min wandte sich um und beobachtete Diana, die langsam auf den Altar zugeschritten kam, eine Hollywood-Vision im Strahlenkranz der untergehenden Sonne, wie mit einem Heiligenschein.

Sie blickte verloren, und Mins Herz blutete für sie.

Min wandte sich ab und begegnete Cals stirnrunzelndem Blick. Er bewegte die Lippen zu einem »Was?«, aber sie schüttelte nur den Kopf und kämpfte gegen die Tränen. Nicht einmal er konnte das in Ordnung bringen.

Diana erreichte ihren Platz vor dem Pfarrer. Die Zeremonie begann, aber nach einer Weile wurden die Menschen auf ihren Plätzen unruhig. *Sie fühlen, dass etwas nicht stimmt*, dachte Min. Sie fühlten nichts von dem Glück, das ein Brautpaar bei einer Hochzeit normalerweise ausstrahlte. Sogar Dianas Rücken wirkte tragisch.

Dann kam der Pfarrer zu der Stelle, wo es hieß: »Sollte jemand der hier Anwesenden einen Grund dafür kennen, dass diese beiden Menschen nicht miteinander vereint werden dürfen, dann soll er nun sprechen oder für immer schweigen«, und Min machte einen Schritt zu ihrer Schwester hin.

Diana wandte sich zu ihr um, und Min sah ihr in die Augen. »Tu es.«

Nach einem Augenblick nickte der Pfarrer und begann, die Treueschwüre vorzusprechen.

Diana streckte die Hand aus, klammerte sich an Mins Arm und flüsterte: »Ja«, und Min seufzte vor Erleichterung auf.

»Jetzt noch nicht, meine Liebe«, flüsterte der Pfarrer zurück.

»*Nein*«, sagte Min zu ihm. »Das meint sie nicht.« Wieder nickte sie Diana zu. »*Tu es.*«

Diana schluckte schwer. »Ich erhebe Einspruch«, erklärte sie, aber sie sprach so leise, dass der Pfarrer sich vorbeugte.

»Sie *erhebt Einspruch*«, erklärte Min laut.

»Gegen *was*?«, fragte Greg.

»*Gegen dich, du treuloser Hurensohn*«, antwortete Min und nahm ein Keuchen von den ersten Sitzreihen wahr. *Dieser Ton, dieser Ton*, schalt sie sich. *Nicht in diesem Ton.* Dann blickte sie von neuem Greg an und dachte: *Zum Teufel noch mal, genau in diesem Ton.*

»Ich erhebe Einspruch«, wiederholte Diana, und ihre Stimme war wieder auf Raumtemperatur. Sie wandte sich zu den Sitzreihen um. »Ich erhebe Einspruch gegen den Bräutigam, der in der vergangenen Nacht mit meiner Brautjungfer geschlafen hat. Ich erhebe Einspruch gegen den Bräutigam, denn er ist ein …« Ihre Stimme brach.

»*Betrügerisches, widerliches Schwein*«, sagte Min hinter Dis Rücken deutlich vernehmbar zu Greg.

»Ja«, bekräftigte Diana und stieg die Stufen wieder hinab, wobei ihr Bouquet heftig zitterte.

»Außerdem ist dein Haarschnitt *bescheuert*«, erklärte Min

abschließend und begann, hinter ihrer Schwester die Stufen hinabzusteigen. Greg packte sie am Arm und rief: »Einen Augenblick …«, und sie holte weit aus, um es ihm zu geben, doch da war Cal schon zwischen ihnen und drängte Greg mit der Schulter ab. Hinter ihnen fragte *Schnief Schlimmer*: »Du hast mit *Greg* geschlafen?«, und dann schlug jemand Greg auf die Schulter, während *Schnief* auf *Schlimmer* losging, und Greg wandte sich um und machte Bekanntschaft mit Georges Faust, während *Schnief* heftig an *Schlimmers* Haarknoten riss, und *Schlimmer* kopfüber in die erste Sitzreihe stürzte.

Cal fing Greg an den Schultern auf, bevor er auf dem Boden landete, und dann blickten beide auf und sahen Nanette, die in ihrem exquisiten, perlgrauen Gewand auf sie zustürmte.

»Du bist ein *grässlicher* Mann«, fuhr sie Greg an und trat ihm mit ihren spitzen Manolo-Blahnik-Stillettos in die Rippen.

»*Mutter*«, rief Min.

Nanette schrie: »*Siebenunddreißig verdammte Jahre*«, und gab ihm bei jeder Silbe einen Tritt, bis Min sie fortzog. Sie taumelte zur Seite und landete vor George, der versuchte, an Cal vorbei wieder an Greg heranzukommen. »*Und du genauso*«, schrie Nanette und knallte ihm ihre Handtasche an den Kopf.

George hob die Arme, um sie abzuwehren, und fragte: »Was habe ich denn getan?« Da stürmte sie den Mittelgang entlang von dannen, den Kopf stolz erhoben.

Hinter Georges Rücken schrie *Schnief*: »Du *Bastard*« und begann, Greg mit ihrem Bouquet ins Gesicht zu schlagen. *Schlimmer* kroch unterdessen mühsam aus der Sitzreihe.

»Ich muss zu Diana«, wandte sich Min an Cal. »Mach ihn zu Mus, ja?«

»Geh nur«, beruhigte Cal sie, und das Letzte, was sie sah, bevor sie sich abwandte, war Cal, der Greg auf den Teppich fallen ließ, um George daran zu hindern, ihn weiter zu prügeln, während *Schnief* mit ihren Orchideen auf ihn eindrosch.

Cal fand Min beim Hochzeitsempfang, denn Diana hatte darauf bestanden, dort zu sein, falls doch Gäste auftauchen sollten. Sie saßen mit Liza, Bonnie und einer allzu fröhlichen *Schnief* in dem ziemlich leeren Ballsaal. Roger trug Champagner hin und her, und Nanette tröstete Diana mit der Neuigkeit, dass alle Männer Abschaum seien.

»*Mutter*«, mahnte Min, da nahm Cal sie an der Hand und zog sie mit sich hinaus in die Eingangshalle.

»Meine Mutter ist vollkommen verrückt«, bemerkte Min.

»Hast du das auch schon gemerkt?«, erwiderte Cal und versuchte, sich nicht von ihrem überquellenden Dekolleté ablenken zu lassen. »Das sieht aus, als würde es dir wehtun.«

»Tut es auch«, erklärte Min. »Ich habe den ganzen Tag in Fesseln verbracht.« Sie spähte zurück durch den Eingangsbogen. »Sieh dir diese *Schnief* an. Sie sitzt da drin und kichert vor sich hin. Wenn ich dran denke, dass mir diese Ziege mal Leid getan hat … Brauchst du mich für etwas Bestimmtes?«

»Ja«, antwortete Cal, und beim Heben und Senken ihrer Brust wurde ihm leicht schwindelig. »Da du schon von Fesseln sprichst. Wann kannst du das da ausziehen?«

»Na, ich könnte es jetzt wahrscheinlich lockern, nur sind die Knoten so fest, dass ich sie nicht aufkriege.« Sie fuhr sich mit dem Finger unter den Rand des Korsetts, und Cal dachte: *Lass mich das tun.* »Das bringt mich noch um.«

»Warte«, sagte Cal und suchte in der Tasche nach seinem Taschenmesser.

Er fuhr mit dem Messer unter das Band und zerschnitt es, und Min holte tief Luft. Das Leibchen öffnete sich dabei von selbst. »Oh Gott, tut das gut.«

Cal betrachtete das Heben und Senken des gelockerten Leibchens. »Sieht auch gut aus.« Er zeichnete mit dem Finger die Kurve ihrer Brust nach und fühlte, wie das Verlangen nach ihr, das seit Wochen in ihm schwelte, aufflammte. Wenn er sie nicht bald bekam, würde er noch den Verstand verlieren.

Mit einem »Hey« packte sie seine Hand.

»Ich kann nichts dafür«, murmelte er nahe an ihrem Mund. »Du hast mich provoziert.«

Ihre Lippen gaben unter seinen warmen und vertrauten Lippen nach, und sie atmete schneller, als seine Hand sich um die feste Wölbung ihrer Brust legte. »Oh«, machte sie, und er folgte mit seinen Küssen der sanften Linie ihres weichen Nackens und fühlte, wie sie unter seiner Berührung seufzte. »Ach, wie gut sich das anfühlt. Aber ich muss …«

»Ich weiß«, erwiderte er und hielt sie weiter fest. »Ich hätte nicht …« Wieder küsste er sie und begehrte sie so sehr, dass er sich nicht von ihr lösen konnte.

»Doch du hättest«, widersprach Min an seinem Mund. »Aber Di …«

»Richtig.« Cal erinnerte sich wieder an seinen Auftrag. »Das wollte ich dir sagen. Einer der Saaldiener hat Greg draußen bei sich im Wagen. Will Diana ihn noch mal sehen, bevor er fährt? Er möchte sich entschuldigen.«

»Teufel, *nein*«, entgegnete Min und richtete sich auf. »Was könnte er ihr denn wohl sagen?«

»Vielleicht: ›Ich bin die dümmste Karikatur schlechter Hochzeitsgeschichten‹?«, schlug Cal vor. »Nun ja, die Saaldiener sind auch angewidert von ihm.«

»Ich hasse ihn«, erklärte Min und spähte in den Ballsaal.

»Wie geht's ihr?«, erkundigte sich Cal und folgte ihrem Blick. Er hatte ein schlechtes Gewissen, dass er fleischliche Gelüste verspürte, während es Diana so elend ging.

»Ich glaube, sie ist fast erleichtert.« Min beobachtete ihre Schwester. »Natürlich unglücklich. Sie wird sicher die ganze Nacht weinen, aber ich glaube, sie weiß, dass sie eigentlich die Hochzeit wollte, nicht Greg.«

»Sehr vernünftig von ihr«, bemerkte Cal. »Wer würde schon Greg wollen?«

Min küsste ihn. »Ich bleibe heute Nacht bei ihr.«

»Das dachte ich mir«, erwiderte Cal und war gleichzeitig alles andere als begeistert. Er schlang seine Arme um sie und drückte sie eng an sich. »Ich will dich, Minerva.«

»Morgen Abend bin ich frei«, erwiderte sie und lächelte zu ihm auf. »Schicke diesen Mistkerl weg und komm dann, wir trinken Champagner.«

»Bin gleich wieder zurück«, versprach Cal und gab ihr noch einen Kuss, wieder vollkommen überrascht, dass alles so leicht ging, dass alles mit ihr so einfach geworden war. *Das kann nicht mit rechten Dingen zugehen*, dachte er, grinste aber trotzdem, als er ging, um dem Saaldiener mitzuteilen, dass er Greg abtransportieren konnte.

Auf dem Rückweg stieß Cal auf David.

»Ich glaube, der Empfang ist vorbei, David«, begann Cal und bemühte sich, nicht zu knurren. »Sie können wieder nach Hause gehen.«

»Kann ich nicht«, erwiderte David und blickte edel drein. »Es gibt da etwas, das Sie wissen sollten.«

Ach, zum Teufel, dachte Cal und fragte: »Und was?«

»Diese Wette, die wir abgeschlossen haben«, begann David, »die, dass Sie Min binnen eines Monats ins Bett kriegen würden.«

»Was?« Cal blickte ihn verwirrt an. »Wieso Wette? Diese Wette haben wir nicht abgeschlossen. Das waren nur Sie, und Sie waren hemmungslos betrunken.«

»Min weiß Bescheid darüber«, fuhr David fort, und Cal fühlte es kalt über seinen Rücken laufen. »Sie hat uns damals belauscht. Deswegen ist sie auch mit Ihnen ausgegangen. Sie wollte es uns beiden heimzahlen und einen Begleiter für diese Katastrophe heute haben. Alle wussten sie Bescheid, Liza, Bonnie, ihre Schwester, sie hat es allen erzählt. Alle haben sich über uns kaputtgelacht.«

Plötzlich schien die Eingangshalle zu klein geworden, nicht genug Luft vorhanden, und es war zu kalt für den Juni.

»Ich musste es Ihnen sagen, denn wenn sie Bescheid weiß, gilt die Wette nicht mehr. Sie hatten nie eine Chance zu gewinnen. Sie hat die ganze Zeit über nur mit Ihnen gespielt.«

»Nein«, entgegnete Cal erstickt. »Das würde sie nicht tun.« Der altvertraute Schmerz der Beschämung und des Selbstzweifels durchfuhr ihn – *wie dumm kannst du eigentlich sein* –, obwohl ihm der gesunde Menschenverstand sagte, dass David nur intrigieren wollte, dass Min so etwas nicht tun würde …

»Tja, so ist das«, meinte David und schlug ihm auf die Schulter. »Sie hat uns beide zum Narren gehalten. Na ja, Sie mehr als mich, denn ich habe ja nicht versucht, sie ins Bett zu kriegen, aber ich komme mir auch ziemlich dumm vor.«

Cal blickte ihn wutentbrannt an. »Na, wenigstens ein bisschen Selbsterkenntnis.« *Sie wusste es. Sie hält mich für dumm.*

»Hey.« David hob die Hände. »Greifen Sie nicht mich an. Ich bin nicht derjenige, der Sie einen ganzen Monat lang *dumm* aussehen ließ.«

Cal zuckte zusammen, wandte sich dann ab und ging zurück in den Ballsaal. Es konnte nicht wahr sein, Min war nicht so, sie würde das nicht tun. Aber plötzlich erschienen eine Menge Dinge, die bisher unerklärlich waren, in einem neuen Licht.

Er marschierte schnurstracks auf Min zu, die gerade versuchte, Diana vor Nanette abzuschirmen. »Könnte ich dich eine Minute sprechen?«, fragte er.

Min blickte auf und erwiderte: »Nicht gerade jetzt …«

»Jetzt sofort«, versetzte Cal, und Min nickte erschreckt. »Ich komme gleich wieder, Baby«, murmelte sie Diana zu und ließ es zu, dass er sie in die Eingangshalle hinauszerrte.

»Ist etwas mit Greg?«, fragte sie und behielt noch immer Diana im Blick. »Hat er …«

»Warum hast du dich an unserem ersten Abend von mir zum Essen einladen lassen?«, fragte Cal.

»*Was?*«, erwiderte Min überrascht und vergaß Diana.

»Sag mir die Wahrheit.«

Min straffte sich. »Ich habe mich …« Sie wandte den Blick ab und schüttelte den Kopf. »Ich habe mich einladen lassen, weil du mit David gewettet hast, dass du mich innerhalb eines Monats ins Bett kriegen könntest, und ich brauchte einen Begleiter für die Hochzeit. Und als wir ausgingen, warst du so aalglatt, dass ich wusste, ich würde das nicht drei Wochen lang aushalten, und deswegen dankte ich dir für das Abendessen und ging nach Hause. Und ich verstehe überhaupt nicht, warum wir jetzt darüber reden müssen.«

»Warum zum Teufel bist du dann immer wieder mit mir ausgegangen, wenn du so etwas von mir dachtest?«, fragte Cal, und die Frustration eines Monats verwandelte sich in Ärger. »*Nur zum Spaß? War das so lustig?*«

»Nein«, entgegnete Min verärgert. »Deswegen habe ich dich zuerst immer abgewiesen. Könnten wir nicht später darüber …«

»Aha«, rief Cal. »Also du hast mich immer abgewiesen, und Bonnie und Liza und du, ihr habt euch anschließend darüber totgelacht.«

»Nein«, rief Min wütend zurück. »Wir hielten dich für einen Dreckskerl. Das war überhaupt nicht lustig.«

»Ah«, nickte Cal. »Deswegen hat Liza mich dauernd auf den Kopf geschlagen.«

»Ja. Aber mir ist es *egal.*« Sie zischte das letzte Wort zwischen den Zähnen hervor. »Es *macht nichts.*«

»Es ist dir nicht egal«, erwiderte Cal grimmig. »Du bist fuchsteufelswild. Und deswegen hast du mit mir gespielt, hast mich verrückt nach dir gemacht und hast mich zum …«

»Hey«, protestierte Min und hielt ihm warnend den Zeigefinger entgegen. »Ich war vollkommen ehrlich zu dir.«

»Du hast mich nie nach dieser Wette gefragt«, stellte Cal fest.

»Doch, habe ich«, widersprach Min und verschränkte ihre Arme. »Und du hast dich jedes Mal herausgemogelt.«

»Nein, du hast nicht gefragt.« Auch Cal verschränkte seine Arme. »Und weißt du, woher ich das weiß? Weil ich dir sonst gesagt hätte, dass ich diese Wette nicht abgeschlossen habe.«

»Ich bin *praktisch neben euch gestanden*«, hielt Min ihm entgegen.

»Dann hast du *nicht richtig aufgepasst*«, versetzte Cal. »Ich habe *abgelehnt*.«

»Du hast ›Kinderspiel‹ gesagt«, schnappte Min.

»Ich habe noch nie im Leben ›Kinderspiel‹ gesagt«, widersprach Cal. »Das ist ein *blöder* Spruch.« Er holte tief Atem und dachte: *Zum Teufel damit*. »Für *wie dumm* hältst du mich eigentlich?«, fragte er wild, und Min erstarrte. »Für *wie dumm* halten mich eigentlich *alle*?«

»Nicht für dumm«, entgegnete sie und beäugte ihn vorsichtig. »Was ist hier eigentlich los?«

»Alle glaubten sie, ich hätte diese Wette mit einer *Kröte* wie David abgeschlossen.« Cal schüttelte den Kopf bei dem Gedanken an ihren ungeheuren Verrat. »Weil du ihnen gesagt hast, ich sei auf die Wette eingegangen. Und alle sahen zu, wie du mit mir gespielt hast, und ich bin wie ein Idiot darauf reingefallen.«

»Aber du bist doch auf sie eingegangen«, hielt Min ihm entgegen, doch es klang unsicher. »Sieh mal, ich habe dich nie für dumm gehalten. Ich dachte zuerst, du seist … gemein. Deswegen habe ich … Von wem kommt das alles jetzt eigentlich? Du weißt doch, wie ich für dich empfinde. Ich liebe dich. Die Wette ist ganz unwichtig …«

»Unwichtig?«, echote Cal. »*Wie dumm bist du eigentlich?*«

»Hey, hey«, rief Min warnend. »Ich weiß, dass das bei dir ein wunder Punkt ist, aber versuche, dich zusammenzureißen. Ich liebe dich, und du weißt, dass ich dich liebe, aber ich habe jetzt keine Zeit, um mich um dich zu kümmern wie um ein Baby …«

»*Wie um ein Baby*?« Cal biss die Zähne zusammen, um sie nicht anzubrüllen, weil sie ihn hintergangen hatte und weil er sie noch immer verzweifelt begehrte. *Bloß raus hier*, dachte er und erklärte steif: »Na gut, du brauchst dich *überhaupt nie mehr um mich zu kümmern*.«

»Was?« Dann begann sie zu nicken, und ihr Gesicht verzerrte sich vor Wut. »Ah ja, ich verstehe. *Natürlich*. Du machst dich dünn. *Du Bastard*. Du hast gekriegt, was du wolltest, schließlich habe ich gesagt ›Ich liebe dich‹, und jetzt ist das Spiel aus und du verdrückst dich. Ich wusste doch, dass du das tust. *Ich wusste, dass du das irgendwann tust*.«

»Hier geht's nicht um mich«, entgegnete Cal und blickte ihr nicht in die Augen.

»Also *bitte*«, schnappte Min. »Hier geht's nur um dich. Hundert Prozent deiner Beziehungen hören auf, weil du wegrennst. Du greifst nach jeder Entschuldigung, die sich bietet …«

»Hey«, ertönte da Tonys Stimme, und beide wandten sich um und sahen ihn im Türrahmen stehen, wütender, als Cal ihn je gesehen hatte. »Ich weiß nicht, was zur Hölle ihr hier treibt, aber was es auch ist, es ist unwichtig im Vergleich zu dem, was die Kleine da drin gerade durchmacht. Ihr könnt noch euer ganzes Leben lang streiten, aber sie braucht euch jetzt.«

»Erzähle Min, dass ich nicht mit David gewettet habe, sie ins Bett zu kriegen«, verlangte Cal.

Tony blickte Min verärgert an. »Er hat nicht darauf gewettet.«

»Ich habe aber gehört, wie er der Wette zugestimmt hat«, entgegnete Min. »David sagte, dass er das grau karierte Kostüm in einem Monat ins Bett kriegen müsste, und er sagte ›Kinder … spiel‹.« Sie blickte von Tony zu Cal. »Oh.«

»*Ich* habe ›Kinderspiel‹ gesagt«, erwiderte Tony. »Und ich hatte Unrecht. Egal. Streitet euch später deswegen. Jetzt bewege deinen Hintern wieder da hinein und steh deiner

Schwester bei. Deine Mutter hat ihr den Champagner weggenommen, weil er zu viele Kalorien hat, und diese verdammte Brautjungfer in Grün kichert unaufhörlich vor sich hin.«

»Du hast Recht«, stimmte Min ihm zu und kam zur Tür. »Aber wir werden später nicht mehr darüber streiten, weil *Calvin* beschlossen hat, es sei Zeit für ihn, *sich aus dem Staub zu machen*.«

»Soll das ein Witz sein?«, stieß Tony hervor und blickte beide vorwurfsvoll an. »Ihr beiden seid doch die größten Babys, die ich je erlebt habe.«

»Wie bitte?«, rief Min und blieb stehen.

»Hier meine Kurzfassung«, verkündete Tony, zu Min gewandt. »Du bist eine männerhassende Keifzange, und er ist ein Feigling, der Angst vor Frauen hat.« Er blickte Cal an. »Kommt endlich mal darüber hinweg, ja?«

»*Zur Hölle mit euch beiden*«, fluchte Min und kehrte zu ihrer Schwester zurück, während Cal auf Tony losging.

»Die sind doch alle gleich«, sagte Nanette gerade zu Diana, als Min, kochend vor Wut, zu ihnen stieß. »Du kannst keinem trauen.« Sie gestikulierte unsicher mit dem Champagnerglas in ihrer Hand. »Erst sagen sie, dass sie dich lieben, und dann …«

Min nahm ihr das Glas aus der Hand. »Hier«, sagte sie und hielt es Diana hin. »Heute Abend trinken wir noch etwa zwölf Flaschen von dem Zeug, also fang gleich damit an.«

»Weißt du auch, wie viele Kalo …«, begann Nanette.

»*Hör mal zu, du*«, fuhr Min sie an. »Du gehst jetzt nach Hause und wirfst jede verdammte Modezeitschrift in den Müll. Du musst das ganze Zeug loswerden, sonst wird sich nie etwas ändern.«

Nanette straffte sich. »Nur weil du nicht abnehmen willst, heißt das nicht, dass Diana auch noch fett werden muss.«

»Ich bin nicht *fett*, Mutter«, entgegnete Min. »Aber wenn

wir schon mal beim Thema sind: Ich sehe nicht, dass fünfundfünfzig Jahre ohne Essen *dich* besonders glücklich gemacht hätten. Geh nach Hause und iss endlich etwas, um Himmels willen.« Sie blickte sich suchend um. »Wo sind die verdammten Kuchenschachteln?«

»Ich hole sie«, versprach Roger und hastete davon.

»Ich finde, das ist sehr vernünftig«, mischte *Schnief* sich ein und strahlte Min an.

»Und *du*«, fuhr Min sie an. »Hau ab und lach dir woanders ins Fäustchen. Geh am besten zu Greg. Ihr passt zueinander. Er ist ein rücksichtsloser Bastard, und du lässt gerne auf dir herumtrampeln.«

»Das ist gemein«, jammerte *Schnief*, wieder in ihrem gewohnten weinerlichen Tonfall.

»Zieh Leine, *Schnief*«, drohte Liza. »Du hast gelacht, seit du *Schlimmer* verdroschen hast. Wenn dir schon nicht nach Trösten zumute ist, dann sei so gut und mach dich unsichtbar.«

»Na ja, wenigstens bin ich nicht bissig wie *Pfeffer*«, schnappte *Schnief* und stolzierte davon.

»Hat sie mich gerade Pfeffer genannt?«, fragte Liza Bonnie.

Min ließ sich auf den Stuhl neben Diana nieder.

»Pass auf, was wir tun werden«, begann sie und nahm Dianas Hand. »Wir schnappen uns diese Kuchenschachteln und eine Kiste Champagner und fahren wieder zu mir nach Hause.«

»Okay«, willigte Diana ein, und ihre Stimme brach erneut.

»Dann essen wir Kuchen und besaufen uns«, fuhr Min fort.

»Ach, *Min*«, jammerte Nanette. »Das dauert Wochen, bis ihr die vielen Kalorien wieder runterhabt.«

Min blickte einen Augenblick zu ihrer Mutter auf und dachte: *Und damit muss Diana tagtäglich leben.* »Und dann«, wandte sie sich wieder an Diana, »hast du ja eine Woche frei, wegen der Flitterwochen, und ich nehme mir auch eine Woche frei, und wir gehen auf Haussuche.«

Diana hörte auf zu weinen. »Auf Haussuche?«

»Ja«, bestätigte Min. »Ich werde einen schönen, alten Blockhausbungalow mit zwei Schlafzimmern kaufen, und du ziehst mit mir zusammen dort ein.«

»Wirklich?«, fragte Diana und setzte sich ein wenig auf.

»Ja«, bekräftigte Min. »Du hast bereits viel zu lange bei der Kalorienpolizei gewohnt.«

»Lächerlich«, rief Nanette aus. »Sie bleibt bei uns.«

»Aber da gibt es ein paar Regeln«, fuhr Min fort. Diana schluckte und nickte. »Wir werden immer Butter im Kühlschrank haben. Keine Filmmusik von Julia-Roberts-Streifen mehr. Und von jetzt an« – sie blickte auf und zur Tür, wo Cal Tony anstarrte – »lassen wir uns nur noch mit hässlichen Männern ein.«

Diana nickte Min zu. »Und an den Donnerstagabenden überlasse ich dir das Feld.«

»Wieso?«, fragte Min verwirrt.

»Damit ihr Mädels euer Wenn-Abendessen genießen könnt«, erklärte Diana, und Min erkannte, dass das Schlimmste für Diana nicht der Verlust von Greg war, sondern der Verlust ihrer engsten Freundinnen. Wieder stellte sie sich vor, wie es wäre, wenn Bonnie und Liza sie betrogen hätten, und es schnürte ihr die Luft ab bei dem Gedanken an eine solche Katastrophe.

Es wäre ebenso schlimm, wie Cal zu verlieren.

»Nein, du bist auch dabei«, erklärte Bonnie und legte einen Arm um Diana.

»Zum Teufel, ja«, rief Liza. Da kam Roger mit einem Tablett voll Kuchenschachteln und der Kuchenspitze zurück. Liza riss Braut und Bräutigam von der Kuchenspitze, hielt sie vor Diana hin und sagte: »Jetzt pass mal auf, little Stats, jetzt kommt ein erhebender Moment.« Diana blickte auf, und Liza zertrampelte den Kopf des Bräutigams und zermalmte ihn zu Staub. »Jetzt«, erklärte sie, »gehört er offiziell der Geschichte an. Und wenn es einen Gott gibt, zerreißt es ihm jetzt gerade vor Kopfschmerzen den Schädel.«

»Ich glaube, darauf kannst du dich verlassen«, bemerkte Roger. »Er hat eine Menge einstecken müssen.«

»Gut«, erwiderte Liza. »Und jetzt ziehen wir uns in Mins Wohnung zurück und betrinken uns sinnlos.«

Diana sah Min durch Tränen hindurch an. »Darf ich deine Bunnyhasen-Pantoffeln anziehen?«

»Du darfst meine Bunnyhasen-Pantoffeln behalten«, antwortete Min und dachte voll Wut und Elend an Cal.

Sie blickte zur Tür und sah ihn dort stehen und sie beobachten. Dann wurde er von Tony verdeckt, der mit ausgebreiteten Armen näher kam und zu Liza sagte: »Gründliche Arbeit mit dem Bräutigam, Süße. Ich nehme an, du musstest ihn zerstampfen«, worauf sie erwiderte: »Ein gutes Wort über ihn und du stirbst«. Als Tony sofort das Stichwort aufnahm: »Nein, er war ein ziemliches Arschloch, auch ohne diesen Haarschnitt«, musste Diana gleichzeitig lachen und weinen.

In der Tür wandte Cal sich um, und Min sah Cynthie hinter ihm stehen. Einen Augenblick stand er reglos, dann ging er davon, und Cynthie ging mit ihm.

Richtig. Du bleibst natürlich nicht hier und hilfst, denn es geht ja nicht um dich, nicht wahr, Freundchen?, dachte Min. Dann verbannte sie ihn aus ihren Gedanken und wandte sich wieder Diana zu.

»Ich bin also ein Feigling?«, knurrte Cal Tony an, nachdem Min verschwunden war, und war froh, mit jemand zu streiten, den er schlagen konnte.

»Ich kann nicht glauben, dass du auch vor dieser Frau wegläufst«, erwiderte Tony. »Zum Teufel, Cal, du bist jetzt fünfunddreißig, hast du von diesem Getue nicht bald mal genug?«

»Du bist auch fünfunddreißig«, hielt Cal ihm grimmig vor.

»Und ich habe nie in meinem Leben eine Frau so angesehen, wie du Min ansiehst«, versetzte Tony. »Sie würde mich wahnsinnig machen mit diesem ›Alle-Männer-sind-Schweine‹-Quatsch. Aber ich würde ihr das *sagen*, ich würde sie nicht verlassen. Was ist los mit dir?«

»Um mich geht's hier nicht«, antwortete Cal.

»Jesus Christus«, stieß Tony hervor und wandte sich wieder dem Ballsaal zu.

»Wohin gehst du?«, fragte Cal.

Kopfschüttelnd erwiderte Tony: »Wieder dorthin, wo die echten Probleme sind. Wir sind alle da drin. Warum du nicht?«

Dann ging er, und Cal erblickte an ihm vorbei Min, die ihre Arme um Diana geschlungen hatte, Bonnie, die sich über sie beugte, Roger, der in einer Hand ein Tablett mit Kuchenschachteln hielt und mit der anderen Dianas Schulter tätschelte, und Liza, die irgendetwas mit dem Fuß zerstampfte. Und Tony breitete im Näherkommen die Arme aus, woraufhin Diana aufblickte und ihm ein tränennasses Lächeln schenkte, und Cal wusste, dass Tony wieder den Clown spielte und seinen Teil zu allem beitrug. *Scheiße*, dachte er, *ich sollte auch dort bei ihnen sein.* Da blickte Min auf und sah ihn, und ihr Gesicht war so finster und stürmisch, dass er zusammenzuckte und dachte: *Zur Hölle mit dir.* Als er sich wütend und elend umwandte, sah er Cynthie hinter sich stehen. Sie wirkte lieblicher als je zuvor.

»Bist du in Ordnung?«, fragte sie.

»Nein«, erwiderte Cal.

Sie lächelte ihn an. »Ich weiß, wo wir etwas zu trinken bekommen.«

»Wo denn?«, fragte Cal.

»Bei mir zu Hause«, antwortete Cynthie.

»Gehen wir«, sagte Cal und setzte sich in Marsch, wohl wissend, dass Min ihn beobachtete.

Cal verbrachte den größten Teil des Montags in schäumender Wut darüber, was für eine bösartige, falsche Schlange Min gewesen war. Am Dienstag erging es ihm nicht viel besser, und es machte alles nur noch schlimmer, dass Cynthie ihn in diesen zwei Tagen mehrmals anrief, um ihn zu dem Drink zu überreden, den er abgelehnt hatte, als er sie vor ihrem Haus abgesetzt hatte. Jeder Kunde schien sich in eine Nervensäge verwandelt zu haben, und seine Partner blickten ihn an, als hätte er gerade ein unschuldiges Kind gemeuchelt. Und das Allerschlimmste war, dass er Min so stark vermisste, sich so sehr nach ihr sehnte, dass es ihn krank machte. Zur Krönung des Tages rief ihn seine Mutter im Büro an, weil sie wissen wollte, ob er wieder mit Cynthie zusammen war.

»Nein«, antwortete er. »Ich will sie nie mehr sehen, also *geh mir nicht mehr auf den Sack mit ihr*.«

»*Calvin*«, sprach seine Mutter in einem Ton, bei dem ihm zu jedem anderen Zeitpunkt das Blut in den Adern geronnen wäre.

»Und überhaupt«, fuhr er fort, »da ich für dich eine so *entsetzliche Enttäuschung* bin, will ich auch dich nie mehr sehen.«

»Calvin?«, rief seine Mutter in ganz anderem Ton.

»*Vergiss es*«, sagte Cal nur und legte auf.

Tony kam herüber und zog den Stecker von Cals Telefon. »Du kriegst das erst wieder, wenn du sie anrufst«, sagte er. »Bis dahin brauchst du mit keinem Menschen zu telefonieren.«

»Ich rufe sie nie mehr an«, entgegnete Cal. »Sie war mein ganzes Leben lang nichts als eine Hexe, und ich bin fertig mit ihr.«

»Nicht deine Mutter, du Trottel«, versetzte Tony. »Min.«

»Die war einen Monat lang eine Hexe, und mit ihr bin ich auch fertig«, erwiderte Cal. »Zur Hölle mit allen beiden.«

»Wirklich sehr erwachsen«, näselte Ton und klang fast wie Min.

Roger schüttelte den Kopf und wandte sich wieder seiner

Arbeit zu. Cal ignorierte beide und stürzte sich wütend auf sein Seminarpaket.

Als Cal nach Hause kam, warf er sein Jackett auf die Couch und holte den Glenlivet hervor. Er erstarrte, als nebenan Elvis die ersten Takte von »She« sang.

»Himmeldonnerwetter noch mal«, fluchte er und kippte den Glenlivet auf einmal hinunter.

Auf sein Klopfen an Shannas Tür hin öffnete eine fremde Frau, brünett und weniger als mittelgroß. »Oh«, stieß er hervor, »ich dachte ... Shanna ...«

»Sie ist hier.« Die Frau lächelte ihn an. Sie hatte ein süßes Lächeln, das ihn an Min erinnerte, und riesengroße Augen in einem runden Gesicht. Sie trat zurück. »Shanna?«

Cal erspähte Shanna, die gerade mit zwei rubinroten Sektgläsern aus der Küche kam.

»Cal!«, rief sie lächelnd. »Das hier ist Linda. Linda, das ist Cal, mein Wohnungsnachbar.« Ihr Lächeln wurde breiter, und sie machte mit dem Kopf eine Bewegung hin zur Stereoanlage. »Musik für das erste Date.«

»Ach so.« Cal machte einen Schritt rückwärts. »Verdammt, tut mir Leid ...«

»Muss man Elvis nicht einfach lieben?«, fragte Linda ihn.

»Ja«, erwiderte Cal. »Herzlichen Glückwunsch, Shan. Dann ein anderes Mal.«

»Bleib doch noch auf ein Glas«, lud Shanna ihn ein, während ihre Augen signalisierten: *Verzieh dich.*

»Kann nicht«, entgegnete Cal. »Ich muss ...« Er machte mit dem Kopf eine Geste zu seiner Wohnung hin, unfähig, sich auszudenken, was er dort zu tun haben könnte, außer vor Wut zu qualmen.

»Ist Min da?«, fragte Shanna, während sie die Gläser auf die Frühstückstheke stellte. »Vielleicht könnten wir später ...«

»Nein«, erwiderte Cal, und sein Zorn kehrte an die Oberfläche zurück. »Min ist nicht da.«

Shanna stutzte und las in seinem Gesicht. »Oh nein. Was hast du angestellt?«

»Seltsamerweise *gar nichts*«, antwortete Cal. »Wieso glaubst du ...«

»Ist mir egal«, versetzte Shanna. »Hol sie dir zurück.«

»Es ist *aus und vorbei*«, erklärte Cal.

»Nein, ist es nicht«, widersprach Shanna. »Diesmal hast du wirklich etwas weggeworfen.«

»Um mich geht's hier nicht«, entgegnete Cal.

»Doch, tut es«, beharrte Shanna. »Diesmal geht es wirklich um dich. Was ist passiert?«

Cal schüttelte abwehrend den Kopf. »Nichts. Uninteressant.« Er nickte Linda zu. »War nett, Sie kennen zu lernen.« Er wandte sich ab, aber Shanna packte ihn mit der Faust hinten am Hemd und zerrte ihn zurück.

»Setz dich und erzähle mir alles«, verlangte sie. »Sonst folge ich dir in deine Wohnung und gehe dir so lange auf die Nerven, bis du damit herausrückst.«

Eine Viertelstunde später meinte sie: »Tja, da müsste man eine Münze werfen, wer von euch beiden blöder ist.«

»Hey«, warnte Cal.

»Ihr beide liebt euch wie verrückt, aber ihr schmeißt das einfach fort. Weißt du eigentlich, wie selten und kostbar das ist, was da zwischen euch existiert?«

»Herrje, das hoffe ich«, versetzte Cal. »Unerträglicher Gedanke, dass eine Epidemie von diesem Mist ausbrechen könnte.«

»Hör auf damit«, befahl Shanna. »Du willst sie doch wiederhaben.«

»Warum sollte ich ...«

»Hör auf!«, befahl Shanna schärfer. »Du willst sie zurückhaben.«

Cal ließ sich auf die Couch fallen und barg sein Gesicht in den Händen. Die Erinnerung an Min, gegen die er sich zwei

Tage lang gewehrt hatte, kehrte mit Macht zurück. »Oh Gott, ja, ich will sie zurückhaben. Das zeigt doch schon, wie dumm ich wirklich bin.«

»Ach, um Himmels willen, *ruf sie an*«, drängte Shanna. »Sag ihr, dass es dir Leid tut.«

Cal hob den Kopf mit einem Ruck. »Hey, *ich bin hier das Opfer.*«

»Klar«, erwiderte Shanna. »Das hat dich nachts warm gehalten, was? Rufe sie an. Sag ihr, dass du morgen Abend mit ihr sprechen möchtest. Nimm eine gute Flasche Wein mit, sag ihr, dass du sie liebst, klärt dieses Pseudoproblem und lebt dann glücklich und zufrieden bis ans Ende eurer Tage.«

»Warum erst morgen?«, fragte Cal verwirrt. »Wenn ich mich schon für etwas entschuldigen soll, was ich *nicht* getan habe, dann könnte ich doch auch jetzt gleich rübergehen ...«

»Weil du morgen die Wette verloren hast«, erklärte Shanna.

»*Ich habe die Wette nicht abgeschlossen.*«

Linda rückte auf der Couch ein wenig von Cal ab.

»Hör auf zu brüllen«, befahl Shanna. »Darauf kommt es gar nicht an. Du hast Min an einer Stelle getroffen, wo es wehtut.«

»Was ...«

»Sie ist nicht schön«, sprach Shanna stur weiter. »Sie ist nicht schlank. Sie weiß, dass jeder, der sie mit dir zusammen sieht, sich fragt, wie sie dich gekriegt hat.«

»Das stimmt nicht«, widersprach Cal. »Sie ist große Klasse.«

»Richtig«, versetzte Shanna. »Und wir sehen das. Aber es gibt viele Leute, die das nicht sehen. Einschließlich, wie ich höre, ihr Exfreund, der sie sitzen gelassen hat und dann versuchte, dir diese Wette aufzudrängen.«

»*Autsch*«, machte Linda.

»Und dann kommst du daher, superattraktiv und einfach perfekt, und erklärst ihr, dass du sie liebst ...«

»Ich liebe sie wirklich, verdammt noch mal«, rief Cal.

»...nur, dass sich dann herausstellt, dass du gewettet hast ...«

Cal stand auf. »*Ich habe nicht gewettet ...*«

»...dass du sie zum Abendessen abschleppen kannst«, fuhr Shanna fort.

Cal setzte sich.

»Und sie dachte, du hättest versucht, sie wegen einer Wette ins Bett zu kriegen, und zum Schluss, mitten in einer Katastrophe, stehst du ihr nicht zur Seite, sondern verschwindest gemeinsam mit deiner superattraktiven Exfreundin von der Bildfläche.«

»Kommt nicht gut«, bemerkte Linda.

»Ach, verflucht.« Cal ließ wieder den Kopf in seine Hände sinken. »Ich kann's kaum glauben, dass ich darauf reingefallen bin. Dass dieses Arschloch David Fisk das mit mir machen konnte. Ich bin *wirklich* dumm.«

»Nur dieses eine Mal«, beruhigte Shanna ihn. »Aber das kommt schon in Ordnung. Du musst nur die Wette sausen lassen. Ist doch kein Problem, du schluckst einmal deinen Stolz runter und verlierst zehn Eier.«

»Zehntausend Eier«, berichtigte Cal.

»Mann«, stieß Linda hervor und richtete sich auf. »Das ist ja wie Kabelfernsehen.«

»Du hast mit David um *zehntausend Eier* gewettet, dass du Min ins Bett kriegst?«, fragte Shanna ungläubig.

Cal verdrehte die Augen. »Hört mir hier eigentlich *irgendwer* zu?«

»Er hat die Wette nicht abgeschlossen«, sagte Linda zu Shanna.

»*Danke*«, ächzte Cal.

»Aber jeder weiß von der Wette«, beharrte Shanna. »Jeder hat das im Kopf, und wenn du vorher mit ihr schläfst ... wann ist die Wette vorbei?«

»Morgen Abend gegen neun Uhr, oder neun Uhr dreißig,

ich weiß nicht genau«, antwortete Cal und versuchte, sich zu erinnern, wann sie diese verdammte Wette eingegangen waren. *Nicht* eingegangen waren. Jesus Christus, jetzt passierte es ihm auch schon.

»Ist sie es dir wert, zehntausend Dollar zu verlieren?«

»Verdammt, ja«, antwortete Cal.

»Na also, da hast du's. Ruf sie an und sage ihr, dass du sie sehen möchtest, nachdem du die Wette verloren hast.« Shanna verschränkte resolut die Arme. »Und pass auf, dass nicht ich hinüberkomme und es für dich tue.«

»Tun Sie's«, redete Linda Cal zu. »Das ist auf eine perverse Art romantisch.«

»Vielen Dank«, erwiderte Cal. »Auf dieses Schlusswort hin gehe ich jetzt nach Hause.« Er erhob sich und ging, wobei er Shannas »*Cal*« ignorierte.

Shanna hat *Unrecht*, sagte er sich selbst, während er sich ein weiteres Glas Scotch einschenkte, aber der Gedanke überzeugte ihn selbst nicht. Er schloss die Augen, dachte an Min und versuchte sich in Erinnerung zu rufen, dass alles Betrug war, aber er hörte immer wieder ihr »Ich liebe dich«, und er wusste, dass das die Wahrheit war.

»Ach, *verflucht*«, murmelte er, und als es an der Tür klingelte, riss er sie auf, bereit, Shanna abzuwehren, wenn sie noch weiter über Min philosophieren wollte.

Doch es war Cynthie, die in ihrem blauen Trägertop und schwarzen Minirock heißer denn je zuvor aussah. Sie hob ihm ihr Gesicht entgegen, und ihr glänzendes, dunkles Haar schwang lose zurück. »Ich weiß, dass du wütend und durcheinander bist«, sagte sie sanft. »Und ich will nicht, dass du alleine bist.«

»Ich bin in Ordnung«, entgegnete er, als sie näher trat.

»Nein, bist du nicht«, beharrte sie. »Sie hat dir sehr wehgetan.« Sie hielt eine Flasche Glenlivet in die Höhe. »Na komm, sprechen wir darüber. Dann fühlst du dich besser.«

Sie würde alles tun, was ich will, dachte Cal. *Und die Welt ist voller Frauen wie sie. Warum brauche ich Min?*

Cynthie lächelte liebreizend und warmherzig zu ihm auf. »Darf ich reinkommen?«

»Nein«, lehnte Cal ab. »Ich muss jetzt telefonieren.«

15

Cynthie erwiderte: »Ich kann warten«, und Cal erinnerte sich, wie Min zu ihm gesagt hatte: ›Du lernst die Frauen kennen, wie sie in ihrem Inneren sind, und dann verlässt du sie.‹« Cynthie lächelte ihn an, Sehnsucht in ihren Augen, und er dachte: *Ach, verdammt.*

Aber er schüttelte den Kopf. »Es tut mir Leid. Jemand hat mir klar gemacht, was ich dir angetan habe. Es tut mir wirklich Leid. Ich wollte dir nie wehtun, ich wollte überhaupt niemandem wehtun, aber ich wollte dich auch nie heiraten.«

Cynthie holte tief Luft und nickte. »Das ist schon in Ordnung, ich kann warten ...«

»Und es gibt da jemand anderen«, fuhr Cal fort, so behutsam er konnte. Es tut mir Leid, aber ich liebe eine andere Frau.«

Sie zuckte zusammen. »Nein. Du liebst mich.«

»Das habe ich nie gesagt, und das weißt du auch.«

»Ja, aber trotzdem liebst du mich.« Sie packte die Flasche fester. »Du weißt es nicht, aber du tust es. Wir passen einfach perfekt zueinander.«

Er schloss die Augen, um ihre Verzweiflung nicht sehen zu müssen.

»Es ist Min«, stieß Cynthie hervor. »Ich weiß, dass es Min ist. Sieh mal, sie ist eine nette Frau, aber sie ist nicht wie ich.«

»Ich weiß«, erwiderte Cal. »Das ist das Problem.« Cynthies Gesicht verzerrte sich, und er wiederholte: »Es tut mir Leid, Cyn.«

Er schloss die Tür vor ihrer Nase und lehnte sich noch eine Weile dagegen. Er versuchte, sich nicht auszumalen, was er ihr angetan hatte, wollte nicht einmal an jemand anderen denken.

Außer an Min.

Bring das in Ordnung, befahl er sich selbst und setzte sich dann, um zu überlegen, wie er das anpacken sollte.

Ungefähr zur selben Zeit, als Shanna Cal die Leviten las, seufzte Liza an Mins Esstisch: »Das schmeckt wirklich sehr gut«, während sie ihren letzten marsalagetränkten Pilz aufspießte. Dann fuhr sie fort: »Sag mir noch mal, warum das hier sein muss?«

»Weil wir jeden Dienstagabend Chicken Marsala gegessen haben«, erklärte Min und stocherte ohne Begeisterung in ihrem Hühnchen herum. Unterdessen strich Elvis um ihre Knöchel und wartete auf die Reste. »Und ich versuche, diese Erinnerung zu vernebeln.«

»Sehr praktisch«, erwiderte Liza. »Aber du fühlst dich hundeelend, also gibt es wahrscheinlich nicht genügend Nebel auf dieser Welt, Baby.«

»Darf ich mal die Butter haben, bitte?«, bat Diana und nahm sich noch ein Stück von Emilios Brot.

Bonnie schob ihr den Teller mit Butter zu. »Hast du etwas von ihm gehört?«, fragte sie Min.

»Natürlich nicht«, antwortete Min und stachelte ihren Ärger erneut an, damit sie nicht daran denken musste, dass sie seit zwei Tagen auf einen Telefonanruf wartete. »Er ist *wütend auf mich*. Ist das zu glauben? *Er* ist wütend auf *mich*. Habe ich vielleicht gewettet? Neeein. Aber *er* ist ...«

»Herr*jeee*, Schluss jetzt«, fiel Liza ihr ins Wort. »Seit zwei Tagen keifst du seinetwegen herum. Finde dich damit ab: Der Mann hat irgendwie Recht.«

Min legte ihre Gabel nieder, und Diana erstarrte, die Hand mit dem Buttermesser in der Schwebe.

»Er hat nicht Recht«, schnauzte Min zurück. »Dieses ganze Elend kommt doch daher, weil er nicht Recht hat, und jetzt fällst du mir in den Rücken? Reicht es vielleicht noch nicht, dass Bonnie mich mit diesem Märchenquatsch zugetextet hat, jetzt musst du auch noch ...«

»Das ist kein Quatsch«, entgegnete Bonnie. »Du hattest dein Märchen. Du hattest deinen gut aussehenden Märchenprinzen, der dich liebte. Es hat funktioniert.«

»Es hat nicht funktioniert«, widersprach Min und hieb krachend mit ihrer Hand auf den Tisch. »Er hat eingeschnappt reagiert und ist *gegangen*. Ich Glückspilz kriege einen *Prinzen, der immer einschnappt*. Und deswegen ist er *kein Prinz*. Und deswegen glaube ich diesen Quatsch nicht. Ich glaube nicht an das Märchen, okay?«

»Ich glaube, das spielt keine Rolle«, meinte Bonnie, sanft wie immer. »Denn das Märchen glaubt an dich.«

Min wandte sich Liza zu. »*Sag du's ihr*.«

»Sie hat Recht.«

Min ließ sich auf ihrem Stuhl zurückfallen. »Ach, um Himmels willen. Wenn das hier nicht meine Wohnung wäre, würde ich nach Hause gehen.«

»Na ja, sieh es mal von seinem Standpunkt aus«, empfahl Liza. »Er hat die Wette nicht akzeptiert. Er versuchte, sich nicht mit dir zu treffen, aber er konnte nicht anders, als immer wieder zu kommen, weil er verrückt nach dir war, und du hast ihn dauernd geküsst und dann wieder abgewiesen. Er war geduldig, er hat einen Anstandsbesuch bei deinen Eltern gemacht, er war nett zu deinen Freundinnen, er fand deine Schneekugel wieder, er brachte dir das Kochen bei, herrje, er hat dir sogar eine *Katze* gebracht, und dann stellt sich heraus, dass du ihn die ganze Zeit, während er sich ein Bein für dich ausgerissen hat, zum Narren gehalten hast.«

»Habe ich nicht«, widersprach Min, aber ihr Ärger war bereits ziemlich abgekühlt.

»Er ist wirklich ein Schatz«, meinte Diana und leckte sich etwas Butter von der Lippe.

»Liza hat Recht«, erklärte Bonnie. »Du weißt doch, wie schrecklich es die Jungs in der Schule hatten. Sie reagieren alle empfindlich darauf, wenn man sie dumm nennt. Und du hast Cal genau an seinem wunden Punkt getroffen, und das vor seinen Freunden, vor Cynthie und vor David.«

»Autsch«, machte Min schwächlich. Sie versuchte, ihren alten Zorn wieder zu beleben, aber nachdem sie ihn zwei Tage geschürt hatte, hatte sie nichts mehr nachzulegen.

»Ich weiß, du musstest wütend sein, um mit dem Schmerz fertig zu werden«, meinte Liza. »Ich mache das manchmal genauso. Aber wenn du ihn zurückhaben willst, dann musst du darüber hinwegkommen. Denn wenn es diese Wette wirklich nicht gab …«

»Es gab sie nicht«, erwiderte Min elend. »Das glaube ich ihm.«

»Dann hat er dir von sich alles gegeben, und du hast ihm rein gar nichts gegeben.«

»Das klingt ziemlich hart«, meinte Bonnie zu Liza.

»Warum hast du ihn denn nicht nach dieser Wette gefragt?«, fragte Liza.

»Habe ich ja«, entgegnete Min.

»Du hast ihn gefragt ›Hast du mit David gewettet, dass du mich binnen eines Monats ins Bett kriegst?‹«

»Nein«, erwiderte Min und wich ihrem Blick aus. »Ich habe ihn gefragt, ob es irgendetwas gäbe, das er mir verschweigt.«

Bonnie nickte. »Und was hat er dir geantwortet?«

Min lehnte sich zurück. »Er hat ständig Dinge gebeichtet, die nichts mit der Wette zu tun hatten.«

»Das muss ja riesig lustig für alle Beteiligten gewesen sein«, kommentierte Liza. »Warum hast du ihn nicht einfach direkt gefragt?«

Min ließ ihren Kopf in ihre Hände sinken. »Ich hatte einfach Angst, okay? Ihr wisst doch, wie die Leute immer sagen ›Wenn sie nur über ihr Problem *gesprochen* hätten, dann wäre alles gut geworden‹. Na, ich wette, dass keiner von denen über *seine* Probleme spricht. Ich meine, das *klingt* ja hervorragend, aber es ist ein schreckliches Risiko.« Sie blickte zu Liza auf. »Ich wusste doch, dass er gewettet hatte. Ich *hatte es gehört*. Und ich …« Sie brach ab und schluckte. »Ich wusste, dass ich nur den einen Monat hatte, und ich wollte einfach diesen Monat mit ihm haben.« Sie schüttelte den Kopf. »Nicht alle gehen im Leben alles so direkt an wie du.«

»Na ja, sollten sie aber«, versetzte Liza. »Du hast wirklich Mist gebaut. Jetzt wirst du auf den Knien rutschen müssen.«

»Was?«, rief Bonnie aus, während Min Liza anstarrte und Diana alle drei fasziniert beobachtete.

Liza stand vom Tisch auf, holte Mins Telefon und brachte es ihr an den Tisch. »Ruf ihn an. Sag ihm, du warst im Unrecht und er hatte Recht, und du willst alles tun, um es wieder gutzumachen.«

Min schluckte. »*Du* willst, dass ich auf den Knien rutsche?«

»Ja«, bestätigte Liza. »Ich werde nicht zusehen, wie du ihn nur wegen deines dummen Stolzes verlierst. Ruf an und versprich ihm alles, was er will, wenn er dich nur wieder nimmt.«

Min blickte Bonnie an, die ihr zunickte.

Min blickte auf das Telefon. Wenn sie Cal anrief, würde sie wenigstens seine Stimme hören. Wie armselig. »Armselig«, sagte sie laut.

»Nur, wenn du diese Chance verstreichen lässt«, erwiderte Liza. »Tu doch wenigstens ein Mal in deinem Leben das Irrationale und Unkalkulierbare. Ruf ihn an.«

Min saß starr vor Angst vor dem Telephon. Dann holte sie tief Luft und nahm den Hörer ab.

Cal übte gerade seine »Wie wäre es morgen mit einem späten Abendessen«-Ansprache, als sein Telefon klingelte. Aber als er sich meldete und Mins vorsichtiges »Hi?«, hörte, vergaß er alles sofort.

»Hi«, erwiderte er und ließ sich schwer auf seine Couch fallen.

»Sag bitte nichts«, begann sie hastig. »Lass mich das erst loswerden. Es war falsch von mir, dir nicht zu sagen, dass ich über die Wette Bescheid wusste. Es war falsch von mir, dir nicht zu vertrauen. Alles, was du bei der Hochzeit gesagt hast, stimmt. Ich bin schuld. Und ich will dich wiederhaben. Ich will *uns* wiederhaben. Ich liebe dich und ich brauche dich …«

Vor Erleichterung wurde es Cal schwindelig.

»Und ich möchte dich jetzt gleich sehen«, fuhr sie fort, und Cal dachte: *Oh Gott, ja*, aber dann fiel es ihm wieder ein. »Jetzt?«, wiederholte er und blickte auf seine Uhr. Noch sechsundzwanzig Stunden, bis die Wette vorbei war. *Sag einfach Ja*, dachte er. *Sie hat gesagt, dass ihr die Wette egal ist.* Aber dann erinnerte er sich daran, wie sie sich dabei angehört hatte.

»Es hat mich fast verrückt gemacht, dich all die Wochen immer wieder zurückzuweisen«, fuhr Min fort, »aber wenn dir jetzt nicht danach ist, ist das auch okay. Ich möchte dich einfach nur sehen. Ich habe dich zwei Tage lang nicht gesehen, und ich vermisse dich so sehr. Darf ich gleich jetzt rüberkommen? Einfach nur reden? Oder, weißt du, wir können auch was anderes tun, mir fällt einiges ein. Wenn du mehr als nur reden willst. Mit mehr wäre ich auch einverstanden. Oder auch nicht. Wie du willst.«

Mit mehr wäre ich absolut einverstanden, dachte Cal und schüttelte den Kopf, um wieder klar denken zu können.

»Ich liege hier auf den Knien vor dir«, Min bemühte sich verzweifelt um einen fröhlichen Ton. »Das ist ziemlich unbequem. Darf ich rüberkommen?«

»Nein«, entgegnete Cal, »ich komme zu dir. Später.« Er schluckte. »Morgen. Um halb zehn Uhr. Morgen Abend, halb zehn.«

»Jetzt *nicht*?«, fragte Min mit versagender Stimme.

»*Nein*«, wiederholte Cal. »Nein. Halb zehn Uhr. Morgen. Ich bring das Abendessen mit.«

»Ich könnte jetzt etwas kochen«, bot Min an. »Ich könnte Abendessen machen. Ich könnte es jetzt machen.«

»Ich bringe morgen das Abendessen mit«, erwiderte Cal und dachte, *Herrgott, was war ich dumm*.

»Gut, schön, wie du willst.« Min wartete einen Moment, dann setzte sie vorsichtig hinzu: »Aber ich bin jetzt auch irgendwie hungrig.«

»Morgen, halb zehn, bei dir«, beharrte Cal zähneknirschend.

»Okay«, gab Min nach. »Gut. Dann morgen Abend.« Er wollte schon gute Nacht sagen, da fragte sie: »Triffst du dich mit Cynthie?«

»Herrje, nein«, erwiderte Cal und warf einen schuldbewussten Blick zur Wohnungstür.

»Weil du mit ihr gegangen bist. Und David behauptete es. Sonst hätte ich nicht gefragt. Ich meine, es geht mich ja nichts an.«

»Doch, es geht dich was an«, widersprach Cal. »Und David ist ein Arschloch. Sprich nicht mehr mit ihm.«

»Ich versuch's«, erwiderte sie.

Cal fühlte, wie all seine Anspannung sich in einen viel angenehmeren Ärger verwandelte. »Was heißt, du versuchst es?«

»Er ruft dauernd an. Aus irgendeinem Grund hat ihn diese ganze Katastrophe davon überzeugt, dass er und ich heiraten sollten.«

»Da liegt er falsch«, knurrte Cal.

»Das *weiß* ich«, erwiderte Min, und ihre Stimme klang nicht länger besänftigend.

»Dein Telefon hat doch eine Anruferidentifizierung. Also hebe einfach nicht ab.«

»Hör mal, ich bin doch nicht vollkommen dumm.«

»Du bist überhaupt nicht dumm«, versetzte Cal, »abgesehen von dem, was du dir in den letzten vier Wochen geleistet hast.« Er schrak zusammen. *Dumm. Dumm.*

»Hey, *du* hast schließlich gewettet.«

»*Ich habe nicht …*«

»Ich meine die zweite Wette, die mit dem Abendessen. Ich habe Mist gebaut, aber ich werde nicht für den Rest meines Lebens dafür bezahlen, denn schließlich bist du auch nicht ganz unschuldig. Du hast auf das Abendessen gewettet.«

Da haben wir's, dachte Cal. Shanna hatte Recht, verdammt noch mal.

»Nicht, dass ich etwa davon ausgehe, dass du dich für den Rest meines Lebens in meiner Nähe herumtreibst«, fuhr Min vorsichtig fort.

»*Morgen Abend*«, erklärte Cal abschließend und legte auf, bevor einer von ihnen etwas noch Dümmeres sagen konnte. *Jesus Christus, ich bin mitten in einem Doris-Day-Film*, dachte er. Dann ging er, um Shanna zu berichten, dass es vollbracht war.

»Ich liebe dich«, sagte Min verloren zu dem Freizeichen.

»Was war denn das?«, fragte Liza. »Was war das für ein Quatsch über Cynthie und David? Ich habe doch gesagt, du sollst auf den Knien rutschen, nicht streiten.«

Min legte den Hörer ab und hob Elvis auf, um Trost zu suchen. »Er will mich erst morgen sehen.«

»Das ist seltsam«, fand Liza. »Wenn ich Tony so zum Sex eingeladen hätte, wäre er hier, bevor ich den Hörer auflegen könnte.«

»Ich habe ihn ja nicht direkt zum Sex eingeladen«, wehrte Min ab.

»Also, bitte«, entgegneten Liza und Bonnie wie aus einem Mund, und sogar Diana nickte und erklärte: »Doch, das hast du.«

»*Dürfte ich mir vielleicht noch einen letzten Rest Selbstachtung bewahren?*«, empörte sich Min. »Gerade hat er Sex abgelehnt, der Mistkerl.«

»Nein, hat er nicht«, widersprach Bonnie und tätschelte ihr die Hand. »Er hat nur gesagt: nicht vor morgen.« Sie runzelte die Stirn. »Ich verstehe das nicht.«

»Er sagte, er würde morgen Abend um halb zehn herüberkommen und Abendessen mitbringen. Als wenn mir nach Essen zumute wäre.« Min schnüffelte. »Ich hasse es. Das ist doch dämlich.«

»Was ist denn so Besonderes an halb zehn Uhr morgen Abend?«, wunderte sich Liza. »Was ist morgen? Nur Mittwoch.«

»Morgen ist Rogers und mein Jubiläum«, stellte Bonnie fest. »Er bestellt Champagner, und dann spricht er mich an der Bar an, wie er es vor vier Wochen getan hat, und dann macht er mir einen Heiratsantrag.«

»Süß«, kommentierte Min.

»Das ist es«, stieß Liza hervor und richtete sich auf. »Morgen Abend sind genau vier Wochen vergangen, seit David die Wette vorgeschlagen hat.«

»Aber Cal hat sie nicht angenommen«, schnauzte Min sie an. »Ich habe diesen Quatsch satt. Er hat nicht ...«

»Aber alle haben davon gehört«, entgegnete Liza. »Wenn du also nachgibst, bevor die Zeit abgelaufen ist, gewinnt er. Und er gewinnt gern. Er gewinnt immer. Er lebt praktisch dafür, zu gewinnen.«

»Ich kapiere nicht, worauf du hinauswillst«, schimpfte Min.

»Er lässt die Wette absichtlich sausen«, erklärte Liza.

»Warum denn?« Min stand auf, und Elvis sprang zu Boden. »Warum in Gottes Namen ...«

»Das ist eine Sache der Ritterlichkeit«, fand Bonnie.

»Wenn du mich fragst, auch eine Frage der Kontrolle«, meinte Liza verächtlich. »Er traut sich selbst nicht. Was war damals um halb zehn Uhr?«

Min zuckte verwirrt die Schultern. »Wir waren kurz vor zehn Uhr bei Emilio's, also haben wir wahrscheinlich gegen halb zehn die Bar verlassen.«

Liza nickte. »Er geht auf Nummer sicher.« Sie runzelte die Stirn. »Allerdings mehr, als notwendig wäre, wenn er Abendessen mitbringt. Dann kommt noch das Vorspiel. Also dauert es noch etwas, bis er dich ins Bett ...«

»Von mir aus kann er mich haben, sobald er zur Tür hereinkommt«, versetzte Min.

Diana nahm ihr Brot wieder auf. »Ich gehe morgen Abend ins Kino. Du brauchst die Wohnung ganz für dich, und ich werde nicht wieder nach Hause gehen. Mom ist noch immer wütend, weil ich hier bin. Sie hat den Verdacht, dass ich Kohlenhydrate esse.« Sie biss in das Brot; Min lachte wider Willen und begann dann, über die Situation nachzudenken.

Was war denn, wenn Cal die Wette verlor? Zehn Eier. Das tat ihm nicht weh. »Nein«, erklärte sie dann, »ich werde nicht der Grund dafür sein, dass er eine Wette verliert. Ich will nicht, dass es so mit uns anfängt. Er soll diese Wette morgen gewinnen, und er soll *glücklich* dabei sein.«

»Warum erst morgen?«, fragte Liza.

»Weil ich dazu ein wirklich heißes Nachthemd brauche«, erklärte Min. »Und viel mehr Mut, als ich im Moment habe. Und einen Plan.«

»Erzähle«, forderte Liza sie auf, und alle steckten die Köpfe zusammen.

»Was, zum Teufel, geht eigentlich vor?«, fragte David am nächsten Abend, als er Cynthie anrief. »Du hast doch gesagt, mit diesem Streit bei der Hochzeit sei alles aus und zu Ende.«

»Wir haben verloren«, erwiderte Cynthie, und ihre Stimme klang müde. »Er liebt sie so sehr, dass er ihr verziehen hat.«

»Ich habe gerade mit Min gesprochen«, berichtete David, der das Erlebnis noch in lebhafter Erinnerung hatte. »Sie hat mir gesagt, sie wollte dafür sorgen, dass er gewinnt, und ich sollte mein Scheckbuch schon mal bereithalten. Sie hörte sich an, als sei sie wütend auf *mich*.«

»David, es ist aus und vorbei«, entgegnete Cynthie. »Das Einzige, was wir noch tun können, ist warten und darauf hoffen, dass die Phase des Verliebtseins sich abschwächt, und dass sie wieder zur Besinnung kommen.«

»Sechs Monate bis drei Jahre? Ich warte nicht auf Calvin Morrisey.« David dachte fluchend an Cal. Er hatte Min so sehr eingewickelt, dass sie tatsächlich glaubte, er würde diese Wette sausen lassen. Wahrscheinlich hatte er ihr das vorgemacht, damit sie im Gegenteil wollte, dass er gewann. Wahrscheinlich hatte er ... David setzte sich auf. »Einen Augenblick mal. Was wäre, wenn Min herausfände, dass *er* nur mit *ihr* gespielt hat? Wenn das nur ein Trick von ihm wäre, damit sie mit ihm schläft und er die Wette gewinnt?«

»Das ist es nicht«, entgegnete Cynthie müde. »Es ist aus und vorbei, David.«

»Nein, ist es nicht«, widersprach David. »Nicht, wenn die Wette bis Mitternacht gilt. Und was wäre, wenn ihre Familie und ihre Freundinnen erfahren, dass er diese Wette abgeschlossen hat?«

»*Es ist aus und vorbei, David*«, sagte Cynthie nur.

»Aber mit mir ist es nicht aus und vorbei«, erklärte David. »Ich werde gewinnen.«

Um acht Uhr hatte Cal eine Flasche Wein und eine Schachtel Krispy Kremes besorgt, die er mit zu Min nehmen wollte, und hatte noch anderthalb Stunden quälender sexueller Frustration totzuschlagen, da klingelte das Telefon.

»*Cal*«, rief Diana, als er abhob. »Du musst sofort *herkommen*. Min steckt in *Schwierigkeiten*.«

»Was …«, begann Cal, hörte aber nur noch das Freizeichen. »Okay«, sagte er und eilte zu Mins Wohnung hinüber, von Misstrauen gepackt.

Als er an der Wohnungstür klopfte, öffnete Diana. »Gott sei Dank, dass du da bist«, rief sie und zog ihn hinein. Dann schlüpfte sie hinaus und knallte die Tür hinter sich zu.

»Was soll das?«, fragte Cal und wandte sich um. Da erblickte er Min, die in einem kurzen, schwarzen Trenchcoat an der Tür lehnte und dieses gewisse Glitzern in den Augen hatte. »Ah, das soll wohl ein Scherz sein«, blökte er und versuchte, wütend zu klingen. »Kennst du die Geschichte von der Statistikerin, die ›Wolf‹ schrie?«

»Ja«, erwiderte Min. »Der Wolf hat sie gefressen.« Sie grinste ihn an, und sein Puls beschleunigte sich. »Ich habe gute Nachrichten für dich, Charmebolzen. Du wirst diese Wette nicht sausen lassen.«

»Oh doch, das werde ich«, widersprach Cal und zog sich hinter ihre Couch zurück. Elvis sah ihnen vorwurfsvoll zu. »Wenn ich jetzt mit dir schlafe, dann wird irgendwann der Tag kommen, an dem wir uns über die Stromrechnung streiten, und du wirst dann sagen: ›Und überhaupt bist du nur wegen der Wette mit mir gegangen.‹ Ich habe nicht vor, mir das für den Rest meines Lebens anhören zu müssen, wenn ich jetzt nur noch anderthalb Stunden abwarten muss.« Er warf einen Blick auf die Uhr auf dem Kaminsims. »Achtzig Minuten.«

»Für den Rest deines Lebens, ja?«, wiederholte Min.

»Ja, Minerva, für den Rest meines Lebens. Glaubst du vielleicht, dass ich diesen höllischen Monat nur wegen Sex ausgehalten habe?«

Min zwinkerte. »Na klar.«

Cal dachte darüber nach. »Also gut, ich glaube, der Punkt geht an dich.«

»Habe ich schon erwähnt, dass ich keine Unterwäsche trage?« Min glitt um das Ende der Couch herum, und Cal wich zur anderen Seite aus.

»Willst du mich foltern, ja?«, fragte er.

»Nein, ich will dich ins Bett kriegen«, versetzte Min. »Die Folter ist gratis.«

»Min«, rief Cal beschwörend.

»Nein«, entgegnete Min fest. »Ich will nicht für den Rest meines Lebens als die Wette herumlaufen, die du verloren hast. Außerdem habe ich es satt, immer zu hören, ich würde kein Risiko eingehen. Also gehe ich jetzt mit dir ein Risiko ein.« Sie zog einen Zehndollarschein aus ihrer Manteltasche. »Ich wette zehn Eier, dass ich dich vor halb zehn Uhr nackt und in mir drinhabe.«

Cal wurde einen Augenblick schwindelig, und als er den Kopf geschüttelt hatte, um ihn wieder klar zu bekommen, klatschte sie den Schein auf den Tisch neben der Couch.

»Also bitte, Sportsfreund«, spöttelte sie. »Spielst du mit, oder machst du einen Rückzieher?«

Sie lächelte ihn mit Glut und Liebe in den Augen an, und er begann zu lachen. »Min, es sind nur achtzig Minuten, nicht ein ganzer Monat. Glaubst du wirklich, dass ich nicht so lange durchhalten kann?«

»Jawohl«, versetzte Min, die Hände in die Hüften gestemmt.

Er zog seine Geldbörse heraus, entnahm ihr einen Zehner, ging hinüber zu dem Tisch und klatschte ihn auf ihren Schein. »Also gut, topp«, sagte er und ging hinter dem Tisch in Deckung. »Dann lass mal deine Trümpfe sehen, Minnie.«

Sie löste den Gürtel des Trenchcoats, warf ihn auf die Couch und schlüpfte aus dem Mantel. Darunter trug sie ein trägerloses, schwarzseidenes Nachthemd, das, soweit Cal erkennen konnte, durch nichts gehalten wurde. »Ich weiß, es wäre besser gewesen, wenn ich nackt wäre«, erklärte sie und wiegte sich auf den Fersen, so dass alles an ihr hüpfte. »Aber dazu habe ich noch nicht genug Selbstvertrauen.«

»Tja«, meinte Cal und starrte sie an. »Dann werde ich wohl die nächsten achtzig Minuten damit zubringen müssen, dir das vom Leib zu reißen.« Er besah sich den Spitzenrand des Nachthemdes, der sich in ihr Fleisch drückte. »Scheint aber nicht so schwierig zu sein.«

Min schob einen Finger unter den Spitzenrand und ließ ihn zurückschnappen. »Elastisch. Nur einmal ziehen, und …«

»Das dauert keine achtzig Minuten.« Er blickte auf die Uhr. »Siebenundsiebzig Minuten. Aber eins möchte ich klarstellen: Wenn die Zeit rum ist, gehörst du mir.«

»Oh jaa«, rief Min nickend.

»Tja, also dann …« Er überlegte. »Hast du in letzter Zeit ein gutes Buch gelesen?«

»Nein«, antwortete Min und begann, sich um den Tisch herumzubewegen. »Ich kann nicht lesen, weil ich immerzu an dich denken muss.«

Cal wich vor ihr zurück zum anderen Ende der Couch. »Das muss aber langweilig sein.«

»Nein, du machst immer so umwerfende Sachen mit mir«, gurrte sie und näherte sich ihm.

Cal wich zur Vorderseite der Couch aus. »Weißt du, ich bin gar nicht so gut im Bett.«

Min huschte überraschend in die entgegengesetzte Richtung und packte ihn am Hemd. »Das macht nichts. Dafür bin ich umwerfend.« Sie gab ihm einen Stoß, der ihn auf die Couch warf, und drückte ihn dort mit ihrem weichen Körper nieder. Cal dachte: *Ich sollte etwas dagegen unternehmen*, aber schon während er das dachte, waren seine Hände auf ihr und er fühlte ihre Wärme durch die kratzige Spitze. »Man hat mir versichert, ich hätte einen unfassbar guten Mund«, flüsterte sie und beugte ihr Gesicht über ihn. Als sich ihre weichen Brüste gegen seine Brust pressten, schloss er die Augen.

Sie küsste ihn. Ihre Lippen waren heiß und süß, und er zog sie enger an sich. »Oh Gott, wie habe ich dich vermisst«, hauchte er an ihrem Mund.

»Ich habe dich auch vermisst«, erwiderte sie, nicht mehr spielerisch. »Ich möchte nie mehr ohne dich sein.«

»Das wirst du auch nicht«, versicherte er. »Ich gehe nie wieder von dir fort. Niemals.«

»Danke.« Min setzte sich auf und holte tief Atem. Cal betrachtete sie und fühlte Wärme in sich aufsteigen. »Hör mal, ich muss dir etwas sagen.«

Seine Hände umfassten ihren Hintern und zogen sie näher zu sich heran. »Sprich langsam.« Er beugte den Kopf, um ihren Hals zu küssen, und biss sie statt dessen zärtlich.

Min erschauerte. »Weißt du noch, ich habe dir gesagt: ›Brich mir nicht das Herz.‹ Na ja, ich habe meine Meinung geändert. Du kannst es mir brechen.«

»Hey«, protestierte Cal und packte sie fester. »Ich werde dir nicht ...«

»Es macht keinen Unterschied, ich würde dich trotzdem lieben«, erwiderte Min. »Ich habe dich geliebt, obwohl ich dachte, du wärst auf die Wette eingegangen, ich habe dich auch geliebt, als ich dachte, du spielst nur mit mir, ich habe dich geliebt, als ich dich auf der Straße anschrie, ich habe dich sogar geliebt, als du die Hochzeit mit Cynthie zusammen verlassen hast, du Rattenbastard ...«

»Ich habe sie nur nach Hause gebracht«, erwiderte Cal erschreckt. »Ich schwöre vor Gott ...«

»Es ist egal«, unterbrach Min ihn. »Das versuche ich dir gerade zu erklären. Es ist egal, was du tust oder sagst. Ich werde dich immer lieben.«

Cal blickte sie überwältigt an.

»Ich weiß«, fuhr Min fort, »das hört sich uncool an. Aber ich will, dass du weißt, dass du das durch nichts kaputtmachen kannst.«

»Kann ich nicht?«, fragte Cal und wollte ihr glauben.

»Nein«, bekräftigte Min. »Das heißt nicht, dass ich dich nicht manchmal anschreie, wenn du mich wütend machst. Dann brülle ich und knalle mit Türen. Aber wenn ich eine Tür zuknalle, dann stehe ich trotzdem nicht auf der anderen Seite. Ich gehöre für immer zu dir.«

Ihm blieb schier die Luft weg, und so presste er sein Gesicht an ihre Schulter. »Oh Gott, ich liebe dich.«

Min seufzte. »Das ist gut, ich muss dir nämlich noch etwas sagen.«

Cal nickte, noch immer wie benebelt.

Min schluckte. »Die Sache ist die. Ich werde breit. Die Hüften, die Oberschenkel …«

»Nicht vor halb zehn Uhr«, rief Cal und versuchte, sich das verlockende Bild nicht vorzustellen.

»… die Taille«, fuhr Min fort und brach dann ab. »Was? Halb zehn Uhr? Wahrscheinlich nicht, bevor ich in den Vierzigern bin. So lange kann ich es hoffentlich noch verhindern, aber danach …«

»Was?«, fragte Cal.

»Später werde ich fett«, erklärte Min, und er blinzelte verwirrt. »Äh, werde ich dicker.« Sie blickte ihn stirnrunzelnd an. »Was dachtest du denn, was ich meine?«

»Also, weißt du«, begann er lachend. »Wenn du halb nackt auf meinem Schoß sitzt und mir sagst, dass du breit wirst …«

»*Nein*«, rief Min und versuchte, ihn fortzustoßen, aber er rollte sie beide herum, so dass sie üppig und erhitzt unter ihm zu liegen kam. »Das würde ich nie sagen«, verwahrte sie sich, blickte zu ihm auf und schlang die Arme um seinen Nacken. »Das wäre ja ordinär.«

»Mir hat es gefallen«, entgegnete Cal und küsste sie.

»Was ich dir sagen wollte«, japste Min, als sie nach einem leidenschaftlichen Kuss nach Luft rang, »ist, dass ich irgendwann eine von diesen molligen, alten Damen werde. Das steckt in meinen Genen. Wie bei Hefe. Ich werde aufgehen wie ein Kuchenteig.«

»Das passt mir ja ausgezeichnet«, erwiderte Cal. »Weil ich nämlich einer dieser knochigen, alten Männer werde, die mollige, alte Damen um die Couch jagen.«

»Ich meine es *ernst*«, protestierte Min, aber sie lächelte ihn zärtlich an.

»Ich auch«, versetzte Cal. »Glaubst du wirklich, dein Gewicht ist für mich wichtig? Teufel noch mal, Frau, du hast mich als Biest, als Wolf, als Teufel und als gemeiner Verführer bezeichnet. Deine beste Freundin hat mich drei Mal verprügelt ...«

»Du hast mich ins Auge gestoßen«, unterbrach ihn Min.

»...und du hast mich in der Öffentlichkeit beschimpft. Aber ich bin immer noch hier. Wenn du meinst, dass du mich loswerden kannst, indem du weicher wirst ...«

»Männer sind Augenmenschen«, stellte Min fest.

»Klar.« Cal ließ einen Finger unter den elastischen Rand ihres Nachthemdes gleiten. »Deswegen mag ich auch dieses Ding, das du da nicht trägst. Aber manchmal möchte ich dir auch einen Pullover vom Körper reißen können.« Er lächelte sie an, wollte ihr das schenken, was sie ihm geschenkt hatte. »Ich will einfach dich, Minnie. Sonst nichts. Ich möchte einfach nur den Rest meines Lebens mit dir verbringen.«

»Oh.« Min streckte die Arme nach ihm aus, und da fiel ihm die Wette wieder ein, und er setzte sich hastig auf. Er hasste es, sie loslassen zu müssen.

»Und zwar ab halb zehn Uhr.« Er blickte auf die Uhr. »Das ist in siebzig Minuten. Was möchtest du in den nächsten siebzig Minuten tun, Minnie? Hast du zufällig ein Scrabble-Spiel?«

»Ich würde nur unanständige Worte auflegen«, erklärte Min.

»Ja, wie ›breit‹«, lachte er.

Min verdrehte die Augen. »Siehst du, das gehört mit zu den Sachen, auf die's nicht ankommt. Ich liebe dich trotzdem.«

»Das gefällt mir sehr«, erklärte Cal. »Und was wäre neu für dich?«

»Wenn ich zu dir sagen würde: ›Ja, du kannst mich so haben, wie du willst.‹« Sie setzte sich auf und zog ihn wieder an sich, und er rückte etwas zur Seite, um ihr Platz zu machen. Da fühlte er, wie sich etwas in seinen Schenkel bohrte. Min küsste seinen Hals, und er erschauerte, während er hinter sich fasste und ihren Gürtel an der Schnalle unter seinem Schenkel hervorzog. Sie biss ihn, und er stöhnte »Autsch« und sah sie lächeln.

»Du wirst die Wette mit David gewinnen und die Wette mit mir verlieren, Hitzkopf«, stellte sie fest. »Stell's dir einfach als ausgleichende Gerechtigkeit vor.«

Er sah sie an und dachte, *sie hat Recht*, und dann fiel sein Blick auf den Gürtel in seiner Hand. »Und stimmt das wirklich, du wirst mich immer lieben, egal was ich tue?«

»Ja«, antwortete sie.

»Gut.« Er stupste sie wieder hinunter auf die Couch und reckte ihre Arme über ihren Kopf. »Ich habe gern alles unter Kontrolle, Minnie.«

»Ich weiß.« Min lächelte zu ihm auf. »Damit kann ich leben.«

Wieder küsste er sie, und während sie abgelenkt war, schlang er den Gürtel um ihre Handgelenke.

»Hey«, machte sie und unterbrach den Kuss, aber er hatte die Gürtelenden bereits um die Armlehne der Couch geschlungen.

Sie verdrehte ihren Hals, um ihre Handgelenke zu betrachten, während er den Knoten festzog. »Das ist ein bisschen pervers, Calvin.«

»Eigentlich nicht«, versetzte Cal und stand auf. »Weißt du, ich hatte ein Dutzend Donuts besorgt, aber dann habt ihr blinden Alarm geschlagen, und jetzt müssen wir ohne sie auskommen. Aber ich verzeihe dir, denn das ist wohl die Art Beziehung, die wir haben.« Er ging zur Küchennische hinüber. »Also, worüber möchtest du dich jetzt etwa ...« – er streckte sich, um auf die Uhr zu blicken – »... siebenundsechzig Minuten lang unterhalten?«

»*Cal*«, wimmerte Min.

Auf der Küchenarbeitsfläche stand ein Beutel in vertrautem Grün und Weiß. »Krispy Kremes«, stieß er hervor. »Große Geister denken dasselbe.« Er kehrte mit dem Beutel ins Wohnzimmer zurück. »Weißt du, Minnie, du hast mich jetzt einen Monat lang gefoltert, weil du so gut ausgesehen hast, dass ich jedes Mal fast meinen Verstand verlor. Ich habe dich so sehr begehrt, dass es mich ganz verrückt gemacht hat.« Er blickte auf sie hinab, wie sie da an die Couch gefesselt lag. »Und eindeutig immer noch verrückt macht.«

»Okay, es tut mir Leid«, erklärte Min und zerrte am Gürtel.

»Und jetzt bin ich dran.« Er setzte sich neben sie hin. »Jetzt werde ich dich foltern.«

Min hörte auf zu zerren. »Das könnte gut werden. Was willst du denn tun?«

Er nahm ein Krispy Kreme aus dem Beutel.

»Ich werde das hier vor deinen Augen aufessen«, verkündete Cal und biss in den Donut.

David ging hinunter zur Telefonzelle an der Straßenecke, weil anscheinend schon fast jeder ein Telefon mit Anruferidentifizierung besaß. Er wählte die Nummer von Mins Eltern, und als es klickte, sagte er: »Sie sollten das erfahren«, doch da unterbrach ihn der Anrufbeantworter. Nun ja, das war nicht so schlimm, denn sie blieben selten länger aus als bis neun Uhr. Reichlich Zeit. Als er den Piepton vernahm, hinterließ er die Botschaft: »Sie sollten das erfahren. Calvin Morrisey verführt Ihre Tochter, um eine Wette zu gewinnen. Sie sind jetzt in ihrer Wohnung.« Dann legte er auf und überlegte sich, was er gerade getan hatte. Er fand nichts daran auszusetzen.

Hochzufrieden mit sich selbst suchte er im Telefonbuch nach der Nummer der Morriseys.

Min blickte Cal mit finsterem Stirnrunzeln an, aber der Mistkerl grinste sie einfach an und sah dabei teuflisch begehrenswert aus. Genüsslich verspeiste er den zweiten Donut.

»Und da fragst du dich noch, warum ich nicht mit dir schlafen wollte«, schimpfte Min. »Das war, weil ich gespürt habe, was für ein Sadist du insgeheim bist.« Sie rückte sich zurecht, um bequemer zu liegen, und sah, wie sich seine Kinnmuskeln anspannten. *Hallo*, dachte sie und rückte wieder hin und her.

»Ich habe Elvis schon eine ganze Weile nicht mehr gesehen«, bemerkte er und beobachtete sie. »Wahrscheinlich ist er wieder durchs Fenster verschwunden. Was sagen die Statistiken über streunende Katzen?«

»Weißt du«, begann Min wieder und versuchte eine neue Strategie. »Das macht mir Angst. Da ist ein fremder Mann in meiner Wohnung, und ich bin an die Couch gefesselt. Ich habe Todesangst.« Sie versuchte, Angst in ihre Stimme zu legen, aber das fiel ihr schwer, denn sie fühlte sich vielmehr lüstern.

»Lustig, du siehst richtig gelangweilt aus.« Cal hob die Fernbedienung auf. »Ein bisschen Fernsehen?«

Min knirschte mit den Zähnen. »Dafür kann man ins Gefängnis kommen.«

»Nur wenn man sich erwischen lässt. Ich schaue mir normalerweise um diese Zeit CNN an.« Cal blickte zu ihr hinunter. »Natürlich habe ich normalerweise auch nichts Besseres, das ich mir ansehen könnte. Du hast einen phantastischen Körper.«

»Also wirklich«, versetzte Min. »Ich weiß ja, dass du unbedingt flachgelegt werden willst, aber …«

»Männer kaufen sich extra Männermagazine, um sich Brüste wie deine ansehen zu können«, fuhr Cal fort. »Und hier stehe ich vor einem Prachtpaar, das an die Couch gefesselt ist.« Er warf die Fernbedienung zurück auf den Kaffeetisch. »Was interessiert mich CNN?«

»Wenn ich von dieser Couch je loskomme«, sprach Min durch zusammengebissene Zähne, »dann siehst du diese Brüste nie wieder. Und jetzt binde mich los.«

»Das hast du dir nicht richtig überlegt«, meinte Cal. »Versuch's noch mal.«

»*Calvin* ...«

»Hast du eine Ahnung«, fragte er im Plauderton, »wie schwer es mir fällt, meine Hände von dir zu lassen?«

»Dann binde mich los, und hurra«, rief Min und fühlte sich bereits fröhlicher.

»Fünfundvierzig Minuten«, sagte Cal. »Worüber möchtest du jetzt reden?«

Okay, sagte Min sich selbst. *Du denkst nicht richtig nach. Du hast hier doch die Oberhand, mal abgesehen davon, dass du an die Couch gefesselt bist. Er will dich. Und er kann dich haben. Er braucht eine Starthilfe*. »Ich habe dich auch immer begehrt«, seufzte sie und räkelte sich in den Kissen.

»Genau«, erwiderte Cal und nahm sich noch einen Donut. »Deswegen hast du dich auch immer wieder zurückgezogen.«

»Das lag an der Wette«, erklärte Min. »Erinnerst du dich noch an das Picknick im Park? Ich hätte dich am liebsten zu Boden geworfen und dir das Hemd vom Leib gerissen und mich auf dich gestürzt.«

Cal hielt mit dem Donut auf halbem Weg inne.

»Ich habe oft meine Augen geschlossen und mir deinen Körper nackt an meinem vorgestellt, und was du alles mit mir anstellen würdest.« Er zuckte ein wenig zurück, und sie fuhr fort: »Besonders mit meinem Busen. Ich habe sehr sinnliche Brüste, habe ich das schon erwähnt? Ich könnte schon fast kommen, wenn ich mir nur vorstelle, wie dein Mund an meiner ...«

»Du spielst nicht fair«, protestierte Cal.

»Ach nein?« Min versuchte, sich aufzusetzen. »Und ich bin an die Couch gefesselt. Ist das vielleicht fair?«

»Nein«, versetzte Cal. »Das ist einer der vielen Gründe, warum mir das so gut gefällt.«

Frustriert stieß sie die Luft aus. Er betrachtete sie, erhob sich dann, umrundete den Tisch und setzte sich neben sie. Mit dem Finger löste er etwas von der Schokoladenglasur seines Donuts. »Weißt du, wie viele meiner Phantasievorstellungen sich um deinen Körper drehen?« Er fuhr mit dem Finger um die Rundung ihrer Brust herum und schmierte Schokolade bis unter die Spitze, Min hielt die Luft an. »Diese hier war keine davon«, fuhr er fort und markierte auch ihre andere Brust, »aber sie hätte dabei sein sollen.«

»Klebrig«, stammelte Min, die im Augenblick nicht zu ganzen Sätzen fähig war.

»Kein Problem«, meinte Cal und beugte sich über sie. »Das geht leicht wieder ab.«

»Perversling«, stöhnte Min und schloss die Augen, als sie seine Zunge auf sich fühlte.

»Jawohl«, gab er zu und schob das Spitzengewebe tiefer. »Aber es gefällt dir doch.«

»Ha«, machte Min.

Cal richtete sich so weit auf, dass er ihr in die Augen blicken konnte. »Willst du, dass ich aufhöre?«, fragte er, und Min fühlte seine Hand unter ihrer Brust, fühlte, wie sein Daumen über ihre Wärme bis zu dem Spitzenrand glitt.

»Ich will alles, was du hast«, antwortete Min und sah, wie sich seine Augen verdunkelten. Seine Hand packte fester zu. »Binde mich los.«

»Nein«, beharrte Cal.

Min wölbte sich ihm entgegen, und er drückte sie wieder hinab. Sein Atem ging schneller. Dann beugte er sich wieder zu ihr hinunter, und als er jetzt die Spitze herabzog und sie seinen Mund auf sich fühlte, bäumte sie sich auf, und jeder Nerv ihres Körpers schrie vor Erleichterung.

Er löste sich und sah schwer atmend auf sie hinunter, betrachtete ihre nackte Brust und schob dann das Nachthemd so weit hinunter, dass sie bis zur Taille nackt war. »Hey«, rief sie und versuchte instinktiv und erfolglos, sich zu bedecken.

»Mein Gott, wie schön du bist«, stieß er hervor und starrte noch immer ihre Brüste an.

Min zerrte an dem Gürtel, hin- und hergerissen zwischen Verlegenheit und Lustgefühlen. Da schob er seine Hände über ihre Brüste, und die Lust gewann. Sie schloss die Augen und fühlte wieder die Wärme seines Mundes auf sich, fühlte, wie sie sich anspannte und erschauerte, und sie presste sich an ihn und betete, dass er nicht aufhören würde.

Die Morriseys standen nicht im Telefonbuch, deswegen rief David bei Cynthie an. »Ich brauche die Nummer von Cals Eltern.«

»Wozu?«, fragte Cynthie ausdruckslos.

»Ist doch egal, wozu«, versetzte David. »Aber es wäre nicht egal, wenn Cal wütend würde, weil er erfährt, dass du es warst, die mir geraten hat, wie ich diesen Streit am Sonntag provozieren könnte. Gib mir die Nummer, oder ich sag's ihm.«

Lange herrschte Schweigen, dann legte Cynthie den Hörer zur Seite. Nach einer Weile gab sie ihm die Nummer durch.

»Danke.« David legte auf und wählte die Nummer. Als es klickte, sagte er: »Sie sollten das erfahren«, doch der Anrufbeantworter der Morriseys fiel ihm ins Wort. »Das ist doch lächerlich«, murmelte er. Als der Piepton kam, sprach er trotzdem: »Sie sollten das erfahren. Ihr Sohn verführt jetzt gerade eine Frau, um eine Wette zu gewinnen. Sie heißt Min Dobbs, und sie ist prozesswütig und rachsüchtig.« Er nannte außerdem ihre Adresse und legte dann auf.

»Nicht übel«, sagte er zu sich selbst und hob erneut den Hörer ab. Überhaupt war er sehr zufrieden mit sich.

Denn er würde gewinnen.

Fünfzehn Minuten später hob Cal den Rest des dritten Donuts auf, während Min versuchte, sich an ihren Namen zu erinnern.

»Was tust du da?«, fragte sie.

»Ich drossle mein Tempo«, erwiderte Cal. Es klang angespannt. Er biss in den Donut. »Wenigstens«, fuhr er fort, nachdem er hinuntergeschluckt hatte, »kann sich mein Mund, solange er mit dem hier beschäftigt ist, nicht mit dir befassen.« Er sah auf die Uhr. »Wir haben noch eine halbe Stunde. Ich fürchte, du hast nicht genügend Donuts gekauft.«

»Könntest du wenigstens mein Nachthemd wieder hochziehen?«, bat Min und fühlte, wie sie errötete, jetzt, da die Hitze schwand.

»M-m.« Cal kaute zu Ende. »Ich finde, du solltest immer obenrum nackt sein.«

»Na, das würde Stimmung ins Büro bringen«, versetzte Min.

»Doch nicht in der Öffentlichkeit, du Dummerchen«, wies Cal sie zurecht. »Nur zu Hause. Wir sollten es bei der Hochzeit mit in den Treueschwur aufnehmen. Du musst versprechen, mich immer zu lieben, zu ehren, mir treu zu sein und jeden Abend oben ohne zu sein.«

»Wir heiraten?«, fragte Min und versuchte wieder, sich aufzusetzen.

»Na ja, natürlich heiraten wir«, erwiderte Cal und verfolgte ihre Bemühungen mit Interesse. »Glaubst du, ich würde eine Frau fesseln, mit der ich es nicht ernst meine?«

»Du hast mich nicht *gefragt*«, entgegnete Min und zerrte an dem Gurt.

»Willst du mich heiraten?«, fragte Cal und betrachtete noch immer ihre Brüste.

»Nein«, stieß Min hervor, zwischen Liebe und Mordlust hin- und hergerissen.

»*Richtig*«, versetzte Cal. »Denn wenn Harry in ein paar Jahren fragt, wie ich dir den Antrag gemacht habe, möchtest du natürlich nicht antworten müssen: ›Na ja, er hat mich an die Couch gefesselt und mir das Nachthemd vom Leib gerissen, dann hat er Donuts von meinem Busen gegessen, und mich anschließend gefragt, ob ich ihn heiraten will.‹« Wieder biss er in den Donut.

»Ich will nur, dass wir jetzt miteinander schlafen, damit wir diese blöde Wette endlich vergessen und eine richtige Beziehung anfangen können. Na ja, nach dem hier vielleicht auch nicht.« Sie riss wieder an dem Gürtel. »Das könnte uns schon schwer zurückwerfen.«

»M-m«, machte Cal, unerträglich kaltblütig. »Wir waren uns doch einig, dass jetzt nichts mehr unserer Beziehung etwas anhaben kann. Sie ist vielleicht etwas verrückt, aber das gefällt mir an uns.«

»Du bist ein bisschen verrückt«, erklärte Min. »Ich aber bin vollkommen normal. Und jetzt binde mich los und vögle mich dumm und dämlich.«

Cal hielt ungefähr eine Minute lang die Luft an, während Min dachte: *Nimm mich*. Dann biss er wieder in seinen Donut, und sie atmete vor Frustration zischend durch die Zähne aus.

»Vielleicht habe ich den falschen Mund gefüttert«, meinte er da und riss ein Stück Donut ab. »Mach den Mund auf.«

»Nein, ich will nicht …«, begann Min, und Cal stopfte ihr die Süßigkeit in den Mund. Zucker überflutete ihr System. »Oh«, machte sie und ließ die Schokolade in ihrem Mund zergehen.

»Mein höchstes Ziel im Leben ist es, ohne Hilfe von Schokolade diesen Ausdruck auf dein Gesicht zu zaubern«, erklärte Cal.

Min schluckte. »Das tust du schon. Du siehst mich nur nie an, wenn er da ist.«

»Wirklich.« Cal umfasste mit seinen Händen ihre Brüste und begann, sie mit seinem Daumen zu streicheln, und Min fühlte, wie die Spannung in ihren Körper zurückkehrte. Als sie diesmal die Augen wieder öffnete, blickte er sie unverwandt an, beobachtete jede Regung, und sie errötete vor Verlegenheit und vor innerer Hitze und vor Verlangen nach ihm.

»Verdammt, du hast Recht«, murmelte er und beugte sich über sie, um sie zu küssen. Da vergaß Min ihre Verlegenheit, und sie reckte sich, um seine Haut zu schmecken, während er sie streichelte, und seufzte an seinem Mund.

»Binde mich los«, flüsterte sie, und er warf einen Blick über ihren Kopf.

»Nein, noch eine knappe halbe Stunde.« Er fuhr mit einer Hand über ihren Schenkel hinab. »Ich glaube, ich fange diesmal bei den Zehen an. An die Zehen habe ich noch nie gedacht. Das ist etwas Neues für mich.«

»Du willst eine halbe Stunde lang an meinen Zehen saugen?«, fragte Min ungläubig.

»Ich fange bei deinen Zehen an«, erklärte Cal, »und arbeite mich nach oben vor.«

»Nach oben?«, hauchte Min.

»Und in ungefähr fünfzehn Minuten verlierst du dieses Nachthemd endgültig.«

»Und die ganzen Lampen bleiben an?«, fragte Min erschrocken, und er lachte nur und beugte sich über ihre Zehen.

David wählte Dianas Handynummer, denn seiner Theorie nach war sie nach allem, was an dem Hochzeitssonntag geschehen war, bereit, jeden Mann zu zermalmen, der ihr in die Quere kam, vor allem, wenn er ihrer Schwester wehtat. Als es klickte, sagte er: »Du solltest das erfahren«, doch da schnitt ihm Dianas Anrufbeantworterstimme das Wort ab. »Ist denn heute Abend überhaupt niemand zu Hause?«, schnauzte er in den Hörer. Aber als der Piepton kam, sagte er: »Du solltest das erfahren. Calvin Morrisey verführt in diesem Augenblick deine Schwester, um eine Wette zu gewinnen.« Dann legte er auf und dachte an den letzten Anruf, den er machen musste. Der heikle Anruf.

Es ist ja anonym, sagte er sich. *Sie wird es nie erraten.*

Trotzdem kehrte er vorher in seine Wohnung zurück, um sich mit einem Drink zu stärken.

Um Viertel nach neun Uhr, nachdem sie überall dort berührt worden war, wo sie es sich nur vorstellen konnte, und dazu an einigen Stellen, an die sie nie gedacht hätte, merkte Min, dass Cal den Gürtel löste. Sie setzte sich auf und boxte ihn gegen den Arm. »Tu das *nie, nie* wieder.«

»Autsch«, ächzte Cal, da drückte sie ihn hinunter, kletterte auf seinen Schoß und küsste ihn wild, wobei sie sich so eng um ihn schlang, wie sie vermochte.

Schließlich tauchte sie nach Luft schnappend auf und schlug ihn dann gegen die Schulter. »Ich meine es ernst: *Nie, nie* wieder«, keuchte sie und stürzte sich dann aufs Neue auf seinen Mund. Eine Minute später unterbrach sie den Kuss schwer atmend, versetzte ihm wieder einen Schlag und japste: »*Niemals, niemals* wieder.«

»Wirklich«, keuchte er ebenso atemlos. Sie blickte zur Armlehne der Couch, wo der Gürtel noch immer hing, und erschauerte.

»Na ja, nicht im Wohnzimmer«, grinste sie. »Und nicht so lange, und nicht mit all dem Licht …«

Nun drückte er sie auf die Couch und in die Kissen. »Wir tun es wieder«, verkündete er und hielt sie fest im Griff, »wo ich will, wann ich will und mit allen Strahlern eingeschaltet, wenn ich es will.«

»Glaube ich nicht«, versetzte sie. Aber als er sie wieder

küsste, dachte sie: *Oh, zum Teufel, was immer du willst*, und erwiderte den Kuss.

»Was immer ich will«, flüsterte er in ihr Ohr.

»Okay«, flüsterte sie zurück. »Aber kommst du jetzt endlich zu mir?«

»Bald«, sprach Cal an ihrem Hals. »Noch fünfzehn …«

»Weißt du, was meine Lieblingsphantasie ist?«, hauchte sie ihm ins Ohr, und er stöhnte. »Das bist du, wie du ganz stark in mich hineingleitest.« Der Griff seiner Hand wurde fester, und sie fuhr fort: »Ich liebe diesen Teil ganz besonders, den ersten Teil, das fühlt sich so gut an, und mit dir wird es am allerschönsten, weil auch alles andere mit dir das Schönste war, was ich je erlebt habe, wie du mich berührst, wie du mich küsst, deswegen weiß ich, dass auch …«

Er küsste sie leidenschaftlich und drückte sie tief in die Kissen, nahm ihr die Stimme und den Atem. Dann hielt er inne, flüsterte: »Halte den Mund, es sind noch fünfzehn Minuten«, und begann, mit der Zunge ihren Körper hinabzuwandern.

Min stöhnte, als er erneut jeden Nerv in ihrem Körper in Brand setzte. »Was willst du denn fünfzehn Minuten lang tun?« Da biss er ihr zart in die Hüfte, während er ihre Schenkel mit der Hand auseinander schob.

»*Oh Gott*«, stöhnte Min, als er sie innen leckte. »*Ich verliere zehn Dollar*.«

In der Küche bei Emilio's klingelte Lizas Handy, Tony holte es aus ihrer Handtasche und reichte es ihr, ohne dabei die Gabel, die er in seine Spaghetti eingedreht hatte, loszulassen.

»Bist du sicher, dass das mit uns vorbei ist?«, fragte Liza, während sie das Handy nahm. »Du tauchst hier reichlich oft auf.«

»Ich esse hier«, erklärte Tony und wickelte noch mehr Spaghetti auf die Gabel. »Und mich gab's hier schon vor dir.«

»Stimmt«, gab Liza zu und drückte auf den Knopf. »Hallo?«

»Liza?«, sagte eine männliche Stimme. »Du solltest das erfahren. Calvin Morrisey trickst gerade Min aus, um diese Wette zu gewinnen.«

»Was?«, rief Liza. »Wer spricht da?«

»Die Wette ist erst um Mitternacht vorbei«, fuhr die Stimme fort und kam ihr irgendwie bekannt vor. »Und er will gewinnen.«

»David?«, fragte Liza.

Ein Klicken erklang, dann hörte Liza nur noch das Freizeichen.

»David?«, fragte Tony und blickte von seinen Spaghetti auf.

»Hey, Emilio?«, schrie Liza über den Küchenlärm hinweg. »Ich muss mal schnell weg.«

»Oh nein«, stöhnte Tony.

»Iss deine Pasta«, befahl Liza und wandte sich zur Tür.

»Ach, zum Teufel«, schimpfte Tony, ließ die Gabel fallen und folgte ihr.

16

Min zitterte und bebte am ganzen Leib, da vergrub Cal seine Finger in ihren Haaren und drehte ihren Kopf, so dass sie die Kaminuhr sehen konnte. »Es ist neun Uhr fünfunddreißig«, sagte er heiser. »Ich habe Davids Wette verloren. Es ist vorbei.«

»Schon seit fünf Minuten?«, rief Min wild.

»Du hast dich nicht beschwert«, erwiderte Cal und legte seinen Kopf auf ihren Bauch.

»Bringe mich ins Bett, oder nimm mich gleich hier auf der Couch«, flehte Min schwer atmend. »Ich will dich *jetzt sofort.*«

»Ja, ich werde dich definitiv heiraten«, erklärte Cal, zog sie von der Couch und zum Schlafzimmer hin.

Sie stolperte hinter ihm her und schnappte nach Luft, als er sie auf die Satindecke warf. Auf dem kühlen Gewebe fühlte sich ihr Körper heiß an. Er entledigte sich seiner Kleidung und zog ein Kondom hervor, dann war er neben ihr, drückte sich heiß an sie, und sie schloss die Augen, um den Genuss noch zu steigern, um seinen muskulösen Körper stark und fest an ihrem zu fühlen. »*Warte nicht mehr*«, bat sie und fühlte wieder seine Hände über ihren Körper gleiten, bis jeder Nerv in ihr aufschrie. Und als seine Finger in sie hineinglitten, öffnete sie sich ihm bebend, und dann fühlte sie seinen Körper zwischen ihren Schenkeln und wölbte sich ihm entgegen, um ihn endlich, endlich in sich zu fühlen. Er betrachtete sie mit glühenden Augen, und sie erwiderte seinen Blick, vollkommen gefangen, verrückt nach ihm, und dann küsste er sie, und seine Zunge schob sich in ihren Mund, während er feucht und heiß in sie hineinglitt, und sie keuchte auf und klammerte sich an ihn, als sich die Empfindung wie eine Stoßwelle in ihr ausbreitete.

Er zog sich ein wenig zurück und glitt dann tiefer, und sie biss sich auf die Lippe, schwach vor Lust, während die Wärme sich in ihr verdichtete, und dann begann sie, sich mit ihm zu bewegen, seinen Rhythmus aufzunehmen, schwindelig von der Empfindung, wie gut sie zusammenpassten. Er flüsterte ihr ins Ohr, während er sich in ihr bewegte, sagte ihr immer und immer wieder, dass er sie liebte, dass sie wunderschön war, dass sie sein war, bis sie ihn überall in sich fühlte, seine Stimme und seinen Atem und seine Hände und seinen Körper, mit denen er sie liebte und sie trunken machte vor Liebe und Lust. Sie fuhr mit der Zunge über seine Lippen und seine Haut, flüsterte ihm zu, dass auch sie ihn für immer, für immer und ewig liebte, und sie fühlte ihn überall, in ihrem Blut, bis in die Fingerspitzen und in ihren Augen, und auch tief unten, wo sie miteinander verschmolzen waren, wo sie sich in Hitze und Spannung aneinander pressten, verdrehten und ineinander schlangen, und wo Sterne funkelten und zu einer Helligkeit verschmolzen, die stärker war als alles, was sie bisher erlebt hatte. Er stieß stärker und härter in sie, und sie vergrub ihre Fingernägel in ihm und schrie seinen Namen, wieder und wieder, und dann wölbte sie sich unter seinen Händen, die sie hielten, in hilflosen, krampfhaften Zuckungen, während sein Körper sich gegen den ihren bäumte. Und während sie ihn noch umklammert hielt und in zitternder Ekstase keuchte, erschauerte auch er und ließ sich dann in ihre Arme fallen.

»Oh *Gott*«, hauchte Min, als sie wieder in der Lage war zu sprechen.

»Gut?«, fragte er, noch atemlos, und sie schüttelte überwältigt den Kopf.

»Sehr gut. Spitzenklasse. Phänomenal.« Sie holte tief Atem, um das Keuchen zu überwinden, und er ließ seine Hand hinauf bis zu ihrer Brust gleiten, wohin sie gehörte. Sie legte ihre Hand auf die seine, presste sie fester an sich und holte nochmals tief Atem. »Gott, wie ich dich liebe.«

»Gut«, erwiderte Cal und blickte sie erschöpft an. »Ich liebe dich auch. Tut mir Leid, dass wir uns nicht die Zeit genommen haben, um zu klären, was du gern gehabt hättest.«

»Ich wollte genau das«, brachte Min zwischen zwei Atemzügen hervor.

»Dann ist's gut.« Cal wälzte seinen Kopf zur Seite und erhaschte einen Blick auf ihren Wecker. »Oh, Jesus Christus.«

Min blickte zu ihrem verschnörkelten Messingkopfteil hinauf und atmete tief und zitternd ein. »Ich glaube, an dieses Kopfteil möchte ich irgendwann einmal gefesselt werden.«

»Nur zu deiner Information«, erklärte Cal. »Normalerweise halte ich länger durch als sieben Minuten.« Er ließ seinen Kopf wieder in das Kissen sinken. »Natürlich dauert das Vorspiel normalerweise auch nicht einen ganzen Monat.« Er holte tief Luft. »Na los, erzähle mir, was die Statistiken über die durchschnittliche Länge des Vorspiels sagen.«

»Dass es nicht lang genug dauert«, antwortete Min. »Du bist da eine Ausnahme. Vielleicht fessele ich *dich* mal an dieses Kopfteil. Und dann übernehme *ich* die Rolle mit der Schokoglasur.«

Cal schloss die Augen. »Ja. Das würde mir gefallen. Machen wir eine Liste. Wir müssen alles ausprobieren. Wahrscheinlich nicht heute Nacht, aber irgendwann sicher.«

Min kuschelte sich an ihn, als ihr Puls sich allmählich wieder beruhigte. »Ich bin so glücklich. Ich bin so verrückt nach dir, und ich bin so glücklich.«

Er rollte sich noch näher an sie heran und küsste sie, und sie machte es sich an ihm bequem, fühlte sich sicher und glücklich und zufrieden.

»Ich liebe dich«, murmelte er, und als sie gerade erwidern wollte, dass sie ihn auch liebte, klopfte es.

»Was zum Teufel ist denn das?«, fragte Cal.

»Meine Wohnungstür«, vermutete Min.

»Hat Diana ihren Schlüssel vergessen?« Cal stemmte sich in eine sitzende Stellung empor. »Autsch. Du bist eine sehr athletische Frau, Minerva.«

»Eigentlich nicht«, entgegnete Min, als das Telefon zu klingen begann. »Ich hatte in Sport immer schlechte Noten.«

»Sie haben die falschen Übungen von dir verlangt.« Cal tätschelte ihr die Hüfte und griff nach seiner Hose. »Du gehst ans Telefon. Ich gehe zur Tür. Aber wir treffen uns gleich wieder hier. Bleib bitte nackt.«

Cal knöpfte sein Hemd zu, während er Mins Wohnzimmer durchquerte und sich selbst ermahnte, dass er seine zukünftige Schwägerin lieber nicht anbrüllen sollte. Daher war er fast froh, als er die Tür aufriss und David davor stehen sah. Diesen Holzkopf konnte er beschimpfen, wie er wollte.

»Ist Min da?«, fragte David blasiert.

»Ja, hauen Sie ab.« Cal wollte schon die Tür schließen, da

fiel es ihm ein. »Sie haben gewonnen. Ich schicke Ihnen morgen den Scheck. Und jetzt hauen Sie ab.«

»Das glaube ich nicht.« David blockierte die Tür. »Ich muss Min sprechen.«

»David?«, erklang Mins Stimme hinter ihnen, und als sie sich zu ihr umwandten, blieb Cal der Atem stehen.

Sie hatte ihre blau-violette Satindecke um sich geschlungen, und Elvis strich ihr um die Knöchel. Ihre Schultern waren nackt, und sie wirkte zerzaust und unordentlich, die goldgesprenkelten Locken standen wild in alle Richtungen, ihre runden Wangen waren rosig und ihre vollen Lippen weich und tiefrot, und Cal dachte: *Das habe ich bewirkt*, und er begehrte sie so sehr, dass er unwillkürlich einen Schritt auf sie zu machte.

»Oh Gott«, stieß David hervor, und der Unterkiefer sackte ihm ab.

»Das ist meins«, versetzte Cal. »Hauen Sie ab.«

»Sie haben gewonnen«, erklärte David und hielt ihm den Scheck hin.

»Was?« Cal blickte ihn finster an. »Nein.«

»Die Wette gilt bis Mitternacht«, behauptete David und starrte noch immer Min an. »Sie haben noch zwei Stunden.« Er lächelte Min zu. »Ich schätze, Calvin der Große ist auch Calvin der Schnelle.«

»Ach um Himmels willen«, stieß Cal hervor, während Elvis David anfauchte und David einen Schritt rückwärts machte.

»*Sie gilt bis Mitternacht?*« Mins Stimme klang zu hoch, als sie näher kam und dabei über die schleifende Decke stolperte.

Minerva, was hast du vor?, fragte sich Cal und beobachtete sie interessiert und voll wiederkehrender Lust.

»Natürlich.« David lächelte Cal triumphierend an. »Alle Wetten enden um Mitternacht.«

Min zog die Decke höher. »Willst du damit sagen«, fragte

sie, und ihre Stimme brach, »*dass Cal diese Wette gewonnen hat?*«

»Aber ja«, antwortete David blasiert.

»Ach, na so was, vielen Dank«, sagte Min wieder mit ihrer normalen Stimme und nahm ihm den Scheck aus der Hand. »Zehn Eier kann ich immer gut gebrauchen.«

»Was?«, stieß David hervor, und die Blasiertheit fiel von ihm ab.

Min grinste David fröhlich an. »Ich weiß, dass Cal gewonnen hat«, erklärte sie. »Aber bei uns gilt das ungeschriebene Gesetz, dass ich all das Geld kriege, das er auf mich gewinnt. Das bringt mir einen ganz schönen Extrabatzen ein, deswegen …« Sie warf einen Blick auf den Scheck und ließ fast ihre Decke fallen. »*Oh mein Gott.*«

»Von wegen, zehn Eier«, grinste Cal und zog ihre Decke wieder höher, bevor sie sie verlor.

Min blickte wie erschlagen zu ihm auf. »Du hast *zehntausend Dollar* gewettet, dass du mich ins Bett kriegst?«

»Nein«, entgegnete Cal. »Ich werde mir ein T-Shirt drucken lassen, auf dem steht: ›Ich habe nicht darauf gewettet.‹«

»Zehntausend Dollar«, wiederholte Min und starrte den Scheck an. »Wenn du mir das an jenem Abend gleich gesagt hättest, wäre ich sofort mit dir ins Bett gegangen und wir hätten geteilt.«

»Wirklich?«, fragte Cal.

»Nein«, gab Min zu.

»Das hätte ich auch nicht angenommen.« Cal nahm ihr den Scheck aus der Hand und drängte David ihn zu nehmen. »Hier. Sie können jetzt verschwinden.«

»Was ist das?«, ächzte David und zeigte auf die Couch.

Cal wandte sich um und sah, dass Mins Gürtel noch immer über der Armlehne hing.

»Er hat mich an die Couch gefesselt«, erklärte Min hilfreich. »Dann hat er mir das Nachthemd vom Leib gerissen und mich mit Schokoglasur eingeschmiert und sie wieder abgeleckt. Es war der reinste *Albtraum.*« Sie grinste. »Wenn du verschwindest, können wir's noch einmal machen.« Sie blickte Cal an. »Wir haben doch noch Donuts, oder?«

»Wenn nicht, renne ich raus und hole welche«, erwiderte Cal. »Mit der Betonung auf ›rennen‹ wohlgemerkt.«

David wirkte wie erschlagen. »Das ist ...«

Min wartete.

»...so gar nicht typisch für dich«, beendete er den Satz.

»Stimmt, war es nicht«, versetzte Min, »aber jetzt ist es das.«

»Aber ...«, begann David von neuem, da wurde er von Nanette und George beiseite gestoßen.

»Na, großartig«, meinte Cal, und die Lust verging ihm bei Georges Anblick.

»Das wollte ich dir eigentlich gerade sagen«, sagte Min und zog ihre Decke enger an sich. »David hat Di angerufen, und sie war gerade am Telefon, um mich zu warnen, dass er wahrscheinlich auch noch andere angerufen hat.«

»Sie«, blökte George und stürzte sich auf Cal, da trat Min zwischen sie.

»Du übertreibst«, ermahnte Min ihren Vater.

»Deine Wohnung hat mir ja noch nie gefallen, mein Liebes«, stellte Nanette fest, die sich umsah. Dann entdeckte sie den grün-weißen Beutel auf dem Tisch. »*Donuts?*«

»Du hättest mich mit Kokain füttern sollen«, bemerkte Min zu Cal. »Soweit ich weiß, macht das schlank.«

George ließ sich nicht beirren. »Min, David behauptet, dieser Mann hier habe gewettet, er ...«

»Nein«, widersprach Min. »*David* hat versucht, ihm diese Wette aufzudrängen, aber Cal hat abgelehnt. Geh und brülle David an.«

»Und was ist dann das hier?« George riss Cal den Scheck aus der Hand. »Das sind ...«, er stockte, »... zehntausend

Dollar.« Er sah Cal an. »Sie sind nicht nur unmoralisch, sondern auch noch leichtsinnig mit Geld.«

»Ich bin diese Wette nicht eingegangen«, seufzte Cal. »Aber kein Mensch will mir das glauben.«

»Ich glaube dir«, erwiderte Min und lächelte zu ihm auf.

»Dann zur Hölle mit allen anderen«, erklärte Cal und zog sie an sich.

George plusterte sich auf. »Minerva, zieh dich an, du kommst mit uns nach Hause.«

»Dad, ich bin dreiunddreißig«, protestierte Min. »Und nein.« Sie streckte die Hand aus und nahm den Scheck aus seiner Hand. »Geh nach Hause. Und nimm Mutter mit ...«

»Calvin«, erklang es da von der Tür her in eisigem Ton.

Cal erblickte hinter George seine Mutter. »Na herrlich.« Er sah Min an. »Das war immer meine liebste Sexphantasie: Ich habe endlich die Frau meiner Träume im Bett, und da taucht beim Nachglühen meine Mutter auf.«

»Also«, versetzte Min und versuchte, ihre Decke höher zu ziehen, »schließlich ist die Party erst perfekt, wenn jemand die Eiswürfel bringt.«

»Entschuldigen Sie«, säuselte Nanette und versuchte, George beiseite zu stoßen. »Sind Sie nicht Lynne Morrisey?«

Lynne blickte Nanette an, als sei sie ein Mitglied der Arbeiterbewegung.

Nanette hielt ihr die Hand hin. »Ich bin Mins Mutter, Nanette. Ich freue mich sehr, Sie kennen zu lernen.«

»Angenehm«, sagte Lynne, ohne die Hand zu nehmen, und wandte sich wieder Cal zu. »Calvin.«

»Hallo, Mutter«, erwiderte Cal. »Dies ist die Frau, mit der ich für den Rest meines Lebens zusammen sein werde. Wenn dir das nicht gefällt, verbringen wir jeden dritten Sonntagabend im Monat im Diner und hören uns Elvis Presley an. Das liegt bei dir.«

Lynne blickte ihn einen langen Augenblick wie erstarrt an,

dann sah Cal hinter ihr in der Tür Cynthie erscheinen, weiß wie ein Laken. »Cynthie?«

»Ich habe sie angerufen«, erklärte Lynne. »Ich dachte …«

»Nein«, wies Cal sie beide zurück.

»Das kannst du nicht ernst meinen …«, begann Lynne.

»Drängen Sie ihn nicht«, bat Cynthie leise. »Um Ihnen das zu sagen, bin ich gekommen. Es ist die Phase der Verliebtheit. Und sie wird vorbeigehen. Lassen Sie ihm Zeit.«

Cal schüttelte den Kopf und zog Min zur Couch hin, weg von der ganzen Meute.

»Ich werde ihm Zeit lassen«, erklärte George grollend. »Ich werde diesem Bastard …«

»Ach, *du willst ihm Zeit lassen*«, keifte Nanette. »Als wenn du nicht noch schlimmer wärst als er.«

»Was?«, stieß George hervor.

Min rollte sich neben Cal auf der Couch zusammen und verschränkte ihre Finger in seinen. »Also schulde ich dir jetzt zehn Dollar, weil du mich bis nach halb zehn Uhr hast warten lassen.«

»Jawoll«, erwiderte Cal und fasste sie fester. »Allerdings habe ich sie mit einer Wette auf dich gewonnen, deswegen nimmst du sie mir wahrscheinlich gleich wieder weg.«

»Ich weiß, was du treibst«, erklärte Nanette George voller Zorn.

»Ich … brülle den Bastard an, der meine Tochter verführt hat«, antwortete George verdutzt.

»Ich weiß, was du in deiner Mittagspause treibst«, erklärte Nanette mordlustig.

»Ich esse«, antwortete George perplex.

»Ja, aber wen?«, schrie Nanette. Min zuckte zusammen und stieß hervor: *»Herrgott, Mutter«*, Lynne betrachtete Nanette verächtlich, Cynthie schloss die Augen, David schien frustriert und verwirrt und weiß glühend vor Wut, da marschierte Liza herein, Tony im Gefolge, und blickte finster in die Runde.

»Und was, in drei Teufels Namen, hat das hier zu bedeuten?«, fragte sie.

»Tony«, stieß Cal vorwurfsvoll hervor.

»Zu deiner Information«, erwiderte Tony, »ich habe versucht, sie zu stoppen.«

»Warum hast du deine Tür nicht verriegelt, damit all diese Leute nicht hereinkommen konnten?«, wandte Liza sich an Min.

»Hab ich ja«, entgegnete Min. »Cal hat sie aufgemacht. Schimpf doch mit ihm.«

»Schlag mich einfach«, schlug Cal vor. »Das erspart uns allen Zeit.«

»Was willst du damit sagen?«, wandte George sich mit hochrotem Gesicht an Nanette.

»Deine *Mittagspausen*«, versetzte Nanette schrill. »*Du gehst jeden verdammten Tag mit deiner Sekretärin zum Essen.*«

»Dieser Ton«, murmelte Min und dachte an ihre Nachbarn. »Nicht in diesem Ton.«

»Das sind *Arbeitsessen*«, grollte George. »Ich brauche eine Sekretärin *für die Arbeit.*«

»*Mit mir gehst du nie zum Mittagessen*«, schrie Nanette.

»*Du ISST ja nichts*«, brüllte George zurück.

Min reckte ihren Hals, um an ihnen vorbei Liza anzusehen. »Weißt du, dass es bei dieser Wette um zehntausend Dollar ging?«

»Du machst Witze.« Liza blickte Cal überrascht an. »Du hast zehntausend Dollar darauf gewettet …«

»*Nein*«, stöhnte Cal. »Verdammt noch mal, *seht her.*« Er nahm Min den Scheck aus der Hand und riss ihn entzwei. »Siehst du? *Keine Wette.*«

»Das hätten wir gut gebrauchen können«, bemerkte Min, aber sie klang nicht verärgert.

Da begannen alle gleichzeitig zu reden, und Cal blickte Min

an und dachte: *Alles, was ich mir wünsche, ist, mit ihr für den Rest meines Lebens allein zu sein.*

»Hey!« Alle blickten Cal an, und in ihren Gesichtern spiegelten sich die unterschiedlichsten Gefühle von Verachtung, Verzweiflung und Wut. Er hob einen Donut hoch und wandte sich Min zu. »Minerva Dobbs, ich liebe dich, und ich werde dich immer lieben. Willst du mich heiraten?«

»Das kommt so plötzlich«, erwiderte Min und grinste ihn an.

»Wir haben Zuhörer, Minnie«, ermahnte Cal sie. »Machst du mit, oder nicht?«

»Ich mach mit«, erklärte Min, und er nahm ihre linke Hand, spreizte ihre Finger und schob ihr den Donut auf den Ringfinger. Mit einer Sicherheit, die er nie zuvor empfunden hatte, wusste er, dass er das Richtige tat.

»Ich besorge dir später einen besseren Ring«, versprach er und blickte in ihre dunklen, dunklen Augen. »Und wir wiederholen das Ganze noch einmal richtig. Das hier ist nur, um uns all diese Leute vom Hals zu schaffen.«

»Na, wenn du das Ganze noch einmal besser wiederholen willst, dann sage ich wieder Ja«, versicherte ihm Min.

»Danke«, hauchte Cal und küsste sie und versank wieder mit Haut und Haar in ihrer Wärme. »Oh Gott, ich liebe dich so«, flüsterte er ihr ins Ohr. »Ich kann's gar nicht glauben, wie sehr ich dich liebe.«

»Okay«, erklärte Liza. »Die Show ist aus.« Sie blickte Lynne an. »Sie scheinen die Mutter zu sein. Lassen Sie gefälligst Min in Ruhe. Wenn Cal sich entscheiden muss …«

»Elvis«, stammelte Lynne tonlos. Sie wandte sich ab und ging durch die Tür.

»*Reizende* Dame«, kommentierte Liza und wandte sich Nanette zu. »Jetzt zu Ihnen. Ihr Gatte betrügt Sie nicht. Ich kenne die Männer, und er ist nicht der Typ dazu.« Sie blickte George an. »Hören Sie auf, auch in der Mittagspause zu arbeiten, und führen Sie stattdessen Ihre Frau zum Essen aus.« Sie wandte sich wieder Nanette zu. »Und Sie, essen Sie endlich etwas.«

Nanette verzog das Gesicht, und George legte seinen Arm um sie. »Ich betrüge dich nicht«, murmelte er. »Ich habe gar nicht die Zeit dazu.«

»*Dad*«, mahnte Min, aber Nanette schnüffelte und sagte: »Wirklich?«

»Ich hätte nicht gedacht, dass ich Sie hier finde«, sagte Liza nicht unfreundlich zu Cynthie. »Es ist wegen dieses Buchs, nicht wahr?«

»Nein«, erwiderte Cynthie und starrte trostlos auf den Donut, der zwischen Mins Fingern zerquetscht wurde. »Nein.«

»Hören Sie«, begann Liza. »Niemanden interessiert es, wenn eine unglaublich schöne Frau darüber schreibt, wie sie sich einen unglaublich schönen Mann geangelt hat. Das ist nichts als Kitsch. Schreiben Sie lieber ein Buch darüber, wie Sie die Liebe Ihres Lebens verloren haben und darüber hinwegkommen. *Das* brauchen die Leute.«

»Ich ...«

»Es ist aus und vorbei, Cynthie«, fuhr Liza fort. »Er ist fort. Für immer.«

Cynthie wurde leichenblass, und Liza wandte sich David zu. »Und Sie sind nichts als ein wertloser Haufen Dreck«, fuhr sie ihn an. »Also seien Sie so gut, verschwinden Sie und bringen Sie Cynthie nach Hause.«

»Das ist ein Irrtum«, wandte David sich an Min. »Weißt du, was das für ein Kerl ist?«

»Jawoll«, erwiderte Min und löste ein Stück Schokoladenglasur von ihrem Verlobungsring. »Ich bin's zufrieden. Wir werden aneinander wachsen.«

»*Raus*«, fuhr Liza David an, und Cynthie ging. Liza starrte ihn weiter an. »Los, *begleiten* Sie sie, Sie schleimiger Wurm.

Machen Sie zur Abwechslung mal etwas Nettes, anstelle anonymer Anrufe.«

David plusterte sich auf. »Ich habe keine …«, begann er, aber Liza verschränkte demonstrativ die Arme, und so richtete er seine Aufmerksamkeit auf Min. »Er ist ein schrecklicher Schürzenjäger, Min.«

»Nein, ist er nicht«, widersprach Min. »Er ist ein Märchenprinz. Und du bist eine widerliche Kröte, die anonyme Anrufe tätigt.«

»Du hast mich nie verstanden«, erwiderte David und ging hinaus.

»Was für ein Holzkopf«, kommentierte Liza.

»Willst du wirklich diesen Mann heiraten?«, fragte George Min ungläubig.

»Ja«, erklärte Min. »Behandle ihn anständig, sonst verlierst du uns ebenfalls an Elvis.«

George warf Cal einen Blick zu, der besagte: *Ich behalte dich im Auge, Freundchen*, dann machte er auf den Hacken kehrt und marschierte hinaus.

»Na, ihr werdet wunderschöne Kinder bekommen«, meinte Nanette, schon fröhlicher.

»Wir werden keine Kinder kriegen«, entgegnete Min, und als ihre Mutter sie mit schmalen Augen anstarrte, fuhr sie fort: »Du weißt doch, dass ich die extra Pfunde hinterher nie mehr loswerden würde.«

»Das ist wahr«, stimmte Nanette zu. Da erschien George wieder und zerrte sie zur Tür hinaus.

»Na gut.« Liza blickte sich in der nun geleerten Wohnung um. »Ich habe meine Aufgabe hier erledigt.«

»Wer sind Sie eigentlich?«, fragte Cal sie. »Sie sehen nämlich aus wie diese Frau, die mich ständig verprügelt, aber Sie scheinen auf meiner Seite zu sein. Haben Sie zufällig eine böse Zwillingsschwester?«

»Ich bin Mins Märchenfee, Charmebolzen«, versetzte Liza

und blickte ihn stirnrunzelnd an. »Und wenn du ihr jetzt kein ›Und sie lebten glücklich und zufrieden bis an ihr Ende‹ bescherst, dann komme ich und prügle dich mit einer Schneekugel zu Tode.«

»Was ist denn mit Cinderellas Bibbity Bobbity Buu passiert«, fragte Cal, an Min gewandt.

»Das war die Disney-Version, Schatz«, erwiderte Min. »Und kein Dokumentarfilm.«

Liza wandte sich der Tür zu und erstarrte, als sie Tony dort mit verschränkten Armen stehen sah. »Na komm. Du kannst mich auf dem Rückweg zu Emilio's anschreien.«

»Von wegen«, entgegnete Tony. »Das war gut, was du da gemacht hast.« Er beugte sich vor. »Richtig geil.«

»Trotzdem schlafe ich nicht mit dir«, versetzte Liza und ging zur Tür hinaus.

»Na ja, einen Versuch war's wert.« Tony zuckte die Achsel, folgte ihr und zog beim Hinausgehen die Tür hinter sich ins Schloss. Stille senkte sich über die Wohnung.

»Mein erstes Mal mit dir werde ich niemals vergessen«, meinte Min träumerisch, während sie den Donut von ihrem Finger streifte. »Die Erde bebte, und dann fragte meine Mutter meinen Vater, wen er zum Mittagessen vernascht.«

»Ja«, stimmte Cal ihr zu, »es gab einige denkwürdige Momente.«

Min schüttelte den Kopf. »Diese Leute werden wir nie los werden.«

»Ich weiß«, seufzte Cal.

»Gott sei Dank, dass wir uns haben.« Min blickte zu ihm auf. »Ich liebe dich.«

»Danke«, hauchte Cal und küsste sie.

»Also, ich werde ein Haus kaufen«, eröffnete Min, nachdem sie wieder Luft geschöpft hatte. »Was hältst du von einem Blockhausbungalow wie der, in dem meine Großmutter wohnte?«

»Mit dir drinnen?«, fragte Cal.

Min nickte.

»Dann bin ich dafür«, erklärte Cal. »Können wir jetzt wieder ins Bett gehen?«

»Ja«, lächelte Min. »Nimm die Donuts mit.«

Anderthalb Stunden später lag Min zusammengerollt an Cals Seite, und am Fußende schlief Elvis, der wie rostiger Samt auf der lavendelblauen Satindecke wirkte. Cal atmete so laut, dass man es fast schon Schnarchen nennen konnte, und Min streichelte seine Schulter. *Vor einem Monat habe ich ihn noch nicht einmal gekannt*, dachte sie träumerisch. *Und jetzt ist er Teil meines ganzen restlichen Lebens.*

Dann versteifte sie sich ein wenig. Das klang lächerlich. Eigentlich vollkommen unvernünftig. *Vergiss die Vernunft*, dachte sie, aber der Gedanke ließ sie nicht los. Du musst ja verrückt sein, wenn du dich für den Rest deines Lebens an jemanden bindest, den du erst seit einem Monat kennst, vor allem an jemanden mit einer Vergangenheit wie Cal.

Sie schlüpfte unter seinem Arm hervor aus dem Bett und hob sein Hemd vom Boden auf. Als sie es sich überzog, gelang es ihr nicht, es vorn über ihrer Brust zu schließen. *In Filmen funktioniert das immer*, dachte sie angewidert und ließ es wieder zu Boden fallen. Stattdessen zog sie die Tagesdecke vom Bett, was Elvis aufschreckte, Cal jedoch unter der Bettdecke nicht im Schlaf störte. Es war Juni, er würde also nicht frieren.

Sie ging hinaus und setzte sich auf die Couch ihrer Großmutter, eingewickelt in die Tagesdecke, und versuchte, vernünftig über alles nachzudenken. Elvis kam auf weichen Pfoten herbei und rollte sich auf der Rückenlehne der Couch zusammen, und Min bewegte ihren Kopf ein wenig, um sich an ihm zu reiben und ihn zum Schnurren zu bringen.

Tja, dachte sie, *im Wesentlichen ist es doch so, dass du den Wettkönig der Stadt vor dir hast und glaubst, dass er die wah-*

re Liebe für immer und ewig ist. Was würdest du darauf wetten? Die Uhr auf dem Kaminsims gab ein Klicken von sich, als die Zeiger auf Mitternacht vorrückten.

»Hey«, erklang da Cals Stimme, und als sie aufblickte, sah sie ihn in der Tür stehen und ein Gähnen unterdrücken. »Was tust du da?«

»Es ist Mitternacht«, erwiderte sie und versuchte, fröhlich zu klingen. »Ich verwandle mich zurück in einen Kürbis.«

»Das erklärt die Couch«, nickte er, kam herüber und setzte sich neben sie. Er legte den Arm um Min, zog sie an sich und küsste sie auf die Stirn, und sie schloss die Augen und lehnte sich an ihn. Sie liebte ihn so sehr, dass ihr ganz schwach davon wurde. *Ich habe wirklich ein Problem*, dachte sie.

»Stimmt was nicht?«, fragte er. »Ich dachte eigentlich, alles wäre ziemlich vollkommen, nachdem sich das ganze Pack Idioten verdrückt hatte.«

»Ist es auch«, stimmte sie zu. »Ich versuche nur, mir vorzustellen, was als Nächstes passiert.«

»Als Nächstes.« Cal nickte. »Okay. Also gut.« Gähnend nahm er ihre Hand. »Morgen rufe ich meine Mutter an, damit sie uns nicht mit einem Fluch belegt, und wir werden zum Abendessen zu deinen Eltern gehen und dafür sorgen, dass sie nicht durchdrehen.«

»Nun ja, man soll nie die Hoffnung verlieren«, erwiderte Min. Die Decke rutschte ihr von der Schulter, und Cal legte seine Hand darauf und zog mit seinen Fingerspitzen müßig Kreise auf ihrer Haut, während er weitersprach.

»Und dann machen wir uns auf die Suche nach dem Haus, von dem du geredet hast, eines mit höchstens sechs Stufen von der Straße hoch.« Er rückte ein wenig herum, um einer kaputten Sprungfeder auszuweichen, und setzte hinzu: »Und wir besorgen uns eine neue Couch.«

Min fühlte, wie sie trotz aller Befürchtungen lächeln musste und das Glücksgefühl wieder in ihr aufstieg. Er drückte sie fester an sich. »Und dann heiraten wir und leben glücklich und zufrieden bis ans Ende.«

Min erstarrte, während er ihre Hand an seine Lippen hob und ihre Finger einzeln küsste. »Klar. Und das ist der Teil, der mir Sorgen macht.«

Cals Griff wurde fester. »Meinst du, dass wir Probleme kriegen?«

»Ich weiß nicht«, antwortete Min und blickte ihm in die Augen. »Ich glaube daran, dass wir uns lieben, so lange wir leben, aber ich weiß nicht, ob das reicht. Das Leben ist kein Märchen.«

»Aha«, erwiderte Cal. »Es ist Mitternacht, wir hatten einen ereignisreichen Abend, und ich bin gerade ein bisschen langsam beim Denken. Worum machst du dir Sorgen?«

»Um das ›Glücklich und zufrieden bis an ihr Ende‹«, erklärte Min und wusste, dass das idiotisch klang. »All das Zeug, das wir jetzt hinter uns haben, das mit dem Verlieben, das mit dem Märchen, da weiß ich, wie das funktioniert. Ich habe diese Geschichten gelesen.«

»Das mit dem Märchen?«

»Aber nirgends steht etwas über das ›Glücklich und zufrieden bis an ihr Ende‹. Und soweit ich es beurteilen kann, geht die Sache dann genau dort schief. Fünfzig Prozent der Ehen enden mit Scheidung, und na ja, ich weiß natürlich, dass diese Statistiken durch Wiederholungstäter verfälscht werden …«

»Es ist Mitternacht, und ich höre mir Statistiken an«, erzählte Cal dem Kater.

»… aber es macht mir trotzdem Sorgen. Es gibt keine einzige Geschichte über das ›Glücklich und zufrieden bis an ihr Ende‹. Damit hört es immer auf. Genau dort, wo der schwierige Teil anfängt.«

»Na gut«, versetzte Cal. »Und?«

»Und«, wiederholte Min und begegnete seinem Blick. »Was sollen wir tun?«

»Verlangst du, dass ich jetzt über unsere Zukunft philosophiere?«, fragte Cal. »Ich weiß nicht mal genau, wo ich meine Hose gelassen habe.«

Min betrachtete ihn einen Augenblick, fühlte, dass sie ihn liebte, obwohl ihm das Haar wüst zu Berge stand und er Witze machte und ihr nicht entgegenkam. *Trotz allem*, dachte sie und lächelte ihn an. »Nein.« Sie wickelte die Decke um sich. »Ich weiß nicht, was ich mir gedacht habe. Lass uns wieder ins Bett gehen.«

»Wir werden es so nehmen, wie es kommt, Tag für Tag«, schlug Cal vor und hielt sie fest. »Ich weiß genauso wenig wie du darüber, und ich habe so etwas nicht geplant, aber ich glaube, wir halten einfach zusammen. Kümmern uns umeinander. Machen uns gegenseitig Mut, wenn es Probleme gibt.« Als sie immer noch unsicher dreinblickte, lächelte er sie so liebevoll an, dass ihr schwindelig wurde, und sagte: »Ich wette zehn Eier darauf, dass wir es schaffen.«

Wie stehen die Chancen?, überlegte sie und erkannte dann mit plötzlicher überwältigender Klarheit, dass sie nicht dagegenwetten würde, dass nur ein Verlierer gegen sie wetten würde. *Das ist wirklich das Richtige*, dachte sie voll Staunen. *Das ist wirklich für immer. Ich glaube daran.*

»Min?«, fragte er, und sie küsste ihn mit einer Liebe, die ihr aus tiefstem Herzen kam.

»Keine Wette«, sprach sie an seinem Mund. »Deine Chancen stehen zu gut.«

»*Unsere* Chancen stehen zu gut«, verbesserte er und trug sie ins Bett.

17

Falls Sie sich fragen sollten …

David kam ziemlich schnell über Min hinweg, nur die Tatsache, dass Cal gewonnen hatte, ärgerte ihn noch jahrelang. Vier Monate später lernte er eine Frau kennen, die ihm bei allem, was er sagte, zustimmte und bei der dritten Verabredung mit ihm schlief. Sechs Monate später waren sie verheiratet. Sie kocht nie mit Butter.

Cynthie brauchte länger, um über Cal hinwegzukommen, denn sie liebte ihn wirklich. Sie verkroch sich in ihrer Wohnung und ernährte sich von Karotten und fettfreiem Farmer-Dressing, bis Liza sie wieder ans Tageslicht zerrte, sie dazu brachte, über das Scheitern ihrer Beziehung zu schreiben, und von einem ihrer ehemaligen Arbeitgeber den Gefallen einforderte, das Buch einem anderen Verleger vorzuschlagen. Dieser Verleger, ein leicht übergewichtiger Mann mit Brille, der fünf Zentimeter kleiner war als Cynthie, ließ sie das Buch viermal umschreiben und brachte es dann unter Aufbietung des größten Werbeaufwands, dessen sein Verlag fähig war, auf den Markt. Er heiratete Cynthie einen Tag, bevor das Buch landesweit die Nr. 1 der Bestsellerliste wurde. Sie besitzen ein Penthouse in New York und speisen nur in den allerbesten Restaurants.

Emilio ließ sich von Liza sagen, was er unternehmen sollte, und noch im selben Jahr wurde Emilio's das begehrteste Restaurant in der Stadt. Er bot ihr die Partnerschaft an, damit sie blieb, aber da alles wie am Schnürchen lief, begann sie sich zu langweilen. Daher stellte sie ihm eine Bekannte mit einem Abschluss in Betriebswirtschaft vor und verabschiedete sich, um jemand anderen zu retten.

George hörte auf, mit seiner überlasteten Sekretärin zum Mittagessen zu gehen, wofür sie ihm dankbar war, auch wenn sie die teuren Restaurants etwas vermisste. Er führt jetzt dreimal in der Woche Nanette mittags zum Essen aus, und sie isst tatsächlich etwas.

Reynolds verbringt mit Min, Cal und Bink so viel Zeit bei gesellschaftlichen Anlässen, dass er, aufgestört durch ihre Bereitschaft, ihm jederzeit ein »Reynolds, du bist ein Holzkopf« entgegenzuschleudern, in ihrem Beisein kein Holzkopf mehr ist. Ansonsten ist er weiterhin ein Holzkopf. Aber Bink liebt ihn trotzdem.

Shanna und Linda trennten sich nach einem Jahr im Guten. Kurz danach begann Shanna, bei Emilio zu arbeiten, wo sie die Betriebswirtschaftlerin kennen lernte, die, wie sich herausstellte, Elvis Costello verehrte. Vier Monate später bezogen sie gemeinsam ein superschickes Loft in der City, und ein Jahr später reisten sie nach China, wo sie ein kleines Mädchen adoptierten. Shanna ist jetzt Hausfrau und Mutter, außer wenn Emilio vor Gästen nicht mehr aus noch ein weiß und Hilfe braucht. Ihr Keksglas ist immer voller Zimtplätzchen.

Harry bekam mit vierzehn einen Wachstumsschub, schoss in die Höhe und in die Breite und wurde eine originalgetreue Kopie seines Vaters und seines Onkels, nur dass sein Haar ihm über der Stirn noch immer wirr in die Höhe steht und er weiterhin eine Brille trägt. Er wurde Ichthyologe, lernte beim Tauchen auf den Bahamas ein kräftig gebautes Mädchen kennen, verliebte sich in sie und heiratete sie einen Monat später. Sie hat braunes, goldgesprenkeltes Haar, einen sehr logisch arbeitenden Verstand und eine Schwäche für verrückte Schuhe. Harry kann immer noch nicht mehr als einen Donut auf einmal bei sich behalten.

Roger und Bonnie heirateten, zogen in ein nettes Vororthaus und bekamen vier Kinder. An Feiertagen kommen alle zu ihnen.

Diana verlobte sich noch zwei Mal, brach beide Verlobungen wieder und weinte sich jedes Mal an Tonys Schulter aus.

Er meinte, sie hätte einen lausigen Geschmack, was Männer betraf, und sie sollte sich das nächste Mal einen besseren aussuchen, woraufhin sie ihm einen Heiratsantrag machte. Er lehnte erschrocken ab. Sechs Wochen später brannten sie nach Kentucky durch, denn Tony hatte Karten für das Derby. Sie haben drei kräftige, wunderschöne Mädchen, die sich auf jedem Feld oder Platz, auf dem sie spielen, tapfer schlagen. Wahrscheinlich, weil sie genügend Kohlenhydrate bekommen.

Liza führt weiterhin ein aufregendes, abwechslungsreiches Leben, das viel zu kompliziert ist, um hier näher beschrieben zu werden.

Cal schenkte Min einen Verlobungsring mit sechs Diamanten, die einen Kreis bilden. Es sieht überhaupt nicht wie ein Krispy-Kreme-Donut aus, aber Min weiß Bescheid. Sie heirateten und erwarben einen Blockhausbungalow nur einen Block von Mins Wohnung entfernt. Es sind von der Straße aus siebenunddreißig Stufen bis zum Haus. Außerdem kauften sie eine Missionscouch wie die von Bonnie, und gelegentlich wird jemand daran festgebunden. Jeden Donnerstagabend treffen sie sich mit Roger und Bonnie, Tony und Diana, Liza und ihrem jeweiligen Begleiter der Woche bei Emilio's zum Wenn-Abendessen. Cals Mutter toleriert Min. Mins Mutter betet Cal an. Sie haben keine Kinder, holten sich aber einen schwarzen Labrador-Mischlingswelpen aus dem Tierheim, den sie ›Das Biest‹ tauften. Elvis arrangierte sich mit ihm.

Und sie lebten glücklich und zufrieden bis an ihr Ende.

Danksagung

Mein Dank gilt
Meg Ruley,
weil sie dieses Buch wider mein besseres Wissen
verkauft hat
und damit wieder einmal Recht gehabt hat,
Jen Enderlin,
weil sie dieses Buch wider mein besseres Wissen
eingekauft hat
und damit wieder einmal Recht gehabt hat,
dem Verlag St. Martin's Press,
und zwar speziell John Sargent, Sally Richardson,
Matthew Shear, Kim Cardascia, John Karle
und John Murphy
für ihre besondere Unterstützung
(und ein dicker Kuss für Sally,
weil sie die Verfilmungsoption eingefädelt hat),
Mollie Smith
dafür, dass sie meine Webseite verbessert, meine
Geschäftsunterlagen organisiert, mein Buch einer Kritik
unterzogen und Licht in mein Leben gebracht hat,
Val Taylor
dafür, dass sie wieder einmal mit mir
zusammengearbeitet hat,
den **Ladies von Xrom**
und ganz besonders Jo Beverly dafür,
dass sie die Kürbis-Couch anschleppte,

den **Cherries**
dafür, dass sie die erste Szene kritisierten,
Rezepte recherchierten, mein Jammern ertrugen
und einfach Cherries waren,
und
der **Nantucket Beach Patrol, dem Police Department,**
dem Fire Department und der Notaufnahme-Belegschaft
des Cottage Hospitals,
deren ärztlicher Kunst und Schnelligkeit es zu verdanken
ist, dass dies kein posthumes Buch wurde.
(Für Asthmaanfälle in der Meeresbrandung kann ich
Ihnen nur wärmstens Nantucket empfehlen.)

Heiße Liebe zum Dessert

Deutsch
von Elisabeth Liebl

Für Meg und Jen,
die in Bezug auf uns niemals die Hoffnung
aufgegeben haben.

Montag

Kolumne der Küchenfurie Agnes – Nummer 1

Loblied der biederen Bratpfanne!

Wenn Sie auf der Jagd nach Kochgeschirr sind, lassen Sie sich nicht von diesen mehrteiligen Sonderangeboten in riesigen Kartons ködern, in denen man Ihnen »Komplettsets« irgendwelcher Super-Spezial-Töpfe anpreist. Keine Zubereitungsart, für die sich im Komplettset nicht der passende Topf findet, aber Sie brauchen vielleicht nur einen Wok oder irgendetwas zum Braten des Frühstücksspecks. Mir persönlich genügt meine alte Bratpfanne mit Antihaftbeschichtung. Ich kann damit schmoren, anbraten und frittieren, aber nebenher eignet sie sich auch noch wunderbar zum Saucenkochen, Pfannenrühren, Käsesandwiches überbacken oder Mandelblättchen anrösten. Mit der Unterseite klopfe ich Schnitzel, und im Gefahrenfall kann ich damit sogar meine Ehre verteidigen. Fände ich je einen Mann, der ähnlich vielseitig und verlässlich ist, ich würde ihn vom Fleck weg heiraten.

An einem lauen Sommerabend im August rührte Agnes Crandall irgendwo in South Carolina Himbeeren und Zucker in ihrer antihaftbeschichteten Pfanne zusammen und verteidigte ihren Verlobten vor dem einzigen Mann, dem sie je vertraut hatte.

Und das war gar nicht so einfach.

»Sieh mal, Joey, so schlecht ist Taylor gar nicht.« Agnes klemmte sich das Telefon zwischen Kinn und Schulter und drehte die Lautstärke ihres CD-Players herunter, auf dem die Dixie Chicks gerade musikalisch die Gretchenfrage stellten: »Am I the Only One?« Dann runzelte sie die Stirn und ließ den Blick über die überzuckerten Himbeeren gleiten, die sich gerade als ausgesprochen eigenwillig und nicht im Geringsten zur Mitarbeit bereit zeigten. *Wie Taylor in letzter Zeit.* »Er ist ein begnadeter Koch.« *Aus dem Grund bin ich immer noch mit ihm zusammen.* »Und er ist wirklich lieb.« *Wenn er Zeit hat.* »Außerdem haben wir hier, in diesem Haus, eine große Zukunft.« *Wenn er je wieder hierherkommt.*

Joeys verächtliches Schnauben klang sogar durchs Telefon noch ziemlich laut. »Er sollte dich in dieser Einöde gar nicht alleinlassen.«

»Aber Brenda lebte jahrelang allein hier, und es lief alles bestens«, entgegnete Agnes. »Ich bin genauso hart im Nehmen wie sie. Ich kann das auch.« *Allerdings hatte Brenda es recht eilig, mir das Haus zu verkaufen und sich auf ihre Jacht zu verziehen, die mitten in der Marina eines belebten Badeortes vor Anker liegt, aber das muss ja nichts heißen.*

»Nee, mit einem Typen, der ein so süßes Mädel wie dich in so einem riesigen Haus alleinlässt, stimmt etwas nicht, glaub mir. Such dir besser jemand anderen.«

»Ja, klar, ich habe ja auch noch so ungeheuer viel Zeit«, gab Agnes bissig zurück und merkte im selben Augenblick, dass dies die falsche Antwort war. »Außerdem kommt das ohnehin nicht in Frage. Taylor ist wirklich fantastisch. Im Übrigen bin ich gerne allein.« *Ich bin ja schließlich daran gewöhnt.*

»Er ist ein Idiot, Agnes«, versetzte Joey.

Agnes nahm ihre Brille ab und machte den Himbeeren Feuer unter dem Hintern. Reichlich gewagt, aber es war schon spät und sie hatte keine Lust mehr, mit den Früchtchen schönzutun. »Ach, komm, Joey. Ich habe einfach keine Zeit für dieses Gelaber. Ich bin mit meiner Kolumne im Rückstand, ich habe ...«

»Sag mal«, warf Joey beiläufig ein, »wie geht es eigentlich Rhett?«

»Wie?«, stammelte Agnes, ein wenig aus dem Konzept gebracht. Sie hörte auf, in den Himbeeren zu rühren, die sofort zu brodeln anfingen, und sah auf ihren Hund hinunter, der sich über ihre Füße drapiert hatte wie ein alter, mottenzerfressener Überwurf und dabei auf den Fußboden sabberte. »Rhett geht es gut. Wieso fragst du? Hat jemand was gesagt?«

»Oh, er sieht gut aus, gesund und kräftig«, beeilte Joey sich hinzuzufügen. »Auf dem Foto in der Zeitung kommt er gut rüber.« Dann nach einer Pause, so als würde ihm das jetzt erst einfallen: »Wie kommt es, dass der alte Rhett auf dem Foto plötzlich dieses alberne Halsband trägt?«

»Halsband?« Man konnte förmlich hören, wie Agnes die Stirn runzelte. »Aber das war doch nur irgendein Plunder ...«

Die Zeitschaltuhr am Ofen ließ ihren Summton erklingen. »Einen Moment«, meinte Agnes und legte den Hörer nieder. Dann nahm sie die wild blubbernden Beeren vom Feuer. Rhett hob den Kopf und fing zu bellen an. Sie drehte sich um, weil sie sehen wollte, worüber er sich so aufregte.

In der Tür stand ein Mann mit einer Waffe. Die untere Hälfte seines Gesichts wurde von einem roten Tuch verdeckt.

»Ich komme wegen Ihres Hundes«, sagte er und wies mit der Waffe auf Rhett. »Nein!«, schrie Agnes und holte mit der Pfanne aus. Ein Schwall glutheißen Himbeersirups schoss heraus wie Napalm und traf den Mann ins Gesicht. Er schrie auf und ließ den Revolver fallen. Dann riss er sich das sirupgetränkte Tuch vom Gesicht. Während Agnes noch versuchte, ihre Pfanne wieder sicher zu fassen, stürzte Rhett sich auf den Eindringling. Der Mann verlor das Gleichgewicht und schlug mit dem Hinterkopf auf der Anrichte auf, wo Agnes gerade die Muffins zum Auskühlen hingestellt hatte. Dabei riss er jeden einzelnen Kuchen mit sich. Noch halb in der Tür liegend ging er k.o.

»Verdammt!«, zischte Agnes. Sie stand mit der Pfanne in der Hand über ihm, ihr Herz schlug wild.

Der Knabe bewegte sich nicht, während Rhett sich mit Lichtgeschwindigkeit über die Kuchen hermachte.

»Agnes?« Joeys besorgte Stimme klang aus dem Telefon. »Was zur Hölle ist da los? Agnes!!«

Agnes stieß den Revolver mit dem Fuß in den Nebenraum, das ehemalige Wirtschafterinnenzimmer, und musterte den Kerl aus den Augenwinkeln, während sie versuchte, ruhig durchzuatmen. Als sie sah, dass er sich nicht bewegte, nahm sie das Telefon an sich. »Da kam gerade ein Mann herein und versuchte, Rhett mitzunehmen«, berichtete sie Joey, immer noch schwer atmend. »Aber es ist alles in Ordnung. Ich bin nicht wütend.« *Diese kleine miese Ratte.*

»Wo ist er jetzt?«

»Er liegt mehr oder weniger im Flur. Er hat sich selbst ausgeknockt. Ich muss …«

»Mach sofort, dass du dort wegkommst«, schimpfte Joey. Er hörte sich an, als wäre er schon auf dem Weg zu ihr. »Und nimm Rhett mit.«

»Ich kann hier nicht weg. Der Kerl blockiert die Küchentür. Wenn ich über ihn drübersteige, schnappt er mich vielleicht. Ich muss sofort telefonieren …«

»Dann verschwinde durch die Hintertür …«

»Ich kann nicht. Doyle hat seine Bretter und den Draht für die Fliegengitter vor der Verandatür gelagert. Ich lege jetzt auf und rufe die Polizei.«

»Nein«, versetzte Joey scharf. Sie hörte durchs Telefon, wie die Tür des Restaurants hinter ihm zuschlug. »Keine Cops. Ich bin gleich da.«

»Was meinst du mit ›keine Cops‹? Ich …«

Der Hundekidnapper bewegte sich.

»Warte mal.« Agnes legte das Telefon auf der Anrichte ab und brachte mit zitternden Händen die Pfanne in Schlagposition. Dann nahm sie den Kerl etwas näher unter die Lupe.

Ein Bürschchen, fast noch ein Teenager. Klein. Mager. Mit schwarzen Schnittlauchhaaren. Und dumm musste er auch noch sein, sonst hätte er sich Rhett geschnappt, während er draußen sein abendliches Geschäft erledigte. Bewusstlos sah er eigentlich ganz harmlos aus. Vermutlich war sie um gut dreißig Pfund schwerer als er.

Allmählich beruhigte sie sich. Sie konnte Dr. Garvins Stimme hören.

Nun, Agnes, wie geht es Ihnen jetzt?

Eigentlich nicht schlecht, Dr. Garvin. Ich bin noch ein bisschen wütend darüber, dass dieser Punk in mein Haus einbrach und mit seiner Kanone meinen Hund bedrohte.

Wie gingen Sie mit dieser Wut um, Agnes?

Ich habe ihm nichts getan. Ich schwöre!

Der Junge öffnete die Augen.

»Rühr dich nicht von der Stelle.« Agnes hob die Pfanne. »Ich habe die Polizei gerufen«, log sie. »Sie werden bald hier sein und dich mitnehmen. Der Hund beißt sofort. Und mit mir solltest du dich besser auch nicht anlegen. Vor allem, solange ich diese Pfanne habe. Du kannst dir nicht einmal im Traum vorstellen, was ich damit alles anstellen kann.« Während sie kurz Atem holte, fiel ihr Blick auf das Gesicht des Jungen. Wo der Himbeersirup ihn erwischt hatte, war die Haut von winzigen Brandwunden übersät. Agnes zuckte zusammen. »Das muss verdammt wehtun«, entfuhr es ihr. »Aber das ist mir egal.«

Er tastete sein Kinn ab, auf dem sich ein riesiger Bluterguss abzuzeichnen begann. Agnes hob die Pfanne höher.

»Also, du kleine Ratte«, begann Agnes das Verhör. »Jetzt sag mir mal, warum du meinen Hund töten wolltest!«

»Ich wollte den Hund nicht töten«, antwortete der Junge zornig. »Ich würde nie einen *Hund* töten.«

»Und der Revolver, Blödmann?«, versetzte Agnes. »Du hast die Waffe auf ihn gerichtet.«

»Ich wollte ihn nur mitnehmen«, gab der Junge zu. »Kein Grund, sich gleich so aufzuregen. Ich hätte ihm nichts getan. Ich würde überhaupt niemandem wehtun.« Er tupfte mit dem Finger sachte an seine Wange und wimmerte.

»Nein, du brichst nur in mein Haus ein und hältst mir eine Knarre unter die Nase! Aber das tut mir ja nicht weh, du bedrohst mich nur ein bisschen. Sehe ich so aus, als ob ich bedroht werden möchte? Hä? Bei Brenda hättest du dich das wohl nicht getraut, oder?«

Er legte die Stirn in Falten und sah fragend zu ihr auf. Der Himbeersirup saß immer noch in roten Pünktchen auf seinem Gesicht. »Wer ist Brenda?«

»Jeder hier kennt Brenda«, schnappte Agnes wütend.

Sie seufzte und griff dann erneut nach dem Telefon. Währenddessen kam der Junge auf die Beine und streckte die Hand nach ihr aus. Sie kreischte erschreckt los und schlug ihm die Pfanne auf den Kopf. Er schwankte kurz. Sie schlug ein zweites Mal zu, diesmal zur Sicherheit ein wenig fester. Das Blut lief ihm übers

Gesicht, als er erneut zu Boden sank und still liegen blieb. Irgendwie hatte sie Mitleid mit ihm, aber nicht allzu sehr. Es war schließlich Notwehr. Brenda würde stolz auf sie sein. Er war in ihr Haus eingebrochen, und sie hatte sich verteidigt. Er hatte sie in Todesangst versetzt, aber …

Gewalt ist keine Lösung, Agnes.

Das kommt ganz auf den Einzelfall an, Dr. Garvin.

… aber sie hatte nicht die Kontrolle verloren. Sie war nicht wütend. Sie war ganz ruhig. Zwar zitterte sie ein wenig, doch im Grunde ging es ihr gut. Und außerdem war es eine Antihaft-Pfanne, keine aus Gusseisen. Sie war ziemlich sicher, dass sie keine bleibenden Schäden angerichtet hatte.

Hoffen wir's mal.

Rhett kam herbei und ließ sich neben dem Jungen auf den Boden fallen. Angesichts der überwältigenden Fülle der noch auf dem Boden liegenden Muffins streckte er wohl die Waffen.

»Ich hasse dich«, sagte Agnes zu dem bewusstlosen Jungen. Dann griff sie wieder zum Telefon. »Joey?«

»Bitte mach einfach nichts, Agnes!«, brüllte Joey in sein Handy, um die Verkehrsgeräusche im Hintergrund zu übertönen. »Ich bin auf der 17er und schon fast da.«

»Das ist gut«, meinte Agnes brav und merkte, wie ihre Stimme zitterte. »Er ist noch ein Kind, Joey. Und er sagt, er wollte niemandem wehtun …«

Der Junge rappelte sich wieder auf, und Agnes ging los wie eine Sirene. Sie ließ das Telefon fallen, um die Pfanne in Bereitschaft zu bringen, doch dieses Mal war er darauf vorbereitet. Er duckte sich unter ihrem Arm weg und stieß ihr seinen Kopf in den Bauch, sodass sie mit einem satten »Uff!« rückwärts gegen die Anrichte fiel. Er versuchte, sie abzuwehren, doch schon knallte die Pfanne ein weiteres Mal gegen seinen Kopf. Dann überkam es sie. Sie konnte einfach nicht aufhören. Wie ein Automat schlug sie immer weiter auf ihn ein. Er brüllte: »Stopp! Hören Sie auf!«, und versuchte, sie zu packen, doch sie trieb ihn unter einem nicht enden wollenden Hagel von Pfannenhieben zur Tür. Dabei kreischte sie in einem fort: »Raus! Raus aus diesem Haus! Hau endlich ab!« Im Zurückweichen fiel der Junge über Rhetts Wasserschüssel und stürzte rücklings gegen die Wand. Ein Aufschrei – und der Eindringling war wie vom Erdboden verschluckt.

Agnes hielt mitten in der Bewegung inne, die Pfanne hoch über dem Kopf. Sie starrte auf die Wand, doch die schien so massiv wie eh und je. Von der anderen Seite war ein dumpfer Aufprall zu hören, gefolgt von einem Schrei, schließlich Stille.

Wie angewurzelt stand sie in ihrer Küche. Als sie wieder zu sich kam, presste sie die Pfanne an ihr Herz, das wie verrückt schlug. Der restliche Himbeersirup lief ihr übers T-Shirt. Doch Agnes' Blick hing wie gebannt an der Stelle der Wand, wo der Junge verschwunden war. Vielleicht würde er ja gleich zurückkehren? Wie ein Geist oder so etwas? Als nichts geschah, trat sie einen Schritt auf die Wand zu und stieß vorsichtig mit der Pfanne gegen die fragliche Stelle.

Die Wand gab nach. Hinter der in Fetzen herabhängenden Tapete entdeckte Agnes eine Schwingtür, die auf diese Weise verborgen worden war.

»Oh«, entfuhr es ihr. Kein Laut hätte ihre Überraschung besser ausdrücken können. Schließlich hatte sie von der Tür nichts gewusst. Aber auch ein wenig Angst lag darin. Ob sich hinter der Tür vielleicht ein gefährlicher Irrer verbarg?

Schließlich kam ihr wieder das Telefon in den Sinn und Joeys Stimme, die daraus gellte: »Agnes!«

Agnes griff danach. »Was ist?«

»Was zum Teufel ist da los?«

»In meiner Küche gibt es eine zweite Tür. Gleich neben der zum Flur«, erklärte sie Joey. Agnes trat einen Schritt zurück und drückte noch einmal gegen die Schwingtür. Dabei achtete sie darauf, nicht an den langen, rostigen Nägeln im Rahmen hängen zu bleiben. Hinter der Tür war es dunkel. »Huhu!«

»Wo ist der Junge mit der Knarre?«

»Gute Frage.« Agnes stellte die Bratpfanne auf der Marmorarbeitsplatte ab und suchte in der Schublade nach einer Taschenlampe. Dann stieß sie erneut die Tür auf und ließ den Lichtkegel durch die Finsternis gleiten.

»Was treibst du denn bloß?«, fauchte Joey.

»Ich versuche herauszufinden, was hinter der Tür ist. Ich wusste gar nicht, dass sich hier überhaupt eine Tür befindet. Brenda hat kein Wort davon ...«

»Agnes, verdammt noch mal, du kannst das Haus später inspizieren«, schimpfte Joey. »Nimm jetzt endlich Rhett und mach, dass du da wegkommst.«

»Ich glaube nicht, dass der Junge mir noch Schwierigkeiten macht.« Sie presste das Telefon ans Ohr, während ihr Blick dem Kegel der Taschenlampe folgte. Rhett drängte sich ganz dicht neben sie, damit ihm ja nichts entging. »Er ist in eine Art Keller gestürzt. Ich wusste nicht einmal, dass ich einen Keller *habe*. Brenda hat davon nichts gesagt. Wusstest du ...« Sie ließ das Licht über den Fußboden des Kellers gleiten. Dann hielt sie erschrocken inne: »O je!«

»Was heißt da: ›O je‹?«

Von oben sah es so aus, als läge der Junge auf einem Fußboden aus Zement. Und er sah nicht besonders gut aus.

»Ich glaube, er ist verletzt. Jedenfalls bewegt er sich nicht.«

»Gut«, sagte Joey. »Ist er die Treppe hinuntergefallen?«

»Es gibt keine Treppe.« Agnes spähte in die Tiefe, während sie mit dem Licht der Taschenlampe das Gesicht des Jungen abtastete.

Seine Augen starrten ausdruckslos zu ihr empor.

Agnes stieß einen Schrei aus. Rhett trat einen Schritt zurück und tappte mitten in den Himbeersirup, der sich mittlerweile auf dem Boden verteilt hatte. Genussvoll begann er zu lecken.

»Agnes?«

»O Gott«, hauchte Agnes, panisch vor Angst. »Joey, sein Kopf ist so seltsam verdreht. Und seine Augen sind ganz weit aufgerissen. Joey, ich glaube, ich habe ihn umgebracht.«

»Nein, Liebes, das hast du nicht«, versuchte Joey, den stärker werdenden Verkehrslärm zu übertönen. »Er beging Selbstmord, indem er sich mit einer Verrückten in einem dämlichen Haus angelegt hat, das sie sich selbst ausgesucht hat. Ich bin gleich da. Du bleibst, wo du bist, und machst absolut niemandem auf.«

»Er ist tot, Joey. Ich muss die Polizei anrufen.« *Das ist nicht gut. Das ist gar nicht gut.*

»Die Polizei kann dir jetzt auch nicht helfen«, gab Joey zurück. »Bleib, wo du bist. Ich schicke dir gleich jemanden. Im Keller, sagst du?«

»Ja, im Keller«, wiederholte Agnes automatisch. Dann legte sie auf und sah den Toten an.

Er sah mitleiderregend aus, wie er da so lag mit leeren Augen und den verrenkten Gliedmaßen. Agnes schluckte. Sie musste die Situation in den Griff bekommen.

Wie geht es Ihnen jetzt, Agnes?

Ach, Scheiße, halten Sie doch die Klappe, Dr. Garvin.

Sagen Sie nicht »Scheiße«, Agnes. Die Sprache der Wut macht uns nur noch wütender.

Verdammt noch mal, Dr. Garvin, ich fühle mich …

Sie richtete den Blick wieder auf den Jungen.

Er war immer noch tot.

O Gott.

»Gut, beruhige dich«, sagte sie zu sich selbst. »Denk jetzt genau nach.«

Sie hatte ihn nicht getötet. Das war der Zementfußboden gewesen.

Aber du hast ihn mehrmals mit der Pfanne geschlagen. Erklär das mal jemandem.

Nun ja, aber immerhin war sie ja von ihm *angegriffen* worden. Und zwar in Brendas *Haus*. Nein, in ihrem eigenen Haus. Es war also Notwehr. Natürlich war er jung, arm und sah absolut mitleiderregend aus, wie er da so lag, aber er war trotzdem ein unangenehmer Typ.

Warum schlagen Sie eigentlich immer mit Bratpfannen, Agnes?

Ich hantiere viel mit Bratpfannen, Dr. Garvin. Wäre ich Gärtnerin, wäre es vermutlich die Heckenschere. Was wohl kaum einen Vorteil darstellen würde.

Sie wählte die Notrufnummer und versuchte, sich auf die positiven Aspekte des Daseins zu konzentrieren: Rhett ging es gut. Sie würde Ihre Kolumne bald fertig haben. Maria würde nächstes Wochenende heiraten. »Two Rivers« gehörte ihr (nun ja, ihr und Taylor). Bald würde sie in ihrem Traumhaus leben. Ihre Muffins waren zwar hinüber, aber sie konnte ja neue machen ...

In meinem Keller liegt ein Toter. Ich habe die Nerven verloren und ihn mit einer Bratpfanne attackiert. Ich habe vollkommen die Kontrolle verloren und ...

»Notruftelefon der Gemeinde Keyes County«, sagte der diensthabende Beamte.

»In meinem Keller liegt ein Toter.« Agnes hörte ihre Stimme, und im selben Moment gaben ihre Knie nach. Sie fand sich auf dem Boden wieder und versuchte, dem Mann zu erklären, dass der Junge ihren Hund hatte töten wollen. Rhett rollte sich derweil gemütlich in ihrem Schoß zusammen.

»Wir schicken einen Streifenwagen.« Die Stimme des Beamten klang, als wären Leichen im Keller etwas völlig Alltägliches.

»Danke«, antwortete Agnes und legte auf. Ihr Blick fiel auf Rhett.

»Ich muss neue Muffins backen«, sagte sie. Der Hund sah sie vertrauensvoll an. Also stand sie auf und nahm die kohlschwarzen Muffins aus dem Backofen. Sie begann, den Küchenboden sauber zu machen. Überhaupt würde sie sich jetzt wieder ihrer Arbeit zuwenden. Angestrengt versuchte sie, sich auf ihre Kolumne zu konzentrieren. Und auf Marias Hochzeit am kommenden Wochenende. Und auf Brendas wunderschönes Haus, das nun ihres war. Einfach auf alles, was nichts mit dem toten Körper in ihrem Keller und der verdammten Bratpfanne zu tun hatte.

♡

Shane saß auf einem Barhocker in einem finsteren Nachtklub im falschen Viertel von Savannah, Georgia, und versuchte abzuschätzen, wie viele Personen er in der nächsten Stunde wohl aus dem Verkehr ziehen musste. Im Idealfall wäre es nur eine, aber mit der Zeit hatte er gelernt, dass der Idealfall in seinem Beruf nichts war, mit dem man rechnen durfte. Er spürte das Handy in der Tasche vibrieren und zog es mit der freien Hand heraus, da er auf Wilsons SMS wartete, die ihm das Zeichen zum Loslegen gab. Nur drei Leute kannten seine Handynummer. Und diese riefen nicht an, um ein Pläuschchen zu halten. Einer der drei stand gerade auf der anderen Seite der Tanzfläche, die Shane von seinem Barhocker aus beobachtete. Blieben also nur zwei Möglichkeiten. Er linste auf das erleuchtete Display. Überrascht las er dort: »Joey«.

Lieber Himmel. Sein erster Anruf überhaupt, und das ausgerechnet mitten in einem Job. Shane zögerte einen Augenblick. *Zum Teufel, du hast ihm die Nummer für Notfälle gegeben.* Dann ging er ran. »Onkel Joey?«

»Shane, hast du gerade zu tun?«

»Ja.«

»Wo bist du?«

»In Savannah.«

»Gut«, meinte Joey. »Das ist nah genug. Ich brauche dich daheim.«

Shane runzelte die Stirn. *Zu Hause? Du hast mich mit zehn Jahren weggeschickt und jetzt brauchst du mich* daheim! »Wo liegt das Problem?«, fragte er mit kalter Stimme.

»Ich habe eine Freundin, die dringend Hilfe braucht. Sie lebt ein paar Kilometer von Keyes entfernt in dem alten Herrenhaus Two Rivers. Du erinnerst dich doch?«

Das verdammte Keyes, das größte Loch des Südens!

»Komm heim und hilf meiner kleinen Agnes, Shane.«

Hast du noch ein Kind adoptiert, Joe? Hoffentlich kümmerst du dich wenigstens um dieses. »Ich bin in einer Stunde dort.«

»Ich werde mich erkenntlich zeigen.« Joey legte auf.

Auch Shane drückte auf den roten Knopf. Joey brauchte Hilfe bei irgendetwas. Das war neu. Langsam wurde er wirklich alt. Ihn »heimzuholen«! Das war ja wohl …

»Ich heiße Leo … und du?«

Shane drehte sich um. Langes, blondes Haar. Ein breites Lächeln auf dem hübschen Gesicht. Das enge T-Shirt spannte sich über ihrer beachtlichen Oberweite. Dort stand in glänzenden Buchstaben *Princess* zu lesen. »Effektive Platzierung, mäßige Botschaft«, kommentierte er die Werbebotschaft bei sich.

»Was bist du denn für ein Sternzeichen?«, fragte sie und kam näher.

»Stier, Aszendent Unglücksrabe.« Zur Hölle mit Joey. Er hatte hier schließlich einen Job zu erledigen. Sein Blick blieb am Treppenabsatz hängen.

Dort tauchten nun zwei Männer in langen, schwarzen Ledermänteln mit ebenso schwarzen Sonnenbrillen auf. Sie postierten sich rechts und links von der Treppe, was sie schon am Vorabend um dieselbe Zeit getan hatten. Das bedeutete, das Zielobjekt war im Haus.

Daheim, sozusagen.

»Kommst du oft hierher?«, fragte Princess und rückte dabei immer näher. Ihm war das etwa zehn Zentimeter zu nah. Er rutschte auf dem Barhocker nach hinten.

»So gut wie nie.« Er sah wieder nach oben. Hier hatten schon viel zu viele Menschen *Matrix* gesehen.

Vielleicht waren Brillen und Ledermäntel in Keyes ja nicht so verbreitet. Vielleicht hatte man dort *Matrix* nicht mal im Kino gezeigt.

Princess rückte nach. Nun drangen ihre Brustspitzen ganz entschieden in seinen persönlichen Raum ein. »Wie verdienen Sie eigentlich Ihr Geld?«

»Ich bin Anstreicher.«

Das hatte Joey den Leuten immer gesagt. *Ich bin Anstreicher. Genug von Joey.*

Aufmerksam ließ Shane seinen Blick durch den Raum gleiten. Carpenter war auf dem Posten. Seine breite Gestalt zeichnete sich vor dem Notausgang ab. Die Stroboskopblitze spiegelten sich auf seiner ebenholzfarbenen Glatze wider. *Ich streiche an, Carpenter sorgt für die Reinigung.* Mit einem unmerklichen Nicken des Kopfes wies Shane auf die beiden Bodyguards. Carpenter nickte zurück.

»Das ist ja cool.« Princess' Blick glitt über Shanes Schulter hinweg. Offensichtlich machte sie sich gerade auf die Suche nach einem lohnenderen Objekt. Anscheinend hatte sie eines entdeckt, denn plötzlich stand sie auf, lächelte Shane zu und trat zurück. »Schönen Abend noch«, meinte sie und verschwand in der Menge.

Sein Handy klingelte erneut. Shane sah aufs Display: »LOS« stand dort in großen Lettern. Er schob das Telefon in die Tasche und nickte Carpenter ein zweites Mal zu. Dieser fasste in seine Tasche. Princess war jetzt drüben an der Bar und drückte auf ihrem eigenen Handy herum. Mit einer raschen Kopfbewegung schwang sie sich das Haar aus dem Gesicht, ihr Blick war leer. Dann sah sie verdutzt auf das Telefon und legte es weg, den Blick immer noch darauf gerichtet. Shane wusste, dass im Umkreis von fünfzig Metern kein Handy mehr funktionierte, solange Carpenter den Störsender in seiner Tasche laufen ließ, der sämtliche Frequenzen überlagerte.

Shane bahnte sich seinen Weg durch die schwitzenden Menschen auf der Tanzfläche, dann die Treppe hinauf. Carpenter folgte ihm. Beide Bodyguards traten vor und bildeten einen Wall von etwa 480 Pfund und geschätzten zehn Pfund schwarzem Leder. Was bedeutete, dass sie ihm etwa 270 Pfund voraus waren.

Glücklicherweise waren 210 Pfund mit Gehirnmasse mehr wert als 480 ohne.

»Privatbüro!«, nuschelte Bodyguard rechts.

Shane stieß ihm die gestreckten mittleren drei Finger der rechten Hand direkt in den Kehlkopf, um ihn abzulenken. Dann griff er blitzartig mit der Linken ins Gesicht des anderen Mannes. Mit dem richtigen Griff und dem richtigen Druck sorgte er dafür, dass dessen Hand mitten auf dem Weg zum Schulterhalfter in der Luft stehen blieb. Carpenter wandte den Griff bei dem Typen rechts an.

»Sag mir die Wahrheit, und du bleibst am Leben«, flüsterte Shane und näherte sein Ohr dem Mund des einen. Der rechts rang immer noch nach Luft. »Wenn du lügst, bist du tot. Ist Casey Dean hier?«

»Uuuggh.« Der Kopf hatte ein klein bisschen genickt.

»Allein?«

»Uuuggh.« Im Rahmen dessen, was der Klammergriff zuließ, konnte man dies als Kopfschütteln interpretieren.

Verdammt. »Linker Fuß«, sagte Shane. »Wie viele Typen sind drin? Mach Klopfzeichen mit der Fußspitze.«

Der Fuß klopfte zweimal, dann blieb er ruhig.

»Guter Junge.« Shane brachte seine Fingerspitzen wieder in

Position und drückte zu. Sein Informant glitt bewusstlos zu Boden. Carpenter hatte den anderen schon schlafen gelegt. Selig döste er in seinem Ledermantel. Wenigstens würde ihm nicht kalt werden.

Shane nahm den beiden Leibwächtern die Pistolen ab. Eine steckte er sich hinten in den Gürtel, die andere behielt er schussbereit in der Hand. Er stieg über die beiden hinweg, noch bevor Carpenter sie am Kragen ihrer Mäntel in die Besenkammer auf dem Treppenabsatz schleifte.

Shane ging den Flur hinunter auf die leuchtend rote Tür zu, auf der gut lesbar »Eintritt verboten« stand. Er trat gegen das Schloss. Das Holz splitterte. Shane betrat mit gezogener Pistole den Raum und machte sofort einen Schritt zur Seite. Er ließ den Blick über die schwach erleuchtete Szenerie gleiten, die Pistole im Anschlag.

Etwas bewegte sich. Zwei Menschen. Ein Mann. Hinter dem Schreibtisch. Ein Rotschopf stand davor. Sie stützte sich mit beiden Händen auf der Schreibtischplatte ab, sodass ihre Brüste aus dem engen Top glitten. *Großartig*, dachte Shane. *Ich musste ja unbedingt jetzt hereinplatzen.*

Er ging auf den Schreibtisch zu. Der Mann dahinter sprang auf. Die Frau drehte sich erstaunt um. Der Mann griff nach seinem Jackett, als Shane ihn mit einem gezielten Schlag auf den Solarplexus niederstreckte. Er sank in seinen Sessel zurück, stöhnte auf und sank in sich zusammen. Für ein paar Minuten zumindest war er außer Gefecht gesetzt.

Der Rotschopf warf sich auf Shane. Dieser wich aus und griff dann von hinten nach ihr. Ihren Schwung ausnutzend, warf er sie bäuchlings auf den Tisch und hielt sie dort mit seinem Körper fest. Mit einer Hand drückte er ihr die Pistole gegen den Hinterkopf. Er spürte, wie ihr straffer Po sich gegen seine Lenden stemmte. Sie drehte und wand sich in dem Versuch, sich freizukämpfen. Dabei stemmte sie sich mit beiden Armen gegen die Schreibtischplatte. Sie drehte den Kopf ein bisschen und funkelte ihn aus den Augenwinkeln zornig an. Er aber drückte ihr die Schultern auf die Schreibtischplatte. Der Streifen Haut, der jetzt über dem Bund ihrer Jeans aufblitzte, zeigte ein Tattoo: einen Kompass. Als ob die Richtung hier noch unklar wäre, dachte er.

Sie presste sich eng an ihn.

»Lass das!«

»Ach, komm«, flüsterte sie. »Es gefällt dir doch. Wir können uns schließlich einigen, du und ich. Ich könnte …«

Shane drückte den Pistolenlauf erneut gegen ihren Hinterkopf.

Das Mädchen rieb sich die schmerzende Stelle. »Was zum Teufel …?«

»Hier geht's ums Geschäft, und du gehörst nicht dazu. Bleib einfach, wo du bist.« Shane trat einen Schritt zurück, hielt den Lauf aber immer noch auf sie gerichtet. Da sie keine Bewegung machte, ließ er den Blick zu dem Kerl hinübergleiten, der nach Luft rang. Kein Problem.

Dann griff Shane in seine Jacke und zog ein Flugticket heraus. Er legte es direkt vor der Frau auf den Schreibtisch. »Du hast ein Problem und ich die Lösung. Mit diesem Gutschein kannst du noch heute Nacht an jeden Ort der Welt fliegen. Allerdings gibt es keine Rückfahrkarte.«

Der Rotschopf starrte ihn an.

»Du willst doch auch gar nicht nach Savannah zurück«, sagte er. »Der Kerl hier hängt mit miesen Typen rum, die sich daran erinnern werden, dass er heute hier mit dir zusammen war. Sie werden dich suchen.«

Das Mädchen nickte, griff nach dem Ticket und versuchte gleichzeitig, in ihre Jacke zu schlüpfen.

»Du kannst gehen, doch wenn du draußen zu irgendjemandem ein Wort sagst, bist du tot.«

Das Mädchen nickte immer noch, wie eines der kleinen Nickpüppchen, in die man eine Münze wirft. Ihr rechter Arm steckte im Jackenärmel, in der linken Hand hielt sie das Ticket. Shane behielt sie im Auge, während er gleichzeitig den Mann überwachte. Als sie angezogen war und mit der Handtasche vor ihm stand, holte er sein Handy heraus. »Eine Zivilperson verlässt den Raum. Rotschöpfchen. Lass sie durch.«

Stille am anderen Ende. Dann: »Eine Zeugin.«

»Eine Zivilperson verlässt den Raum«, wiederholte Shane.

»Roger«, erklang Carpenters Stimme.

Shane nickte dem Mädchen zu. Sie stolperte zur Tür und verschwand.

Nun widmete Shane seine Aufmerksamkeit wieder dem Mann. »Dasselbe gilt für dich, mein Freund.« Wieder knallte er ein Flugticket auf den Tisch.

»Wer …« Der Mann keuchte und versuchte, sich aufzurichten. »Wer sind Sie?«

»Das braucht dich nicht zu interessieren«, antwortete Shane. »Ich werde dir jetzt einige Fragen stellen. Sagst du die Wahrheit, kannst du dein Ticket nehmen und verschwinden. Wenn nicht, kommst du hier nicht lebend raus.«

Schmerz und Erschöpfung trieben dem anderen den Schweiß ins Gesicht. »Was … was wollen … Sie?«

»Ein paar böse Jungs haben dich auf einen Mann angesetzt, den die Regierung der Vereinigten Staaten keinesfalls tot sehen will.«

»Sie haben den falschen …«

Shane schlug ihm mit der offenen Hand ins Gesicht, was einer Beleidigung gleichkam. »Sie verschwenden meine Zeit, Casey Dean«, sagte er. Als der Mann diesen Namen hörte, zuckte er zusammen. »Meine Auftraggeber machen keine Fehler. Im Gegensatz zu dir.«

»Wirklich …?«

Shane streckte die Hand aus und pflanzte seinen Daumen in eine Vertiefung an Deans Schulter. Der andere fuhr hoch, als hätte man ihm einen elektrischen Schlag versetzt. »Also, die Sache läuft so: Du sagst mir, was ich wissen will, und vergisst deinen Auftrag. Du nimmst das Ticket, haust ab und lässt dich hier nie mehr blicken. Dann ist es für mich so, als wärst du tot.«

Dean rieb sich seine schmerzende Schulter. »Und damit hat sich's?«

»Damit hat sich's.« Shane schob ihm das Ticket über die Schreibtischplatte.

»Du lässt mich tatsächlich lebend zur Tür raus, wenn ich meinen Auftrag sausen lasse?«

»Nein. Ich lasse dich laufen, wenn du den Auftrag sausen lässt *und* mir die Namen der Auftraggeber *plus* Kontaktdaten *plus* Zielobjekt sagst.«

Dean schüttelte den Kopf. »Ich kann dir den Auftraggeber nicht nennen. Er würde mich umlegen.«

Shane drückte den Lauf der Pistole genau zwischen Deans Augen. »Was ist besser? Dass er dich vielleicht irgendwann in ferner Zukunft umlegt oder dass ich dich innerhalb der nächsten zehn Sekunden *mit absoluter Sicherheit* erledige?«

»Scheiße.« Dean sank auf dem Stuhl zusammen und wirkte um Jahre gealtert. »Hör mal, ich bin auch nur Geschäftsmann. Ich …«

Die Mündung der Pistole hinterließ einen deutlichen kreisförmigen Abdruck auf Deans Nasenwurzel.

Deans Augen richteten sich wie hypnotisiert auf den Lauf. »Ich sagte dir doch, ich kenne den Namen des Auftraggebers nicht. Ich habe nur einen Anruf erhalten, dass meine Dienste gebraucht werden.«

»Wer ist das Zielobjekt?«

»Das weiß ich noch nicht. Ich schwöre.«

Na, großartig. Dean war ein Dummkopf, aber was er sagte, klang glaubwürdig.

»Hör mal, mir ist kalt. Kann ich wenigstens meine Jacke haben?« Deans Augen flackerten. Seine Stimme klang scheinheilig.

Shane sah ihn an. In all seiner Blödheit konnte er einem leidtun. *Der Idiot hat einen Plan*. Shane zog die Pistole zurück. »Klar doch.« Sein eigener Auftrag lautete, er solle Casey Dean, einen der besten Auftragskiller, ausschalten. Wenn dieser Typ zur Weltspitze der Auftragsmörder gehörte, dann würde er, Shane, Princess demnächst zum Schulball begleiten. Einige Jungs hatten's einfach nicht drauf. Nur Heißluft und sonst nichts. Dean war so ein Exemplar.

Als Dean in sein Jackett geschlüpft war, sah er ganz zufrieden aus. Seine Augen funkelten schlau, als sein Blick auf das Ticket fiel. »Ich habe wirklich keine Ahnung. Aber ich verlasse die Stadt, wie du es verlangst. Kann ich meinen Pass aus der Schublade holen?«

Shane nickte. *Was sollte ich dagegen haben, Kleiner. Du kannst gern mit meiner Pistole Selbstmord begehen, wenn dir so viel daran liegt. Dafür bin ich ja da.*

Dean drehte ihm den Rücken zu und zog die Schublade auf. Shane hob den Pistolenlauf an.

Dean schnellte herum, eine kleine Pistole in der Hand. Shane schoss ihm zwei Mal in die Brust. Dean fiel nach hinten, seine Gestalt verschwand hinter dem Schreibtisch.

Von unten dröhnte die Musik herauf und überdeckte jedes Geräusch. Shane trat ein paar Schritte vor, die Pistole immer noch schussbereit. Er drehte den Kerl um, überrascht, immer noch Leben in seinen Augen zu sehen. Die beiden Geschosse waren so dicht nebeneinander eingetreten, dass es quasi nur einen Schusskanal gab, was ihn aber nicht wirklich überraschte. Trotzdem bemerkte er, dass er sein eigentliches Ziel um etwa zwei Zentimeter verfehlt hatte.

Verdammter Joey. Er hatte ihn ganz aus dem Konzept gebracht. Verdammtes Keyes. Verdammte kleine Agnes, wer immer sie auch sein mochte.

Als Shane die Pistole auf seine Stirn richtete, trat ein seltsamer Ausdruck auf Deans Gesicht. Er blinzelte. »Warte«, keuchte er. »Wir können einen Deal machen.«

»Ach, nein«, antwortete Shane. »Du weißt, wer und was du bist. Du bist ein Lügner. Du hättest den Auftrag unter allen Umständen ausgeführt, weil du sonst keinen Job mehr bekommen hättest.«

»Nein«, stammelte Dean. Shane feuerte. Mitten auf Deans Stirn erschien ein sauberes, rundes Loch. Shane beugte sich vor und durchsuchte seine Taschen. Er fand eine Visitenkarte mit nichts weiter als einer Telefonnummer darauf. Diese steckte er ein.

Dann zog er sein Handy heraus und drückte auf die Kurzwahltaste 3.

Der andere Teilnehmer antwortete schon beim ersten Klingeln: »Carpenter.«

»Anstrich erledigt. Sie werden ihm alleine in die nächste Welt helfen müssen, Reverend. Allerdings konnte ich ihm die Beichte nicht mehr abnehmen.«

Schweigen. Dann: »Wilson wird das gar nicht gefallen.«

»Das Zielobjekt hatte keine Informationen über Auftraggeber oder Zielobjekt.«

»Roger.«

Shane legte das Telefon weg und nahm das Ticket an sich.

Dann trat er ans Fenster. Er holte einen Karabinerhaken unter dem Hemd hervor und befestigte ihn an einer der Halterungen der Regenrinne. Dann stieg er aus dem Fenster und sprang. Das Bungeeseil entrollte sich, bis er etwa einen Meter über dem Boden seinen tiefsten Punkt erreichte. Er schnellte die halbe Distanz wieder hoch. Als er zum zweiten Mal nach unten sackte, machte er das Seil los und landete auf allen vieren auf dem Kies. Gleich neben seinem Geländewagen.

Ausgerechnet nach Keyes.

Verdammt.

Um elf Uhr dreißig, eineinhalb Stunden nachdem der Junge schreiend durch ihre Küchenwand gestürzt war, holte Agnes ein neues Blech Schoko-Himbeer-Muffins aus dem Backofen, hörte auf, ihre Geschichte für die Polizei im Geist ständig zu wiederholen (Es war eine Antihaft-Pfanne, federleicht, mit der könnte man niemanden totschlagen.), und fragte sich, was wohl Dr. Garvin zu all dem sagen würde. Obwohl das eigentlich klar war. Er würde sie ansehen und fragen: »Wie geht es Ihnen jetzt, Agnes?«

Und wenn sie dann antwortete: »Gut, Dr. Garvin«, würde er sie wieder mit diesem Blick ansehen, der besagte: »Mein Gott, Agnes!«, nur dass ein vom Gericht bestellter Psychiater so etwas nicht laut sagen durfte.

Sie versuchte, sich daran zu erinnern, was er ihr beigebracht hatte. Er hatte mit ihr eine Reihe von Begriffen erarbeitet, die beschreiben sollten, wie sie sich gefühlt hatte, als sie ihren Verlobten mit einer Bratpfanne schlug: *Böse/Gemein. Wertlos. Rachsüchtig. Zickig*. Sie erinnerte sich noch, dass sie sich gefragt hatte, wieso er Beschreibungen von Befindlichkeiten wie *beleidigt, betrogen* oder *gekränkt von der unhygienischen Zweckentfremdung einer Esstischplatte* wegfallen ließ. »Er hat sie auf meinem blitzsauberen Küchentisch vernascht«, sagte sie in ihrer Ansicht nach vollkommen ruhigem Ton. »Was ich damit sagen will: Zum Teufel, natürlich habe ich die Bratpfanne auf ihn niedersausen lassen.«

»Auf wen hast du die Bratpfanne niedersausen lassen?«, ließ Joey sich von der Tür her vernehmen.

Agnes wandte sich von ihren aktuellen Gesprächspartnern,

den Muffins, ab. »Muss ich jetzt ins Gefängnis, weil ich den Jungen mit einer Bratpfanne geschlagen habe?«

»Nein«, sagte Joey verwirrt. »Du hast ihn schließlich nicht umgebracht. Er ist durch die Wand gestürzt. Geht's dir gut?«

»Nun ja.« Agnes stützte sich mit dem Arm auf der Anrichte ab. »Da gibt es ein paar Dinge, die du vielleicht wissen solltest.«

Joey kam herein und legte seinen Arm um sie. Das Gewicht des muskulösen Arms, der langsam Fett ansetzte, tröstete Agnes irgendwie. »Was zum Beispiel?«

»Ich habe dir doch erzählt, dass ich mich gleich nach dem College verlobt habe und mein Verlobter mich betrogen hat?«

»Ja, dieses Schwein.«

»Nun, als ich herausbekam, dass er mich angelogen hatte, schlug ich ihn.«

»Umso besser.«

»Ins Gesicht. Mit einer Bratpfanne. Ich habe ihm die Nase gebrochen.«

»Oh.« Joey nickte, immer noch liebevoll, nun aber mit deutlich alarmiertem Gesichtsausdruck. »Ist er zur Polizei gegangen?«

Agnes nickte. »Aber er hat die Anzeige zurückgezogen.« *Sag mir, dass alles in Ordnung ist, Joey.*

»Aber das ist doch etwas ganz anderes. Das beeinflusst ...«

»Und dann, vor drei Jahren, habe ich mich mit diesem Kriminalreporter verlobt, weißt du noch?«

»Ja«, ließ Joey sich vernehmen, wobei dieses Mal offenkundig die Alarmglocken schrillten.

»Ich habe dir doch auch erzählt, dass er mich vor zwei Jahren mit meiner Assistentin betrogen hat? Dass ich ihn mit ihr auf meinem Küchentisch erwischt habe?«

»Das hast du nicht erwähnt.«

»Und dass ich ihm ein gusseisernes Grilleisen über den Hinterkopf gezogen habe.« *Bitte sag mir, dass alles in Ordnung ist, Joey.*

»Oh verdammt, Agnes.«

Oje. »Wenn die Cops also meine Vorgeschichte überprüfen ...«

»Hast du ihn umgebracht?«

»Nein. Sie haben ihm eine künstliche Schädelplatte eingesetzt. Jetzt geht es ihm wieder gut.«

»Und was haben sie dir aufgebrummt?«

»Bewährung mit der Auflage zur Therapie und sozialem Dienst.« Agnes ließ den Kopf seitlich auf Joeys Schulter sinken. Sein Bauch wölbte sich beruhigend vor. »Ich musste in einer Suppenküche arbeiten. Es war schön. Nette Leute.« *Sag mir, dass alles in Ordnung ist, Joey.*

»Auch du bist nett, Agnes.« Er klopfte ihr auf die Schulter. »Mach dir keine Sorgen. Es war Notwehr. Das kommt schon in Ordnung.«

Agnes sah hoch in sein liebes, hässliches Gesicht. »Sicher?«

»Sicher«, bekräftigte Joey und sah ihr geradewegs in die Augen, wie er es immer tat.

»Gut.« Sie straffte die Schultern und machte sich wieder an die Arbeit. Notwehr war in Ordnung. Auch Brenda hätte den Jungen in Notwehr mit der Bratpfanne geschlagen. »Wieso bist du eigentlich hergekommen?«

Er sah ein wenig unglücklich drein. »Ich habe jemanden angerufen, der dir helfen sollte. Ich habe draußen auf ihn gewartet. Und dann kam da ein zweiter Polizeiwagen die Einfahrt herauf. Jetzt allerdings haben wir ein Problem.«

Agnes stellte die Muffins auf das Nudelbrett. »Außer dem Polizisten im Flur und dem toten Jungen im Keller, meinst du?«

»Der Polizist im Flur ist ein Deputy. Der stellt keine Gefahr dar«, meinte Joey. »Aber im Moment trabt Detective Simon Xavier die Brücke herauf.«

»Wer?« Agnes zog ihren Topfhandschuh aus.

»Xavier«, gab Joey zurück. »Der einzige Cop in Keyes, der weiß, was zum Teufel er tut.«

Agnes wurde kalt. »Joey?«

Aus dem ehemaligen Wirtschafterinnenzimmer, das nun ihr Schlafzimmer war, war ein Poltern zu vernehmen. »Das ist der Deputy«, erklärte Agnes. »Er streunt schon die ganze Zeit im Haus herum und sagt dauernd: ›So sieht Two Rivers also von innen aus.‹ Ich habe ihm schon gesagt, er solle im Flur bleiben. Ich habe ihm sogar ein Muffin angeboten.«

Joey wandte den Kopf. »Hol ihn da raus. Ich rede mit Xavier.«

Agnes schluckte. »Joey, muss ich jetzt ins Gefängnis?«

»Nein, Liebes«, antwortete er. »Aber rühr heute bitte keine Bratpfanne mehr an.«

Wieder fröstelte Agnes. *Wenn Joey das sagt, habe ich Ärger am Hals.* »In Ordnung.« Sie setzte ein gezwungenes Lächeln auf, nahm einen tiefen Atemzug und machte sich auf den Weg in ihr Schlafzimmer.

»Halt, warte kurz.« Joey hielt sie zurück und drückte ihr die Bratpfanne in die Hand.

»Wozu das denn?«, meinte sie stirnrunzelnd.

»Ich nehme alles zurück. Wenn der Deputy irgendetwas Merkwürdiges tut, dann verteidige dich ruhig. Das ist dann eindeutig Notwehr, und dafür können sie dich nicht drankriegen.«

»Sehr witzig«, versetzte sie. Doch sie nahm die Pfanne und lächelte zögernd. »Joey, du bist einfach der Beste.«

»Jetzt geh schon«, brummte er, konnte aber nicht verhindern, dass er rot wurde. »Alles in Ordnung?«

»Es geht schon«, antwortete sie. »Einigermaßen jedenfalls. Weißt du, es war wirklich ein schrecklicher Tag. Aber jetzt ist es ja glücklicherweise vorüber. Die Polizei bringt den Leichnam weg, und ich habe meine Ruhe ... Das stimmt doch, oder?« Sie sah ihn an und versuchte, dabei nicht ängstlich auszusehen.

»Aber ja.« Joeys Stimme klang fest, aber er sah ihr dabei nicht in die Augen.

Lieber Himmel. Agnes lächelte ihn so selbstsicher wie möglich an, um sich dann auf den Weg ins Schlafzimmer zu machen. Von Erleichterung konnte keine Rede mehr sein.

♡

Ihre Finger krampften sich um die Pfanne, und sie tastete sich zur Nachttischlampe vor.

»Ich habe Ihnen doch gesagt, dass hier nichts passiert ist«, rief sie und sah sich um. »Es hat sich alles in der Küche abgespielt.« *Ich bin gar nicht so wütend, wie ich tue. Bitte, bitte verhaften Sie mich nicht.*

Der Wind blies durch das offen stehende Fenster neben dem Bett, sodass die Vorhänge sich blähten. Sie sah, dass der Nachttisch umgeworfen worden war. Dann legte sich eine Hand über ihren Mund. Jemand sagte: »Psst.« Sofort holte sie mit der Pfanne aus und spürte einen Widerstand, wobei die Kraft des Rückschlags noch in der Schulter zu spüren war.

Er wand ihr die Pfanne aus der Hand. »Schluss damit. Joey hat mich geschickt.«

Sie versuchte sich loszureißen, er ließ sie allerdings so plötzlich frei, dass sie ins Taumeln geriet und über das Bett stolperte. Nach Atem ringend suchte sie mit den Fingern auf dem Boden nach dem Schalter der Nachttischlampe.

Als das Licht anging, stand er über sie gebeugt. Ihr Herz klopfte wie wild. Ein großer Mann, ganz schwarz gekleidet: schwarze Hose, schwarzes T-Shirt, schwarze Denimjacke. Er sah aus, als hätte man ihn aus einem Holzblock geschnitzt: ein gut geschnittenes, sonnengegerbtes Gesicht, kohlrabenschwarze Augen ohne jede Tiefe. Wie die eines Hais, musste sie unwillkürlich denken. Struppiges Haar, das an den Schläfen grau zu werden begann. An der rechten Schläfe war ein wenig Blut zu sehen. Es stach ihr sofort ins Auge, als sie ihn noch einmal sozusagen vollständig in Augenschein nahm: Er sah aus wie Joey. Jünger als Joey, größer als Joey, aber insgesamt: wie Joey.

Sie schluckte. »Wer sind Sie? Und was tun Sie hier?«

»Ich bin Shane. Joey schickt mich.« Mit einer knappen Bewegung wies er mit dem Kopf zur Küchentür. »Wer ist da?«

Agnes sprang auf die Füße und wünschte, sie hätte ihre Bratpfanne in Händen. »Shane. Gut, Shane. Vielen Dank, dass Sie mich zu Tode erschreckt haben, aber das ist mein Haus. Ich stelle hier die Fragen.« Sie sog die Atemluft hörbar in die Lungen. »Joey hat sie geschickt. Wieso?«

»Ich soll ein Kind beschützen. Sind *Sie* etwa die kleine Agnes?«

»Allerdings«, antwortete sie säuerlich.

Ein Schweigen machte sich breit, in dem man eine Nadel hätte zu Boden fallen hören können. Agnes dachte: »Wenn er jetzt witzelt, dass ich so klein ja gar nicht bin, dann knalle ich ihm noch eine.« Schließlich sagte er resigniert:

»Auf jeden Fall bin ich hier, um Sie zu beschützen. Außer Sie braten mir noch mal eins mit der Pfanne über. Dann kann, wer auch immer hinter Ihnen her ist, Sie von mir aus gerne haben.«

»Mich beschützen.« Das hörte sich nicht gut an. Sie hatte sich Sorgen gemacht, die Polizei könnte vielleicht herausfinden, was sie gewöhnlich mit Bratpfannen anstellte, aber Joey dachte offensichtlich, dass sie vor etwas anderem geschützt werden müsse, etwas, mit dem nur Kerle wie der da fertig wurden. Was wiederum bedeutete, dass etwas ganz entschieden falsch lief. Nicht, dass der Junge, der nun als Leiche in ihrem Keller lag, nicht hart im Nehmen gewesen wäre, doch wenn Joey die Lage für so verzweifelt hielt, dass er ihr einen solchen Typ schickte, dann war wirklich etwas faul, denn der Kerl konnte einen vor … vermutlich vor so ziemlich allem beschützen.

Draußen im Flur schlug Brendas riesige hässliche Großvateruhr dumpf Mitternacht. Hörte sich an wie der Countdown des Todes. Agnes warf Shane einen Blick zu.

Groß. Breit. Dunkel. Stark. Gut aussehend, wenn man auf Schlägertypen stand. Er sah aus wie Joey. Und er war hier, um sie zu beschützen.

Wie geht es Ihnen jetzt, Agnes?

Könnte schlimmer sein.

»In Ordnung, Shane«, sagte Agnes, als Brendas Uhr endlich die Klappe hielt. »Joey ist in der Küche, ein Polizist steht im Flur, im Keller liegt eine Leiche, und Sie befinden sich aktuell in meinem Schlafzimmer. Was davon interessiert Sie am meisten?«

Dienstag

Kolumne der Küchenfurie Agnes – Nummer 62

Tun wir so, als ob – wie Mama eben!

Wer kann nicht damit aufwarten: jenem einen berühmten Rezept, das aus den Urtagen unserer Familiengeschichte sozusagen unsere gesamte Kindheit auf die Länge einer Zutatenliste reduziert. Meine beispielsweise liest sich so: »Ein Glas aus dem Eisfach, zwei Teile Gin, ein Hauch Vermouth, nördlich vom Äquator kurz im Uhrzeigersinn umrühren, und – um Gottes willen, Agnes, quirl den Gin nicht zu Tode.« In Ihrem Fall ging es vielleicht nicht um Martini-Cocktails, sondern um die richtige Art und Weise, eine Dose Pilzcremesuppe über eine Dose grüner Bohnen zu kippen, aber wo ist da der Unterschied? Oder gehörte Ihre Mutter zu der Sorte, die aus dem Nichts ein *Omelette surprise* zaubern kann? Stieß sie etwa auch so spitze Schreie aus wie: »Keine Drahtbügel in meinem Kleiderschrank!«? Doch diese Lichtgestalten haben immer auch eine dunkle Seite.

Shane hatte sich für die Küche entschieden, einen großen, warm anmutenden Raum mit roten Wänden und weißen Schränken. Es roch nach Himbeeren und Schokolade, vom Flur her drang schwaches Stimmengemurmel herein.

»Das sind Joey und Detective Xavier«, erläuterte Agnes und sah ein wenig besorgt drein.

Alles in Agnes' Küche sah sauber und professionell, aber nicht teuer aus, jedenfalls nicht protzig teuer. Shanes Blick blieb an den schimmernden, gut geschliffenen Messern hängen, die an Magnetleisten an der Wand hingen. Daneben Gabeln mit langen Griffen und Zinken, die messerscharfen Dornen ähnelten. Darüber funkelten weitere Instrumente im warmen Licht, die nicht minder tödlich aussahen.

Dies also war Agnes' Reich: der reinste Tempel des Todes.

»Sie sind mit der Bratpfanne auf ihn losgegangen?«, fragte er sie. »Wieso haben Sie kein Messer genommen?«

»Die Bratpfanne war gerade in Griffweite.« Sie wich seinem Blick aus. »Außerdem hatte ich nicht unbedingt Zeit, mir eine Waffe auszusuchen. Nicht, dass ich in solchen Situationen unbedingt auf Bratpfannen stehe.«

Er nickte und trat zur Anrichte. Dort lag der Revolver. Als er das schmutzige weiße Isolierband um den Pistolengriff sah, zuckte er zusammen. Das war ein alter Mafiatrick. Aber jeder verdammte Gangster in und um Keyes, South Carolina, kannte Joey. Verdammt. Es sah nicht so aus, als könne er schnell zu seinem Job zurückkehren. Wilson würde wenig erfreut sein.

Nun ja, das machte dann schon zwei.

»Wo ist die Leiche?«, fragte er.

Sie ging zur Flurtür hinüber und drückte gegen die Wand daneben. Eine Geheimtür schwang hin und zurück.

»Können Sie Xavier ein wenig hinhalten, bis ich da unten fertig bin?«

»Aber sicher«, meinte Agnes und hörte sich alles andere als sicher an.

Er trat in den Türrahmen und prüfte mit dem Fuß einen der eingemauerten Balken, die einmal als Stufenlager gedient hatten. Er war ziemlich schmal, höchstens fünf Zentimeter breit und zwanzig Zentimeter lang. Doch er hielt. Also kauerte er sich nieder, umfasste den Balken und ließ sich mit dem Gesicht zur Wand hinunter. Schließlich stieß er sich ab und landete leichtfüßig auf dem Kellerboden. Er griff in seine Jackentasche und zog eine Mini-MagLite heraus, schaltete sie ein und ging zu der Leiche hinüber.

Das Gesicht des Eindringlings war von Brandwunden übersät. Agnes und ihr Himbeersirup.

Unter dem Haarschopf zeigte sich Blut. Agnes und ihre Bratpfanne.

Der Hals war unnatürlich verkrümmt. Agnes und ihr geheimer Keller ohne Treppe.

Joeys »kleine« Agnes brauchte keinen Beschützer. Eher jemanden, der für arglose Besucher Warnschilder aufstellte: »Vorsicht, keilende Köchin!«

Er hörte Stimmen. Wahrscheinlich würde die Tür gleich aufgehen. Stattdessen hörte er Joey sagen: »Xavier, dies ist meine kleine Agnes. Die ›Küchenfurie‹ aus der Zeitung. Wahrscheinlich hast du ihr Bild schon mal über ihrer Kolumne gesehen.«

Shane beugte sich über die Leiche und durchsuchte ihre Taschen.

Von oben hörte er, wie ein Mann mit dem breiten Akzent der Südstaaten antwortete: »Freut mich, Sie kennenzulernen, Miss Agnes. Das Haus gehört jetzt also Ihnen, Ma'am?« Agnes klang, als stünde sie direkt vor der Tür, als sie antwortete: »Ja. Ich habe es vor vier Monaten von Brenda Dupres gekauft. Ich habe es instand setzen lassen, aber ich finde immer wieder Sachen, von denen ich nichts wusste. Meist irgendwelches verrottetes Zeug, insofern war der Keller ein echter Lichtblick. Natürlich nicht für den toten Jungen. Sind Sie sicher, dass Sie keinen Kaffee wollen, Detective? Ich mache wirklich exzellenten Kaffee.«

Braves Mädchen, dachte er und ließ den Lichtkegel der Taschenlampe durch den Raum gleiten. Ein alter Billardtisch stand in der Mitte, gutes, solides Mahagoni, doch mittlerweile löste sich der Filz ab. In einer Ecke eine kleine, komplett ausgestattete Bar, als hätte man den Raum gestern erst verlassen. Vom Staub einmal abgesehen. Dahinter ein wandhohes, etwa ein Meter zwanzig breites Weinregal, in dem unter Spinnweben und Staub immer noch Weinflaschen lagerten. In der anderen Ecke eine etwa anderthalb Meter hohe Gipskopie der Venus von Milo, auf der sich der Schimmel breitmachte. *Man möchte doch meinen, sie hätten das Zeug weggebracht, bevor sie den Raum verschlossen haben. Man hätte es doch verkaufen können,* dachte er. *Nun ja, das Gipsding vielleicht nicht unbedingt.*

Über ihm ging jetzt die Küchentür auf. Er hörte, wie Agnes sagte: »Muffins? Frisch aus dem Backofen?« Doch Xavier stand schon im Türrahmen. Sein Schatten fiel auf den Kellerboden. »Was zum Henker …?« Und Agnes Stimme: »Erschießen Sie ihn nicht. Er gehört zu mir.« Shane sah auf, direkt in die Mündung einer wirklich großen Kanone. Dahinter eine lichtstarke Taschenlampe, die ihn blendete.

»Was zum Henker tun Sie da unten?«, herrschte Xavier ihn an.

Shane machte seine eigene Taschenlampe aus. »Ich wollte nur nachsehen, ob der Junge vielleicht Hilfe braucht, Sir.«

Die Taschenlampe ging aus. Ein metallisches Klappern begleitete eine Leiter, die sich über die Türschwelle zu ihm in den Keller schob. Xavier kletterte zu ihm herab. Er war älter, als Shane erwartet hatte. Etwa in Joeys Alter. Sein weißer Anzug schien im Dunkeln zu leuchten. Dann kam Joey, und schließlich ein weiterer Mann, jünger, breiter, blonder. Er sah albern aus.

Joey umarmte Shane und drückte ihm einen Schmatz auf beide Wangen. Shanes Augen aber ruhten immer noch auf Xaviers Revolver. Kein neues Modell, aber recht beeindruckend: eine 357er Magnum.

Joey ließ ihn los und drehte sich um: »Shane, das ist Detective Simon Xavier. Ein alter Bekannter. Und sein Partner, Detective Hammond.«

Xavier steckte die Waffe weg und nickte. Der junge Blonde hinter ihm nickte ebenfalls und machte ein freundliches Gesicht. »So, Mr. Shane. Sie hatten also den Eindruck, Sie müssten hier herunterkommen und meinen Tatort begutachten, weil ...« Fragend zog Xavier die Augenbrauen hoch, während er auf Antwort wartete.

»Ich dachte, der junge Mann hat vielleicht Hilfe nötig«, log Shane.

»Und der unnatürliche Winkel seines Nackens sagte Ihnen nicht, dass er zumindest keine weltliche Hilfe mehr nötig hat?«

»Ich bin kein Arzt, Sir«, meinte Shane bescheiden.

»Aber auch kein Wunderheiler«, gab Xavier zurück. »Wenn Sie das nächste Mal in meinem Zuständigkeitsbereich eine Leiche finden, dann werden Sie *nicht* versuchen, sie von den Toten zu erwecken, verstanden?«

»Ja, Sir«, gab Shane zurück.

Joey sah auf den toten Körper hinab, offensichtlich, ohne ihn wiederzuerkennen.

Gut, dachte Shane.

»Kennen Sie ihn?«, fragte Joey den älteren Detective.

Xavier griff in die Hosentasche des Jungen und zog eine Brieftasche heraus. Dann richtete er sich langsam auf: »Das dachte ich mir. Jimmy Thibault.«

Joey wurde mit einem Mal sehr still.

Nicht gut, dachte Shane.

»Auch bekannt als Two Wheels Thibault – das war sein Spitzname«, sagte Xavier freundlich.

Nun nahm auch Hammond die Leiche in Augenschein. »Ja, das ist einer von den Thibaults. Die vermehren sich wie die Ratten draußen in den Sümpfen. Two Wheels hat mehr Cousinen und Cousins als ein Hund Flöhe.«

Xavier lächelte Joey gewinnend zu. »Oh, Joey kennt die Thibaults, nicht wahr?«

Joeys Gesicht nahm einen verschlossenen Ausdruck an: »Nicht, dass ich wüsste.«

Eine dumme Lüge, dachte Shane. »Warum sollte Joey ihn kennen? Dieser Junge sieht nicht aus, als sei er je im Café gewesen.«

Joey nickte. »Nein, er war nie im Café. Ich habe ihn nie zuvor gesehen.«

Xavier musterte Shane nachdenklich. »Das Café, richtig. Sind sie nicht der Junge, der damals dort gearbeitet hat?«

Shane nickte.

Xavier legte den Kopf schief und sah Shane interessiert an: »Und? Wo haben Sie sich all die Jahre herumgetrieben?«

»So hier und da«, antwortete Shane.

»Und für wen arbeiten Sie im Moment?«

»Für Joey. Er rief mich an. Ich soll seiner Freundin Agnes ein wenig unter die Arme greifen.«

»Und da kamen Sie einfach schnell mal vorbei? Ganz in Schwarz?«

»Ich hielt es für das Richtige. Wissen Sie, eine Frau allein hier draußen …«

Xaviers Augen verengten sich. »Sie werden also dafür sorgen, dass sie genau das nicht mehr ist: allein?«

»Ja.« *Jedenfalls bleibe ich hier, bis ich weiß, was hier läuft und wie ich Joey hier herausbekomme.*

Xavier starrte ihn noch einen Augenblick lang an, dann beugte er sich wieder zu der Leiche hinunter und fuhr mit der Durchsuchung der Kleidung fort.

Viel hat er nicht drin, dachte Shane. Der Junge war wahrscheinlich bettelarm.

Agnes rief aus der Küche zu ihnen hinab: »Doktor Simmons ist hier. Kann er schnell einen Blick auf Rhett werfen, während er hier oben auf Sie wartet? Rhett hat eine ziemliche Menge Schokolade gefressen. Das ist nicht gut für Hunde.«

»Aber natürlich, Miss Agnes. Schicken Sie ihn dann bitte herunter«, antwortete Xavier.

»Hunde?«, wandte Shane sich fragend an Joey.

»Der Leichenbeschauer wird hier von der Bevölkerung gewählt«, erklärte er ihm. »Der einzige Bewerber für den Posten war ein Tierarzt, dessen Praxis nicht so gut lief.«

So etwas ist wirklich nur in Keyes möglich, dachte Shane.

»Hammond«, ließ Xavier sich nun wieder vernehmen. »Sie bleiben hier bei der Leiche und warten auf den Leichenbeschauer.«

Hammond nickte.

»Mit Ihnen dagegen », meinte Xavier und richtete den Blick auf Joey, »möchte ich noch ein, zwei Worte reden.«

Nicht ohne mich, dachte Shane, fest entschlossen herauszufinden, was ein versiegelter Keller, ein mottenzerfressener alter Bluthund und eine Food-Kolumnistin samt niedlichem Hintern mit einem Ex-Mafioso wie seinem Onkel zu tun haben könnten. Bevor sein notorisch verständnisloser Chef seiner Karriere ein unwiderrufliches Ende setzen würde.

♡

Um ein Uhr dreißig am Dienstag Morgen hatte Agnes dieselben dreißig Fragen wohl mehr als tausend Mal beantwortet und war glücklich, dass niemand auf die Idee gekommen war, ihr die eine ganz bestimmte Frage zu stellen, nämlich: »Und wie viele Männer haben Sie bereits mit einer Bratpfanne niedergestreckt, Miss Agnes?« Denn mittlerweile kam sie auf die stolze Anzahl von vier, wenn man Shane mitzählte. Nur Hammond hatte ein wenig Abwechslung in diese monotone Befragung gebracht, als er im Hinblick auf Marias Hochzeit wissen wollte, ob diese immer noch so süß sei. Doc Simmons hatte gemeint: »Diesen alten Hund bringt nichts um, Miss Agnes, schon gar nicht Ihre ausgezeichneten Muffins«, bevor er – quasi im Nachsatz – den jungen Thibault für tot erklärte. Agnes hatte sich artig bedankt und ihm dann noch ein paar Muffins eingepackt, bevor sie ihn winkend verabschiedete. Er folgte dem Rettungswagen die Einfahrt hinunter und über die wacklige Brücke, die zur Hauptstraße führte. »Ruhe in Frieden!«, rief sie den Rücklichtern nach und ging zurück in die Küche. Kaum war sie dort angekommen, erklang die Türglocke.

»Ich gehe schon«, meinte Joey und glitt vom Barhocker vor der Anrichte. »Währenddessen erzählst du Detective Xavier alles, was er noch wissen muss, damit er endlich nach Hause kann.« Er klopfte Agnes auf die Schulter und drückte ihr einen Kuss auf die Wange, bevor er den Raum verließ. Mit strahlend unschuldigem Lächeln wandte Agnes sich Xavier zu.

»Aber ich habe Ihnen doch schon alles erzählt, was mich betrifft«, sagte sie zu Xavier. Eine Sekunde später trat Taylor in die Küche, blond, gut aussehend und mit besorgtem Gesichtsausdruck, sodass sie sich korrigieren musste: »Außer von ihm. Detective Xavier, das ist mein Verlobter, Taylor. Taylor, dies ist Detective Xavier.«

»Detective«, wiederholte Taylor in seinem weichen Dialekt, während er den Arm um sie legte. »Schatz, was zum Teufel geht hier vor? Geht es dir gut?«

»Mir geht es prima«, sagte sie, ein wenig verlegen, weil sie ihn vollkommen vergessen hatte. »Wieso bist du hier?«

»Es hieß, es sei eingebrochen worden«, sagte er. Sein Dialekt verlor seinen weichen Klang, als er Shane sah.

Shane sah ihn mit dem Gesichtsausdruck an, den er nicht mehr abgelegt hatte, seit Agnes ihn mit der Bratpfanne geschlagen hatte: völlig ausdruckslos.

»Und wie haben Sie von dem Einbruch erfahren?«, hakte Xavier nach.

»Jeder in der Stadt weiß davon, Detective«, antwortete Taylor. »Doc Simmons holte sich noch kurz einen Kaffee, bevor er hier herausfuhr. Er erzählte es der Kellnerin, die es wiederum Maisie Shuttle berichtete, die wiederum eine meiner Kellnerinnen ins Bild setzte, als die sich im Café Kuchen besorgte. Und die hat es dann mir erzählt.« Er zog Agnes enger an sich. »Agnes, du musst ja zu Tode erschrocken sein.«

»Mir geht es gut.« Aber er hörte sich wirklich besorgt an. Vielleicht sollte sie sich ja wirklich getröstet fühlen.

»Ein Junge brach hier ein und versuchte, den Hund Ihrer Verlobten zu stehlen, Mr. Beaufort«, warf Xavier in amtlichem Ton ein. »Wissen Sie etwas darüber?«

»Er versuchte, *Rhett* zu stehlen?« Taylor sah Shane erstaunt an.

»Nicht Shane«, setzte Agnes ihn in Kenntnis. »Ein *Junge*. Shane ist Joeys Neffe. Er soll mir ein bisschen helfen. Joey bat ihn herzukommen.«

»Ich verstehe.« Diese Tatsache schien Taylor allerdings nicht zu schmecken. »Eigentlich verstehe ich es nicht. Warum sollte irgendjemand Rhett stehlen wollen? Und wieso ruft Joey dann seinen Neffen an? Und überhaupt ...?«

»Das Haus liegt ziemlich einsam«, erläuterte Shane. »Sie sollte nicht alleine hier draußen sein.«

»In Keyes legen wir viel Wert auf Sicherheit«, warf Xavier ein. »Die frühere Besitzerin lebte hier auch ganz allein und hatte nie Probleme. Ich sehe nicht recht, was Sie ...«

»Nun, immerhin brach ein Junge hier ein und bedrohte Agnes«, unterbrach ihn Shane.

»Das kann doch nur ein dummer Streich gewesen sein«, versetzte Taylor steif.

»Über den Agnes nicht gerade lachen konnte«, antwortete Shane. »Und der Junge ist jetzt tot.«

»Tot?« Taylor blickte auf Agnes hinunter. »Ich dachte, man hätte ihn nur *festgenommen*. Was ist passiert?«

»Er ist gestürzt«, sagte Agnes und ließ den Teil mit der Pfanne weg, damit Taylor nichts über ihr kompromittierendes Verhältnis zu diesem Küchenutensil ausplauderte.

»Er hat Ihre Verlobte mit einem Revolver bedroht, und sie hat sich verteidigt«, meinte Xavier.

»Ja«, fügte Hammond hinzu. »Mit einer Bratpfanne. Können Sie sich das vorstellen?«

»*Was?*« Taylor hatte offensichtlich so etwas wie einen Anflug von Panik.

Agnes schob ihre Hand unter seinen Arm und drängte ihn Richtung Flur. »Es ist schon spät. Ich bringe dich zum Wagen.«

»Einen Augenblick.« Taylor blieb stehen und formte mit dem Mund das Wort: *Bratpfanne?*

Sie zog eine Grimasse. *Vergiss die Bratpfanne!*

»Keine Angst«, ließ Shane sich vernehmen. »Ich werde hier bei ihr bleiben.«

Taylors Rücken versteifte sich. Diese Bemerkung ließ ihn alle Bratpfannen mit einem Schlag vergessen. Agnes würde Shane ewig dankbar sein.

Sie zog Taylor weiter zur Tür. »Es ist alles in Ordnung. Er ist Joeys Neffe«, sagte sie und schubste ihn fast hinaus. »Es ist alles okay.«

»Ich weiß nicht«, meinte Taylor, als Xavier plötzlich sagte: »Wo ist Joey eigentlich?«

Taylor sah den Polizeibeamten mit großen Augen an. »Ach ja, ich vergaß. Er sagte, für ihn wäre es langsam an der Zeit. Er würde nach Hause gehen und sich hinlegen.«

Xavier fluchte.

»Jetzt komm schon.« Agnes zog Taylor durch die Tür. Als sie ihn im Flur hatte, reichte der Schwung aus, um ihn auch durch die Eingangstür zu bugsieren. »Sieh doch«, meinte sie, als sie auf der Veranda standen, »es ist wirklich alles in bester Ordnung. Shane ist nur da, damit nicht noch mehr Leute auf die Idee kommen, hier einzubrechen.«

»Ich würde so gerne bleiben«, flötete er. Da er sie aber gleichzeitig die Verandastufen hinabdrängte und den Blick fest auf seinen Mustang Cobra gerichtet hielt, war Agnes klar, dass das nur Show war.

Beim Auto schlang er noch einmal die Arme um sie. Sie verbarg das Gesicht an seiner Brust und versuchte sich zu erinnern, wie sie sich zu Anfang mit ihm gefühlt hatte, als sie noch dachte, er sei für sie der vollkommene Mann. *Ob es wohl daran gelegen hatte, dass er so ein ausgezeichneter Koch war? Da muss doch noch mehr dahinter gewesen sein.* Nun ja, der Sex war super. Und das war immerhin ein wichtiger Punkt. Außerdem war er nett gewesen. Und sie so verdammt *einsam.*

»Ich weiß nicht, ob wir Marias Hochzeit wirklich hier ausrichten sollten«, sagte Taylor in ihre Gedanken hinein und rieb ihr den Rücken. »Du hast so viel Ärger damit, und die dumme Sache mit dem Jungen kommt jetzt auch noch dazu. Du weißt doch, wie sehr Evie Keyes jede Art von Klatsch hasst. Wenn sie herausfindet, dass in den Räumlichkeiten jemand zu Tode gekommen ist ...«

»Ihr Sohn heiratet ja schließlich nicht im Keller«, erwiderte Agnes und trat ärgerlich einen Schritt zurück. »Er heiratet im Pavillon, der wunderschön und außerdem völlig leichenfrei ist.«

»Ich meine ja nur.« Taylor versuchte, seinen Arm wieder um

ihre Schultern zu legen, doch Agnes schüttelte ihn ab, wobei sie sich vorkam wie eine verzogene Dreijährige. »Du hast doch ohnehin einiges am Hals. Warum sagen wir Evie nicht einfach, sie sollen die Hochzeit im Country Club machen …«

»Nein!« Agnes kam sich betrogen vor. »Evie ist ja geradezu auf der Suche nach einer Entschuldigung, um die Hochzeit dorthin zu verlegen. Wenn sie das tut, müssen wir Brenda drei Monatsraten für die Hypothek bezahlen. So war es ausgemacht, falls du es vergessen haben solltest! Wir richten die Hochzeit aus, und sie zahlt dafür die ersten drei Hypothekenraten. Hast du vielleicht 9000 Dollar? Ich nämlich nicht.«

»Beruhige dich«, erwiderte Taylor. »Brenda würde sicher einem anderen Zahlungsplan zustimmen. Ich möchte nur nicht, dass du so unter Druck stehst.«

»Was mich unter Druck setzt, ist die Vorstellung, die Hochzeit in den Country Club verlegen zu müssen.« Agnes kämpfte gegen ihre … Wut an. Ja, es war eindeutig Wut. *Ich bin nicht wütend. Ich bin verärgert.* »Die Hochzeit findet hier statt. Dass der Junge sich hier den Hals gebrochen hat, hat doch nichts mit mir oder der Hochzeit zu tun. Ich habe ihn schließlich nicht umgebracht …« Bei dem Gedanken zuckte sie zusammen.

»Eine Bratpfanne, Agnes«, warf Taylor ein. »Gütiger Gott.«

»Fahr nach Hause, Taylor«, gab sie zurück. »Für heute hast du mich genug getröstet.«

»Ich versuche doch nur, dir zu helfen«, sagte er beleidigt. »Du wolltest mich schließlich unbedingt zum Auto bringen. Und jetzt, wo wir hier stehen …«

»Du hast ja recht.« Im Mondlicht lächelte sie ihm zu und versuchte dabei, möglichst wohlerzogen nicht zu viel Zahnschmelz zu zeigen. »Weißt du was? Ich habe letzte Woche das Schlafzimmer im Dachgeschoss streichen lassen. Ganz zart blau wie Wasser. Das Bett ist auch fertig. Alles wartet nur darauf, dass du einziehst …«

»Da oben ist es doch heiß wie die Hölle«, maulte Taylor.

»Nicht, wenn wir das Fenster offen und den Ventilator laufen lassen«, entgegnete Agnes. »Und das schwache Licht sieht auf dem Holzboden wunderbar aus. Es ist so schön und friedlich und ...«

»Agnes, ich habe jetzt keine Zeit für einen Umzug«, versetzte Taylor kurz angebunden.

Agnes kreuzte die Arme über ihrem mit Himbeersirup verzierten T-Shirt. »Hör mal, ich habe Himmel und Hölle in Bewegung gesetzt, um dieses Haus zu bekommen, die Hochzeit wie vereinbart auszurichten und – ach, ja – meine Kolumnen zu schreiben, damit ich Brenda die Raten bezahlen kann. Und du? Du warst im letzten Monat genau drei Mal hier! »

»Agnes, Schatz, jetzt komm schon«, meinte Taylor ohne große Begeisterung.

Wem versuche ich hier eigentlich etwas vorzumachen?, dachte Agnes. *Die Sache war von Anfang an ein Fehler*. Sie seufzte laut. »Gut, ich hätte wissen müssen, dass es dazu kommen würde. Ich wollte es nur einfach nicht wahrhaben, weil ...« Sie richtete den Blick auf sein wirklich hübsches Gesicht, das sich auf ihrem gemeinsamen Kochbuch so gut machen würde. ... *weil ich nur für meine Arbeit lebe und du gut für meine Karriere bist*. »Weil ich wollte, dass es funktioniert. Aber es funktioniert eben nicht.«

»Agnes, Liebling«. Er streckte die Hand nach ihr aus.

»Nein«, versetzte Agnes und trat noch weiter zurück. »Es liegt ja nicht nur an dir. Als mich heute Nacht dieser Junge mit dem Revolver bedrohte, habe ich Joey angerufen. Ich hatte dich völlig vergessen, bist du zur Tür hereingekommen bist. Ich wollte eigentlich nur zu Joey. Und genau das will ich auch jetzt noch.« *Und zu Shane*, dachte sie, was sie jedoch großzügig übersah. »Es geht nicht nur um dich. Es hat mit uns beiden zu tun. Ich war einsam und ...«

»Agnes, du bist jetzt aufgeregt«, meinte Taylor und trat auf sie zu. »Aber du scheinst etwas zu vergessen.« Er wies mit der Hand auf Two Rivers. »Wir haben doch einen gemeinsamen Traum, Liebes.«

Sie wandte den Blick zum Haus, dessen Säulen im Mondlicht weiß schimmerten. Die Fensterscheiben schienen in der Dunkelheit golden zu leuchten. »Ich weiß. Ich habe mich in dieses Haus verliebt, als Lisa Livia mich zum ersten Mal in den Sommerferien hierher mitgenommen hat.«

Taylor versuchte wieder, den Arm um sie zu legen. »Brenda meint immer, es war, als habe sie eine zweite Tochter bekommen, als LL dich mitbrachte. Deshalb gehören wir hierher, Liebes. Dies ist unser *Familiensitz.*«

Das war zwar absoluter Schwachsinn, aber Agnes gefiel das Wort trotzdem. »Weißt du, ich saß immer am Kai und träumte davon, eines Tages ein Haus wie dieses zu besitzen. Und mit Butter zu kochen, wie Brenda es gemacht hat. Und einen echten Südstaatengentleman zu heiraten wie Brenda ihren Immobilienkönig.« Sie sah Taylor an. »Und als ich dich hier auf dem Rasen knien sah und hörte, wie du mich um meine Hand batest, dachte ich, ich würde jetzt endlich sein wie Brenda. Oder wie Scarlett O'Hara. Mit Butter.«

»Agnes«, wandte Taylor ein. »Du *bist* Scarlett O'Hara mit Butter.«

»Taylor«, gab Agnes zurück. »Ich weiß nicht einmal genau, was ich da sage. Es ist mein Traum, nicht deiner. Du hasst dieses Haus, deshalb bist du nie hier. Also gib mir ein bisschen Zeit, damit ich deine Hälfte des Hauses und die Renovierung der Scheune bei dir abstottern kann …«

»O Gott, Agnes, es tut mir alles so leid.« Taylor riss sie in seine Arme. Ihre Nase bohrte sich in sein T-Shirt, das zart nach Butter und Rosmarin duftete. Vielleicht hatte sie auch deshalb Ja gesagt. »Ich habe dich vernachlässigt, meine Liebe. Ich werde sofort morgen hier einziehen!«

»Nein«, sagte Agnes in sein T-Shirt hinein, doch er redete einfach weiter.

»Ich mache es wieder gut. Du wirst schon sehen. Es wird genauso werden, wie wir uns das vorgestellt haben, ich schwöre es dir. Wir werden hier draußen unseren Traum leben und Kochbücher schreiben, die uns sogar noch mehr Geld einbringen werden als dir *Der Pate bittet zu Tisch*. Es wird einfach wunderbar werden.« Er ließ sie so weit entweichen, dass er sich hinunterbeugen und sie küssen konnte. Er küsste sie leidenschaftlich, und sie ließ es mit sich geschehen, weil er nun mal gut küssen konnte, doch als er sie losließ, nahm sie einen tiefen Atemzug und trat zurück.

»Nein, Taylor«, sagte sie. »Ich …«

»Darüber sprechen wir nächste Woche«, sagte er und schloss den Wagen auf. »Wir setzen uns mit einem Julep auf die Veranda und sprechen über die Bücher, die wir gemeinsam schreiben werden. Nur du und ich. Scarlett und Rhett auf ihrem Landgut Two Rivers.«

»Ich habe bereits einen Rhett«, erinnerte Agnes ihn. Doch da saß er schon in seinem Mustang Cobra.

»Morgen ist auch noch ein Tag, Schatz«, warf er ihr noch zu, bevor er den Cobra aufröhren und ihn die Einfahrt zur Brücke hinunterschießen ließ. Sie sah ihm nach, bis die Rücklichter in der Dunkelheit erloschen.

Vielleicht konnten sie ja ihre geschäftlichen Beziehungen aufrechterhalten, dann würde sie ihm auch nicht so viel für seine Hälfte des Hauses zahlen müssen. Das wäre nicht schlecht, sie hatte nämlich kein Geld. Und er würde sich auf dem Schutzumschlag ihres Buches wirklich großartig machen! Joey war schon der Hit gewesen. Ihn hatte sie auf *Der Pate bittet zu Tisch* abgebildet, was dem Buch etwas durch und durch Authentisches verlieh. Doch Taylor war jung, gut aussehend und, nun ja, Erfolg versprechend. Sie würden eine Menge Bücher nur wegen seines Konterfeis verkaufen.

Und ein wenig Erfolg konnte nicht schaden. Brendas Haus hatte sich nämlich als wahre Geldvernichtungsmaschine entpuppt.

Rhett gähnte mit lautem »Arr, arr«, was durchaus als passender Kommentar zu Taylors Abgang gelten konnte. Dann trottete er zurück zum Haus. Agnes folgte ihm. Sie würde die Angelegenheit »Taylor« nach der Hochzeit regeln. Morgen war ja schließlich auch noch ein Tag. Nun ja: vielleicht nicht gerade morgen.

»Ich bin kein bisschen wie Scarlett O'Hara«, vertraute sie Rhett an, während sie zusammen in die Küche bummelten, wo Xavier und Hammond sich gerade zum Aufbruch bereitmachten, allerdings nicht ohne das Versprechen, später wiederzukommen. Hammond legte Wert darauf, dass sie Maria in seinem Namen grüßte.

Nachdem sie jedem eine Tüte voller Muffins mitgegeben hatte und sie in der Dunkelheit verschwunden waren, drehte Agnes sich zu Shane um und sagte: »Ich nehme mal an, Sie haben noch ein paar Fragen.«

»Nein«, sagte er, immer noch völlig ausdruckslos. »Ich habe zugehört, als Xavier seine Fragen stellte, und bin weitgehend auf dem Laufenden. Sie sind sicherlich müde. Ich richte mir hier unten einen Schlafplatz, ganz in Ihrer Nähe. Wir können morgen über alles sprechen.«

»Danke«, sagte sie, erstaunt, wie gut ihr seine Äußerung tat: dass er zu wissen schien, wie kaputt sie war, dass er die ganze Nacht über hierbleiben würde, dass er auch am Morgen noch hier sein würde. »Ich hole Ihnen Decken und Kissen.«

Als sie zurückkam, ließ sie die Sachen auf den Boden fallen, unsicher, was sie jetzt tun sollte. Sie war so dankbar, dass er da war. Groß und unerschütterlich stand er zwischen ihr und dem Rest der Welt. Sie kämpfte dagegen an, plötzlich Worte hervorzusprudeln wie: »Möchten Sie nicht in meinem Schlafzimmer übernachten?« Das wäre nun allerdings einigermaßen missverständlich gewesen. Aber andererseits wäre sie gar nicht so beleidigt gewesen, wenn er sie falsch verstanden hätte. Schließlich wäre es nicht schlecht, solch ein Kraftpaket zwischen sich und dem Fenster liegen zu haben. Doch sie konnte nicht so einfach mit einem bewaffneten fremden Mann schlafen. Außerdem gab es da noch Taylor. Technisch gesehen waren sie immer noch verlobt. Und was Fremdgehen betraf, hatte sie ihre Prinzipien. Die sie notfalls auch mit einer Bratpfanne verteidigte.

»Herzlichen Dank, dass Sie auf mich aufpassen«, sagte sie schließlich.

»Aber gerne doch«, sagte er. »Gute Nacht.«

»Gute Nacht«, gab Agnes zurück und ging ins ehemalige Zimmer der Wirtschafterin, wobei sie Rhett die Tür aufhielt. Das Letzte, was sie sah, war Shane, der an der Anrichte lehnte und dabei ungeheuer wachsam aussah.

Gut, morgen ist auf jeden Fall auch noch ein Tag, dachte sie. Sie fühlte sich getröstet. Und gar nicht einsam.

♡

Am nächsten Morgen erwachte Shane, weil Agnes über ihn stieg, als sie ihr Schlafzimmer verließ. »Guten Morgen«, sagte sie verwirrt und offensichtlich noch im Halbschlaf. »Sie haben auf dem Fußboden geschlafen?«

Er räumte seine Luftmatratze aus dem Weg. »Ich wollte da sein, falls es wieder jemand versuchen sollte.«

Agnes nickte. »Oh. Sie hätten bei Rhett schlafen sollen, wenn Sie sich solche Sorgen machen.«

Einen Moment überlegte er, ob er ihr sagen sollte, dass er nicht Rhetts wegen hier war. Dann fragte er sich, ob sie ihm gerade angeboten hatte, mit ihr zu schlafen. Und ob das eine gute Idee gewesen wäre. Er sah ihr zu, wie sie um die Anrichte herum in ihre gefährliche Küche ging, und fragte sich, ob sie wohl unter dem dünnen roten Schlafanzug nackt war. Was zumindest die zweite Frage beantwortete. Wenigstens, was ihn betraf. Sie würde natürlich ihre eigene Entscheidung treffen müssen, wenn es überhaupt so weit kommen sollte.

Konzentrier dich auf das Problem, schalt er sich. *Und dann mach, dass du zu deinem Job zurückkommst, bevor Wilson durchdreht.*

Als Shane sich an die Anrichte setzte, ließ Rhett sich neben ihn fallen. Agnes setzte gerade ihre knallrote Brille auf und ging zu dem riesigen Doppelkühlschrank hinüber. Dort holte sie allerhand Sachen heraus, um ihn dann mit einem Hüftschwung zu schließen und zur Anrichte hinüberzuschlendern. Dort ließ sie das ganze Zeug einfach vor Shane auf die Marmorplatte fallen. Dann holte sie mit erstaunlicher Leichtigkeit eine Pfanne von einem der Haken über ihrem Kopf. Alles, was sie tat, sah locker und effizient aus. Sie lenkte ihn irgendwie ab. Vor allem, weil sie unter dem Schlafanzug tatsächlich nichts anzuhaben schien.

»Warum sollte jemand Rhett kidnappen wollen?«, fragte Shane, mehr um sich von Agnes abzulenken als aus echter Neugier, denn Joey würde die Antwort sicher kennen. »Hat sich irgendjemand kürzlich nach ihm erkundigt?«

»In gewisser Weise.« Agnes nahm eine weiße Schürze vom Haken neben der Tür und zog sie über. Sie war mit einem gezeichneten Konterfei der Köchin mit ihrer roten Brille bedruckt. Darunter stand zu lesen: *Der Pate bittet zu Tisch* von *Küchenfurie Agnes*. Sie riss eine Packung Würstchen auf und ließ sie in die Pfanne gleiten. Dann erst stellte sie den Herd an, nahm eine bösartig aussehende Gabel von der Magnetleiste daneben und begann, die Würste hin und her zu wenden, ohne ihn anzusehen.

Shane sah sie an. Sie sah ein wenig zerknirscht drein. Plötzlich drehte sie sich um und bückte sich. Ihre Schlafanzughose spannte sich über die runden Pobacken. Agnes würde wohl nie zu den Supermodels gehören. Agnes war, dachte Shane beherrscht, ein Mädchen »zum Anfassen«. »Wie gewiss war denn diese Weise?«

Sie stellte eine Schüssel auf die Anrichte und griff dann zum Schneebesen. »Als der Junge hier eindrang, telefonierte ich gerade mit Joey. Er fragte mich nach Rhett. Vielleicht weiß Joey etwas. Sie können ihn ja fragen. Die Kaffeemaschine steht übrigens neben dem Spülbecken, falls Sie gerne Kaffee möchten.«

»Alles klar.« *Verdammt.* Schon wieder Joey.

Shane ging um die Anrichte herum. Gerade hatte er in der Ecke die große Kaffeemaschine und eine Dose mit Kaffee entdeckt, als der Duft der Würstchen sich auszubreiten begann. Es traf ihn unvorbereitet wie ein elektrischer Schlag. Das war der Duft nach Joeys italienischen *salsiccie*, der sich nicht verändert hatte, seit Shane ein Kind gewesen war.

Vergiss es. Shane öffnete die Kaffeedose und starrte auf eine Ansammlung von Bohnen statt auf gemahlenen Kaffee. »Aha!«

Agnes trat zu ihm und holte mit einem Griff ins Regal eine Kaffeemühle heraus, die sie auf die Marmorplatte der Anrichte stellte, bevor sie wieder zu der Schüssel mit den aufgeschlagenen Eiern zurückkehrte. Sie goss ein wenig Sahne hinein und schlug das Ganze mit dem Schneebesen durch. Vielleicht mit ein wenig mehr Energie als unbedingt nötig. »Ich vertraue Joey. Joey ist der beste Mensch, den ich kenne. Er würde mir niemals etwas antun. Schließlich hat er Sie geholt, damit Sie mich beschützen.«

»Ja.« *Aber der alte Gauner weiß etwas, und genau das will ich herausbekommen.* Shane drückte auf den Deckel der Kaffeemühle und setzte sie so in Gang. Das Aroma der gemahlenen Kaffeebohnen erfüllte den Raum und vermischte sich mit dem trügerischen Duft der italienischen Würstchen. Was sein Onkel wohl im Sinn haben mochte? Um die Kaffeemaschine zu füllen, musste Shane an Agnes vorbei und ertappte sich dabei, dass er sich zurückhalten musste, um sie nicht wie zufällig zu berühren. Ihr Haar war immer noch zerwühlt. Sie trug kein Make-up, ihre Wangen waren noch rosig vom Schlaf. All das beeinträchtigte seine Konzentration. Und dann war da immer noch dieser Geruch nach Joeys verdammten Würstchen. Er hatte sich an manch gefährlichen Ort aufgehalten, aber Agnes' Küche schien ihm im Moment der schlimmste von allen zu sein.

Er goss Wasser in die Kaffeemaschine, setzte den Deckel auf, drückte auf den Knopf und lehnte sich wartend an die Anrichte, während er im Kopf fieberhaft nach einem unverfänglicheren Thema suchte, das ihm trotzdem mehr über den Ärger verraten würde, in dem Agnes seiner Ansicht nach steckte. »Wer ist eigentlich Taylor?«

Agnes runzelte die Stirn. »Was soll das heißen: ›Wer ist Taylor?‹? Sie haben ihn doch letzte Nacht kennengelernt.«

»Hat er irgendetwas mit den Thibaults oder anderen Gaunern zu tun?«

»*Taylor?*« Sie nahm eine andere Pfanne von den Haken über ihrem Kopf, setzte sie auf den Gasherd und ließ die Flamme anspringen. Sie drehte die Hitze auf kleinste Stufe und holte die Butter. »Lieber Himmel, nein. Taylor ist ein Junge aus der Gegend hier, der seinen Weg macht. Gut, er ist jetzt vierundvierzig, das mit dem Jungen wird sich wohl langsam verlieren, was ihn zusätzlich motiviert. Er hat sich durch die Küchen der meisten Restaurants in der Gegend gearbeitet und ist nun Küchenchef im besten Restaurant der Insel. Auf der anderen Seite der Küstenstraße.« Sie deutete mit dem Kopf zum Wasser hinüber. »Er ist ein echter Selfmademan. Er arbeitet hart und ist ein exzellenter Koch. Wir haben gerade zusammen ein Kochbuch gemacht, das ein Bestseller werden wird, denn seine Rezepte sind großartig. Dies wiederum wird sich positiv auf den Catering-Service auswirken, den er in der Scheune nebenan aufmachen möchte. Er hat nichts mit irgendwelchen Verbrechern zu tun, und er hat auch keinen Grund, Interesse an Rhett zu zeigen. Sind Sie heikel mit Ihren Eiern?«

»Ich mag keine Eier«, sagte Shane. »Sie müssen mich nicht füttern. Würde er in irgendeiner Form profitieren, wenn Sie das Zeitliche segnen?«

»Ich füttere alle und jeden.« Agnes gab ein kleines Stück Butter in die Pfanne. Es glitt am hohen Rand herunter und hinterließ dabei eine deutlich sichtbare Spur. Der Duft der Butter trat mit Kaffee und Würstchen in geselligen Wettbewerb um den Preis des wunderbarsten Morgenduftes, Abteilung Küchenaromen. »Wenn ich sterben würde, gehört Two Rivers ihm allein. Wir haben einen Vertrag für das Kochbuch und den Catering-Service. In dem steht, dass im Todesfall der jeweils Überlebende alles erbt. Doch er braucht mich, um das *Two Rivers Kochbuch* fertigzustellen. Seine Zukunft steht und fällt mit diesem Buch. Er war es nicht.« Sie nahm eine rote Paprikaschote zur Hand, führte das Messer elegant um den Stiel herum und teilte sie dann in zwei Hälften. Mit einer eleganten Bewegung putzte sie das Innere der beiden roten Schalen.

Shane war beeindruckt. »Hat Ihre Mutter Ihnen das Kochen beigebracht?«

»Oh bitte«, antwortete Agnes und ließ das Messer sinken. »Meine Mutter hat fast nichts *gegessen*. Sie musste ständig auf ihre Taille achten. Ich wusste nicht, wie Butter schmeckt, bis die Mutter einer Freundin hier in dieser Küche ein Stück davon in einer Pfanne zerlaufen ließ. Da war ich vierzehn. Danach gab es kein Zurück mehr. Jeder Junge, der mir einen Cheeseburger und einen Milchshake ausgab, konnte mich haben.«

»Das erklärt Taylor«, frotzelte Shane.

»Ach, Sie versuchen's mit Humor. Haha!« Mit der Schnelligkeit eines Maschinengewehrs begann Agnes, die Paprikaschoten klein zu hacken.

»Ein Catering-Service. Ich dachte, Sie sind Kolumnistin.«

Agnes warf ihrem Laptop einen schuldbewussten Blick zu und hackte weiter. »Bin ich ja auch. Aber Taylor wollte eben unbedingt diesen Catering-Service eröffnen, und ich wollte unbedingt Two Rivers haben. Also haben wir es gemeinsam von Brenda gekauft. Ich kann überall schreiben.«

»Brenda«, sagte Shane und erinnerte sich, was Joey ihm gestern Nacht noch am Telefon gesagt hatte. »Das alte Fortunato-Anwesen.«

»Brenda Dupres«, erläuterte Agnes und ließ die Paprikastückchen in die Butter gleiten. »Die Witwe des Immobilienkönigs. Sie war wie eine Mutter zu mir. Zumindest mehr als meine eigene Mutter. Sie hat mir Butter gegeben. Eine wunderbare Köchin, die fantastische Partys veranstaltet und weiß …«

»Brenda Fortunato«, meinte Shane nachdenklich.

»Das war sie, bevor sie den Immobilienkönig geheiratet hat«, entgegnete Agnes. »Und bevor ich sie kannte. Mr. Fortunato ruhte schon längst auf dem Grund des Meeres, als Livia mich mit zu sich nach Hause nahm.«

Cousine Lisa Livia. In Shane stieg eine dunkle Erinnerung an ein dunkelhaariges, temperamentvolles Mädchen auf. Und an Tante Brenda. Ja, sie kochte gut. Besser als Joey. Aber das war, bevor Joey ihn auf die Militärschule schickte und damit sein ganzes altes Leben wie hinter einer Panzertür verschloss.

Verdammt. Er sog den Duft der schmelzenden Butter ein und versuchte, sich wieder auf das anstehende Problem zu konzentrieren. »Aber die Hochzeit wird doch eine Fortunato-Hochzeit, keine Dupres. Die Mutter der Braut heißt doch immer noch Fortunato, oder?«

»Lisa Livia? Ja.«

»Was ist mit dem Vater?«

Agnes zögerte. Dann meinte sie: »Der ist gerade nicht in der Gegend. LL hat ihn nicht geheiratet, also heißt auch Maria noch Fortunato.«

Na, wunderbar. Alle waren Fortunatos. Für immer und ewig. »Was ist denn mit ihm los?«

»Das weiß niemand so recht«, antwortete Agnes und drehte sich um. »Er war eine schlechte Wahl. Siebenundzwanzigjähriger Klugscheißer trifft auf achtzehnjährige Highschool-Göre. Lisa Livia war verrückt nach ihm, bis sie ihn mit einer anderen erwischte. Dann fuhr sie ihm an die Gurgel, er schlug sie, und damit war die Sache für LL gegessen.«

Shane war ziemlich sicher, dass Agnes eine Kleinigkeit übersprang. »Das ist alles?«

Agnes nickte. »Ich hatte damals ein Stipendium für ein College in Ohio. Wir wollten beide studieren, also beschloss sie, mit mir zu kommen. Johnny verschwand, und wir gingen nach Ohio, wo Maria zur Welt kam. Wir haben sie zu zweit aufgezogen, bis LLs Boss mit seiner Firma in den Westen ging und sie mit ihm. Es brach mir fast das Herz, als sie wegzogen.«

Einen Moment lang sah sie traurig aus, und Shane fragte sich, wie viele Menschen Agnes wohl verlassen haben mochten und woher sie nur den Mut nahm, sie immer wieder in ihr Leben zu lassen. Für ihn war einmal genug gewesen. »Und niemand fand je heraus, was mit Johnny passiert ist?«

Agnes drehte sich zum Spülbecken um. »Niemand machte sich die Mühe. Man könnte sagen, er war ein Vermisster, den niemand so recht vermisste.«

Er vermisste in der ganzen Geschichte durchaus etwas, aber da dies alles schon vor achtzehn Jahren passiert war, musste er sich deswegen wohl keine weiteren Sorgen machen. »Wie viele Leute kommen denn?«

»Nicht so viele. Um die hundert.«

»Das ist eine ganze Menge. Und etwa die Hälfte gehört zu Marias Familie, oder? Fünfzig Fortunatos? Und was ist mit der Familie von Marias Vater?«

»Marias Vater hat damit nichts zu tun. Es werden nur die

Fortunatos hier sein. Aber es ist trotzdem nicht so, wie Sie denken. Ich kenne Maria. Sie ist keine Mafia-Prinzessin. Lisa Livia hat sie von all dem ziemlich ferngehalten. Sie ist einfach nur eine Neunzehnjährige, die sich in einen privatschulgepflegten Golfplatz-Designer verguckt hat, der mehr Geld hat als ein Ölscheich. Sie werden hier eine tolle Hochzeit halten und ihre Babys in Ralph-Lauren-Klamotten stecken. Niemand wird hier den Ring des Paten küssen oder anderes melodramatisches Zeug. Der Pate wird sein Stück von der Hochzeitstorte abbekommen und es ganz manierlich verputzen wie alle anderen, bevor er wieder abhaut.«

Shane wurde ganz ruhig. »Der Don. Michael Fortunato. Er kommt?«

»Er ist Marias Großonkel. Natürlich kommt er.«

Shane rieb sich die Stirn. *Verdammt noch mal, Joey.* »Davon haben Sie gar nichts erzählt.«

»Shane, ich glaube nicht, dass der Junge letzte Nacht Rhett kidnappen wollte, weil der Don kommt. Der Don kennt Rhett gar nicht. Sie bewegen sich nicht in denselben Kreisen.«

Shane sog hörbar die Atemluft ein und wollte Agnes schon eine passende Antwort erteilen, als die Kaffeemaschine sich bemerkbar machte. Er holte eine Tasse mit der Aufschrift »Küchenfurie Agnes« von einem Haken unter den Hängeschränken und goss sich Kaffee ein. Nein, er hatte entschieden genug gesagt, dachte er. Laut sagte er: »Kaffee?«

Agnes warf einen Blick auf seine Tasse. »Das ist ja der reinste Schlamm!«

»Ich mag ihn gerne stark.« Er nippte an der Brühe und spürte, wie sie ihren Weg in sein Gehirn fand und es in Gang setzte. Dann trug er seine Tasse zu dem Barhocker auf der anderen Seite der Anrichte zurück, wo er Agnes besser sehen konnte. Das war aber auch schon das einzig Gute an dieser Sache.

Er hatte jetzt also noch eine Frage mehr an seinen Onkel Joey:

»Weißt du irgendetwas über die Mafia-Waffe in Agnes' Haus?« Und: »Kennst du die Familie Thibault näher?« Weiter: »Wieso hast du Agnes nach Rhett gefragt?« Darüber hinaus würde er ihn sicher auch noch fragen, ob die Tatsache, dass der Don hier auftauchen würde, etwas mit der ganzen Angelegenheit zu tun hatte. Was für ein Durcheinander! Zu Agnes sagte er: »Ist diese Woche noch etwas passiert, was Sie mir erzählen möchten?«

»Nicht, dass ich wüsste!« Agnes rührte in den bratenden Paprikastückchen herum. Der süßlich-scharfe Geruch machte Shane schwindlig. *Ich will diese Eier*, dachte er und versuchte von Neuem, sich zu konzentrieren.

»Denken Sie mal scharf nach?«, bohrte er. »War diese Woche irgendetwas anders als sonst?«

»Natürlich. Alles Mögliche.«

Agnes machte ihn verrückt. Da war diese buttrige Paprika. Und dann noch die Würstchen. Überhaupt die ganzen Gerüche. Sie hielt den Blick währenddessen auf die Pfanne gerichtet. Die Hitze am Herd hatte ihre Wangen rosig anlaufen lassen. Zarte Schweißperlen zierten ihre Oberlippe, und das trug auch nicht gerade zu erhöhter Konzentration bei.

»Gestern hat uns der Bäcker sitzen lassen, daher mache ich jetzt die Hochzeitstorte doch selbst«, begann sie mit der Aufzählung. »Das *Golf Magazine* brachte einen Superartikel über Palmers letzten Golfplatz, den *Flamingo*, und bezeichnete ihn als ›Genie des Green-Designs‹. Da er erst achtundzwanzig ist, sind wir alle schrecklich stolz auf ihn. Doyle meinte, wenn ich nicht bald die Brücke zur Hauptstraße neu machen ließe, müsse ich wohl früher oder später schwimmen lernen. Ich sagte ihm, dass ich dafür kein Geld hätte, und bat ihn, zum Abstützen doch einen der Balken zu nehmen, die sich im Haus oder in der Scheune ständig lösen.«

»Doyle?«

»Der Handwerker.« Agnes spähte über ihre beschlagenen

Brillengläser hinweg, um die Paprikastückchen zu begutachten. »Ich war kaum einzogen, stand er auch schon vor der Tür.«

Shane zog die Augenbrauen zusammen. »Wie lange ist das her?«

Mit dem Handrücken schob Agnes die Brille wieder weiter die Nase hoch. »Vor etwa drei Monaten. Ich glaube nicht, dass er in dieser Zeit Rhett ausspioniert hat, wenn es das ist, was Sie meinen.« Sie rührte die Eier in die Paprikabutter, nahm dann die Pfanne auf und kippte sie nach rechts und nach links, sodass die Eimasse schön auf dem Pfannenboden verlief. Dann sah sie Shane an: »Hören Sie. Es ist nichts Außergewöhnliches vorgefallen. Wenn man von dem Jungen mit der Knarre mal absieht. Und von Ihnen natürlich.«

Das Telefon läutete. Agnes ging an den Apparat. »Guten Morgen, Reverend Miller. Aber ja, ich bin sicher, dass Maria eine gute Christin ist. Wieso?« Agnes starrte finster durch ihre Brillengläser ins Leere. »Natürlich ist sie getauft. Sie ist Katholikin … Ja, ich weiß das, weil ich ihre Patin bin. Ich war also dabei.« Kopfschüttelnd hörte sie weiter zu. »O je, o jemine … Ganz richtig. Darauf können Sie wetten … Aber gerne. Bis Samstag dann. Auf Wiederhören.« Sie knallte das Telefon auf die Marmorplatte und schimpfte: »Alter Esel!« Dann wandte sie sich wieder ihren Eiern zu.

Shane entschied, dass er die Unterhaltung besser wieder aufnahm. »Also, zurück zum Hund. Wie viele Menschen wissen, dass Rhett hier ist?«

»Jeder, der den Zettel gelesen hat, den ich überall verteilen ließ, als ich ihn auf der Veranda fand. Jeder, der in den letzten vier Monaten hier war. Und jeder, der den *County Clarion* bekommt.« Sie hob mit einem Spatel die gestockte Eimasse an, sodass das noch flüssige Ei darunterlief. Dies schien höchste Konzentration zu erfordern.

»Den County was?«, hakte Shane nach.

»Den *County Clarion*. Die Lokalzeitung. Eine der Zeitungen, die meine Kolumne abdrucken. Ich habe eine Kolumne über »Küche für Hunde« geschrieben, und die Zeitung hat statt meiner ein Foto von Rhett und mir abgedruckt.«

Shane seufzte. »Und das sagen Sie mir erst jetzt.«

»Was? Die Zeitung?«, Agnes warf ihm einen Blick zu. »Das ist noch gar nichts. Ich sage Ihnen, buchstäblich jeder hier in der Gegend weiß, dass Rhett bei mir lebt. Jedes Mal, wenn ich in die Stadt fahre, sitzt er auf dem Beifahrersitz. Und jeden, der auf seiner Straßenseite ging, hat er vollgesabbert. Sehr dezent ist er nicht gerade.« Sie nahm den Käse, griff nach einer Reibe und rieb ihn in langen, sich ringelnden Streifen über das Omelett.

Die Erinnerung an Joeys Speisecafé wallte wieder in Shane auf. »Wann kam die Zeitung in Umlauf?«

»Gestern Morgen.«

»Und es ist Ihnen nicht in den Sinn gekommen, dass da vielleicht ein Zusammenhang besteht?«

Agnes behielt Eier und Käse im Auge. Genau im richtigen Moment wendete sie das Omelett und ließ es auf einen flachen Teller gleiten. Sie nahm ein Messer, halbierte es mit einem glatten Schnitt und schob die zweite Hälfte auf einen anderen Teller. Dann häufte sie auf beide Hälften Wurst. Allein der Geruch ließ ihn schwindlig werden – vor Hunger und vor Erinnerungen an seine Kindheit. »Nein«, sagte sie und reichte ihm seinen Teller. »Scharfe Sauce?«

»Ja, bitte«, antwortete er. Sie ging rund um die Anrichte herum, holte einen Krug und schob ihn zu Shane hinüber. »Die Zeitung also …«

»Toast, Frühstücksmuffins oder Bagels?«, fragte sie.

»Frühstücksmuffins«, gab Shane zurück und musste sich beherrschen, um seine Gabel nicht augenblicklich in das Omelett zu schlagen. Es hatte alles so einfach ausgesehen, doch als ihm das erste Stück auf der Zunge zerging, wurde ihm klar, dass er einiges verpasst haben musste, während er Kaffee machte. Irgendwie waren da Kräuter drin oder Gewürze oder beides. Und das Ei war so locker und leicht – *schaumig*, dachte er –, während die Paprika einerseits butterweich war, andererseits immer noch Biss hatte. »Das schmeckt wunderbar«, sagte er ohne nachzudenken.

»Danke.« Agnes saß ihm gegenüber.

Schließlich hatte er es satt, sich zurückzuhalten, um cool auszusehen, und rammte die Gabel förmlich in eines der Würstchen. »Verdammt!«

»Ich weiß, es ist unglaublich, nicht?«, meinte Agnes. »Ich weiß nicht, wo Joey sie herhat, aber sie sind einfach unerreicht.«

Shane ließ die Gabel sinken. Das verdammte Keyes und all seine Erinnerungen. Missmutig aß er weiter. »Also, zurück zur Zeitung …«

»Glauben Sie wirklich, irgendjemand aus der Gegend hat das Bild gesehen und den leidenschaftlichen Wunsch verspürt, Rhett zu besitzen?« Sie schüttelte den Kopf. »Sie haben das Foto nicht gesehen!«

»Nein, aber das möchte ich nachholen.« Wieder lud Shane sich Omelett und Würstchen auf die Gabel.

»Ich habe mein Exemplar weggeworfen, aber Joey hat sicher noch eines.«

Die Frühstücksmuffins verströmten ihren leckeren, hefesaueren Duft, als sie auf dem Toaster aufgebacken wurden. Als der Summer ertönte, stand Agnes auf und ging hinter ihm vorbei, um die Muffins zu holen. Ihr Duft vermischte sich mit dem buttrig-fruchtigen Aroma des Paprikaomeletts und dem fetten, würzigen der Würstchen. Shane vergaß, was er hatte sagen wollen.

»Wovon?«

»Vom *Clarion!*« Agnes ließ ein heißes Muffin auf seinen Teller gleiten und reichte ihm die Butter. »Joey hat sicher noch ein Exemplar.«

Sie verwendete nur echte Butter. Das hatte er schon am Geruch erkannt, als sie die Eier gebraten hatte, doch jetzt, mit den Muffins, explodierte der Buttergeschmack förmlich in seinem Gaumen. Nach diesem Zeug konnte man ja süchtig werden …

»Gut, stand in dem Artikel etwas Besonderes …?«

Agnes schüttelte den Kopf, wobei die Löckchen um ihr Gesicht tanzten. Shane blieb das Wort im Hals stecken, so tief berührte ihn ihr Anblick. »In dem Artikel ging es darum, wie man seine eigenen Hundekekse herstellt. Es stand nichts über Rhett, das Haus oder andere Sachen drin, die jemandem Appetit auf einen Einbruch hätten machen können.«

Shane pflügte sich wie in Trance durch das Frühstück. Alles war von eleganter Würze, von überwältigender Sahnigkeit … und lenkte ihn ab wie Agnes selbst. Dann begann plötzlich das verdammte Handy zu vibrieren. Er warf einen Blick auf das Display und las: »Wilson.« Die wirkliche Welt rief. Sein Frühstück allerdings auch. Und so legte er das Handy zur Seite. Er würde sich später mit den Wünschen der Welt beschäftigen.

»Mehr Kaffee?«, fragte Agnes. Als er nickte, griff sie nach der Kanne und füllte ihrer beider Tassen. Dabei streifte sie ihn beinahe. Sie riecht gut, dacht er. Sie roch irgendwie – er kramte in seinem Gedächtnis nach einem passenden Wort – köstlich.

Er schätzte es, dass sie nicht wissen wollte, wer ihn anrief und worum es dabei ging.

Irgendwo im Haus schlug eine Tür zu. Sofort sprang er mit gezogener Pistole auf.

Agnes starrte gebannt die Waffe an. »Wo …?«

Shane legte einen Finger über seine Lippen.

Sie kam näher und flüsterte. »Vielleicht ist es nur Doyle.«

»Wieso …«, hub Shane an, bevor eine laute irische Stimme ihn unterbrach. »Einen wunderschönen guten Morgen, Mädel.«

Bevor der hinkende Riese in der Küchentür auftauchte, war Shanes Pistole bereits wieder verschwunden. Vermutlich war er früher Boxer gewesen. Zumindest ließen sein gebrochenes Nasenbein und die schlecht verheilten Narben unter dem struppigen weißen Haarschopf dies vermuten. An den Wangen überdeckte sie ein ebenso struppiger Bart.

»Morgen, Doyle«, sagte Agnes. »Frühstück gefällig?«

»Nein danke, Mädel. Obwohl es natürlich super aussieht.« Doyle richtete seine durchdringend blauen Augen auf Shane. »Und wer ist dieser gut gebaute Bengel hier?«

»Das ist Shane. Er wird eine Weile hier bleiben. Shane. Doyle«, stellte Agnes die beiden einander vor.

»Sehr erfreut ...«, setzte der alte Mann an, doch dann entdeckte er den Riss in der Tapete und erstarrte. »Was im Namen aller Heiligen ist denn das?«

»Sieht aus, als hätte ich einen Keller. Schau.« Agnes trat zu der Schwingtür und stieß sie auf. »Ein Junge ist bei mir eingebrochen. Er sagte, er sei nur wegen des Hundes gekommen, dummerweise stürzte er sich im Keller zu Tode.«

»Zum Henker!«, rief Doyle aus. Seine Heiterkeit war wie weggeblasen. Er trat hinüber und steckte den Kopf durch die Türe.

Shane leerte seine Kaffeetasse und stellte den Barhocker dann ordentlich unter die Anrichte. »Danke für das Frühstück. Ich gehe in die Stadt und besuche Joey. Wenn Ihnen noch etwas einfällt, lassen Sie es mich wissen.« Er sah sich um und griff dann nach einem fast zur Gänze bekritzelten Stück Papier. Beim Umdrehen entdeckte er noch eine freie Stelle. »Haben Sie einen Stift?«

Agnes griff in eine Tasse, die auf der Anrichte neben der Hintertür stand, und angelte einen Stift heraus. Shane schrieb ihr seine Handynummer auf, wobei ihm bewusst wurde, dass es nun vier Leute waren, die diese Nummer kannten. Verhältnismäßig viele. Sein Leben begann kompliziert zu werden.

»Danke.« Sie nahm das Papier, riss es in der Mitte entzwei und flickte irgendwo noch etwas ein. Dann hielt sie es ihm hin.

»Das sind meine Nummern. Festnetz und Mobil. Was ist mit Rhett? Soll ich ihn im Haus lassen?«

Shane nahm das Stück Papier an sich. »Nein. Ich nehme ihn mit. Nicht, dass noch mal jemand kommt.«

»Er mag es, wenn er aus dem Fenster sehen und schnauben darf«, meinte Agnes. »Manchmal schnaubt er ein bisschen zu viel.«

»Wunderbar.« Shane pfiff nach dem Hund.

Rhett sah ihn an, als habe er ihm einen unsittlichen Antrag gemacht.

»Geh schon, Kleiner«, redete Agnes dem Hund zu. »Geh mit Onkel Shane. Er nimmt dich im Auto mit.«

Sofort sprang der Hund auf die Füße. Agnes bückte sich, um ihn zu streicheln, wobei sich ihre Schlafanzughosen wieder eng um ihre Pobacken spannten.

»Onkel« Shane sah schnell woandershin. An der Küchentür drehte er sich noch einmal um. Doyle beobachtete ihn. Agnes stand im einfallenden Sonnenlicht vor dem Fenster und lächelte ihn an, eingehüllt in den Duft von Kaffee, Butter und Würstchen.

»Haben Sie etwas vergessen?«, fragte sie.

Ja, dachte er. *Diesen Teil von Keyes.*

»Seien Sie heute mal ein bisschen vorsichtig«, sagte er.

»Sie auch.«

Er nickte.

♡

Shane hatte Two Rivers schon am Vorabend durchsucht. Er hatte alle Räume inspiziert, um sicher zu sein, ob sich auch niemand dort versteckte. Das machte er auch jetzt wieder, bevor er das Haus verließ: der weiträumige, noch leere Salon und das Esszimmer im Erdgeschoss; die vier bequemen, aber spärlich möblierten Schlafzimmer im ersten Stock, von denen zwei zum Aufbewahren der Hochzeitsgeschenke dienten; und die beiden

Räume am Ende der engen Treppe, die zum Dachboden führte. Der nach vorne liegende Raum war noch unrenoviert, der hintere aber, dessen Fenster auf den Fluss hinausgingen, war zu einem eleganten Schlafraum umgebaut worden – weiße Holzmöbel, zartblaue Wände. Das Licht, das durch die bis fast auf den Boden reichenden Fenster in der Dachschräge einfiel, ließ die Steppdecke aus blauem Satin verführerisch schimmern. Das würde einmal ein ganz wunderbarer Raum werden, dachte er, während er das angrenzende, noch nicht ganz fertige Badezimmer kontrollierte. Eigentlich war jetzt schon alles wunderbar. Viel besser jedenfalls als die Mönchszelle, in der Agnes im Moment schlief.

Er würde nicht eine Sekunde zögern, sollte man ihn bitten, hier einzuziehen. Nicht nach diesem Frühstück.

Shane ging wieder nach unten, trat nach draußen und ging um die Rückseite des Anwesens herum, wobei er sich bemühte, jedes Gefühl von Heimeligkeit abzuschütteln, das ihn befiel, sobald er mit Agnes' so wohlorganisierter Häuslichkeit in Berührung geriet. Er spürte das Telefon in seiner Jackentasche und wusste, dass ihn auf dem Display eine Botschaft von Wilson erwartete. Hundeentführung würde als Erklärung wohl nicht gerade überzeugend klingen. Doch etwas bedrohte die Welt, die Agnes mit ihrem Frühstück und ihrer warmen Küche gezaubert hatte, und er musste sich darum kümmern, bevor er wieder in seine Welt zurückkehren konnte.

Rhett besprenkelte unterdessen ungeniert den Zaun, der die Klimaanlage umgab. Was Shane Gelegenheit zu der Feststellung gab, dass es bei Agnes wohl immer ein bisschen zu heiß sein würde, denn ein Anwesen wie Two Rivers brauchte mindestens eine doppelt so große Anlage. Dann schnüffelte sich der Hund zum Pavillon durch. Der hatte einen neuen weißen Anstrich erhalten. Das rote Dach war neu gedeckt worden – eines der wenigen Dinge auf dem Anwesen von Two Rivers, denen man die Instandsetzung ansah. Das Haus mit seiner Doppelveranda und den hohen Säulen hingegen sah immer noch ziemlich baufällig aus. Offensichtlich aber erwartete es einen neuen Anstrich, denn man hatte von oben bis unten die alte Farbe abgekratzt. Nun sah es aus, als habe es die Räude.

In seinem Rücken erklangen schwere Fußtritte. Shane drehte sich um, die Hand instinktiv an der Waffe, doch es war nur Doyle, der hinter ihm dreinstapfte.

»Ein ganz besonderer Ort, nicht wahr?«

»Ja, das hat schon was«, antwortete Shane zustimmend und wandte sich Richtung Fluss.

»Eine besondere Frau, unsere Agnes«, fügte Doyle hinzu und versuchte, mit ihm Schritt zu halten.

»Ja, sie hat schon was«, gab Shane zurück und ging noch schneller.

»Bleiben Sie lange?«, bohrte Doyle weiter.

»So lange, wie es eben dauert.«

»Wie was dauert?«, hakte Doyle nach, und Shane dachte an Agnes und das blaue Schlafzimmer. Er wandte sich zum Fluss, bevor der alte Mann seine Gedanken lesen konnte, und trat auf den Anlegesteg, der einige Male bedenklich knarzte. Dann sah er auf Two Rivers zurück, wie es dalag – auf drei Seiten umgrenzt von Sumpfland, dem Intracoastal-Kanal und dem Blood River. Ein weiterer kleiner Kanal verlief zwischen dem Gutshaus und dem bewaldeten Gelände darum herum. Die alte Brücke war die einzige Verbindung nach draußen. Schön, aber von einer geradezu entrückten Distanz zur Außenwelt. *Wie Agnes …*

»Wie lange, hatten Sie gesagt, wollen Sie bleiben?«

Shane seufzte. »Wer würde in Two Rivers einbrechen, um den Hund zu stehlen, Doyle?«

Doyle blinzelte ihn an. »Diesen Hund? Niemand.«

»Aber jemand hat es getan. Wer würde Agnes etwas antun wollen?«

Doyle starrte blicklos vor sich hin. »Niemand. Jeder mag …«

»Aber jemand hat es getan. Ich werde so lange bleiben, bis ich weiß, was hier vorgeht. Wenn Ihnen das nicht passt, machen Sie das mit Agnes aus.« Abrupt machte er kehrt und folgte der Grundstücksgrenze, bis er zu seiner Rechten die Brücke sah. Er hörte Autogeräusche und suchte einen Platz, wo er die Ankömmlinge zwar sehen, selbst aber vom Laub verdeckt sein würde. Seine Hand glitt zum Pistolengriff.

Zwei Wagen tauchten in der Einfahrt auf: ein riesiger weißer Lexus, gefolgt von einem babyblauen Cadillac aus den Achtzigerjahren. Sie schoben sich über die Holzbrücke, und sogar aus dieser Entfernung konnte Shane noch das mühselige Ächzen der Balken hören. Beide Wagen hielten vorm Haus. Die Tür des Cadillacs öffnete sich.

Eine kurvenreiche platinblonde Schönheit in wehenden blauen Gewändern entstieg dem Fahrzeug. Sie stellte sich in Positur, stemmte die Hände in die Hüften und sah sich um, als würde alles ihr gehören. Als sie sich umdrehte, erkannte Shane sie: Brenda Fortunato. Sie sah immer noch gut aus. Sogar im hellen Sonnenlicht würde man sie höchstens für Anfang vierzig halten, obwohl sie die Fünfzig längst überschritten haben musste. Sie legte den Kopf zur Seite und musterte das Haus. Soweit Shane dies beurteilen konnte, sah sie nicht besonders zufrieden aus. Was an der abgekratzten Farbe liegen mochte. So nämlich sah Two Rivers einigermaßen schrecklich aus.

Nun ging auch die Fahrertür des Lexus auf. Heraus stieg eine Frau, die in allem das Gegenteil von Brenda zu sein schien: Brenda war klein, sie groß; Brenda war kurvig gebaut, sie schlank und sehnig; Brendas Haut schimmerte braun, die der anderen Frau war von vornehmer Blässe; Brenda trug ein blaues Chiffonkleid, sie edles, zurückhaltendes Beige. Brenda stellte ihre Beine auf High Heels zur Schau, die andere schritt in flachen Schuhen einher. Auch stemmte sie nicht die Hände in die Hüften oder musterte mit besitzergreifender Miene das Anwesen. Sie klemmte einfach nur ihre Tasche unter den Arm, nickte Brenda höflich zu und warf einen Blick auf das Haus, der sie allerdings zusammenzucken ließ. Dann ging sie auf die Stufen der vorderen Veranda zu. Sie strahlte zwei Dinge aus: Klasse und Geld. Shane dachte: *Evie Keyes*. Mutter des Bräutigams und First Lady von Keyes, South Carolina. Herrscherin über einen Hühnerhof. Zumindest aus seiner Sicht der Dinge.

Er sah Agnes mit einem Tablett voller Cocktails aus dem Haus treten. Ihre schwarzen Löckchen wippten, während die knallrote Brille ihr einmal mehr auf die Nasenspitze rutschte. Sie trug ein rotes Kleid, das an den Schultern nur von zwei geknoteten schmalen Bändern gehalten wurde. Die leichte Brise ließ den Rocksaum um ihre Beine tanzen, was Shanes Gedanken erneut abschweifen ließ. Zumindest, bis sie mit den beiden Damen im Pavillon verschwand.

Agnes hatte verdammt hübsche Beine. Und einen wunderschönen Rücken. Man müsste nur an diesen Bändern ziehen dürfen ... Und wie sie ihn angelächelt hatte, als sie in ihrer Küche im Licht der Morgensonne stand. Immerhin konnte das als Einladung gedeutet werden. Oder auch nicht. Vielleicht sollte er sich Gewissheit verschaffen, bevor er einen Versuch startete.

»Sie sind ein ziemlich aufmerksamer Mensch«, hörte er Doyle hinter sich sagen.

»Sollten Sie nicht irgendwo Farbe verstreichen?«

»Sollten Sie nicht irgendwohin fahren?«

Shane überlegte, ob er sich auf diese Diskussion einlassen sollte, doch da er sich genau jener Gedanken schuldig gemacht hatte, deren Doyle ihn verdächtigte, rief er nur nach Rhett und machte sich auf den Weg. Doyle ging zurück ins Haus.

Rhett setzte auf einem alten Balken über den kleinen Kanal

und verschwand augenblicklich in dem kleinen Palmenwäldchen auf der anderen Seite. Shane folgte ihm. Dabei ließ er den Blick übers Gelände schweifen, sodass er nicht merkte, dass der Hund längst stehen geblieben war. Im selben Moment, als er über ihn stolperte, wurde über seinem Kopf ein Zweig in tausend Splitter zerfetzt. Der Schuss verhallte zwischen den Palmen.

Shane warf sich auf den Bauch und feuerte zwei Mal in Richtung seines Angreifers. Rhett bellte und stürzte auf den Mann los. Shane fluchte, weil der Hund nun in der Schusslinie war. Er feuerte noch vier weitere Schüsse ab, sprang auf und rannte geduckt hinter dem Hund her. Er konnte kaum glauben, dass er wegen dieses blöden, alten Bluthundes sein Leben riskierte. Doch er feuerte weiter. Im Laufen warf er das leere Magazin aus. Im Zickzack spurtete er weiter, während seine Hand ein neues in den Schacht stieß. Er war wieder schussbereit. Er feuerte, dann war er bei Rhett angekommen und riss ihn am Halsband hinter einen am Boden liegenden Baumstamm, wo er ihn mit den Armen gegen seine Brust quetschte, damit er sich nicht wieder losreißen konnte.

Rhett bellte nochmals, dann begann er, Shanes Gesicht zu lecken. Shanes Blick wanderte zum Laubdach der Palmen empor. Er wartete ab, ob der Fremde noch einmal schießen würde, doch es blieb still. Überhaupt hatte der Angreifer zu schießen aufgehört, als Shane das Feuer zu erwidern begann. Entweder lauerte er irgendwo, um Shane in einen Hinterhalt zu locken, oder er war abgehauen, solange es noch möglich war. Oder Shane hatte ihn getroffen und kampfunfähig gemacht. Was er jedoch bezweifelte, hatte er doch hauptsächlich ungezielte Schüsse abgefeuert, um dem Hund und sich Deckung zu geben.

Still lag er hinter dem Baumstamm und wartete ab. Zeit war nicht sein Problem. Er hatte es nicht eilig. Damit brachte er seinen Gegner in Zugzwang, falls der noch irgendwo da draußen sein sollte. Wenn der Junge allerdings ein Profi war, könnte die Sache sich hinziehen. Erst nach einer guten Viertelstunde ließ Shane Rhett von seiner Brust gleiten. Der Hund war eingeschlafen. Shane kniff ihn leicht. Rhett öffnete ein Auge. Shane kniff ihn wieder. Nun hatte er beide Augen offen und schnaufte einmal tief durch.

Kein Gebell. Kein Knurren.

Shane erhob sich auf ein Knie, die Pistole im Anschlag, und sah sich um. Kein Zeichen von dem Eindringling. Rhetts Nase und sein Instinkt sagten ihm, dass sie allein waren.

Immer noch wachsam stieg er über den Baumstamm, Rhett dicht hinter ihm. Als er bei seinem schon recht ramponiert aussehenden Defender angekommen war, hielt er inne. Er zog die Fernbedienung aus der Tasche und drückte vorsichtshalber auf den Status-Knopf. Ein kleines grünes Licht flackerte mehrmals auf, wurde dann erstaunlicherweise rot und blieb so. Shane starrte den Landrover an. Etwas oder jemand hatte den Bewegungssensor des Wagens in Gang gesetzt.

Langsam ging er um den Geländewagen herum und untersuchte ihn Zentimeter für Zentimeter. So weit schien alles in Ordnung zu sein, doch da man eben auf ihn geschossen hatte, wollte Shane sichergehen. Mit einem gottergebenen Seufzer ließ er sich auf Hände und Knie fallen. Als er sich der Länge nach im Schlamm ausstreckte, spürte er, wie die Feuchtigkeit sich in seine Kleider saugte. Sein Blick kontrollierte die Unterseite des Wagens. Da!

Die Ausbuchtung an der Bodenplatte war gut zu sehen. Sie saß direkt unter dem Beifahrersitz. Wer immer die Ladung angebracht hatte, hatte nicht berücksichtigt, dass dies ein englischer Wagen war mit dem Fahrersitz auf der rechten Seite. Keine Drähte. Das Ding sah aus wie eine von Agnes' Rührschüsseln. Nur dass es schwarz war. Ein winziges LED-Licht glomm in der Dunkelheit und zeigte, dass es scharf war. Shane bezweifelte, dass es einen Zeitzünder hatte. Schließlich konnte der Angreifer nicht wissen, wann er den Defender benutzen würde.

Eigentlich hätte überhaupt niemand wissen sollen, dass er hier war. Zumindest niemand, der in der Lage war, so ein Ding zu montieren. Der Junge in Agnes' Keller war das mit Sicherheit nicht. Doch wer immer auf ihn geschossen hatte, offensichtlich schon.

Shane atmete tief durch. Dann rutschte er unter den Wagen, sodass die Bombe genau über seinem Gesicht schwebte. Sie konnte nicht vor der Montage scharfgemacht worden sein, also musste es irgendwo einen Mechanismus dafür geben. Den man wiederum entschärfen konnte.

Er legte beide Hände um die Schüssel und drehte sie vorsichtig gegen den Uhrzeigersinn. Sie bewegte sich langsam. Shane schraubte weiter, bis er fühlte, dass sie sich vom Wagenboden löste. Vorsichtig senkte er die Schüssel auf die Erde. Nun hing an der Bodenplatte noch ein kleiner Metallkasten an dem Plastikdeckel, mit dessen Hilfe man die Bombe am Wagen befestigt hatte. Shane zog die Batterie heraus, welche die Sprengkapsel speiste.

Er ließ sie in die Tasche gleiten und schraubte den Plastikdeckel von seinem Auto ab. Schließlich kroch er unter dem Defender hervor. Die Einzelteile der Bombe warf er in den hinteren Teil des Wagens. Dann stieg er ein.

»Komm«, rief er Rhett, der keinerlei Interesse an der Entschärfungsaktion gezeigt hatte.

Der Hund sprang ins Auto und kämpfte sich zum Beifahrersitz durch. Von dort aus sah er Shane vorwurfsvoll an. Dann begann er, die dunklen Scheiben mit Sabber vollzuschmieren.

»Das ist kugelsicheres Glas«, sagte er zu Rhett, weil er ihm erklären wollte, weshalb er die Scheibe nicht herunterließ.

Rhett warf ihm einen Blick zu, als wollte er sagen: *Gut, ich habe zwar gerade dein Leben gerettet, aber wenn du mir unbedingt den Spaß verderben willst, bitte sehr …*

Kopfschüttelnd brach Shane sämtliche Vorschriften für Operationen in freiem Gelände und ließ das Seitenfenster herab. Rhett streckte seinen Kopf hinaus, von nun an ein bestens gelaunter Beifahrer.

Shane hielt inne und fragte sich, wie er das wohl seinem Boss erklären würde, falls dieser je von seinen Abenteuern Wind bekommen sollte: *Der Hund wollte unbedingt bei offenem Fenster fahren. Und er hatte mir doch gerade das Leben gerettet. Ich habe unsere Vorschriften ignoriert, weil ich ihm dankbar war.* Er ließ das Thema fallen und machte sich auf den Weg zu Joey.

Wenn er nicht höllisch aufpasste, würde Keyes buchstäblich sein Tod werden.

Agnes hörte die Autotüren zuschlagen und sprach ein Stoßgebet, bevor sie den Rock ihres roten Sommerkleides glatt strich, um damenhafter oder wenigstens brendahafter auszusehen. Sie schob die Brille nach oben und nahm das Tablett mit der Limonade und dem Eistee auf.

Dann trug sie es über den Flur und durch die prachtvoll geschnitzte Doppeltür am Eingang, die nun sperrangelweit offen stand, denn im Haus war es verteufelt heiß. Sie balancierte es über die zauberhafte Veranda, die noch viel zauberhafter aussähe, wenn sie wenigstens *gestrichen* wäre, hinab über die breiten Verandastufen, die sich zum Höllenparcours auswuchsen, wenn man mit einem derart schweren Tablett und Schuhen mit Absatz unterwegs war – *wirklich toll* –, und weiter über den Rasen zu den Neuankömmlingen. Brenda sah wie immer hinreißend aus in ihrem kunstseidenen Chiffonkleid, während Evie in ihrem weiß-beige gestreiften Chanelkleid mit dezenter Perlenkette kühl und langweilig wirkte. Alles an ihr schien zu schreien: »Ich habe Geschmack, Sie nicht.«

»Agnes, süß siehst du aus«, flötete Evie.

»Evie, ich schwitze wie ein Rennpferd«, antwortete Agnes. »Machen wir die Geschmacksprobe doch im Pavillon. Was haltet ihr davon?«

»Aber gerne«, meinte Evie und lenkte ihre Schritte zum Pavillon um, ohne auch nur einen überflüssigen in Richtung Haus getan zu haben.

»Oh, Agnes, Liebes«, stöhnte Brenda, als sie die offene Haustüre sah. »Du solltest diese Tür nicht offen stehen lassen, Süße. Das ist schlecht für meine alte Uhr.«

Du hättest deine alte Uhr nicht hierlassen sollen, sie verunziert meine Diele, dachte Agnes. Doch dann fühlte sie sich schuldig, weil Brenda ihnen doch mit den Hypothekenraten so entgegengekommen war, vor allem, als sie ihnen drei Raten für das Ausrichten der Hochzeit nachgelassen hatte, und so sagte Agnes nur: »Hol sie nur ab, wann es dir passt, Brenda. Sie wartet hier auf dich«, und dann lenkte sie Brendas Schritte unauffällig Richtung Pavillon.

»Er sieht einfach wunderbar aus!«, rief Brenda, als sie mit ihren Zehn-Zentimeter-Absätzen über den gepflasterten Weg stöckelte. Unwillkürlich musste Agnes lächeln, denn die Renovierung des Pavillons war tatsächlich gelungen, und sie freute sich, dass es Brenda gefiel. »Die frische Farbe leuchtet ja förmlich«, fügte Brenda hinzu und ließ ihre Augen geflissentlich zum Haus hinüberwandern, das nun erst recht schäbig aussah.

»Doyle fängt heute mit dem Haus an«, sagte Agnes voller Schuldgefühle. »Am Samstag wird es hier aussehen wie auf Scarletts Tara.« *Mit Butter.*

»Es ist schrecklich, was du alles durchmachst«, ließ Evie sich in süßlichem Ton vernehmen. »Dabei ist der Country Club nur …«

»Mir geht es gut«, lächelte Agnes freundlich. »Warten Sie nur, bis Sie die Decke des Pavillons gesehen haben. Es ist einfach perfekt für die Hochzeitsfeier. Maria und Palmer werden anbetungswürdig aussehen.« *Habe ich eben anbetungswürdig gesagt?* Sie schüttelte den Kopf und führte die Damen über den Rasen und die Stufen zum Pavillon hinauf. »Hier! Ist es nicht wundervoll?«

»Natürlich ist es das!« Evie spähte ungläubig zu der strahlend blauen Decke hoch, die Agnes persönlich mit Blattgoldsternen verziert hatte.

Auch Brenda sah hinauf und meinte: »Ach, Agnes, du magst es eben, wenn alles glitzert, nicht wahr, mein Herz?«

Agnes lächelte unsicher und sah erneut zu den Sternen hinauf. Sie fand sie wunderschön – wie Illustrationen in alten Büchern. Vielleicht hätte sie Brenda erst fragen sollen …

»Ich finde sie *sehr* schön«, betonte Evie. »Neoklassisch eben.«

Überrascht sah Agnes sie an.

»Natürlich«, stimmte Brenda zu und lächelte Evie an. »Neoklassisch. Maria und Palmer. Sie sind einfach so süß, wenn man sie zusammen sieht, findest du nicht?«

»Jaja«, antwortete Evie mit einem bemerkenswerten Mangel an Wärme. Doch da ihr Gesicht glatt blieb wie immer, war es schwer zu sagen, ob dieser Anflug von Kälte nun Brenda galt, die sich anmaßte, mit einer Keyes auf vertrautem Fuß zu stehen, oder Maria, die es wagte, in diese Familie einzuheiraten. Niemand auf Gottes Erdboden konnte etwas gegen Maria haben, doch möglicherweise störte es Evie, dass ihr eventueller Enkel über mehrere Ecken mit dem mittlerweile verstorbenen Frankie »Two Hands« Fortunato verwandt sein würde, dessen sterbliche Überreste mit einiger Sicherheit ihre letzte Ruhestätte im Betonfundament irgendeines Gebäudes gefunden hatten.

Andererseits konnte Evie auch sicher sein, dass niemand wagen würde, ihr Enkelkind auf dem Spielplatz zu verprügeln, was ihrem Sohn mit ziemlicher Regelmäßigkeit passiert war.

»Wo ist denn dieser nette alte Bluthund?«, wollte Brenda wissen.

»Rhett? Er ist in die Stadt gefahren …«

Die Brücke knarzte. Das Geräusch von Autoreifen auf dem Kies der Einfahrt sagte Agnes, dass sie bald noch einen Besucher haben würden. Tatsächlich sah sie Detective Hammond in einem dunklen Sedan in der Einfahrt halten.

Wunderbar, dachte sie bissig und eilte über den Rasen auf ihn zu, um ihm zu sagen, dass er in ihrem Keller machen könne, was immer er wolle. Sie würde nicht hinzufügen: *Solange Sie sich vom Pavillon fernhalten, damit die beiden Damen keine so bösen Wörter wie* angegriffen *oder* tot *hören mussten. Oder:* Bratpfanne.

Als sie wieder zum Pavillon kam, sah sie, dass Evie und Brenda etwas zu besprechen schienen.

Brenda drehte sich um und sagte: »War das nicht eben Robbie Hammond? Was tut er denn hier?«

»Er muss die ein oder andere Sache kontrollieren«, meinte Agnes unschuldig. »Ich hole mal den Kuchen …«

»Er war Marias erster Freund«, meinte Brenda nachdenklich und lehnte sich mit einem versonnenen Lächeln zurück. »Die beiden haben sich *sehr* gut verstanden.«

Was soll das denn jetzt?, fragte sich Agnes, als sie sah, wie Evies Augen sich zu Schlitzen verengten. Doch bevor sie noch etwas einwerfen konnte, wurde sie vom Röhren eines rosafarbenen Mustang aufgeschreckt, der über die alte Brücke donnerte. »Mein Gott«, fuhr sie auf und sah entsetzt auf das, was einst ein automobiler Klassiker war.

Evie seufzte. »Die Leute vom Flamingo sind ganz begeistert von dem Golfplatz, den Palmer für sie entworfen hat«, stöhnte sie. »Sie haben ihm zum Dank das Auto geschickt.«

»Aber es ist rosa!«, sagte Agnes perplex und war immer noch unfähig, ihren Blick von dem Monstrum abzuwenden.

»Flamingorosa, um genau zu sein«, fügte Evie an. »Palmer hat es Maria geschenkt.«

»Er ist kein Dummkopf«, entfuhr es Agnes unwillkürlich.

»Ach, ist das nicht niedlich?«, rief Brenda aus und warf Agnes einen Blick zu, der besagte, dass sie genau das Gegenteil dachte. Evies Ausdruck allerdings wurde immer grimmiger.

»Ich gehe und hole die Kuchen«, meinte Agnes.

Als sie mit dem Kuchentablett zurückkam, stand Maria bei den Damen im Pavillon. Mit dem Haarknoten sah sie einfach süß aus, weil so ihre riesigen dunklen Augen und ihre feinen Gesichtszüge noch besser zur Geltung kamen. Trotzdem starrte Palmer sie ausnahmsweise einmal nicht an. Sein Blick wanderte vielmehr über Agnes' Rasen und wirkte dabei betont beiläufig, was bei dem schafähnlichen Ausdruck auf seinem Gesicht nicht schwer war. Über seinem steif ausgestreckten Arm hing schlaff ein Kleidersack, als ob er ihn dort vergessen hätte.

»Agnes!« Marias Arme flogen um ihren Hals.

»Hallo, Kleines.« Auch Agnes drückte Maria mit einem Arm, während sie den anderen möglichst ruhig hielt, damit die Kuchenplatte nicht ins Kippen geriet. »Wie geht's dir denn?«

Maria lächelte. Dabei kamen ein bisschen zu viele Zähne zum Vorschein, und ihre Augen leuchteten ein wenig zu hell. »*Wunderbar!* Jetzt, wo ich weiß, dass du die Hochzeitstorte machst.« Sie flüsterte Agnes zu: »Schaffst du das auch wirklich?«

»Klar doch.« Agnes setzte das Kuchentablett ab, um Maria richtig in den Arm nehmen zu können. »Ich habe ein paar gute Ideen, um zu vertuschen, dass ich keine Tortenspezialistin bin, aber ich wette sechs Smarties mit dir, dass deine Torte trotzdem toll wird. Und sie wird wunderbar schmecken, ich schwöre! Viel besser, als wenn sie von Bern the Baker's käme. Seine Torten schmecken ohnehin nach Pappe, weil es ihm nur um die Optik geht.«

»Sechs Smarties? Du traust dich was!« Maria lachte schelmisch, wie sie es als kleines Mädchen immer getan hatte, und Agnes zog sich beim Gedanken daran das Herz zusammen. »Alles gebongt!«

»So ein Pech, dass Bern euch abgesagt hat«, murmelte Evie und sah aus den Augenwinkeln ihren Sohn an, als warte sie auf ein Zeichen, dass er die Verlobung absagen würde.

»Ich war *schockiert*, als ich hörte, dass Bern es jetzt nach all dem Hin und Her doch nicht machen wollte«, warf Brenda ein, deren liebes Gesicht ganz ernst geworden war. »Einige Menschen wissen einfach nicht, wohin sie gehören.«

»Wie wahr!«, seufzte Evie und sah Brenda an.

Das war gemein, dachte Agnes und rückte näher an Brenda heran.

Von den Sümpfen her klangen Schüsse. Agnes fuhr herum, als erwarte sie, dass in der nächsten Sekunde ein Mann mit Kopftuch vor ihr stünde und die Herausgabe ihres Hundes verlange. Doch nichts geschah. Von dem Schatten, der über Evies Gesicht fiel, einmal abgesehen. Ihr gehörte keineswegs alles in Keyes, von Gesetzes wegen jedenfalls, doch im Geiste fühlte sie sich als Herrin der gesamten Ländereien, und offensichtlich hatte sie für heute Morgen keinen Schusswechsel angeordnet.

»Setzen wir uns doch«, meinte Agnes so freundlich wie möglich, um ihr Nervenkostüm in den Griff zu bekommen und von den Schüssen abzulenken. Die verdammten Jäger. »Zur Kuchenprobe. Palmer, Sie sitzen hier. Ich hole noch einen Stuhl …«

»Nein, nein.« Palmer drehte sich um und warf ihr ein entwaffnendes Lächeln zu, dessen Aufrichtigkeit Agnes überraschte. »Ich bin ja einfach nur so hereingeschneit. Ich habe keinen Kuchen verdient. Aber wenn Sie nichts dagegen haben, sehe ich mir Ihren Rasen einmal genauer an.«

Brenda sah ihn erstaunt an: »Wieso wollen Sie meinen Rasen ansehen?«

»Nicht Ihren«, zischte Evie.

»Den Rasen?«, fragte Agnes. »Aber gerne.«

Palmer küsste Maria auf die Wange. »Schnapp dir den Hauptgewinn, Baby«, sagte er, als säße er am Roulettetisch.

Freundlich klopfte Maria ihm auf die Schulter. »Das hab ich doch schon, Darling«, sagte sie mit ebenso wenig Begeisterung.

*Das hört sich nicht gut a*n, dachte Agnes, war aber mit einem Ohr noch bei den Schüssen, sodass sie nicht weiter darüber nachdachte. Alles, was ihr jetzt noch fehlte, war ein Querschläger, der einen ihrer Partygäste erledigte. Dann könnte sie ihr Leben lang Schadensersatzzahlungen leisten.

Palmer legte den Kleidersack vorsichtig über das Geländer des Pavillons und machte sich davon, während Maria sich setzte und neugierig fragte: »Also zur Hochzeitstorte: Wie wär's mit Schoko und Himbeere?«

»Ich weiß, dass du das am liebsten magst, Maria«, gab Agnes zur Antwort, indem sie versuchte, sich auf die wichtigen Dinge des Lebens zu konzentrieren. Die Schüsse hatten aufgehört. »Aber der Teig muss massiv genug sein, um Unmengen von Zuckerguss zu tragen, und Schoko-Himbeere ist einfach zu locker dafür. Also: Die herzförmigen Kuchen sind aus cremegefülltem Biskuit, die runden aus Sandteig. Ich bin mir ziemlich sicher, dass nur Sandteig so viel Zuckerguss aushält. Die viereckigen Kuchen sind aus einem Kokosnussrührteig, bei dem ich noch am Experimentieren bin. Auch dieser Teig käme für die Torte in Frage, wenn Sie finden, dass einfacher Sandteig zu langweilig schmeckt. Ich möchte nur eines anmerken: Ich bin keine gelernte Konditorin. Je fester Sie mich den Boden machen lassen, desto größer sind die Chancen, dass der Kuchen den gesamten Empfang durchsteht, ohne in sich zusammenzusacken.« Agnes nahm das Tablett auf.

»Ich muss sagen, es bereitet mir ein wenig Sorgen, dass das Haus noch nicht fertig gestrichen ist«, warf Brenda ein, als

Agnes die ersten Kuchen auf den Tellern verteilte. Agnes zuckte zusammen.

»Am Samstag ist es auf jeden Fall fertig«, meinte sie und gab den ersten Teller Maria. »Die Braut zuerst.«

Maria gab es weiter. »Nein, nein. Zuerst kommt die Mutter des Bräutigams.«

Evie nahm den Teller. »Danke, meine Liebe. Sie haben so gute Manieren.«

»Denn wenn das Haus nicht fertig wird …«, fuhr Brenda fort.

»*Es wird fertig.*« Agnes füllte den zweiten Teller und hielt ihn Brenda hin. *Was wollte Brenda eigentlich?*

Im nächsten Moment runzelte Brenda die Stirn und sah den Teller an. »Ist dies das Geschirr, das du bei der Hochzeit verwenden möchtest, Schatz?«

»Nein«, sagte Agnes, die in Gedanken schon wieder woanders war. »Taylor hat Porzellangeschirr bestellt, um seine Cateringküche auszurüsten. Das wollten wir nehmen.«

Brenda schüttelte den Kopf. »Da ist so vieles, was noch nicht geregelt ist …«

»Bis Samstag ist alles in schönster Ordnung«, sagte Agnes fest. »Porzellan, Haus, Torte, Blumen, alles. Da fällt mir gerade ein, ich habe heute Morgen die Floristin angerufen, um sie noch einmal an den Liefertermin zu erinnern, aber ich bin überhaupt nicht durchgekommen. Das hört sich nicht nach Maisie an. Ist sie krank?«

»Oh, *Maisie.*« Brenda nahm den Teller aus Agnes Händen entgegen, bevor sie wieder in Kopfschütteln ausbrach. »Arme, alte Maisie. Sie hatte immer schon mehr Titten als Hirn, die Gute.« Sie spießte eine Gabel vom Biskuitkuchen auf und achtete sorgsam darauf, dass ihr keine Krümel ins Dekolletee kullerten. »Ihr werdet es nicht glauben, aber sie hat *abgesagt.*«

Agnes Hand blieb in der Luft über dem dritten Teller hängen. Auch Evie und Maria erstarrten. »Was!?«

Brenda schob den Kuchen in den Mund, zögerte und schüttelte dann wieder den Kopf. »Ich glaube, der ist ein bisschen zu süß, Agnes. Aber er ist ja ohnehin zu weich für die Hochzeitstorte, oder? Was? O ja, Maisie. Du weißt ja, wie schlecht organisiert sie immer ist. Wirklich unfähig. Sie meinte, sie wäre dem Ganzen nicht gewachsen, und hat in der letzten Sekunde abgesagt.« Brenda kostete ein Stück vom Sandkuchen und spitzte die Lippen, wobei ihre Stirn nicht eine einzige Falte zeigte. »Der Sandkuchen ist vielleicht ein wenig zu trocken. Du weißt ja, dass du ihn spätestens am Tag davor mit Zuckerguss überziehen musst, besser noch zwei, damit dieser trocknen kann. Wenn er also jetzt schon trocken ist …« Sie schüttelte erneut den Kopf und sah Agnes an. »Ist was? Ach ja, Maisie. Ja. Ich fürchte, du wirst dich auch um den Blumenschmuck selbst kümmern müssen.«

Agnes fühlte, wie die Wut in ihr hochkochte. Sie atmete tief durch und füllte den letzten Teller. *Das sieht Brenda überhaupt nicht ähnlich. Brenda ist auf meiner Seite. Ich bleibe einfach ruhig und kümmere mich später darum.* Sie wandte sich Maria zu, die die Zähne zusammengebissen hatte, obwohl sie weiter nicht überrascht zu sein schien. »Ich kriege das schon hin. Du wirst all deine Blumen bekommen«, sagte sie ganz ruhig, während sie beobachtete, wie Evies Blick wieder grimmig wurde.

Sehr gut, Agnes. Sie haben Ihre Wut im Griff, nicht umgekehrt.

Der Morgen ist noch nicht vorüber, Dr. Garvin.

Lächelnd wandte sich Agnes ihren Gästen zu: »Seht euch nur das an. Ich war so neugierig, wie euch der Kuchen schmecken würde, dass ich völlig vergessen habe, euch einzuschenken. Wo habe ich nur meinen Kopf?«

Evie nahm den Saftkrug. »Der Kokosnusskuchen ist einfach köstlich, Agnes. Da haben Sie sich mal wieder selbst übertroffen. Noch jemand Limonade? Oder Eistee?«

»Der Küchenchef vom Country Club macht auch wunderbaren Kuchen«, warf Brenda beiläufig ein, als sie nach dem Limonadenglas griff.

Marias Rücken wurde sichtlich steifer. »Ich liebe deinen Schoko-Himbeer-Kuchen«, sagte sie fest.

Ihre Augen funkelten, und auf ihren Wangen leuchteten zwei rote Flecken. In diesem Moment sah sie so sehr aus wie ihre Mutter, dass Agnes Brendas Verrat für einen Augenblick vergaß. Lisa Livia mochte im Süden groß geworden sein, doch sie entstammte einer uralten Tradition von Killern und Dons, Brenda nicht zu vergessen. Auch Maria stammte aus dieser glorreichen Blutlinie von Mafiosi. Bei diesem Gedanken wurde Agnes ganz anders.

»Das war also der Kuchen«, sagte sie mit ihrer besten »Wir sind ja alle so glücklich, heute hier beisammen zu sein«-Stimme. Dabei wedelte sie mit dem leeren Tablett in Marias Richtung, um diese davon abzulenken, was offensichtlich in ihr zu brodeln begann.

Doch Brenda goss weiterhin Öl ins Feuer. »Ich dachte ja nur. Bei all dem, was bisher schon schiefgegangen ist, sollten wir die Hochzeit vielleicht doch besser im Country Club abhalten.« Evie sah überrascht auf.

In der Hölle sollst du schmoren, Brenda, schimpfte Agnes innerlich. Doch bevor sie noch etwas einwenden konnte, erklang schon Marias Stimme. »Habt ihr gehört, was mit meinem Kleid passiert ist?«

»Mit Ihrem Kleid?«, hakte Evie nach, doch Maria sah nur Brenda an und lächelte.

Lieber Himmel, was hat Brenda wohl mit dem Kleid angestellt?, dachte Agnes und sah schwarz für die Hochzeit, denn man heiratete einfach nicht, nachdem die Braut im Hochzeitspavillon ihre Großmutter mit dem Kuchenmesser erdolcht hatte. Barbie mit den Messerhänden.

»O ja, das Kleid.« Brenda nippte an der Limonade, lieb und blond wie eh und je. »Maria hat ein Kleid aus New York bestellt, aber das ist nicht unsere Tradition, also habe ich das Kleid wieder abbestellt …«

»*Was?*«, rief Evie und stellte ihre Limonade hin.

»… ich habe ihr mein altes Hochzeitskleid gegeben.« Brenda lächelte Maria liebevoll an, die keineswegs liebevoll zurücklächelte.

»Sie ist mindestens dreißig Zentimeter größer als Sie«, wandte Evie entsetzt ein. »Sie haben also das Kleid abbestellt? Aber ihr gefiel dieses Kleid! Uns allen gefiel es.«

»Es ist schon in Ordnung«, versuchte Maria lächelnd die Wogen zu glätten.

Es ist nicht in Ordnung, dachte Agnes und fragte sich, ob sie das Kleid wohl zurückbekommen könnte. Und Brenda zum Psychiater schicken, denn sie hatte ganz offensichtlich den Verstand verloren. Und wie sollte sie Lisa Livia am Mord an ihrer Mutter hindern, ein Gedanke, mit dem LL ohnehin schon ihr Leben lang spielte? »Ich …«

»Tatsächlich habe ich mir überlegt …« Brenda hatte keinerlei Mühe, sich bemerkbar zu machen, denn sogar Evie schwieg, weil sie wissen wollte, was sie wohl als Nächstes in petto haben würde. »Da Two Rivers nun nicht gerade präsentabel aussieht – tut mir leid, Agnes – und die Floristin abgesagt hat, und da Evie völlig recht damit hat, dass der Country Club sehr schön ist und sie dort Blumen haben … vielleicht können wir ja einfach *ihre* Blumen haben …«

Ihre Stimme erstarb, als sie den entsetzten Ausdruck auf dem Gesicht der drei anderen Frauen sah.

»Nun, wir bekommen keinen anderen Floristen mehr. Jeder wird das verstehen. Und hier können wir nicht feiern«, fuhr sie unbeirrt fort, ganz die Stimme der Vernunft. »Das Haus ist noch nicht einmal *gestrichen*.«

Nun hast du vollkommen den Verstand verloren, dachte Agnes.

»Wir können auf keinen Fall die Blumen des Country Club nehmen«, sagte Evie fest. »Aber ich stimme Ihnen zu, dass Two Rivers für eine solche Hochzeit vielleicht ein wenig zu heruntergekommen aussieht. Wenn wir also ...«

Voller Panik warf Agnes ein: »Nun, *ich* finde ...«

Da erhob Maria sich. »Wisst ihr, ich liebe nun einmal das große alte Haus meines Großvaters. Es ist einfach ... *Süden pur*, findet ihr nicht?« Sie drehte sich um und sah das Haus an, wie es da in seiner abgekratzten Glorie stand, eine Art Tara mit Aussatz. Dann wandte sie sich wieder den anderen zu. »Und ich will eine Südstaaten-Hochzeit, eine Keyes-Hochzeit. Ich glaube nämlich an Traditionen, Sie nicht, Mrs. Keyes?«

Evie nickte, war aber noch nicht überzeugt.

»Aber natürlich will ich auch eine Hochzeit, die Aufsehen erregt«, fügte Maria hinzu und wandte sich an Brenda. »Ich will eine Hochzeit, die allen klarmacht, dass wir hier sind und dass wir dazugehören. Nicht wahr, Grandma Brenda?«

Brenda sah zu ihrer Enkelin auf, und für den Bruchteil einer Sekunde flammte auf ihrem Gesicht diese Sehnsucht, diese Verletzlichkeit auf. *Sie will endlich irgendwo dazugehören*, dachte Agnes. *Sie fühlt sich genauso allein wie ich.*

Maria ließ ihren Blick nun zwischen Evie und Brenda hin- und herwandern. »So soll meine Hochzeit sein: Tradition und Innovation. Das Beste beider Welten. Ich will einfach alles!«

Die beiden älteren Frauen sahen sich an, endlich vereint in ihrer Ratlosigkeit.

Agnes runzelte die Stirn. Ein schönes Bild: Maria, die die beiden rivalisierenden Familien vereinte. Doch sie war nun mal Lisa Livias Tochter. Niemand wollte den Kuchen für sie machen, niemand die Blumen liefern, und das Kleid, das sie sich ausgesucht hatte, sollte auch nicht kommen. Und nun kämpften Brenda und Evie auch noch wie die Furien darum, die ganze Chose in den beschissenen Country Club zu verlagern.

Ihre Sprache, Agnes.

In den verdammten Country Club.

Agnes schob sich die Brille auf der Nase zurecht, atmete einmal tief ein und sagte: »Nun, das klingt wunderbar, aber den Country Club kannst du vergessen, weil …«

»Wir werden alles so haben, wie ich es will«, sprach Maria weiter, mittlerweile von der eigenen Begeisterung erfasst. »Meine Hochzeit im Haus meines Großvaters, das Agnes bis dahin streichen lassen wird …«

Die stahlharte Note in Marias Stimme erschreckte Agnes ein bisschen. Dann nickte sie.

»… und Taylors fantastisches Catering, Agnes' wunderbaren Kuchen, Maisie Shuttles schöne Blumen, die Grandma Brenda für uns umstimmen wird …«

Brenda schnitt eine Grimasse.

»… und Evies Cousin Wesleys wunderbare Fotos, und die Band des Onkels vom Blutsbruder aus Palmers Studentenverbindung, und alles wird perfekt sein: traditionell und doch neu.«

»Nun, das ist ja sehr schön, Maria, aber …« unterbrach Brenda sie.

Halt bloß den Mund, Brenda, dachte Agnes, und sah, wie Marias Augen von Neuem zu flackern begannen. Wie die in Lisa Livias Augen, bevor das Gemetzel losging.

»Und genau so wird es sein«, verkündete Maria mit erhobener Stimme. »Denn das ganze Fest wird unter einem *Motto* stehen, das unsere gemeinsame Zukunft ausdrücken soll.«

»Motto?«, meinte Evie überrascht.

»Motto?«, fragte Brenda verwirrt.

»Oh Gott«, stöhnte Agnes und stützte sich am Geländer ab.

Maria lächelte Palmer an, der im Rasen herumstocherte.

»Gras?«, meinte Agnes verständnislos, während es in ihrem Kopf zu arbeiten begann: *Grün. Ich kann Kunstrasen auflegen lassen. Das schaffe ich noch bis Samstag.*

»Flamingos«, sagte Maria.

»Was zum Teufel?«, fuhr Brenda auf.

»Ihr macht wohl Witze«, warf Evie ein.

Rosa, dachte Agnes. *Es gibt keinen rosa Rasen.*

Maria öffnete ihre Tasche und zog einen zwanzig Zentimeter großen Plastikflamingo heraus, den sie auf den Tisch knallte. »Ist das nicht einfach cool? Es ist ein Füllfederhalter. Dina Delvecchio hat ihn mir geschickt, als sie erfuhr, dass Palmers großer Erfolg *The Flamingo* heißt. Sieh mal, die Füße sind Klammern. Und hier zieht man den Schreibstift heraus …«

»Dina Delvecchio?«, erklang Evies Stimme auf der Suche nach Strohhalmen, an die sie sich klammern konnte. Ganz sicher war der Flamingo zu viel für sie.

»Marias Brautjungfer«, erklärte Agnes und starrte den Flamingofüller an. »Du meine Güte.« *Verdammt, Brenda, du hättest wirklich ein Wort sagen können*!

»… und die Platzkarten kleben wir an die Schnäbel«, fuhr Maria fort. »Sie kosten nur fünfundsiebzig Cent das Stück. Das ist nicht teuer, Grandma. Hast du nicht gesagt, ich sollte sparen?«

»Das sind *fünfundsiebzig Mäuse nur für Platzkarten*«, japste Brenda und starrte den Plastikflamingo entsetzt an.

»Außerdem sparen wir uns so die Party-Andenken«, fügte Maria artig hinzu. »Ich habe sie schon bestellt, Agnes. Sie werden am Donnerstag geliefert.«

»*Maria*«, sagte Evie fassungslos und starrte den Plastikflamingo entsetzt an.

»Flamingos also«, war alles, was Agnes herausbrachte. Schrecklich, aber zumindest würde die Feier in Two Rivers stattfinden. In diesem Fall hatte sie auch gegen Flamingos nichts einzuwenden. Zumindest nicht im Großen und Ganzen. »Lieferung am Donnerstag.«

»Und das Beste kommt noch«, Maria hielt ihren Kleidersack hoch. »Mein Kleid. Genauer gesagt: Grandma Brendas Kleid.«

»Nenn mich nicht ständig Grandma«, schnappte Brenda.

»Im Moment sind farbige Hochzeitskleider der letzte Schrei«, berichtete Maria und zog den Reißverschluss auf. »Und tata ...«

Sie öffnete den Kleidersack und holte ein altmodisches, ursprünglich elfenbeinfarbenes Hochzeitskleid mit üppigem Spitzen- und Biesenbesatz und bauschigem Rock hervor.

Flamingorosa gefärbt.

»*Das ist mein Hochzeitskleid*«, kreischte Brenda und sprang auf.

»Ich weiß«, sagte Maria strahlend. »Ich werde es tragen, wie du es gewollt hast, Brenda.«

Okay, dachte Agnes und setzte sich erleichtert. Dieses grässliche Kleid würde Maria keinesfalls tragen. Aber sie hatte es ihnen heimgezahlt. Ihrer beider Augen trafen sich, und Agnes sagte: »Super Idee. Das wird das Stadtgespräch in Keyes.« Freundlich lächelnd antwortete Maria: »Ja, das glaube ich auch.«

Eine Viertelstunde verging mit gutem Zureden und leidenschaftlichen Vorwürfen. Dann zog Evie sich geschockt auf den Besitz der Keyes zurück, während Brenda beleidigt auf die *Brenda Belle* abdampfte, die Jacht des Immobilienkönigs.

Agnes musste unwillkürlich grinsen. »Flamingos also.«

»Natürlich nicht.« Maria stopfte das Kleid zurück in den Sack. »Aber das Kleid war wirklich der Hammer, nicht?«

»Ich würde die Hälfte meines nicht vorhandenen Vermögens dafür geben, dich in diesem Ding zu sehen«, lachte Agnes.

Maria seufzte. »Nun, irgendetwas musste ich ja tun. Evie ist so ein elender Snob, dass ich ihr am liebsten sagen würde, sie solle sich verpissen, wenn sie nicht die Großmutter meiner künftigen Kinder wäre. Aber verglichen mit Brenda ist sie der reinste Engel. Hast du dieses Kleid gesehen!? Sie wollte wirklich, dass ich es anziehe. Und sie hat mein Hochzeitskleid abbestellt, aber Palmer hat sofort ein neues in Auftrag gegeben, und das wird am Freitag express geliefert. Hierher, wenn das für dich in Ordnung ist.«

Agnes nickte. »Ich bewahre es für dich auf.«

Maria schüttelte den Kopf. »Ich schwöre bei Gott: Palmer sagte Brenda vor vier Monaten, er würde für die Hochzeit aufkommen, aber sie sagte Nein. Ich sei ihre Enkelin und sie würde alles bezahlen. Und jetzt hat sie den Bäcker und die Floristin vergrätzt und will, dass ich die alten Blumen vom Country Club nehme. Warum hat sie es uns denn erst angeboten, wenn sie sich jetzt so aufführt?«

»Ich weiß nicht«, meinte Agnes. »Das sieht Brenda gar nicht ähnlich. Ich hätte mir vorstellen können, dass sie unbedingt Weiß tragen will wie die Braut, weil sie darin so gut aussieht, aber sich so einzumischen? Sie muss den Verstand verloren haben.«

Maria nahm den Kleidersack. »Ist ja auch egal. Ich habe ihr jedenfalls ordentlich Bescheid gestoßen.«

»Jetzt mal nur zur Sicherheit: keine Flamingos.«

»Nein, nein«, beteuerte Maria, »aber die Flamingo-Füller werden geliefert. Ich weiß ja nicht, wie weit ich mit meinem Bluff gehen muss. Aber die Hochzeit wird so, wie ich sie von Anfang an geplant hatte: weiße Schmetterlinge und Maßliebchen. Ich werde die beiden eine Weile schmoren lassen und mich dann gnädig umstimmen lassen: zur Rückkehr zu den ursprünglichen Plänen. Du wirst sehen: Dann lassen sie mich schon vor lauter Dankbarkeit in Frieden.« Maria ließ den Blick über den Rasen schweifen und winkte Palmer zu, der sich brav umdrehte und auf sie zutrottete.

Mit einem undefinierbaren Ausdruck auf dem Gesicht sah Maria ihn näher kommen. Agnes fröstelte.

»Geht es euch beiden gut?«

»Ja«, antwortete Maria und runzelte dann die Stirn. »Ist das Robbie Hammond dort drüben?«

»Was?« Agnes drehte sich um und sah Detective Hammond aus dem Haus kommen. »Ja. Palmer ist also …«

»Robbie und ich haben uns einen Sommer lang ständig verabredet«, unterbrach Maria sie und beobachtete den Mann, der auf den Pavillon zusteuerte.

Na, wunderbar. »Er wirkt ein bisschen doof«, meinte Agnes.

Maria sah sie finster an. »Er ist ein netter Junge.«

»Ohne Zukunft.«

»Er beschützt Menschen und dient dem Volk«, wandte Maria ein.

»Ich glaube, er hat jetzt eine Freundin«, entgegnete Agnes, die Hammond überhaupt nicht kannte.

»Und ich bin verlobt«, versetzte Maria kühl.

»Dann ist ja alles in Ordnung.« Agnes räumte die Kuchenteller weg. »Jetzt muss ich mich um Maisie Shuttle kümmern, damit sie die Maßliebchen liefert. Und dir eine Torte backen. Was für einen Kuchen willst du denn jetzt?«

»Alles, was dem Zuckerguss standhält«, lachte Maria. »Das Kokosnussding war lecker.«

»Danke«, gab Agnes stolz zurück. »Schoko-Himbeere gibt's zur Generalprobe.«

»Super«, meinte Maria ohne rechte Überzeugung und sah ihrem Verlobten zu, wie er die Stufen zum Pavillon erklomm.

»Alles okay?«, fragte Palmer.

»Ja, mein Lieber«, antwortete Maria.

Kühl sahen die beiden sich an.

Nein, nein, nein, dachte Agnes. »Hier, vielleicht noch ein bisschen Kuchen?«, sagte sie laut und hielt Palmer einen Teller hin. Vielleicht würde ja alles bis zum Samstag wieder gut werden.

Lieber Himmel, bin ich oberflächlich, dachte sie und eilte ins Haus zurück. Sie musste unbedingt die Zutatenliste für die Torte fertigstellen. Und ihre Kolumne. Auch die musste bis Samstag fertig sein. Alles musste bis Samstag fertig sein.

Sonntag wird bestimmt ein wunderbarer Tag, dachte sie.

Vorausgesetzt, sie würde den Samstag überleben.

♡

Etwa eine Stunde, nachdem Shane Two Rivers verlassen hatte, saß er vor Joeys Café in seinem Wagen und dechiffrierte die Nachricht, die er soeben per SMS erhalten hatte:

Falsches Ziel getroffen.
Casey Dean weiter aktiv.
Anruf zur Klärung weiteren Vorgehens erforderlich.
So schnell es geht.

»Verdammt!« Er hatte den Falschen aus dem Verkehr gezogen. In letzter Zeit langten die Leute vom Nachrichtendienst öfter mal kräftig daneben. Jemand sollte dort mal dem ein oder anderen in den Arsch treten. Früher hätte Wilson das erledigt, aber langsam wurde er alt.

Rhett ließ seinen Kopf aus dem Wagenfenster baumeln und sah unglücklich drein. *Ich weiß, wie du dich fühlst*, dachte Shane. Zornig stieß er mit dem Hinterkopf gegen die Kopfstütze und schloss die Augen. Zuerst Joey mit seiner kleinen Agnes und seinen Geheimniskrämereien. Und dann auch noch das!

Shane klappte das Handy auf und drückte die Kurzwahltaste ›2‹. Bereits beim zweiten Läuten wurde auf der anderen Seite abgehoben.

»Wilson.«

»Ich bin in Keyes.«

»Wieso?«

»Persönliche Angelegenheiten. Was ist bei denen passiert?«

Drei Sekunden vergingen. Für ein Gespräch mit Wilson war das viel Zeit. Die Stille war mit Klicken ausgefüllt. Das Signal wurde verschlüsselt, wanderte zwischen den Regierungsgebäuden und einigen Satelliten hin und her und wurde dann wieder entschlüsselt.

»Ich treffe Sie heute Abend in Keyes. Punkt zweiundwanzig Uhr«, sagte Wilson. »Wo?«

Shane blinzelte ungläubig. Im Normalfall kam er zu Wilson. »Es gibt eine Anlegestelle dort, wo der Blood River den Intracoastal-Kanal berührt.«

Wilson legte auf. Shane klappte sein Handy zusammen. Er sah, wie Joey das Café abschloss. Langsam schlenderte er auf Shanes Wagen zu, die Zeitung in der Hand. Zum ersten Mal fand Shane, dass er alt aussah.

»Was ist da drin?«, fragte er, als er eingestiegen war, und deutete mit dem Kopf auf einen großen Karton auf der Ladefläche, während er Rhett zur Seite drängte.

»Eine Klimaanlage«, antwortete Shane. »Die in Two Rivers ist einfach zu schwach.«

Joey zog die Augenbrauen hoch. »Ist Agnes irgendwie zu Geld gekommen?«

Shane ließ den Motor an. »Machst du heute wirklich schon zu?«

»Ich muss mit jemandem reden«, antwortete Joey.

»Jemandem, den ich kenne?«

Joey zögerte.

Shane hatte das Gefühl, nun genug Geduld gezeigt zu haben. »Ich habe so einige Fragen, Joey. Das war nur die erste.«

Joey nickte. »Charlie ›Four Wheels‹ Thibault. Der Großvater von dem Jungen, der letzte Nacht starb.«

Shane wartete.

»Ich kenne ihn von früher und dachte, es sei angebracht, ihm einen Besuch abzustatten.«

Shane nickte. »Ich fahre dich hin. Pass auf das Gesabber auf.«

»Na dann, gute Fahrt«, sagte Joey und kurbelte entschlossen das Seitenfenster hoch.

Shane bog in die Hauptstraße ein. Joey zeigte ihm, wie er fahren musste. »Wie hast du diesen Four Wheels kennengelernt?«

»Er war einmal einer unserer Jungs«, antwortete Joey. »Wie geht es Agnes?«

Kein besonders subtiles Ablenkungsmanöver, dachte Shane. »Evie Keyes und Brenda sind gerade gekommen, als ich losfuhr.«

Joey schüttelte den Kopf. »Armes kleines Ding.«

Shane dachte an Agnes in ihrem Schlafanzug aus dünnem T-Shirt-Stoff. Wie sie die Paprika klein gehackt und ihn mit der Bratpfanne geschlagen hatte. Agnes war alles Mögliche, nur nicht »arm« oder »klein«. »Warum hast du Agnes letzte Nacht nach Rhett gefragt?«

Joey sah aus dem Fenster. »Ich frage immer nach Rhett. Ich mache mir eben Sorgen, wenn die beiden da draußen allein sind.« Er wandte sich zu Shane um. »Ich kenne sie von Kindesbeinen an. Sie hat immer den Sommer bei Lisa Livia verbracht, als sie noch zusammen im Internat waren. Dann kamen sie regelmäßig ins Café und fragten mich aus. Lisa Livia wollte immer wissen, wie man ein Café führt und so weiter. Bei ihr ging es immer ums Geld.« Er lachte. »Lisa Livia! Die weiß, wo der Hammer hängt. Aber Agnes, die interessierte sich immer nur für eins: fürs Kochen. Dauernd wollte sie wissen, wie man dies macht oder jenes. Und warum ich welche Gewürze verwende.«

Shane sah konzentriert auf die Straße. Über die Thibaults kein Wort. Über Agnes ein ganzes Poesiealbum. *Netter Versuch, Joey.*

»Dann wurden sie groß und kamen nicht mehr«, fuhr Joey ein wenig wehmütig fort. »Agnes schrieb mir jedes Jahr eine Weihnachtskarte. Manchmal schickte sie mir Sachen, von denen sie dachte, sie würden mir gefallen. Sachen fürs Café. Aber dann vor drei oder vier Jahren kam Agnes plötzlich zurück und begann wieder, Fragen zu stellen. Mittlerweile hatte sie eine Kolumne in der Zeitung, und sie sagte, sie würde etwas über mich schreiben.«

Shanes Blick wanderte kurz zu dem alten Mann auf dem Beifahrersitz hinüber. Der grinste, als habe er eben einen Witz gemacht, doch der Stolz in seiner Stimme war kaum zu überhören.

»Über mich«, wiederholte Joey kopfschüttelnd. »Und dann las diese Verlegerin in New York die Kolumnen, in denen es um mich ging, und meinte, daraus ließe sich ein Buch machen. Und Agnes schrieb es. Die Verlegerin gab ihm den Titel *Der Pate bittet zu Tisch*. Es kam letzten Monat heraus und verkauft sich wohl richtig gut. Daher hat Agnes das Geld für ihre Hälfte der Anzahlung auf das Haus.« Er sah aus dem Fenster. »Mein Foto ist auf dem Titelbild. Wie ich am Tresen lehne.« Er sah Shane an. »Ich sagte ihr, sie solle es lassen, aber Agnes meinte, es müsse sein. Und du hast sie ja kennengelernt.«

Shane nickte. »Zumindest ein bisschen.«

»Sie hat viele meiner Rezepte verwendet. Auch die anderer Leute, zum Beispiel von Brenda. Sie gehört zu den Leuten, die ihr das Kochen beigebracht haben …«

Jetzt reicht's. »Und wieso hast du Agnes nach dem Hund gefragt, gerade bevor der Junge bei ihr einbrach?«

Joey drehte den Kopf weg. »Reiner Zufall.«

Shane lenkte den Wagen an den Straßenrand und stieg abrupt auf die Bremse, wobei er Rhett mit ausgestrecktem Arm vor dem Herunterrutschen bewahrte. Rhett sah zuerst Shane, dann Joey an. Dann seufzte er tief und rollte sich wieder auf dem Sitz zusammen.

Shane sah seinem Onkel fest in die Augen. »Der Revolver in Agnes' Haus gehörte einem vom Fach. Und der Junge ist zufällig der Enkel eines ehemaligen Mafioso. Es gibt nicht so viele alte Mafiosi, die sich hier unten zur Ruhe gesetzt haben, Joey. Eigentlich nur zwei: du und Frankie Fortunato. Und nun höre ich von diesem Herrn Thibault. Dazu möchte ich nur sagen, dass du dich ziemlich früh aufs Altenteil zurückgezogen hast. Du warst ja noch nicht mal vierzig. Und Fortunato auch nicht. Meiner Ansicht nach läuft hier einiges, worüber ich Bescheid wissen sollte. Wirst du nun mit der Geschichte herausrücken? Oder sollen wir den ganzen Tag hier herumsitzen?«

Die Sekunden vergingen. Joeys Blick traf den seinen. Dann drehte er sich um und starrte aus dem Fenster in die dunklen Sumpfwälder. Shane wartete. Aus den Sekunden wurden Minuten. Rhett seufzte noch einmal. Joey auch, tiefer sogar noch als der Hund. Dann wandte er sich wieder Shane zu. Ein schwaches Lächeln überflog sein altes Gesicht: »Du bist erwachsen geworden, nicht wahr?«

»Schon vor einiger Zeit, Joey. Dafür hast du schließlich gesorgt.«

Joey nickte. »Ja. So sollte es auch sein.« Dann sah er wieder aus dem Fenster. Shane wartete. Als er sich umdrehte, sah Shane sich wieder dem Mann gegenüber, den er kannte. Unerschütterlich. Mit dem Lächeln eines Hais. »Na gut. Frankie und ich fuhren eines Tages nach Miami, wo wir für den alten Don etwas zu erledigen hatten, für Frankies Vater. Doch als wir nach Keyes kamen, gab unser Wagen den Geist auf. Wir saßen ein paar Tage hier fest, und es gefiel uns. Also kamen wir jeden Sommer hierher zurück. Und als wir beschlossen, uns aus dem Geschäft zurückzuziehen, zogen wir hierher. Wir konnten ja immer noch das ein oder andere für den Don erledigen.

Dann bekamen wir einen Tipp. Das ist jetzt etwa fünfundzwanzig Jahre her. Es hieß, ein Güterwaggon voller Zigaretten solle hier durchkommen. Die Ladung solle verschifft werden. Wir haben unser Geld hauptsächlich mit dem Ausräumen von Güterwaggons gemacht, solange der Hafen noch in Betrieb war.

Der Don in Jersey bekam die Hälfte der Ware. Den Rest teilten wir zwei zu zwei zu eins auf. Thibault bekam nur einen Teil, weil er ja nur Fahrer war. Wir nahmen Frankies Caddy, weil er den großen Kofferraum hatte. Wir fuhren also zum Güterbahnhof, brachen in den Waggon ein, aber da waren keine Zigaretten. Nur ein Safe. Darauf stand ein Behälter. Mit einer Halskette aus großen Herzen. Sah nach Schrott aus.«

Joey schüttelte den Kopf. »Ich hatte gleich ein komisches Gefühl. Doch der Tipp kam vom Don selbst, also holten wir den Safe heraus, und Frankie nahm die Kette für Brenda mit, weil sie ihm ohnehin schon die ganze Zeit auf die Nerven ging. Sie dachte, er betrüge sie, was er auch tat, aber Frankie war nun einmal so. Wir schafften also den Safe in Frankies Auto und fuhren zu seinem Haus, dem Haus also, in dem Agnes im Moment lebt. Wir stellten den Wagen auf der verdammten Brücke ab, die damals noch besser in Schuss war. Dann schafften wir den Safe in Frankies Keller und öffneten ihn. Keine Spur von Zigaretten. Dafür fünf Millionen Dollar in nicht markierten Scheinen.«

Shane zog die Brauen hoch.

Joey nickte. »Ja, viel zu viel Geld. Four Wheels machte sich fast in die Hosen und fuhr nach Hause. Ich fuhr auch nach Hause. Frankie ging hinauf zu Brenda. Wir wollten uns am nächsten Tag wieder treffen, um einen Plan zu machen. Nur dass Frankie am nächsten Tag weg war. Der Safe war verschwunden, die Halskette ebenfalls. Und natürlich die fünf Millionen Dollar. Niemand hat etwas in Erfahrung gebracht. Und Four Wheels zog in die Sümpfe hinaus, um jeden niederzuschießen, der sich dem Haus näherte.«

»Wo steckte Frankie denn?«

Joey zuckte mit den Schultern. »In Tahiti. Vielleicht hat er sich auch zu einem Wiedersehen mit seinem Schöpfer aufgemacht. Keine Ahnung. Ich habe von ihm nie wieder etwas gesehen oder gehört.«

»Hat euch jemand aufzuspüren versucht?«

Joey rieb sich die Narbe über dem Auge. »Mehr als einmal.« Er sah weg.

Das ist also noch nicht alles, dachte Shane. »Was hat das alles mit Agnes zu tun?«

»Dieses Wochenende schrieb Agnes eine Kolumne über ›Hundeküche‹. Und statt ihres üblichen Fotos wurde eines mit Rhett gemacht.« Joey reichte Shane die Zeitung, die er immer noch in der Hand hielt

Shane schlug sie auf. Im Innenteil fand er die Kolumne mit dem Titel: *Küchenfurie Agnes*. Darunter war ein Foto von Agnes, deren Augen hinter der Brille lustig blitzten, während ihr die Löckchen vom Kopf standen wie immer. Einen Arm hatte sie um Rhett geschlungen. *Einfach niedlich*, dachte Shane. »Na und?«, fragte er, zu Joey gewandt.

»Sieh dir das Hundehalsband mal genauer an.«

Shane sah noch einmal hin. Rhett hatte ein Halsband um, an dem riesige, billig aussehende Glasherzen zu hängen schienen.

Joey tippte mit dem Finger auf das Foto. »Das ist die Kette, die Frankie uns in jener Nacht gezeigt hat. Seitdem ist sie nie wieder aufgetaucht. Und jetzt hat Rhett sie plötzlich um. Vielleicht haben Kette und Millionen ja das Haus nie verlassen. Four Wheels hat wahrscheinlich das Bild gesehen und dasselbe gedacht. Und vielleicht hat er das ja jemandem erzählt. Seinen bescheuerten Enkeln unter Umständen.«

»Verdammt!«, fluchte Shane. Ganz Keyes County würde bei Agnes reinspazieren, wenn sich herumsprach, dass sie dort draußen vielleicht auf fünf Millionen Dollar hockte. Darum also hatte Joey die Kavallerie geholt! »Hättest du mir das nicht gleich sagen können?«, zischte er ärgerlich.

»Ich habe das noch niemandem erzählt, die ganzen fünfundzwanzig Jahre nicht.«

»Wunderbar.« Da wäre also dieses Problem und dann noch

die Tatsache, dass er in Savannah den Falschen umgelegt hatte. Nicht gerade das, was man eine gute Woche nennen würde. Und heute war erst Dienstag.

Joey schien jetzt, wo er sein Geheimnis gebeichtet hatte, ein bisschen entspannter. »Xavier war damals als Deputy auf den Fall angesetzt. Eigentlich waren sämtliche Polizeikräfte von Keyes damit befasst, genau vier also. Doch bis auf Xavier gaben alle auf, als am nächsten Tag Frankies Caddy am Flughafen von Savannah gefunden wurde – ohne eine Spur von Frankie. Xavier aber hat den Fall nie vergessen. Sein einziger ungelöster Fall und auch noch der größte. Er glaubt, dass er deshalb weder Sheriff wurde noch Evie Beale zur Frau bekam, die heute Evie Keyes ist. Aber Frankie wäre nicht einfach so aus der Stadt verschwunden, ohne mir Bescheid zu geben. Wir waren wie Brüder zueinander.«

»Wer hat ihn dann umgebracht und das Geld mitgehen lassen?«

»Keine Ahnung.« Joey schüttelte nachdenklich den Kopf. »Aber jetzt geht es um Agnes. Wir werden mit Four Wheels sprechen, um herauszufinden, ob er den kleinen Bastard ins Haus unserer Kleinen geschickt hat und was er überhaupt weiß. Fahr zu.«

Shane ließ den Motor an und fuhr los, während er sich Joeys Story nochmals durch den Kopf gehen ließ. Für fünf Millionen Dollar konnte jeder Frankie umgebracht haben. Aber was hatte das mit der Gegenwart zu tun, mit Agnes?

»Beim nächsten Waldweg biegst du links ab«, befahl Joey.

Shane sah ein großes Schild an einem Baum hängen: »ZUFAHRT VERBOTEN«. Die Schrift war kaum mehr lesbar, weil von Schrotkugeln durchlöchert.

Er bog in den Weg ein, zog mit der Linken seine Pistole unter dem Sitz hervor, eine Glock 20, und legte sie in den Schoß. Ohne Erstaunen sah er, dass auch Joey seine Pistole aus dem Hosenbund zog und sie in der Hand behielt. Shane kannte das Modell: ein Colt Python. Handlich und effektvoll. Auch hier war der Griff mit Isolierband umwickelt. Alte Hunde lernen eben keine neuen Kunststücke. Auch Rhett spürte den Stimmungswechsel, denn er richtete sich auf und spähte durch die Windschutzscheibe nach vorne.

Der Weg, auf dem sie dahinfuhren, verdiente diese Bezeichnung nicht, handelte es sich doch eher um eine Schlammpiste mit zwei Furchen. Über ihnen griffen die Äste der Bäume ineinander und bildeten einen grünen Tunnel.

»Hier gefällt's mir nicht«, meinte Shane.

»Keine Sorge«, antwortete Joey. »Four Wheels ist nicht …« Bevor er den Satz beenden konnte, ertönte ein scharfer Knall, und auf der Windschutzscheibe zeigten sich Haarrisse. »Was zum Teufel …?«

Rhett bellte laut, als Shane auf die Bremse trat. Ein Ping erklang, und Shane legte den Rückwärtsgang ein. Vor ihm zwei Kids mit umgedrehten Baseballkappen, die aus einem Abstand von fünfzig Metern mit Gewehren auf sie feuerten, während sie selbst hinter einem Baumstamm in sicherer Deckung saßen.

»Was ist da los?«, fragte Joey.

»Ein paar Kids machen Schießübungen«, gab Shane zur Antwort, als er so schnell es ging auf dem schmalen Weg zurücksetzte. Ein erneutes Ping, das waren die Kugeln, die auf die Panzerfront des Wagens aufschlugen. »Ich nehme mal an, der Thibault-Clan feuert aus allen Rohren.«

Joey machte Anstalten, die Seitentür zu öffnen, doch Shane hatte bereits alle Türen verriegelt. Der alte Mann brauchte ein paar Sekunden, bis er begriff, was los war.

»Mach die verdammte Tür auf, Shane.«

»Nein.« Shane wandte den Blick nicht nach vorne. Sie kamen wieder auf die Hauptstraße. Shane wurde langsamer. Keine Schüsse mehr. Wahrscheinlich waren sie außer Reichweite der Gewehre. Oder außer Sicht.

»Du rennst einfach weg?« Eine Ader an Joeys Schläfe begann auffällig zu pulsieren.

»Solange unsere Chancen so schlecht stehen, natürlich.« Shane kurbelte wie wild am Lenkrad, dann waren sie wieder auf der Straße.

»Haben Sie dir das in der Armee beigebracht?«

»Nein.« Shane sah seinen Onkel an. »Das hast du mir beigebracht.«

Joey atmete tief durch und nickte dann, ein resigniertes Lächeln auf dem Gesicht. »Stimmt. Immer schön die Chancen verbessern.«

»Das ist heute schon das zweite Mal, dass jemand auf mich schießt.«

»*Was*?«

»Zuerst in dem Wald bei Agnes' Haus.«

Shane streichelte Rhetts Kopf. Angesichts der SMS, die er vorhin erhalten hatte, hatte sich ihm der Eindruck aufgedrängt, die Schüsse könnten vielleicht ihm gegolten haben, nicht Agnes. Doch mittlerweile war er sich dessen nicht mehr so sicher. Und natürlich war da noch die Bombe. Vermutlich musste er *alles* neu überdenken. Er mochte seinen Onkel, doch der alte Knabe hatte noch längst nicht alle Karten auf den Tisch gelegt. Anscheinend hatte Agnes weit mehr in ihren Besitz gebracht als nur ein renovierungsbedürftiges Haus.

»War der Typ, der auf dich geschossen hat, ein Profi?«, fragte Joey.

»Schwer zu sagen«, gab Shane zurück.

Joey starrte durchs Fenster, während draußen die Sumpfwälder vorbeizogen. »Ich habe dich aus all dem raushalten wollen, als ich dich damals auf die Schule schickte. Ich hätte es dabei belassen sollen.«

»Mach dir keine Sorgen, Onkel Joey«, meinte Shane und dachte an Agnes in ihrer Küche. »Ich habe schon Schlimmeres erlebt.«

»Vielleicht solltest du wieder verschwinden.«

Shane warf ihm einen Seitenblick zu. »Nicht bevor das hier ausgestanden ist.«

»Shane, da draußen laufen vielleicht Profis rum. Die Jungs des Don. Vielleicht machen sie jetzt auch Jagd auf dich.«

Und hier kommt die letzte Frage: »Warum sollten sie?«

Joey wandte den Blick ab. »Sie denken wahrscheinlich, du hilfst mir und weißt alles.«

Wieder gelogen, dachte Shane und fragte sich, ob es irgendjemanden gab, dem er vertrauen konnte.

»Vielleicht solltest du Agnes im Auge behalten«, sagte Joey.

»Genau das habe ich vor.«

Agnes saß auf der hinteren Veranda in ihrer Hollywoodschaukel mit einer Weinflasche, rasenden Kopfschmerzen, ihrem Laptop und einem Notizblock, auf dem sie gerade ihre letzte Aufgabenliste fertigstellte. Sie versuchte, ihre Kolumne zu Ende zu bringen, während die Dixie Chicks leise im Hintergrund trällerten. Sie hatte Mühe, sich bei all den Ablenkungen zu konzentrieren. Zum Beispiel Robbie Hammond, der ihr bis zum Haus gefolgt war, nur um sie zu fragen, ob das Maria Fortunato gewesen sei. Dabei hatte sein Gesichtsausdruck deutlich kundgetan, dass der eine Sommer, den er mit Maria gegangen war, ihn über die Maßen beeindruckt hatte. »Ja. Und sie *heiratet* nächsten Samstag«, hatte Agnes mit fester Stimme geantwortet. Da hatte er sich verzogen … und Agnes mit Schuldgefühlen zurückgelassen, allerdings die von der leichteren Sorte. Zurück an die Arbeit.

Die Chicks sangen: »The Long Way Around«, was angebracht schien, denn die Liste wurde tatsächlich länger und länger: Haus streichen lassen, Brücke verstärken lassen, eine Klimaanlage finden, die sowohl billig als auch ohne Schufa-Auskunft zu haben war, die Zutaten für dic Torte bestellen und Maisie Shuttle dazu bringen, dass sie auf die Schnelle noch tausend Maßliebchen ausspuckte. In der Kolumne ging es um die lebenswichtige Frage, wie viel Pfund Zuckerguss auf einer Torte statisch zu verantworten sind, wenn sie noch gut schmecken soll und die Gäste sie mit Kuchengäbelchen aufspießen. Ein stinklangweiliges Thema, wie sie fand. Eben wollte sie noch ein paar kluge Erkenntnisse über die Geschichte des Hochzeitskuchens in das Ganze flechten, doch das war noch schlimmer als vorher …

»Ich kann einfach nicht glauben, dass du diesen Scheißschuppen gekauft hast.«

Verwundert sah Agnes auf, und ihr Blick fiel auf eine perfekte Südstaatenschönheit, die in ihrer Verandatür stand. Eine echte Southern Belle, auch wenn sie jetzt »nur« im südlichen Teil von New Jersey lebte: glänzend braune Locken, riesige braune Augen, ausgeprägte Gesichtszüge und ein breiter roter Mund, nicht zu vergessen der Körper, der für Caprihosen und Trägertops geradezu geschaffen schien.

»LL?« Agnes fühlte, wie ihr die Tränen in die Augen stiegen. »Oh Gott, ich hab dich so *vermisst.*«

Sie sprang von der Schaukel auf, wobei der Laptop zur Seite glitt, und schlang ihre Arme um ihre beste Freundin. Lisa Livia meinte: »Oh Liebes, *ich habe dich auch vermisst.*« Damit drückte sie Agnes fest an sich. Dann ließ sie ihre Freundin wieder los, schob ihre enorme Sonnenbrille weiter ins Haar hinauf und meinte: »Agnes, du Schaf, du bist wirklich so was von durchgeknallt!«

»Wieso?«, fragte Agnes und schob ihre eigene Brille wieder die Nase hinauf. »Ist die Brücke eingeknickt?«

Lisa Livia warf ihre große weiße Markenhandtasche auf den alten Blechtisch und nahm auf der Hollywoodschaukel Platz. Sie schob den Laptop zur Seite und drehte den CD-Player leiser. »Nein. Aber was machst du denn *damit?*«, fragte sie und deutete auf den Computer.

»Ich schreibe meine Kolumne. Wusstest du, dass die Römer der Braut den Hochzeitskuchen quasi überbrieten?«

»Nein, aber das überrascht mich nicht. Die Italiener sind wie die Hölle hinter den Frauen her. Jetzt hör zu: Ich war auf der *Brenda Belle* und habe dort die Sachen meiner Mutter durchgesehen.«

»Sie lebt auf der Jacht, seit sie mir Two Rivers verkauft hat.« Agnes setzte sich neben LL und goss Wein in ein zweites Glas. »Ich weiß nicht, wieso sie keine Wohnung genommen hat. *Mann, bin ich glücklich, dich zu sehen*. Du hast gerade das Treffen mit ihr und *Evie Keyes* verpasst.«

»Das war meine Absicht.« Lisa Livia schlug ihre umwerfend schönen Beine übereinander und nahm das Weinglas. Sie nippte ein wenig, nickte und nahm erst dann einen größeren Schluck. »Ich weiß, wieso sie sich keinen anständigen Wohnsitz kauft. Sie glaubt, sie könne hierher zurück. Deshalb versucht sie, Marias Hochzeit zu ruinieren.«

»Was?«, rief Agnes aus und sah ihre Freundin über den Rand des Weinglases an. »Das ist doch verrückt. Warum sollte sie wieder nach Two Rivers wollen? Und warum sollte sie deshalb Marias Hochzeit in die Binsen gehen lassen? Das ist doch endlich der soziale Aufstieg, den sie sich seit jeher erträumt hat.«

»Weil sie, wie ich dir schon seit Jahren predige, einfach total verrückt ist.« Lisa Livia lehnte sich zurück. »Seit Maria hier ist, liegt Brenda ihr damit in den Ohren, wie sehr Palmer seinem Vater gleiche, der habe auch die hübsche kleine Evie Beale geheiratet, als sie achtzehn war, und dann den Rest seines Lebens in Alkohol gebadet, und alles flachgelegt, was ihm über den Weg lief.«

Agnes sah sie ungläubig an: »*Palmer* soll wie sein Vater sein? Das ist doch lächerlich. Palmer ist Evies Baby. Der könnte keiner Fliege was zuleide tun, geschweige denn ein Mädchen anbaggern. Ich weiß immer noch nicht, wie er es geschafft hat,

Maria ins Bett zu kriegen.« Sie zögerte eine Sekunde. »Eigentlich weiß ich noch nicht mal, ob ...«

»Doch, das hat er«, versicherte Lisa Livia. »Ich habe sie gefragt. Ich wollte nicht, dass sie ihn heiratet, weil er so nett und reich ist, und sich dann schon in der ersten Woche zu Tode langweilt. Sie sagte, der Sex sei super gewesen, und ich solle aufhören, mich einzumischen, sie sei sehr glücklich. Jetzt ist sie dessen nicht mehr so sicher. Brendas Gefasel trägt langsam Früchte.«

»Aber warum sollte sie so etwas tun?«, fragte Agnes.

»Weil sie die Hochzeit verhindern will. Heute Morgen habe ich gewartet, bis Brenda die Jacht verlassen hat. Dann ging ich an Bord und habe ihre Sachen ein bisschen durchstöbert, weil ich herausfinden wollte, was sie im Schilde führt.« Lisa Livia sah Agnes mit ihren großen braunen Augen an. »Sie hat dich beschwindelt.«

»Wie bitte?« Agnes runzelte die Stirn. »Das kann ich nicht glauben. Nicht Brenda. Weißt du, sie ist vielleicht manchmal ein wenig schwierig, aber das liegt wohl daran, dass sie jetzt mit Menschen zu tun hat, die sie all die Jahre über ausgeschlossen haben. Du hättest ihr Gesicht sehen sollen, als ...«

»Sie hat dir das Geld geliehen?«, fragte Lisa Livia. »Warum bist du nicht zur Bank gegangen, du Schaf?«

»Sie hat uns ein besseres Angebot gemacht.« Agnes setzte ihr Glas nieder. »Taylor hat die Papiere seinem Anwalt vorgelegt. Es ist ein absolut normaler Vertrag. Mit *Standardklauseln*. Genau denselben Vertrag hat Evie mit Palmer und Maria gemacht. Für das Haus neben dem Keyes-Anwesen. Brenda fügte nur an, dass Marias Hochzeit hier ausgerichtet werden sollte, aber das ist kein Problem. Ich wollte ja, dass Maria hier heiratet. Dafür lässt Brenda mir sogar drei Monatsraten nach. Für mich ist das ein Supergeschäft.«

»Ich weiß, dass du denselben Standardvertrag hast, wie Evie

ihn mit Palmer gemacht hat.« Lisa Livia verdrehte die Augen angesichts von so viel Dummheit. »Der Unterschied ist nur, dass Evie Palmer liebt. Dieselbe Art von Vertrag wird übrigens von geldgierigen Immobilienhaien benutzt, die ihre Kunden übers Ohr hauen wollen. Glaubst du etwa, der Immobilienkönig ist mit Fairness reich geworden? Alles, was sie über das Verkaufen von Häusern weiß, hat Brenda von ihm gelernt. Sie nimmt dich aus, Ag.«

Das ist doch lächerlich. Agnes sah Lisa strafend an. »LL, im Vertrag heißt es nur, Maria müsse hier heiraten. Dort steht nicht, dass sie unbedingt heiraten muss. Ich weiß ja, dass du mit deiner Mutter Probleme hast ...«

»Sie ist eine bösartige Schlampe«, zischte Lisa Livia und kippte den Wein hinunter.

»... aber sie ist keine Betrügerin.«

»Sie hat meinen Vater umgebracht«, fauchte LL weiter. »Für sie ist Immobilienbetrug eine Kleinigkeit.«

Und schon sind wir wieder beim Thema, dachte Agnes. »Sieh mal, du bist die beste Freundin, die man haben kann, wenn du nicht gerade von deiner Mutter anfängst ...«

»Okay, du denkst also, ich habe einen Sprung in der Schüssel. Dann hör mir mal zu.« Lisa Livia setzte das Glas hart auf den Tisch und lehnte sich vor. Dabei erlaubte ihr Top Einblicke, die Agnes beim besten Willen nicht gutheißen konnte. Das einzig Gute daran war, dass Shane nicht da war, um den Anblick zu genießen. »Du weißt doch, dass eine der Klauseln besagt, der Grundbesitz falle an den Hypothekengeber, sobald du drei Monatsraten im Rückstand bist?«

»Ja«, antwortete Agnes geduldig. »Aber das ist auch eine Standardregelung. Und wir sind nicht im Rückstand.«

»Aber genau das wird eintreten«, sagte Lisa Livia ebenso geduldig, »wenn Marias Hochzeit nicht hier stattfindet. Und zwar pünktlich am Samstag Mittag.« Sie nahm ihre Handtasche und holte ein Blatt Papier heraus. »Erinnerst du dich vielleicht daran?«

Agnes warf einen Blick darauf. »Ja. Das ist die Vereinbarung über die Hochzeitsfeierlichkeiten. Wir werden die Hochzeit hier ausrichten und bekommen dafür die ersten drei Monatsraten erlassen.«

Lisa Livia nickte. »Und mit diesen drei Raten bist du überfällig, wenn die Hochzeit nicht *hier* stattfindet.«

In Agnes Kopf hallten Brendas Worte nach: *... sollten wir die Hochzeit doch besser im Country Club abhalten ...*

»Was ist?«, fragte Livia, als sie Agnes' Gesicht sah.

Agnes schluckte. »Brenda versuchte, die Hochzeit in den Country Club zu verlegen. Sie hatte sogar die verrückte Idee, man könnte deren Blumen nehmen.«

»*Wie bitte*?«, platzte Lisa Livia heraus.

»Und Evie möchte auch, dass alles im Country Club stattfindet. Nur dass sie die Blumen nicht von ihnen will.« *Ich kann es einfach nicht glauben. Brenda würde mir so etwas nicht antun.*

»Lieber Himmel, keine Blumen vom Country Club, bitte.« Lisa Livia lehnte sich zurück. »Aber da hast du's. Alles, was dazu beiträgt, dass die Hochzeit am Samstagmittag nicht hier stattfinden kann, setzt dich in Verzug. Dann verlierst du das Haus, und Brenda bekommt es zurück. *Und* sie darf deine Anzahlung behalten. Ich wusste, dass sie das Haus nicht verkauft. Fünfundzwanzig Jahre hat sie hier gelebt. Aber sie ist pleite, verschuldet bis über beide Ohren. Und sie braucht Cash.« Lisa Livia schüttelte den Kopf. »Ich sagte dir doch, sie hat all diesen Schrott von dem Gauner gelernt, den sie geheiratet hat. Immobilienkönig. Du lieber Himmel! Bei uns tauchten immer wieder Leute auf, die ihn erschießen wollten.«

»Ich kann nicht glauben, dass sie so etwas fertigbringen würde«, sagte Agnes und richtete den Blick auf das Blatt Papier in ihrer Hand. »Es ist einfach zu weit hergeholt. Ich weiß, dass ihr beide nicht miteinander auskommt, LL, aber mir gegenüber war sie immer gütig. Zum Teufel, sie hat mir das Kochen beigebracht. Sie war wie eine Mutter zu mir.«

»Und sie ist meine Mutter«, antwortete Lisa Livia, »aber ich schwöre dir, sie wird es tun.«

»Lisa Livia, ich habe ganz andere Probleme«, meinte Agnes, während sie sich noch ein Glas Wein eingoss. »In meinem Keller ist letzte Nacht ein Junge ums Leben gekommen, der vorher mit gezückter Knarre meinen Hund kidnappen wollte. Und jetzt ist da die Hochzeit ...«

»Ums Leben gekommen? Du meinst, richtig tot? Und du bist immer noch *hier*?« Lisa Livias Gesichtsausdruck schien sich plötzlich zu verändern. Sie richtete sich kerzengerade auf. »Warte mal. Wahrscheinlich hat Brenda ihn geschickt.«

»Also entschuldige mal, LL«, empörte Agnes sich jetzt. »Deine Mutter trägt nicht für alles die Verantwortung.«

»Sie versucht, dir Angst zu machen. Dann kannst du die Hochzeit nicht hier ausrichten, du wirst vertragsbrüchig, und sie bekommt das Haus zurück. Darauf möchte ich wetten. Du darfst das Haus auf keinen Fall verlassen.« Sie trank noch einen Schluck Wein.

»Hatte ich ohnehin nicht vor.«

»Aber du wohnst doch nicht etwa allein hier? Sag doch dieser Null, diesem Taylor, er soll seinen Allerwertesten gefälligst hier herausbewegen.«

Agnes schüttelte den Kopf. »Joey hat seinen Neffen Shane kommen lassen.«

Lisa Livia verschluckte sich fast. »Shane?«, fragte sie und wischte sich den Mund ab. »Der kleine Shane?«

Agnes dachte an den Mann, der sich heute früh vor ihr in der Küche aufgebaut hatte. »Er ist ziemlich gewachsen.«

»Das muss ich mir ansehen«, lachte Lisa Livia. »Aber das mit meiner Mutter war alles andere als ein Scherz.«

»Du übertreibst maßlos«, gab Agnes zurück. Als Lisa Livia sie wütend anblitzte, funkelte sie einfach zurück.

»Hier bist du also!«, hörten sie plötzlich Brendas Stimme. Sie kam den Weg zur hinteren Veranda herauf und hatte zwei Damen im Schlepptau, die auf merkwürdige Weise betreten aussahen – Evie und Maria. »Evie und ich haben unseren Lunch zusammen eingenommen und alles noch einmal besprochen. Dann haben wir Maria angerufen, und jetzt sind wir alle noch einmal hier.« Als sie die Treppen hinaufgestiegen war, sah sie Lisa Livia. »Ach, Liebes, *du* bist ja auch hier«, meinte sie lächelnd. »Ich fragte mich schon, wann du wohl ankommst.« Sie beugte sich zu Lisa Livia hinab, um ihr einen Kuss auf die Wange zu drücken, doch diese lehnte sich ein wenig zurück, sodass Brendas Lippen nur die Luft berührten. Als Brenda sich aufrichtete, lächelte sie zwar immer noch, doch ihr Gesichtsausdruck hatte etwas Gezwungenes.

Autsch, dachte Agnes. *Dieser kleine Kuss hätte dich wirklich nicht umgebracht, LL*!

»Hallo, Ma«, meinte Lisa Livia. »Wie läuft's denn mit dem Country Club? Ich habe eine Idee: Ich lenke sie ab, und du klaust die Blumen.«

»Hallo, Lisa Livia«, sagte Evie ohne jede Wärme. »Willkommen zu Hause.«

»Danke schön, Mrs. Keyes«, gab Lisa Livia zurück. »Es ist wie immer eine Freude, hier zu sein.«

Brenda lächelte Maria aufmunternd an. »Wir haben Maria mitgenommen, weil wir nochmals über die Hochzeit sprechen wollen. Über ihr *Motto*.«

»Motto?«, zischte Lisa Livia klapperschlangengleich. »Was für ein Motto?«

»Wir sind der Auffassung«, sagte Evie zu Lisa Livia, »dass ›Flamingos‹ als Hochzeitsmotto zwar jung, witzig und auch ähm … *cool* sind, aber dass Palmer und wohl auch Maria diese

Entscheidung möglicherweise bereuen werden, wenn sie später mal ihre Hochzeitsfotos ansehen.«

»Flamingos?«, warf Lisa Livia verständnislos ein.

»Entschuldige, ich habe vergessen, es dir zu sagen. Wir hatten so vieles zu besprechen.«

Evie nickte. »Überhaupt scheint die ganze Hochzeit ein wenig aus den Fugen zu geraten. Daher haben Brenda und ich beschlossen, dass eine *klassische* Ausrichtung …«

»Im Country Club«, fügte Brenda hinzu, während sie Marias Arm tätschelte.

»… passender wäre«, schloss Evie.

»*Einen Augenblick mal*«, fauchte Agnes, während sie vom Stuhl hochschoss.

»Und da ich in dieser Gemeinde und bei meinem Sohn nicht ohne Einfluss bin«, sagte Evie mit klarer Stimme. »bestehe ich darauf. Es tut mir leid, Maria. Es wird keine Flamingos geben. Und die Hochzeit wird im Country Club stattfinden.«

Den Teufel wird sie. Agnes setzte an, um etwas zu sagen, doch Lisa Livia kam ihr zuvor.

»Meine Tochter möchte, dass die Hochzeit hier stattfindet. Und mit Flamingos«, sagte sie ruhig. »Und ich glaube, *sie* heiratet.«

»Ma!« In Marias Stimme lag ein warnender Unterton.

Agnes versuchte, Lisa Livia ein Zeichen zu geben. *Setz dich für das Haus ein, nicht für das Motto. Das Motto ist nur ein Witz.* »Wir werden also einen Kompromiss schließen«, ging sie dazwischen. Maria nickte, doch Evie schnitt Agnes das Wort ab.

»Maria ist sehr jung«, lächelte sie Lisa Livia mit gebleckten Zähnen an. »Sie braucht *Anleitung*. Keine Flamingos.«

Maria hub zu ein paar klärenden Worten an, die einen weisen Kompromiss einleiten sollten, doch Lisa Livia entging dies. Kampflustig verschränkte sie die Arme über der Brust.

»*Anleitung,* meinen Sie?«, fragte LL sanft zurück.

»Lass uns darüber reden«, flüsterte Agnes Lisa Livia flehentlich zu, um sie vom bevorstehenden Ausbruch abzuhalten.

»Oh, reden müssen wir darüber nicht mehr«, warf Brenda ein. »Es ist alles beschlossene Sache. Und wirklich, meine Lieben ...«

»Gar nichts ist beschlossen«, schnappte Agnes. Brenda sah sie schockiert an.

»Maria will Flamingos.« Lisa Livia lächelte Evie an – mit dem typischen Fortunato-Lächeln, das schon so vielen Menschen Überschuhe aus Beton eingetragen hatte.

Maria schien dieselbe Befürchtung zu hegen wie Agnes, denn sie sagte: »Nein, Ma, es ist in Ordnung, ich ...« Agnes fiel ein: »LL, du ...«

Doch da machte Lisa Livia bereits eine winzige Kopfbewegung, mit der sie auf den ersten Stock des Hauses verwies. »Wissen Sie, da oben ist ein Fenster, das zweite von rechts. Wissen Sie, welches ich meine?« Lisa Livia lächelte Evie an und fuhr im freundlichsten Plauderton fort: »Als ich klein war, war dies mein Schlafzimmerfenster. Wenn Ma ihre Partys feierte, hing ich ständig dort herum. Sie würden nicht glauben, was ich dort alles mitbekam.« Sie neigte den Kopf und sah Evie direkt in die Augen. »Simon Xavier beispielsweise, der es Ihnen unter unserer großen Eiche besorgte. Und das war noch lange nicht alles ...«

»*Lisa Livia!*«, rief Brenda aus. Evie wurde steif wie ein Brett. Agnes ließ sich auf die Hollywoodschaukel sinken und goss sich noch ein Glas Wein ein.

»Ich überlege gerade, ob Sie damals schon verheiratet waren oder nicht«, fuhr Lisa Livia in besorgtem Ton fort. »Ich muss mich mal ein bisschen umhören. *Anleitungs*halber, wissen Sie. Nur damit ich nichts durcheinanderbringe.«

»Wein?«, fragte Agnes Maria. Diese nickte, ließ sich resigniert neben Agnes fallen und griff nach dem Glas ihrer Mutter.

Evie presste die Lippen so hart aufeinander, dass sie einen weißen Strich in ihrem Gesicht bildeten.

»Natürlich würde ich so etwas nie tun«, plauderte Lisa Livia weiter. »Niemals. Diese Art von Getratsche ist mir zuwider. Außer jemand würde versuchen, *meine Tochter* in die Scheiße zu reiten. Wenn natürlich jemand versuchen sollte, meiner Tochter etwas wegzunehmen, was sie haben will ... In diesem Fall müsste ich leider dem ganzen Scheißkaff erzählen, was ich gesehen habe. Sie glauben, General Sherman hat diese Stadt hier verwüstet? Gegen mich wird er aussehen wie ein Waisenknabe, wenn ich erst fertig bin. Denn wenn jemand mich oder mein Kind in die Scheiße zu reiten versuchte, dann müsste ich eben das tun. Und wenn sie Scheißflamingos will, dann wird sie ihre Scheißflamingos kriegen, und zwar genau hier, in Two Rivers. Die Hochzeit wird nicht im Country Club stattfinden, sondern hier. Und zwar mit Flamingos und allem anderen, was meinem Mädchen so einfällt. Haben Sie das jetzt begriffen?«

Agnes nahm noch einen Schluck, Maria tat es ihr nach. Sie war ziemlich sicher, dass Evie verstanden hatte. Die First Lady von Keyes war zwar nicht gerade die Gattin Cäsars, doch immerhin war sie Jefferson Keyes' Gattin, und als solche ließ sie es sich nicht unter der Eiche von einem Cop besorgen oder sich, bei Gott, gar flachlegen. Nicht einmal, wenn das mehr als fünfundzwanzig Jahre her war.

Stille legte sich über die Szenerie.

Evie erhob sich. »Nun gut.« Sie nickte Maria zu. »Hier liegt ein Missverständnis vor, natürlich hat deine Mutter recht, es ist deine Hochzeit. Also sollst du deine Flamingos hier in Two Rivers haben.«

»Moment mal ...«, mischte Brenda sich ein, doch Evie hatte sich schon umgedreht und schritt die Stufen des Hauses hinunter zu ihrem Lexus, der um die Ecke stand. Immer noch würdevoll, wenn auch ihre Reputation ein wenig ramponiert war.

Brenda drehte sich zu Lisa Livia um: »Das war ja wohl ein schreckliches Schauspiel. Du bist wahrhaftig die Tochter deines Vaters.«

»Halt die Klappe, Ma«, gab Lisa Livia zurück und stemmte die Hände in die Hüften. »Als ob du nicht in der Bronx zur Welt gekommen wärst! Die Fortunatos waren für dich ein absoluter Sprung auf der Prestigeleiter. Und jetzt hör gut zu: Wenn du noch einmal versuchst, die Hochzeit woanders als in Two Rivers stattfinden zu lassen, buddele ich jede verdammte Leiche aus, die du im Keller oder sonstwo vergraben hast, und lass sie auf dieser Hochzeit tanzen, klar? Alles, was du je irgendwo begraben hast, auch meinen Vater. Und dann versenke ich diese verdammte alte Fregatte, auf der du haust, sodass du ohne einen Pfennig auf der Straße stehst. Versuch nicht, mein Kind oder meine Freundin über den Tisch zu ziehen. Sie sind alles, was mir an Familie noch geblieben ist, und du lässt gefälligst deine Finger von ihnen. Kapiert?«

Brenda fuhr zurück, als habe man sie geschlagen. Dann funkelte sie LL an. Einen Augenblick lang sah es aus, als stünde sie ihrem Spiegelbild gegenüber, nur dass LL dunkle Locken hatte. Zwei Mini-Furien, eine blond, die andere dunkel. Ebenso grazil wie tödlich. Dann versetzte Brenda: »Ich höre mir so etwas von meiner Tochter nicht an.« Sie wandte sich zu Agnes um: »Ich möchte mit dir sprechen, bevor ich gehe«, sagte sie kühl und ging ins Haus.

»Ich dachte schon, sie haut nie ab.« Lisa Livia wandte sich Maria zu, die immer noch neben Agnes auf der Hollywoodschaukel saß. Auch sie hatte die Arme über der Brust gekreuzt, ein Bild des Zorns wie ihre Mutter. Die dritte Furie im Bund. Obwohl bei ihr allmählich die Verzweiflung überhandzunehmen schien. »Jetzt hast du deine Flamingos, mein Schatz«, sagte Lisa Livia mit zärtlicher Stimme.

»Ich will gar keine Flamingos, Ma«, gab Maria entnervt zurück. »Ich wollte sie nur mit den Flamingos in den Wahnsinn treiben, sodass sie mich die Hochzeit feiern lassen, die ich wirklich haben möchte. Ich hätte sie schon dazu gebracht, dass sie einer Hochzeit mit Schmetterlingen und Maßliebchen zustimmen. In Two Rivers. Dank deiner habe ich jetzt eine *Flamingohochzeit*.«

Fassungslos starrte Lisa Livia ihre Tochter an. Dann sagte sie: »Ich hoffe, du wirst eines Tages selbst eine Tochter haben. Und wenn, dann hoffe ich, dass sie dir einmal das Herz bricht, so wie du meines soeben gebrochen hast.«

»Jajaja«, antwortete Maria und ging in die Küche.

Agnes hielt Lisa Livia die Weinflasche hin. »Wir haben ja versucht, dich zu bremsen. Wein?«

»Scheiß drauf«, versetzte Lisa Livia. »Gib mir einen Bourbon.«

»In der Küche«, sagte Agnes. Gemeinsam gingen sie hinein.

Dort stand Brenda und starrte mit offenem Mund auf die Küchenwand, in der sich die Umrisse der Tapetentür abzeichneten. Leicht zu sehen, da mittlerweile viele Menschen durchgegangen waren.

»Agnes, was soll das denn?«, fragte sie entgeistert, als hätte Agnes etwas Schreckliches angestellt.

»Die Kellertür, von der ich nichts wusste. Da unten ist der Schlupfwinkel deines Gemahls. Was du übrigens zu erwähnen vergessen hast, als du mir das Haus verkauftest.«

»Daddys Refugium?«, meinte Lisa Livia überrascht und trat näher. »Ist die Venus immer noch unten?« Sie stieß die Tapetentür auf und steckte den Kopf durch die Türöffnung. »Mein Gott, das habe ich ja völlig vergessen.« Sie hörte sich an, als wäre sie den Tränen nahe, was Lisa Livia so gar nicht ähnlich sah.

»Ma?« Einen Augenblick lang ließ Maria sich von ihren Sorgen ablenken.

Agnes holte den Bourbon. »Hier ist was zu trinken, LL.«

»Wenn du die Venus nicht behalten willst, kann ich sie dann haben?«, fragte Lisa Livia.

»Aber ja, natürlich«, antwortete Agnes. »Du kannst alles haben, was dort unten …«

»*Wieso steht diese Tür offen?*«, ließ Brenda sich vernehmen.

»Ein Junge namens Thibault fiel hinunter und brach sich das Genick«, sagte Agnes.

»*Thibault?*« Brenda hielt sich mit der Hand an der Anrichte fest.

»Er wollte Rhett kidnappen«, erklärte Agnes.

Brenda sank auf einen der Barhocker an der Anrichte. »Oh mein Gott.«

Agnes brachte Lisa Livia, die immer noch im Eingang der Kellertür stand und sich auf die Lippen biss, ihren Bourbon. »Alles in Ordnung?«

»Mein Dad hat diesen Raum geliebt«, meinte LL und nahm das Glas entgegen. »Wirklich geliebt. Mein Gott. Und die Venus ist wirklich noch unten?«

Die Haustür fiel ins Schloss, und Schritte erklangen im Flur. Einen Moment später stand Shane in der Küche. Rhett trottete hinter ihm her.

Als er die vier Frauen sah, hielt er inne. Rhett ließ sich neben ihn auf den Küchenboden fallen.

Gefährlich sah er aus, wie er so dastand, groß und breitschultrig und ganz in Schwarz gekleidet – genauer gesagt sah er einfach klasse aus.

»Joey?«, flüsterte Brenda, die kreidebleich geworden war.

»Das ist Shane, Joeys Neffe«, erklärte Agnes. »Shane, das ist Brenda Dupres. Fortunato …«

»Shane, oh mein Gott.« Brendas Hand rutschte über ihr Herz. »Shane. Natürlich. Wo hatte ich nur meinen Kopf? Nun, du bist ganz schön gewachsen, seit ich dich zum letzten Mal gesehen habe.«

»Das ist der kleine Shane?«, flüsterte Lisa Livia Agnes zu. »Wer hätte gedacht, dass der sich so auswachsen würde?«

Shane musterte alle vier wachsamen Auges.

Lisa Livia winkte ihm zu. »Hi, Shane. Erinnerst du dich an mich? Lisa Livia.«

»Hallo«, meinte Shane vorsichtig, was nicht schlecht war, wenn man bedachte, welche Reaktion Lisa Livia in ihrem hautengen Top normalerweise bei Männern auslöste.

»Könntest du nicht die Venusstatue heraufholen, wenn du das nächste Mal im Keller bist?«, meinte Lisa Livia.

»Der Keller, LL, ist ein Tatort«, antwortete Agnes und wich Shanes Blick aus. »Doch du bekommst die Venus, versprochen.«

»Willkommen zu Hause, Shane«, sagte Brenda, die sich erneut an der Anrichte festhielt. »Was tust du hier in Keyes? Hast du etwas für Joey zu erledigen?« Bei dem Wort *Joey* zitterte ihre Stimme ein klein wenig.

»Ich kümmere mich um Agnes«, entgegnete Shane. »Wir haben uns übrigens gefragt, weshalb niemand im Keller aufgeräumt hat, bevor die Tür mit einer Tapete kaschiert wurde.«

»Aufgeräumt?«, fragte Brenda mit quiekender Stimme nach.

»Sie haben da unten eine voll ausgestattete Bar, ein Weinregal mit ausgesuchten Schätzen, einen Billardtisch und diese wirklich hübsche Kopie der Venus von Milo ...«

»Wirklich hübsch«, flocht Lisa Livia ein, während Maria sie fassungslos ansah.

»... aber all das wurde mehr oder weniger unter Verschluss gehalten. Wieso?«

Brenda antwortete mit einem Augenaufschlag. »Ach, Frankie. All das erinnerte mich dauernd an Frankie. Also nagelte ich einfach die Tür zu und klebte die Tapete drüber, als er verschwand.«

»Verdammt!«, zischte Lisa Livia in Agnes' Ohr. »Sie hat ihn umgebracht. Wahrscheinlich hat sie ihn dort unten begraben. Deshalb ist sie so entsetzt, dass die Tür geöffnet wurde. Wahrscheinlich hat sie ihn unter der Venus verbuddelt.« Sie seufzte. »Das hätte ihm jedenfalls gefallen.«

»Schscht«, zischelte Agnes zurück und hoffte, Lisa Livia habe einen Witz gemacht. »Brenda, worüber wolltest du eigentlich mit mir sprechen?«

Brenda sah sie an, als wüsste sie nicht mehr, wer Agnes eigentlich war. »Was? Oh, Agnes. Über die Hochzeit, natürlich. Ich hoffte, wenigstens du wärst so vernünftig, einer Hochzeit im Country Club zuzustimmen, da du das Haus niemals pünktlich gestrichen haben wirst, aber ...« Sie warf einen Blick auf die Wand und dann auf Shane. »... ich denke, ich gehe jetzt wohl besser zurück auf die *Brenda Belle*, wir sprechen morgen noch einmal darüber.« Sie schenkte Shane ein schwaches Lächeln. »Morgen ist schließlich auch noch ein Tag.«

»Wie immer«, gab Agnes zurück.

»Ich komme mit, Grandma«, meinte Maria, und Brenda verlor nicht ein Wort darüber, dass sie sie als Großmutter titulierte.

Shane trat zur Seite, und Brenda glitt an ihm vorbei, ein wenig wacklig auf ihren hohen Absätzen, immer noch schön, aber sehr bleich. Zum ersten Mal am heutigen Tag sah sie beinahe so alt aus, wie sie tatsächlich war.

Maria warf ihrer Mutter einen letzten unheilvollen Blick zu und folgte ihrer Großmutter nach.

»Was genau ist die *Brenda Belle*?«, kam es von Shane, sobald die beiden Frauen aus der Tür waren.

»Ihre Jacht«, gab Agnes zur Antwort. »Sie lebt dort, seit sie mir das Haus verkauft hat.«

»Ein uralter Kahn«, versetzte Lisa Livia und sah Agnes an. »Glaubst du mir jetzt?«

»Vielleicht«, entgegnete Agnes.

»Was glauben Sie?«, hakte Shane nach.

»Das erkläre ich Ihnen später.« Agnes griff zum Telefon und wählte. »Zuerst muss ich Taylor Bescheid sagen.« Lisa Livia rollte mit den Augen, doch Agnes meinte nur: »Das geht ihn auch persönlich an, LL.« Sie lauschte dem Klingeln, dann sprang Taylors Anrufbeantworter an. Sie wartete den Piepton ab, dann sagte sie aufs Band: »Ich muss noch heute Abend mit dir sprechen. Keine Ausrede. Um neun Uhr.« Sie legte auf und wandte sich Shane zu. »Maria stritt sich mit Evie und Brenda. Dann sagte Lisa Livia zu Evie, dass sie gesehen habe, wie Xavier es ihr vor fünfundzwanzig Jahren besorgt habe. Und jetzt stellt sich heraus, dass ich möglicherweise das Haus verliere. Außerdem werde ich bis Donnerstag in Plastikflamingos ertrinken. Wie war Ihr Tag?«

»Ich habe mit Joey gesprochen. Auf mich wurde zwei Mal geschossen. Und ich habe Ihnen eine Klimaanlage besorgt. Wieso können Sie das Haus verlieren?«

»Geschossen?«, warf Lisa Livia entgeistert ein.

»Heute Morgen, während Evie und Brenda hier waren?«, fragte Agnes. »Da habe ich Schüsse gehört.«

»Sie sind daneben gegangen. Wieso können Sie das Haus verlieren?«

Bei Agnes fiel plötzlich der Groschen. »Sie haben mir eine Klimaanlage besorgt?« Sie schluckte. »Eine richtige, echte Klimaanlage?«

Verlegen sah er zu Boden. »Nun, sie hatten Probleme mit Ihrer Anlage und ...«

»Sie ist einfach zu klein für das ganze Haus«, sagte Agnes.

»... und deshalb habe ich mir sie angesehen, bevor ich losgefahren bin. Sie brauchen eine neue. Das ist doch keine große Sache, Agnes.«

»O, mein Gott«, entgegnete Agnes. »Auf Sie wird geschossen, und Sie denken trotzdem daran, mir eine Klimaanlage zu besorgen. Vielen herzlichen Dank. Ich werde Ihnen das Geld zurückgeben.«

»Nein, das werden Sie nicht. Sie können es mit Kost und Logis verrechnen. Was gibt's denn zum Abendessen?«

»Joey hat mir gestern Abend ein Lendenstück mitgebracht, das ich heute Morgen eingelegt habe«, gab sie zurück. »So weit, so gut. Und dann wird's wohl eine Weile nur Sandwiches mit den Resten von der Hochzeitsfeier geben.«

»Das ist schon eine Klimaanlage wert«, scherzte Shane.

»Ich werde mich revanchieren«, erwiderte Agnes.

»Stellen Sie sich nicht so an, Agnes.«

Wie gerne würde ich mich anstellen. Nimm doch mich als Gegenleistung.

»Und was ist jetzt mit dem Haus?«

»Darüber muss ich zuerst einmal mit Taylor sprechen.«

»Wenn Sie's mir sagen, bringe ich's in Ordnung«, sagte er. Fast hätte sie es ihm gesagt. Einfach weil er da war. Und weil er ihr eine Klimaanlage gekauft hatte. Und weil er, da war sie völlig sicher, so ziemlich alles fertigbringen würde.

»Aber es ist nichts, was ich nicht selbst in den Griff bekommen könnte«, log sie.

»Dann baue ich eben die Anlage ein«, sagte er, nickte Lisa Livia zu und ging zur Tür hinaus.

Agnes wandte sich dem Abendessen zu. Dabei streifte ihr Blick Lisa Livia, die mit verschränkten Armen vor ihr stand. »Was ist?«

»Da passiert ja endlich mal etwas Schönes in deinem Leben.«

»Ja«, gab Agnes mit fester Stimme zurück. »Ich habe eine Klimaanlage bekommen.«

»Das ist ja noch lange nicht alles«, frotzelte Lisa Livia. »Und der Trottel Taylor ist endlich Geschichte. Nun ja, der Hohlkopf hat's verdient.«

»Jetzt glotz mich nicht so an«, zischte Agnes und wandte sich dem Kühlschrank zu. »Shane ist bald wieder fort.«

»Ich weiß, das ist ja das Tolle. Er schenkt dir eine Klimaanlage, befreit dich von diesem Torfkopf, gibt dir tollen Sex und verschwindet wieder. Wow! Der vollkommene Mann.«

»Du bleibst doch zum Abendessen?«, fragte Agnes mit berechnender Höflichkeit.

»Nein«, antwortete Lisa Livia. »Vielleicht will er dich ja schon vor dem Dessert. Und da möchte ich doch nicht im Weg sein. Ich komme morgen und hole mir die Reste ab, nachdem ich die *Brenda Belle* nach verräterischen Details durchsucht habe. Sie kann mit Geld ungefähr so gut umgehen wie du. Abgesehen von der Tatsache, dass sie dir das Geld für das Haus aus der Tasche gezogen hat, ist sie dir sicher in nichts voraus.«

»Ich kann sehr wohl mit Geld umgehen«, gab Agnes zurück.

»In Gelddingen bist du grenzdebil«, sagte Lisa Livia. »Und das gilt auch für Brenda, sonst wäre sie finanziell nicht so sehr in der Klemme. Du bist das Wortgenie, ich das Zastergenie. Wir sollten uns zusammentun. Aber nicht heute Abend. Heute gibt's zum Dessert Mousse mit Lüftungsmonteur.«

»Du bist schrecklich«, schimpfte Agnes und versuchte, nicht in Lachen auszubrechen.

»Ja, aber ich werde dir deinen süßen Arsch retten«, versetzte Lisa Livia. »Und ich mache keine Witze, was die Venus angeht. Ich will sie wirklich.« Sie warf einen letzten Blick auf die Kellertür und verschwand. Agnes seufzte.

Nun waren es schon zwei Menschen, die ihren Hintern retten wollten. Allmählich wurde das hier in der Gegend zur Manie.

Sie versuchte, ein entnervtes Gesicht aufzusetzen. Stattdessen gab sie dem Grinsen nach, das sich in ihre Züge schlich.

Dann wandte sie sich endgültig dem Abendessen zu.

Den restlichen Nachmittag brachte Shane damit zu, die neue Klimaanlage einzubauen, und dachte darüber nach, was Joey wohl immer noch vor ihm geheim hielt. Angesichts dessen, womit er bereits herausgerückt war, musste die Sache einigermaßen unangenehm sein. Die Chancen für eine baldige Rückkehr an seinen Arbeitsplatz standen wohl eher schlecht. Seltsamerweise störte ihn dieser Gedanke weit weniger als noch am Abend zuvor. Doyle schaute vorbei, bot ihm aber beim Einbau der Anlage keine Hilfe an. Schließlich müsse er das ganze Haus streichen. Bei dem Tempo, das er vorlegte, würde er dazu allerdings locker ein Jahrzehnt brauchen. Gegen sieben Uhr packte er das Werkzeug weg und ging ins Haus, wo Agnes ihn mit Lende, frischem Mais und jungen Kartoffeln verwöhnte, gefolgt von Eiscreme mit hausgemachtem heißem Fudge. Er wollte ihr schon sagen, dass er es eigentlich nicht gewöhnt war, so üppig zu speisen, doch dann verputzte er alles widerspruchslos und schwieg. Sie meinte: »Ich werde für Palmer einen Bräutigamkuchen backen, der aussieht wie ein Golfplatz mit ein paar Flamingos.« Er antwortete: »Ah ja.« Was sollte man zu diesem Thema schon viel sagen. Dann sah er ihr zu, wie sie die Liste ihrer Aufgaben für den nächsten Tag machte. Sie fiel ziemlich lang aus. Dann klappte sie ihren Laptop auf, um an ihrer Kolumne zu arbeiten, wobei sie ständig etwas über Hochzeitskuchen und -feiern vor sich hin brabbelte. Also verzog er sich nach draußen und versuchte, die Klimaanlage in Gang zu bringen. Danach setzte er sich auf die hintere Veranda und genoss zusammen mit Rhett den Sonnenuntergang. Der Mond zeigte sich schon am noch hellen Himmel. Man hätte die Szenerie friedlich nennen können, wären da nicht Agnes' unleugbare Anspannung gewesen und die Tatsache, dass er auf Wilson wartete. Noch nie hatte er gehört, dass Wilson zu jemandem im Außendienst kam. Außerdem hatte es schon längst neun geschlagen, und dieser Taugenichts Taylor hatte sich immer noch nicht blicken lassen. Irgendwie lief alles nicht so, wie es sollte.

Um zehn vor zehn stand Shane auf und ging zum Anlegesteg hinunter. Dabei merkte er, dass Rhett nicht mehr da war. Er pfiff, aber da dies im Normalfall sowieso keine Wirkung auf den Hund zeigte, ging er um das Haus herum zur Vordertür. Die offen stand.

Verdammt.

Er zog seine Glock heraus und glitt lautlos in den Flur. Dort hörte er Agnes aufgeregt sagen: »Du bist *tot*. Ich habe dich sterben sehen.«

»Ich brauche nur den Hund, Lady«, vernahm er eine flehentliche Stimme. Shane entspannte sich ein wenig, als er hörte, wie dem Einbrecher die Stimme versagte. Ein Jugendlicher.

Er schlich zur Küchentür. Der Junge stand mit dem Rücken zu ihm. Schäbiges Jackett und ein Konföderierten-Käppi auf dem Kopf. In der Hand eine Waffe. Nicht gut. Außerdem zitterte seine Hand. Noch schlechter. Ein Amateur.

»Du bekommst meinen Hund nicht«, sagte Agnes. Sie stand hinter der Anrichte, unbewaffnet, aber offensichtlich ziemlich wütend. Rhett hingegen stand völlig sorglos zwischen ihr und dem Jungen. Bedauerlicherweise hatte Agnes allerlei Messer und Pfannen in ihrer Reichweite, sodass die Situation sich blitzschnell zum Gemetzel auswachsen konnte.

Lautlos baute Shane sich hinter dem Jungen auf. Agnes stemmte einen Arm auf die Marmorplatte der Anrichte. Shane sah, dass sie zitterte. Gleichzeitig hörte er draußen ein Boot. *Jetzt reicht's*, dachte er, packte den Jungen an den Haaren und schmetterte seinen Kopf gegen den Türrahmen.

Der Junge gab einen unartikulierten Laut von sich und ließ die Waffe fallen. Shane packte ihn am Hemd, stieß mit dem Fuß die Tapetentür auf und praktizierte den Jungen hinunter in den Keller.

Dann schnappte er sich die Pistole und schob den Küchentisch vor die Tapetentür. In diesem Moment hörte er, wie draußen Taylors Cobra über die knarrende Brücke fuhr.

»Meine Verabredung ist da«, sagte er zu Agnes und deutete mit einer Kopfbewegung zum Anlegesteg. »Und Ihr Verlobter auch. Achten Sie darauf, dass der Tisch bleibt, wo er ist, und erzählen Sie niemandem von dem Burschen da unten. Wir knöpfen ihn uns vor, wenn wir unsere Dates absolviert haben.«

»Okay«, meinte Agnes, ein wenig durcheinander zwar, aber gleichwohl entschlossen.

»Mein braves Mädchen«, sagte Shane und verließ das Haus durch die Hintertür. Erst in der letzten Sekunde fiel ihm ein, dass Agnes nicht sein Mädchen war.

Er musste schleunigst weg aus Keyes.

Agnes sah ihm durch die offene Hintertür nach. Er wirkte vollkommen ruhig und gelassen, als er zur Anlegestelle hinunterschlenderte, obwohl er gerade einen Mann entwaffnet und im Keller eingelagert hatte.

Männer wie er werden heute einfach nicht mehr hergestellt, dachte sie resigniert.

Dann trat Taylor in die Küche, beladen mit einer großen Schachtel, die schwer sein musste, wenn man bedachte, mit welchem Kraftaufwand er sie herumwuchtete. Er hob sie auf den Tisch, den Shane eben vor die Tapetentür geschoben hatte, und schien dabei nicht einmal zu bemerken, dass der Tisch nicht an seinem üblichen Platz stand. Nun ja, dachte Agnes, er war ja nie lange genug hier, um ein Gefühl für die Einrichtung zu bekommen.

Bleib ruhig, Agnes.

»Was tut der denn noch hier?«, fragte Taylor und deutete zur Anlegestelle hinunter. Dort stand Shane als dunkle Silhouette vor dem von den letzten Sonnenstrahlen erleuchteten Himmel.

Er sah wundervoll aus, wie er da so stand, auch wenn es sie ein bisschen beunruhigte, dass er seine Geschäftsbesprechungen um zehn Uhr abends auf ihrem Anlegesteg abhielt. Welche Art von Geschäft er wohl betrieb?

»Es gefällt mir nicht, dass er hier wohnt«, maulte Taylor.

Mir schon.

»Ich meine das völlig ernst, Agnes«, fügte Taylor an. »Er muss weg.«

»Er hat mir eine Klimaanlage geschenkt. Was mich betrifft, kann er für immer und ewig hierbleiben.« *Völlig abgesehen davon, dass er mich gerade vor einem zweiten Hundenapper gerettet hat.* Agnes drehte sich um und sah Taylor an, der im fahlen Küchenlicht stand. Er sah irgendwie verschwommen aus, unscharf, und das hatte nichts mit der schwachen Beleuchtung zu tun. Sie schaltete das Deckenlicht ein, und er schien immer noch nicht ganz da zu sein, ein bisschen zu blond und zu rund an den Ecken.

Vielleicht kam ihr das jetzt aber auch nur so vor, weil Shane so kantig wirkte.

»Nun, wenn er jetzt hier draußen ist, weiß ich nicht so recht, wozu du mich noch brauchst«, versetzte Taylor beleidigt.

»Wir müssen miteinander reden«, meinte Agnes und überlegte sich, ob sie ihm zuerst sagen sollte, dass sie die Verlobung lösen wolle, um dann das Gespräch auf Brendas linke Tricks zu bringen, oder ob sie ihn besser erst darüber in Kenntnis setzte, dass man sie unter Umständen über den Tisch zu ziehen gedachte, um ihn dann im Anschluss abzuservieren.

»Nicht jetzt«, erwiderte Taylor und öffnete die Schachtel. »Ich hab's eilig. Schau mal.« Er holte einen Teller hervor.

Agnes schob die Brille auf der Nase zurecht und trat einen Schritt näher, um ihn in Augenschein zu nehmen. Billige Keramik mit weißer Glasur. Nichts, was einen Snob wie Taylor zu Begeisterungsstürmen hinreißen würde. »Und?«

»Sieht es nicht großartig aus?«

Agnes sah ihn ungläubig an. »Taylor, du würdest so was nicht einmal Rhett als Futternapf unterjubeln. Du willst mir doch nicht etwa einreden, dass dies unser Catering-Geschirr sein soll?«

»Grundgütiger, nein«, entfuhr es ihm spontan, er hatte sich aber sofort wieder in der Gewalt. »Nein, ich dachte, du könntest es für die Hochzeit benutzen, um ein wenig Geld zu sparen.«

Agnes nahm den Teller in die Hand. »Das ist noch nicht einmal Porzellan. Es ist simples Keramikgeschirr!« Sie drehte den Teller um. »Und auch noch von der billigsten Sorte. Ich kann nicht glauben, dass du dies ernsthaft in Betracht ziehst.«

»Ich sagte doch, es ist für die Hochzeit.«

»Nein.« Sie gab ihm den Teller zurück. »Nicht für die Hochzeit. Bring es zurück. Hör mal, wir haben sowieso ein Problem.«

Erstaunt sah er sie an. »Ich kann es nicht zurückbringen, Agnes. Außerdem sparst du ein Vermögen. Sieh es dir doch noch einmal an. Hier sind die Suppentassen.« Er schob ihr die Schachtel hin. »Sie haben eine hübsche Form und ...«

Er redete weiter, sodass Agnes auf Durchzug schaltete. Sie sah in die Schachtel hinein. Die Quittung steckte seitlich am Rand. Sie zog sie heraus, weil sie wissen wollte, wie viel man ihm für diesen Schrott abgeknöpft hatte. Wenn es mehr als 1,98 Dollar für die ganze verdammte Schachtel war, hatte er sich leimen lassen.

Sie warf einen Blick auf den Kreditkartenbeleg, auf dem ein Name stand: *Brenda Dupres.*

»Brenda hat dich also mit dem Zeug hergeschickt«, sagte sie tonlos. »Was geht hier vor? Was hast du mit Brenda zu schaffen? *Was soll das*?«

Agnes spürte, wie ihr das Blut zu Kopf stieg. Lisa Livia hatte völlig recht: Das Ganze war eine abgekartete Sache. Brenda führte etwas im Schilde. Nur wusste Lisa Livia nicht, dass Taylor mit von der Partie war. Und dass dieses unglaublich hässliche, dünne Geschirr mit der ungleichmäßigen, billigen Glasur sein Schachzug war. Sie wollten sie dazu bringen, den Hochzeitsgästen diesen Ausschuss vorzusetzen statt des weißen, luxuriösen Porzellans, das Maria verdient hatte. Mit Sicherheit hätte

Brenda dafür gesorgt, dass Evie dies nicht entging. Schließlich hatte Brenda heute Morgen nach dem Geschirr gefragt. Dann hätte sie sicher Evie angesehen und wie nebenbei bemerkt: »Der Country Club hat schönes Porzellan …«

Brenda versuchte, sie mit allen Tricks aus Two Rivers zu vertreiben, und Taylor leistete ihr dabei Schützenhilfe. Agnes stützte sich auf dem Tisch ab, zornschnaubend, weil er sie *angelogen* hatte …

Ganz ruhig, Agnes.

… fassungslos, dass er so *verdammt dämlich* sein konnte.

»Agnes?«

Agnes atmete tief ein und aus, während sie mit aller ihr zu Gebote stehenden Kraft versuchte, ihren Zorn unter Kontrolle zu bringen.

Was hatte er denn davon? Der Trottel würde doch ebenfalls finanziell Federn lassen, wenn sie das Haus verlören. Was hatte ihm Brenda nur versprochen?

»Agnes, stimmt etwas nicht?«

Du räudiger, mieser Bastard. Du hast uns beide verkauft.

Die Sprache des Zorns lässt uns nur zorniger werden, Agnes.

Agnes atmete noch einmal tief durch. Dann sagte sie mit fester Stimme: »Du hast uns an Brenda verkauft.«

»Ich weiß nicht, wovon du sprichst«, antwortete Taylor, während sein Blick nach links auswich.

»Du *lügst.*«

Taylor trat einen Schritt zurück. »Agnes!«

Durch körperliche Aktivität lässt sich Wut gut in den Griff bekommen, Agnes. Gehen Sie einfach weg.

Agnes biss die Zähne zusammen. »Ich weiß nicht, was Brenda dir versprochen hat, du *dämlicher falscher Fünfziger*, aber wenn ich das Haus verliere, verlierst du es auch.«

Taylor straffte den Rücken. »Kein Grund, ausfällig zu werden, Agnes.«

Laufen, Agnes, Gewichtheben, Schwimmen …

»Und ob, du Blödmann. Du ruinierst uns *beide* und *merkst* es nicht mal!«

Kegeln, Angriff, Körperverletzung …

»*Agnes!*« Taylor schüttelte den Kopf. »Du bist ja völlig durch den Wind. Gestern Abend hast du unsere Verlobung gelöst. Und jetzt unterstellst du mir, ich wollte dich reinlegen …«

Fenstersturz, Kastration …

»Ich muss dir sagen, Agnes, *das alles gefällt mir gar nicht.*«

»Zieh Leine«, fauchte sie, während sie mit der Schulter die Tür zum Flur aufstieß. Dann packte sie den Teller und warf. Mit lautem Getöse zersprang er auf dem weiß und schwarz gekachelten Boden.

♡

Shane legte die Pistole neben sich auf die Holzbank und versuchte, seine Gelassenheit wiederzuerlangen, doch der Klang zerbrechenden Geschirrs im Haus war dabei nicht unbedingt förderlich. Darüber hinaus war ihm bewusst, dass er hier im Mondlicht auf dem Anlegesteg eine prima Zielscheibe abgab. Er saß auf der erhöhten Plattform am Ende des Stegs, dort, wo die metallene Gangway zum Schwimmdock hinunterführte.

Ein Heckenschütze mit einem Nachtsichtgerät könnte mich ohne Weiteres wegblasen, dachte Shane. Er wandte sich zum Herrenhaus um, von wo ein weiteres Mal der Klang zerberstenden Geschirrs herübertönte. Doch die hell erleuchtete Küche war gut einsehbar, und Agnes wirkte höchst gesund und lebendig, als sie das Geschirr in den Flur warf und diesen Idioten Taylor anbrüllte. Außerdem nahm er es lieber hier draußen mit einem Heckenschützen auf als dort drinnen mit den Wutanfällen der Küchenfurie.

Shane blickte wieder auf den Blood River hinaus. Von dort näherte sich nun die dunkle Silhouette eines mattschwarz gestrichenen Bootes. Eine bullige Gestalt führte das Ruder, ein wesentlich schlankerer Mann saß aufrecht hinten im Heck. Shane stand auf und steckte die Pistole in das Halfter. Dann stieg er die Gangway zum Schwimmdock hinunter.

Er griff nach der Leine, die der Steuermann ihm zuwarf, und machte das Boot mit schnellen Handgriffen fest. Es lag tief im Wasser, und als der Motor abgestellt war, legte sich erneut Stille über den Landstrich.

»Carpenter«, sagte Shane, als er den Steuermann erkannte.

»Shane«, grüßte der andere ebenso einsilbig zurück. Der große Schwarze im Flieger-Tarnanzug sah sich um und wandte sich dann erneut an Shane: »Nett hier.«

Vom Haus her drang das Geräusch zersplitternden Porzellans. Sofort war Carpenter auf der Hut: »Ärger?«

»Nichts, was mich betrifft.«

Wilson, der wie immer einen gut geschnittenen grauen Anzug trug, kletterte auf das Schwimmdock. »Guten Abend, Mr. Shane.« Dann ging er die Gangway hinauf und suchte sich auf der Plattform einen Sitzplatz. Shane folgte ihm.

Wilsons Boston-Akzent war unüberhörbar. Er war durch die hohe Schule einer Ivy-League-Universität gegangen, um sich dann im Zweiten Weltkrieg für den US-Geheimdienst, den OSS, anheuern zu lassen. Tatsächlich war er einer der wenigen OSS-Leute, die noch lebten. Shane wusste, dass er Anfang achtzig war, doch der Mann war so rüstig, dass er gut zwanzig Jahre jünger wirkte. Obwohl es immer noch heiß war, zeigte sich auf seiner fast noch glatten Stirn kein Schweißtropfen.

»Ich denke über den Ruhestand nach«, fing Wilson das Gespräch an.

Shane kommentierte diese unerwartete Eröffnung mit einem kurzen Wimpernschlag.

»Natürlich muss ich erst einen tüchtigen Nachfolger finden, denn eine Position wie meine erfordert bestimmte Fähigkeiten. Dass man seine dienstlichen Verpflichtungen immer über Privates stellt zum Beispiel.«

»Versteht sich«, antwortete Shane.

»Sie allerdings haben letzte Nacht Ihren privaten Angelegenheiten Vorrang eingeräumt. Daher muss ich meine Entscheidung, Sie zu meinem Nachfolger zu machen, wohl noch einmal überdenken.«

Shane zuckte zusammen. Wenn er den Laden führen würde, würde er sich vielleicht nicht mehr so entsetzlich langweilen.

»Sie sind nicht zum Schlussbericht erschienen.«

»Es gab einen Notfall in der Familie, um den ich mich kümmern musste. Den ersten während meiner beruflichen Laufbahn.«

Wilson wandte den Kopf zum Haus, als würde er sich des Lärms dort erst in diesem Moment bewusst. »Scheint, als wäre der Notfall noch nicht erledigt.« Er drehte sich wieder zu Shane um. »Der Mann, den Sie in Savannah getötet haben, war nur eine mittlere Charge. Er sollte Dean das fällige Honorar überbringen.«

»Und warum signalisiert man mir dann, dass Dean im Club ist?«

»Eine Panne seitens der unteren Dienststellen. Es ist ohnehin ein Wunder, dass sie so nah an Casey Dean herangekommen sind.«

»So nah war es gar nicht«, warf Shane ein.

»Sie haben Deans Geldquelle ausgeschaltet. Das wird ihn wütend machen.«

»Wer ist Deans Ziel?«

»Das ist für Ihren Auftrag ohne Belang.«

Wie oft hatte Shane diesen Satz von Wilson schon zu hören bekommen! Sollte er tatsächlich Wilsons Job bekommen, würde er irgendwann einmal mehr wissen.

»Wir glauben, dass Dean die Abmachung immer noch erfüllen will.«

»Ohne Gegenleistung?«

»Wir glauben, dass der Vertragspartner bezahlen will.«

»Wer ist der Vertragspartner?«

Shane wappnete sich gegen ein weiteres »Das ist für Sie ohne Belang«, doch erstaunlicherweise schwieg Wilson und ließ den Blick über das stille Land wandern. »Don Michael Fortunato. Er kommt zu einer Hochzeit hierher. Wir glauben, der Don möchte einer potenziellen Bedrohung bei den Feierlichkeiten zuvorkommen. Scheinbar fürchtet er einen Verräter.«

Shane starrte in den Sumpf hinaus. Die verdammten Fortunatos.

»Die Feier wird vermutlich eher lebhaft«, meinte Wilson.

♡

»Agnes!«, hatte Taylor ausgerufen, als Agnes zum nächsten Teller griff und diesen dem anderen in den Flur hinterherschickte, wo er ebenfalls auf dem Fliesenboden zerschellte. Das war zwar erfrischend, aber irgendwie fehlte dem Ganzen noch der letzte, entscheidende Schliff. »Eine Punktwertung, das ist es!«, teilte sie dem erstaunten Taylor mit und entwickelte sogleich ein System: zehn Punkte für einen flachen Teller, acht für eine Suppentasse ... vielleicht sollte sie die Punktzahl verdreifachen, wenn ein Teil des Services an seinem gottverfluchten verlogenen Schädel zerschellte. Taylor versuchte, ihr die Schachtel wegzunehmen.

»He!« Sie eroberte sich ihre Munition zurück und atomisierte weiter Stück um Stück von Taylors Geschirr. Sie warf, was das Zeug hielt, während er erbost schrie: »Verdammt noch mal, Agnes, was soll das?«

Wie geht es Ihnen jetzt, Agnes?

Sie können mich mal, Dr. Garvin.

»*Ich hasse Lügner, Taylor*«, sagte sie, während sie die letzte Teetasse schleuderte und sich den Untertassen zuwandte. »*Du hast mich angelogen. Du hast gelogen, was dieses blöde Geschirr angeht. Und du hast gelogen, was Brenda angeht. Und jetzt bin ich richtig wütend.*«

Wieder versuchte er, ihr die Schachtel zu entreißen, doch nun war sie so richtig in Fahrt und griff nach den Suppentassen.

»Ich *begreife das einfach nicht*. Ich verstehe nicht, wieso manche Menschen so selbstsüchtig sein können« – eine Suppentasse kam geflogen –, »dass sie glauben, es sei *in Ordnung*« – noch eine –, »wenn sie dir *eiskalt ins Gesicht lügen* – wieder eine –, »sobald sie *ihren Vorteil wittern*.« Agnes hielt einen Moment inne, um durchzuatmen und Taylor in die Augen zu sehen. »Warum glaubt ihr, du und Brenda, alle belügen und betrügen zu können, während die anderen *ehrlich sind*?«

»Agnes, es ist nicht so, wie es aussieht …«

»Halt die Klappe«, sagte Agnes, deren Ärger urplötzlich von heißer Wut in kalten Zorn umschlug. »Auf die Tour brauchst du es bei mir gar nicht erst zu versuchen. Du und dein Südstaaten-Gentleman-Scheiß …«

Taylors Gesicht verdüsterte sich: »*Einen Moment mal* …«

»… ein wahrer *Gentleman* entzieht sich nicht in betrügerischer Absicht seinen *Verpflichtungen* …«

»… *ich entziehe mich meinen Verpflichtungen nicht* …«

»Und du willst, dass ich deine Frau werde?«, kreischte Agnes, uneingedenk der Tatsache, dass sie ihn ohnehin loswerden wollte. »Ein feiner *Südstaaten-Gentleman*, der *seine eigene Frau* betrügt …«

»*Ich habe meine Frau nicht betrogen*!«, schnappte Taylor.

»Was?«, fragte Agnes, starr vor Staunen. Taylor, der nun erst zu merken schien, was er gesagt hatte, wechselte die Gesichtsfarbe. Agnes sog hörbar den Atem ein. Dann sagte sie: »Du bist *verheiratet*? *Du bist bereits mit jemand anderem verheiratet*?«

»Also, Agnes …«, stammelte er. Doch vor Agnes' Augen breitete sich ein roter Schleier aus. Sie langte über die Anrichte hinweg und griff nach dem erstbesten Ding, das ihr in die Finger geriet.

»Sie sind der erste Kandidat für meine Nachfolge«, sagte Wilson zu Shane, als er sich zum Gehen anschickte. »Ein erfahrener Profi ohne Makel in der Dienstakte und – so dachten wir jedenfalls – ohne enge persönliche Bindungen, die Sie in Ihrer Arbeit behindern könnten.«

»Mein Onkel ist wohl kaum eine ›enge persönliche Bindung‹. Er hat mich zum ersten Mal in fünfundzwanzig Jahren angerufen.«

»Exakt, bevor Sie den ersten Fehler in Ihrer Karriere gemacht haben«, erwiderte Wilson vollkommen ausdruckslos.

»Der Fehler lag nicht bei mir«, antwortete Shane.

»Sie sind schon früher mit unzureichenden Informationen zurechtgekommen«, gab Wilson zurück. »Auch diese Sache hätten Sie ohne Weiteres in den Griff bekommen können. Können Sie guten Gewissens sagen, dass Sie nicht durch persönliche Probleme abgelenkt waren?«

Shane sah Wilson direkt in die Augen: »Ich …«

Sein Handy klingelte.

Da er von den vier Menschen, die diese Nummer besaßen, drei im Blick hatte – einer stand vor ihm, der zweite war im Boot, Nummer drei war mit Tellerwerfen beschäftigt –, musste es Joey sein.

Wilson wartete. Shane wusste, dass dies eine Prüfung war.

Es klingelte nochmals.

Shane drückte die grüne Taste: »Ja?«

»Ist Agnes okay?«, fragte Joey.

»Sie ist im Haus und wirft mit Geschirr nach Taylor.« *Hör, was meine Stimme dir sagt, und leg auf, Joey.*

»Verflucht. Wenn der Trottel das Falsche sagt, bringt sie ihn um.«

»Du übertreibst.« Shanes Blick kreuzte sich mit dem Wilsons. Er fiel gerade durch die Prüfung.

»Sie ist auf Bewährung«, meinte Joey. »Sie hat zwei Verlobte verprügelt und einen toten Jungen in ihrem Keller. Solange sie mit Tellern wirft, geht es ihr vermutlich gut. Aber wenn sie zu was anderem greift oder gar, was Gott verhüten möge, eine zweite Leiche produziert, dann …«

»Sei mal ruhig«, sagte Shane und horchte.

Im Haus herrschte Stille.

»Verdammt«, zischte er und sprintete los.

Agnes stand ganz still, während die Küche sich um sie herum drehte. In ihren Ohren klang ein leises Dröhnen nach, und der Küchenboden schien zu schwanken. Sie fegte die Schachtel vom Tisch, wobei das restliche Geschirr zerschellte.

»Agnes?«, sprach Taylor sie vorsichtig an.

»Deine Frau.« Sie tat einen Schritt nach vorn und erhob die Hand, in der sich seltsamerweise eine Fleischgabel befand.

Sie hatte mit einem Messer gerechnet.

»Agnes.« Taylor versuchte sich fortzustehlen, doch Agnes drückte ihm die Fleischgabel gegen den Adamsapfel. Er tat einen Schritt zurück und taumelte gegen den Tisch. Dabei beugte er sich, um der Gabel zu entkommen, weit nach hinten. Die Tapetentür schwang unter der Berührung seiner Schulter auf.

»Hinter dir ist die Tür, durch die der Junge vergangene Nacht in den Tod gestürzt ist«, sagte Agnes ganz ruhig. »Er starb. Also ist es wohl besser, du verhältst dich jetzt ganz ruhig.«

»Ag…« Er versuchte, den Kopf zur Seite zu drehen und unter ihrem Arm wegzutauchen, doch Agnes drückte ihm die Gabel so hart an die Kehle, dass sie die Haut ritzte.

»Weißt du, wie scharf diese Gabel ist? Natürlich weißt du es. Also halt dich ruhig und rede. Wie lange bist du schon mit Brenda verheiratet? Denn du bist doch mit Brenda verheiratet, nicht wahr? Du hast dich doch nicht mit einer anderen Frau eingelassen, nur um mich ein wenig zu betrügen?«

»Agnes, das bedeutet nicht …«

Wieder verstärkte sie den Druck ein wenig. Nun flossen einzelne Blutstropfen seinen Hals hinunter. »Habe ich dir je von meinem Wut-Problem erzählt, Taylor?«

Er schluckte. Sein Adamsapfel hüpfte unter der Gabelspitze auf und ab. »Ja.«

»Wie lange bist du schon mit Brenda verheiratet?«

»Noch nicht sehr lange.«

»Du lügst.« Sie drückte zu.

Taylors Stimme hatte einen gepressten Ton. Vielleicht, weil er Angst hatte, zu schlucken. »Seit dem 2. Mai.«

»Dem Vortag der Unterzeichnung des Kaufvertrags für das Haus.« *Er hat es von Anfang an gewusst. Von Anfang an war er an dem Schwindel beteiligt gewesen. Er log und log, und ich habe ihm geglaubt, er log …*

»Agnes, Liebling, es war alles ein schreckliches Missverständnis.« Er schluckte wieder, während sich auf seiner Stirn kleine Schweißtropfen bildeten. »Ich wusste es natürlich, aber ich konnte sie nicht so einfach verlassen. Nur so konnte ich sicherstellen, dass wir das Haus behalten würden. Ich habe es für uns getan. *Für uns*.«

Agnes hörte ihre eigenen Atemzüge wie in einem Horrorfilm. Als könne sie sich selbst zusehen, zuhören. *Er wusste es. Er hat mich angelogen. Angelogen.*

»Ich habe es für uns getan, Liebes.«

Du Hurensohn. Sie biss die Zähne aufeinander, als das Rauschen in ihren Ohren begann und sie versuchte, die Gabel in seinen verdammten Hals zu rammen. Doch ihre Hand blieb seltsamerweise unbeweglich. Sie drückte weiter, doch nichts geschah.

»Nein«, sagte Shanes Stimme hinter ihr.

»Dem Himmel sei Dank, dass Sie hier sind«, sagte Taylor. *»Sie ist irre. Befreien Sie mich von dem Weib, und holen Sie die Polizei.«*

Shane hielt ihr Handgelenk fest. Deshalb bewegte die Hand sich nicht. Das war ziemlich ärgerlich. »Lassen Sie mich los«, zischte Agnes hinter zusammengebissenen Zähnen.

»Nein«, sagte Shane zu Taylor und hielt immer noch Agnes' Hand fest. »Sie werden die Polizei nicht rufen.«

»*Und ob*«, fauchte Taylor. In letzter Sekunde allerdings stellte er fest, dass die Gabel immer noch gegen seinen Kehlkopf drückte. »*Befreien Sie mich von ihr.*«

»Ich werde ihn nicht töten«, versprach Agnes und versuchte, hinter dem roten Nebel ruhig und vernünftig zu klingen. »Sie können mich loslassen.«

»*Tun Sie's nicht*«, kreischte Taylor. »*Ihren letzten Verlobten hat sie beinahe umgebracht.*«

»Es geht ihm gut«, versetzte Agnes. »Er hat eine künstliche Schädelplatte. Er darf nicht zu nah an ein Magnetfeld kommen, aber wie oft passiert das schon. Lassen Sie los.«

»Wenn die Polizei je von dieser Sache zu hören bekommt, ist Agnes Ihr geringstes Problem. Das verspreche ich Ihnen.«

»*In Ordnung*«, antwortete Taylor und ließ Shane nicht aus den Augen.

»Lassen Sie die Gabel los«, befahl Shane ihr.

»Ich will ihn tot sehen«, sagte sie.

»Irgendwann stirbt er mit Sicherheit«, antwortete Shane. »Lassen Sie die Gabel los.«

»Aber er hat mich *angelogen*«, erwiderte Agnes, die immer noch schwer atmete. »Ich will ihn *jetzt* tot sehen.«

»Darüber haben Sie nicht zu entscheiden. Lassen Sie die Gabel los, oder ich nehme sie an mich.«

Sie sah in Taylors falsches, verlogenes Schafsgesicht. Er hatte dieselbe bescheuerte, selbstgefällige, grausame Miene aufgesetzt, in die vielleicht eine Million Frauen an diesem Tag blickten – ich war es nicht, ich habe es nicht getan, das bildest du dir nur ein, ich kann das erklären, es ist nicht so, wie es aussieht. Und

Agnes dachte: *Wenn wir sie umbringen würden, sobald sie uns das antun, würden sie vermutlich damit aufhören.* Doch als sie einen Ausfall nach vorn wagte, schlossen sich Shanes Finger um ihr Handgelenk. Er brach ihr fast den Arm, als er sie von Taylor wegriss.

Der fasste sich an den Hals und schoss herum, bereit, Fersengeld zu geben, doch Shane packte ihn mit der freien Hand und zog ihn zurück. Agnes fuchtelte mit der Gabel herum und versuchte erneut, ihm ans Leder zu gehen.

Nun lupfte Shane mit der einen Hand Taylor von den Füßen, während er mit der anderen Agnes auf Abstand hielt.

»Denken Sie daran«, zischte er dem blonden Mann zu, »keine Polizei. Wenn die Polizei vom heutigen Abend auch nur das Geringste erfährt, dann werden Agnes und ihre Gabel Ihnen wie das Paradies vorkommen, im Vergleich zu dem, was ich mit Ihnen anstellen werde.«

»Sie machen mir keine Angst«, ließ Taylor sich hinter klappernden Zähnen vernehmen.

»Dann sind Sie blöder, als ich dachte«, gab Shane zurück und stieß ihn in den Flur hinaus.

Auf allen vieren kämpfte Taylor sich durch das zerbrochene Geschirr, wobei er sich die Hand ritzte. Agnes sah, wie er der Tür immer näher kam, und dachte: *Nein!* Wieder wollte sie sich auf ihn stürzen, doch Shane hielt immer noch ihren Gabelarm fest und zog sie ins Wirtschafterinnenzimmer hinein, ihr jetziges Schlafzimmer. Er schlug die Tür hinter ihnen zu, wütend trat sie nach ihm, was dazu führte, dass beide das Gleichgewicht verloren und aufs Bett fielen.

»Lassen Sie das«, sagte er, während er sie mit einer Hand auf die Matratze drückte und mit der anderen versuchte, ihr die Gabel zu entwinden. Doch sie hielt mit eiserner Entschlossenheit dran fest. Sie war so frustriert, dass sie die Gabel am liebsten in die Wand gerammt hätte. Schließlich griff er mit der anderen

Hand hinter ihrem Nacken vorbei, packte ihr Handgelenk von hinten und drückte die Gabelhand immer weiter nach unten. Er presste sie auf die Bettdecke. Ihre Schultern und ihr Nacken begannen zu schmerzen, als er gewaltsam ihre Finger öffnete. »Lassen Sie los, Agnes«, sagte Shane. Sie versuchte, sich ihm zu entwinden, doch dann hörte sie, wie draußen Taylors Wagen ansprang, aufheulte und sich Sekunden später entfernte. *Verdammt, verdammt, verdammt*, dachte sie. In diesem Moment gelang es Shane, ihr die Gabel zu entreißen.

»Zum Teufel mit Ihnen«, fauchte sie voller Zorn, Schmerz und Frustration.

»Reißen Sie sich zusammen«, antwortete er und lehnte sich zurück.

Sie rollte sich unter ihm weg und trat nach ihm, so wütend war sie auf die Männer im Allgemeinen. Er ließ die Gabel fallen und packte erneut ihre Handgelenke, die er nun über ihrem Kopf zusammenhielt, wobei er sie zurück aufs Bett stieß. Wieder war er über ihr, wieder hatte er die absolute Kontrolle.

»Geben Sie jetzt endlich Ruhe?«, fragte er ungeduldig, als wäre sie ihm nur lästig. Sie versuchte, ihm einen Tritt zu versetzen, und wand sich unter ihm wie eine Schlange. Ihr Atem ging schnell. Dann sah sie, wie sein Blick sich veränderte, dunkler und leidenschaftlicher wurde, während sie sich bewegte.

Aha, dachte Agnes. *Ihr verdammten Mistkerle!* Sie spürte sein Gewicht auf ihrem Körper, und plötzlich fiel ihre ganze Wut in sich zusammen und machte einer unerklärlichen Sehnsucht nach Berührung Platz. All ihre unerfüllten Fantasien im Hinblick auf ihn wallten in ihr auf, die Lust, die sie verdrängt hatte, weil sie ja schließlich verlobt war, und plötzlich wünschte sie sich nichts sehnlicher, als Taylor zu betrügen, mit den Fäusten auf jemanden einzuschlagen, jemanden zu *vögeln*. Ihre Wut rutschte ein klein bisschen tiefer, wurde wesentlich schärfer und sehr viel zielgerichteter.

Körperliche Bewegung ist eine positive Art, mit Wut umzugehen, Agnes.

Darin, lieber Dr. Garvin, bin ich Ihnen weit voraus.

Shane ließ ihre Handgelenke los und rückte von ihr ab. Doch sie drückte ihn zurück, bis er unter ihr lag.

Er setzte ihr keinen nennenswerten Widerstand entgegen.

Sie setzte sich rittlings auf ihn und zog an seinem T-Shirt. »Jetzt bin ich wirklich wütend«, sagte sie. Sie biss die Zähne zusammen. Ihr Atem ging schwer, während sie bei jedem Wort mit der flachen Hand auf seine Brust einschlug. »*Wirklich sehr WÜTEND.*«

»Mmmh«, meinte er vorsichtig.

Sie stützte die Fäuste aufs Bett und knurrte ihn hinter zusammengebissenen Zähnen an. »Mein bei Gericht zugelassener Psychiater rät mir, meine Wut in gewaltfreie körperliche Bewegung umzusetzen.« Wieder schlug sie auf seine Brust ein. Er verzog das Gesicht und packte erneut ihre Handgelenke.

»Weißt du, Agnes, das ist nicht gerade das Schärfste, was eine Frau je zu mir gesagt hat.«

Sie wand sich, bis ihre Handgelenke wieder frei waren, und trommelte mit den Fäusten gegen seine Brust. Dann ließ sie von ihm ab, streifte sich das Kleid vom Körper und warf es zu Boden.

Shanes besorgte Miene verschwand. »Aber es ist auch nicht das Schlimmste, was eine Frau je zu mir gesagt hat.« Er ließ seine Hände von ihren Hüften aus nach oben gleiten und legte sie begehrlich um ihre Brüste.

»Nimm das nicht persönlich«, zischte sie. »Hier geht es um Wut, nicht um Lust.«

»Es wäre besser, du würdest nicht so viel reden.«

Agnes rollte sich zur Seite, um den Slip abzustreifen.

»Andererseits ist es auch egal«, japste Shane, während er sich das T-Shirt abstreifte. »Sag einfach, was du willst.«

»Nein, ich werde ganz still sein«, versetzte Agnes, deren Atem immer schwerer ging, als sie ihm zusah, wie er seine Jeans auszog. »Weißt du, *ich bin so richtig stinksauer …*« Sie trat gegen das Bett, als ihr dieser unglaubliche Schwachkopf Taylor wieder in den Sinn kam, der sich mit ihr verlobt hatte, um sie zu *belügen* und zu *betrügen*, diese *miese Ratte*. »… aber mir ist klar, dass du mir hier einen Gefallen tust. Ich kann sehr entgegenkommend sein.« Sie warf ihm einen Seitenblick zu. »*Was hast du denn am liebsten*?«

»Frauen.« Shane streifte die Jeans vom Fuß und griff nach ihr.

»Damit kann ich dienen.« Agnes stieß ihn aufs Bett. »Ich dachte eigentlich mehr an besondere Anforderungen wie Stil, Ausführung …« Wieder setzte sie sich rittlings auf ihn. Dieses Mal war sie nackt und schmiegte sich an seinen Oberkörper. Befriedigt stellte sie fest, dass er erschauerte, als sie ihn berührte. »… besondere Formen oder Positionen, die du gerne haben möchtest …« Sie ließ ihre Nägel über seinen Oberkörper gleiten, wobei sie achtgab, sie nicht zu tief in sein Fleisch zu graben, ihn aber trotzdem zusammenzucken zu lassen. »… alles, was dich so anmacht, dass du nur noch die Augen verdrehen kannst …« Wenn sie nur daran dachte, wie hart er in ihr sein würde, dann bekam sie schon Lust, auf ihn einzuschlagen, seine Stöße in sich zu spüren, der ganzen verdammten Welt die Seele aus dem Leib zu rammen und ihre Fäuste auf ihn niedersausen zu lassen. »… weil, und ich weiß, dass du mich deshalb verachten wirst, noch dazu, da ich gerade meinen Ex-Verlobten fast mit einer Gabel aufgespießt und ihm so das Schicksal des laschen Brötchens beschert hätte, das ihm zusteht …« Seine Augen waren geschlossen, vielleicht, weil sie auf ihm hin und her schaukelte, aber sie konnte einfach nichts dagegen tun, er fühlte sich einfach so wunderbar hart an. »… aber im Grunde ist alles, was ich will, dass *du mir das Hirn aus dem Leib fickst*.«

»In Ordnung«, flüsterte Shane heiser. »Wart nur mal kurz.«

»Kondom. Kein Problem. Eine Sekunde.« Sie lehnte sich über

ihn und öffnete die Nachttischschublade. Er richtete den Oberkörper auf und haschte mit den Lippen nach ihren Brüsten, erwischte sie und sog an ihr. Sie erschauerte. Ein Ziehen machte sich in ihren Lenden breit, tief in ihr. Sie biss erneut die Zähne zusammen und fuhr mit gespreizten Fingern durch sein Haar. Dabei presste sie seinen Kopf eng an sich, ihr Schaukeln wurde rhythmischer und folgte dem Takt seines Mundes. Nun war es seine Hand, die in der Schublade nach dem Kondom tastete, was sie daran erinnerte, was sie eigentlich wollte, also ließ sie ihn los, zog die Schublade ganz auf und fand den Gummi, gerade als seine andere Hand sich ihrer zweiten Brust zuwandte. Sie hielt sich am Kopfteil des Bettes fest und dachte noch: »Ich hätte letzte Nacht schon wütend werden sollen.« Dann ließ sie sich in seinen Rhythmus fallen, rieb sich an ihm und genoss seinen breiten Körper zwischen den Beinen, seinen heißen Mund. Sie zog sich hoch, er griff nach ihr und warf sie aufs Bett, bevor er ihr das Kondom entriss.

Dann ließ er sich an ihrem Körper nach unten gleiten, wobei er ihre Haut mit Lippen und Zunge liebkoste. Sie griff in sein Haar und zog seinen Kopf hoch: »Später«, sagte sie nur. Jetzt brauchte sie mehr Härte. Sie hatte noch keine Lust, einfach nur dazuliegen und es sich gut gehen zu lassen. »Nimm mich«, zischte sie. »In Ordnung. Sofort«, antwortete er. Er streifte das Kondom über und schüttelte den Kopf, aber zum Teufel mit ihm. Sie wusste, was sie jetzt brauchte. Sie brauchte jemanden, gegen den sie anrennen konnte. Jemand sollte gefälligst dafür *bezahlen*, verdammt noch mal. Als er wieder nach ihr griff, glitt sie über ihn, setzte sich erneut auf ihn, und er drängte sich in sie, als sie sich auf ihm niederließ. Sie erzitterte, als er in ihr war, hielt sich am Kopfteil des Bettes fest und gab ihm Kontra. Er fühlte sich so verdammt gut an, und sie dachte nur: *verdammt, verdammt, verdammt*. Bei jedem Fluch stieß sie ihren Körper hart gegen ihn, wobei sie allen Ärger und allen Zorn losließ, während er sich an ihren Hüften festhielt. Sie presste sich auf ihn, ohne zu merken, dass sie das Kopfteil mittlerweile losgelassen hatte und von Neuem auf seine Schultern eintrommelte. Wieder packte er sie an den Handgelenken und zog sie nach unten. Er hielt sie unter sich fest, während sie sich wand wie eine Schlange. Rhythmisch stieß er sie, und ihre Lust stieg, doch das genügte ihr noch nicht. Sie wollte mehr, wollte sich bewegen, wollte die Oberhand, wollte ihn strafen, und so stieß sie mit dem Kopf gegen seine Schulter und verbiss sich in ihn, bis er aufstöhnte und sich zurückzog: »Verdammt noch mal!«

»Nein«, fauchte sie und klammerte sie an ihn. Er aber drehte sie auf den Bauch und fuhr von hinten in sie hinein, bevor sie sich wieder auf ihn schwingen konnte. Seine Hand glitt an ihrem Bauch hinunter und ebenfalls in sie hinein. Sie stöhnte auf vor Lust, als sie spürte, wie er noch tiefer in sie eindrang und sie erneut zu stoßen begann. »Härter«, sagte sie und trommelte mit den Fäusten auf die Matratze. Er rammte sich voll in sie hinein, und sie jaulte auf, als die Lust schließlich alle Wut hinwegschwemmte und ihr klar wurde, was sie hier tat: mit einem fast vollkommen Fremden.

Stopp, dachte sie, doch ihr Körper ließ ihr keine Zeit mehr. Die Hitze hatte sich überall hin ausgebreitet, und da war er, seine Hände auf ihr, sein Körper um sie herum, *in* ihr. Ihre Haut fing an zu kribbeln. Die Schauder liefen ihr im Sekundentakt über den Rücken. Es war einfach zu spät. Auch er konnte nicht mehr aufhören. Sein Atem keuchte in ihrem Nacken, sie konnte ihn noch nicht einmal *sehen*, nur seine Massigkeit spürte sie, wie er sich in sie drängte. Der Druck wurde immer stärker, das Blut pochte in ihren Schläfen, die Spannung wurde unerträglich, ihr Atem kam in merkwürdigen, kleinen Seufzern, während sie sich unter seinen Händen und unter seinem Gewicht wand. Dann drehte er sich ein wenig, und damit erwischte er sie voll. »Oh Gott«, schrie sie, als ihr Gehirn den Geist aufgab und sie das

Kopfteil so hart gegen die Wand stieß, dass Rhett erwachte und zu bellen begann, bevor sie auf der Matratze zusammensank, Shane noch immer in ihr.

Einen Augenblick später ging das Licht aus.

In der plötzlichen Dunkelheit hörte sie die Grillen und jemanden, der schwer atmete. Das war sie selbst. Shane war vollkommen still, unbeweglich und ohne jeden Laut lag er da, Minuten oder Stunden, Agnes wusste es nicht. Sie spürte, wie ihr Körper langsam auf die Erde zurückkehrte. Schließlich hörte sie, wie Shane die Luft einsog. Er atmete ebenso schwer wie sie. Anscheinend hatte er gehorcht. Warum, war ihr ein Rätsel. Vielleicht hatte er einen zweiten Hunde-Kidnapper befürchtet.

Er zog sich aus ihr zurück und legte die Hand auf ihren Rücken. »Geht es dir gut?«, fragte er nach einer Minute, immer noch atemlos.

Agnes dachte darüber nach. »Ja.«

Vorsichtig drehte sie sich von ihm weg, um den eigenen Schaden zu besehen. Erstaunlich wenig, wenn man bedachte, wie hart sie überall angestoßen war. In der Hauptsache handelte es sich wohl um diese unglaubliche Trägheit, die sich nach einem guten Orgasmus auf jede einzelne Zelle auszudehnen schien. Eine Weile blieb sie einfach liegen und atmete durch, während sie versuchte, alles wieder auf die Reihe zu bekommen. Dann fragte sie: »Und wie geht's dir?«

»Ich weiß nicht«, antwortete er unsicher.

Sie hörte, wie er sich in der Dunkelheit aufsetzte, und tat es ihm nach – ein klein bisschen auf der Hut vor dem, was jetzt kommen würde. »Wie bitte?«

»Nichts. Keine Klagen. Aber was ist mit dem Licht los?«

»Das geht manchmal einfach aus.« Sie versuchte, ihren Atem unter Kontrolle zu bringen. Doch dieser schien ihr nicht recht gehorchen zu wollen. »Die Sicherung gibt gelegentlich den Geist auf. In heißen Nächten bricht mitunter auch das Stromnetz zusammen.« *Merkwürdig, dass er so etwas fragt! Und wie war es für dich?* Erneut bemühte sie sich, gleichmäßig zu atmen. »Ich habe überall Taschenlampen verteilt.« Wieder ihr Atem. »Eine steht gleich bei der Tür, ein paar andere in der Küche.« Nun, wo ihre Augen sich allmählich an die Dunkelheit gewöhnt hatten, sah sie die blauen Ausschnitte ihrer Schlafzimmerfenster. Auch ihr Körper schien allmählich von Wolke Sieben zurückzukehren. Und ihr Kopf. »Normalerweise brennen die Sicherungen durch, wenn zu viel Spannung draufkommt. Aber das war ja nicht der Fall.«

»Ja, es gab höchstens am Ende ein wenig Überspannung.«

Na ja, für Kopfkissengeflüster würden sie wohl keinen Preis bekommen. Andererseits hatte ihr Vorspiel in versuchtem Totschlag ihrerseits bestanden. Es war einfach Zeit, dass sie wieder Therapiestunden nahm. »Danke, dass du mir die Gabel weggenommen hast.«

»Keine Ursache.« Er stand auf und zog seine Jeans an. Sie hätte schwören können, dass er auch die Jacke auf- und eine Pistole herausnahm. Was auch immer es war, er schob es in den Hosenbund. »Wir müssen den Jungen aus dem Keller holen und ihn fragen, wer ihn geschickt hat. Ich würde allerdings jetzt schon wetten, dass es Großpapa Thibault war. Morgen werde ich mich darum kümmern, dann bist du wieder in Sicherheit.«

»Oh. Gut.« Agnes versuchte immer noch, in der Dunkelheit zu erspähen, was er in den Hosenbund gesteckt hatte. Er war doch eigentlich gar nicht der Typ, der eine Waffe brauchte. Er sah auch so schon zum Fürchten aus. Was sie an etwas erinnerte: »Danke für deine Warnung an Taylor.«

»Es war mir ein Vergnügen.«

Sie machte sich unter der Bettdecke klein.

»Wir haben also keinen Strom, was bedeutet, dass die Lüftung nicht geht«, bemerkte Shane.

»Genau.« Der Schweiß drang immer noch in einem dünnen

Rinnsal zwischen ihren Brüsten hervor. »Ach, nein. Dabei hast du mir doch eine neue Klimaanlage geschenkt. Nun ja, die Absicht zählt.«

»Doyle hat übrigens die Fliegengitter an der hinteren Veranda befestigt, bevor er ging.«

»Aha.«

Er bewegte sich. Sie blickte auf, als seine Silhouette sich vor dem Fenster abzeichnete. Ein großer Mann. Nun ja, das war ihr mittlerweile klar. Sie versuchte selbst, in die Höhe zu kommen. Doch sie spürte ihn immer noch. Wahrhaft ein großer Mann.

»Wir können also auf der Veranda schlafen, wenn wir den Kleinen verhört haben.«

»Aber wir müssen früh raus«, wandte Agnes ein.

»Ich stehe immer früh auf«, entgegnete Shane.

»Okay.« Agnes erhob sich und nahm ihr Kissen mit. »Weißt du, ich hätte Taylor nicht umgebracht.« *Vermutlich.*

»Zum Teufel, Agnes, du hättest mich auch fast umgebracht.« Shane nahm sich auch ein Kissen.

»Sehr witzig. Haha!« Agnes nahm die Bettdecke und öffnete die Tür. Dann drehte sie sich um, weil sie ihre Sachen hatte liegen lassen. »Ich …«

Plötzlich hatte Shane eine Pistole in der Hand und feuerte zweimal auf sie. Das Mündungsfeuer erhellte das Zimmer, ein lautes Krachen erfüllte den Raum …

Mit ausdruckslosem Gesicht huschte Shane an ihr vorbei, wobei er sie mit einer Hand zu Boden drückte. »Bleib unten«, sagte er. Sie ließ sich auf die Knie fallen und sah im Mondlicht einen Mann in der Küche liegen, die Arme seitlich weggestreckt, in der einen Hand eine Pistole. Auf dem Weg zur Hintertür schoss Shane ihm noch zweimal in die Brust.

Agnes nickte, obwohl Shane längst weg war.

Soweit sie sehen konnte, war der Typ, der auf sie geschossen hatte, von großer Statur. Älter. Nicht so mager wie der Junge, der sich letzte Nacht im Keller zu Tode gestürzt hatte. Der da war eine Nummer zu groß für sie. Den hätte sie auch mit heißer Himbeersauce nicht davon abgehalten, auf sie zu schießen.

Ein Faktum, das allerdings jetzt keine Rolle mehr spielte. Er war tot.

Sie sah ihre Brille im Flur. Sie hatte sie bei dem Gerangel mit Shane verloren, als sie ins Schlafzimmer vorgerückt waren. Vorsichtig robbte sie auf Knien vorwärts und holte sie sich. Sie wusste nicht recht, was sie zu solchen Vorsichtsmaßnahmen bewog, hatte der Typ auf ihrem Küchenboden doch mindestens vier Kugeln im Leib stecken. Der würde so schnell nicht mehr aufstehen.

Sie setzte die Brille auf.

Diese letzten beiden Kugeln. Die er abgefeuert hatte in ihrer Gegenwart. Agnes legte den Kopf auf die Knie und schüttelte sich.

Nach einer Weile kam Shane zurück und sagte: »Er hat die Stromversorgung gekappt. Das lässt sich erst morgen beheben.« Er ging zu dem Mann hinüber und leuchtete ihm mit der Taschenlampe ins Gesicht. »Kennst du ihn?«

Vorsichtig stand Agnes auf und ging hinüber. Sie rückte die Brille auf der Nase zurecht und warf einen Blick auf die Leiche. Eher älter, grauhaarig, breites, hässliches Gesicht. Zwei Löcher in der Stirn, zwei in der Brust.

Zwei Löcher. Wie sie fast in Taylors Hals gewesen wären.

»Nein.«

Shane beugte sich vor und nahm dem Kerl die Pistole ab.

»Solltest du nicht auf Xavier warten, bevor du das tust?«, fragte Agnes.

»Wir werden Xavier nicht rufen.«

»Oh.« Agnes streckte die Hand aus, um sich irgendwo festzuklammern, doch sie griff ins Leere. »Denkst du, das ist richtig?«

Shane sah sie an. »Was glaubst du macht Xavier mit dir, wenn wir ihm kurz nach dem toten Jungen im Keller gleich eine zweite Leiche präsentieren?«

»Nun …« Er wäre wohl einigermaßen misstrauisch, doch irgendwie wusste Agnes, dass dies nicht der eigentliche Grund war, weshalb sie die Polizei nicht holten. Doch sie würde mit dem Kerl, der da mit einer Kanone in der Hand vor ihr stand, nicht streiten, auch wenn sie gerade mit ihm im Bett war. So gut kannte sie ihn schließlich auch wieder nicht.

»Und was soll mit der Leiche geschehen?« Vor ihrem Auge blitzten die Sümpfe auf: »Komm, kleiner Alligator, jetzt gibt's Happa.« Bei dem Gedanken wurde ihr ein klein bisschen übel.

»Ich kümmere mich darum. Von jetzt an fallen überhaupt alle derartigen Vorkommnisse unter meine Zuständigkeit. Schluss mit Xavier.«

»Was heißt ›Von jetzt an …‹? Glaubst du, so was passiert noch öfter?«

»Nicht ausgeschlossen.« Shane drehte den Toten zur Seite und suchte nach seiner Brieftasche. »Wallace Macy.« Beim Anblick der fünf nagelneuen Hundertdollarscheine runzelte er die Stirn. Er zog sein Handy hervor und tippte eine Nummer ein. »Carpenter, ich habe hier Reinigungsarbeiten zu erledigen.« Er lauschte ins Telefon, dann klappte er es zu und steckte es weg.

»Wer ist Carpenter?«

»Ein Mann mit vielen Talenten.« Er sah sie an. Erst jetzt bemerkte er, dass sie immer noch nackt war. »Vielleicht möchtest du dich noch anziehen. Er wird in zwanzig Minuten hier sein.«

»Wird er versuchen, mich umzubringen?«

»Nein.«

»Das macht ihn mir jetzt schon sympathisch«, meinte Agnes und ging zurück ins Schlafzimmer.

Sie hob ihr Sommerkleid auf, klopfte Rhett auf den Rücken, strich das Bett glatt und ging ins Badezimmer, wo sie ihre Brille abnahm, sich das Gesicht wusch und das Haar in Ordnung brachte. Dann beugte sie sich über die Toilette und übergab sich, bis sie das Gefühl hatte, alles, was sie in ihrem ganzen Leben je gegessen hatte, erbrochen zu haben.

Danach besprengte sie ihr Gesicht mit kaltem Wasser. Jetzt erst merkte sie, dass ihr, seit Shane die beiden Schüsse auf den toten Mann abgefeuert und sie die Löcher in seiner Stirn gesehen hatte, in einem fort die Tränen übers Gesicht liefen.

»Zwei Löcher«, sagte sie zu ihrem Spiegelbild. »Ich hätte Taylor beinahe umgebracht. Genau so. Nur dass es nicht so real schien. Das jetzt ist die Wirklichkeit. Beinahe hätte ich dasselbe getan. O, *Gott.*« Sie ließ die Stirn gegen den kalten Spiegel sinken und schluckte. Was war nur mit ihrem Leben passiert? Sie hatte eine sehr erfolgreiche Food-Kolumne geschrieben, war mit einem tollen Koch verlobt gewesen und hatte in einem wunderbaren Haus gelebt. Nun schlief sie mit einem Killer, jemand versuchte, ihr das Haus wegzunehmen, und zu allem Überfluss hätte sie beinahe ihren Verlobten umgebracht …

»Ex-Verlobten«, sagte sie zu ihrem Spiegelbild. »Ich bin mir ziemlich sicher, dass dieses Kapitel jetzt abgeschlossen ist.«

Und dann war da noch die Flamingo-Hochzeit.

Mit einem Mal musste sie lachen. Es überkam sie einfach, sie lachte los und konnte nicht mehr aufhören, nicht einmal, als Shane an die Tür klopfte und laut »Agnes?« rief. Sie lachte immer weiter, während er an der Tür rüttelte, die sie abgeschlossen hatte. Also trat er sie ein, kam herein und sagte: »Ist ja in Ordnung.« Sie lehnte sich an ihn und hauchte: »Ich weiß.« Dann fing sie an zu weinen. Nach einer Weile hörte sie auf, und er küsste sie auf den Scheitel, während er ihr mit der Hand sanft auf den Rücken klopfte. Sie sagte: »Das war *böse.*« Er antwortete: »Ja.« Sie meinte: »Ich werde es bestimmt nicht wieder tun.« Woraufhin er sagte: »Ich dachte, du meinst die Schießerei.« Und sie antwortete: »Ja, das auch.« Dann ließ sie ihn los, zog sich an und setzte ihre Brillengläser auf.

Als sie ihre fünf Sinne wieder beisammenhatte, ging sie hinaus in die Küche und gab Rhett einen Hundekeks, für den Fall, dass er ein Trauma erlitten hatte. »Schlimmer kann es eigentlich nicht mehr werden«, sagte sie tröstend zu ihm. Das schien ihn tatsächlich zu beruhigen.

Als schließlich Brendas bockhässliche scheißschwarze Großvateruhr im Flur Mitternacht schlug, ging sie hinaus auf die Veranda, um auf jemanden namens Carpenter zu warten. Sie durfte nicht vergessen, das Blut in der Küche aufzuwischen.

Mittwoch

Kolumne der Küchenfurie Agnes – Nummer 75

»Es ist schließlich sein Fehler, dass du dick bist.«

Manchmal treibt uns ein gebrochenes Herz dazu, etwas zu essen, was wir normalerweise nie essen würden, wie zum Beispiel einen 500-ml-Kübel Karamelsahne-Eiscreme mit Pekannüssen garniert und mit einer dicken Schicht Schokoglasur, das härteste Geschütz der Eiscreme-Industrie. 1200 Kilokalorien, von denen 680 nur auf das Konto von blankem Fett gehen. Doch selbst solche Hämmer betäuben den Schmerz nur kurz. Wir tauchen ein in die wohlbekannten Nebel aus kurzkettigen Kohlehydraten (vulgo Zucker), während wir an der Spüle stehen und uns das Zeug esslöffelweise in den Rachen stopfen. Dann lichtet sich der Nebel, und wir fühlen uns … leer und ausgebrannt. Wie nach einem billigen One-Night-Stand mit einem fetten Fruchtzwerg. Und wir bleiben zurück mit pappigen Händen, einem leeren Plastikbecher samt Deckel und einem immer noch gebrochenen Herzen. Nur dass wir jetzt auch noch einen ziemlichen Hass schieben auf unseren Eis-Dealer.

Shane konnte Carpenter im Haus pfeifen hören, ein gutes Zeichen. Und er spürte, wie Agnes neben ihm auf der Hollywoodschaukel zitterte, was wiederum kein gutes Zeichen war. Er wusste nicht genau, wodurch Taylor sie dazu gebracht hatte, auf ihn mit der Fleischgabel loszugehen, doch sicher war es nicht besonders gut, wenn man, kurz nachdem man harten Sex hatte, Zielscheibe eines unbekannten Schützen wurde. Dies wiederum, nachdem ein Hundekidnapper seine Waffe auf einen gerichtet hatte. Das wäre wohl für jeden Menschen eine schlimme Nacht gewesen, auch für eine toughe Frau wie Agnes. Der Sex allerdings schien ihr Spaß zu machen. Eine dynamische Frau, diese Agnes. Er jedenfalls war nicht weiter verwundert, als sie nach all dem die Fassung verloren hatte. Sehr viel mehr erstaunte ihn die Tatsache, dass sie dieselbe schon nach zehn Minuten wiedergefunden hatte. Dynamisch und effizient. Ein seltenes Exemplar.

Er spürte, wie sie zitterte, und legte seinen Arm um sie.

»Du und Carpenter«, fragte sie, »seid ihr Partner?« Sie drehte sich um, damit sie ihn durch ihre Brille mit der albernen roten Fassung ansehen konnte. Ihre Lippen waren den seinen sehr nahe, und ihre Locken kitzelten ihn im Nacken. Sie fühlte sich so warm an. Und sie trug unter ihrem Trägerkleid keinen BH, was er deutlich spürte, als sie sich gegen ihn drängte …

»Und …«, meinte Agnes gedehnt, als er nicht antwortete, »… für wen arbeitet ihr?«

»Für eine spezielle Organisation«, meinte Shane und versuchte, so ehrbar wie möglich zu klingen.

»Das hört sich so nach … UNICEF an.« Sie warf einen Blick in die Küche. »Aber die UNICEF ist es nicht, oder?«

Carpenter kam durch die Hintertür, über der Schulter einen Leichensack. Agnes riss die Augen auf. »Ich habe das Paket transportfertig und überhaupt gleich Klarschiff gemacht. Ich bin sicher, du hast die Brieftasche gecheckt und den halben Groschen gesehen. Kein Professioneller. Vier Schüsse. Ein bisschen, wie mit Kanonen auf Spatzen schießen, oder?«

»Ich fand ihn nervtötend«, gab Shane zurück. *Der Idiot hat mein post-orgasmisches Viertelstündchen gestört.*

Agnes sah von einem zum anderen. »Ich wollte gerade hineingehen«, meinte sie. »Nett, Sie kennengelernt zu haben, Mr. Carpenter. Danke, dass Sie meine Küche sauber gemacht haben.« Dann stand sie auf, ging ins Haus und nahm ihre ganze Wärme mit. Seufzend erhob sich Shane ebenfalls.

»Wie viel weiß sie eigentlich?«, fragte Carpenter.

»Bis jetzt nichts«, entgegnete Shane. »Wahrscheinlich weiß sie bald mehr, als für sie gut ist. Im Moment steht sie so dazwischen.«

»Das wird Wilson nicht gefallen.«

Schweigend blieb Shane stehen.

»Du wärst ein guter Chef«, meinte Carpenter. »Ich würde gerne für dich arbeiten.«

»Wenn, dann mit mir«, antwortete Shane.

»Mit dieser Sache könnte dir alles zwischen den Fingern zerrinnen.«

»Andererseits könnte dieser Job alles klarmachen. Wilson sagte mir, Casey Deans Ziel sei hier vor Ort.«

Carpenter dachte nach. »Casey Dean ist ein Profi. Er würde sich auf so etwas gar nicht einlassen«, meinte er und zuckte mit dem Leichensack auf seiner Schulter.

»Da hast du recht«, stimmte Shane zu. »Hier ist irgendetwas anderes am Laufen.«

Carpenter sah in die Küche, wo Agnes stand. Es sah aus, als spräche sie mit der Tapete. »Was ist mit ihr?«

»Scheinbar will sie jemand tot sehen.«

»Wieso?«

»Ich weiß nicht genau.«

»Bist du sicher, dass sie das Zielobjekt war?«

»Nicht ganz.«

»Geht es uns etwas an, wenn sie es sein sollte?«

»Uns nicht, aber mich.«

Carpenter deutete mit dem Kopf auf Agnes. »Da ist ein Junge im Keller. Hat er mit dem Typen da was zu schaffen?« Wieder ließ er den Leichensack auf seiner Schulter hüpfen, als handle es sich um ein Federbett.

»Ich glaube nicht. Der Typ hier ist gekommen, um jemanden zu erschießen. Vor diesem Jungen war schon ein anderer da. Beide waren hinter etwas Bestimmtem her.«

Irgendetwas schien in Carpenter vorzugehen. »Ich höre, sie kocht«, fragte er den erstaunten Shane.

»Ja.«

»Morgens bin ich meist ziemlich hungrig.«

Wie zur Bekräftigung meinte Shane: »Sie macht ein Superfrühstück.«

»Vielleicht sollte ich öfter mal zum Frühstück vorbeischauen.«

»Das wäre ... nun ja ... eine völlig veränderte Situation.«

Carpenter nickte. »In einer guten Partnerschaft muss man flexibel sein.«

»Wilson wird das vermutlich nicht besonders gefallen.«

»Wilson ist bald in Pension«, gab Carpenter zurück. »Und deine momentane Situation ist einigermaßen kompliziert. Ich habe oft schrecklichen Hunger so ganz frühmorgens.« Grüßend tippte er mit dem Finger gegen die Stirn und schubste den Sack auf seiner Schulter zurecht. »Bleib senkrecht.«

Und fort war er. Shane ging ins Haus, weil er wissen wollte, was Agnes mit ihrer Wand zu bereden hatte.

♡

Agnes hatte von der Küche aus Carpenter beobachtet, wie er sich mit Shane unterhielt, während ein Leichensack über seiner Schulter hing. Er sah dabei nicht gestresster aus als Palmer, als er Marias Kleidersack geschultert hatte. Sie blickte zur Kellertür, dann zu Shane und Carpenter, und wieder zur Kellertür. Dann ging sie zur Wand hinüber, lehnte sich über den Tisch, den Shane vor die Tapetentür geschoben hatte, und stieß diese auf.

»Hallo?«, flüsterte sie.

»Hallo?«, kam es vorsichtig zurück.

»Wer bist du?«, flüsterte Agnes in die Dunkelheit.

»Ich habe Schüsse gehört«, klang die Stimme mit dem weichen Südstaatenakzent aus dem Keller.

»Das stimmt.«

»Verdammt.« Einen Augenblick war es still. »Hören Sie, ich habe Rechte.«

»Nein, hast du nicht«, sagte Agnes, die sich ärgerte, dass er nicht ein klein bisschen bettelte. »Du hast mich in meinem Haus angegriffen. Dem letzten Knaben, der das gewagt hat, habe ich eins mit der Bratpfanne verpasst.« *Von der Fleischgabel gar nicht zu reden*, dachte sie und zuckte zusammen, als ihr das Blut wieder einfiel, das Taylors Nacken hinuntergelaufen war. »Wer zum Teufel bist du eigentlich?«

Der Junge stieß einen Seufzer aus. »Ich bin Three Wheels Thibault.«

»Der Junge, der letzte Nacht hier ums Leben gekommen ist, hieß Two Wheels Thibault. War das vielleicht ein Verwandter von dir?«

»Cousin«, gab Three Wheels zur Antwort.

»Nun, das tut mir leid«, meinte Agnes und fügte dann eilig hinzu. »Ich habe ihn nicht umgebracht.«

»Er war ein Dickschädel. Und geflucht hat er. Immer musste er sich aufspielen. Hat mich angepflaumt. Er ist mir manchmal ganz schön auf die Nerven gegangen, wissen Sie.«

»Nein«, sagte Agnes. »Weiß ich nicht.« Sie sah über die Schulter zu Carpenter und Shane hin, die immer noch plauderten. Viel Zeit hatte sie nicht mehr. »Kommst du hier heraus?«

»Nein, Madam. Ich hab's schon versucht.« Der Junge klang beleidigt. »Ich glaube, ich habe mir den Knöchel verletzt. Den Typen, der mich hier runtergeschafft hat, werde ich verklagen.«

Wieder sah Agnes zu Shane und Carpenter hin. Shane sah so kantig aus wie ein Getreidespeicher. Carpenter war noch massiger. »Three Wheels, das sind keine Männer, die man verklagen könnte.«

»Die glauben wohl, sie sind was Besseres«, meckerte Three Wheels.

»Nein, das liegt mehr daran, dass die Leute, die sie verklagen könnten, meist schon nicht mehr unter uns weilen.« Agnes versuchte, nicht an Shanes vermutlichen Beruf zu denken.

»Oh«, meinte Three Wheels, dem das Meckern vergangen war. »Darum wurde also geschossen?«

»Ja.«

»Sind das Mafiosi? Mein Opa hat mal für einen von der Mafia gearbeitet.«

»Wer ist dein Opa?«

»Four Wheels Thibault.«

»Four Wheels?«, fragte Agnes, der gerade alle Rädchen zu springen drohten, weil diese Art der Namensgebung und die Tatsache, dass Shane, mit dem sie es in der Nacht ziemlich wild getrieben hatte, höchstwahrscheinlich ein Killer war, ihr nun doch ein wenig zusetzten. »Jesus. Na ja, lassen wir das. Wer hat dich geschickt, um mich umzubringen?«

»Opa. Aber natürlich hätte ich Sie nicht umbringen sollen,

sondern nur den Hund mitsamt dem Halsband zurückbringen. Er meinte, das sei doch ein Kinderspiel. Sie wären sowieso immer allein hier draußen.«

»Tja, das war wohl Pech«, versetzte Agnes. Dann sah sie, wie Shane auf das Haus zukam. »Du hältst jetzt den Mund«, sagte sie. Dann schloss sie die Tür und trat von der Wand weg. Sie konnte dem Jungen da unten nicht trauen. Aber dem Mann, mit dem sie geschlafen hatte, noch weniger.

♡

Shane trat durch die Tür, innerlich gewappnet gegen alles, was Agnes vorhaben mochte. »Ist Carpenter fort?«, fragte sie, ein bisschen lauter als nötig. Dabei stand sie ein bisschen zu zufällig genau vor der Kellertür. *Na wunderbar*, dachte er. *Jetzt hat sie sich mit dem Balg im Keller verbündet.*

»Ja«, versetzte er und schloss die Verandatür. »Macy auch.«

»Das war ja eine ziemlich interessante Unterhaltung«, meinte sie. »Paket, Professioneller, halber Groschen?«

»Die Leiche, kein professioneller Killer, fünfhundert Dollar.« Mit einer Kopfbewegung deutete Shane auf die Veranda und wechselte das Thema. »Möchtest du draußen schlafen? Carpenter meinte, bis morgen früh müsste der Strom wieder da sein. Bis dahin ist es draußen sicher kühler.«

»Sicher.« Agnes sog den Atem hörbar ein. »Gut. Nun zu dem Knaben im Keller. Er ist noch ein Kind. Ich glaube nicht, dass er jemanden verletzen wollte.«

»Agnes, er hatte eine Waffe.«

»Aber er sagte, dass er nur hinter Rhett her war. Ich weiß einfach, dass er niemandem wehtun wollte. Ich finde, wir sollten ihn den Rest der Nacht da unten schmoren lassen und am Morgen mit ihm reden. Du solltest ihn ein wenig erschrecken, sodass er begreift, worum es geht. Und damit lassen wir's gut sein.« Mit diesen Worten drehte sie sich um und steuerte auf ihr Schlafzimmer zu. Als er ihr nicht folgte, wandte sie sich ihm zu:

»Hilfst du mir nicht, die Kissen rauszutragen?« Ein wenig nervös sah sie zur Kellertür hin.

Shane seufzte. »Agnes, ich werde ihm nicht wehtun.«

»Er kam nur, um Rhett zu holen«, sagte Agnes und sah ihn flehentlich hinter ihren dicken Brillengläsern an.

Sie trug immer noch keinen BH unter ihrem Kleid. Genauer gesagt war er ziemlich sicher, dass sie unter dem Kleid gar nichts anhatte. Er war zwar müde, aber so müde nun auch wieder nicht. »Was hat er dir noch gesagt?«, wollte er wissen und versuchte, sich nicht zu deutlich anmerken zu lassen, dass sie in diesem Zustand fast alles von ihm haben konnte.

Agnes seufzte. »Er heißt Three Wheels Thibault. Geschickt hat ihn sein Großvater, Four Wheels, der einmal für einen von der Mafia gearbeitet hat. Der Junge von letzter Nacht, Two Wheels, war sein Cousin, der ihn immer blöd angemacht hat. Er sagte, er habe sich am Knöchel verletzt, als du ihn in den Keller hast fallen lassen. Er wollte dich deswegen schon verklagen, aber das habe ich ihm wieder ausgeredet. Ich glaube, er hat sowieso nur geblufft.«

»Was ist seine Lieblingsfarbe?«, fragte Shane.

»Blau«, kam es von Agnes.

Er schüttelte den Kopf. »Bist du sicher, dass es dir gut geht?«

»Nein. Schließlich hat gerade jemand versucht, mich umzubringen.«

»Und genau das werde ich verhindern«, meinte Shane.

»Denk jetzt nicht, ich sei dir dafür nicht dankbar«, antwortete Agnes. »Morgen früh bekommst du ein richtig gutes Frühstück.«

»Mach bitte so viel, dass es für Carpenter auch noch reicht.«

Agnes blinzelte erstaunt. »Soll ich wirklich?«

»Wieso? Geht das nicht?«

»Doch.« Sie runzelte die Stirn, während sie darüber nachdachte. »Nein. Er scheint in Ordnung zu sein. Freilich ist die Art, wie er die Dinge anpackt (*Und welche Dinge!*), ein wenig erschreckend. Aber das kann man ja auch von dir behaupten, und ich bin immerhin auf deiner Seite. Jemand versucht, mich umzubringen, und du rettest mich. Ich stehe also wirklich auf deiner Seite.«

Shane nickte. »Damit wäre ja alles klar.«

»Also komm und hilf mir mit den Kissen«, sagte Agnes. »Und erschieß Three Wheels nicht. Heb die Kugeln besser für Großpapa Four Wheels auf, der die beiden geschickt hat.«

»Ich werde Three Wheels nicht erschießen«, seufzte Shane verzweifelt. »Wofür hältst du mich eigentlich?«

»Für einen Killer«, antwortete Agnes.

Shane nickte. »Ja, das kommt hin.«

Agnes schlang die Arme um ihren Körper. »Jetzt hättest du mich aber wirklich anlügen können, weißt du!«

»Auf die Gefahr hin, dass du mich dann mit der Fleischgabel attackierst?«, zog Shane sie auf und schob sie ins Schlafzimmer.

»Das mit den Gabeln habe ich aufgegeben«, erklärte Agnes und hörte sich ganz so an, als meinte sie, was sie sagte.

»Nun, wir werden sehen«, meinte Shane.

♡

Eine halbe Stunde später lag Agnes in Fötusstellung zusammengerollt auf der Veranda unter einem dünnen Leintuch und versuchte, Bilanz zu ziehen. Der Mann, den sie hatte ehelichen wollen, war nicht nur mit einer anderen Frau verheiratet, sondern hatte sie zusammen mit dieser auch noch um das Haus bringen wollen. Und sie hatte ihn vergeltungshalber beinahe umgebracht. Die Hochzeit zwischen einem Italiener und einer Südstaaten-Lady, die sie mit so viel Hingabe geplant hatte, würde sich zu einem grell rosafarbenen Flamingofest entwickeln. Vor wenigen Stunden noch waren zwei Männer nacheinander hier aufgetaucht und hatten sie mit einer Waffe bedroht. Einer hatte etwas von ihrem Hund gewollt, der andere wollte sie schlicht und simpel erschießen. Ein Mann mit Boxerstatur hatte eine Leiche aus ihrer Küche abtransportiert. Ein Jugendlicher, der nach einem Dreirad benannt worden war, hockte in ihrem Keller, weil der Killer, mit dem sie gerade die heißeste Nummer ihres Lebens gehabt hatte, am Morgen mit ihm reden wollte. Und ihre Kolumne war immer noch nicht fertig.

Ihr Leben musste sich wirklich ändern. Ihr nächster Verlobter jedenfalls würde ein netter, ruhiger, normaler Junge sein. Ein zuverlässiger, netter Junge, keiner von der verlogenen oder mordenden Sorte. Sie wollte einen von den Guten.

Agnes drehte sich auf Shanes Luftmatratze um. Mit diesem Killer würde sie nicht mehr schlafen. Das war doch einfach verrückt. Am »Trennungsschock« konnte es doch nicht liegen …

»Bist du sicher, dass es dir gut geht?«, fragte Shane im Halbschlaf.

»Ja«, antwortete Agnes.

Was nicht gelogen war. Sie war zwar erschöpft, aber sie war weder zornig noch ängstlich und stand auch nicht mehr unter Hochspannung. Wenn sie beim Sex so ruhig gewesen wäre, hätte sie sich vielleicht die Einzelheiten besser merken können. Im Grunde war es schade, dass sie mehr oder weniger alles verpasst hatte.

Wieder drehte sie sich um.

»Stimmt was nicht?«

»Nein.« *Aber es wäre nett, wenn du deine Arme um mich legen und irgendetwas tun würdest. Um mich abzulenken. Und mich so müde zu machen, dass ich endlich einschlafe. Ab morgen bin ich dann vernünftig und schlafe nie wieder mit dir.*

»Hast du Angst?«

»Nein«, gab Agnes zur Antwort. »Du bist ja da.«

»Was dann? Ich versuche einzuschlafen, und du bist so angespannt wie eine Reißleine.«

»Ja. Das kann man wohl so sagen.«

»Was auch immer du brauchst, ich kümmere mich am Morgen darum, okay?« Er beugte sich über sie und küsste sie auf die Stirn. Dann hob sie das Kinn und suchte mit ihrem Mund seine Lippen. Dabei legte sie eine Hand an seine Wange. Nach einer Minute löste er sich von ihr: »Agnes?«

»Ja«, sagte sie und versuchte, vernünftig zu klingen. »*Irgendwo* auf der Welt ist jetzt bestimmt schon Morgen.«

Shane rollte auf den Rücken und richtete den Blick zur Decke der Veranda. »Du bist eine merkwürdige Frau, Agnes.« Er seufzte. »Hast du irgendwelche besonderen Vorstellungen? Gibt es etwas, das du besonders magst?«

»Männer«, antwortete sie. »Männer, die mir das Leben retten und mich dann auf meiner Veranda nehmen.«

»Das lässt sich, glaube ich, einrichten«, meinte Shane. Er legte die Arme um sie. Und Agnes seufzte und begann, sich auf die Einzelheiten zu konzentrieren.

Die sich als sehr beruhigend herausstellten.

Shane wachte auf und fühlte sich nackt und bloß. Aber auch zufrieden. Er warf einen Blick auf den schwarzen Lockenwedel, der da an seine Brust gekuschelt lag, was ein Fehler war, denn er wusste, dass er immer zuerst überprüfen sollte, was ihn eigentlich hatte aufwachen lassen. Er machte in letzter Zeit ziemlich viele Fehler.

Er sah zu Rhett hinüber und bemerkte, dass der Bluthund den Kopf gehoben hatte, was bei ihm schon Stufe Rot hieß. Vielleicht war ja der Weltuntergang im Anrollen und die vier apokalyptischen Reiter donnerten über Agnes' baufällige Brücke heran. Mit ein bisschen Glück bräche sie unter ihrem Gewicht zusammen. Shane kämpfte sich unter Agnes hervor. In diesem

Moment wurde ihm klar, dass er ohne jede Deckung war. Ein Heckenschütze hätte ihn ohne viel Federlesens erwischt.

Shane nahm das verknitterte Betttuch und deckte Agnes damit zu. Doch bevor er sich ihrer weichen Nacktheit beraubte, nahm er sich noch ein, zwei Sekunden Zeit, um den Anblick ihrer Rundungen zu genießen. Er griff nach seiner Hose und zog sie an. Dann schnürte er das Halfter für seine Glock fest und zog die Stiefel an.

Ein Typ mit Strohhut kam vom Anlegesteg heran, eine Anglerbox in der Hand. Sein Schatten eilte ihm um Längen voraus. Shane öffnete die Verandatür, und Rhett schoss an ihm vorbei den Weg hinunter, um den Eindringling zu begrüßen.

Sie trafen sich etwa auf Höhe des Pavillons.

»Detective Xavier.«

»Mister Shane Smith.«

»Woher kennen Sie meinen Namen?«

»Ich habe das Fotoalbum Ihres Onkels gesehen, das er im Café unter dem Tresen versteckt. Mit dem Foto, auf dem Sie mit der Tapferkeitsmedaille ausgezeichnet wurden. Außerdem hat Ihr Onkel mehrmals von Ihnen erzählt.«

»Mein Onkel hat eine große Klappe.« *Joey hat ein Fotoalbum mit Bildern von mir?*

»Nicht groß genug für meine Zwecke. Sie waren also ein Kriegsheld und wurden verwundet?«

»Ich war einfach zur falschen Zeit am falschen Ort«, gab Shane zurück.

»Sie wollen wahrscheinlich nicht, dass Ihnen so etwas wieder passiert?«, meinte Xavier.

Rhett pinkelte.

Shane antwortete mit einer Gegenfrage: »Und wo ist Detective Hammond an diesem schönen Morgen?«

»Er hat sich bereit erklärt, einige Hintergrundinformationen zur Hochzeit zu beschaffen«, sagte Xavier. »Vielleicht erklärt das ja den merkwürdigen Einbruch. Außerdem, glaube ich, kennt er die Braut.«

Rhett pinkelte immer noch.

Shane warf einen Blick auf die Anglerbox: »Sie gehen fischen? Das Wasser finden Sie allerdings eher dort, wo Sie gerade herkommen.« Er deutete mit dem Kopf auf den Anlegesteg, wo Xaviers kleines Boot vertäut lag.

»Die Beute, die ich mir erhoffe, ist eher im Haus.« Mit diesen Worten versuchte Xavier, sich an Shane vorbeizumogeln.

Shane vertrat ihm den Weg. »Und das wäre?«

Xavier blieb stehen. »Mir gefällt dieser Keller nicht.«

»Ja, es ist dort unten ziemlich dunkel und muffig.«

»Ich mag ihn nicht, weil er ein Tatort war.« Wieder versuchte Xavier, Shane zu umrunden.

Shane bewegte sich ein bisschen zur Seite, sodass er wieder genau vor ihm stand.

»Sie sagten doch selbst, es sei ein Unfall gewesen.«

»War es auch.«

»Also dann?«

»Ich möchte ein wenig herumstöbern.« Einmal mehr schien Xaviers Bewegung an Shanes breiter Gestalt abzuprallen.

»Herumstöbern kann gefährlich sein.«

Entnervt sah Xavier zu ihm auf: »Was, mein Freund, wollen Sie mir damit sagen?«

»Nichts, was ich nicht schon gesagt hätte.«

Rhett hörte zu pinkeln auf und kam zu den beiden Männern herüber. Er schnüffelte an Xaviers Schuhen und wandte sich dann befriedigt zum Haus um. *Toller Wachhund*, dachte Shane.

Erst jetzt schien Xavier Shanes Aufzug zu bemerken – Hose, Pistole und Schuhe. Er warf einen Blick zur Veranda hinauf: »Sie schlafen draußen?«

Shane drehte sich um und spähte durch die Verandatür. Agnes

war verschwunden. Auch die Betttücher waren weg. Eine Frau, die blitzartig wach und geistesgegenwärtig genug war, Spuren zu beseitigen. Genau, was er brauchte.

»Ja. Ich mag die frische Luft.«

Xavier nickte. Seine schlechte Laune verwandelte sich in Amüsement. »O ja. Ist Miss Agnes schon wach?«

»Ich weiß nicht.«

»Schon recht.« Xavier grinste und ging um Shane herum. »Eine interessante Frau, unsere Miss Agnes.«

»Ja«, antwortete Shane und folgte ihm.

»Allerdings ein bisschen temperamentvoll.«

»Ich würde das eher feurig nennen.«

Xavier drehte sich um, sah Shane an und nickte freundlich. »Feurig also. Das ist gut.«

Die beiden Männer gingen den Weg hinauf, begleitet von Rhett, der neben ihnen her trottete. Xavier stieg die Stufen zur Veranda hinauf. Dort lagen Shanes Luftmatratze und sein zerknittertes T-Shirt. »Haben Sie schlecht geschlafen, mein Sohn?«

»Fest wie ein Baby.«

»Ja, das kann ich mir vorstellen«, meinte der Detective und trat in die Küche.

♡

Die Stimmen, die vom Pavillon zu ihr drangen, hatten Agnes geweckt. Eine Sekunde später fiel ihr auf, dass sie nackt auf ihrer hinteren Veranda lag, während sie im Keller einen Jugendlichen gefangen hielt. Und dass ein Cop geradewegs auf ihr Haus zumarschierte.

Verdammt. Sie griff nach ihrem Trägerkleid und schlüpfte hinein, achtete allerdings darauf, dass man sie vom Pavillon aus nicht sah. Dann raffte sie Kissen und Decke zusammen und schlich geduckt ins Haus, um Three Wheels aus dem Keller zu holen, bevor Xavier ihn entdeckte. Sie schob den Tisch von der

Tapetentür weg, stieß diese auf und flüsterte in die Dunkelheit hinunter: »Hey, du da unten. Aufgewacht.« Dann ließ sie einen der Küchenstühle durch die Öffnung hinunter. »Nimm das und mach, dass du dich hier heraufschwingst.«

Sie trat zurück. Keine Minute später tauchte Three Wheels im Türrahmen auf und zog sich hoch. Der Junge war so schmal, dass er nur aus Ellbogen und Knien zu bestehen schien. Sein rotblondes Haar, das unter einem Südstaaten-Käppi hervorsah, war staubig. Als er einigermaßen sicheren Stand gefunden hatte, griff Agnes sich sein T-Shirt und nahm sich den Jungen zur Brust.

»Hör zu«, zischte sie. »In ein paar Sekunden tritt Detective Xavier durch diese Tür und wird dich fragen, was zum Teufel du hier willst. Du bestätigst alles, was ich sage, dann wanderst du auch nicht ins Gefängnis, weil du mich mit einer Schusswaffe bedroht hast, kapiert?«

Three Wheels sah müde und verängstigt aus. Auch ein bisschen wütend vielleicht, doch als er Xaviers Stimme vernahm, weiteten sich seine Augen, und er nickte.

Agnes schubste ihn auf den nächsten Stuhl und sagte: »Ich werde dir Frühstück machen. Und du wirst schön brav aufessen!«

»Ja, Ma'am«, gab Three Wheels zur Antwort.

Agnes wollte Kaffee aufsetzen, änderte jedoch in letzter Sekunde Meinung und Bewegungsrichtung. Sie drehte sich zum Kühlschrank um und goss Three Wheels ein Glas Milch ein, das sie vor ihn auf die Tischplatte knallte. Dann steckte sie mehrere Scheiben Brot in den Toaster. Mit vollen Backen konnte er ohnehin nicht viel sagen. Sie mahlte die Kaffeebohnen und zündete die Gasflamme unter dem Grilleisen an. Dann holte sie ihre Rührschüssel hervor, um Pfannkuchenteig zu machen. Der Toaster wurde warm. Offensichtlich hatte Carpenter die Stromversorgung wieder in Gang gebracht. Das war ...

Plötzlich merkte sie, wie Three Wheels sie anstarrte.

»Was ist?«, schnappte sie.

»Nichts«, sagte er und sah weg, wobei eine tiefe Röte seine Wangen färbte.

Da fiel ihr ein, dass sie noch keinen BH anhatte. »Lieber Himmel …«, zischte sie und griff nach der Schürze mit ihrem Bild darauf, sodass ihre wogenden Brüste nicht mehr so auffielen. Dann sprangen die Toastscheiben heraus. Sie bestrich vier Scheiben mit Butter und Marmelade und schob den Teller mit den Toasts vor Three Wheels. »Hier, iss. Und halt den Mund.«

»Ja, Ma'am«, antwortete Three Wheels und begann zu essen, als hätte er noch nie im Leben etwas zwischen die Zähne bekommen.

Beinahe tat er ihr leid, doch er war in ihre Küche eingebrochen, hatte eine Waffe auf sie gerichtet und versucht, ihren Hund zu kidnappen, also zum Teufel mit ihm.

Sie setzte den Kaffee auf und ließ Butter in der Mikrowelle schmelzen. Dann schüttete sie Mehl, Zucker, Backpulver und Salz in ihre Schüssel. Als Shane und Xavier gefolgt von Rhett, durch die Hintertür in die Küche traten, nahm sie die Butter gerade heraus. Rhett suchte sich ein sonniges Plätzchen, wo er sich fallen ließ, um unverzüglich in tiefen Schlaf zu fallen. Nun ja, der Weg vom Pavillon zum Haus war weit. Sie lächelte Xavier an – *Sehen Sie nur, wie freundlich und sorglos ich bin!* – und sagte: »Detective. Was tun Sie denn schon in aller Frühe hier?«

»Ihr wunderbarer Kaffee hat mich wohl angelockt, Miss Agnes.«

»Der Duft ist also bis nach Keyes gedrungen?«, fragte Agnes mit einem möglicherweise noch breiteren Lächeln als vorher, was den Sarkasmus ihrer Worte abmilderte. »In diesem Fall sollen Sie die erste Tasse haben.«

»Das wäre mir sehr recht.« Xavier nickte Three Wheels zu, der sich gerade den Rest einer Toastscheibe in den Mund stopfte. »Und wer ist das da?«

»Das ist …«, setzte Agnes an, als sie Doyle durch die Vordertür kommen hörte. »Guten Morgen«, rief er. Im Geist drückte Agnes sich selbst die Daumen und sagte dann zu Xavier so laut, dass Doyle es hören musste: »Das ist Doyles Helfer. Er unterstützt uns beim Streichen des Hauses, damit wir bis zur Hochzeit alles fertig kriegen.« Sie wandte sich zu Doyle um, der gerade die Küche betrat: »Die Pfannkuchen sind gleich fertig, Doyle.«

Doyles buschige weiße Brauen schossen nach oben, doch dann kreuzten sich ihre Blicke, und er nickte nur: »Alles klar, Süße. Ich kann wirklich ein paar … Pfannkuchen brauchen.«

Vielen Dank, Doyle, dachte sie und wandte sich wieder Xavier zu: »Sind Sie wegen des Frühstücks gekommen, Detective?« *Lieber Himmel, bitte sag Nein. Three Wheels hält nie im Leben ein ganzes Frühstück durch.*

»Nein, Miss Agnes. Ich bin wegen Ihres Kellers hier«, antwortete Xavier. »Ich möchte mir das Ganze nochmals ansehen.«

Agnes sah Shane an.

»Ich steige mit ihm runter«, meinte dieser.

Agnes nickte. Es war wirklich schade, dass sie nie mehr mit ihm schlafen würde. Ein Mann, der so schnell von Begriff war, war ein echter Hauptgewinn. Natürlich wäre er bei seiner beruflichen Orientierung längst tot, wäre er schwer von Begriff.

Xavier spähte in das Loch hinunter: »Wieso steht da ein Stuhl?«

»Ich habe ihn hinuntergestellt, damit man leichter rauf und runter kommt«, flötete Agnes. Als Shane und Xavier sie ansahen, als hätte sie einen Dachschaden, fügte sie hinzu: »Mir schien das eine gute Idee.«

»Ich gehe die Leiter holen«, sagte Doyle und verließ die Küche.

Xavier stellte die Anglerbox auf der Anrichte ab, und Agnes wandte sich wieder ihren Pfannkuchen zu. Alles war besser, als hier nur einfach herumzustehen und Xavier in die Augen zu sehen.

Sie holte Buttermilch, Sauerrahm, Eier und Schinken aus dem Kühlschrank. Derweil zeigte Xavier auf seine Box und meinte: »Damit untersuche ich den Tatort.« Er hielt einen Plastikbehälter in die Höhe. »Luminol.« Dann sah er Agnes an. »Damit kann man Blut sogar dann sichtbar machen, wenn aufgewischt wurde und es mit bloßem Auge nicht mehr sichtbar ist.«

Agnes schlug ihr Ei so hart auf, dass ein bisschen Schale in der Schüssel landete. »Blut?« Sie pickte die Schale aus dem Teig und dachte daran, dass sie Taylors Blut genau dort hatte vergießen wollen, wo Xavier jetzt stand. Dann kippte sie Sauerrahm in den Teig und begann, ihn mit dem Schneebesen aufzuschlagen. Die Arbeit mit dem Schneebesen baute nervöse Energie ab, vor allem wenn Musik wie »Tortured Tangled Hearts« von den Dixie Chicks im Hintergrund lief.

Doyle kam mit der Leiter.

»Wissen Sie«, sagte Xavier, als er die Leiter in den Keller gleiten ließ, »es ist schon seltsam, dass es hier keine Stufen gibt. Das sieht aus, als habe jemand den Raum aus einem bestimmten Grund den Augen der Öffentlichkeit entzogen.«

Agnes schlug in aller Gemütsruhe weiter. »Brenda meinte, sie habe ihn deshalb versiegelt, weil er sie zu sehr an den armen Frankie erinnerte und sie einfach vergessen wollte.«

»Witwen sind arm dran«, sagte Doyle in seinem irischen Dialekt.

Xavier zuckte mit den Achseln. »Es war jedenfalls sehr praktisch, dass Two Wheels …«

Three Wheels verschluckte sich an seiner Milch.

»… genau hier zuschlug, wo er praktischerweise durch das Loch fallen und …«

»Sie sagten, Sie würden Agnes nicht verdächtigen«, unterbrach Shane ihn.

»Ich sagte, dass ich ihr glaube, was die Geschichte vom vorgestrigen Abend angeht«, antwortete Xavier. »Bei anderen Geschichten bin ich nicht ganz so sicher. Zum Beispiel Ihr Onkel Joey …«

Three Wheels stopfte noch mehr Toast in sich hinein.

Agnes versuchte, Xavier abzulenken, während sie Buttermilch und Eier mit der abgekühlten, geschmolzenen Butter verrührte, um sie dann unter die Trockenmischung zu heben. Dann goss sie kleine Pfannkuchen auf das Grilleisen und streute Pekannüsse darauf, während sie darüber nachdachte, worüber sie ihre nächste Kolumne schreiben sollte: *Der Siegeszug der 2000-Dollar-Hochzeitstorte: der Anfang vom Ende?* Xavier allerdings war auf der Jagd nach dem Fell des Bären. Und in diesem Fall hieß der Bär Joey. *Verdammt, Joey, was hast du nur angestellt?* Mit der Gewürzmühle rieb Agnes Zimt über die Pfannkuchen. Dann sah sie sinnend zu, wie sie Blasen warfen. Sie machte sich Sorgen um Joey. Auf alle anderen war sie eher wütend. Was zum Teufel war nur mit ihrem Leben los?, fragte sie sich, als jemand sie sanft am Ärmel zog.

»Ich müsste mal ins Bad«, flüsterte Three Wheels.

»Draußen im Flur, unterhalb der Treppe«, gab sie leise zurück. »Aber du kommst zurück. Wir sind noch nicht fertig mit dir. Hast du gehört?«

»Ja, ja, ich komme zurück«, sagte der Junge und schielte nach den Pfannkuchen.

Agnes drehte sie um, wobei sie ihre goldene Rückseite zeigten, in der die gebräunten Pekannüsse schimmerten wie Granatapfelkerne. Er seufzte.

»Na, dann«, sagte sie und ließ ihn gehen.

Sie sah zu Shane hinüber, der am Kellereingang stand, den Küchenstuhl in der Hand, den sie hinuntergelassen hatte. Er verdrehte die Augen, als er sah, dass sie Three Wheels ohne Aufsicht in den Flur ließ.

Three Wheels hab ich im Griff, dachte sie. *Kümmere du dich mal lieber um Xavier.*

Er schob ihren Stuhl unter den Tisch und verschwand wieder im Loch. Sie wiederum schichtete die Pfannkuchen auf einen Teller und setzte die nächste Portion auf das Grilleisen. Doyle sah sie an und meinte: »Du hast also das Gesetz im Keller. Ich habe einen Assistenten. Und irgendwo haben wir's noch mit einer trauernden Witwe zu tun, die aus lauter Anhänglichkeit alles hermetisch verriegelte?«

»Ja, so könnte man sagen«, antwortete Agnes. Sie ließ den Blick über ihre Küche gleiten und sah, dass sie alles unter Kontrolle hatte. Dann griff sie zum Handy.

»Du bist ein ziemlich vertrauensseliges Mädchen, Agnes«, meinte Doyle.

»Nicht so ganz«, antwortete Agnes. »Jedenfalls nicht mehr«, fügte sie hinzu und hackte Lisa Livias Nummer in ihr Mobiltelefon.

Shane hielt die Leiter fest, während Xavier mit der Anglerbox in einer Hand in den Keller kletterte. Die Mitte des Raumes schien ihn nicht zu interessieren, denn er steuerte sofort auf die alte Bar zu, wobei er die schimmelüberzogene Venusstatue mit einem Kopfnicken begrüßte.

Shane deutete auf den Betonfußboden. »Hier ist der Junge gelandet.«

Wieder nickte Xavier. »Danke, mein Junge. Aber heute möchte ich eigentlich herausfinden, was vor fünfundzwanzig Jahren hier geschah.«

Ach, verdammt, Joey. Shane dachte nach, als er Xavier beim Öffnen seiner Anglerbox beobachtete: »Vor fünfundzwanzig Jahren?«

»Vor langer, langer Zeit arbeitete dein Onkel, mein Junge, Hand in Hand mit dem Mann, dem dieses Haus hier gehörte, einem gewissen Frankie Fortunato.« Xavier nahm den Plastikbehälter heraus und schritt den Raum ab, wobei er sorgfältig Boden und Wände besprühte. »Dieser verschwand eines Tages ziemlich plötzlich. Wie Mafiosi das gelegentlich tun. Wussten Sie, dass Ihr Onkel Joey früher einmal mit der Mafia gemeinsame Sache machte?«

»Ja. Aber das tut er ja schon lange nicht mehr. Heute ist mein Onkel ein redlicher Mann.« *Unter Umständen.*

Xavier lachte ehrlich amüsiert auf, während er weitersprühte. »Joey, der Ehrenmann? Er weiß mehr Geschichten zu erzählen, als in der ganzen Stadtbibliothek zu finden sind. Die meisten entspringen seiner Einbildungskraft, aber ich interessiere mich für die, die wirklich passiert sind.« Er stellte den Luminolbehälter auf der alten Theke ab und holte eine Speziallampe aus seiner Anglerbox. »Wären Sie so nett, die Deckenbeleuchtung auszuschalten?«

Shane betätigte den Schalter des Deckenlichts im selben Moment wie Xavier den an seiner Lampe.

»Da brat mir doch einer 'nen Storch«, fluchte Xavier.

Dir nicht, dachte Shane, dessen Blick der breiten Blutspur folgte, die genau in die Wand zu führen schien, *aber Joey vielleicht.*

♡

Agnes ließ Lisa Livias Handy klingeln, während sie den Teller mit den Pfannkuchen auf den Tisch stellte.

Doyle meinte: »Der Junge, der mir da jetzt helfen soll …?«

»Ich weiß«, unterbrach sie ihn. »Ich bin dir auch sehr dankbar. Ich glaube, du musst nicht …«

»Hallo«, erklang Lisa Livias verschlafene Stimme am anderen Ende der Leitung.

»Ich weiß, ich weiß«, sagte Agnes. »Es ist eigentlich viel zu früh, um dich anzurufen. Ich wollte dir nur sagen, dass du recht hattest. Und ich total unrecht.« Sie stellte eine Bratpfanne aufs Feuer, wickelte den Schinken aus und ließ die Scheiben hineinfallen. Dann goss sie wieder Teig auf das Grilleisen, bevor sie leise ins Telefon sprach: »Brenda versucht mir das Haus wegzunehmen.«

»Tja«, gähnte Lisa Livia. »Und diese umwerfende Neuigkeit musstest du mir unbedingt sofort mitteilen?«

»Das ist ja noch nicht alles«, gab Agnes zurück. Dann kam Three Wheels herein. »Warte mal.« Sie sah den Jungen an. »Hast du dir die Hände gewaschen?«

»Ja, Ma'am.«

»Die Pfannkuchen stehen auf dem Tisch. In dem Krug dort findest du Ahornsirup, Butter in dem Schälchen. Der Schinken ist gleich fertig. Du bist doch nicht allergisch gegen Nüsse?«

»Nein, Ma'am.«

»In den Pfannkuchen sind nämlich Pekannüsse. Ich möchte nicht, dass du plötzlich anschwillst und blau im Gesicht wirst.«

»Nein, Ma'am.«

»Iss jetzt.«

»Danke, Ma'am.«

Agnes wandte sich wieder dem Telefon zu, das sie immer noch zwischen Kopf und Schulter eingeklemmt hielt, während sie mehr Schinken schnitt. »Das war noch längst nicht alles.«

Lisa Livia sagte: »Das war doch wohl nicht Shane, mit dem du eben gesprochen hast?«

»Nein. Das war nicht Shane.«

»Sind das deine Buttermilch-Sauerrahm-Pfannkuchen?«

»Ja.«

Lisa Livia hörte auf zu gähnen. »Ich komm gleich mal rüber.«

»Gut, aber hör mir erst mal zu. Taylor ist bei dem Schwindel mit von der Partie.«

»Du machst Witze. Er hat die Papiere doch mit unterzeichnet. Wie dämlich kann er denn noch sein?«

»So dämlich auch wieder nicht. Er …«

»Wie heißt du eigentlich, mein Junge?«, fragte Doyle Three Wheels, während sie sich fleißig von den Pfannkuchen nahmen.

»Three Wheels.«

»Nein, so heißt er nicht«, wandte Agnes sich an Doyle. Dann, zu Lisa Livia: »Warte mal eben …« Sie drehte sich wieder zu Three Wheels um: »Sag das ja nicht, wenn Detective Xavier hier irgendwo in der Nähe ist. Sonst weiß er, dass du irgendwie mit Two Wheels verwandt bist. Verstehst du?«

Three Wheels nickte.

»Auf deiner Geburtsurkunde steht doch bestimmt etwas anderes, oder?«, meinte Agnes unsicher. *Es war durchaus möglich, dass Cousins von Three Wheels beispielsweise »Bike« getauft worden waren, oder »Cadillac«.*

»Ja. Two Wheels hat mich so genannt, als ich als kleiner Junge von meinem Dreirad fiel«, sagte Three Wheels ein wenig gekränkt. »Immer hat er sich über mich lustig gemacht.«

»Nun, damit ist jetzt Schluss«, sagte Agnes. »Wie ist denn dein Taufname?« Als Three Wheels sie verwirrt ansah, fügte sie hinzu: »Dein wirklicher Name, der, der auf deiner Geburtsurkunde steht?«

»Garth.«

Agnes nickte. »Garth.«

»Alle sagten damals zu meiner Mutter, sie sei durch und durch schamlos. Und da *Shameless* in diesem Jahr Garth Brooks größter Hit war und sie seine Musik mochte, hat sie mich nach ihm benannt …«

»Garth also«, sagte Agnes. »Wie sind die Pfannkuchen?«

»Erste Sahne, Miss Agnes.«

»Gut«, lächelte Agnes und wandte sie wieder Lisa Livia zu. Sie wendete den Schinken, während sie das Gespräch wieder aufnahm. »Bist du noch da?«

»Ich ziehe mich gerade an«, sagte Lisa Livia undeutlich. »Und versuche nebenher, dir zuzuhören. Wer zum Teufel ist Garth?«

»Der Junge, der mich heute Nacht mit vorgehaltener Pistole zur Herausgabe meines Hundes zwingen wollte.«

»Was?«, sagte Doyle und warf Garth einen scharfen Blick zu.

»Es tut mir wirklich leid«, warf Garth ein, während er einen weiteren Pfannkuchen aufspießte.

Agnes prüfte die restlichen Pfannkuchen, nahm den leeren Teller und füllte ihn wieder. Auf einen zweiten Teller häufte sie die Schinkenscheiben.

Ich brauche mehr Teig, dachte sie und setzte eine zweite Portion an. Wahrscheinlich hat der Junge mindestens eine Woche lang nichts mehr zu essen bekommen. Andererseits aßen Teenager immer so viel.

»Er hat versucht, dir Rhett wegzunehmen, und deshalb fütterst du ihn jetzt mit Buttermilchpfannkuchen mit Pekannüssen«, hörte sie Lisa Livia sagen. »Klingt alles sehr logisch. Was hast du mir gefehlt!«

»Warte erst einmal, bis du den Rest hörst«, entgegnete Agnes. »Taylor …«

Jemand klopfte an die Hintertür. Sie trat einen Schritt zurück, um durchs Fenster hinauszublicken.

»Guten Morgen, Miss Agnes«, grüßte Carpenter freundlich.

»Guten Morgen, Mr. Carpenter«, gab Agnes überrascht zurück. »Danke, dass Sie den Strom wieder in Gang gebracht haben. Möchten Sie mit uns frühstücken?«

»Gerne, Ma'am«, antwortete er und spazierte in die Küche, in der neben ihm nicht mehr viel Platz hatte.

»Setzen Sie sich doch«, lud sie ihn ein. »Shane ist mit Detective Xavier im Keller, aber ich nehme an, sie werden bald wieder heraufkommen.«

»Alles zu seiner Zeit.« Carpenter nahm ein Glas aus dem offenen Regal, setzte sich und goss sich Milch ein.

»Bedienen Sie sich. Pfannkuchen und Schinken stehen da«, lächelte Agnes. Mit der einen Hand hielt sie die Schüssel mit dem Pfannkuchenteig, mit der anderen schlug sie die feuchten Zutaten mit dem Schneebesen auf. »Lisa Livia?«, sagte sie fragend ins Telefon.

»Wer ist Mr. Carpenter? Wollte er auch letzte Nacht deinen Hund stehlen?«

»Das kann ich dir am Telefon leider nicht erzählen. Wenn du die ungekürzte Fassung hören willst, musst du schon herüberkommen. Aber die allerneueste Neuigkeit ist …«

»Wie geht's denn meiner kleinen Agnes?«, drang Joeys Stimme aus dem Flur zu ihr.

»Joey!« Agnes Blick glitt prüfend über die Gruppe. »Xavier ist unten im Keller!« *Und er glaubt, dass du vor fünfundzwanzig Jahren etwas Schreckliches getan hast. Was geht hier eigentlich vor?*

»Wo ist Shane?«

»Im Keller mit Detective Xavier«, gab Doyle zur Antwort, der sich mittlerweile mit einer schönen Tasse Kaffee auf seinem Stuhl zurücklehnte und einen amüsierten Blick über die Versammlung in Agnes' Küche schweifen ließ. »Das ist wie ein Museum da unten. Unsere Agnes sollte es fürs Publikum öffnen. Besorg eine von diesen schicken roten Kordeln und mir eine Uniform, dann spiele ich den Türsteher und entscheide darüber, wer runter darf und wer nicht.« Er macht eine einladende Geste zur Tapetentür hinüber. »Hier entlang, meine Damen und Herren! Dort drüben liegt der historische Keller.«

Einen Augenblick lang schien Joey zu zögern. Agnes wusste nicht, ob es an Doyles Witz oder am Anblick von Carpenter und Three Wheels lag, die sich immer noch mit Pfannkuchen und Schinken vollstopften. Dann aber steuerte er wieder geradewegs auf die Kellertür zu.

»Ein paar Pfannkuchen?«, fragte Agnes, um ihn aufzuhalten. Dann hob sie die dickflüssige Masse aus Butter, Buttermilch, Eiern und Sauerrahm unter Mehl und Backpulver, allerdings mit erheblich weniger Sorgfalt als beim ersten Mal. Schnelligkeit war jetzt angesagt.

»Später«, sagte Joey und schob ihr ein großes, in Papier gewickeltes Etwas über die Anrichte. »Hier hast du frische Rippchen.«

»Danke«, meinte Agnes und hoffte, dass genug für alle da war, denn sich Carpenter und Three Wheels auszumalen, wie sie sich über Country Ribs stritten, war keine sehr angenehme Vorstellung. Carpenter war zwar größer und schwerer, dafür war Garth jünger und hatte die ganze Verschlagenheit seines Clans geerbt. Sie schüttelte den Kopf und wandte sich wieder dem Telefon zu: »Lisa Livia?«

»Was geht bei dir eigentlich vor?«

Agnes senkte die Stimme ein wenig. »Frühstück. Aber jetzt endlich zu dem, was ich dir schon die ganze Zeit erzählen wollte: Deine Mutter hat Taylor geheiratet. Taylor ist jetzt dein Stiefvater.«

»*Was?*«

»Du bist sicher bald hier«, flötete Agnes und drückte das Gespräch weg. Dann machte sie sich wieder an die Arbeit, schnitt Schinken, setzte die Marinade für die Rippchen an und machte ihre Pflichtenliste für diesen Tag. Später würde sie an ihrer Kolumne arbeiten.

»Und pass auf, wenn du unten im Museum bist«, rief Doyle Joey nach, der ihm einen seltsamen Blick zuwarf, bevor er sich daranmachte, die Leiter hinunterzusteigen.

»Super Pfannkuchen«, ließ Carpenter sich plötzlich vernehmen. »Vor allem der Schinken ist wunderbar.«

»Kann ich noch was haben?«, fragte Garth und streckte Agnes den leeren Teller hin. Sie füllte ihn erneut und fragte sich ein wenig nervös, was zum Teufel sich in diesem Keller befand und wann sie die nächste Portion Teig ansetzen sollte.

♡

»Joey, der Ehrenmann«, wiederholte Xavier, als Joey in den Keller kam. »Genau die Person, mit der ich sprechen wollte.«

Die letzte halbe Stunde hatte Shane tunlichst seinen Mund gehalten, während er Xavier beobachtete, der immer mehr Gegenstände aus seiner Anglerbox holte. Der Mann mochte vielleicht nicht der Jüngste und auch nicht besonders gut ausgestattet sein, effizient aber war er. Shane hatte den Eindruck, dass er und Carpenter sich sehr gut verstehen würden. Alte Schule versus neue Schule, aber ihr Gehirn arbeitete im selben Takt.

Xavier deutete auf einen betagten Stuhl zwischen Bar und Statue. »Setzen Sie sich, alter Freund. Ich habe nämlich in Frankie Fortunatos einstigem Entspannungsraum ein paar interessante Entdeckungen gemacht.«

»Sind Sie etwa auf einen von Frankies exzellenten Weinen gestoßen?«, versuchte Joey zu scherzen und schielte zum Weinregal hinüber, nahm aber widerspruchslos auf dem Stuhl Platz.

»Keinen Wein«, antwortete Xavier. »Ich habe Blutspuren gefunden.«

»Na klar, von dem bescheuerten Jungen …«, setzte Joey an, doch Xavier unterbrach ihn.

»Nicht vom Thibault-Jungen. Das ist ja noch klar und deutlich zu sehen. Das hier ist altes Blut, das jemand aufzuwischen versucht hat. Es wird erst unter der Einwirkung von Luminol sichtbar. Man erkennt eine regelrechte Schleifspur, die von dort, wo früher die Stufen waren, um die Bar herumgeht, von da zum Weinregal und dann an der Wand dahinter endet. Blut, das vor langer Zeit vergossen wurde.«

Mit unbewegter Miene starrte Joey den Polizisten an. Shane hatte den Eindruck, als träten einander hier zwei alte Krieger gegenüber, um sich erneut im Schwertkampf zu messen.

»Ich möchte wetten«, sagte Xavier, »dass diese Blutspuren vor etwa fünfundzwanzig Jahren entstanden sind. Und ich wette ebenfalls, dass die Blutgruppe der von Frankie Fortunato entspricht. Außerdem wette ich, dass wir Frankies Leiche finden werden, wenn wir die Wand da aufbrechen.«

»Wie hoch wollen Sie denn gehen?«, gab Joey zurück. »Soll ich mich drum kümmern? Vielleicht Ihre Quote berechnen? Sie kennen doch Keyes, Xavier. Viele Geheimnisse, viele merkwürdige Sachen, die hier ständig passieren. Kein Keller, in dem nicht eine Leiche liegt. Sind Sie wirklich sicher, dass Sie in dieses Wespennest stechen wollen?«

Nach der Heftigkeit seiner Reaktion zu urteilen, dachte Shane, stand die Sache schlecht für Joey.

»In Ihr Wespennest, Joey? Jederzeit.«

»Dies hier ist nicht mein Haus und auch nicht mein Keller. Wie lange wird es dauern, bis Sie den Bluttest gemacht haben? Ich weiß alles über Ihre kleine Anglerbox, Simon. Sie sind nicht die Jungs vom *CSI Las Vegas*.«

»Der Bluttest wird nicht lange dauern. Und meinen Job beherrsche ich so weit, dass ich eine Verfügung bekomme und die Wand aufbrechen darf.«

Joey schnaubte. »Irren Sie sich da nicht? Agnes muss hier eine Hochzeit ausrichten. Und ich glaube kaum, dass Jefferson und Evie Keyes sehr erbaut sein werden, wenn Sie die Hochzeit ihres einzigen Sohnes platzen lassen. Vielleicht ruft Jefferson den Sheriff an. Und der bremst Ihren Diensteifer ein wenig. Wie Sie sagen, brauchen Sie eine richterliche Verfügung, um diese Wand da einzureißen. Was bedeutet, Sie müssen den Richter dazu bringen, dass er sie unterschreibt. Denselben Richter, der jede Woche mit Jefferson golfen geht. Und dessen Frau Evies beste Freundin ist.«

»Und wer sollte den Keyes von dieser Wand erzählen?«, hakte Xavier nach.

Joeys Haifischlächeln entblößte seine Zähne. »Keyes ist eine Kleinstadt, Simon.«

Xavier schüttelte den Kopf. »Ich finde heraus, was hinter dieser Wand verborgen ist. So oder so.« Dann stieg er die Leiter hinauf.

»Ich hätte auch noch ein paar Fragen, auf die ich gerne eine Antwort wüsste«, schickte Shane hinterher.

»Jeder will heute Antworten. Ich will erst einmal ein Frühstück«, versetzte Joey und stieg gleich hinter Xavier die Leiter hinauf.

So ein alter Trick, dachte Shane, innerlich seufzend, und folgte ihm.

♡

Als Agnes die dritte Ladung mit Pfannkuchen und den zweiten Teller Schinken auf den Tisch stellte, wurde die Atmosphäre spürbar gelöster. Wenn man sich den Magen so weit gefüllt hatte, dass man sich entspannt zurücklehnen konnte, aber immer noch ein bisschen Platz für die verbliebenen Köstlichkeiten übrig behalten hatte, kehrten auch die erbittertsten Kontrahenten zurück an den Verhandlungstisch.

Und Agnes' »Verhandlungstisch« war groß genug für die Truppe, die sich heute bei ihr eingefunden hatte.

»Garth also«, sagte Carpenter freundlich.

»Er ist hier, um mit Doyle zusammen das Haus zu streichen«, warf Agnes geschickt ein.

Mit breitem Lächeln wandte Carpenter sich ihr zu: »Ich war gestern Abend hier, Agnes.«

»Ah ja«, antwortete sie.

»Wer hat dich geschickt, Garth?«, fragte Carpenter mit einer so sanften Stimme, dass man sich unwillkürlich fragte, wieso man trotzdem nie auf die Idee käme, ihm zu widersprechen.

»Mein Opa. Jemand hat ihm das Bild aus der Zeitung unter seinen Scheibenwischer gesteckt, wissen Sie? Das mit dem Hund

und dem Halsband. Und nachdem er es gesehen hat, wollte er, dass ich ihm das Halsband bringe. Aber blöderweise hatte der Hund dieses Halsband gar nicht um.«

Carpenter sah Agnes an, die sagte: »Ich habe keine Ahnung, wo das Halsband hingekommen ist.«

Doyle hob die Hand. »Eigentlich ist es meine Schuld. Ich habe das Schrottding gefunden, als ich hier ein bisschen Ordnung gemacht habe. Und dann habe ich es Rhett aus Jux umgehängt.«

»So so, aus Jux«, war Carpenters ganzer Kommentar. »Und wo ist der Scherzartikel jetzt?«

»Ich hab ihn verpfändet«, antwortete Doyle. »Ich fragte Agnes, ob sie Wert auf dieses Ding legte, und sie meinte, ich könne alles behalten, was ich beim Aufräumen finde. Also bin ich damit nach Atlanta ins Pfandhaus. Tut mir leid.«

»Ins Pfandhaus?«, sagte Agnes verständnislos. »Ich dachte, es ist nichts wert.«

»War's auch nicht. Grade mal fünf Dollar habe ich dafür bekommen«, entgegnete Doyle. »Willst du die fünf Dollar haben? Tut mir leid, wenn ich das nicht hätte tun sollen, Mädel.«

Er machte nicht wirklich den Eindruck, als täte es ihm leid, und Agnes konnte sich auch nicht daran erinnern, dass sie ihm erlaubt hätte, alles zu behalten, was er beim Aufräumen fand. Im Prinzip hatte sie nichts dagegen, wenn er irgendwelches alte Zeug behielt, das er beim Aufräumen fand, denn sie hatte kein Interesse daran. Nur konnte sie sich absolut nicht erinnern, etwas in dieser Art geäußert zu haben.

Was dem alten Halunken ähnlich sah.

»Nein, behalt die fünf Dollar«, gab Agnes zurück. »Mir ist das Halsband egal.«

»Wieso nach Atlanta?«, fragte Carpenter. »Savannah liegt doch viel näher.«

»Ich musste sowieso nach Atlanta«, antwortete Doyle. »Wollen Sie mir vielleicht etwas unterstellen, Mr. Carpenter?«

»Ich bin nun mal von Natur aus etwas misstrauisch veranlagt, Mr. Doyle«, erwiderte Carpenter. »Außerdem möchte ich zu gern wissen, wer Mr. Four Wheels das Bild unter seinen Scheibenwischer gesteckt hat.«

»Keine Ahnung«, presste Garth hervor, bevor er die nächste Ladung Futter in sich hineinschaufelte.

»Was machen Sie eigentlich beruflich, Mr. Carpenter?«, fragte Doyle.

»Ich übe, unter anderem, ein geistliches Amt aus«, erklärte Carpenter, Agnes wäre fast der Pfannkuchenwender aus der Hand gefallen.

»Und welcher Kirche gehören Sie an?«, bohrte Doyle weiter.

»Ich bin spiritueller Humanist«, kam die Antwort. »Wir glauben, dass wir anderen helfen sollten, ihr Leben auf eine bessere geistige Basis zu stellen. Indem wir beispielsweise Menschen helfen, sich von Falschheit und Tücke freizumachen.«

»Soll ich noch Pfannkuchen machen?«, fiel Agnes ein. »Shane und Xavier sollen auch noch was bekommen. Und Lisa Livia kommt herüber. Sie glauben gar nicht, was die so verputzen kann. Ich werde auf jeden Fall noch eine Portion machen. Und dann gibt's Rippchen. Bleiben Sie zum Mittagessen, Mr. Carpenter?«

Carpenter hatte den Blick weiterhin auf Doyle gerichtet. »Danke, Miss Agnes, ich würde mich sehr freuen, wenn ich zum Mittagessen bleiben dürfte.«

»Dann mariniere ich jetzt die Rippchen. Vielleicht können Sie ja später den Grill bedienen …«

Das Telefon läutete, und Agnes ging ran.

»Miss Crandall?«, drang ihr Reverend Millers ohnehin schon hohe Stimme noch ein paar Oktaven höher als sonst ins Ohr. Lisa Livia meinte einmal, er höre sich an, als würde Gott obszöne Anrufe tätigen.

»Guten Morgen, Reverend Miller«, grüßte Agnes artig und fragte sich, welche Entschuldigung er jetzt vorbringen würde, um Marias Hochzeit mit einem Pfarrkind aus Keyes, das unter seiner geistlichen Obhut stand, zu verhindern.

»Ich habe mich gerade gefragt, ob Miss Fortunato eine regelmäßige Kirchgängerin ist?«, kam es durch die Leitung.

»O ja«, antwortete Agnes, die keine Ahnung hatte, ob dem tatsächlich so war. »Sie besucht jeden Sonntag die Messe. Ich würde mich ja gerne noch länger mit Ihnen unterhalten, aber leider habe ich die ganze Küche voller hungriger Menschen, wenn das also alles war …«

»Sind Sie ganz sicher«, entgegnete der Reverend. »Ich hatte nämlich den Eindruck …«

»Ich auch«, meinte Agnes. »Einen schönen Tag noch.« Dann klickte sie das Gespräch weg.

Xavier kam aus dem Keller, gefolgt von Joey und Shane. Xavier sah Carpenter an und fragte: »Wer ist denn das?«

»Mein Geschäftspartner«, antwortete Shane und machte die Tür frei.

»Und welche Branche?«

»Aufräum- und Reinigungsarbeiten«, antwortete Carpenter.

Shane stellte Joey und Carpenter einander vor. Agnes griff nach Garths Ärmel und zog ihn zu sich heran.

»Nach dem Frühstück lenke ich sie ab«, flüsterte sie, »und dann machst du, dass du hier wegkommst. Ich sage ihnen dann, ich hätte dich heimgeschickt. Das wird schon hinhauen.«

Garths weißes, knochiges Gesicht wurde ein wenig bleicher, sodass sich die Sommersprossen noch deutlicher von seiner Haut abhoben. »Aber was ist mit den Rippchen?«

»Was?«, fragte Agnes perplex.

»Und dem Streichen?«, hakte Garth nach. »Ich helfe doch Mr. Doyle, das Haus zu streichen, oder? Und dann bekomme ich

Rippchen. Außerdem gibt es hier eine ganze Menge zu tun. Sie können wirklich Hilfe brauchen.« Ernsthaft nickte er ihr zu.

Agnes schlug sich mit der Hand gegen die Stirn. »Oh, Garth …«

»Ich arbeite für Kost und Logis.«

»*Garth* …«

»Schicken Sie mich nicht in den Sumpf zurück, Miss Agnes«, flehte Garth fast weinerlich. »Ich hasse die Sümpfe. Und ich schlafe auch im Keller, ganz ehrlich.«

»Du kannst doch nicht im Keller schlafen«, meinte Agnes erschrocken.

»Haben Sie keinen Schuppen? Oder eine Scheune?«

»Doch«, antwortete Agnes. »Taylor hat sie zwar für sein Cateringgeschäft umgebaut, doch immerhin gibt es dort ein Zimmer mit Bad. Aber …«

»Mit *Bad*?«, fragte Garth fast schwärmerisch.

»Ach, zum Teufel«, meinte Agnes, als ihr niederes Selbst sie daran erinnerte, dass das Haus ja wirklich bis zum Wochenende fertig gestrichen sein musste. Und weiß der Henker, was im Laufe der Woche noch so alles auf sie zukäme? Mit einem Thibault im Haus würde der restliche Clan es sich vermutlich zwei Mal überlegen, über sie herzufallen. Außerdem schmeckte ihm, was sie kochte.

Nun ja, er würde vermutlich alles in sich hineinschlingen, was man ihm vorsetzte, doch dem Jungen beim Essen zuzusehen war nun mal eine wahre Freude.

»Gut, du kannst ein paar Tage bleiben«, beschied sie ihm. Sie würde wahrscheinlich in der Hölle schmoren, weil sie einen Jungen, der kein Bad besaß, für egoistische Zwecke ausgebeutet hatte. Dann ging sie im Geiste durch, was es heute noch zu erledigen gab.

Die Liste, dachte sie. *Tausende von hungrigen Menschen speisen, von denen einige dem ehrbaren Handwerk des Killers nach-*

gingen. Dann war da noch der minderjährige Hundekidnapper, der von heute an illegal in ihrer Scheune wohnen würde. Eine Flamingohochzeit planen. Sich mit dem hübschen Auftragsmörder nicht mehr das Hirn aus dem Leib vögeln, obwohl er wirklich niedlich war. Einen netten, normalen Jungen ohne Waffenschein finden.

Da ging die Hintertür auf, und Lisa Livia kam herein. Wie immer sah sie umwerfend aus in ihren pinkfarbenen Caprihosen und dem schwarzen Top, das quer über der Brust eine Aufschrift aus glitzerndem Strass trug: *Luxusware*. »Also«, versetzte Agnes und sah über die Tatsache, dass sechs Paar Männeraugen auf Lisas Strasssteinchen starrten, großzügig hinweg: »Was sollen wir tun?«

Mich an der abgetakelten Schlampe rächen, die mich um mein Traumhaus bringen will.

Es gab viel zu tun.

♡

Shane brachte Xavier nach draußen, bevor Agnes ihn zum gemeinsamen Frühstück bitten konnte. Er wollte sichergehen, dass der Polizeibeamte auch wirklich sein Boot bestieg und über den Blood River davontuckerte, bevor er in die Küche zurückkehrte, wo sein Onkel Joey sich unter den Rest von Agnes' Menagerie gemischt hatte. Zuerst überlegte er, ob er nicht Joey am Schlafittchen packen und hinaus auf die Veranda schleifen sollte, doch dann beschloss er, sich erst einmal zurückzulehnen und den zusammengewürfelten Haufen zu studieren.

Was ihm allerlei Aufschlüsse verschaffte.

Da war zunächst einmal Lisa Livia, die einfach umwerfend aussah. Dann Carpenter, der die Küchenpopulation studierte, als gehöre das zu seinem Auftrag. Doyle, der Three Wheels skeptisch musterte und Lisa Livia mit einer Melancholie ansah, die etwas zutiefst Trauriges an sich hatte. Vielleicht erinnerte sie ihn ja an vergangene Zeiten. Three Wheels verschlang mit Lichtgeschwindigkeit Pfannkuchen und Schinken, wobei er Agnes mit Augen ansah, aus denen keineswegs der Wunsch sprach, sie zu töten – eher im Gegenteil. *Versuch's und du bist tot, mein Junge.* Rhett schlief schon wieder, diesmal unter dem Tisch. Wie ein zusammengerollter, leicht verschlissener Bettvorleger. Und Joey …

Joey fing seinen Blick auf und sah betreten auf seinen Pfannkuchen hinunter.

Agnes füllte den vor Shane stehenden Teller mit frischen Pfannkuchen und Schinken. »Iss.« Dann stellte sie eine volle, dampfende Kaffeetasse vor ihn auf den Tisch.

Er begann zu essen, doch dieses Mal ließ er sich von Agnes' Kochkünsten – dem dünn geschnittenen, krossen Schinken und den dicken, luftig-leichten Pfannkuchen mit Pekannüssen, auf denen sich der goldene Sirup spiralig in die schmelzende Butter schlängelte – nur teilweise ablenken. Die Aussicht, dass Joey vielleicht etwas angestellt hatte, was sie alle hinter Gitter bringen konnte, verdarb ihm ein wenig den Appetit.

Doyle ließ seinen Blick von Shane zu Joey wandern und wieder zurück. Dann meinte er: »Garth, mein Junge. Es wird Zeit, dass wir mit der Arbeit anfangen.« Mit diesen Worten schleifte er den widerstrebenden Three Wheels aus dem wärmenden Dunstkreis von Agnes' Herd. Der Junge packte noch eine knusprige Scheibe Schinken zwischen zwei Pfannkuchen und nahm sie mit – als Wegzehrung sozusagen. Agnes und Lisa Livia verzogen sich mit ihren Kaffeetassen auf die Veranda, während Carpenter sich, als endlich die lockenden Strasssteine aus seinem Blickfeld entschwunden waren, entspannt zurücklehnte und zusah, wie Joey und Shane ihr Frühstück verzehrten.

In der nun eintretenden Stille war Joey in erster Linie damit beschäftigt, Shanes Blick auszuweichen, bis er es nicht mehr länger aushielt. »Sind da wirklich Blutspuren im Keller?«

»Was zum Teufel glaubst du denn?«, explodierte Shane. »Denkst du, ich stehe da unten und schaue zu, wie er dich zur

Brust nimmt, wenn dem nicht so wäre? Ich habe ihn eine halbe Stunde lang beim Herumschnüffeln beobachtet. Es hat mich ziemlich gewundert, dass er die Wand nicht einfach einriss. Aber er ist ein cleverer Bursche. Er wird sich genau an seine Vorschriften halten. Und du willst mir jetzt wohl erzählen, du wüsstest nichts von der Blutspur, die hinter die Wand führt?«

»Ach, komm schon, Shane«, versuchte es Joey.

»Verarsch mich nicht, Joey. Du hast mich angelogen, seitdem du mich angerufen hast. Ist das Frankie Fortunato hinter der Wand?«

Carpenter runzelte die Stirn und nahm einen Schluck Kaffee.

»Ich will verdammt sein, wenn ich das weiß«, antwortete Joey. »Ich hab dir doch erzählt, was in jener Nacht passiert ist.«

Shane starrte seinen Onkel an. »Dann ist dort jemand anders? Ihr habt jemanden umgelegt und die Leiche dort entsorgt?«

»Für wie dämlich hältst du uns eigentlich? Glaubst du tatsächlich, wir hätten ein so schlechtes Versteck für eine Leiche benutzt?«

Genau das glaubte Shane. »In Ordnung.« Er zeigte mit dem Finger auf Joey. »Du schwörst mir jetzt bei der Seele deiner geliebten Angelina, dass du nicht weißt, was mit Frankie Fortunato passiert ist.«

Einen Moment lang schloss Joey die Augen. Dann nickte er: »Ich schwöre dir bei der Seele meiner Frau, dass ich nicht weiß, was mit Frankie Fortunato geschehen ist, nachdem ich ihn in jener Nacht gesund und munter mit dem Safe allein gelassen habe.«

Shane seufzte. So ganz überzeugt war er noch nicht, und so versuchte er herauszufinden, ob sein Onkel sich bei der Formulierung des Schwurs ein Hintertürchen offen gelassen hatte. »Okay, du hast also niemanden hinter dieser Wand eingemauert.«

»Herzlichen Dank, dass du mir wenigstens das glaubst«, bedankte sich Joey, ganz gekränkter Ehrenmann.

Shane nagelte ihn mit seinem Blick fest. »Und was *ist* dann wirklich hinter der Wand?«

Carpenter grinste hinter seiner Kaffeetasse, während Joey auf seinem Stuhl hin und her rutschte und sich offensichtlich nicht sehr wohl in seiner Haut fühlte. Ein tiefer Seufzer entrang sich schließlich seiner Brust: »Frankies Bombenschutzkeller.«

Shane richtete sich kerzengerade auf. »Was?«

»Frankies verdammter Bombenschutzkeller. Aber da kommen wir nicht hinein. Frankie war der Einzige, der einen Schlüssel hatte.«

Beherrscht schob Shane seinen Teller von sich und bemühte sich um Geduld. »Was für ein ›verdammter Bombenschutzkeller‹?«

»Frankie hat sich eine Bombenschutzzelle gekauft und sie im Hof aufgestellt«, meinte Joey und deutete mit dem Kopf nach draußen. »Er ließ sie auf einem Lastkahn anliefern und mit einem Kran aufs Grundstück heben. Dann ließ er sie vergraben und baute den Pavillon darüber. Sogar wenn Xavier die Wand niederreißt, findet er dort keine Leiche, sondern nur einen etwa fünfzehn Meter langen Tunnel, durch den Frankie von seinem Entspannungsraum in den Bombenschutzkeller kam. Die einzigen Menschen, die davon wissen, sind Brenda, ich und Four Wheels.«

»Ein Bombenschutzkeller?« Shane versuchte, die neueste Wendung der Dinge irgendwie zu begreifen.

»Die Regierung hat sie aussortiert und an die Bevölkerung abgegeben«, meinte Joey. »Als Zivilschutz im Falle eines Atomschlags. Die Betonwände sind dreißig Zentimeter dick und mit Stahlträgern verstärkt. Bombenfest eben. Voll mit Konserven und anderem Zeugs, das man zum Überleben braucht. Frankie hatte Ansätze von Verfolgungswahn.«

»Meinst du?«, fragte Shane freundlich zurück und beugte sich vor. »Und Frankie hatte als Einziger den Schlüssel?«

»Ja. Ein Riesending von mindestens fünfzehn Zentimetern. Er bewahrte ihn gleich neben seiner Kanone auf.«

Keine Stufen. Eingang hinter Tapeten verborgen. Blutspuren. Ein Bombenschutzkeller mit nur einem Schlüssel. Einen Moment lang überlegte Shane, ob er Joey gleich hier mit seinen bloßen Händen erwürgen sollte. »Four Wheels sucht hier nach dem Collier, weil er glaubt, dass Agnes den Bombenschutzkeller und die fünf Millionen Dollar aus dem Raub gefunden hat. Deshalb hast du mich angerufen. Du wusstest, dass es hier nicht um Hundekidnapping ging. Und du wusstest auch, dass es nicht um die bloße Vermutung ging, die fünf Millionen könnten hier irgendwo sein. Du wusstest ganz *genau*, was läuft.«

»Kann sein«, sagte Joey.

»Vielleicht sollten wir uns den Bombenkeller mal anschauen«, meinte Carpenter.

Die beiden Männer sahen ihn überrascht an: Joey, weil er überhaupt sprach, und Shane, weil die Inspektion eines Bombenkellers nicht zu ihrem Auftrag gehörte.

»Aber Wilson«, wandte Shane ein.

»Ich bin eben ein neugieriger Mensch.«

»Ohne Schlüssel ist da nichts zu machen«, sagte Joey. »Diese Tür ist echt *massiv*. Und das Schloss …«

»Kümmere du dich um dein Frühstück«, versetzte Shane nur, der wusste, dass Carpenter so ziemlich alles aufbekam, was er aufkriegen wollte. »Wir müssen uns um einen Tunnel kümmern.«

♡

Agnes und Lisa Livia hatten sich mit ihren Kaffeetassen auf die Veranda verzogen, wo sie sich auf der Hollywoodschaukel niederließen.

»Was sagst du dazu?«, fragte Agnes. »Früher hatten Hochzeitstorten traditionell einen weißen Guss, weil raffinierter Zucker am teuersten war. Also war ein weißer Kuchen das Statussymbol für den, der es sich leisten konnte. Heute hingegen sind es diese bunten, total aufwändigen Torten. Ist das nicht Ironie des Schicksals? Das möchte ich als Aufmacher für meine Kolumne nehmen. Was hältst du von der Idee?«

»Taylor ist mein verdammter Stiefvater?«

»O ja.« Agnes gab es auf, mit Lisa Livia über die Kolumne sprechen zu wollen. Sie stellte die Kaffeetasse auf den Tisch und wandte sich ihrer Freundin zu, um ihr bei diesem Anfall von Rage, dem sie sich zweifellos gleich ungehemmt überlassen würde, zu assistieren. »Er heiratete Brenda einen Tag, bevor wir den Kaufvertrag für das Haus unterzeichneten.«

»Das ist logisch«, antwortete Lisa Livia.

Ungläubig sah Agnes sie an: »Logisch nennst du das?«

»Natürlich.« Lisa Livia stieß die Hollywoodschaukel an, sodass sie quietschend langsam vor und zurück schwang. »Wenn man von der völlig hirnrissigen Idee ausgeht, dass meine Mutter dieses Haus an euch beide verkauft, um es sich dann von dir zurückzuholen, und man weiter davon ausgeht, dass er aus diesem Betrugsmanöver seinen Vorteil ziehen will, muss er sie heiraten. Nur so bleibt er im Besitz des Hauses, obwohl er es eigentlich an sie verloren hat. Anders kann er von diesem Kuhhandel nicht profitieren.«

»Jesus, Maria und Josef«, sagte Agnes und spürte, wie ihr vor Wut wieder heiß wurde.

Worte des Zorns, Agnes.

Die kommen in der Bibel vor, Dr. Garvin.

»Also ist es vollkommen einleuchtend, dass er meine Mutter geheiratet hat«, meinte Lisa Livia grimmig. »Aber er wird auf eine Weise dafür bezahlen, wie er sie sich in seinen schlimmsten Träumen nicht ärger hätte ausmalen können. Vielleicht lässt sie ihn ja auch über die Klinge springen wie meinen Vater. Wenn es dich also nach Rache dürstet, dann brauchst du dich nur mit Geduld zu wappnen. Früher oder später geht das Schwert von selbst über ihm nieder.«

»Du glaubst also *tatsächlich*, dass sie deinen Vater umgebracht hat«, stellte Agnes fest und war heute mehr denn je geneigt, Lisa Livia zu glauben.

»Er hätte mich nie verlassen«, sagte Lisa Livia. »Er *liebte* mich.«

»Nun, du hattest recht mit Brendas Betrug. Vermutlich liegst du auch damit richtig.« Agnes griff zu ihrer Kaffeetasse, blies zur Abkühlung darauf und fing an, in kleinen Schlucken zu schlürfen. »Der arme Taylor. Ich hätte ihn letzte Nacht fast umgebracht. Und nun wird Brenda ihn erledigen.«

»Fast umgebracht?« Lisa Livias Augen weiteten sich erstaunt. »Als er dir das von Brenda erzählt hat?«

»Ich bin mit einer Fleischgabel auf ihn losgegangen.« Agnes schüttelte den Kopf über ihren Ausraster. »Shane hat sie mir abgenommen. Dem Himmel sei Dank.«

»Da bist du ihm tatsächlich etwas schuldig«, meinte Lisa Livia. »Ist dir klar, dass Brenda, wenn du Taylor wirklich getötet hättest, die Hälfte des Hauses geerbt hätte?«

Agnes richtete sich auf. »O, mein *Gott*.« Dann hielt sie inne. »Nein, hätte sie nicht. Ich hätte es geerbt. Wir haben eine entsprechende Klausel vereinbart. Wenn einer von uns den anderen um vierundzwanzig Stunden überlebt, beerbt er den anderen. Wenn Brenda mich um die Ecke gebracht hätte, würde sie das ganze Haus erben, aber …«

»Du hättest gar nichts geerbt«, widersprach Lisa Livia und schüttelte den Kopf. »Das Gesetz verbietet, dass der Täter Vorteile aus seiner Tat hat. In diesem Fall hätte sie doch alles bekommen.«

»Oh«, gab Agnes kleinlaut zurück. »Verdammt. Es hätte also nichts gebracht, wenn ich ihn aufgespießt hätte?«

»Nein, außer dem Vergnügen des Aufspießens natürlich.« Ein weiterer Schubs Lisa Livias versetzte die Schaukel wieder in Bewegung. »Wir müssen das Ganze durchdenken. Wir brauchen einen Plan.«

»Einen Plan.« Agnes nickte und versuchte, sich beim Schaukeln zu entspannen. »Ein Plan wäre nicht schlecht. Irgendetwas, bei dem Taylor seine Hälfte des Hauses an mich verliert.«

»Genau.«

»Damit es mir für immer gehört und Brenda es nie wieder in die Finger bekommt.«

»Genau.«

»Wie stellen wir das an?«

»Taylor und Brenda gehen über den Jordan.«

Agnes hielt die Schaukel an. »LL, hör auf, die Mafiaprinzessin zu spielen. Hier wird niemand umgebracht.«

Lisa Livia sah sie aus großen, unschuldigen braunen Augen an. »Aber diese Lösung hätte einige praktische Vorteile. Wir müssen den Verdacht nur auf jemand anderen lenken, und schon kannst du das Haus behalten. Es gibt da ein paar Leute, die mich wirklich anöden. Wir drehen es so, dass sie wie die Schuldigen aussehen. Palmers Trauzeuge zum Beispiel nervt mich zu Tode. Ein kleiner Gefängnisaufenthalt täte ihm ganz gut. Wie heißt er doch gleich? Downer. Downer ist ein Idiot. Werfen wir ihn doch den Bullen zum Fraß vor!«

Agnes stieß sich mit dem Fuß ab, um die Schaukel wieder in Bewegung zu setzen. Lisa Livia beliebte zu scherzen. »Also gut, diese Möglichkeit können wir ja schon mal im Hinterkopf behalten.«

»Ja. Und natürlich müssen wir warten, bis die Cops abgezogen sind. Du kannst keinen Stein in den Teich werfen, ohne Wellen zu machen. Der junge Hammond ist sogar zur Jacht gekommen, um Maria wegen der Hochzeit auszufragen. Aber ich glaube, das war nur ein Vorwand.«

»Ach, zum Teufel«, sagte Agnes. »Er wird doch Maria nicht etwa den Kopf verdrehen wollen, damit sie die Hochzeit abbläst, oder?«

Lisa Livia schüttelte den Kopf. »So dumm ist mein Mädchen nicht.«

»Okay.« Agnes' Gedanken wanderten wieder zu Brenda. »Was haben wir sonst noch im Repertoire?«

»Erpressung.«

»Das gefällt mir. Die beiden sind wirklich Abschaum. Ein schreckliches Schicksal soll sie treffen.« Agnes bremste die Schaukel ab. »Glaubst du wirklich, dass deine Mutter deinen Vater getötet hat?«

»Ich weiß, dass sie es getan hat. In der Nacht, in der er verschwand, sah ich, wie sie in seinem Cadillac wegfuhr. Und sie saß alleine drin. Es hieß immer, er habe sich abgesetzt, weil man seinen Wagen am Flughafen fand, aber es war Brenda, die den Wagen gefahren hat.«

Agnes saß ganz still. »Du warst damals dreizehn, LL! Wie kannst du …?«

»Ja, aber ich war eine dreizehnjährige Fortunato«, gab Lisa Livia zurück.

Agnes nickte und versuchte, unvoreingenommen zu bleiben. »Und wenn wir Beweise fänden? Damit könnten wir sie unter Druck setzen. Natürlich nur, wenn du sie nicht lieber den Cops ausliefern willst.« Es schien merkwürdig, auf diese Weise von Lisa Livias Mutter zu sprechen, doch andererseits war Lisa Livias Mutter nun mal Brenda Fortunato. Vielleicht hatte Rasputins Sohn ja ähnliche Pläne geschmiedet.

Lisa Livia schüttelte den Kopf. »Ich kann sie nicht hopsnehmen lassen. Dann käme es zum Prozess, und alles würde in den Zeitungen breitgetreten.«

»Und wenn schon.«

»Dann würde auch mein Onkel alles erfahren«, setzte Lisa

Livia geduldig auseinander. »Du weißt doch, Onkel Michael, der Don.«

»Ja«, antwortete Agnes. »Und dann?«

Lisa Livia sah sie an, als wäre sie nicht recht gescheit. »Mein Vater war der Bruder des Don. Meine Mutter hat folglich den Bruder des Don abgemurkst. Kannst du dir vorstellen, wie lange sie noch leben würde, wenn das herauskäme? Zehn Sekunden vielleicht. Ich mag meine Mutter nicht, aber deshalb will ich sie nicht gleich ans Messer liefern.« Lisa Livia sah durch die Fliegengitter zum Blood River hinunter. »Ich will es einfach nur wissen.«

»Okay«, antwortete Agnes und dachte bei sich, dass sie es mit ihren Eltern noch vergleichsweise gut erwischt hatte. Sie hatten sie vernachlässigt und belogen. Und sie allein zurückgelassen, als sie zehn war. Aber immerhin hatten sie niemanden umgebracht, was irgendwie doch zu ihren Gunsten sprach. »Wo sollen wir also nach Beweisen suchen, dass deine Mutter deinen Vater, ähm, abgemurkst hat?«

»In den Kartons auf der *Brenda Belle*«, meinte Lisa Livia. »Ihr gesamter Besitz befindet sich auf dem verdammten Boot.«

»Glaubst du wirklich, sie würde belastendes Beweismaterial aufbewahren? Das käme mir reichlich dämlich vor. Brenda ist alles Mögliche, aber dumm ist sie nicht.«

»Nun, wenn sie dergleichen aufbewahrt hat, dann sicher ohne es zu wissen.« Lisa Livia stellte die Tasse ab. »Sie hat einfach all ihren Papierkram in Kartons gestopft. Sie weiß gar nicht, was dort alles herumliegt. Irgendwann wird sie heute noch von Bord gehen, sonst dreht sie durch. Sie telefoniert und telefoniert, knallt das Telefon hin und rennt wie verrückt auf und ab. Die Katze auf dem heißen Blechboot. Alles, was sie jetzt noch aufrechthält, ist der Gedanke, dass sie dich am Sonntagmorgen hier rauswerfen und selbst wieder einziehen kann. Sie kann es gar nicht erwarten, wieder hier zu leben. Sobald sie heute abhaut, nehme ich den ganzen Kram unter die Lupe. Zumindest das, was ich schaffe.«

»Ich bin dir wirklich zu Dank verpflichtet«, sagte Agnes.

Lisa Livia schüttelte traurig den Kopf. »Nein, ich hätte das schon längst tun sollen. Außerdem richtest du die Hochzeit meines Mädchens aus, also bin ich eher *dir* etwas schuldig. Ich …« Sie hielt inne, als sie das Schlagen zweier Autotüren hörte. Sie stand auf und reckte den Hals, um zu sehen, wer da um die Ecke kam. »O Gott, es sind Evie und Maria«, sagte sie mit alarmierter Stimme. »Jetzt muss ich hier Kreide fressen, nur damit sie ihre weiße Hochzeit bekommt.«

»Nein, warte.« Agnes schob die Brille auf der Nase hoch und stand auf. »Ich glaube, dieses Mal übernehme ich besser das Reden. Dafür besorgst du mir die Beweise, mit denen ich deiner Mutter die Daumenschrauben anlegen kann.«

»Das ist ein fairer Deal«, sagte Lisa Livia. Dann legte sie ihr zauberhaftestes Lächeln auf, als die Verandatür aufging und Maria eintrat, gefolgt von Evie, die einen Kleidersack über dem Arm trug.

Kleidersäcke, das heißeste Accessoire dieser Saison, dachte Agnes, während sie das Lächeln auf ihren Zügen festzurrte und überlegte, wie sie das leidige Thema »Flamingos« wohl am besten vom Tisch bringen würde.

Maria sagte: »Evie hat mich gebeten, sie hier zu treffen. Sie hat eine Überraschung für uns.«

Evies Gesicht wirkte, als täten sich vor ihrem Auge die sechs Kreise der Hölle gleichzeitig auf. »Ich bin gekommen, um mich zu entschuldigen. Palmer hat mich gestern Abend ausgeschimpft, weil ich manchmal diesen Kommandoton an mir habe. Und damit hat er recht. Wenn Maria eine Flamingo-Hochzeit will, dann soll sie auch eine bekommen.« Mit diesen Worten zog sie den Zipper am Kleidersack.

»Nun, eigentlich …«, meinte Maria ein wenig überrascht.

»Ich denke, darüber können wir ja noch reden«, warf Agnes sich in die Bresche. »Ich bin sicher, wir werden eine Lösung finden, die alle zufrieden stellt ...«

»Ich hätte den Mund nicht so weit aufreißen sollen«, fügte Lisa Livia hinzu.

»Also bin ich am Abend noch zu meinem Schneider gefahren, und wir haben an dem Kleid gearbeitet«, fuhr Evie ungerührt fort, als hätte niemand etwas gesagt. Dann holte sie eine unglaubliche Menge rosafarbenen Stoff aus dem Kleidersack hervor. »Maria, würdest du bitte Brendas Hochzeitskleid hier für uns anprobieren?«

Maria sog hörbar den Atem ein, erhob sich aber trotzdem und nahm das Kleid mit, das jetzt weniger rüschig aussah als vorher. Sie ging damit in Agnes' Schlafzimmer.

»Evie, wirklich«, begann Lisa Livia.

Evie drehte sich zu ihr um. »Ich kann nicht gutheißen, was Sie zu mir gesagt haben, Lisa Livia, doch wenn jemand mit meinem Sohn so umgesprungen wäre, wie ich es mit Maria getan habe, dann hätte ich mich wohl genauso verhalten. Dafür möchte ich mich wirklich entschuldigen.«

»Oh, bitte nicht«, sagte Lisa Livia zerknirscht. »Ich entschuldige mich. Ich habe mich unmöglich benommen.«

»Darüber haben wir nämlich gerade gesprochen«, warf Agnes ein. »Und wir sind ziemlich sicher, dass Maria auch einer weißen Hochzeit zustimmen würde. Sie haben ja so recht mit Ihrer Vorliebe fürs Klassische wie Maßliebchen und Schmetterlinge. Maria hat Schmetterlinge immer geliebt. Vielleicht können wir ja da und dort einen kleinen flamingofarbenen Akzent setzen. Und natürlich könnte man einen flamingoförmigen Bräutigamskuchen backen ...«

»Nein, nein«, sagte Evie. »Ein Mädchen muss seine Hochzeit so feiern, wie es sich das wünscht. Ich habe diesbezüglich einen Fehler gemacht. Und ich freue mich, wenn ich das nun wieder gutmachen kann. Mein Schneider ist ein Genie. Sie werden sehen.«

»Oh«, sagte Lisa Livia.

Agnes sah Lisa Livia und wusste, dass sie dasselbe dachte wie sie selbst: Wie sagt man einer Frau, die gerade ein kleines Vermögen beim Schneider gelassen hat, dass das Motto »Flamingo« nur ein Scherz ihrer künftigen Schwiegertochter war, den diese ersonnen hatte, weil sie besagter Dame beibringen wollte, sich nicht ständig einzumischen?

Agnes und Lisa Livia konnten sich nicht mehr in die Augen sehen und sagten kein Wort.

»Haben Sie mit Maisie Shuttle gesprochen?«, fragte Evie Agnes, nachdem sie über das Wetter geredet und der Hoffnung Ausdruck verliehen hatten, es werde am Wochenende Sonnenschein geben, wie es der Wetterbericht im Übrigen vorhersagte. Der Pavillon würde im Sonnenschein ganz allerliebst aussehen.

»Wer ist Maisie Shuttle?«, wollte Lisa Livia wissen.

»Die Floristin«, antwortete Agnes. »Noch nicht. Ich bin noch nicht weiter vorgedrungen als bis zu ihrem Anrufbeantworter. Aber machen Sie sich keine Sorgen. Maria wird ihre Blumen bekommen. In Weiß mit einem Hauch von Rosa ...«

Dann hörten sie hinter sich die Tür aufgehen. Und da stand Maria in Brendas Kleid. Doch irgendwie hatte dieses Kleid eine völlige Neugeburt hinter sich. Der Reifrock war verschwunden und der Überrock aus Spitze ebenfalls. Weg die Puffärmel und die übrigen Spitzengarnituren. Zwar war das Kleid immer noch flamingorosa, aber viel, viel heller. Evie musste es stundenlang in Entfärber gebadet haben, um die Farbe herauszubekommen. Der Schnitt umspielte elegant Marias Figur. Das Kleid war jetzt trägerlos, nur am Saum des Oberteils war ein Hauch Netzspitze zu sehen. Der Rock bauschte sich über einer Krinoline. Maria sah einfach umwerfend aus. Immer noch strahlend rosa, aber einfach süß.

»Ich glaube gerne, dass das die ganze Nacht gedauert hat«, meinte Agnes. Es war sicher ein unglaublicher Aufwand gewesen, all den Stoff zu *entfernen*.

»Und deshalb wollte ich mich heute entschuldigen«, verkündete Evie. »Ich wollte nicht, dass Maria glaubt ... Ich wollte nicht, dass sie denkt ... ich ...« Sie sah Maria an. »Es tut mir so leid. Ich weiß nicht, was in mich gefahren ist. Nachdem Brenda und ich gestern miteinander zu Mittag gegessen und miteinander geredet hatten, war ich ...«

»Brenda«, schnaubte Agnes und versuchte, sich dieses Mittagessen vorzustellen, bei dem Brenda ihr Gift gemächlich in Evies Ohren träufelte.

Maria atmete tief durch. »Danke, Evie. Dies ist ein wunderbares Kleid, und ich werde an dich denken, wenn ich den Gang hinunterschreite.«

Oh mein Gott, dachte Agnes panisch, als sie jemanden durch die Küche gehen hörte. »Wisst ihr, was dieses Kleid vollkommen machen würde? *Ein vollkommen weißer Hintergrund mit zartrosafarbenen Anklängen ...*«

Maria drehte sich eifrig zu ihr um. In diesem Augenblick erschien Brenda im Hintereingang der Küche. »Also, hier bin ich, Evie«, sagte sie und sah aus, als habe sie nicht besonders gut geschlafen. »Was gibt es so Wichtiges?« Sie sah Agnes an und lächelte ... wie ein Raubvogel. »Agnes, Liebes. Du hast schon wieder die Eingangstür offen stehen lassen. Du weißt doch, dass das schlecht für meine Uhr ist. Ich habe sie geschlossen. Und du lässt einen riesigen Lastwagen über die kleine Brücke fahren. Glaubst du wirklich, dass das gut ist?«

»Es ist ohnehin Zeit, dass du die Uhr endlich abholst, damit sie nicht länger in meinem Flur herumsteht«, versetzte Agnes kurz angebunden, woraufhin Brendas Gesichtszüge noch schärfer hervortraten. Einen Augenblick später schoss es ihr durch den Kopf: *Was für ein Lastwagen denn? Die Brücke hält keinen*

Lastwagen aus. »Nein«, rief sie aus und startete durch zur Tür, wobei ihr Brenda im Weg stand, die Marias Kleid anstarrte.

»Wo hast du das her?«, sagte Brenda zu Maria.

»Das ist dein Hochzeitskleid, Grandma«, sagte Maria und lächelte tapfer. »Ich werde es zu meiner Hochzeit tragen.«

»Mein Hochzeitskleid?«, zischte Brenda, während ihr hübsches Gesicht rot anlief. »Und wo ist die italienische Spitze? Und die Puffärmel? Wo ist mein *verdammter Reifrock geblieben*?«

Genau dort, wo deine gottverdammten Moralpredigten hingehören, du elende Heuchlerin, dachte Agnes und sagte stattdessen: »Es wurde ein wenig modernisiert, Brenda. Wenn du jemandem etwas gibst, dann musst du dich mit Veränderungen abfinden. Und damit, *dass du es nicht zurückbekommst.*«

Brenda starrte Agnes an. »Ich kann doch wohl erwarten, dass mein Hochzeitskleid mein verdammtes Hochzeitskleid bleibt.«

»Ma, es sieht super aus«, sagte Lisa Livia. »Evie hat mit ihrem Schneider die ganze Nacht daran gearbeitet. Wir sind ihr wirklich dankbar. *Alle.*«

Brenda fuhr herum und richtete ihren Blick auf sie: »Nun, ich bin nicht dank...«

Da zerriss plötzlich ein lautes Quietschen die Luft, als habe jemand eine Gummiente von innen nach außen gewendet. »Was zum Teufel ...«, rief Agnes und schob Brenda aus dem Weg, um zu sehen, was da vor sich ging.

Auf ihrem Rasen hatte sich ein Laster breitgemacht. Der Fahrer stieg aus und ließ die Hebebühne mit einem riesigen rosaroten Vogel in einem Käfig zu Boden.

»Was ist das denn?« Agnes wollte gerade auf den Mann zustampfen, um ihm seinen Irrtum klarzumachen, als der Vogel aus seiner Transportkiste schoss und sich geradewegs in den Fluss stürzte. Er war mindestens einen Meter fünfzig groß. Und natürlich wusste Agnes, was das für ein Vogel war, sie konnte es nur einfach nicht glauben.

»Eine Lieferung für Maria Fortunato und Palmer Keyes«, sagte der Fahrer, der sich gar nicht erst die Mühe machte, dem Riesenflamingo hinterherzurennen. »Sind die beiden da?«

»Maria!« Agnes brüllte, doch Maria war schon hinter ihr. »Hast du einen Flamingo bestellt?«

»Nein«, sagte Maria und starrte verständnislos den Vogel an, der sich laut schnarrend im Wasser tummelte. Doch sie unterschrieb brav, als das uniformierte kinnlose Wesen mit Armeehaarschnitt ihr den Lieferschein hinhielt. Dann händigte er ihr einen Umschlag aus, stieg in den Wagen und fuhr weg, wobei er den Käfig sowie den Vogel zurückließ und Agnes' Brücke noch einmal zum Ächzen brachte, als er darüber hinwegdonnerte.

»Das ist ein Flamingo«, sagte Lisa Livia, die hinter ihnen her kam. Maria öffnete den Umschlag. Agnes sagte: »Ja, genau« und starrte das Tier immer noch ungläubig an.

»Ein Hochzeitsgeschenk von Downer«, sagte Maria, als sie die Papiere gelesen hatte. Die Art und Weise, wie sie dessen Namen betonte, sagte klar und deutlich, was sie vom Trauzeugen ihres Mannes hielt. »Das Tier heißt Cerise.«

»Was in Gottes Namen ist das denn?«, rief Doyle. Agnes drehte sich um und sah, wie er und Garth auf dem Rasen standen. Beide starrten offenen Mundes den Vogel an, der immer noch wie wild schnarrte, während er knietief im Blood River stand.

»Ein Flamingo«, beschied sie Doyle. »Wie läuft's mit dem Anstrich?«

»Wir brauchen Sprühpistolen«, sagte Garth. »Das ist wirklich ein Flamingo. Verdammt noch mal.«

»Sie fressen Shrimps«, sagte Maria, die immer noch mit den Papieren beschäftigt war. »Was sollen wir denn mit einem Flamingo?« Ihre Stimme brach, als sie das Wort »Flamingo« aussprach. Nach dem Theater um das Kleid und ihre Großmutter war dieses Hochzeitsgeschenk vielleicht genau der Tropfen, der das Fass zum Überlaufen brachte.

»Jimbo kann uns so viel Shrimps besorgen, wie wir brauchen«, meinte Garth. Agnes nahm Maria die Papiere weg und drückte sie Garth in die Hand.

»Du bist jetzt der Chef-Flamingopfleger hier«, sagte sie zu ihm. »Kümmere dich um Cerise, bis wir herausgefunden haben, wo sie herkommt, sodass wir sie zurückschicken können. Gib ihr möglichst viele Shrimps. Vielleicht hält sie dann die Klappe.«

»Cool«, sagte Garth.

»Du kannst auch noch das Haus streichen«, fügte Agnes hinzu.

»Schon dabei«, meinte Garth, und weg war er.

Agnes sah Maria an. »Du siehst toll aus in diesem Kleid. Ganz ehrlich. Und der Flamingo wird weg sein, wenn deine Hochzeitsgäste kommen. Ich schwöre es dir.«

Maria nickte und versuchte sich in einem kläglichen Lächeln, sodass Agnes sich dem Rest der Gruppe zuwenden konnte. Um den Flamingo zu übertönen, musste sie allerdings ihre Lautstärke beträchtlich steigern.

»Also, wer möchte einen Mint-Julep?« Es war noch nicht zehn, aber heute war ein Drinks-zum-verlängerten-Frühstück-Tag. Und wenn Cerise nicht bald den Schnabel hielt, würde sie ihr ebenfalls einen Julep hinter die rosafarbene Binde kippen. Wenn nötig, mit Hilfe einer Spritze.

Evie schüttelte den Kopf und versuchte vergeblich, den Blick von dem Flamingo abzuwenden. »Danke, Agnes, aber ich fahre jetzt nach Hause und gehe zu Bett.« Als sie es geschafft hatte, sich von dem rosafarbenen Fleck in der Landschaft loszureißen, hauchte sie Maria einen Kuss auf die Wange, der gerade so zwischen einem echten Küsschen und einer der üblichen Luftnummern schwankte. Dann warf sie Lisa Livia und Brenda ein flüchtiges Lächeln zu und stakste zu ihrem Lexus hinüber.

»Man sieht ihr richtig an, wie alt sie ist, die Ärmste«, meinte Brenda befriedigt in ihrem Rücken.

»Sie hat auch die ganze Nacht am Hochzeitskleid für deine Enkelin gearbeitet«, schnappte Lisa Livia.

»Sie hat die Nacht damit zugebracht, mein Hochzeitskleid zu ruinieren«, fauchte Brenda zurück.

»Dem Himmel sei Dank«, fügte Agnes hinzu.

Brenda warf Agnes einen mörderischen Blick zu.

»Ich werde Shane und Joey bitten, die Uhr einzuladen und zu deiner Jacht zu bringen«, meinte Agnes freundlich.

»Diese Uhr ist das einzige Erbstück meiner Familie«, versetzte Brenda. »Die bleibt, wo sie ist.«

»Sie steht in *meinem* Haus«, sagte Agnes.

Brenda schnappte nach Luft und hielt dann inne, während ihr Gesicht puterrot anlief.

»Ich gehe mal ins Geschenkezimmer, um mich umzuziehen«, sagte Maria, die den Tränen nahe war. »Da oben ist es schön ruhig. Und ich kann mir das Porzellan ansehen. Es ist bestimmt sehr schön.«

Als sie weg war, meinte Lisa Livia beiläufig zu ihrer Mutter: »Komm schon, Ma. Machen wir uns ein paar gemütliche Stunden auf dem Boot und lassen Agnes in Ruhe die Hochzeitsvorbereitungen treffen.« Sie warf Cerise, die keine Sekunde lang den Schnabel hielt, einen Blick zu. »Soweit man hier von Ruhe reden kann.«

»Es ist eine Jacht, kein Boot«, zischte Brenda. Dann lächelte sie, was irgendwie noch schlimmer wirkte. »Geh du nur, Kleines. Ich habe noch ein paar Dinge in der Stadt zu erledigen. Aber ich hätte gern noch ein Glas Wasser, bevor ich fahre. Du hast doch nichts dagegen, wenn ich mich selbst bediene, Agnes? Mir kommt es immer noch so vor, als gehörte das Haus mir.«

»Meine Mutter«, sagte Lisa Livia. »Alles, was sie sagt, ist pure Sauerstoffverschwendung. Die arme Seele.«

»Sie ist vollkommen durchgeknallt«, gab Agnes zurück. »Normalerweise würde ich sie anbrüllen und ihr dann eins überbraten, doch ich werde mich wie eine Erwachsene benehmen und Dr. Garvins Ratschläge beherzigen.«

»Ich bin ja kein Fan von Dr. Garvin, aber in diesem Fall schon. Sei nett zu ihr, bis wir etwas in der Hand haben, womit wir sie festnageln können.« Lisa Livia ging auf das Haus zu und zog Agnes hinter sich her. »Weiß sie eigentlich schon, dass du im Bilde bist? Über Taylor und den geplanten Betrug, meine ich?«

»Das hängt davon ab, ob Taylor Zeit hatte, mit ihr zu reden. Er geht Problemen lieber aus dem Weg, daher könnte es durchaus sein, dass sie noch nichts weiß. Bring mir bloß etwas Brauchbares aus diesen Kartons.«

»Weißt du, auch in Two Rivers könnten noch Beweise verborgen sein«, sagte Lisa Livia sinnend. »Vielleicht hat sie irgendwo etwas vergessen?«

»Und wo zum Beispiel?«, fragte Agnes. Mittlerweile stand sie mit ihrer Freundin am Hintereingang der Küche. Brenda stand vor der Tapetentür und starrte ungläubig in den Keller hinunter.

»Was meinst du damit: ›Sie sind da unten und suchen nach dem Tunnel?‹«, sagte sie eben zu Joey. Ihr Gesicht war kreidebleich.

Lisa Livia sah Agnes an. »Zum Beispiel im Keller.«

Shane sah sich im Keller um, wobei er die modernde Venus bewusst überging. *Der Geschmack der Fortunatos*, dachte er. *Möglicherweise ein genetischer Defekt? Zumindest würde dies einige Eigentümlichkeiten der Familie erklären.*

»Ein schönes Haus«, sagte Carpenter, als er seinen Plastikkoffer öffnete.

»Findest du?«

»Du nicht?«, fragte er, während er eine etwa dreißig Zentimeter lange Speziallampe herausholte. »Mach das Licht aus.«

Shane kippte den Schalter nach unten. In der Dunkelheit begann die Blutspur zu leuchten. Carpenter sah aus wie ein Höhlendämon mit Zauberstab. Er nickte. »Ziemlich viel Blut. Jemand hat aufgewischt, man kann die Wischspuren erkennen. Vielleicht sogar mit Bleichmittel nachgearbeitet.« Carpenter ging der Spur nach: vom früheren Treppenende quer durch den Raum, um die Ecke der Bar herum und hinter das Weinregal. »Jetzt kannst du das Licht wieder anmachen.«

Wieder betätigte Shane den Schalter. »Wieso gefällt dir das Haus?«

»Es hat eine tolle Atmosphäre.« Carpenter ließ seine großen Hände über das alte Holzregal gleiten.

Shane dachte an Agnes, wie sie in dem kühlen blauen Schlafzimmer unter dem Dach lag. »Ein schönes Haus, um heimzukommen.«

Ein paar Sekunden lang starrte Carpenter ihn an, dann nickte er: »Kann sein. Bist du müde geworden, mein Freund?«

Shane strich sich mit der flachen Hand über die Stirn: »Ich hatte schließlich nicht viel Schlaf letzte Nacht …«

»Die Art von Müdigkeit meine ich nicht.« Carpenter zuckte mit den Schultern. »Ich bin müde. Dabei bist du es, der die Drecksarbeit macht. Ich glaube, dass du innerlich wirklich müde bist.«

Überrascht sah Shane Carpenter an. Dann dachte er an das, was Wilson gesagt hatte. Wenn er Wilsons Job bekäme, wäre er nicht mehr in freier Wildbahn tätig. Er würde die Befehle nur noch erteilen, statt sie zu vollstrecken – im wörtlichen Sinne. Er würde jemand anderen schicken, der dann seine Aufträge erledigen würde.

Carpenter wuchtete das hohe Weinregal von der Wand weg.

Dann ließ er seine Hände über die Holzverkleidung gleiten. »In meinem Koffer liegt etwas, das aussieht wie ein Stethoskop, nur größer. Und mit Kopfhörer.«

Shane sah nach und fand das Gesuchte. Er reichte es Carpenter, der den Kopfhörer aufsetzte und den Kegel am anderen Ende gegen die Wand drückte. Er drehte an einem Knopf und fing an, den Kegel in genau bemessenen Abständen über die Wand wandern zu lassen, wobei er sich langsam vom Boden zur Decke vorarbeitete.

Shane wartete und fragte sich, was Agnes und Lisa Livia wohl aushecken mochten. Und wieso er und Carpenter plötzlich richtige Gespräche führten, statt sich nur kurz über Pakete und Reinigungsarbeiten auszutauschen.

»Dahinter ist ein Hohlraum«, stellte Carpenter fest und nahm den Kopfhörer ab.

»Du kannst einen leeren Raum hören?«, fragte Shane.

Carpenter reichte ihm das Gerät. »Es sendet einen Impuls aus. Wie ein Radargerät.« Er sah die Anzeigetafel an, als würde sie mit ihm sprechen.

»Was …«, hub Shane an, doch Carpenter gebot ihm mit der Hand Schweigen. Shane gehorchte. Vielleicht sprach die Schwingung ja wieder zu ihm. Oder der leere Raum.

Carpenter sah nach links, dann nach rechts zu der scheußlichen Imitation der Venus von Milo. Er streckte die Hand aus und betastete die Formen der Statue.

»Carpenter?«, meinte Shane, als er seine Hände über ihre Brüste gleiten ließ. Vielleicht hatten ihm ja die Strasssteinchen den Kopf verdreht. »Diese Art von Aufmerksamkeit solltest du besser Lisa Livia angedeihen lassen.«

Doch Carpenter drückte ungerührt beide Brüste und rammte zur selben Zeit seine Stiefelspitze unter eines der Bretter der Holzverkleidung. Shane ließ sich auf die Knie fallen und steckte seine Finger neben Carpenters Stiefelspitze unter das Brett. Als er daran zog, hob sich ein Teil der Täfelung und ächzte gegen die Trägheit der Jahre an, in denen er sich nicht hatte bewegen müssen.

»Ich bin ein neugieriger Mensch.« Carpenter ging zu seinem Koffer hinüber und zog zwei Stirnlampen hervor. Eine gab er Shane. »Frankie war der ältere Sohn, aber nicht der Don. Er saß hier mit seiner Venus von Milo und seinem Bombenschutzkeller fest. Und dein Onkel macht sich Sorgen, aber er wird nicht reden. Sieht nicht so aus, als könne man ihm Angst einjagen.« Er machte das Licht an und blickte in die Dunkelheit hinter der Täfelung.

Shane tat es ihm nach. Auch er war besorgt. Joey war wirklich nicht leicht einzuschüchtern, aber irgendetwas hatte ihn all die Jahre in Keyes festgehalten – schweigend.

Der Tunnel war etwa einen Meter zwanzig breit, seine runde Decke wölbte sich circa einen Meter achtzig hoch. Er war mit Ziegeln ausgemauert, ziemlich alten Ziegeln. Wo er nicht von ihren Lichtstrahlen erhellt wurde, war er finster wie die Hölle.

»Sehen wir mal nach, was er so zu bieten hat.« Carpenter ging vorneweg, Shane folgte ihm. Natürlich sah er an Carpenter nicht vorbei. Und so rannte er fast gegen seinen Vordermann, als dieser nach etwa fünfzehn Metern plötzlich stehen blieb. Carpenter trat zur Seite und Shane sah, dass er vor einer Stahlwand stand. Nein, einer Stahltür, wie an dem Drehgriff in der Mitte und dem sich abzeichnenden Umriss einer Luke leicht zu erkennen war.

Carpenter kniete nieder und untersuchte das Schlüsselloch, das auf der linken Seite der Luke zu sehen war. Dazu benutzte er eine lange, biegsame Rute, die er aus einer der zahllosen Taschen seines Overalls zog.

»Die ist nicht zu packen«, entschied Carpenter. »Außerdem hat die Feuchtigkeit hier unten mit Sicherheit jede Art von Mechanik unbrauchbar gemacht.«

»Wie wär's mit Sprengen?«, schlug Shane vor.

Fassungslos sah Carpenter zur Decke. »Immer schön mit Kanonen auf Spatzen, wenn's die Steinschleuder auch tut. Warte hier.« Er drängte sich an Shane vorbei und ging zurück.

Shane sah sich die Luke noch einmal genau an und klopfte ihren Umriss mit den Knöcheln ab. Massiv. Eine Sprengung würde vermutlich das Haus zum Einsturz bringen. Das würde Agnes nun kaum gefallen. Und eine ärgerliche Agnes war nun nicht gerade das, was er sich wünschte. Stürmisch, in Ordnung, aber richtig sauer, bitte nicht. Zumindest nicht auf ihn. Wenn Taylor zufällig vorbeikäme und sie wieder auf die Palme treiben sollte, würde er ihr gerne wieder eine helfende Hand reichen. Und es musste auch nicht unbedingt bei der Hand bleiben. Er fragte sich, ob Agnes da oben mittlerweile ganz allein war ...

Doch da kam Carpenter schon zurück.

»Weißt du«, spann Shane seinen gedanklichen Faden laut weiter, »wenn irgendjemand Frankie Fortunato umgelegt hat und nicht Joeys Talent fürs Saubermachen hatte, wäre dies ein guter Ort, um eine Leiche zu verstecken. Und wenn Frankie den Safe mit der Kohle bereits hierhergeschafft hatte und der Killer die Tür ordentlich mit dem Schlüssel abgeschlossen hat, nachdem er Frankies Leichnam entsorgt hatte, wusste er, dass die fünf Millionen hier unten sind. Dann muss er in den letzten fünfundzwanzig Jahren wahrlich auf Kohlen gesessen haben.«

»Aber warum hätte er Frankie töten sollen, wenn er nicht hinter dem Geld her war?« Vorsichtig setzte Carpenter die Holzbox auf den Boden und öffnete sie. Sie enthielt mehrere Glasampullen. Dazu holte er noch ein langes, grünes Nylonetui hervor. Er zog den Klettverschluss auf. Darin steckten mehrere Stahlruten.

»Vielleicht dachte der Killer zunächst, das Geld sei woanders«, antwortete Shane. »Im Kofferraum von Frankies Wagen vielleicht. Und als der Killer begriff, dass in diesem Keller fette fünf Millionen liegen, stand er auf dem Schlauch, weil er hier unten nicht hereinkonnte, ohne aufzufallen. Was wiederum die Aufmerksamkeit auf die Leiche gelenkt hätte, und so …«

»Du redest immer von *ihm*«, warf Carpenter ein, während er etwas zusammenbaute, das aussah wie eines der Gestelle, an denen man im Krankenhaus die Infusionsflaschen aufhängt. »Du hast also einen Verdacht.« Er führte ein Glasröhrchen ins Schlüsselloch ein.

»Es gibt schon ein paar Verdächtige. Wenn Frankie überhaupt da drin ist.«

»Verdächtigst du etwa deinen Onkel?« Carpenter befestigte am einen Ende des Gestells eine Glasröhre mit einem Absperrventil.

»Nein. Joey hat so seine Macken.« *Und zwar nicht wenige.* »Er lügt zum Beispiel, ohne auch nur mit der Wimper zu zucken. Aber wenn er schwört, dann stimmt das auch. Sogar die Mafia nannte ihn Joey, den Ehrenmann.« Aber Joey log in anderer Hinsicht. Was wiederum hieß, dass er gute Gründe hatte.

Nun öffnete Carpenter sehr vorsichtig das Absperrventil, sodass ein Tropfen Flüssigkeit in die lange Röhre floss und durchs Glas hinabglitt, bis er im Schlüsselloch verschwand. Ein leises Zischen, ein schwaches Rauchwölkchen.

»Atme die Dämpfe nicht ein«, warnte Carpenter. »Sie sind giftig.«

Shane trat zurück.

Carpenter sah auf die Uhr. Einige Minuten vergingen. Dann rollte ein neuer Tropfen Säure das Röhrchen hinab, mit demselben Ergebnis. Nun nickte der große Mann. »Alles klar. Ich werde den Zulauf noch ein paar Mal neu ausrichten müssen, aber ich nehme an, dass das Zeug sich bis morgen Mittag – plus oder minus eine Stunde – durch den Schließmechanismus gefressen hat. Dann werden wir wissen, ob Frankie hier drinliegt.«

»Morgen Mittag«, wiederholte Shane. »Bis dahin kann noch viel passieren.«

»Vielleicht findest du ja Casey Dean in der Zwischenzeit«, meinte Carpenter.

Damit hatte er nicht unrecht. Schließlich hatte er einen Auftrag. »Das wollte ich ohnehin als Nächstes anpacken«, log Shane und eilte nun selbst den Tunnel zurück, nach langer Zeit wieder einmal mit einem Anflug von Konzentration gesegnet.

♡

Als Lisa Livia der erschütterten Brenda über die Brücke gefolgt und weggefahren war, ging Agnes zum Fluss hinunter. Sie wollte sehen, ob sie den hysterischen Vogel beruhigen konnte, dessen misstönendes Schnarren wie das einer überdimensionierten Ente klang. Als sie ihr gegenüberstand, sah Cerise ihr geradewegs in die Augen und verstärkte den Lärm noch. Dabei schlug sie mit den Flügeln und peitschte das Wasser des Blood River auf, unglücklich und vollkommen verstört. Allmählich bekam Agnes Mitgefühl mit dem armen Vogel.

»Es tut mir ja leid«, sagte sie. »Was immer dich auch in Aufregung versetzt hat, es tut mir leid für dich. Ich schwöre dir, ich sorge dafür, dass du so bald als möglich wieder nach Hause kommst. Und Downer, diesen Idioten, werde ich nebenbei ganz langsam über Holzkohlenfeuer rösten. Aber bitte hör jetzt auf zu schnattern …«

»Sie ist einsam«, erklang hinter ihr plötzlich Garths Stimme. Agnes drehte sich um und da stand er, linkisch wie eh und je, in denselben schmutzigen Jeans wie am Morgen, aber ganz von seiner Aufgabe erfüllt. Er streckte ihr einen Haufen Papiere entgegen, die er in der Hand hielt. »Das habe ich alles aus dem Internet.«

»Wie bitte?«, meinte Agnes verblüfft. Garth und das Internet schienen in ihrer Vorstellung unvereinbar.

»Das haben wir in der Schule gelernt«, erklärt er, ganz verletzter Stolz. »Computer und so. Ich habe Grund- und Hauptschule abgeschlossen.«

»Natürlich«, sagte Agnes und kam sich furchtbar eingebildet vor, weil sie so ungläubig reagiert hatte. Dass jemand die Grammatik nicht beherrschte, hieß ja nicht, dass er nichts im Kopf hatte. »Ich gratuliere.«

Garth nickte. »Ich würde ja nächstes Jahr weitermachen, aber Opa meint, das hätte keinen Sinn.«

»So ein Quatsch«, schimpfte Agnes. »Und ob das Sinn hat. Du gehst auf jeden Fall weiter zur Schule.«

»Vielleicht können Sie ja mit Opa reden«, meinte Garth und sah weg. »Das wäre richtig nett von Ihnen. Fast wie im Film.«

»Nun«, meinte Agnes ein wenig verdutzt und fragte sich, was für Filme Garth wohl gesehen hatte. Vielleicht einen, in dem die nette Lady das Zeitliche segnete. »Gut. Das heben wir uns für später auf. Jetzt zu unserem Flamingo.«

Wieder wedelte Garth mit den Internet-Ausdrucken. »Ich habe einfach Flamingos in die Suchmaschine eingetippt. Und Flamingos sind nicht gern alleine. Sie leben immer in großen Gruppen. Es ist einfach nicht richtig, dass sie so ganz allein ist.«

Voller Sympathie sah er die immer noch recht laute Cerise an. Irgendwie schien er mitzuleiden, und als Agnes dem Tier in die Augen sah, zog sich ihr das Herz zusammen.

»Dieser Downer ist ein verdammter Idiot«, schimpfte sie mit erstickter Stimme. Dann zog sie das Handy heraus und gab Marias Nummer ein. Nun klang Cerises Stimme in ihren Ohren nicht mehr laut, sondern nur noch traurig. »Alleine, alleine, ich bin so alleine, alleine, alleine …«

»Lieber Gott«, seufzte Agnes und dachte an all die Nächte, die sie im Raum der Wirtschafterin verbracht und auf diesen Bastard Taylor gewartet hatte, damit sie miteinander den schönen, zartblau gestrichenen Raum unter dem Dach beziehen konnten. Dort sollte ihr neues Leben beginnen, doch wenn sie nun nicht mehr wartete, wenn sie allein dort einzöge, würde dies bedeuten, dass sie für immer allein bliebe …

Allein, allein, allein, allein …

Auch vor Taylor hatte sie sich in den einsamen Nächten nach der Trennung von ihren Verlobten immer gefragt, was an ihr wohl *nicht stimmte*, dass Männer stets meinten, sie belügen und betrügen zu können, um sie dann zu verlassen. Und davor waren es die einsamen Nächte, nachdem Lisa Livia Maria genommen und ihrem verlogenen Boss gefolgt war, der versprochen hatte, sein Unternehmen nicht zu verlegen. Und davor die entsetzlichen Ferien, die sie allein im Internat verbrachte, bevor Lisa Livia in ihr Leben getreten war und alle niedergemacht hatte, die wagten, sie zu beleidigen. Bevor sie sie mit nach Hause in dieses wunderbare Two Rivers genommen hatte, wo Brenda jeden Sommer auf sie wartete und Agnes wenigstens eine Zeit lang nicht …

»Hallo?«, sagte Maria ins Telefon.

»Sorg dafür, dass dieser Dummkopf Downer den Vogel dorthin zurückschickt, wo er ihn herhat«, sagte Agnes, den Tränen nahe. »Flamingos dürfen nicht alleine sein. Es *bricht* ihr das Herz. *Sie soll nicht allein sein.*«

»Oh, nein«, fauchte Maria. »*Ich bring ihn um.* Ich setze Palmer auf ihn an. *Sofort.*«

»*Danke*«, sagte Agnes und drückte das Gespräch weg.

»Ich habe Jimbo angerufen«, meinte Garth laut, um Cerises Klagegesang zu übertönen. »Er müsste jede Minute mit den Shrimps hier ankommen. Vielleicht geht es ihr besser, wenn sie etwas im Magen hat.«

»Nein«, meinte Agnes. »Da helfen nicht einmal drei Pfund Karamelleiscreme mit Pekannüssen«, sagte sie aus Erfahrung und sah die arme Cerise unglücklich an, die ebenso unglücklich zurücksah.

Allein, allein, allein …

Verlogene Schweine.

Als Shane in der Küche stand, fand er dort eine lange Aufgabenliste vor, auf der ganz oben »Sprühpistole« stand. Automatisch steckte er sie in die Tasche und ging zur Verandatür hinaus, von der das schreckliche Schnarren hereindrang. Am Fluss standen Agnes und Garth und fütterten einen riesigen, übergeschnappten rosafarbenen Vogel.

Carpenter folgte ihm auf dem Fuß, Rhett im Schlepptau.

»Das ist doch ein Flamingo, oder?«, fragte Shane, der Agnes zusah, wie sie aufs Haus zuging. Der Saum des roten Kleides umspielte ihre Knie.

»Ja«, sagte Carpenter und beobachtete die Szene ebenso befremdet wie Rhett.

»Das habe ich mir gedacht.« Er beobachtete Agnes, die den Pfad hinaufging. Da klingelte sein Handy. Er sah aufs Display und entdeckte eine SMS, die schon zwei Stunden alt war. Dann griff er zum Satellitentelefon und gab die Kurzwahlnummer ›1‹ ein. Wilson meldete sich beim ersten Läuten.

»Wo waren Sie denn? Ich habe die Informationen schon vor zwei Stunden an Carpenters Wagen übermittelt.«

Wir haben Pfannkuchen gegessen. Und einen Bombenschutzkeller überprüft. Außerdem habe ich mir Gedanken gemacht, wie ich Agnes am besten isolieren kann, sodass ich sie ganz für mich habe. »Ich überprüfe hier so einiges.« *Welche Informationen überhaupt?*

Auf der anderen Seite blieb es still, was bedeutete, dass Wilson nachdachte.

»Lesen Sie den Bericht so schnell wie möglich.« Damit war das Gespräch beendet.

Shane klappte das Telefon zu. »Wilson hat Infos geschickt, vermutlich über Casey Dean. Kannst du das mal prüfen und für mich vorbereiten?«

»Alles klar«, antwortete Carpenter und deutete mit dem Kopf Richtung Einfahrt. »Ist das nicht Agnes' Verlobter?«

Tatsächlich rollte Taylors Cobra gerade die Einfahrt herauf. Dahinter kam ein Lieferwagen mit dem Gemeindewappen von Keyes. Beide holperten über die Brücke und parkten seitlich neben dem Haus. Rhett trottete den Pfad hinunter, um nach dem Rechten zu sehen.

»Ja, das ist er.«

Das Auto mit dem Keyes-Wappen bedeutete wohl, dass irgendeine Inspektion durchgeführt werden sollte. Das würde Agnes ärgern. Vielleicht sogar sehr ärgern.

Carpenter sah Shane interessiert an. »Scheint dich nicht zu stören, dass der Typ da ist.«

»Nein.« Shane sah Taylor aussteigen und mit einem wichtigtuerischen kleinen Mann reden, der den Lieferwagen gefahren hatte. Agnes würde den Typen nicht mögen. Das bedeutete Ärger. »Eigentlich geht es mir sogar recht gut.«

Carpenter warf ihm einen fragenden Blick zu und zuckte dann mit den Schultern. »Was ist mit den Infos?«

Shane sah auf die Uhr. »Ich kann dir eine halbe Stunde geben. Dann muss ich diesem Schwachkopf einmal mehr das Leben retten.«

Er schlenderte mit Carpenter zu dessen Van hinüber, in dem die Klimaanlage auf Hochtouren lief. Eine Seite des hinteren Wagenteils war angefüllt mit Computern, Telekommunikationsgeräten und anderen Apparaten. Shane wusste nicht, was Carpenter damit genau anstellte. Auf der anderen Seite lagerte in Boxen alles, was sie zur Ausübung ihres Berufes sonst noch brauchten.

Er ließ sich in einen der Drehstühle fallen, die auf dem Boden montiert waren. Carpenter nahm seinen Platz vor einem großen Bildschirm ein und lud die Informationen, die Wilson geschickt hatte, herunter.

»Das FBI hat einen Anruf für den Don abgehört«, sagte er und ließ seinen Blick über den Bildschirm schweifen. »Er wurde zu einem Anschluss in Savannah zurückverfolgt. In dem Telefonat hieß es, der Don solle sich in eine Telefonzelle begeben, wo er in genau fünfzehn Minuten einen Anruf über eine sichere Leitung erhalten würde. Wilson aber ließ ihn mit einem Richtmikrofon abhören. Man folgte ihm also zur Telefonzelle und konnte so zumindest aufnehmen, was der Don sagte.«

Shane las über Carpenters Schulter hinweg, was auf dem Bildschirm stand.

DF: Ja?
(Pause von sechs Sekunden)

DF: Woher zum Henker soll ich das wissen?
(Pause von acht Sekunden)

DF: Kein Scheiß.
(Pause von vier Sekunden)

DF: Ja, zum Teufel, natürlich möchte ich, dass das erledigt wird.
(Pause von vier Sekunden)

DF: Sie können mich mal. Wir haben uns auf einen Preis geeinigt.
(Pause von sieben Sekunden)

DF: Okay. Okay. Zum Henker. Wir haben eine Vereinbarung. Sorgen Sie nur dafür, dass bei Ihnen alles glattgeht. Dann können wir über den Rest reden. Mein Consigliere hat nur so viel Geld dabei, wie wir ursprünglich vereinbart hatten.
(Pause von drei Sekunden)

DF: Ja, genau das ist das Ziel. Woher wissen Sie das?
(Pause von acht Sekunden)

DF: Kein Scheiß? Dann tun Sie nichts, bevor ich nicht da bin. Ich möchte erst dort sein. Ich will es sehen. Sie bekommen von mir noch einmal hundert Vollfette dafür. Aber erst, wenn es so weit ist. Aber nicht vor der Hochzeit. Es muss danach sein. Schon aus Respekt.

(Pause von acht Sekunden)

DF: Heute? Scheiße. Ja, er ist in Keyes. Mein Consigliere. Und er hat die Kohle in bar dabei. Aber …

(Pause von neun Sekunden)

DF: Was für eine verdammte Brücke? Der Talmud?

(Pause von zwei Sekunden)

DF: Ah ja, Talmadge. Zwei Uhr Ortszeit. Ausfallstraße, Richtung Süden, in der Mitte.

(Pause von fünf Sekunden)

DF: Ja, ja. Das Geld ist so gebündelt, wie Sie sagten.

(Pause von zwei Sekunden)

DF: Das sollten Sie auch wert sein.

Ende des Gesprächs.

Shane sah auf die Uhr. Die Geldübergabe würde in einer Stunde stattfinden. »Wo ist Talmadge?«

»Hast du eine breite Hängebrücke überquert, als du von Savannah kommend Richtung South Carolina gefahren bist?«

»Ja.«

»Da ist es.«

»Wie weit?«

Carpenter stand auf und öffnete die Tür zur Fahrerkabine. »Ich schaffe es in fünfzig Minuten, wenn wir nicht in einen Stau geraten.«

»Das ist knapp.«

»Vielleicht hätten wir besser die Nachrichten gecheckt, statt uns in diesem Tunnel aufzuhalten.« Carpenter glitt auf den Fahrersitz und ließ den Wagen an.

»Das bringt uns jetzt auch nicht weiter.« Shane öffnete die Waffenbox im Van.

»Was ist mit Agnes?«, fragte Carpenter, während er den Wagen die Einfahrt hinunterrollen ließ.

Verdammt. »Vielleicht bringt sie ihn ja auch nicht um.«

»Und wenn doch?«

»Was macht schon ein Toter mehr oder weniger, so unter Freunden?«

Agnes hatte Cerise mit kiloweise Shrimps getröstet und machte sich nun daran, vom Haus aus die Floristin anzurufen. Die Wut auf diesen unsäglichen Flamingo-Kidnapper, der Cerise des Schutzes ihrer Horde beraubt hatte, sorgte dafür, dass sie die Angestellte, die sich zwischen Agnes und ihre Chefin werfen wollte, mit einigen wenigen wohlgezielten Worten einfach aus der Leitung warf.

»Hallo?«, meldete sich Maisie.

»Agnes Crandall am Apparat«, knurrte Agnes. »Du kannst nicht einfach die Blumen für eine Hochzeit des Keyes-Clans absagen, wenn du hier je wieder etwas verkaufen willst. Bist du eigentlich vollkommen *verrückt* geworden?«

»Oh«, hauchte Maisie mit womöglich noch höherer Stimme als sonst. »Oh, es tut mir ja so leid. Aber ich kann einfach nicht. Sonst *bringen sie mich um.*«

»Wer?«, schnauzte Agnes. »Und wag es ja nicht aufzulegen, sonst erledige ich das mit eigenen Händen. Und glaub nicht, dass ich dazu nicht in der Lage bin, Maisie.«

»Die *Fortunatos*«, wisperte Maisie ins Telefon.

»Warum sollten die Fortunatos dich umbringen, wenn du die Blumen für ihre Hochzeit lieferst? Die Gefahr ist doch viel größer, wenn du das nicht tust.«

»Du *kennst* sie nicht«, antwortete Maisie verzweifelt.

»Oh, doch. Auf jeden Fall sehr viel besser als du.«

»Aber nicht besser als *Brenda*«, verfiel Maisie wieder in ihren Flüsterton.

»Maisie, Brenda versucht, die Hochzeit platzen zu lassen. Und es interessiert sie einen Dreck, ob du damit Scherereien hast oder nicht. Der *Don* selbst kommt zur Hochzeit. Er nimmt die Rolle des Brautvaters ein. Don Fortunato. Der Silicon-Don. Silicon ist noch viel härter als Teflon. Wenn er hierherkommt und keine Blumen da sind, glaubst du, dass ihm das gefällt?« Durch Agnes' Kopf schossen Erinnerungen an jeden einzelnen Gangsterfilm, den sie je gesehen hatte. »Er wird sich fragen, wer es seiner Großnichte gegenüber so sehr an Achtung fehlen lässt. Und weißt du, was man ihm sagen wird?«

»Was?«, jammerte Maisie.

»*Maisie Shuttle.*«

»Oh mein Gott.«

»Also schaff am Samstagmorgen diese Maßliebchen hier heraus, sonst kannst du dir ein Grab bei den Fischen bestellen, Maisie. Dann erfährt der Don auch nicht, wie viel Nerven du uns gekostet hast. Tust du's nicht, dann erzähle ich ihm alles. Und ich sage ihm auch, wo du wohnst, Maisie. Ich erzähle ihm, dass an deinem Briefkasten ein Hundeaufkleber sitzt, damit er dich leichter findet, so wahr mir Gott helfe.«

»O nein, ich mach's ja, ich mach's ja.« Nahezu unhörbar hauchte Maisie Zustimmung.

»Und lass mich ja nicht im Stich, Maisie«, sagte Agnes mit ihrer bestmöglich gestählten Stimme. »Sonst bläst der Don zuerst ein Loch in deinen Hundeaufkleber und dann eines in *dich*.«

»Nein, nein, nein.«

»Die Blumen, Maisie. Die Maßliebchen werden am Samstagmorgen hier angeliefert, oder?«

»Ja, Agnes.«

»Danke, Maisie. Du wirst es nicht bereuen. Und Familie Keyes wird dir *sehr, sehr dankbar* sein. Oh, und Maisie? Sieh mal zu, dass du hin und wieder ein wenig Flamingorosa hineinbringst, okay? Aber nicht mehr als einen *Hauch*.«

Agnes hängte ein und suchte in ihrem Herzen nach Schuldgefühlen, weil sie die arme Südstaaten-Floristin so schrecklich ins Bockshorn gejagt hatte. Vergeblich. Maisie hätte niemals absagen dürfen, wo es um den Blumenschmuck für eine Hochzeit ging. Jeder einigermaßen gute Florist hätte ihr das sagen können. Agnes machte auf ihrer Liste ein Häkchen neben Maisies Namen. Nun konnte sie endlich duschen und etwas anziehen, was weniger nach Sex und Gewalt roch als dieses Kleid, das sie, so dachte sie, nie wieder anziehen würde. Stattdessen hörte sie die Brücke ächzen, was bedeutete, dass Autos kamen. Und das Telefon läutete. Sie wartete, ob das Knacken brechender Balken die Autogeräusche vielleicht ablöste. Erst als nichts dergleichen geschah, ging sie ans Telefon.

»Agnes Crandall«, sagte sie. »Unsere Brücke hat standgehalten.«

»Entschuldigung?«, sagte der Mann am anderen Ende der Leitung nervös.

»Reiner Galgenhumor«, erklärte Agnes. »Haha. Was kann ich für Sie tun?«

»Wesley Hedges. Ich soll bei der Hochzeit fotografieren. Dieses Wochenende.« Seine Stimme war so angespannt, dass sie beim letzten Wort brach.

»Versuchen Sie es erst gar nicht, Wesley. Sie können nicht absagen«, sagte Agnes mit ruhiger Stimme.

»Das habe ich auch gar nicht vor«, meinte er. »Das käme für mich überhaupt nicht in Frage. Aber ich kann den Job nicht selbst machen.«

»Was soll das heißen?«, meinte Agnes, deren Blutdruck schon wieder leicht anstieg.

»Ich schicke Ihnen meine Assistentin«, sagte Wesley schnell. »Sie ist genauso gut wie ich. Einige Leute meinen sogar, sie sei weit besser. Allerdings nur die Männer. Sie ist ziemlich hübsch. Eigentlich bin ich besser, aber …« Jetzt, wo er herumzicken konnte, klang Wesley gleich viel ruhiger.

»Wesley, wenn Sie meinen, ich müsste in Begeisterungsstürme ausbrechen, weil Sie mir Ihre Assistentin schicken …«

»Nein, sie ist wirklich gut«, sagte Wesley, nun wieder ein wenig nervös. »Das heißt, sie fängt gerade erst an, aber ich habe ihre Arbeiten gesehen. Ich würde Ihnen niemand schicken, der schlechter ist. Schließlich habe ich auch meinen Stolz. Nicht mal, wenn mir jemand eine Pistole auf die Brust setzte, würde ich den Ruf von Wesleys himmlischen Hochzeitserinnerungen aufs Spiel setzen.«

Die Alliteration lenkte Agnes ab. »›Hesleys himmlische Hochzeitsbilder‹ wäre sicher noch schöner.«

»Ich habe überhaupt kein schlechtes Gewissen, dass ich nicht selbst kommen kann«, flötete Wesley. »Kristy kommt morgen zu Ihnen, um alles durchzusprechen und sich die Örtlichkeiten anzusehen.«

»Danke, aber …«, warf Agnes ein. Aber Wesley hatte schon eingehängt.

»Hat jetzt auch der Fotograf abgesagt?«, erklang Taylors Stimme in ihrem Rücken. Als sie herumfuhr, stand er in der Küchentür und lächelte, als gehöre ihm das ganze Haus, und nicht nur die Hälfte. Er trug eine Anzugjacke und dazu eine absurd breite Krawatte. Er sah lächerlich aus, aber sie sollte unter Umständen der Tatsache Rechnung tragen, dass er die Krawatte nur trug, um die Einstichlöcher der Gabel zu kaschieren.

»Du siehst albern aus«, meinte sie. Der Vollidiot hatte sie angelogen und hier draußen alleine gelassen. Nicht einmal Shrimps hatte sie von ihm bekommen.

Neben ihm stand ein dicklicher, kleiner Mann, der sich mit dem suchenden Ausdruck eines neugierigen Bassets umsah – aufmerksam, aber geduldig.

Rhett trottete in die Küche und ließ sich vor der Anrichte fallen. Weder sie noch Taylor noch der kleine Dicke schienen ihn besonders zu interessieren.

»Das ist Mr. Harrison«, stellte Taylor lächelnd seinen Begleiter vor. »Mr. Harrison ist Inspektor des Gesundheitsamtes hier in Keyes. Ich habe ihm erzählt, dass du hier einige hygienische Probleme hast. Jetzt macht er sich Sorgen, weil du am Samstag bei der Hochzeit hier etwa hundert Menschen von sensibler Gesundheit verköstigen möchtest.«

»Genau, das ist es«, sagte Mr. Harrison und verzog den Mund zum breiten Grinsen eines Mannes, der gutes Geld dafür bekommen hatte, in Two Rivers Verstöße gegen die Vorschriften des Gesundheitsamtes zu finden. »Ich bin besorgt.«

»Taylor«, flötete Agnes, »das sollte doch dein großes Coming Out sein: die wichtigste Hochzeit der Saison in dieser trostlosen Gegend auszurichten. Du lernst es wohl nie, dass du mit solchen Aktionen den Ast absägst, auf dem du selbst sitzt?«

»Ich kann das Catering auch im Country Club machen«, meinte Taylor hinterlistig. »Meinem Ast geht es bestens.«

»Nicht, wenn Shane mit dir fertig ist ...«, setzte Agnes an. Doch da meldete sich Dr. Garvin wieder: *Agnes.*

Wo zum Teufel waren Sie?

Sie haben nicht zugehört. Bedrohen Sie niemals Menschen in Gegenwart von Zeugen, Agnes.

Dann kann ich sie also bedrohen, wenn niemand dabei ist? Wer bist du denn? Dr. Garvins böser Zwilling.

»Wie meintest du eben, Agnes?« Taylors Lächeln war noch feister geworden.

»Ich sagte, dass du ein Schwachkopf bist, den Karma und Schicksal richten werden«, antwortete Agnes. »Jetzt musst du sagen: ›Wer sind denn Karma und Schicksal? Und was habe ich den beiden getan?‹«

»Sehr witzig«, entgegnete Taylor.

Agnes sah Mr. Harrison an. »Ein klein bisschen witzig war es schon, oder nicht?«

»Ein ganz kleines bisschen«, erwiderte er, ebenfalls lächelnd. Taylor starrte ihn herausfordernd an, doch er zuckte mit den Schultern. »Was soll ich mir also ansehen?«

Taylor zeigte auf Rhett, der auf dem Küchenfußboden schlief. »Der Hund ist unhygienisch.«

Zweifelnd sah Harrison Taylor an. »Sie möchten, dass ich einen Ort für unhygienisch erkläre, weil ein Hund dort schläft? Da müssen wir uns schon etwas Besseres einfallen lassen, Mr. Beaufort.« Er sah sich um. »Das ist eine ausgesprochen saubere Küche, hier werden wir nichts finden.«

Wieder starrte Taylor ihn zornig an. »Da ist ein Keller, der fünfundzwanzig Jahre lang nicht gereinigt wurde.«

Harrison seufzte. »Ich stöbere ein bisschen unter der Spüle.« Er bückte sich und tätschelte Rhett den Rücken. Dann öffnete er den Spülenunterschrank. Dort lag alles schön in Plastikcontainern mit luftdichtem Deckel verpackt. Deren Inhalt war mit säuberlich beschrifteten Schildern deklariert. Harrison sah Agnes an.

»Ich bin Sternzeichen Jungfrau«, sagte sie. »Was erwarten Sie von mir?«

Er schloss die Türen wieder und stand auf. »Das kann ein Weilchen dauern. Sehen wir uns den Keller mal an.«

Agnes ließ die Tapetentür aufschwingen. »Da steht die Leiter.«

Harrison sah sie ein wenig pikiert an. Dann steckte er den Kopf durch die Tür. »Das sieht Ihnen aber gar nicht ähnlich, Miss Crandall.«

»Wir haben den Keller erst vor zwei Tagen entdeckt«, meinte Agnes. »Und ich kann keine Stufen legen lassen und alles sauber machen, weil es sich dabei um einen Tatort handelt.«

»Für Sie muss das wirklich hart sein«, sagte Harrison mitfühlend. Dann drehte er sich zu Taylor um. »Hier erwischen wir sie vielleicht.«

»Ich hab's Ihnen ja gesagt«, gab Taylor zurück.

»Einen Moment mal.« Agnes griff nach dem Handy und drückte Joeys Kurzwahlnummer. Als seine Mailbox ansprang, sprach Agnes ihm auf Band: »Joey, hier spricht Agnes. Taylor ist hier mit einem sehr netten Mann vom Gesundheitsamt. Taylor hat ihn geschmiert, damit er die Hochzeit hier wegen hygienischer Bedenken verbietet. Sie wollen gerade in den Keller hinunter, weil sie hoffen, dort etwas zu finden, was ihm eine Handhabe gegen mich gibt. Kennst du vielleicht seinen Chef, und kannst das für mich erledigen? Danke dir. Und ein dickes Bussi.« Sie klickte das Gespräch weg.

»Mr. Harrison ist Chef des Gesundheitsamtes«, sagte Taylor.

»Dann wird er Joey ja kennenlernen«, gab Agnes zurück. In Wirklichkeit aber sank ihr der Mut.

»Na, dann«, sagte Harrison und sah ins das Loch hinunter. »Zur Leiter.«

Fünf Minuten später standen sie am Ende des Tunnels und sahen auf die Säure, die durch das Glasröhrchen tropfte. Nun war Harrison wirklich sauer.

»Das ist gefährlich«, sagte er und bedeckte mit der Hand die Nasenlöcher. »Diese Dämpfe sind gesundheitsschädigend.«

»Und wenn ich hier unten servieren würde«, warf Agnes ein, »dann hätte ich ein echtes Problem.« *Was zum Teufel ist das denn?*

Achten Sie auf Ihre Sprache, Agnes.

»Wo Dämpfe sich breitmachen, kann man nie so genau sagen, meine Dame«, meinte Harrison streng. Dann eilte er durch den Tunnel zurück. Taylor folgte ihm kichernd.

Harrison schrieb seinen vorläufigen Bericht in der Küche. Dann überreichte er Agnes eine rosarote Kopie. »Sie können die Hochzeit hier nicht ausrichten«, sagte er in leierndem Tonfall. »Sie müssen die Hochzeit in den Country Club verlegen.«

Agnes gab ihm das rosafarbene Blatt zurück. »Die Hochzeit wird hier stattfinden. Sie wissen genau, dass das, was sich dort unten befindet, das Abendessen, das in meiner Scheune stattfindet, nicht im Geringsten beeinträchtigt. Wenn Sie diese Hochzeit sabotieren, werde ich nicht nur Sie wegen berufsschädigenden Verhaltens vor den Kadi zerren.« Sie drehte sich zu Taylor um. »Dich werde ich mir vornehmen, weil du einen Beamten bestochen hast. Und Sie …« Damit drehte sie sich erneut zu Harrison um: »… werden verhaftet, weil Sie Schmiergeld angenommen haben.«

Harrison schüttelte den Kopf. »So läuft das hier in Keyes aber nicht, Miss Crandall.«

Agnes seufzte. »Gut, dann muss ich eben zu Plan B übergehen.«

Harrison blinzelte verständnislos: »Plan B?«

»Er hat Ihnen nichts über die Familie der Braut erzählt, oder?«

Harrison sah Taylor an. »Die Familie der Braut? Nun, die Fortunatos. Ja, aber Mrs. Dupres, die Großmutter der Braut, möchte ja ohnehin, dass die Hochzeit im Country Club stattfindet …«

»Ja, aber nicht die Mutter der Braut«, versetzte Agnes. »Und der Onkel der Braut, dem das Café am Ort gehört? Joey Torcelli? Ich habe ihn gerade angerufen. Er …«

»Gib's auf, Agnes«, erwiderte Taylor. »Mr. Harrison ist nicht so leicht einzuschüchtern.«

Agnes sah Harrison an. Er sah nicht so ganz glücklich aus. Sicher wusste er, wer Joey war. Vielleicht hatte er ja mal versucht, eine Inspektion im Café durchzuführen.

»Ich würde diesen Bescheid noch nicht zu den Akten nehmen«, meinte sie. »Nehmen Sie sich lieber noch ein wenig Bedenkzeit. Für den Fall, dass die Familie der Braut wünscht, dass die Hochzeit doch in ihrem früheren Heim stattfindet. Oder hat Taylor Ihnen etwa nicht gesagt, dass dies Frankie Fortunatos Haus war?«

Mr. Harrison warf Taylor einen vorwurfsvollen Blick zu und verließ die Küche.

»Ich habe dich, Agnes«, sagte Taylor, »nicht im Geringsten entmutigt.«

»Du hattest mich, Taylor«, gab Agnes zurück. »Und jetzt hast du Brenda, du armer, schwachköpfiger Blödmann. Und Joey, den Ehrenmann, nebst Shane auf dem Hals. Also geh jetzt besser. Dein Handlanger sitzt schon draußen in seinem Lieferwagen. Und während du noch hier stehst, bekommt er gerade eiskalte Füße. In ein paar Minuten wird er den Bericht zerreißen und die Stadt verlassen, bis die Hochzeit vorüber ist.«

»Nein, er ...«

»Und Shane kommt auch bald zurück.«

Taylor sah über die Schulter.

Er sah Agnes an. »Gib mir den Ring zurück, dann gehe ich.«

»Was?«

»Den Verlobungsring.« Er deutete auf Agnes Hand. »Gib mir meinen Ring zurück, und ich bin weg.«

Agnes sah auf den Ring an ihrer Hand. Sie hatte ihn vollkommen vergessen. Angeblich hatte er fünftausend Dollar dafür auf den Tisch geblättert. Davon konnte sie schon das ein oder andere für das Haus kaufen. Oder vielleicht einen Gartenarchitekten engagieren. *Ob Garth das wohl auch konnte?*

»Nein«, sagte sie. »Du kannst so gehen.«

»Ich will den ...«

»Du hast die Verlobung gelöst, also behalte ich den Ring.«

»Du hast mich fast mit einer Gabel erstochen!«

»Und du hast mir verschwiegen, dass du bereits verheiratet bist«, meinte Agnes. »Verzieh dich. Ich habe zu tun.«

»Damit kommst du nicht durch!«, zeterte Taylor.

»Mehr fällt dir nicht ein?«, fragte Agnes. »Los, das kannst du doch besser. Oder soll ich Doyle mit einem Hammer zu deinem Mustang schicken?«

»He!«, schrie Taylor. Als er einsah, dass er hier auf verlorenem Posten kämpfte, zog er ab.

Agnes sah den Ring an und dann auf die Kellertür.

»Klappt denn diese Woche nichts irgendwie einfach so?«, sagte sie. Dann rief sie ihren Anwalt an.

♡

»Wir sind noch fünf Minuten von der Brücke entfernt«, sagte Carpenter. »Ich sehe schon die Türme.«

Shane sah auf die Uhr. Zehn Minuten bis zur Geldübergabe. Er streckte den Kopf durch die kleine Luke, die zum vorderen Teil des Vans führte. Er sah zwei Brückentürme, die sich vor ihnen am Horizont abzeichneten. Links und rechts davon nur Sumpf, so weit das Auge reichte.

»Irgendwelche Ideen?«, fragte Shane.

»Ich glaube, hier ist direktes Vorgehen nötig, was ja deine Spezialität ist. Schließlich können wir uns ja nicht am Übergabeort verstecken.«

»Fahr rechts ran, bevor du auf die Auffahrt zur Brücke kommst. Ich will sehen, ob ich von einem höher gelegenen Ort aus eine direkte Schussposition für das Gewehr finde.«

»Alles klar«, gab Carpenter zurück. »Aber bei dem Schussfeld hast du es schwer, einen guten Winkel zu finden.«

Shane sah, was er meinte, als sie um eine Kurve bogen. Die Straße stieg steil zum nächsten Brückenturm an. »Hier etwa solltest du halten«, sagte Shane, der verhindern wollte, dass er das Schussfeld nicht mehr überblickte.

Carpenter wartete, bis sie eine Betonbrücke über einen kleinen Bach hinter sich gebracht hatten, dann fuhr er rechts ran.

»Öffne das Verdeck«, befahl Shane, der sein M21-Scharfschützengewehr mit der Mündung nach oben auf den Beifahrersitz gestellt hatte.

Carpenter gehorchte. Shane stand nun zwischen den Sitzen und stellte ein kleines Spektiv auf das Dach des Van.

»Nicht gerade unauffällig«, bemerkte Carpenter.

»Hast du einen besseren Plan?«, meinte Shane.

»Wir schnappen uns den Consigliere mit dem Geld, bevor die Übergabe stattfindet. Vielleicht handelt Casey Dean dann mit uns etwas aus. Oder er lässt das Ganze überhaupt.«

»Wilson will, dass wir Dean erledigen.«

»Hat er das gesagt?«

»Er schickt nicht mich, wenn er mit den Leuten reden will.« Shane lehnte sich vor und stellte das Spektiv scharf.

»Vielleicht will er dich auf die Probe stellen.«

Ja, und ich falle durch, wenn ich Casey Dean nicht erschieße.

Shane sah einen schwarzen Lincoln Town Car, der auf dem Seitenstreifen hielt, auf der rechten Seite der Brücke, etwa in der Mitte des Schussfelds. Diese Typen verhielten sich doch immer gleich, dachte er. Wieder sah er auf die Uhr. Drei Minuten vor zwei. Casey Dean war ein Profi. Die Übergabe würde also zur vereinbarten Zeit stattfinden. Shane duckte sich in den Van, nahm das Spektiv vom Dach und kauerte sich zwischen Carpenter auf dem Fahrersitz und dem Gewehr auf dem Beifahrersitz zusammen.

»Der Consigliere ist da.« Er sah mit dem Spektiv durch die Windschutzscheibe. Natürlich war die Sicht so schlechter, doch der Lincoln war immer noch gut zu sehen.

»Noch zwei Minuten«, sagte Carpenter. »Und hinter uns rücken gerade die Sirenen an.«

»Polizei?«

»Sieht so aus. Dahinter fährt ein Rettungswagen.« Mit einem Griff schaltete Carpenter sein Spezialradio ein und beugte sich nach vorn, um auf niedrigster Lautstärke die lokale Notruffrequenz abzuhören, während Shane sich auf die Brücke konzentrierte.

»Es heißt, auf der Brücke habe es einen Unfall gegeben«, fasste Carpenter zusammen.

»Quatsch. Da gibt es keinen Unfall. Dean hat für uns ein kleines Ablenkungsmanöver arrangiert.« Shane drehte sich suchend um. Irgendwo musste Dean ja sein.

»Noch eine Minute«, verkündete Carpenter.

Die Tür des Lincoln ging auf, und ein großer, dünner Mann mit grauem Haar stieg aus, einen glänzend polierten Metallkoffer in der Hand. Er sah sich um. Anscheinend wusste er nicht, aus welcher Richtung Dean kommen würde.

Als Shane mit der freien Hand nach dem Gewehr griff, kamen die Sirenen näher.

»Du wirst doch nicht schießen, wenn Cops in der Nähe sind?«, fragte Carpenter.

Shane hörte, wie die Sirenen vorbeizogen. Das Blaulicht spiegelte sich auf der Windschutzscheibe wider. Er aber ließ sich nicht von der Brücke ablenken. Dort griff der Consigliere unvermittelt in die Jackentasche und holte sein Handy hervor, das er ans Ohr hielt.

»Dean nimmt Kontakt auf«, sagte Shane.

»Ein Polizeiwagen und ein Krankenwagen fahren gerade die Brücke hinauf«, berichtete Carpenter. »Und ich sehe einen weiteren Polizeiwagen in unserem Seitenspiegel. Die kommen auf uns zu.«

Dies durchkreuzte seine Pläne nun tatsächlich. Er konnte nicht einfach wie ein Schachtelteufelchen aus der Verdecköffnung springen und Casey Dean mit einem Schuss erledigen, wenn in genau diesem Augenblick die Polizei an ihrem Wagen vorbeifuhr. In dem Moment sah er, wie sich der Consigliere über das Brückengeländer beugte.

»Oh verdammt. Dean ist unter der Brücke.« Shane glitt auf den Beifahrersitz und legte das Gewehr in seinen Schoß. »Fahr zu.«

Carpenter betätigte die Kupplung und fuhr auf die Straße, als der Wagen des Sheriffs an ihnen vorbeizog. »Welche Richtung?«

»Geradeaus und dann ...« Shane überlegte schnell. Auf die Brücke konnten sie nicht, mit all den Cops in der Gegend. Er hielt immer noch das Spektiv vors Auge und sah, wie der Consigliere den Koffer von der Brücke fallen ließ und wieder in sein Auto stieg. Vor der Auffahrt zur Brücke gab es nur eine einzige Ausfahrt.

»Nimm die Ausfahrt«, befahl Shane.

Carpenter lenkte den Wagen scharf nach rechts. Die Straße machte eine Kurve und führte dann unter der Auffahrt hindurch. Doch zwischen der Straße und dem Savannah River war aufgrund der dichten Vegetation kein Durchkommen.

»Wir brauchen freie Sicht aufs Wasser«, meinte Shane und kurbelte auf seiner Seite das Fenster hinunter.

»Halt dich fest.« Carpenter riss das Steuer herum, und sie schossen auf einen Trampelpfad zu. Die Spezialfederung des Wagens bekam ordentlich zu tun, als Carpenter beschleunigte und sie über Furchen und Steine hinwegdonnerten.

»Waa!«, gellte Shanes Schrei, als der Savannah vor ihnen auftauchte – hinter einem rostigen Drahtzaun, der das Ende des Trampelpfads markierte.

Carpenter war im selben Moment auf die Bremse gestiegen, als er Shanes Schrei hörte. Der Van kam zum Stehen – mit der vorderen Stoßstange etwa fünfzig Zentimeter vor dem Zaun. Shane riss die Tür auf und sprang mit dem Gewehr in der Hand aus dem Wagen.

Er legte sofort an und stützte den Lauf auf dem Zaun ab. Drei Wasserfahrzeuge. Ein alter Schlepper, der sich flussaufwärts kämpfte. Und zwei kleinere Boote, die flussabwärts fuhren. Shane sah durch das Spektiv und überprüfte das Fahrzeug, das am weitesten weg war, ein Kajütboot in etwa achthundert Meter Entfernung. Auf der Brücke standen ein alter Mann und eine Frau.

Jedenfalls nicht Casey Dean.

Er richtete das Spektiv auf das zweite Boot, ein kleineres, schnelleres Fahrzeug, welches das Kielwasser hoch aufspritzen ließ, sodass die Distanz zu Shanes Gewehr sich schnell vergrößerte. Ein Mann in Schwarz mit schwarzer Kapuze saß am Steuer.

Shane zielte, und sein Finger tippte leicht an den Abzug. Er fühlte, wie sein Herz sich verlangsamte, als er sich auf den Schuss konzentrierte.

»Bist du sicher, dass das Casey Dean ist?«, fragte Carpenter.

»Nein«, antwortete Shane.

»Gib mir dein Telefon und die Karte«, sagte Carpenter.

Shane hielt das Gewehr in Schussposition, doch das Boot näherte sich immer schneller dem Punkt, an dem eine Flussbiegung es vor ihm schützen würde. Er wusste, was Carpenter vorhatte, und kam seinem Partner zuvor, indem er mit der freien Hand das Mobiltelefon herausholte und so schnell wie möglich eine Handynummer eintippte. Dabei behielt er eine Hand stets am Gewehr.

Shane war überrascht, als er am anderen Ende ein Freizeichen hörte. Es läutete noch zwei Mal. Die Gestalt auf dem Boot regte sich nicht. Beim vierten Mal sprang die Mailbox an und eine Ansage informierte ihn, dass er nun eine Nachricht hinterlassen könne.

»Casey Dean«, sagte Shane. »Ich habe dich im Visier.«

Die Gestalt bewegte sich immer noch nicht.

Kurz vor der Flussbiegung allerdings, eine Sekunde, bevor es vollkommen außer Sicht sein würde, hob die Gestalt grüßend die Hand – mit ausgestrecktem Mittelfinger. Dann legte das Boot noch einmal an Schnelligkeit zu und verschwand.

»Sieh es mal positiv«, sagte Carpenter. »Immerhin weißt du jetzt, wie Casey Dean von hinten aussieht, wenn er Schwarz trägt und eine Kapuze aufhat. Das kannst du Wilson doch berichten.«

»Verdammt«, schimpfte Shane und stieg wieder in den Van.

»Was soll das heißen, ich kann diese Partnerschaft nicht auflösen?«, schimpfte Agnes ins Telefon. »Er versucht, ebendiese Partnerschaft zu sabotieren, Barry.«

»Was ein guter Grund für die Lösung eures Vertrages ist, Agnes«, meinte der Anwalt. »Aber noch gilt er. Eine Aufhebung ist nur im gegenseitigen Einvernehmen möglich. Und Taylor gibt seine Einwilligung nicht. Er hat mich gerade angerufen.«

»Barry, er versucht, das Gesundheitsamt so weit zu bringen, dass es die Durchführung einer Hochzeit, für die wir gemeinsam das Catering machen, untersagt«, flehte Agnes. »Bricht er damit nicht unsere Vereinbarung?«

»Ich für meinen Teil würde ihn verklagen«, meinte Barry. »Aber ich bin ja auch Anwalt.«

Agnes hörte die Eingangstür und drehte sich um. Lisa Livia schlenderte mit einer Einkaufstüte in die Küche, auf der groß *Betsie's Bon Ton* stand.

Rhett machte sich nicht einmal die Mühe, den Kopf zu heben.

»Da kommt ein Laster über deine Brücke«, sagte Lisa Livia. Agnes beendete das Gespräch mit Barry und ging zur Eingangstür, um nachzusehen, was draußen vorging, wobei sie beinahe über fünf pinkfarbene Lederkoffer stolperte, die Lisa Livia mitgebracht hatte.

»Brenda hat mich dabei erwischt, wie ich ihr Zeug durchsucht habe. Sie hat rumgeschrien und mich vom Boot gejagt«, erzählte sie. »Behauptet, ich würde sie betrügen. Kann ich mein altes Zimmer haben?«

»Natürlich«, meinte Agnes und trat in die Tür. »Was für ein Laster …?«

Der Lastwagen kam bereits über die Brücke, die deutlich ihr Missfallen an solcher Beschwernis kundtat, indem sie weithin vernehmbar ächzte. Dann fuhr er die Einfahrt herauf und über den Rasen. »Lassen Sie das!«, brüllte Agnes den Fahrer an. Der

Wagen hielt an. Der Fahrer stieg aus und lud eine Transportkiste ab, deren Bauart ihr irgendwie bekannt vorkam.

»Was zum Teufel ...«, setzte Lisa Livia an. Auch der Fahrer kam Agnes irgendwie bekannt vor. Und tatsächlich öffnete er die Kiste, und ein weiterer Flamingo stakste heraus. Der mindestens ebenso laut schrie wie der erste. Cerise verlor jegliche Contenance.

Nun kam der Fahrer mit seinem Klemmbrett auf Agnes zu.

»Nein«, sagte sie. »Sie nehmen beide wieder mit ...«

»Ich bin hier nur der Lieferant, Madam«, sagte er, wobei es in seinem Kaninchengesicht zuckte. Am Hemd steckte ein Schildchen mit seinem Namen: Butch.

»Ich unterschreibe das nicht«, sagte Agnes. »Nehmen Sie die beiden Tiere wieder mit. Sie müssen zu ihrer Horde zurück.«

»Das geht nicht«, meinte er lakonisch. »Unterschreiben Sie bitte.«

»Nein.« Sie schob sich die Brille auf der Nase hoch und sah ihn genauer an. »Sie kommen ja gar nicht von einer Spedition. Aber Sie haben uns Cerise geliefert. Downer hat Sie angestiftet. *Wer sind Sie?*«

Einen kurzen Augenblick lang trafen sich ihre Augen. Dann gab er Fersengeld und lief zurück zu seinem Auto.

»Komm her, du missratenes Schwein!« Agnes lief ihm nach, aber die Angst verlieh ihm Flügel. In weniger als zehn Sekunden saß er hinter dem Lenkrad, legte den Gang ein und schoss mit dem Wagen davon, noch bevor er Zeit hatte, die Fahrertür wieder zu schließen.

Agnes ging zu Lisa Livia zurück, die immer noch ihre Bon-Ton-Tasche in Händen hielt. Sie hatte das Klemmbrett aufgehoben, das der Kinnlose so abrupt hatte fallen lassen.

»Der hier heißt ›Hot Pink‹«, sagte Lisa Livia.

Agnes sah zum Fluss hinunter. Hot Pink und Cerise schnarrten, was das Zeug hielt. Anscheinend berichteten sie sich gegenseitig über all die Gemeinheiten, die sie hatten erdulden müssen. Doch Cerise wirkte nicht mehr ganz so verstört wie zu Anfang. »Steht da eine Rücksendeadresse?«

»Nein«, antwortete Lisa Livia. »Das ist eigentlich nur ein Informationsblatt. Wie die, die häufig in den Zoos an den Gehegen hängen.«

»Im Zoo.« Agnes schloss die Augen. »Ruf diesen Idioten Downer an und frag, ob er die Flamingos aus dem Zoo hat stehlen lassen.« *Was, wenn ja?* Natürlich *hat der Idiot sie aus einem Zoo klauen lassen. Wer verkauft schon Flamingos?*

»Oder noch besser: Ruf ihn an und sag ihm, wir wüssten, dass er den Fahrer angestiftet hat, Cerise und Hot Pink zu stehlen. Und wenn er nicht angezeigt oder erschossen werden will, soll er die Vögel postwendend wieder dorthin schaffen lassen, wo er sie herhat.«

»Wird gemacht«, meinte Lisa Livia lakonisch, während sie ihr Handy hervorholte. »Danach müssen wir uns unterhalten. Brenda hat mich zwar rausgeworfen, aber ich konnte zuvor schon so einiges von ihrem Zeug ins Auto laden. Zum Beispiel den ganzen Grundstückskram. Und ihr Hausalbum.«

»Ihr Hausbuch?«, hakte Agnes nach.

»Das Notizbuch, in dem sie aufschrieb, was sie alles mit dem Haus machen wollte, obwohl sie nach dem Tod des Immobilienkönigs gar nicht mehr das Geld dafür hatte.« Lisa Livia reichte Agnes das Klemmbrett. »Es ist sozusagen ihr ›Traumhausbuch‹. Ich weiß, wir haben nur noch zwei Tage, aber wir müssen ja nur das Äußere des Hauses präsentabel machen. Sie wollte schwarze Fensterläden. Und schwarze Kutschlaternen an der Veranda. Dazu rosarote Hortensien und weißen Flieder. Es wird sie schier umbringen, wenn sie am Samstag hier aufkreuzt und sieht, dass ihr Traumhaus jetzt dir gehört und nicht ihr. Und dann bin ich noch bei Betsie's Bon Ton vorbeigefahren und habe uns Brautmutterkleider besorgt.«

»Uns beiden?«, fragte Agnes.

»Natürlich. Du hast Maria in den ersten drei Jahren mit mir zusammen großgezogen. Du bist auch ihre Mutter. Warte, bis du sie siehst. Ich habe auch für Evie eines besorgt. Betsie macht gerade Schlussverkauf.«

»Sie?«, meinte Agnes zögernd. »LL, du wirst mir doch nicht erzählen wollen, dass du drei gleiche Kleider gekauft hast?«

»Wir werden wirken wie Knöpfchen an einem Kleid«, meinte Lisa Livia. »Und echt heiß!« Sie machte die Tasche auf, wobei ihr beinahe das Handy runtergefallen wäre. »Das Tolle ist, dass sie das Kleid sowohl in Größe 36 als auch in 42 da hatten.«

»Das war vielleicht ein Glück!«, stichelte Agnes. Und Lisa Livia antwortete: »Naja, so wild war's auch wieder nicht. Sie hatten das Kleid echt in allen Größen.«

Sie zog die kleinste Größe hervor und hielt sich das Kleid vor den Körper. Ein scharfes, pinkfarbenes Teil mit Nackenträger, eng anliegendem gerafftem Oberteil und herzförmigem Ausschnitt. Das Oberteil lief in Schößchen aus, darunter ein schmaler Rock. Der Stoff war über und über mit pinkfarbenen Herzchen in einem helleren Ton bedruckt. »Na, wie findest du's?«

»Es passt … hundertprozentig zu mir«, sagte Agnes, der es fast die Sprache verschlagen hätte. In dem Ding würde sie aussehen wie ein Flamingo. Ein Callgirl-Flamingo, um genau zu sein.

»Ja, das war schließlich der Zweck der Übung«, meinte Lisa Livia. »Du kannst schließlich zur Hochzeit nicht deine Küchenfurienschürze anziehen.« Sie hielt das Kleid mit ausgestreckten Armen von sich weg, um es nochmals zu begutachten. Agnes suchte nach dem Rückenteil. Das war wohl vergessen worden.

»LL, ich habe nicht die Figur für so etwas«, wagte Agnes einzuwenden.

»Bist du verrückt?«, versetzte Lisa Livia empört. »Dein Hintern wird darin super aussehen. Keine Ahnung, was Evie Keyes macht, aber du wirst dieses Kleid tragen. In Größe 42.«

»Woher wusstest du, welche Größe Evie braucht?«

Lisa Livia warf ihr einen gönnerhaft-belehrenden Blick zu. »Als ob man dir nicht in jeder Boutique von Keyes Evie Keyes' Kleidergröße sagen könnte. Außerdem war das Kleid auf 14,95 Dollar herabgesetzt. Falls sie's nicht will, hat es wenigstens nicht viel gekostet.« Sie hielt ihr Kleid wieder vor die Brust. »Wir brauchen Hüte. Und verflixt pinkfarbene Schuhe.«

»O ja«, meinte Agnes. »Genau das brauchen wir. Gib mir das Hausbuch, und sag Maria Bescheid, dass sie Downer anruft.«

Lisa Livia stopfte das Kleid zurück in die Tasche, gab Agnes das Buch und tippte Marias Kurzwahlcode ein. Eine Minute später erklang ihre Stimme: »Maria? Der Penner Downer hat einen zweiten Flamingo geschickt.«

Agnes eilte mit dem Buch ins Haus. *Ich kann mir vorstellen, dass Garth das mit der Gartengestaltung hinkriegt*, dachte sie und versuchte, das nervtötende Geschnarre der Flamingos im Hintergrund zu vergessen. Heiße Flamingos, dachte sie. *Ich habe heiße Flamingos hinter dem Haus und ein nuttenhaftes Brautmutterkleid für 14,95 von Betsie's Bon Ton. Das kann nicht gut gehen. Naja, vielleicht doch*. Shane würde es vermutlich gefallen. Nicht, dass das von Bedeutung wäre. Die Geschichte war sowieso vorbei. Von jetzt an nur noch Jungs, die noch keinen umgebracht hatten. Das war das Motto, das sie sich von nun an auf die Fahnen schreiben würde.

Immerhin gab es Fortschritte zu vermelden: Sie hatte mit einem verlogenen, betrügerischen Schwein von Ehebrecher Schluss gemacht. Und sie schlief nicht mehr mit dem geheimnisumwitterten, wenn auch zugegebenermaßen recht praktischen Killer, der in ihrem Keller Säure verspritzte.

»Wer behauptet da, dass ich nichts dazulerne?«, meinte sie zu

Rhett gewandt, als sie wieder in ihre Küche kam. Dann nahm sie endlich die schon lange fällige Dusche.

♡

Am Abend – Shane war mittlerweile zurück und verhielt sich so einsilbig und mürrisch wie eh und je –, sah sie das Hausbuch durch und machte sich Notizen. Brenda hatte, wie sie anerkennen musste, einen ausgezeichneten Geschmack. Danach vollendete Agnes ihr Konzept für die Torten und Kuchen, machte ihre Aufgabenliste für Donnerstag fertig, verpackte ihren Verlobungsring, um ihn weiterveräußern zu können, und fütterte Lisa Livia, Carpenter, Garth, Joey und Shane mit Rippchen. Das fühlte sich gut an. Wie eine große Familie, die vielleicht ein bisschen gaga war, aber immerhin funktionierte. Dann machte sie mit Lisa Livia in der Küche Klarschiff und packte die Essensreste weg. Die Männer stiegen in den Keller hinunter, um die Venusstatue heraufzuholen, wobei sie sehr viel mehr Lärm machten, als die einfache Verbringung einer Statue ein Stockwerk höher eigentlich erforderte. Nach getaner Arbeit ließ Agnes Carpenter und Lisa Livia auf der Hollywoodschaukel zurück, wo sie bei einer Flasche Bourbon über griechische Kunst und Automatikwaffen diskutierten. Im Vorbeigehen schickte sie noch Garth in seine Scheune, nicht ohne ihm vorher zu sagen, dass er ein Mädchen zur Hochzeit mitbringen solle. »Ich?«, meinte er verblüfft. »Das wird die heißeste Fete in der Stadt«, sagte sie. »Und du bist backstage.« Dann stellte sie Kaffee, Bourbon und Tassen auf ein Tablett und trug alles auf die Plattform am Anlegesteg hinaus, wo Shane saß.

Sie setzte sich neben ihn. »Nun, wie war dein Tag?«

»Ich hatte schon bessere.« Shane nahm eine der Tassen und die Kaffeekanne.

Sie öffnete die Bourbonflasche und hielt ihm ihre Tasse hin. Er schüttete Kaffee in seine und ihre Tasse. Worauf sie zuerst seine, dann ihre eigene Tasse mit Bourbon auffüllte.

»Hör mal«, sagte sie. »Wegen letzter Nacht. Wegen dir und

mir. Ich bin eigentlich nicht bereit für … Ich meine, diese Sache mit Taylor und alles … Ich glaube, ich brauche …«

»In Ordnung«, sagte er.

Das war ja einfach, dachte sie und war nicht ganz sicher, ob sie sich jetzt wirklich freuen sollte.

Sie lehnten sich zurück und sahen zu, wie die Sonne langsam versank. In der friedlichen Abendstille spürte Agnes förmlich, wie die Spannung in seinem Körper nachließ.

»Was wollte Taylor eigentlich?«, fragte er schließlich.

»Er brachte einen Inspektor vom Gesundheitsamt mit, der die Hochzeit hier verbieten sollte.«

»Hast du ihn umgebracht?«

»Nein. Er verlangt seinen Verlobungsring zurück, kannst du dir das vorstellen?«

»Ja. Er ist einfach ein Windbeutel. Willst du mir die Geschichte mit dem Inspektor erzählen?«

»Joey ist dran. Aber was hast du eigentlich genau in meinem Keller installiert?«

»Einen Säuretropf«, erklärte er. »Damit wollen wir die Tür vom Bombenschutzkeller aufbekommen.«

»Bei der Grundstücksbegehung anlässlich des Hauskaufs war nie von einem Bombenschutzkeller die Rede. Warum willst du ihn überhaupt aufbekommen?«

Erstaunlicherweise sah Shane jetzt drein wie ein Schaf. »Möglicherweise finden wir Frankie Fortunatos Leiche dort unten. Und die fünf Millionen Dollar, die er vor fünfundzwanzig Jahren gestohlen hat.«

»Fünf Millionen Dollar.« Agnes nickte. »Und wann wolltest du mir davon erzählen?«

»Ich hatte nicht die leiseste Ahnung von all dem, bis Joey mir gestern Bescheid sagte.«

»Und niemand hat es für nötig gehalten, *mir* zu sagen, dass der Grund, weshalb in einem fort Leute in *meiner Küche* auftauchen, die *mich* mit ihrem *Schießeisen* bedrohen, der ist, dass *in meinem Keller fünf Millionen Dollar* liegen?«

»Wir wollten nicht, dass du dir Sorgen machst«, meinte Shane und erzählte ihr, was Joey ihm berichtet hatte. Ohnehin kannte sie einen Teil der Geschichte bereits von Lisa Livia, die sie vor Jahren schon in das ein oder andere Detail eingeweiht hatte. Den Bombenschutzkeller einmal ausgenommen.

»Lisa Livia wird das nicht behagen«, sagte Agnes, und doch konnte sie nicht verhindern, dass ein Teil ihrer Gedanken um die fünf Millionen Dollar in ihrem Keller zu kreisen begann.

»Morgen wissen wir mehr«, sagte Shane.

Agnes seufzte. »In Ordnung. Und jetzt erzähl mir von deinem Tag? Hast du jemanden umgebracht?« Fast hätte sie sich auf die Zunge gebissen, als sie merkte, dass dies in seinem Fall vermutlich keine hypothetische Frage war. »Das sollte ein Scherz sein. Weil du mich doch gefragt hast, ob ich Taylor umgebracht habe. Ich will nicht wirklich wissen ...«

»Ich habe niemanden umgebracht.«

»Es tut mir leid, es tut mir wirklich leid.«

»Agnes ...«

»Ich bin immer noch ...« Da sie ihn ja nicht beleidigen wollte, suchte sie nach dem richtigen Wort. »... ein wenig durcheinander ... wegen deines ... Jobs.«

»Gut«, meinte er.

Empört sah sie ihn an: »Gut?«

Er zuckte mit den Schultern. »Einige Frauen macht es an. Nicht, dass mich das stören würde, aber ...«

»Macht es an?« Agnes ließ den Blick über das Wasser schweifen. »Nun, es hatte schon etwas, als du den Mann erschossen hast, der mich erschießen wollte. Nachdem ich mich ausgekotzt hatte, war ich hundert Prozent dein Fan.« *Warte mal ab, was passiert, wenn du in meinem Keller fünf Millionen Dollar findest ...*

»Agnes ...«

»Und ich bin sicher, dass jeder, den du umgebracht hast, das auch irgendwie verdient hat …«

»Agnes …«

»Wie bei John Cusack in *Grosse Pointe Blank* …«

»Agnes, ist ja in Ordnung.«

»Hast du jemals den Präsidenten von Paraguay mit einer Gabel getötet wie er?«

»Die Gabel ist ja wohl eher deine Waffe.« Er nahm ihre Hand. »Wenn es dir hilft: Jedes Zielobjekt wusste immer genau, weshalb ich da war.«

Agnes schluckte, als seine Handfläche die ihre berührte. Er fühlte sich warm und sicher an. Dann nickte sie. »Die besondere Organisation, für die du arbeitest … das ist aber nicht zufällig die Mafia, oder?«

Shane sah sie an, als ob sie nicht ganz bei Trost wäre. »Nein. Wo denkst du hin, Agnes. Ich arbeite für die Regierung der Vereinigten Staaten.«

»Was?!« Entsetzt entzog sie ihm ihre Hand. »Die Regierung lässt *Menschen töten*?«

»Ja, Agnes«, sagte Shane. »Sie schickt sie in den Krieg und auf den elektrischen Stuhl. Und manchmal, wenn's ein bisschen diskreter sein soll, schickt sie mich. Ich bin präziser und einen Tick humaner als eine Bombe, die man aus dreitausend Meter Höhe fallen lässt.«

»Gibt es denn da auch eine Art Anhörung? Oder einen Prozess?«, fragte Agnes. »Sie können doch nicht einfach Menschen *umbringen*.« Er sah ihr fest in die Augen, und sie dachte: *Natürlich können sie*. »Vergiss die Frage«, sagte sie.

In der Stille, die nun eintrat, machte sich wieder das Geklappere der Flamingos breit. Das natürlich nie aufgehört hatte, aber mittlerweile waren die Vögel zu zweit, was ihre stimmlichen Darbietungen insofern erträglicher machte, als der Unterton von Panik und Verzweiflung nun daraus entschwunden war.

Nun hörte es sich eher an wie: »Was haben wir wohl angestellt, dass wir hier mit diesen Schwachköpfen an diesem gottverlassenen Ort festsitzen?« Das war auf jeden Fall besser als Cerises Solovorstellung: »Ich bin allein, allein, allein, allein ...«

»Ich freue mich, dass du für die Regierung arbeitest und nicht für die Mafia«, meinte Agnes. »Da bekommst du doch bestimmt einmal eine Pension, oder? Und bist krankenversichert?«

Shane legte seinen Arm um sie.

Sein Arm fühlte sich prima an. Ein warmes Gewicht auf ihrer Schulter, das sie trotzdem nicht niederdrückte. Sie ließ ihn, wo er war. Schließlich war es ein netter Arm, entschied sie, kein sexueller Arm. Jedenfalls würde der Arm an ihrer Entscheidung, keinen Sex mit ihm zu haben, nichts ändern. Sie waren Freunde. Das war's. Der Arm eines Freundes.

Sie sah ihn an. »Ist es in Ordnung, wenn ich so tue, als wärest du Versicherungsvertreter? Jedenfalls, solange du hier bist.«

»Klar doch«, meinte Shane.

»Und wie war nun dein Tag, mein Lieber?«

»Ich hätte fast eine Police verkauft, aber am Ende zeigte mir der Kunde doch den Stinkefinger.«

»Lass dich nicht entmutigen. Am Ende wirst du noch Vertreter des Jahres.«

»Genau. Und bekomme eine goldene Uhr als Prämie.«

Wieder saßen sie in freundschaftlicher Stille – allerdings nur, soweit es sie selbst betraf, die Flamingos taten weiter ihr Bestes –, bis die Moskitos kaum noch auszuhalten waren. Schließlich zog Agnes sich widerstrebend aus seiner Wärme zurück und stand auf. »Es wird Zeit reinzugehen.«

Sie warf einen Blick zum Haus. Aus Lisa Livias Fenster im ersten Stock fiel Licht. »Schön, dass die Lichter im ersten Stock wieder brennen. So sieht das Haus gleich viel fröhlicher aus.«

Auch er blickte zum Haus zurück. »Ist das Lisa Livias Zimmer?«

»Ja.«

»Warum hast du dir nicht einen der oberen Räume als Schlafzimmer genommen statt des dunklen Wirtschafterinnenzimmers?«

Agnes dachte an ihr großes, kühles, blaues Zimmer unter dem Dach. »Ich wollte unter dem Speicher eine richtige Schlafsuite schaffen, für die Zeit, wenn Taylor hier eingezogen wäre. Dieses Zimmer stand wie ein Symbol für die wechselseitige Verpflichtung, die wir eingegangen waren. Dann hat er aber seinen Einzug hier immer wieder hinausgeschoben. Und ich hatte dauernd andere Dinge zu tun. Schließlich dachte ich, wenn ich das Zimmer ohne ihn bezöge, hieße das, dass ich allein bleiben und er niemals kommen würde.« Sie lächelte ihn an. »Du solltest das andere Schlafzimmer im ersten Stock beziehen. Zwei der Räume sind voller Hochzeitsgeschenke, aber der gleich neben Lisa Livias Zimmer ist für Gäste gedacht.«

Er schüttelte den Kopf. »Nein, das ist zu weit weg von dir. Ich werde vor deiner Tür auf der Luftmatratze schlafen.« Er stand auf.

Agnes nickte, wobei sie sich fürchterlich schuldig fühlte. »Okay. Aber das sieht so unbequem aus.«

»Ich habe es schon schlechter getroffen«, gab Shane zurück.

Er begleitete sie zum Haus. Als sie anhielt, blieb er neben ihr stehen.

»Könntest du für mich nach Garth sehen?«, fragte sie. »Er ist ganz allein dort in der Scheune, und ich finde es ein wenig komisch, nachts allein dorthin zu gehen. Ich finde, ein Mann sollte das machen.«

»Ich möchte nicht, dass du allein im Haus bist.«

Agnes schüttelte den Kopf. »Ich bin ja nicht allein. Lisa Livia ist da. Und du bist ja auch in der Nähe. Jeder, der jetzt etwas versuchen wollte, wäre mehr als verrückt. Aller schlechten Dinge sind außerdem drei. Und ich wurde schon drei Mal angegriffen. Das heißt, dass ich vor weiteren unliebsamen Besuchern sicher bin.«

»Jaja, das dürfte wohl zutreffen«, entgegnete Shane.

»Die ganze Stadt weiß doch jetzt, dass du da bist«, antwortete sie. »Two Rivers ähnelt ohnehin mehr und mehr einem Bahnhof. Ich bin nicht mehr allein, also bin ich sicher.«

Er schüttelte den Kopf, ließ sie aber trotzdem allein ins Haus gehen, während er sich dem Pfad zur Scheune zuwandte. Ihr wurde warm ums Herz.

Gut, dachte sie, als sie die Stufen zur Veranda hinaufstieg, *er ist ein Killer*. Aber er tötet im Auftrag der Regierung, das war immerhin … nun ja, immer noch ziemlich verstörend.

Fakt war allerdings, dass sie unter allen Menschen, die sie kannte, nur wenigen vertraute, und das waren Joey, Shane und Lisa Livia. Und Carpenter. Aber der war Shanes Partner. Während Küchenchefs und Gesundheitsinspektoren, die man doch für ziemlich vertrauenerweckend halten würde, sich plötzlich als hinterhältige, betrügerische Fieslinge entpuppten. Also …

Ziemlich verwirrend, das Ganze.

Sie marschierte durch die Verandatür und dann durch die Hintertür in die Küche. »Oh!«, schrie sie, weil sie plötzlich jemanden in der Kellertür stehen sah. Eine Sekunde später erst merkte sie, dass es sich um die Venus handelte.

»Alles in Ordnung, sie ist unbewaffnet«, sagte sie zu Rhett, der bei ihrem Schrei aufgewacht war. Er knurrte, und sie sagte: »Das war ein Witz. Haha!« Sie beugte sich hinunter, um den Hund zu streicheln. Dabei geriet der Flur in ihr Blickfeld. Dort stand ein Mann, der eine Pistole auf sie richtete. Sie schrie wieder. Laut bellend stürzte Rhett sich auf den Eindringling. Dabei stieß er gegen Agnes, die zur Seite taumelte. Der Typ schoss daneben und fluchte, als Rhetts Zähne sich in seine Waden gruben. Nun stürzte sich Agnes ihrerseits auf den Mann, damit er ihren Hund nicht erschoss. Er ohrfeigte sie mit dem Handrücken. Die Brille fiel ihr von der Nase, als sie gegen die Wand donnerte. Dann schüttelte der Typ Rhett ab und zielte wieder auf sie. Sie machte sich innerlich bereit, doch als er losfeuerte, kamen die Schüsse ungezielt, da er selbst in einem Kugelhagel zusammenzuckte. Die Kugeln trieben ihn durch die Tür, er schoss wie wild an die Decke, dann taumelte er durch den Flur, wo sie ihn nicht mehr sehen konnte. Glas splitterte. Die Uhr schlug. Und Shane setzte seinen Weg durch die Küche fort, während er immer noch völlig ungerührt feuerte, bis seine Waffe klick machte, selbst jetzt marschierte er einfach weiter und ließ das Magazin aus der Pistole gleiten, um ein neues einzuführen.

»Bist du in Ordnung?«, fragte er vom Flur her, als es still wurde.

»Nein«, sagte sie und versuchte zuerst, auf die Knie zu kommen, dann erst auf die Füße, die sich reichlich wacklig anfühlten. Sie stakste durch den Flur und blieb hinter Shane stehen.

Der Mann lag mit ausgebreiteten Armen auf dem Fliesenboden mit dem Schachbrettmuster. Blut breitete sich auf seiner Brust aus, die Augen starrten mit leerem Blick nach oben. In die zahllosen Blutspritzer mischten sich Splitter von Glas und schwarzem Holz von Brendas Großvateruhr, die nun ebenfalls das Zeitliche gesegnet hatte.

»Ich glaube, den hast du erwischt«, meinte sie und versuchte, cool und locker zu klingen.

»Er hat dich geschlagen«, sagte er, und seine Stimme hatte dabei einen seltsamen Tonfall.

»Nun, das wird er ja nun nicht mehr tun.« Mit einem Mal spürte sie, dass ihr Kiefer schmerzte, wo der Kerl sie getroffen hatte. Sie legte die Hand darauf. Eis wäre wohl das Beste.

Shane kniete nieder und durchsuchte die Taschen des Mannes. Er holte seine Brieftasche hervor, öffnete sie und entdeckte fünfzehn nagelneue Hundertdollarnoten.

»Ist mein Preis etwa gestiegen?«, fragte Agnes, immer noch um Coolness bemüht. »Ist das mein neuer Kurs?«

»Nein. Der Preis hat sich nicht verändert. Du bist viel mehr wert als das. Aber das ist Teil der Nahrungskette.«

»Was?«

Shane stand da und sah den Mann an. Sein Gesicht sah genauso aus wie beim ersten Mal, als sie sich begegnet waren – hart wie Stein. Dann aber schien er sich zu entspannen, und als er wieder zu reden anfing, wirkte er fast normal. »Jemand hat auf dich ein Kopfgeld ausgesetzt und einen Killer engagiert. Der wiederum hat das Ziel ausgekundschaftet – eine Frau allein in einem alten Haus ohne unmittelbare Nachbarn – und war offensichtlich der Auffassung, dass dies ein Billigjob war. Also behielt er das Geld, das er kassiert hatte und heuerte wiederum einen anderen Mann an, der zweitausend dafür bekam. Dieser wiederum engagierte Macy, dem er fünfhundert gab. Da Macy letzte Nacht versagte, musste er selbst anrücken.«

»Und der Knabe, der den hier geschickt hat, taucht dann morgen auf? Es wird also *wieder passieren*? Sie hörte, dass ihre Stimme am Ende des Satzes beinahe in ein Kreischen umzuschlagen drohte, und bemühte sich, sich zu beruhigen.

Shane drehte sich zu ihr um. »Nein. Denn ich werde mich jetzt draußen um die Sache kümmern. Morgen finde ich das nächste Glied der Nahrungskette. Aus dem quetsche ich dann heraus, wer den Auftrag gegeben hat. Und dann ist Schluss mit dem Zirkus.«

In diesem Moment wirkte er riesig in ihrem Flur. Und sehr sicher.

Agnes schluckte. »Kannst du das wirklich?«

»Ja.«

»Damit ist jedes Problem vom Tisch, das ich je mit deinem Beruf hatte.«

»Oh, gut«, meinte er. »Wie geht's deinem Kiefer?«

»Tut weh.«

»Dann legen wir doch Eis drauf.«

Sie sah die Leiche an und das Blut, das langsam auf ihrem Fußboden gerann. »Und dann rufen wir Carpenter an?«

»Dann rufen wir Carpenter an.«

Sie nickte und versuchte verzweifelt, an die guten Dinge in ihrem Leben zu denken, zum Beispiel an Carpenter, den sie gerade erst kennengelernt hatte, und Garth …

»Das war das dritte Mal.«

»Was?«

»Garth«, gab sie zur Antwort. »Garth hat's nicht böse gemeint. Aber das war das dritte Mal, dass jemand mir etwas antun wollte.«

Er seufzte. »Lass uns Eis holen, Agnes.«

»Okay«, antwortete Agnes und wandte sich zur Küche.

Shane hatte Agnes beobachtet, weil er nicht wusste, ob sie angesichts des Schusswechsels und des vielen Blutes nicht wieder zusammenbrechen würde, doch dieses Mal hielt sie ihre fünf Sinne beisammen, von dem kleinen Ausrutscher mit dem dritten Mal abgesehen. Und der merkwürdigen Bemerkung über die Venus natürlich, die sie mit glänzenden Augen ansah, als sie wieder in ihre Küche trat, um dann voller Erleichterung zu hauchen: »Es ist ihr nichts passiert.« Lisa Livia schlich sich vorsichtig die Treppen herunter, um nachzusehen, worum es bei der Schießerei wohl gegangen war. Auch sie hatte das Blut im Flur recht gelassen genommen, aber sie war ja auch eine Fortunato. Carpenter trat innerhalb von fünfzehn Minuten auf den Plan. Er brauchte auch nicht länger, um die Leiche und die Spuren der Schießerei zu beseitigen, was Lisa Livia zu uneingeschränkter Bewunderung und Agnes zu tiefer Dankbarkeit veranlasste. Doch die Sanftheit, die er den beiden Frauen gegenüber an den Tag legte, sprach für sich. Als Carpenter weg war und

Lisa Livia sich wieder in ihr Schlafzimmer zurückgezogen hatte, hielt Shane Agnes zurück, als sie ihrerseits im Zimmer der Wirtschafterin verschwinden wollte. »Nein«, sagte er. »Wir gehen nach oben. Hier erwischt man dich viel zu leicht.«

Einen Augenblick lang wurde Agnes still. Dann rief sie nach Rhett und kletterte die Stufen hinauf.

Das Schlafzimmer neben Lisa Livias Zimmer war größer als das Wirtschafterinnenzimmer. Es hatte eine Tür, die auf den rückwärtigen umlaufenden Balkon führte und der eine gute Sicht auf den Blood River erlaubte, auch wenn er natürlich Angriffe von draußen erleichterte. Aber alles war besser als das Zimmer im Erdgeschoss. Außerdem sollte Agnes an einem Ort schlafen, an dem man noch nicht auf sie geschossen hatte. Und das bedeutete, dass das Erdgeschoss völlig ausfiel.

»Hier ist das Badezimmer«, sagte Agnes und öffnete eine Tür, die vom Schlafzimmer aus in den anderen Raum führte. »Die andere Tür geht auf den Flur. Wenn wir sie abschließen, ist es, als hätten wir ein eigenes Badezimmer …«

»Ist schon in Ordnung«, meinte Shane und sah sie besorgt an. »Warum entspannst du dich nicht einfach?«

»Natürlich«, meinte sie.

»Du bist hier sicher. Dafür sorge ich schon.«

Agnes nickte, doch ihr Nicken strahlte nicht gerade unerschütterliche Gewissheit aus. Und so trat Shane zu ihr und ließ die Hand durch ihr Haar und über ihren Nacken gleiten. Zärtlich zog er sie an seine Brust. »Es wird schon alles gut.«

»Bist du da sicher?«, murmelte sie mit erstickter Stimme in sein T-Shirt und schlang die Arme um ihn.

»Ich verspreche es.« Die Worte entschlüpften ihm beinahe ohne sein Zutun, doch als er sie geäußert hatte, spürte er die innere Verpflichtung, die in ihnen lag. Er konnte sich nicht einmal erinnern, wann er jemandem das letzte Mal etwas versprochen hatte. Wenn er so etwas getan hatte, hatte es sich immer um einen Auftrag gehandelt. Hörbar atmete er ein. Agnes legt den Kopf in den Nacken und sah ihn an.

»Alles in Ordnung?«

Shane nickte stumm, denn er hatte Angst zu sprechen. Wer wusste schon, was als Nächstes aus seinem Mund kommen würde?

Agnes löste sich von ihm und ging hinüber zur Balkontür, die sie öffnete. Shane folgte ihr nach draußen. Es war vollkommen still, nur das Geräusch der Wellen und das Quietschen des Schwimmdocks waren zu hören. Sogar die Flamingos hatten ihr klagendes Schnarren aufgegeben.

»Ich habe mich hier immer sicher gefühlt«, sagte sie mit angespannter Stimme. »Ich war allein, weißt du, aber ich war in Keyes. Jeder wusste, dass hier nichts zu holen war. Und jeder wusste, dass ich mit Joey befreundet war. Also gab es keinerlei Grund, mir etwas zu tun, aber eine Menge Gründe, dies sein zu lassen. Und so war ich hier vollkommen sicher. Ich war allein, aber ich war …«

Sie hielt inne. Er wusste, dass sie im Moment gegen die Tränen ankämpfte. Und so zog er sie ganz eng an sich.

»Du bist nicht allein«, sagte er und hauchte ihr einen Kuss auf den Nacken. Sie erbebte, aber wohl nicht vor Angst. Hoffnung keimte in ihm auf. »Komm ins Bett«, flüsterte er ihr ins Ohr. Sie nickte. Dann drehte sie sich in seinen Armen um, und er wusste, was sie sagen wollte. »Ich schlafe draußen. Du kannst drinnen bleiben.«

»Nein«, sagte sie. »Ich könnte nicht ruhig schlafen, wenn du draußen liegen würdest. Ich weiß, dass es nur für eine Nacht ist, aber bitte, bleib bei mir.«

Und was, wenn es doch mehr ist, als nur diese eine Nacht?, fragte er sich. Aber so ganz sicher war er sich dessen nicht, und so folgte er ihr durch die Flügeltür zurück ins Zimmer und sah zu, wie sie sich auszog. Dieses Mal riss sie sich nicht zornbebend die Kleider vom Leib, sondern ließ sie einfach fallen. Als sei sie zu müde, um der Schwerkraft etwas entgegenzusetzen. Ihr runder Körper leuchtete im Mondlicht, was ihn daran erinnerte, dass sie Trost und Schlaf brauchte, nicht Sex. Obwohl ihm zu letzterem Thema alles Mögliche einfiel, als sie in das breite französische Gästebett stieg. Dann schlug sie mit der flachen Hand auf den Platz neben sich und machte sich gar nicht erst die Mühe, ihre Brüste irgendwie zu verdecken, als sie sich nach vorne beugte. Er zog sich aus und legte sich neben sie. Dabei drückte er das Bett ein, sodass sie noch näher zu ihm hinrutschte und sich in ihrer ganzen Weichheit an ihn schmiegte. Doch er wollte ja verständnisvoll sein. Und aufmerksam. Ohne sie auf den Rücken zu rollen. Dann aber flüsterte sie ihm ins Ohr: »Lass mich die heutige Nacht vergessen. Wenigstens für eine gewisse Zeit.« So ließ er seine Hände über ihre Kurven gleiten und schmeckte sie, als sie sich in der schweigsamen Dunkelheit unter ihm bewegte wie eine Schlange. Er fühlte, dass sie ihn brauchte, und wusste, dass es hier um mehr ging als nur um Lust oder Angst. Ihr Körper drängte sich an seinen, er ließ sich fallen und verlor sich in seinem Bedürfnis nach ihr.

Nachdem sie im Orgasmus erschauernd zusammengesunken waren, hielt er sie im Arm, als sie in den Schlaf fiel. Sie schlief ruhig, ohne Albträume. Er sah den Wolken zu, wie sie am Nachthimmel vorüberzogen, und dachte: *Dieses Zimmer ist sehr viel besser.* Dann kuschelte er sich an sie und schlief selbst ein.

Donnerstag

Kolumne der Küchenfurie Agnes – Nummer 92

Nicht für den Magen essen wir, sondern für das Herz

Kaum ein Rezept, das sich durch Zufügen von ordentlich Butter und Sahne nicht noch verfeinern ließe. Doch was können uns genossene Gaumenfreuden noch trösten, wenn man wie eine Packung Hackfleisch auf der Intensivstation liegt und dem Pochen des eigenen Blutes lauscht, während man sich die bange Frage stellt, ob man nun die Reise ins Licht antritt. Also, liebe Leute, vor dem Essen nicht vergessen: Essen heißt Leben, Fressen ins Gras beißen.

Tags darauf um acht Uhr dreißig brachte Shane eine Tasse von Agnes' gutem Kaffee zu Carpenters Wagen. Sein Partner saß vor dem Monitor und betrachtete das Gesicht des Kerls, den er gestern in Agnes' Flur erschossen hatte. Dann sah er sich den Typen nochmals an, der im Leichensack auf dem Boden des Vans lag. »Tot sieht er besser aus.«

Sie hatten den Wagen ein wenig abseits des Hauses geparkt. Carpenter war am Morgen gekommen, um sich an den Omeletts gütlich zu tun, die Agnes für sie beide gebacken hatte, wobei er ihr eine derartige Menge Komplimente bezüglich ihrer Kochkünste machte, dass Shane schon überlegte, ob er ihn nicht auch auf die Liste der nicht länger benötigten Zeitgenossen setzen sollte. Agnes hatte die ganze Zeit über ihr seliges Lächeln aufbehalten, obwohl sie einen ordentlichen blauen Fleck auf der Backe hatte. Auch das gefiel ihm an ihr: Sex machte sie fromm wie ein Lämmchen.

Der blaue Fleck auf ihrer Wange allerdings heizte die Wut in ihm gewaltig an. Am liebsten hätte er den Kerl gleich noch einmal erschossen. Er würde dafür sorgen, dass der Idiot, der ihn geschickt hatte, den Tag verwünschte, an dem er geboren wurde.

Draußen näherte sich ein Fahrzeug. Shane spähte durch die kugelsicher verglasten Fenster und erkannte Joeys Pick-up. Er öffnete die hintere Tür und winkte ihm zu. Der alte Mann sah ihn und kam herüber. Als sein Blick auf den Toten in dem schwarzen Plastiksack fiel, zögerte er ein wenig. Shane schlug die Tür zu.

»Wer zum Teufel ist das denn?«, wollte Joey wissen.

»Der Typ, der letzte Nacht Agnes umnieten wollte«, sagte

Shane. »Übrigens schon der zweite. Der erste war am Abend zuvor da. Ein Kerl namens Macy.«

»Was zur Hölle geht hier vor?«, polterte Joey los.

»Gute Frage«, antwortete Shane. »Was wir hier sehen, lieber Onkel, ist eine sogenannte Fresskette von Killern. Ich muss herausfinden, wer den ursprünglichen Auftrag vergab und an wen. Und zwar möglichst schnell, bevor hier richtige Profis auftauchen statt dieser Dilettanten. Weißt du, wer es auf Agnes abgesehen haben könnte?«

Carpenter hackte auf seine Tastatur ein, aber Shane wusste, dass er trotzdem ganz Ohr war.

»Nun mal langsam«, versuchte Joey zu bremsen. »Du glaubst also wirklich, dass jemand versucht, *Agnes* umzubringen?«

»Ja.«

»Aber wieso?«

»Keine Ahnung.«

»Scheiße.« Joey setzte sich und fuhr sich mit der Hand übers Gesicht. »Es ist ihr doch nichts passiert? Sie ist doch jetzt nicht etwa allein im Haus?«

»Sie ist nicht mehr allein«, antwortete Shane. »Lisa Livia ist hier. Ebenso Garth. Und Doyle arbeitet unten an der Brücke. Aber jetzt beantworte erst mal meine Frage.«

»In Ordnung«, nickte Joey. »Mein Gott. Nun, ich könnte mir vorstellen, dass Four Wheels nicht gerade glücklich darüber ist, dass Two Wheels diese Welt so schnell verlassen hat und Three Wheels verschwunden ist.«

»Ich glaube nicht, dass Four Wheels Garth und Macy in derselben Nacht geschickt hätte«, widersprach Shane.

»Vielleicht stört es auch jemanden, dass ihr den Bombenschutzkeller öffnet, und er bildet sich ein, ihr lasst es sein, wenn Agnes tot ist.«

»Niemand weiß, dass wir versuchen, in den Keller reinzukommen«, gab Shane zurück.

Joey starrte ihn an, als wäre er nicht ganz richtig im Kopf. »Eine Menge Leute wissen über den Keller Bescheid. Stanley Harrison, der Inspektor vom Gesundheitsamt, war gestern dort unten. Und er erzählt jedem, der es hören will, dass dort jemand Säure in das Schloss der Stahltür träufelt. In Keyes bleiben Geheimnisse nicht lange verborgen.«

Du hingegen bist ein wahrer Meister in puncto Geheimhaltung, dachte Shane, schüttelte aber nur den Kopf. »Trotzdem leuchtet mir nicht ein, wieso jemand glauben sollte, der Bombenschutzkeller bleibe zu, wenn Agnes tot ist.«

»Entschuldige«, schaltete sich Carpenter ein. »Aber wie's aussieht, erbt Taylor Agnes' Teil des Hauses, wenn sie stirbt. Das steht in ihrer Partnerschaftsvereinbarung.«

»Was?«, fragte Shane überrascht. »Wie hast du denn das herausgefunden?«

»Lisa Livia hat's mir gestern erzählt«, meinte Carpenter. »Worauf ich hinauswill, ist Folgendes: Vielleicht geht es weniger darum, uns aufzuhalten, als jemand anderem den Zutritt zu ermöglichen. Jemandem, der weiß, dass in diesem Bombenkeller fünf Millionen Dollar liegen.«

»Dieser gottverdammte Kotzbrocken versucht, Agnes etwas anzutun? Den bringe ich auf der Stelle um«, ereiferte sich Joey und zog seine Pistole. »Los gehen wir.«

»Nein«, meinte Shane, obwohl auch er im ersten Moment der Idee nicht abgeneigt war. »Zuerst müssen wir die unmittelbare Bedrohung abstellen. Agnes reicht ein Zahnstocher, um mit Taylor fertig zu werden. Dafür braucht sie uns nicht.« Er wandte sich an Carpenter: »Was hast du für uns?«

Carpenter las vom Bildschirm ab: »Einen gewissen Vincent Marinelli, auch Vinnie ›Tomatenmark‹ Marinelli genannt.«

»Verflucht«, murmelte Joey.

»Ich dachte, du kennst ihn nicht«, meinte Shane gedehnt.

»Ich habe ihn nie persönlich getroffen«, lavierte sich Joey

heraus. »Aber ich habe von dem Trottel gehört. Klein, mehr Muskeln als Hirn. Er kommt aus Savannah und arbeitet hin und wieder für die Torrentino-Brüder. Seit Frankie verschwunden ist, haben sie die Geschäfte in der Gegend übernommen. Sie arbeiten für den Boss in Atlanta. Und wenn der sich überhaupt an sie erinnert, kassiert er. Im Grunde Kleinvieh.«

Während Joeys Bericht blieben Carpenters Finger auf der Tastatur nicht untätig. »Die Torrentino-Brüder. Dein Onkel hat recht. Kleine Gauner, aber irgendwie mit von der Partie.«

»Dann hat also tatsächlich jemand den Auftrag gegeben, Agnes zu töten. Und wer immer den Auftrag angenommen hat, hat seinerseits diesen Marinelli angeheuert, der wiederum Macy engagierte«, fasste Shane zusammen.

Carpenter sah vom Bildschirm auf. »Das Paket, das ich Montagnacht in Savannah abgeholt habe, hatte auch mit der Unterwelt von Atlanta zu tun. Ich drucke dir alles aus.«

»Wovon redet ihr da eigentlich?«, fragte Joey. »Welches Paket?«

»Steck endlich die Kanone weg, Joey«, meinte Shane geistesabwesend. Ein Plan musste her. Er drehte sich zu seinem Onkel um. »Du musst mir jetzt reinen Wein einschenken, Joey. Es ist ungeheuer wichtig. Wolltest du den Don irgendwie aufs Kreuz legen, wenn er zur Hochzeit herkommt? Oder ihn erledigen?«

»Nein, zum Teufel. Warum sollte ich?«

Shane rieb sich die Stirn und versuchte, die Kopfschmerzen zu verscheuchen, die ihm schon seit den Morgenstunden zu schaffen machten. Allmählich entwickelte er Verständnis für Wilsons Lage. »Es geht das Gerücht, dass jemand den Don hopsgehen lassen will, wenn er hierherkommt. Und dass der Don seinerseits einen Killer angeheuert hat, um diese Person erledigen zu lassen. Ich will wissen, wer es ist. Und ob diese Geschichte irgendetwas mit all den Hobbyschützen zu tun hat, die plötzlich hier auftauchen, um Agnes umzulegen.«

»Und wie?«, fragte Joey.

»Wirst du wohl je aufhören, auf meine Fragen mit einer Gegenfrage zu antworten?«, gab Shane zurück.

Joey seufzte. »Aber wie wollen sie denn den Don hopsgehen lassen?« Er hob entschuldigend die Hand. »Tut mir leid. Der Don hat in all den Jahrzehnten einige üble Dinger gedreht. Und nie hat man ihm etwas nachweisen können.«

»Mord verjährt nicht«, antwortete Shane. »Wenn der Don Frankie hat beseitigen lassen und jemand von hier kann das beweisen, dann wird der Don diese Person ganz sicher zum Schweigen bringen wollen.«

Joey rieb sich mit der Hand das Kinn. »Aber zu der Zeit war Agnes noch nicht hier.«

»Du hingegen schon«, entgegnete Shane.

Carpenter ließ sich vernehmen: »Wenn sich im Bombenschutzkeller Beweise dafür finden, die den Don belasten, versucht er vermutlich, uns davon abzuhalten, das Ding zu knacken.«

Shane sah seinen Onkel an. »Ich war in Savannah, um einen Profikiller namens Casey Dean auszuschalten. Ihn hat der Don angeheuert, um die fragliche Person mundtot zu machen. Sozusagen vorbeugend. Der Job ging schief, und Casey Dean lauert immer noch da draußen.«

Joey zeigte auf die Leiche auf dem Wagenboden. »Der Typ da ist kein Profi. Und Macy war's auch nicht. Und ein echter Profi gibt den Job auch nicht weiter. Schon gar nicht, wenn er vom Don angeheuert wurde.«

Shane versuchte, die Puzzlestücke zusammenzufügen. *Denk wie Wilson.* »Das bedeutet, wir haben es mit zwei Aufträgen zu tun. Auftrag eins kommt vom Don und betrifft den Typen, der ihm ans Leder will. Auftrag zwei hat Agnes zum Ziel. Und mit Four Wheels natürlich, der dauernd irgendwelche niederen Wheels schickt, die ihm die Halskette und die fünf Millionen Dollar besorgen sollen.«

»So ein verdammtes Chaos«, zischte Joey.

»Ja, so kann man's nennen«, stimmte Shane zu. »Carpenter, bleib du mit Joey hier und pass auf Agnes auf. Ich fahr nach Savannah und mach den Torrentino-Brüdern meine Aufwartung. Ich werde meine ganze Überzeugungskraft aufbieten, damit sie begreifen, dass es ihre Lebenserwartung wesentlich verkürzt, wenn sie ihre Amateure nicht zurückpfeifen. Zum Öffnen des Kellers bin ich zurück, sofern die Säure sich tatsächlich irgendwann durch das Schloss gefressen hat.«

»Irgendwelche Anweisungen?«, fragte Carpenter.

»Ja«, meinte Shane. »Erschieß jeden, der Agnes schräg anschaut. Und überhaupt jeden, den du nicht leiden kannst. Ich habe den Scheiß hier langsam satt.«

»Ach, da braucht wohl jemand Streicheleinheiten«, frotzelte Carpenter.

»Kolossal lustig! Haha!«, gab Shane zurück.

Dann stieg er aus und machte sich auf den Weg nach Savannah.

♡

Die Dixie Chicks schmetterten mit allem zu Gebote stehenden Stimmschmelz »Goodbye, Earl« aus der Stereoanlage. Rhett lag schlafend unter dem Küchentisch, und die Venus erstrahlte in ihrem ganzen modrigen Glanz neben der Kellertür, als Agnes gerade ihr sechstes Omelett machte, dieses Mal für Lisa Livia. Im Geiste versuchte sie, ihre Kolumne weiterzuschreiben.

»Der Flur ist echt lupenrein«, meinte LL und nahm ihren Toast aus der Maschine. »Mit Luminol sähe die Sache natürlich etwas anders aus, aber der Typ versteht sein Handwerk.«

»Carpenter? Ja, das tut er.« Agnes klappte das Omelett um. *Okay, Hochzeitstorten. Irgendetwas Originelles muss es über Hochzeitstorten doch zu schreiben geben.* Vielleicht sollte sie ja gleich mit der Story anfangen, dass die Römer der Braut den Hochzeitskuchen aufs Haupt knallten.

»Vielleicht, weil er Geistlicher ist.«

»Weißt du, ich glaube nicht, dass es damit zu tun hat.« Agnes ließ das Omelett auf den Teller gleiten.

»Wieso nicht?« Lisa Livia strich Butter auf ihren Toast. »Er ist spiritueller Humanist. Er hat wirklich etwas sehr Spirituelles. Weißt du, er ist sogar ordiniert und so.«

»Hallo!« Agnes wollte etwas sagen wie: *Hast du denn eine Ahnung, was der Mann beruflich macht?* Doch dann erinnerte sie sich, dass sie mit Lisa Livia Fortunato sprach. Natürlich war ihr klar, womit er sein Geld verdiente.

Sie servierte LL gerade ihr Omelett, als das Telefon klingelte.

»Agnes«, ließ Gott am anderen Ende der Leitung sein irdisches Sprachrohr tönen.

»Guten Morgen, Reverend Miller.«

Lisa Livias Gabel schwebte über dem Omelett.

»Ich habe mich gefragt«, meinte Reverend Miller, »ob Maria Kinder haben möchte?«

Du Schmock! »Ja, Maria will Kinder haben. Palmer möchte mindestens vier. Auf Wiederhören.« Agnes hängte ein und sagte zu Lisa Livia: »Sag jetzt nichts. Ich weiß, dass er ein Volltrottel ist.«

»Lieber Himmel«, meinte Lisa Livia. »Carpenter ist doch auch Geistlicher. Wir sollten ihn auf alle Fälle als Back-up einplanen. Für die Hochzeit, meine ich.«

»Ja, sicher! Evie Keyes wird wahre Begeisterungsstürme hinlegen, wenn ein Geistlicher der spirituellen Was-weiß-ich-Kirche die Hochzeitszeremonie für ihren Sohn hält.« Agnes schlug noch ein paar Eier für ein weiteres Omelett in ihre blaue Schüssel. »Du hast meine Einkaufsliste nicht irgendwo gesehen, oder? Ich hatte darauf alles notiert, was ich für die Torten brauche. Und ich komme heute wahrscheinlich nicht nach Savannah. Also muss ich das Zeug telefonisch bestellen und morgen schnell abholen …«

»Warum erledigen wir das nicht später zusammen?«, fragte Lisa Livia. »Ich brauche etwas, womit ich den Schimmel von der Venus entfernen kann. Dann können wir auch gleich Taylors Ring verscherbeln. Von dem Geld kaufen wir dann ein paar Gartensachen, falls Garth das Zeug nicht irgendwo stehlen kann.«

Agnes sah sie streng an, während sie den Schneebesen schwang: »Garth wird gar nichts stehlen. Wir werden ihn nicht zur Jugendkriminalität anstiften. Ich muss ohnehin noch mit seinem Großvater reden, damit er ihn weiter zur Schule gehen lässt. Und ich muss ihm neue Sachen besorgen. Gestern Abend ist er nach Hause geschlichen, um sich frische Sachen aus dem Familienwohnwagen zu holen, aber das Zeug ist noch schlechter als das, was er vorher anhatte.«

»Was unseren Minderjährigen angeht, bezweifle ich, dass wir da noch viel ausrichten können.« Lisa Livia hieb die Gabel ins Omelett. »Mir scheint vielmehr, dass er seinen Jugendhilfsfonds bereits selbst gegründet hat. Dieses Omelett schmeckt wirklich super.«

Wieder läutete das Telefon, und Agnes ging ran. Am anderen Ende der Leitung meldete sich niemand. »Hallo?«, sagte sie. Dann hörte sie Brendas Stimme: »Agnes, ich wollte nur hören, ob es Lisa Livia gut geht. Wir hatten einen kleinen Streit und ...«

»Sie sitzt gleich neben mir«, sagte Agnes. *Du verlogene Schlampe.*

»Dann ist ja alles in Ordnung«, meinte Brenda. »Solange sie nur in Sicherheit ist. Ist bei euch draußen alles in Ordnung?«

»Ja«, antwortete Agnes. »Die Hochzeitsvorbereitungen laufen. Alles bestens. Ich gebe dir LL.« Sie hielt Lisa Livia das Telefon hin: »Deine Mutter.«

LL verdrehte die Augen und nahm den Apparat. »Hallo, Ma. Ja. Es geht mir gut. Agnes hat mir mein altes Zimmer gegeben. Es ist wie früher. Was? Ja, ich weiß, dass es nicht wie früher sein kann, wenn du nicht da bist, aber Agnes macht mir gerade Frühstück, also sind wir verdammt nah dran. Okay.« Sie runzelte die Stirn und gab Agnes dann das Telefon zurück. »Keine Ahnung, was in sie gefahren ist, aber sie hat einfach aufgelegt, als sie hörte, dass du mir Frühstück machst. Wohl eifersüchtig.«

»Ehrlich gesagt ist mir das egal.« Agnes gab ein Stück Butter in die Omelettpfanne, weil sie endlich auch frühstücken wollte. Sie sah zu, wie das Butterstück in der Pfanne schmolz. »Hör mal, Garth ist kein Nachwuchsdelinquent. Er ist wirklich klug. Er hat zwar nicht viel Bildung abbekommen, aber er lernt schnell. Alles, was Doyle ihm bisher gezeigt hat, hat er sofort begriffen. Und mit den Flamingos war er super. Wahrscheinlich hatte er eine kluge Mutter. Schon, dass sie seinen Namen nach diesem Song ausgesucht hat, zeigt doch, dass sie wirklich Sinn für Humor hatte. Der Thibault-Clan glänzt nicht gerade mit Intelligenz. Garth aber könnte eine Chance haben, wenn man sie ihm gibt. Und gute Klamotten sind schon mal der erste Schritt. So entwickelt er wenigstens ein bisschen Stolz.«

»Oh mein Gott«, seufzte Lisa Livia. »Jetzt willst du auch noch Garths Seele retten.«

»Nein, das stimmt nicht.« Agnes goss den Eischaum in die geschmolzene Butter. »Was hat es mit Seelenrettung zu tun, wenn man möchte, dass ein Kind zur Schule gehen kann. Komm schon, LL. Und wenn er hier in der Scheune leben will, wo es eine Heizung, fließend Warmwasser und einen Computeranschluss gibt, und er sich im Gegenzug um dies oder jenes kümmern möchte, und wenn sein Großvater zustimmt, dann sehe ich nicht recht, wo das Problem sein sollte.«

»Er ist ein Teenager. Wie wäre es mit Sex, Drugs and Rock'n'Roll?«

Agnes schüttelte den Kopf. »Das kennt er sicher schon alles von den Sümpfen. Hier geht er wenigstens mit Internetanschluss und heißem Wasser vor die Hunde.«

»Gut«, meinte Lisa Livia. »Ich setze Palmer auf die Klamotten an. Dann hat er wenigstens etwas zu tun. Ein Bräutigam ist vor der Hochzeit sowieso völlig nutzlos. Aber mir machst du trotzdem nichts vor. Du willst ihn einfach füttern. Du liebst es, wenn viele Menschen um dich sind, die du bekochen kannst. Wenn du Cerise und Hot Pink noch hier raufschaffen könntest, wäre das Szenario perfekt.«

Agnes grinste. Um die dunklen Stellen in ihrem Innenleben, über die sie lieber hinwegsah, legte sich mit einem Mal sonnige Wärme. »Weißt du, so schlimm diese Woche auch war und obwohl ich mein Omelett immer als Letzte bekomme, war ich noch nie so glücklich. Freilich gibt es da Leute, die mich umbringen wollen, aber das Haus ist voller wunderbarer Menschen, und alle essen, was ich ihnen vorsetze, und passen auf mich auf und … ich bin einfach glücklich. Ist das nicht verrückt?«

»Vielleicht«, antwortete Lisa Livia. »Ich finde deine Omeletts super, also werde ich nicht mit dir streiten.«

»Es ist schön, dass du da bist«, sagte Agnes und streute geriebenen Käse in die Eimasse. »Ich finde es toll, dass Joey jeden Tag vorbeischaut und Carpenter hier herumstreicht. Und dass Garth Hortensien pflanzt, obwohl er eigentlich gar nicht weiß, wie das geht.«

»Und?«, bohrte Lisa Livia.

»Was und?«, meinte Agnes und sah konzentriert auf die Eier in der Pfanne.

»Shane«, sagte Lisa Livia. »Du bist ja so etwas von leicht zu durchschauen.«

»Shane.« Agnes nickte. »Er ist ein guter Freund. Aber dabei muss es bleiben. Er erschießt berufsmäßig andere Leute, weißt du. Und ich trainiere mir gerade Gewalt als Mittel zur Konfliktlösung ab. Außerdem wird das nie etwas Festes. Und mein nächster Mann soll einer fürs Leben sein, ein netter, normaler Junge, weißt du? Aber natürlich ist Shane ein guter Freund.« Sie sah Lisa Livias verächtlichen Blick auf sich ruhen. »Was ist?«

»Du bist einfach verrückt. Das ist.«

»Wieso soll das verrückt sein? Ich denke, es ist ein guter Plan. Dr. Garvin wäre sehr zufrieden.«

»Nein, du bist verrückt.« Lisa Livia hieb weiter auf ihr Omelett ein. »Weißt du, wenn ich Probleme hätte, würde ich damit immer nur zu dir gehen. Aber du hast einfach was an der Waffel. Und zwar ordentlich. Aber so warst du schon, als wir uns kennengelernt haben.«

Agnes sah sie erstaunt an: »Aber damals war ich erst vierzehn.«

Lisa Livia nickte und kaute weiter an ihrem Omelett. »Und jeder in der ganzen verdammten Schule hatte Angst vor dir. Weißt du, was das Erste war, was man mir dort über dich gesagt hat? Mach Agnes nicht wütend. Und das waren Schüler aus der *Oberstufe*.

Agnes sah auf ihr Omelett hinunter und hob automatisch die Ränder an. »Das hat man dir erzählt? Ich dachte immer, ich sei für sie eine Art Paria, weil meine Eltern mich einfach nicht mehr abgeholt haben.«

»So weit ist es gar nicht erst gekommen. Offensichtlich ist während der ersten Woche deines Aufenthalts irgendetwas vorgefallen. Sie sahen das Weiß in deinen Augen, und von dem Moment an warst du eine Legende. Wie auch immer, am Ende *meiner* ersten Woche dort wusste ich bereits alles über dich. Und ich wusste, dass du genau mein Fall warst. Darum wollte ich, dass man mich zu dir ins Zimmer steckte. Und jetzt sieh uns an.«

Agnes schluckte. »Sie hatten Angst vor mir?«

»Agnes, das war dein Glück«, versetzte Lisa Livia. »Sonst hätten sie dir das Leben zur Hölle gemacht, weil du keine Eltern hattest und nur billige Sachen zum Anziehen. Dank Gott, dass sie dich für eine leibhaftige Inkarnation von Stephen Kings *Carrie* hielten.«

»Oh mein Gott.« Agnes drehte das Feuer unter der Pfanne

ab, weil sie es nicht schaffte, sich auf das Omelett zu konzentrieren.

»Hör mal, es tut mir leid. Ich wollte dir nicht den Tag verderben …«

»Lisa Livia, jemand hat letzte Nacht versucht, mich zu erschießen«, schnappte Agnes. »Wie wahrscheinlich ist es da, dass Enthüllungen aus früheren Internatstagen mir die Laune vermiesen?«

»… ich wollte dir eigentlich nur erklären, weshalb der Plan mit dem lieben, netten Jungen bei dir nicht funktionieren wird«, beendete LL ihren Satz. »Was willst du denn mit einem netten Jungen anfangen?«

»Ich kann sehr wohl nett sein«, entgegnete Agnes.

»Und warum solltest du?«

Verblüfft sah Agnes sie an.

»Agnes, du bist ein wunderbares wildes Frauenzimmer. Freilich solltest du niemanden mehr mit deiner Fleischgabel aufspießen, aber warum willst du Liebkind sein, wenn du alle Anlagen hast, um die Rolle der Küchenfurie Agnes auszufüllen?« Lisa Livia deutete mit der Gabel auf das Markenzeichen auf Agnes' Schürze. »Glaubst du, dass mehr als einhundert Zeitschriften deine Kolumne abdrucken, weil du *nett* bist? Dass du es je in all diese Zeitschriften geschafft hättest, wenn du die *nette, liebe Agnes* gespielt hättest?«

»Ich rede hier von meinem Privatleben …«

Ungeduldig schlug Lisa Livia mit der flachen Hand auf den Tisch. »Und ich rede über *dich*. Hör auf zu tun, als wärest du normal. Du bist verrückt. Nutz das doch endlich mal zu deinen Gunsten aus. Der ganze Scheiß mit Dr. Garvin, bei dem du dir ständig selbst im Weg stehst, tut dir nicht gut. Natürlich ist es nicht gut, wenn man Leuten eine Gabel zwischen die Rippen rammt, aber zum Teufel, Agnes, jetzt willst du dir schon wieder einen normalen Typen suchen! Auf die Tour bist du an Taylor geraten, erinnerst du dich? Dauernd hast du erzählt, wie nett er sei, wie normal und pflegeleicht. Du bist losgezogen und hast dir den Typen mit der makellosesten weißen Weste in ganz Amerika herausgepickt. Und jetzt stellt sich heraus, dass er eine Ratte ist. *Vielleicht ist das nicht gerade das Beste für dich, Agnes.*«

»Ach, zum Teufel, Lisa Livia«, meinte Agnes tief berührt. »Aber ein Killer ist möglicherweise auch nicht das Beste für mich.«

Lisa Livia griff erneut zur Gabel. »Nun, immerhin hat er es geschafft, heute Morgen ein Lächeln auf dein Gesicht zu zaubern.«

»Das war nur der Sex«, sagte Agnes, wobei sie sehr gut wusste, dass dem nicht so war. Plötzlich erwachte Rhett und bellte, erst jetzt merkte Agnes, dass jemand auf ihrer Veranda stand und durch die Hintertür in die Küche sah. »Hallo?«

»Ich habe geklopft«, zwitscherte die Frau. »Wirklich. Aber Sie haben mich nicht gehört. Ich bin Kristy. Von Wesleys himmlischen Hochzeitserinnerungen.«

Lisa Livia verdrehte die Augen.

»Kommen Sie herein, Kristy«, sagte Agnes. »Das ist Lisa Livia, die Brautmutter. Ich bin Agnes.«

Kristy öffnete die Tür und kam herein. Sie sah süß aus mit ihrem Koboldgesicht unter den kurzen, schwarzen Haaren. Ihr schmaler, drahtiger Körper war mit Kameras, Taschen und allen möglichen anderen Utensilien behängt, die sehr professionell wirkten, obwohl Agnes nicht viel von diesen Dingen verstand. Rhett sah die Frau an und bellte erneut. Agnes befahl ihm, still zu sein, worauf er sich mit einem tiefen Seufzer wieder in den Schlaf sinken ließ. Kristy lächelte Lisa Livia an.

»Sie können ganz unmöglich die Mutter der Braut sein«, sagte sie. »Sie sehen aus wie ihre Schwester.«

»Ganz richtig«, versetzte Lisa Livia und aß ungerührt ihr Omelett weiter.

»Möchten Sie vielleicht etwas essen?«, fragte Agnes und sah ihr Käseomelett wehmütig an, bereit, es dennoch auf dem heiligen Altar der Gastfreundschaft zu opfern.

»Nein, Ma'am, aber herzlichen Dank für das Angebot«, erwiderte Kristy. Sofort stieg sie in Agnes Achtung.

»Sie können sich ruhig umsehen«, meinte Agnes. »Die Hochzeitszeremonie wird im Pavillon stattfinden, der Empfang in der Scheune. Sie finden ihn, wenn Sie dem Pfad rechts von der Veranda folgen. Gibt es noch etwas, was Sie wissen müssen?«

»Ich werde einfach herumschlendern und ein paar Probeaufnahmen machen«, gab Kristy zurück und schickte einen unglaublich blauen Augenaufschlag hinterher. »Ist außer Mrs. Fortunato schon jemand von den Hochzeitsgästen anwesend?« Sie nickte Lisa Livia zu.

»Miss. Ich war nie verheiratet«, schmetterte Lisa Livia den zweiten Annäherungsversuch ab.

Wieder nickte Kristy, die jetzt offensichtlich aufgab, und verschwand kurz darauf durch die Hintertür.

»Ich meinte ja nur«, knüpfte Lisa Livia dort an, wo sie vor ein paar Minuten aufgehört hatte, »dass du mit Shane sehr viel mehr gemeinsam hast als mit einem sogenannten ›normalen‹ Typen. Taylor hat dich in den Wahnsinn getrieben, deshalb bist du mit einer Gabel auf ihn losgegangen. Shane hat dir die Gabel weggenommen und dir das Gehirn aus dem Leib gevögelt. Das ist doch das Entscheidende an der Sache.«

»Aber er bringt Leute um«, wandte Agnes ein.

»Was sich für dich als wahrer Glücksfall erwiesen hat«, erwiderte Lisa Livia trocken.

Agnes hob ihr Omelett aus der Pfanne, drapierte es auf einen Teller und setzte sich damit Lisa Livia gegenüber. »Ich werde mit ihm keinen Sex mehr haben.«

Lisa Livia nickte. »Ich hingegen werde ganz bestimmt mit Carpenter schlafen.«

Agnes seufzte.

»Agnes, hör auf, gegen deine innerste Natur anzukämpfen. Du besitzt einen Killerinstinkt. Akzeptier das endlich, dann wirst du sehr viel glücklicher sein.«

»Ich habe noch nie jemanden umgebracht«, protestierte Agnes, um sich gleich darauf auf die Zunge zu beißen. Sie wollte angesichts der Leute, mit denen sie neuerdings Umgang pflegte, nicht dastehen wie ein Waisenkind.

»Und das wird hoffentlich auch so bleiben«, sagte Lisa Livia. »Es geht letztlich nur darum zu wissen, dass man dazu fähig ist, wenn es darauf ankommt.« Dann aß sie ihr Omelett zu Ende und schob den Teller von sich. »Was fangen wir also heute an?«

»Ich muss die Kuchen für die Hochzeit backen«, meinte Agnes. »Und die Zutaten in dieser Bäckerei in Savannah bestellen. Und meine Kolumne schreiben. Mit dir zusammen die Venus sauber machen. Und irgendwann, wenn ich Zeit habe, würde ich gerne die Sachen deiner Mutter durchsehen und hoffentlich etwas finden, womit ich sie in Grund und Boden stampfen kann, sodass sie nie wieder das Licht der Sonne oder sonst etwas Erfreuliches erblickt.«

»So ist's recht«, grinste Lisa Livia, stand auf und stellte ihren Teller in die Spüle.

»Und dann muss ich noch das Mittagessen kochen«, sagte Agnes und konnte nun endlich ihr Omelett essen.

♡

Shane hielt direkt vor der alten Lagerhalle im Osten von Savannah, hinter der sich das Sumpfland erstreckte. Er war zu dem Schluss gekommen, dass die subtile Herangehensweise hier fehl am Platz war. Und ihm war auch nicht so recht danach. Er behielt die Sonnenbrille auf und stieg aus seinem Defender. Sofort umfing ihn die feuchte Hitze Savannahs. Ein untersetztes Muskelpaket Marke steroidgestählter Bodybuilder trat aus der Lagerhalle. Unterhalb seiner Neandertalerstirn war er mit einem schwarzen Muscleshirt, Schwimmhosen und Flip-Flops angetan, die nicht nur die Muckis zur Schau stellten, sondern auch eine Unmenge finsterster Tattoos.

»Waswillstu?«, fragte er.

»Reden Sie mit mir?«

»Ja, mit dir rede ich.«

Shane schüttelte den Kopf. »An dieser Stelle müssten Sie eigentlich sagen: ›Sehen Sie sonst jemanden hier?‹«

»Was?«

Shane seufzte. Heute sah einfach niemand mehr die Klassiker. »Sind die Torrentino-Brüder da?«

Der Mann machte eine Kopfbewegung, von der Shane annahm, dass sie so viel wie Nein hieß. »Nein. Außerdem kannst du da sowieso nicht rein.«

»Irrtum«, sagte Shane und schlug dem Gewichtheber mit der Faust auf den Kehlkopf, wodurch er jeden Kontakt mit den hochgezüchteten Muskelmassen elegant umging. Die Hände des Gewichthebers fuhren in seinen Nacken, als er vor Schmerz japste. Was Shane wiederum zum Anlass nahm, ihm das Knie in die Weichteile zu rammen. Der Gewichtheber quiekte und fiel vornüber auf die Knie, wobei er sich schützend nach vorne beugte, die Hände über die Eier gewölbt. Noch ein letzter Ellbogencheck gegen den gewichtheberischen Hinterkopf, damit war er k.o. und zierte als Auslegeware den Boden.

Shane durchsuchte ihn nach Waffen, fand aber keine. Lediglich eine Geldklammer mit einem Namenszug in Strass, »Rocko«, und achtundzwanzig knisternd neuen Hundertdollarnoten. Nur für den Fall der Fälle fesselte er Rockos Arme hinter dem Rücken mit Handschellen. Nicht, dass der Junge wach wurde, bevor er da drinnen sein Anliegen losgeworden war. Dann schlüpfte er ins Lagerhaus, doch der Gewichtheber hatte die Wahrheit gesagt. Es war vollkommen leer. Shane durchsuchte es kurz. Die Torrentinos waren hier gewesen. Das

Lagerhaus war mit zwei gemütlichen Sofas ausgestattet, die vor einem riesigen Flachbildschirm standen. Daneben eine beeindruckende Sammlung von Pornovideos.

Nach Inspektion dieses schäbigen Schlupflochs schien es Shane unwahrscheinlicher denn je, dass sie tatsächlich die Drahtzieher der Mordaufträge waren. Andererseits war da noch Rocko mit den vielen Hundertdollarscheinen …

Er hörte ein Fluchen und verließ das Lagerhaus. Rocko setzte sich gerade stöhnend auf, was Shane erleichtert registrierte, denn er hätte so viel entseelte Muskelmasse wohl kaum in den Defender wuchten können. Außerdem zeigte es, dass Rocko einen massiven Schädel hatte, was ihn weniger erstaunte.

»Auf die Füße«, befahl Shane und stieß Rocko kurz mit der Mündung der Glock an.

Rocko murmelte etwas Undefinierbares, kam aber trotzdem taumelnd hoch. Shane führte ihn zum Defender hinüber und bugsierte ihn auf den Beifahrersitz, wobei der Gewichtheber immer noch erheblich durch die flexiblen Plastikhandschellen behindert wurde. Shane glitt auf den Fahrersitz. Sie verließen den Parkplatz, und plötzlich fiel Shane etwas ein. Er wühlte in seiner Tasche nach Agnes' Einkaufsliste.

Shane stellte sein Navigationssystem an und gab den Namen der Bäckerei im Zentrum von Savannah ein. Nun, wo er mit seinem Paket mitten durch die Stadt fuhr, war er froh um die getönten Scheiben. Rocko wurde langsam bewegungsfreudiger, da das Bewusstsein unter seine Schädeldecke zurückkehrte. Als Shane hielt, zog er ihm sicherheitshalber noch eine über.

Dann betrat er die Bäckerei.

»Wie kann ich Ihnen helfen?«, flötete eine hilfsbereite Dame hinter dem Verkaufstresen.

Shane überflog die Liste. »Ich brauche fünfzehn Pfund Fondue.«

»Wie bitte?« Die Dame runzelte die Stirn.

»Für eine Hochzeitstorte.«

»Sie meinen Fondant.«

»Ähm, kann sein, ja. Und ...« Er gab ihr Agnes' Zettel.

Sie warf einen Blick darauf. »Ist das die Bestellung für Agnes Crandall?«

»Ja.«

Freundlich gab sie ihm die Liste zurück. »Sie hat angerufen. Ich dachte, sie kommt ein wenig später. Aber das macht nichts. Es ist alles fertig.«

Zehn Minuten später saß er mit zwei Kartons geheimnisvoller Backzutaten und drei Fünfpfunddosen Zuckerguss im Defender und fuhr nordwärts.

Er warf Rocko einen Seitenblick zu. Dieser blinzelte, um die Blutstropfen, die von der Stirn nach unten rannen, davon abzuhalten, in seine Augen zu fließen. Auch der Schlag auf den Kopf hatte ihn nicht lange außer Gefecht gesetzt. Er hatte wirklich einen unglaublich dicken Schädel.

»Pass auf, dass das Blut nicht auf dem Kuchenzeugs landet.«

»Leck mich«, fauchte Rocko und schüttelte absichtlich den Kopf, sodass eine der Fondantdosen tatsächlich einen Blutspritzer abbekam.

Shane seufzte. »Du hast die Sache mit Two Rivers eingefädelt. Wer hat dich engagiert, und wer sollte das Ziel sein?«

Rocko schoss ihm aus seinen schwarzen Knopfaugen einen giftigen Blick zu. »Wer bist du?«

Wieder seufzte Shane: »Mein Name ist Shane.«

Rocko spuckte nach ihm: »Fick dich, Shane.«

»Rocko, wir können die ganze Sache schmerzlos erledigen oder sie auf die harte Tour durchziehen. Man hat dir fünftausend Dollar für einen Auftrag geboten. Du hast Vinnie »Tomatenmark« Marinelli zweitausend gegeben, um den Job zu erledigen. Der wiederum hat einen Blödmann namens Macy engagiert, dem er fünfhundert zahlte. Vinnie und Macy sind tot. Ich habe sie getötet. Der Job ist also immer noch vakant. Wer dich auch beauftragt hat, er wird nicht gerade erfreut sein über den momentanen Stand der Dinge. Also: Wer hat dich nun bezahlt?«

»Leck mich.«

Shane fuhr über eine alte Brücke am Savannah River. Gleich dahinter entdeckte er ein Hinweisschild auf den Savannah Nationalpark, und er bog ab. Er nahm eine unbefestigte Seitenstraße und fuhr immer weiter, bis der Weg sich im Nichts verlor. Sie waren mitten in den Sümpfen. Er hielt den Defender an, stieg aus, ging ums Auto herum und öffnete die Beifahrertür, wobei er, die Glock schussbereit, schnell zur Seite trat.

»Raus da.«

»Willst du mich jetzt umbringen?«, fragte Rocko.

»Nicht, wenn du mir sagst, was ich wissen will.« Shane griff in seine Jackentasche und zog eines seiner Freitickets hervor. »Dann nimmst du das, fährst zum Flughafen und verschwindest auf Nimmerwiedersehen. Verstanden?« Er legte das Ticket auf die Motorhaube.

Rockos Blick wanderte von Shane zu dem Ticket. »Blödsinn.«

»Wer hat dir den Auftrag erteilt, und um wen ging es dabei?«

Ein ziemlich großer Alligator, der etwa fünfzehn Meter entfernt in der Sonne lag, beäugte sie neugierig, als überlegte er, ob sie für einen Imbiss taugten. Shane sah aus den Augenwinkeln zu ihm hinüber. Er hatte eine Narbe, dort wo eines der Augen hätte sitzen sollen. Das Leben war hart, sogar in den Sümpfen. Mit einem lauten Platschen glitt das einäugige Reptil ins Wasser und glitt träge auf sie zu.

Rocko hörte das Platschen des Wassers und versuchte, über die Schulter zu lugen. »Ich habe einen Eid geschworen, den ich nicht brechen werde.«

»Was faselst du da?«

Der Bullige legte die Stirn in Falten. »Wenn ich weiterhin für die Unterwelt arbeiten will, muss ich mich an den Eid halten, oder? Ich kann das Schweigegebot nicht brechen. Das ist so wie Doktor und Patient, verstehst du? Oder zwischen Anwalt und Klient.«

Lieber Gott, bitte verschone mich mit Idioten wie diesem, dachte Shane. »Das hast du wohl aus einem Scheiß Hollywoodfilm.« Ein Moskito landete auf seinem Hals und biss ihn. Der Alligator hatte nun etwa die halbe Distanz zurückgelegt und lauerte, wobei er buchstäblich ein waches Auge auf die Szenerie warf. Vermutlich hatte das Reptil mehr Hirn als Rocko.

Rockos Kopf bewegte sich vor und zurück. »Ich kann nicht singen. Mafia-Ehrenwort.«

»Mafia-Ehrenwort also? Willst du damit sagen, dass Don Fortunato dich angeheuert hat?«, fragte Shane.

Rockos Augen weiteten sich: »Kommst du vom Don?«

»Wenn ich vom Don käme, würde ich dich dann fragen, ob er dich angeheuert hat?«

Wieder legte der stiernackige Typ die Stirn in Falten, als er nachzudenken versuchte: »Ich würde gerne für den Don arbeiten.«

Dem Don die Stiefel lecken, dachte Shane. Er sah, wie Rockos Schultermuskeln sich anspannten, und wusste sofort, was in seinem Kopf vorging. Die Plastikhandschellen würden vermutlich nicht lange halten. In Rockos Armtattoos kam Bewegung. Eine nackte Frau auf dem rechten Bizeps schwoll verführerisch an.

»Rocko«, sagte Shane mit einem tiefen Seufzer. »Ich hab nicht vor, dich zu erschießen. Aber wenn du mich jetzt angreifst, lässt du mir keine andere Wahl. Benutz doch mal fünf Sekunden lang deinen Grips. Es gibt keinen Mafia-Eid und kein Schweigegebot, wenn du nicht schon für die Mafia arbeitest. Du kannst mir also ruhig alles sagen.«

Die Plastikhandschellen brachen mit lautem Plop auseinander. Shane schoss Rocko in den rechten Oberschenkel, als dieser sich auf ihn stürzen wollte. Fluchend fasste sich der Gewichtheber ans Bein, während er herumhopste.

»Ich hatte dich doch gewarnt«, meinte Shane.

Nun rückte auch der Alligator an, der das Blut roch.

Shane kletterte in den Wagen. »Rocko, wir sollten hier besser verschwinden.«

»Fick dich doch«, fluchte Rocko und sprang vom Defender weg. »Ich kann einfach nicht glauben, dass du mich angeschossen hast.«

»Ich werde noch einmal schießen, wenn du mir jetzt nicht sagst, um wen es bei dem Job geht. Agnes Crandall?«

Rockos Schmerz war zu groß, als dass er sich noch so weit im Griff gehabt hätte, um sich nicht zu verraten. Als Agnes Name fiel, leuchteten seine Augen kurz auf.

»Okay, ich verstehe. Nun sagst du mir noch, wer dich angeheuert hat, und dann darfst du zurück ins Auto, bevor der Alligator bei dir angekommen ist«, lächelte Shane freundlich. Als sich wieder der verschlossene Ausdruck auf Rockos Gesicht zeigte, zischte er: »Ich sage dir doch, es gibt kein *Schweigegebot für Nichtorganisierte*.«

»Aber sie hat zu mir gesagt, ich müsse ihn schwören. Gleich am Telefon. Ich habe den Mafia-Eid schon abgelegt ...«

»Sie?«, hakte Shane nach.

Rocko sah ihn an. »Verdammt, das ist mir nur so rausgerutscht. Ich werde diesen Eid nicht brechen.« Er drehte sich um und hinkte am Rand des Sumpfes entlang.

»Rocko, du verdammter Blödmann!«, brüllte Shane, aber es war schon zu spät. Der Alligator schoss aus dem Wasser, eine Explosion grüner Schuppen und scharfer Zähne. Binnen weniger Sekunden hatte er den Mann erreicht und schlug seine Zähne in Rockos Bein. Rocko schrie, Shane feuerte auf den Alligator, was ihm leidtat, doch die Kugeln zeigten keinerlei Wirkung, das Tier zog Rocko mit sich in die dunklen Tiefen des Wassers.

Die Wasseroberfläche schäumte auf, dann wurde es wieder ganz still.

Shane wartete, ob Rocko vielleicht wieder auftauchte, doch nach einigen Minuten wusste er, dass der Alligator ihn wohl in sein Versteck gezogen hatte.

Shane legte den Rückwärtsgang ein und fuhr den Weg zurück. Er drückte auf die Tube und verließ den Nationalpark. Typen wie Rocko waren heutzutage nahezu ausgestorben. Warum, hatte am besten wohl Darwin erklärt. Shane fuhr nach Keyes zurück. Er hätte seinetwegen ein schlechtes Gewissen gehabt, hätte Rockos nächster Schritt ihn nicht direkt nach Two Rivers geführt, um Agnes auszulöschen. Für fünf Riesen. Die Idioten, die er geschickt hatte, hatten Agnes zwei Nächte in Folge zu Tode verstört. Allein dafür hatte der Idiot es verdient, von einem Alligator gefressen zu werden.

Nun würde Agnes endlich ihre Ruhe haben.

Noch ein Zwischenstopp bei dem Juwelier, von dem Joey gemeint hatte, er würde wohl am meisten für Agnes Verlobungsring bezahlen, dann konnte er nach Hause fahren. Und nachsehen, was der Bombenschutzkeller zu bieten hatte. Er tippte auf Frankies Leiche. Oder auf fünf Millionen Dollar. Oder auf eine Menge verdorbener Militär-Notrationen sowie zahlreiche Playboy-Magazine aus dem Jahr 1982. Am wahrscheinlichsten war Letzteres.

Shanes Satellitentelefon meldete sich. Das Display zeigte ihm die Nummer, die er benutzt hatte, um Casey Dean anzurufen. Shane las die Nachricht:

Tut mir leid, dass ich deinen Anruf verpasst habe.
Viel Spaß bei der Hochzeit.
Wir sehen uns dort. CD.

»Noch so ein Witzbold«, meinte Shane zum Telefon. »Zum Brüllen.«

Er gab die Adresse des Juweliers ein und fragte sich, was Agnes wohl zum Mittagessen auftischen würde.

♡

»Jetzt bin ich ein klein bisschen schlauer«, sagte Shane, als er sich an dem großen Glas selbst gemachter Limonade gütlich tat, das Carpenter ihm nach dem Mittagessen auf die Veranda brachte. »Die Vereinbarung zwischen Marinelli und Macy betraf Agnes. Ich weiß allerdings nicht, wer den Auftrag ursprünglich erteilt hat. Nur dass es eine Frau war. Und dass Rocko dachte, es habe etwas mit der Mafia zu tun. Was immer das auch heißen soll.«

»Na, das ist uns eine große Hilfe«, murmelte Joey.

Shane drehte sich zu seinem Onkel um. »Hör auf zu meckern, Joey. Du hast mich schließlich in den ganzen Schlamassel verwickelt. Und du bist immer noch nicht mit der ganzen Wahrheit herausgerückt. Ich glaube, dass wir uns wegen dieses Auftrags keine Sorgen mehr machen müssen, da ich alle Aktivposten aufgelöst habe. Trotzdem würde ich gerne wissen, wer Rocko angeheuert hat, falls die Person an eine Neuauflage denkt. Und da wäre immer noch dein alter Kumpel Four Wheels, der im Sumpf hockt und uns seine Nachkommenschaft auf den Hals hetzt.« Er sah Carpenter an. Dieser lehnte sich gerade mit einem Glas Limonade in der Hand zufrieden auf seinem Stuhl zurück und lächelte, während er der Unterhaltung lauschte, die Agnes und Lisa Livia in der Küche führten. »Und dann habe ich noch das da bekommen.« Er reichte Carpenter sein Telefon und ließ ihn die Botschaft von Casey Dean lesen.

»Interessant«, meinte Carpenter.

»Wie weit sind wir denn mit der Stahltür?«, fragte Shane.

»Das Schloss ist durchgeätzt«, antwortete Carpenter. »Ich habe einen hydraulischen Heber besorgt, um sie aufzuhebeln, sobald du zurück bist. Wenn du also Zeit und Lust hast …«

»Wer ist da drin?«, hakte Shane nach und wies mit dem Kopf auf die Küchentür.

»Agnes, Lisa Livia und eine Frau namens Kristy«, antwortete Joey. »Die Hochzeitsfotografin. Man hat eben einen Karton voller Flamingo-Kugelschreiber mit rosafarbenen Federn geliefert. Die Frauen begutachten sie gerade.« Die Tatsache schien ihn zu verwirren.

»Wieso …« Shane hielt inne, als er Xavier entdeckte, der auf die Brücke zufuhr, seinen Wagen aber kurz davor zum Halten brachte. Doyle krabbelte unter der Brücke hervor wie ein Troll. »Was zum Teufel sucht Xavier hier?«

»Ich will verflucht sein, wenn ich das weiß«, sagte Joey.

Xavier stieg aus und schlenderte über die Brücke. Doyle sprach ihn an, doch der Kriminalbeamte schien sich mehr für das Haus zu interessieren. Doyle lief schimpfend hinter ihm her.

»Da können wir ja gleich die ganze verdammte Stadt zur Bunkereröffnungsparty einladen.« Shane sah seinen Onkel an. »Joey, wenn wir Frankie da unten finden und es irgendwelche Verdachtsmomente gegen dich gibt, kann ich nichts machen, wenn Xavier sich deinen Arsch holen will.«

»Da würde ich mir mal keine Sorgen machen«, gab Joey zurück. »Ich habe ihn nicht umgebracht. Ich will nur wissen, was damals passiert ist.«

Xavier stieg die Stufen zur Veranda herauf, Doyle auf den Fersen.

»Was können wir für Sie tun, Detective?«, fragte Shane.

»Wie man sich erzählt, hat es Aushubarbeiten im Keller gegeben«, meinte Xavier. »Ich habe sogar gehört, dass da unten so eine Art Bombenschutzkeller sein soll. Und ein Tunnel, der dorthin führt. Außerdem erzählt man sich, dass die Herren diesen Tunnel freigelegt haben und nun einer Stahltür zu Leibe rücken wollen.«

»Sie hören viel, wenn der Tag lang ist«, murmelte Joey.

»Und wo ist Detective Hammond?«, erkundigte sich Shane, der nicht wollte, dass dieser Dummkopf hier unbeaufsichtigt herumstrich.

»Detective Hammond scheint eine ausgiebige Mittagspause zu machen«, antwortete Xavier. »Im Jachthafen, wenn ich das richtig verstanden habe. Der Junge verpasst aber auch jedes aufregende Ereignis. So wie damals, als im Fernsehen übertragen wurde, wie man Al Capones Schließfach öffnete.«

»Welches leer war«, merkte Shane an.

»Ich nehme an, dass wir hier mehr zu sehen bekommen«, lächelte Xavier süffisant.

»Man könnte auch annehmen, dass Sie hier unbefugt eindringen«, flocht Joey nebenbei ein.

»Man munkelt ferner, dass Sie Ärger bekommen könnten, wenn der Bombenschutzkeller geöffnet wird.«

»Wer sagt das?«, hakte Joey nach.

»Wissen Sie, es wird viel geredet.« Xavier zog ein Stück Papier aus der Tasche seines weißen Mantels. »Was ich hier habe, ist Miss Agnes' Vorstrafenregister. Ich war doch recht erstaunt, als ich es las. Sieht so aus, als hätte sie schon vorher mit einer Bratpfanne um sich geschlagen.«

Shane sah Joey an und bemerkte, dass dieser daraufhin nichts zu sagen wusste.

»Ich habe auch gehört, dass Miss Agnes gut mit Fleischgabeln umgehen kann. Und mit Hälsen.«

Dieser verdammte Taylor, dachte Shane. Bald würde die Welt einen Küchenchef weniger haben.

»Hat irgendjemand Anzeige erstattet?«, fragte Joey ruhig nach.

»Nein«, gab Xavier zu. Shane dachte: *Also war es gar nicht Taylor, sondern jemand anderer, dem Taylor alles erzählt hat.* Der Polizist sah zum Fluss hinunter. »Wo zum Teufel kommt der Krach her?«

»Flamingos«, versetzte Joey knapp. »Sie haben also nur ein Stück Papier und ein bisschen Klatsch. Ich …«

Agnes kam auf die Veranda, neben sich Lisa Livia und eine kleine, mit Kameras behängte Brünette. Die Öffnung des Kellers würde also nicht so geheim bleiben, wie Shane dies beabsichtigt hatte. Er hatte einfach vergessen, wie es in Keyes war. Sein Blick wanderte zur Brücke hinüber. Fast erwartete er die Band der lokalen Highschool, die mit Cheerleadern und dem Rest der Bevölkerung angetanzt kam.

»Ich habe Licht mitgebracht«, meinte Xavier und hielt eine Flutlichtlampe in der Hand.

»Für Licht habe ich gesorgt«, meinte Carpenter. »Wir werden das nicht brauchen.«

»Können wir's jetzt endlich hinter uns bringen?«, fragte Lisa Livia. Shane spürte ihre Anspannung, die der sinnlichen Anspannung, die sonst von ihr ausging, so gar nicht ähnelte. Er sah zu Agnes hinüber. Sie nickte nur kurz, fühlte sie doch mit ihrer Freundin mit. Natürlich, für Lisa Livia war Frankie nicht irgendein toter Mafioso, sondern ihr Vater. Und möglicherweise würden sie in wenigen Minuten sein Grab öffnen.

»Sind Sie sicher, dass Sie …«

»Ja«, versetzte LL kurz. Also ging Shane voran durch die Küche, auf deren Tisch ein Karton mit schillernd pinkfarbenen Kugelschreibern mit rosa Federbüschen stand. Dann die Leiter hinunter, die er hielt, während die anderen hinabkletterten.

Das Volk wartete im Erfrischungsraum, während er und Carpenter den Tunnel hinuntermarschierten, um die Hebemaschine in Gang zu setzen. Die Maschine selbst war eine komplizierte Angelegenheit aus Kabeln und Holzblöcken. Shane versuchte erst gar nicht dahinterzukommen, wie das Ganze funktionierte. Es bereitete ihm schon genug Kopfzerbrechen herauszufinden, wer hier versuchte, wen umzubringen und weshalb.

»Hier«, befahl Carpenter.

Shane legte die Hände auf den bezeichneten Hebel.

»Fertig?«, fragte Carpenter.

Shane nickte.

»Dann los.«

Gemeinsam begannen sie, stetig Druck auszuüben. Anfangs zeigte sich noch kein sichtbarer Effekt, abgesehen vom Spannen der Stahlseile. Dann begann die Holzführung der Seile zu ächzen. »Keine Sorge«, meinte Carpenter. »Ich habe das schon öfter gemacht.«

»Was? Bombenschutzkeller geöffnet, die fünfundzwanzig Jahre lang verschlossen waren?«

»Ich habe schon einen Banktresor geknackt, der seit sechzig Jahren nicht mehr geöffnet worden war.«

»Und wie lief es?«, fragte Shane, als er sich mit seinem gesamten Körpergewicht auf den Hebel lehnte.

»Die Wand hat einen kleinen Riss abbekommen«, antwortete Carpenter. Shane warf der gewölbten Decke einen prüfenden Blick zu.

»Wie groß ist klein?«

»Ich habe ihn geknackt. Die Innentür wird aufspringen wie …«

Tatsächlich schwang die Luke mit einem leisen Plopp auf. Die rostigen Scharniere allerdings quietschten so laut, dass es im ganzen Haus zu hören war.

Vom anderen Ende des Tunnels waren Stimmen zu hören, offensichtlich eine lebhafte Diskussion.

»Alles okay«, rief Shane in den Tunnel hinein.

»Nein, es ist nicht alles okay«, drang Agnes Stimme zu ihm durch. »*Brenda* ist hier.«

Brendas Stimme drang durch den Tunnel. »Ist der Bombenschutzraum jetzt offen?«

»Nein«, brüllte Shane. Nichtsdestotrotz tappte Brenda auf ihren hohen Absätzen durch den Tunnel, und alle anderen folgten ihr. Er seufzte, wandte sich der offenen Luke zu und stieg hindurch. Das Erste, was er erblickte, war ein Safe, dessen Tür weit offen stand.

Im Safe lag eine Bratpfanne, deren Rand blutverschmiert war. Altes, vertrocknetes Blut.

In der Pfanne und rund herum lagen leere Geldsäcke. Viele leere Geldsäcke. Jedenfalls genug, dachte Shane, um fünf Millionen Dollar darin zu verstauen.

»Oh mein Gott!«, ließ Brendas dramatisches Organ sich vernehmen.

»Diese Pfanne ist *nicht* von mir«, sagte Agnes hinter ihm. Er drehte sich um, und da standen sie alle. Brenda mit abgewandtem Gesicht, Xavier und Agnes gleich dahinter. Neben Agnes Lisa Livia mit blassem Gesicht und dann die magere Brünette, die ihre Kamera auf ihn gerichtet hatte.

»Ich habe es Ihnen ja gesagt«, meinte Brenda, zu Xavier gewandt, mit angespannter Stimme. »Ich habe es Ihnen gesagt. Joey und Four Wheels haben ihn umgebracht. Ich kann den Anblick nicht ertragen.«

»Welchen Anblick, Miss Dupres?«, fragte Xavier lakonisch.

»Den …« Brenda drehte sich um und nahm den Raum in Augenschein, zuerst voller Schrecken, der jedoch wachsendem Erstaunen wich. »Was … *Wo ist Frankie?*«

»Hier jedenfalls nicht«, versetzte Lisa Livia, genauso erstaunt wie Brenda. Agnes legte den Arm um ihre Freundin.

Lisa Livia drehte sich um und ging durch den Tunnel zurück.

»Sie wollte ihren Vater tot sehen?«, fragte Shane Agnes verständnislos. Diese schüttelte den Kopf und warf ihm einen Blick zu, der besagte: *Ich erkläre dir später alles.*

»Joey war hier drin und brachte die Leiche weg«, sagte Brenda zu Xavier und packte ihn am Ärmel. »Er und Four Wheels. Bestimmt haben sie die Leiche weggeschafft.«

»Und wie?«, fragte Xavier. Doch Carpenter, der Einzige, der diese Frage vielleicht hätte beantworten können, war schon hinter den Safe geschlüpft und untersuchte den Rest des Raumes.

»Hmmm«, machte er. An der Seite des Bombenschutzkellers stand eine Leiter. Carpenter kletterte hinauf, sah eine in die Decke eingelassene Tür und stieß sie auf. Sonnenlicht drang herein. Oben erstrahlte ein blauer Himmel mit goldenen Sternen.

»Das ist mein Pavillon«, meinte Agnes verblüfft.

Shane drehte sich um und sah Xavier, der die Bratpfanne begutachtete.

»Na, damit hat jemand ordentlich eins übergebraten bekommen«, sagte er und sah Agnes an.

»Das ist *nicht* meine Pfanne«, sagte sie bestimmt.

»Damit ist dies hier ein Tatort und ...«, setzte Xavier an. In diesem Moment begann die Erde zu beben. »Was zum Teufel ist das jetzt wieder?«

»Haben Sie irgendetwas auf Lastwagen bestellt?«, meinte Carpenter, der auf der obersten Sprosse der Leiter stand, zu Agnes gewandt.

»Lastwagen?«, fragte Agnes zurück.

»Fünf Stück. Riesige Dinger, die auf Ihre Brücke zuhalten.«

»Nein«, sagte Agnes und rannte den Tunnel hinab.

Shane folgte ihr und erhaschte dabei einen Blick auf Brenda.

Irgendwie schien der Gedanke an die fünf Lastwagen da oben sie froh zu stimmen.

♡

Agnes stürmte durch die Küche, an der Venus und Lisa Livia vorbei, die ihr ein hoffnungsloses »Was jetzt?« nachschickte und ansonsten nichts zu bemerken schien. Doch Agnes ließ sich nicht aufhalten und rannte weiter. »Halt«, brüllte sie, so laut sie konnte. »Halt! Nicht weiter!« Doch die Lastwagen rollten bereits über die Brücke. Der erste bretterte über die brüchigen

Stelzen auf die Auffahrt, über den Rasen und zum Fluss hinunter, wo Cerise und Hot Pink sich wieder in Rage geschnattert hatten. Dann kam der nächste, der die Brücke bereits zu einem lauten Ächzen veranlasste, das sich in tiefes Stöhnen verwandelte, als der dritte Lastwagen kam. Als der vierte die Brücke überquerte, splitterten die Stützpfeiler einfach weg. Der Lastwagen brach ein, während der fünfte und letzte einsam auf der anderen Seite blieb.

»Was haben Sie nur getan?«, schrie Agnes, als sie zur Brücke kam. Doch der Fahrer war genauso wütend wie sie. Er wedelte mit seinen Papieren und fragte, ob sie denn verrückt sei, fünf Lastwagen voller Sand zu bestellen, wenn sie nicht einmal eine Brücke habe, die deren Gewicht standhielte. »Ich werde Sie verklagen«, brüllte er.

»Ich habe nichts bestellt«, schrie Agnes zurück. »Was soll denn der Quatsch?«

Der Fahrer holte die Rechnung hervor. »Achtzig Kubikmeter pinkfarbener Sand für eine Hochzeit im Gutshaus Two Rivers.«

»Pinkfarbener Sand?«, wiederholte Agnes ungläubig.

»Wer hat ihn bestellt?«, wollte Shane wissen. Agnes zuckte zusammen, so überrascht war sie, dass jemand an ihrer Seite war.

Der Fahrer sah nochmals auf die Rechnung. »Eine gewisse Brenda Dupres.«

Agnes drehte sich und brüllte mit aller Kraft ihrer Lungen: »Brenda!« Aber Brenda stöckelte auf ihren Pfennigabsätzen schon die Veranda herab und schien vor Wut zu kochen. Eine zierliche blonde Tigerin mit D-Körbchen.

»Was hast du mit meiner Uhr angestellt?«, schrie sie und stampfte über das Gras, wobei die schiere Energie ihrer Wut ihr offensichtlich half, die Absätze immer wieder aus dem Rasen zu ziehen.

»Irgendein Arschloch kam letzte Nacht vorbei und wollte mich erschießen«, sagte Agnes zu ihr. »Stattdessen hat er deine verdammte Uhr erwischt. Und was zum Teufel soll das mit dem pinkfarbenen Sand?«

»Maria wollte doch eine Flamingo-Hochzeit«, meinte Brenda und gab sich alle Mühe, sich wieder zu sammeln. »Ich dachte, pinkfarbener Sand würde gut zu allen anderen Sachen passen. Ich weiß, wie schrecklich der Strand aussieht, wenn Ebbe ist. Aber natürlich habe ich nicht im Traum daran gedacht, dass die Brücke dabei einbrechen könnte.« Sie warf einen Blick zum Fluss hinunter, wo die drei anderen Lastwagen ihren pinkfarbenen Sand abluden und Kristy brav Fotos schoss. »Eins, zwei, drei …« Ein zauberhafter Augenaufschlag und sie wandte sich dem vierten zu: »Vier. Da müsste noch einer sein. O ja, da ist er ja.« Sie winkte dem Fahrer zu. »Fünf.«

»Hier komme ich nicht mehr heraus, Gnädigste«, meinte der Fahrer des vierten Wagens. »Höchstens mit einem Seilzug.«

»O je«, meinte Brenda traurig. »Sieht aus, als müsste die Hochzeit doch im Country Club stattfinden.« Sie lächelte Agnes an. »Dideldum.«

Agnes drehte sich zu ihr um: »Nein, sie wird nicht im Country Club stattfinden.«

Der Zorn ist keineswegs ihr Verbündeter, Agnes.

Aber Brenda Fortunato auch nicht, Dr. Garvin.

Brenda strahlte. »Agnes, Liebes. Der Bäcker hat dir abgesagt. Die Blumen kommen nicht.« Sie trat einen Schritt näher an sie heran. »Der Fotograf hat seine Assistentin geschickt, die wirklich nicht die geringste Ahnung hat. Der Inspektor vom Gesundheitsamt lässt dich hier kein Abendessen servieren. Und du hast versucht, den Caterer zu erstechen.« Noch ein Schritt. »Das Haus ist nur zur Hälfte gestrichen. Die Brücke ist hinüber. Deine Küche ist ein Tatort. Und du wirst mir diese immens wertvolle Standuhr ersetzen müssen.« Nun stand sie fast Nase an Nase mit Agnes. »Das schaffst du einfach nicht, Agnes. Du bist am Ende.« Ihre Augen verengten sich zu Schlitzen. »Gib auf.«

Agnes spürte, wie ihr Atem aussetzte. Sie spürte das alte Schwindelgefühl in sich aufsteigen, das immer kam, wenn das Lodern sie zu übermannen drohte. Und sie hörte Lisa Livia sagen: *Agnes, akzeptier doch endlich, dass du eine geborene Killerin bist.* Dann dachte sie an Shane, der dem Typen vor ihrem Schlafzimmer zwei Kugeln in den Leib gejagt hatte. Der unausgesetzt auf den einen Kerl feuernd durch ihre Küche geschritten war, bis sein Magazin leer war. Shane hatte die Ruhe nicht verloren. Sein Gesicht war dabei vollkommen unbewegt geblieben. Ein anderer Teil ihres Verstands registrierte, dass Shane den Arm um ihre Taille gelegt hatte und sie wegzerren würde, falls sie Brenda an die Gurgel gehen sollte. Doch da schien sich der rote Nebel in ihrem Gehirn zu zerteilen. Sie sah Brenda an. Professionelle Killer hatten keine Wutanfälle.

Sie setzten den Dingen nur einfach ein Ende.

»Jetzt hör mal zu«, sagte sie zu Brenda, während ihre Stimme zu Eis gefror. »Am Samstag wird hier um die Mittagszeit ein wunderbarer Kuchen stehen. Die Blumen werden in der Sonne strahlen. Die Fotografin, die jetzt deinen Sand fotografiert, wird die Braut ablichten. Das Essen wird wunderbar und das Gesundheitsamt ganz auf meiner Seite sein. Und die Brücke wird nicht nur wieder stehen, sondern so massiv sein, dass locker zwanzig Lastwagen darüberrollen können. Und das Haus wird genauso sein, wie du es dir immer erträumt hast. Und Gott ist mein Zeuge, dass du dieses Haus niemals wieder besitzen wirst, weil ich dich endgültig und vernichtend schlagen werde. Ich werde deine Fresse in den Staub treten und dafür sorgen, dass du vor aller Welt dein Gesicht verlierst, Brenda Dupres. Und meine Küche wird mit Sicherheit kein Tatort, denn ich werde beweisen, dass du mit der verdammten Pfanne in dem verdammten

Bombenschutzkeller vor fünfundzwanzig Jahren deinem verdammten Ehemann eins übergebraten hast. Und du wirst den Rest deines Lebens in einem orangefarbenen Anzug im Zuchthaus verbringen, wo es keine Feuchtigkeitscreme gibt, sodass dein Gesicht aussehen wird wie ein verschrumpelter Apfel. Und der einzige Mann, den du dort noch rumkriegen kannst, wird ein zahnloser Aufseher namens Bubba sein. Also verzieh dich auf dein Boot und fang zu beten an, Brenda. Sink auf die Knie, und flehe deine perversen Götter an, dass sie dich davor bewahren, mir je wieder in die Quere zu kommen, *denn ich werde dich vernichten.*«

Brenda stand da wie angewurzelt. Ihre Kinnlade war nach unten geklappt, der Mund stand weit offen. Shane hatte seinen Griff gelockert, Stille legte sich über die Szene.

»Agnes Crandall«, sagte Brenda plötzlich mit zitternder Stimme. »Du bist vollkommen verrückt geworden.«

»Vergiss das besser mal nicht«, versetzte Agnes und marschierte zum Haus zurück.

♡

Agnes kehrte Brenda den Rücken, die auf ihren Absätzen über die Reste der Brücke stakste und in ihren Cadillac stieg, den sie wohlweislich auf der anderen Seite geparkt hatte. Als die beiden weg waren, ging Shane zu Carpenter hinüber. »Bleib du hier und nimm den Bombenschutzraum unter die Lupe. Versuch herauszufinden, wer da durch die Luke im Pavillon ein und aus gegangen ist. Und pass auf Agnes auf.«

»Wird gemacht«, meinte Carpenter, klang aber nicht besonders erbaut. »Was hast du vor?«

»Ich sehe mich mal in den Sümpfen um. Rocko ist ja nun keine Gefahr mehr. Jetzt will ich Four Wheels nahelegen, keine weiteren Verwandten mehr zu schicken, die Agnes Ärger machen.« Er warf einen Blick zum Haus zurück. »Ich glaube, jetzt ist sie wirklich sauer. Sie war irgendwie … anders.«

»Und was ist mit Casey Dean?« Für seine Verhältnisse sah Carpenter beinahe verzweifelt aus.

»Dean wird vor der Hochzeit nichts mehr unternehmen«, sagte Shane und überhörte geflissentlich Carpenters eigentliche Frage: *Was wird aus unserem Auftrag?*

»Woher willst du das wissen?«, hakte Carpenter nach. »Weil er dir eine SMS geschickt hat?«

Carpenters Gesicht war so unbewegt wie immer. Aus seinem Blick aber sprach deutlicher Spott.

»Na gut«, meinte Shane. »Halt die Augen offen, und denk dir was aus, wie ich an Dean herankomme. Dann schnappe ich ihn mir.«

»In Ordnung«, stimmte Carpenter zu. »Ich klemme mich dahinter. Soll ich zu Four Wheels mitkommen?«

Shane machte ein Zeichen zum Haus hin, wo einer aus dem Thibault-Clan hingebungsvoll den letzten Eimer Farbe versprühte. »Ich nehme Garth mit. Er kennt das Terrain.«

Zweifelnd sah Carpenter Shane an. »Ich glaube nicht, dass er dir eine große Hilfe sein wird, wenn du Ärger bekommst.«

»Mit einem alten Mann in den Sümpfen werde ich wohl noch fertig werden, selbst wenn er seinen ganzen Clan zusammentrommelt.«

Carpenter schüttelte den Kopf. »Bisher sind wir mit nichts so recht fertig geworden.«

Shane erstarrte. »Ich krieg das schon hin.«

»Du bist unkonzentriert. Seit dein Onkel dich in Savannah angerufen hat, bist du mit dem Kopf nicht bei der Sache. Hast du mal versucht dahinterzukommen, worum es bei diesem Auftrag eigentlich geht? Denn irgendetwas ist hier faul …«

»Wilson hat uns einen Auftrag erteilt«, antwortete Shane, vorerst seinen Instinkt ignorierend, der ihm dasselbe sagte. »Nämlich Casey Dean auszuschalten. Ich weiß, dass ich das vermasselt habe …«

»Zwei Mal, um genau zu sein.«

»Das weiß ich selbst«, versetzte Shane knapp. »Aber ich werde Casey Dean aus dem Verkehr ziehen. Ich will nur vorher Four Wheels einen Besuch abstatten, um alle möglichen Ursachen für weitere Ablenkungen zu beseitigen.«

Carpenter warf einen Blick auf das Haus. »Und du glaubst wirklich, dass es Four Wheels ist, der dich hier ablenkt? Wenn du nicht bald wieder alle beisammenhast, landest am Ende du im Leichensack. Casey Dean hat's allerdings auch vermasselt. Auch ihm ist es nicht gelungen, uns beide auszuschalten. Irgendetwas stimmt an der ganzen Sache nicht. Am Ende bleibt der übrig, der als Erster aufhört, Fehler zu machen, und den Job erledigt. Und zwar möglichst bald. Vergiss das nicht.«

»Nein«, antwortete Shane und vermied es, den Blick noch einmal auf das Haus zu richten. »Aber ich muss noch was regeln, bevor ich mich um den Job kümmere. Dann schnappen wir uns Casey Dean und ziehen weiter.«

Vorausgesetzt, wir können den Rest der Bevölkerung davon überzeugen, dass in Two Rivers keine fünf Millionen versteckt sind. Und dass Joey Frankie nicht umgebracht hat. Und vorausgesetzt, dass ich mich von Agnes losreißen kann.

Was ich Carpenter besser nicht erzähle.

Shane ging los, um Garth zu holen.

♡

Als Agnes in die Küche zurückkam, saß Lisa Livia auf dem Barhocker vor der Anrichte. Ihre Füße ruhten auf Rhett, die Stirn auf dem Tresen.

»Ich war mir so sicher, dass sie ihn getötet hat«, sagte sie zu der Marmorplatte, als Agnes sie umrundete, um die Bourbonflasche zu holen. »Ich war hundertprozentig sicher. Ich habe gesehen, wie sie in jener Nacht mit dem Caddy wegfuhr. Ich *wusste* einfach, dass sie es getan hat. *Und die Pfanne da unten gehört auf jeden Fall ihr.*«

»Gib jetzt nicht auf«, meinte Agnes und schnappte sich ein Glas, das sie zwei Finger hoch mit Bourbon füllte und Lisa Livia hinschob. »Du hast das Ganze nur noch nicht in allen Einzelheiten durchdacht. Dass wir heute keine Leiche gefunden haben, heißt doch nicht, dass dort auch vor einer Woche keine lag.«

»Du glaubst, sie hat meinen Vater, der seit fünfundzwanzig Jahren tot dort unten liegt, über die Leiter hoch und durch die Luke im Pavillon gewuchtet?«, fragte Lisa Livia skeptisch.

»Ich halte sie mittlerweile für fähig, eine fünfundzwanzig Jahre alte Leiche in kleine Stückchen zu zerhacken, sie mit dem Einkaufskorb abzutransportieren, um sie den Nachkommen der Südstaaten-Armee als kostbare Reliquien zu verkaufen.«

Agnes goss sich selbst ein Glas Bourbon ein. »Wir reden hier von Brenda. Also gib die Hoffnung einfach nicht auf. Es ist immer noch möglich, dass deine Mutter deinem Vater vor fünfundzwanzig Jahren eins mit der Bratpfanne übergezogen hat und er mausetot ist.«

Lisa Livias Lippen kräuselten sich, als sie ihren Rücken kerzengerade aufrichtete und nach ihrem Glas griff: »Ja. Es wäre Unsinn zu hoffen, dass meine Mutter unschuldig und mein Vater noch am Leben ist.«

»Genau.« Agnes hob ihr Glas. »Wozu nach Perlen suchen, wenn es nicht mal Muscheln gibt? Wenn in South Carolina die Todesstrafe noch nicht abgeschafft ist, wirst du vermutlich sowieso Vollwaise.« Sie stieß mit LL an und trank. Lisa Livia lachte kurz auf, dann trank auch sie.

»Gut«, meinte sie, als sie ihr Glas geleert hatte. »Es gibt also noch Hoffnung.«

Agnes sah LLs leeres Glas an. »Ich nehme mal an, du willst dich jetzt nicht beruhigen.«

»Das nehme ich auch an«, sagte Lisa Livia und stellte ihr Glas auf die Marmorplatte. »Schenk mir ein. Ich hatte einen echt miesen Tag.« Sie sah zur Venusstatue hinüber. »Gib ihr auch was.«

»Die hat schon genug Probleme.« Fieberhaft überlegte Agnes, womit sie Lisa Livia vom Bourbon ablenken könnte. Sie ging zum CD-Player hinüber und legte die Platte auf, die sie heute Morgen vor dem Frühstück gespielt hatte. »Erinnerst du dich noch an den Song? Du hast ihn aufgelegt, als du mich gegen Kaution aus dem Gefängnis geholt hast, nachdem ich Rick mit der Pfanne auf die Bretter geschickt hatte. Wir haben es auf der Heimfahrt zusammen im Auto gesungen, weißt du noch?«

Lisa Livia biss sich auf die Lippen und wendete den Kopf ab.

»There's no good reason«, sang Agnes und lehnte sich über die Anrichte, »why we should be so *all alone*.«

LL nahm Agnes die Flasche aus der Hand und goss sich selbst ein. Dann fiel sie in den Gesang ein und grölte zusammen mit ihrer Freundin den Tränenhymnus des Selbstmitleids, den die Dixie Chicks anstimmten. »Himmel, ich liebe die Chicks«, sagte Agnes, als das Lied zu Ende war und sie den Bourbon außer Reichweite gebracht hatte. »Und zur Hölle, ich kann ihren menschlichen Beistand diese Woche wirklich brauchen.«

»Ja, sie haben uns durch schwere Zeiten geholfen«, meinte Lisa Livia und schob das Glas über die Marmorplatte, als »Hello, Mr. Heartache« aus dem Lautsprecher tönte. »Schenk ein, Agnes.«

»Vielleicht solltest du einen Gang runterschalten«, empfahl Agnes. »Ich könnte Hilfe brauchen, wenn ich deiner Mutter an den Kragen will.«

»Alles klar, das Haus.« Lisa Livia nickte. »Wie läuft's?«

»Ich habe beschlossen, auf dich zu hören und meinen inneren Killer zu akzeptieren. Ich werde eine eiskalte, tödliche Schlampe werden. Höchst effizient und ohne Emotionen. Stille Wasser gründen tief. Ich werde ein weiblicher Shane.«

»Oh«, gab Lisa Liva zurück. »Nun denn. Freut mich, wenn ich dir helfen konnte.«

Sie sahen sich an, und Agnes goss nicht nur Lisa Livia, sondern auch sich selbst noch ein Glas ein. Sie mussten einen Plan machen. Leider liefen Lisa Livias Vorschläge auf den immer gleichen stereotypen Vorschlag hinaus: »Versenk ihr verdammtes Boot.« Und so unterband Agnes nicht nur jede weitere Strategiediskussion, sondern auch deren feuchte Unterfütterung.

»Ich kann mir jetzt nicht leisten, betrunken zu sein«, sagte sie. »Ich muss heute meine Kolumne fertig schreiben und den Kuchen für die Hochzeit backen. Und du musst dich auf deinen Part als Brautmutter vorbereiten. Über dem ganzen Schlamassel vergessen wir noch völlig die Hochzeit. Unsere kleine Maria heiratet einen reichen Jungen, der sie liebt. Auf Maria!« Sie hob das Glas.

»Ich kann mich betrinken«, meinte Lisa Livia eigensinnig. Dann fügte sie hinzu: »Auf Maria!« und schüttete den Rest ihres Drinks hinunter.

»Na dann, prost.« Agnes stellte ihr Glas beiseite und holte die Rührschüssel hervor. Dabei versuchte sie bewusst, ihr Augenmerk nicht auf das sie umtosende Chaos zu richten, sondern ganz cool zu bleiben. Sie dachte an Shane, wie er in der Nacht zuvor mit ausdruckslosem Gesicht aus allen Rohren feuernd durch ihre Küche gestampft war. Ja, so wollte sie von nun an auch sein.

»Übrigens, was Maria betrifft …« Lisa Livia schob das leere Glas über die Marmorplatte und schnappte sich das von Agnes, das noch gut gefüllt war. »Willst du noch was wissen? Brenda versucht, auch Palmer zu demontieren. Erinnerst du dich, wie sie Maria einzureden versuchte, ihr Verlobter sei wie sein Vater, der ewig besoffene Hurentreiber?«

»Ja.« Agnes holte Butter, Sauerrahm, Milch und Eier aus dem Kühlschrank.

»Jetzt hat sie Palmer weisgemacht, Maria heirate ihn nur des Geldes wegen.«

Alarmiert hielt Agnes inne und drehte sich um. »Und er glaubt diesen Schrott?«

»Sie ist geschickt. Sie erzählte ihm einfach, wie aufregend Maria es fände, dass sie von nun an in einem richtig großen Haus leben und nur noch große Autos, dicke Klunker und schicke Klamotten kaufen würde. Er hat mich diesbezüglich ausgefragt. Natürlich hat er auf seine schafsköpfige Art versucht, diskret zu sein. Ich sagte ihm, dass Maria sich für solchen Kram überhaupt nicht interessiere, aber Brenda hat ihn wohl schon gut bearbeitet. Er glaubt ihr irgendwie und scheint kalte Füße zu bekommen. Und dass dieser Esel Hammond ständig um Maria herumspringt, beruhigt Palmer auch nicht gerade.«

»Schrott«, meinte Agnes und verteilte diverse Kuchenzutaten auf der Anrichte. »Gut, dann mache ich das hier jetzt fertig, dann haben wir die Hochzeit, und am Ende verliert Brenda das Haus und wird wie die böse Hexe im Märchen vor lauter Wut platzen.« Für sie hörte sich das an wie ein perfekter Plan, doch Lisa Livia machte ein skeptisches Gesicht.

»Ich glaube nicht, dass meine Mutter so leicht zu besiegen ist. Nicht ohne einen Pfahl durchs Herz und jede Menge Weihwasser.«

»Reverend Miller ruft morgen sicher noch einmal an, um in Erfahrung zu bringen, ob Maria je im horizontalen Gewerbe gearbeitet hat«, meinte Agnes. »Ich werde ihn bitten, zur Hochzeit Weihwasser mitzubringen, um Brenda damit zu bannen. Er hat sie kennengelernt. Er hat bereits ihre Bekanntschaft gemacht. Er wird wissen, was ich meine.«

Agnes füllte ihren Messbecher an der Spüle mit Wasser. Währenddessen schweifte ihr Blick über den Fluss, und sie erstarrte.

Eine uralte Jacht, von der bereits der Lack abblätterte, hielt auf ihr Schwimmdock zu und tanzte im Gleichklang mit ihm auf und ab. Agnes musste zwei Mal hinsehen. Doch das Boot war tatsächlich da. Es prallte gegen die Gummipuffer. Dann erstarb das Motorengeräusch, und Brenda trat aus der Kajüte. Sie machte das Boot am Dock fest.

»*Verdammte Schlampe*«, zischte Agnes und ließ ihren Messbecher fallen.

»Was ist denn los?«

»*Deine Mutter macht gerade ihre verfluchte Jacht an meinem Dock fest.*«

»Was?« Lisa Livia kam um die Anrichte herum, um ebenfalls aus dem Fenster zu sehen. »Ich will verdammt sein.« In widerwilliger Bewunderung schüttelte sie den Kopf. »Jetzt holt sie zum Gegenschlag aus.«

»Schlampe«, fauchte Agnes nochmals und starrte das Boot an. »Wir versenken das verdammte Ding einfach.«

»Jetzt?«, fragte Lisa Livia ungläubig, aber durchaus hoffnungsvoll.

»Nein. Ich muss mich erst um die Torte kümmern.« Agnes marschierte in die Speisekammer und holte weitere Zutaten für den Kuchen von den Regalen, unter anderem die Sachen, die Shane aus Savannah mitgebracht hatte, und stellte alles auf der Anrichte ab.

Lisa Livia fing eine der Zuckergussdosen auf, die fast heruntergerollt wäre.

»Iiih«, meinte sie. »Was ist das denn? Läuft da was aus?« Sie sah genauer hin. »Das ist ja Blut.«

»Ja, Shane war Zuckerguss kaufen.« Agnes nahm ein Papiertuch und wischte die Dose ab.

»Wie aufmerksam von ihm.« Lisa Livia wusch sich mehrfach die Hände und goss sich dann noch ein Glas Bourbon ein. »Ist es mit ihm etwas Ernstes?«

»Nein«, sagte Agnes. »Ich werde auch nicht mehr mit ihm schlafen.«

»Ach ja, ich erinnere mich«, meinte Lisa Livia. Sie kippte den

Bourbon hinunter und versuchte, sich auf den Hocker an der Anrichte zu setzen. Allerdings landete sie auf dem Boden.

»So weit ist es also schon?«, grinste Agnes und streckte ihr die Hand hin.

»Meine Mutter ist eine Lügnerin, Betrügerin und Mörderin«, antwortete Lisa Livia, als sie endlich auf dem Stuhl saß. »Und sie hat sich das Gesicht liften lassen. Zwei Mal schon.«

»Damit habe ich auch das letzte bisschen Achtung vor ihr verloren«, meinte Agnes.

Lisa Livia sah sie mit ernsten Augen an. »Du hast dich wirklich verändert.«

»Ich bin reifer geworden«, sagte Agnes und sah durchs Küchenfenster zu Brendas Jacht hinaus. *Ich habe im Moment alle Hände voll zu tun. Aber sobald ich hier wieder Land sehe, und das wird schon bald sein, schwöre ich, dass ich Brenda samt Boot versenke.*

Das ist strafbar, Agnes. Also brauchen Sie einen guten Plan.

Dr. Garvin?

»Agnes?«

»Es kommt schon alles in Ordnung, LL«, meinte Agnes und nahm ihr das Glas weg.

♡

»Ich glaube, das ist keine so tolle Idee«, meinte Garth und spähte aus dem Defender in die Sümpfe hinaus.

Noch einer, der was auszusetzen hat, dachte Shane und öffnete die Hecktüren. »Ich möchte ja nur mit deinem Großvater reden.«

»Er ist nicht gerade gesprächig.«

Shane sah den schmalen Weg hinab, der so eng war, dass er nicht befahren werden konnte und sich am Ende in düsterem Grün verlor. Die aufgeforsteten Anhöhen gruppierten sich um Untiefen, in denen schwarzes, brackiges Wasser dicht wachsende Schilfstängel umspülte. Die Bäume kämpften ums Überleben und mit ihnen die ruchlose Fauna des Sumpflandes. Und die Thibaults.

Shane öffnete den Behälter, der auf der Ladefläche stand, und holte einen Kunststoffkoffer heraus. Diesem entnahm er ein Gewehr, das aussah wie eine Maschinenpistole. Abgesehen von einer Art Kunststofftrichter oben.

»Sie wollen eine Farbbeutelpistole benutzen?«, fragte Garth ungläubig, als Shane eine CO_2-Kapsel ins Magazin schob und kleine, runde Kugeln in den Trichter füllte. »Meine Cousins werden das gar nicht witzig finden. Die nehmen lieber *richtige* Pistolen.«

Shane entsicherte die Waffe. »Die ist nicht mit Paintballs geladen.« Er nahm eine der kleinen Kugeln heraus und hielt sie Garth hin. »Das sind Pfefferkugeln. Sie enthalten richtig scharfen Pfeffer, der beim Aufschlag freigegeben wird. Zunächst einmal gibt es einen Piks, wenn du vom Projektil getroffen wirst, dann kommt die Pfefferladung, die Hautreizungen und Husten verursacht. So kann man Leute außer Gefecht setzen, ohne sie zu verletzen. Du möchtest ja wohl nicht, dass ich dich von all deinen Verwandten befreie, oder?«

Garth schien über die Frage ernsthaft nachzudenken, denn immerhin brauchte er einige Zeit, bevor er eine Antwort gab. »Nee.« Immer noch war sein Blick unverwandt auf die Pistole gerichtet. »Für mich haben Sie wohl keine?«

Shane warf einen prüfenden Blick auf Garth. Er sah in dem Overall, den Carpenter ihm gegeben hatte, ein wenig verloren aus. Die Bündchen waren bis zu den Handgelenken hochgerollt, die knochig aus den weiten Ärmeln hervorstanden. Zögernd holte Shane eine zweite Paintball-Pistole hervor und lud sie. »Du hast zehn Schuss, also ballere nicht wild herum«, meinte er, als er sie ihm aushändigte. »Und benütze die Waffe nur, wenn dich jemand bedroht. Schieß auf keinen Fall vor mir.«

»Ich habe schon mit einem echten Gewehr geschossen«,

brummte Garth beleidigt, als er die Waffe entgegennahm und in den Sumpf zielte. »Poff, poff, poff.«

»Gehen wir.«

Sie schritten den schmalen Pfad hinunter, Shane voran. Dabei hielt er den Pistolengriff gegen seine Schulter gepresst. Die Augen folgten dem Lauf, der Finger blieb am Abzug.

»Ich muss Ihnen etwas sagen«, flüsterte Garth.

»Was ist das?« Shane setzte tastend seinen linken Fuß vor, als er etwas spürte. Er richtete den Blick nach unten und bemerkte eine dünne Angelschnur, die sich über den Weg spannte. »Fallen«, meinte Shane, ohne Garth anzusehen. »War es das, was du mir sagen wolltest?«

»Ja.«

»Und wieso rückst du erst jetzt damit raus?« Shane erwartete keine Antwort auf seine Frage. Er kniete nieder und folgte der Angelschnur mit den Augen. Sie verschwand rechter Hand in einem Busch am Fuß eines Baumes. »An was hängt das Ding denn?«

»Vermutlich an einem dornigen Ast.«

»Also kein Warnsystem? So was wie eine Dose an einer Schnur zum Beispiel?« Shane sah den Baum hinauf. Jemand hatte einen Zweig nach hinten gebunden und ihn so gespannt. An diesem Zweig waren mehrere spitze Stöckchen befestigt. Einfach und billig, aber wenn es einen traf, tat es weh wie die Hölle.

»Nein. Opa will nicht, dass jemand stirbt. Er kann es nur nicht leiden, dass Fremde hier herumschnüffeln. Die kriegen dann ihr Fett ab. Er denkt, dass das Gebrüll, das die Leute von sich geben, wenn sie in eine Falle tappen, Warnung genug ist. Jimmie hat's eines Tages erwischt. Der hat vielleicht gebrüllt. Ich sagte Ihnen ja, dass es keine gute Idee ist, mit Opa zu reden.«

»Geh einen Schritt zurück.« Shane ziepte mit dem Lauf der Pistole an der Angelschnur. Der Zweig schnellte auf ihn zu und wippte noch ein wenig, bevor er innehielt und sie sich darunter hinwegducken konnten. »Noch mehr Fallen?«

»Mein Cousin Fred stellt sie auf«, antwortete Garth. »Zu was anderem taugt er nicht, aber im Fallenstellen ist er gut. Er hat sogar mal einen Alligator gefangen.«

»Soll das heißen, dass du nicht weißt, ob noch weitere Fallen auf uns warten und wo sie sind?«

»Sag ich doch. Fred weiß das. Aber Fred kann mich nicht ab. Einmal ...«

»Still.« Lautlos glitt Shane vorwärts. Er ging auf den Fußballen, die Sohlen immer in Kontakt mit dem Boden. Dabei achtete er auch auf die kleinste Unregelmäßigkeit.

Auf den nächsten dreihundert Metern setzte er noch weitere zwei Fallen außer Betrieb. Nun waren sie auf dem Weg ins Herz – *vielleicht auch eher in die Eingeweide* – der Finsternis.

»Hier wohnt Fred«, meinte Garth, als sie die dritte Falle entschärft hatten.

Ein schäbiger Wohnwagen stand verloren unter einer riesigen Eiche. Kein Lebenszeichen.

»Tagsüber schläft Fred normalerweise«, erklärte Garth. »Der Rest der Familie lebt irgendwo zwischen hier und Opas Wohnwagen. Drum gibt's hier wahrscheinlich auch keine Fallen mehr.«

»In Ordnung«, sagte Shane. »Geh voraus. Wir statten jetzt deinem Großvater einen Besuch ab.«

Garth hielt die Paintball-Pistole vor sich hin und ließ die Mündung theatralisch von rechts nach links wandern. Die Hälfte der Zeit zeigte der Lauf der Waffe dorthin, wo seine Augen nicht waren. *Zu viele schlechte Krimis*, dachte Shane. Immer mehr schäbige Wohnwagen wurden sichtbar. Sie nisteten im dichten Unterholz wie gestrandete Ufos. Eine unterprivilegierte Gattung von Marsmenschen lebte hier, die billigen Fusel liebte – zumindest nach den leeren Dosen und Flaschen zu urteilen, die hier herumlagen.

Shane bemerkte aus den Augenwinkeln heraus eine Bewegung im Schatten und wandte sich geschmeidig um. Ein magerer junger Mann mit einem Gewehr war gerade dabei, seine Waffe an die Schulter zu heben, als Shane den Abzug betätigte und fünf Projektile abfeuerte. Sie trafen den Jungen an der Brust und setzten dabei eine Pfefferwolke frei.

Der Junge fluchte, ließ das Gewehr fallen und griff sich mit beiden Händen an die Brust, wo sich bald hässliche Quaddeln zeigen würden. Allerdings war die Pfefferwolke, die sich langsam ausbreitete, noch schlimmer. Er krümmte sich und begann zu husten.

»Gehen wir«, befahl Shane und schubste Garth an.

»Das ist Jimmie«, sagte Garth. »Das wird ihm nicht gefallen.«

»Mir gefällt das auch nicht«, murmelte Shane. »Du solltest dir mehr Gedanken um mich machen.«

Jemand trat aus einem Wohnwagen zu ihrer Rechten. Shane feuerte schnell und traf den Mann, sodass er ebenso schnell wieder verschwand, wie er aufgetaucht war.

Links stand ein halb verbrannter Wohnwagen. Garth blieb stehen, als er eine klapperdürre Frau in mittleren Jahren heraustreten sah wie ein Gespenst. »Mary-Louise!«, zischte Garth. »Was tust du in meinem Haus?«

Die Frau blinzelte und rieb sich ihre tränenden Augen. Als sie Garth und Shane deutlich erkennen konnte, schrie sie mit der ganzen Kraft ihrer Lungen. Shane fluchte, dann feuerte er. Er traf sie mit drei Schüssen in den Magen. Was dem Geschrei ein Ende setzte. Die Frau taumelte in den Wohnwagen zurück.

»Kaum ist man ein paar Tage weg, hat man schon sein Heim verloren«, sann Garth nach. »Den Leuten ist heute nichts mehr heilig.«

Allmählich wurde Shane klar, weshalb Garth in Two Rivers bleiben wollte. Doch die vier Männer, die mit Waffen in der Hand durch das Gestrüpp auf sie zukamen, ließen ihm keine Zeit, lange darüber nachzudenken. Shane feuerte drei Runden ab. Eine Kugel flog an ihm vorbei, die er weiter nicht beachtete. Er traf alle vier und setzte sie schachmatt, als Garth zu ballern anfing. Eine der Pfefferkugeln explodierte an einem Baum, kaum einen Meter von ihm entfernt.

Shane hörte, wie rechts von ihm ein Wagen startete. Er ließ Garth stehen, der immer noch am Abzug seiner mittlerweile leeren Pistole zog und von dem Baumschuss selbst hustete, und rannte um den nächsten Wohnwagen herum. Dabei sprang er über einen der am Boden liegenden Männer.

Eine Art Billigkopie von General Lee entfernte sich von einem überdimensionalen Komfortwohnwagen. Shane wollte gerade die Paintball-Pistole gegen die Glock austauschen, als er linker Hand eine Bewegung bemerkte und dann einen Schuss hörte, der ebenfalls nach links zu gehen schien. Er drehte sich herum und feuerte. Dann ließ er den Abzug los. Vor ihm stand, unter der Wirkung eines Pfeffergeschosses keuchend, sein Onkel Joey und fluchte.

»Verdammt!« Joey versuchte das T-Shirt auszuschütteln und hustete noch mehr.

General Lee verschwand in einer Staubwolke.

»Was zum Teufel tust du denn hier?«, wollte Shane wissen.

»Und du?« Joey hustete immer noch. »Ich wollte Four Wheels schnappen. Und du hast alles vermasselt.« Er hustete und spuckte. »Die verdammte Brenda hat Xavier erzählt, ich und Four Wheels hätten Frankie umgelegt.«

Seit ich hier in Keyes bin, läuft nichts glatt, dachte Shane. *Mit einer Ausnahme – Agnes*. Er schüttelte den Kopf. Er musste sich konzentrieren.

»Jetzt, wo wir ihn aufgeschreckt haben, macht er sich wahrscheinlich nach Two Rivers auf. Zu Agnes«, meinte Joey.

Verdammt. »Los!« Shane griff sich Joey, der sich immer noch die Augen rieb. »Lass das.« Als er sich umsah, entdeckte er Garth, der ebenso blind in den nächsten Baum rannte.

»Super.« Er schnappte den Jungen mit der anderen Hand. »Mein Team.« Ein spiritueller Humanist, der sich als Reinigungsfachkraft betätigte, ein alter Mafioso, eine faule Sumpfratte und eine Food-Kolumnistin von cholerischem Temperament.

»Nächstes Mal schnappen wir sie«, keuchte Garth zwischen zwei Hustenanfällen.

»Es war nicht deine Schuld«, warf Joey ein und versuchte, sich mit dem T-Shirt die Augen auszuwischen.

Los, Kinder, dachte Shane und lotste sein Team zum Defender.

♡

Ein LKW mit einer Seilwinde war da gewesen und hatte den Laster rausgezogen. Zum Glück hatte er auch Brenda mitgenommen, die ihren Cadillac aus der Stadt holen wollte, jetzt, wo sie mit der *Brenda Belle* in Two Rivers vor Anker gegangen war. Kristy hatte sich auf dem Grundstück umgesehen, um »ein paar Hintergrundaufnahmen zu machen und irgendwie ein Gefühl für den Ort zu kriegen«. Sie war rechtzeitig zurück, um LLs Bourbon-sedierten Körper ins Schlafzimmer hochzutragen. Ein neugieriger Rhett, der offensichtlich wissen wollte, was sie mit ihr anstellten, hatte sie dabei tatkräftig unterstützt. *Anscheinend hat er in letzter Zeit zu viele leblose Körper gesehen*, dachte Agnes. Dann klingelte ihr Handy. Sie ging ran.

»Hey«, sagte Joey mit belegter Stimme. »Möglicherweise bekommst du gleich Besuch von jemandem, der sich als gefährlich herausstellen könnte.«

»Ach nein?«, meinte Agnes. »Ganz was Neues. Und auch noch mit Vorankündigung. Soll ich meine Bratpfanne holen?«

»Das ist kein Scherz, Agnes. Es geht um Four Wheels.«

»Opa also. Der Knabe, der Fahrer bei deinen Raubzügen gewesen ist, um dann in den Sumpf zu ziehen und all die kleinen Wheels in die Welt zu setzen?«

»Genau der.«

»Großartig.« Agnes ging über den Flur in einen der Räume, die nach vorne hinausgingen. Der ganze Raum war voller Geschenke. Marias weißes Hochzeitskleid war aus New York gekommen und lag in einem Kleidersack über dem Bett. Agnes stieg über alles hinweg und ging ans Fenster. Nichts. Auch Rhett starrte ungerührt hinaus. »Da draußen sieht's ganz ruhig aus. Soll ich die Polizei rufen?«

»Shane meint, Carpenter würde schon mit ihm fertig werden. Und wir sind auch schon auf dem Weg.«

Nun schoss etwas Rotes in einer dichten Staubwolke die Straße herunter und legte sich mit quietschenden Reifen in die Kurve. Rhett fing zu bellen an.

»Uuups!«

»Was ist los?«, brüllte Joey aus dem Telefon heraus.

»Zu früh gefreut. Four Wheels trudelt gerade ein«, antwortete Agnes. Der Wagen bremste abrupt, eine verrostete, rote Klapperkiste mit Fehlzündungen und der alten Südstaaten-Flagge auf der Motorhaube.

»Bleib im Haus, und verriegle die Türen«, befahl Joey. »Carpenter soll sich um ihn kümmern.«

»Carpenter ist im Keller, und Doyle ist ganz allein da draußen.«

Doyle nahm jetzt auf dem Rasen vor dem Haus Aufstellung. Dabei hielt er sein Farbsprühgerät wie einen Sechsschüsser an der Hüfte.

Der Wagen kam vor der kaputten Brücke zum Stehen. Die Fahrertür schwang auf, und heraus fiel ein alter Mann. Er landete mit dem Gesicht voran auf dem Kies. Eine Flasche rollte davon.

»Vielleicht ist das alles nur halb so wild«, meinte Agnes. »Er ist betrunken. Offensichtlich kann er sich kaum auf den Beinen halten.«

»Ist er bewaffnet?«, fragte Joey.

»Ich sehe zumindest nichts, womit er schießen könnte.«

Doyle brüllte etwas und stampfte über den Rasen auf die Brücke zu, wobei er sein Sprühgerät bedrohlich schwenkte.

»Ach, verdammt«, schimpfte Agnes. »Doyle geht auf ihn los. Beeil dich, Joey.« Sie klickte das Gespräch weg und befahl Kristy, mit LL und Rhett im Haus zu bleiben. Dann rannte sie nach draußen, um ihren Handwerker zu retten, wobei sie möglichst laut nach Carpenter rief.

»Ich sag's dir nicht noch mal«, brüllte Doyle gerade, als sie aus der Vordertür trat. »Lass endlich das Mädel in Ruhe, oder ich schlag dich windelweich.«

Der alte Mann auf der anderen Seite hatte es geschafft, ein Knie aufrecht hinzustellen. Er blinzelte heftig, um seine anscheinend recht verschwommene Sicht der Dinge klarer zu bekommen.

Nun bog ein weiterer Wagen in die Zufahrt ein: Brenda Dupres, die in ihrem babyblauen Cadillac nach Two Rivers zurückkam.

»Wunderbar«, fauchte Agnes. Dann brüllte sie: »Doyle, komm sofort hierher!« Doch der Handwerker balancierte über den einzigen noch intakten Balken auf die andere Seite der Brücke.

»Wo zum Teufel ist …«, bellte Four Wheels. »Wo zum … wo ist …« Er stammelte weiter, als weigere sein Gehirn sich anzuspringen. Agnes sah, wie er zu Doyle aufsah. »Wer?«

Doyle packte mit seiner fleischigen Faust den Mann am Overall, zog ihn auf die Beine und richtete das Sprühgerät auf ihn. »Wo ist was, du Blödschädel?«

Four Wheels, dessen Hirn durch die aufrechte Haltung anscheinend wieder mehr Sauerstoff bekam, erreichte ganz neue Stufen der Nüchternheit. Dummerweise hatte dies zur Folge, dass er sich in seinen Wagen beugte, eine Schrotflinte herausnahm und Doyle damit in die Lendengegend stieß. Der Ire grunzte und ließ sein Gerät fallen. Four Wheels rammte ihn noch einmal hart, sodass er ins Stolpern geriet und in die Brückensenke fiel. »Doyle!«, schrie Agnes auf und rannte auf die Brücke zu. Brenda war mittlerweile auch dort angekommen und stellte den Wagen so, dass er mit der Motorhaube zum Geschehen stand.

Four Wheels schoss herum, immer noch seine Schrotflinte in der Hand. »Wer zum Teufel ist Agnes?«

Agnes hatte die matschige Senke erreicht und sah, wie Doyle versuchte herauszuklettern. Er war von dem Schlag in die Leistengegend immer noch außer Atem.

»Bleib unten, Doyle«, meinte Agnes. »Er hat ein Gewehr.«

Four Wheels richtete die doppelläufige Flinte auf Doyle. »Versuch's nur, du Blödmann. Dann blas ich dir deinen hässlichen Schädel weg.«

Doyle hielt inne, immer noch schwer atmend. Seine Nasenflügel blähten sich vor Wut, aber er ließ sich nicht beirren und tauchte schlau in die Senke ab. Agnes sah, wie Brendas Wagen ein wenig näher heranrollte und in etwa zwölf Meter Entfernung stehen blieb. Brenda war hinter den gefärbten Scheiben nicht zu sehen. Vielleicht hoffte sie ja darauf, dass Four Wheels ihr das Lebenslicht ausblies.

Zum Henker, dachte Agnes, der zum ersten Mal klar wurde, dass dies vielleicht von Anfang an ihr Plan gewesen war. Sie hatte den alten Trunkenbold möglicherweise selbst nach Two Rivers geschickt. Wenn, dann würde ihr das *noch leidtun*, der dämlichen Schlampe …

Ach, halt doch die Klappe und tu zur Abwechslung mal etwas Kluges. Du hast genug Zeit damit vergeudet, blöd herumzumachen.

Dr. Garvin?

Four Wheels richtete sich kerzengerade auf und sah sie an.

Dann brachte er ganz langsam die Schrotflinte in Position. Der Lauf zeigte genau auf sie.

Ganz ruhig, Agnes. Denk nach.

»Hallo«, sagte Agnes zu Four Wheels. »Ich bin Lisa Livia Fortunato.«

Das Geräusch von quietschenden Reifen auf der Landstraße ließ sie beide den Kopf drehen. Agnes sah Shanes Wagen auf sie zukommen. Hinter ihr waren Fußtritte zu hören. Aus den Augenwinkeln sah sie, wie Carpenter über den Rasen auf sie zu lief.

Gut, die Chancen sind gestiegen.

Doch die Erleichterung war nur von kurzer Dauer, denn bald darauf zeigte die Schrotflinte schon wieder auf sie. »Du bist nicht Lisa Livia. Du bist diese Agnes. Ich habe dein Bild in der Zeitung gesehen.«

»Ähm …«

»Du hast meinen Enkel umgebracht.«

»*Nein*, das habe ich nicht. Er ist zu Tode gestürzt.« Agnes tat einen Schritt auf Four Wheels zu. »Ich schwöre, es war ein Unfall. Ihr Verlust tut mir leid.« Ohne den Blick von Four Wheels zu nehmen, sah sie, wie Doyle auf seiner Seite die Senke wieder hochkletterte.

»Das ist doch Bockmist!« Four Wheels wendete den Kopf, als er Shanes Wagen hörte, der hinter ihm zum Stehen kam.

Shane öffnet die Fahrertür und sprang mit gezogener Pistole aus dem Auto. Joeys Pistole zeigte ebenfalls auf Four Wheels. Und auch Carpenter hatte mittlerweile die Waffe gezogen und sie auf den alten Mann gerichtet.

Agnes sah Four Wheels an und fragte sich, ob er in der Lage war, seine Chancen zu kalkulieren.

Carpenter legte ihr die Hand auf die Schulter und zog sie hinter sich.

»Was tust du denn hier, Joey?«, rief Four Wheels.

»Lass endlich meine kleine Agnes in Frieden«, brüllte Joey. Er ging von rechts auf den Alten zu, Shane von links. Und von vorne kam nun auch noch Doyle, dem es gelungen war, aus der Senke herauszusteigen.

Four Wheels stand schwankend da, die Mündung der Schrotflinte wackelte hin und her. Er hielt sich krampfhaft an ihr fest, während sein Kopf versuchte, den Bewegungen rund um ihn zu folgen. »Bleibt einfach alle stehen!«

»Denkste!«, meinte Joey. »Du hast genau zwei Schuss, und ich wette, du hast nur Vogelschrot geladen. Dann kannst du dein Testament machen!«

»Außerdem wirst du es gar nicht schaffen, den ersten Schuss abzugeben«, meinte Shane, dessen Pistolenlauf genau auf Four Wheels Gehirn zielte. Und er zitterte nicht.

Nun begann der alte Mann heftig zu schwitzen. Seine Augen wurden groß. »Ich will sowieso nur ein paar Fragen beantwortet haben. Wo ist Three Wheels? Was habt ihr mit ihm gemacht?«

»Es geht ihm gut«, sagte Shane, der immer noch auf Four Wheels zuging. »Leg die Schrotflinte weg, und sag uns, warum du ihn mit einer Kanone hierhergeschickt hast.«

»Ich muss dir gar nichts sagen. Wo ist mein Junge?«, schrie der alte Mann. *Einen Moment mal*, dachte Agnes. *Er hat ein Recht, das zu erfahren.*

»Es ist alles in Ordnung«, sagte sie und tat einen Schritt nach vorn.

»Agnes«, meinte Carpenter warnend, doch sie schob seine Hand weg und meinte nur: »Bleiben Sie hier. Sie machen ihm Angst.« Dann ging sie langsam über den verbleibenden Brückenbalken auf Four Wheels zu.

»Ich schwöre, Garth geht es gut, Mr. Four Wheels«, sagte sie, als sie neben ihm stand, nicht mehr im Streubereich der Flinte. »Vermutlich sitzt er im Wagen. Er hilft Doyle beim Streichen des Hauses und erledigt noch andere Dinge für mich. Natürlich kann er gehen, wenn er will.« Trotz seiner Alkoholfahne wagte sie sich ein bisschen näher an ihn heran, sah sie doch aus den Augenwinkeln, wie Shane langsam näher kam. »Ich glaube, es schmeckt ihm einfach bei mir.«

Ungläubig riss der alte Mann die Augen auf: »Es schmeckt ihm?«

Agnes drehte sich zum Defender um: »Garth? Bist du da drin?«

Garths Kopf kam langsam hervor. Vorsichtig winkte er.

»Dein Großvater macht sich deinetwegen Sorgen«, rief Agnes. »Möchtest du nicht herkommen und ihm sagen, dass es dir gut geht?« *Aber erzähl ihm nichts übers Essen, denn ich möchte, dass er wieder geht.*

Garth nickte. Er öffnete die Wagentür, und Four Wheels senkte die Schrotflinte.

In diesem Moment startete Brenda den Caddy und hielt geradewegs auf sie zu.

Stocksteif blieb Agnes stehen, doch Shane zog sie mit einem Sprung Richtung Brücke, wo sie beide in die Senke fielen. Shane federte ihren Aufprall ab, als der Caddy Four Wheels erfasste. Der alte Mann schrie auf, als die Schnauze des Caddy ihn in den Schlamm presste.

»Schau nicht hin«, sagte Shane und zog ihren Kopf an seine Brust, doch Agnes stöhnte: »Doyle.« Dann hörte sie den Handwerker schimpfen: »Verdammte Dreckschlampe!« Und das hörte sich richtig gut an. Shane hielt sie immer noch fest, während sie zitterte. Sie sagte: »*Sie hat den alten Mann umgebracht*. Brenda hat *den alten Mann getötet. Warum* hat sie das nur getan?« »Sie war nicht hinter ihm her, Agnes«, meinte Shane und zog sie noch enger an sich heran.

Dann öffnete Brenda die Tür ihres Caddy, der mit der Schnauze nach unten in der Senke steckte. Der Sicherheitsgurt hielt sie fest. Agnes drehte sich gerade um, als sie mit einem unschuldigen Aufschlag ihrer blauen Augen sagte: »Er hätte beinahe unsere Agnes getötet!«

Doyle befreite sich aus dem Schlamm und sah Brenda mit solch kalter Verachtung an, dass man hätte glauben können, sie würde unter seinem eisigen Blick erfrieren. »Fahr zur Hölle, du mörderische Hexe«, sagte er und kletterte aus der Senke heraus.

Agnes sah, wie Brendas Augen sich zu Schlitzen verengten.

»Sie hat versucht, mich zu töten?«, fragte sie Shane flüsternd. »Mit ihrem *Auto?*«

»Schafft ihr's heraus?«, fragte Carpenter von oberhalb. Shane nickte und setzte sich auf, wobei er Agnes mit sich aufhob.

Agnes stand langsam auf. Sie hielt sich an Shane fest, der sich ebenfalls aufrichtete. »Sie hat versucht, mich zu *überfahren?*«

»Klettere aus dem Graben heraus, Schatz«, meinte Shane, wobei seine Stimme zur Ruhe mahnte.

»Sie hat den alten Mann umgebracht!« Agnes sah über den Grabenrand. Garth stand neben Carpenter, das Gesicht weiß wie ein Laken. »O Gott, Garth, hast du gesehen …«

»Es war gar nicht mehr nötig«, sagte Garth tonlos. »Er hatte das Gewehr längst gesenkt.«

»Ich weiß«, sagte Agnes und streckte ihm die Hand hin.

Garth nahm sie und zog sie aus dem Graben. »Kommt sie jetzt ins Gefängnis?«

»Wenn nicht«, sagte Agnes und sah ihm geradewegs in die Augen, »lassen wir sie dafür bezahlen. Ich schwöre dir, dass sie nicht ungeschoren davonkommt.«

Garth nickte. »Gut.«

»Shane?«, rief Brenda. »Könnten Sie mir bitte helfen?«

»Nein«, antwortete Shane, ohne sie anzusehen. Er kletterte Agnes hinterher. Dann legte er Garth die Hand auf die Schulter. »Es tut mir leid.«

Garth nickte. »Miss Agnes sagt, sie würde dafür sorgen, dass sie bezahlt, wenn das Gesetz sie nicht belangt.«

»Entschuldigung!«, brüllte Brenda aus dem Wagen. *»Ich bin verletzt.«*

»Halt dein elendes Maul, du hässliche Flunder. Du hast versucht, unsere Agnes umzubringen«, brüllte Doyle, als er sich seinerseits aus dem Graben herausgearbeitet hatte.

»Wir werden alle dafür sorgen, dass sie bezahlt«, sagte Shane zu Garth.

»Wir sind ein Team«, antwortete Garth, »wie Sie in den Sümpfen gesagt haben.«

Agnes sah Shane an, der zwinkerte und meinte dann: »Ja. Ein Team.«

»Sie verweigern einer verletzten Frau Hilfeleistung«, kreischte Brenda aus ihrem Wagen heraus. Sie erhängte sich beinahe im Sicherheitsgurt. *»Der Himmel weiß, dass Sie keine Gentlemen sind.«*

»Hol doch den Teufel zu Hilfe, du Satansweib«, schrie Doyle. *»Im Himmel bist du mit deiner schwarzen Seele nämlich nicht registriert.«*

»Was mich angeht, geht diese Team-Sache klar«, meinte Agnes. Sie hielt sich ihre gequetschten Rippen und ging ins Haus, um die Polizei zu rufen. Doyle stampfte zum Haus zurück, um es weiterzustreichen. Carpenter nahm Garth beiseite und redete ernst auf ihn ein. Shane und der erschütterte Joey räumten die Waffen beiseite. Brenda kreischte weiterhin. Four Wheels hingegen lag tot unter der Schnauze ihres geliebten babyblauen Caddys.

♡

Ein wenig angespannt lehnte Shane am Geländer der vorderen Veranda von Two Rivers. Er sah zu, wie ein paar Deputys unter Hammonds Anleitung aus dem Brückenwrack einen Tatort machten in dem Versuch, das bekannte Absperrband irgendwo zu befestigen. Hammond machte seine Sache gut, seitdem er aufgehört hatte, nach Maria zu fragen. Vor der Brücke stand ein Krankenwagen, wo ein Sanitäter gerade Agnes' Rippen verbunden hatte und nun versuchte, den alten Doyle zu behandeln. Doch der widerstand dem Ansinnen, sein Hemd abzulegen, mit der Hartnäckigkeit einer eingefleischten Jungfrau. Xavier hingegen konzentrierte sein Interesse einmal mehr auf Agnes, was der Grund für Shanes Anspannung war.

»Nehmen Sie Brenda fest«, sagte Agnes. »Sie hat soeben einen alten Mann ermordet.«

»Ich habe mit ihr gesprochen«, antwortete Xavier. »Jetzt spreche ich mit Ihnen.« Seine Augen wanderten zu Shane. Dieser starrte ungerührt zurück und kämpfte den dringenden Wunsch nieder, den Polizisten von Agnes wegzuzerren. Jeder Idiot konnte sehen, dass Agnes nicht die Person war, mit der es in dieser Angelegenheit zu reden galt. Xavier war kein Idiot. Und doch …

Er sah zu Brenda hinüber, der die Tatsache, dass sie soeben einen Mann getötet hatte, nicht weiter zuzusetzen schien. Sie saß etwa zehn Meter entfernt auf der Schaukel und schüttete etwas in sich hinein, was deutlich stärker war als Limonade. Sie ließ ihre wohlgeformten Beine vor einem jungen Deputy auf und ab baumeln, der sie mit schwachsinnigem Lächeln anglotzte. Shane hatte den deutlichen Eindruck, dass Xavier dem Jungen eine Standpauke halten würde, sobald er ihn außer Sichtweite der Öffentlichkeit hatte.

»Mrs. Dupres behauptet, Thibault habe Sie mit einer Schrotflinte bedroht, Miss Agnes«, fuhr Xavier fort. »Sie schien zu glauben, Sie seien in Gefahr.«

Shane meldete sich zu Wort: »Wir hatten die Situation unter Kontrolle.«

Xavier sah zu Shane hoch. »Tatsächlich, mein Sohn?«

»Mrs. Dupres hätte den alten Mann nicht töten müssen«, antwortete Shane.

»Sie meint, es sei ein Unfall gewesen«, sagte Xavier.

»Was?« Agnes fiel beinahe vom Sofa.

Xavier berichtete: »Sie war so entsetzt darüber, dass der alte Mann auf Sie schießen wollte, dass ihr Fuß von der Bremse rutschte. Und als sie wieder aufs Bremspedal steigen wollte, damit der Wagen nicht in die Senke rollte, erwischte sie versehentlich das Gaspedal.«

»Verdammte Schlampe«, schimpfte Joey.

»Sie lügt«, sagte Agnes.

»Nun, sie wäre unter den hier Anwesenden wohl nicht die Erste«, flocht Xavier ein und sah Agnes vielsagend an.

Shane rückte näher. »Sie sind mit Verdächtigungen schnell bei der Hand, Detective. Zuerst haben Sie meinen Onkel verdächtigt, seinen besten Freund umgebracht zu haben. Und nun ist die Reihe an Agnes. Ich finde, Sie sollten diesen Bullshit lassen und lieber mal ein paar gründliche Nachforschungen anstellen.«

Xavier richtete sich steif auf, wie vom Donner gerührt. »Sie glauben also, Sie wüssten, wie ich meine Arbeit tun sollte?«

Shane sah, wie Carpenter fragend die Brauen hob. Ja, Wilson wäre alles andere als erbaut, wenn er wüsste, dass er sich in die Arbeit der lokalen Polizeibehörde einmischte, doch hier ging es schließlich um Agnes und Joey …

Vom Ende der Veranda her war ein Geräusch zu hören. Brenda stand auf, was jedermann zu erhöhter Aufmerksamkeit veranlasste. »Kann ich jetzt gehen?«, fragte sie. »Ich hatte einen schrecklichen Tag, einen furchtbaren Unfall, nach dem ich stundenlang im Auto festhing, weil mir diese gefühllosen, herzlosen …«

»*Fahr zur Hölle, du Schlampe*«, sagte Doyle, der um die Ecke saß und weiter das Haus strich.

»… Menschen hier nicht helfen wollten. Ich kann einfach nicht mehr.«

»Natürlich, Mrs. Dupres. Sie können gehen. Aber Sie dürfen die Stadt nicht verlassen«, warnte Xavier sie.

Brenda warf ihm einen strahlenden Blick zu. »Wie sollte ich denn, Detective? Meine kleine Maria wird am Samstag heiraten. Obwohl ich ja nicht weiß, wie man nach diesem schrecklichen Unfall hier noch eine Hochzeit ausrichten will.«

Ihr Blick traf den von Agnes. Dann fügte sie hinzu: »Ohne Brücke steht es sowieso außer Frage, dass die Hochzeit nicht hier stattfinden wird.« Dann stieg sie die Treppe hinunter und stolzierte ums Haus herum zum Anlegesteg hinunter, wobei sie Doyle weiträumig umrundete.

»Wo geht sie hin?«, fragte Xavier.

»Sie hat ihr Boot hier festgemacht«, sagte Agnes, wobei ihr Blut kochte.

Das misstönende Schnarren im Hintergrund wurde noch lauter.

»Flamingos?«, fragte Xavier.

»Ja. Die können sie auch nicht leiden.«

Xavier wandte sich zum Gehen. »Die Jungs werden hier noch eine Weile zu tun haben, aber ich glaube, ich habe jetzt alles beisammen, um *richtige* Polizeiarbeit zu leisten.«

Agnes sah ihn unverwandt an. »Sie wollen Brenda nicht festnehmen?«

»Haben Sie einen Beweis, dass sie es absichtlich getan hat?«

»Nein«, antwortete Agnes.

»Ich auch nicht, Miss Agnes«, meinte Xavier und setzte seinen Hut auf. »Ich auch nicht. Ich werde meine Notizen diesbezüglich allerdings dem Staatsanwalt zuleiten. Der Fall dürfte ihn interessieren.«

Zu Agnes gewandt tippte er mit dem Finger kurz an seinen Hut, bevor er ging. Vor Shane blieb er stehen.

»Sie meinen zu wissen, wie ich meine Arbeit zu tun habe, Sohn? Sie glauben zu wissen, wie man *unter Einhaltung der Gesetze* seine Kundschaft zur Strecke bringen will? Wenn man sich an gewisse Vorschriften halten muss, um Resultate zu erzielen?«

Shane starrte ihn an. »Sie glauben, für mich zählen nur die Ergebnisse?«

Schlau grinste Xavier ihn an. »Für den Augenblick schon«, sagte er und ging die Stufen zum Rasen hinunter.

Als die Polizei den Leichnam von Four Wheels abtransportiert hatte, stand Garth plötzlich vor ihnen. »Das Haus ist gestrichen. Was sollen wir jetzt tun?« Wie es aussah, wollte er sich keine Zeit zum Nachdenken und Trauern nehmen. »Oh, wir brauchen Fensterläden«, meinte Agnes und holte Brendas Hausalbum hervor. Sie erklärte ihnen, worum es dabei ging, wie Brenda sich dieses Haus gewünscht hatte und dass Lisa Livia entschieden hatte, etwas Schlimmeres könne man ihr nicht antun. Brenda würde das Haus ansehen müssen, so wie sie es sich immer erträumt hatte, und wissen, dass es für sie unerreichbar geworden war. Das Ende dieser Aussprache war pure Entschlossenheit, die aus den Augen der vier anwesenden Männer blitzte. Bis zum Abend würden die Fensterläden von Two Rivers schwarz sein.

Als Lisa Livia die Treppen heruntergetappt kam, hatten zwei Killer, ein Handwerker und ein Sumpfkid die Fensterläden fertig und standen, Leiter bei Fuß, bereit, sie wieder einzuhängen. Auch die Kutschlaternen für die Veranda standen bereit und die steinernen Pflanzgefäße für die Brücke. Genauso, wie Brenda es geplant hatte.

»Was soll das denn?«, sagte sie, als Carpenter und Shane die Leiter hochstiegen, um die Läden neben dem Fenster ihres Zimmers zu befestigen. »Der Krach hat mich aufgeweckt, was allerhand heißt, wenn man Cerise und Hot Pink so hört.«

»Wir haben Butch schon fast am Wickel«, sagte Agnes und sah zu, wie Shane die Fensterläden in die Scharniere wuchtete. »Sobald wir ihn gefunden haben, soll er die Flamingos zurückbringen.«

Shane sieht ziemlich gut aus, wenn er schwere Sachen stemmt, dachte sie. Und auch die Fensterläden waren recht hübsch geworden. Außerdem hätte sie ohnehin alles hübsch gefunden, wäre da zu ihrer Rechten nicht das Trümmerfeld gewesen, das einmal ihre Brücke war. Sie würde Lisa Livia erst später sagen, dass ihre Mutter einen alten Mann überfahren hatte. Obwohl es Lisa Livia vermutlich am wenigsten überraschen würde.

Ihre Freundin runzelte die Stirn. »Shane und Carpenter bringen also Brendas schwarze Fensterläden an.«

»Das ist wie das Rollkommando von *Verschönere dein Heim*«, sagte Agnes.

»Ein echtes Killer-Design«, scherzte Lisa Livia

Shane drehte sich um und rief: »Hängen sie so gut?«

Agnes nickte eifrig.

Lisa Livia schüttelte den Kopf. »Er kriegt ja wohl hoffentlich jede Menge Sex für all die Arbeit.«

»In der Kasse ist Ebbe«, sagte Agnes. »Aber er hat ja schon einen dicken Vorschuss bekommen. Außerdem gibt es noch ein Bonbon: Er hat das Zeug mit dem Geld bezahlt, das er den beiden Killern abgenommen hat. Wer immer die beiden also bezahlt hat, um mich umzubringen, hat sich gerade um die Renovierung meines Hauses verdient gemacht. Sogar das Geld für die Farbe habe ich zurück.«

»Wissen wir, wer dahintersteckt?«, hakte Lisa Livia nach.

»Shane sagte, es sei eine Frau gewesen.«

»Brenda.« Lisa Livia sah zu den Fenstern hoch. »Tolle Fensterläden, wirklich!«

»Warte nur, bis du die Kutschlaternen siehst«, lächelte Agnes.

Carpenter winkte mit der freien Hand Lisa Livia zu. Mit der anderen Hand hielt er einen etwa zwanzig Pfund schweren Fensterladen.

Lisa Livia lächelte und winkte zurück, wobei sie es vermied, ob ihrer Kopfschmerzen zusammenzuzucken. »Vorher waren sie grimmige Killer, die lautlos durch die Nacht schlichen. Und jetzt wollen sie wissen, wo sie deine Fensterläden aufhängen sollen.«

»Ich habe das Programm im Stillen ›Ein Fenster für ein Leben‹ genannt«, sagte Agnes und trat einen Schritt vor, um den Herren zuzurufen, wie wunderbar die Fensterläden aussähen.

Drei Stunden später hingen alle Fensterläden. Lisa Livia bekam Toast und Pfefferminztee zum Abendessen, während sich die anderen an Chicken Marsala mit jungen Erbsen gütlich taten. (Agnes hatte das Hühnerfilet mit dem Boden der Bratpfanne flach gehämmert, was Shane zu einem Stirnrunzeln veranlasste, ihn aber auch von jeder Art von Kommentar abhielt.) Dann ging Agnes mit einer Kanne Kaffee und einer Flasche Bourbon auf die vordere Veranda hinaus, wo Shane auf dem Zweisitzersofa aus Peddigrohr saß, Rhett zu seinen Füßen. Beide starrten die Straße hinab.

»Wartest du auf etwas?«, fragte sie, während sie Kaffee und Schuss vor ihm abstellte.

»Ja.«

»Willst du ein wenig Kaffee, während du wartest?«

»Ja.«

»Du bist ja richtig gesprächig.« Agnes goss zwei Tassen Kaffee ein und hielt ihm die Bourbonflasche hin. Da er offensichtlich seine Augen nicht von der Straße lassen wollte, goss sie auch den Bourbon ein. »Hast du Pläne für die Zeit nach der Straßenbeobachtung?«

»Ja.«

Agnes nickte. »Pläne, von denen ich wissen sollte?«

»Sex mit dir.«

Wieder nickte Agnes. »Gut. Ich weiß ja, dass ich das gestern und vorgestern auch schon gesagt und dann meine Meinung geändert habe, aber ich denke wirklich, wir sollten, da die Sache mit uns keinerlei Zukunft hat, den Sex ...«

Er achtete nicht auf ihre Worte, als horche er immer noch auf etwas anderes. Also schwieg sie und nippte an ihrem Kaffee, wobei sie auf die eingestürzte Brücke starrte. Nach einer Minute sagte er: »Geht es dir gut?«

Sie schüttelte den Kopf. »Shane, sie hat ihn umgebracht.«

»Ich weiß.«

»Und sie wird damit durchkommen.«

»Nein.

»Wie willst du sie aufhalten?«

Er sah sie mit ausdruckslosen Augen an. Da fiel ihr wieder ein, womit er seinen Lebensunterhalt verdiente.

»Du kannst sie nicht erschießen«, meinte Agnes.

»Nein.«

Erleichtert nickte sie. »Was dann?«

Er drehte sich wieder um und beobachtete die Straße.

»Es wird sich schon was ergeben.«

»Einfach so.«

»Sie sorgt schon dafür.«

»Wie meinst du das?«

»Menschen wie sie sind so.« Plötzlich wurde er ganz still, wie Rhett, wenn er etwas hörte, was sie noch nicht hören konnte. Wie Rhett, der jetzt tatsächlich auch still wurde. Agnes horchte ganz genau hin, aber da war nichts.

Sie seufzte. »Okay. Jetzt hör mal zu. Was ich dir sagen wollte, ist: Ich fand's toll mit dir, aber ich brauche einfach etwas Dauerhaftes und Festes in meinem Leben. Das richtet sich nicht gegen dich, und bitte erschieß mich nicht dafür, aber ehrlich gesagt glaube ich, dass jemand, der beruflich Menschen tötet, nicht zwei Mal darüber nachdenkt, ob er seine Freundin betrügt. Und ich bleibe lieber allein, als noch einmal belogen zu werden.« Das hörte sich ziemlich pathetisch an, also hielt sie lieber den Mund, auch wenn es stimmte.

»Agnes, ich beseitige nur Zielpersonen, die mir genannt werden«, erklärte Shane.

»Ja, aber verglichen damit ist ein kleiner Seitensprung doch gar nichts, oder? Hör mal, wenn du vormittags jemanden erschießt, dann ist so eine kleine Fremdnummer am Nachmittag für dich doch, als würde man bei Rot über die Straße gehen. Ich aber brauche jemanden, dem es ernst ist mit der Liebe. Ernst mit mir. Der für immer bleibt und mich nicht betrügt und mir dann am nächsten Tag mit blöden Sprüchen kommt wie: ›Es tut mir leid. Ich werd's nicht wieder tun.‹ Und auch noch glaubt, damit wäre die Sache erledigt. Ich habe ein Loch hier in meinem Herzen. Ich lass mich nicht mehr auf irgendwelche riskanten Geschichten ein.«

Seine Augen ruhten immer noch auf der Straße, und so redete sie einfach weiter, weil sie wirklich wollte, dass er sie verstand.

»Schau, ich kann diesen Schmerz einfach nicht mehr ertragen. Ich kann nicht mehr. Ich will einen netten, lieben, langweiligen Jungen, der sich eher aufhängen würde als mir wehzutun, weil ich keine einzige Verletzung mehr ertragen kann. Noch so ein Treffer mitten ins Herz, und ich bin hinüber. Das ist kein Scherz. Ich kann das nicht mehr. Dieses Mal werde ich bei meiner Wahl richtig vorsichtig sein. Und du wirst mir ja wohl zustimmen, dass eine Liaison mit einem Killer meine Chancen auf einen tödlichen Treffer eher erhöht.«

Etwas kam polternd die Straße herauf. Rhett bellte, als Agnes sich umdrehte, um nachzusehen, was es war. Ein Tieflader schob sich in ihr Blickfeld. Der einen Panzer geladen hatte. Einen Panzer ohne Geschützturm, aber mit scherenähnlichem Aufbau – alles in Armeegrün.

Agnes sah Shane an. Sie machte sich keine Sorgen. Er war ja da. Trotzdem war sie ein bisschen verwirrt. »Ist das jetzt unbefugtes Eindringen?«

»Nein«, sagte Shane. »Das Eindringen kommt später. In dich.« Er stand auf, als der Tieflader anhielt und dann so rangierte, dass der rückwärtige Part direkt vor der kaputten Brücke zum Stehen kam.

»Was ist das?«, fragte Agnes, für den Augenblick ihren Ärger darüber, dass er ihr nicht zuhörte, beiseiteschiebend.

»Ein BLP«, antwortete Shane, als der Panzer vom Tieflader rollte.

»Natürlich. Wie konnte ich das übersehen?«

»Ein Brückenlegepanzer. Die Army benutzt sie, um Notbrücken zu verlegen. Jetzt sieh mal zu.«

»Eine Brücke?«, meinte Agnes atemlos. »Das ist eine Brücke? Warum bringt die Army dir eine Brücke?«

»Nicht mir. Außerdem ist es mehr eine Art Leihgabe. Damit wir die Hochzeit einigermaßen über die Bühne bringen. Danach müssen wir uns etwas Dauerhafteres ausdenken.«

Wir. Uns. »Werden wir das?«, hauchte Agnes.

Der Panzer rollte an den Rand der Senke, wobei er zehn Mal so viel Krach machte wie Hot Pink und Cerise zusammen. Schwarzer Rauch schob sich in kleinen Wölkchen in den Abendhimmel, während Rhett laut zu heulen anfing und die Flamingos schnarrten. Agnes zuckte zusammen, als die Ketten sich in den Kiesweg fraßen, doch Bemerkungen über solche Kleinigkeiten waren jetzt nicht angebracht. Sie bekam eine Brücke. Ungläubigen Blickes betrachtete sie das Geschehen, als der scherenartige Aufbau sich zu entfalten begann und sich in die Luft erhob.

Carpenter und Lisa Livia traten auf die Veranda.

»Ich wollte mich gerade über den Krach beschweren«, meinte Lisa Livia, die immer noch ein wenig mitgenommen aussah, aber trotzdem weit besser als vorher. »Aber jetzt bin ich platt. Die Armee schafft es sogar, einer Maschine eine Erektion zu verschaffen.«

»Mach du dich nur lustig, du Scherzkeks«, meinte Shane, »aber in weniger als einer Minute steht hier eine Brücke.«

»Und diese Brücke hält mehr als sechzig Tonnen Gewicht aus«, fügte Carpenter hinzu.

»Eine ziemlich starke Erektion also«, sagte Lisa Livia zu Carpenter gewandt.

»O ja«, gab dieser zurück und versuchte, noch ein bisschen über sich hinauszuwachsen.

»Bitte!«, griff Agnes ein. »Hier gibt es wahrlich Wichtigeres als Erektionen«, meinte sie und sah mit weit aufgerissenen Augen zu, wie ihre Brücke sich entfaltete.

Die ausfahrbaren Teile erreichten ihren höchsten Punkt und senkten sich langsam ab. In der Mitte wurden sie von Hydraulikarmen gespreizt. Innerhalb weniger Minuten neigte sich das eine Ende der Brücke dem Erdreich zu. Dann koppelte der Fahrer des Panzers die Brücke ab und rollte wieder auf den Tieflader. Der Tieflader sprang an und tuckerte gleich darauf in die zunehmende Dunkelheit hinein.

Rhett ließ sich wieder auf den Boden nieder, zufrieden, weil er die Eindringlinge vertrieben hatte.

»Wow«, kam es aus Agnes' Mund. Sie konnte ihre Augen gar nicht von der Brücke lösen.

»Die Brücke wurde für Panzer gebaut«, meinte Shane stolz zu Agnes. »Die hält deinen Hochzeitsverkehr schon aus. Und noch mehr. Sie ist jedenfalls viel besser als die, die du vorher hattest.«

»Danke«, hauchte Agnes und versuchte, nicht wie ein dummes, kleines Mädchen zu klingen, das gerade dem Helden ihrer Träume begegnet ist.

»Sie wird nur für kurze Zeit dein sein«, meinte Lisa Livia mit warnendem Unterton in der Stimme.

»Aber es ist eine Brücke«, wandte Agnes ein. »Und sie ist da. Und sie ist besser als das, was ich vorher hatte.«

»Da hast du auch wieder recht«, meinte Lisa Livia und ließ sich ein klein wenig gegen Carpenter sinken.

Carpenter legte seinen Arm um sie.

»Und ich glaube, das Preis-Leistungs-Verhältnis stimmt

auch«, sagte Agnes abschließend, als Shane seinen Arm um sie legte.

»Meine Mutter wird einen Herzschlag bekommen«, flötete Lisa Livia.

»So eine *wunderschöne* Brücke«, seufzte Agnes und versuchte, alles um sich herum zu vergessen: den ganzen Ärger, den Vorsatz, dieses Mal eine gute Wahl zu treffen, und den Wunsch, nicht verletzt zu werden.

Sie konnte morgen ja immer noch klug sein. Heute hatte sie eine Brücke, und sie würde an ihm festhalten.

Drei Stunden später hörte Agnes aus Lisa Livias Zimmer lautes Gelächter. Sie rollte sich auf den Bauch, legte ihr Kinn auf Shanes Brust und sagte: »Es ist wirklich eine tolle Brücke.«

»Mmmmh«, meinte er, ganz postkoitale Faulheit.

»Auch das mit Lisa Livia und Carpenter ist nett. Weißt du, es ist ein bisschen wie mit den Königskindern, die zueinanderfinden. Andererseits werdet ihr, du und Carpenter, nach der Hochzeit gar nicht mehr hier sein. Und so vermeiden wir wenigstens die kitschige Phase, nicht wahr?«

»Mmmmh.«

»Im Grunde sind Lisa Livia und ich nur verlängerte One-Night-Stands, also gar nichts Besonderes. Mir war das von Anfang an klar, deshalb habe ich immer versucht, dem Ganzen ein Ende zu setzen, bevor du das tust. Was ich jetzt bleiben lasse. Du hast mir eine Brücke geschenkt, damit hast du dir volles Anrecht auf mich erworben. Lieber Himmel!«

Shane hob den Kopf und wurde allmählich wieder wacher. Dann runzelte er die Stirn: »Was redest du da?«

Agnes gab's auf: »Danke für meine Brücke.«

»Ja. Das davor.«

Sie seufzte. »Nichts.«

Shane legte seine Hand um ihren Hinterkopf und zog sie zu

sich heran. Dann küsste er sie, während allmählich sein Gehirn wieder erwachte. »Gern geschehen übrigens. Können wir über die ganze Angelegenheit am Morgen noch mal reden?«

»Nein«, sagte Agnes. »Vergiss es. Es war blöd. Four Wheels war es also nicht, der die Kerle geschickt hat, um mich zu töten?«

»Nein«, antwortete Shane und ließ den Kopf zurück aufs Kissen fallen.

Agnes legte sich wieder auf ihr eigenes Kissen. »Dann war es also Brenda.«

Shane gähnte. »Oder jemand anderes, der glaubt, dass du hier auf fünf Millionen Dollar sitzt, an die er problemlos herankommt, wenn du tot bist. Da aber mittlerweile jeder weiß, dass wir den Keller aufgebrochen haben und keine fünf Millionen drin waren, glaube ich auch, dass es Brenda war.«

»Ich werde ihre Jacht versenken.«

»Vermutlich kann sie schwimmen.«

»Das ist mir egal. Sie ist völlig durchgeknallt. Es war schon niederträchtig genug, dass sie mir das Haus wieder abschwindeln wollte, aber was sie heute mit Four Wheels gemacht hat, ist nur noch wahnsinnig. Darum glaube ich ohne Weiteres, dass sie es war, die versucht hat, mich zu töten. Und ich bin froh, dass du da bist und das nicht zulassen wirst. Und ich werde ihre Jacht versenken.«

»Du bist kein One-Night-Stand.«

Agnes hielt den Atem an. »Vergiss einfach, dass ich das gesagt habe.«

»Ich weiß nicht, was du bist, aber ganz sicher keine Eintagsfliege.«

Sein Tonfall war so eindringlich, dass sie den Mund hielt, als wäre alles vorbei, wenn sie jetzt auch nur eine Bewegung machte.

»Ich weiß auch nicht, was los ist«, sagte Shane und hörte sich müde an. »Vor vier Tagen wusste ich noch genau, wer ich bin und was ich tat. Heute weiß ich nur, dass ich dich will.«

»Du hast mich.« Die Worte waren ihr entschlüpft, noch bevor sie darüber nachdenken konnte. Doch auch wenn sie gekonnt hätte, hätte sie sie nicht zurückgenommen.

»Nicht nur heute Nacht.«

»Ich weiß«, meinte Agnes. »Du hast mich. Ich weiß, dass du wieder weggehst. Komm einfach zurück, wenn du kannst. Mach Two Rivers zu deiner Basisstation. Lass dich nicht umbringen. Komm zurück zu mir.« Sie spürte, wie bedürftig ihre Worte sich anhörten, und einen kurzen Augenblick lang schämte sie sich. »Wenn du nicht kannst, sag einfach Bescheid. Erzähl mir nur keine Lügen …«

»Ich würde dich nicht anlügen«, sagte er.

»Natürlich würdest du«, sagte Agnes gereizt. »Du arbeitest für die Regierung. Du musst lügen. Sag mir einfach nur, dass du mir nichts darüber sagen kannst oder so etwas in der Richtung. Nur belüg mich nicht …«

Er rollte zu ihr hinüber und schlang seinen Arm um ihre Taille. Es fühlte sich gut an, wie er da so lag und sie allein mit seinem Gewicht in die Kuhle in der Mitte des Bettes zog. »Agnes, ich weiß nicht, wer dich in der Vergangenheit belogen hat …«

»Taylor, meine beiden Verlobten vor Taylor …«

»… jedenfalls war ich es nicht.«

»… und mein Vater«, vollendete Agnes ihren Satz.

»Dein Vater«, meinte Shane. »Der Teil ist mir neu. Bitte sag, dass du ihn nicht mit der Bratpfanne erschlagen hast.«

»Ich war damals zehn«, versetzte Agnes empört. »Er sagte mir, er und Mom würden ein paar Wochen lang für das US-Friedenskorps arbeiten und ins Ausland gehen. Deshalb müsste ich jetzt ins Internat.«

»Das Friedenskorps, und das für ein paar Wochen?«

»Ich war *zehn*«, wandte Agnes ein. »Und er war mein Vater. Ich habe ihm vertraut, ob du's glaubst oder nicht.«

»Und dann kam er ein ganzes Jahr lang nicht wieder?«, fragte Shane.

»Er kam nie wieder. Glücklicherweise hatte ich erst vor Kurzem Sitzungen bei einem gerichtlich zugelassenen Psychiater, der mir erklärte, dass dies für mein späteres Leben von immenser Bedeutung war.« Sie sah Shane nicht an. »Du brauchst mich nicht zu bedauern. Mein Vater liebte mich. Er nannte mich sein kleines Mädchen. Und dann brachte er mich ins Internat. Von da an habe ich keinem Mann mehr vertraut. Bis Paul kam. Paul bat mich schon im College, ihn zu heiraten. Ich war so verliebt in ihn. Lisa Livia mochte ihn nicht. Und Maria fing an zu weinen, wenn er zu uns kam. Aber ich war mir sicher, dass er der Mann meines Lebens sei. Irgendwann einmal schaute ich bei ihm vorbei und erwischte ihn, wie er eine andere Frau bumste. An der Küchenwand. Also nahm ich die Bratpfanne, die auf dem Herd stand, und zog sie ihm über. Dabei habe ich ihm die Nase gebrochen. Man möchte meinen, das hätte mich ein für alle Mal geheilt. Weit gefehlt. Ich lernte Rick kennen. Rick war ein toller Typ. Richtig smart. Er arbeitete als Enthüllungsjournalist bei der Zeitung, für die ich meine Lifestyle-Storys schrieb. Er hat den Herausgeber so weit gebracht, mir eine Kolumne zu geben. Dann kam ein Leserbrief, in dem es hieß: »Ich finde Agnes, die Küchenfurie, toll.« Rick meinte, wir sollten die Kolumne so nennen. Er fand auch heraus, dass mein Vater in Wirklichkeit wegen Versicherungsbetrugs ins Gefängnis musste und dort sechs Monate später an einem Herzanfall gestorben war. Nun, er hat immer zu fett gegessen. Und der Gefängnisfraß war sicher nicht gesund. Dazu der Stress, weißt du. Es musste ja so kommen.«

Shane zog sie näher an sich und sie redete noch schneller. »Der Tag, an dem Rick mir das sagte, war ein richtig mieser

Tag für mich. Eine Woche später kam ich nach Hause und fand ihn, wie er es meiner Praktikantin auf dem Küchentisch besorgte. Da habe ich das Grilleisen genommen und es auf seinen Hinterkopf geschmettert. Ich glaube nicht, dass ich ihn meines Vaters wegen geschlagen habe. Vielmehr wegen der blöden Praktikantin.« Schließlich sah sie Shane an. »Es ist, als stünde ich neben mir und sähe mir zu. Die Welt ist plötzlich ganz in Rot getaucht. Dann höre ich dieses Schreien. Und ich weiß, ich muss sie töten. Du kennst das nicht. Du bist immer ganz ruhig, wenn du sie umbringst.«

Sie rollte sich von ihm weg und kam sich ein bisschen dumm vor. Da hatten sie nun diesen tollen Brückensex gehabt, und dann hatte sie ihm ihre Gedanken über One-Night-Stands aufgedrängt. Und nun meldete sich auch noch Dr. Garvin und brachte sie dazu, ihm ihre ganze Lebensgeschichte zu erzählen. *Toller Einstieg, Agnes.*

Sie drehte sich zu ihm hin. »Mir geht es gut, wirklich. Aber ich sollte wohl besser alleine leben.«

Shane zog sie wieder an sich.

»Und was war mit deiner Mutter?«, flüsterte er ihr ins Ohr.

»Oh, sie hat mir weiterhin geschrieben.« Agnes seufzte und entspannte sich in seinem Arm. »Sie schickte mir Berichte über das Friedenskorps. Manchmal unterschrieb sie in Dads Namen. Sechs Jahre später kam sie zu mir in die Schule und sagte mir, mein Vater sei an ihrem Einsatzort von einheimischen Wilden getötet worden. Sie bot mir an, mich zu sich nach Hause mitzunehmen. Dort hätte ich ihr dann ihre Martinis mixen können. Aber damals war ich schon sechzehn. Es gefiel mir in der Schule, und den Sommer verbrachte ich immer hier mit LL und Brenda. Also hatte ich kein Interesse an ihrem Vorschlag. Sie eigentlich auch nicht. Sie heiratete bald wieder. Einen Typen mit Geld. Sie ist dort, wo sie sein sollte. Ich auch.« *Hier, bei dir.*

Shane lag ganz still. Sie dachte schon, er sei eingeschlafen, doch dann meinte er: »Ich werde nicht lügen. Ich werde dich nicht verlassen. Ich weiß nicht, was in Zukunft sein wird. Unter Umständen bekomme ich einen anderen Job, mehr Schreibtischarbeit. Und damit auch mehr Eigenleben.«

Ein Schreibtischjob. Agnes schluckte und drehte sich herum, sodass sie ihm in die Augen sehen konnte. »Ich kann auch umziehen.«

»Wie bitte?«

»Ich könnte hier wegziehen. Dorthin, wo dein Schreibtischjob ist. Ich könnte …«

»Du könntest Two Rivers wirklich verlassen?«

»Es ist nur ein Haus«, meinte Agnes. »Ich liebe es. Es ist ein wunderbares Haus, aber es ist nicht meine einzig mögliche Heimat, um Himmels willen. Es ist nur ein Haus.« *Ich fühle mich dort zu Hause, wo du bist*. Das war ein schrecklicher Gedanke. Der vollendete Betrug. Sie betrog sich selbst.

»Nein«, sagte er. Sie zuckte zusammen. *Du Idiotin*, dachte sie, *warum musst du dich auch so bloßstellen*.

»Ja, klar«, sagte sie. »Es war nur …«

»Ich will hierherkommen«, sagte er. »Ich werde hierher zurückkommen.«

Die Welt blieb stehen. Agnes merkte, dass sie aufgehört hatte zu atmen. Also atmete sie erst einmal tief ein. Tränen schossen ihr in die Augen. *Jetzt nicht weinen*, dachte sie. »Oh«, entfuhr es ihr. Sie kämpfte gegen den Wunsch an, sich an seine Brust zu werfen. »Das wäre schön. Dies ist ein guter Ort, um heimzukommen. Wann immer du kannst.« Nun aber flossen doch Tränen, und sie konnte sie nicht zurückhalten. Aber wenn sie nicht atmete, würde er in der Dunkelheit wenigstens nicht hören, dass sie weinte.

Er nickte. »Gibt's morgen Pfannkuchen zum Frühstück?«

»Ja«, sagte sie mit einem Seufzen. Und dann schlang sie die Arme doch um ihn und hielt ihn fest, fester, als sie je jemanden gehalten hatte. Er zog die Decke über sie beide, strich ihr Haar zurück und wiegte sie, während sie weinte, hin und her. Und sie dachte nur: *Er kommt zurück, er kommt zurück zu mir.* Und dann hörte sie auf, clever sein zu wollen, und liebte ihn nur einfach mit aller Kraft ihres Herzens.

Freitag

Kolumne der Küchenfurie Agnes – Nummer 12

Mit Coca -Cola kann man kochen

Es gibt ja erklärte Cola-Gegner. Sie verbreiten mit Vorliebe die Geschichte vom Nagel, der vier Tage in einem Glas Cola lag und sich vollkommen auflöste. Da möge man sich nur vorstellen, was Cola alles mit dem eigenen Magen anrichten kann. Gegen solcherlei Mär opponieren wiederum die Fans des Cola-Schinkens aufs Heftigste. Schinken in Cola-Sud, bei einhundertfünfzig Grad zweieinhalb Stunden lang im Backofen gebrutzelt, schmeckt wahrhaft köstlich. Und jedermann, der vier Tage lang geduldig wartete, dass die Mär von der Nagelprobe sich bewahrheitet, weiß sehr wohl, dass der Drahtstift sich in Cola nicht auflöst. Warum glauben die Leute nur immer alles, was man ihnen erzählt? Cola-Schinken ist eine wahre Delikatesse. Und der Clou: Das Rezept ist geradezu kriminell einfach.

Der nächste Morgen war für Shane geradezu beängstigend ruhig. Er saß an Agnes' Küchentisch in der Sonne, Rhett hatte sich unter seinem Stuhl zusammengerollt. Garth saß gegenüber und strahlte ebenfalls, weil er eine neue Jeans und ein neues T-Shirt trug, die er nicht mit Ahornsirup bekleckern wollte. Shanes Leben mochte an den Rändern bröckeln, doch in der Mitte saß Agnes, die Hohepriesterin von Sex und Frühstück, und wollte, dass er zu ihr nach Hause kam, wo ein großer alter Hund seine Füße warm hielt. *Vergiss die Ränder*, dachte er, und goss sich eine große Tasse Kaffee aus frisch gemahlenen Bohnen ein, als Agnes einen Teller voll mit Pekannuss-Pfannkuchen vor ihn hinstellte. Natürlich wusste er, dass dies nur eine Feuerpause war. Casey Dean lauerte irgendwo da draußen, fest entschlossen, nach der Hochzeit jemanden umzubringen. Und irgendjemand war immer noch hinter Agnes her. Kaffee und Pfannkuchen waren wunderbar, doch die Wirklichkeit drängte sich langsam und unnachgiebig wieder in seine Gedanken.

»Ich muss heute arbeiten«, sagte er, um die Illusion aufrechtzuerhalten, dies sei ein normales Frühstück unter normalen Menschen, die sich nachts bis zur Erschöpfung geliebt hatten und sich nun in der sonnenstrahlenden Küche anlachten, eifrig darauf bedacht, sich ihre gegenseitige Wertschätzung zu bekunden.

Garth nickte zustimmend, da er den Mund voll Pfannkuchen hatte.

»Versicherungen verkaufen«, meinte Agnes und drehte sich zum Grill um, auf dem der Speck brutzelte.

Die Butter, die er über die goldenen Pfannkuchen verteilt hatte, schmolz zu duftenden Rinnsalen und floss über den Rand.

Agnes reichte ihm den Sirupkrug, den Garth neben dem Herd hatte stehen lassen, und er starrte geistesabwesend auf ihre Brüste, die unter dem T-Shirt hüpften.

»Ja, genau. Versicherungen«, sagte er und ließ reichlich Sirup, dessen zarter Duft seine ältesten Gehirnregionen ansprach, über seine Pfannkuchen fließen.

Garth sah die beiden scheel von der Seite her an und stopfte den letzten Pfannkuchen in sich hinein.

»Damit du die goldene Uhr bekommst«, meinte Agnes.

»Genau.« Shane stach in den Pfannkuchenberg und schnitt das erste Stück heraus: leicht, locker, nussig, süß und buttrig – wie Agnes eben. Hausgemacht.

Das Telefon läutete, und Agnes ging ran. »Guten Morgen, Reverend Miller. Worum geht es dieses Mal?« Sie hörte einen Moment lang zu. Dann brach es aus ihr heraus: »*Was?* Nein, sie ist nicht schwanger. Lieber Gott, sind Sie denn vollkommen verrückt geworden? Wissen Sie eigentlich, was Evie Keyes mit Ihnen anstellen wird, wenn sie erfährt, dass Sie herumlaufen und allen möglichen Leuten erzählen, ihr Sohn schwängere junge Mädchen?« Wieder lauschte sie. Dann sagte sie: »Ja, genau das haben Sie gerade gesagt. Ich bin schockiert, einfach schockiert, dass Sie Klatsch in einem Ort wie Keyes verbreiten. Wo Sie doch Geistlicher sind! Ich weiß wirklich nicht, wie weit es mit dieser Welt schon gekommen ist. Ich kann nur sagen: Wenn Gott Ihnen jetzt zuhören würde, würde er vermutlich den Kopf schütteln. Das war's, Reverend Miller.« Sie hängte auf und meinte: »Der Mann braucht mal etwas, das ihn von seinen Wahnvorstellungen heilt.«

»Am besten kippt man die Medikamente gleich in die Trinkwasserversorgung und behandelt die ganze Stadt damit.« Shane war erstaunt, wie wenig Zorn Keyes in ihm erregte. Die Stadt war, wie sie war. Es war auch viel Gutes da, das Frühstück zum Beispiel. Damit hieb er wieder in den Pfannkuchenberg.

Agnes füllte einen Teller mit krossem Speck und kam herüber. Garth stand auf. »Ich besorge mal Pflanzen für die kahlen Rasenstellen rund um den Pavillon.«

»Warte mal, ich geb dir Geld«, warf Agnes ein, doch Garth sagte nur Nein und war schon aus der Tür. Sie rief ihm nach: »Du siehst in dem T-Shirt wirklich gut aus.« Er grinste durch die Fliegengittertür zurück. »Bitte klau nichts!«, schrie sie noch hinter ihm her. Er hob nur die Hand zum Gruß, drehte sich aber nicht mehr um.

»Ich würde lieber nicht fragen, wie er das mit der Gärtnerei bewerkstelligt«, meinte Shane, als Garth außer Hörweite war.

Agnes nickte. »Darum kümmere ich mich später. Hör zu. Ich weiß, dass es vermutlich deine Pläne durchkreuzt hat, dass du plötzlich auf mich aufpassen musstest. Und die Hochzeit …«

»Nein«, sagte Shane. »Die Hochzeit ist Teil meines Jobs.« Er sah, wie alle Wärme aus ihrem Gesicht wich und sich stattdessen Misstrauen breitmachte. »Ich wusste das nicht, als ich hierherkam. Der Don hat einen Auftragskiller hierher beordert, zur Hochzeit. Und ich soll ihn ausschalten. Einen Typen namens Casey Dean.«

Agnes sog den Atem ein. »Auf der Hochzeit!«

Das Telefon läutete, und sie drückte auf die grüne Taste. »Ja, Butch, du verdammter Bastard«, sagte sie, wobei ihre Augen weiterhin auf Shane ruhten. »Ich war es, die sich auf deinem Anrufbeantworter verewigt hat. Ich weiß, wer du bist und in welchem Zoo du arbeitest. Wenn du Cerise und Hot Pink nicht heute noch dort ablieferst, dann verpfeife ich dich. Mir ist völlig egal, ob du drei Kinder hast und deine Großmutter operiert werden muss.« Etwa eine Minute lang hörte sie zu. Dann ergriff sie wieder das Wort: »Nein, zwei machen noch keine Herde, wie du sehr wohl weißt. Du holst sie noch heute ab und bringst sie zurück, Butch, sonst bist du am Arsch, und zwar so, dass du nicht mehr weißt, wie du heißt. Habe ich mich klar ausgedrückt? Gut.« Sie drückte das Gespräch weg und widmete sich wieder ihrem Grilleisen, wo sie die zweite Fuhre Pfannkuchen backte. Vollkommene goldene Pfannkuchen. In der Kaffeemaschine wurde in der Zwischenzeit die zweite Portion Kaffee gebraut.

»Ist es ein Zufall, dass all das zur selben Zeit passiert?«, fragte sie. »Dass Brenda die Hochzeit benutzt, um das Haus zurückzubekommen. Dass dein Auftragskiller hier seinen Job erledigen will. Und dass der Bombenschutzkeller zum ersten Mal seit fünfundzwanzig Jahren wieder geöffnet wurde.«

Shane legte die Gabel nieder. »Ich weiß nicht. Ich mag Zufälle nicht. Andererseits sehe ich auch nicht, wie das alles zusammenpassen soll. Du?«

Sie runzelte die Stirn und dachte nach. Er sah sie an. Agnes. Die auf seiner Seite war. In einer Küche voller Leben.

»Wen will der Don denn tot sehen?«, fragte sie.

»Das weiß ich nicht.«

Sie lächelte schwach. »Es hat wohl keinen Sinn zu hoffen, dass es Brenda sein könnte?«

Er lächelte zurück: »Ich würde mich nicht darauf verlassen.«

Wieder läutete das Telefon. »Kristy. Hallo. Ich habe mich gefragt, wo Sie gestern abgeblieben sind. Ja, vielleicht war es wirklich klug zu verschwinden, als Brenda damit anfing, Leute totzufahren. Nein, sie schwört, es war ein Unfall. Okay, also heute Abend. Die Generalprobe für das Abendessen ist um sechs. Junggesellen- und Junggesellinnenabschied gleich danach. Fotos nur zu Beginn der Feiern. Genau. Mutter und Vater des Bräutigams. Mutter und Großmutter der Braut. Einen Brautvater haben wir leider nicht. Ja. Also bis dann.« Sie hängte ein und sah Shane an. »Na, dann. Das Leben geht weiter. Sofern du nicht gerade Four Wheels heißt.«

Carpenter spazierte in die Küche. »Guten Morgen zusammen. Gibt es Pfannkuchen?«

»Wie auf Bestellung«, lächelte Agnes und lud einen Teller mit Pfannkuchen voll. Dann häufte sie so viel Speck darauf, dass eine vierköpfige Familie davon hätte satt werden können.

Shane nickte ihm zu. »Hast du eine Idee, wer in den Bombenschutzkeller eingestiegen sein könnte, um die Bratpfanne und die Geldtaschen dort zu verteilen?«

Carpenter setzte sich und runzelte die Stirn, während er sich in freudiger Erwartung auf den Teller konzentrierte, den Agnes vor ihn hinstellte. »Dir auch einen schönen guten Morgen.« Dann nahm er den Sirupkrug. »Ein bisschen mehr Ehrfurcht vor guter Küche, bitte.« Mit diesen Worten goss er goldenen Ahornsirup über die Pfannkuchen und sog den zarten Duft ein.

Agnes reichte ihm eine große Tasse Kaffee. Sie sah besorgt aus, und Shane hatte ein schlechtes Gewissen, weil er ihr die Geschichte vom Don und dem geplanten Anschlag erzählt hatte, aber es hätte keinen Sinn gehabt, sie diesbezüglich im Dunkeln zu lassen. Darüber hinaus wäre es nicht besonders fair gewesen. Auch wenn sie im Dunkeln in letzter Zeit einigen Spaß gehabt hatten.

Carpenter kostete die Pfannkuchen: »Wollen Sie meine Frau werden?«

Hallo!, dachte Shane, und irgendwie schien sich der Gedanke auch auf seinem Gesicht zu spiegeln, denn Carpenter grinste.

Lisa Livia stand in der Tür und gähnte. »So geht's hier also zu, wenn ich mal ein bisschen länger schlafe.«

»Verflixt gute Pfannkuchen«, meinte Carpenter erklärend und aß weiter, während sie in die Küche kam, sich neben ihn setzte und ihm liebevoll auf den Rücken klopfte.

»Magst du Pfannkuchen?«, fragte Agnes. Lisa Livia nickte. Shane sah Agnes zu, die immer mehr Essbares auf dem Tisch verteilte, rund und warm und rosig und glücklich. Eine Frau zum Anfassen eben.

Leider sind zu viele Leute in der Küche.

Er fragte sich gerade, ob er sie wohl nochmals nach oben lotsen könnte, als sein Telefon zu summen begann. Auf dem Display zeigte sich, dass Wilson ihm eine Nachricht geschickt hatte. Im Klartext, nicht kodiert.

Anlegesteg. Fünf Minuten. Carpenter mitbringen.

Er sah seinen Partner an, der das Frühstück verschlang. »Wir müssen uns mit dem Boss treffen.«

Carpenter nickte und murmelte an den Pfannkuchen vorbei: »Wann und wo?«

»In fünf Minuten am Anlegesteg.« Shane sah Agnes an. Ob es sie wohl störte, dass er ihren Anlegesteg für seine geschäftlichen Besprechungen nutzte. Vermutlich weniger als die Tatsache, dass »ihre« Hochzeit zur Kulisse eines Anschlags werden sollte.

Carpenters Brauen bildeten einen dicken Balken. »Dann müssen wir los.« Er schob eine weitere Gabel Pfannkuchen in sich hinein und erhob sich. »Das war ein edles Frühstück, Miss Agnes«, sagte er. »Einfach wunderbar«, fügte er hinzu und lächelte Lisa Livia an.

»Danke«, sagte Agnes und lächelte zurück, auch wenn sie Shane einen besorgten Blick zuwarf.

Auch Shane stand auf, wobei er vorher den schnarchenden Rhett beiseiteschieben musste, der ungerührt weiterschlief. »Du hast meinen Text geklaut«, sagte er zu Carpenter. »Die Stelle mit dem Frühstück. In dem Film allerdings, den ich meine, ging es um ein Abendessen.« Er legte eine Pause ein und merkte, dass Agnes und Lisa Livia ihn verdutzt anstarrten. Offensichtlich sah heute keiner mehr die Klassiker. »Okay. Ja. Großartiges Frühstück.« Er versuchte, Agnes mit einem Lächeln zu trösten, was nicht funktionierte. »Entschuldige.«

»Keine Ursache«, sagte Agnes, die verstand, was er ihr sagen wollte – auch einer ihrer zahllosen Vorzüge. »Jedenfalls gut zu wissen.« Sie sog den Atem scharf ein. »Auf den Sonntag bin ich wirklich neugierig.«

»Was passiert am Sonntag?«, wollte Lisa Livia wissen.

»Wenn wir Glück haben, gar nichts«, meinte Agnes. Als Lisa Livia sie daraufhin verständnislos ansah, fügte sie hinzu: »Dann ist die Hochzeit vorbei, das Haus gehört immer noch mir, wir sind alle noch am Leben, und Shane und Carpenter haben eine Lebensversicherung an den Mann gebracht.«

»Lebensversicherung?« Nun war es an Carpenter, den Reigen verständnisloser Fragen fortzusetzen.

»An Casey Dean«, klärte Shane ihn auf. »Vielleicht hat er bis dahin schon unterschrieben.«

»Ah«, antwortete Carpenter, erstaunt ob des sich plötzlich auftuenden Informationslecks.

»Das musste einfach sein«, fügte Shane hinzu. »Ich konnte sie nicht im Unklaren lassen.«

»Ja, das ist wohl so«, sagte Carpenter. Agnes lächelte ihn an, dieses Mal aus ganzem Herzen.

»Es gibt wohl einiges, was mir entgeht, wenn ich mal länger schlafe«, meinte Lisa Livia und sah von einem zum anderen.

»Ja«, sagte Shane und wünschte sich das erste Mal in seinem Leben, er könnte den Tag einfach freinehmen. Er nickte Carpenter zu. »Wir müssen zum Boss.«

♡

Er hätte mir das alles gar nicht sagen dürfen, dachte Agnes und sah den beiden Männern nach, die den Weg zum Steg hinunter nahmen. *Er hat sich nicht an die Regeln gehalten, als er mich einweihte*. Sie war ihm also so wichtig, dass er ihretwegen Sachen tat, die er sonst nicht tat. Und er würde zurückkommen. *Vielleicht klappt's ja diesmal*, dachte sie. *Vielleicht …*

»Heute versenken wir das Boot meiner Mutter«, meinte Lisa Livia aufmunternd.

»Ich habe eigentlich keine Zeit.« Agnes gab noch Pfannkuchenteig auf das Grilleisen. »Ich muss die Hochzeitstorte und den Bräutigamskuchen dekorieren, weil deine Mutter, die

Klapperschlange, den Bäcker irgendwie unter Druck gesetzt hat. Morgen haben wir hier nämlich eine Hochzeit, falls dir das nicht entfallen ist.«

»Ach ja«, gab Lisa Livia zurück und setzte sich auf den Stuhl, auf dem vorher Carpenter gesessen hatte. »Marias Brautjungfern kommen heute, nicht wahr?«

»Der Junggesellinnen-Abschied findet im zweiten Stock statt, wo die Damen heute Nacht bleiben. Der Herren-Polterabend hingegen in der Scheune.« Agnes sah zu, wie der Pfannkuchenteig auf dem Grilleisen blubberte. »Taylor hat Palmer dazu überredet, damit er doppelt Miete kassieren kann. Doch zuerst die Generalprobe für das abendlicher Diner. Joey kümmert sich um's Catering, da müssen wir uns also keine Sorgen machen. Kristy hat gerade angerufen, dass sie heute Abend Fotos machen will. Butch schwört, dass er Cerise und Hot Pink zurückbringt, sobald er im Zoo Feierabend hat und sich einen Lieferwagen borgen kann. Am Nachmittag möchte ich den Pavillon schmücken. Garth lernt schnell, er kann mir dabei helfen. Der Großteil der Vorbereitungsarbeiten wird uns morgen Vormittag treffen. Alles, was wir leasen mussten, ist schon hier, der Punkt ist also schon mal erledigt. Wirklich, wenn Maisie ihre Maßliebchen pünktlich herschafft, ich mit dem Kuchen fertig werde und Joey das Catering nicht versiebt, dann …« Sie spürte, wie sich ihr angesichts der zahllosen Wenn und Aber der Magen zusammenkrampfte, »… kann die Sache glatt über die Bühne gehen. Und meine Kolumne muss noch geschrieben werden.« *Meine Karriere! Verdammt noch mal, ich muss auch mal an mich denken. Wenn ich erst herausgefunden habe, was ich will.*

»Das klappt schon alles«, sagte Lisa Livia, nahm Carpenters Gabel und machte sich über die Reste seines Frühstücks her. »Ich will eigentlich nur den Schimmel von der Venus entfernen. Dann kann ich dir helfen. Wann willst du eigentlich die Flamingos gegen Schmetterlinge und Maßliebchen eintauschen?«

»Ich weiß nicht.« Agnes wendete die Pfannkuchen. »Ich wollte mich damit eigentlich nach Maria richten. Sie möchte Evie nicht kränken, nach all der Arbeit, die sie sich mit dem Flamingozeugs gemacht hat, aber …«

Lisa Livias Handy klingelte. Sie zog es heraus und meldete sich. Agnes sah, wie ihre Züge sich beim Zuhören verhärteten. »Was? Das kann nicht sein …« Sie verstummte. »Geben Sie mir Ihre Nummer.« Lisa Livia streckte die Hand aus. Agnes reichte ihr einen Stift und ihre Aufgabenliste für heute. Lisa Livia notierte eine Nummer. »Ich rufe Sie zurück.« Dann hängte sie ein, weiß wie die Wand. »Wo ist dein Laptop?«

Agnes deutete auf die Anrichte. Lisa Livia stand auf und holte das Gerät. »Wie komme ich ins Internet?«

»Ich habe WLAN«, meinte Agnes. »Übers Telefon. Was …«

Lisa Livia schüttelte den Kopf. Ihr Atem ging schneller. Sie klappte den Laptop auf, schaltete ihn ein und begann, auf die Tastatur einzuhämmern. Dann hielt sie inne und starrte auf den Bildschirm. »Nein«, sagte sie. Sie tippte wieder, sah aufs Display und stöhnte erneut: *»Nein.«* Dann begann sie wieder, etwas einzugeben. Agnes kam um den Tisch herum, um zu sehen, was vorging.

Bankkonten. Eines nach dem anderen. Bis schließlich zehn offene Fenster auf dem Bildschirm zu sehen waren. »Gottverdammt noch mal«, fluchte Lisa Livia.

»LL?«

»Sie hat alles abgeräumt«, sagte Lisa Livia. Ihr Atem ging stoßweise.

»Was alles?«

Lisa Livia schüttelte den Kopf, und Agnes sah sie an. »Lass den Kopf nach vorn hängen. Sofort.« Mit diesen Worten drückte sie Lisa Livias Kopf nach unten, gerade als LL im Begriff war, ohnmächtig zu werden.

»Brenda hat dein Geld gestohlen?«, fragte Agnes. Ihre Hand

lag auf LLs Nacken. Sie hielt den Kopf der Freundin unten, bis wieder ein wenig Blut in ihr Gehirn zurückgeflossen war.

»Nicht nur meins«, klang es erstickt von unten. »Lass mich wieder hoch.«

Agnes trat einen Schritt zurück, damit Lisa Livia sich aufrichten konnte. Die Farbe war in ihr Gesicht zurückgekehrt.

»Sie muss sich an meinem Laptop zu schaffen gemacht haben«, sagte Lisa Livia. »Als ich auf ihrem verdammten Boot war, als ich schlief, als ich hier bei dir war. Sie hat meinen Laptop benutzt und ist irgendwie an das Passwort gekommen. Sie hat nicht nur meine Konten abgeräumt, sondern auch gleich noch die meiner Kunden geplündert. Nur weil ich hier bei dir war und dich bei deinem Häuserkampf unterstützt habe. Weil ich zu ihr gesagt habe, du seist meine Familie, nicht sie. Sie hat mir das am letzten Abend vorgeworfen. Und ich habe sie angebrüllt, das hätte sie sich überlegen sollen, bevor sie meinen Vater umbrachte.« Sie deutete mit einer Kopfbewegung auf den Laptop. »Das ist die Quittung.«

»Oh Gott«, sagte Agnes und ließ sich auf einen Sessel fallen. »Wie viel?«

Lisa Livia schluckte. »Ich muss ...« Scharf sog sie den Atem ein. »Warte noch eine Minute. Wenn ich nicht mehr in Gefahr bin, in Ohnmacht zu fallen, zähle ich alles zusammen. Aber es müssen wohl zwischen acht- und neunhunderttausend sein.«

»*Dollar?*« Das brachte auch Agnes zum Schlucken. »Wir holen es zurück. Wir gehen jetzt auf ihr verdammtes Boot und ...«

Lisa Livia schloss die Augen. »Das Geld kann mittlerweile auf den Kaimaninseln sein, wo wir nicht rankommen. Und wenn ich sie umbringe, erbt Taylor alles.«

»Mein Gott«, sagte Agnes erschüttert. »Können wir nicht das Boot durchsuchen und irgendwo Beweise finden?«

»Die hat sie bestimmt an einem der tausend sicheren Orte versteckt, die der Immobilienkönig dort eingebaut hat. Ich wüsste gar nicht, wo ich suchen müsste.« Sie schüttelte den Kopf und biss die Zähne zusammen, um gegen die Tränen anzukämpfen. »Ironie des Schicksals, nicht wahr? Ich arbeite mein ganzes Leben lang, vernachlässige mein Kind, um uns ein wenig Sicherheit zu geben, und dann verliere ich alles, meine Zukunft eingeschlossen, nur weil ich bei ihrer Hochzeit dabei sein will. Und drücke ihr auch noch dieses Flamingoding aufs Auge.«

»Lisa Livia, so ist das nicht …«

»Ich bin so eine Niete.«

»Nein, bist du nicht.« Agnes legte den Arm um sie. »Das glaubst du doch selbst nicht. Ich weiß nicht, wie wir das wieder ins Lot bekommen, aber wir werden es schaffen. Wir holen dein Geld zurück. Zuerst machen wir eine schöne Hochzeit für deine Tochter, dann versenken wir Brendas Boot und holen dein Geld zurück. Shane und Carpenter und ich – wir werden dir helfen, es wiederzubekommen. *Das schwöre ich dir.*«

Lisa Livia sah sie an. »Du weißt doch gar nicht, wie man ein Boot versenkt.«

»Ich habe diese Woche schon einiges Neue gelernt«, meinte Agnes. »Iss jetzt deine Pfannkuchen auf.«

Aufgabenliste Freitag, dachte sie. *Marias Hochzeit. Gestohlene Flamingos zurückgeben. Venus putzen. Lisa Livias Geld zurückholen. Jemanden namens Casey Dean töten.* Sie sah aus dem Fenster zum Anlegesteg hinunter, wo Shane und Carpenter mit ihrem Boss redeten. *Brendas Boot versenken. Kolumne schreiben. Shane glauben, wenn er mir sagt, was ich nur allzu gerne hören möchte.*

Dann ging sie in die Speisekammer, um die beiden Torten zu holen.

♡

»Ich habe das alles Agnes nicht sehr gut erklärt«, meinte Shane, während sie den Weg hinuntergingen.

»Du musst dein Herz sprechen lassen«, meinte Carpenter.

»Mein Herz.«

»Ja. Du musst dich wieder für die Welt öffnen, lernen, optimistisch zu sein. Dann kommen die Worte ganz von selbst, und du kannst Agnes sagen, was du empfindest.«

Abrupt blieb Shane stehen: »Was?«

Carpenter sah ihn ernst an. »Zufriedenheit hinsichtlich der Vergangenheit. Glück in der Gegenwart. Hoffnung für die Zukunft. Lerne, ein Optimist zu sein.«

»Oh.« Shane runzelte die Stirn. »Ich habe ihr gesagt, ich würde gerne hierher zurückkommen. Darüber schien sie ganz erfreut zu sein.«

Carpenter nickte. »Das ist ja schon mal ein Anfang. Sobald du dich wieder der Welt öffnest, mein Freund, wirst du Gutes erfahren.«

»Ich glaube nicht, dass jetzt der Moment für Optimismus und Offenheit in Gefühlsdingen ist, wo wir doch gleich eine Unterredung mit Wilson haben werden.«

»Das mag zutreffen. In gewisser Weise verursacht ja deine emotionale Öffnung auch eine ganze Menge Probleme. Und das dürfte wohl der eigentliche Grund für dieses Treffen sein.«

Er deutete mit einer Kopfbewegung zum Anlegesteg hinunter, wo Wilson schon auf einer der Bänke saß, wie immer untadelig gekleidet in Anzug und Krawatte. Shane war, als stieße man ihn über die Planke, an deren Ende der Sprung ins Meer wartete. Brendas Boot schaukelte auf dem Wasser, doch daneben lag eine glänzende, größere Jacht gleich unterhalb des Schwimmdocks: Wilsons Gefährt zu Wasser. Auf der Brücke stand eine dunkle Gestalt, die den Motor am Laufen hielt und achtgab, dass das Boot nicht abtrieb. Das Jetboot, das Carpenter beim letzten Mal gesteuert hatte, war vorn an Deck verankert, neben einem kleinen Kran.

»Ich bin nicht zufrieden«, sagte Wilson, als die beiden die Plattform betraten.

Cerise und Hot Pink stimmten in diese öffentliche Unzufriedenheitsbekundung mit ein.

Ohne zu fragen setzte Shane sich seinem Boss gegenüber, während Carpenter sich neben ihm niederließ.

Wilson sah Shane an, mit schärferem Blick als je zuvor. »Sie hatten zwei Mal die Chance, Casey Dean aus dem Verkehr zu ziehen. Sie haben nicht nur beide Male versagt, sondern haben dem Consigliere von Don Fortunato auch noch die Möglichkeit gegeben, die geforderte Anzahlung zu leisten.«

Shane schwieg. Er wusste, dass es nichts zu sagen gab.

»Im Haus hat es einen weiteren Todesfall gegeben. Wieder musste die örtliche Polizei tätig werden. Sie zeigen hier keineswegs die Fähigkeiten, die ich von meinem Nachfolger erwarte. Schließlich ist unsere Organisation seit jeher stolz auf die diskrete Art und Weise ihres Vorgehens.«

»Ich glaube, Sie wissen weit mehr, als Sie mir sagen«, gab Shane zur Antwort.

Ohne auch nur mit der Wimper zu zucken sah Wilson ihn an. »Natürlich weiß ich mehr, als ich Ihnen sage. Das liegt in der Natur meiner Position. Ich verfüge über die Informationen, gebe die Anweisungen und übernehme die Verantwortung.«

»Ich übernehme die volle ...«, setzte Shane an, doch Wilson unterbrach ihn.

»Sie sind mir gegenüber rechenschaftspflichtig, ich anderen Stellen. Und Sie fallen in meine Verantwortung. So läuft der Job.«

»Das FBI ist alles andere als erfreut, dass wir deren Informationen zum Fall ›Casey Dean‹ nicht genutzt haben«, fuhr Wilson fort. »Und ich *mag es nicht*, wenn ich dem FBI etwas erklären muss. Ich bin versucht, Sie von dieser Sache abzuziehen. Casey Dean ist uns seit Jahren ein Dorn im Auge. Wir haben Ihnen die besten Abschlusskonditionen seit Jahren geboten. Und Sie haben es beide Male in den Sand gesetzt.«

Carpenter lehnte sich vor. »Beim dritten Mal klappt's.«

»Unglücklicherweise«, versetzte Wilson, »teile ich nicht ...«

»Wir haben Casey Dean im Visier«, warf Carpenter ein.

Wilson starrte Carpenter einige Sekunden lang an, dann wandte er sich wieder Shane zu, der seinerseits all seine Selbstkontrolle aufbieten musste, um Carpenter nicht ebenfalls anzustarren. »Und das heißt?«

»Carpenter hat den Plan entwickelt«, sagte Shane. »Es wäre am besten, er erklärt ihn.«

Wilson verschränkte die Arme. »Ich höre.«

»Wir haben Casey Deans Handynummer«, fasste Carpenter zusammen. »Und Casey Dean hat sich sozusagen ohne Absender auf Shanes Satellitentelefon verewigt. Er scheint also mit uns spielen zu wollen. Wir können das ausnutzen, um ihn zu kriegen. Sein Handy arbeitet mit reflektiertem Signal. Wir können ihn also nicht auf normale Weise orten. Aber wenn ich hier in der Gegend drei Transmitter aufstelle, können wir seine Position selbst ermitteln, per Triangulation.«

»Wenn er das Telefon benutzt«, meinte Wilson.

»Er wird«, bekräftigte Shane.

»Warum sind Sie da so sicher?«, fragte Wilson.

»Weil wir ihn in Sicherheit wiegen, sodass er übermütig wird.«

»Nun, das könnte funktionieren«, meinte Wilson und richtete seinen ausdruckslosen Blick auf Shane. Cerise und Hot Pink begannen noch aufgeregter zu schnarren als sonst. Wilsons Blick sah über Shanes Schulter hinweg. »Wir bekommen Besuch.«

Shane drehte sich um und sah Joey, der in seinen üblichen schwarzen Jeans mit rotem T-Shirt auf den Steg geklettert kam.

»Wie geht's euch Jungs so?«, fragte er.

»Mr. Wilson. Das ist mein Onkel Joey«, sagte Shane, der aufgestanden war, um die beiden bekannt zu machen. »Joey, wir haben hier gerade eine Besprechung«, fügte er leicht pikiert hinzu.

Joey nickte Wilson zu und setzte sich auf die Bank. »Sie sind also Shanes Boss.«

»Ja. Und Sie sind Joey Torcelli, der für Frankie Fortunato gearbeitet hat.«

»Das ist lange her.«

»Manchmal holen die Schatten der Vergangenheit uns ein.«

»Welche Schatten holen Sie denn ein?«, meinte Joey interessiert.

»Die Zeit«, versetzte Wilson knapp. »Sie erwischt am Ende jeden.«

Shane sah Carpenter an, der fragend die Augenbrauen hob. *Irgendeiner von ihnen*, dachte Shane, *wird jetzt gleich einen mysteriösen Satz sagen wie: »Die Krähe fliegt um Mitternacht.« Und dann muss ich beide erschießen.*

»Manchmal läuft nicht alles rund«, meinte Joey.

»Manchmal«, antwortete Wilson.

»Wovon zum Teufel redet ihr eigentlich?«, fragte Shane.

»Und manchmal wird hinterher alles besser«, fügte Joey hinzu. »Viele bekommen eine zweite Chance.«

»Menschen ändern sich nicht«, meinte Wilson.

Shane spannte alle Muskeln an, als er sah, wie Joey sich zu Wilson vorbeugte. »Ich glaube schon.«

»Meine Herren«, warf Carpenter ein. »Mein Freund Shane und ich haben eine Aufgabe zu erledigen.«

Joey stand auf. »Ich begleite euch.«

»Ich glaube nicht …«, setzte Shane an, doch Wilson nickte. »Ein wenig Erfahrung könnte jetzt hilfreich sein.«

Was soll das denn jetzt?, fragte sich Shane.

»Wir brauchen das Jetboot«, meinte Carpenter.

»Was immer Sie wollen.« Wilson stand auf. »Es war eine Freude, Sie kennenzulernen, Mr. Torcelli.«

»Darauf möchte ich wetten«, antwortete Joey.

Wilson stieg in sein Boot, Carpenter folgte ihm, um das Jetboot ins Wasser zu lassen. Shane sah Joey an, der Wilson nicht aus den Augen ließ. »Was sollte das denn eben bedeuten?«, fragte er den alten Mann.

»Nichts Gutes«, sagte Joey und wandte den Blick ab.

Shane trat näher. »Joey, du mischst dich in mein Leben ein. Wenn du irgendetwas weißt, was hier wichtig sein könnte, dann rück endlich damit heraus. Hier geht es um Leben und Tod, nicht um irgendwelche alten Mafiageschichten.«

»Es ging immer schon um Leben und Tod, Shane«, gab Joey zurück, als Carpenter das Jetboot heranlenkte. »Typen wie Wilson sind nicht anders als der Don.«

»Verdammt, Joey …«

»Wir reden im Boot weiter«, sagte Joey knapp und mit einer Autorität in der Stimme, die Shane erahnen ließ, was für ein Mann er früher gewesen war.

»Darauf kannst du dich verlassen«, gab Shane zur Antwort, folgte seinem Onkel aber trotzdem ins Boot.

Carpenter blieb am Steuerruder des Bootes. Shane montierte ein M60-Maschinengewehr am Bug und führte einen Munitionsgurt ein. Joey klebte auf eine Seite des Bootes das orangefarbene Logo der Küstenwache, auf der anderen hatte er es schon angebracht. Carpenter schob den Gashebel nach vorne. Sie nahmen Fahrt auf und schossen den Blood River entlang Richtung Intracoastal.

»Warum tue ich das nur?«, fragte sich Joey.

»Nun, die Aufkleber erklären zumindest das Maschinengewehr. Falls jemand so dämlich sein sollte, ein Boot anzuhalten, das ein Maschinengewehr auf dem Bug montiert hat«, meinte Shane. Dann meinte er zu Carpenter gewandt: »Wo platzieren wir den ersten Transmitter?«

Carpenter zeigte auf die GPS-Anzeige in der Steuerkonsole. »An der östlichen Spitze von Baratria Island. Den zweiten hier, auf Middle Marsh Island, Südspitze. Und den dritten weiter südlich, auf Bull Island. Dann haben wir eine gute Feldabdeckung.«

»Warum fahren wir denn nicht mit dem Auto?«, fragte Joey.

»Weil Casey Dean mit einem Boot unterwegs war, als wir ihn zum letzten Mal sahen«, antwortete Carpenter. »Möglicherweise lebt er auf einem Boot. So bleibt er mobil und kann sich gut zwischen den tausend kleinen Inselchen und Wasserwegen verstecken.«

»Dieser Wilson«, meinte Joey, »arbeitest du gern für ihn?«

»Wahrscheinlich arbeite ich schon bald gar nicht mehr für ihn«, sagte Shane.

Joey lächelte. »Bleibst du etwa hier?«

»Nein, ich soll seinen Job bekommen.«

Das Lächeln verschwand. »Und den willst du wirklich haben?«

»Es ist eine Beförderung«, antwortete Shane.

»Wohin?«, fragte Joey.

Shane sah seinen Onkel unverwandt an. »Du warst es doch, der mich vor fünfundzwanzig Jahren auf die Militärschule geschickt hat. Du hast mich also auf diesen Weg gebracht. Warum stellst du dich jetzt auf einmal so an?«

»Ich habe dich weggeschickt, um dich zu schützen«, brummte Joey.

»Vor wem?«

Erstaunt bemerkte Shane, wie sein Onkel in sich zusammenzusinken schien. »Shane, was im Moment hier passiert, sind nur die Ausläufer von Ereignissen, die sich vor fünfundzwanzig Jahren zugetragen haben und niemals geklärt wurden. All die Jahre über gab es eine Art Waffenstillstand. Doch du solltest nicht für Leute wie diesen Wilson arbeiten. Du willst doch nicht sein wie er.«

»Ein Waffenstillstand? Zwischen welchen Parteien denn?«, hakte Shane nach.

Joey zögerte. »Zwischen dem Don und mir.«

»Und jetzt ist der Waffenstillstand vorüber?«

»Ich weiß es nicht. Aber es war kein Zufall, dass du in Savannah warst, als ich deine Hilfe brauchte.«

Angesichts der Tatsache, dass er in den letzten fünf Jahren neunzig Prozent seiner Zeit im Ausland verbracht hatte, fand auch Shane, dass dies unmöglich Zufall sein konnte. »Aber warum wollte Wilson mich in dieser Gegend haben? Ich bin es langsam satt, dass alte Männer mit mir ihre Spielchen treiben. Warum ist der Waffenstillstand nun aufgekündigt? Und worum geht es eigentlich?«

»Um dich«, meinte Joey.

»Hier kommt der erste Transmitter hin«, verkündete Carpenter, als das Jetboot langsam an ein Inselchen heranglitt.

Shane rührte sich nicht. »Was meinst du damit, Joey?«

Joey seufzte und fuhr sich mit der Hand über den stoppeligen Bart. »Dein Vater ...« Er hielt inne und schüttelte den Kopf. »Das geht nicht. Du solltest das jetzt nicht hören.«

»Mein Vater.« Shane stand vor seinem Onkel und sah auf ihn hinab. »Du hast mir nie etwas über meinen Vater erzählt. Ganz im Gegenteil. Du hast immer so getan, als habe es ihn nie gegeben. Als habe er meine Mutter geschwängert und sei dann bei Nacht und Nebel abgehauen. Großes Familiengeheimnis.«

»Nein«, sagte Joey. »Dein Vater ist immer für alles eingestanden, was er getan hat. Und er hat meine Schwester gut behandelt. Als du geboren wurdest, habe ich den beiden versprochen, mich um dich zu kümmern, falls etwas geschehen sollte.«

»Und dann hast du mich weggeschickt«, versetzte Shane, der die Wut in sich aufsteigen fühlte.

»Ich habe dich weggeschickt, um dich zu retten.« Joey hielt inne und schüttelte erneut den Kopf.

Voller Zorn packte Shane seinen Onkel vorne am T-Shirt. *»Jetzt reicht's.«* Er spürte, wie ihm das Blut in den Schläfen pochte, es rauschte in seinen Ohren. Er spürte Carpenter neben sich, aber jetzt wollte er sich nur um Joey kümmern. »Schluss mit dieser *verfluchten Geheimniskrämerei*, Joey.«

»Du bist ein Fortunato!«, sagte dieser schnell. »Dein Vater war Roberto, der älteste Bruder. Der, der Don werden sollte. Du bist der Erbe der Fortunatos, Shane.«

»Oh verdammt«, sagte Shane und ließ Joey los.

Agnes rollte grasgrünes Fondant aus und fluchte dabei wie ein Droschkenkutscher, als Rhett im Flur zu knurren anfing. Sie sah auf, bereit, jeden, der mit einer Kanone ihr Haus zu betreten wagte, mit dem Nudelholz zu Kleinholz zu machen.

Doch es war nur ein mitgenommen aussehender Taylor, der sich als Kleinholz allerdings auch gut gemacht hätte.

»Deine Frau, diese mörderische Schlampe, ist draußen auf ihrem Boot«, zischte Agnes. »Wag es ja nicht, noch einmal ins Haus zu kommen.«

»Es tut mir leid«, sagte Taylor mit niedergeschlagener Stimme, die so ganz anders klang als das aufgekratzte Organ, das sie mittlerweile zu verachten gelernt hatte. »Es tut mir wirklich leid, Agnes. Ich habe alles verdorben.«

»Wie wahr. Und jetzt hau ab.« Agnes rollte weiter ihr Fondant aus. Dann bedeckte sie die oberste Schicht von Palmers Bräutigamskuchen damit. Sie strich es glatt und zog es über den Kuchenrand hinunter, wo es sich allerdings ziemlich schnell in Falten legte. *Du kannst das*, sagte sie sich. *Verdammtes Fondant.*

»Aber ich meine es ehrlich«, sagte Taylor und trat in die Küche, was Rhett zu lauterem Knurren veranlasste. »Sie hat mich so geschickt um den Finger gewickelt.«

»Ja, darin ist sie richtig gut. Raus.« Agnes runzelte die Stirn, als sie das Fondant an den Seiten zu glätten versuchte. Im Fernsehen sah das immer so einfach aus …

»Sie hat den alten Mann umgebracht, nicht wahr?« Agnes sah Taylor an. »Ich habe davon gehört. Man hat in der Stadt darüber gesprochen. Dass sie einfach in ihn hineingefahren sei. Dass sie auch dich fast überfahren hätte. Sie hatte es auf dich abgesehen, nicht wahr?«

»Ja«, sagte Agnes und achtete dabei genau auf seinen Gesichtsausdruck. Er sah wirklich schlecht aus. »Und sie hat Lisa Livia alles gestohlen, was sie besaß. Und nun versucht sie, die Hochzeit ihrer Enkelin zu ruinieren. Deine Frau ist ein echter Hauptgewinn.«

»Sie hat Lisa Livia bestohlen?«

»Taylor, sie wollte mir das Haus abknöpfen. Warum sollte sie da nicht auch Lisa Livia bestehlen?«

»Ach, nein.« Er hielt inne. »Agnes, ich möchte dich nicht belügen …«

»Natürlich möchtest du das«, sagte Agnes und wandte sich wieder ihrem leuchtend grünen Fondant zu, das langsam hart wurde.

»Ich hätte ihr beinahe geholfen, dich aus dem Haus zu vertreiben«, meinte Taylor kopfschüttelnd. »Ich habe mir einfach vorgestellt, du würdest ein weiteres Buch schreiben und dann wieder Unmengen Geld haben. Irgendwie so was.«

»Du kannst mich mal«, sagte Agnes, über ihren Kuchen gebeugt.

Das ist die Sprache des Zorns, Agnes.

Sie können mich auch mal, Dr. Garvin.

Du bist einfach bescheuert, Agnes. Jeder kann »Du kannst mich mal« sagen. Tu zur Abwechslung mal etwas Schlaues.

Agnes richtete sich auf und warf einen Blick auf ihr Fondant.

Haben Sie mich gerade bescheuert genannt, Dr. Garvin?

Dr. Garvin?

»Aber ich hätte ihr nie geholfen, dich zu töten«, sagte Taylor. »Lieber Himmel, Agnes, du bist zwanzig Mal so viel wert wie sie.«

»Zwanzigtausend Mal.« Agnes sah Taylor an und versuchte herauszufinden, was ihr entging. *Hatte nicht Dr. Garvin gewollt, dass sie auf etwas besonders achtete*?

Groß, blond, gut aussehend, verzweifelt. Nein. Er war so nutzlos wie eh und je.

Sie wandte sich wieder dem Zuckerguss zu. Vielleicht sollte sie dort, wo er klumpig geworden war, Flamingos drüberlegen. Dann sähen die Flamingos vielleicht sogar richtig plastisch aus. Man sollte das Leben doch immer von seiner besten Seite nehmen.

»Du hast recht«, brabbelte Taylor gerade weiter. »Du bist wirklich zwanzigtausend Mal besser als sie. Agnes, wenn du mich zurückwillst, dann könnten wir es schaffen.«

Entgeistert sah Agnes ihn an: »Wie bitte?«

»Du und ich, Liebes. Wir könnten es schaffen.« Er rückte näher, seine Augen glänzten eifrig. »Ich war ja so verdammt blöd. Ich habe einfach nicht gesehen, dass ich ja alles schon hatte, was ich brauchte: dich, Two Rivers, das Two-Rivers-Kochbuch, das schöne blaue Schlafzimmer im Oberstock …« Er legte den Kopf schief und sah sie mit jenem Lächeln an, das ihr noch vor zwei Wochen durch und durch gegangen war. »Komm, Süße, du und ich, wir hatten es doch gut zusammen.«

»Ich hatte es schon besser«, antwortete Agnes und widmete sich wieder ihrem Fondant.

»Seit wann?«, fragte er beleidigt. Rhett bellte erneut und mischte dieses Mal zur Abwechslung auch noch ein leichtes Knurren darunter.

Taylor trat einen Schritt zurück.

»Seit dieser Woche.« Agnes klopfte sanft auf einen Fondantklumpen, damit dieser sich auflöste. Keine Chance. Hier musste ein Flamingo drauf.

»Dieser Shane? Lieber Himmel, Agnes, hast du wenigstens eine Minute gewartet, bevor du mit ihm ins Bett gesprungen bist, nachdem du mich mit der Gabel halb erstochen hattest?«

Agnes hielt einen Augenblick lang inne, um nachzudenken. »Mehr als zehn Minuten können es nicht gewesen sein. Allerhöchstens fünfzehn.«

»*Agnes!*«

Sie richtete sich kerzengerade auf. »Taylor, du hast wirklich Nerven, hier den Saubermann zu spielen. Du hast dich mit mir verlobt, um mir meine ganzen Ersparnisse abzuluchsen. Jetzt, wo du herausgefunden hast, dass du eine mörderische Schlampe geheiratet hast, versuchst du, sie loszuwerden und mich wieder zu ködern. Aber das wird nichts. Sogar wenn ich dumm genug wäre, dich wiederhaben zu wollen, glaubst du wirklich, Shane würde es so einfach hinnehmen, wenn er dich beim Nachhausekommen in meinem Bett fände? Weißt du eigentlich, was er beruflich macht?«

»Nein«, sagte Taylor. »Aber wenn du ihm erklären würdest, dass wir uns versöhnt haben …«

»Damit geht's ja schon los. Wir haben uns nicht versöhnt.« Agnes nahm die Kuchenplatte und trug sie in die Speisekammer. Als sie sich umdrehte, sah sie Brenda durch die Fliegengittertür starren. *O mein Gott*, dachte sie und hätte fast den Kuchen fallen lassen. »Wenn du dir vielleicht Zucker borgen willst: Nein«, rief sie ihr zu. *Obwohl ich für die Passwörter zu deinen Konten schon ein wenig Süßholz raspeln würde.*

»Ich wollte nur sehen, was Taylor hier macht«, sagte Brenda und trat in die Küche, wobei sie ihn mit ihrem schlangengleichen Blick hypnotisierte.

Wieder knurrte Rhett, doch dieses Mal hatte er sich vorher zur Sicherheit unter den Küchentisch verzogen.

Kluger Hund, dachte Agnes stolz.

»Hallo, Brenda«, hauchte Taylor.

»Wir haben uns über das Catering unterhalten«, meinte Agnes und stellte eine der fondantbedeckten Kuchenlagen auf die Anrichte. Als sie neben sie trat, konnte sie Brendas schweren Atem hören. Die Frau war am Hyperventilieren. *Zorn*, dachte sie. *Das kenne ich*.

»Ich dachte, Taylor wollte das Catering nicht machen«, sagte sie hinter zusammengebissenen Zähnen und starrte ihren Mann an.

»Er wollte mir das Ganze gerade noch mal erklären«, meinte Agnes. *Dieser Vollidiot*.

»Ja, genau«, sagte Taylor und versuchte, so überzeugend wie möglich zu klingen.

»Und ich wollte ihm sagen, dass ich dafür Verständnis hätte.« Agnes nahm die nächste Lage Kuchen und stellte sie neben die erste. »Also könnt ihr euch beide verziehen, damit ich den Kuchen für Palmer fertig machen kann.«

»In Grün?«, meinte Brenda und verzog voller Verachtung die Mundwinkel.

»Ein Golfplatz.« Agnes holte die nächste grüne Fondantkugel aus der Folie. »Mit Flamingos. Es wird ihm gefallen.«

»Nun, niemand hat dir je Geschmack unterstellt, Herzchen«, sagte Brenda.

»Taylor«, meinte Agnes freundlich. »Du kannst jetzt gehen. Du und die Nutte, die dich hierhergeschickt hat. Verzeihung, das Herzchen natürlich.«

Brenda zischte beim Ausatmen.

Taylor sah hilflos von Agnes zu Brenda, während Agnes begann, Fondant auszurollen. Ihre Wut machte sie stark und das Fondant glatt.

»Wenn du möchtest, fahren wir in die Stadt, Brenda«, sagte er.

Brenda schob das Kinn vor. »Von mir aus. Aber ich gehe nicht gerne über diese schrecklichen Balken. Ich verstehe sowieso nicht, wie die Leute da zur Hochzeit rüberkommen sollen. Am besten rufe ich Evie an und …«

»Oh, die Brücke ist super«, sprudelte Taylor hervor. »Bombenfest. Viel besser als die alte. Ich konnte direkt vors Haus fahren, du musst also nur außen rumgehen.«

Brendas Unterkiefer kippte nach unten, aber aus ihrem offenen Mund kam kein Laut.

Agnes lächelte, während sie all ihre Kraft auf das Fondant konzentrierte. »Das war Shane. Er wirkt wahre Wunder. Gestern Abend hat er für mich diese Brücke organisiert. Ist sie nicht herrlich? Und das, nachdem wir an jedem einzelnen Fenster in Two Rivers diese hübschen schwarzen Fensterläden aufgehängt haben. Die musst du dir einfach anschauen, Brenda. Falls du sie noch nicht bemerkt hast. Sie sind einfach toll. Und die Kutschlaternen auf der Veranda.« Sie lächelte Brenda breit an. »*Und jetzt mach, dass du aus meinem Haus kommst.*«

Taylor trat an Brenda heran und schob sie durch die Hintertür hinaus. Dann wandte er sich noch einmal zu Agnes um und sah sie bittend an.

»Nein«, beschied Agnes ihn. Er nickte und verschwand, eine verlorene Seele, die ihren verdienten Lohn erhielt.

Sie rollte weiterhin Fondant aus und legte die fertige Platte über den Kuchen. »Mach mir bloß keinen Ärger«, warnte sie den Zuckerguss, der sich folgsam über die Seiten legte.

Perfekt.

»Für dich brauche ich keine Flamingos«, entschied sie und holte die nächste Lage Kuchen hervor. *Wie viel Brenda wohl gehört hatte? Und wie viel Ärger Taylor deshalb wohl bekommen würde?*

Und warum ihr Unbewusstes sie wohl für bescheuert hielt?

♡

Shane wusste, dass Carpenter hinter ihm stand, vollkommen still. Er konnte die Ruhe seines Freundes spüren, während in ihm der Zorn aufwallte.

Ein Fortunato. Verdammt.

»Was ist mit meinem Vater passiert?«, fragte Shane schließlich. »Und mit meiner Mutter? Du hast mir immer erzählt, sie sei bei einem Bootsunfall gestorben.«

»Das stimmt auch«, bekräftigte Joey. »Bei demselben Unfall, bei dem auch dein Vater ums Leben kam. Ich konnte dir nicht sagen, wer dein Vater ist, denn hättest du es gewusst, wärst du zur Bedrohung für den Don geworden, da du der Sohn seines ältesten Bruders warst. Er selbst hat keine Kinder, er wird auch keine haben. Also bist du der Erbe. Und das hat ihm nicht geschmeckt. Also habe ich mit ihm einen Deal ausgehandelt. Ich würde dich aufziehen, dir nichts von deinem Vater erzählen, und er würde dich dafür in Ruhe lassen, er würde …«

Bevor er noch einen klaren Gedanken fassen konnte, war Shane auf den Beinen und schlug Joey die Faust ins Gesicht. Der alte Mann stürzte zu Boden. Carpenter ging dazwischen, umklammerte Shane mit eisernem Griff und versuchte, ihn wegzuziehen.

»Ruhig, mein Freund«, meinte er. »Ganz ruhig.«

Shane ließ sich von Carpenter auf einen der Sitzplätze bugsieren. Er konnte nicht fassen, dass er dermaßen die Kontrolle verlieren konnte. Noch nie war ihm so etwas passiert. Jetzt erst wurde ihm klar, was sein Onkel für ihn getan hatte. »Du hast versucht, mich zu schützen.«

Joey nickte, während er versuchte, mit dem Taschentuch das dünne Rinnsal Blut zu trocknen, das ihm aus dem Mund lief. »Ja. Es lief auch alles gut, solange Frankie da war. Auch er hat auf dich aufgepasst. Auf uns alle. Dass er hier unten blieb, war Teil des Deals. Michael sollte Don werden, obwohl er der Jüngste war. Frankie wollte sowieso nicht, obwohl Brenda deshalb stinkwütend war. Dann verschwand Frankie nach dem Raub. Und ich wusste, dass ich dich hier wegbringen musste. Darum habe ich dich auf die Militärschule geschickt.«

»Das hättest du mir auch sagen können«, versetzte Shane.

Carpenter ließ ihn los und setzte sich wieder ans Steuer. Er lenkte das Jetboot weg vom Ufer und hielt dann südlich auf den Intracoastal zu.

»Welchen Vorteil hätte dir das gebracht?«, meinte Joey. »Der Name hätte dich erdrückt. Und es gehörte zu meiner Vereinbarung mit dem Don, dass du nicht erfahren solltest, wer du bist. Ich hielt meinen Teil der Abmachung, er seinen. Er hat dich in Ruhe gelassen, obwohl du für ihn lebendig immer eine Bedrohung warst.«

»Und warum erzählst du mir jetzt plötzlich alles?«, fragte Shane, als Carpenter mit dem Boot auf eine weitere Insel zusteuerte.

»Weil der Don zur Hochzeit kommt. Und er weiß, dass du hier bist und wer du bist. Und außerdem ist da noch die ganze Scheiße mit Frankie und dem Raub. Ich habe keine Ahnung, was hier ablaufen wird, aber mir ist wohler, wenn du vorbereitet bist.«

Der Bug des Jetbootes setzte auf Sand auf. Carpenter schnappte sich einen weiteren Transmitter und sprang von Bord. Weit oberhalb der Flutmarkierung rammte er ihn in den Sand.

»Sag mir die Wahrheit, Joey«, wollte Shane wissen. »Hast du vor, den Don umzulegen oder hochgehen zu lassen?«

»Nein.«

»Der Don hat einen Profikiller hierherbeordert, der eine Person ausschalten soll, die ihm eventuell gefährlich werden könnte …« Shane hielt mitten im Satz inne. »Der Typ ist hinter mir her.«

Carpenter kletterte wieder ins Boot. Er hatte den letzten Satz gehört. »Das ist nur Spekulation. Aber ein Grund mehr, Casey

Dean zuerst zu erwischen.« Er kam herüber und klopfte Shane auf die Schulter. »Konzentrieren wir uns auf die Gegenwart. Greifen wir uns den Hurensohn.«

Carpenter warf den Motor wieder an. Sie glitten ins Wasser. Er wendete und steuerte das Jetboot in einen Wasserarm zwischen zwei Inselchen. Shane atmete tief durch und versuchte, sich wieder auf seine Umgebung zu konzentrieren. Er musste seine Aufmerksamkeit wieder dem Auftrag zuwenden. Carpenter hatte recht. Casey Dean hatte jetzt oberste Priorität. Mehr denn je zuvor.

Sie tuckerten durch eine Sumpflandschaft aus Inseln, einige waren sehr klein, andere dehnten sich länger als einen Kilometer. Teils trugen sie Bäume wie dichte Schöpfe, teils nur den üblichen Bewuchs aus kargem Riedgras. Immer wieder öffneten sich zur Rechten und Linken schmale Wasserstraßen, die zwischen den Bäumen zu verschwinden schienen. Ein ideales Versteck für ein Boot.

»Hier.« Carpenter steuerte eine der größeren Inseln an.

»Hab ihn schon.« Shane schnappte sich den dritten Transmitter, sprang damit ins knietiefe Wasser und watete an Land. Er rammte das Ding in den Sand und legte den Schalter um. Dann watete er zurück und kletterte an Bord. Er sah, dass Joey seinen alten Colt Python schussbereit in der Hand hielt. Shane öffnete eine Kunststoffbox und holte eine weitere Maschinenpistole heraus. Er gab sie seinem Onkel.

»Hier. Die hat mehr Biss.«

»Danke.« Joey steckte den Colt wieder in den Hosenbund und entsicherte die Maschinenpistole.

»Wir sind auf Sendung«, verkündete Carpenter und ließ den Bildschirm des Ortungsgerätes nicht mehr aus den Augen.

»So, jetzt müssen wir Casey Dean nur noch ans Telefon holen.« Shane zog sein Handy hervor und wählte Deans Nummer. Er ließ es vier Mal läuten, dann sprang die Mailbox an.

»Casey Dean. Shane Fortunato hier. Scheint, als hätten wir etwas zu besprechen. Ich schätze, du wirst deine Abmachung nicht einhalten können.« Damit unterbrach Shane die Verbindung. *Shane Fortunato. Verdammt.*

»Und jetzt?«, fragte Joey.

»Jetzt warten wir«, antwortete Shane. Carpenter steuerte das Boot in eine der kleineren Wasserstraßen und legte im Schatten einiger überhängender Bäume an.

»Und wenn er nicht zurückruft?«, bohrte Joey nach.

»Weißt du etwas Besseres?«, fragte Shane. »Hätte ich von Anfang gewusst, wie die Dinge liegen …«

Joey schnitt ihm das Wort ab. »Wenn du die Wahrheit gekannt hättest, wärst du nie dahin gekommen, wo du jetzt bist. Du hättest immer über die Schulter sehen und viel zu viele Fragen stellen müssen.«

»Du weißt also wieder einmal genau, was für mich am besten ist?«

»Damals habe ich das getan, was ich für dich für das Beste hielt«, antwortete Joey würdevoll. »Heute kannst du deine eigenen Entscheidungen treffen.«

»Danke …«, setzte Shane an, als sein Handy klingelte. Er hielt den Blick aufs Display gerichtet, während die Buchstaben erschienen. Carpenter war mit dem GPS zugange.

Shane Fortunato. Freut mich, Sie kennengelernt zu haben.

Vielleicht sehen wir uns ja bald mal wieder.

Die Vereinbarung wird eingehalten.

Casey Dean

Ende der Botschaft. Shane sah fragend zu Carpenter. Dieser lächelte zufrieden und steuerte das Boot rückwärts aus dem Wasserarm hinaus. Shane nahm hinter der Steuerkonsole Aufstellung, damit er das Maschinengewehr bedienen konnte.

»Etwa fünf Kilometer von hier«, sagte Carpenter, während er den GPS-Bildschirm nochmals kontrollierte.

Shane warf einen Blick auf Joey, der sich mit einer Hand am Boot festhielt, mit der anderen das Maschinengewehr umklammerte. »Lass uns die Sache übernehmen«, meinte Shane.

»Einen Abzug kann ich gerade noch betätigen«, gab Joey zur Antwort.

»Drei Kilometer geradeaus und dann rechts«, verkündete Carpenter.

Shane sah nach vorne. Sie bewegten sich in einem Wasserarm von etwa vierhundert Metern Breite, der sich zwischen einer von Riedgras bedeckten Insel und baumbestandenem Festland hinzog.

»Noch ein Kilometer«, sagte Carpenter und drückte den Gashebel hinunter, sodass sie an Fahrt verloren. Er steuerte auf eine Bucht zu, die sich zwischen den Bäumen auftat. Sie war etwa zweihundert Meter breit und machte nach etwa vierhundert Metern einen Knick, wobei sie zusehends enger wurde. »Ich glaube, Casey Deans Boot liegt hier drin.«

Das Jetboot nahm Fahrt auf. Sie bogen links ein. Dieser Wasserarm war noch enger.

»Es ist nicht mehr weit«, meinte Carpenter. »Gleich hinter der nächsten Biegung.«

Shane hielt die Hand schussbereit auf der M60, den Schaft gegen die Schulter gepresst. Das Jetboot glitt am Ufer entlang. Sie glitten an einer baumbestandenen Landspitze vorbei, hinter der in etwa einhundertfünfzig Metern Entfernung die Jacht lag, die sie gestern abgehängt hatte. Shane bewegte den Finger am Abzug, als er plötzlich überrascht innehielt. Eine schöne Rothaarige lag bäuchlings auf dem Deck, genau unterhalb der Kajüte. Sie trug einen Stringtanga und ein eng anliegendes Top.

»Was zum Teufel soll das denn?«, fragte Joey.

Die Dame hob den Kopf und winkte ihnen zu, wobei sie keinerlei Anstalten machte, ihren schlanken, tief gebräunten Körper zu verdecken. Shane ließ seine Augen wachsam über das

Boot gleiten, doch es sah nicht so aus, als sei außer ihr noch jemand an Bord. Carpenter ließ das Jetboot noch langsamer werden. Sie waren keine hundert Meter von der Jacht entfernt, als die rothaarige Schönheit mit einem Mal ein langes, grünes Objekt hervorholte.

Mit einer lauten Detonation feuerte sie mit der Panzerfaust, die sie in Händen hielt, eine Granate auf das Jetboot ab. Shane riss am Abzug des Maschinengewehrs, während Carpenter den Gashebel abrupt nach oben drückte und hart nach links steuerte, wodurch Shanes Salve zu hoch und zu weit links kam.

»Aaaah!«, brüllte Joey, als die Granate etwa fünfzig Zentimeter von Carpenters vorheriger Position einschlug und die Bäume hinter ihnen zerfetzte. Shane versuchte, mit dem Maschinengewehr zu zielen, doch Carpenter wendete das Jetboot, sodass die Jacht plötzlich hinter ihnen lag und Shane schon deshalb nicht schießen konnte, weil er über die gesamte Länge des eigenen Bootes hätte feuern müssen. Also ließ er das Maschinengewehr sein und sprang mit einem Satz zu Joey ins Heck.

Die Frau war verschwunden, statt ihrer stand jetzt eine schwarz gekleidete Gestalt auf der Brücke. Die Jacht kam auf sie zu. Direkt unterhalb der Brücke blitzte es rot auf, und Shane brüllte: »Runter!« Im selben Moment dröhnte das Knattern des Maschinengewehrs übers Wasser. Die ersten Kugeln schlugen über ihnen ein.

Shane drückte Joey auf den Boden des Bootes nieder, das durch die Kevlarplatten am Heck geschützt war. Er sah über die Schulter. Carpenter duckte sich, so gut er konnte, behielt aber weiter die Hände am Ruder.

Mehr Kugeln schlugen ein. Shane hob den Kopf etwas, um einen Blick zu riskieren. Die Jacht würde sie gleich einholen.

»Schneller!«, schrie er seinem Partner zu.

Carpenter drückte den Gashebel bis zum Anschlag durch, und sie rasten den Kanal zurück. Shane schob die Mündung der

Maschinenpistole über das Heck und feuerte blind das ganze Magazin ab. Wieder steckte er den Kopf heraus. Die Jacht holte immer mehr auf. Und wieder gingen Maschinengewehrsalven über sie hinweg. Sie blieben nur aus dem einzigen Grund unverletzt, weil die Waffe auf der Jacht ebenfalls fest montiert war und die Salven deshalb zu hoch kamen.

Carpenter schleuste sie sicher durch alle Flussbiegungen. Shane feuerte ein zweites Magazin ab, dieses Mal gezielt. Er konnte sehen, wie die Kugeln in das dunkle Glas der Brücke einschlugen. Ohne Wirkung.

»Das war ja ein Herzchen«, meinte Joey mit schiefem Grinsen.

»Ja«, stimmte Shane zu. »Vor allem das Zubehör war einmalig. Gleich mit 'ner Panzerfaust.«

»Alles klar«, meinte Carpenter, als sie aus dem engen Geflecht der Wasserwege wieder hinaus auf den breiten Kanal kamen, wo er sich rechts hielt. Shane richtete sich auf. »Dreh bei, dann kann ich feuern, wenn sie herauskommen«, und er nahm seinen Platz am Maschinengewehr am Bug wieder ein.

Er hielt sich schussbereit und zielte auf die Mündung. Sobald der Bug in Sicht kam, begann er zu feuern. Die ersten Kugeln schlugen zu weit unten ein und peitschten das Wasser unter dem Bug auf. Langsam zog er das Gewehr nach oben, wodurch die Salven in den Bootsrumpf einschlugen, dann, als der Rest des Bootes in Sichtweite kam, zielte er auf die Brücke. Die 7.62-mm-Geschosse schlugen in das kugelsichere Glas ein. Shane wusste, dass es diesem Dauerfeuer nicht standhalten würde.

»Pass auf!«, schrie Joey, als die Frau aus einer Luke im Bug auftauchte und mit der Panzerfaust auf sie anlegte. Sie feuerte und verschwand. Shane zuckte zusammen, als die zweite Granate auf sie zuflog und am kevlargepanzerten Heck explodierte.

Shane spürte einen Schlag gegen die Brust. Dann segelte er

durch die Luft. Wie in Zeitlupe sah er sich über Carpenter und Joey, ja über das ganze Boot hinwegfliegen und hinter dem Boot ins Wasser stürzen. Er versank, das Gewicht seiner Ausrüstung zog ihn nach unten. Er konnte nicht atmen. Die Kraft der Explosion hatte die Luft aus seinen Lungen gesogen.

Shane wand sich aus seinem Kampfanzug. Er spürte einen heftigen Schmerz in der Brust und fragte sich, was ihn wohl getroffen hatte. Auch wenn dies nebensächlich war, solange er nur an die Oberfläche zurückkommen und wieder atmen konnte.

Er blinzelte und versuchte sich zu erinnern, wo »oben« eigentlich war. Er zwang sich zu vollkommener Ruhe und sah sich um. Dann schwamm er mit kräftigen Bewegungen auf die Helligkeit zu.

Er tauchte direkt hinter dem Jetboot aus dem Wasser. Carpenter und Joey hingen übers Heck und suchten nach ihm. Carpenter streifte gerade seinen Kampfanzug ab, bereit, ins Wasser zu springen.

»Es geht mir gut«, meinte Shane. Doch statt seiner Stimme vernahm er nur ein lautes Klingeln in den Ohren.

Ein kurzes Lächeln huschte über Carpenters Gesicht. Seine Lippen bewegten sich, aber Shane hörte nur dieses Klingeln. Dann war das Lächeln verschwunden. Carpenter sah über die Schulter und rief etwas. Er schubste Joey übers Heck und sprang selbst nach. In diesem Augenblick bohrte sich der Bug der Jacht in das Jetboot, das splitterte. Dann wurde es unter Wasser gedrückt. Shane tauchte erneut, so tief er nur konnte.

Er wurde durchgeschüttelt, als die Jacht über ihn hinwegrauschte. Die Schiffsschraube zerhackte die Bruchstücke des Jetboots. Er zwang sich, unter Wasser zu bleiben, bis die Propeller weg waren. Erst als seine Lunge nach Luft zu brüllen schienen, tauchte er auf, wobei er Trümmerteile als Deckung nutzte.

Gierig sog er die Luft ein, die Jacht jagte davon. Als sie hinter einer Biegung verschwunden war, blickte er sich um. Carpenter hatte unter einem überhängenden Ast Deckung gesucht. Er hielt einen Arm um ein Stück Jetboot geschlungen, den anderen um Joey, der eine Platzwunde auf der Stirn hatte, aus der Blut sickerte.

»Das lief nun gar nicht wie geplant«, meinte Carpenter.

»Lausige Arbeit«, gab Shane zurück, in dessen Ohren sich immer noch das Klingeln hielt. »Wir sollten hierbleiben und ein wenig Ordnung machen.«

»Herzlichen Dank, Mr. Dean, dass Sie ein so ausnehmend lausiger Killer sind«, fügte Carpenter hinzu.

»Wir sollten ihm unseren Dank persönlich aussprechen«, sagte Shane.

»Ja, aber lass uns noch ein bisschen warten damit«, ließ sich Carpenter noch einmal vernehmen, während er Joey aufs Ufer zuschob.

»Ja«, sagte Shane und sah in die Richtung, in der Casey Dean verschwunden war. »Doch aufgeschoben ist nicht aufgehoben.«

Als Joey um fünf Uhr immer noch nicht auf der Bildfläche erschienen war, geriet Agnes allmählich in Panik. Die Generalprobe für das Galadiner war für sieben angesetzt, und Garth konnte zwar die Tische aufstellen sowie Teller und Besteck verteilen, während sie sich um die Blumen und Geschenke kümmerte, doch mehr konnte sie wirklich nicht tun. Catering fiel nicht in ihre Domäne. Sie konnte ein wunderbares Essen für ein paar Leute zaubern, doch ein Abendessen für den mächtigsten Clan von Keyes, dafür war sie einfach nicht die richtige Besetzung.

Sie wischte sich die Hände an ihrer Küchenfurienschürze ab und stieg über Rhett hinweg, um im Kühlschrank nochmals den Truthahn zu begutachten, den Joey dort eingelagert hatte. Taylor hatte versprochen, Palmers Lieblingsspeise zu kochen,

Truthahn mit Sauce, und Joey hatte Stein und Bein geschworen, er würde das auch hinbekommen. Aber jetzt war es zu spät, um den Truthahn noch ins Rohr zu schieben, und Palmer hatte sich ohnehin eine spezielle Bratensauce mit Bourbon gewünscht und überhaupt ... Sie sah den Truthahn an. *Ich bin aufgeschmissen*, dachte sie.

Rhett bellte. Von draußen erklang Taylors Stimme: »Agnes?«

Agnes drehte sich um und sah ihn, wie vorhin, in der Küchentür stehen. »Nicht jetzt.« Sie wandte sich wieder dem Kühlschrank zu. Immerhin hatte sie junge Kartöffelchen. Das wäre nicht weiter schwer. Mit einer Buttersauce vielleicht ...

»Ich will das mit dir durchsprechen.«

Rhett knurrte.

Agnes schloss die Augen. »Na großartig. Aber: Nein danke. Und jetzt schwing deinen Arsch hier raus, ich bin beschäftigt.«

Pass auf, Agnes.

»Wo ist Joey?«

»Ich weiß nicht«, meinte Agnes.

Sie hörte, wie er näher trat. Rhett knurrte nochmals.

»Er ist noch nicht da?«, fragte Taylor.

»Nein.«

»Soll ich kochen?«

Sie drehte sich zu ihm um. »Verschwinde gefälligst, du verlogener, betrügerischer Bastard ...«

Agnes, dummes Huhn. Du brauchst ihn.

»Ich weiß«, meinte Taylor. »Es war falsch.«

Agnes ...

Dr. Garvin. Ich hasse ihn.

Gut. Zunächst einmal: Hier spricht nicht Dr. Garvin. Ich bin deine innere Stimme. Und ich rede mit dir. Also reiß dich zusammen.

Zweitens: Du brauchst Hilfe, und er ist dir einiges schuldig.

Drittens: Nutz seine Lage doch einmal zu deinem Vorteil. Wenn du endlich aufhören würdest, den Kopf in den Sand zu stecken und immer nur das zu tun, was dir als Erstes in den Sinn kommt, die Bratpfanne schwingen nämlich, wenn du also aufhören würdest, ewig in deinen Emotionen zu schwelgen und dich hinter deiner ewigen Wut zu verstecken, dann könntest du zur Abwechslung auch mal dein Leben in Ordnung bringen. Leg los. Mach schon.

Ich will sofort Dr. Garvin zurück.

»Was hat Joey denn eingekauft?«, meinte Taylor und öffnete den Kühlschrank. Rhett knurrte, Agnes zögerte einen Moment, dann bückte sie sich, um dem Hund beruhigend auf den Rücken zu klopfen.

»Ist schon in Ordnung, Rhett«, flüsterte sie. Der Hund sah sie an, als wolle er sagen: Feigling. Dann trabte er an seinen Platz unter den Tisch zurück und fiel in Halbschlaf.

»Okay«, meinte Taylor. »Alles klar.« Er begann, einzelne Sachen aus dem Kühlschrank zu holen. »Hol mir ein Tablett, eine Schachtel oder sonst etwas, womit ich diesen Kram in die Scheune tragen kann. Hast du das Dessert fertig?«

»Himbeer-Schokoladenkuchen in Herzform«, sagte Agnes. »Ich habe sie mit Ganache überzogen und auf Platten gelegt. Dazu werde ich Himbeersauce servieren. Hör mal, Taylor …«

Er schloss den Kühlschrank und öffnete den Küchenschrank daneben. »Ich hab's versaut. Ich weiß, dass meine Hilfe hier das nicht wiedergutmachen kann, aber so kann ich wenigstens ein bisschen was tun. Außerdem …«, lächelte er sie spitzbübisch an, »möchte ich der Familie Keyes zeigen, wie gut ich kochen kann.«

Überleg's dir, Agnes: Stellst du dich jetzt blöd an, oder triffst du endlich mal eine sinnvolle Entscheidung?

Agnes atmete tief durch. »Du willst also wieder ins Geschäft kommen. Du hast dich umgesehen und festgestellt, dass du die falsche Frau unterstützt hast. Familie Keyes wird sich vermutlich nicht auf Brendas Seite schlagen, vor allem nicht, wenn sie vollkommen den Verstand verliert und Leute umbringt. Mit ihr hast du keine Zukunft. Und deshalb möchtest du die Seiten wechseln.«

»Ja.« Trotz seiner Verlegenheit sah er entschlossen aus.

»Du möchtest also bei den Hochzeitsvorbereitungen wieder mitmachen. Du willst das Catering-Geschäft haben, das Two-Rivers-Kochbuch machen und alles andere, was wir geplant hatten.«

»Ja.« Mit einem Mal war er ganz eifrig. So leicht war es also für Brenda gewesen ... Sie hatte gleichsam nur eine Spur aus Brotkrumen legen müssen, der er dann gefolgt war wie die Unschuldslämmchen im Märchen.

»Gut«, meinte Agnes und begann, nun ihrerseits Brotkrumen auszustreuen. »Du kannst das Diner heute Abend catern und auch die morgige Hochzeit – unter zwei Bedingungen. Zum einen wirst du dir für diese Hochzeit den Arsch aufreißen, damit sie auch stattfindet. Du bist jetzt auf meiner Seite, und du wirst alles in deiner Macht Stehende tun, um dafür zu sorgen, dass die Hochzeit hier stattfindet und ich das Haus behalte.«

»In Ordnung«, sagte Taylor.

»Die zweite Bedingung ist, dass du mir deine Hälfte des Hauses überschreibst.«

Nun entgleisten ihm die Gesichtszüge.

»Ich schreibe das Kochbuch mit dir und lasse dich von der Scheune aus deinen Catering-Service betreiben, aber du überschreibst mir deinen Teil an Two Rivers. Du hast versucht, mir meinen Teil wegzunehmen, also wirst du mir jetzt deinen überschreiben. Damit das Haus ganz mir gehört. Ich bekomme *alles*.«

»Agnes«, wandte Taylor mit schwachem Lächeln ein. »Agnes, Liebes, mit der Anzahlung und allem, was ich für die Renovierung der Scheune aufgewendet habe, habe ich in etwa einhundertfünfzigtausend Dollar reingesteckt ...«

»Es war eben immer schon ein bisschen teurer, ein Bastard zu sein«, antwortete Agnes kühl. »Entweder du überschreibst mir deine Hälfte des Hauses, dafür mache ich das Kochbuch mit dir und überlasse dir das Cateringgeschäft, oder du verlierst *alles*.«

Noch einmal versuchte Taylor es mit seinem charmanten Lächeln. Noch einmal prallte es wirkungslos an Agnes ab. Dann nickte er: »Alles klar. Aber wenn du vielleicht noch einmal über uns beide nachdenken würdest ...«

»Ich denke nie über uns beide nach«, sagte Agnes. »Was wir hatten, ist vorbei. Ich habe jetzt ein neues ›wir‹, und dabei bleibe ich auch. Dich will ich nur für das Diner heute Abend und die Hochzeit morgen. Als Koch. Du kannst Garth in das Geschäft einweisen, denn du brauchst eine Hilfskraft, und er will etwas lernen. Und um Himmels willen: Vergiss nicht wieder, auf welcher Seite du stehst.«

Taylor nickte und leerte ihre Regale, während sie ein Tablett für ihn suchte. Sie verschwendete keinen Gedanken darauf, wieso er ihr all das angetan haben mochte. Sie hoffte nur, dass er ihr bis zur Hochzeit nicht noch einmal in den Rücken fiel oder zumindest so lange nicht, bis Brenda herausfand, was er da trieb, und mit ihrem neuen Auto die Treibjagd auf ihn eröffnete.

Aber Dr. Garvin würde sie wirklich vermissen.

»Wir sind Ihnen wirklich sehr zu Dank verpflichtet, Mr. Jimbo«, sagte Carpenter, als der Krabbenfänger drei Stunden später am Schwimmdock von Two Rivers anlegte.

»Nur Jimbo«, sagte der stämmige Mann am Steuer des alten Bootes.

Shane brütete weiter still vor sich hin, wie er es tat, seit sie Joey auf die nächste Insel gebracht und mit Carpenters Satellitentelefon Hilfe herbeigeholt hatten. Denn selbstverständlich war Carpenters Satellitentelefon absolut wasserdicht.

Es hatte eine Weile gedauert, bis Jimbo sie gefunden hatte. Joey hatte ein ziemlich schlechtes Gewissen, weil er Agnes im Stich ließ. Während der Rückfahrt sparte er nicht mit Anmerkungen wie: »Jetzt setzen sie sich gerade zum Abendessen.« Oder: »Nun beginnt der Polterabend der Herren.« Am Ende hätte Shane am liebsten den Kopf seines Onkels unter Wasser gedrückt, um ihn zum Schweigen zu bringen. Die Fahrt auf Jimbos Krabbenfänger hätte ihn eigentlich beruhigen sollen. Es war eine Freude zuzusehen, mit welchem Geschick der alte Mann den Gashebel bediente und das riesige Steuerrad führte. Doch Shane war nun einmal nicht gut auf sich zu sprechen. Eigentlich war er ja ein Fachmann wie Jimbo. Doch wenn man sich vor Augen führte, was er in den letzten Tagen so vollbracht hatte, dann wäre selbst die Bezeichnung »Anfänger« noch geschmeichelt. Er ging vielleicht gerade mal als Lehrling durch. Oder als Praktikant …

Mit einem leisen Plopp stieß das Boot ans Schwimmdock. Shanes Brust schmerzte nicht wenig, doch anscheinend war nichts gebrochen. Wenigstens sein Körper hatte ihn nicht im Stich gelassen …

»Ich bin dir was schuldig«, meinte Joey zu Jimbo und betastete den weiß leuchtenden Verband auf seiner Stirn.

»Ruf mich einfach an, wenn du Hilfe brauchst, Joey.«

Shane sah, dass jedes einzelne Fenster des Haupthauses hell erleuchtet war. Laute Musik drang aus der Scheune, deren Bässe sich irgendwie mit dem schmerzhaften Pochen in seinen Schläfen zu vereinen schienen.

»Hört sich an, als kämen wir gerade noch rechtzeitig zum Polterabend. Das Diner scheinen wir verpasst zu haben«, sagte Carpenter. »Dabei hätte ich so gerne etwas von dem Truthahn probiert.«

Shane überhörte ihn schlichtweg, sodass Carpenter verstummte, als sie gemeinsam aufs Dock stiegen.

Shane ging über die Metallplanke voran und kletterte auf die Plattform. Dann schritt er über den langen Anlegesteg an Land.

»Es war nicht eure Schuld«, meinte Joey.

Shane warf ihm einen scharfen Blick zu, sodass auch Joey verstummte.

Als Carpenter zu ihnen aufschloss, erklärte er: »Du nimmst dir die Sache viel zu sehr zu Herzen, mein Freund.« Woraufhin Shane sich ihm zuwandte: »Das war jetzt schon das dritte Mal, dass er mich aufs Kreuz gelegt hat. Eigentlich das vierte, wenn man meine Begegnung mit Casey Dean im Wald mitrechnet. Offensichtlich schiebt er gerne Frauen vor, hinter denen er sich versteckt. Die Rothaarige, die in Savannah mit Marinelli im Raum war, gehörte offensichtlich zu Casey Dean. Vielleicht ist's ja die gleiche wie die Frau mit der Panzerfaust. Und er hat das Boot gesteuert. Und ich habe sie gehen lassen!«

»Vielleicht ist dir etwas entgangen?«, gab Carpenter zu bedenken.

»Das sage ich doch. Mir entgeht in letzter Zeit so einiges«, antwortete Shane mit einem Seitenblick auf Joey. »Aber damit ist jetzt Schluss.«

Er wandte sich um und ging aufs Haus zu. Doch das Kichern von Mädchen und der Anblick einer spärlich bekleideten jungen Frau hinter einem der Fenster im Obergeschoss ließen ihn innehalten. »Na, großartig«, seufzte er.

»Junggesellinnenabschied«, bemerkte Carpenter. »Lisa Livia hat mir davon erzählt …«

»Das ist mir egal«, schnappte Shane. Er legte den Kopf zur Seite und lauschte der Musik, die von der Scheune herüberdröhnte.

»Polterabend für die Herren«, erklärte Carpenter. »Weißt du, angesichts der Tatsache, dass Casey Dean es nicht auf deinen Onkel abgesehen hat, könnte sein Zielobjekt doch …«

»He«, versetzte Joey warnend, doch Carpenter ließ ihn gar nicht erst zu Wort kommen.

»… beim Polterabend in der Scheune sein. Vorausgesetzt, er ist nicht hinter dir her. Obwohl die Junggesellinnenparty vermutlich sehr viel interessanter wäre.«

»Bleib bei der Sache«, zischte Shane.

»Im rückwärtigen Teil der Scheune ist eine Dusche«, gab Carpenter zurück. »In meinem Van finden sich sicher noch ein paar Sachen für uns beide. Wir sollten uns ein wenig säubern.« Schnüffelnd erklärte er: »Möglicherweise hast du es nicht bemerkt, aber wir riechen nach …«

»Hol die Klamotten.« Shane drehte sich auf dem Absatz um und ging in Richtung Scheune. Carpenter verschwand in der Dunkelheit. Joey folgte Shane. Langsam trabten sie den Weg hinab, wobei ihre Schuhe, die immer noch voller Wasser waren, schmatzende Geräusche von sich gaben.

Als Shane zur Scheune kam, schlug ihm ein ohrenbetäubender Lärm entgegen. Die Musik war unglaublich laut. Die männlichen Partygäste teilten sich in zwei getrennte Lager auf: Auf der einen Seite saßen die braven Mitglieder der Studentenverbindungen, mehr oder weniger frisch aus der Uni, ausgerüstet mit ein paar Bierfässern und entsprechenden Krügen. Unter ihnen befand sich der unlustig dreinsehende Palmer, der einen Flamingohut auf dem Kopf trug. Auf der anderen Seite hatten sich einige Unterweltgestalten aus New Jersey versammelt, die sich mit ihren Whiskygläsern um eine Reihe bereits leerer Spirituosenflaschen scharten. Auch Hammond war da und stand mit hängenden Mundwinkeln zwischen den Lagern.

»Das sieht ja richtig nach Spaß aus«, meinte Joey sarkastisch.

»Downer hat die Leute des Don eingeladen?«, schüttelte Shane den Kopf. Zuerst die Flamingos, dann das. Einer der größeren Männer unter den Mafialeuten kam ihm bekannt vor. »Das ist der Consigliere. Kennst du ihn?«

Joey schüttelte den Kopf. »Nein. Es ist ja fast fünfundzwanzig Jahre her, dass ich einen von diesen Idioten gesehen habe.«

»Gehen wir außen rum und nehmen die Hintertreppe.«

Sie umrundeten das Gebäude und stiegen die Hintertreppe zu dem Apartment hinauf, das Taylor hatte einbauen lassen. »Du gehst zuerst unter die Dusche«, befahl er Joey. »Carpenter sollte in etwa einer Minute hier sein.«

Als Joey ins Bad ging, knackte Shane die Tür zur Scheune hin, sie führte auf eine Art Balustrade hinaus, von der aus man in die Scheune hinuntersehen konnte. Die Ex-Studenten grölten irgendein Lied, und Shane richtete den Blick auf etwas, das genau unterhalb der Balustrade war. Als die Lichter für einen Moment ausgingen, wagte er sich weiter vor zur Brüstung. Der Kegel eines Scheinwerfers, den Downer – *Wer sonst?* – bediente, fiel in die Richtung, in die nun jedermann starrte.

Zwei Männer schoben ein großes, rundes Bett in den Lichtkegel, wo sie es stehen ließen, um sich erneut ihren Freunden anzuschließen. Wie Shane bemerkte, wurde mittlerweile auch die Halbwelt munter und starrte in dieselbe Richtung.

Die laute Technomusik verstummte und wich sanfteren Klängen, Männerstimmen, die ganz offensichtlich lateinische Choräle sangen.

Downer, der schon vollkommen betrunken war, drehte am Scheinwerfer herum, und Shane trat einen Schritt zurück, um nicht in den Lichtkegel zu geraten. Von der Balustrade, auf der Shane stand, führten Treppenstufen nach unten. Auf diesen bewegte sich nun eine schwarze Gestalt. Downer richtete das Licht auf sie aus: eine Frau im Gewand einer Nonne.

»Das wird bestimmt interessant«, vernahm Shane Carpenters Stimme.

Die Frau stieg die Stufen hinunter, den Kopf wie im Gebet

gesenkt. *Bei dem Club, der sich hier versammelt hat, würde ich auch beten*, dachte Shane. Sie ging auf das Bett zu, und die Musik wechselte erneut. Madonnas *Like a Virgin* erklang. Und nun begann die Nonne zu tanzen, wobei sie die Einzelteile ihres Habits fallen ließ, was niemanden wirklich überraschte, obwohl die Unijungs an manchen Stellen aufheulten. Sie nahm die Haube ab und enthüllte eine Mähne aus wallendem Blondhaar. Unter dem Habit trug sie ein Spitzenbustier und einen Minirock aus schwarzem Leder, dazu Netzstrümpfe. Downer brüllte: »Ich wollte immer schon wissen, was sie drunter anhaben.« Seine Kumpels quittierten diesen Einwurf mit einem neuerlichen Johlen, während Palmer sich weiter mit Bier abfüllte und immer noch unglücklich dreinsah.

»Und das ist nun die Zukunft Amerikas«, meinte Shane.

»Downer?«, antwortete Carpenter zweifelnd. »Der ganz bestimmt nicht.«

Die Blonde sprang auf das Bett und hakte ihr Bustier auf, das vollkommene Brüste freigab, auf denen zwei paillettenverzierte Flamingos aus Knetmasse saßen. Bei jeder Bewegung wippte ihr Busen samt der funkelnden Flamingohäupter. Flamingo an Damenbrust ist ja wohl unterste Schublade, dachte Shane, aber das Lichterspiel hatte etwas Faszinierendes. Man musste einfach hinsehen. Nach ein paar Minuten geriet man fast in Trance dabei. Dann ließ sie mit einem gekonnten Shimmy den Lederrock über ihre muskulösen Hüften gleiten, und das Gebrüll wurde lauter: Sie trug Strumpfbänder und einen G-String, auf denen ebenfalls Paillettenflamingos tanzten. Bei jeder tänzerischen Bewegung fingen die Flamingos auf ihrem Körper an zu funkeln. *Mein Gott*, dachte Shane. *Geschmackloser geht's kaum.*

Agnes würde in dem Kostüm bestimmt süß aussehen.

Und sie würde sich kaputtlachen, wenn er mit so etwas ankäme.

»Das ist für dich, Kumpel!«, brüllte Downer, als die Stripperin nun langsam die Flamingos abstreifte und zum großen Finale kam. Er klopfte Palmer auf die Schultern, wodurch dieser sein Bier verschüttete.

Während die Mafiajungs interessiert zusahen, stand der Consigliere ganz hinten und hatte die Arme verschränkt. Offensichtlich war er von den Flamingos nicht allzu sehr beeindruckt.

»Flamingos«, kommentierte Carpenter. »Wie geschmackvoll.«

»Downer«, sagte Shane zur Erklärung. »Der vermutlich irgendwann einmal zu Halloween bedauernswertes Opfer einer verirrten Kugel wird.«

Carpenters Telefon klingelte. Er ging ran, sein Gesicht wurde immer ernster. »Ich bin gleich da«, sagte er schließlich. »Lisa Livia«, meinte er auf Shanes neugierigen Blick hin. »Sie hatte einen miesen Tag. Wenn wir hier fertig sind, muss ich mich um sie kümmern.«

»Was ist los?«, fragte Joey, der sich mittlerweile auch zu ihnen gesellt hatte, und seinen Kopf mit einem Handtuch trocknete. Er sah hinunter: »Flamingos?«

Shane schüttelte den Kopf. »Das war's dann. Ich nehme eine Dusche, und dann sehe ich nach Agnes.«

Carpenter nickte. »Die Flamingos versetzen das Blut ganz schön in Wallung, nicht?«

»Ja«, meinte Shane. »Flamingos. Diese Wirkung haben sie immer auf mich. Wenn Casey Deans Zielobjekt hier ist, dann kann er es von mir aus haben.«

♡

Als das Probe-Diner vorüber war, hätte Agnes sich am liebsten zu Cerise und Hot Pink ins seichte Wasser gestellt, um in ihr Geschrei einzustimmen. Jefferson Keyes hatte die Brautjungfern in den Hintern gezwickt, Evie hatte ihn ignoriert, wobei ihr Alkoholkonsum nicht unbeträchtlich angestiegen war, und Lisa Livia hatte ihre Mutter angestarrt wie die Schlange das Kaninchen. Was allerdings nur zu verständlich war, war Lisa Livia doch hinaus auf die Jacht marschiert und hatte ihrer Mutter auf den Kopf zugesagt, dass sie ihr ganzes Geld gestohlen hatte, was Brenda rundweg geleugnet hatte. Allein der Gedanke, dass ihre Tochter sie für fähig halte, so etwas zu tun, breche ihr das Herz. Da Lisa Livia nicht gerade leise gewesen war, wusste die ganze Diner-Gesellschaft Bescheid und machte um Brenda einen Riesenbogen statt sie, wie sonst üblich, zum Party-Smarty werden zu lassen. Am Ende des Abends saß sie schmallippig da und fixierte aus ihren Augenschlitzen Agnes, die ein Kompliment nach dem anderen einheimste. Taylor hatte den Abend glänzend gemeistert, denn er servierte auf dem wunderbaren Porzellan, das er für seinen Catering-Service gekauft hatte, ein wunderbares Abendessen, sodass alle Welt sein Loblied sang und sich die Telefonnummer seines Services notierte. »Das Beste, was man über diesen Abend sagen kann«, meinte Agnes zu Lisa Livia, »ist, dass er endlich vorbei ist.«

»Das Essen war wirklich toll, und Garth auch«, sagte Lisa Livia, die dem Jungen zusah, wie er mit mittlerweile kundiger Hand das Geschirr abräumte und in dem Anzug, den Palmer ihm gekauft hatte, aussah wie ein aufrechter Bürger von Keyes. Was natürlich auch an der neuen Haartracht lag, die Palmer ihm hatte verpassen lassen. Als Gegenleistung für den Anzug sozusagen. »Sogar dir hat Taylor heute Abbitte geleistet. Hast du gesehen, dass er ein T-Shirt trug mit dem Aufdruck: ›Ich habe die falsche Frau geheiratet‹?«

»Ja, und Brenda wird ihn dafür bezahlen lassen«, gab Agnes zurück.

»Mein Herz blutet, wenn ich daran denke«, lächelte Lisa Livia und ging ins Haus zurück.

Taylor trat zu Agnes und legte die Hand auf ihren Arm. »Danke«, sagte er, und sein Tonfall ließ erkennen, dass er es ernst meinte.

»Das Abendessen war großartig.« Auch sie meinte es ernst.

»Und das Hochzeitsmahl wird genauso«, sagte er eifrig. »Ich werde alles wiedergutmachen …«

»Hast du mir deine Hälfte des Hauses schon überschreiben lassen?«, fragte Agnes kühl.

»Barry bringt morgen die ganzen Papiere«, erwiderte Taylor. »Wenn er zur Hochzeit kommt. Jedenfalls hat er sie schon fertig gemacht. Morgen früh können wir alles unterschreiben. Ruf ihn an, und frag ihn.«

»Bevor diese Papiere nicht unterzeichnet sind, hast du mit der Wiedergutmachung noch nicht mal angefangen«, sagte Agnes. »Aber das Essen war trotzdem großartig.«

Sobald die Scheune für die Party leer geräumt war und Agnes Garth Geld fürs Kino gegeben hatte, da sie den Anblick von strippenden Nonnen als nicht geeignet für ein jugendliches Auge erachtete, ging Agnes zu den Flamingos und redete mit ihnen, wie sie es sich angewöhnt hatte: »Morgen kommt Butch und holt euch ab. Ich schwöre. Aber wenigstens seid ihr jetzt zu zweit. Wie sind eigentlich die Shrimps?« Schließlich kehrte sie ins Haus zurück, wo im Obergeschoss die Junggesellinnenparty voll im Gange war, und arbeitete an ihrer Kolumne weiter.

Zwei Stunden später starrte sie immer noch auf den Bildschirm ihres Laptops. Das Rezept war klar. Sie wusste auch, worüber sie schreiben wollte: Die Torte musste fest genug sein, um unter Bergen von Fondant nicht zusammenzusinken, musste super schmecken sowie die Persönlichkeit von Braut und Bräutigam widerspiegeln. Und die Römer natürlich, diese alten Scherzkekse, die den Kuchen der Braut auf den Kopf schmetterten. Und doch war die Kolumne … irgendwie blabla.

Sie betrachtete Palmers Bräutigamkuchen mit dem strahlend grünen Zuckerguss, auf dem sich die leuchtend pinkfarbenen Flamingos tummelten. Weiße Golfbällchen schienen aus den einzelnen Schichten zu springen, und darüber thronten die beiden Flamingo-Kugelschreiber, von denen einer jetzt einen Schleier, der andere einen Zylinder trug. Ohne Quatsch. Gleich daneben stand Marias weiße Torte, aufgebaut aus konzentrischen Kreisen (das war leicht). Auf kleinen Zweigen saßen bunte Fondantschmetterlinge (schon ein bisschen schwieriger) auf dem perlmuttfarben schimmernden Überzug (ziemlich schwierig) und schienen zu dem antiken Tortenaufsatz emporzublicken, der künstlerisch wertvoll und daher ziemlich teuer war: Braut und Bräutigam. *Das habe ich gut gemacht*, dachte sie und entspannte sich ein wenig, bevor sie sich wieder ihrer Kolumne zuwandte.

Blabla ist gar kein Ausdruck, dachte sie. *So etwas kann jeder Trottel fabrizieren. Es ist banal. Ich sage nichts Neues. Und nichts davon lässt die Leute denken: »Verdammt, kann die Frau schreiben! Am besten kaufe ich gleich ein paar Ausgaben von ihrem Buch.« Was zum Teufel weiß ich über Hochzeitstorten, was wirklich interessant ist? Komm schon, Küchenfurie. Lass dir was einfallen: Deine Zukunft steht auf dem Spiel.*

Doch in ihrem Schädel schien sich für alle Ewigkeit gähnende Leere ausbreiten zu wollen.

Nichts, ich habe gar nichts. Gott, bin ich eine Versagerin. Die zweihundert Kolumnen, die ich bisher geschrieben habe, waren reiner Zufall. Ich habe einfach Glück gehabt. Jetzt aber kommt die Wahrheit ans Licht. Ich kann nicht schreiben. Ich habe immer nur so getan. Ich werde mich von Würmern ernähren müssen und schließlich hungers sterben.

Vielleicht sollte sie eine Kolumne über Wurmomelette schreiben.

Sie speicherte die Datei ab und sah die Venus an. Sie sah schrecklich aus.

Gut, dachte sie. *Tu wenigstens was Sinnvolles.* Sie suchte einen Putzschwamm heraus und begann, die Statue abzuschrubben. Als sie merkte, dass das Ding aus einem Material bestand, das unter der Einwirkung ihrer gesteigerten Kräfte nicht einfach zerbröseln würde, ging sie energischer zu Werke. Dann wurden die kraftvollen Bewegungen langsam immer automatischer. Mit der Zeit begann das Weiße durchzuschimmern, und Agnes hatte Gelegenheit, über die vergangene Woche nachzudenken, die sie nun überlebt zu haben schien.

Wenn man die Dinge nur aus dem richtigen Blickwinkel sah, kamen sie einem schön vor. Die Tatsache beispielsweise, dass sie noch lebte. Und dass sie mit Hilfe ihrer Freunde die Hochzeit würde abhalten können: Der Rasen war so perfekt geschnitten wie auf einem Golfplatz. Das Haus strahlte weiß, sodass die schwarzen Fensterläden sich in vollkommenem Kontrast davon abhoben. Garth hatte bei der Gartengestaltung Großartiges geleistet. Der Pavillon glänzte. Sogar der pinkfarbene Sand schien mit einem Mal zu passen. Taylor würde catern, Maisie weiße Maßliebchen mit ein paar pinkfarbenen Anklängen liefern. Maria würde ihr weißes Brautkleid tragen, und Evie wäre so erleichtert, dass sie erst gar keine Fragen stellen würde. Gleich morgen früh würde Butch vorbeikommen, um Cerise und Hot Pink wieder zu ihren Artgenossen zu bringen, damit sie bei der Hochzeit nicht störten. Alles würde wunderbar laufen. Und schließlich war da noch Shane. Als sie an ihn dachte, wurden ihre Bewegungen langsamer. Allein er war die ganze verdammte Woche wert. Ein paar Kugeln waren ein geringer Preis für einen Mann wie ihn. Sie begann wieder fester zu schrubben. Nun sollten auch die letzten Spuren des Schimmels verschwinden, denn Shane würde bald zurück sein und sie wollte …

»Agnes!«, schrie Maria, als sie in die Küche stürmte.

»Lieber Himmel«, fuhr Agnes auf, die beinahe den Schwamm hätte fallen lassen. »Was ist denn los?«

Maria klammerte sich an ihren Arm. »Palmer hat in der Scheune Sex mit der Stripperin.«

»Ach, Quatsch«, sagte Agnes und schüttelte ihren Arm ab, um sich weiter der Venus zu widmen. »Wir reden hier über Palmer. Er betet dich an. Und er hat einen viel zu guten Geschmack, um Sex mit einer Stripperin zu haben. Schließlich weiß er nicht, mit wem sie es sonst schon getrieben hat. Und wer ihre Eltern sind. Nicht einmal im Traum würde ihm so etwas einfallen.« Sie legte den Schwamm auf die Anrichte. »Hör mal, könntest du bitte meine Kolumne durchlesen und mir sagen, woran es hakt? Irgendwie fehlt einfach der Pfiff …«

»Mach keine Witze«, sagte Maria, in deren Gesicht sich der Hochzeitsstress ebenso bemerkbar machte wie die Champagnercocktails, die sie getrunken hatte. »Schließlich ist er genauso wie sein Vater.«

»Nein, ist er nicht.« Agnes ging um die Anrichte herum und goss Maria eine Tasse Kaffee ein. »Trink und hör auf, Stress zu machen. Wenn du weiter hyperventilierst, lasse ich dich in ein Papiersäckchen blasen. Palmer ist genau wie seine Mutter. Evie würde nie mit einem Stripper ins Bett gehen. Wer hat dir denn den Unsinn überhaupt erzählt?«

Ein wachsamer Ausdruck schlich sich auf Marias Gesicht, während sie an ihrem Kaffee nippte. »Jemand, der sich mit Männern auskennt.«

»Oh«, meinte Agnes. »Brenda hat dich angerufen, nicht wahr?«

Maria setzte die Tasse auf die Anrichte. »Sie und Taylor waren gerade in der Küche fertig, in der Scheune, meine ich, und wollten sich nochmals vergewissern, dass alles in Ordnung ist. Da haben sie ihn gesehen. Er hatte diesen doofen Flamingohut auf dem Kopf, den Downer ihm für die Party besorgt hat. Daran hat sie ihn erkannt.«

»Weil niemand sonst einen Flamingohut tragen würde, einen Hut, den Palmer sicher bei erster Gelegenheit loszuwerden versucht hat«, warf Agnes ein.

»Brenda sagte, sie habe sein Gesicht gesehen«, entgegnete Maria. »Und sie meinte, ich solle doch selbst nachsehen.«

»Sie ist eine verlogene Schlampe«, versetzte Agnes. »Aber benehmen wir uns doch wie Erwachsene und tun, was sie uns empfiehlt. Wir gehen jetzt hin und sehen nach.«

»Was?«, machte Maria einen Rückzieher.

»Wir gehen hin und sehen nach.« Agnes kam hinter der Anrichte hervor. »Wir gehen jetzt hinunter und sehen, was Palmer und die Jungs so treiben.«

»Wir können da nicht runtergehen«, sagte Maria erschrocken.

»Wieso nicht?«, fragte Agnes und sah ihr in die Augen. »Hast du Angst, er könnte unschuldig sein?«

»Hey«, schnappte Maria und gewann kurzfristig ein wenig von ihrem üblichen Temperament zurück.

»Das hört sich schon mehr nach dir an«, seufzte Agnes. »Sieh mal, wenn du ihn nicht heiraten willst, dann lass es. Aber er ist ein guter Junge. Das muss dir klar sein. Lass dir nicht von deiner dämlichen Großmutter einreden, er sei anders, als er ist. Geh runter und sag ihm, dass du ihn nicht willst.«

Maria schluckte. »Ich will ihn ja. Wenn er wirklich der Mann ist, den ich kenne …«

»Seit wann hörst du eigentlich auf Brenda?«, fragte Agnes entnervt.

»Weil es sich so anhört, als habe sie recht«, antwortete Maria.

»Hat sie aber nicht. Sie spielt mit deinen Ängsten und versucht, dich so von der Hochzeit abzuhalten, damit sie dieses Haus zurückbekommt.« Agnes öffnete die unterste Schublade der Anrichte, die neben der Kellertür stand, und holte ihre Taschenlampe heraus. »Hat deine Mutter dir erzählt, was sie ihr angetan hat?«

Maria schüttelte den Kopf.

»Dann wird sie das noch nachholen. Komm mit. Sehen wir mal, wer sich da mit der Stripperin vergnügt. Ich wette um sechs Smarties mit dir, dass es nicht Palmer ist.«

»Ich will um so etwas nicht wetten«, antwortete Maria kurz angebunden.

»Braves Mädchen«, gab Agnes zurück und öffnete die Fliegengittertür, nicht ohne der Venus noch einen abschließenden Blick zuzuwerfen.

Sie sah ziemlich gut aus. *Wenigstens eine Sache habe ich heute richtig gemacht*, dachte Agnes und folgte dann Maria die Stufen hinunter.

♡

Als Shane aus der Dusche kam, waren Joey und Carpenter fort. Er ging nach unten. Das große, runde Bett stand immer noch unter der Balustrade. Die Party schien sich hinaus ins Freie verlagert zu haben. Zumindest drangen vom Anlegesteg her männliche Stimmen herein: »Trinken, trinken, trinken.« *Ja, das ist genau das, was ich jetzt auch tun werde*, dachte Shane und ging die Treppe hinab, die von der Balustrade in die Scheune führte. Plötzlich hörte er eine weibliche Stimme aus einem der hinteren Räume.

Na super, dachte er. Irgend so ein blöder Student, der mit der Stripperin angebandelt hat, die jetzt sauer war. Genau, was Agnes brauchte: einen Skandal noch vor der Hochzeit.

Die Frauenstimme drang durch die Tür, auf der in großen Lettern BÜRO stand. »Du meinst wohl, du kannst uns leimen«, schrie sie. »Uns um die Kohle bringen?«

Vielleicht versuchte Downer ja, sie zum Schweigen zu bringen, dachte Shane boshaft. *Und wahrscheinlich nicht nur mit Worten.*

»Fünfundzwanzig Lappen«, sagte die Frau, und Shane runzelte die Stirn. Keine Stripperin bekam fünfundzwanzigtausend. »Ich will das verdammte Geld. Heute Nacht noch.«

Shane öffnete die Tür und hielt inne. Im Mondlicht, das durch das Fenster fiel, konnte er die Stripperin in ihrem Minirock und ihrem Bustier sehen. Sie stand seitlich vom Schreibtisch und hielt dem Mann, der dahinter saß, eine Kanone an die Schläfe.

Als sie die Tür hörte, drehte sie sich um. Shane schoss vorwärts und packte mit beiden Händen ihre Schusshand, bevor sie auf ihn zielen konnte. Sie schlug ihm mit der freien Hand aufs Ohr, was ihn wegen der heute erlittenen Explosionsschäden leicht betäubte.

Shane quetschte ihre Hand zusammen, bis sie die Waffe fallen ließ. In diesem Moment riss sie das Knie hoch und verfehlte seine empfindlichste Stelle nur knapp. Sie traf ihn an der Hüfte, während der Consigliere in die Höhe schoss und durch den Raum stolperte. Shane drehte ihr den Arm um und schleuderte sie herum. Die Waffe schob er mit dem Fuß unter den Tisch.

Den anderen Arm schlang er wie ein Joch um ihren Hals und übte Druck aus. Sie beugte sich vorwärts, da sah er das Tattoo zwischen Rock und Bustier.

»Aha, Casey Deans Mädchen«, sagte Shane.

Wie in Savannah lag sie über dem Tisch und stemmte die Hüften gegen seine Lenden.

»Fick dich«, sagte sie, begann aber doch, sich heftig an ihm zu reiben.

»Das hat letztes Mal schon nicht funktioniert«, meinte Shane lakonisch. »Hab ich dich …«

Er konnte seinen Satz nicht vollenden, da sie sich im Gegenuhrzeigersinn um sich selbst drehte und so seinen Arm unter ihrem Körper begrub. Gleichzeitig rammte sie ihm ihren freien Ellbogen ins Gesicht. Die perfekte Abwehr zu seinem Schwitzkasten eben.

Damit hatte sie Shane überrascht, sodass er sie losließ. Sie entwand sich seinem Griff und tauchte nach unten weg, um die Pistole zu suchen. Er ließ sich fallen und griff nach ihrem Knöchel. Sie trat ihm ins Gesicht und kam wieder frei. Taumelnd kam Shane auf die Füße und sah ihre Silhouette im Türrahmen. Ohne zu zögern hechtete er ihr nach. Sein Schwung trug sie beide durch die Tür und auf das große Bett. Sie wand sich unter ihm und versuchte, sich loszureißen. Er aber presste sie mit dem Gesicht nach unten in die Kissen.

In diesem Augenblick hörte er Maria schreien: »*Mein Gott, Agnes, jetzt treibt sie's auch noch mit Shane.*«

Verdammt, dachte Shane, als das Mädchen ihm den Ellbogen in den Magen pflanzte.

♡

Maria drehte sich um und lief los, Agnes hinterher. »Sei nicht albern«, schimpfte sie und warf einen Blick zurück, wo Shane über dem halb nackten Mädchen auf dem Bett kniete. »Das sieht freilich nicht gut aus«, sagte Agnes und kämpfte den Urinstinkt in sich nieder, sich umzudrehen und ihn augenblicklich zu töten. »Aber es ist nicht so, wie es aussieht.«

Maria sah sie verständnislos an: »Wie kannst du nur so *blind* sein! *Sieh dir die beiden doch an*!«

Agnes sah sich die beiden an. Shane drückte die Frau auf das Bett, ließ sich auf sie fallen. Natürlich war es schwer zu sagen, lagen Sex und Gewalt doch manchmal ziemlich nah beieinander, aber ... »Nein«, sagte sie entschieden. »Ich bin ziemlich sicher, er will sie umbringen.«

Maria richtete ihren Blick zuerst auf das Bett, dann auf Agnes. »Du bist ja *irre*«, sagte sie und ging den Weg zum Haus zurück.

»Versteh mich nicht falsch«, rief Agnes hinterher. »Maria!« Auf halbem Weg hatte sie das Mädchen eingeholt. »Es tut mir leid, ich habe mich ungeschickt ausgedrückt. Ich habe das nicht wörtlich gemeint. Ich meinte so etwas wie ›unschädlich machen‹. Shane ist so 'ne Art Polizist, und ...« Ihre Stimme erstarb, als sie Marias Kopfschütteln sah. »Sieh mal, was ich sagen will, ist einfach: Shane würde mir das nicht antun und Palmer dir nicht. Die Dinge sind nicht immer so, wie sie auf den ersten Blick erscheinen. Manchmal musst du dem Mann, den du liebst, einfach vertrauen.«

»*Alle Jungs tun es*«, gab Maria zurück. »Brenda sagt …«

»Brenda ist eine verfluchte Hexe, die versucht, deine Hochzeit kaputt zu machen, damit sie mein Haus zurückbekommt«, versetzte Agnes.

»Und du versuchst, mir diese Hochzeit einzureden, damit du es behalten kannst«, gab Maria zurück.

In einer ungeduldigen Geste warf Agnes die Hände in die Luft: »Das also glaubst du? Du hast dich in Palmer verliebt, der ein netter Junge ist, und bist bis über beide Ohren verliebt hierhergekommen. Du warst sicher, dass du ihn heiraten wolltest, und dann kam diese wasserstoffsuperoxidgebleichte Schlange an und hat dir ihr Gift ins Ohr geträufelt, sodass am Ende ich die Hexe bin. Verbindlichsten Dank!«

Vom Gehölz drangen Stimmen zu ihnen. Etwas gurgelte. Maria gab einen Laut des Abscheus von sich. »Wahrscheinlich ist es Palmer, der da kotzt.« Laut schrie sie zum Wald hinüber: »Sex und Saufen verträgt sich eben nicht. Genauso wie Ehe und Betrug.«

»Na ja, wenigstens liebst du ihn und machst dir Sorgen um sein Wohlbefinden«, witzelte Agnes, die die Nase langsam voll hatte. »Tu dir nur keinen Zwang an, ich sehe nach, ob alles in Ordnung ist.«

»Hey«, schrie Maria. Dann ertönte eine männliche Stimme: »Maria? Bist du das?«

»Nein, bitte nicht, bleib hier«, sagte Agnes und drehte sich um. »Du hast niemals mehr wie Brenda ausgesehen als jetzt.«

Sie verließ den Weg und ging auf das Gehölz zu. Den Strahl der Taschenlampe ließ sie über den Boden wandern, damit sie nicht über die Wurzeln fiel. Das Erste, was sie sah, war der Schuh. »Palmer«, sagte sie und ließ das Licht über die Hosen und das T-Shirt nach oben wandern zu den Augen. Seine Augen waren weit aufgerissen und sahen sie an. Dann sah sie die Fleischgabel, die aus dem Hals hervorragte. Erst da erkannte sie, dass es nicht Palmer war, sondern Taylor. Dann griff er nach ihr, und sie schrie und schrie und schrie.

Shane fluchte, als die Stripperin versuchte, sich freizukämpfen. Plötzlich hielt sie ein Stilett in Händen, das sie aus einer in den Rock eingenähten Tasche gezogen hatte. Shane spürte, wie sie ihm damit in die Schulter stach.

Gottverdammt, dachte er. Er holte mit der rechten Faust aus und versetzte ihr einen ziemlich harten Schlag ins Genick. Benommen sank ihr Kopf zur Seite, doch der Schlag hatte sie noch nicht kampfunfähig gemacht. Wieder stach sie nach ihm und verfehlte seine Augen nur um Haaresbreite.

Shane schlug erneut zu. Dieses Mal auf die Schläfe. Doch sie konnte ausweichen, sodass der Schlag nicht seine volle Wirkung zeigte. Wieder wollte sie mit dem Messer auf ihn einstechen. Instinktiv zog er den Kopf ein. Nun kannte er keine Gnade mehr. Er fixierte ihre Messerhand mit dem Knie und griff nach ihrem Kopf, die Linke zum Nacken, die Rechte schloss sich um ihren Unterkiefer. Dann riss er ihren Kopf mit aller Gewalt herum. Das Knacken war durch die ganze Scheune zu hören. Er spürte wieder das Messer an seiner Schulter.

Ihr Körper bäumte sich noch einmal unter ihm auf, bevor er erschlaffte.

Er ließ sich auf den Rücken rollen, atmete schwer und starrte an die Scheunendecke.

Agnes, dachte er. Aber er brachte nicht mehr genug Energie auf, um ihr nachzulaufen.

Er prüfte die Stichwunde an der Schulter. Nicht besonders tief. Er hatte sie neutralisiert, bevor sie Schlimmeres hatte anrichten können. Er zog ihr die blonde Perücke vom Kopf. Sie hatte kurzes, rotes Haar.

Dann griff er nach seinem Satellitentelefon und tippte Carpenters Kurzwahlnummer ein.

»Ja?«, meldete sich dieser sofort.

»Ich habe hier ein Paket«, sagte Shane, der immer noch schwer atmete.

»Noch ein Amateur?«, fragte sein Freund. »Kann das nicht warten? Ich bin mit Lisa Livia im Kino. Sie hatte wirklich einen üblen Tag. Und ich dachte …«

»Casey Deans Mädchen. Die Frau mit der Panzerfaust.«

»Oh.« Einige Sekunden lang war Carpenter still. »Wo?«

»In der Scheune.«

»Ich bin in zwanzig Minuten dort.«

»Danke.«

Shane hängte ein und sah auf die Leiche hinunter. In ihren leeren Augen spiegelte sich der Tod. Sie würden nichts mehr betrachten. Nie wieder. Bald würde sich ihr Blick umwölken, als löse sich die Seele in Nebel auf. Nicht, dass Casey Deans Mädchen viel Seele gehabt hätte.

Entfernte Polizeisirenen rissen ihn aus seinen finsteren Gedanken. Das Geräusch kam immer näher. *Was jetzt*? Shane sprang auf und wandte sich zur Tür. Dann blieb er stehen und sah auf die Leiche hinunter. Zwanzig Minuten, hatte Carpenter gesagt. Die Sirenen waren sicher schon vor Ablauf dieser Zeit hier. Was bedeutete, dass sie wegen etwas hierher unterwegs waren, was mit der Scheune nichts zu tun hatte. Und das wiederum bedeutete, dass Agnes vermutlich in Schwierigkeiten war. Wenn sie beim Anblick der Stripperin in Zorn geraten war, nach alldem, was er ihr letzte Nacht geschworen hatte, dann konnte nur der Himmel wissen, was sie angerichtet hatte.

Shane überprüfte mit schnellem Blick die Scheune. Er nahm die Tasche der Stripperin und durchsuchte sie. Das pinkfarbene Handy nahm er an sich. Dann schulterte er die Leiche. Er trug sie und die Tasche hinter die Scheune und versteckte sie hinter ein paar Buschpalmen. So wäre sie zumindest den Blicken unaufmerksamer Beobachter entzogen.

Dann sprintete er den Weg hinauf. Auf halber Strecke kam ihm eine dunkle Gestalt entgegen. Er entspannte sich, als er sie erkannte.

»Detective Xavier«, rief Shane.

»Mister Shane *Smith*.«

Shane ging auf ihn zu. »Was führt sie zu so später Stunde hierher?«

»Dasselbe könnte ich Sie fragen«, meinte Xavier und sah an Shane vorbei zur Scheune. »Passiert da unten noch etwas?«

»Nein. Ich habe nur nachgesehen, welches Chaos unsere Junggesellen hinterlassen haben.«

Xavier nickte. »Hier muss ja heute Nacht ganz schön was los gewesen sein. Alles Mögliche an Schlamassel.«

»Tatsächlich?«, fragte Shane.

»Vielleicht sollte ich mir die Scheune ja mal ansehen?«, sagte Xavier.

»Da ist niemand mehr. Die Party hat sich auf den Anlegesteg verlagert.«

Wieder nickte Xavier. »Wahrscheinlich haben Sie recht. Außerdem ist sowieso wichtiger, was dort drüben passiert ist.« Er zeigte an Shanes Schulter vorbei Richtung Wald.

»Und was soll dort passiert sein?«, fragte Shane.

»Ihre Miss Agnes«, meinte Xavier.

Shane seufzte. »Was ist es diesmal?«

»Anscheinend hat sie ihren Ex-Verlobten, Taylor Beaufort, getötet. Aus diesem Grund hat mein Hilfssheriff Robbie Hammond sie festgenommen und bringt sie gerade ins Stadtgefängnis.«

Das ist eben mein Mädel, dachte Shane.

»Es tut mir wirklich leid, Miss Agnes«, sagte Hammond, als er die Zellentür hinter ihr abschloss.

»Das tröstet mich ungemein«, meinte Agnes und schlang die Arme um ihren Körper, weil ihr immer noch kalt war. Es war gar nicht das Gefängnis an sich, aber seit sie die Gabel in Taylors Hals gesehen und seine Hand an ihrer Schürze gefühlt hatte, die ein letztes Mal nach Halt suchte, hatte sie nicht aufgehört zu frieren. »Sie können doch nicht ernsthaft annehmen, ich hätte Taylor getötet. Ich war mit Maria zusammen, auf dem Weg ...«

»Nein, Ma'am«, entgegnete Hammond. »Ich bin Maria gerade in dem Moment begegnet, als Sie zu schreien anfingen. Sie waren zu diesem Zeitpunkt mit dem Opfer im Wald.«

»Du unsäglicher Esel«, fauchte Agnes und zitterte weiter – vor Zorn und überhaupt.

»Hammond, könntest du ihr bitte eine Jacke oder so etwas holen?«, sagte Maria.

»Ja, Hammond, bring ihr eine Jacke«, ließ sich eine Stimme von der unteren Pritsche vernehmen. Die Frau dort – eine leicht verwahrloste Blondine, die aussah, als hielte sie hier des Öfteren innere Einkehr – ließ sich nach vorne rollen, und sah Agnes an. Dann richtete sie sich auf, um sie besser im Blick zu haben. »Ach, sieh doch mal an, wen wir hier haben. Betty Crocker. Nette Schürze, Betty. *Der Pate bittet zu Tisch?* Hat man dich eingelocht, weil du für die Mafia kochst?«

»Sehr witzig«, schnappte die immer noch zitternde Agnes. Sie drehte sich zur Zellentür um. »Hammond, wenn ich es getan hätte, wieso hätte ich dann wohl zu schreien angefangen?«

»Um mich glauben zu machen, Sie hätten nichts damit zu tun«, antwortete Hammond und schob sein kräftiges Kinn nach vorne.

Einen Augenblick lang sah Agnes ihn an und malte sich aus, mit welchen Methoden sie seinen dümmlich entschlossenen

Gesichtsausdruck am liebsten abstellen würde. »In Ordnung, Hammond, du bist dumm wie Bohnenstroh, aber Xavier nicht. Wenn er erfährt, dass du mich mit dem Scharfsinn eines Zweijährigen als Mörderin dingfest gemacht hast …«

Hammond sah sie stirnrunzelnd an: »Er weiß es. Ich habe ihn angerufen.«

Oh, verdammt noch mal, dachte Agnes. *Jetzt sind alle verrückt geworden.*

»Er sagt, Sie wären hier drinnen sicherer als draußen. Vielleicht will er Sie davon abhalten, noch jemanden umzubringen.«

»Sie hat niemanden umgebracht, Robbie«, unterbrach ihn Maria mit eiserner Stimme.

Hammond trat einen Schritt zurück. »Alles klar, Liebes.«

»*Liebes?*«, wiederholte Agnes und überlegte, ob sie mit den Händen durch die Gitterstäbe käme, um ihm den Hals umzudrehen.

»Hey«, meinte die Blonde. »Wofür hat man dich denn verhaftet, Betty? Für das Schlagen von Eiweiß?« Lautes Gelächter folgte.

»Nein, wegen Mordes.« Agnes nahm ihre Schürze ab und warf sie auf die obere Pritsche, bevor sie selbst hinaufkletterte und nach einer Decke suchte.

»Wir holen dich hier raus, Agnes«, sagte Maria und warf der Blonden einen vernichtenden Blick zu.

»So schnell bestimmt nicht«, fügte die Blonde hinzu. »Sie werden so bald keinen Richter finden, der Sie wieder rauslässt. Nicht an einem Ferienwochenende wie diesem. Und wofür hat man dich jetzt wirklich verhaftet, Betty?«

»Mord.« Agnes zog die papierdünne Decke über sich und streckte sich dann auf der Matratze aus. Sie richtete den Blick gegen die Decke. Die Farbe blätterte ab. Wie sollte es auch anders sein.

Die Blonde unten klopfte mit der flachen Hand die Matratze glatt. »Na gut, man will ja nicht neugierig sein.«

»Zum Teufel, Hammond, jetzt sag's ihr schon«, fauchte Agnes.

»Sie hat ihren ehemaligen Verlobten mit einer Fleischgabel erstochen«, sagte Hammond zu der Blonden.

»*Hat sie nicht*«, zischte Maria und sah ihn an.

»*Mutmaßlich*«, fügte Hammond eilig hinzu. »Man hat sie aufgefunden, wie sie mit einer mutmaßlichen Gabel über ihrem toten Verlobten stand.«

»Nicht ich hatte die Gabel«, warf Agnes müde ein, »sondern er.«

»Richtig«, meinte Hammond. »Die Gabel steckte bereits in ihm drin. Aber Sie wissen ja, dass er Sie festhielt. Und das ist gar nicht gut.«

»Wie der Rest des Tages«, meinte Agnes resigniert.

»Eine Fleischgabel«, sagte die Blonde respektvoll. »Nicht schlecht, Betty.«

»Und das, nachdem du Shane mit der Stripperin erwischt hast«, sagte Maria, und ihr Gesicht verzog sich erneut.

»Irgendwo muss schließlich die Kohle herkommen«, warf die Blonde entschuldigend ein.

»Die es zehn Minuten vorher mit Palmer getrieben hatte«, klagte Maria.

»Das glaube ich nicht«, meldete sich Agnes, die immer noch an die Zellendecke starrte. »Das hört sich so gar nicht nach Palmer an.«

»Aber der Typ trug den Flamingohut!«, widersprach Maria.

»Das hört sich eben auch nicht nach Palmer an.« Agnes atmete tief durch, um nicht loszuschreien. »Bislang war nichts so, wie es auf den ersten Blick aussah. Warum sollte das heute Nacht anders sein?«

»Diese reichen Jungs«, meinte Hammond.

»Du hältst dich da raus«, sagte Agnes und drehte sich auf ihrer Pritsche herum, sodass sie ihm ins Gesicht sehen konnte. »Halt dich einfach heraus. Gerade ist ein Mensch auf schreckliche Weise ums Leben gekommen. Versuch bloß nicht, jetzt hier dein Süppchen zu kochen, verdammt noch mal.«

Hammond legte seinen Arm um Maria. »Mit mir passiert dir das nicht«, versprach er ihr.

Schniefend nickte Maria.

»Hör mir mal zu, junge Dame«, sagte Agnes und setzte sich auf. »Was hast du jetzt eigentlich vor? Willst du dein Leben kaputt machen? Gut, nur zu. Wirf dein Leben weg wie eine beleidigte Primadonna, obwohl du Palmer ja eigentlich liebst und er der Mann ist, mit dem du jetzt zusammen sein solltest. Zum Henker.«

»Soll ich ihm etwa verzeihen, dass er mich betrogen hat?«, empörte sich Maria und trat ganz nah ans Gitter, sodass sie einander besser sehen konnten. »Du bist deswegen auf Taylor mit der Fleischgabel losgegangen.«

»Ich habe Taylor nicht erstochen«, sagte Agnes und starrte zurück. »Das Einzige, was mich im Moment wirklich belastet, ist, dass du so etwas von mir denken kannst.«

»Das denke ich doch gar nicht«, sagte Maria beleidigt. »Ich rede ja auch vom ersten Mal, meinte ich.«

»Es gab ein erstes Mal?«, schaltete Hammond sich schnell ein.

»Nein«, antworteten Agnes und Maria gleichzeitig.

»Außerdem glaube ich nicht, dass du Shane je verzeihen wirst«, wechselte Maria das Thema. »Oder willst du dich etwa hinstellen und sagen: ›Hey, du hast die Stripperin gebumst, aber für mich ist das kein Problem. Ich liebe dich immer noch.‹«

»Ich liebe ihn nicht«, entgegnete Agnes. »Ich habe ihn gerade erst kennengelernt. Und ich muss ihm nichts vergeben. Er hat sie nicht gebumst.«

»Du bist ja so was von naiv«, zischte Maria.

Hammond zog sie am Arm vom Gitter weg. »Wir müssen los. Du solltest gar nicht hier sein.«

»*Maria!*«, rief Agnes.

»Wir besorgen dir einen Anwalt«, rief Maria zurück, als Hammond sie durch die Tür schob.

»Das bringt jetzt auch nichts mehr«, meinte die Blonde. Dann war sie still, was Agnes Zeit zum Nachdenken gab.

Nicht, dass es viel zum Nachdenken gegeben hätte.

Wer hatte Taylor getötet? Nun, er wollte Brenda verlassen und zu ihr zurückkehren, Brenda hatte davon mit Sicherheit Wind bekommen. Außerdem hatte er sich über ihre Befehle hinweggesetzt und das Galadiner zubereitet. Brenda war also die Hauptverdächtige. Allerdings nicht die einzige …

Nein. Es musste Brenda sein. Basta. Niemand sonst hätte den armen, alten Taylor töten wollen. Niemand sonst wusste, dass Agnes ihm die Fleischgabel fast schon in den Hals gerammt hatte. Und niemand sonst wäre so eiskalt-berechnend, Maria eine Geschichte zu erzählen, die sie mit Sicherheit zur Scheune hinuntertreiben würde. Niemand sonst hätte gewusst, dass Agnes sie unter allen Umständen begleiten würde. Niemand sonst hätte dafür sorgen können, dass Taylor sich zu dieser Zeit im Wald aufhielt. Und ihn erstechen können, solange Agnes in der Nähe war. Sodass er langsam starb und Agnes ihn auf jeden Fall finden würde …

Brenda. Schließlich hatte sie schon Frankie und Four Wheels getötet. Taylor hatte ihr noch gefehlt auf ihrer Liste. Natürlich war es Brenda. Sie hatte ja auch die gesamten Ersparnisse ihrer eigenen Tochter gestohlen.

So weit, so gut. Worüber dachte sie jetzt am besten nach?

Na ja, da war noch Shane. Und der Sex mit der Stripperin. Natürlich war er ein Mann, und Männer mochten Stripperinnen für gewöhnlich, aber er wusste auch, dass sie im Haus auf ihn wartete, und Shane machte ihr nicht den Eindruck, als gehöre er zu der Sorte Mann, die bei Stripperinnen schwach werden. Sie war selbst überrascht von ihren Überlegungen, denn normalerweise war sie bereit, in dieser Hinsicht mit allem zu rechnen, und konnte sich deshalb leicht in Rage reden. Aber dass Shane eine Stripperin bumsen sollte, während sie ein paar Meter weiter auf ihn wartete und er ihr in der Nacht zuvor versprochen hatte, immer zu ihr zurückzukommen, das kam ihr doch – gelinde gesagt – merkwürdig vor. Nein. Was immer er auch mit dieser Frau angestellt hatte, mit Sex hatte es bestimmt nichts zu tun. Schon eher mit roher Kraft und Gewalt. Sie wollte gar nicht wissen, was mit der Frau passiert war. Vielleicht hatte Taylor ja im Jenseits Chancen bei ihr. Das wäre immerhin ein Trost.

So brachte sie eine weitere Minute herum.

Jetzt blieb nur noch der Rest ihres Lebens.

Two Rivers war verloren, wenn sie Maria nicht davon überzeugte, dass Palmer nie einen Flamingohut aufsetzen und eine Stripperin flachlegen würde. Für sie lag das Ganze so klar auf der Hand, dass sie sich wunderte, weshalb Maria es nicht sehen konnte …

»Wieso die Fleischgabel?«, ließ die Blonde sich von unten vernehmen.

»Was?«, fuhr Agnes hoch.

»Warum hast du's mit 'ner Fleischgabel getan?«

»Ich hab's nicht getan«, sagte Agnes. »Gott ist mein Zeuge: Ich habe ihn nicht umgebracht.«

»Gut, gut. Womit hast du es ihm das erste Mal denn gegeben?«

Agnes seufzte. »Mit der Fleischgabel.«

»Wieso eine Fleischgabel?«

»Es war das Erste, was gerade dalag. Es sollte Lende geben, und ich habe sie gewaschen. So lag die Fleischgabel auf der Anrichte.«

»Es war also nur Zufall, dass es dieses Mal auch eine Fleischgabel war?«

»Nein, jemand versucht, mich hereinzulegen.«

»Haben denn viele Leute von der ersten Sache gewusst?«

»Nein«, sagte Agnes und hielt plötzlich inne. »Nein. Wir haben das geheim gehalten. Vermutlich wird sie selbst dafür sorgen, dass die Polizei davon Wind bekommt. Wenn sie mich nicht ohnehin schon verpetzt hat. Ich bin mal neugierig, ob sie kapiert, dass dieser Schuss nach hinten losgeht!« Es sah gar nicht nach Brenda aus, die Fäden so unordentlich zu verknüpfen. Vielleicht war ihr dieser Aspekt einfach entgangen. Oder Taylors Tod ging ihr so nahe, dass sie diesen Punkt vergessen hatte.

»Wer: sie?«

»Die Frau, die es wirklich getan hat.«

»Na ja, wenigstens hat sie ihn umgebracht und nicht dich.«

»Sie versucht, mich zu töten«, sagte Agnes. »Es geht nur immer schief.« Das war es wahrscheinlich, was sie in den Wahnsinn trieb. Wenn sie wütend auf Agnes war, weil diese ihr angeblich LL weggenommen hatte, wenn sie fest entschlossen war, sich Two Rivers zurückzuholen, wenn sie so verrückt war, Taylor umzubringen, weil er sie verlassen wollte …

Ach, zum Teufel, dachte Agnes. *Sie ist sowieso vollkommen durchgedreht und denkt, dass ich für all ihre Probleme verantwortlich bin. Gerade rechtzeitig zur Hochzeit.*

»Na ja, zumindest bist du übers Wochenende in Sicherheit«, meinte die Blonde.

Agnes seufzte. »Ich werde nicht so lange hierbleiben. Mein Typ wird kommen und mich herausholen.«

»Der, der die Stripperin gebumst hat? Nee. Ich sage dir doch, heute ist's nichts mit Kaution.«

»Er hat die Stripperin nicht gebumst.« Agnes rollte sich auf ihrer Pritsche zusammen. »Und Kautionen sind ihm egal.«

»Wie will er das denn anstellen? Einen Ausbruch organisieren?«

Agnes zuckte mit den Schultern. »Was immer nötig ist. Ich muss morgen eine Hochzeit ausrichten, sonst verliere ich mein Haus. Und das wird er nicht zulassen.«

»Die Hochzeit für das Barbiepüppchen gerade eben? Ich glaube nicht, dass die heiratet. Eher brennt sie mit dem Hilfssheriff durch.«

»Mein Typ holt sie zurück, wenn sie das macht.«

Die Blonde streckte ihren Kopf hervor, um Agnes anzusehen. »Der Typ, der die Stripperin gebumst hat, holt dich also aus dem Gefängnis und bringt auch noch die entflohene Braut zurück, damit du dein Haus nicht verlierst? Was ist das für ein Kerl? Robin Hood persönlich?«

»Nein, er ist ein Killer.«

»Huhu. Du bist ja irre.«

»Nein«, sagte Agnes. »Aber ich war schon mal bei einem gerichtszugelassenen Psychiater.«

Dann rollte sie sich zusammen und machte sich eine Liste der Dinge, die zu tun waren, sobald Shane sie hier herausholte.

♡

»Agnes hat Taylor nicht umgebracht«, sagte Shane, als er und Xavier den Weg zurück zum Haus hochgingen. Seitlich davon leuchtete das gelbe Absperrband der Polizei im Mondlicht. Hilfssheriffs untersuchten den Tatort.

»Möchte man meinen«, meinte Xavier, »aber immerhin hat Hammond sie über das Opfer gebeugt gefunden. Ihre Fleischgabel steckte in seinem Hals, und er klammerte sich an ihre Schürze, während er diese ungastliche Welt verließ. Selbstmord war's jedenfalls nicht. Und schließlich hat sie ja dieses Problem mit Wutanfällen. Daher ist es besser, sie sitzt heute Nacht hinter Schloss und Riegel.«

Wutanfälle, dachte Shane. *Sieh dir erst mal Casey Deans*

Mädchen an, genauer gesagt ihren Hals. Dann weißt du, was Wut ist. »Sie können sie nicht festhalten. Sie muss morgen hier eine Hochzeit ausrichten.«

Xavier starrte ihn an. »Ich soll eine potenzielle Mörderin aus dem Gefängnis entlassen, weil sie eine Hochzeit veranstalten muss? Ich mag ja ein Provinzbulle sein und auch sonst nicht so besonders helle, wie bestimmte Leute ja immer wieder behaupten, aber …«

Er verstummte, weil er hörte, dass ihnen jemand folgte. Shane drehte sich um.

Es war Palmer. Er kam schwankend aus dem Wald, eine Hand auf die Stirn gelegt, die andere ausgestreckt, damit er sich besser im Gleichgewicht halten konnte.

»Am besten suchst du Maria«, sagte Shane, als er die beiden erreicht hatte.

Palmer blinzelte. Sein verschwommener Blick versuchte, Shanes Gesicht zu ergründen: »Maria?«

»Deine Braut«, erläuterte Shane. »Die Frau, die du morgen heiraten willst.« Er streckte die Hand aus. »Ungefähr so groß. Dichtes, dunkles Haar. Hübsch. Liebt dich.«

Palmer nickte. »Maria. Ja. Genau.« Er sah sich um. »Wo ist sie?«

»Vermutlich im Haus …«, setzte Shane an, doch Xavier unterbrach ihn.

»Sie ist im Gefängnis.«

»Sie haben sie auch verhaftet?«, fragte Shane. »Weswegen? Beihilfe zum Ergabeln?«

»Sie wurde nicht festgenommen«, antwortete Xavier. »Sie wollte mit Agnes und Hammond gehen. Er wird sie auch zurückbringen, sobald Agnes eingeliefert ist.« Er sah Shane an. »Und das meine ich auch so. Dauerhaft. Ohne Freigang für Hochzeiten.«

»Hammond?«, sagte Palmer und versuchte unter Schmerzen, die Stirn zu runzeln. »Sie ist mit Hammond zusammen?«

»Wenn also hier irgendjemand meint, er könne ein Frühentlassungsprogramm starten«, meinte Xavier, »indem er beispielsweise einen Richter weckt oder …«

Eine weitere Person kam den Weg herab, dieses Mal mit Absätzen. »Palmer Anderson Keyes.« Ein scharfer Tonfall. Palmer wand sich. Shane erkannte Evie, die zu ihnen aufschloss. Nur eine Mutter konnte einen Mann in die tiefsten Abgründe der Kindheit zurückschleudern, indem sie seinen vollen Namen gebrauchte. »Was tust du hier?«

»Er versucht mannhaft, sich aufrecht zu halten«, meinte Shane.

Evie bedachte Palmer mit einem Blick, der ihm zu verstehen gab, dass sie sich später mit ihm beschäftigen würde und dass diese Unterhaltung keinesfalls harmonisch verlaufen würde. Dann drehte sie sich zu Xavier um. »Maria rief mich an und sagte, du hättest Agnes verhaftet.«

»Ja.«

»Dann lass sie wieder raus«, schnappte Evie. »Wir haben morgen eine Hochzeit.«

Xavier schüttelte den Kopf. »Eines solltet ihr hier einfach alle mal begreifen: Dies ist eine *Mord*ermittlung. Taylor Beaufort ist tot. Agnes' Fleischgabel steckte in seinem Hals. Und sie stand über die Leiche gebeugt.«

»Agnes hat Taylor *nicht* getötet«, sagte Evie entschieden. »Das weißt du genau, Simon.«

»Ich weiß nicht …«

»*Simon*«, sagte Evie mit dunkler, heiserer Stimme. Sie stand ganz still, Xavier auch. Offensichtlich entführte ihre Stimme ihn in vergangene Zeiten. »Shane, würden Sie sich bitte um Palmer kümmern. Ich habe etwas mit Detective Xavier zu besprechen.«

»Ja, Ma'am.« Shane hakte sich bei Palmer unter, während Evie Xaviers Arm nahm.

Xavier sah sie ernst an. »Evie, es tut mir leid, wenn dir dadurch Unannehmlichkeiten entstehen sollten, aber Agnes Crandall bleibt in Haft.« Mit beträchtlicher Entschlossenheit rammte er sich den Hut auf den Kopf.

»Sieh mal, Xavier«, sagte Evie.

Shane brachte Palmer ins Haus zurück und hörte mit halbem Ohr, wie Evie Xavier abwechselnd schalt und bat. Als er mit Palmer an der Veranda ankam, hatte sich Shanes Respekt für Evies Durchsetzungsvermögen und Xaviers Widerstandskraft vervielfacht. Außerdem fragte er sich, weshalb Evie mit einem Aufschneider wie Jefferson Keyes verheiratet war. Das Letzte, was er hörte, war jedoch Xaviers Stimme: »Evie, es tut mir leid, aber ich kann das nicht tun.« Als Shane die Verandatür öffnete, stieß er auf Lisa Livia, die bleich und hohläugig auf der Schaukel saß. Carpenter tröstete sie, was ihm ganz gut zu gelingen schien. Durch die offene Küchentür sah er Joey und Doyle am Tisch sitzen. Sie sahen besorgt aus.

»Wo ist Maria?«, fragte Lisa Livia.

»Sie ist mit Agnes im Gefängnis«, sagte Shane und merkte erst, wie missverständlich er diesen Satz formuliert hatte, als Lisa Livia herumfuhr und Xavier ansah.

»Sie wurde nicht verhaftet«, beeilte Xavier sich hinzuzufügen. »Sie wollte nur Miss Agnes begleiten.«

»Die ihrerseits *durchaus* verhaftet wurde«, vervollständigte nun Shane das Bild. Schließlich verdiente Xavier allen Ärger, den er nur heraufbeschwören konnte.

»*Weswegen* denn?«, fauchte Lisa Livia Xavier an.

»Sie hilft uns bei unseren Ermittl…«

»Wegen Mordes an Taylor«, fasste Shane sich kürzer. Während Lisa Livia sich auf den unglückseligen Xavier stürzte, nahm er Carpenter beiseite. »Das Paket liegt hinter der Scheune, bei den Buschpalmen.«

Ein wenig besorgt sah Carpenter ihn an: »Vielleicht sollte man es besser später abtransportieren?«

Shane nickte. »Für den Augenblick liegt es sicher, solange

Downer nicht zufällig darüber stolpert und einen neuen Anflug von Kreativität hat.« Wieder richtete er den Blick auf Xavier, der ernst mit Lisa Livia sprach, welche ungerührt weiter auf ihn einschimpfte. »Ich glaube nicht, dass Xavier sich heute Nacht noch mehr Ärger einhandeln möchte.«

Lisa Livia wandte sich zu Palmer um. »Und wo zum Teufel warst du eigentlich, als das alles passierte?«

»Ich war …« Palmers makellose Stirn legte sich in Falten, als er versuchte, gedanklich die Nebel des Alkohols zu durchdringen.

»Er war nicht ganz auf der Höhe«, sagte Shane.

»Vermutlich eher unter einem Fass«, zischte Lisa Livia. »Eine der Brautjungfern erzählte, er hätte sich mit der Stripperin verlustiert.«

»Selbstverständlich nicht«, erklärte Palmer indigniert, schwankte dabei jedoch bedenklich.

»Ganz sicher nicht«, meinte Evie ebenso indigniert, nicht ohne ihren Sohn misstrauisch anzusehen.

Shane schüttelte den Kopf. »Palmer hatte mit der Stripperin ganz und gar nichts zu tun.«

»Woher weißt du das denn?«, fragte Lisa Livia.

»Weil dies eine besondere Stripperin war«, antwortete Shane, woraufhin Lisa Livia, die schon den Mund hatte öffnen wollen, verstummte.

Xavier sah ihn seltsam an.

»Haben Sie die Witwe eigentlich schon befragt?«, wollte Shane von ihm wissen. »Brenda Dupres, äh, Beaufort?«

»Sie ist natürlich in Tränen aufgelöst«, sagte Xavier trocken. »Aber an Sie hätte ich einige Fragen …«

»Sie hat ihn umgebracht, genauso wie sie meinen Daddy getötet hat«, fauchte Lisa Livia ihn an. »Gehen Sie auf dieses verdammte Boot, und holen Sie sie da herunter. Und dann bringen Sie Agnes nach Hause.«

»Und Maria«, fügte Palmer hinzu, der immer bedenklicher schwankte. »Maria sollte zu Hause sein …«

»Geh jetzt, Xavier«, meinte Evie. »Wir warten. Bring Agnes heim.« Sie schlug die Arme übereinander und reckte das Kinn. Xavier sah sie entnervt an. »Sieh mich nicht so an. Dieses Mal stehst du auf der falschen Seite. Agnes ist unschuldig. Immer entscheidest du dich für die falsche Seite. Jetzt genauso wie vor fünfundzwanzig Jahren.«

»*Evie*«, entgegnete Xavier.

Palmers Schwanken nahm gefährliche Ausmaße an. Shane griff ihn sich vorne am T-Shirt und bugsierte ihn auf die Schaukel. Auf diese Weise kam er ganz nah an Evie vorbei. »Begleiten Sie Xavier zum Auto«, flüsterte er ihr zu.

Evie tat einen Schritt nach vorne. »Komm mit, Simon«, meinte sie lammfromm. »Draußen ist es dunkel. Bring mich bitte zu meinem Wagen.«

Xavier setzte noch einmal zu sprechen an, aber Evie nahm entschlossen seinen Arm. »Du kannst Shane auch morgen noch in die Mangel nehmen«, sagte sie und schob ihn sanft durch die Verandatür. Er beäugte Shane misstrauisch, wandte sich dann aber wieder Evie zu und zog seufzend ab.

Shane klopfte Palmer auf der Hollywoodschaukel fest: »Du bleibst hier und unterhältst dich mit deiner künftigen Schwiegermutter.«

»Wo willst du denn jetzt hin?«, schnaubte Lisa Livia, den Tränen nahe. »Was wird aus Maria? Und aus *Agnes*?«

»Ich arbeite daran«, gab Shane zurück.

»Es kommt alles wieder in Ordnung«, sagte Carpenter beruhigend zu ihr. »Wir sind bald zurück. Und morgen kümmere ich mich um den anderen Kram. Ruh dich einfach aus.«

Lisa Livia atmete einmal tief durch und nickte dann. Schließlich wandte sie sich Palmer zu. »Du bist ein Dummkopf. Aber ich mag dich. Ich mache uns Kaffee.«

Shane steckte den Kopf durch die Küchentür. »Du kümmerst dich darum, dass hier alles glattgeht«, sagte er zu Joey.

Joey nickte und klopfte auf die Ausbuchtung der Pistole unter seinem T-Shirt.

Großartig, dachte Shane. *Genau was wir brauchen. Noch mehr Leute mit Waffen.*

»Wie gehen wir vor?«, wollte Carpenter wissen.

»Wir holen Agnes aus dem Gefängnis«, sagte Shane. »Dann muss ich ihr erklären, dass ich keinen Sex mit der Stripperin hatte, sonst bringt sie mich um. Dann kommen wir hierher zurück, kümmern uns um das Paket und schalten Casey Dean aus. Wir suchen Beweise, dass Brenda Taylor getötet hat, und spielen diese Xavier zu, sodass er die Sache mit dem Ausbruch auf sich beruhen lässt. Danach kümmern wir uns darum, dass Maria Palmer heiratet. Dann muss ich mich nur noch mit Wilson treffen, damit er mich zu seinem Nachfolger macht. Du wiederum wirst befördert und bekommst Gehaltsaufbesserung.«

»Hast du etwa bei Agnes Nachhilfe im Listenschreiben genommen?«, fragte Carpenter.

»Los, ins Auto«, gab Shane lakonisch zurück.

♡

Maria hatte Agnes' Anwalt Barry geholt, doch dessen Ausführungen in puncto Richter und Ferienwochenenden deckten sich mit denen der Blondine in der Zelle, was diese wiederum mit einem: »Ich hab's euch ja gesagt.« quittierte. Doch Barry meinte noch, dass die Anklage enorme Schwierigkeiten haben werde, plausibel zu begründen, weshalb Agnes' Fingerabdrücke auf einer Waffe waren, mit der sie in der Hitze des Gefechts mitten im Wald vorsätzlichen Mord begangen habe, während ihr Alibi ein paar Meter weiter allein auf sie wartete. »Ich verstehe nicht recht, warum man Sie überhaupt festgenommen hat«, fügte Barry hinzu. »Xavier ist normalerweise schlauer. Möglicherweise können wir ihn sogar wegen unrechtmäßiger Verhaftung belangen. Ich bin nicht ganz sicher, aber versuchen kann ich's.«

»Detective Hammond versucht gerade, mein Patenkind zu verführen, damit sie Palmer Keyes nicht heiratet. Und deshalb wollte er mich aus dem Weg haben«, meinte Agnes, die nicht die geringsten Skrupel hatte, Hammond den Wölfen zum Fraß vorzuwerfen. Nun begann Barry, sich mit Hammond zu beschäftigen, den er des Amtsmissbrauchs mit sexuellen Motiven und des bewussten Entzweiens von künftigen Ehepartnern bezichtigte. Maria fuhr nach Two Rivers zurück, um allein in ihrem Schlafzimmer im Obergeschoss zu nächtigen, nachdem ihre Mutter sie angerufen und gefragt hatte, ob sie sich in der Nacht vor ihrer Hochzeit wirklich wie ein Flittchen benehmen wolle. Hammond war danach bei Agnes in der Zelle gewesen und hatte sich bitterlich beschwert. Als Agnes also wieder das Geräusch von Schritten vernahm, machte sie sich nicht einmal mehr die Mühe sich umzudrehen. Erst als der Schlüssel im Schloss zu hören war, sah sie erstaunt auf. Und erblickte Shane, der die Tür öffnete.

»Du hast hoffentlich niemanden umgebracht, um dir Zutritt zu verschaffen, oder?«, fragte sie, als sie sich aufsetzte.

»Hier drinnen? Nein.« Er trat vor ihre Pritsche und sah zu ihr auf. »Das mit der Stripperin. Das war kein Sex.«

»Ich weiß. Das würdest du mir nicht antun.« Er sah sie überrascht an. Sie seufzte vor Erleichterung. »Ist sie tot?«

»Ja«, sagte er, offensichtlich noch immer damit beschäftig, seine fünf Sinne wieder zusammenzubekommen. »Sie war Casey Deans Mädchen. Sie hat versucht, uns auf dem Boot umzubringen. Auch heute Nacht wollte sie mich töten.«

»Dann musstest du es tun.« Agnes versuchte, von der Pritsche zu klettern. Er legte ihr die Hände um die Taille und hob sie herunter, als ihre Füße den Boden berührten, lehnte sie sich an ihn. Er würde sie nicht im Stich lassen.

»Ich habe das von Taylor gehört«, sagte er.

Sie drängte sich an ihn. »Es war furchtbar. Er war noch am Leben, als ich ihn fand. Eine schreckliche Art zu sterben.«

Er nickte.

»Weißt du noch, wie ich gesagt habe, dass ich ganz cool und abgebrüht bleiben wollte? Wie ein echter Killer eben? Nun, das kannst du vergessen. Ich bin eben nicht der coole Typ.«

Wieder nickte er.

»Aber ich bin auch nicht mehr die Verrückte mit ihren Wutanfällen. Ich glaube, ich habe jetzt verstanden, was Dr. Garvin mir sagen wollte.«

Ein neuerliches Nicken.

Sie legte den Kopf zur Seite, damit sie in sein Gesicht sehen konnte. »Alles in Ordnung, o mein schweigender Geliebter?«

»Und du glaubst mir wirklich?« Er hielt sie eng umschlungen. »Ich hatte echt keinen Sex mit ihr. Ich schwöre. Aber du glaubst mir einfach so?«

Nun war es an ihr zu nicken. »Ja. Du bist der Mann, dem ich glaube.«

Er beugte sich hinunter und küsste sie. Sie hielt sich an ihm fest. Sie hätte weinen können, so dankbar war sie. In diesem Moment stand Blondie auf und schlich zur Tür, doch bevor sie entwischen konnte, schnappte Shane sie am T-Shirt und zog sie auf ihre Pritsche zurück, wobei er Agnes nicht losließ.

»Komm, lass uns nach Hause fahren«, flüsterte er ihr zu. Und sie nickte stumm, so sehr gingen ihr seine Worte zu Herzen.

»Ja, bitte«, sagte sie. Dann schmiegte sie sich in seine Arme und ging neben ihm her zur Tür.

Shane drehte sich zu Blondie um. »Tut mir leid«, meinte er. Dann verschloss er die Zellentür hinter sich.

»Verdammt«, sagte die Blondine und ließ sich auf die Pritsche zurücksinken. »*Ich* habe niemanden umgebracht. Wie schafft euresgleichen es nur immer, hier herauszukommen?«

»Gute Führung«, meinte Agnes und machte sich dann mit

dem Mann ihres Vertrauens auf nach Two Rivers, wobei ihre Gedanken Achterbahn fuhren.

♡

Two Rivers sieht so friedlich aus, dachte Shane, als sie zusammen den Weg zum Haus hochgingen. Keine Polizeiautos, keine Partys, nur die erleuchteten Fenster und ein gelegentliches raues Schnarren vom Fluss her. So friedlich, dass man die beiden Menschen, die in den letzten sechs Stunden hier gestorben waren, beinahe vergessen konnte.

»Ich hole das Paket«, sagte Carpenter, als Agnes die Stufen zur hinteren Veranda hinaufstieg. In diesem Moment erklang unnatürlich hoch Agnes Stimme: »Shane?«

Shane eilte, zwei Stufen auf einmal nehmend, zu ihr hoch und sah über ihre Schulter in die Küche hinein.

Joey und Doyle standen sich gegenüber, zwischen sich die Venus: Joey hielt seinen Revolver auf den alten Handwerker gerichtet. Auch Doyle hielt eine Waffe in der Hand und bedrohte damit Joey. Der Blick der Venus aber verlor sich in der Ferne, allem Zeitlichen entfremdet.

Shane schob Agnes hinter sich. »Was ist denn hier los?«

»Frag ihn«, sagte Joey und wies mit dem Kopf auf Doyle.

Shane spürte Agnes, die hinter ihm hervortrat und die beiden alten Männer ansah: »Was treibt ihr hier eigentlich?«

Auf Joeys Gesicht malte sich sein Haifischlächeln, doch der Revolver blieb weiterhin auf Doyle gerichtet: »Darf ich vorstellen? Agnes Crandall, Frankie Fortunato.«

»Na super«, sagte Shane. »Einfach super.«

Samstag

Kolumne der Küchenfurie Agnes – Nummer 116

Stopf deiner Familie das Maul mit Bratensauce und Liebe!

Zu einem besonderen Festtag wollte ich etwas wirklich Gesundes kochen. Also habe ich schnell das Rezept für eine Salatsauce mit Zitronensaft und Olivenöl herausgekramt. Dazu wollte ich Vollkornbrot reichen. Am Ende kam so viel gesunde Ernährung dabei heraus, dass mir einfach das lieb gewordene »Ach, zur Hölle mit meinem Diätplan!« fehlte, welches jedes wirklich gute Essen auszeichnet. Andererseits konnte ich mit diesem Manko ganz gut leben, denn ich stehe zwar auf Salatsauce, doch das liegt einzig und allein daran, dass sie sozusagen die Auffahrtsallee zur Bratensauce darstellt. Letztlich lässt sich mein Rezeptvorschlag für gelungene Festtage in einfachen Worten zusammenfassen: Mehr Bratensauce, bitte.

gemeine Aufmerksamkeit wieder auf Frankie, den in diesem Drama bei weitem interessantesten Akteur.

Frankie seufzte. »Brenda hat die Kette entdeckt und losgebrüllt: ›Hast du die etwa für deine Schlampe Maisie gekauft?‹ Dann schwang sie die Pfanne und legte mich flach. Als ich aufwachte, hatte sie mich in den Bombenschutzkeller gesperrt, über und über mit Blut bedeckt. Wahrscheinlich hat sie mich für tot gehalten ...«

»Was nur zu verständlich ist«, sagte Agnes und ging um die Anrichte herum zum Kühlschrank, als interessiere sie das Ganze überhaupt nicht mehr. Shane hätte es ihr am liebsten gleichgetan, doch er musste die Waffen im Auge behalten.

»... und ich wäre auch fast gestorben, als ich über den Fluss abhaute. Ich habe sogar eine Platte hier«, meinte Frankie und deutete auf seinen Schädel. »Ein anderer wäre daran gestorben, aber wir Fortunatos haben dicke Schädel.«

»Lieber Himmel«, sagte Joey und schüttelte den Kopf, wobei sich der Lauf des Revolvers nicht um einen Millimeter bewegte. »Du hast mich vielleicht verarscht. Du hast gut fünfzig oder sechzig Pfund zugenommen, alte Speckrolle.«

»Ich habe mir sogar die Haare schwarz gefärbt«, sagte Frankie und verzog das Gesicht. »Und schau mal hier.« Damit zog er sich eine strahlend blaue Kontaktlinse vom einen Auge und eine braune vom anderen. Und da war es wieder, das Kennzeichen der Fortunatos: kohlrabenschwarze Augen. »Aber du warst vor fünfundzwanzig Jahren auch dünner, Joey. Wir haben uns alle verändert.«

»Du Dreckskerl«, sagte Lisa Livia müde. Als Shane für sie einen Stuhl an den Küchentisch schob, zwischen Joey und die frisch geschrubbte Venus, kam sie in die Küche und setzte sich. Sie starrte ihren Vater nur traurig und verloren an.

»Es tut mir leid, Livie«, sagte er, aber seine Stimme klang eher unbehaglich als wirklich traurig.

»Zwischen dir und meiner Mutter …« Lisa Livia schüttelte den Kopf.

Shane räusperte sich. »Ich schlage mal vor, wir legen die Kanonen weg. Hier sind für meinen Geschmack zu viele Geheimnisse im Umlauf. Und ich hab's langsam satt, ständig im Dunkeln zu tappen.«

Frankie nickte, behielt die Waffe aber in der Hand. »Also hat man dir über deine Eltern Bescheid gesagt?«

»Wieso über meine Eltern?«, hakte Shane stirnrunzelnd nach, als Frankie Joey ansah. Er sah Joeys Blick und dass dieser die Waffe um ein paar Millimeter hob. Shane richtete sich auf, doch da fing Frankie schon wieder zu sprechen an.

»Na, dass ich dein Onkel bin. Der nette, nicht die verlogene Ratte, der Don.«

»Mein Gott, bist du ein schlechter Lügner«, stellte Shane fest. Frankie richtete die Waffe wie zufällig in seine Richtung, doch Joey hatte ihn im Visier. Und dann sagte Carpenter: »Waffen weg, meine Herren.« Seine tiefe Stimme duldete keinen Widerspruch. Jetzt kam Agnes um die Anrichte herum, die Arme voller Leckereien, als wäre ihr Kühlschrank so voll davon, dass sie nur hineinzugreifen brauchte. Sie ließ alles auf den Tisch fallen.

»Dies ist *meine* Küche«, sagte sie, und in ihrer Stimme schwang ein wenig Hysterie mit. »Hier sind mittlerweile genug Menschen erschossen worden. Ihr seid meine Familie. Die einzige, die ich habe. Also legt jetzt diese verdammten Dinger weg und esst *erst mal* etwas Richtiges. *Oder ihr erlebt hier gleich eine wahrhaftige Höllenfurie.*«

Sie knallte einen Brotlaib auf den Tisch und sah Frankie und Joey böse an. Die beiden zögerten. »Ihr wollt doch sicher nicht, dass ich *wütend* werde«, fügte sie hinzu, und die beiden nickten eifrig. Und vorsichtig legten sie die Waffen gleichzeitig weg.

Rhett seufzte und ließ sich zum Schlafen auf den Boden fallen.

»Und jetzt wird gegessen«, sagte Agnes.

»Warum bist du überhaupt zurückgekommen, Frankie?«, wollte Shane wissen, während Joey begann, Agnes beim Tischdecken zu helfen.

»Weil meine Enkelin heiratet, natürlich«, sagte Frankie und reckte den Hals, um zu erspähen, was in Agnes' Schüsseln so geboten wurde. »Ich habe darüber in der Zeitung gelesen und wollte gerne dabei sein. Hey, sind das etwa Rippchen ...?«

»Red kein Blech«, versetzte Shane. »Sag mir lieber, wo die fünf Millionen sind? Und was für eine Rechnung hast du noch mit dem Don offen?«

»Wegen der fünf Millionen hab ich mich auch schon gefragt«, meinte Agnes, während sie die Teller austeilte, als wären es Spielkarten. Offensichtlich war sie immer noch richtig sauer. »Und die Halskette. Das war wirklich *mies* von dir, *Doyle*.«

»Ach, Agnes«, meinte Frankie bittend.

»Das meine ich ernst. Ich habe mir Sorgen um dich gemacht, habe mich um dich gekümmert. Ich habe dich an meinem Tisch gespeist ...« Mit diesen Worten knallte sie die Rippchen vor ihn hin.

»Liebes, ich weiß ja ...«

»Und du hängst dem Hund eine Halskette um, wegen der ich beinahe umgebracht werde.« Fast hätte sie ihm einen Teller an den Kopf geknallt. »Was sollte das eigentlich?«

Betreten richtete Frankie den Blick zu Boden, doch Shane bemerkte die Erleichterung, die darin lag. *Er will also nicht über den Don reden.*

»Das war doch nur ein Scherz«, sagte Frankie zu Agnes. »Wegen Brenda. Schließlich musste ich um die halbe Welt tingeln, während sie schön gemütlich zu Hause saß und keinerlei Strafe dafür bekam, dass sie mich fast ermordet hätte. Bestimmt hatte sie deswegen nicht eine schlaflose Nacht. Also sagte ich mir: ›Der Schlampe zahl ich's heim.‹ Und so habe ich Rhett die

Kette umgehängt. Ich dachte, wenn sie die sieht, kommt sie bestimmt ins Grübeln und …«

»Lieber Himmel«, seufzte Lisa Livia und nahm den Deckel von dem Topf mit dem Truthahn. »Du bist vielleicht ein Dummkopf.«

»Wieso?«, meinte Frankie und nahm sich ein Rippchen. »Ich dachte nur …«

»Deinetwegen«, versetzte Agnes mit schneidender Stimme, »hat Four Wheels seinen Enkelsohn hergeschickt, der sich hier zu Tode stürzte. Deinetwegen kam Four Wheels selbst hierher und starb. Deinetwegen dachte Brenda, dass hier fünf Millionen Dollar liegen, und engagierte mehrere Killer, um mich zu töten.«

»Was zum Henker?«, rief Frankie und fuhr hoch. Er sah Joey an, der nickte. »Die alte Schlampe hat diese Typen hierhergeschickt.«

»Deinetwegen war sie so verzweifelt, dass sie Taylor heute Nacht mit einer Fleischgabel getötet hat«, fuhr Agnes zornig fort. »Und dabei kenne ich nicht einmal die Kollateralschäden und weiß nicht, was passiert ist, als Shane nach Savannah fuhr und mit blutbespritzten Fondantdosen zurückkam. Oder ob der Leichensack über Carpenters Schulter etwas damit zu tun hat …«

»Nein, nein, das ist rein beruflich«, warf Carpenter ein.

»… dein kleiner Scherz hat mindestens fünf Menschen das Leben gekostet …«

»Sechs«, flocht Shane ein und dachte an Rocko.

»… du wirst also verstehen, wenn ich dir nicht anerkennend auf die Schulter klopfe …«

»Zum Teufel«, schimpfte Frankie und wedelte mit dem Rippchen. »Schließlich hab nicht ich die Leute umgebracht, sondern Brenda.«

»Frankie, du verstehst nicht ganz, worum es hier geht«, sagte

Shane und war überzeugt, dass Frankie so was wohl öfter passierte. »Doch ich interessiere mich eigentlich mehr für das erste Ammenmärchen, das du uns erzählt hast.«

»Hey, wovon sprichst du?«, protestierte Frankie, ganz gekränkter Ehrenmann, und schlug die Zähne in sein Rippchen.

»Nun, ich meine die Geschichte, dass du wegen Marias Hochzeit zurückgekommen bist.« Shane sah in die kohlrabenschwarzen Fortunato-Augen des alten Mannes, über die jetzt ein Schleier gesunken war. »Du bist nicht wegen der Hochzeit hier, sondern weil du den Status quo ein für alle Mal regeln willst. Und zwar zu deinen Gunsten. Du bist hier, um den Don aus dem Weg zu schaffen. Und das bedeutet, dass du Casey Dean angeheuert hast.«

»Ach, verdammt noch mal.« Genervt ließ Frankie das Rippchen auf den Teller fallen. »Wilson ist wohl ganz schön alt geworden, wenn er solche Geschichten erzählt.«

Der ohnehin schon stumme Carpenter wurde noch stummer, als Shane jeden eventuellen Protest seinerseits mit einem schlichten »Ja, das ist er.« im Keim erstickte.

Frankie griff sich ein neues Rippchen und schüttelte den Kopf. Lisa Livia stand auf und ging mit der Bratensaucenschüssel zur Mikrowelle.

»Heb mir was auf«, meinte Agnes und ließ sich auf den Stuhl an Joeys Seite fallen.

»Hol uns zwei Strohhalme«, sagte Lisa Livia trocken und schob die Schüssel in die Mikrowelle.

Shane drehte sich zu Carpenter um. *Dann wusste Wilson verdammt noch mal Bescheid.* Die beiden sahen sich an, Carpenter nickte und kletterte mit dem Leichensack in den Keller hinunter, wobei er Frankie einfach übersah.

»Und das bedeutet, dass auch der Leichensack über Carpenters Schulter auf dein Konto geht«, sagte Shane. »Genauer gesagt lässt sich die gesamte Blutspur bis zu dir verfolgen.«

»He, warte mal«, erhob Frankie Einspruch und versuchte, trotz Barbecuesauce im Gesicht indigniert auszusehen.

»Das alles wirst du jetzt wiedergutmachen«, verlangte Agnes leise.

»Häh?«, meinte Frankie leicht begriffsstutzig, und Shane hätte es ihm fast gleichgetan, doch Joey legte die Hand auf Agnes' Stuhllehne. Er stand hinter ihr, wie er es immer getan hatte.

»Wir haben hier etliche Probleme, Frankie«, sagte Agnes, die jetzt ganz ruhig war. »Diese Hochzeit muss stattfinden. Shane muss Casey Dean ausschalten. Lisa Livia hat alles verloren, was sie je besaß, und noch mehr, denn Brenda hat auch die Konten ihrer Kunden abgeräumt.« Frankie drehte sich zu Lisa Livia um, die sich mit einem Teller voll heißer Bratensauce wieder an den Tisch gesetzt hatte. Doch Agnes war noch nicht fertig: »Außerdem muss Brenda für den Mord an Taylor bezahlen. Du wirst uns dabei helfen.«

»Und wie?«, fragte er, verblüfft, aber keineswegs unwillig.

»Du wirst morgen die Braut zum Altar führen«, antwortete Agnes.

»Ja?«, strahlte Frankie. »Aber ja, das ist gut.«

»Mit ein bisschen Glück bringen wir Brenda damit so aus der Fassung, dass sie zumindest während der Hochzeitszeremonie niemanden umbringt«, fuhrt Agnes fort. »Und wenn wir richtig Glück haben, trifft sie ohnehin der Schlag.«

»O ja!« Frankie wischte sich die Finger an der Serviette ab, die Lisa Livia neben seinen Teller hatte fallen lassen. »Hast du einen Smoking für mich?«

»Du kannst den Anzug des Don nehmen«, sagte Joey mit einem Unterton in der Stimme, den Shane zwar registrierte, aber angesichts der Tatsache, dass Wilson sie aus irgendeinem Grund verarscht hatte, zunächst einmal unbeachtet ließ.

Dieser Hurensohn hatte von Anfang an Bescheid gewusst.

Was wusste er noch? Welches Spiel spielte er eigentlich? Und wieso ließ er sich überhaupt auf derlei Mätzchen ein?

»Wenn du offen als Frankie Fortunato auftrittst«, meinte Agnes weiter, »wird das auch Casey Dean auf den Plan rufen. Dann kann Shane sich um ihn kümmern, damit wir ihn endlich los sind.«

»Gut«, stimmte Frankie zu und bekräftigte seine Entscheidung mit einem Nicken, als er nach dem Truthahn griff. »Wird gemacht.«

Jetzt war Agnes so richtig in Fahrt. »Natürlich könntest du dabei erschossen werden, aber man kann nun mal kein Omelett backen, ohne das Ei aufzuschlagen.« Sie reichte ihm die scharf gewürzten Teufelseier hinüber. »Nimm ruhig eines.«

»Herzlichen Dank auch«, antwortete Frankie mit einem gewissen Sarkasmus in der Stimme.

»Und was Lisa Livia angeht: Was hast du mit den fünf Millionen angestellt?« Ihre Stimme war so hart, wie Shane sie noch nie gehört hatte. Ging es hier etwa um das Thema »Väter, die ihre Töchter im Stich lassen?« Möglicherweise hatte sie auch nur die ewigen Lügengeschichten satt. »Denn Lisa Livia braucht das Geld, und du wirst es ihr geben.«

Lisa Livia hielt mitten in der Bewegung inne. Sie saß Frankie gegenüber, sehr still, und beobachtete ihn genauestens.

»Die fünf Millionen. Ach, das ist eine echt traurige Geschichte«, sagte Frankie, wobei ihm der irische Akzent mit dem New-Jersey-Slang durcheinandergeriet, sodass er sich schon deshalb durch und durch unglaubwürdig anhörte.

Da hob Rhett den Kopf und bellte.

»Dass du lügst, kann man ja richtig hören«, meinte Xavier von der Verandatür her.

♡

Eine Stunde später ließ Agnes ihren Blick zufrieden über die Gruppe wandern, die sich um ihren Küchentisch versammelt hatte und sich mit den Resten der letzten Woche vollstopfte. *Wo Gangster nicht um die Ecke knallen*, dachte sie in Anlehnung an den alten Robert-de-Niro-Film. Immerhin saßen an ihrem Tisch zwei Killer, zwei Mafiosi, eine Mafia-Prinzessin und eine Food-Kolumnistin mit Bratpfanne. Dazu noch ein Bluthund als Maskottchen. Mit Evie wären sie zu acht. Aber so waren sie immerhin die Glorreichen Sieben.

Shane schob gerade seinen Teller von sich und sah sie an: »Agnes?«

Mein Team. Meine Familie.

»Alles klar?«

»Ich denke nach.«

Frankie hatte erzählt, wie er die fünf Millionen verloren hatte, als er sich bei seiner Flucht vor Brenda und ihrer Bratpfanne durch den Blood River gekämpft hatte. Er versuchte daraus den epochalen Kampf eines Mannes gegen die Fluten zu machen, aber letztlich war es nur die Geschichte eines kleinen Ganoven, den seine Frau zu erschlagen versucht hatte und der dann in Anbetracht der Umstände das Weite suchte, mit fünf Millionen Dollar im Gepäck, das Geld aber verlor, weil er nicht besonders gut schwimmen konnte. Agnes vollendete nur deshalb nicht, was Brenda begonnen hatte, weil er während seiner Erzählung nicht einen Augenblick lang aufhörte zu essen. Man kann keinen Menschen abservieren, der an der eigenen Tafel speist. In diesen Fragen galten strenge Regeln.

Als Frankie mit seiner Geschichte fertig war, sah Agnes über den Tisch zu Lisa Livia hinüber. »Das waren also die Szenen einer Ehe. Wie geht's dir?«

»Ich mochte ihn lieber, als er noch tot war.«

Agnes nickte. »Allmählich bin ich meinem Vater dankbar, dass er nicht von den Toten auferstanden ist.«

»Die fünf Millionen sind also weg, Frankie«, hakte Xavier nach und schüttelte den Kopf, als Agnes ihm eines ihrer Teufelseier anbot. »Und du bist nur zurückgekommen, weil du Heimweh hattest?«

»Er ist hier, weil er den Don umlegen will«, petzte Agnes, und Shane zuckte zusammen.

»Kann ich dich mal kurz sprechen?«, sagte er. Sie hielt ihm die überbackenen Kartoffeln hin, um ihn ruhigzustellen.

»Nein«, sagte sie. »Xavier ist kein Dummkopf. Wahrscheinlich ist ihm aufgefallen, dass ich aus seinem Gefängnis getürmt bin. Und er wird sich kaum mit Erklärungen wie ›Sie muss schließlich eine Hochzeit ausrichten.‹ zufriedengeben. Ich möchte wetten, dass er gekommen ist, um mich wegen des Ausbruchs festzunehmen. Oder dich, und sei es auch nur aus Verzweiflung. Meiner Ansicht nach sollten wir ihm sagen, was hier vorgeht.«

Sie sah Xavier an. »Shane arbeitet für die Regierung. Er versucht, Frankie zu schützen, damit er gegen den Don aussagen kann. Frankie wollte gerne zu Marias Hochzeit kommen, danach wird er ins Zeugenschutzprogramm aufgenommen. Allerdings wird er keine Aussage machen, solange unser junges Paar nicht verheiratet ist. Die Hochzeit muss also morgen früh stattfinden. Dann macht Frankie seine Zeugenaussage und verschwindet. Der Don geht ins Gefängnis. Palmer und Maria gehen auf Hochzeitsreise. Und da Frankie nun schon hier ist, können wir ihn benutzen, um Brenda Dampf zu machen. Denn bisher ist das ja noch niemandem so richtig gelungen. Dass Frankie nicht tot ist, könnte ihr den entscheidenden Schlag versetzen. Vielleicht gibt sie dann ja zu, dass sie Taylor ermordet hat, was Sie sehr genau wissen.« Agnes hielt eine Minute lang inne und tat, als müsse sie nachdenken. Dann ließ sie den Blick wieder über ihr Team wandern. Alle sahen sie mit mehr oder weniger Bewunderung und Erleichterung an. *Aber hallo*, dachte sie. *Habt ihr wirklich geglaubt, ich würde ihm sagen, dass Shane ein Killer ist? Ich bin doch nicht verrückt!* »Ich glaube, das war's so ziemlich«, meinte sie. »Gibt es noch Fragen?«

Xavier sah Shane an. »Und Sie wussten das alles von Anfang an?«

»Nationale Sicherheit«, antwortete Shane.

»Das verdammte FBI«, entgegnete Xavier.

»Nicht ganz«, gab Shane zurück. »Aber fast.«

»Warum sind dann keine Jungs in schwarzen Anzügen aufgetaucht, um mir zu sagen, ich solle Miss Agnes frei lassen?«

»Ich war der Junge«, meinte Shane gelassen. »Nur trage ich keinen schwarzen Anzug. Und rede nicht so viel.«

»Haben Sie eigentlich einen Ausweis oder so etwas?«, fragte Xavier. *Verdammt*, dachte Agnes, doch Shane nahm Xavier beiseite, während Joey und Frankie wieder anfingen, Blicke zu tauschen.

Agnes stieß Joey in die Seite. »Was verschweigst du Shane eigentlich?«

Joey schob seinen Teller weg. »Das will er gar nicht wissen.«

»Da habe ich etwas anderes gehört«, versetzte Agnes. »Er will es sehr wohl wissen. Wenn du jetzt noch eine Bombe platzen lässt, dann explodiert er. Ich habe noch nie erlebt, dass er die Ruhe verliert, aber es ist schon schlimm genug, wenn er sie nicht verliert. Glaub mir, er kann einem Angst machen. Du sagst ihm jetzt alles oder …«

»Gut«, meinte Xavier, der sich der Runde wieder anschloss. »Aber der Haftbefehl wird nicht aufgehoben.« Er sah Agnes an. »Sie werden Keyes nicht verlassen.«

»Zur Hölle, Xavier«, erwiderte Agnes. »Sie wissen verdammt gut, dass ich Two Rivers nicht verlassen werde. Haben Sie eine Ahnung, was morgen – eigentlich heute, denn wir haben ja schon Samstag – hier los sein wird?«

Grimmig sah Xavier sie an und nickte. Er wusste also, worum es ging. Dann nahm er seinen Hut. »Viel Glück.« Damit drehte er sich um und wollte durch die Tür.

»Stopp«, hielt Agnes ihn auf. Er drehte sich noch einmal um. »Sie gehen nirgendwohin. Ich will, dass Brenda festgenommen wird und spätestens am Sonntag einen orangefarbenen Sträflingsanzug trägt. Dazu brauchen wir Sie. Also bleiben Sie hier und essen.«

»Agnes«, mahnte Shane.

»Wir brauchen einen Plan«, sagte Agnes. »Und zwar einen, der auf der Seite des Gesetzes steht. Was brauchen wir, um Brenda Fortunato ein für alle Mal festzunageln?«

Eine Minute lang zögerte Xavier, dann meinte er trocken: »Beweise.« Er setzte sich zwischen die Venus und Frankie, dem er die Rippchen wegnahm. Frankie öffnete den Mund, um zu protestieren, dann schloss er ihn wieder und griff stattdessen nach dem Krautsalat.

Agnes reichte ihm eine Gabel, als Shane sagte: »Gut. Wir brauchen also einen Plan. Teil eins sieht so aus: Frankie führt Maria morgen zum Altar. Brenda gerät deswegen so in Panik, dass sie Xavier alles gesteht. Wenn wir Glück haben. In Teil zwei hingegen sieht Casey Dean Frankie, versucht, seinen Plan durchzuführen, und ich ... nehme ihn fest.«

»Casey Dean ist der böse Junge, hinter dem Shane her ist«, erklärte Agnes Xavier.

»Und Shane setzt ihn schachmatt?«, fragte Xavier, während er von seinem Rippchen abbiss. »Wodurch? Mittels künstlichem Herzstillstand?«

Okay, dachte Agnes und nahm die Platte mit den Teufelseiern. Alle aßen mit Begeisterung. Da konnte sie eigentlich auch essen.

»Dann folgt Teil drei. Frankie und ich diskutieren über Lisa Livias Erbe«, sagte Shane und sah Frankie mit einem Blick an, der besagte: *Dann ist es an dir und mir, Onkel Frankie.*

Frankie tat sein Möglichstes, um alt, gebrechlich und unschuldig zu wirken.

»Ha!«, meinte Agnes dazu nur. Also gab er es auf und gab ihr die Schüssel mit dem Krautsalat zurück.

»Und wenn Brenda den Mord nicht freiwillig gesteht?«, wollte Xavier wissen.

»Dann stellt sie irgendetwas anderes an«, meinte Shane. »Darauf können Sie sich verlassen.«

Plötzlich begannen alle durcheinanderzureden, die beste Vorgehensweise zu diskutieren und sich gegenseitig ins Wort zu fallen, während sie die Schüsseln kreisen ließen. Als Carpenter einen Stuhl neben sie stellte, gesellte sich sogar Lisa Livia zu der Truppe. Joey und Agnes rutschten eins weiter, und so kam Agnes schließlich neben Shane zu sitzen.

Genau dort, wo ich sein will, dachte sie und wachte mit Argusaugen darüber, dass auch jeder genug zu essen hatte. Als die Reste weitgehend vertilgt waren, meinte sie: »Das ist nun mein letztes Wort: Heute Nacht erschießt niemand mehr irgendwen. Wir sind jetzt ein Team, eine große, glückliche Familie. Wir sind aufeinander angewiesen. Wenn morgen früh jeder lebendig und an allen Gliedern heil hier aufscheint – und ich meine damit ausnahmslos –, dann gibt's Frühstück. Alles, was ihr euch wünscht. Aber wenn irgendeiner dem anderen auch nur ein Haar krümmt, dann werde ich richtig *sauer*. Verstanden?«

Joey und Frankie sahen sich nicht an.

»Und wir wollen doch nicht, dass Agnes sauer wird«, sagte Shane.

Joey und Frankie nickten.

»Gut«, sagte Agnes und schob ihren Stuhl zurück. »Jetzt schlafen wir erst mal eine Runde. Könnte sich bitte jemand um Garth kümmern?«

»Ich sehe nach dem Knaben«, sagte Frankie und stand auf.

»Hör endlich mit dem irischen Akzent auf«, fauchte Joey ihn an und erhob sich ebenfalls.

»Eine Familie«, wiederholte Agnes mit eisernem Tonfall.

»Ich kann die gemeinsamen Ferien gar nicht erwarten«, meinte Xavier und überließ sie ihrem Restschlummer.

♡

Shane folgte Agnes die Treppe hinauf, als sie plötzlich sagte: »Glaubst du, es wird funktionieren?«

»Na ja«, sagte er. »Es ist zumindest ein Anfang. Wir improvisieren einfach. Stimmt etwas nicht?«

Agnes war oben stehen geblieben. »In drei der Zimmer hier schlafen Maria und ihre Brautjungfern. Carpenter und LL haben sich ins andere zurückgezogen. Wir müssen wieder hinunter ins Zimmer der Wirtschafterin …«

»Nichts da«, sagte er, legte seine Hände um ihre Taille und schob sie entschlossen die Treppen zum Dachgeschoss hinauf.

Sie zögerte zuerst, doch dann ging sie einfach mit. »Ich nehme an, du weißt, was du tust«, sagte sie. »Es war sowieso blöd, das Zimmer sozusagen als Verlobungsring zu betrachten.«

»Aber gar nicht«, meinte er und ließ seine Hände zu ihren Hüften und von da weiter nach unten gleiten, bis er sie um ihre hübschen, runden Pobacken schließen konnte. Seine ganze verdammte Welt ging in Brüche, aber Agnes hatte einfach einen prächtigen Hintern, und für den Moment sollte ihm das genügen.

Als sie oben angelangt waren, öffnete sie die Tür und ging in das Zimmer zur Rechten. Das Mondlicht drang durch die tief gelegenen Fenster herein und erhellte den ganzen Raum, sodass er still und friedlich aussah, als seien sie unter Wasser gelandet. Das große Bett stand so einladend da. Agnes stieß einen lang gezogenen Klagelaut aus: »Oooooh!« Und auch Shane fühlte ähnlich.

Er sah sie an, wie sie im Mondlicht vor ihm stand, so anregend rund. »War wohl ein langer Tag.«

»Ich muss mich zuerst duschen«, sagte sie. »Ich war schließlich im Gefängnis.«

»Weiß ich doch«, flüsterte er und sah ihr zu, wie sie über den Holzboden zum erst halb fertigen Badezimmer trabte. Er sagte sich, dass sie schließlich müde sein musste und dass sie ja beide ob der Anspannung im Hinblick auf den nächsten Tag ziemlich kaputt waren. Das Plätschern der Dusche riss ihn aus seiner Rolle des verständnisvollen Liebhabers. Er zog sich aus, um ihr unter die Dusche zu folgen.

Agnes hatte auch im Badezimmer kein Licht angemacht. Das Mondlicht fiel durch das Deckenfenster herein und ließ die Seife auf ihrer feuchten Haut blau schimmern. »Hey«, sagte sie sanft und ohne jeden Protest. Also ließ er seine Hände über ihre Kurven gleiten und genoss die Seife unter den Fingerspitzen. Dann vergaß er den nächsten Tag und verlor sich ganz in Agnes und in den Empfindungen, die sie auslöste, als ihre Hände ihn einseiften, in ihr sanftes Kichern, ihr Seufzen unter Wasser und ihren Geschmack, als seine Zunge sich um ihre schlang. In die Art, wie ihr Körper seinem nachgab, wie sie zitterte, wenn sein Bart über ihre Haut kratzte, den Atem scharf einsog, wenn seine Finger sie liebkosten. Und wie sie sich hungrig nach ihm streckte, bevor er sie von innen erkundete. Am allermeisten aber in die Art, wie sie ihn *begehrte*, sich um ihn schlang, nach ihm verlangte. Als sie zusammen aufs Bett fielen, war sie so scharf auf ihn, so verrückt nach ihm und er nach ihr, dass er einfach nur in sie eindrang, sich in sie stürzte, sich auslöschte in ihr, sodass er nur noch in ihr war und nirgendwo sonst, bis sie beide zum Höhepunkt kamen. Als er wieder in dem kühlen blauen Raum ankam, als das Mondlicht ihm das Gesicht der zitternden Frau in seinen Armen zeigte, die sich an ihn klammerte, als wolle sie ihn nie wieder loslassen, da hatte er zum ersten Mal in seinem Leben das Gefühl, selbst nicht mehr loslassen, nicht mehr weggehen zu wollen.

Agnes erwachte, weil das Sonnenlicht ihr in ungewohntem Winkel ins Gesicht schien. Als sie merkte, wo sie war, schoss sie hoch und rief: »Mein Gott!« Sofort war auch Shane wach und griff mit einem »Was ist denn?« nach seiner Pistole, die sich wohl zum ersten Mal seit Jahrzehnten nicht in Reichweite befand, weil Agnes ihr gestern versehentlich einen Fußtritt versetzt hatte. Sogar Rhett schoss von seinem Platz unter dem Fenster auf und sah sie verständnislos an.

»Ich habe wohl zu lange geschlafen«, meinte Agnes und sah sich nach der nicht vorhandenen Uhr um. »Hast du eine Uhr? Wie spät ist es?«

Rhett sah die beiden missmutig an, dann legte er sich wieder hin.

Shane fasste über sie hinweg, was sich so gut anfühlte, dass sie sich nicht wieder in die Kissen sinken ließ. Als er sich ausstreckte und nach der Pistole und der Uhr suchte, die in dem Kleiderhaufen neben dem Bett lagen, drückte er sie mit dem Gewicht seines Körpers nach unten. »Sechs Uhr«, sagte er schließlich.

»Ach, dann ist es ja gut«, sagte sie und kuschelte sich wieder in die Kissen. »Ich muss zwar immer noch aufstehen, aber es ist keine Katastrophe mehr. Wie geht's deiner Knarre?« Sie grinste ihn an, sodass er die Waffe auf den Nachttisch legte. Dann rollte sie sich an seiner Brust zusammen.

»Meiner Knarre geht es gut«, sagte er und zog ihr Bein über seine Hüfte, sodass sie seine Härte spüren konnte.

»Sieht ganz so aus«, meinte sie und drängte sich weiter an ihn. »Es war eine gute Idee, hier oben zu schlafen. Ich hätte schon viel früher zum Schlafen hierherkommen sollen, statt mir das Zimmer für etwas Besonderes aufzusparen.«

»Hättest du nicht«, meinte er und küsste sie. Und sie gab sich seinen Küssen hin, wie sie sich seinem Körper hingab, genauer gesagt seinen Händen, die ihren Bauch hinunterwanderten und dabei ein klares Ziel zu verfolgen schienen. Dann fing sie an zu kichern, weil sie sich Shane vorstellte, wie er sich einen Weg durch den Urwald bahnte. Auch er lächelte und fragte: »Was ist denn?«, doch seine Lippen lagen schon zu dicht auf den ihren, als dass die Frage noch hätte klar formuliert werden können.

»Du wirst noch eine Spurrille graben«, sagte sie. Dann hörte sie plötzlich auf zu lächeln. »Nicht dass du deswegen bleiben müsstest ...«

»Aber ich bleibe«, sagte er und küsste sie erneut.

Als sie sich nach Luft schnappend von seinen Lippen losmachte, sagte sie: »Du musst das nicht sagen ...«

»Können wir diese Unterhaltung bitte heute Abend fortführen?«, fragte er, und sie sah ihn unsicher an. »Heute werden wohl einige einschneidende Dinge passieren. Trotzdem weiß ich, dass ich heute Abend wieder hier mit dir liegen werde. Können wir dann noch einmal darüber reden?«

Agnes schluckte. »Natürlich.« *Er weiß, dass er heute Abend wieder hier liegen wird.* Glücklich gluckste sie vor sich hin. Er lächelte und zog sie näher heran.

»Denn wenn wir uns jetzt weiter unterhalten, wirst du früher oder später aufstehen und all diesen Hochzeitskram erledigen«, sagte er und führte die Spurrille ein wenig weiter nach unten fort. »Und dann werde ich dich nicht flachlegen.«

»Ganz richtig«, sagte Agnes und seufzte, auch wenn sie im Geheimen dachte: *Lieber Gott, lass uns heute Abend noch am Leben sein, damit wir uns hier wiedersehen.*

Dann küsste er sie, und sie hörte auf zu denken.

Eine Stunde später weckte Shanes Satellitentelefon die beiden wieder auf.

»Ich hasse dieses Ding«, murmelte Agnes, die unter der Decke lag, den Kopf an Shanes Brust.

Rhett hob sein Haupt und tat mit einem langen, tiefen Blick sein Missfallen kund, bevor er sich erneut auf das Kissen fallen ließ, das Agnes ihm auf den Boden gelegt hatte.

»Ja, mir geht es langsam auch so«, sagte Shane, als er das Telefon hervorholte und aufs Display sah.

Anlegesteg. Fünfzehn Minuten.

»Ich muss mich mit Wilson treffen«, sagte er.

»Den hasse ich auch.«

»Ja«, stimmte Shane zu und wandte sich geistig widerstrebend jenen Dingen zu, mit denen er sich eigentlich gar nicht auseinandersetzen wollte.

Wilson hatte lebenswichtige Informationen zurückgehalten. Das konnte natürlich Teil seiner üblichen Strategie sein, aber plötzlich wurde ihm bewusst, wie Wilsons Job tatsächlich aussah. Er würde in Washington sitzen und andere Leute die Drecksarbeit machen lassen, Leute wie Carpenter. Doch irgendwie hatte er das Gefühl, dass es dieses Mal nicht um die Anforderungen von Wilsons Job ging, sondern um andere Dinge, und zwar keine guten.

Er setzte sich auf, wobei er sich nur äußerst ungern aus dem Dunstkreis ihrer Wärme entfernte. »Ich sage dir später, was los war.«

»Kannst du das denn?« Sie setzte sich auf, jetzt ganz wach. »Wenn es nicht geht, brauchst du das einfach nur zu sagen. Bitte.«

Shane blieb stehen und sah Agnes an. Er hatte sie immer als höchst energische Frau betrachtet, zornerfüllt – ganz entschieden zornerfüllt –, aber auch stark. Jetzt aber sah sie verletzlich aus. Er beugte sich über sie und küsste sie. »Alles klar. Ich verspreche es.«

Wieder ein Versprechen.

»Heute Abend bin ich wieder da.« Das wurde scheinbar zur Gewohnheit.

Agnes seufzte, nickte und rollte sich in ihrer strahlenden Nacktheit aus dem Bett. »Gut. Dann mache ich jetzt Frühstück. Maria heiratet heute. Ich bin sicher, alles geht gut.« Widerstrebend löste sie die Augen von ihm und ging ins Bad. Er aber starrte leeren Blickes auf die Stelle, an der sie gerade eben noch gestanden hatte. In der Hoffnung, sie würde vielleicht zurückkommen.

»Ja«, sagte er noch einmal. Dann zog er sich an und ging in die morgendliche Stille hinaus. In seinem Rücken erhob sich die Sonne soeben über die Baumwipfel und erhellte die Ufer des Blood River. Außer dem friedlichen Schwappen des Wassers gegen die Uferlinie aus pinkfarbenem Sand und einem gelegentlichen lauten Schnarren von Cerise und Hot Pink, die den neuen Tag begrüßten, war nichts zu hören. Ein paar Minuten lang erlaubte er sich den Luxus, die Welt für friedlich zu halten. Dann hörte er den Bootsmotor.

Shane sah zum Anlegesteg hinunter, wo Wilson gerade anlegte. Sobald der alte Mann auf das Schwimmdock gestiegen war, glitt das Boot wieder hinaus auf den Fluss, um auf ihn zu warten. Shane schlenderte auf den hölzernen Steg zu, während Wilson langsam die Plattform erkletterte.

Shane hörte eine Autotür zuschlagen und drehte sich um. Frankie war gerade aus seinem Pick-up gestiegen und streckte sich. Das weiße Haar war nun schwarz gefärbt, der Bart abrasiert. Er war zwar gut fünfzig Pfund schwerer als früher, aber jetzt sah er wenigstens wie Frankie aus. Ein zweiter Pick-up kam die Auffahrt herauf: Joey. Die beiden hatten wahrscheinlich eine interessante Nacht hinter sich: viel Gerede über alte Zeiten und gelegentlich die Versuchung, aufeinander zu schießen. Dem Himmel sei Dank hatten beide Angst vor Agnes.

Mittlerweile hatte er den langen Steg erreicht und machte sich auf den Weg zur Plattform.

Als er auf Wilson zuging, fiel ihm zum ersten Mal richtig auf, wie alt sein Chef war. Älter als Joey. Älter als alle anderen, die mit dieser Geschichte zu tun hatten. Ob Wilson müde geworden war? Hatte er nur einfach die Nase voll von dem, was er die letzten sechzig Jahre gemacht hatte, oder war er wirklich fertig?

Als Shane auf der Plattform ankam, hatte Wilson sich schon niedergelassen. Auf der *Brenda Belle*, die gegenüber ankerte, war kein Lebenszeichen von der Besitzerin auszumachen. Brenda bereitete vermutlich gerade ihren großen Auftritt vor. Oder sie schlief noch ein bisschen, damit sie dann die Höllenhunde umso besser entfesseln konnte.

Shane setzte sich seinem Boss gegenüber. »Guten Morgen.«

Wilson nickte. »Heute ist der große Tag. Casey Dean will ...«

»Sie wussten das mit Frankie Fortunato.«

Einen Sekundenbruchteil zögerte der Mann, dann nickte er.

»Es wäre gut gewesen, wenn Sie mich informiert hätten«, sagte Shane.

»Das bezweifle ich«, entgegnete Wilson. »Sie besaßen mehr als genug Informationen über Casey Dean, um Ihren Job zufriedenstellend zu erledigen. Wie Sie vermutlich noch herausfinden werden, sollten Sie meinen Posten übernehmen, ist in puncto Information weniger meist mehr, wenn es um die Leute geht, die im Außendienst für uns tätig sind.«

»Da bin ich anderer Meinung.«

Wilson zuckte mit den Schultern. »Das ist jetzt nebensächlich. Wenn man Ihre Fehler in den letzten Tagen betrachtet, ist es wohl ohnehin aussichtslos, Sie meinen Vorgesetzten als Nachfolger vorzuschlagen.«

»Es wäre vermutlich ebenso schwierig, mich zu überzeugen.«

Ungehalten starrte Wilson ihn an.

Shane starrte zurück. »Ich habe letzte Nacht Casey Deans Mädchen aus dem Verkehr gezogen.«

Alarmiert sah Wilson ihn an: »Warum haben Sie oder Carpenter diesbezüglich nicht Bericht erstattet?«

»Wir waren beschäftigt.«

Wilson kräuselte die Lippen. »Damit, eine Frau unter Mordanklage aus dem Gefängnis zu holen.«

»Ja.«

»Ich habe Ihnen hier unten viele Freiheiten gelassen«, setzte Wilson an, »und ...«

Shane unterbrach ihn: »Sie haben mich also getestet.«

»Endlich haben Sie's begriffen«, sagte Wilson und klopfte ihm auf die Schulter. »Und das Mädchen?«

»Wir haben sie. Sie wissen ja, dass Casey Dean eine Frau als Deckung benutzte.«

Wieder zuckte Wilson mit den Schultern. »Es gab entsprechende Hinweise.«

»Das war also auch ein Teil des Tests«, meinte Shane und versuchte, nicht verbittert zu klingen. Carpenter und Joey waren fast draufgegangen, nur damit Wilson den Mann testen konnte, der sich um seinen Job bewarb.

»Flexibilität im Denken ist für einen Mann, der mein Nachfolger werden will, unverzichtbar.«

Verblüfft ließ Shane sich wieder auf seinen Sitz fallen und starrte den alten Mann sekundenlang an. Dann drehte er den Kopf. Er sah Joey auf der hinteren Veranda stehen. Er hatte eine Tasse Kaffee in der Hand und sah zu ihnen herüber. Frankie stellte vor dem Pavillon Stühle auf. Agnes stand vor dem Küchenfenster an der Spüle und machte erneut Frühstück für alle. Oben spazierte Lisa Livia im BH vor ihrem Fenster auf und ab und redete sich den Mund fusselig. Vermutlich war Maria ihre Gesprächspartnerin. Sogar die Flamingos schnarrten wie immer.

»Und der Test ist noch nicht vorbei, oder?«, fragte Shane, wohl wissend, dass Wilson immer noch alle Trümpfe in der Hand hielt.

»Nein.«

»Gestern noch dachte ich, ich sei Casey Deans Ziel.«

»Wie kamen Sie auf die Idee?«, hakte Wilson nach.

»Weil ich in Wirklichkeit ein Fortunato bin. Onkel Joey hat mir gestern gestanden, dass mein Vater der ältere Bruder des Dons war, Roberto.«

»Sie waren noch nie Casey Deans Ziel«, versetzte Wilson.

»Nein.«

»Aber Ihr Onkel hat Ihnen nur die Hälfte der Geschichte erzählt.«

In der Art, wie Wilson diese Worte herausstieß, lag etwas Schlangenähnliches. Fast sah es aus, als züngele er. Offensichtlich *genoss* er die Worte. Was, wie Shane bemerkte, in letzter Zeit häufiger der Fall gewesen war.

Hinter seiner vertrockneten Maske machte Wilson dieses Spiel Spaß.

Diese Erkenntnis ließ Shane innerlich ganz ruhig werden. »Und wie sieht diese andere Hälfte aus?«

»Torcelli hat Ihnen vermutlich erzählt, dass Ihre Eltern bei einem Bootsunfall ums Leben gekommen sind, nicht wahr?« Wilsons Lippen zuckten, nur ein winziges bisschen. Jemand, der es nicht gewohnt war, auf solche Zeichen zu achten, hätte dies vermutlich übersehen.

Shane aber beobachtete Wilson nun sehr genau. Er nickte.

»Das ist falsch.« Wilson hob das Kinn und warf Shane unter seinen eidechsengleichen Augenlidern einen forschenden Blick zu. »Sie wurden von Don Michael Fortunato ermordet.«

Shane blieb ruhig.

»Ihr Vater, der älteste Sohn der Familie, stand Michael im Weg. Also brachte er am Boot eine Bombe an. Sie fuhren aufs

Wasser hinaus, und Don Michael ließ das Boot von einer nahe gelegenen Jacht aus mittels einer Fernzündung hochgehen.« Wilson sah Shane nun unverhohlen neugierig an.

Shanes Gesicht blieb ausdruckslos.

»Es heißt, ihr Vater hätte noch versucht, ihre Mutter zu retten, obwohl er selbst schwer verwundet war.«

Shanes Blick ruhte auf dem Blood River, der friedlich im Licht des Morgens dalag.

»Es heißt, er habe den Namen seiner Frau geschrien, als er starb.«

Er hörte die Wellen gegen das Schwimmdock schlagen, das schaukelnde Metall quietschte leise und schlug rhythmisch gegen die metallene Gangway.

»Und es heißt, sie habe Ihren Namen gerufen.«

Shane drehte sich zu Wilson um. *Mal sehen, was er bezweckt.*

Wilson saß unbewegt da, scheinbar unbeteiligt, doch hinter seinen Lidern glomm ein Licht. »Berichten zufolge ertrank sie. Es gab keine Leichenschau. Der Don versenkte die Leichen zusammen mit dem Boot.«

Was will er damit erreichen?

»Sie glauben mir nicht? Fragen Sie Ihren Onkel Joey. Oder Ihren Onkel Frankie. Sie wussten davon.«

Frankie und Joey, wie sie letzte Nacht am Tisch saßen. Joey schüttelte den Kopf. Shane spürte jetzt die Hitze, die sich schon die ganze Zeit in ihm aufgebaut hatte. Jetzt füllte sie seinen Kopf und wusch seine Gedanken hinweg. Die alte Hitze, die er schon als Kind in sich fühlte, wenn seine Fäuste wie Dreschflegel arbeiteten. *Lass dich nicht darauf ein. Genau dort will Wilson dich haben. Lass dich nicht darauf ein.*

»Doch die eigentliche Frage ist ja«, meinte Wilson, »was Sie nun tun werden? Denn Sie haben eine Aufgabe zu erledigen, Mr. Fortunato. Eine Aufgabe, die keine Ablenkung durch persönliche Probleme erlaubt. Können Sie Ihre Aufgabe, den Don zu beschützen, unter diesen Umständen noch erfüllen?«

Wilson lehnte sich zurück und erlaubte sich ein selbstgefälliges Lächeln.

Shane stand auf und ging den Steg zurück auf die Veranda zu, wo Joey saß.

♡

Agnes stellte eine Form mit fertigen Ananas-Orangen-Muffins auf die Marmorplatte der Anrichte, wischte sich dann ihre Hände an der Schürze ab und postierte sich wieder neben Carpenter, der am Küchenfenster stand und zum Dock hinuntersah, wo Shane sich gerade mit Wilson traf. Sie kam sich ein bisschen dumm vor in ihrem pinkfarbenen, tief ausgeschnittenen Trägerkleid und mit der Furienschürze. Bis sie sah, wie der Mann, den sie liebte, auf den vertrockneten alten Mann, für den er arbeitete, wie der Schnitter Tod hinuntersah. In diesem Augenblick vergaß sie das Kleid. Dort unten lief gerade etwas schrecklich falsch.

»Shane sagte etwas von einem besseren Job?«

Carpenter nickte. »Er soll befördert werden.«

Agnes' Herz rutschte einen Stück tiefer. So viel also zur neuen Arbeit. »Und wäre das gut?«

Carpenter drehte sich zu ihr um und sah sie an. »Nicht für ihn. Shane hat diese Woche seinen Weg ins Licht gefunden.«

»Zur Hölle noch mal«, versetzte sie, als sie Shane vom Steg heraufkommen sah. Er machte einen angespannten Eindruck. Erst als er näher kam, merkte sie, dass dies vielleicht nicht ganz der richtige Ausdruck war: Er war vielmehr weiß vor Wut. So hatte sie ihn noch nie gesehen.

Sie spürte, wie auch Carpenter neben ihr steif wurde, als sähe auch er, dass etwas nicht stimmte, und zwar in einem bislang ungekannten Ausmaß.

Lisa Livia trabte in ihrem pinkfarbenen Trägerkleid in die

Küche und fragte: »Na, was gibt es Neues?« Dabei schlang sie liebevoll ihren Arm um Carpenters Hüfte. Doch als sie ihn ansah, verschwand ihr Lächeln. »Was ist denn los?«

»Ich weiß nicht«, antwortete Agnes. Carpenter aber ließ die beiden einfach stehen und ging zur hinteren Verandatür hinaus und Shane entgegen.

»Was zum Teufel soll das denn?«, fragte Lisa Livia. Agnes ging auf die Veranda hinaus, wo Joey stand, der Shane ebenfalls beobachtete. Der ging auf Frankie zu, der sich im Pavillon zu schaffen machte.

»Das sieht nicht gut aus«, brummte Joey.

»*Was?*«, fragte Agnes. In Wirklichkeit erwartete sie keine Antwort, denn sie lief schon die Stufen hinunter auf Shane zu. Sie bemerkte, dass Joey direkt hinter ihr herkam, doch im Moment war ihr nur Shane wichtig.

Frankie war die Stufen des Pavillons heruntergestiegen und erwartete ihn.

»Meine Eltern«, sagte Shane mit einem Zorn, dessen Ausmaß sogar Agnes überraschte. Er starrte Frankie an, der schwieg. Als sie und Joey bei den beiden ankamen, erntete Joey denselben Blick.

»Der Penner Wilson hat's dir also gesagt?«, fragte Joey.

»Ist es wahr?«, fragte Shane.

Joey nickte.

»*Was?*«, wollte Agnes wieder wissen.

Shane sah sie an. Der kühle, stets kontrollierte Mann, den sie vor fünf Tagen kennen gelernt hatte, war vor Wut außer sich. »Wir sind bald zurück.« Er sah Carpenter an. »Du kümmerst dich hier um alles.«

»Was geht denn hier vor?«, fragte Agnes nochmals, doch Shane schritt bereits zum Van hinüber. Joey und Frankie folgten ihm. Aus allen dreien sprach dieselbe Entschlossenheit. »*Was zum Teufel ...*«, schimpfte sie wieder, doch Lisa Livia nahm sie am Arm.

»Lass ihn«, sagte sie. Auch Carpenter nickte. Agnes schluckte und dachte: *Wenigstens hat er mich nicht angelogen*. Laut sagte sie: »Es gibt Ananas-Orangen-Muffins zum Frühstück.« Dann ging sie zurück ins Haus und betete, dass niemand getötet wurde, vor allem nicht Shane.

♡

»Weißt du, wo der Don sich gerade aufhält«, fragte Shane und versuchte, seine Wut unter Kontrolle zu bekommen. Er fuhr Carpenters Van, Frankie und Joey saßen in der Fahrerkabine hinter ihm wie zwei Statisten aus einem alten Mafiafilm. Mit dem einen Unterschied natürlich, dass die beiden höchst real waren.

Joey nickte. »Ja. Auf der Reisplantage von B & B. Der Don mag's ruhig und klassisch. Seine Männer sind mit den Nutten im Victory Motel.«

Shane sah Joey an. »Wieso hast du mir's nicht gesagt?«

»Wenn ich es getan hätte, hättest du versucht, dich am Don zu rächen und wärst dabei getötet worden.«

»Ich hätte es trotzdem lieber von dir gehört als von Wilson«, versetzte Shane.

»Ich wollte dich am Leben erhalten«, meinte Joey. »Wilson will dich beherrschen.«

»Mach's kurz«, sagte Shane, als sie aus Agnes' Auffahrt rollten.

Frankie hatte in der Zwischenzeit ein Telefongespräch geführt. »Ich habe gerade mit der Braut gesprochen, die das B & B führt. Sie sagt, der Don und ein anderer, wahrscheinlich sein Consigliere, frühstücken gerade. Das ist gut. Dann werden sie auf diesem Weg zur Hochzeit kommen.«

Shane nickte und fuhr Richtung B & B, wobei er Joeys knappen Anweisungen folgte. Etwa eine halbe Meile davor bog er von dem schmalen Sträßchen ab und parkte rückwärts in einen Weg ein.

»Wir halten den Wagen des Don auf, und *ich* rede mit ihm.« Er kletterte zwischen den Sitzen durch nach hinten, wo er eine von Carpenters Kisten öffnete und ein schallplattenähnliches Ding mit einer Fernbedienung hervorzog. Dann öffnete er die Seitentür und glitt hinaus. »Ihr bleibt hier«, befahl er Joey und Frankie.

Er trat auf die Straße hinaus, legte das runde Objekt nieder und bedeckte es mit einem Stück Moos.

Als er wieder im Van saß, zog er seine Glock und blickte in die Runde. Dann meinte er: »Wieso erzählt ihr zwei mir nicht einfach, was passiert ist?«

»Wir haben hier unten jedes Jahr Ferien gemacht«, hub Frankie an. »Roberto, Michael, Joey und ich. Mit der Familie natürlich. Eines Tages fuhren deine Eltern zum Fischen hinaus und kamen nicht wieder zurück. Wir erhielten einen Anruf vom Bootsverleih, dass das Boot nicht zurückgekommen sei. Wir fuhren hinaus und sahen uns um. Nichts. Niemand hat deine Eltern oder das Boot je gefunden.«

»Aber wir wussten, dass es Michael war«, fügte Joey voller Verachtung hinzu. »Am Tag, als die beiden vermisst wurden, sollte er in Savannah sein. Doch als er von dort zurückkam, war er irgendwie anders. Selbstsicherer. Großspurig. Der Hurensohn.«

»Und du hast ihm das durchgehen lassen?«, fragte Shane ungläubig.

»Was hätten wir denn tun sollen?«, fragte Joey zurück. »Wir hatten nichts in der Hand gegen ihn. Jeder hatte so seinen Verdacht, aber niemand konnte es mit absoluter Sicherheit beweisen. Niemand wusste darüber Bescheid. Und damit meine ich wirklich ›niemand‹. Und wie sollte ein Junge wie Mikey an diese Art von Bombe kommen? Jemand musste ihm geholfen haben. Jemand, der sich auskannte. Und zwar nicht sein Consigliere, diese Schlange, obwohl der damals auch hier war. Wir kamen einfach nicht dahinter. Und wir konnten gegen Michael nichts unternehmen, sonst hätte Don Carlo uns hopsgehen lassen. Außerdem gab's da noch dich. Du warst der Nächste auf der Liste. Also haben wir einen Deal ausgehandelt.«

»In Keyes zu bleiben«, fügte Shane an. »Und mich im Ungewissen zu lassen. Mir einen anderen Namen zu geben. Mir zu sagen, du wüsstest nicht, wer mein Vater war.«

Wieder nickten Frankie und Joey unisono, zwei grimmige alte Mafiosi.

»Und so sind wir hier unten gelandet«, erzählte Frankie weiter. »Brenda war stocksauer, aber ich dachte immer, sie wüsste Bescheid. Denn an dem Tag hat sie angeboten, auf dich aufzupassen. Und das hat sie wirklich noch nie getan.«

Joey hob ruckartig den Kopf.

Bekräftigend nickte Frankie. »Ja. Ich habe es nie erwähnt, weil sie ja meine Frau war, aber das hat mir mächtig Sorgen bereitet. Wir haben deshalb gestritten, bis sie zu heulen anfing. Sie war ja immer schon eine große Hysterikerin vor dem Herrn. Aber man fragte sich doch, wieso sie genau an diesem Tag plötzlich auf das Kind aufpassen wollte. Sie mochte Kinder nicht einmal besonders. Aber an diesem einen Tag sagte sie zu deiner Mutter: ›Lasst doch das Baby bei mir.‹ Und das taten sie dann auch und nahmen sich frei, um einen romantischen Tag auf dem Wasser zu verbringen.«

Shane konnte seinen Vater und seine Mutter förmlich sehen, wie sie im Boot saßen und gemeinsam lachten. Möglicherweise war dies der erste Tag, den sie allein miteinander verbringen konnten, seit er zur Welt gekommen war, ein Tag auf dem Wasser …

Einen Augenblick drehte sich ihm alles im Kopf von der Hitze, die ihn mit einem Mal wieder erfasste. Er hörte Joey sagen: »Mein Gott, dann wusste sie es. Wieso …?«

»Sie glaubte wahrscheinlich, dass ich dadurch irgendwie eine bessere Stellung in der Familie bekäme«, sagte Frankie. »Sie wäre gerne Unsere Liebe Frau von Fortunato geworden. Ein großes Haus, viele Gäste, den Platz am Kopfende der Tafel, die Queen von New Jersey eben.«

Vor Shanes Augen spielte sich dieselbe Szene ab wie eben, nur waren es dieses Mal Agnes und er, die ein Boot mieteten. Sie lachte ihn an … *Und wenn ich sie nun nicht erreichen könnte? Wenn sie vor Schmerz schreien würde, aber ich könnte nicht zu ihr hin?*

»Vielleicht sollten wir sie gar nicht Xavier überlassen«, meinte Joey.

»Nein«, versetzte Shane knapp, und Joey schwieg. Er atmete tief durch. »Du hast mir gesagt, du hättest den Consigliere nie zuvor gesehen.«

Joey zuckte mit den Schultern. »Ich wollte dich schützen.«

Vor fünfunddreißig Jahren war Joey ein verwitweter Mafioso gewesen, der plötzlich mit einem Baby dastand, um das er sich kümmern musste. Mit den Mitteln, die ihm damals zur Verfügung standen, hatte er das recht gut hingekriegt, wenn man bedachte, mit wem er es zu tun gehabt hatte. Dass er jetzt nicht aufhören konnte, ihn schützen zu wollen, war eine nur allzu verständliche Überreaktion.

»Okay«, fragte Shane noch einmal. »Wilson. Welche Rolle spielte er bei dem Ganzen? Woher weiß er alles?«

Joey runzelte die Stirn. »Kann ich dir nicht sagen. Aber er war beim Geheimdienst, und die haben schon öfter mit der Mafia zusammengearbeitet. Seit dem Zweiten Weltkrieg, als die Regierung Hilfe in Italien brauchte. Und das war vor sechzig Jahren. Vielleicht hatte Wilson ja irgendwo seine Finger drin.«

Das kann man so sagen, dachte Shane, als er an die Mitschrift des Telefongesprächs von Don Fortunato mit Casey Dean dachte. Sechzig Jahre. Seit etwa der Zeit war Wilson Chef seiner Organisation.

Da hörte er ein Auto kommen und glitt aus dem Wagen. Er versteckte sich im Schatten. Ein schwarzer Lincoln rollte die Straße herunter. Shane wartete, bis er über der schwarzen Platte war, dann drückte er auf den Auslöser an der Fernbedienung. Die Platte strahlte einen massiven elektromagnetischen Impuls aus, der die Elektronik des Wagens lahmlegte. Der Motor starb ab, das Auto rollte langsam aus und kam etwa zwölf Meter weiter zum Stehen. Die Fahrertür ging auf, und der Consigliere stieg heraus. Er fluchte. Shanes Kiefer wurden weiß, als er sah, wie die Hintertür sich öffnete und Don Michael ausstieg, elegant wie immer. Die Jahre hatten es gut mit ihm gemeint. Der Consigliere stemmte die Kühlerhaube in die Höhe. Beide Männer beugten sich über den Motor. Shane trat auf die Straße, die Glock schussbereit in der Rechten. Er ging auf den Wagen zu und stellte sich so, dass er beide Männer im Blick hatte.

»Keine Bewegung«, sagte Shane.

Beide Männer hoben den Kopf und starrten ihn an. Dann lächelte der Don. »Shane«, sagte er. »Richtig?«

Shane nickte. »Onkel Michael.«

Der Don und sein Consigliere tauschten einen Blick.

»Von wem weißt du es?«, fragte der Don. »Joey?«

»Du hast meine Eltern umgebracht.«

Der Don lachte, und Shanes Hand zitterte so sehr, dass der Lauf der Glock sich bewegte. *Nicht gut*, dachte er.

»Du wirst mich nicht erschießen«, sagte der Don. »Nicht kaltblütig jedenfalls. Dein Vater hätte das nicht getan, und du kannst es auch nicht.«

»Ich will die Wahrheit wissen«, presste Shane hervor. »Über ihren Tod.«

»Ich war es nicht«, sagte der Don. »Ich war in Savannah. Dafür gibt es Zeugen.«

»Und wer war es dann?«, fragte Shane. »Er?« Sein Kopf deutete auf den Consigliere.

Die Augen des Consigliere flackerten. Sie schienen nach rechts auszuweichen.

»Lass es lieber«, sagte Shane. »Wo hattest du die Bombe her? Mit Fernzünder, nicht wahr? Wer hat sie dir besorgt?«

»Ich weiß überhaupt nicht, wovon du sprichst«, meinte der Don mit unbewegtem Gesicht.

»Und warum hat *er* sie dir gegeben?«, bohrte Shane weiter. »Dachte *er*, du seist leichter zu manipulieren als mein Vater?«

»Was?«, stieß der Don hervor, dessen Fassade zum ersten Mal zu bröckeln begann.

»Hatte *er* vielleicht geglaubt, dass es am besten wäre, wenn du die Familiengeschäfte übernimmst, da du der dämlichste Fortunato bist, der je das Licht der Welt erblickt hat, weil er dich benutzen konnte, wann immer *er* dich brauchte, wie eine beliebige Zwei-Dollar-Nutte, was mein Vater niemals zugelassen hätte?«

»Hey«, zischte der Don, dessen Gesicht sich verfinsterte. »Niemand benutzt mich. Ich benutze *ihn* …«

»Und wusste er, dass meine Mutter mit auf dem Boot war, als er es in die Luft sprengte? Hast du ihm das erzählt, du verdammter Bastard? Oder hast du behauptet, es sei einfach nur ein weiterer Mafiaanschlag gewesen?« Shane hörte seinen Atem gehen. Die Landschaft war in roten Nebel gehüllt. Irgendwo in ihm sagte eine Stimme: *Geh jetzt.* »Er hält dich immer noch für einen Volltrottel. Darum hat er es mir nämlich gesagt. Er glaubt, dass ich dich töten werde, was gut für ihn wäre, denn er braucht dich jetzt nicht mehr. Er will, dass ich deinen Platz einnehme. ›Effizient‹, nennt man das heute. Auftragskiller der Regierung und Mafiaboss in einer Person. Das ist noch einfacher. Und er glaubt, er kann mich kontrollieren. Ich muss dich nur umbringen, dann habe ich alles.«

Die Augen des Don weiteten sich.

Shane schüttelte den Kopf. »Aber ich werde es nicht tun.«

Hörbar stieß der Don den Atem aus und nickte. »Du bist ein guter Junge, Shane. Du bist ein gutes Mitglied der Familie. Mein Erbe. Der Nächste auf der Liste. Leg die Waffe weg.«

»Ich werde dich nur deshalb nicht umbringen, weil ich das nicht tun muss«, sagte Shane und drehte sich um. Er ging weg, Frankie und Joey hinter sich, zwei Männer mit Gesichtern wie Stein.

Das Letzte, was er hörte, war die Stimme des Don, der sagte: »Frankie?« Dann zerrissen mehrere Salven den Samstagmorgen, während er sich auf den Rückweg nach Two Rivers machte.

Er sah niemals zurück.

♡

Agnes hatte Carpenter und Lisa Livia gefüttert. Und Maria mit ihren Brautjungfern. Dann den leicht verstörten Garth, dem sich angesichts der massiven weiblichen Reize in Bademantel und Lockenwicklern leicht die Sinne verwirrten. So schickte sie ihn weg, damit er dem Flittchen Maisie mit dem Blumenschmuck half, und natürlich musste er ein Auge darauf haben, ob auch sonst alles seine Ordnung hatte, einschließlich der Flamingo-Füller-Platzkarten. Zudem sollte er nach Butch Ausschau halten, der Cerise und Hot Pink eigentlich schon längst hätte abholen sollen. Sie selbst putzte Himbeersauce von der Tür zur Speisekammer, die man letzte Nacht verschlossen gehalten hatte, damit niemand sich einen Scherz mit der Torte erlauben konnte, vor allem nicht der bescheuerte Downer. Wie die Himbeersauce an die Tür gekommen war, war ihr schleierhaft, aber das war ja schließlich nicht das einzig Merkwürdige in ihrem Leben. Und so dachte sie nicht weiter darüber nach, sondern stieg über Rhett hinweg, um zusammen mit Carpenter und Lisa Livia den Rest ihrer Küche sauber zu machen. Was sie auch von der bangen Frage ablenkte, ob Shane irgendwo in seinem Blut lag, neben sich zwei alte Mafiosi, die gleichfalls ihr Leben aushauchten.

Es war etwa neun Uhr, als sie Maria schreien hörten. Schon wieder.

»Wenn sie sich jetzt wieder einbildet, dass Palmer irgendwo Sex mit einer Stripperin hat, dann geht sie mir langsam auf den Wecker«, sagte Agnes. Lisa Livia trat in den Flur hinaus. »Was ist denn los, Kleines?«, rief sie hinauf. Carpenter nahm ihr das Geschirrtuch aus der Hand und sagte: »Kümmert ihr euch mal um die Braut. Ich halte hier die Stellung.«

»Es ist doch alles in Ordnung mit ihm, nicht wahr?«, sagte Agnes, die diese Ungewissheit nicht mehr ertrug.

»Der ist putzmunter«, antwortete Carpenter. »Was man von einer anderen Person wahrscheinlich nicht behaupten kann. Doch Shane geht es bestens.«

Agnes nickte. »Dann ist ja alles in Ordnung. Glauben Sie, er könnte vielleicht mal einen anderen Job bekommen? In einer anderen Branche?«

»Ich glaube, er wäre nicht abgeneigt«, meinte Carpenter.

»Ja, aber kann ich das von ihm verlangen?«, gab Agnes zu bedenken. »Es ist schließlich sein Beruf ...« Plötzlich brüllte Lisa Livia: »Agnes, komm sofort rauf!« Also meinte sie nur noch leicht resigniert: »Ach, Carpenter, was soll ich nur machen?« Er antwortete: »Raufgehen, was sonst?« Und weg war sie.

Eilig folgte sie dem aufgeregten Geschnatter weiblicher Empörung und fand alle zusammen – Lisa Livia, Maria und die Brautjungfern in Slip und Lockenwicklern – in einem der Zimmer im Obergeschoss, wo sie auf Marias weißes Hochzeitskleid starrten, das über den Körbchen des Oberteils zwei leuchtend purpurrote Handabdrücke trug. Kleine Hände, etwa so groß wie die Brendas. *Sie ist vollkommen verrückt geworden*, dachte Agnes. *Sie macht alles kaputt, um die Hochzeit zu vermasseln.*

»Es ist hinüber«, weinte Maria. Ihre Brautjungfern umstanden sie, um ihr in ihrem Unglück beizustehen.

»O ja.« Agnes sah das Kleid an und horchte angestrengt, ob

sie den Van zurückkommen hörte. Eine Autotür schlug vor dem Haus zu. Sofort streckte sie den Kopf aus dem Fenster und betete, dass es Shane wäre, doch es waren nur die ersten Hochzeitsgäste. Sie hatten ein kleines Mädchen dabei, das vermutlich während der ganzen Zeremonie heulen würde. *Immer diese Frühankömmlinge. Bleibt doch zu Hause und lasst das Kind ausschlafen.*

»Was ist denn das für schreckliches Zeug?«, wimmerte Maria.

»Wie bitte?« Agnes drehte sich um. »Ach das. Das ist die Himbeersauce, die es gestern zum Dessert gab.«

Entsetzt sah Maria sie an. »Und das ist alles, was dir dazu einfällt? Dessert? Mein Gott, Agnes. Mein *Hochzeitskleid* ist hinüber.«

Wieder schlug eine Autotür zu und Agnes Kopf streckte sich mit einer gewissen Automatik aus dem Fenster. Immer noch nicht Shane? Warum mussten die Leute immer so früh zu Hochzeiten kommen? Es war ja nicht so, dass es dafür eine Extraportion gab.

»Sieh mal, Liebes«, sagte Lisa Livia zu Maria. »Du …«

»Halt du dich da raus«, meinte Maria und drehte ihr zusammen mit ihren Genossinnen den Rücken zu. »Du und deine Klappe. Immer musst du dich einmischen. Jetzt stehe ich mit diesem verdammten Flamingokleid da und muss es anziehen. Und alles nur deinetwegen …«

»Hey«, sagte Agnes, als sie Lisa Livias Gesicht sah.

»Ich weiß«, entschuldigte sich LL bei Maria. »Wirklich, ich weiß, dass ich alles vermasselt habe …«

»Das reicht mir nicht«, schnappte Maria. »Schwör mir, dass du heute den ganzen Tag über nichts sagen wirst, kein einziges Sterbenswörtchen außer höflichem Blabla, wie es sich für eine Hochzeit gehört. Und du wirst dich nicht mehr einmischen. Schwör mir das.«

Lisa Livia schluckte und nickte. »Ich schwöre, ich werde den ganzen Tag über kein Wort sagen außer: ›Hallo, wie geht es Ihnen, ein wunderschöner Tag für eine Hochzeit.‹ Und ich werde nichts mehr vermasseln. Ich verspreche es.«

Wieder eine Autotür. Agnes sah aus dem Fenster. Nicht Shane. *Verdammt*. Er war nicht tot. Andere Menschen starben, aber nicht Shane ...

»Ich glaube dir nicht«, zischte Maria, und die Brautjungfern nickten bekräftigend. »Als ob du einfach den Mund halten könntest. Oder aufhören, dich einzumischen. Das wäre ja dein absoluter Albtraum ...«

»Okay, es reicht«, schnitt ihr Agnes das Wort ab.

Alle drehten sich um und sahen sie an.

»Ich weiß, dass so eine Hochzeit die Nerven strapaziert«, sagte Agnes zu Maria. »Ich weiß, dass du eigentlich ein liebes Mädchen bist und dass du eine schreckliche Woche hattest. Ich weiß, dass du deine Mutter liebst. Ich weiß, dass dir das eigentlich nicht ähnlich sieht. Aber jetzt reicht's.«

»Oh bitte!«, sagte Maria aufgebracht.

Agnes richtete ihren Blick auf die Brautjungfern. »Ihr solltet euch anziehen. Sofort.« Als sie zögerten, fügte sie an: »Los, Abmarsch.« Maria nickte. Die Mädchen gingen. Agnes trat einen Schritt auf Maria zu. »Du hörst mir jetzt mal zu. Gestern Nacht starb Taylor mit einer Fleischgabel im Hals. Mag sein, dass du das in der Hitze des Gefechts vergessen hast ...«

Maria wurde rot: »Nein, aber ...«

»... aber er starb unter Schmerzen und erstickte an seinem eigenen Blut. Die Tatsache, dass du ein rosafarbenes Kleid tragen wirst, das die Mutter deines Bräutigams in einer Nacht zu einem halbwegs tragbaren Modell umarbeiten ließ, macht mich da nicht gerade fassungslos, Maria. Du bist neunzehn. Du wirst heute einen Mann heiraten, der dich anbetet. Dann wirst du verdammt reich sein und dir alles leisten können, was deine Mutter sich versagen musste, weil sie sich die Finger krumm gearbeitet hat, damit du immer alles bekommen hast, was du wolltest. Und jetzt hat deine gottverdammte Großmutter ihr alles gestohlen, was sie besaß. Und sie hat darüber hinaus noch ihre berufliche Existenz ruiniert, weil sie vorsorglich auch gleich das Geld von LLs Kunden mit eingesackt hat, was dich aber nicht besonders zu belasten scheint. Du plärrst von allen hier am lautesten, dabei hast du die allergeringsten Probleme. Du kannst also Gift drauf nehmen, dass du hier keinem besonders leidtust. Also schwing deinen Hintern hoch, nimm die dämlichen Lockenwickler aus dem Haar, zieh das rosafarbene Kleid an und hör auf mit dem blöden Gedöns, dass du nicht sicher bist, ob Palmer dich liebt. Wenn er dich und den Wirbel, den du veranstaltest, bis jetzt ausgehalten hat und immer noch den Rest seines Lebens mit dir verbringen will, dann ist das Liebesbeweis genug.«

Maria sandte Agnes einen zornigen Blick zu. Dann sah sie, Unterstützung heischend, ihre Mutter an.

Lisa Livia zuckte mit den Schultern. »Hallo, wie geht es Ihnen. Ein schöner Tag für eine Hochzeit, finden Sie nicht auch?«

»Na, wunderbar«, zischte Maria und rauschte ab, aber in ihrer Stimme lag ein leises Zittern, was Agnes zuversichtlich stimmte.

Lisa Livia sah sich nochmals das Kleid an. »Das war Brenda.«

»Darauf kannst du wetten. Und wenn sie solche Sachen bringt, dann wird sie heute noch mehr Blödsinn anstellen. Und hinter Gittern landen.«

Wieder hörte sie eine Autotür. Dieses Mal hörte es sich wie der Van an. Als sie den Kopf aus dem Fenster steckte, sah sie aber nur Frankie und Joey aus dem Auto steigen.

»Nein«, schrie sie. Ihr wurde eiskalt, dann war sie schon auf der Treppe.

Shane inspizierte mit wachem Blick das Gelände hinter dem Haus bis zum Wasser hin, als er von hinten gepackt wurde. Arme schlangen sich so eng um seinen Hals, dass sie ihm die Luft abschnürten. Er drehte sich um – was nicht einfach war, schließlich war es Agnes, die da an ihm hing – und sagte: »Hey.« Dabei legte er die Arme fest um sie. Sie nuschelte an seiner Brust: »Ich dachte, du bist tot. Ich habe nur Frankie und Joey zurückkommen sehen.« Sie hob das Gesicht zu ihm auf, und er erkannte, wie viel Angst sie ausgestanden hatte; er küsste sie innig. Sie erwiderte den Kuss länger, als er beabsichtigt hatte, und je länger sie ihre Lippen auf seine presste, desto mehr wichen die Schatten der Vergangenheit zurück. Alles Gute, was in Form von Agnes und Two Rivers zu ihm gekommen war, schäumte über ihn hinweg.

Als sie ihre Lippen von seinen löste, sagte sie: »Ich will, dass du diesen verdammten Job aufgibst.« Er nickte. »Gut«, sagte sie und küsste ihn nochmals. Dann ließ er sie los und sah sie an. Sie trug etwas, das so gar nicht nach Agnes aussah: ein enges pinkfarbenes Kleid mit tiefem Ausschnitt, in dem sie aussah wie Jessica Rabbit aus »Falsches Spiel mit Roger Rabbit«.

»Niedlich, das Kleidchen«, sagte er und versuchte, nicht in Lachen auszubrechen. Dabei wichen die Schatten noch weiter zurück. Wahrscheinlich würden sie niemals ganz verschwinden. Zu viel hatte er erlebt, und einiges war noch ungetan. Doch Agnes war ein wunderbares Gegenmittel.

»Lisa Livia hat es ausgesucht«, sagte Agnes und grinste ebenfalls. Was ihn freute, denn irgendwie wurde er auch nicht froh, wenn sie sich Sorgen machte. Ein weiterer Grund, seinen Job als Auftragskiller an den Nagel zu hängen.

»Es sieht prima aus, wirklich«, sagte er, denn es sah gut aus. Irgendwie.

»Sie hat auch eines für Evie gekauft«, kicherte Agnes. »Ich glaube zwar nicht, dass Evie es anziehen wird, aber es hat was damit zu tun, dass wir alle drei auf die ein oder andere Weise Marias Mütter sind oder sein werden. Manchmal sind mir Lisa Livias Gedanken etwas schleierhaft.«

»Das geht mir mit Carpenter genauso, aber andererseits kommt immer etwas Vernünftiges dabei heraus«, sagte Shane und hielt sie auf Armeslänge von sich weg. »Laufen kannst du damit aber nicht.«

»Dein Sinn fürs Praktische ist wirklich beeindruckend, mein Lieber«, sagte Agnes und ging zurück ins Haus. Wodurch Shane sich überzeugen konnte, dass das Kleid praktisch kein Rückenteil hatte und unten herum wirklich sehr eng saß.

»Das Kleid gefällt mir«, rief er ihr hinterher, und ihr Lachen hallte noch lange in seinen Ohren nach.

Shane grinste. *Das ist mein Mädel*, dachte er. Als sie sich umdrehte und ihm ein Lächeln zuwarf, hatte er eine Sekunde lang das Gefühl, so könnte seine Mutter ausgesehen haben, wenn sie sich von seinem Vater verabschiedete. Allein der Gedanke ließ seinen Rachedurst wieder aufleben. Doch die Rache war Sache von Frankie und Joey, er hatte damit nichts zu tun. Schließlich hatten sein Vater und seine Mutter sich gefunden und hatten miteinander ein erfülltes Leben gelebt.

Schlimmer wäre es gewesen, wenn sie sich nicht begegnet wären.

Agnes winkte ihm von der Verandatür her zu, immer noch in ihrem Jessica-Rabbit-Kleid, mit diesem wundervollen Lächeln. Und er war so dankbar, dass er zurückgekehrt war, dass er sie ebenfalls anlächelte. Dann verschwand sie im Haus, und er überprüfte, ob hier draußen irgendetwas mit der Hochzeit schiefging.

Denn im Haus lief alles bestens.

♡

Agnes marschierte in die Küche und bemühte sich, nicht allzu auffällig zu strahlen, obwohl dies wirklich nicht leicht war.

Shane würde seinen Beruf aufgeben. Maria war die Empörung in Person, aber sie würde Palmer heiraten. Wenn nur Butch endlich käme, um Cerise und Hot Pink abzuholen. Und Frankie das Geld herausrücken würde. Und sie ihre verdammte Kolumne endlich zu Ende schreiben könnte …

»Onkel Michael ist nicht da«, rief Maria, die in ihrem rosafarbenen Brautkleid wunderbar aussah, aber wenig bräutlich die Hände in die Hüften gestemmt hatte.

Agnes sah sie fragend an: »Wie bitte?«

»Onkel Michael. Der Don.« Maria schlug die Arme übereinander. »Der mich zum Altar führen soll. Er ist nicht da.«

»Und er kommt auch nicht mehr«, sagte der sozusagen runderneuerte Frankie, der in der Tür stehen geblieben war. Rhett, der sich des Dramas, das sich um ihn herum abspielte, nicht bewusst war, trottete gemütlich an ihm vorbei. »Und du wirst ihn nicht vermissen.« Er strich seine Smokingjacke glatt und hob das frisch rasierte Kinn – jeder Zoll ein Fortunato.

»Oh Gott«, sagte Agnes. »Was ist mit dem Don?«

»Ich führe dich zum Altar, Maria«, sagte Frankie und streckte ihr seinen Arm hin.

Maria blinzelte ihn an: »Doyle?«

»Ich bin dein Opa, Liebes. Frankie.«

Mit weit aufgerissenen Augen sah Maria Lisa Livia an.

»Das ist mein Vater«, sagte Lisa Livia. »Frankie Fortunato. Deine Großmutter hat vor fünfundzwanzig Jahren versucht, ihn umzubringen. Also schwamm er den Blood River hinunter, so weit von ihr weg wie nur möglich. Aber jetzt ist er wieder da und wird dich zum Altar führen.«

Maria ließ sich auf einen der Küchenstühle fallen.

»Willst du etwas trinken?«, fragte Agnes. »Ich brauche selbst einen.« Sie sah Frankie an: »Wo ist der Don, Frankie?«

»Er ruht bei jenen, denen er Unrecht tat«, antwortete dieser.

»Oh«, meinte Agnes. »Hat Shane ihn umgelegt?«

»Nein«, antwortete Frankie, während Agnes sich eingoss. »Und jetzt stell keine Fragen mehr, Agnes«, fügte er mit sanfter Stimme hinzu.

»Würde mir ja im Traum nicht einfallen, Frankie«, gab Agnes zurück und kippte ihren Drink. »Maria?«, meinte sie fragend und hielt dem Mädchen die Flasche hin.

»Nein, mir geht es gut«, entgegnete diese. »Du bist also mein Großvater. Und du wirst mich zum Altar führen. Geht in Ordnung, klar.« Sie sah Agnes an. »Hast du schon herausgefunden, wer mein Kleid ruiniert hat?«

»Das? Das war Brenda«, antwortete Agnes.

Maria nickte. »Wenn sie mich also in ihrem Kleid mit Großpapa Frankie den Gang herunterkommen sieht …«

»Könnte das für einen Schlaganfall reichen«, lächelte Agnes.

Maria stand auf: »Willkommen, lieber Großpapa!«

»So ist es schön«, meinte Agnes. »Und du siehst wirklich wunderbar aus, Maria.« Maria allerdings würdigte sie keines Blickes. *Auch gut*, dachte Agnes, *anscheinend muss ich mir das erst noch verdienen*. Und so schoss sie zur Tür hinaus, wobei der Bleistiftrock sie beinahe stolpern ließ, ein Problem, mit dem sie schon den ganzen Morgen über zu kämpfen hatte. *Kleine Schritte*, sagte sie sich selbst und versuchte es noch einmal.

Meine Aufgabenliste, dachte sie, als sie auf die Veranda hinaustrat. *Marias Hochzeit nicht zu einem Witz werden lassen. Brenda dazu bringen, sich selbst einen Strick zu drehen. Lisa Livias Geld zurückholen. Shane einen besseren Job besorgen. Kolumne schreiben.*

Das verdammte Kleid verbrennen.

♡

Shane observierte die Hochzeitsgesellschaft. Es waren etwa einhundert Menschen auf dem Rasen ums Haus versammelt. Die Männer des Don saßen durchweg auf Marias Seite und sahen erstaunt auf, als Frankie die Braut zum Altar führte und nicht der Don. Brenda war noch nicht da. Vielleicht wartete sie auf den richtigen Moment für den effektvollsten Auftritt. Auch das würde ein Genuss werden.

Er ging die Personen durch, die auf der Seite des Bräutigams saßen: der Bräutigam selbst, sein Trauzeuge, der Platzanweiser, der Pfarrer, die Musiker und die Fotografin. In der ersten Reihe glomm etwas pinkfarben zu ihm herüber. Evie trug tatsächlich dasselbe Kleid wie Agnes, allerdings hatte sie eine Jacke darübergezogen. *Keine schlechte Idee*, dachte Shane, *wenigstens in der Öffentlichkeit*. Als er seinen Blick über das Wasser schweifen ließ, runzelte er die Stirn: Wilsons Jacht lag da, direkt vor dem Schwimmdock, links von Brendas Boot. War er gekommen, um den finalen Schlag zu überwachen?

Shane fragte sich, ob er überhaupt je bei einem Auftragsmord dabei gewesen war. Hatte er von den Einzelheiten des Mordes an seinen Eltern vom Consigliere erfahren? Wie hatte Wilson doch gemeint: *Es heißt?* Oder war er gar Augenzeuge gewesen?

Shane ging über den Rasen zu der Fotografin hinüber, einer attraktiven Frau, die mehrere Kameras um den Hals hängen hatte. »Könnte ich einen Moment lang die Kamera mit dem stärksten Zoom ausborgen?«

Die Frau wandte sich zu ihm um und lächelte. »Na klar.« Dann zog sie eine Kamera hervor und hielt sie ihm hin.

Shane nahm das Gerät. »Danke.« Er richtete das Zoomobjektiv auf die Jacht. Wilson stand mit einem anderen alten Mann auf der Brücke. Shane kannte ihn von Überwachungsfotos – es war der Oberboss aller New Yorker Familien. *Noch eine von Wilsons Marionetten*, dachte er. Gekommen, um die Krönung des Nachfolgers der New-Jersey-Gang zu beobachten. Er gab die Kamera zurück.

»Sie haben mir einen großen Gefallen getan«, sagte er.

»Keine Ursache«, meinte die Fotografin und ging zu den Gästen zurück. Shane schlenderte hinüber zu Carpenter, der am Rand des Pavillons stand.

»Du hast getan, was nötig war?«, fragte dieser.

»Joey und Frankie haben sich darum gekümmert«, antwortete Shane. »Es gab ein paar Änderungen im Plan. Jetzt suchen wir zuerst mal Casey Dean.« Er holte das rosarote Handy hervor, das er letzte Nacht der Stripperin abgenommen hatte. Dann tippte er die Kurzwahl 1 ein.

Als sich am anderen Ende eine Frauenstimme meldete, straffte er den Rücken: »Wo bist du, Schwesterchen?«

Er war noch dabei, diese Neuigkeit zu verdauen, als Carpenter ihn am Ärmel zog und in die Menge deutete. »Dort.«

Shane richtete den Blick auf die Gäste. Nur die Fotografin hielt ein Telefon in der Hand. Dann schüttelte sie sich die Mähne aus dem Gesicht. Was Shane wiederum an etwas erinnerte.

»Hallo, Princess«, sagte er. »Wie ist dein Sternzeichen?«

Er sah, wie die Fotografin den Kopf hob und ihn anstarrte.

»Wo ist Abigail?«, hörte er ihre Stimme aus dem Telefon.

»Ich habe sie geschnappt«, sagte Shane. »Casey Dean, nehme ich mal an? Wir sind uns schon mal begegnet. In einer Bar in Savannah.«

»Was willst du?«, klang es verbissen aus dem Apparat, während die Augen des Mädchens Shane voller Abscheu musterten.

»Der Don ist tot. Deine Vereinbarung ist damit – wie soll ich sagen? – hinfällig.«

Shane sah, wie sie den Kopf reckte. »So ein Quatsch.«

»Siehst du Don Fortunato oder seinen Consigliere hier irgendwo?«

Schweigen.

Shane fuhr fort: »Wenn der Großvater die Braut zum Altar führt, weißt du, dass ich die Wahrheit sage. Was du auch tust, ich habe dich.«

Einige Sekunden lang blieb das Telefon still. Dann erklang Casey Deans Stimme erneut: »Wo ist meine Schwester?«

»Wir haben sie. Zusammen mit den fünf Millionen.«

»Was willst du?«

»Im Augenblick nur, dass die Hochzeit ohne Zwischenfälle verläuft. Können wir uns darauf einigen?«

»Ja.« Ihre Worte kamen wie das Zischen einer Schlange. »Aber du handelst dir richtigen Ärger ein.«

»Mach ein paar hübsche Fotos«, meinte Shane und legte auf. Dann überlegte er einen Moment. *Was hatte Casey Dean gerade gesagt?* Er nahm das Telefon erneut zur Hand und drückte die Kurzwahltaste 2. Er hielt es ans Ohr und horchte, wer sich am anderen Ende meldete.

»Ja?«, sagte Wilson.

Shane legte auf. Er war von neuem ganz ruhig und eiskalt. Dann sah er Carpenter an. »Erinnerst du dich noch, was wir uns gefragt haben?«

»Ja?«

»Ich habe soeben die Antwort bekommen.«

♡

Fünfzehn Minuten vor diesem Gespräch hatte Agnes Lisa Livia in der Küche getroffen. Diese trug nicht nur ihren pinkfarbenen Bon-Ton-Dress, sondern auch die rosafarbene Halskette mit den Herzchen, die, als sie an Rhetts unschuldigem Hundehals hing, den ganzen Ärger ausgelöst hatte.

»Das ist doch wohl ein Scherz?«, fragte Agnes und fing zu lachen an.

»Die habe ich von meinem *Daddy*«, sagte Lisa Livia. »Er sagte, er habe sie schätzen lassen, sie soll etwa zehntausend wert sein, und er möchte, dass ich sie trage.«

»Zehntausend?«, ließ Agnes sich zweifelnd vernehmen.

»Das stimmt natürlich nicht«, meinte Lisa Livia. »Sie ist mindestens dreißigtausend wert. Das große Herz ist nur Rosenquarz, aber all die kleinen Herzen sind aus rosaroten Diamanten. Und von guter Qualität. Er war vermutlich bei irgendeinem Idioten in Savannah, der ihn übers Ohr zu hauen versuchte.«

»Mein Gott«, sagte Agnes fassungslos. »Und er hat sie Rhett umgehängt?«

»Hier«, meinte Lisa Livia und hielt ihr die Hand hin. Agnes streckte die Hand aus, und Lisa Livia ließ ein pinkfarbenes Band hineingleiten. »Eines der Herzen und ein paar andere Diamanten. Vielleicht fünftausend wert. Nicht viel, aber ein kleines Dankeschön und ein Erinnerungsstück an den heutigen Tag. Falls du je Marias Hochzeit vergessen solltest. Oder Kohle brauchst.«

Agnes hielt das Band hoch und ließ das Herz im Sonnenlicht glitzern. Natürlich übertrafen es die Diamanten im Funkeln bei Weitem. Eigentlich war es bockhässlich. »Ich werde es nie weggeben«, sagte sie voller Inbrunst.

»Wir müssen die Dinger tragen«, sagte Lisa Livia und half Agnes, das Band umzulegen. Dann trat sie zurück und lächelte selig. »Brenda wird vor Wut platzen.«

Zu zweit schlenderten sie zum Pavillon hinunter, begleitet von Rhett. Die Flamingos schnarrten im Hintergrund, denn natürlich hatte dieser Idiot Butch sie nicht abgeholt. Als sie Evie sahen, blieben beide überrascht stehen. Sie trug dasselbe pinkfarbene Kleid, dazu ein pinkfarbenes Jäckchen und einen ebensolchen Strohhut mit einem riesigen rosafarbenen Maßliebchen darauf. Sie sah toll aus und ließ ihren Ehemann Jefferson in seiner angegrauten dynastischen Würde völlig verblassen.

»Ich glaube es nicht«, sagte Agnes, als sie mit ihrer Freundin in der ersten Reihe Platz nahm. Nicht ohne Rhett natürlich, der sich neben sie fallen ließ. »Hast du gesehen? Evie trägt das Kleid!«

»Sie hat gemogelt«, antwortete Lisa Livia. »Sie trägt ein Jäckchen dazu.«

»Ja, aber es passt«, meinte Agnes ganz beeindruckt. »Ich

wette, das hat sie sich machen lassen. Es hat vermutlich das Zehnfache von dem gekostet, was du für das Kleid ausgegeben hast. Und der Hut ist der absolute Hammer.«

»Sie wird Brenda mühelos ausstechen«, flötete Lisa Livia. »Ich liebe Evie Keyes.«

Garth saß rechts hinter ihnen – mit einem hübschen Mädchen im Sonntagsdress, deren Name offensichtlich Tara war. Während sie sich mit großen Augen umsah, saß er ernst dreinblickend in einem Anzug da, den Palmer nicht nur für ihn ausgesucht, sondern auch bezahlt hatte. Agnes dachte: *ein Punkt für Palmer*. Sie drehte sich zu Garth um und flüsterte ihm zu: »Das hast du wirklich super gemacht, Garth. Ich weiß gar nicht, was wir ohne dich angefangen hätten.«

Das Mädchen sah Garth ehrfürchtig an. Und dieser nahm eine Gesichtsfarbe an, mit der er mühelos jeden Flamingo ausgestochen hätte.

Mit zufriedenem Grinsen richtete Agnes den Blick wieder nach vorne.

Palmer und Downer nahmen ihre Plätze neben Reverend Miller ein. Der große Mann sah aus, als sei es für ihn eine wahre Strafe, diese Hochzeit vollziehen zu müssen. Downers Blick hingegen wirkte regelrecht ekstatisch. Was vermutlich bedeutete, dass er noch irgendeinen grässlichen Trumpf im Ärmel hatte. Palmer hingegen sah aus wie der Tod. Oder zumindest so, als hätte er einen tödlichen Kater. Er hielt den Blick in die Ferne gerichtet, was sich in etwa übersetzen ließ mit: Wenn ich meinen Kopf nicht bewege, kann er auch nicht abfallen.

Der Reverend nickte der Kapelle zu, und diese begann mit schnellen lateinamerikanischen Rhythmen, die Cerise und Hot Pink zu heftigem Schnarren animierten.

»Was zum Teufel?«, fragte Palmer und drehte sich zu Downer um, der sich totlachen wollte.

»Verstehst du's denn nicht?«, sagte er und stützte sich auf

Palmers Arm, weil er vor Lachen beinahe umkippte. »Das ist Flamingomusik.«

»Was?«, meinte der völlig verwirrte Palmer.

»Flamenco«, sagte Agnes, doch in diesem Augenblick drehten sich aller Augen auf die andere Seite. Sogar die Kapelle hörte zu spielen auf, weil den Musikern der Mund offen stehen blieb.

Brenda war angekommen.

Vermutlich hatte sie damit gerechnet, dass die Musiker bereits den Hochzeitsmarsch spielten. Dann hätte sie kurz vor Maria in den Gang schlüpfen und ihr die Schau stehlen können. Die Flamencomusik überraschte sie ein wenig, aber sie ging trotzdem weiter. In einem schwarzen Spitzenkleid. Dabei tupfte sie sich mit einem schwarzen Spitzentaschentuch die Augen und nickte allen zu, die ihrem Beileid für die frisch gebackene Witwe Ausdruck verliehen. Ein Rest von Anstand brachte sie dazu, nur jenen zu antworten, die etwas zu ihr sagten. Doch Brenda in schwarzer Spitze war natürlich ein Hingucker. Die schwarze Spitzenmantille allerdings hatte den eher unglücklichen Effekt, dass sie aussah wie Draculas Braut. Was der tragisch angelegten Szene eine gewisse Komik verlieh. Wenn man von der Tatsache einmal absah, dass Taylor wirklich tot war.

»Macht Morticia von der Addams Family jetzt schon Hausbesuche?«, flüsterte Lisa Livia.

»Sie ist verwitwet«, zischte Agnes. »Zeig doch ein wenig Respekt.«

»Jedenfalls ist sie nicht so verwitwet, wie sie glaubt«, lächelte Lisa Livia.

Brenda erreichte den Pavillon, schenkte der Familie des Bräutigams ein trauriges Lächeln und wandte sich dann ihrem Platz zu.

Lisa Livia winkte ihr zu.

Was Brendas Blick auf die Halskette lenkte und sie steif werden ließ wie ein Brett. Dann sah sie Agnes, und ihre Lampen begannen durchzubrennen. »Wir können heute keine Hochzeit feiern«, rief sie und deutete auf Agnes. »Diese Frau ist eine Mörderin. Detective Xavier, ich habe sie doch eben gesehen. Wieso sitzt diese Frau nicht hinter Gittern?«

Xavier trat aus dem Schatten einer alten Eiche hervor. »Miss Agnes wurde Freigang gewährt. Aber machen Sie sich keine Sorgen, Mrs. Beaufort. Ich habe schon ein Auge auf sie.« Er nickte Reverend Miller zu: »Machen Sie ruhig weiter, Reverend.«

»Dann werde ich eben meine Rechte als Bürgerin ausüben und sie festnehmen«, ließ sich Brenda aus ihrem Nebel schwarzer Spitze selbstherrlich vernehmen.

»Das geht nicht, Ma'am«, sagte Xavier. »Sie steht ja schon unter Arrest. Also setzen wir uns jetzt alle schön hin und genießen die Hochzeit.« Er kam herüber und setzte sich auf die Seite der Braut, entspannter, als Agnes ihn je erlebt hatte. Auf seinem Weg dorthin tippte er an seinen Hut, als er an Evie Keyes vorbeikam, und schenkte ihr ein spitzbübisches Lächeln. Und sie lächelte zurück, wobei das rosa Maßliebchen auf ihrem Hut neckisch wippte.

Jefferson Keyes sah erschrocken auf.

»Ich verlange eine Verhaftung!«, fauchte Brenda in scharfem Ton.

»Wenn Sie sich jetzt nicht sofort hinsetzen«, mahnte Xavier sanft, »werde ich Sie wegen Ruhestörung verhaften.«

Brenda sog die Luft tief ein, was ihrem Dekolletee deutlich anzumerken war. Dann setzte sie sich neben Lisa Livia. »Wo hast du diese Kette her?«, zischte sie.

»Oh, das ist ein Geschenk«, gab Lisa Livia zurück.

Xavier setzte sich hinter Brenda und neben Garth, was diesem gar nicht zu behagen schien.

Vorne sprach Reverend Miller mit Jefferson Keyes. Jefferson schüttelte den Kopf und setzte sich hin.

Reverend Miller richtete sich zu voller Größe auf. »Ich befürchte«, meinte er, »diese Hochzeit kann nicht stattfinden. Es gibt einfach zu viele Unregelmäßigkeiten hier.«

Lisa Livia zuckte zusammen, Brenda aber lächelte breit.

Der Reverend blies die Nasenlöcher auf. »Ich weiß nicht, was hier vorgeht, aber es gibt hier untergründige Strömungen, die dem heiligen Charakter einer Eheschließung zuwiderlaufen.«

Agnes atmete tief ein, genauso, wie Dr. Garvin es ihr beigebracht hatte. *Ich werde deinen Fettsteiß gleich mit dem Blood River bekanntmachen, wo sich Flamingos und Alligatoren darum streiten werden, du schwanzloses Geschöpf.*

Reverend Miller neigte sein Haupt. »Lassen Sie uns also zum Abschluss ein Gebet sprechen ...«

»O nein.«

Agnes sah Lisa Livia an und dachte für einen Moment, sie habe das Versprechen, das diese Maria gegeben hatte, gebrochen. Dann aber merkte sie, dass es Evie Keyes war, die sich erhoben hatte. All die Jahre unterdrückter Gefühle brachten das Maßliebchen auf dem Hut zum Zittern.

»Wenn Sie den Eindruck gewonnen haben, dass Sie die Hochzeit meines Sohnes, der einen beträchtlichen Teil der Ländereien und Vermögenswerte der Keyes erben wird, nicht vollziehen können«, sagte Evie würdevoll, »dann kann ich dafür durchaus Verständnis aufbringen. Ich bin nur nicht sicher, ob *er* das genauso sieht.« Und sie fixierte den Reverend mit dem eisig blauen Blick einer Schneekönigin. Der Reverend erstarrte. Verständlicherweise.

Nur zu, Evie, dachte Agnes.

»Was zum Teufel soll das denn?«, murmelte Brenda atemlos und beugte sich vor.

Der Reverend warf Palmer ein schwaches Lächeln zu, das Palmer nicht erwiderte. Das war weiter nicht erstaunlich, denn Palmer hatte seit letztem Donnerstag nicht mehr gelächelt, aber das würde Agnes Reverend Miller nicht sagen.

Dann wandte Reverend Miller sich wieder Evie zu. »Können Sie mir zusichern, dass sich auf dieser Hochzeit nichts Unpassendes zutragen wird?«, sagte er und versuchte, wieder sachlich und nüchtern zu klingen.

»Nein«, sagte Evie, die überhaupt kein Problem hatte, eine ordentliche Portion »Sie können mich mal« in ihre Stimme zu legen, was ihr Agnes' uneingeschränkte Bewunderung eintrug.

»Vielleicht war ich ja ein wenig voreilig«, meinte der Reverend, der langsam einsah, dass er hier und jetzt sein Waterloo erlebte.

Und ob, dachte Agnes, als Evie sich wieder setzte.

Brenda neben ihr fauchte vor Wut und enttäuschter Hoffnung.

»Nun gut.« Reverend Miller nickte der Kapelle zu, und diese intonierte erneut den verflixten Flamenco. Was Cerise und Hot Pink zu erneuten Schnarranfällen bewegte.

»Schluss damit«, sagte Agnes und stand auf, und nun richteten sich die Blicke der Hochzeitsgesellschaft auf sie. »Ihr da. Von jetzt an spielt ihr die Klassiker, klar? Wenn nicht, bekommt ihr keinen Pfennig. Beherrscht ihr den Hochzeitsmarsch?«

»Natürlich können wir den Hochzeitsmarsch«, verteidigte sich der Kapellmeister. »Wir mussten den verdammten Flamenco extra lernen.«

Downer brach erneut in Gelächter aus.

»Werd endlich erwachsen«, sagte Agnes, was ihn zum Verstummen brachte. Dann nickte sie der Kapelle zu, die den Hochzeitsmarsch anstimmte.

»Lieber Himmel«, stöhnte Lisa Livia.

»Wenn wir das Ganze im Country Club veranstaltet hätten ...«, wagte Brenda einzuwerfen.

»Halt endlich deine diebische, mörderische Klappe«, versetzte Lisa Livia, und Agnes dachte nur: *Geschieht ihr recht.*

Dann drehte sie sich um, um Maria zu beobachten, die auf den Altar zuschritt.

Sie kam von den Verandastufen herab. Ihr Gesicht zeigte keinerlei Lächeln, aber sie sah wunderschön aus, wie sie in ihrem flamingorosa Hochzeitskleid einherschritt. Auch Frankie in schwarzem Smoking und breitem Lächeln machte eine hervorragende Figur. Zu zweit gingen sie über den Rasen bis zur ersten Stuhlreihe. Dann sagte jemand: »Wer zum Teufel ist das denn?«, und Brenda drehte sich um. »Frankie?«, japste sie. Sie stand auf. Ihr Gesicht wurde weiß wie ein Leintuch. Frankie winkte Lisa Livia zu. Dann hob er Daumen und Zeigefinger zu einer angedeuteten Pistole und richtete sie auf Brenda.

Brenda fiel in Ohnmacht. Der Hochzeitsmarsch erstarb.

Agnes warf dem Kapellmeister einen Blick zu. »Sie wollen doch nicht, dass ich Ihnen etwas antue?«

Daraufhin nickte er der Kapelle zu, und der Marsch setzte wieder ein. Maria schritt mit erhobenem Kinn den weißen Baumwollläufer hinab. Ihre dunkle Mähne kräuselte sich in der leichten Brise. Frankie an ihrem Arm lächelte noch immer wie ein Honigkuchenpferd.

Lisa Livia hingegen nahm eine Flasche Mineralwasser, drehte den Verschluss auf und schüttete ihrer Mutter den Inhalt über den Kopf. Natürlich konnte sie dabei nicht umhin, Kleid und Make-up zu ruinieren, was ein süßes Lächeln auf Marias Gesicht zauberte. Spuckend und prustend kam Brenda zu sich. Lisa Livia nahm ihren Arm und hievte sie auf ihren Platz. Maria und Frankie hatten mittlerweile das Ende des Ganges erreicht. Aus einem unerfindlichen Grund verspürten plötzlich einige der Gäste auf der Seite der Braut das dringende Bedürfnis zu verschwinden.

Maria gab ihrer Trauzeugin das Brautbukett. Liebevoll tätschelte Frankie ihre Hand, dann legte er sie in die Palmers. Schließlich wandte sich das Paar zu Reverend Miller um, was das Lächeln aus Marias Gesicht wieder verschwinden ließ.

Frankie setzte sich neben Agnes und sagte: »Tolle Hochzeit, Agnes.« Dann lehnte er sich vor, sodass er einen Blick auf die tropfende Brenda werfen konnte. »Hallo, Brenda. Ich bin wieder da. Hast du mich vermisst?«

Brenda warf ihm einen Blick zu, der so voller Verachtung war, dass Lisa Livia und Agnes zurückzuckten.

»Hallo, Frankie«, knurrte sie. »Maisie sitzt in der letzten Reihe, falls du einen Quickie brauchst.«

»Die Ehe ist ein lebenslanges Band«, sprach Reverend Miller salbungsvoll und sah dabei Maria an, die einen Schritt zurücktrat. »Das man nicht leichten Herzens knüpfen sollte.«

»Ich habe sie gesehen«, sagte Frankie. »Sie hat sich nicht so gehalten wie du, Baby. Wie schaffst du das nur? Schneidest du bei Vollmond einer Jungfrau die Halsschlagader durch und trinkst ihr Blut, du mörderische Schlampe?«

»Jedenfalls waren Jungfrauen leichter zu finden, nachdem du aus der Stadt warst, du Hurensohn«, gab Brenda zurück.

»Halt die Klappe«, zischte Lisa Livia. »Das ist die *Hochzeit* meiner Tochter.«

»Erforschet eure Seelen, ob der Mensch, mit dem ihr den Bund der Ehe eingehen wollt, auch tatsächlich euer Gefährte fürs Leben ist«, meinte Reverend Miller zu Maria gewandt, deren Schultern nach unten sackten. »Der Mensch, der aus demselben Umfeld kommt, der eure Sprache spricht …«

»Hey, ich habe *zum Teufel noch mal* einfach nur ein bisschen Wärme gesucht«, meinte Frankie. »Was zu Hause ja Mangelware war.«

»Du hast zu Hause keine Wärme bekommen, weil du sie ständig woanders gesucht hat«, schnappte Brenda zurück. »Und zwar *in jedem verdammten Scheißhaushalt*.«

»Haltet jetzt verdammt noch mal endlich die Klappe«, flüsterte Lisa Livia stocksauer. Agnes gab Frankie einen Klaps auf den Arm und deutete mit dem Kopf auf Maria.

»... denn Menschen, die aus einem unterschiedlichen Umfeld stammen, das von einer vollkommen anderen Kultur geprägt ist, werden nie ein echtes gemeinsames Band finden.« Dabei sah Reverend Miller Maria fest in die Augen, während Palmer seinen Blick immer noch in weiter Ferne hielt, wo er wohl nach einem Anti-Kater-Mittel Ausschau hielt, und die ganze Rede vollkommen verpasste.

»Was sagt dieses Arschloch von einem Geistlichen da zu meiner kleinen Maria?«, fuhr Frankie auf.

»Lass den verdammten Geistlichen doch sagen, was er will«, meinte Brenda.

»Hat der etwa gerade gesagt, meine Tochter wäre nicht gut genug für Palmer?«, zischte Lisa Livia.

»Lieber Gott.« Agnes stand auf und sah Reverend Miller direkt ins Gesicht. »Ich weiß ja nicht, was man in Ihrer Kirche unter ›feiern‹ versteht, aber dort, wo ich herkomme, heißt es jedenfalls nicht, dass man die Braut niedermacht und in allen anderen Gästen eine mörderische Wut erweckt. Jetzt reicht's. Sie können verschwinden.«

»Das wollte ich ja schon vorher«, verteidigte sich Reverend Miller.

»Ich weiß«, meinte Agnes. Sie drehte sich um und suchte unter den Gästen nach Carpenter, sah aber nur Shane, der neben einem Schrankkoffer auf Rollen stand. *Das ist ja ganz was Neues*, dachte Agnes. »Carpenter?«, rief sie.

»Gleich hinter Ihnen«, sagte er. Als sie sich umdrehte, sah sie ihn sitzen. Er strich sich die Krawatte glatt.

»Sie haben das kommen sehen, nicht wahr?«

»Hat das nicht jeder?«

Sie beugte sich vor und flüsterte ihm zu. »Schwören Sie mir, dass die Eheschließung legal ist?«

»Ja«, flüsterte er zurück. »Ich bin überall zugelassen, nur nicht in Utah, North Carolina und Las Vegas.«

Agnes schloss die Augen. »Gut«, wisperte sie. »Braut und Bräutigam sind ein wenig niedergeschlagen. Diese Hexe Brenda hat Palmer eingeredet, Maria würde ihn nur wegen des Geldes heiraten. Und Maria, dass Palmer sie nur nimmt, weil sie gut aussieht, und dass er sie bei erster Gelegenheit betrügen wird. Daher kann es gut sein, dass einer der beiden Nein sagt.«

»Alles klar«, meinte er und schritt nach vorne zum Pult. In seinem schwarzen Anzug sah er richtig majestätisch aus.

»Seid alle willkommen, die ihr mit Maria und Palmer befreundet seid«, begann er, als er Reverend Miller zur Seite geschoben hatte. Seine warme, weiche Stimme umfing die lauschende Gemeinde. »Viele von euch haben lange Reisen unternommen, um heute hier sein zu können. Wir sind euch dankbar, dass ihr die Mühe auf euch genommen habt. Auch der Weg von Maria und Palmer hierher war voller Mühen und Plagen. Ihre Bereitschaft, diese alle zu überwinden, verspricht viel, was ihre gemeinsame Zukunft angeht.«

Palmer sah immer noch drein, als würde alles an ihm vorübergehen, doch Maria wandte sich zu Agnes um und sah sie fragend an.

»Sechs M&Ms«, flüsterte Agnes. »Ich schwöre, Maria.«

Maria atmete tief durch, nickte und wandte sich dann wieder Carpenter zu.

Dieser räusperte sich.

»Meine Lieben«, sprach er salbungsvoll. »Wir haben uns heute hier versammelt, um ein Paar zu feiern, das wie kein anderes erfahren hat, dass Liebe alle Schwierigkeiten überwindet. Und dass es gilt, Kurs zu halten, was immer die Winde auch bringen mögen. Maria, eine so schöne junge Frau, dass sie jeden Mann bekäme, den sie will, reicht ihre Hand Palmer, einem jungen, vielversprechenden Mann, der kürzlich allerdings aufgrund der endlosen Prozesse wegen des Flamingo Golf Clubs …«

»Was?«, fuhr Maria auf.

»... all sein Geld verloren hat ...«

»Aber hallo!«, meinte Downer und trat einen Schritt von Palmer weg.

»... und daher unfähig ist, sie zu ernähren ...«

»Was?«, fuhr jetzt Palmer hoch, der endlich aus seinem Kater erwachte. »Was reden Sie denn da?«

»Oh Palmer«, meinte Maria und trat näher an ihn heran.

»Wirklich, Maria«, sagte Palmer steif. »Über Geld musst du dir keine Sorgen machen.«

»Tu ich ja gar nicht«, gab Maria zurück. »Ich arbeite schließlich selbst. Ich habe gearbeitet, seit ich fünfzehn war. Ich bin so erzogen worden. Du kennst doch meine Mutter? Glaubst du, sie würde zulassen, dass ihre Tochter von einem Mann abhängig ist?«

Palmer blinzelte verständnislos. »Ich meinte nicht ...«

»Ich liebe dich, du Esel«, sagte Maria und sah aus, als würde sie ihn gleich umbringen. »Und jetzt, wo du pleite bist, kann ich dir das endlich auch beweisen. In Wirklichkeit nämlich ...« Sie fing an zu strahlen. »Palmer, das ist super. Wir werden zusammen ein Vermögen verdienen.«

»Ich bin nicht pleite«, sagte Palmer und starrte sie finster an.

»Du hast mir nicht *zugehört*«, schimpfte Maria. »Du bist ein Genie, was Golfplätze angeht. Aber in praktischen Dingen bist du ziemlich schlecht. *Ich nicht.* Ich habe den Kopf meiner Mutter, und ich sage dir, das heißt was. Mit deiner Kreativität und meinem von Mom ererbten Streetfighter-Instinkt werden wir sowieso in null Komma nichts Millionäre. Wir machen das zusammen, Palmer. Das ist viel besser *so.*« Sie legte die Hand auf seinen Arm. »Wir werden anfangs nicht so viel Geld haben, aber das dauert sicher nicht lange. Du hast keine Ahnung, wie clever ich bin.«

Palmers Gesicht nahm einen Ausdruck der Verzweiflung an. »Ich weiß, wie clever du bist. Warum denkst du, will ich dich heiraten? Du bist die klügste Frau, die mir je über den Weg gelaufen ist. Das war mir schon bei unserem ersten Date klar, als der Wagen den Geist aufgab und du ihn repariert hast. Und danach, als wir uns verfahren haben und du mit dem GPS umgehen konntest. Ich weiß verdammt gut, dass du die richtige Frau für mich bist.«

Maria starrte ihn mit offenem Mund an: »Palmer?«

»Natürlich habe ich nichts dagegen, dass du auch noch gut aussiehst, aber ehrlich gesagt ist das nur zweitrangig. Und ich liebe dich. Ich weiß nicht, was in dieser Woche alles passiert ist.« Er richtete sich zu voller Größe auf. »Aber ich sage dir jetzt eines: Wenn du mich nur um des Geldes willen heiratest, dann ist mir das auch egal. Es gefällt mir zwar nicht, aber ich will dich trotzdem heiraten.«

»Ich heirate dich doch nicht wegen des Geldes«, fauchte Maria. »Das hätte ich nie getan. Genau das versuche ich schon die ganze Zeit, dir zu sagen. Es ist mir verdammt egal, ob du reich bist. Ich will Geld haben, aber wir können das auch zusammen verdienen. Wir werden Unmengen Geld verdienen. Ich bin gut darin, das wirst du schon sehen. Du entwirfst Golfplätze, und ich passe auf, dass wir dafür gut bezahlt werden. Dann werde ich das Geld investieren. Wir müssen für das College der Kinder sparen, und für die Rente auch, aber ich kümmere mich darum. Wir werden bald wieder reich sein. Gemeinsam schaffen wir das. Und glaub mir, Palmer, *so ist es besser*. Weil wir gemeinsam all unser Geld verdient haben.«

»Das wird sich nicht machen lassen«, antwortete Palmer. »Ich weiß nicht, wovon der Typ eigentlich redet. Ich habe mein Geld nicht verloren. Es gab keine Prozesse um den Flamingo-Golfplatz. Ich bin immer noch reich.«

Maria sah Carpenter fragend an.

Der lächelte und nickte. »Es war nur ein Test.«

»Wir sind also reich?«, sagte Maria.

»Ja, tut mir leid«, gab Palmer zurück.

»Ach, dem Himmel sei Dank«, meinte Maria und fiel ihm in die Arme.

»Was ich jetzt noch wissen möchte, ist, ob ihr beide wirklich heiraten wollt?«, fragte Carpenter.

»Ja«, antwortete Palmer.

»Und ob«, antwortete Maria.

»Und glaubt ihr auch, dass der andere euch liebt und euch deshalb heiraten will?«, sagte Carpenter.

»Ja«, gab Palmer zur Antwort.

»O ja«, meinte Maria strahlend.

»Und ihr versprecht, der Vergangenheit mit Zufriedenheit zu begegnen, der Gegenwart mit Glück und der Zukunft mit Hoffnung?«

Erstaunt sahen die beiden sich an. Dann meinte Palmer mit fester Stimme: »Ja, ich will.« Und auch Maria sagte: »Ja, ich will.«

»Dann erkläre ich euch hiermit zu Mann und Frau«, verkündete Carpenter laut.

»Das können Sie?«, fragte Maria. »Einfach so?«

»Ja, das kann ich«, lächelte Carpenter. »Möchten Sie jetzt die Braut küssen, Palmer?«

»Ja, ich will«, wiederholte Palmer und küsste Maria.

Agnes sah zu Lisa Livia hin, die weinend neben ihr saß.

»Hast du gehört, was sie über mich gesagt hat?«, schluchzte sie.

»Ja, hab ich«, antwortete Agnes und schlang den Arm um ihre Freundin. »Tolle Hochzeit.«

»Toller Geistlicher«, sagte Lisa Livia unter Tränen.

»Du kannst ihm ja ein attraktives Trinkgeld geben«, meinte Agnes augenzwinkernd. »Wie nur du es kannst.« Dann drehte sie sich um, um zu sehen, was aus Brenda geworden war.

Doch Brenda war fort.

Shane war so damit beschäftigt gewesen, Casey Dean zu beobachten, dass er die Szene im Pavillon gar nicht mitbekommen hatte. Offensichtlich war jedoch nichts Tragisches passiert, denn am Ende applaudierten die Leute, und Maria und Palmer kamen den Mittelgang herab und sahen wie frisch Verliebte aus. Agnes fiel Carpenter um den Hals, was bedeutete, dass Carpenter wieder mal die Feuerwehr gespielt hatte. *Auf Carpenter kann man sich eben verlassen*, dachte er, doch dann waren seine Gedanken schon wieder bei Casey Dean.

Er holte Abigails Telefon heraus und tippte die Kurzwahltaste, während er den Schrankkoffer den Anlegesteg hinunterrollen ließ.

»Hey, Princess«, sagte Shane, als die Killerin antwortete. »Wie wäre es mit einem Meeting? Ich hab das Geld.«

»Wo ist meine Schwester?«

»Alles schön der Reihe nach«, entgegnete Shane.

»Fick dich.«

»Lustig, genau das wollte Abigail auch.« Damit drückte er das Gespräch weg. Er sah, dass sie zum Steg kam, obwohl sie innerlich kochen musste. Agnes war mit den Gästen auf dem Weg zur Scheune, wo die Feier stattfinden sollte, und sprach mit Xavier.

Shane rollte den Koffer die metallene Gangway hinunter auf das Schwimmdock zu. Er sah zu Wilsons Boot hinüber, wo die zwei düsteren Gestalten immer noch auf der Brücke standen. Dann drückte er die zweite Kurzwahlnummer auf dem Telefon.

Wilson antwortete schon beim ersten Läuten: »Ja?«

»Ich habe Casey Dean.«

Ein leichtes Zögern. »Ausgeschaltet?«

»Nein, sie kommt im Moment den Steg herunter. Ich kann sie Ihnen ausliefern, damit Sie sie befragen können.«

»In Ordnung.«

»Und ich habe die fünf Millionen.«

Pause. »Okay. Ich bin in einer Minute dort.«

Damit war das Gespräch beendet.

Kein: »Braver Junge, gute Arbeit.«

Kein: »Soll das heißen, dass Frankie die fünf Millionen hatte?«

Kein: »Was, Casey Dean ist eine Frau?«

Kein gar nichts, dachte Shane.

Casey Dean kam auf ihn zu. Sie hielt eine großkalibrige Automatikpistole vor sich ausgestreckt, die direkt zwischen seine Augen zielte. »Hallo, Shane. Schön, dich wiederzusehen. Kommst du öfter hierher?« Sie versuchte, hart aufzutreten, aber Shane wusste, dass sie in mehr als einer Hinsicht durcheinander war, als sie mit gezogener Pistole die Gangway herunterkam.

»Ich versuch's.« Shane sah zu, wie sie aufs Schwimmdock stieg, eindeutig die Blondine aus der Bar, die jetzt ihre dunkle Fotografinnenperücke abgelegt hatte. »Du bist also Casey Dean?«

Sie lächelte. »Und was sagt dir das, Shane?«

»Ich hörte, dass du billig zu haben bist.«

»Da hast du falsch gehört.«

Shane schüttelte den Kopf. »Du müsstest jetzt sagen: ›Beweis das doch.‹«

»Nicht alle Menschen leben in alten Hollywood-Filmen, Shane.«

»Du hättest es also gern ein bisschen realistischer? Kannst du haben. Dein Auftraggeber ist tot, dein Kontrakt ist hinfällig. Ich denke, ich bin besser.«

»Du denkst überhaupt nicht«, sagte Casey Dean lächelnd. »Denn ich habe dich im Visier.«

»Das stimmt schon. Aber ich glaube, du willst lieber Abigail zurückhaben als mich zu erschießen, nicht wahr?« Shane lächelte. »Und mein Team ist immer noch komplett. Schau mal hinter dich.«

»Netter Versuch ...«, meinte Casey Dean, doch da fiel Carpenter ihr ins Wort.

»Ich würde die Kanone weglegen, Miss.« Er stand oben auf der Plattform und zielte genau auf ihren Kopf.

Casey Dean seufzte. »Verdammt.« Sie ließ die Pistole sinken.

Shane deutete mit dem Kopf auf Wilsons Boot, das sich gerade näherte. »Du wirst mit meinem Boss fahren ...«

Casey Dean lachte. »Du hast es immer noch nicht begriffen.«

Auf Shanes Gesicht zeigte sich ein feines Lächeln. »So würde ich das nicht sagen.«

Agnes war den Hochzeitsgästen in die Scheune gefolgt, was in ihrem Brautmutterkleid nicht einfach gewesen war. Dort nahm alles seinen geplanten Gang. Garth hielt die Party in Schwung und brachte seine neue Freundin mehrmals gefährlich nahe an den Rand einer Ohnmacht, wenn sie angesichts seines Organisationstalents bewundernd zu ihm aufsah. Agnes blieb kurz stehen und meinte: »Ach, Garth. Du bist einfach unglaublich. Ich wüsste nicht, was wir ohne dich täten.« Dies sollte ihm Lust genug auf noch ein Jahr Schule machen. Frankie versprühte seinen Charme im ganzen Saal, wie nur der Vater der Braut dies konnte. Und Maria und Palmer waren so ineinander versunken, dass es schon peinlich gewesen wäre, wären sie nicht Braut und Bräutigam gewesen. Jefferson Keyes hingegen benahm sich tatsächlich unmöglich, aber das war ja nichts Neues. Xavier erzählte Agnes, dass der heute eher verdrießlich gestimmte Hammond Brenda in Gewahrsam genommen hatte, um ihr einige Fragen zu stellen. Dann holte er zwei Champagnerflöten und setzte sich zu Evie, deren trauriges Gesicht sofort Farbe bekam, als sie ihr Glas aus seinen Händen entgegennahm. Agnes freute sich, dass Jefferson schon bald die Rechnung für sein Verhalten präsentiert bekommen würde. Lisa Livia lächelte selig, weil sie sich so für ihre Tochter freute, und hatte für den Augenblick wohl vergessen, dass sie pleite war. Sie dachte nicht einmal mehr daran, dass sie ihren Vater fünfundzwanzig Jahre lang für tot gehalten hatte, und klopfte ihm auf die Schulter, als er ihr im Vorübergehen einen Kuss auf die Wange drückte. Für diesen Nachmittag zumindest schien ihre Familie glücklich zu sein. Nur Carpenter und Shane fehlten.

Shane, dachte sie und spürte wieder diese innere Kälte. Sie sah sich noch einmal um, dann verließ sie die Party und ging zum Haus zurück. Shane stand auf dem Dock und sprach mit Wilson, der sein Boot noch nicht verlassen hatte. Wenn sie auf den Verandastufen stehen blieb, war offensichtlich, dass sie die Szene beobachtete. In der Küche aber konnte sie durchs Fenster oder durch die offene Tür sehen. Und vielleicht endlich die verdammte Kolumne fertigstellen. Das wäre wirklich ein Zeichen der Rückkehr zur Normalität: wenn sie morgen ihren Abgabetermin einhielte.

Sie öffnete die Verandatür und ging hinein. Dabei versuchte sie, nicht dauernd an das zu denken, was sich jetzt wohl zwischen Dock und Boot abspielte. In letzter Sekunde jedoch drehte sie sich noch einmal um, um zu sehen, wie er sich machte. Dabei entging sie nur um Haaresbreite der Bratpfanne, die auf sie herunterfuhr und beinahe ihren Schädel zerschmettert hätte.

♡

Shane sah, wie Joey von der Scheune zum Steg schlenderte, als Wilsons Boot ans Schwimmdock stieß. Er schnappte sich das Seil, das Wilson ihm zuwarf, und sicherte das Boot. Carpenter hielt währenddessen Casey Dean in Schach.

Wilson stieg auf das Dock und nickte. »Gute Arbeit.« Er warf einen Blick auf den Schrankkoffer. »Das Geld?«

»Ja«, sagte Shane, als Joey die Gangway herunterkam.

Wilson deutete auf Casey Dean. »Kümmern Sie sich um sie, damit wir abhauen können.«

Shane hörte, wie sie den Atem einsog. *Ja, er steht nicht gerade für Loyalität*, dachte er. *Tut mir leid, Mädchen.*

»Shane, du kannst nicht mit diesem Kerl mitgehen, er hat kein Herz«, rief Joey aus. »Du bist nicht wie er. Du bist wie ich.«

»Sehr bewegend«, sagte Wilson zu Joey. »Sie sind seine Vergangenheit, ich bin seine Zukunft. Und zwar eine sehr lohnende und ertragreiche Zukunft. Was können Sie ihm schon geben? Ihr Café? Er ist nicht Ihr Erbe, sondern meiner.«

»Den Teufel ist er.« Joey zog seine Waffe aus dem Gürtel und richtete sie auf Wilson.

Shane dachte nur: *Noch eine Kanone. Davon habe ich die Schnauze nun wirklich langsam voll.*

»Ich musste ihn von seiner Familie fernhalten, um ihn zu retten«, sagte Joey. »Wenn ich Sie töten muss, um ihm eine Familie zurückzugeben, dann werde ich das tun.«

»Nein«, sagte Wilson. »Jemand auf dem Boot hat Sie im Visier. Sie kommen nicht lebend vom Dock herunter.«

»Sie können ihn doch nicht einfach erschießen«, sagte Shane müde zu Wilson.

»Natürlich kann ich«, antwortete dieser. »Im Interesse der nationalen Sicherheit kann ich alles tun. Das sollten Sie als Erstes begreifen, wenn Sie meinen Posten übernehmen wollen. Sie müssen das Wohl vieler gegen das Wohl einiger weniger abwägen. Das habe ich jahrzehntelang getan. Wenn Sie im Dienste der nationalen Sicherheit tätig sind, haben Sie absolute Macht. Sie stehen über dem Gesetz. Das müssen Sie akzeptieren, denn nur so können Sie schnell und ohne zu zaudern schwierige Entscheidungen treffen. Menschen sind entbehrlich, Sicherheit nicht.«

»Das ist vermutlich der Aspekt, der uns die ganze Woche über Sorgen bereitet hat«, ließ Carpenter sich hinter ihm vernehmen.

»Schwierige Entscheidungen«, meinte Shane, zu Wilson gewandt. »Wie die Ermordung meiner Mutter und meines Vaters, um die Geschicke der Familie in die Hände meines Onkels zu legen.«

»Ah«, sagte Wilson und starrte ihn unzufrieden an. »Schon wieder trüben Ihre persönlichen Gefühle Ihr Urteilsvermögen.«

Joey brummte und hob seine Kanone. Shane streckte die Hand aus und nahm sie ihm kurzerhand weg.

»Genug.« Sein Blick ging zwischen den beiden alten Männern hin und her. »Ich bin nicht im Mindesten wie ihr. Wenn ich je ein Kind haben werde, genauer gesagt, *sobald* ich ein Kind haben werde, wird niemand es mir wegnehmen. Ich würde jeden umbringen, der es versuchen sollte.« Dann hielt er inne. »Nicht, dass ich es wirklich tun müsste, denn jeder, der etwas von diesem Kind will, wird zuerst an seiner Mutter vorbeimüssen. Und Gott helfe dem, der sich mit ihr anlegt.«

Wilsons Augen wurden frostig. »Das heißt wohl, dass Sie eine Beförderung ausschlagen.«

Shane schob Casey Dean vor, deren geschmeidiger Körper vor Wut bebte, als sie Wilson anstarrte. »Ja, aber Sie können dafür Ihre Prinzessin zurückhaben.«

Wilson sah sie an. »Sie lassen sie am Leben? Obwohl Sie wissen, dass sie immer hinter Ihnen her sein wird? Das hat doch überhaupt keinen Sinn. Sie werden ihr ganzes restliches Leben über die Schulter sehen müssen. Und am Ende wird einer von Ihnen draufgehen. Ist es das, was Sie wollen?«

Shane sah die Verständnislosigkeit in seinen Augen. »Was ich will, wenn ich hier fertig bin, ist, in dieses Haus da zu gehen und Agnes zu erzählen, wie mein Tag war. Und zu hören, wie es ihr ergangen ist. Das ist immer sehr spannend. Was danach kommt, weiß ich nicht. Uns wird schon etwas einfallen.«

Er warf Joeys Waffe in den Fluss, was dieser mit einem unzufriedenen: »Hey!« quittierte. Carpenter rollte den Schrankkoffer auf Wilsons Boot und eskortierte Casey Dean hinüber. Diese starrte zornig auf Shane: »Das hat noch ein Nachspiel.«

»Ist mir bewusst«, sagte Shane.

Wilson ging ebenfalls zurück aufs Boot, wobei er Dean, die vor Zorn zitternd neben ihm stand, ignorierte. »Ihnen hätte alles offen gestanden. Sie verzichten auf eine höchst wichtige Position.«

»Ich weiß«, entgegnete Shane. »Aber niemand steht über dem Gesetz.«

»Ich schon.« Wilson stieß sich ab, und der Gangsterboss auf der Brücke drehte die Nase des Boots Richtung Fluss.

»Halt, *wo ist meine Schwester?*«, schrie Dean herüber.

»Im Koffer«, sagte Shane. Woraufhin die Frau sich auf den Schrankkoffer stürzte und die Verschlüsse aufriss.

Shane ließ sich ein paar Sekunden Zeit, bis das Boot weiter draußen war. Als die Frau aufschrie: »Abigail!«, drückte er erneut die Kurzwahltaste 2 auf dem rosa Telefon.

»Was ist denn noch?«, schnarrte Wilson abwesend, als er antwortete.

Shane sah, wie sein früherer Boss von der Brücke aus den Blick auf ihn richtete. »Eine Frage hätte ich noch«, sagte er, als das Boot neben der *Brenda Belle* lag.

»Welche?«, meinte Wilson. Casey Dean kam mit gezogener Pistole zum Heck gelaufen, obwohl sie längst außer Reichweite war.

»Wie weit weg war das Boot meines Vaters, als Sie auf den Knopf drückten?«, sagte Shane und hielt den Auslöser der Autobombe hoch, die Dean unter seinen Defender montiert hatte. Und die nun unter Abigails totem Körper im Koffer lag.

Wilsons Kiefer kippte nach unten. Casey Dean schrie auf. Shane drückte auf den Knopf.

»Hör auf!«, schrie Agnes und duckte sich unter Brendas Angriff weg. Nichtsdestotrotz traf der Schlag sie an der Schläfe. In ihrem Kopf hämmerte es. Sie wich Brenda aus und stellte sich hinter den Küchentisch. »Autsch. Verdammt noch mal, Brenda. Hör auf. Du hast verloren.«

»Nein.« Brenda versuchte, auf Agnes' Seite des Tisches zu kommen. »Du hast mein Leben ruiniert. Du wirst sterben.«

Agnes blieb in Bewegung, was ihr Zeit gab, des Hämmerns in ihrem Schädel Herr zu werden. Natürlich behinderte sie der verdammte Rock beim Ausweichen. »Himmel, hat das wehgetan. Was zum Henker tust du hier eigentlich? Überall sind Menschen, du wirst dieses Mal nicht ungeschoren davonkommen …«

»Du hast *meine Uhr* gekillt«, kreischte Brenda.

»Das hast du schon selbst erledigt«, sagte Agnes und versuchte abzuschätzen, ob sie es zur Hintertür schaffen würde. »Ich hab's dir doch erzählt. Einer der dämlichen Killer, die du angeheuert hast, hat sie auf dem Gewissen.«

»Du hast *mein Hochzeitskleid ruiniert*!« Brenda kam um den Küchentisch herum und schnitt ihr den Weg zur Hintertür ab.

Agnes versuchte, durch die andere Tür in den Flur zu entwischen, doch Brenda kam ihr zuvor und verstellte ihr auch hier den Weg. »Das mit dem Kleid war Evies Idee …«

»Du hast *mir den Mann gestohlen!*«

Agnes blieb stehen. »Hey, ich war zuerst mit ihm verlobt.«

»Und meine Familie«, fauchte Brenda atemlos. Ihre Augen verengten sich, als sie näher kam.

»Du hast deine Familie schon selbst vertrieben«, gab Agnes zurück. Vielleicht sollte sie Brenda mit dem Tisch umstoßen …

»Du hast *mein Haus* geraubt …«

»Ich habe es *gekauft*, Brenda«, sagte Agnes so ruhig, wie sie nur konnte.

»Du hast mir *alles* genommen: *Lisa Livia hat mir gehört. Taylor auch. Und das Haus …*«

»Ach, Brenda …«

»*… die schwarzen Fensterläden waren meine Idee …*«

»Du hast einen ausgezeichneten Geschmack«, sagte Agnes. Dieses Mal würde sie es anders versuchen.

»Das *verdammte Haus* gehört mir«, kreischte Brenda und schwang wieder die Pfanne, wobei sie ihr Ziel um einiges verfehlte, weil der Tisch zwischen ihnen lag.

»Brenda, es ist *vorbei*. Die Hochzeit ist *vorüber. Ich werde das Haus behalten.*«

»Nicht, wenn du tot bist«, schrie sie und kam mit der erhobenen Pfanne um den Tisch herum.

Agnes gab es auf. Durch Reden würde sie dieses Problem nicht lösen. »Hammond!«, schrie sie, als sie um den Tisch herumlief.

»Vergiss ihn«, versetzte Brenda und folgte Agnes um das Möbel herum. »Auch Cops gehen zu Boden, wenn man sie mit einer Bratpfanne auf den Kopf schlägt. Wie jeder andere Mann. Das solltest du doch am besten wissen, Agnes.«

»Nein«, sagte Agnes und achtete darauf, dass der Tisch zwischen ihnen blieb. »O Gott, ist er noch am Leben?«

»Woher soll ich das wissen?«, schnappte Brenda. »Bin ich sein Kindermädchen? Nein. Jetzt bleib endlich *stehen*, verdammt noch mal.«

»Brenda«, unterbrach Agnes sie und streifte die Schuhe ab, damit sie besser ausweichen konnte. »Der Plan wird nicht funktionieren. Wenn du mich umbringst, bekommst du das Haus nicht zurück. Du bist vor dem Gesetz nämlich nicht mit Taylor verheiratet, sondern mit Frankie. Du erbst also gar nichts.«

»Der verdammte Frankie«, zischte Brenda, die Agnes immer noch um den Tisch herum verfolgte. Agnes beschloss, dass sie es mit der Hintertür versuchen musste. Wenn sie Brenda einen

Stuhl zwischen die Beine werfen und dann lossprinten würde, könnte sie vielleicht die Aufmerksamkeit der Leute auf dem Dock erregen, und jemand würde Brenda erschießen, bevor sie ihr den Schädel mit der Bratpfanne breitklopfen konnte.

Nur würde Brenda sie nicht auf die Seite mit der Tür kommen lassen.

Verdammt noch mal, Brenda, dachte Agnes. *Musst du eigentlich gleichzeitig schlau und völlig durchgeknallt sein?* Sie versuchte, sich zur Tür vorzuarbeiten, doch wieder schnitt Brenda ihr den Weg ab.

»Du hast meine Uhr gekillt und mir meine Tochter gestohlen.« Brenda spie Gift und Galle – nebst ein paar Speicheltröpfchen. »Sie betrachtet dich als ihre Familie, nicht mich. Du hast der Schlampe Evie geholfen, mein Hochzeitskleid zu ruinieren. Die würde mich nicht mal zum Barbecue einladen, aber mit dir ist sie gut Freund. Sie trägt sogar *dasselbe Kleid wie du. Du hast mein Haus. Mein Mann wollte mich deinetwegen verlassen*. Du hast mir mein ganzes Leben gestohlen, du verdammte *Yankeeschlampe*.«

»Zum Henker, Brenda, du kommst aus New Jersey!«, brüllte Agnes, und Brenda schwang erneut die Pfanne. »Oh mein Gott, schau nur!«, sagte Agnes und starrte mit aufgerissenen Augen auf die Tür zum Zimmer der Wirtschafterin.

Was Brenda für einen Moment ablenkte. Agnes riss einen Stuhl um, sodass er ihr im Weg lag, und hechtete zur Hintertür, doch Brenda warf die Pfanne nach ihr, die sie am Rücken traf und stolpern ließ. Sie rollte sich ab und griff nach der Pfanne, doch Brenda war schneller und stürzte sich auf sie. Wie zwei Furien wälzten sie sich über den Küchenboden, ein verbissener Kampf mit Zähnen und Klauen, der immer wieder vom Geräusch reißenden Stoffs begleitet wurde. Agnes entwand Brenda die Pfanne, doch diese sprang auf, um sich eine neue zu greifen. Doch Agnes' Pfannen hingen zu weit oben. Brenda kam nicht heran. Agnes rappelte sich auf und versuchte wieder zur Tür zu gelangen, doch plötzlich hatte Brenda ein Messer in der Hand.

Verdammt, dachte Agnes und schrie, als Brenda mit dem Messer nach ihr ausholte. Buchstäblich in letzter Sekunde gelang es ihr, den Angriff mit der Bratpfanne abzuwehren.

Wieder stach Brenda zu, und Agnes dämmerte es, dass sie sie würde töten müssen. Mit der Messer schwingenden Brenda im Rücken würde sie es nie bis zur Tür schaffen. Das Risiko war einfach zu groß. In diesem Augenblick stieß Brenda wieder zu, und dieses Mal erwischte sie Agnes am Arm. Die Wunde begann zu bluten. Wieder bekam der schöne schwarz-weiße Fliesenboden Blutflecken ab. Der Schmerz nahm Agnes den Atem. Sie rutschte aus und fiel auf die Knie. Brendas Augen leuchteten triumphierend.

In diesem Moment ließ eine laute Detonation die Luft erbeben. Brenda sah zur Verandatür hinaus und kreischte los: »Meine Jacht!« Agnes biss die Zähne zusammen und holte mit der Bratpfanne aus. Sie traf Brenda am Knie.

Nun stürzte auch Brenda und saß in der Blutlache am Boden. Agnes kam wieder auf die Beine. Es war ihr egal, welche Höllenpforten sich da draußen aufgetan hatten, hier drin, hier musste endlich Schluss sein: »*Halt*, Brenda. Wir sind beide verletzt. *Hör jetzt auf!*« Doch Brenda rappelte sich auf. In ihren Augen glomm der Irrsinn. »*Du hast meine Jacht zerstört! Mein Geld war dort. Alle meine Passwörter. Du hast mein Leben zerstört!*« Und sie schwang das Messer hoch über dem Kopf, um sich auf Agnes zu stürzen. Diese hob die Bratpfanne und schlug mit aller Kraft zu. Sie traf Brenda am Kopf. Diese taumelte rückwärts. Wieder hob Agnes die Pfanne und trieb Brenda weiter rückwärts auf die Wand zu. Dann rutschte Brenda in Agnes' Blut aus und stürzte durch die Kellertür. Sie griff nach der Venus, um sich festzuhalten, doch ihre Hände rutschten an deren glatter Oberfläche ab. Dann verschwand sie ohne einen Laut in der Öffnung der Kellertür.

Agnes stand da mit der Bratpfanne in der Hand und wartete auf den Schrei, der kommen musste. *Wie verrückt musste man sein, um ohne einen Laut zu sterben?*, dachte sie. Plötzlich wurde ihr schwindlig. Natürlich, sie hatte eine Bratpfanne an die Schläfe bekommen. Aber es konnte auch von all dem Blut sein, das sich über den Boden ausbreitete, obwohl es eigentlich durch ihre Adern rinnen sollte.

Sie ließ die Pfanne fallen und taumelte auf die Hintertür zu, doch sie rutschte aus und fiel hin. Die Welt drehte sich um sie. Sie dachte: *Mein Gott, jetzt muss ich allein in meiner Küche sterben*. Als es um sie langsam dunkel zu werden begann und sie sich in die Finsternis fallen ließ, hörte sie, wie die Verandatür aufging. Shane beugte sich über sie. Es sah aus, als schreie er etwas, aber das konnte nicht sein, denn Shane verlor die Ruhe nie. Also halluzinierte sie schon. Vielleicht lief gerade die Zukunft vor ihrem inneren Auge ab. Da nahm Shane sie auf den Arm, Carpenter war auch da, und sie dachte noch: »Jetzt ist alles in Ordnung.« Dann verlor sie das Bewusstsein.

Sonntag

Kolumne der Küchenfurie Agnes – Nummer 100

Hochzeitstorte ist keine normale Torte

Die alten Römer brachen den Hochzeitskuchen über dem Kopf der Braut, um damit »Fruchtbarkeit und Glück« zu beschwören. Meine Meinung ist, dass es für alles einen richtigen Zeitpunkt gibt, und ganz sicher ist eine Hochzeit nicht der richtige Zeitpunkt für Hairstyling-Experimente mit Cremetorten. Der einzige Verwendungszweck für Hochzeitstorten sollte sein, dass Menschen sich bewundernd um sie versammeln. Wir sind zivilisiert, weil wir gelernt haben, nett zueinander zu sein. Und langfristige Bindungen einzugehen. Eine Hochzeit ist also ein guter Anlass, um Gewalt gegen Menschen und Hochzeitstorten zu entsagen und auf unsere Mitmenschen zuzugehen.

Die Sonne ging gerade auf, als Agnes aus dem Defender stieg und Joey sah, der auf der vorderen Veranda auf sie beide wartete. Rhett schnarchte zu seinen Füßen. Wie der Blitz kam Joey die Treppe herunter, um ihr zu helfen, obwohl Shane durchaus in der Lage war, sie allein die Treppe hinaufzutragen. Außerdem ging es ihr prima, sie hätte es auch aus eigener Kraft geschafft.

Also stützte sie sich auf beide.

»Ihr seid so lieb zu mir«, kommentierte sie ihre Bemühungen. Und die beiden strahlten wie die Honigkuchenpferde, als sie sich bückte, um den Hund zu streicheln, der sie mit derselben unerschütterlichen Bewunderung ansah wie immer. »Hallo, Kleiner«, sagte sie. »Ich bin wieder daheim.« Was ihr beinahe die Tränen in die Augen getrieben hätte, denn nun war sie wirklich daheim: Two Rivers gehörte ihr und würde ihr immer gehören.

Sie waren schon fast an der Tür, als Lisa Livia mit zwei ihrer pinkfarbenen Koffer herauskam. Carpenter folgte ihr unmittelbar auf dem Fuße und trug die restlichen drei Koffer sowie einen großen Segeltuchsack.

»Hey«, sagte Agnes. Und Lisa Livia bremste ab, um sie zu begrüßen: »Die Hochzeit war unglaublich, Ag, vor allem der Teil, als die Jacht meiner Mutter in die Luft flog und du das alte Monster im Keller versenkt hast. Absolut perfekt wäre es gewesen, wenn du sie dauerhaft kaltgestellt hättest.«

»Ja, es tut mir wirklich leid, dass ich das versaut habe«, gab Agnes geknickt zurück. »Wo willst du denn hin?«

»Auf die Kaimaninseln«, sagte LL. Dann lehnte sie sich vor und flüsterte: »Carpenter hat Brendas Jacht durchsucht, bevor sie sie in die Luft gesprengt haben. Er hat ihre Kontonummern und Passwörter gefunden. Ich hole mein Geld. Aber dann komme ich zurück. Heb die Venus für mich auf.«

Sie drückte Agnes einen dicken Kuss auf die Wange und ging auf Marias pinkfarbenen Mustang zu, der unten an der Einfahrt wartete.

Agnes sah zu, wie Carpenter die grellfarbenen Koffer und den Segeltuchsack ins Auto lud. Dann sah sie Joey an, der noch immer den Arm um sie gelegt hatte, als würde sie umkippen, wenn er sie losließe.

»Du legst dich jetzt oben ein wenig hin und ruhst dich aus«, sagte er besorgt. »Jetzt gehört das Haus dir ganz allein. Es wird ruhig sein. Maria und Palmer sind auf Hochzeitsreise, sie wollen in zwei Wochen wieder da sein. Frankie schickt dir liebe Grüße und lässt sich entschuldigen.«

»Er macht seine Zeugenaussage«, sagte Agnes verständnisinnig und sah zu, wie Carpenter Lisa Livia zum Abschied küsste.

»Nein«, meinte Joey, und Agnes sah Shane an.

»Es ist niemand mehr da, den er be- oder entlasten könnte«, sagte Shane.

»Er ist also einfach *weg?*«, fragte Agnes ungläubig.

»Ja«, gab Joey zurück und sah sie wieder ganz besorgt an. »Shane sagte, es ginge dir gut, als er anrief, aber … geht es dir auch wirklich gut?«

Agnes nickte. »Gehirnerschütterung und Blutverlust. Kein Problem. Brenda sitzt, aber es gibt im Knast mittlerweile recht gute Ärzte, auch Psychiater. Die werden sie in den Wahnsinn treiben. Es heißt, dass man ziemlich lange in Staatsgewahrsam bleibt, wenn man jemanden umbringt und dann auch noch einen Polizisten außer Gefecht setzt, der zäh genug ist, um am Leben zu bleiben und eine Zeugenaussage zu machen.«

Joey schnaubte. »Hammond. Das wird ihn Mores lehren.«

Lisa Livia hupte, und Agnes winkte ihr zu, als sie die Einfahrt hinunterfuhr. Eine leichte Wehmut stieg in ihr auf, doch sie war zu verkraften. Sie würde zurückkommen. *Alle kommen zurück zu mir*, dachte sie.

Auch Joey winkte, dann sah er an Agnes vorbei zu Shane, während er Agnes fest drückte: »Du kümmerst dich jetzt um meine kleine Agnes.«

»Bin ich nicht deshalb überhaupt hergekommen?«, fragte Shane. Endlich ließ Joey sie los.

»Ich komme morgen zum Abendessen«, sagte er und stieg die Verandastufen hinunter. Als er an Carpenter vorbeikam, nickte er ihm zu.

»Wie geht es dir?«, wollte Carpenter von Agnes wissen.

»Gut«, antwortete sie. »Es geht mir gut. Ich muss zwar heute Nachmittag meine Kolumne fertig schreiben, aber …«

»Hier läuft alles bestens«, meinte Carpenter. »Garth hat alles unter Kontrolle.«

»Unglaublich«, sagte Agnes.

Carpenter nickte. »Ich muss für ein paar Tage nach Washington. Dort brauchen sie einen Reinigungsfachmann. Nicht ganz das, was ich sonst so mache, aber schließlich gibt es nichts, was ich nicht sauber kriegen würde.«

»Du wirst Wilsons Platz einnehmen«, sagte Shane.

»Mal sehen.« Carpenter lächelte. »Bleib senkrecht!«

»Das geht hier gar nicht anders«, antwortete Shane. »Kommst du zurück?«

»Ja«, antwortete Carpenter.

»Dann geht es mir gleich viel besser«, versetzte Agnes, obwohl es ihr eigentlich schlechter ging. Das Hämmern in ihrem Kopf hatte wieder angefangen.

»Los«, meinte Shane. »Nach oben.« Er führte sie hinein und die zwei Treppen zu dem wunderschönen Schlafzimmer in kühlem Blau hinauf. Rhett trottete gemächlich hinter ihnen her.

Auf dem Bett lag eine riesige Segeltuchtasche.

»Ich nehme an, die gehört dir«, sagte Agnes und ließ sich aufs Bett fallen. Ihr Kopf hämmerte wie verrückt.

Shane nahm die Tasche und öffnete sie. Sie war voller Geldscheine, was ihn nicht zu überraschen schien. »Wieso mir?«

»Ich nehme an, das ist die Hälfte von Joeys Anteil an den fünf Millionen, die Frankie aus dem Keller bergen wollte«, meinte Agnes. Shane setzte sich.

»Fünf Millionen«, sagte er. »Frankie hat zwanzig Prozent bekommen, Joey auch, und Four Wheels zehn Prozent. Der Anteil des Don war die Hälfte. Nur dass der Don keinen Anspruch mehr auf seinen Anteil erhebt.«

»Also besitzen Joey und Frankie jetzt je zwei Millionen.« Vorsichtig rieb Agnes sich die Stirn. »Frankie hat mit Lisa Livia geteilt. Sie bringt ihre Million jetzt auf die Kaimaninseln und sieht nach, was aus dem Geld ihrer Mutter geworden ist. Und Joey hat seine zwei Millionen genommen und sie mit dir geteilt.«

Shane nahm ein paar Banknoten aus der Tasche. »Damit können wir das Badezimmer fertig renovieren lassen. Außerdem möchte ich ein Boot haben.«

»Wenn du nicht aufpasst, kommt die Steuerprüfung. Du darfst nicht so viel auf einmal ausgeben.« Agnes schloss die Augen. Dann fing sie an zu lachen.

»Was ist?« Er setzte sich neben sie aufs Bett. Rhett ließ sich im ersten Sonnenfleck unter den Fenstern nieder und seufzte sich in den Schlaf.

»Frankie und Joey sind doch echte Ehrenmänner, oder?«, fragte sie und kuschelte sich an ihn.

»Korrekt«, antwortete er mit leiser Stimme.

»Dann ist Garth jetzt Millionär.«

Er lachte, so glücklich war er, ihre Wärme wieder neben sich zu spüren. Dann hielt er inne, sodass sie zu ihm aufsah.

»Was ist?«

»Carpenter hat da mal etwas zu mir gesagt«, meinte er und drückte sie fest an sich. »Gibt es Glück auf dieser Welt?«

»Oh ja.« Er spürte, wie Agnes an seiner Schulter lächelte. »Zufrieden mit der Vergangenheit, Glück in der Gegenwart, Hoffnung für die Zukunft. Der Hochzeitsschwur.«

»Er meinte, wenn ich erst einmal so weit bin, dann könne ich mit dir über alles sprechen.«

»Oh. Na ja. Gut Ding will Weile haben.«

»Ich bin nah dran«, gähnte Shane. »Am Mittleren, meine ich. Auch das Letzte wird mir nicht schwerfallen.« Dann schloss er die Augen und legte seine Hand auf ihre Hüfte. »Nein«, fügte er hinzu. »Im Grunde kann ich mich mit allen drei Punkten anfreunden.«

Sie beobachtete ihn, während seine Atemzüge länger wurden und er einschlief. Dann legte sie sich wieder in seine Armbeuge. *Ich kann mich mit den dreien auch anfreunden*, dachte sie.

Draußen vor dem Fenster stieg die Sonne über dem Blood River auf. Cerise und Hot Pink schnarrten wie wild, als Butch sie auf seinen Lastwagen lud. Garth zeigte unterdessen Tara die Küche in der Scheune, wobei er ihr einen Kuss stahl und kein Wort über eine Million Dollar sagte. Draußen im Sumpf lebten die Thibaults ihr Leben in seliger Unkenntnis der Tatsache, dass sie bald über Bäder und Duschen verfügen würden. Und weiter die Straße hinauf sperrte Joey sein Café auf und machte Frühstück für die Krabbenfischer und für Xavier und Evie, die gerade dabei waren, die Stadt zu verlassen.

Es würde ein wunderbarer Tag werden.

Danksagung

Wir möchten danken:

Deb Cavanaugh, die Bob bei geistiger Gesundheit hielt;
Kim »Needles« Cardascia, der kein einziges unserer Ansinnen je auch nur einen Tropfen Schweiß auf die Stirn trieb;
den Maraschinokirschen und Mon Chéris, die uns beim Schreiben das Leben versüßten;
unseren »Fahnenlesern« für ihr wertvolles Feedback: Brooke Chapman, Katy Cooper, Heidi Cullinan, Kari Hayes, Robin LaFevers, Corinna Lavitt, Chris Merrill und Valerie Taylor;
Richie Ducharme, der uns das Strandhaus verschafft hat;
John Karle, der uns nie aus den Augen verlor;
Russ Parsons, der uns Informationen zum Background von Food-Journalisten verschaffte und es nötigenfalls mit Jenny aufnahm (Nun, natürlich gehört er zur Familie, aber sie dankt ihm trotzdem!);
Doreen Thompson für das Medientraining (Crusie-Mayer, Er schrieb/Sie schrieb, romantisches Abenteuer und äh …)
Charlie Verral, der uns außerhalb von New York mit New York versorgte;
Mollie Smith, die unser Autorenleben managt;
Jennifer Enderlin, der vollkommenen Lektorin,
und Meg Ruley, der vollkommenen Literaturagentin.